이병주평전

Lee Byeng-ju: A Biography
By Ahn, Kyong-Whan

Published by Hangilsa Publishing Co. Ltd., Korea, 2022

이병주 평전

태양에 바래면 역사가 되고
월광에 물들면 신화가 된다

안경환 지음

한길사

어린 시절 이병주는 몸이 약해 학교도 자주 결석했다. 그러나 독서열과
탐구심이 강했다. 양보보통학교 5학년 때 성적이 특출하지 않음에도
창의력을 인정받아 '진기한 우등상'을 받았다. 중부 이홍식의 영향으로
민족의식에 싹텄고 일본인 교장 부인이 선물한 알퐁스 도데의
『마지막 수업』을 읽고 "조선도 언젠가 독립할 날이 있겠지요"라고
물어 부인을 당혹스럽게 했다고 한다.
보통학교 시절의 이병주. 앞줄 맨 왼쪽.

양보보통학교를 졸업한 지 3년 후인 1936년에야 5년제 진주농업학교에 입학한다.
이병주는 인문학교에 진학하고 싶었으나 아버지는 아들이 인문학교에 진학하면 중부
이홍식처럼 사상운동에 투신하여 현실을 경시하고 험난한 길을 걸을 것을 우려하여
농업학교를 고집한다. 아버지에 굴복하여 마지못해 농업학교에 입학했으나 부실한
학교생활을 한다.
2학년 때 일본인 교사의 명령을 거역하여 견책처분을 받고 4학년 때는 부친의 허락
없이 가출해 1개월 이상 결석계 없이 일본에 체류하여 마침내 제적처분을 받는다.
처음부터 농업학교가 적성에 맞지 않았고 아버지의 세계에서 벗어나려고 몸부림친
것이다. 진주농림중학 시절 친구들과 함께한 모습으로 이병주는 앞에 앉아 있다.

진주농림중학교 시절의
이병주(오른쪽).

진주농림중학교 4학년 때 가까운 5학년 졸업생 선배를 보내며 함께 찍은 사진.
"떠나는 형의 전도를 빌며"(1939. 2. 12)라는 글씨가 적혀 있다.
사적인 사진이라 한글을 쓸 수 있었다.

진주농업학교를 퇴교하고 일본으로 건너온 이병주는 교토에 머무르면서 독학으로
검정고시를 치르고 1941년 봄 도쿄의 메이지대학 전문부 문예과에 진학한다.
아버지와의 화해가 이루어져 비교적 풍족하고 여유로운 학교생활을 즐겼다.
연극·영화 과목을 집중적으로 수강했고 프랑스 문학에 더하여 도스토옙스키와
니체 철학에 심취하여 독자적인 탐구를 이어갔다.
스페인내전 이후 전개되는 세계정세와 정치사상에 눈뜨게 된다. 메이지대학 교수로
재직하던 문예평론가 고바야시 히데오(小林秀雄)의 영향을 받았다.
메이지대학 수료 후에 와세다대학 불문과에 진학할 예정이었으나 학병에
동원되면서 뜻을 이루지 못했다. 전쟁으로 조기 졸업하고 귀국하여 서둘러 결혼하고
1944년 1월 20일 학병으로 중국전선에 배치된다.

1946년 3월 상해에서 귀환한 후 모교인 진주농고 교사로
취업한다. 당초에는 서울에서 직장을 구할 생각이었으나 연로한
아버지의 간청으로 고향에 정착한 것이다. 학교를 무대로 벌어진
좌우익의 치열한 대립으로 힘든 세월을 보낸다. 고교 교사에 이어
신설된 진주농대 교수로 복무하던 중 6·25 전쟁이 발발하고
진주가 인민군의 치하에 들자 체포되어 문화선전대를 조직한다.
인민군이 물러가자 부역 문제로 당국의 조사를 받으며
'조국의 부재'를 실감한다.

이병주는 해인대학에 재직하던 1955년부터 『국제신문』의 상임논설위원으로 활약했고
1959년 7월, 『부산일보』로 옮긴 황용주의 후임으로 주필 겸 편집국장에 취임한다.
부산 경남 지역의 독자들은 이 시기를 '쌍두마차 주필시대'(1959-61)로 불렀다.
이전까지 정치·사회 기사 일변도였다시피 했던 두 신문은 주필시대 동안 예술 면이
한결 강화되었다. 두 사람은 문학뿐만 아니라 공연예술·영상예술, 좀더 넓게는
교양으로서의 예술을 강조했다. 또한 자유주의 정신에 충만한 이병주가 필진을 이끈
『국제신문』은 이승만 정권 시절 내내 경찰의 감시와 노골적인 협박을 버티어냈다.
5·16 쿠데타 직후에 이병주가 구속된 것은 이렇듯 경찰과의 오랜 구원이
크게 작용했기 때문이기도 하다.
『국제신문』 주필 겸 편집국장 시절.

이병주는 무전여행하는 외국인 여행자에게 자전거를 기증하기도 했다.

펄벅 여사가 내한해 국제신문사 앞에서 기념 촬영을 했다. 뒷줄 가운데가
당시 『국제신문』 주필 겸 편집국장인 이병주,
앞줄 오른쪽에서 두 번째가 펄벅 여사.

이병주는 1961년 5·16 쿠데타 직후에 제정된 소급법에 의해 10년 징역을
선고받고 2년 7개월 복역한다. 옥중에서 사마천의 『사기』를 독파하고
발분의식에 불타 역사를 기록하는 작가가 될 결심을 한다. 스스로
이사마(李司馬)라는 필명을 쓰기도 했다.
『소설 알렉산드리아』를 발표한 후인 1965년 모습.

第一圖
晋州農科大學卒業記念 4283.5.5

새로 설립된 진주농대에 교수로 취임하여 교가를 작사하고 교지를 편집하는 등
개교 작업에 헌신했다. 개교 1주년 기념 공연으로 오스카 와일드의 「살로메」를
연출하여 주목받았다. 새 나라의 청년들에게 균형 잡힌 역사관과 통합적
지성을 강론했으나 극도로 갈라진 세태 때문에 '좌익'과 '반동'으로 번갈아
매도당하기도 했다. 1950년 진주농대 교수 시절 진주농대(현 경상대)
1회 졸업생과 함께.
맨 앞줄 가운데 한복 입은 이가 작가 이병주.

진주농대 교수 시절 제자와 이병주(오른쪽).

작가는 5 · 16 쿠데타로 집권한 박정희 정권을 비판했다.
뿐만 아니라 인간 박정희에 대해서도 가차 없는
단죄를 내렸다. "5 · 16 혁명공약은 사기문서다."
실록 대하소설 『그해 5월』은 박정희 정권 18년에 대한
정치적 선고다. 인간 박정희에 대해서도 가혹한 평가를
내렸다. 『그를 버린 여인』이 대표적 예다.

소설 『지리산』은 이병주 문학의 진수로 6·25 빨치산을
정면으로 다룬 최초의 작품이다. 1972년에 발표된
7·4 남북공동성명으로 한반도에 일시적으로 화해의
무드가 조성될 때 착수한 작품이지만 연재와 중단을 거듭하다
1985년에야 비로소 완간할 수 있었다. 이 작품은 조정래의
『태백산맥』등 후속 지리산 문학의 원조가 되었다.

부인 이점휘 여사는 전통적 미덕과 품위를 갖춘 여인이었다. 잘난 사내를 남편으로 둔 숙명을 받아들이면서도 위엄을 잃지 않았다. 작가 또한 비록 생애 후반에는 오래 침식을 같이 못했어도 존중의 예를 갖추었다.

부부는 죽어서도 함께 묻혀 있다.

◀ 6·25 전쟁이 끝난 직후 진주 해인대학(현 경남대학교) 교수 시절, 부인 이점휘 여사와 함께.

▶ 6·25 전쟁이 끝난 직후 진주 호국사에서 부인과 함께.

작가가 세상에서 가장 사랑한 여인은 어머니였다. 독실한 불교신자인 어머니를 모시고 전국 명산대찰을 유람한 추억을 회상하는 것이 작가에게 가장 즐거운 일이었다. 1980년 어머니의 작고를 작가 자신의 죽음과 연관지어 『세우지 않은 비명』을 썼다.

◀1975년 어머니 김수조 여사와 서재에서.

▶1963년 교도소 출소 때 어머니와 함께.

작가는 모든 자녀에게 자상한 아버지였다. 나이가 어릴수록 더욱 애틋한 부정을
표했다. 매 자녀마다 사춘기를 겪으면서 반항과 방황이 수반되었다.
그때마다 아버지는 아프게 마음을 열었다.
뉴욕에서 장녀 이서영과 함께.

아버지는 작품 속에 아들의 모습을 즐겨 담았다. 아들의 사춘기에
감옥에 갇히게 된 사실을 평생 미안한 마음으로 살았다.
명망가의 장남으로 사는 것은 천형이다.
아들은 아버지가 자신에게 커다란 자유와 구속을 동시에 주었다고 말한다.
1982년 8월 도쿄의 레스토랑에서 아들 이권기와 함께.

작가는 엄청난 독서대가이자 소장자였다. 많은 사람들이
이병주의 거대한 서재를 부러워하고 그의 박식함에 찬사를
보냈다. 리영희는 "나는 10년 가까이 그와 친밀한 관계를
이루었고, 그에게서 많은 것을 배웠다. 비상한 머리의 소유자이고,
그 지식의 해박함이 놀라울 정도였다"라고 회상했다.
작가의 사후에 장서는 경상대학교에 기증했다.
자택 서재에서 집필에 몰두하고 있는 이병주의 1986년 모습.

아일랜드 해변에서 책을 읽는 모습.

이병주를 일러 한국의 서머싯 몸이라고도 한다. 가장 널리 여행한 작가였다.
초기에는 주로 문호들의 행적을 추적하는 데 주력했으나
여행 이력이 쌓이면서 다양한 관점에서 그 나라를 관찰했다.
풍광보다 삶의 현장을 느끼는 데 재미를 느꼈다.
아일랜드의 더블린 공원에서.

1978년 1월 31일 한국일보가 제정한 한국창작문학상을 수상한 뒤 기념 사진을 찍는 이병주(맨 왼쪽). 소설가 김동리(한가운데), 시인 이근배(맨 오른쪽) 씨의 모습이 보인다.

1978년 1월 31일 한국창작문학상을 수상하고 난 뒤의 모습(왼쪽에서 두번째).
이병주 왼쪽으로 작가 이호철, 평론가 백철 씨의 모습이 보인다.

늦깎이로 데뷔한 이병주는 주류 문단에서 외면당한 작가였다. 그는 평론가와
동료 문인을 유념하지 않았다. 그는 문학인이 아니라 독자를 섬긴 작가였다.
그런 중에도 문학상을 세 번 수상했다. 1977년 한국문학작가상 『낙엽』,
1977년 한국창작문학상 『망명의 늪』, 1984년 한국펜문학상 『비창』.
1978년 한국창작문학상 상패를 들고 있다.

경상도 출신인 이병주는 만년에 전라도의 읍지들을 체계적으로 수집했다.
전라도를 무대로 대형 역사소설을 집필할 계획을 세웠던 것이다.
그러나 뜻을 이루지 못하고 떠났다.
흑산도에서. 1979년 6월.

이병주의 작품을 합하면 곧바로 대한민국 국민의 삶의 총체가 된다.
혁명가, 애국지사, 정치가, 장군, 언론인, 지식인, 대학생, 기업인, 살롱
여주인, 막걸리집 작부, 사기꾼 등 높낮이를 가리지 않고 누구나 작품의
주역으로 삼았다. 당대의 인물뿐만 아니라, 역사의 행간에 묻혀버린
선인들의 삶도 작품 속에 녹여 담았다. 실생활에서도 그는 왕후장상과
시정잡배를 가리지 않고 두루 사귀었다.
모임에서 만난 이병주(오른쪽 두 번째), 사학자 이병도 박사와
국어학자 이희승 박사의 1984년 모습.

작가는 한문에 능했다. 정도전·정몽주·허균·홍계남 등
역사적 인물을 소설로 썼고 전통 유학에 대해서도
탐구를 이어갔다.
1980년 10월 19일 안동 도산서원을 찾은 이병주 작가.
최정희(가운데), 소설가 정비석(오른쪽) 씨와 함께.

도쿄 유학 시절에 이상백 선생에게서 다산 정약용을 소개받았다.
『목민심서』를 읽고 구약성경보다 더욱 슬픈 책이고
조선은 어차피 망할 나라였다고 한탄했다.
역사소설 『바람과 구름과 비』는 망할 나라를 대안적 정부를
세워 붙들려는 민중의 절박한 노력을 그렸다.
1979년 남양주군에 있는 다산 정약용의 묘를 찾은 이병주.

파리는 불문학도 이병주의 마음의 고향이었다. "서울을 알기
전에 나는 파리를 알았다. 덕수궁, 창덕궁을 알기 전에
나는 베르사유와 퐁텐블로를 알았다. 빅토르 위고를
통해 하수도를 구경했고, 아나톨 프랑스와 더불어
센 강변의 헌 책방을 뒤졌고, 발자크의 등장인물과
어울려 파리의 거리를 헤맸다."
1984년 파리 몽마르트 거리의 무명 화가에게
초상화를 부탁한 이병주.

사랑과 사상의 거리를 재다
• 김윤식 교수님 영전에 바칩니다

문자를 통해 세상을 배우고 익힌 세대에게 문인은 시대의 스승이었다. 그 세대에게 문인이란 자신도 모르는 사이에 인간 가까이에서 사물을 보는 연습을 길러온 사람, 삶의 본질을 통찰하는 고도의 훈련을 습득한 진인(眞人)이었다.[1] 문학작품은 시대의 거울이자 개인과 공동체 삶의 성찰을 담은 경전이며 대안정부를 세우자는 시대의 격문이기도 했다.

나림(那林) 이병주(李炳注, 1921-92)는 20세기 후반 대한민국의 소설가였다. 한국문학사에 명멸했던 무수한 별들 중에 단 하나만을 고르라면 이병주를 선택할 수밖에 없다. 그의 작품을 모두 모으면 곧바로 대한민국 국민의 삶의 총체가 되기 때문이다. '한국근대문예비평'이라는 전인미답의 지적 영역을 개척한 김윤식(金允植, 1936-2018)은 자신이 이병주에 집착한 이유를 이렇게 들었다.

"혁명가, 애국지사, 정치가, 장군, 언론인, 지식인, 대학생, 기업인, 살롱 여주인, 막걸리집 작부, 사기꾼 등 높낮이를 가리지 않고 누구나 작품의 주역으로 삼았고 그들의 사연을 사랑과 사상, 그리고 인간성과 운명의 이름으로 포용했다. 당대의 인물뿐만 아니라, 역사의 행간에 묻혀버린 선인들의 삶도 작품 속에 녹여 담았다."

거의 모든 대한민국 작가의 글을 읽고 정성들여 평을 쓴 김윤식이 생의 마지막 순간에 붙들고 있는 작가는 다름 아닌 이병주였다.

"나는 자서전을 쓸 작정도 없고, 소설로서의 회상, 회상으로서의

---

1) 김윤식,『내가 읽고 본 일본』, 그린비, 2012, pp.106-107.

소설을 쓸 참이다. 자기를 말하는 것은 괴로운 일이다. 그러나 이 기회에 잃어버린 시간을 찾아본다는 것은 나의 소설가 수업에 있어서 유익한 일일지도 모른다."[2)]

57세 장년의 작가 이병주는 이렇게 썼다. 그러나 그는 굳이 자서전을 쓸 필요가 없었다. 모든 작품 속에 자신의 이야기를 담았다. 대체로 역사의 관찰자 내지는 기록자로 머물렀지만 보다 적극적으로 직접 작중인물로 등장해 서사를 이끌기도 했다. 뿐만 아니라 풍부한 자전적 에세이들을 통해서 내밀한 사연도 한껏 드러냈다.

"나라가 불행하면 시인이 행복하다"(國家不幸詩人幸). 즐겨 인용하던 옛 중국 시인의 구절대로라면 이병주는 작가로서 축복받은 세대다. "우리에게 청춘은 없었다. 우리는 청춘을 빼앗겨버렸던 세대다"라고 그는 탄식했다. 이민족의 압제에, 명분 없는 전쟁에, 끝이 보이지 않는 궁핍과 내일 없는 좌절에, 미처 품어보지도 못한 꿈을 송두리째 잃어버린 불행한 세대라며 입버릇처럼 그는 쓰고 말했다.

3·1 만세 사건 직후에 식민지 소년으로 태어나 지배자 일본의 제도 속에서 작가 의식이 형성되었다. 학교에서 배운 공식어와 집에서 사용하는 생활어, 두 언어로 나뉘어 엉킨 '이중자아'를 안고 살아야 했다. 황국신민과 민족주의자, 가아(假我)와 진아(眞我)를 함께 갈무리하며 위태로운 줄타기 일상을 익혀야만 했다. 아버지가 모르는 언어와 세상을 배운 그는 후일 그 언어와 세상을 거부하는 아들 세대를 상대로 서로 답답한 강론을 풀어야만 했다.

10대 후반에 반항아로 학교문을 뛰쳐나온 이래 일본 유학, 학병, 해방과 이데올로기의 대립, 군사 쿠데타와 투옥에 이르는 격동의 세월을 살았다. 대학교수에서 언론인을 거쳐 전업소설가로 변신한 후 짧지 않은 세월을 세인의 이목을 끌며 사랑과 증오를 함께 누렸던

2) 이병주, 『잃어버린 시간을 위한 문학적 기행』, 서당, 1988, pp.17-18.

71년에 걸친 그의 화려한 행장(行狀)을 일러 감히 '사랑과 사상의 거리 재기'로 명명한 적이 있다. "사랑이 없는 사상은 메마르고 사상이 없는 사랑은 경박하다."[3)]

이 책은 한 후세 독자가 추적한 작가 이병주의 삶의 궤적이다. 그의 작품과 행적은 반세기 넘게 내 관념을 지배한 이상이자 가슴을 짓누른 족쇄였다. 1965년 6월, 고등학교 졸업반 시절에 『소설 알렉산드리아』를 읽고 충격적인 감동에 며칠이나 잠을 설쳤다. 『관부연락선』 『지리산』으로 이어지는 사상소설에 혼을 앗긴 청년기의 여진이 후일 '법과 문학'이라는 지적 작업에 나선 단초가 되었다. 당초 지식인을 겨냥하던 작품의 주제와 소재가 무한정 확산되면서 작가에 대한 나의 애정도 산만해졌다. 그래서 챙겨 읽기를 포기하고 목전에 스친 작품만 건성으로 곁눈질하면서 적이 실망하기도 했다. 또한 넉넉한 만큼 올곧지 않게 느껴졌던 그의 행보에 비평의 초점이 흔들리기도 했다. 무엇보다도 내 관견(管見)으로는 끝내 수용할 수 없었던 한 군인 대통령을 엄호하는 만년의 그의 행보가 몹시도 당혹스러웠다.

되돌아보니 이 모든 것이 내가 미숙한 탓이었다. 말로는 선과 악, 미와 추, 성과 속, 좌와 우, 진보와 보수를 아우른다고 자처하면서도 실상은 외진 편견과 쏠린 아집 속에 살았던 것이다. 무릇 인간이란 불완전하기 짝이 없는 것, 어떤 주의나 사상도 마찬가지로 허점투성이라는 사실을 왜 나는 받아들이지 못하고 작은 생각과 인연에 궁궁할 뿐, 그처럼 늠연하게 늙어가지 못할까. 앉지도 일어서지도 못하고 엉거주춤한 상태로 뭉그적거리는 내 삶이 한심스럽기만 하다. 어쨌든 이 책은 내 생애 마지막으로 세상에 내놓는 인물전기다. 그가 떠날 때보다 더 시들은 나이에 이제야 청년 시절 이래 내 심신을 조이

---

3) 안경환, 「상해, 알렉산드리아: 이병주와 김수영」, 『사랑과 사상의 거리 재기: 안경환의 문화 읽기』, 철학과현실사, 2003, pp.75-84.

고 있던 주박을 벗어던지고자 한다.

오랜 시일 동안 너무나 많은 분들의 도움을 얻었다. 먼저 본문에 인용된 모든 저술의 필자들께 경의를 표한다. 특히 2009년, 정범준 님이 펴낸 전기는 작가의 생애 전반(前半)을 치밀하게 추적했기에 후속 작업자의 일손을 크게 덜어주었다. 학병관련 자료에는 황용주 전기를 읽은 이청호 선생께서 보내주신 여러 문헌을 보충했다. 쑤저우와 상하이 관련 자료와 중국고전 문헌의 검색에 베이징 이공대학의 양웬(楊文)·리후아(李華) 부부 교수의 도움이 컸다. 파리, 런던, 스페인 등 유럽 현지의 문헌은 파리지엔느 정소영이 챙겨주었다. 작가의 향리 하동의 자료는 최증수·장경임·최영욱·진효정·김세기 등 여러분들이 도와주셨다. 김형국·노치웅·박철규 님은 마산, 진주, 부산에서의 작가의 행적을 추적하는 데 길잡이가 되어주셨다. 국회도서관 소장 자료의 대출을 도와준 최정인·황병길 두 분에게도 고마움을 전한다. 수많은 이병주 마니아 중에 특히 오홍근·위태환 두 분께 큰 빚을 졌다. 이밖에도 많은 분들이 자원하여 귀중한 증언들을 남겨주었지만 책의 성격과 집필의 원칙 때문에 반영하지 못해 죄송한 마음이다.

다양한 측면에서 이병주의 인간적 면모를 기록해주신 남재희 선생님과 칼날같이 정교한 필치로 이병주 문학의 대표작들을 분석한 임헌영 선생님께 깊은 경의를 표한다. 가까이 지낸 김윤식 교수의 문하생들 중에 김종철·정호웅 두 분의 우의가 이 책 전반에 짙게 깔려 있다. 초고를 읽고 유익한 제언을 해준 재독 문학도 문봉애 씨의 노고를 기억한다. 2006년에 출간한 이병주 선집에 더하여 이 평전의 출판을 자임한 한길사 김언호 대표님과 백은숙 주간님의 배려에도 감사드린다. 책의 표지가 된 개성 넘치는 작가의 초상화는 따님인 이영비 화가의 작품이다.

작가와 그의 시대를 함께 쓰고 싶었으나 결과적으로 어느 한쪽도 제대로 쓰지 못했다. 9년 전, 그의 익우(益友)이자 쟁우(爭友)였던 황용주의 전기[4]를 펴낼 때 남긴 아쉬움은 이 책으로도 여전히 해소되지 않았다. 필자의 역량 부족과 세대의 열등감이 함께 교착한다. 특별한 아버지를 둔 자부심과 부담감을 함께 지고 사는 친우 이권기 교수께 깊은 감사와 위로의 말을 함께 전한다.

　당초 기대했던 시기보다 늦었지만 작가의 탄생 100주년과 타계 30주년 언저리에 책을 펴낼 수 있어 그나마 다행이다. 이 부족한 책을 4년 전 타계하신 김윤식 교수님의 영전에 올린다. 여러 차례의 독려와 채근에도 불구하고 선생님의 생전에 상재하지 못한 게으름을 사죄드린다. 글과 사람 사귀기에 까탈스러울 정도로 엄한 기준을 고집하시던 분이 유독 나에게만은 한껏 풀어주셨다. 10년여 선생을 모시고 이병주기념사업회 나들이하면서 분에 넘치는 사랑을 받았다. 언제가 이병주 문학과 그의 시대를 주제로 본격적인 대담을 나누자는 선생의 제안을 받았으나 내 준비가 모자랐다. 에커만과 괴테의 대담처럼 거인과 그의 사도가 문답하는 형식이 아니라, 브레히트와 베냐민의 논쟁처럼 '정신의 불꽃이 깔려 있는' 그런 치열한 대담을 선생은 원하셨으나 이는 내게 당초부터 무망한 일, 잠시 내 환각이 빚어낸 미망이었을 것이다. 내 남은 삶을 선생께서 남기신 묵직한 필업(筆業)을 다듬어 읽는 일로 대속(代贖)할 각오다. 마지막으로 우리 시대의 '글쓰기의 신', 김윤식을 평생 곁에서 섬겼고, 떠나보낸 후로도 잔영을 가슴속에 지은 사당에 모시고 계시는 가정혜 여사의 강령하심을 빈다.

2022년 조춘(早春)
밀양 화악산 화운정사에서
안 경 환

---

4) 안경환, 『황용주: 그와 박정희의 시대』, 까치, 2013.

이병주평전

사랑과 사상의 거리를 재다
• 김윤식 교수님 영전에 바칩니다 • 33

제1부
출생에서 학병까지(1921-43):
식민지 청년의 이중자아

1. 산과 강과 바다를 함께 품은 작가의 고향, 하동

작가에게는 고향이 따로 없다는 말이 있다. 어떤 시인이 호기를 부렸다. 산하 전체가, 온 세상이 그의 몫이라고. 프랑스의 시인 폴 엘뤼아르는 스페인 내전이 일어나 평화로운 마을 게르니카가 프랑코를 지원하기 위한 독일군의 공습으로 파괴되자 격노한 지식인이다. 그는 「게르니카의 승리」라는 제목의 시를 써서 인민전선 공화군을 지원한다. 제2차 세계대전 후에는 멕시코 등 여러 나라를 전전하면서 민중의 투쟁을 지원하며 자신에게는 고향도 고국도 없다고 공언했다. 민족보다 계급이 우선이었다. 그러나 음화(陰畫)로만 다가오는 그의 시구는 그가 자란 고향과 만난 사람들이 더해져야만 온전한 채색이 가능하다.[1]

"노동자에게는 조국이 없다."

『공산당 선언』의 한 구절이다. 그러나 국제공산주의도 결국에는 국가와 민족 단위로 분화되었다.[2] 어느 누구에게나 고향과 조국은 정신적 삶의 버팀목이다.

고향이란 떠나서 그리워하고 이따금씩 되찾곤 하는 장소에 그치지 않는다. 숫제 평생토록 가슴에 지니고 다니는 것이다. 문득 돌아다보니 세계의 명작 소설은 모두 향토문학이었다. 어린 눈에 비친 고향의 산천과 풍물, 세속과 인간의 모습이 후일 문학작품으로 재현되

---

1) 신경림, 『신경림의 시인을 찾아서 2』, 우리교육, 2002, p.47.
2) 마르크스·엥겔스, 권혁 옮김, 『공산당 선언』, 돈을새김, 2010.

어 세계인의 보편적 정서에 호소하여 가슴에 파고드는 것이다. 그러
나 또 한편으로는 고향을 객관적으로 바라볼 수 있는 사람이라야 성
숙한 지성의 자격이 있다.

"고향을 감미롭게 생각하는 사람은 아직 허약한 미숙아다. 모든
곳을 고향으로 느끼는 사람은 이미 상당한 힘을 갖춘 사람이다. 그러
나 전 세계를 타향이라고 느끼는 사람이야말로 완벽한 인간이다."

12세기 유럽의 신비주의 철학자, 생빅토르의 위그(Hugo von
Saint Viktor, 1097년경-1141)의 말이다.[3]
　대한민국 소설가 이병주의 고향은 경상남도 하동이다. 그를 작가
로 키워낸 정서적 자양분은 모두 지리산과 섬진강, 남해바다 하동 포
구가 배양한 것이다. 하동은 산과 강과 바다를 함께 어울러 안은 넉
넉한 땅이다. 지리산은 명산 중의 명산이요, 섬진강은 대천의 반열에
세워도 무리가 없다. 한려수도를 안은 남해바다는 실로 아름다운 물
이다. 이 고장 태생의 시인 정공채(1934-2008)의 「찬불이하동가」
(燦不二河東歌) 구절 그대로다.

"하동이 어디냐고 묻지 말게나
하동이 어떠하냐 묻지를 말게나
산수 좋고 인물 좋고 풍광도 으뜸일세.
하동아, 둘도 없는 불이명향(不二名鄕)이며
한 군향(郡鄕) 안에 지리산, 섬진강, 한려수도
이름난 산과 장강(長江) 바다도 거느렸네
하동아, 우리 고향, 삼포(三抱)의 불이향."

---

3) 에드워드 사이드, 박홍규 옮김, 『오리엔탈리즘』, 교보문고, 1997, p.416에서 재인용.

조선 중기의 성리학자 일두 정여창(1450-1504)이 지리산에 올랐다 하동 화개마을로 내려온 감상을 적은 시도 같은 내용이다.

바람은 하늘하늘 가벼운 풀을 간질이는데
윤사월 화개마을은 보리 추수가 한창
지리산 천만봉을 눈 속에 간직하고 내려와
돛단배 한 척으로 큰 강을 내려간다.
風蒲獵獵弄輕柳
四月花開麥已秋
看盡頭流千萬疊
孤帆又下大江流
—『대동시선』(大東詩選),「유두류도화개현」(遊頭流到花開縣)

박경리의 『토지』와 이병주의 『지리산』

2017년 3월 15일, 하동공설운동장에서 군민의 날 기념식이 열렸다. 새로 제정된 '한다사'(韓多沙)상의 제1회 수상자로 통영 태생의 작가 박경리(1926-2008)를 선정했다. 악양면 평사리를 무대로 한 대하소설 『토지』를 쓴 공로를 기린 것이다.[4] 이 소설로 박경리는 명예 하동인이 된 지 오래다. 소설에 그려진 것 이상으로 널찍한 '최참판댁'과 부속 건물들이 세워지면서 관광단지가 조성되었다. 2016년 5월에는 평사리문학관이 들어서면서 군내 제일의 문화랜드마크로 자리 잡았다. 기껏해야 십여 년 연륜의 한옥 건물을 소중한 문화유적으로 간주하는 듯하다. 박경리는 자신의 소설 제목을 딴 짧은 시를 썼다.

---

4) 『한겨레』, 2017. 4. 17.

"어떤 사람이 『토지』를 초라하다 했다. 맞는 말씀이다.

『토지』는 매우 화려하지만 작가는 초라했다.

삼지사방 휴매니즘이란 것을 구걸해 보았으나

참으로 귀한 것이어서 좀체 얻을 수 없었다.

역시 『토지』는 초라했다."[5]

작품 『토지』는 토속어가 빛나는 작품이기도 하다. 통영, 하동, 진주, 마산 등 등장인물들이 쓰는 말은 서부 경남 사투리다. 박경리와 가까이 지낸 마산 태생의 문화인 김형국은 『토지』의 말투대로 정겹게 말을 건넨다.

"어무이, 저녁 묵고 가게심더."

김형국의 어투를 듣고 작가는 "참 듣기 좋은 말"이라며 정감을 표시했다.[6]

김윤식의 진단에 의하면 소설 『토지』의 참주제는 산천이다. 민족주의도 사회주의도 친일파나 독립운동도 산천에 비하면 보잘것없이 작은 것이다. 제1부 제1권부터 산천을 울리는 뻐꾸기소리와 능소화의 문학적 형상화가 이어진다. 그 산천의 구체성은 8·15를 앞둔 제5부에서 모든 등장인물이 지리산을 향하는 데서 드러난다. 지리산은 김길상을 불러들여 탱화 관음상을 그리게 하고, 그 장남 최환국도, 김길상을 최길상으로 민적까지 둔갑시킨 교활한 최서희도 그 탱화를 모신 절로 불러들인다. 지리산은 동학잔당, 징용·징병기피자, 사상객도 널리 품었다.

최서희의 차남 최윤국이 학병으로 끌려가면서 『토지』는 대단원을 맺는다. 해방이 왔기에. 『토지』가 끝난 자리를 이병주의 『지리산』이

5) 박경리, 『우리들의 시간』, 나남, 2000, 재판 2008, p.228.
6) 김형국, 「박경리 주변에서 오간 말, 말, 말」, 위의 책, pp.237–254.

이어받는다. 진주여고 졸업생이 쓴『토지』를 메이지대학 전문부 졸업생이며 진주농대 교수인 이병주가 쓴『지리산』이 받쳐주는 것이다.[7]

2019년 11월호『KTX매거진』에 하동 악양면의 가을 정경이 소개되어 있다. '국제 슬로시티'로, 가을이 전시된『토지』의 고향으로 부각되어 있다.[8] 하동 사람들은 박경리의 등극을 환영하면서도 이곳 출신 이병주를 홀대하는 듯한 세태를 몹시 아쉬워한다.

하동에서 태어나 외지에서 자란 시인 정호승은 평사리문학관의 행사에 참석했다. 선배 시인 신경림에게 "눈물과 사랑과 순결의 시인"[9]이라는 계관을 얻은 정호승이다. 살아 있을 때 당대 제1의 평론가로 불리던 김현(1942-90)은 정호승의 시를 일러 "피묻은 별의 그리움"이라고 명명했다.[10] 이 자랑스러운 출향 시인을 맞은 고향 팬들은 그의 시「봄길」을 낭송하며 환영했다.

"길이 끝나는 곳에서도 길이 있다. 길이 끝나는 곳에서도 길이 되는 사람이 있다. 스스로 봄길이 되어 끝없이 걸어가는 사람이 있다. 강물은 흐르다가 멈추고 새들은 날아가 돌아오지 않고 하늘과 땅 사이의 모든 꽃잎이 흩어져도. 보라, 사랑이 끝난 곳에서도 사랑으로 남아 있는 사람이 있다. 스스로 사랑이 되어 한없이 봄길을 걸어가는

---

7) 김윤식,『이병주와 지리산』, 국학자료원, 2010, pp.266-274.
8) 『KTX매거진』 2019년 11월호, pp.103-115.
9) 신경림,『신경림의 시인을 찾아서 2』, 우리교육, 2002, pp.300-313. "시는 만들어지는 것이지 태어나는 것이 아니라는 것이 현대시의 추세이지만, 그를 보면 시는 만들어지는 것이 아니라 태어나는 느낌을 갖게 한다"(p.308).
10) 김현,『행복한 책읽기: 김현 일기 1986-89』, 문학과지성사, 1992, p.117. "정호승의 『새벽편지』(민음사, 1987)는 애절하게 아름답다. 피 묻은 별의 그리움이라고 요약할 수 있는 그의 시는 절제된 슬픔 때문에 애절하다. 피 묻은 별의 그리움이란 자유를 향한 그리움에는 피가 묻게 마련이라는 정치적 상상력의 시적 치환이지만, 그 치환이 경직화되어 있지 아니한 것이 그의 시의 장점이다."

사람이 있다."

정호승이 읊은 "스스로 봄길이 되어 끝없이 걸어가는 사람," 그런 사람이 나림 이병주였다.

섬진강변 모래 땅 하동

하동은 삼국시대부터 다사군(多沙郡)으로 불렸다. 섬진강변 모래가 많은 곳이라는 뜻이다. 통일신라시대에 한(韓)다사군으로 바뀌었다. 하동군이란 이름은 신라 말부터 정착된 것이다. 청하(淸河)라는 향명도 기록에 보인다. 『동국여지승람』에 의하면 경도(京都)와의 거리가 187리다. 그야말로 천릿길이다. 비범한 건각(健脚)으로도 10여 일간의 행정, 글공부에 시달린 선비들의 걸음으로는 장장 한 달의 행정이다. "학문이 어려워 과거에 오르지 못하는 것이 아니라 행(行)이 어려워 벼슬에 오르지 못한다(不是學難不登科 行難不登科)란 말이 막상 지어낸 이야기는 아닌 것 같다"고 이병주는 자신의 생각을 밝혔다.[11)]

한반도의 많은 지명이 그러하듯이 하동도 중국의 지명에서 따온 것이리라. 중국에서 하동이란 현재의 산시(山西)성의 성도 타이위안(太原) 일대, 황하 동쪽 연안지역을 통틀어 부른다. 『시경』(詩經) 「당풍」(唐風)의 탄생지이기도 하다. 『맹자』에는 "하내(河內)지방에 흉년이 들면 하동(河東)으로 이주시키고"라는 구절이 있다(「양혜왕」梁惠王, 上). 틀림없이 비옥한 땅일 것이다.

사마천의 『사기』(史記)에 의하면 하동은 주나라 무왕의 아들이자 성왕의 아우인 숙우(叔虞)가 터 잡은 곳이다(「진세가」晉世家). 그래서 그런지 옛글에 밝은 한 서생이 초가을 밤 하동에서 잔잔한 술잔을

---

11) 김윤식·김종회 엮음, 『이병주 역사 기행』, 바이북스, 2014, p.20.

들고『시경』의「귀뚜라미」(蟋蟀)를 읊었다고 한다. 이병주의 생애를 연상하게 한다.

"귀뚜라미 집에 드니 이 해도 저무누나.
지금 내가 즐기지 않으면 세월은 그냥 흘러간다.
무사태평하지 말고 어려운 일도 생각해야지.
즐기되 지나치지는 말아야지.
좋은 선비는 언제나 분발하는 법이니."

蟋蟀在堂 歲聿其莫
今我不樂 日月其除
無已大康 職思其憂
好樂無荒 良士休休

"호락무황 양사휴휴"(好樂無荒 良士休休), 그 서생의 직감처럼 마치 나림 이병주의 일생을 읊은 듯한 느낌이 든다. 그런 선비가 이병주다. 이병주는 삶을 맘껏 즐기다 떠난 사람이다. 너무 짧지도, 너무 길지도 않은 71세 생애를 쓰고, 만나고, 사랑하고, 걷고, 마시고, 웃고 살았다. 짧은 시간 자리에 누웠다 홀연히 떠났다. 생애를 통틀어 물경 80여 편의 장편소설을 포함하여 원고지 수십만 장 분량의 글을 활자로 남겼다.

그러나 그는 결코 글쓰기에만 탐닉한 것은 아니다. 부지런한 발길은 조국 산천 구석구석에 닿았고 쉼없이 흘러 바다로 유영하는 섬진강 물줄기처럼 세계를 유람했다. 그러면서도 시대의 고관대작, 석학, 시정잡배를 가리지 않고 진한 교분을 나누었다. 무수한 여인과 사랑을 주고받아 많은 사람의 시샘과 미움도 샀다. 한마디로 이병주의 생애는 그 시대의 유행어를 빌리자면 '총천연색 시네마스코프(Cinema Scope)'였다.

생전에 이병주는 여러 편의 수필에 고향 하동의 모습을 담았다.

"하동포구 팔십 리에 물결이 곱고
하동포구 팔십 리에 인정이 곱소
쌍계사 종소리를 들어보면 알게요
개나리도 정답게 피어납니다."

"철이 든 하동 사람으로 이 노래를 모르는 사람이 없다. 고향의
노래이기 때문이다. 향우회를 비롯하여 하동 출신의 사람들이 술
자리를 가졌다 하면 이 노래를 부르는 사람이 나타난다. 그러면 제
창(濟唱)이 된다."

노랫말을 지은 사람은 시인 남대우(1913-40)다.

"아무려나 곡은 그 가사에 알맞게 아름답다. 전형적인 유행가 가
락이긴 하지만 그 애조(哀調)는 우아하고 정서적이며 청명하고 깊
은 여운을 가지고 있어 이탈리아의 명가수 질리와 같은 사람이 부르
면 명곡 이상으로 감동적일 수 있을 것이다."[12]

남대우는 하동 최초의 문인, 그중에서도 아동문학의 아버지로 숭
앙받는다. 매년 5월, 하동에서는 남대우를 기념하여 어린이 백일
장을 연다. 민족주의자 남대우는 일본경찰의 고문을 받고 죽었다.
1940년, 조선총독부가 『동아일보』와 『조선일보』, 두 신문에 폐간조
치를 내린 직후의 일이다. 그의 시신은 하동경찰서 뒤뜰에 묻혔다고
도 한다.

---

12) 이병주, 「지리산 남쪽에 펼쳐진 섬진강 포구」, 『한국인』, 1987. 10, p.97.

"곡을 만든 사람은 누군지 알 수가 없다. 짐작컨대 하동의 이웃인 진주 출신의 이재호가 그 작곡자인지 확인할 길이 없다. 둘 다 고인이 되었으니."

이재호는 이병주와 특별한 인연이 있는 지우(知友)다. 6·25 전후하여 둘이 함께 경찰에 체포되었다가 반공가를 쓰고 석방된 이력이 있다. 가사는 이병주가, 곡은 이재호가 만들었다. 하동읍에 소재한 하동초등학교의 교가도 이재호가 작곡했다. 교문에 교가와 악보가 새겨져 있다.

김순현의 작사다.

> "금수강산 삼천리 늘어진 곳에
> 지리산 줄기 받아 우뚝 선 학원,
> 이곳에 자라나는 하동교의 어린이,
> 화랑의 옛 기상 본을 받아서
> 우리의 배움터에 무궁화 핀다."

전형적인 초등학교 교가 가사다.

이병주도 북천면 화정리의 고향집 인근에 세워진 대야국민학교의 교가를 썼다. 이 학교는 폐교된 지 오래지만 용케도 한 졸업생의 기억 속에 담긴 가사를 재생할 수 있었다. 작곡자는 알 수 없으나 이병주와의 인연을 감안하면 이재호일 가능성도 있다.

> "한 갈래 두류산의 정기를 타고
> 꽃마을에 터 잡은 우리의 학원
> 감도는 앞 시내에 몸과 마음을 씻으며
> 자라나는 우리들은 이 나라의 별이다.

나가자, 나가자 희망의 나라로
빛내자 영원히 대야국민학교."

두류산(頭流山)은 지리산의 별칭이다. 하동초등학교나 북천대야
초등학교뿐만 아니라 이 지역 모든 학교의 교가에 지리산이 빠질 수
없을 것이다. 지리산은 산청, 하동, 함양, 구례, 남원, 다섯 고을을 거
느리며 겹겹이 쌓인 거대한 산이다.

육상에서 연전연승한 정기룡 장군

지리산 주변에 명유(名儒)는 많아도 현관(顯官)은 적다.

"지리산을 비롯한 심산유곡에 생의 터전을 잡은 사람들은 신라와
고려의 유민, 또는 그와 비슷한 처지에 있던 사람들일 것이다. 어제
의 권신이 오늘의 역적이 될 수 있다는 것을 알았고, 시류를 따르자
니 비굴을 익힐 수밖에 없다는 것도 알았다. 새로운 생의 가치를 발
굴하기 위해서는 명리를 초월해야 했고 권력사회를 염리해야 했다.
그런 까닭에 중앙을 등지고 산속에 숨어 도회(韜晦)하게 된 것이다.
이러한 사고방식을 이어받은 후손들이 특이한 성격, 비범한 포부, 또
는 야심을 갖지 않고서는 관직에 뜻을 갖지 않게 될 것은 당연한 일
이다."

"이 지방 사람들이 중앙관계에 진출한 것은 조선 중엽부터 말엽에
이르러서였다. 그런 가운데 하동엔 이른바 국조(國朝)풍의 인물이
적은데 정인지가 하동 출신이란 사실은 특기할 만한 일이나 성삼문
을 위시한 사육신을 숭상하는 풍토에서는 자랑할 일이 못 된다.
그러나 진실로 하동이 자랑할 만한 인물은 정기룡(1562-1622)
장군이다. 곤양현 태촌, 지금의 하동군 금남면이다. 나는 『유성(流

星)의 부(賦)』(홍계남의 이야기)란 작품을 쓰기 위해 임진·정유 전사를 연구했다. 그 결과 얻은 결론인즉 해상에서 연전연승한 장군은 이순신 장군이며, 육상에서 연전연승한 장군은 정기룡 장군 하나뿐이란 사실이다."[13]

　정몽주·정도전·허균·홍계남을 장편소설로 쓴 그이지만 정작 그처럼 자부심을 품었던 고향 인물은 심도 있게 그려내지 못했다. 금남면 중평리에 정기룡의 신도비가 세워져 있다. 일제강점기인 1928년, 지역 유림과 후손들이 모충계(慕忠契)를 만들고 1932년 경충사(景忠祠)를 건립하여 정기룡의 추모작업에 나섰다. 그러나 항일 임진란의 민족영웅을 현창하는 일을 총독부가 방관할 리 없었다. 이내 경충사가 철거되고 정기룡의 유품이 압수되는 수난을 겪었다. 1966년에 비로소 정기룡의 위패를 다시 모시고 매년 제사를 올린다. 1992년 하동군의 지원으로 경충사 일대가 정비되었으며, 2005년에는 사당이 중건되었고 2010년에 생가도 복원됐다. 이병주가 살았더라면 크게 기꺼워했을 일이다.

화개장터는 만남과 헤어짐이 다반사인 곳
　하동은 먹거리가 풍부하다. 산과 강, 바다를 아우르는, 정공채의 표현대로 '삼포의 불이향'이다. 행정구역상 경상도에 속하나 섬진강 건너 전라도 구례와 생활권이 같다. 화개장터는 열린 교류의 마당이다. 조영남의 「화개장터」 노랫말대로 신라·백제 시대 이래로 누적되어 왔다는 경상·전라의 갈등이 원천적으로 봉합된 곳이다.

　"전라도와 경상도를 가로지르는 섬진강 줄기 따라 화개장터엔 아

---

13) 김윤식·김종회 엮음, 위의 책, 2014, pp.20–21.

랫마을 하동 사람 윗마을 구례 사람 닷새마다 어우러져 장을 펼치네. 보기엔 그냥 시골 장터지만 있어야 할 건 다 있구요 없을 건 없답니다 화개장터. 광양에선 삐걱삐걱 나룻배 타고 산청에선 부릉부릉 버스를 타고 사투리 잡담에다 입씨름 흥정이 오손도손 와자지껄 장을 펼치네. 구경 한번 와 보세요. 오시면 모두 모두 이웃 사촌 고운 정 미운 정 주고받는 경상도 전라도의 화개장터."

화개장터는 김동리의 단편소설 「역마」(1948)의 무대이기도 하다. 만남과 헤어짐이 항다반사인 곳이다. 역마살이라는 주어진 운명을 받아들여야만 구원에 이를 수 있다. 소설의 마지막 부분에 세 갈래 길이 등장한다. 화개골, 구례, 하동으로 난 길이다. 일제 말기 하늘 같은 맏형 김범부의 주선으로 친일의 위험이 항시 도사리고 있는 경성을 뒤로하고 사천 다솔사에 둥지를 틀고 있던 김동리는 두 차례나 문우들을 만나기 위해 화개장터 나들이를 한다.

"10년간 내가 절간 변두리를 방랑하면서 사귄 동료들도 적지 않다. 남대우·김종택은 이미 작고했다. 특히 두 번이나 지리산 기슭의 화개장터를 찾아갔던 것도 김종택을 만나기 위해서였던 것을 생각하면 서글프기 한량없다."[14]

김동리는 박경리의 등단을 주선하고 '금이'라는 토속적인 본명 대신에 '경리'라는 산뜻한 필명을 지어준 아비 같은 스승이다.[15] 이병주의 문학비도 인근에 세워져 있다.

---

14) 김동리, 「문학행각기」, 『김동리 대표작선집』 6, p.328; 김윤식, 『김동리와 그의 시대』, 민음사, 1995, pp.298-302에서 재인용.
15) 박경리, 「선생님에 대한 추억」, 『영원으로 가는 나귀: 김동리 서거 10주기 추모문집』, 계간문화, 2005, pp.131-136.

하동은 벚꽃동산

하동은 넓은 고장이다. 여러 버전의 향토 찬가가 내세우듯이 산과 강과 바다를 아우르는 작은 우주다. 그러나 이병주가 태어나 소년 시절을 보낸 북천면은 오로지 산뿐이다. 하동 땅에서도 결코 돋보이는 곳이 아니다. 작가 스스로 그린 향리의 풍광이다.

"전형적인 산수화에 흔하게 볼 수 있는 그러한 산, 그러한 시내, 그러한 들, 그러한 집들로 이루어진 가난한 마을에 불과하다. 봄이 되어도 꽃 같은 꽃도 피지 않는다. 산 이곳저곳, 들 이곳저곳에 꽃이 없었던 것은 아니지만 너무나 산만해서 꽃다운 정서가 풍겨날 수 없는 것이다. 뿐만 아니라 고적다운 고적도 없다. 유서를 지닌 곳도 없다. 조그마한 암자는 있었지만 사찰다운 사찰도 없다. 그야말로 벽촌이다. 두 갈래 시내가 있긴 있는데 흔히 말하는 용소(龍沼)라는 것도 없다. 딴 곳에는 그처럼 흔한 용 한 마리가 우리 고장엔 없는 것이다."[16]

1921년 신유년 3월 16일, 북천면 옥정리 안남골, 합천 이씨 이세식(李世植)과 부인 김수조 사이에 첫 아이가 태어난다. 고대하던 아들이라 더욱 기쁨이 넘친다. 독실한 불교도였던 산모는 아이가 자신의 몸에서 분리되는 바로 그 순간에 환한 빛과 함께 부처님이 현몽했다고 손자에게 전했다. 조선총독부의 공식기록인 호적과 학적부에는 다이쇼(大正) 9년(1920년) 3월 16일 출생으로 기재되어 있다. 실제보다 1년 앞당겨 기재된 이유는 분명치 않다. 아마도 한동안 출생신고를 하지 않다가 입학할 때 적령을 맞추었거나 아니면 호적부를 옮

---

16) 이병주, 「지리산 남쪽에 펼쳐진 섬진강 포구」, 『한국인』, 1987년 10월, pp.100-101.

겨 적는 과정에서 착오가 생겼는지 알 수 없는 일이다.

이병주 자신은 '출생지'와 '고향'을 구분하여 출생지는 옥정리, 고향은 화정리라고 쓰곤 했다.[17] 옥정리에서 태어나서 유소년기를 보낸 후에 부친이 정착한 화정리에서 살았다. 옥정리와 화정리는 꼬불꼬불한 산길로 4킬로미터 거리다.

옥정리나 화정리나 들의 규모가 옹색하기 짝이 없는 산골이다. 눈을 부릅뜨고 둘러보아도 천석꾼이 날 수 있는 땅이 아니다. 한때 작가의 '생가'로 불리던 북천학교에 다닐 때 살던 남포 마을의 집도 초라하다. 2004년, 남포 마을 입구 사당나무 아래, 작가의 중부 이홍식의 애국지사 사적비가 세워졌다. 1996년에 보호수로 지정된 사당나무는 1911년 2월 17일 작가의 백부 이명식이 심은 사실을 알리는 표지석이 서 있다.

"나는 어린 시절 우리 집이 큰 부자인 양 착각하고 살았다. 그 까닭은 안남골에 자리 잡은 산정을 곁들인 대궐 같은 집에서 유년기와 소년기를 지냈기 때문이었다. 그 건물과 정원은 정말 웅장하고 아름다웠다. 집 뒤 산비탈엔 오죽(烏竹)의 숲이 있었고, 산정의 대문 앞엔 상수리나무와 느티나무가 있었다. 담장 안으로 복숭아나무와 매화나무가 있었고, 바로 서문 밖엔 감나무와 배나무가 철 따라 탐스런 열매를 맺었다. 뜰 안엔 제법 큰 화단이 있었는데, 작약꽃, 모란꽃, 국화꽃이 피었다.

다섯 층 돌계단을 올라 그리고 다시 층대로 해서 마루로 오르는데 오른편으로 대청이 있었고 방이 도합 여섯 개나 되었다. 기둥은 큰절에나 가지 않으면 구경할 수 없는, 그 둘레가 5, 6세 소년으로선 한

17) 이병주, 『잃어버린 시간을 위한 문학적 기행』, 서당, 1988, p.121. 두 마을은 여러 소설에 등장한다.

아름을 넘는 것이었다. 아무튼 그 무렵 우리 북천면에선 그것과 비교할 만한 집이 없었다. 네 귀에 풍경이 달린 덩실한 기와집이었다.

어린 나는 그것이 그냥 우리 집이라고만 알고 있었는데 보통학교에 입학하면서 우리 집이 아니고 진주로 이사간 '큰집'의 소유라는 것을 알았다."[18]

이병주의 고조부는 아들 여덟을 두었다. 증조부는 그중 여섯째고, 조부 이징(李澄)은 지차(之次)였다. 이징의 백부 집이 바로 '큰집'이다.

"백부는 빙옥정이란 곳에 큰 사랑채를 곁들인 집을 유지하고 있다가 어머니(내겐 조모)가 별세하자마자 보잘것없는 집으로 옮겼다. 백부의 집이 망했다는 것을 그때사 나는 알았다. 그와 동시에 산정도 안채도 우리 집이 아니라는 사실을 알게 되었다. 진주로 이사간 '큰집' 일을 보고 있던 아버지가 그 빈집을 관리하고 있었던 것이다."[19]

어쨌든 이병주의 아버지 대에 들어서는 윗대가 누리던 가세가 많이 기울어진 것 같다.

하동군의 최남단에 자리한 북천면은 대도시 진주와 맞닿아 있다. 북천은 하동읍보다는 진주시와 더 가까운 생활권이다. 해방 후 1967년, 진주-순천을 철도가 연결하면서 북천에 작은 역사가 들어섰다. 이제는 무인역이 되었지만 하루 몇 차례 무궁화호가 선다. 한때는 짐 보따리나 생선 상자를 더미더미 싣고 다니던 억척스러운 시골 아낙네들의 모습은 이제 눈에 띄지 않는다.

---

18) 위의 책, p.121.
19) 위의 책, p.213.

"코스모스 피고 지는 그리운 고향역."

가을이면 유행가 가사가 어울리는 북천역이다. 하기야 전국 어딜 가도 가을철 시골역 풍광은 비슷비슷할 것이다.[20] 봄 풍경도 마찬가지다. 남도 마을 어딜 가도 벚꽃동산이다. 지리산 자락인 하동은 벚꽃 마을의 선두주자에 속한다. 오래전부터 화개장터에서 쌍계사에 이르는 '십리벚꽃길'은 가히 상춘객들의 성지였다. 언제부턴가 하동군 전체가 벚꽃 천지가 되었다. 화개면에서 수십 킬로미터 떨어진 북천역 일대도 벚꽃동산이다. 역사를 나와 왼쪽 방향으로 돌아 대로를 지나면 이내 곤양으로 넘어가는 이명산 관통 국도를 만난다. 2킬로미터 남짓, 산자락에 이병주문학관이 서 있다. 문학관을 지키는 시인이 그린 산촌 북천마을의 봄 정경이다.

"노란 승합차에서 한 무리
봄처녀 아닌 봄 아줌마들 쏟아져 나온다.
노란 봉지에 호미를 들고
무릎걸음으로 한 발 한 발 진군한다.
연초록과 대회전이다.
잘 벼린 호미 끝으로 연두를 공격한다.
연두는 뿌리째 뽑히면서도 물러서지 않는다.
냉이 소대가 사라지면
달래 중대가 달려오고
쑥부쟁이 대대가 투항하면
고사리 군단이 황토재를 넘어온다.

---

20) 북천면에 '코스모스마을'이 조성된 것은 2004년 『농민신문』에 실린 벨기에 브뤼셀 '꽃 카페' 기사를 읽은 북천면사무소 직원의 착안으로 성사되었다는 흥미로운 기록이 있다. 김욱곤, 「유럽연합 사례로 소개되는 농부의 새로운 이름」, 글나무, 2021, pp.355-359. '한국형 국토의 정원사: 하동 북천 코스모스마을 사례'.

겨우내 적막하던 북천 벌판에
포연처럼 아지랑이 피어오르고
무지막지한 기습에
개불알꽃이 놀라서
요령 소리 나도록 달아나는데
또 한 대의 승합차가 들어온다."[21]

『추구』(推句)로 조기 한문 교육을 받다

어린 시절부터 이병주는 글을 읽고 쓰기를 즐겼다. 보통학교 학적부에는 신체가 허약한 아동이라고 적혀 있다. 흔히 약골 사내아이들이 그러하듯이, 또래와 함께 몸으로 뛰어놀기보다는 홀로 방안에서 보내기를 선호했다. 억지로 바깥에 내다놓으면 아이는 혼자서 손가락으로 땅바닥에 뭔가를 끄적거리며 생각에 잠기곤 했다. 한 번은 소를 먹이러 들에 내보냈더니 딴생각을 하느라 제대로 챙기지 않아 고삐 풀린 소가 남의 콩밭을 짓뭉개버려 변상해준 적도 있다고 한다.

이병주는 어린 시절 백부에게서 『추구』(推句)를 배웠다고 한다. 전형적인 아동용 입문교재인 『천자문』 대신 『추구』를 배웠다는 것이다. 『추구』는 다섯 글자(五言)로 된 대구로 역대 명문장을 모아둔 아동용 교재다. 『천자문』『사자소학』(四字小學)과 함께 대표적인 초학 입문서라고 한다. 한글 세대의 말로 바꾸면 '모범 글짓기'인 셈이다. 『추구』는 필사본으로 전해 내려왔기에 지역마다 편집자의 의도에 따라 다양한 교재가 있었을 것이다.

『추구』와는 달리 단일본인 『천자문』은 250개의 4자성어로 구성된다. 첫 구절부터 의미가 녹록치 않다. "天地玄黃." "하늘 천" "따 지" "검을 현" "누를 황." 땅이 누렇다는 말은 쉽게 알겠는데 하늘이 검다

---

21) 진효정, 「북천의 봄: 나물전쟁」, 『일곱 번째 꽃잎』, 북인, 2018, p.59.

는 말은 도대체 무슨 의미인가? 이어지는 4자는 "宇宙洪荒." "집 우" "집 주" "넓을 홍" "거칠 황." "우주는 넓고 거칠다?" 심오한 우주의 빅 뱅이론이라도 담겨 있단 말인가? 그러나 이런 의문은 성인이 되어 생긴 것일 터이고, 어린아이에게 『천자문』은 단지 순서대로 1,000자를 외우고 글자의 모양과 음을 연결시키는 일종의 그림책에 불과했다.

조선은 군사행정의 목적으로 경상도를 좌우로 나누었다. 경상좌도는 왕성(王城)에서 내려볼 때 좌측을 뜻하며, 안동, 경주, 울산, 양산, 연일, 동래, 청송, 예천, 풍기, 밀양, 칠곡, 경산, 청도, 영양 등 37개의 군현이 여기에 속했다. 경상우도는 성주, 선산, 합천, 함양, 의령, 남해, 거창, 사천, 하동, 고성, 창원 등 28개의 군현으로 구성되었다. 대체로 낙동강이 나뉘는 기준이다. 한 경상좌도 고을의 향교 전교(典校)의 말에 의하면 좌도에서 아동용 교재로 『추구』를 채택한 예는 거의 없었고 우도, 그중에서도 남쪽 지리산 일대 군현에서 널리 사용되었다고 한다. 좌도 일대에서는 『천자문』 『동몽선습』 『명심보감』 『소학』의 단계로 상승하는 것이 전형적인 커리큘럼이었다고 한다. 그 말이 사실이라면 좌도가 윤리 지향이라면, 우도는 문장 지향이었을까?

흔히 영남 유학의 족보를 논할 때 '좌안동 우함양'이라는 말을 쓴다. 좌도의 상징 인물인 퇴계 이황과 우도의 상징 인물인 남명 조식을 대비시키기도 한다. 좌도 유생들이 출세지향적이라면 우도 선비들은 은둔의 미덕을 추구했다는 것이다. 『천자문』은 글자를 익히는 데 유용하고, 『사자소학』이 윤리도덕 교재였다면 『추구』는 정서의 함양과 시부(詩賦)의 이해와 문장력 강화에 주목적이 있다.

어쨌든 『천자문』에 비하면 『추구』는 한결 이해하기 쉽다. 철학이 아니라 문학이기 때문일까?

"하늘이 높으니, 해와 달이 밝고 땅이 두터우니 풀과 나무가 자라도다."

天高日月明 地厚草木生

"흰 구름은 산 위의 일산이요, 밝은 달은 물속의 구슬일지니. 달은 우주의 촛불이 되고 바람은 산천의 북이 되나니."

白雲山上蓋 明月水中珠, 月爲宇宙燭 風作山河鼓

"달은 자루 없는 부채가 되고 별은 끈이 끊어진 구슬이려니."

月爲無柄扇 星作絶纓珠

"두 손으로 물을 움켜쥐니 달이 손 가운데 있고, 꽃을 희롱하니 향기가 옷깃에 가득 스며들도다."

掬水月在水 弄花香滿衣

네댓 살에 이렇게 향내 듬뿍한 문장을 배운 아이가 어찌 감성의 촉수가 발달하지 않을 수 있을까? 그가 마침내 소설가가 된 사실은 놀랍지 않다.[22] 하여간 『추구』를 깨친 아이는 1927년 4월, 북천공립보통학교에 입학한다. 이 학교는 4년 전인 1923년 4월 1일 개교했다.

그런데 이병주는 에세이와 여러 작품에서 '추구'(推句)가 아니라 '추구'(秋句)로 표기했다. 구한말 혼란기를 다룬 대하소설 『바람과 구름과 비』에 박종태라는 하동 출신 소년이 등장한다. 세 살에 천자문을 종횡으로 외고 『추구』 한 권을 독파한 소년이 "추구(秋句)는 있는데 왜 춘구(春句), 하구(夏句), 동구(冬句)는 없는가"라며 의아해한다.[23] 아마도 총명한 어린아이의 재치 있는 응용력을 돋보이게 하기 위해 작가가 만든 문구였을 것이다.

열여섯 살 소년 박종태는 향관인 경상도 하동을 떠날 때 과거에 장

---

22) 해방 후에 태어난 필자도 어린 시절 조부에게서 『천자문』을 배웠다. 만약 나도 『천자문』 대신 『추구』를 먼저 접했더라면 후일 문학의 길을 걷게 되었을까? 헤픈 상상도 가끔 해본다.

23) 이병주, 『바람과 구름과 비』 6, 그림같은세상, 2020, p.11.

원급제하여 높은 관직을 얻어 금의환향하는 청운의 꿈을 품는다. 그러나 그는 한성에 도착하자 그 꿈을 버리고 최천중의 일당이 된다. 관직은 영예가 아니고 치욕임을 깨닫고 관직을 탐하느니 나라와 백성의 복지를 생각한다. 나아가서 관직 하나를 탐할 것이 아니라 나라 전체를 장악하는 최천중의 꿈에 자신의 일생을 건다. 그러나 어느 순간 그 꿈을 이루는 것이 불가능하다는 것을 깨친다. 그러면서도 의리로 맺은 운명의 길에 동참한다.[24]

박종태는 작가 자신의 소년 시절의 단면을 투영했는지도 모른다. 박종태는 문장은 뛰어나지만 서예는 제대로 익히지 못했다.

"종태에게 글을 쓰는 것은 일대 고역이었다. 귀로 듣고 입으로 주워섬기긴 해도, 다섯 살 때 백부로부터 『추구』를 배우면서 몇 번인가 붓을 들어보았을 뿐, 글이란 걸 써본 일이 없는 것이다. 하동(河東)이라고 썼다. 글자의 획이 각각 딴전을 피우는 것을 겨우 한자리에 모아두었다는 느낌으로 괴상망측했다."[25]

소년 시절이나 성인이 되어서나 정식으로 서예 수련을 받은 적이 없다는 이병주 자신의 고백에도 불구하고 그의 필력은 수준급이었다는 영화배우 김보애의 증언도 있다.[26]

기상천외의 기형적인 우등상

조선총독부는 1921년 1월, 전국에 870개, 즉 3개 면에 1개의 비율로 보통학교를 설립한다는 정책을 세운다. 이듬해인 1922년 조선교육령을 개정하여 기존의 수업연한인 4년을 지역 사정에 따라 5년 또

---

24) 위의 책, 8권, p.203.
25) 위의 책, 6권, pp.235-236.
26) 김보애, 『내 운명의 별 김진규』, 21세기북스, 2009, pp.195-199.

는 6년으로 늘릴 수 있는 법적 근거를 마련한다. 각 지역에서 학교 설립 요청이 쇄도하자 1930년에는 '1면 1교'로 확대한다. 그리하여 전국적으로 1,800여 개의 보통학교가 설립되고, 인구가 넘치는 경성에서는 2부제가 실시되기도 했다. 1개 군에 최소한 1개 이상 6년제 학교가 설립되어야 하고, 6년제 보통학교를 졸업해야만 상급학교에 진학할 수 있게 되었다.[27]

1927년 봄, 만 여섯 살이 되면서 이병주는 북천보통학교에 입학한다. 이 학교에서 4년 과정을 수료한 후 1931년 4월 1일, 이명산 너머 양보면의 양보보통학교 5학년에 진학한다.[28]

"보통학교 6학년의 과정을 마치려면 이웃 곤명학교에 가든지 아니면 산을 넘어 양보학교로 가든지 해야만 했다. 곤명학교는 신작로로 20리 상거(相距)에 있었다. 많은 사람들이 걸어서 그 학교를 다녔다. 그런데 곤명학교는 그때만 해도 복식수업으로 두 학년을 한 반에 수용하여 수업을 했고, 양보학교는 재를 넘어 30리 상거에 있었는데 6학년 6학급으로 이른바 단식수업이었다. 아버지는 나를 양보학교에 가도록 해주었다. 30리 길을 걸어다닐 수가 없었다. 그런 까닭에 나는 열 살 때부터 하숙생활을 했어야 했다."[29]

북천에서 양보로 직행하려면 이명산을 넘어야 한다. 필자는 2009년 7월 22일부터 8월 8일까지 이병주문학관에 체류하면서 문학관이 소장한 나림 이병주의 작품들을 읽는 한편 작가가 유소년 시절을 보낸 고향의 풍광을 더듬었다. 최증수 관장과 함께 그 산길을

---

27) 최병택·예지숙 지음, 『경성리포트』, 시공사, 2009, pp.47-49.
28) 북천보통학교의 학적부는 남아 있지 않고 양보보통학교의 학적부에는 이병주가 북천보통학교에서 전입한 사실만 기재되어 있다.
29) 이병주, 『잃어버린 시간을 위한 문학적 기행』, pp.249-250.

걸어본 적이 있다. 거리도 산세도 만만치 않았다. 아무리 걷는 것이 일상이던 그 시절이었지만 어린아이가 매일 도보로 통학하기는 불가능한 거리였다.

8월 4일과 5일, 이틀에 걸쳐 작가의 동갑내기 사촌 동생, 이금운(李金運) 할머니를 만났다. 중부 홍식(弘植)의 1남 2녀 중 장녀인 할머니는 당시 만 88세의 고령인데도 선명한 기억력을 과시하며 묻는 모든 질문에 정교하게 대답해주셨다. 자신의 5대조 대에 같은 하동군 진교면 월운리 배골마을의 합천 이씨 세거지에서 북천면 남포(南浦)마을로 이주했다.

이병주의 부친 세식(世植) 씨는 면서기로 근무하면서 화정마을에서 양조장을 경영했다. 이병주는 그의 생가로 불리는 남포마을의 농가에서 출생하여 7세 때 안남골로 이사하여 북천분교 1, 2학년을 다녔다. 어린아이에게도 먼 거리는 아니다. 3, 4학년은 학교가 지척인 남포마을에 되돌아와서 다녔다. 금운 할머니가 기억하는 바에 의하면 '병구'(이병주의 아명)는 몸이 약했지만 심신의 긴장을 유지하기 위해서 헛간 방에 불을 때지 않고 공부했다고 한다. 그리고 열세 살 때 작고한 할머니의 극진한 사랑을 받았다고 한다.

양보초등학교에 당시의 기록이 온전하게 보관되어 있다.[30] 1933년 3월 20일 졸업(졸업생 연번 435번)했고 북천보통학교에서 5학년에 전입한 사실이 부기되어 있다.

2019년 초 양보초등학교 김세기 교사의 도움으로 이병주가 재학하던 당시의 교사 명단을 확보했다. 일본인 교장의 이름은 마츠나미 후미하루(松並紋治, 1929. 6. 1-1934. 3. 31 재직). 교사는 훈도(訓導) 구라오카 마코토(倉岡誠) 한 사람을 제외하고는 모두 조선인이

---

30) 이병주가 다니던 양보면 장암리의 양보보통학교 교사는 1999년에 폐쇄되었다. 1999년에 전국적으로 시행된 '1면 1교' 원칙에 따라 양보면에 소재했던 4개의 학교(양보, 운암, 박달, 우복)가 통합하여 현재 운암리의 양보초등학교가 되었다.

었다. 구라오카의 전임 훈도는 1929년 3월 31일(단기檀紀 4262년)에 부임한 경남사범 출신의 조선인 성봉우(成鳳羽)였다. 김순이(金順伊)라는 여성 강사도 있었다(1933년 발령).

한 가지 특이한 사실은 1929년에 쇼와(昭和) 4년 대신, 단기 4262년으로 병기된 사실이다. 단기가 처음 등장한 것은 1894년 갑오개혁 이후의 일로, 정부가 편찬된 국사교과서『조선역대사략』(朝鮮歷代史略)과『조선약사』(朝鮮略史)에 표기되었다.[31] 중국의 요(堯)나라와 개국의 시기를 맞추면서, 단군 이래 "사천재(四千載)에 이르는 이천만 위대한 조선혼(朝鮮魂)"[32] 운운하며 독자적인 역사성을 강조한 것이다.

단기는 해방 후에 1948년 대한민국 정부가 출범하면서 채택한 것이다(이런 사실을 감안하면 아마도 후일 학적부를 정리하면서 부기했을 가능성이 높다). 대한민국 초대 문교부장관 안호상(1902-99)의 강력한 주장을 이승만 대통령이 받아들여서 내각의 결의로 채택한 것이다. '민족의 종교'인 대종교 신자 안호상은 대통령을 찾아가 자주독립국가인 대한민국의 연호를 반드시 단기로 채택해야 한다고 역설했다. 오스트리아 출신 대통령 부인 프란체스카 여사는 독일 철학박사인 안호상을 매우 좋아하여 언제나 그의 방문을 환영했다. 프란체스카에게는 모국어로 이야기할 수 있는 한국인이 거의 없었고, 그만큼 '독토르 안'을 만나는 기쁨이 컸다. 안호상은 1994년의 회고록에서 "그때 이 박사가 내 주장을 받아들인 것은 지금 생각해도 신기하다"라고 적었다.[33]

---

31) 조동걸,『현대한국사학사』, 나남, 1992, 제2장; 한국학중앙연구원 편저,『한국학 학술용어』, 한국학중앙연구원 출판부, 2020, p.19.

32) 「情神과 感覺」,『황성신문』, 1907. 2. 6.

33) 안호상,『한뫼 안호상 20세기 회고록: 하나를 위하여 하나되기 위하여』, 민족문화출판사, 1996, p.235.

이병주의 학업 성적은 5학년 때는 48명 중 13등, 6학년 때는 40명 중 17등이다. 6학년 때 결석이 무려 31회로 이중 병가(病暇) 18일, 사고(事故) 13일로 기재되어 있다. '사고'란 이른바 무단결석인 셈이다. 이 기간 중에 할머니가 별세했지만 그 사유는 아닌 듯하다. 직계가족의 죽음으로 인한 결석, 즉 상고(喪故)는 공식적으로 결석으로 간주하지 않았다. 조부모까지 상례의 대상으로 인정하는 전통은 해방 후 1950년대까지 유지되었다.

나림은 6학년으로 진급하기 직전인 1932년 3월 20일 '기상천외의 기형적인 우등상'을 수상했다고 말한 적이 있다(학적부에도 '우등상' 수상 사실이 기재되어 있다).[34] 48명 중 13등인 학생에게 우등상을 수여한 것은 매우 이례적인 일로 학과 이외의 다른 능력을 인정했는지 모른다.

"좀 우스꽝스런 얘기 같지만 보통학교 때의 수신(修身)과나 중학교의 공민(公民)과에 있어서 갑(甲)은커녕 을(乙)도 한 번 받아보지 못했음이 숨김 없는 나의 고백이다. 향리의 보통학교를 졸업할 때는 지금도 그러하지만 더구나 당시로는 그야말로 상상조차 할 수 없었던 기상천외의 기형적인 우등상장을 받았었다. 다른 학과 성적이 모두 월등했으므로 우등상장을 주지 않을 순 없고, 그렇다고 '학업 성적이 우수하고 품행이 방정하여'란 구절이 쓰여 있기 마련인 상장을 나같이 맹랑궂은 놈에게 준다는 것 또한 교육상의 모순이었던 까닭에 부득이 '품행이 방정(方正)한'이라는 구절을 삭제한 상장 한 장을 특별히 주었다는 담임 선생의 후일담은 지금도 잊혀지지 않는 나의 한담(閑談)거리로 되어 있다."[35]

34) 정범준, 『작가의 탄생: 나림 이병주, 거인의 산하를 찾아서』, 실크캐슬, 2009, p.31.
35) 이병주, 「나의 생활백서」, 『신생활』, 1960년 2월 창간호, p.93.

어쨌든 이병주가 5학년 때 우등상을 받은 것은 사실이나 '학업 성적이 월등'하다는 부분은 이병주 자신의 주장과는 다소 거리가 있는 기록이다. 이병주는 이 시기를 다룬 단편 「빈영출」에서 나이 어린 소년 성유정이 자신보다 몇 살이나 연상인 동급생들을 제치고 학업 성적이 1등이었던 것으로 그렸다.[36] (성유정이란 이름은 이사마, 이나림과 함께 작품 속에 작가 자신이 등장하면서 즐겨 사용하는 이름이다.)[37]

이보다 12년 후인 1943년, 경남 밀양의 한 '심상소학교'에서 일어난 일이다. 일본인 아동을 위한 학교인 심상소학교와 조선인 학생의 학교인 보통학교로 구분하던 이원적 제도가 1941년부터는 심상소학교로 통합된 것이다. 그러고는 이내 '국체'(國體)와 '황국신민의 의무'를 전면에 내세우며 '국민학교'로 이름이 바뀐다.

1943년 봄, 밀양 제2심상소학교 4학년이던 안재구(1933-2020)의 회고다.

당시 성적은 '우' '양' '가'의 삼 단계로 평가했다. 나는 전 과목 우인데 농업과 조행(操行)이 '가'였다. 그래서 우등상장을 못 받았다. 담임이 불렀다. 고바야시는 동그란 안경을 쓰고 생초 없는 '히틀러 수염'을 달고 있었다. 그는 우등상장 한 장을 들고서 "여기 뭐라고 쓰여 있지? '품행이 방정하고 학업이 우수하기에'라고 쓰여 있잖아? '학업이 우수'가 아니고 '품행이 방정'이 먼저야. 너는 학업이야 전교에 소문이 날 정도로 우수해. 그러나 품행이 영 엉망이야. 학교에서 해오라는 일은 그저 시늉만 내. 그리고 야단치면 이유가 많아. 그

36) 이병주, 「빈영출」, 『현대문학』, 1982년 2월호, p.68.
37) 『내일 없는 그날』 『그해 5월』 『세우지 않는 비명』 『망명의 늪』 등에 성유정이 등장한다.

래서 우등상을 줄 수 없는 거야. 어이, 알겠나?"

이 소리를 듣고 나도 화가 나서 "내가 언제 우등상장을 달라고 했습니까? 나는 우등상이나 바라고 공부하는 그런 '바가'(馬鹿, 바보)는 아닙니다"라고 말했다. 아무튼 나는 4학년과 5학년 때는 우등상을 받지 못했다. 그러나 해방 후 6학년 때는 평균 98점이란 성적으로 최우등상을 받아 왜놈 시절의 분풀이를 한꺼번에 했다.[38]

알퐁스 도데의 『마지막 수업』

양보보통학교 소년 이병주는 특별한 체험을 한다. 후일 문학의 길을 걷는 데 결정적인 계기가 된 사건이다. 여름방학이 시작될 무렵 일본의 친정에 갔다 돌아온 교장 부인이 방학 중에 읽어보라며 책 한 권을 건네준다.

"그 책명이 정확하게 무엇이었던가는 기억할 수 없으나 '소년소녀문학전집' 같은 것이 아니었던가 한다. 그 책 속에 있었던 것이 알퐁스 도데의 『마지막 수업』이었다. 물론 그때 알퐁스 도데라는 이름을 의식했을 까닭이 없다. 그러나 그 작품은 내게 있어서 심각한 충격이었다. 어린아이에게도 나름대로의 의식은 있다. 열두 살의 소년인 나는 그 소설에서 받은 충격으로 그때까지 전혀 해보지도 않은 생각에 차례차례로 말려들었다. 첫째 생각한 것은 알자스와 로렌이 어쩌면 우리나라와 비슷한 처지에 놓여 있는 곳이 아닐까 하는 것이었다. 우리나라도 알자스와 로렌처럼 슬픈 곳이 아니었을까 하는 생각이 들었다.

'국어를 지키고만 있으면 스스로의 손에 감옥의 열쇠를 쥐고 있는 거나 다를 바가 없다'고 했는데, 지금 국어라고 해서 배우고 있는 일

---

38) 안재구, 『할배 왜놈소는 조선소랑 우는 것도 다른강』, 돌베개, 2002, pp.259-260.

본어가 우리에게 국어가 되는 것일까. 그럼 조선어라고 해서 배우고 있는 것은 뭐가 되는 것일까.

그 밖에도 나는 프랑스란 나라가 지리부도에만 있는 것이 아니라 내가 살고 있는 지구의 어느 곳에 실재한다는 것을 실감했고, 그곳에 나와 비슷한 소년이 게으름을 피우다가 후회하고 있다는 것을 알았고, 프랑스어라고 하는 세계에서 가장 아름다운 말이 있다는 사실도 알았다. 이를테면 병풍처럼 둘러쳐진 산으로 해서 시야가 막혀 있는 소년의 시계가 그 소설로 인해서 세계로 넓혀진 것이다. 이건 정녕 대사건이라고 할밖에 없었다. 나는 열병을 앓는 사람처럼 여름방학을 지냈다."[39]

가을학기가 시작되어 교장 부인을 찾아가서 책을 읽은 감동을 전하자 대견스럽게 느낀 부인은 한껏 격려한다. "그것이 문학이란 거다. 훌륭한 문학은 그처럼 읽는 사람에게 감동을 주는 거다. 이군도 장차 그런 감동적인 소설을 쓰는 소설가가 돼 보렴."

부인의 격려에 한껏 고무된 순진한 소년은 부인을 상대로 속내를 털어놓는다. "그럼 한때 청국의 속국이었다가 지금 일본 땅이 되어버린 조선반도와 사정이 같은 나라네요." 실로 곤혹스런 소년의 말에 그녀는 애써 화제를 바꾼다.[40]

"그러나 국어의 문제에 관한 부인의 말은 아직도 기억이 생생하다. 일본어와 조선어를 똑같이 소중히 해야 한다는 말이었던 것이다. 두 가지 말을 지탱하는 것은 고통스러울지 몰라도 잘 익혀만 놓으면 서로가 서로를 보충하여 훌륭한 문학자를 가꿀 소지가 될 것이라는

---

39) 이병주,『이병주의 동서양 고전탐사』1권, 생각의나무, 2002, pp.14-18.
40) 위의 책, p.18.

뜻이었고, 조선어도 역사를 지닌 말이니 그것을 등한히 해서는 안 된 다는 뜻이었다. 이렇게 『마지막 수업』은 내게 문학에의 개안과 동시 에 세계에의 개안, 자기에의 개안의 결정적인 계기가 된 것이다."[41]

식민지 시대의 상황에 익숙하지 않은 후세인이 듣기에는 매우 이 례적인 이야기다. 실로 특이한 교장 부인이 아닐 수 없다. 이 이야기 만으로도 더없이 고맙고 훌륭한 교육자다. 부인이 이병주 소년에게 서 남다른 총명함과 매력을 느꼈을 것이다. 또한 한 가지 분명한 사 실은 이병주는 소년 시절부터 전형적인 제도교육에 특별한 흥미와 애착을 느끼지 못했다는 것이다. 그는 전형적인 모범생은 아니었다. 위로부터 주어지는 훈육을 고분고분 받아들이는 체제순응적인 학 생이 결코 아니었다. 자신이 납득할 수 있는 범위 안에서 수용하는 한편 스스로의 세계를 탐구하는 데서 재미를 느끼는 그런 아이였다. 그가 후일 문학의 길을 밟게 된 것은 이러한 생래적 성향의 바탕이 있었기에 가능한 일이었다.

문학은 제도의 속박을 넘어야만 꿈꿀 수 있는 것이다. 알퐁스 도데 의 『마지막 수업』은 이병주의 대표작 『지리산』에서 영어교사 구사마 의 입을 통해 재생된다. 조선 학생에게 우호적인 교장이 물러나고 강 성 군국주의자 새 교장이 부임하자 구사마는 학교를 떠나면서 학생 들에게 마지막으로 이 작품을 강의하는 것으로 설정한다.[42]

일본인 교사의 미담은 대중 매체에서는 낯선 일이 아니다. 1940년 에 고려영화사가 제작한 「수업료」라는 영화가 있다. 조선어와 일본 어, 드물게 보는 이중 언어의 영화다. 경기도 수원의 한 보통학교가 무대다. 아동은 학교에서는 '국어'인 일본어를, 집에서는 조선어를

---

41) 위의 책, p.18.
42) 이병주, 『지리산』 1권, 한길사, 2006, p.184.

사용한다. 등·하굣길에는 두 언어를 섞어 사용한다. 영화에 등장하는 일본인 선생은 더할 수 없는 인격자다. 가정방문에 나서면 조선인 노파(복혜숙 분)에게 최대한의 예의를 갖춘다. 적빈 아동의 수업료를 대납해주면서 "가난은 죄가 아니다"라며 격려를 아끼지 않는다. 총독부의 검열을 거친 영화이기에 일시 유화적인 정책에 따른 세팅일지도 모르는 일이다.

닮아서는 안 될 집안 어른

이병주의 아버지 세식 씨는 3형제의 막내였다. 바로 위의 형 홍식 씨는 독립운동과 사상문제로 집안의 숨은 자부심이면서 현실적인 부담이 되었다. 국가보훈처 공훈전자자료관의 기록에 적힌 공훈조서다.

"1919년 3월, 경남 하동군 진교면에서 독립만세 시위운동을 계획하고 준비를 갖춘 후 3월 27일 진교리 장터에서 1천여 명의 군중에게 태극기를 배부하고 독립만세를 선창하며 시위를 주도하다 체포되어 징역 6월을 선고받았으며, 1933년 8월, 조선공산주의자통일연맹을 조직한 혐의로 체포되어 1934년 4월 불기소 석방된 사실이 확인되므로 대통령 표창에 해당하는 분으로 판단."(9개월가량 미결구금 끝에 불기소처분)[43]

이런 공적을 바탕으로 2004년 8월 15일 대통령 표창을 서훈했고 고향에 묻혀 있던 유해는 11월 11일 국립묘지 대전현충원에 안장되었으며 고향 남포마을 입구에 독립유공자 사적비가 세워졌다.

이홍식은 상시 경찰의 감시를 받고 있었다. 1926년 9월 24일 자

---

43) 공훈전자자료관, 관리번호 961158.

『동아일보』의 기사다. 종로경찰서 고등계에 투서가 들어왔다. 순사를 권총으로 저격한 혐의자로 경남 하동군 남포면 이홍식(30세)을 지목하여 보도하면서 무정부주의자로 묘사했다. 20일 후인 10월 16일 자『동아일보』는 이홍식이 조사 결과 혐의가 없어 석방되었다는 기사를 실었다.[44]

작품『지리산』 초입에 소년 이규가 중부(仲父, 소설에서는 '둘째 큰아버지'로 썼다)와 함께 조부의 산소에 성묘하는 장면이 나온다. 1933년의 일로 설정한다. 중부는 3·1운동과 6·10 만세사건(1926)으로 옥고를 치른 처지다. 중부의 딸 연(連)은 규와 동갑이다.[45] (실제로 이병주에게는 동갑인 여사촌 금운金運이 있다.) 중부는 "감옥에 드나드는 바람에 자기 재산뿐만 아니라 형제들의 재산까지 축을 내고 이러지도 저러지도 못하는 사정으로 계속 형제 등에 업혀 사는" 사람이다.[46]

중부는 이해할 수는 있지만 결코 닮아서는 안 될 집안 어른으로 묘사되어 있다.

"백부는 규가 중부를 닮을까봐 걱정이라고 했지만 규 자신은 어림도 없다고 생각했다. 규는 일본에 항거해야 한다는 중부의 심정을 이해 못 하는 바는 아니었다. 그러나 자기의 주장을 세우기 위해 가족을 희생시킨다는 것은 용서할 수 없다는 마음을 가졌다. 일본의 세력은 나날이 강해만 가는데 그 강한 세력을 무작정 반대한다고 해서 무슨 보람이 있을 것 같지 않았다. 중부의 목적은 막연한데 가족들의 고통은 구체적이고 절실한 것이다. 그런데도 그런 남편을 원망하는 듯한 언동을 숙모(정확하게는 중모仲母를 지칭)에게서 발견하지 못

44) 정범준,『작가의 탄생』, p.36.
45) 이병주,『지리산』1권, p.12.
46) 위의 책, p.15.

했다. 백모나 규의 어머니가 숙모를 동정하는 양으로 간혹 핀잔하는
말을 하면 숙모는 자기가 큰 잘못을 범한 것처럼 고개를 숙인 채 말
이 없었다.

중부는 과연 가족들에게 강요한 그 희생의 보상을 할 날이 있을까.
숙모를 방문한 것은 잘 되었다는 생각과 함께 이 무거운 가족들의 압
력을 스스로 느꼈다. 어떤 일이 있어도 중부를 닮지 않으리란 마음을
다시 한번 다졌다."[47]

작가는 무거운 시대적 사명감에 충만한 양반 출신 민족주의자의
고뇌를 이렇게 표현했다.

"양반리수(兩班里數), 30리-50리는 족히 될 거리다."

양반은 과장보다는 축소, 과시보다는 자제를 미덕으로 삼아야 한
다. 자신이 걸어야 할 거리는 과장하지 않고, 느끼는 고통을 삭이고
줄여서 표현한다.

"여하간 양반은 죄가 많아."[48]

중부의 독백이다. 가지고 배운 사람이 없는 이웃을 보살피고 민족
적 대의를 위해 살아야 하고, 죽음도 두려워하지 말아야 한다는 소신
과 각오를 다지는 인물로 그려진다. 중부는 자신의 아버지의 묘 앞에
서 오열한다.

"아들 가운데 가장 쓸모 없는 놈이란 핀잔을 받은 아들이 조카들
을 데리고 성묘하러 왔다는 감상도 있었을 것이고, 가슴에 맺힌 남아
의 포부를 펴보지 못한 채 병처럼 그것을 앓기만 해야 하는 스스로의
처지가 아버지에 대한 회상과 더불어 눈물겹도록 안타까웠을 것이

---

47) 위의 책, pp.53-54.
48) 위의 책, pp.16-17.

다."[49)]

이병주는 『지리산』의 후반에 규의 중부를 다시 등장시킨다. 행방이 오리무중이던 그는 결국 지리산에 입산했던 것이다.

신문물을 가르쳐준 두 외삼촌

"내게는 외삼촌 두 분이 계셨다. 그런데 그 가운데 큰 외삼촌은 폐결핵으로 돌아가셨다. 김홍섭이란 이름의 그 외삼촌은 내게 하모니카를 가르쳐주고 난생처음으로 토마토를 내게 먹여주었다. 60년 전의 그 무렵, 지리산 근처 우리 마을에선 하모니카는 하나의 악기이기 이전에 희귀한 물건이었다. 외삼촌은 그것을 선물로 사와선 내게 열심히 하모니카 불기를 가르쳤다. 덕택으로 나는 「황성의 달」「고향의 봄」「푸른 하늘 은하수」 등을 하모니카로 불어 어릴 적에 인근의 총아가 되었다. 토마토 또한 희귀한 작물이었다. 외삼촌은 그것을 외갓집 뒤뜰에다 심어놓고 열매가 익자 제일 먼저 내게 먹여주었다. 그때 외삼촌이 한 말을 잊지 못한다. 1년감이다. 이걸 먹으면 머리가 좋아진다."[50)]

의학을 배우고 있던 작은 외삼촌 김홍식은 더욱 큰 영향을 미쳤다. 소설 『지리산』의 한 대목은 자신의 경험을 그대로 반영했다.

외삼촌이 독일말을 배우는 것이 신기했다.
"독일말을 배워서 무엇을 합니까?"
"의사가 되려면 독일말을 해야 해. 세계에서 의학이 가장 발달한

---

49) 위의 책, p.26.
50) 이병주, 「회상을 곁들여」, 『보건세계』, 1988년 10월 2월호.

나라가 독일이거든" 하고 외삼촌은 규의 머리를 쓰다듬으며 감동을 섞어 말했다.

"나는 장차 훌륭한 의학박사가 될 게다. 너는 커서 훌륭한 문학박사가 돼야 한다."

"문학이 뭡니까?"

"의학은 사람의 몸의 병을 고치는 것이고 문학은 마음의 병을 고치는 일이다."

보통학교 1학년 어린애가 이러한 말뜻을 충분히 이해했을까만 규는 외삼촌을 생각하기만 하면 그때의 정황과 더불어 이 대화가 어제 일처럼 마음속에 소생하곤 했다.[51]

소년은 학교에서는 알퐁스 도데를 통한 프랑스 문학의 감동을, 친삼촌에게서는 민족주의자의 험난한 생애의 비애를, 외삼촌에게서는 독일 과학에 대한 동경의 개안을 얻는다. 식민지 벽촌 소년 이병주 앞에 천근 같은 무게로 짓누르는 민족의 굴레와 함께 어쩌면 그 굴레를 벗어던질 수도 있을지 모르는 관념의 세계가 어렴풋이 형성되고 있었다. 그러기 위해서는 우선은 산 너머 바다로 나가야만 한다.

바다로 나간 소년들

"따린다, 부순다, 문허 바린다.
태산(泰山) 갓흔 놉흔 뫼, 딥태 갓흔 바윗돌이나,
요것이 무어야, 요게 무어야.
나의 큰 힘 아나냐, 모르나냐, 호통까디 하면서,
따린다, 부순다, 문허 바린다.

---

51) 이병주, 『지리산』 1권, p.57.

육상(陸上)에서 아모런 힘과 권(權)을 부리던 자(者)라도,

나 압헤 와서는 꼼짝 못 하고,

아모리 큰 물건도 내게는 행세하디 못하네.

조그만 산(山)모를 의지하거나

좁쌀 같은 작은 섬 손벽만 한 땅을 가지고

그 속에 있어서 영악한 체를

부리면서 나 혼자 거룩하다 하는 자

이리 좀 오너라 나를 보아라.

처얼썩 처얼썩 척 튜르릉 꽉.

이 세상(世上) 뎌 사람 모다 미우나

그중(中)에서 딱 한아 사랑하난 일이 잇스니,

담(膽) 크고 순정(純精)한 소년배(少年輩)들이

재롱(才弄)텨럼 귀(貴)엽게 나의 품에 와서 안김이로다.

오나라, 소년배, 입맛텨 듀마.

처얼썩 처얼썩 척 튜르릉 쏴아아."

육당 최남선의 시, 「해(海)에게서 소년에게」(1908)를 우리 근대 문학의 효시로 삼는 이유가 있다. 이 시가 등장하기 이전까지 이 땅의 문학은 모두 산과 들, 바람과 나무에 매달려 있다시피 했다. 바다를 통해서 비로소 넓은 세상을 접하지 않았는가? 한때 한국 최초의 노벨문학상 후보로 거론된 시인 고은은 2008년, 한국 현대시 100년을 기념하는 글에서 다시 한번 이 시의 역사적 의미를 강조했다.

"사실 그때까지의 한국 한시나 가사, 민요에 이르기까지 바다를 노래하는 일은 극히 드문 일이었소. 황진이의 시조 「일도창해」(一到滄海)에서처럼 바다가 보이지 않는 것은 아니지만 또한 「관동별곡」의 차경(借景)으로 그것이 삽입되고 있지만 그것은 입만 열면 쏟아

져 나오는 온갖 산골짝과 사래 긴 밭과 하천들에 견줄 수 없는 것이
오. 또한 그 바다는 육지에 대한 저항의 개막만이 아니라 새로운 형
식의 체험에 임박한 세계이고 그 세계의 구체화가 곧 서구였던 것이
틀림없겠소. 얼마 전까지 척화의 국시였던 쇄국 또는 국수 그리고 오
랜 사대체제로서의 육지사관인 화이론(華夷論)으로부터의 탈출이
그런 바다의 선포로 결행된 터이오. 바로 이런 가없는 세계 앞에 선
인간 존재는 노련한 수부(水夫)가 아닌 한낱 소년이었고 그 '소년'
이야말로 한국 현대시의 미성년적인 초기성, 그것을 표상하고 있다
는 사실은 이제 누구라도 짐작할 만하오."[52]

그는 100년 전의 「해에게서 소년에게」는 서구·세계로부터 배운
것이지만 100년 후의 시는 나 자신과 세계의 통합으로 창조되는 새
로운 시 세계의 최고 형태라고 말했다.[53]

이 시가 영국의 낭만시인 바이런의 모작이라며 폄하하는 사람도
적지 않다.[54] 그러나 그게 무슨 흠이 되랴. 망국의 조짐이 눈앞에 어
른거리던 시절, 민족주의자 지식인의 자각을 담은 것만으로도 대견
한 일이다. '바다'는 문명개화를 통해 도달하고자 하는 새로운 세상
을 의미하고 '소년'은 새로운 문명세계의 주인공이다. 이 시를 쓰고
10년이 지난 후에 기미년 3·1 운동 독립선언문을 기초한 최남선이
다. 비록 만년에 속절없이 친일행적에 내몰린 민족의 대학자는 이때
만 해도 진지하게 민족의 장래를 위해 문명개화를 촉구한 것이다.
한 기독교 신자는 『성경』 구절을 인용하여 바다는 땅보다 먼저 생

---

52) 고은, 『나의 삶, 나의 시: 백년이 담긴 오십년』, 서울대학교 출판문화원, 2010, p.33.
53) 고은·이장욱 대담, 『창작과비평』, 2008년 가을호.
54) The Sea Ⅶ. From "Childe Harold," (차일드 해럴드의 편력) Canto Ⅳ. Lord
　　Byron(1788-1824)

겨났다고 강론했다. "처음에 하느님께서 하늘과 땅을 지어내셨다. 땅은 아직 모양을 갖추지 않고 아무것도 생기지 않았는데, 어둠이 깊은 물 위에 뒤덮여 있었고 그 물 위에 하느님의 기운이 휘돌고 있었다"(「창세기」 1장 1-2절). 바다는 하느님이 창조하신 피조물 중에서 맏형이 된다는 것이다.

"바다를 본 사람은 물을 말하기 어려워한다(觀於海者難爲水)." 『맹자』의 구절이다. 크게 깨친 사람은 작은 것도 함부로 말하지 않는다. 이병주의 작품을 읽은 거의 마지막 세대인 시인 안도현은 이렇게 바다의 좌표를 설정했다.

"육지의 끝에 바다가 펼쳐져 있는 게 아니다. 바다가 끝나는 지점에 육지가 있다. 바다가 숨을 멈추는 곳, 바다의 숨소리가 들리지 않기 시작하면 거기가 바로 육지다. 육지가 바다의 해안선을 결정한 게 아니다. 바다가 육지의 형태를 결정했고, 바다가 해안선을 만들었다. 바다가 발소리를 죽이고 물러앉았기 때문에 해안선이 생겨났다. 그러니까 바다의 끄트머리에 육지가 붙어 있다는 말이다. 나는 너의 끄트머리에, 너는 나의 끄트머리에 붙어 있다. 그래서 우리는 하나의 세계가 된다."[55]

"바다는 항진하면서 육지의 위치와 높이를 조정하고 갯벌에 진흙을 쌓기도 하며 곳곳에 수평선을 걸어두고 한계의 끝이 어디인가를 일러준다. 그런 바다를 지배하고자 하는 자는 없다. 그 누구도 지배할 수 없어서 바다는 어느 누구에게도 방해받지 않고 항진한다."[56]

55) 안도현, 『남방큰돌고래』, 휴먼앤북스, 2019, p.28.
56) 위의 책, p.137.

후일 이병주는 열 살에 처음 바다를 맞닥뜨렸던 감동을 이렇게 그렸다.

"산촌에서 자랐다. 병풍처럼 산이 첩첩으로 둘러쳐진 마을이었다. 하늘은 그 첩첩한 산의 능선으로 금지되어 있었다. 나는 하늘의 원래 모양이 그런 것으로 알았다. 관념상으로나마 '바다'란 게 있다는 것을 안 것은 일곱 살 때였다. 그때부터 '바다'는 내 마음속에서 자랐다. 공상을 키우는 재료엔 부족이 없었다. 교과서에 그림이 있었고 학교의 궤도에도 바다의 그림이 있었기 때문이다. 그리고 또 그것은 이 세상에 신비가 있다는 증거도 되었다. 아버지와 아저씨 집안의 형들이 배를 타고 건넜다는 얘기는 바다에 대한 나의 호기심을 더욱더 자극했다. 그러나 나는 성급하게 서둘지 않았다. 언젠가 나도 바다를 볼 수 있으리란 자신이 있었던 것이다."[57]

"내 눈으로 바다를 본 것은 열 살 때였다. 추석날 중부를 따라 지리산 골짜기에 있는 할아버지의 산소에 성묘를 하고 돌아오는 길에 중부는 바다가 보이는 곳으로 잡았기 때문이다.

맑은 가을 날씨여서 50리쯤 저편에 있는 바다가 너무도 잘 보였다. 그림에선 도저히 느껴 볼 수 없는 바다라는 것의 실감을 나름 취하게 했다. 하늘의 윤곽이 결코 고향 우리 집 뜰에서 볼 수 있는 것만이 아니라는 지식과 더불어 바다는 무한이란 관념의 씨앗을 내 가슴속에 심었다.

한없는 바다. 크기도 한이 없고 부피도 한이 없고 그것이 담고 있는 신비도 한량이 없는 바다가 있다는 느낌. 그 존재의 인식은 나를 꿈꾸는 소년으로 만들었다. 슬플 때 나는 생각했다. '바다가 있다'고.

57) 이병주,『사랑을 위한 독백』, 회현사, 1975, pp.1-2.

기쁠 때도 나는 생각했다. '바다가 있다.' 동무들이 짓궂게 굴 때도 나는 고개를 들 수가 있었고 편안할 수 있었고 무엇인가에 대한 기대. 나 자신에게 대한 꿈과 기대를 가꿀 수가 있었던 것이다."[58]

『지리산』의 소년 이규는 이병주 자신이고 소설 속의 중부는 바로 현실의 중부임을 고백한 셈이다.

바다를 맞서는 두려움을 극복해야만 바다 너머 세상으로 나갈 수 있다.

"아모도 그에게 수심(水深)을 알려준 일이 없기에
한나비는 도모지 바다가 무섭지 않았다.
청무우 밭인가 해서 나려갔다가는
어린 물결에 저러서
공주처럼 지쳐서 도라온다.
삼월달 바다가 꽃이 피지 않아서 서거푼
나비 허리에 새파란 초생달이 시리다."
―김기림, 『나비와 바다』, 1939

많은 산촌 청년들이 줄지어 바다로 나갔다. 바다에서 얻은 신비로운 감동을 새로운 삶으로 승화시켰다. 이병주보다 두 세대 후 한 산골 청년도 그 길을 따랐다. 첩첩산중에 갇힌 집성촌 출신인 이성배는 중학에 들면서 처음 접한 바다의 광활함과 변화무쌍, 그리고 포용성의 매력과 바다를 닮은 갯마을 사람들의 인정에 끌려, 스스로 바다를 애무하고 지키는 시인의 삶을 살게 되었다.[59]

---

58) 이병주, 같은 책, pp.2-3.
59) 이성배, 『이어도 주막』, 애지, 2019, 김남호 해설, 「바다, 시는 어디에서 어떻게 오는가」, pp.103-128.

2. 진주농업학교 부적응 자퇴생

일제강점기에 서부 경남에 사는 영민한 소년의 꿈은 사범학교를 가거나 농업학교를 진학하는 것이었다. 1963년 박정희의 이름으로 출간된 『국가와 혁명과 나』[1]의 초고 집필자인 박상길(1925-2001)은 자신의 회고록에서 적었다.

"6년간 우등한 졸업생이니 학교의 명예를 위해서라도 대구사범이나 밀양농잠학교에 보내야 한다는 것이다."[2]

박상길은 지리산 고을인 함양의 안의보통학교를 6년 내내 수석으로 마치고 밀양농잠학교에 응시하나 낙방한다. 자신이 낙방한 원인을 석연치 않은 정실주의 탓으로 돌리면서 이렇게 적었다.

"전교 1등과 45등짜리가 이틀간에 걸쳐 입학시험을 치렀다. 그러나 1등인 내가 낙방하고 45등인 그가 합격했다. 지방유지인 그 학생의 아버지가 '힘을 썼다'라는 말을 들었다."[3]

박상길은 고향 인근의 명문인 진주농업학교 대신 멀리 밀양의 농잠학교를 지원한 이유는 아버지가 아들을 외진 경상우도에서 좌도

---

1) 박정희, 『국가와 혁명과 나』, 향문사, 1963.
2) 박상길, 『나와 제3, 4공화국』, 한진출판사, 1983, p.31.
3) 위의 책, p.31.

로 진출시키고 싶었기 때문이었다고 했다. 자유당 말기에 국회의원을 지낸 박상길은 쿠데타로 집권한 박정희에 의해 발탁되어, 당시 박정희의 멘토였던 황용주의 감수 아래 박정희의 '민족적 민주주의' 정치철학을 단행본으로 정리한다.[4]

흔히 '진농'으로 불리는 진주농업학교는 1910년, 2년제 공립진주실업학교로 설립되어 이듬해에 진주공립농업학교로 개칭된다. 이병주는 1936년 4월 6일 5년제인 진주공립농업학교에 입학한다. 만 15세. 1933년 3월 양보보통학교를 졸업한 후 무려 3년을 학교에 다니지 않은 무적자로 지낸 것이다.

이례적인 일이다. 집안일을 거든 것도 아니다. 귀한 사내 자식을 학교에 보낼 수 없을 만큼 가세가 빈한한 것도 아니었다. 그렇다고 해서 일본이 주도하는 신교육을 거부한 것도 아니었다. 아버지 세식 씨의 교육철학 때문이었다.

중학(진주고보와 광주1중)에 합격했으나 아버지는 인문학교 진학을 반대했다.[5] 아들의 성정을 감안하면 만약 그가 인문학교에 몸담으면 사상운동이나 독립운동에 빠져 집안에 위해를 끼칠 위험이 크다는 이유였다. 셋째 아들이었던 세식 씨는 바로 위의 형 홍식이 '사상쟁이' 독립운동에 발을 디딘 결과 온 집안이 풍비박산이 된 것을 너무나 뼈저리게 느끼고 있었다. 이런 형의 모습을 본 동생, 즉 이병주의 아버지는 행여나 아들이 복잡한 생각을 품을까봐 절대로 인문학교에 보내지 않겠다는 결심을 다진다. 이런 연유로 소년은 보통학교를 졸업한 후 중학에 들기까지 3년의 긴 '자율학습' 기간을 거친 셈이다. 이 기간 동안 이병주는 일본책, 한문책 가릴 것 없이 닥치는 대로 읽었다. 아버지와 불편한 동거를 독서로 달래며 반항의 날들을

---

4) 안경환, 『황용주: 그와 박정희의 시대』, 까치, 2013, pp.368-372.
5) 이병주, 「진주농림학교 시절에」, 『중학시대』, 1980년 12월호. 중학은 원칙적으로 일본인 학생의 교육기관이고 조선인 학교는 고보(고등보통학교)로 불렸다.

보냈다. 3년에 걸친 대업 끝에 소년 병주는 마침내 아버지에게 굴복하고 농업학교에 진학한다.

1984년 『마당』지의 인터뷰에서 이병주는 당시의 상황을 이렇게 말했다.

"그땐 중학교를 '고보'(고등보통학교)라고 했는데, 거기 나오면 대개 사상가가 되는 거야. 취직도 안 되고 하니 고급 룸펜 아니면 사회주의다 뭐다 해서 사상가가 되는 거야. 그러니 지리산 밑에 어지간한 집안들은 거기 공포를 느꼈었지. 반면 농림학교를 나오면 취직도 잘 되고, 농사일을 알게 되니 감농할 수도 있고 사회주의 사상의 물이 덜 든다 해서 애써서 농림학교에 보내는 풍조가 있었지. 당시 진주고보는 입학시험조차 거의 없었는데 진주농림은 8 대 1의 경쟁률이었지. 그때 풍조가 공부 잘하면 우선 농림학교 시험을 치게 했던 거야. 당시 나는 농림학교 안 간다고 맹렬히 반발했는데 안 되대."[6]

진주농업학교는 해방 후 1946년에 진주농림중학교(4년제), 같은 해 8월에 진주농림중학교(6년제), 1965년 1월에 진주농림고등전문학교(2년제 초급대학), 1993년 3월에 진주산업대학(4년제)으로 승격된다. 그리고 2011년에는 경남과학기술대학교로 산업대학에서 일반대학으로 전환되어 현재에 이른다. '교육입국'을 기치로 내세운 대한민국의 숨 가쁜 발전과 성장이 이러한 학제 변경에 충실하게 반영된 것이다.

1936-39년 진주농업중학교 학적부에 기재된 이병주의 학과 성적은 조선어는 보통, 일본어는 우수, 영어는 탁월로 요약할 수 있다. 석차는 1학년 41명 중 9등, 2학년 37명 중 19등, 3학년 37명 중 22등이

---

6) 이병주 인터뷰(대담 송우혜), 『마당』, 1984년 11월호.

었다. 4학년 이후의 기록은 없다.

성행(性行), 언어, 사상, 재간(才幹), 장소(長所: 장점), 단소(短所: 단점), 상벌 기타 항목 등으로 구성된 '인물고사표'(人物考査表)에 특기사항은 거의 없다. 다만 2, 3학년의 '재간'란에 '문학적'이라는 평가가 기재되어 있다. 4학년 성적은 공란이고 1939년 5월 1일 자 신체검사 기록만 남아 있다. 키 165센티미터, 체중 64.5킬로그램으로 보통 체구에 튼실한 청년이다.

종합평가란에 두 가지 중요한 사실이 기재되어 있다. 청년 이병주의 성정과 기질을 가늠하는 데 유익할뿐더러 이후의 삶에 중대한 요소로 작용하게 되는 사실이다. 첫째, 2학년 때인 1937년 10월 11일, 교사의 명령을 거역한 데 대한 징벌로 견책처분을 받은 사실이다. 4학년 부분에 보다 결정적인 문구가 담겨 있다. "쇼와 14년(1939년) 8월, 부친의 허락 없이 가출하여 내지(內地) 모 사립중학교에 입학. 결석계 없이 무단으로 1개월 이상 결석함. 부친이 호소하여 다시 돌아왔지만 본교에서 공부하려는 의지가 희박함."

가출하여 장기 결석했기 때문에 공식적으로는 자퇴처분을 받았지만 실제로는 문제아 판정을 받고 학교에서 쫓겨난 셈이다. 제적인지 자퇴인지 최종 공식처분은 불명하지만 결과는 마찬가지다. 이를테면 학생의 자유의사를 근거로 제적처분을 내린 것이다.

이병주의 필명이 한창 절정에 치솟아 올라 있던 1981년 1월, 작가 백시종은 「우리 시대의 괴물, 이병주」라는 제목의 '소설'을 썼다.[7] 소설 치고도 판타지 소설에 가깝다. 중학 시절에 완력으로 일본 학생을 굴복시키고, 일본 선생들을 감탄시킬 정도의 천재적 기억력을 과시하는 등 청소년 이병주를 무협지나 위인전의 주인공으로 만들어 냈다.

---

7) 백시종, 『소설문학』, 1981년 1월호, pp.36-53.

이병주는 자신이 제적당한 정황에 대해 여러 차례 글을 썼다. 무도한 일본인 교사에게 지속적으로 반항했고 선생의 폭행을 고분고분 받아들이지 않고 방어적 폭력으로 맞선 것은 민족적 의분의 발로였던 것도 사실이었다.[8] 그러나 보다 근본적인 이유는 처음부터 농업학교가 적성에 맞지 않아 학교에 대한 애착이 없었기 때문이었다. 어쩌면 자퇴할 명분을 찾아 사건을 일으켰는지도 모른다. 무엇보다도 아버지의 세계에서 벗어나기 위해 몸부림치고 있었던 것이다. 유교 전통사회에서 아버지는 하늘이지만, 일본을 통해 들어온 근대의식은 청소년에게 과감하게 아비의 세계를 벗어나는 의식의 가출을 부추긴다.

새는 알을 깨고 나온다. 한 세계를 창조하려는 자는 먼저 자신을 속박하고 있는 기존의 세계를 파괴해야만 한다. "부친의 허락 없이 가출하여 내지 모 사립중학교에 입학." 이는 단순한 의식의 가출을 넘어선 하나의 인격체로서의 독립선언이다.

당시 이 학교의 교장은 이마무라 다다오(今村忠夫, 1887-1963)였다. 이마무라 교장은 일본 고치(高知)현 도사(土佐)시 출신으로 홋카이도대학 농학부를 졸업했다. 1920년 조선총독부에 발령을 받은 그는 1925년 5월 8일 진주농림공립학교의 교장으로 부임하여 1945년 해방될 때까지 무려 20년을 재직하면서 '실천궁행'(實踐躬行: 실제로 밟고 몸소 행한다)의 교풍을 진작시키며 학교 발전을 이끌었다. 그는 조선인 학생을 극진히 돌보는 고마운 일본인 교육자로 널리 칭송받고 있었다.

1927년, 한 교사가 "내 목이 떨어져도 조선은 독립하지 못한다"라며 냉소적 발언을 쏟아내자 격분한 2학년생들이 동맹휴학에 돌입했

---

8) 이병주, 『국제신문』, 2001. 6. 17; 이병주, 『잃어버린 시간을 위한 문학적 기행』, 서당, 1988, pp.17-18; KBS TV 1985년 12월 17일, 「11시에 만나요」(대담 김영호).

다. 일본 경찰은 주모자들을 퇴학조치할 것을 요구했다. 그러나 교장은 퇴학을 거부하고 정학으로 사건을 마무리지었다.

해방이 되어 일본인에 대한 사적 린치가 횡행할 때 제자와 학부형들이 앞장서서 교장 가족의 신변을 지켜주어 무사히 귀국했다. 그는 정든 학교를 떠나면서 자신의 퇴직금 전액을 학교 도서구입비로 기증했다. 학교는 그의 이름을 따서 '금촌(今村)장학회'를 만들고 교정에 송덕비를 세웠다. 그러나 이 비는 후일 '일제잔재 청산'의 바람이 불면서 철거되었다. 그가 진주를 떠난 지 43년, 그리고 작고한 지 25년이 된 1988년, 이마무라의 고향인 일본 고치현 도사시에 송덕비가 재건되었다. 비명은 옛 제자 정명수가 짓고[9] 비문은 진주문학의 거물 설창수가 썼다. 당시 일본신문은 이 사실을 일러 "반세기의 시간을 넘어 일본과 한국이 맺은 사제 간의 사랑"으로 보도했다. 진주 농업의 후신기관인 '경남과학기술대'의 총장도 정기적으로 현장을 방문하며 고인의 덕을 기린다는 미담이 전해온다.[10]

이런 이마무라 교장이었기에 문제학생 이병주에 대한 처벌도 교육적 차원에서 최소한으로 마무리했을 것이라는 추정이 가능하다.

유별난 진주 사랑

1896년, 조선 조정은 전국 8도를 13도로 편재하여 경상도를 남북으로 나누면서 진주를 경상남도의 도청소재지로 결정했다. 당시 관내 최대의 도시에 대한 지극히 합당한 대우였다. 그러나 일제강점기에 들어서면서 대륙행의 관문인 항구도시 부산과 마산이 급속히 발전한다. 1876년 개항 당시에 84명에 불과하던 부산의 거주 일본인

---

9) 정명수(鄭命樹)는 1993년 4월, 이병주 사망 1주기에 세운 북한산문학비 비문의 글씨를 쓴다.

10) 장상인, 「한국을 사랑했던 일본인, 일본을 사랑했던 한국인」, 『월간조선』, 2020년 8월호, pp.394-396.

숫자는 한일강제병합 2년 후인 1912년에는 조선인보다 3,000명이 더 많은 2만 6,500여 명으로 급증했다. 이렇듯 급속한 일본화의 결과로 부산은 '조선의 나가사키'라는 별명을 얻기도 했다.

부산·마산과는 대조적으로 내륙의 고도 진주는 상대적으로 낙후되었다. 이런 판국에 1924년 12월 8일, 조선총독부는 행정상의 편의를 내세워 경남도청을 진주에서 부산으로 옮기는 내용의 조선총독부령을 발표한다. 이전 예정일을 불과 이틀 앞두고 이 사실을 공표하자 진주 시민의 분노는 가히 폭동에 가까운 시위로 이어졌다. 시민들은 매일같이 궐기대회를 열고 도지사 관사와 전기회사를 습격하는가 하면, 상가를 철시하고 부산으로의 식량 수송을 중단시키기도 했다. 조선인과 일본인의 공동대표단이 사이토 마코토(齊藤實) 총독에게 항의하기 위해 상경했으나 면담조차 거부당하자 진주번영회장 이시이 다카아키(石井高曉)는 할복자살을 감행한다. 『동아일보』는 이런 진주의 모습을 '전쟁터'로 묘사했다(『동아일보』, 1924. 12. 15). 마침내 총독부는 성난 민심을 달래기 위해 홍수 때마다 유실되곤 하던 남강의 임시 배다리를 철골로 가설해주겠다고 약속하고, 이에 덧붙여 진주에 남녀 중학교를 각각 설립할 것을 인가한다.[11]

이병주의 진주 사랑은 유별났다. 사랑은 자랑으로 이어진다. 이병주는 진주에 대한 무한정 사랑을 여러 차례 고백했다.

"회상은 언제나 향수의 빛깔을 담는다. 회상 속에 나타난 추석은 소년 시절의 그것이고, 몇 겹으로 겹친 그 추석의 장면들이 무성영화의 토막처럼 뇌리에 전개된다. 강 건너 총죽(叢竹)의 숲. 그 대숲과 강줄기 사이에 백사장이 있다. 백사장 너머는 경비행기 활주로가 되

---

11) 김동현, 「부산인문기행」 6: 부산서 치부한 일본인 갑부들, 『청조인』, 2019년 7월호, pp.18-19.

고도 남을 정도다. 이곳이 바로 추석이 오면 화려한 씨름의 무대가 된다. 텔레비전이 없던 시절이고 보면 이 씨름판은 진주 시민뿐만 아니라 인근 고을 주민들의 최고 최대 축제판이 된다."[12]

"진주는 나의 요람이다. 봉래동의 골목길을 오가면서 잔뼈가 자랐다. 진주는 나의 청춘이다. 비봉산 산마루에 앉아 흰 구름에 꿈을 실어 보냈다. 남강을 끼고 서장대에 오르면서 인생엔 슬픔도 있거니와 기쁨도 있다는 사연을 익혔다.

진주는 또한 나의 대학이다. 나는 이곳에서 학문과 예술에 대한 사랑을 가꾸었고, 지리산을 휩쓴 파란을 겪는 가운데 역사와 정치와 인간이 엮어내는 운명에 대해 나름대로의 지혜를 익혔다. 나는 31세까지는 진주를 드나드는 과정을 되풀이하면서 살았다. 거북이의 걸음을 닮은 기차를 타고 일본으로 향했고, 그 기차를 타고 돌아왔다. 중국으로 떠난 것도 진주역에서였고, 사지에서 돌아와 도착한 곳도 진주역이었다. 전후 6년 동안의 외지생활에서 진주는 항상 나의 향수였다."[13]

남인수와 박시춘: 트롯 가요는 근대 한국의 문화유산

웬만한 고장치고 애향가가 없는 고장은 드물다. 그러나 진주만큼 도시 규모에 비해 애향가가 풍부한 고장도 드물다. 진주만큼 많은 예인을 배출한 고장 또한 드물다.

민요 「진주난봉가」는 기생문화가 풍요로운 고장에서 남편의 방탕을 묵묵히 감내하며 인종의 세월을 보내는 아내를 위로하는 노래다.

---

12) 이병주 최신수상집, 『생각을 가다듬고』, 정암, 1985, pp.280-286.
13) 이병주, 「풍류어린 산수」, 『1979년』, 세운출판사, 1979, pp.223-225.

"화류계 정 삼 년이요 본댁의 정 백 년인데
내 이럴 줄 왜 몰랐던가 사랑사랑 내 사랑아.

너는 죽어 화초되고 나는 죽어 나비되어
푸른 청산 찾아가서 천년만년 살아보세
어화둥둥 내 사랑아 어화둥둥 내 사랑아
어화둥둥 내 사랑아 어화둥둥 내 사랑아."

경상도 민요는 메나리조의 노래가 많다. 씩씩하고 꿋꿋한 느낌을 주며, 상여소리와 같이 직선적으로 감정에 호소하는 경우가 많다. 노래 가사가 슬프고 가락이 구성져서 군부독재 시절 민주화를 외친 젊은 층에서 이 노래를 널리 애창한 사실은 아이러니다.[14]

가요 「진주라 천릿길」은 1941년에 만들어진 노래로 애향심을 고취하기 위해 제작된 수많은 '진주의 노래'를 대표하는 곡이다. 조명암이 작사하고 이면상이 작곡했다. 3/4 박자, 총 2절의 짧은 가사는 첫마디 구성진 고음이 노래 전체의 기조를 깔아준다.

1절
진주라 천릿길을 내 어이 왔던고
서장대에 찬바람만
나무기둥을 얼싸안고
아- 타향살이 내 심사를
위로할 줄 모르느냐.

---

14) 하응백, 「진주난봉가」, 『창악집성』, 2011, 휴먼앤북스, pp.965-966.

2절
진주라 천릿길을 내 어이 왔던고
달도 밝은 남강가에
모래사장을 거닐면서
아- 불러보던 옛 노래는
지금 어데 사라졌나.

일제강점기 이래 트롯만큼 한국인의 민족 정서를 깊이 파고든 음악은 없다. 세계의 청소년 대중음악을 평정하다시피 한 K팝의 지배에 눌려 한 방송국의 월요일 밤 프로그램 「가요무대」에서나 근근이 명맥을 유지하던 트롯 가요가 2020년 화려하게 부활한 것은 어쩌면 세대를 건너 한국인의 유전자 속에 트롯 멜로디가 전승되었기 때문인지도 모른다. 1세기에 가까운 트롯 가요 무대에서 뜨고 졌던 무수한 별들 중에 가장 빛나는 최고의 가수는 누구일까? 아마도 이병주의 독자 세대, 60대 이상 한국 남자들에게는 단연 진주가 낳은 천재 가수 남인수(1918-62, 본명 강문수)를 꼽을 것이다. 1999년, 당대의 문필가 김병종이 남인수 찬가를 썼다. 현대판 시서화(詩書畵)를 아우르며 미문양화(美文良畵)로 많은 팬을 거느렸던 남원 출신의 화가 문필가는 가수 남인수의 여향(餘香)을 찾아 진주에 들렀다.

"대중가수지만 선비적 풍모가 있었다 한다. 실제로 신해성이 보여준 모필로 쓴 한문투성이의 서간문은 그 글씨의 단아함과 문장의 격조가 보통이 아니었다." 그는 자신과 같은 남인수 찬미자의 말에 공감한다. "선생의 노래는 민족의 수난과 격동기마다 서민들에게 삶의 고개를 넘는 힘이 되어주었지요. 「애수의 소야곡」과 「감격시대」가 그렇고 「가거라 삼팔산」과 「4·19 의거 학생의 노래」가 그랬습니다."

화가는 그런 남인수가 정작 고향에서는 잊혀진 사실에 세월의 무상함을 절감한다. "(제2공립심상소학교) 봉래초등학교 졸업생 명단에 쇼와 7년 강문수라는 이름 외에 다른 흔적은 없었다. 진양호 선착장 옆에 1984년에 세워진 노래비 하나, 그리고 물어물어 진주 시내 외곽도로를 벗어나 겨우 찾아간 화장터 근처 옹색한 비탈에 그의 초라한 봉분이 남아 있을 뿐이다."[15)]

> "삼천리 방방곡곡 아니 간 곳 없다마는
> 비봉산 품에 안겨 남강이 꿈을 꾸는
> 내 고향 진주만은 진정 못해라."
> ─「내 고향 진주」, 1955

김병종의 애탄처럼 한 세기에 하나 나올까말까 하는 미성의 가수, 마흔넷의 젊은 나이에 폐를 앓고 스러지기까지 고향을 그리다 죽은 예인의 향리에 그의 흔적은 흐릿했다. 그러나 역사도 인간의 기억도 영원히 죽어 없어지는 것은 아니다. 2018년 6월 10일 진주 봉래산 견불사에서 남인수 탄생 100주년 추모식이 열렸다. 20년 전 김병종이 애잔한 눈길을 보냈던 초라한 봉분은 어느 틈엔가 산뜻한 단장을 차려 입고, '가요 황제 남인수의 묘'(歌謠皇帝南仁樹之墓)라는 당당한 비문을 새긴 비석마저 거느리고 있다. 망자의 기일인 3월 27일, 가황의 묘소를 찾는 후세인이 늘어난다. 그러나 일제 말기에 이름을 날린 예인이라면 그 누구도 죽어서도 피할 수 없는 것이 친일 논쟁이다. 1996년 고인을 기려 만든 '남인수가요제'는 2008년부터 '진주가요제'로 개명했다.[16)]

> "운다고 옛사랑이 오리요마는

15) 김병종, 「남강에 번지는 애수의 소야곡」, 『김병종의 화첩기행 1: 예의 길을 가다』, 효형출판, 2005, pp.223-231.
16) 『경남연합신문』, 2018. 4. 2.

눈물로 달래보는 구슬픈 이 밤
고요히 창을 열고 별빛을 보면
그 누가 불러주나 휘파람 소리."

"남인수의 서정가요 속에는 진양호의 휘휘 틀어진 능수버들이나 진주 예기들의 애환 섞인 음색을 떠올리게 하는 정서가 있다. 그 석류 속 같은 입술 죽음을 입 맞추었네!"[17]

폐를 앓는 그가 의자에 앉은 채 마지막 가쁜 숨을 몰아쉬며 취입한 「무너진 사랑탑」은 시린 몸뚱이와 뜨거운 순정밖에는 바칠 것이 없었던 헐벗은 나라의 가난한 젊은이들의 절규였다. 남인수에게 「애수의 소야곡」을 준 작곡가 박시춘(1913-96)도 친일 논쟁을 피할 수 없었다. 흔히 진주 촉석루와 비견되는 밀양 영남루 옆에 박시춘의 생가 모형이 재생되어 있다. 한때 거세게 일던 철거 요구를 다독거려 그의 친일행적 일부를 공식 안내판에 삽입하는 것으로 낙착되었다. 나름 공과(功過)의 균형을 잡은 셈이다.

사라진 비봉산 정자나무

역사의 기록자를 자임한 이병주는 진주의 산천초목에도 애착을 주었다.[18] 그는 수백 년 동안 민족의 애환과 풍상을 지켜보았을 비봉산의 고목 한 그루에 특별한 관심을 담았다.

『지리산』에서 중학생 이규와 박태영이 친구의 죽음에 우울한 심사를 달래러 비봉산에 오르다 고목 앞에 선다. "임진왜란 때 일본군이 진주성을 공략하는 장면을 보았으리라는 전설을 가진 노목들이

17) 김병종, 위의 책, p.230.
18) 송희복, 「이병주의 『관부연락선』과 진주의 사상」, 『이병주문학 학술세미나 자료집』, 2019, 사단법인 이병주기념사업회, pp.33-39.

다."[19]

　"그만큼 이 도시는 민족의 애환을 직접적으로 감동하고 혼란해야 할 운명을 지니고 있었다. 임진왜란 때 경남의 서부에까지 깊숙이 왜군이 쳐들어온 것은 진주가 지닌 중요성 때문이었다. 3장사(壯士)의 통절한 전사, 의기(義妓) 논개의 충절은 남강과 더불어 진주의 정서에 아련한 빛을 더한다.

　나는 6·25 전쟁의 그 처참한 광경을 잊을 수가 없다. 다행히 불굴한 향토의 의지가 새로운 진주의 면모를 이루어놓기는 했지만 나의 청춘, 나의 향수로서의 진주는 영영 사라지고 말았다.

　지금도 눈을 감으면 그 나지막한 지붕들의 중락(衆落)이 뇌리에 선하다. 좁다란 골목에 웃음소리가 붐비고 서로들 어깨를 비벼대며 모두들 다정스러웠던 진주, 방학 때 유학생들이 돌아왔다고 하면 요정들이 한층 활기를 띠고 기생들의 얼굴이 한결 아름다워지던 무렵의 진주! 그 진주는 영원히 그리고 말쑥이 사라져 버렸다.

　진주가 겪은 영고와 성쇠, 그 변화와 굴절엔 아랑곳없이 비봉산 마루턱엔 임진왜란도 굽어보았을 것이라는 정자나무가 아직도 건재하다.

　나는 진주에서 친구가 오기만 하면 그 정자나무의 안부를 묻는다. 그리고 건재하다고 들으면 공연히 기분이 좋아진다. 내게 있어선 그 정자나무가 진주의 상징이다."[20]

　비봉산 정자나무는 소설 『지리산』에도 등장한다.

---

19) 이병주, 『지리산』 1권, p.107.
20) 이병주, 「풍류어린 산수」, 『1979년』, pp.223-225.

"어느 일요일 오후, 규는 태영과 비봉산에 올랐다. 오르는 도중에 고갯마루 근처에 있는 두 그루의 정자나무는 임진왜란 때 일본군이 진주성을 공략하는 광경을 보았으리라는 전설을 가진 노목들이었다."[21]

그로부터 40년이 지났다. 2019년, 비봉산 산정엔 대봉루라는 큰 정자가 들어서 있고 이병주의 느티나무는 사라진 듯하다. 현장 주변에서 스치는 사람마다 물어봐도 누구 하나 아는 사람이 없다. 진주시청 인터넷 사이트의 읍면동 홈페이지에서 맥락이 비슷한 정자나무 사연을 발견했다면 지나친 억지일까.

집현면 사무소의 '내 고장 전설 및 설화'에 3년상을 치르는 정자나무 이야기가 있다. 느티나무가 자신을 심어준 사람의 삼년상을 지내느라고 삼 년 동안 나뭇잎을 피우지 않았다는 내용이다. 동물이 인간에게 보은하는 이야기는 흔하지만 식물의 보은 미담은 극히 드물다. 이는 진주 사람들의 남다른 충효사상의 소산일까. 향토문화사전의 구절이다. "설화 전승자 집단의 보은에 대한 인식이 강렬했기 때문에 나무에 대해서도 그 의식이 투영되었다고 할 수 있다."[22]

21) 이병주, 『지리산』 1권, p.107.
22) 한국향토문화전자대전, 「정자나무의 3년상」.

3. 선망과 좌절의 도시 교토

교토 사람들은 자신들의 도시를 그냥 '쿄'(京)라고 부른다. 물론 수도라는 의미다. 그들에게 도쿄(東京)는 기껏해야 동쪽의 수도에 불과하다. 가마쿠라 막부가 본거지를 에도로 옮겨간 것은 임시방편이었고 정식으로 천도 절차를 밟지 않았다고 주장하기도 한다. 쇼군은 죽고 나면 에도에 묻히지만 천황은 교토에 묻힌다. 1912년 메이지 천황도 미리 조성해둔 교토의 무덤에 묻혔다. 어쨌든 교토인들은 일본의 뿌리라는 자부심이 강하다.

교토는 처음부터 종합적인 계획 아래 건설된 도시다. 세계의 제국 당나라의 수도 장안(長安)을 모델로 삼아 건설한 동서와 남북으로 툭 트인 정방형 대로가 방문객을 압도한다. 잘 정돈된 이 도시가 8세기에 건설되었다는 사실에 적지 않은 충격을 받는다.

『관부연락선』의 이규의 입을 빌려 이병주는 이렇게 교토 찬가를 썼다.

"교토는 숲속에 꿈꾸고 있는 듯한 도시다. 꿈과 그늘의 도시다. 꿈처럼 아름답고 그늘처럼 고요한 도시다. 외향부터 오사카와는 다르다. 사람들의 표정도 걸음걸이도 다르다. 언어도 그렇다. 같은 간사이(關西) 말이라 굴곡이 심한 것까지는 비슷하지만 교토 말은 굴곡의 마디마디가 부드러운 곡선을 그리며 이어지는데, 오사카 말은 골곡의 마디가 깨어진 유리조각 끝처럼 거칠다. 같은 말을 해도 교토 사람이 하면 사랑을 속삭이는 것 같고, 오사카 사람이 하면 시비를 걸어오는 것 같다."[1]

소년 이병주가 이 도시에서 세상에 눈을 떠갈 때 교토에는 거장 지성이 즐비했다. 우선 가와카미 하지메(河上肇, 1879-1946)가 있었다.[2] 가와카미는 많은 추종자를 거느렸다. 식민지 청년들 중에서도 그의 「가난 이야기」에 혼을 앗긴 사람이 많았다.[3]

또한 교토는 니시다 기타로(西田幾太郎, 1870-1945)의 철학(西田哲學)이 잉태된 곳이다. 대표작 『선(善)의 연구』가 상징하듯이 니시다는 청년 시절부터 독자적인 관념론의 정립을 위해 정진한다. 1913년부터 1928년까지 교토제국대학 철학교수를 역임하면서 메이지유신 이래 일본인이 추구해온 서구 근대이론의 수입 견습생에 그치지 아니하고 독자적인 일본 철학을 창시한 것으로 평가받는다. 그는 와쓰지 데쓰로(和辻哲郎), 미키 기요시(三木清), 구키 슈조(九鬼周造)와 함께 '교토 4철(四哲)'의 수장으로 불리면서 쇼와 전기(1925-45)의 일본 철학을 상징하는 인물이다. 1930년 이후부터 마르크스주의 철학과의 대결에 적극적으로 참여하여 '절대무(絶對無)의 변증법'을 주창하고, 이 이론은 관념론과 유물론, 양대 변증법을 극복한 것이라고 자부했다. 니시다 철학의 주제를 베토벤 교향곡에 비유하여 '고뇌를 넘어 환희로'로 요약한 후세인이 있다.[4] 교토시는 니시다가 즐겨 다니던 길을 독일 하이델베르크 '철학자의 길'

---

1) 이병주, 『지리산』 1권, 한길사, 2006, pp.253-254.
2) 그는 1928년 재직하던 도쿄대학 당국의 압력을 받아 교수직을 사퇴한다. 1932년 공산당에 입당하여 지하활동에 들어갔다가 검거되어 5년의 징역형을 선고받았다. 1937년 석방되어 교토로 옮겨 칩거하면서 자서전 등의 집필에 전념했다. 1945년 일본이 패전한 다음 해 영양실조가 악화되어 죽었다.
3) 안경환, 『황용주: 그와 박정희의 시대』, 까치, 2013, pp.57-67.
4) 이정우, 「21세기에 보는 20세기 사상지도, 니시다 기타로」, 『경향신문』, 2012. 1. 21, p.15.

의 선례에 따라 '철학의 길'이라 명명했다.

일찌감치 독일 예나대학에서 철학박사 학위를 받고 보성전문학교에 재직하던 안호상도 연구년을 얻어 교토대학에서 연구를 계속하면서 니시다 기타로, 다나베 하지메(田邊元), 아마노 데이유(天野貞祐) 등과 교류한다. 안호상 자신도 이들에게 결코 뒤지지 않는다고 자부했지만 반도인인 자신에게 기회를 주지 않았다고 회고했다.[5]

교토에는 문학의 길을 걷게 된 조선인 선배들의 일화도 풍성하게 전해오고 있었다. 염상섭, 김말봉, 임화, 이양하, 정지용 등 교토에서 작품을 쓰거나 문인적 소양을 배양한 선배들의 족적이 느껴졌다. 특히 이양하는 교토3고 출신이다. 여섯 개 금빛 단추가 위용을 더해주는 교복을 차려입는 학생들을 경이의 눈으로 바라보는 시민들, 상상만 해도 흥분된다.[6]

학력에 따른 계급사회

이병주는 쇼와 15년인 1940년 3월 11일, 교사에게 극도로 불손한 언동을 한 이유로 3월 31일 진주농림학교 학칙 제15조에 의거해 퇴학당했다. 부당하게 폭력을 행사한 카와무라(河村) 선생에 맞서 폭력으로 저항한 것이다. 부친의 동의 없이 내지의 모 사립중학교에 등록했다는 언급도 있다. 그 학교가 어디인지 퍼즐 조각들을 맞추어도 정확한 행로를 추적하기 어렵다. 『관부연락선』과 『지리산』의 구절구절에 투영되어 있는 것으로 짐작하고 추측하고 가정할 수 있을 뿐이다. 한 가지 분명한 것은 이병주가 적어도 1년 이상 교토에 머물렀다는 사실이다

생전에 이병주는 대학에 들기 전의 일본 학교생활에 대해서는 구

---

5) 안호상, 『한뫼 안호상 20세기 회고록: 하나를 위하여 하나되기 위하여』, 민족문화출판사, 1996, p.145.
6) 김윤식, 『청춘의 감각, 조국의 사상』, 솔, 1999, pp.15-25.

체적인 언급을 거의 남기지 않았다. 언제나 두루뭉술, 지극히 모호하고 추상적인 표현으로 얼버무렸다. 『관부연락선』의 유태림의 변이다.

"고향의 중학을 집어치우고 일본으로 건너간 이유 가운데는 그런 것(교사의 자질이 낮은 것)도 있었다고 덧붙이지만 E는 일류학교를 제외하면 일본 내에 있는 학교도 마찬가지라고 하면서 일본에 있는 중학으로 옮겨보니 어떻더냐고 되물었다. 사실 나는 일본에 있는 중학교로 옮겨와선 후회도 했다. 후회를 한다고 해서 돌이킬 수도 없어 학교를 등한히 하고 결국 검정고시를 통해서 중학을 졸업한 셈으로 된 것이다."[7]

"서경애의 오빠와 유태림은 일본 교토 S고교 동기동창이었다."[8]

"교토는 동식이 고등학교 시절을 지낸 곳이었다."[9]

"교토에 나는 E를 몇 년 전에 하숙하고 있던 하나조노초(花園町)로 데리고 갔다. 하나조노초는 교토역에서 전차를 타고 니시코엔마치(西京圓町)에서 내려 선도(禪道)장으로 일본 전국에 알려져 있는 묘심사 쪽으로 가면 된다. 부립이상의 뿔 옆으로 트인 지름길로 하나조노초에 들어섰을 때, 나는 고향에 돌아간 것 같은 감상에 젖었다. 한 해 남짓한 세월을 살았을 뿐인 곳인데 꽤 깊은 애착이 내 마음속에 심어진 곳이기도 했다."[10]

---

7) 이병주, 『관부연락선』 1권, 한길사, 2006, p.280.
8) 위의 책, p.57.
9) 이병주, 『산하』 4권, 한길사, 2006, p.71.
10) 이병주, 『관부연락선』 1권, p.253.

1939년 봄, 고향의 중학을 졸업하고 건너온 교토의 이규는 두고 온 진주의 춘색을 회고한다.

"진주의 봄은, 남강의 얼음이 녹아 그 맑은 흐름의 바닥에 하늘의 푸르름을 깔아 흰 구름을 아로새기게 되는 무렵부터 시작한다. 4월 이 되어 강안(江岸) 남쪽 죽림이 청색의 선도를 되찾아 백사(白沙) 와 조응하면 서장대 서쪽의 들엔 샛노란 유채꽃이 황금의 담요를 펼치고 평거, 도동의 과수원은 일제히 꽃을 만발해서 산들바람 결에 향기를 시가 쪽으로 흘려보낸다. 꽃향기에 서린 아지랑이 저편 북서쪽으로 아득히, 아직도 백설을 인 채 지리산의 정상봉이 의연한 모습을 나타내면, 진주의 봄은 스스로의 봄을 한 폭의 그림으로 완성한 셈이 된다."[11]

자퇴생 이병주의 심경으로 읽어도 무방할 것이다. 소년의 머릿속 에는 고향의 산천풍광과 세시풍속에 대한 그리움이 가득 차 있었다. 일본의 국기로 불리는 스모 경기를 관람하면서도 그는 추석날 남강 백사장의 씨름대회를 생각한다.

선망의 교토3고

『지리산』에서 이규는 진주중학 4학년 수료 후 교토3고에 입학한다. 1학년은 원칙적으로 기숙사 생활을 해야 하지만 이규는 린자이 슈(臨濟宗) 대학 근처 하나조노초에 하숙을 정한다. 그는 시치조오 미야(七條大宮)에 형성된 조선인 빈민촌에서 민족의식에 투철한 박재호를 만난다. 그는 이규를 따르는 경도부립2상 1학년생 박두경 의 아버지다. 이규의 고향 진주에서 멀지 않은 함양군 수동면 사람이

11) 이병주, 『지리산』 1권, 한길사, 2006, p.105.

다. 이규는 그가 자신의 심우 박태영과 동향 출신인 사실에 남다른 친근감을 느낀다. 이규와 박태영은 교토3고 교정을 찾아 기숙사 노래를 함께 부른다.

"진홍빛 불타는 듯 동산의 꽃이여
새파랗게 황홀한 언덕의 빛이여
교토의 꽃 계절에 노래를 읊으면
달빛은 그윽하다 요시다야마(吉田山)."[12]

교토3고와 교토제대 캠퍼스를 둘러보고 박태영이 선언한다.

"오늘 나는 교토3고를 졸업하고 교토제대를 졸업했다. 내 사정으로 졸업했단 말이다.
6년 대신 세 시간으로 졸업. 내 일생의 경륜에 일본 교육제도에 의한 학력을 관계시키지 않겠다."[13]

"대학에 가기 위해 전검을 치르는 것이 아니다. 언제 어느 때 학생이란 신분으로 위장해야 할지 모르니 그 준비로 해두자는 거다."[14]

"교토 시치조오미야에 있는 박두경의 집을 찾았을 때, 두경은 그곳을 빈민굴이라고 했는데, 이카이노란데 와보니 시치조오미야는 그야말로 문화민족이 사는 거리라고 생각하지 않을 수 없었다."[15]

---

12) 이병주, 『지리산』 2권, p.14.
13) 위의 책, p.17.
14) 위의 책, p.26.
15) 위의 책, p.58.

이카이노의 여고생 김숙자의 한탄이다.

"이카이노 사람들은 바로 자기 자신을 위하는 일이 아닌 공동적인 일을 하는 것은 큰 손해나 보는 것처럼 그런 사고방식에 젖어 있어요. 또 시기심이 강해서, 그런 일을 선행함으로써 자기들을 이용해서 혼자 끗수를 올리려는 것이 아닌가 하는 생각도 하구요. 게다가 매일 사소한 이해관계를 가지고 서로들 싸움질만 하기 때문에 환경 개선을 하자는 의견을 제안할 겨를도 없습니다."[16]

1996년 10월, 한국을 방문한 일본 작가 후루야마 고마오(古山高麗雄, 당시 76세)가『중앙일보』와 인터뷰한 자리에서 이병주가 교토3고를 다녔다는 말을 한다. 그 자신은 신의주에서 태어나 신의주중학교를 마치고 교토3고를 졸업했다.

"그때 한국의 작가 이병주 씨가 후배로 있었지요."[17]

이병주가 이미 세상을 떠난 후다. 구체적으로 어떤 인연인지 확인할 수가 없지만 정범준이 성의 있게 추적하여 정리했다.[18]

이병주는 적어도 1년 이상 교토에 머무른 것은 확실하다. 그 나이 청년이면 누구나 3고를 주목할 수밖에 없다. 교토시민은 누구나 3고와 교토제국대학에 자부심과 선망을 안고 살았을 것이다.

"규는 열일곱 살의 청년, 벚꽃 사이에 '三'자를 넣은 휘장을 달고 백선 석 줄을 두른 모자를 쓴 고등학생이 되었다. 반도인이건 조선인이건 규는 하숙하고 있는 하나조노초의 총아가 되었다. 목욕탕에 가면 주인이 반겼다. 단팥죽집에 가면 그 집 아가씨가 가장 귀한 손님

---

16) 위의 책, pp.68-69.
17)『중앙일보』, 1996.10.7.
18) 정범준, 『작가의 탄생: 나림 이병주, 거인의 산하를 찾아서』, 실크캐슬, 2009, pp.62-73.

으로 대접했다. 억센 중학생들도 겸손하게 길을 피했다. 여학생들도 거의 지나가는 규를 곁눈질까지 하며 보려고 한다."[19]

학력에 따른 계급사회가 뿌리내리고 있던 당시의 사회 분위기를 짐작케 하는 대목이다. 이러한 일본 내지의 분위기는 식민지 조선에 고스란히 확산되었고 해방 후에도 한동안 이어졌다.

1950년대 말 대구의 경북중고등학교 교복과 모자에도 세 개의 흰 줄이 둘러쳐져 있었다. 경북중고의 전신인 대구고보는 경기고보(제1고보), 평양고보(제2고보)에 이은 조선의 제3고보임을 상징했다. 이를테면 식민지 버전의 구제 '넘버스쿨'인 셈이다. 대구시민은 그 옛날 교토시민이 그랬듯이 이들 삼선 학생들을 선망과 경의의 눈으로 애무했다. 심지어는 경북중학교 학부모에게는 '경중(慶中)학생의 집'이란 글자가 새겨진 문패가 지급되기도 했다. 실제로 이 문패를 자랑스럽게 대문에 내다붙인 집도 적지 않았다.

해방 후 대한민국 영어교육의 선구자가 된 권중희(1905-2003)와 이양하(1904-63)도 이곳에서 머리에 삼선 백선모자를 얹고 지냈다. 권중희는 1923년 3월, 5년제 신제 대구고등보통학교 졸업예정자의 자격으로 동급생 둘과 함께 제3고 문과 갑류(영어를 제1외국어로 함)에 응시하여 혼자 합격한다. 이 소식은 대구지역 신문에 대서특필되었다. 그는 1926년에는 조선인으로 이 학교를 수석 졸업하는 영예를 차지했고 이어서 도쿄제국대학에 입학하여 1931년 3월 이 대학 문학부마저 수석으로 졸업했다.[20] 1927년, 평양고보를 졸업한 이양하가 뒤를 이었다. 이양하 또한 도쿄제국대학 영문과를 졸업했다. 이양하는 피천득 등과 함께 찰스 램(Lamb)과 프랜시스 베이컨

---

19) 이병주, 『지리산』 1권, pp.230-231.
20) 이경식, 「권중희, 영문학계의 결곡한 선비」, 최종고 외, 『상아탑을 쌓아라: 서울대 학문의 개척자들』, 경인문화사, 2019, pp.32-40.

(Bacon) 등 정통적 유럽풍의 수필을 도입하여 본격적 수필시대를 열었다. 이양하는 종래의 신변잡기적·주관적 제재에서 벗어나 생활인의 철학과 사색이 담긴 본격 수필을 시도했다. 중고등학교 교과서에 실린 「신록예찬」 「페이터의 산문(散文)」 「나무」 등으로 전후세대의 글쓰기에 큰 교범이 되었다. 이양하는 권중휘와 함께 『포켓영한사전』(1954)을 펴내어 수십 년 동안 스테디·베스트셀러의 지위를 누렸다.

이승만이 민족국가의 통치이념으로 채택한 '일민주의'를 입안한 안호상은 일찌감치부터 일본의 고도, 교토에서 조선의 뿌리를 찾는 작업에 투신했다.

"교토는 역사적으로도 우리와 관계가 깊다. 일본 제일로 치는 니시진(西陣)명주는 임진란 때 끌려간 조선인들이 만들기 시작했고, 인근의 나라(奈良)라는 지명은 '우리 나라'에서 유래한 것이다.

일본 미인의 족보는 3계통이다. 아오야마(靑山)계는 고구려, 교토(京都)계는 백제계, 가고시마(鹿兒島)는 신라계로 본다. 이는 오래 전부터 일본에서 공인된 학설이다. 일제 말기 '몬베'라는 여성 작업복도 고구려 여성들이 작업시에 치마를 벗고 속옷 차림으로 일할 때 입는 옷이다."

안호상은 몸베는 '몸에 대는 베'라는 뜻이라고 주장하는 등[21] 도를 넘는 애국정서를 내놓고 글로 썼다. 그로부터 60년 후인 1994년, 여성언론인 이영희는 『노래하는 역사: 한·일의 옛이야기』라는 매우 도발적인 연구서를 펴냈다. 극소수의 원주민을 제외하고는 선주민 자체가 한국계다. 고대 일본어는 한국어의 방언이었다. 8세기 초에

---

21) 안호상, 『한뫼 안호상 20세기 회고록』, pp.144-145.

간행된 4대고전(『日本書紀』『古事記』『風土記』『萬葉集』)도 한국의 고대어를 알아야만 제대로 해석이 된다는 주장이다.[22]

여성적인 도시

"과거에 집착하면 한 눈을 잃는다. 그러나 과거를 잊어버리면 두 눈을 모두 잃는다."

러시아 전래의 격언이라고 한다. 1891년 5월 제정 러시아의 황태자 니콜라이가 일본을 방문한다. 나가사키 앞바다에 정박한 러시아 함대를 사열한다. 수도의 황궁에서 메이지 천황을 배알하기 전에 유람부터 즐긴다. 23세 청년의 객기가 발동한 것이다. 평소 동양 여자에게 호감을 가졌던 그는 일본의 기생문화에 매료된다. 교토에 도착한 당일 밤에도 기온(祇園)의 기녀들과 환락의 밤을 보냈다. 안하무인으로 설쳐대는 강대국의 망나니 황태자의 꼬락서니에 눈꼴이 시린 현지인이 한둘이 아니었다.

이튿날 황태자 일행이 비와호(琵琶湖)에서 뱃놀이를 즐기고 교토로 귀환하는 중 노중의 소읍 오츠(大津)에서 일이 터졌다. 애국충정에 불탄 경호경찰관이 젊은 국빈을 향해 칼을 휘두른 것이다. 메이지 조정에 엄청난 재앙이 될 수도 있는 대사건이다. 정부는 러시아 황실을 상대로 한 테러를 일본 황실의 예에 준하여 대역죄로 다루어 사형에 처할 것을 주문한다. 그러나 대심원은 무리한 법리를 거부하고 일반살인죄의 미수범으로 취급한다.

---

22) 이영희, 『노래하는 역사: 한·일의 옛이야기』(조선일보사, 1994)의 머리말, 「일본말의 뿌리는 한국말이다: 고대 한국어의 보물창고」. "『日本書紀』(편년체의 정사서. 신화와 7세기 말까지의 왜왕 행적 수록), 『古事記』(신화와 7세기 초까지의 왜왕들의 이야기), 『風土記』(지방사서 명산품 소개), 그리고 노래 4,516수를 모은 『萬葉集』, 이들은 『삼국사기』나 『삼국유사』처럼 골격은 한문으로 썼으나 인명·지명·풍속·노래 등은 향찰(鄕札: 이두체)로 썼다. 한자의 음(音)과 훈(訓)에서 생기는 소리로 우리 고대어를 표기한 차자문(借字文)이다."

후세 일본 법학계에서는 이 사건을 사법독립의 원칙을 세운 기념비로 칭송한다. 오츠 사건이 1세기도 더 지난 후 현장을 찾은 한 한국의 원로 법조인이 감상에 잠긴다. 손자에게 옛이야기를 들려주는 유식한 할아버지 행세를 하고 싶었다. 그 자신이 숭모하던 일본 제국대학 졸업생 선생의 저서와 강의에서 얻은 낱지식이었다.[23]

오츠 황태자 사건이 일어난 지 40여 년 후 식민지 청년으로 독일의 철학박사가 된 안호상이 현장을 찾는다. 그 사이에 그렇게나 두려워하던 황제의 나라는 일본에 무릎을 꿇었고, 이어서 황제가 사라진 민중의 나라로 전락했다. 안호상은 케이블카를 타고 히에이산(比叡山)에 오른다. 내려와서 비와호의 맑은 물에 수영을 즐긴다. 호반 호텔, 댄스홀은 외국인으로 초만원이다.[24]

1937년, 그리스의 문사, 니코스 카잔차키스(1883-1957)가 여행자 신분으로 이 도시를 찾는다.

"밤에 이 도시의 길을 지나며 나는 어둠 속의 연인인 양 바라본다. 모든 도시는 남성이든 여성이든 나름의 성이 있다. 이 도시는 전적으로 여성적이다. 나는 이 도시의 모험적인 사랑과 추문과 낭비와 사치를 되새긴다. 모든 것이 내게는 신성하면서도 필요한 것으로 여겨진다. 이 도시는 여자로서의 자신의 역할을 다해왔다. 이 도시는 사랑과 낭만과 사치가 꼭 필요하고 신성한 것임을 치명적이고도 여성적인 방법으로 발전시켜 왔다.

거리를 방황하면서 이 오래되고 죄로 가득한 도시의 정수와 임무를 발견한 것이 기쁘다. 이 도시는 일본인의 영혼을 위해 자신의 여성적인 세포를 제공한 것이다. 이 도시의 사치와 무질서와 방종에 축

---

23) 김형표, 『낙산의 노래: 서울법대입학 50주년 기념문집』, 삶과꿈, 2006, pp.145-153.
24) 안호상, 『한뫼 안호상 20세기 회고록』, p.174.

복이 있기를! 문명이란 먹을 것과 마실 것과 수면과 여자에게만 만족하는 동물의 차원을 넘어서서 사치를 필요로 할 줄 아는 것을 의미한다. 불필요한 사치에 대해 마치 빵을 원하듯 갈구하는 순간 '날개 없는 두발짐승'은 인간이 되기 시작한다. 이 세상에 있는 좋은 것과 인간이 만든 것은 모두 사치품이다. 회화와 조각한 꽃, 노래, 보통사람이 이해할 수 없는 관념 그 모든 것이 모두 사치품이다."[25]

아테네대학 법학부 출신 문화인은 이 여성적 도시에서 용광로처럼 끓어오르고 있는 전쟁의 열기를 감지한다.

여행자는 미국에서 교육 받은 한 젊은 '혁명가' 여성에게 묻는다.
"정치에 관심이 있나요?"
나는 물었다.
"아주 많아요. 매일같이 일본과 외국 신문을 읽어요. 우리나라는 위대한 임무를 갖고 있어요. 책임이 아주 커요."
"어떤 책임이죠?"
"아시아를 자유롭게 만드는 것이오. 중국과 시암과 인도를 비롯한 아시아 전체를요. 그들을 인도하고 길을 열어줘야 해요."
"새로운 칭기즈칸을 꿈꾸고 있나요?"
"그건 아니에요. 대신 새롭고 현대적이며 더 국제적인 메이지를 꿈꾸는 거죠. 우리 메이지 천황이 1868년 일본을 해방시켰듯이, 새로운 천황이 아시아를 해방시킬 거예요."
"유럽과 미국이 그걸 바라지 않으면 어떡하죠? 그리고 아시아를 해방시키는 것이 그들의 이익에 맞지 않는다면?"

---

25) 니코스 카잔차키스, 정영문 옮김, 『카잔차키스의 천상의 두 나라』, 1937; 2002, 예담, pp.254-255.

그녀는 마치 자신이 일본 전체라도 되는 듯, 그래서 결정을 해야 하는 듯 잠시 걸음을 멈췄다. 그리고 조심스럽게 이것저것 따져보았다. 그녀의 눈썹이 가운데로 모이더니 저울처럼 아래위로 움직였다. 마침내 머리를 들며 조용히 말했다.

"전쟁이죠."[26]

실로 충격적인 선언이었다. 유럽에서 가장 오랜 문화를 지닌 나라의 석학문사는 조만간 일본이 치를 아시아 해방전쟁의 허망한 결과를 내다보고 있었다.

"기모노와 등과 부채가 있는 아름다운 과거의 일본은 사라지고 있다. 공장과 대포를 가진, 힘으로 무장한 일본이 깨어나 사나워지고 있다. 일본 국기 속의 떠오르는 태양은 놀라울 정도로 불에 타는 듯 뜨거운 대포알을 닮았다. 일본은 아름다움과 힘이라는 두 가지 근본적인 요소에서 종합을 만들어낼 수 있을까?"[27]

일본적 정서를 섬세하게 전달한 가와바타 야스나리

가와바타 야스나리(川端康成, 1899-1972)는 자주 말했다. "동양의 문화는 슬픔으로 가득하지만 서양에서 느끼는 황폐함은 없다."[28] 1968년 『설국』(雪國)으로 일본인 최초로 노벨문학상을 수상한 가와바타는 자신이 세계문학의 장에서 일본을 대표해야 한다는 책무감에 시달린다. 그가 만년에 불면증에 시달리다 자살로 생을 마감한 것도 이렇듯 '참을 수 없는 존재의 무거움' 때문이었을 것이다. 가와바타 문학에 대한 세계인의 평가는 그 어느 작가보다도 '일본적 정

---

26) 위의 책, pp.288-289.
27) 위의 책, p.334.
28) 에드워드 사이덴스티커, 허호 옮김, 『도쿄이야기』, 이산, 1997, p.247.

서'를 섬세하게 전달한 공로가 크다는 것이다. 가와바타는 신선한 언어 감각과 어휘와 리듬, 민감한 관능적 감성과 정신으로 인해 쇼와 초기의 일본 문단에 새 바람을 일으켰다. 그는 대상을 응시하는 예리한 감각적 표현과 풍부한 서정적 묘사를 결합하여 독자의 기호를 충족시킬 뿐만 아니라 창조해내기도 했다.

가와바타가 추구한 일본적 정서의 핵심은 '여성성'이다. 이 점에서 그는 앞선 작가들의 틀을 과감하게 벗어던졌다. 작가 자신의 분신은 남자를 전면에 등장시키면서 그를 시종일관 주인공의 위치에서 벗어난 조역에 머물게 설정한다. 그와 얽힌 여성이 소설의 줄거리를 이끌어가는데, 그 여성은 작가의 분신인 남성의 눈이라는 매개체를 통해 비춰진다.[29]

가와바타는 오사카 태생으로 도쿄에서 입신했지만 국민작가의 입장에서 일본의 고도, 교토를 소재로 작품을 써야 한다는 사명감에 짓눌려 지냈다.

작품 『고도』(古都)는 이러한 사명감의 발로다.

"나는 유럽에서도 미국에서도 이렇듯 아기자기한 애정과 우아한 미를 자랑하는 산으로 둘러싸인 도시를 본 적이 없다. 로마의 일곱 언덕보다도 더 좋다."

1961년 10월부터 1962년 1월까지 107회에 걸쳐 『아사히신문』에 연재되었던 작품이다. 봄·여름·가을·겨울, 교토의 사계절을 틀 위에 앉힌 소설은 히가시야마(東山), 기타야마(北山), 기요미즈데라(清水寺), 가모가와(鴨川), 헤이안(平安)신궁과 같은 고도의 명소와 기온 마쓰리, 가모 마쓰리, 시대 축제와 같은 풍속을 섭렵하다시피 소설에 투영한다.

---

29) 작품 『고도』(古都)에서도 치에코의 아버지, 사다 다치치로(佐田太吉郎)가 이러한 역할을 한다.

작품의 주인공은 두 여자다. 한날한시 한 배에서 태어났지만 현재의 신분이 달라진 쌍둥이 자매의 운명의 엇갈림이 핵심 플롯이다. 작가는 시종일관 치에코와 나에코 사이의 감정 교류를 담담하게 그린다. 치에코가 사는 시내 나카교의 비단포목점 거리와 나에코의 생활 공간인 교외 기타야마(北山) 삼나무 마을, 두 지역을 교차하며 전개된다. 사계절의 변화에 따라 달라지는 도시의 모습이 그려진다. 작가가 추구한 일본의 문화적 전통과 자연의 미가 가장 잘 드러나는 지리적 공간이 교토임을 누구도 의심하지 않는다.

삼나무는 일본정신의 상징이기도 하다. 삼나무의 마을 기타야마는 이 소설에서 환상의 공간이자 소설의 시작과 끝이 연결되는 숲으로 자매의 출생지다. 태어나자마자 헤어진 쌍둥이가 서로의 관계를 알게 되는 곳도 삼나무 숲이다. 소설의 마지막에 함께 살자는 치에코의 권유를 뿌리치고 나에코가 돌아가는 곳도 삼나무 숲이다.

"사방의 산을 올려다보았다. 차갑고, 안개가 낀 것 같았다. 산기슭 숲의 삼나무 가지 하나하나 모습이 분명히 보였다. 그러는 사이에 멀리 작은 산들이 아지랑이에 싸인 듯 서로의 경계를 잃어갔다. 봄의 안개와는 물론 하늘부터 다르다. 이편이 오히려 교토답다고 말할 수 있을지. 발밑으로 눈을 돌리니, 조금 젖어 있었다. 그동안 주변의 산들은 엷은 회색으로 쌓여갔다. 아지랑이에 싸인 듯했다. 그러던 것이 곧이어 산골짜기를 따라 내려와서 희끗한 색도 좀 섞인 진눈깨비가 되었다."[30]

기타산 삼나무는 교토 기타산의 기요다키강 주변에서 건축용 재료로 인공적으로 재배되는 아쇼스기(芦生杉)를 가리킨다. 이를테면

---

30) 가와바타 야스나리, 오근영 옮김,『고도』, 청담사, 1991, p.228.

자연의 힘과 인간 문명의 힘의 합작이다. 이 작품에서는 풍경에 더하여 자매가 나누어 가진 성격을 비유하여 등장한다.[31] 조선 시대 궁궐 건축에 자재로 지정되었다는 울진·청송 지역의 춘양목에 비유할 수 있을까.

가와바타는 이 작품을 집필하는 동안 시종일관 상습적 불면증으로 수면제 중독 상태에 있었고 가까스로 연재를 끝내자 혼수 상태로 병원에 입원한다. 작품 속에서도 다키치로는 그림의 진척이 더디자 마약의 힘으로 예술적 영감을 추구한다. 작가는 작품의 「후기」에서 "수면제에 취한 가물가물한" 상태에서 완성한 "이상한 소산물"이라고 고백했다.[32]

작품 속에 교토 조선인 생활의 한 단면이 삽화로 들어 있다.

"돌아나오려 하는데 벚나무 반대쪽의 키 큰 소나무 아래에서 조선 여자 예닐곱 명이 한복 차림으로 조선 악기인 장고를 두드리며 조선 춤을 추고 있었다. 이쪽 풍경은 대단히 우아한 데가 있었다. 소나무 초록색 사이로 산벚나무도 들여다보였다."[33]

정지용이 애잔한 마음으로 그렸던 압천 히에산 케이블카 노무자들의 후손이다.

교토의 조선인 문학도
1999년, 네 차례에 걸친 교토 탐방 끝에 김윤식은 교토 문학기행

---

31) 위의 책, pp.243-247; 야노 유리코(矢野百合子), 「작품에 대하여」.
32) 이 작품을 쓰기 바로 직전 해에 나온 『잠자는 미녀』, 1961에서 수면제에 의해 무력화된 미소녀와 동침하는 노인이 되어 인간성의 숨겨진 일면을 예리하게 묘사했고, 이 작품에 뒤이어 쓴 『한쪽 팔』, 1964에서는 죽은 미녀의 한쪽 팔을 넘겨 받아 애무하는 노인의 귀기(鬼氣)를 그렸다.
33) 가와바타 야스나리, 오근영 옮김, 『고도』, p.67.

기를 펴낸다. 책 제목은 『청춘의 감각, 조국의 사랑』[34]으로 두말할
것 없이 정지용의 시 「해협」(海峽, 1925)의 구절에서 딴 것이다.

"포탄으로 뚫은 듯 동그란 선창으로
눈썹까지 부풀어오른 수평이 엿보고
하늘이 함폭 나려앉아
크낙한 암탉처럼 품고 있다.
투명한 어족이 행렬하는 위치에
홋하게 차지한 나의 자리여!
망토 깃에 솟은 귀는 소라ㅅ속같이
소란한 무인도의 각적을 불고
해협 오전 두시의 고독은 오롯한 원광(圓光)을 쓰다.
서러울 리 없는 눈물을 소녀처럼 짓자.
나의 청춘은 나의 조국!
다음 날 항구의 개인 날세여!
항해는 정히 연애처럼 비등하고
이제 어드매쯤 한밤의 태양이 피어오른다."

충청도 옥천의 가난한 농가 출신 정지용은 학업을 마친 후에 모교
교사로 근무하는 조건으로 휘문고보 장학금을 받고 교토의 사립대
학 도시샤대학에 왔다.

"옮겨다 심은 종려(棕櫚)나무 밑에
비뚜로 선 장명등(長明燈)
카페 프린스에 가자.

---

34) 김윤식, 『청춘의 감각, 조국의 사랑』, 솔, 1999.

나는 자작(子爵)의 아들도 아무것도 아니란다.
남달리 손이 희어서 슬프구나!

오오, 이국종(異國種) 강아지야
내 발을 빨아다오.
내 발을 빨아다오.
—정지용, 「카페 프란스」, 『학조』 1호, 1926. 6.

휘문고보의 교주는 친일 자산가 민영휘였다.

" '나는 자작의 아들이 아니란다'라는 시 구절은 가모가와(鴨川)
개울 건너 교토제국대학에 유학하고 있던 조선 귀족의 자식들과 그
귀족의 장학금에 얹혀 사는 자신의 처지를 비교하는 한탄일지 모른
다."[35]

도시샤대학 후배 김환태를 한밤중에 쇼코쿠지(相國寺) 절간 공동
묘지 대나무 숲으로 불러내어 자작시 「향수」를 읊어주던 정지용은
귀국한 뒤에 「압천」(鴨川, 1927)을 발표한다.[36]

압천 십리ㅅ벌에
해는 저물어… 저물어…
날이 날마다 님 보내기
목이 젖었다… 여울 물소리…
찬 모래알 쥐여짜는 찬 사람의 마음,

35) 정종현, 『제국대학의 조센징』, 휴머니스트, 2019, p.74.
36) 김윤식, 『청춘의 감각, 조국의 사상』, 솔, 1999, p.27.

쥐여 짜라. 바시여라. 시언치도 않어라.

역구풀 욱어진 보금자리

뜸북이 홀어멈 울음 울고.

제비 한쌍 떠ㅅ다

비마지 춤을 추어

수박 냄새 품어오는 저녁 물바람.

오랑쥬 껍질 씹는 젊은 나그네의 시름.

압천 십리ㅅ벌에

해가 저물어… 저물어…

미션 계통의 대학, 도시샤에서 정지용이 쓴 졸업논문 제목은 「윌리엄 블레이크 시에서의 상상」이었다고 한다. 영국 시인 윌리엄 블레이크는 미국의 민중시인 월트 휘트먼과 함께 이단적인 시인으로 알려졌다. 백낙청의 주장에 따르면 시인이자 화가요, 도판 작가인 블레이크는 미국 독립전쟁과 프랑스혁명 및 산업혁명의 격변기를 살면서 인류의 정신적·사회적 갱생을 꿈꾸었다는 점에서 후천적 개벽성을 보인다.[37] 그의 장편시들은 '예언서'로 불리기도 했다.[38]

블레이크는 동양의 신비주의 중심인 '상상'(imagination)이라는 개념을 사상적으로 소화해낸 드문 서양인이다. "블레이크는 니체에 앞서 니체의 사상을 정립한 시인이다. 그는 니체보다 앞서 태어나서 니체 후에 사는 사람이다."

정지용은 압천 중류에 하숙을 정했다. 부근에 쇼코구지와 도시샤

---

37) 백낙청, 『서양의 개벽사상가 D.H. 로런스』, 창비, 2020, pp.20-21.

38) 나카미 마리, 김순희 옮김, 『야나기 무네요시 평전: 미학적 아나키스트』, 효형출판, 2005, pp.59-90.

대학, 교토의 궁성인 고쇼(御所)가 있다. 일요일이면 여자 친구 김말봉과 함께 압천 상류를 산보했다. 거기엔 히에이산(比叡山) 케이블 공사에 동원된 조선인 노동자의 무리가 있었다. 석공일은 중국 노동자들이 도맡아하고 보다 천한 일인 흙 져다 나르기, 목도질 같은 하급 노동은 모두 조선인의 몫이었다.

"맞댐으로 만나 따지고 보면 별수 없이 좋은 사람들이었지만 얼굴 표정이 잔뜩 질려 보이고 목자가 험하게 찢어져 있고 하여 세루 양복에 머리를 갈렸거나 치마 대신 하카마, 저고리 대신에 기모노를 입었다는 이유만으로 욕을 막 퍼붓고 희학질이 여간 심한 것이 아니었다. 욕설이었지만 진기하기 짝이 없는 욕들이다. 셰익스피어 극 대사의 해괴한 욕을 사전을 찾아가며 공부도 하는 터에 실제로 모르는 척하고 듣는 것이 흥미 없는 것도 아니었다. 그러나 좀 얼굴 붉어질 소리를 하는 데는 우리는 서로 얼굴을 피했다."[39]

수십 년 후 현장을 답사한 김윤식은 이렇게 감상을 적었다.

"히에이산은 해발 829미터다. 케이블카 사무실에 들러 연혁을 알아보는 일이 내겐 좀 즐거웠다. 조선 노동자가 참여했다는 것에서 오는 친근감 때문이었다. 동시에 그것은 조금 서글펐는데, 이는 공사 중 막노동만을 조선인이 담당했기 때문이다. 그러나, 이러한 것들이 우리 근대문학의 채석의 풍요로움, 곧 자의식에 관련된다는 사실을 결코 소홀히 할 수 없다."[40]

---

39) 김윤식, 『청춘의 감각, 조국의 사상』, p.58.
40) 위의 책, p.59.

이병주의 미완성 유작 소설『별이 차가운 밤이면』에는 오사카고교(大阪高) 1학년인 주인공 박달세가 같은 학교 동포 선배의 제안으로 와카야마(和歌山)의 고야산을 찾는 장면이 등장한다.[41] 회동의 주동자는 인근의 3고(교토), 4고(가나자와金澤), 히메지고(姬路) 등 4개 고교의 조선인 학생의 집단 단합대회를 구상하고 있었다. 그는 4개 학교 전체에 60명에 달하는 조선인 학생 중에 나라의 문제에 관심을 둔 동포가 몇 안 된다며 개탄한다. 박달세의 속내는 다르다.

"나는 반일할 수도 없고 항일할 수도 없다. 일본을 원수로 하고 싸울 생각도 없다. 나는 일본인의 혜택을 입기는 했어도 일본인으로부터 손해를 당한 적은 없기 때문이다."[42]

고야산은 일본 진언종(眞言宗) 불교의 성지다. 서기 806년 구카이 고보(弘法大師空海, 774-835)가 당에서 귀국하여 창건한 고야산 사찰은 금강봉사(金剛奉寺)를 비롯한 53개의 절로 구성된 거대한 단지로 유네스코 세계문화유산으로 지정받았다. 인도 밀교의 전통을 계승한 진언종은 대승불교의 실용화를 도모하여 참선 못지않게 교육의 중요성을 강조한다. 1886년 창설된 고야산대학은 불교경전과 함께 연관된 세속교육도 경시하지 않는다.

진언종 승려가 되기 위해서는 4단계 교육을 거쳐야 한다. 득도(得度), 수계(受戒), 사도가행(四度加行)을 거쳐 최후의 전법관정(伝法灌頂, Denbo Kanjo)에 도달해야만 정식 승려가 될 수 있다. 승려는 전통적으로 군역을 면제받았다. 전쟁 말기, 학병과 징집을 피하기 위해 고야산대학에 등록했던 몇몇 조선인 청년의 이야기가 전설처

---

41) 이병주,『별이 차가운 밤이면』, 문학의숲, 2009, pp.227-236.
42) 위의 책, p.237.

럼 전해오고 있다. 아직 징병문제가 정면으로 제기되지 않았던 시기였지만 불교에 관심을 가진 조선 청년 이병주도 필시 고야산에 들렀을 것이다.

일본의 고도 교토가 이병주의 문학에 미친 영향에 대해 김윤식이 내린 최종결론은 이러하다.

"식민지 벽지 진주농림학교 중퇴생인 그는 고학으로 검정고시를 돌파하여 그토록 부러워한 명문 중의 명문인 교토3고에서 전면적으로 노출된 교양주의를 몸에 익혀 학병체험을 했고, 그 교양주의를 한 조각도 내치지 않고 증폭시키도록 강요한 해방공간의 조국에서 그는 온몸으로 몸부림쳤다."[43]

교토에서 이병주는 아마도 뚜렷한 적이 없는 학생으로 보냈을 가능성이 짙다. 자유로운 독서와 통신강의록을 통해 검정고시를 치르고 중학졸업 자격을 획득한 후에 메이지대학 전문부에 진학한다. 박태영과 이규, 유태림과 이병주가 교토에 정신적 뿌리를 둔 것은 분명하다. 그들이 교토에서 '청춘의 감각, 조국의 사랑'을 불태우고 있던 1938년 즈음, 앞서 문학의 길을 헤매던 조선인 선배들의 체취가 남아 있었을 것이다. 당시 자신들은 의식했든 못 했든, 정지용·이양하·염상섭·김말봉·오상순·이장희 등 기라성 같은 선배들의 문학적 혼이 이들의 시린 가슴을 애무했을 것이다. 그리고 이병주와 유태림이 떠난 쇼코쿠지(相國寺) 대숲의 빈 의자를 윤동주와 송몽규가 물려받았을 것이다.

---

43) 김윤식, 『이병주와 지리산』, 국학자료원, 2007, p.52.

4. 자유의 공간 도쿄

 "1868년 메이지유신과 건국은 시대가 요구하는 역사적 과업인 자
주독립과 근대적 통일국가의 수립이라는 목표를 단기간에, 비교적
적은 희생으로 현실에서 완수한 혁명이다. 서구의 근대혁명은 이념
이 승리한 관념적 혁명에 불과하지만, 근대 일본의 유신과 건국은 혁
명 이념 그 자체가 현실에서 완수된, 성공한 혁명이다."[1]

 과거를 지배하는 자가 미래를 지배한다. 현재를 지배하는 자가 과
거를 지배한다. 그렇다면 과거는 어디에 존재하는가? 기록 속이다.
인간의 기억 속이다. 기록을 지배하면 기억도 지배하게 된다. 조지
오웰의 소설 『1984년』의 구절이다.[2]

 1853년 7월 8일, 미국 페리 제독의 함대가 도쿄만에 도달해 일본
에 조약을 강요한다. 두 척의 외륜 기선을 포함해 전함 4척으로 이루
어진 소함대가 도쿄만에 진입하자, 일본인들은 기선이 뿜어내는 엄
청난 양의 검은 연기를 보고 겁에 질려 마치 떠다니는 화산 같다고
생각한다.

 이듬해 2월 페리는 더 큰 규모의 함대를 이끌고 돌아왔다. 이번에
그가 상륙할 때는 군악대가 「성조기여 영원하라」를 연주했다. 도쿠
가와 막부는 위압당하고 분열된 상태에서 1854년 3월 가나가와 조
약(神奈川条約) 또는 미·일 화친조약을 체결한다. 이 조약에 의해

---

1) 성희엽, 『조용한 혁명: 메이지유신과 일본의 건국』, 소명출판, 2016, p.21.
2) 조지 오웰, 김병익 옮김, 『1984년』, 문예출판사, 2006, pp.44, 235, 272-273, 362.

미국은 교역 최혜국의 지위를 얻었고, 일본은 미국 함선이 연료 기지로 쓸 수 있도록 두 개의 항구를 열었으며, 난파한 미국 선원의 안전한 귀환을 보장했다. 곧 이어서 영국, 러시아, 네덜란드와도 비슷한 조약이 체결됐다.

이들 조약은 일본의 관세자주권을 부정한 반면 외국의 영사재판권을 인정한 불평등조약이었다. 즉 일본 정부는 일본에 수입되는 물품에 대해 관세를 부과할 수 없으며, 외국인은 형사사건은 물론 민사사건에서도 자국의 영사재판을 받고 일본 법정의 피고인이 되지 않는다. 이런 굴욕적인 내용의 불평등조약을 체결한 도쿠가와 막부는 붕괴하고 1868년 메이지유신은 천황 중심의 새로운 나라로 환골탈태를 도모한다. 유신정권의 최대과제는 일본을 구미 열강과 대등한 나라로 만드는 일이다. 부국강병의 일차적 단계가 불평등조약의 개정이다.

대일본제국헌법(메이지헌법)은 1889년 공표되어, 1890년 시행되었다. 1881년 메이지정부는 천황 주권의 헌법을 제정한다는 방침을 정하고 그 준비에 착수한다. 무책임한 반대자들을 누르고, 무지한 대중을 하나로 통합하여 부국강병이라는 국가 지상의 목표를 달성하기 위해서는 강력한 구심점이 필요했다. 그 구심점은 바로 천황이었다. 이토 히로부미(伊藤博文)는 1년여 동안 유럽에 머물면서 각국의 헌법을 연구한 결과 독일식 군주제를 일본 헌법의 전범으로 채택했다.

신성불가침한 천황을 정체성으로 취하고, 천황대권이라는 안전판을 만들었다. 모든 국민은 천황의 신민으로 규정되고, 재산권을 비롯해 신앙·언론·출판·결사의 자유와 같은 국민의 권리는 법률의 범위 내에서만 인정되었다. 헌법의 입안자들은 천황의 대권이 결코 남용되지 않고, 균형 있게 행사될 수 있으리라 믿었다. 메이지헌법은 불충분하지만 국민의 권리를 보장하고, 또한 국민이 입법 과정에 참여할 수 있는 길을 터주었다.

일본은 메이지헌법의 시행으로 비로소 근대국가의 체제를 갖추게 된 것이다.[3] 그러나 천황의 신성불가침 원칙은 국가의 우월성을 내세워 국민의 일상에 대한 통제를 정당화하는 무소불위의 무기가 될 소지가 역력했다. 1882년 교육칙어, 1889년 제국헌법, 1890년 군인칙어가 제정되어 천황을 현인신(現人神, 아라히토가미)으로 숭배하는 인식이 국민교육과 언론을 통해 확산되었고 1912년 메이지 천황 사후에 메이지신궁이 건립되어 천황의 신격화가 더욱 가속되었다. 덧붙여서 모든 일본인은 동일한 씨족(氏子·우지코)의식이 확산되어 황실은 전통적 이에(家)질서에서 가장 높은 곳에 있는 큰집이며 천황은 모든 국민에게 아버지의 존재라는 인식이 세뇌되었다.

도쿄의 에트랑제 청년

『관부연락선』에서 곧 전쟁에 내몰릴 유태림은 조선인과 일본인 학우들을 규합하여 동인지를 발행하기로 결정한다. 토론 끝에 '문'(門)이라는 제호가 결정된다. "좁은 문도 좋고, 개선문도 좋고, 감옥문, 병영문, 병원문… 상징적으로나 정서적으로나 청년이 당면한 현재와 졸렌(당위)"을 상징하는 제목이다.[4] 폐허적 상황에서 '자아에 있어서의 에트랑제의 발견'을 지향하는 문학·철학 동아리다. 조선인이든 일본인이든 의사결정 과정에 참여하지 못하면서 고스란히 주어진 상황을 받아들일 수밖에 없는 청년의 처지를 에트랑제로 규정한 것이다.[5] 그러나 같은 에트랑제일지언정 식민지 청년의 감상은 다르다.

---

3) 정종휴, 『일본법 입문』, 전남대학교 출판부, 2007, pp.2-7.
4) 이병주, 『관부연락선』 2권, 한길사, 2006, p.203.
5) 위의 책, pp.202-205.

"동경이 식민지 출신의 젊은 지식인에게 일인 형사들의 사상 검증이 언제라도 강요된 곳이기는 하지만 에트랑제라는 낭만적 거리를 유지할 수 있는 곳이었다."[6]

유태림은 1938년 10월 도버에서 칼레로 건너오는 배 위에서 문득 조선과 일본을 오가던 관부연락선 생각이 나서 글을 쓰기로 마음먹는다. 식민지 조선인에게는 자유가 존재하지 않음을 깨달은 것이다.

"나는 영국의 자유를 생각하고 프랑스의 자유를 생각하며 시걸호 갑판 위로 희희낙락 뛰어노는 어린이들을 바라보았다. 외국인인데도 불구하고 그처럼 자유스럽게 왕래할 수 있다는 사실이 다시 관부연락선의 그 부자유한 상태를 상기시켰다. 같은 나라임에도 불구하고 한반도의 사람은 도항증이라는 번거로운 수속을 밟아야만 일본으로 건너갈 수 있는 것이다. 나는 돌아가기만 하면 관부연락선의 그 상징적 의미를 연구해서 우리 반도와 일본과의 관계를 납득이 가도록 밝혀볼 작정을 했다."[7]

이병주와 함께 학병에 동원되었던 한운사는 나름대로 당시 도쿄 유학생들의 유형을 대학별로 그렸다. 그의 거친 일반화가 어느 정도 사실과 부합할지는 모르지만 전혀 의미 없는 서술은 아닐 것이다.

"일본 유학은 조선 학생들의 꿈이었다. 돈푼깨나 있는 집안 자식들은 처음부터 메이지대, 니혼대나 게이오대 같은 데 들어간다. 게이오대 학생들은 '모던 보이'였다. 와세다 학생은 기상이 드높았다. 주

---

6) 위의 책, p.184.
7) 이병주, 『관부연락선』 1권, p.141.

오(中央)대는 가난한 학생이 많았다. 거기서 법률을 공부하고 고등 문관 시험에 합격한 많은 사람들이 대한민국 정부가 수립된 후 법조계에서 크게 활약했다."[8]

　"이병주의 동갑내기로 후일 기구한 운명의 이별주를 나누게 되는 김수영도 도쿄에서의 학업을 모색했다. 선린상업을 졸업하고 도쿄에 건너간 김수영은 선린 시절 수재로 이름 높던 선배를 찾아간다. 그는 (교토)3고에 응시했다 여러 차례 낙방하고 도쿄상대 전문부에 입학했다. 그의 조언으로 김수영은 예비학교에 들어가 1년 동안 수학한다. 그러나 3고나 대학에 들 자신이 없었다. 예비학교에서도 일본 학생에 비해 실력이 뒤진다는 사실을 절감한다. 영어와 현대문에서만 어느 정도 자신이 설 뿐 수학·역사·고대문 등에서는 따라잡기 어려웠다. 그렇다고 해서 경성제대보다 못한 3류대에 들어가고 싶지는 않았다. 이름뿐인 일본 유학생이 되고 싶은 생각이 없었다. 그리하여 대학을 포기하고 연극 연구소에 들어간다. 1943년 3월 1일 징병제가 공표되고 10월 20일, 대학생에 대한 징집유예제가 폐지되었다. 1944년 1월, 가까운 친구가 일경에 체포되어 서울에 압송된다. 김수영은 몇몇 유학생과 함께 도쿄 변두리를 전전하다 서울로 온다. 서울은 더 위험하다. 마침내 그는 만주 길림으로 피신한다."[9]

　식민시기 유학생을 포함하여 수많은 조선인이 일본에 체류했지만 정작 소설의 배경으로 일본이 본격적으로 등장하는 경우는 매우 드물었다. "일제하 식민지 지식인의 생활과 의견을 소설화하려고 할 때 그 배경은 한국만이 아니라 일본까지도 포함시키는 것이 바람직

---

8) 한운사, 『구름의 역사』, 민음사, 2006, p.29.
9) 최하림 편저, 『김수영: 김수영 아포리즘, 김수영평전 연구자료』, 문학세계사, 1993, pp.26-33.

하다"라고 일찌감치 이보영이 지적한 바 있다.[10] 이런 관점에서 보면 이병주의 소설은 예외 중의 예외다. 『관부연락선』에서 유태림의 수기에 도쿄 생활이 상세하게 그려져 있다. 『지리산』은 후반부가 박태영 중심의 지리산 이야기인 반면, 전반부는 이규 중심의 교토 생활이다.

이병주는 도쿄의 조선인 대학생의 일상을 그리면서 여러 측면에서 시대의 특성을 배경으로 제시한다.

"1940년대 초 일본은 그 이전과는 확연하게 다른 모습이었다. 젊은 남자들은 모두 전장으로 보내졌다. 여성의 비율이 압도적으로 높았고 남자라고는 노인과 어린아이, 그리고 군대가 거절한 병약한 남자뿐이었다. 쓸 만한 사내들은 병정엘 가버리고 여자가 남아도는 데다가 군수공장의 하청을 해서 푼돈깨나 번 소시민들이 오입 맛을 보기 시작한 데서 2호 여성, 3호 여성이 범람하게 되었다."[11]

유일한 예외가 학생이었다. 그러나 일본인 대학생은 군대가 면제된 것이 아니라 재학 중 입영이 유예된 것뿐이다. 조만간 군대에 불려간다는 불안감이 대학을 지배하고 있었다. 조선인 유학생도 우울한 분위기 속에 살았다. 식민지인으로 태어났기에 군역을 면제받았다는 안도감보다는 자신도 무언가 의미 있는 일을 해야 한다는 초조감 속에서도 정작 마땅히 할 일이 없다는 고독감과 우울감이 지배했다. 유태림은 이런 상태를 '에트랑제'라는 말로 요약하고 벗어나기 위해 몸부림친다.

---

10) 이보영, 「역사적 상황과 윤리」, 1973, 김윤식 외 편, 『역사의 그늘, 문학의 길』, 한길사, 2008, p.24.
11) 이병주, 『관부연락선』 1권, p.340.

"고독! 그렇다. 고독은 고독 속에서 이겨내야 한다. 나는 우울한 내 심정을 친구를 찾아가서 소화시키려 한 내 마음먹이가 글렀다는 것을 알았다. 그들을 만나봤자 기껏 내 우울함을 그들에게 전염시키는 언동 외에 뭣을 할 것이 있단 말인가. 나도 뭔가를 정해야 한다. 아버지의 호의와 재산에만 편승하고 있는 안이한 태도를 버리고 내 힘으로 생활을 지탱해 살아나갈 수 있는 방법을 모색해야 한다. 우선 생활인으로서의 태도와 방향을 정해야겠다. 나는 망명인으로서의 내 숙명을 감상하고 있다. 코즈모폴리턴이란 견식을 모방하고 민족과 조국의 절박한 문제를 회피했다. 에트랑제를 뽐내는 천박한 기분으로 안이하고 나태하고 비겁한 생활을 변명해왔다."[12]

조선으로 돌아간들 생활인으로서의 감각을 회복할 수가 있을까? 조선은 도쿄보다 더 낯선 곳이다.

"나는 동경을 떠나선 살 수 있을 것 같지 않다. 고향에 돌아가면 동경에 있을 때보다 몇 갑절 더 강해져 스스로가 에뜨랑제라는 것을 느낀다. 동경에서 느끼는 에뜨랑제는 800만의 인구 속에서 살고 있는 미립자로서의 감미로운 겸손이었다. 그런데 고향에 돌아가기만 하면 주위에 둘러친 친화감에 적성(敵性)을 느껴보는 오만한 감정 때문에 발광할 지경이 되는 것이다."[13]

"정직하게 고백하면 나는 일본인뿐만 아니라 같은 동포를 대할 때도 진실의 내가 아닌 또 하나의 나를 허구했다. 예를 들어 '일본인으로서의 자각'이나 '황국신민으로서의 각오'니 하는 제목을 두고 작

---

12) 조영일, 『학병서사 연구』, 서강대학교 박사학위논문, 2015, p.201; 이병주, 『관부연락선』 2권, p.183.
13) 이병주, 『관부연락선』 2권, p.184.

문을 지어야 할 경우에는 도리 없이 나 아닌 '나'를 가립(假立)해놓고 그렇게 가립된 '나'의 의견을 꾸미는 것이다. 한데 그 가립된 '나'가 어느 정도로 진실의 나를 닮았으며 어느 정도로 가짜인 나인가를 스스로 분간할 수 없기도 했다."[14]

그 본질이 자부심이든 부담감이든 민족의식을 버릴 수 없는 식민지 지식청년에게 공통된 '자아의 분화 내지 이중화' 현상이다.

도쿄 유곽의 실태

윈스턴 처칠은 제1차 세계대전과 제2차 세계대전을 하나로 묶어 유럽의 제2차 '30년전쟁'으로 이름붙인 바 있다. 두 전쟁 사이의 평화 기간(흔히 전간戰間기간 interwar period, 1914-45)에도 러시아 혁명, 스페인 내전 등 국제적 성격을 띤 전쟁이 있었고, 제1차 세계대전과 대공황이 밀접한 관계가 있으며, 이것이 결국 제2차 세계대전을 야기했다는 점에서 그렇다는 것이다. 결국 제1, 2차 세계대전은 별개의 두 전쟁이 아닌 한 차례의 '30년전쟁'이라는 주장이다.[15] 제1차 세계대전은 일본을 승전국으로 만들었고, 대국으로 발돋움할 발판을 마련해주었다. 그러나 승전국의 과도한 자부심과 무모한 팽창의 결과 제2차 세계대전의 패전국으로 마감했다.

1987년 이병주는 실록 대하소설 『일본제국』을 쓴다.[16] 추천사를 쓴, 한 세대 후배 한완상은 일본을 오로지 침략자의 관점에서 조명한다.

"1910년에서 1945년까지를 일본의 침략기요, 정치적 식민지화의

---

14) 위의 책, p.194.
15) 양동휴, 『양동휴의 경제사 산책』, 일조각, 2007, p.142.
16) 이병주, 『소설 일본제국』, 1. 2, 문학생활사, 1987.

시기라고 한다면 1960년대 한일국교정상화에서 오늘날까지를 일본에 대한 우리의 경제적 의존이 심화된 식민지화 시기로 볼 수 있다. 도대체 우리의 외채 총량의 거의 80%가 대일무역 적자라는 사실에서 우리는 이 같은 경제적 의존도를 확인하게 된다. 한국에 대한 일본의 정치적 식민지 시대가 1945년 8월에 끝났다고 한다면 오늘에 와서는 일본의 경제적 식민지 시대가 펼쳐지고 있다고 하겠다. 그렇다면, 마침내 문화적 식민지 시대라고 하는 제3의 침략 단계가 오지 않는다고 누가 장담하겠는가. 이제 우리는 경제대국 일본을 속속들이 알아야 한다."

이렇듯 비장한 추천사와는 대조적으로 정작 저자는 한가로운 여체의 관능론으로 본문 속의 긴장을 희석시키는 서술을 표지글로 내세운다.

"나는 기왕 일본 열도를 하나의 여체에 비유한 적이 있다. 북해도의 북단으로부터 오키나와의 남단에 이르기까지 지도 모양이 어쩌면 그렇게 파란 담요 위에 길다랗게 포즈를 취하고 누운 여체의 형태로서 일종의 에로티시즘을 발산하고 있는 것처럼 생각할 수가 있었기 때문이다. 교태를 꾸며 길게 뻗은 듯한 팔 모양. 다리 모양이 있고 가늘어야 할 부분은 가늘고 두툼해야 할 부분은 두툼하다. 알맞은 너비의 들은 염려(艶麗)하게 굴곡하고 숲이 있어야 할 곳엔 숲이 깊숙하다. 풍부한 수량으로 흐르는 크고 작은 강줄기는 여체를 관류하고 있는 혈액에 비유할 수가 있고 곳곳의 온천을 정열의 샘으로 칠 수도 있을 때 심심찮은 간격을 두고 발생하는 일본의 지진을 여체가 지닌 히스테리 현상을 닮은 것이라고 해보고 싶은 유혹을 억제할 수가 없다.
일본엔 소녀의 미소를 닮은 풍광이 있고 난숙한 중년 여성의 '코케트리'를 닮은 풍광이 있고, 아쉬운 여운을 그냥 지닌 노녀(老女)의 퇴색한 색향(色香)을 방불케 하는 풍광에도 궁하지 않다. 여체에 비유하여 억지가 되지 않은 나라는 일본을 두고는 세계 어느 곳에서도 찾아볼 수가 없다. 지형과 지리는 그곳에 사는 사람의 마음을 낳고 가꾼다. 일본의 에로티시즘이 그 지형과 빛깔과 지리의 성격에 맞추어 횡일(橫溢)하고 있다는 것은 그 에로티시즘이 문화의 영역만이 아니라 상가에까지 침투하고 있는 상황으로도 알 수가 있다. 일본의 상술이 중국인과 같은 대인풍도 아니고 영국·미국인과 같이 비즈니스라이크한 것도 아니고 애교와 계산 속을 함께 지닌 아득바득한 여성의 상술, 그것이라고 하는 것도 이유가 없는 일이 아니다."[17]

1, 2부로 나눈 작품은 1부에서 일본의 개국과정을 평면적이고 사실적으로 그린다. 같은 시기의 조선의 상황과 비교하려는 작가의 의도다.[18] 2부는 극적으로 그렸다.

제2부에서는 정한론의 원조 사이고 다카모리(西鄕隆盛)의 문하에 하마나 히로나가(濱名裕永)라는 이름의 가상 청년을 등장시킨다. 그는 조선통신사 조종호의 7대 손, 함안(咸安) 조씨 청년이다.[19] 그는 사이고의 정한론에 이끌려 장차 조선 출병 시 수행할 것을 요청한다. 그러나 점차 후쿠자와 유키치(福澤諭吉)의 사상에 끌려 민권운동에 헌신하고 1882년(메이지 15년) 후쿠자와가 창립한 신문사 『시사신보』(時事新報)에 근무하면서 개화의 첨병이 된다.

이병주는 당시 일본인의 생활을 여러 면으로 그리면서 도쿄의 매춘업과 유곽의 실태를 실감나게 묘사한다.

---

17) 이병주, 『소설 일본제국』, 「작가와의 대화」 중에서, 표 3.
18) 위의 책, p.8 본문의 주.
19) 위의 책, pp.138-140.

"일본의 법치주의는 유곽에서 철저하게 보장되어 있다네. 여자가 이곳에 발을 넣었을 때부터 죽을 때까지 검진(檢診)에서 검사(檢死)에 이르기까지 만사가 법대로 지켜진다네. 포주와 창기 사이에 맺어진 계약은 포주의 이익을 지키는 방향으로 준수하게끔 경찰의 위력이 충분하게 침투되어 있으니 이곳이야말로 법치주의 일본의 면목이 선명하게 살아 있는 곳이란 말이다."[20]

러일전쟁의 본질은 조선전쟁

"아시아에서 최초로 입헌정치를 확립했고 독립을 지켜냈다. 러일전쟁은 식민지 지배하에 있던 아시아·아프리카 사람들에게 용기를 심어주었다."[21]

지한파 지식인으로 명망 높은 와다 하루키(和田春樹)의 역작,『러일전쟁』의 한 구절이다. 이 책을 번역한 이웅현은「옮긴이의 말」에서 이병주를 거명한다.

"1970년대 후반의 고교 시절 탐독했던 한 월간지의 연재소설(한국현대사에 관한 소설이었다)에 작가가 부제처럼 붙였던 헤드노트 "태양에 바래면 역사가 되고, 월광에 물들면 신화가 된다"는 문장을 기억한다. 자신의 소설은 픽션과 논픽션을 적절하게 혼합한 '팩션'(faction)이라는 의미로 이해할 수 있는 문장이었는데, 모름지기 이 장대한 드라마에서 사실에 대한 추상적 해석을 찾아내거나 사건의 곡해와 과장을 찾아내려는 자들은, 이 서사극의 작가가 의미한 달빛 아래서 찾아내어 햇빛 아래 펼쳐놓은 모놀로그와 다이얼로그, 그리

---

20) 위의 책, pp.258-264.
21) 와다 하루키, 이웅현 옮김,『러일전쟁: 기원과 개전』1권, 한길사, 2019, p.36.

고 그것을 재구성한 방대한 대본을 상당 기간 그리고 여러 차례 반추해야 할 것이다."[22]

저자 와다는 중국어판 서문에서 "러일전쟁은 일본이 조선을 통치하려는 욕망에서 비롯된 것이며, 따라서 조선에 대한 침략으로 시작되었다. 최종적으로 중국의 동북지역에서 일본과 러시아 사이에 벌어진 전쟁으로 발전해간 것이다"라고 성격을 규정했다.

한국어판 서문에서는 "이 책을 읽은 한국과 북한의 여러분이 일본 제국주의의 교묘한 행보에 관하여, 일본의 침략 때문에 망국의 위기에 떨어진 자국의 행보에 관해서, 보다 깊이 생각해준다면 기쁘겠다"라며 전쟁의 명칭은 러일전쟁이지만 본질은 '조선전쟁'이라고 규정한다.[23]

결론의 앞 장인 제10장에서 와다는 러일전쟁의 발발 원인을 이렇게 규정한다.

"러일전쟁은 조선전쟁으로 시작되었다. 일본군은 전시 중립을 선언한 대한제국의 영내에 침입해 진해만, 부산, 마산, 인천, 서울, 평양을 점령하고, 대한제국 황제에게 사실상의 보호국화를 강요하는 의정서에 조인하게 했다. 인천과 뤼순에서 러시아 함선에 대한 공격이 동시에 시작되었는데, 이 공격은 무엇보다도 대한제국 황제에게 러시아의 보호는 없을 것이라는 의미의 결정타를 날려 황제를 체념시키는 역할을 했다."[24]

---

22) 위의 책, pp.45-46.
23) 위의 책, p.51.
24) 위의 책, 2권, p.1187.

일본 아이비리그

메이지대학은 교명에서부터 메이지 시대의 사명감과 자부심이 서린 학교다. 이 대학은 두 사람의 수상을 배출했다. 미키 다케오(三木武夫, 1907-88, 수상 1974-76)와 무라야마 도미이치(村山富市, 1924- , 수상 1994-96)다. 사회민주당 소속인 무라야마는 전후 일본 지도자들 중에서 과거 일본의 과오를 가장 솔직하게 인정하고, 한일 양국의 전향적인 관계 개선을 모색한 정치가로 각인되어 있다. 후일 신중국의 지도자로 부상한 저우언라이도 1917년부터 2년간 이 대학 부속 중국 학생들을 위한 특별과정을 이수했다.

1881년 1월 17일 설립된 메이지대는 호세이(法政), 게이오(慶應), 릿쿄(立敎), 도쿄(東京)대, 와세다(早稻田)와 더불어 '도쿄 6대학'의 하나로 출발했다. 이들은 일본 아이비리그(東京六大学野球連盟)로 불린다. 1936년 일본야구연맹이 창설되고 1950년 프로야구로 발전하기 이전에는 일본 야구의 최고 기량을 인정받는 리그였다고 한다.

메이지대학의 교훈은 "권리자유(權利自由), 독립자치(独立自治)"다. 교훈이 선언하는 바와 같이 근대 시민사회에 부합하는 인재 양성을 표방했다. 기시모토 다쓰오(岸本辰雄, 1851?-1912), 미야기 고조(宮城浩蔵, 1852-93), 야시로 미사오(矢代操, 1852-91), 세 청년의 주도 아래 메이지법률학교로 설립되었다. 세 명의 공동설립자는 프랑스에서 법학을 공부한 젊은이들이었다. 이 법률학교는 1903년 전문학교령에 의해 메이지 전문학교로 이름을 바꾸었다. 1904년에는 일본 사립대학 중에 최초로 상학부를 설치했으며, 1920년 대학령에 의해 메이지대학으로 승격되었다. 대학 캠퍼스는 사립대학의 밀집지인 간다(神田)지역에 자리 잡았다. 간다는 일본 전체에서 사립 고등교육기관이 가장 밀집된 지역이었다. 메이지대학, 주오(中央)대학, 그리고 니혼(日本)대학은 모두 메이지 초기와

중기에 걸쳐 법률학교로 문을 열었다. 메이지 말에 들어서 여타 학과도 개설되었지만 법학이야말로 메이지 정부가 초미의 관심을 쏟은 학문 분야였다. 서양의 법률체계가 일본에 뿌리내리면 더 이상 치외법권을 인정할 필요가 없다는 사실을 구미 열강에 보여줄 수 있다고 믿었던 것이다.[25]

구미 열강 사이의 갈등과 대립을 교묘하게 이용하여 이들의 대아시아 정책에 동조하면서도 일본 자신의 입지를 확고하게 세워야 한다. 불평등조약 개정운동은 1894년 영사재판권의 폐지와 1911년 관세자주권의 획득으로 완성된다. 이제야 비로소 일본은 서구 열강과 대등한, 명실상부한 세계 선도국의 일원이 된 것이다.[26]

메이지대학의 설립은 이러한 조약개정 운동의 성과다. 대학의 교명이 대변하듯이 메이지유신의 정신을 창달해야 한다. 불평등조약을 개정하기 위해서는 법률전문가를 양산해야 한다. 유럽 국가들처럼 국가체제를 갖추고 자본주의 경제체제의 발전을 이룩하려면 태서주의(泰西主義, 서구시민법 원리)를 바탕으로 한 근대적 법전을 편찬해야만 한다.

메이지 정부가 얼마나 서양법의 수용에 혈안이었는지를 예증하는 에피소드가 있다. 정부는 위대한 황제 나폴레옹의 최대 치적으로 칭송되는 1803년 프랑스민법전을 번역하여 그대로 일본 법률로 삼는다는 거칠기 짝이 없는 계획을 세운다. 에토 신페이(江藤新平) 사법경이 실무 책임자 미츠구리 린쇼(箕作麟祥)에게 지시한다.

"오역이 있어도 무방하니 속히만 하시오."

미츠구리는 프랑스의 각종 법전을 번역했다. 1869년에 '형법'이,

---

25) 이에 반해 인문학은 메이지 말경까지는 적어도 대학에서는 비중이 낮았다. 문과계와 이과는 국립에 맡기고 간다에서는 법과와 경제과가 지배적이었다. 에드워드 사이덴스티커, 허호 옮김, 『도쿄이야기』, 이산, 1997, p.253.
26) 우치다 타카시, 정종휴 옮김, 『법학의 탄생』, 박영사, 2022, pp.154-171.

1870년부터 '민법' '헌법' '소송법' '상법' '치죄법'이 번역되어 『불란서법률서』로 출간되었다. 1871년에 간행된 프랑스민법전 번역서의 첫머리에 붙은 '예언'(例言)의 첫 구절은 이렇게 적혀 있다.

"무릇 서양 각국 정부와 백성 사이를 관할하는 조규는 국법(國法)이라 칭하고, 백성과 백성 사이를 관할하는 조규는 민법(民法)이라 칭한다."

기회의 땅, 만주

『관부연락선』상에서 유태림과 일본인 친구 E는 아마카스라는 호한(豪漢)을 만난다. 그는 만철 조사부의 직원을 대동하고 만주행 여정에 나선다. 그는 고등문관 시험에 합격하여 군수에 임관될 조선인 청년의 편협한 법률지상주의를 꾸짖는다.

"법률에 우선하는 것이 도의다. 지금 일본은 법률의 올가미 속에서 도의가 질식할 상태에 있다. 그 질식 상태에 있는 도의를 대륙에서 소생시키자는 것이 우리의 포부다."

"일본의 도의를 소생시킨다는 것은 일본의 준법정신을 대륙에다 보급시킨다는 뜻으로 되어야 가장 효과가 있지 않겠습니까."

"그 따위 소리밖에 하지 못하니까 고등문관인가 뭔가의 시험을 본 사람을 싫어하는 거야."

"어쨌든 대륙이 필요해. 권군이 말하는 내선일체도 만주를 비롯한 대륙에서 이루어지는 거야. 일본 내에 있어서의 노자(勞資)의 충돌, 또는 모순도 대륙에서 지양되는 거야. 권군의 그 명쾌한 사상도 일본과 조선이라는 판도 안에서는 소수자의 선구적 사상은 될지 몰라도 현실을 타개하는 열쇠는 되지 못한단 말이야. 자! 모두들 만주로 가자. 중국으로 가자."[27]

1912년 최찬식의 신소설 『추월색』의 주인공 이정임과 김영창은 서구식 결혼식을 치르고 만주의 펑톈(奉天)으로 신혼여행을 떠난다. 이정임은 일본 유학생이고 김영창은 영국 유학생이다. 조선 지식인의 눈앞에 일본과 영국이 새로운 지식을 배우는 공간으로 제시되었다면 만주는 새로운 삶의 가능성을 여는 공간으로 제시되었다. 신혼부부가 찾은 곳은 일본이 러시아를 상대로 대승을 거둔 기념비적인 장소였다. '동양행복의 기초'를 놓기 위해 '용맹한 장사와 충성된 병사'의 피가 흩뿌려진 만주에 도착한 신혼부부는 '황인종도 차차 진화되는' 모습을 보았다.[28]

1911년 11월에 완성된 압록강 철교는 일본의 입장에서 대륙을 향한 교두보였다. 이를테면 내륙의 관부연락선이었다. 시모노세키에서 배를 타고 부산항구에 내려서 곧바로 만주행 열차를 갈아타고 압록강 다리를 건너 질주하는 황국신민의 모습은 상상만 해도 신나는 일이었다. 만세일개 천황폐하의 신민임에 더할 수 없는 자부심이 들 만도 하다.

그러나 식민지 조선인의 감상은 다르다. 이광수는 부산-장춘행 급행열차로 압록강 철교를 건너 펑톈을 향하면서 민족의 고토를 상상한다. 드넓은 대륙을 호령했다던 고구려에 대한 추억과 함께 잃어버린 고토에 대한 아쉬움을 뒤로하고 다롄(大連)으로 발걸음을 재촉한다. 다롄에서는 일본 문명의 위대함을 절감한다.[29]

19세기 말과 20세기 초의 조선 지식인들의 행선지가 도쿄였다면 1930년대의 행선지는 만주였다. 만주국은 '오족협화'를 국가적 슬

---

27) 이병주, 『관부연락선』 1권, pp.285-287.

28) 최찬식, 『추월색』(秋月色), 화동서관, 1912, pp.95-96; 이승원, 『세계로 떠난 조선의 지식인들: 100년 전 그들은 세계를 어떻게 인식했을까?』, 휴머니스트, 2009, p.75에서 재인용.

29) 이광수, 「만주에서」, 『이광수전집 9』, 우신사, 1979, pp.177, 180.

로건으로 내걸었고 일본인·조선인·중국인 지식인과 노동자를 포함하여 수백만의 인구를 흡수한 동양의 신천지였다.

만주는 한때 다치바나 시라키(橘樸, 1881-1945) 등 일본의 여러 농본적 이상주의자와 공동체 운동가가 꿈을 펼쳤던 공간이었다. 좌파 지식인은 만주국 농촌에 북만합작사(北滿合作社) 운동 등을 통해 가난한 중국 농민과 일체감을 키웠다. 일부는 러시아인들의 생태적 생활양식에 이끌리기도 했다.

1930-40년대 재만 문학가들은 다양한 출판물을 통해 '만주문예' '만주낭만'이라는 장르를 만들어냈다. 만주영화협회는 중국인 행세를 한 배우 리샹란(李香蘭, 리코란)을 내세워 일본판 오리엔탈리즘을 동북아 일대에 조성했고, 「중국의 밤」(支那の夜)과 같은 노래는 한국전쟁에 참전한 미군에게까지 전해졌다.[30]

만주의 도시 펑톈은 청운의 꿈을 싣고 한몫 잡으러 떠나는 곳, 이국적인 아편굴과 도박장에서 심신을 적시는 곳, 조선에서 사고치고 튀는 곳, 김두환에게 패배한 조선 최고의 주먹 구마적을 포함하여 체면을 구긴 조선의 거물들이 잠적하는 곳이었다.[31] 일본의 대륙 확장에 조선이 차지하는 비중은 식민지와 본국 간에 핵심적 지도자 두 사람의 보직을 맞바꾼 데서 상징적으로 드러난다. 도쿄 중앙정부의 통제력을 군부가 장악하고 새로운 '거국일치 내각'을 출범시켰을 때 조선총독이던 사이토 마코도(齋藤實)를 수상으로, 본국의 육군대신 우가키 가즈시게(宇垣一成)를 사이토의 후임으로 임명했다.[32]

1931년 만주사변이 일어났을 때 만주 내의 조선인 인구는 약 63만 명, 그중 40만 명이 간도지방에 밀집되어 있었다. 간도에는 중국인도 11만 6,000여 명이 살았고 일본인은 2,000명 남짓했다. 간도는 법

30) 한석정, 『만주 모던: 60년대 한국 개발 체제의 기원』, 문학과지성사, 2016, p.53.

31) 위의 책, p.73.

32) 우치다 준, 한승동 옮김, 『제국의 브로커들』, 길, 2020, p.421..

적으로 중국 영토였기에 그 지역에서 일어난 일은 외무성과 일본영사관을 지원하는 400명의 경찰관에 의해 외교적으로 처리되어야 했었다.[33] 만주국에서 조선인의 지위는 애매했다. 인구 통계로 보아도 조선인은 주변적 존재였다. 독립국을 표방한 만주국은 그 신민인 만인(滿人, 중국인)을 우선 고려해야 했다. 조선인은 만인의 범위에서 제외되었고 만주국의 국적법은 나라가 패망할 때까지 별도로 제정되지 않았다. 그 결과 재만 조선인 청년은 병역의무에서 제외된 유일한 집단으로 머물렀고 대신 지원병 형식의 젠다오 특설대(間島特設隊)가 조직되었다.[34] 중일전쟁 발발 후 (중국이나 만주에 비해 상대적으로 안전한) 조선 사회의 지식인 사이에 퍼졌던 '지나(중국) 적대시'는 재만 조선인에게는 불가능했다.[35] 이들은 일견 2등 국민처럼 보이는, 그러나 결코 그 지위에 이르지 못한 소외자였다.[36]

1939년 만주 건국대(建國大) 교수 최남선은 만주국의 건국을 거대한 문화적 흐름, 중원 지역에 대한 북방(동방) 민족의 진출이라는 동양역사의 전개과정으로 보았다. 20세기 초 신채호가 '한반도 연고권'을 내세운 일본의 역사기술과 조선식자들의 중국 중심 유교 사관에 대항하여 단군 중심의 민족 역사와 공간(만주와 한반도)을 제창한 데 이어서 이제 최남선은 불함(不咸)문화론을 주장했다. 최남선은 만주개척이야말로 민족적·역사적 사명을 완수할 수 있는 기회라고 믿었다.

"만주는 조선 및 조선인의 고향이요, 또 옛날 옛적부터 세세로 물려가지던 우리의 세간이다."[37]

---

33) 한석정, 위의 책, p.424.
34) 위의 책, p.114.
35) 김예림, 「전쟁 스펙타클과 전장실감의 동력학」, 『동방학지』 147집, 2009, p.175.
36) 한석정, 위의 책, p.142.

그는 한반도와 단군을 유라시아의 거대 샤머니즘 문화권의 불함(장백산에서 이름을 딴 태양·하늘·신을 뜻하는 고대어 '밝')문화권 중심에 놓았다.[38] 즉 중국과 일본을 포함하는 거대 문화권의 중심에 조선을 놓으면서 논지를 확대하여 만몽(滿蒙)문화론을 개진했다. 중국문화에 대항하거나 흡수한 북방민족의 문화로 주장한 것이다.[39]

19세기 말 신채호와 같은 조선인 학자와 일본인 만선사(滿鮮史, 만주 조선사) 연구자들의 상상력을 부추겼다. 그들의 정치적 목표는 다양했지만 두 집단 모두가 만주는 조선과 따로 뗄 수 없다는 것을 강조했다. 고대왕국이었던 고구려의 영토가 만주를 포함했기에 조선인의 간도 이주는 '조상의 땅으로 돌아가는 과정'이라고 주장했다. 1920년대와 1930년대 대륙을 향한 일본의 야심과 조선의 오랜 고토회복 소망이 만주에 집결했다. 신채호와 같은 고토수복주의자들은 민족 부활의 꿈을 이 땅에 심었고, 일본의 지식인들은 조선인의 활기를 자민족의 대륙확장을 촉진하는 데 활용했다.[40] 일제강점기 이전 수 세기 동안 단일한 정치공동체 속에 산 식민지 조선인에게는 피에 토대를 둔 민족개념은 계급, 계급투쟁, '동무들'과 같은 생소한 외래 용어보다 훨씬 호소력이 강했다. (1930년에 실시한 식민지 정부의 조사에 의하면 당시 조선에는 1만 5,000개의 씨족 마을이 있었다.) 게다가 조선의 과거를 부정하는 식민지 동화정책은 적대적인 분노를 유발했다.[41] 1920년대 막바지의 민족화합은 1929-31년의 광주학생운동이 명백하게 보여주듯이 요원했다. 갈등의 해결은 조

---

37) 최남선,「松漠燕雲錄」二十二,『매일신보』, 1937. 11. 20.

38) 최남선,「불함문화론」,『육당 최남선전집』2, 현암사, 1994, pp.44-50.

39) 한석정, 위의 책, p.140.

40) 위의 책, p.427.

41) 신기욱, 이진준 옮김,『한국 민족주의의 계보와 정치』, 창비, 2009, p.125.

선반도의 바깥, 즉 만주에서 가능할지 몰랐다.[42]

빈농 출신으로 사범학교를 나와 문경보통학교 선생 노릇하던 박정희가 만주로 향한 데는 남다른 포부가 있었던 것이다. 본격적인 일본제국의 제도 속으로 진입하기 위한 전초기지로 만주국 사관학교를 택한 것이다. 박정희와 같은 길을 걸었던 일단의 청년들은 후일 스스로 나라를 세우는 기회를 거머쥔다. 국가로서의 만주국은 지극히 신속하게 건설되었다. 서양의 경우 몇 세기가 소요되었던 국가의 형성이 단 몇 년 만에 초스피드로 이루어진 것이다.[43] 초단기간에 나라를 세우는 '국가재건'의 열망에 불타 있던 사람들에게 만주국은 더없이 좋은 선례가 될 수 있었다.

1960년대 한반도만큼 식민주의와 근대가 복잡하게 얽힌 곳도 드물다. 제2차 세계대전 이후의 냉전은 시장경제를 표방하는 자유주의와 그 대안으로 떠오른 사회주의라는 두 '서구 모더니즘'의 대결이다. 치열한 양대 이데올로기의 전장이었던 한반도에서 기이하게도 남북한이 함께 채택한 모델이 바로 만주국의 총력전이다. 만주국은 만주사변, 중일전쟁, 태평양전쟁을 겪으면서 전시와 준전시를 유지하고 사회적·경제적 자원을 총체적으로 동원했다. '총력전'이나 '국방국가' 등의 구호들은 중일전쟁 후 일본제국 전체에 사용되었지만 특히 만개한 곳은 만주국이었다. 이 구호들은 젊은 시절 만주국에서 중요한 경력을 시작했던 박정희·김일성 등 후일 남북 라이벌 체제의 지도자들이 세상을 다스리는 이념의 뿌리이기도 하다.[44] 일본의 학자들도 '1940년대 체제'라는 용어를 쓴다. 전후 일본경제를 뒷받침하는 정책적·법적 무기는 1940년대 총력체제의 연장이라는 것

---

42) 최남선, 「松漠燕雲錄」 二十二, 『매일신보』, 1937. 11. 20.
43) 한석정, 『만주국의 재해석: 괴뢰국의 국가 효과, 1932-36』, 동아대학교 출판부, 2007, 제3장 참조.
44) 한석정, 『만주 모던: 60년대 한국 개발 체제의 기원』, 문학과지성사, 2016, p.53.

138

이다.[45)]

제2차 세계대전 후의 제3세계 지도자들은 대체로 사회주의자였으나 한국의 경우는 달랐다. 박정희·정일권 등 1960년대 재건 체제의 지도자들 상당수는 만주국 엘리트 교육기관에서 수학했다. 이들은 만주국 군대, 정부, 협화회 등에서 조선인 개척민들의 선무·노무경영 등 현장 체험을 쌓았다.[46)] 이들 '만추리언'(Manchurians)들은 5·16 군사정변 이후에 본격적으로 등장하여 재건체제를 이끌었다. 군부뿐만 아니라 교육과 정치이념 부분에서도 핵심적 역할을 했고, 일부는 협화회식 조합주의, 반공 화랑이데올로기를 전파하고 국민교육헌장 제정에 관여하는 등 재건 전도사가 되었다.[47)]

청춘의 특권을 누린 청년들

1941년 4월 만 20세가 된 이병주(大川炳注)는 메이지대학 전문부 문예과에 입학한다. 이 대학에 문예과가 창설된 것은 1932년의 일이다(문예과는 오늘날 문예창작학과에 해당하는 것으로 이를테면 장래 작가가 되기를 준비하는 학과라고 김윤식은 평가한다). 문예과는 자유로운 영혼을 표현하는 기법을 수련하는 학문이자 예술이다. 법으로 본 근대의 상징은 국체이지만 문학과 예술의 관점에서 본 근대는 인간의 자유와 해방이다. 다이쇼 시대가 끝나고 쇼와 시대로 넘어온 나라는 전쟁을 국가적 사업으로 내걸고 국민의 결속을 다지고 있었다. 그러나 한번 해방의 맛을 본 자유로운 정신은 전쟁에 의해 위축되지 않았다. 적어도 대학과 지식인들의 세계에서는.

작가 이병주에게 도쿄는 근대사상의 수용지이자 문학사상과 예술의 수련장이었다. 동시에 식민지 출신 지식청년의 에트랑제 정서에

---

45) 야마무로 신이치, 윤대석 옮김, 『키메라: 만주국의 초상』, 소명출판사, 2009, p.13.
46) 한석정, 위의 책, p.151.
47) 야마무로, 위의 책, pp.90-91.

빠져 다소 느슨한 일상을 죽일 변명과 핑계를 만들 수 있는 자유의 공간이기도 했다. 유태림의 동급생 화자, 이 선생의 입을 빌린다.

"이십팔 년 전에 내가 다니던 학교는 서투름을 무릅쓰고 한마디로 말하면 기묘한 학교였다. A대학 전문부 문학과(문예과)라는 것이 정식 명칭인데 전문부 상과, 전문부 법과, 하다못해 전문부 공과라면 그 나름의 가치가 있다고 하겠지만 전문부 문학과라는 이 학과는 도대체 뭣을 가르칠 작정으로 학생을 모집하고, 장차 뭣을 할 작정으로 학생들이 들어가고 하는 것인지 분간할 수 없는 그런 학교, 학교라기보다는 강습소, 강습소라고 보면 학교일 수밖에 없는 그런 곳이었다. 그것이 속해 있는 대학 자체가 격으로 봐서 3류도 못 되는 4류인데다 학과가 그런 형편이니 여기에 모여든 학생들의 질은 물으나마나한 일이다. 고등학교는 엄두도 못 내고 3류대학의 예과에도 붙을 자신이 없는 패들이면서 법과나 상과쯤은 깔볼 줄 아는 오만만을 키워 가지곤 학부에 진학할 때 방계(傍系) 입학할 수 있는 요행이라도 바라고 들어온 학생은 나은 편이고 거의 대부분은 그저 학교에 다닌다는 핑계를 사기 위해 들어온 학생들이었다. 그만큼 지능 정도는 낮았어도 각기 특징 있는 개성의 소유자들만 모였다고 할 수 있었다. 대부분이 중학 시절에 약간 불량기를 띤 학생들이고 이런 학교에 가도록 허용하는 집안이고 보니 경제적으로도 윤택한 편이어서 천진난만하고 비교적 단란한 30여 명의 학급이었다."[48]

한마디로 자유분방한 청년, 적당히 탈선하고 적당히 게으르고 적당히 타락할 청춘의 특권을 누린 청년들이었다.

---

48) 이병주, 『관부연락선』 1권, pp.12-13.

예술가의 정신이 충만한 곳

도쿄는 문학의 장이다. 한때 "에도에는 문학이 있지만 도쿄에는 문학이 없다"라는 말이 유행했다. 전근대적 토속문학에서 근대적 민족문학으로 일본문학의 핵심 성격이 전환된 것이다. 도쿄를 발상지로 한 일본 근대문학은 이전의 에도문학에 비해 훨씬 민족성이 강할뿐더러 코즈모폴리턴적 성격을 지향하고 있었다.[49] 에도문학의 중심지가 하층민의 시다마치(下町)였다면, 도쿄문학의 중심은 상류층 지식인의 주 무대인 야마노테(山の手)였다.

도쿄제국대학이 들어선 혼고(本郷)는 근엄한 동네였다. 학생들도 엘리트로서의 지위와 책임을 자각하고 있는 듯했다. 파리의 라탱구와 같은 보헤미안적 분위기는 거의 없었다. 메이지 말 학생의 일상을 잘 그린 작품으로 나쓰메 소세키(夏目漱石, 1867-1916)의 장편소설 『산시로』(三四郎, 1909)가 있다. 산시로는 혼고에 살면서 반듯한 생활을 한다. 혼고의 학생들은 학용품 구입부터 가부키 관람에 이르기까지 무엇을 하려면 간다까지 가야 했다. 혼고는 너무나 정통적이어서 도쿄 토박이말로 '야마노테적'이었다.[50] 혼고의 학생은 장차 교수나 인텔리, 국가지도자가 될 준비생이라는 대중의 인식이 널리 퍼져 있었다.[51] 산시로는 상경하기가 무섭게 신문물에 노출된 경이로움과 함께 두려운 동경심을 주체하지 못한다. 친구의 권유로 무작정 전차에 뛰어올라 시내를 돌아다니며 새로운 세계의 리듬을 잡으려 한다.[52] 혼고는 외래의 신문물을 일본의 틀 속에 정착시키는 기제와 기준을 만드는 곳이었다.

---

49) 사이덴스티커, 『도쿄이야기』, p.290.
50) 시다마치(下町) 서민의 전통문화 (초닌[町人]): 야마노테(山の牛사무라이).
51) 사이덴스티커, 『도쿄이야기』, p.282.
52) 나쓰메 소세키, 송태욱 옮김, 『산시로』, 『나쓰메 소세키 소설 전집 7』, 현암사, 2014, p.68.

다바타(田端) 지역은 넓게 보면 야마노데 문화의 핵심기지로 불리지만 엄숙·경직을 일상의 미덕으로 삼은 '국체' 지향 인물들의 중심무대인 혼고에 비하면 예술가의 자유정신이 충만한 곳이었다. 『관부연락선』의 유태림은 일본 근대문학의 선구자 아쿠타가와 류노스케(芥川龍之介, 1892-1927)의 집을 지날 때 느낀 경외(敬畏)로운 마음을 적었다.

"이치라쿠소 아파트는 시전(市電) 도자카(動坂) 정류소에서 성선(省線) 다바타역으로 가는 한길의 중간쯤 지점 오른편에 자리 잡고 있었다. 그 뒷길을 산허리 쪽으로 올라가면 자살한 지 십수 년이 지났어도 아직껏 명성이 높은 아쿠타가와 류노스케의 집을 볼 수 있었다. 간혹 그 방향으로 산보를 나가면 아쿠다가와의 집 앞에서 서성거려 볼 때도 있었다. 울창한 정원목에 둘러싸인 한적한 목조 2층 건물이었다. 그 속에 아쿠타가와의 미망인이 히로시, 다카시, 야슨시 삼형제를 거느리고 산다고 들었을 때 전설을 육안으로 보는 것 같은 신선한 놀라움을 느끼기도 했다."[53]

아쿠다가와 류노스케의 아들 히로시(比呂志)의 예에서 보듯이 유명 작가들의 아들들이 예명으로 연극배우가 되었다.

"아버지의 허무주의를 아들이 상속받았나 봐요. 그래서 자기 자신의 있는 그대로의 상태를 견디지 못하여 연극 속에 갖가지 인물에 자신을 분산시킴으로써 자신의 부재증명을 얻으려는 것이겠죠."[54]

---

53) 이병주, 『관부연락선』 2권, p.152.
54) 위의 책, p.199.

다바타 일원은 유명 문인과 예술가가 많이 살던 주택가다. 언문일치 운동을 벌였던 「뜬구름」(浮雲, 1887)의 작가 후다바테이 시메이(二葉亭四迷), 교양잡지 『문예춘추』를 창간한 극작가이자 소설가 기구치 칸(菊地寬), 일본 최초의 여성문예지 『세이토』(靑踏, 1911)를 주재한 여성해방운동의 선구자 히라쓰카 라이초(平塚雷鳥, 1886-1971), '일본 근대시의 아버지'로 불리는 하기와라 사쿠타로(萩原朔太郎, 1886-1942), 시인 무로 사이세이(室生犀星, 1889-1962), 여성작가 하야시 후미코(林芙美子, 1903-51), 프롤레타리아 여성작가 사타 이네코(佐多稻子, 1904-98), 당대 최고의 비평가 고바야시 히데오(小林秀雄, 1902-83) 등이 기거하던 곳이다. 문인들뿐만 아니라 음악가·미술가들이 집거하고 있어 다바다문사촌(田端文士村)으로 불렸다.[55] 메이지대학의 스루가다이(駿河台) 캠퍼스는 다바다와 우에노에서 멀지 않다. 메이지대학 문과생들은 이 일대를 자신들의 무대로 삼아 기라성 같은 문인들과 교류하는 특전을 고대하며 일상을 정진했을 것이다.[56] 메이지대학에는 당대 최고의 미술평론가 이타가키 다카오(坂垣鷹穗, 1894-1966)와 영문학자이자 소설가인 아베 도모지(阿部知二, 1903-73)와 불문학자 곤히데미(今日出海, 1903-84)가 재직하고 있었다

고바야시 히데오는 도쿄제국대학을 졸업하고 메이지대학 문예과가 창설된 1932년부터 강사로 출강하다 1938년에 교수로 승진하여 1946년 8월까지 재직했다. 이병주가 재학하던 시기다. 고바야시의 라이벌 미키 기요시(三木清, 1897-1945)는 1922년 교토제국대학을 졸업하고 독일과 프랑스에 유학한 후 1927년 호세이대학(法政大學) 철학과 주임교수가 되었다. 소설에도 언급되어 있듯이 미키 기요시

---

55) 권선영, 「이병주 『관부연락선』에 나타난 시모노세키와 도쿄」, 『비평문학』, 2017, 제63호, pp.7-34. 현재는 다바다문사촌 기념관이 설립되어 관리하고 있다.

56) 위의 글.

는 『파스칼에 있어서의 인간 연구』(岩波書店, 1926)를 발표하여 철학계에 큰 반향을 일으켰다. 이어서 마르크스주의의 창조적 전개를 도모했으나 1930년 일본 공산당에 자금을 제공한 이유로 체포되었다. 이를 계기로 교수직을 사임하고 전향하여 문학비평에 전념했다.

『관부연락선』에는 많은 문인과 예술인의 이름이 거명된다. 위에 언급된 작가들 이외에도 시마키 겐사쿠(島木健作), 오카모토 가노코(岡本かの子), 오사나이 가오루(小山內薰), 우에다 히로시(上田廣), 기시다 구니오(岸田国士), 이와타 도요오(岩田豊雄) 등이 있다. 이를테면 '가노코식 해석'이란 여류작가 오카모토 가노코(岡本かの子)의 작품 『학은 병들었다』를 두고 하는 말이다. 이 작품에서 오카모토는 아쿠다가와 류노스케의 자살을 상하이에서 옮아온 국제매독 때문이라고 묘사했다.[57]

메이지대학 학적부에 기재된 이병주(大川炳注)의 주소는 도쿄시 혼조(本所)구 긴시초(金絲町) 2초메(丁目) 17번지[58] 김찬봉(金燦鳳, 외가 쪽 숙부) 집에 하숙하는 것으로 적혀 있다. 집주인의 직업은 '공업', 근무지는 대도정기소(大島精機所)로 기재되어 있다. 혼조는 아마도 조선인 밀집지역이었을 것이다. 문헌에 의하면 1923년 관동대지진 때 조선인을 집단수용한 군용 양말공장 인근인 듯 짐작된다. 혼조는 유태림의 편지에도 등장하는 지명이다. "명창 이화중선이 낙백한 채로 도쿄의 혼조 빈민굴에서 아편중독자로 누워, 이따금씩 찾아오는 동포의 감상을 왕년의 명성으로 달래주는"[59] 그런 곳이다. 그러나 입학서류에 기재한 이 주소에 이병주는 실제로 거주하지

---

57) 이병주, 『관부연락선』 2권, p.193.
58) 이 주소는 현재의 주소와는 다르고 정확한 지점을 확인하기 어렵다는 현지 일본 지인의 회신이다.
59) 이병주, 『관부연락선』 1권, p.257.

않았던 것 같다. 이때에는 이미 부자간의 화해가 이루어져 아버지가 비교적 풍족하게 학비를 보내주었기에 학교 근처의 일본인 하숙집에 기숙했을 것이다.[60] 도쿄생활을 그린 그의 작품이나 에세이 속에 친척 집에서 하숙하는 조선 학생의 이야기는 단 한 차례도 등장하지 않는다.

에도 흥행의 핵심은 가부키와 유곽문화

이병주가 재학한 메이지대학 전문부 '문예과'의 교과과정은 '연극영화' 과목을 주로, '문예창작' 과목을 보조로 편성되었다. 이병주는 연극·영화 관련 과목을 집중적으로 수강했다. 1학년 때는 일본연극사, 영화개론, 영화사, 각본 해설, 연극론사, 과백(科白)원리 등 6과목을 수강했다. '과백'이란 배우의 동작과 대사를 통틀어 이르는 연극 전문용어다. 이에 더하여 국민도덕, 일본문학사, 외국문학연구, 심리학, 미술사, 음악해설, 작문수사, 국문학, 영어 등이다.

2학년인 1942년부터는 철학과목을 수강한다. 논리학, 동양사상연구, 프랑스어도 포함된다. 2학년에 수강한 연극 관련 과목으로는 서양연극사, 일본신극사, 연출연구, 연극논문, 무대미술 연구, 연기론, 영화기술 연구, 시나리오 연구의 7과목이 있다. 3학년 때는 희곡연구, 연기론, 연출연구, 영화연출대본연구의 4과목을 수강했다. 이에 더하여 윤리학과 철학개론을 수강했다. 학점을 취득한 총 48개 과목 중에 연극·영화 관련 과목이 17개나 된다.

---

60)『관부연락선』에도 경찰의 심문과정에 이 주소가 등장하고 유태림은 실제로 거의 거주하지 않았다고 답한다(이병주,『관부연락선』2권, p.157). 유태림은 지인의 소개로 일본인 집에 하숙했고, 이 집은 심문나온 특고 형사가 예의를 갖출 정도로 중상류층에 속했다. 이 집에 입주하기 직전에는 다바다 인근의 하급 예술가들이 집단으로 거주하는 서민아파트에 살았던 것으로 그려져 있다(이병주,『관부연락선』2권, pp.149-157). 그런가 하면 이병주가 한때 와세다대학 주변에서 하숙생활을 했다는 증언도 있다.

우(優), 양(良), 가(可)의 3단계로 평가된 성적은 48개 과목 중 9개 과목에서 우를 받았는데 그것도 3학년 6과목에 집중되어 있다. 그중 하나가 '연출연구'다. 1945년 상하이에서 「유맹」(流氓)이란 희곡을 쓰고, 1946년 진주연극회의 창립에 관여하여 송영의 창작극 「개척자」와 1947년 진주농대 개교 1주년 기념식 공연으로 오스카 와일드의 「살로메」를 연출한 데는 대학 시절의 수업이 결정적인 자산이 되었을 것이다(이 책, 10장 참조). 또한 만년에 그가 프랑스의 작가 사르랭의 희곡을 번역한 것도 놀라운 일이 아니다.

도쿠가와 시대의 일본 3대 도시(에도, 교토, 오사카)의 특징을 묘사하는 속담이 많다. 그중 가장 널리 알려진 것이 "교토는 입어서 망하고, 오사카는 먹어서 망하고, 에도는 보아서 망한다"라는 말이다. '보아서 망한다'는 세 가지 구경은 연극, 벚꽃놀이, 스모라는 말이 있다.[61] 에도 토박이는 구경하기를 좋아한다. 축제나 젯날, 연극을 비롯한 갖가지 공연과 흥행물을 즐겼다. 에도 흥행의 핵심은 가부키와 유곽문화였다. 가부키의 인기배우들은 시대의 유행을 좌우하는 민중적 영웅이었으며, 돈만 있으면 누구나 쉽게 접근할 수 있었다. 유곽, 특히 호화롭게 장식한 대형 업소는 풍류를 즐기는 부유층의 사교장이기도 했다.[62]

에도시대의 극작가들은 요시와라(吉原)를 무대로 활동했다. 셰익스피어에게 런던의 홀본 거리가 주된 무대였듯이, 에도의 요시와라는 재기발랄한 자유와 퇴폐적 관능이 공존하는 예술의 본향이었다.[63] 문명개화의 물결이 요시와라를 비롯한 유곽에 초래한 변화는 창기의 해방이었다. 1872년 일본 정부는 창기 해방령을 공표한다. 마리아 루즈(Maria Luz)호 사건의 결과였다. 이 해에 페루의 선박 마

61) 에드워드 사이덴스티커, 허호 옮김, 『도쿄이야기』, 이산, 1997, p.196.
62) 위의 책, pp.174-175, 196.
63) 안경환, 『문화, 셰익스피어를 말하다』, 지식의날개, 2020, pp.14-44.

리아 루즈호의 선장은 중국인 노동자를 노예로 고용한 혐의로 요코하마 재판소에서 유죄판결을 받는다. 페루 측은 맞고소하여 일본에도 노예제도가 있다며 요시와라를 비롯한 유곽의 유녀들을 예로 들었다.

정부는 결국 법으로 창녀를 '해방'한다. 동시에 정부의 감시를 받지 않는 '사창'에 대해서도 금지조치를 취한다.[64] 그러나 이러한 정부의 규제에도 불구하고 시다마치 문화예술의 중심지로서의 요시와라의 위상은 흔들리지 않았다. 1911년 대화재에 이어 1923년 대지진으로 큰 타격을 입었지만 종전 후 1958년 4월 1일 매춘을 전면적으로 금지하는 법이 시행될 때까지 명맥을 유지하고 있었다. 1930년대 후반 요시와라의 풍경은 니코스 카잔차키스의 여행기에도 잘 그려져 있다.[65]

1941년 메이지대학 문예과의 연극교육은 이렇듯 다양한 메이지·다이쇼 시대의 문화적 유산을 고스란히 계승한 문명개화의 무대였다. 『관부연락선』의 한 구절이다.

"일본의 연극사를 쓰려면 쓰키지 소극장(築地小劇場)사를 쓰면 된다고 말할 수 있을 정도로 이 극장은 일본 신극의 메카인 동시에 전성기 좌익연극의 총본산이기도 하다."[66]

소시시바이(壯士芝居)라는 장르의 연극이 있다. 1890년대 자유민권 사상을 고취하기 위해 탄생한 아마추어 연극으로 후일 신파극의 시초가 되었다. 메이지시대의 범죄 중에 세상의 주목을 끈 엽기적 사건은 모두 연극으로 꾸며졌으며 여성이 관련되어 있었다. 사형에

---

64) 에드워드 사이덴 스티커·허호 옮김, 『도쿄 이야기』, pp.203-204.
65) 니코스 카잔차키스, 정영문 옮김, 『카잔차키스의 천상의 두 나라』, pp.315-329.
66) 이병주, 『관부연락선』 2권, p.196.

처해지면서 여성들이 남긴 시조가 인구에 회자되었다.

"밤의 폭풍에 잠이 깨니 자취도 없는 꽃의 꿈."

1872년 참수형에 처해지기 직전 하라다 기누(原田絹)가 불렀다는 「요아라시 오키누」(夜風お絹) 노래는 시대의 유행어가 되었다. 1879년 다카하시 오텐(高橋お傳)의 유언 "희망도 없는 세상에 잠시 머무르니 서둘러 건너간다. 저승의 강" 또한 세대를 건너 전승되었다.[67]

언어를 먹는 불새

'다이쇼 룩'이란 말이 있었다. 다이쇼라는 이름을 붙인 사건은 첫째 '다이쇼 대지진'(관동대지진, 1923)과 '다이쇼 데모크라시'일 것이다. 하지만 다이쇼 데모크라시는 제1차 세계대전 후의 짧은 기간 동안 연약한 꽃을 피우는 정도로 끝나고 훗날 남긴 것은 거의 없다. 그러나 엄연히 다이쇼 문학도 다이쇼 연극도 있다. 이를 통칭하여 '다이쇼 룩'이라 부른다. 필시 자유와 자율의 정신을 구현한다는 뜻일 것이다.

'다이쇼 미술'의 아이콘으로 불리는 미술작품 중의 하나가 다케히사 유메지(竹久夢二, 1884-1934)의 미인도 「구로후네야」(黑船屋, 1919)다. 다케히사는 일러스트레이터 화가이자 시인이다. 메이지와 다이쇼, 쇼와 시대까지 일본 근현대 격동의 시기를 살았다. 특히 서정적인 여성을 그린 일러스트레이션으로 대중들의 사랑을 받았고, 에도 시대의 우키요에(浮世繪)와 근대 매체의 일러스트레이션을 이어주는 역할을 했다.

때문에 그는 '다이쇼 시대의 우키요에 작가'(大正の 浮世繪師)로 불리기도 한다. '고양이를 안은 여자'라는 별칭이 딸린 「구로후네

---

67) 에드워드 사이덴 스티커, 허호 옮김, 『도쿄이야기』, pp.192-194.

야」는 마치 떠나보낸 애인의 품에 안긴 검은 고양이가 되고 싶은 작가의 심경을 표현한 것으로 알려져 있다. 여인의 창백한 얼굴은 폐병을 앓고 있는 듯하고, 처진 어깨에 걸린 시대와 세월의 무게가 감지된다. 어깨가 처진 미인은 에도의 우키요에에도 자주 등장한다. 그러나 우키요에의 여인은 하나의 추상일 뿐 유메지가 그린 병든 육체의 느낌을 주는 여성과는 아주 다르다. 또한 에도의 미인화에는 웃음이 없으며 메이지의 여성도 좀체 웃지 않는다. 그에 비하면 다이쇼 시대의 그림과 포스터에는 화려한 웃음이 펼쳐져 있다. 서양의 문물이 충분히 흡수되어 여체의 일부가 되어 있음을 알 수 있다.[68]

메이지 시대에 가장 주목받은 여성은 살인범이지만 다이쇼 시대에는 스스로의 재능과 업적을 통해 이름을 세운 여성이다. 대표적인 예가 배우였다. 다이쇼 시대에 가장 유명했던 여배우는 마쓰이 스마코(松井須磨子, 1886-1919)다. 1886년 나카노현에서 태어난 스마코는 도쿄에 올라와서 재봉사가 되었다. 이른 결혼에 실패하고 문인협회의 연구생이 되어 연극에 투신했다. 1911년 헨릭 입센의 「인형의 집」 공연에서 노라 역을 맡으면서 일약 전국적 스타가 되었다. 이어서 톨스토이의 소설을 극화한 연극 「부활」에서 카추샤 역을 맡아 국민의 영웅이 되었다. 그녀가 부른 「카추샤의 노래」는 전국민의 애창곡이 되었다. 스캔들에 스캔들을 무릅쓰고 쟁취한 그녀의 어린 동업자 연인 시마무라 호게츠(島村抱月)가 죽자 바로 그 자리, 둘이 함께 세운 극장의 대기실에서 목을 매고 자살한다. 서른두 살이었다. 그녀야말로 시대의 상징이었다. 문인의 세계에서도 연극의 세계에서도 끝없이 말썽을 일으키는 열정의 화신인 해방된 여인이었다. 그녀의 극적인 라이프스토리와 죽음으로 인해 더욱 오랫동안 일본인의 머리와 가슴속에 강하게 각인되었다.[69]

---

68) 위의 책, p.300.

1923년 대지진 직전에 전국에 널리 애창되던 노래가 있었다. 나카야마 신페이(中山晉平) 작곡의 「사공의 노래」다. 카추샤의 노래와 마찬가지로 마쓰이 스마코가 불렀다. "나는 벌판의 메마른 참억새, 그대 또한 메마른 참억새."

이 후렴 구절 때문에 허무의 비판을 달고 다닌다. 그러나 자기 연민이 내면화된 다이쇼 시대 토박이 에도인에게는 더없이 친숙한 정서였을 것이다.[70]

스마코의 사랑과 생애는 후일 영화와 문학으로 재생되었다. 해방 후 한국에도 진한 여운을 남겼다. 시인 정공채는 동갑내기 천재 전혜린(1934-65)에게서 스마코의 현신을 보았다. '슈바빙거', 슈바빙 사람으로 불리는 '슈바빙적'이라고 총괄할 수밖에 없는 분위기, 자유와 청춘, 천재와 모험, 사람과 예술, 그리고 기지(機智)가 합쳐져 묘한 조화를 이루는 분위기.

"이 세상에 태어나서
안개에 젖었지,
우윳빛 안개에 향수(鄕愁)를 실었지.
잊을 수 없는 당신
정신에 살았지.
…
한시인들 잊으랴.
이 세상에 태어나서
이 세상에 태어나서
남긴 것은 없어도

---

69) 위의 책, pp.315-316.
70) 위의 책, p.329.

정신에 살았던 별은 빛나리.
정신에 살았던 눈동자와 함께."

정공채는 전혜린의 일기에서 시적 언어를 확인하고 "언어를 먹는 불새"라고 상찬한다. 술을 마시면서도 연신 낙서를 해대는 낙서광, "한시도 언어를 못 잊은 언어의 불새."

죽음을 앞둔 1965년 2월 29일 일기장 구절이다.

"열나흘 달이 차 있다. 교교하다. 만월(滿月) 때 내게 오는 달병(Mond Krankheit)."[71]

스탈린의 제임스 본드

제1차 세계대전과 1917년 10월 러시아혁명의 여파가 일본에 밀어닥쳤다.

1918년 도쿄제대 법학부 학생들이 신인회(新人會)라는 서클을 만들었다. 이들은 도쿄제국대학의 관료적 학풍과 일본사회의 지배적 사상에 반기를 든 것이다. 학생들은 교수 중에 정치학의 요시노 사쿠조, 형법학의 마키노 에이이치, 경제학의 가타노이 와사부로 세 사람 정도만 존경했을 뿐 나머지 교수들은 모두 관변학자, 출세주의자, 속물이라며 경멸했다. 창설을 주도한 인물은 아마카스 가쓰로였다. 신인회의 강령은 "1. 우리들은 세계의 문화적 대세인 인류해방의 신기운에 협조하고 이를 적극 촉진한다. 1. 우리들은 현하 일본의 합리적 개조운동에 매진한다"였다.[72]

---

71) 정공채, 「별빛으로 빛나리: 전혜린을 위한 서시」, 『불꽃처럼 살다간 여인 전혜린』, 꿈과희망, 2002, p.267.
72) 다치바나 다카시(立花隆), 이규원 옮김, 『천황과 도쿄대』 1권, 청어람미디어, 2008, p.624.

신진회는 1922년부터 전국적으로 확산되어 7개 고등학교에 사회과학연구회가 탄생했다. (1923년 식민지 소도시 마산에서도 사회주의 마산신진회가 결성되어 경찰의 감시를 받았다는 기록이 있다.)[73]

위협을 느낀 일본 정부는 1925년 4월 치안유지법을 제정한다. "국체를 변혁하거나 사유재산제도를 부인할 목적으로 결사를 조직하거나, 또는 그 사정을 알면서 해당 조직에 가입한 사람은 10년 이하의 징역 또는 금고의 형에 처한다"(치안유지법 1조 1항). 또한 '치안유지법을 조선 및 사할린에 시행하는 건'을 기초로 조선총독부는 5월 12일부터 조선에도 이 법을 적용했다.

이 법은 한마디로 제국의 국체를 보위하기 위한 수단이었다. "대일본제국은 만세일계의 천황이 통치한다." 제국헌법 1조의 규정이다. 대심원은 "국체란 만세일계의 천황이 군림하며 통치권을 총괄하는 제1조 것"이라는 공식 해석을 내렸다.

같은 해, 소비에트노동조합 대표 레세프 일행의 일본 방문을 계기로 교토학련사건이 발생한다. 교토대, 도쿄대 등 여러 대학의 학생간부 38명이 이 법의 첫 희생자로 검거되었다. 학생운동의 급진화에 위협을 느낀 정부는 1928년 4월 신인회의 해산명령을 내린다. 긴급칙령의 형식으로 법을 개정하여 벌칙에 사형과 무기징역을 추가하고, "결사의 목적을 수행하기 위하여 하는 행위"를 추가함으로써 규제의 범위를 확대했다.[74] 해산된 신인회의 자리를 친정부 성향의 학술단체가 차지했다. 우에스기(上杉)가 설립한 도카학회(同和學會)는 회칙에 선명하게 선언했다. "본회의 목적은 세계에 유례없는 우리의 국체를 명징하게 하고 충군애국의 국민성을 함양하는 데 있다."[75] 신진회의 창설을 주도했던 아마카스는 전향하여 정부의 정책을 앞

---

73) 김형윤, 『마산야화』, 태화출판사, 1973, p.258.

74) 다치바나 다카시, 이규원 옮김, 『천황과 도쿄대』 1권, p.600.

75) 위의 책, p.635.

장서서 홍보하는 대정익찬회 기획부장이 되었다.

　김윤식이 번역한 리처드 미첼(Richard Mitchell)의『일제하의 사상통제』(1982, *Thought Control in Prewar Japan*, Cornell University Press, 1976)는 '사상전향과 그 법체계'라는 부제가 지시하듯 "당초 국가가 허용한 마르크스주의를 후일에 철저히 분쇄하는 과정을 그렸다."[76] '전향'이라는 영민한 법 운영이 성공한 것이다. 오래전에 도쿄대학은 학문적 독자성과 다양성이 확보되었다. "이쯤 되면 두 개의 '국가'가 암암리에 용인된 형국. 천황제 일본국가 대 비천황제 사회주의 국가일본의 대결. 비록 사세 불리하여 천황제 파시즘에 굴복했지만 옥중의 6만 명 사상범의 자존심만은 당당했다."[77] 사법성의 전향정책이 성공한 배경에는 개인주의적 사상과 보편주의적 이상보다는 집단의 단결과 자기중심적 사고가 깔려 있었다.[78]

　치안유지법에 의해 사형에 처해진 일본인은 한 사람도 없고 독일인 조르게(Richard Sorge, 1895-1944) 혼자 목숨을 잃었을 뿐이다. 후세인들은 그를 일러 '스탈린의 제임스 본드'라고 불렀다. 일본군이 결코 북진하지 않는다는 비밀정보를 러시아에 넘겨주어 스탈린으로 하여금 주력병력을 대독일전선에 돌릴 수 있게 해주었던 것이다. 그의 치밀한 스파이 활동은 많은 소설가·학자·영화감독의 상상력을 자극했다. 그를 다룬 소설만 해도 100여 편에 달한다. 도쿄 외곽의 다마(多磨)묘원, 검은색 묘비에 러시아어로 '소련 영웅 리하르트 조르게'와 한문으로 '妻 石井花子'(처 이시이 하나코) 부부의 이름이 새겨져 있다. 2020년, 한국의 '현장 언론인' 박보균이 조르게 부부의 무덤을 찾았다.[79]

---

76) 김윤식,『내가 읽고 만난 일본』, 그린비, 2013, p.563.
77) 위의 책, p.572.
78) 위의 책, p.575.
79)「박보균의 현장 속으로」,『중앙선데이』, 2020. 7. 18.

니체의 제자되기를 지원한 이병주

1941년 봄, 메이지대학 입학 직전에 이병주는 니체를 만난다.

"내가 니체를 만난 것을 행운으로 친다면, 그 점만은 일본인에게 감사를 드려야 한다. 도스토옙스키는 영역(英譯)과 불역(佛譯)을 통하는 경우도 있었지만 니체에 관해선 순전히 일역(日譯)을 통할 수밖에 없었기 때문이다. 극단적으로 말하면 '일본어가 없었더라면 나와 니체의 만남은 없었다'로 되었을지 모른다."[80]

18세 소년이 교토의 책방에 들어선다. 『차라투스트라는 이렇게 말했다』라는 표제의 책이 눈에 띄었다. 이상한 제목이라고 생각했다. 저자는 프리드리히 니체, 역자는 나마타(生田長江)였다. 나마타란 사람이 꽤 알려져 있어서 소년은 그 책을 샀다. 하숙으로 돌아와 읽기 시작했는데 그것은 소설과도 달랐고 시와도 달랐고 철학책 같은 느낌과도 달랐다. 그러면서도 고양된 사상 같은 것이 느껴지기도 했고, 뭐가 뭔지 확실히 파악할 수는 없었으나 일종의 흥분 상태로 이끌어 나갔다.[81]

메이지대학 입학원서에 '애독서'를 기입하는 난이 있었다. 마침 읽고 있던 이 책을 써 넣었다. 면접시험이 있었다. 면접관은 아베 도모지(阿部知二, 1903-73)였다. 도쿄제국대학 영문과를 졸업한 아베는 소설가와 평론가를 겸업하면서 자유주의적·주지(主知)적 담론을 이끌어 젊은이들 사이에 인기가 높았다. 아베는 수험생에게 책의 한 구절을 암송해 보라고 주문한다. 학생이 답한다.

---

80) 이병주, 『동서양의 고전탐사』 1권, p.234.
81) 위의 책, pp.234-236.

"사람은 탁한 강물이다. 이 탁한 강물을, 스스로를 더럽히지 않고 받아들이려면 바다가 되어야 한다." "보라! 나는 너희들에게 위버멘쉬를 가르치노라. 이 위버멘쉬가 바로 너희들의 크나큰 경멸이 그 속에 가라앉아 몰락할 수 있는 그런 바다다."[82]

흡족한 표정을 지으며 면접관 아베가 말한다. "자네와 차라투스트라를 토론하기 위해서라도 입학시켜야겠네."[83] 교수는 학생에게 니체의 작품들을 연대순으로 읽으라고 권고한다. 오가와(大川)로 개명한 식민지 청년 이병주의 니체 탐독은 이어진다.

"나는 『비극의 탄생』을 읽어나가며 나름대로의 예술철학을 꾸몄다. 세계에 대한 최고의 인식은 예술적 인식이라는 것, 모든 철학이 생에 유관하게 보람을 갖자면 높은 예술성을 지녀야 한다는 것, 과학마저도 끝끝내 인류에 기여하는 충전(充全)한 것이 되려면 예술로서의 완성도를 지녀야 한다는 것 등이다. 인간의 생활은 예술로서 완성된다는 것이 나의 신념이며, 정치가 예술화될 때 비로소 인류의 이성이 달성된다는 것이 나의 신앙이다."[84]

이병주의 니체 학습은 『반시대적 고찰』 『인간적인, 너무나 인간적인』 『이 사람을 보라』로 이어진다. 전 작품을 숙독하게 된다. 사마천, 도스토옙스키와 함께 니체는 독서가 이병주가 가장 정통해 있는 작가다. 이병주의 많은 작품과 에세이 속에 니체가 등장한다.[85] 니체와

---

82) 『차라투스트라는 이렇게 말했다』, 머리말.
83) 정범준, 『작가의 탄생: 나림 이병주, 거인의 산하를 찾아서』, 실크캐슬, 2009, pp.80–81.
84) 이병주, 『동서양의 고전탐사』 1권, p.253.
85) 안경환, 「니체, 도스토옙스키, 사마천: 나림 이병주의 지적 스승들」, 2019. 10, 『이병주 하동국제문학제 자료집』, pp.20–59.

관련된 대학 시절의 한 가지 에피소드는 특기할 필요가 있다. 즉 니체의 『인간적인, 너무나 인간적인』을 근거로 교련을 거부했다는 주장이다.

"이것(『인간적인, 너무나 인간적인』)은 하나의 위기의 기념비다. 이건 자유정신을 위한 책이라 불린다. 나는 내 내부에 도사리고 있는 것으로서 내 본성과는 어울리지 않는 것으로부터 자유가 되었다. 내 본성과는 어울리지 않는 것이란 이상주의를 말한다. 이 책의 제목이 말하는 것은 '모든 사람들이 이상적인 것을 보는 장소에서 내가 보는 것은 인간적인 것, 아니 너무나 인간적인 것뿐'이란 것이다. 자유정신이란 다시 자기 자신을 확실히 소유하기에 이른 자유가 된 정신을 말한다."

"니체가 자기를 밝힌 대목에서 쓴 이 문장을 어떻게 해석해야 옳은가. 사람이 이러한 자유로운 경지에 서기 위해선 계속 초월해서 고고(孤高)의 적막을 견딜 수 있는 '예외자' '고독자'의 길을 택해야만 한다. 이것은 결코 안이한 독단적 생을 의미하는 것이 아니고 인습적 독단에 사로잡혀 있는 자기의 한 걸음을 초극(超克)해서 본래의 자리로 돌아오는 험난한 길이다. 그리고 거기선 불경(不敬), 불륜(不倫)이란 세간의 비난은 있을망정 칭찬이 있을 까닭은 없다."[86]

"네가 타인의 칭찬을 받고 있는 동안에 난 네 자신의 궤도를 걷고 있는 것이 아니라 타인의 궤도에 있는 것이라고 생각하라!(니체의 말!) 니체의 이 말은 그가 말하는 예외자 또는 고독자가 결코 사회에서 소외된 입장에서 또는 성공을 꿈꾸다가 좌절했기 때문에 생겨난

---

86) 이병주, 위의 책, pp.301-302.

그런 것이 아니라는 점을 밝히고 있다."[87]

본격적으로 니체의 제자가 되기를 지원한 청년은 '예외자'로 서기 위해 무언가 행동에 옮겨야만 한다. 그리하여 군사훈련을 받지 않겠다는 뜻을 교관에게 전한다. 뜻밖에도 교관은 선뜻 수락한다. 메이지 대학 학적부에는 이병주가 3년 내내 교련을 한 과목도 수강하지 않은 것으로 기록되어 있다.[88]

학생의 교련 거부, 과연 그것이 가능했을까? 학병 출정 환송식인 장행회(壯行會)에서 고이소(小磯) 총독에게 정면으로 대든 한운사나[89] 남경간부사관학교에 강연 나온 장군에게 항의한 교육생 황용주의 경우도 큰 무리 없이 수습되었다는 사례를[90] 감안하면 납득이 될 수도 있다. 그러나 만약 교련이 필수과목이었다면 교관의 재량으로 면제결정을 내리지 못했을 것이다.

이병주는 교련을 받지 않으면 "머리를 기를 수 있었다"라고 술회한다. "까까머리 대신 장발을 한 것은 니체의 제자라는 표식"이라고 자부심을 품었다고 한다. 그러나 이병주의 학병 동료 그 누구도 대학 시절에 교련과목을 이수했다거나, 교련을 수강하기 위해 삭발했다는 취지의 진술을 하지 않는다. 교관은 교련을 이수하지 않으면 장차 군에 가서도 간부후보생이 되지 못한다며 재고할 것을 촉구한다. 어쨌든 이병주는 교련과목을 수강하지 않고 머리를 기르는 자유인으로 대학을 무사히 졸업한다.

1943년 9월 25일의 일이다. 3년 과정이 전쟁으로 인해 2년 반으로 단축된 것이다. 졸업장을 받기 한 달 전인 1943년 8월, 고향 하동으

---

87) 정범준, 『작가의 탄생: 산하가 된 거인 이병주』, pp.90-91.
88) 교련은 졸업에 필수과목이 아닌 선택과목이었을 가능성이 크다.
89) 안경환, 『황용주: 그와 박정희의 시대』, 까치, 2013, pp.157-158.
90) 위의 책, pp.170-172.

로 서둘러 귀환하여 이웃 고을 고성의 함안 이씨 규수를 배필로 맞는다. 물론 집안이 주선한 중매결혼이다. 졸지에 가장이 된 청년은 당초 계획대로 입학허가를 받아둔 와세다대학에 진학하지 못한 채 이듬해 1월 20일 학병으로 입대하여 노예의 삶에 내몰린다.[91]

---

91) 이병주가 와세다대학에 정식으로 등록한 기록은 없으나, 메이지대학 문예과를 수료하고 와세다대학에 입학할 것을 전제로 많은 와세다생들과 교류하면서 사실상 와세다 학생 취급을 받았다. 와세다대학의 입학 허가를 받았으나 학병 때문에 진학하지 못한 사실을 황용주를 위시한 많은 와세다 동문들이 숙지하고 있었다.

5. 일제의 인재양성제도

1853년 미국 페리 제독의 함포 앞에 가마쿠라 막부는 와해되고 쇄국의 문이 열린다. 1868년, 천황을 정점으로 하는 메이지유신 체제가 도입된다. 문명개화의 구호가 전국을 휩쓴다. 경륜과 안목, 진취적 성향을 갖춘 청장년이 모인 서양 제도문물 연구단이 구성된다. 2년 넘게 유럽의 강대국과 새로 부상하는 대국 아메리카를 시찰하고 연구단이 제출한 보고서의 내용은 실로 충격적이었다.

강한 나라가 되기 위해서는 무엇보다 국가제도의 정비가 화급하다. 국가제도의 핵심은 법이다. 그런데 영국과 미국의 법제는 쉽게 수입할 수 있는 것이 아니었다. 한 예로 이들 나라에는 단일한 법전이 없다. 법조문보다는 판사의 판결문이 더 중요하다. 게다가 일반 국민이 재판에 참여하여 판결을 내린다. 새로 만드는 나라에서는 도저히 수용하기 어려운 배심제도다. 일사불란한 국법체계, 헌법을 정점으로 하는 위계질서에 충실한 법제가 필요했다. 메이지유신 이래 1889년까지 민권론과 국권론 사이의 논쟁이 벌어졌다.[1] 그러나 1889년 메이지 헌법이 제정되면서 국권론이 금과옥조가 되었다. 그 결과 정치학은 법학의 하위학문이 되었다. 도쿄제국대학의 법학부에 정치학과가 부설되었다.[2]

---

1) 현대일본연구회 편, 『국권론과 민권론』, 한길사, 1982.
2) 김학준, 『두산 이동화 평전』, 단국대학교출판부, 2012(수정증보판), pp.114-115. 도쿄대에는 오늘날까지도 이 전통이 이어지고 있다. 도쿄대 법학부의 정치학 교수들이 진보적 사상을 전파하는 데 앞장섰다.

"자유민권 사상과 운동이 퇴조하자 복고적 도덕 교육과 국가의 통제 관리가 강화되었다. 교육에 대한 정부의 개입이 시작된 것이다. '교육칙어'로 중앙집권적 교육제도와 국민이 당연히 함양해야 할 덕성이 결정되었다. '존왕애국의 지기(志氣)'와 정숙의 미덕, 국민됨의 지조가 칭송되었다."[3]

고등학교-제국대학-고등문관 시험으로 이어지는 수재 청년의 행보는 대일본제국의 관료로 입신하는 가장 이상적인 정통의 코스였다. 영민한 자식을 둔 모든 부모의 대망이기도 했다. 비록 고등학교와 제국대학을 거치지 않더라도 대학의 문과생치고 한 번쯤 고등문관 시험을 생각해보지 않은 사람은 거의 없었다. 조선인 문과생의 8퍼센트가 법과 지망생이었고 대부분 법과생은 일단 '고문'(高文)의 꿈을 키운다. 합격률은 지극히 낮았지만 그 낮은 합격률 때문에 매력이 배가되었다. 사법과에 합격하면 시보를 거쳐 판사가 되고 행정과에 합격하면 곧바로 지방군수가 된다. 시험만 통과하면 곧바로 세상을 움직이는 제도 속으로 들어가는 것이다.

법학은 유용한 삶의 수단이다. 일본의 공법체계는 독일 '국가학'(Staatslehre)을 베껴온 것이다. 비스마르크의 강력한 영도 아래 급부상한 프로이센 제국은 메이지유신 이래 근대국가로 발돋움하려는 일본의 모델이 되었다. 오래된 독일의 격언이 있다. '법학은 빵을 굽는 학문(Brotwissenschaft)', 우리말로 옮기면 밥벌이에 유용한 수단이라는 뜻이다.

어디 단순한 밥벌이에 그칠까? 법에는 권력이 따른다. 판검사가 되면 국가를 대신하여 국민에 대한 생살여탈권을 행사한다. 식민지

---

3) 강상중, 노수정 옮김, 『떠오르는 국가와 버려진 국민: 메이지 이후의 일본』, 사계절, 2020, p.59.

조선인에게도 일본의 제도를 움직이는 기제 속으로 들어갈 수 있는 호기가 주어진 것이다. 개인적인 영달을 넘어서 동포를 위해서도 무언가 도움이 되는 일을 할 기회가 주어질 것이다. 물론 일본이 강점하고 있는 조선의 체제를 인정하고 그 속에 투신하는 것 자체를 민족에 대한 배신으로 여길 수도 있다. 오로지 독립운동만이 조선청년의 나아갈 길이라고 다짐할 수도 있다. 그러나 그것은 일상과는 너무나 먼 이상과 원칙일 뿐이었다. 그 길에 나서는 용기 있는 동포를 멀리서 동경하고 흠모할 수야 있을지언정 감히 따를 수 있는 용이한 일이 아니었다.

법학은 밥벌이 학문

소설 『지리산』의 이규는 조선 청년의 뇌리 속에 성주하기 시작하는 일본의 제도적 가치관을 확인하고 놀란다. 순사, 서기, 교원, 지위의 고하를 막론하고 공적 제도 속에 진입하기를 희망하는 것이 조선 청년의 꿈이었다.

"남해 상주라는 시골에서 강의록을 통해 대일본제국의 헌법을 공부하고 있는 청년을 발견한 것은 대단한 충격이었다."[4]

모든 국가시험에 대일본제국의 기본법인 헌법이 필수과목으로 지정되어 있었던 것이다.

"난 고등문관 시험과는 관계가 없어. 이렇게 말했지만 나는 속으로 이러쿵저러쿵 망설일 것이 아니라 고등문관 시험을 목표로 노력을 집중해봐도 무방할 게 아닌가 하는 생각을 하고 있는 참이었다.

---

4) 이병주, 『지리산』 1권, p.167.

하룻밤만 지내면 녹아 없어질 생각임을 짐작하면서."[5]

"내 친구 중에 헌법학자라는 게 있어. 이 자의 말을 들어봐. 사회를 지배하는 것은 법률이다. 법률의 우두머리에 있는 것이 헌법이다. 나는 헌법을 연구하는 학자다. 그러니 내가 제일이다. 이런 식의 이야기거든. 내가 쏘아주었지. 그러면 세균을 연구하는 세균학자는 후레자식이냐고." 대일본제국헌법의 절대성과 최고성을 신봉하는 이들의 입장에서는 "조선의 독립운동을 하는 자들은 거개가 상식결핍증이거나 정신착란에 가까운 사람들이오. 그 외의 운동가들은 해외에서 생활의 수단으로 하고 있는 거요. 정신이 올바르게 서 있는 자들은 모두 내선일체, 야마토 다마시(大和魂)에 귀일하는 수밖에."[6]

할 수만 있다면야 누구나 하고 싶은 것, 쉽게 이룰 수 있으면 갖고 싶은 것이 고문 합격이었다. 아비의 소망은 자식에게 강요되어 전승된다. 고등문관 시험은 일본의 국체와 헌법 속으로 편입되는 의식이다. 헌법은 국가학이다. 국가의 작동원리를 규정하고 국가가 국민에게 무엇을 요구할 것인지를 규정해둔 문서다. 그것은 국민의 입장에서 보면 거대한 노비문서일 뿐이다. 국민이 국가에 대해 어떤 것을 요구할 수 있는 권리가 있느냐의 문서가 아니다. 메이지 헌법상 천황은 신이다. 신에게는 무엇을 요구하는 것이 아니다. 오로지 기구(祈求)할 뿐이다. 이러한 천황의 신적 지위를 부정하는 이성적 학자가 없을 수 없다. "천황은 국가의 행정기능을 수행하는 궁극적 권리를 보유한 국가의 최고기관에 지나지 않는다." "천황은 분명히 국가 이

---

5) 위의 책, p.165.
6) 위의 책, pp.285-286.

하의 것이고 국가의 법에 종속된다." 도쿄제국대학 법학부의 미노베 다쓰키지(美濃部達吉) 교수가 천황은 형식적인 기관에 불과하다는 이른바 '천황기관설'을 주창했다가 교수직을 잃었다.[7] 그러나 천황 기관설은 천황의 이름으로 행하는 당료의 전제지배의 근거를 약화 시켰고 천황의 측근에 있는 비헌법적 기관의 역할을 공격했으며 의 회의 권한증대를 위한 길을 터놓았다.[8]

천황기관설이냐 천황주권설이냐에 따라 패전 후 천황의 전쟁책임 문제가 달라진다. 천황무죄론자의 주장은 메이지헌법 아래 천황은 정치적 의사결정의 자유가 없고 모든 결정은 대신들의 보필을 받은 것이기에, 결과에 대한 책임도 대신이 지고 천황은 면책된다는 입장 이다. 명백한 천황기관설의 입장이다. 반면 천황주권설에 선다면 천 황의 전쟁책임을 불가피하다. 천황기관설을 배격하면서 전쟁체제 를 만들고 수행한 천황 주권자들이 전쟁 후에는 천황기관설을 내세 우고 연합국도 이를 수용하여 기소조차 하지 않았다.[9] 실로 아이러 니다.

제국대학 법학부는 권력의 통로

제국대학은 근대 일본의 엘리트 육성 장치였다. 1886년 제정된 제 국대학령을 근거로 도쿄(1886)를 시작으로 교토(1897), 도호쿠(東 北, 1907), 큐슈(九州, 1910), 홋카이도(北海島, 1918), 게이조(京城,

---

7) 1931년 3월 이래 파시즘이 강화되었다. 1933년에는 정부의 압력을 받아 교토제국 대학 교수직을 사퇴했던 가와카미 하지메가 투옥되었고 같은 대학의 형법교수 다 키카와 유키토리(滝川幸辰)가 강제 휴직 처분을 받았다. 1935년 도쿄제대 법학부 교수이자 귀족원 의원인 미노베의 천황기관설이 '불경죄'로 몰렸다.
8) 한상일, 「국가주의와 국가개조운동」, 현대일본연구회 편, 『국권론과 민권론』, 한길 사, 1982, p.127.
9) 兒島襄(고지마 노보루), 『天皇と戰爭責任』, 文春文庫, 文藝春秋, 1991; 다치바나 다카시, 이규원 옮김, 『천황과 도쿄대』 2권, p.133.

1924), 다이호쿠(臺北, 1928), 오사카(大阪, 1931), 나고야(名古屋, 1939) 순으로 총 9개 제국대학이 설립되었다. 식민지인 조선과 타이완에도 제국대학이 설립된 것이다. 제국대학은 천황제와 결부된 국가의 대학이라는 의미가 내포되어 있다. 제국대학령 제1조가 이를 입증한다. "국가의 수요에 부응하여 학술기예를 교수하고 그 온오(蘊奧)를 공구(攻究)함을 목적으로 한다."

제국대학은 국립대학으로서 특권적 지위를 부여받았다. 1918년 '대학령'이 제정될 때까지 일본에서 대학은 제국대학뿐이었다. 게이오(慶應)와 와세다(早稻田)대학도 대학이라는 명칭을 썼지만 반드시 '사립'을 붙여 전문대학임을 밝혔다. '학사' 칭호도 제국대학 졸업생만이 사용할 수 있었다. 1918년 대학령이 제정된 후로도 제국대학의 위상은 흔들리지 않았다.

제국대학 중에서도 도쿄제국대학의 위용은 절대적이었다. 현대일본을 형성한 두 개의 중심축은 천황과 도쿄제국대학이다. 도쿄제대의 시설과 교육의 질적 수준은 다른 제국대학에 비해 월등히 높았다. 그중 법학부의 위상은 압도적이었다. 제국대학령 제6조에 도쿄대의 총장은 법학부장을 겸하게 되어 있었다. 법학부장이나 법학부장이 될 수 있는 사람이 아니면 총장이 될 수 없었다. 도쿄대 역사에서 법학부의 특권적 지위는 전후에도 이어져 왔다.[10] 한때는 도쿄대 법학부 졸업생은 무시험으로 고등관 시보가 될 수 있었다.[11] 도쿄제대 법학부는 1894-1947년 동안 행정과, 외교과, 사법과를 통틀어 고등문관 시험의 합격자 전체의 절반을 넘는 압도적인 숫자를 차지했다.[12]

---

10) 전후에도 총장은 한동안 법학부와 다른 학부에서 교대로 맡았다. 다치바나 다카시, 위의 책, 1권, p.153.

11) 위의 책, p.186.

12) 행정과 5,969(2위 교토대 795), 외교과 471(2위 도쿄상과대학 93), 사법과 683

도쿄제국대학 법학부는 식민지 청년에게는 일본인과 대등해지거나 평균의 일본인보다 우위에 설 수 있는 권력의 통로였다. 도쿄제국대학에 진학하기 위해서는 반드시 내지의 고등학교를 졸업하고 입학시험을 치러야만 했다. 그러나 다른 제국대학의 경우는 신축성 있는 입시제도를 운영했다. 교토제국대학의 경우는 연희전문학교나 경성법학전문학교 등 식민지의 공·사립학교 졸업생의 '방계 입학'을 허용했다. 이 요강에 따라 연희전문학교 출신의 윤동주와 송몽규도 입시(選科)를 치를 수 있었다.[13]

조선인 학생은 도쿄제국대학보다 교토제국대학에 더 많았다. 넘버스쿨 중에서 3고에 가장 많은 조선 유학생이 있었다. 교토제국대학이 생산한 조선인 법학도도 적지 않다. 장경학(1916-2011)과 서돈각(1920-2004)이 대표적인 법학자다. 함경남도 문천 출신인 장경학은 '법률춘향전'으로 대중의 이목을 끌었다. 이를테면 그를 일러 '법과 문학'의 선구자로 부를 수 있다.[14] 장경학이 대중에게 낯설 수 있는 이 주제에 착안한 것은 교토제국대학의 인문법학의 분위기에 물들었기 때문이라고 고백한 바 있다. 대구 출신 서돈각은 대구고보를 졸업하고 교토제국대학에 입학했다가 경성제국대학 법문학부로 옮겨 과정을 마쳤다. 독실한 불교신자로 집안에 불단(佛壇)을 설치하고 매일 예불을 들인 모범적인 재가불자 생활을 했다. 장경학과 서돈각 두 법학자는 세속의 법과 부처의 법을 결합한 삶을 살아 불교재단인 동국대학과도 깊은 인연을 맺었다.

교토대학 출신 법학자의 맥은 세대를 건너뛰어 정종휴에게로 이어졌다. 전남대에서 정년퇴직한 후 교황청 대사에 봉직한 그는 옛 제

(2위 주오대 324). 위의 책, p.21 표.

13) 송우혜, 『윤동주 평전』, 서정시학, 2014.

14) 장경학, 『법률춘향전』, 을유문화사, 1973; 장경학, 『법률과 문학』, 교육과학사, 1996.

국대학 시절 교토대학의 학풍과 문화적 전통이 연면하게 전승되고 있다고 힘주어 말했다. 한마디로 말해 교토의 학풍은 인간 내면의 탐구를 중시하는 인간학이었다.

본토의 7개 제국대학을 졸업한 조선인 유학생은 약 784명, 정식 학사는 아니지만 선과(選科), 전수과(專修科), 위탁생 등의 신분으로 과정을 이수한 사람과 입학했지만 도중에 학업을 포기한 사람을 합하면 1,000명을 넘을 것이다.[15]

경성제국대학은 B급 제국대학이었다. 우선 조선에는 '고등학교'가 없었다. 그리하여 경성제국대학에 부설된 예과 2년 과정으로 내지의 고등학교 3년 학력을 대체하는 법적 조치가 따랐다. 또한 경성제국대학은 규모도 작아 법문학부와 의학부의 두 개 학부로 출발했고, 1941년에야 겨우 이공학부를 추가했다. 정치학과 경제학 강좌는 더러 개설되었지만 독립된 학부가 없었다. 경성제국대학을 졸업한 조선인 총수는 1942년까지 629명이다.

'넘버 스쿨'과 '지명 스쿨' 그리고 외지 제국대학 예과

제국대학에 입학하기 위해서는 먼저 3년 과정의 고등학교를 졸업해야 한다. 일본 전국에 총 38개의 고등학교가 설립되었다. 설립 주체에 따라 관립 31교, 공립 3교, 사립 4개교로 세분될 수 있으나 흔히 3개의 유형으로 나눈다. 첫 번째 유형은 이른바 '넘버 스쿨'이다. 제1고(東京), 제2고(仙臺), 제3고(京都), 제4고(金澤), 제5고(熊本), 제6고(岡山), 제7고(鹿兒島), 제8고(名古屋)의 여덟 개였다. 옛날 현의 수도와 큰 번(藩)의 도읍지에 위치한 학교다. 다이쇼 시대에 들어와서는 '넘버 스쿨'에 이어 도시 이름을 딴 '지명 스쿨'이 세워졌다. 지방 소도시에 분산하여 동부 일본에 7개, 서부 일본에 10개, 총

---

15) 정종현, 『제국대학의 조센징』, 휴머니스트, 2019, p.22.

17개가 설립되었다. 관립학교의 세 번째 유형은 3개의 '외지' 제국 대학(홋카이도, 타이베이, 경성제국대학) 예과다. 근대화 이후 확장된 외지 영토에 설립된 제국대학에 고등학교 3년 과정을 2년으로 압축한 예과를 설치한 것이다.

고등학교는 3년 전 기간에 '전료제'(全寮制), 즉 전원이 기숙사 생활을 한다. 청년 학생의 자유분방한 호기와 패기를 부추기는 노래들이 널리 유행했다. 그중 전국 공통의 '데칸쇼의 노래'는 여러 가지 가사로 바뀌어 불렸다. 후줄근한 차림, 모자를 찢어 쓰는 방(蠻)칼라, 스토무(신고식) 등 나름대로의 엘리트 청년문화가 형성되어 있었다. 이들이 교복을 차려입고 외출할 때면 모든 주민의 부러운 시선이 따랐다. 『관부연락선』에 그려진 교토3고생 이규의 모습대로다.

대구고보를 졸업하고 1930년 도쿄제국대학 독문과를 졸업한 이효상(1906-89)은 박정희 정권에 영입되어 국회의장을 역임한다.[16] 그가 기억하던 1920년대 말 데칸쇼 버전이다.

"이왕이면 사쿠라 나무 밑에서 죽자
죽은 시체에 꽃잎이나 떨어지리
요이요이 데칸쇼

박사나 대신들의 근본을 아느냐
데칸쇼 데칸쇼 부르며 자랐지
요이요이 데칸쇼

이왕 할 일이면 억센 일 하여라

---

16) 이효상은 일본 내지의 고등학교를 졸업하지 않고도 도쿄제국대학에 입학한 것으로 알려져 있다. 매우 예외적인 경우다.

나라의 부처님을 방귀로 날려라
요이요이 데칸쇼

논어 맹자 다 읽어봐도
술 먹지 말라는 말 한마디도 없다.
요이요이 데칸쇼"[17]

도쿄제국대학 법학부 재학 중에 학병에 징집된 신상초(申相楚, 1922-89)는 고등학생 시절 독서생활의 편린을 기록으로 남겼다.

"후쿠오카고등학교 문과 재학 당시 구라타 햐쿠조(倉田百三)의 『사랑과 인식의 출발』(愛と 認識との 出發), 니시다 기타로(西田幾太郞)의 『선(善)의 연구(硏究)』, 이데 다카시(出隆)의 『철학 이전』(哲學以前), 도쿄대학에서 축출된 가와이 에이지로(河合榮治郞)가 편집한 10여 권의 학생총서, 그리고 이와나미 문고에 수록된 일본문학 등이다."[18]

이 책들은 당시 고등학교 신입생들의 전형적인 독서목록에 오른 서적들이다. 2학년이 되면 더욱 본격적으로 철학이나 사회과학 서적 읽기로 발전한다. 신상초는 문과생끼리 조직한 철학연구회에 들어가 칸트에서 시작하여 헤겔에서 완성되는 난해한 독일관념론 서적을 읽는다. 불어 전공인 그는 데카르트와 베르그송을 거쳐 니체, 하이데거, 야스퍼스 등의 생의 철학을 거쳐 실존철학의 계보에 발을 들여놓는다. "대체 칸트나 헤겔이 어렵다면 얼마나 어려운 것인가

---

17) 이효상, 『한솔 이효상 문학전집 5: 미리 쓰는 비명』, 삼성출판사, 1970, pp.31-32; 정종현, 위의 책, p.106에서 재인용.
18) 신상초, 『탈출』, 녹문각, 1966, p.25.

하는 탐구심에 그렇게 독서했다"고[19] 술회했다. 당시 구제고등학교 학생들의 지적 수준과 기개를 가늠케 하는 대목이다.

평양 출신 유기천(劉基天, 1919-98)은 1939년 히메지(姬路) 고등학교를 수석으로 졸업하고 도쿄제국대학 법학부에 입학한다. 1943년 8월 졸업 후에 조선인 최초로 제국대학(東北大學) 조수(한국대학의 조교수)가 되어 군대를 면하고 전시에도 학문에 전념하다 해방을 맞는 행운을 누린다. 그는 자신의 고교 시절을 이렇게 회고했다.

"당시 일본의 고등학교는 독일의 김나지움과 영국의 옥스퍼드, 케임브리지를 혼성 모방한 종합적인 특수 수재 양성학교로서 후일 나라의 지도자가 될 거창한 꿈을 심어주면서도 혹독하리만치 엄격한 생활을 강요했다. 지엽말단적인 사실을 외우기보다는 뭔가 깊은 원리를 생각하게 하는 데 비중을 두는 그런 교육이었다."[20]

구제고등학교 졸업생들에게는 대체로 제국대학 입학이 보장되어 있었다. 졸업 정원과 대학 입학정원이 비슷했다. 교토제국대학의 경우도 대부분 서류전형으로 뽑았다. 그러나 도쿄제국대학만은 반드시 입학시험을 치러야만 했다. 시험과목은 제1외국어(영어), 제2외국어(독어 또는 불어)의 일역, 일문의 영역(또는 독어, 불어 역). 작문은 3과목뿐이고 배점은 작문이 절반을 차지했다. 작문은 단순히 문장력을 평가하는 것이 아니라 지리·역사·철학·한문·윤리 등 총

---

19) 위의 책, pp.28-29.
20) 유기천, 「나의 초학시절」, 『시민과 변호사』, 1994년 4월호; 『영원한 스승 유기천』, 유기천교수기념사업출판재단 편, 『다시 유기천을 생각한다』, 법문사, 2015, pp.2-12; 최종고, 『유기천: 자유와 정의의 지성』, 한들출판사, 2006. 해방 후 서울법대의 교수진 중에 도쿄제대 출신과 경성제대 출신 사이에 알력이 있었던 것으로 알려져 있다.

체적 실력을 평가하는 일종의 논술시험이었다.

입시의 성패는 결국 어학 실력에 의해 판가름 났다. 고등학교는 진학 목표 학교에 따라 1부(법학·문학), 2부(공학·이학·농학), 3부(의학)로 나뉘어졌고 공통 필수과목은 국어·윤리·한문·외국어뿐이었다. 외국어 수업이 교과과정 전체의 50퍼센트를 상회했다.

신상초는 자신의 도쿄제국대학의 입시 체험을 이렇게 회고했다.

"도쿄대 법률학과에 들어가기 위해 시험공부를 좀 했다. 입시과목은 제1외국어하고 논문 작성밖에 없었으므로 시험공부란 불어 원서를 읽거나 논문 작성에 대비하여 역사나 사회과학 지식을 정리해두면 된다. 때문에 나는 데카르트의 『드 라 메소드』(*Discours de la méthode*, 『방법서설』)와 파스칼의 『팡세』를 원서로 읽어나갔다. 그때 『팡세』에 깊은 감명을 받았기 때문에 후일 이 책을 우리말로 옮겨 출판했다. 역사 공부로는 오루이노보루(大類伸)의 서양사신강, 사회과학 공부로는 미키 기요시(三木清)의 역사철학, 오다카 도모오(尾高朝雄)의 법철학, 그리고 몇 권의 경제학 입문 등 그 당시 고교학생들이 대학입시를 위해 많이 보는 책들을 통독했다."[21]

이들 구제고등학교들은 종전 후에 대체로 대학의 교양학부로 편입되었다.[22]

후세 일본 지성의 평가다.

"이들 고등학교의 교육이념이 이른바 '교양주의'로 요약되거니와, 이는 서양의 철학 및 문학을 아우르는 인문주의에 기반을 둔 것

---

21) 신상초, 위의 책, pp.33~34.
22) 유기천이 졸업한 히메지는 고베대학 교양학부가 되었다. 유기천, 위의 글, p.3.

이다. 그러니까 서양 숭배사상의 산물이며 따라서 식민지적 냄새가 풍길 수밖에 없다. 서양지식의 식민지 풍조가 그것이다."[23)

　김윤식은 당시 고등학교 교양주의의 변천과정을 3단계로 구분했다. 제1기는 니시다 기타로의『선의 연구』로 상징되는 인격주의, 제2기는 1920년대에 전개된 과학으로서의 교양주의, 그 중심부에 놓인 것이 마르크스주의다. 제3기가 학병세대에게 노출된 인민전선사상이다. 프랑스의 인민전선의 성립과 그 붕괴과정 속에서 청춘의 절정기를 보낸 학병세대다. 이른바 공상에서 과학으로 정비된 공산주의 내지 사회주의도 여러 갈래가 있다. 흑백논리에 기초한 이데올로기가 얼마나 위험한 것인지를 가르쳐준 인민전선 지식인의 사상은 '회색의 사상'이다. 이러한 학병세대는 가와카미 하지메(河上肇)를 기피하고 고이즈미 신조오(小泉信三)의 책을 읽고, 나카노 시게하루(中野重治)의 평론 대신에 고바야시 히데오(小林秀雄)를 읽었다. 또한 체르니셉스키는 제쳐두고 도스토옙스키를 읽었고, 고리키는 팽개치고 체호프를 읽었다.[24) 공산주의의 장단점이 만천하에 드러났지만, 그렇다고 해서 마땅한 새로운 대안이 떠오르지 않은 사상적 혼동 상태였다.

　야마구치(山口)고교를 졸업하고 1929년 도쿄제국대학 법학부 정치학과에 진학한 이동화는 가와이(河合榮治郎) 교수의 영향을 받아 그의 스승인 영국의 토마스 힐 그린(Thomas Hill Green)의 사회민주주의를 탐구한다. 그의 사상적 신념인즉 인민민주주의는 진보적·대중적 민주주의를 매개로 하여 점진적인 민주화와 자유화의 과정을 거쳐 마지막으로 민주적 사회주의에 도달하게 된다는 것이

---

23) 竹內洋,『학력귀족의 영광과 좌절』, 中央公論新社, p.251; 김윤식,『이병주와 지리산』, 국학자료원, 2010, p.40에서 재인용.
24) 김윤식, 위의 책, pp.132-136.

다.[25] 그는 당시 조선의 민족주의들의 다수가 사회주의에 경도되었으나 그 사회주의는 민족주의의 한 형태였다고 회고한다.[26]

"식민지 조선에서 공산주의 운동에 뛰어든 사람들 가운데 지주 집안 출신이 적지 않았다. 그들은 공산주의 사회가 피압박 대중을 빈곤으로부터 구출하고 인류의 이상사회를 실현한다는 믿음으로 자신의 출신 계급을 배신하고 자발적으로 가시밭길을 택한 것이다. 조선이 해방된 뒤, 그들 가운데 많은 사람들이 그 믿음의 연장선상에서 월북의 길을 밟았다."[27]

고등문관 시험, 꽃길의 통행증

소설 『관부연락선』에서 유태림이 선상에서 만난 고등문관 시험 합격자인 조선인 제국대학생은 확신에 차 있다.

"일본의 도의를 대륙에서 소생시킨다는 것은 일본의 준법정신을 대륙에다 보급시킨다는 뜻이 되어야 효과가 있다."

이 말을 전해들은 일본인 호협(豪俠)은 "그따위 소리밖에 하지 못하니까 고등문관 시험에나 일생을 매달려 있는 것이다"라며 냉소한다.[28]

일본제국의 관리는 보통문관과 고등문관으로 나뉜다. 보통문관은 판임관(判任官)으로 부르고 고등문관은 임명권자에 따라 주임관(奏任官), 칙임관(勅任官), 친임관(親任官)으로 구별했다. 고등관은 주임관(奏任官) 이상의 관료를 지칭한다. '관직의 꽃'으로 불리는 고등관은 조선총독부 관료 전체의 10퍼센트 정도에 불과했다. 고

25) 위의 책, pp.262-263, 288.
26) 김학준, 『두산 이동화 평전』, 단국대학교출판부, 2012(수정증보판) pp.94-102.
27) 위의 책, p.237.
28) 이병주, 『관부연락선』1권, 한길사, 2006, p.285.

등관은 군수, 도청의 과장급인 이사관 또는 도경시(道警視)에서 출발한다. 주임관 위에는 칙임관이 있고 칙임관 중의 최상위 직급은 천황으로부터 직접 임명장을 받는 친임관이다. 조선에서 친임관은 총독과 정무총감 두 자리뿐이었다.

고등관을 뽑은 고등문관 시험은 대학 예과 수준의 교육을 이수하거나 고등문관 예비시험에 합격한 자만이 응시할 수 있었다. 개중에는 드물지만 독학으로 좁디좁은 관문을 통과한 사람도 있었다. 그러나 절대 다수가 경성제국대학과 일본의 제국대학 또는 사립대학 졸업생이다. 시험에 합격하면 대부분 총독부 관리로 임명되어 경성에 거주했다. 이 시험은 1894년부터 1948년까지 존속했다. 1943년 전쟁으로 일시 중지되기도 했지만 제2차 세계대전 후 미군정 아래서도 존속했다.

고등문관 시험은 행정과, 외교과, 사법과로 나누어 선발했고 복수로 응시할 수 있었다. 일제 기간을 통틀어 행정과에 합격한 조선인은 135명이었고 그중 경성제국대학 졸업생이 45명으로 단연 다수였다. 1943년 고등문관 시험이 중단될 때까지 사법과에 합격한 조선인은 272명으로, 경성제국대학 50명, 도쿄제국대학 12명, 교토제국대학 16명 등 관립학교가 40퍼센트를 차지했다.[29] 외교과 합격자는 단 한 사람뿐이었다.

사법과 시험에 합격하면 철저한 사상검증이 따른다. 검증에 통과한 합격자는 사법관 시보를 거쳐 판사에 임용된다. 대부분의 조선인 사법관은 지방법원 판사로 경력을 마감했지만 드물긴 해도 복심(覆審)법원 판사로 승진한 사람도 몇몇 있었다. 그러나 일제강점기를 통틀어 단 한 사람의 조선인도 식민지의 최고법원인 조선고등법원

---

29) 전병무, 「일제시기 조선인 사법관료의 형성과정」, 『한국근현대사 연구』 46, 2008, p.162.

의 판사에 임용되지 못했다.[30]

대한민국 대법관을 지낸 양회경(1912-98)의 회고가 있다. 그는 1942년의 사법과에 합격했으나 사법관시보 선발에서 탈락한다. 면접관들은 공공연하게 "천황에 대한 충성심만 바로 박혀 있으면 되는 것이지 법률을 알고 모르고는 문제가 아니라고 말할 정도였다."[31] 교토제국대학 법학부 출신의 길원봉·임헌평·한종건 등은 시험에 합격했으나 신원조회에서 탈락하여 사법관시보가 되지 못했다. 길원봉은 3·1 운동에 가담한 이력 때문에, 임헌평은 민족주의적 경향이 짙은 유학생 동창회 간부였던 경력이 장애 사유였고, 한종건은 신간회 교토지회에 가입하고 총독부를 비판한 연설을 하다가 경찰에 적발되었기 때문으로 보인다.[32]

민족문제연구소에서 발간한 『친일인명사전』에는 일제강점기에 판·검사에 임용된 사람은 모두 일단 '친일파'로 분류한다. 이런 획일적 기준에 따르면 일제강점기에 독립운동가들의 법정변론으로 명성을 쌓아[33] 해방 후 대한민국 초대 대법원장이 된 김병로도 친일의 낙인을 피할 수가 없을 것이다. 김병로도 짧은 기간이지만 일제 판사 경력이 있다. 그는 3·1 운동이 일어난 1919년 4월 16일자로 '조선총독부 판사'로 임용되면서 그 날짜로 부산지방법원 밀양지원에 보임한다. 이어 1919년 10월 25일 자로 고등관 8등에서 7등으로 승서(陞敍)되었다. 1910년 제령 제7호(조선인 조선총독부 판사 및 검사의 임용) 제1조는 "제국대학, 관립전문대학 또는 조선총독이 지정한 학교에서 3년 이상 법률학과를 수료하고 졸업한 자는 고등문

30) 정종현, 『제국대학의 조센징』, 휴머니스트, 2019, p.146.
31) 김종수, 「양회경 변호사와의 대담」, 『대한변호사협회지』 통권 148호, 대한변호사협회, 1988. 12월호, p.112; 김두식, 『법률가들』, 창비, 2018, p.52에서 재인용.
32) 전병무, 『조선총독부 조선인 사법관』, 역사공간, 2012, pp.94-97.
33) 한인섭, 『식민지 법정에서 독립을 변론하다: 허헌, 김병로, 이인과 항일재판투쟁』, 경인문화사, 2012.

관 시험위원회의 전형을 거쳐 특별히 판사 또는 검사에 임용할 수 있다"고 규정했다.

이 규정을 구체화한 총독부고시(제7호, 1911. 1)에는 김병로가 졸업한 메이지대와 니혼대가 지정되어 있었다. 그는 임관 1년 만에 판사직을 사임하고 6개월 후에 변호사로 개업한다. 김병로는 어떤 글에서도 자신의 판사 경력에 대해서는 언급하지 않았다. 비록 변호사가 되기 위해 판사 경력을 이용했지만 그리 떳떳한 일은 아니었다고 생각했던 것 같다.[34]

고등문관 시험이 고급관리에 이르는 첩경이었다면 보통문관 시험은 보다 많은 사람이 몰려드는 넓은 길이었다. 시험에 합격한 사람은 판임관 채용시험을 거쳐 관료로 임용될 수 있었다. 응시자격에 제한이 없었기에 연희전문이나 보성전문 졸업생, 기존의 하급관리, 또는 어린 독학생에 이르기까지 무수한 지원자가 줄을 섰다. 평범한 배경의 일본인들에게도 식민지의 판임관은 나쁘지 않은 자리였다.[35] 야나기 무네요시(柳宗悅, 1889-1961)[36]와 함께 조선의 민속예술에 심취하여 죽어서도 조선 땅에 묻힌 아사카와 다쿠미(淺川巧, 1891-1931)는 조선총독부 산림과의 하급관리로 18년 근무한 후에 비로소 판임관이 된다. 그는 좀 넉넉해진 주머니를 풀어 부지런히 조선의 골동품을 수집한다.[37]

1915년생인 이항녕은 1934년 경성제대 예과에 입학한다. 문학에 소질을 보인 그는 당시의 "시대적 상황을 감안하여 문학 대신 다른

---

34) 한인섭, 『가인 김병로』, 박영사, 2017, pp.69-74.
35) 최병택·예지숙, 『경성리포트』, 시공사, 2009, pp.21-22.
36) 나카미 마리(中見眞理), 김순희 옮김, 『야나기 무네요시 평전』, 효형출판, 2005.
37) 다카사키 소지(高崎宗司), 김순희 옮김, 『아사카와 다쿠미 평전: 조선의 흙이 되다』, 효형출판, 2005.

길을 찾으라"는 춘원 이광수의 충고와 세속적 출세를 바라는 집안의
소망을 따라 본과에 진입할 때 법과를 택한다.

"당시 한국인 학생은 3분의 1도 안 되고 대부분 공립학교 출신들
이었다. 공립학교 출신들은 대학에 들어와서도 자신의 영달만을 생
각하는 듯한 기풍을 엿보인 반면, 사립학교 출신들은 일제의 식민지
정책에 대한 비판을 서슴지 않았고, 항상 민족의식을 갖고 행동하는
것 같았다."[38]

그는 자신이 제도권에의 길을 택한 이유를 비교적 솔직하게 고백
했다.

"당시 법과 학생들의 동향은 크게 둘로 갈라져 있었다. 간단히 말
해 고시파와 비고시파라 하겠다. 비고시파는 한국 학생이 법률을 공
부하는 것은 입신출세하기 위해서가 아니라 사회과학적 능력을 배
양해서 독립운동에 유용하게 활용하기 위함이라고 하면서 고시파
학생들을 민족의식이 전혀 없는 사람들이라고 멸시했다. 이들은 반
체제파라고도 볼 수 있겠다. 이와 달리 고시 준비 학생들은 현재로서
는 독립이 불가능하다는 현실을 현실로 받아들이고 차라리 일제의
사회체제 속에 파고들어가 상당한 지위와 실력을 쌓은 후에 민족의
활로를 찾자는 입장이었다."[39]

"학부 시절에 한국인 학생으로서 고문을 준비하는 것은 떳떳한 일
이 못 되었다. 일제의 식민정책에 협력한다는 누명을 각오해야만 했

38) 이항녕, 『작은 언덕 큰 바람: 소고 이항녕 선생 유고집』, 나남, 2011, p.78.
39) 위의 책, p.304.

고 또 민족적 자존심도 죽여야 했지만 그래도 법률이라는 것을 한 번 체계적으로 훑어볼 수 있었던 것은 고문 준비의 덕이 아니었나 하고 생각된다."[40]

머리로 경쟁하고 머리로 이기다

이항녕은 재학 중 고등문관 시험 행정과에 합격하여 1941년부터 해방이 될 때까지 경상남도 하동군수(1941)와 창녕군수(1942-45)를 역임한다.[41]

해방 후에 이항녕은 여러 차례 자신의 과오를 공개적으로 사죄한 바 있다. 일제 말기 군수는 고등관으로 한국 사람이 고등관이 되었다고 하면 그것은 일본에 적극적으로 협력한 것이고 징용·징병·공출을 독려하는 그러한 직업을 선택한 것 자체가 죄악이었다고 참회의 변을 천명했다.[42]

"일제강점기에 뻔히 민족을 괴롭히고 있었음에도 불구하고 마치 민족을 보호하는 듯한 생각을 가졌던 것이 어찌 희극이 아니겠는가? 또한 공출이라는 이름으로 많은 쌀을 수탈하면서도 공출 수량의 약간을 깎아내는 것으로 마치 큰 인정이나 베푸는 듯이 했으니 어찌 희극이 아니랴? 젊은 대학생을 지원병이란 명목으로 강제로 죽음의 땅으로 몰아내고서도 이것을 오랫동안 문약(文弱) 때문에 망국하게 된 민족의 약한 기질을 숭무(崇武)로 바꾸는 민족 개조의 계기가 되는 것처럼 억지 주장을 하기도 했다. 어찌 희극이 아니겠나? 일본의 신사에 참배하면서도 일본의 신도(神道)는 본래 한국에서 건너간

---

40) 위의 책, p.79.
41) 위의 책, pp.303-304.
42) 친일인명사전편찬위원회 편, 『친일인명사전』 3, 민족문제연구소, 2009, pp.217-218.

것이기 때문에 일본 신사 참배는 우리 조상 숭배와 같은 강변을 했으니 어찌 희극이 아니랴?"[43)]

이항녕의 경성제대 법문학부 후배인 부완혁(夫琓爀, 1919-84)도 마찬가지로 관료의 길을 밟는다. 그도 재학 중 고등문관 시험 행정과에 합격하여 1944년 선산군수에 임용된다. 총독부는 전선으로 보낼 병력과 군량미를 각 군별로 할당한다. 선산군의 공출량과 징집 인원이 전국 최하에 머물렀다. 말하자면 총독부에 대한 무언의 저항이었다. 징집 시기가 오면 많은 대상자에게 청솔가지를 베게 하여 경찰서에 구금함으로써 징집 시기를 연기하는 편법도 쓴다. 촌로들과 원만한 관계를 유지하기 위해 법으로 금했던 막걸리 주조를 용인한다. 해방과 더불어 친일 부역자 처단의 바람이 불 때 선산군은 전국에서 유일하게 주민들의 군수 유임운동이 벌어졌다고 한다. 선산군 구미 출신인 박정희도 이런 부완혁의 평판을 듣고 호의를 가지고 있었다고 한다. 후일 부완혁이 경영하던 잡지 『사상계』를 폐간하고 일시 야인이 되어 있을 때 박정희가 국무총리나 경제부총리 자리를 제안했다고도 한다.[44)]

박정희 정권에서 청와대 대변인과 문화공보부장관을 지낸 재사(才士) 김성진은 부완혁과 같이 일제강점기 고문을 통해 제도권을 지향한 선배들을 이렇게 변호했다.

"그 세대 일본 식민지 청년들에게는 많은 선택이 주어지지 않았다. 세계사적 흐름에 좇아 해야 할 일은 많았지만 일제의 쇠사슬은 그들의 팔다리를 꽁꽁 묶어놓았던 것이다. 유일하게 남는 길은 머리

---

43) 이항녕, 위의 책, pp.267-268.
44) 조봉계, 「봉래 선생님을 생각하며」, 『부완혁과 나: 평전문집』, 행림출판, 1994, pp.219-220; 이영일, 「한국지성의 고고한 금자탑」, 같은 책, p.201.

로 경쟁하고 머리로 이기는 것뿐이었다. 일제는 한국 젊은이들의 머리까지 쇠사슬로 묶을 수는 없었다. 그래서 부 선생은 이 길에서 승부를 걸었고 거기서 이긴 것이다. 먼저 민족주의 정신을 터득했고 코민테른 운동의 논리적 허구를 꿰뚫어 본 다음에 철저한 자유주의자로 성장했다. 그러고 나서 식민지하에서 고민하는 젊은 지성이 그 자존심을 위해 불가피하게 택하지 않을 수 없었던 길, 즉 고문에 도전하여 합격한 것이다."[45]

고문(高文) 지망생이나 합격자 중에 이항녕과 부완혁처럼 당시에나 후일에나 자신의 길에 회의를 품었거나 주저한 사람은 예외에 속한다. 대부분의 고문 지망생은 나라나 사회보다 오로지 개인적 성취의 동기로 시험에 임했다. 1938년, 교토제국대학 법학부 재학생 배영호가 동창회보에 기고한 글이다.

"법과에서 사회 돌입의 가장 현명한 길이 오로지 고문 통과라고 주위 사방에서 귀에 못이 박히도록 권설(勸說)을 당하니 고문 자체의 평가는 논외로 하고 법과 출신의 위엄을 위해서라도 고문의 관문을 지나야 될 것 같아 요사이는 종종 도서관의 손님이 되도록 힘쓰고 있습니다. 그리고 금년의 고문 성적이 (우리 동창의 관계로서) 너무나 불량한 것으로 보아 설욕의 의분(?)을 금하지 못하겠습니다. 노둔(魯鈍)한 생활자의 일상으로 일이관지(一以貫之)의 도리를 오득(悟得)한 것은 아니지만 여일(如一) 단순한 생활에서 별달리 말씀드릴 신변의 변화는 없는 듯!"[46]

---

45) 김성진, 「완벽주의자 봉래 선생을 기리며」, 위의 책, p.60.
46) 『京都帝大朝鮮人學生同窓會報』 3호, 1938년 3월호, p.117; 정종현, 앞의 책, p.234에 재인용.

자신의 공언대로 일도일념, 오로지 시험에 매진한 그는 1942년 고문 사법과에 합격하여 판사로 해방을 맞는다. 25년 후인 1970년 12월, 배영호는 대한민국의 21대 법무부장관이 된다. 대일본제국의 고문 합격자라는 유산이 소중한 자산이 되었을 것이다.

이병주는 소설 『지리산』에서 검정고시에 수석합격한 박태영에게 보내는 오사카 조선인 빈민가의 처녀 김숙자의 편지를 통해 당시 이 시험이 소박한 민족주의자에게 어떤 이미지를 가지는지 드러냈다.

"우리 아버지는 당신이 4,5년 후면 고등문관 시험에 합격할 것이라고 했습니다. 저는 그 말을 듣고 한편 그런 사람이 되지 말았으면 하는 생각도 가졌습니다. 그 이유를 설명해 보겠습니다. 제 외사촌 오빠 되는 사람이 재작년 경찰에 붙들려 갔습니다. 저는 재판이 있을 때마다 재판소에 방청하러 갔습니다. 그곳에 검사라는 사람과 판사라는 사람이 있었습니다. 저는 오빠가 옳고 검사와 판사가 틀렸다는 것을 발견했습니다. 검사와 판사는 굉장히 높은 지위의 사람이라고 합니다. 당신이 독학을 해서 검사나 판사가 되어 우리 슬픈 동포를 위해 노력할 수 있다면 그런 다행이 없겠지만, 지금의 사정으로선 그렇게 하기란 불가능하지 않을까 생각합니다."[47]

해방 직후 서울의 길거리에서 이규가 마주친 법률가 자식을 가진 노인은 역사학자와 문학자를 도매금으로 비방한다.

"역사니 문학이니를 공부한 사람들은 죄다 좌익인가 보던데."[48]

---

47) 이병주, 『지리산』 2권, 한길사, pp.51–52.
48) 위의 책, 3권, p.260.

"법률은 바른 것을 배우는 공부, 사회의 질서를 배우는 것 아뉴?"[49]

들는 인문학도는 "법관이나 변호사 아들을 가진 사실이 그만큼 사람을 오만하게 만들 수 있을까?" 의아스럽다.[50]

---

49) 위의 책, p.261.
50) 위의 책, p.262.

6. 스페인 내전과 인민전선사상

"우리 세대는 가슴속에 스페인을 간직하고 있다. 옳은 데도 패할 수 있고, 무력이 정신을 이길 수 있으며, 용기가 보상받지 못한 시대가 있다는 것을 체득한 곳이 바로 스페인이다."[1] (알베르 카뮈)

"내전은 전쟁이 아니라 병이다. 적은 내 안에 있고, 사람들은 거의 자기 자신과 싸운다."(앙트안 생텍쥐페리)[2]

"역사는 패자에게 '아, 가엾어라!'라고 말할 수는 있지만 패자를 돕거나 용서할 수는 없다."[3]

"스페인 내전은 승자가 아니라 패자의 이야기가 더욱 설득력 있게 받아들여지는 매우 드문 예다. 국민군의 동맹인 독일과 이탈리아가 제2차 세계대전의 패전국이 된 것이 결정적인 이유일 것이다."[4]

"쿠데타는 긍정적 신념이 필요하지 않으며, 단지 군대가 필요할 뿐이다. 이에 반해 내전은 명분, 기치, 공약을 내세워야 한다. 프랑코

---

1) Albert Camus, *L'Espagne libre*, Paris, Calmann-Lévy, 1946, p.9.
2) 엔터니 비버, 김원중 옮김, 『스페인 내전: 20세기 모든 이념들의 격전장』, 교양인, 2009, p.7.
3) W.H. Auden, *Spain 1937*, 마지막 구절.
4) 엔터니 비버, 김원중 옮김, 위의 책, pp.425-426.

가 국민진영을 통합하기 위해 내건 통치철학은 '국왕 없는 왕정'이
라는 파시즘이었다."[5]

이렇듯 다양한 언명을 종합하면 스페인 내전은 20세기 인류의 삶
의 향방을 가늠하는 중요한 정치적 실험이었다.

세계 지식인의 전쟁

1930년대는 위기의 시대였다. 경제는 대공황에 허우적댔고 이탈
리아와 독일에서는 파시스트가 권력을 잡았다. 독일의 히틀러가 군
비를 늘리며 세계대전의 위험이 고조되고 있었다. 이렇듯 불안한 시
대적 배경 아래 세계인의 가슴에 일고 있던 새로운 시대조류가 '인
민전선' 사상이었다. 이 용어의 본래 뜻은 파시즘과 전쟁에 반대하는
다양한 계층의 국민과 정당들이 공동강령을 채택하고 그 강령에 따
라 공동행동을 전개하는 정치적 연합전선을 의미한다. 프랑스와 스
페인에서 인민전선이 잠시 현실권력을 거머쥐기도 했다.

프랑스에서는 1934년 2월 우익단체의 폭동을 계기로 대두하는 파
시즘의 위협에 대항하여 노동자·지식인·도시소시민·농민들이 연
대할 필요성이 절실해졌고 이 기운을 타고 대립을 거듭해왔던 사회
당과 공산당 사이에 통일행동협정이 성립되었다.

스페인에서는 1830년대에 이미 노동조합을 결성하려는 시도가
있었고, 19세기 중엽에는 비정치적인 소규모 조합들이 자리 잡고 있
었다. 군대·왕정·교회의 삼위일체는 과거에는 제국을 만들어낸 주
역이었지만 이제는 제국을 무너뜨리는 원흉으로 전락했다. 1898년
미·서 전쟁에서 참패하여 푸에토리코, 쿠바, 필리핀을 상실했다.[6]

---

5) 위의 책, pp.183-186.
6) 위의 책, p.37.

어느 틈엔가 스페인은 서유럽의 후진국으로 전락했다. 이 시기 스페인의 상황을 묘사한 문구가 있다. "국민 절반은 일하지 않고 먹기만 하고, 나머지 절반은 일만 하고 먹지 못한다."[7]

이즈음 새로운 정치이념이 피레네 산맥을 넘어 스페인에 이식되었다. 아나키즘, 즉 절대자유주의(libertarian)적 사회주의가 가장 먼저 들어왔다. 아나키즘은 뒤이어 밀어닥친 마르크스주의와 불화로 커다란 소용돌이를 일으킨다.[8] 1931년 총선거의 결과 국왕이 추방되고 공화제가 탄생한다. 그러나 공화제 내의 좌우세력 사이에 격심한 갈등이 벌어진다. 1936년 1월, 사회주의 노동자당, 노동자협의회, 스페인 공산당 등 공화계 좌파 단체들로 구성된 인민전선이 탄생한다. 그해 2월, 총선에서 인민전선은 무제한 돈을 쏟아부은 우익 정당을 꺾고 승리한다. 경제와 부의 분배가 대다수 서유럽 국가들보다 한참 낙후된 봉건체제에 가까웠던 나라에서 예상치 못한 결과였다.[9]

이 소식은 세계의 급진 진보주의자들을 흥분의 도가니로 몰아넣었다. 이거야말로 우리가 오랫동안 열망해왔던 일이 아닌가? 민중이 마침내 생산수단을 탈취하지 않았는가? 단명으로 끝난 파리 코뮌을 제외하면 서유럽에서 유례없는 일이었다. 러시아처럼 단일 정당이 모든 권력을 독점한 혁명이 아닌, 밑바닥에서 시작된 혁명이었던 것이다. "스페인에는 무신론자조차도 가톨릭교도다"라는 철학자 우나무노의 농담이 단순한 빈말이 아니었다. 그만큼 가톨릭교회의 지배력은 압도적이었다.[10] 새 정부는 국토의 3분의 1을 차지하던 교회 소유의 토지를 몰수하는 등 광범한 개혁정치를 실시했다. 강한 반발

---

7) 위의 책, p.32.
8) 위의 책, p.41.
9) 애덤 호크실드, 이순호 옮김, 『스페인 내전: 우리가 그곳에 있었다』, 갈라파고스, 2017, pp.54-55.
10) 엔터니 비버, 김원중 옮김, 위의 책, p.161.

이 일었다. 1936년 7월 스페인령 모로코에서 내셔널리스트들은 카나리아 열도의 총독 프랑코의 주도 아래 반란을 일으킨다.

스페인 내전은 우익 쿠데타인 동시에 좌익 주도의 사회혁명이기도 했다. 그러기에 세계인의 이념의 전장이 되었다. 이상에 불타는 세계의 지식인과 깨어 있던 시민들이 앞 다투어 스페인으로 달려갔다. 인도의 독립운동가 자와할랄 네루, 미국 영화배우 에롤 플린, 영국 문인 스티븐 스펜서, 휴스턴 오든, 조지 오웰,[11] 미국의 문인 시어도어 드라이저, 랭스턴 휴즈, 어니스트 헤밍웨이, 프랑스의 문사 앙드레 말로, 앙드레 지드, 생텍쥐페리 등 리스트는 끝이 없다. 한 병사의 표현을 빌리면 "셰익스피어만 빼고 모두 다녀갔다."[12]

미국인 사진기자 로버트 카파는 모자도 없이 안경만 쓴 채 공화파군 보병 옆에 납작 엎드린 헤밍웨이의 모습을 찍었다. 북미신문연맹의 기자로 위촉받은 헤밍웨이는 책임량을 넘어 많은 기사를 송고했다.[13] 1936년 퓰리처상 사진 부문 수상작인 로버트 카파의 걸작 「어느 공화군 병사의 죽음」(Death of a loyalist soldier)은 이렇듯 극한 열정의 산물이다.[14] 후일 서독 수상이 된 스물세 살의 정치망명자 빌리 브란트도 이런 열정적 순례자의 한 사람이었다.

그해 10월, 국제의용군이 결성되었다. 정기선 파리호를 타고 뉴욕을 출발한 미국 의용병 148명이 1938년 12월 15일 프랑스 칼레항에 도착했다.

사회혁명에 대한 열정적인 시를 쓰던 오든은 실의를 감추지 않고 현장을 떠났다. 그럼에도 한 달이 채 못 되어 장시, 『1937년 스페인』

11) 조지 오웰, 정영목 옮김, 『카탈로니아 찬가』, 민음사, 2001.
12) 애덤 호크실드, 이순호 옮김, 위의 책, p.211.
13) 위의 책, pp.377-378.
14) 근래 들어 이 작품이 자연스러운 것이 아니라 사전에 연출된 거짓이라는 논란이 제기되고 있다.

(*Spain 1937*)을 발표한다. "그러나 오늘은 투쟁이다!"(but to-day the struggle)는 유명한 구절을 담았다. 시인은 출판 수익금 전액을 '스페인을 위한 의료기금'에 기부했다.

> "부정(不正)의 나라를
> 밤사이를
> 알프스 터널을 달리는 급행열차에 새처럼
> 달라붙어왔다.
> 대양을 건너왔다.
> 산길을 걸어왔다.
> 모두들 생명을 내던졌다.
> 마드리드는 심장이다. 우리들의 부드러운 친절은 때로는 야전병원에서 꽃 핀다.
> 우리들 한때의 우정은 병사들 속에서 꽃 핀다."[15]

스페인 내전은 20세기 모든 이념들의 격전장이자 제2차 세계대전의 전초전이었다. 히틀러와 무솔리니를 등에 업은 프랑코의 쿠데타에 맞서 공화정부를 돕기 위해 세계 각국의 의용병들이 참전한 전쟁이었다. 한 흑인 퇴역병은 "스페인은 내가 태어나서 처음으로 자유민임을 느낀 곳"이라고 말했다.[16] 세계 신문들의 헤드라인을 장식한 충격적일 만큼 잔인했던 이 전쟁은 곧이어 발발한 제2차 세계대전의 그늘에 가려 후세인의 기억 속에서 잊혀졌다.

---

15) 원시는 1937년 「Spain」으로 발표했으나, 1940년 오든이 출판한 *Another Time*에서 「Spain 1937」로 제목을 바꾸고 일부 내용을 삭제하고 수정하여 실었다.
16) 애덤 호크실드, 위의 책, p.499.

바르셀로나는 아나키스트의 천국

스페인 사회혁명의 중심에는 아나키스트들이 있었다. 이들은 경찰, 왕실, 돈, 세금, 정당, 가톨릭교회, 사유재산들을 지구상에서 사라져야 할 악으로 규정했다. 이들은 모든 인간에게는 상호부조의 본능이 잠재해 있다고 믿었고, 이러한 본능을 자유롭게 펼침으로써 공동체와 작업장을 민중이 직접 운용하면 된다고 믿었다.[17]

러시아인 크로포트킨(1842-1921)의 사상적 후계자인 이들은 군대, 교회, 기업, 정부와 같은 기생적 관료제도를 혁파하고 지복천년을 구현하기 위해서는 고도의 충격적 행동, 즉 "행동을 통한 선전"이 필요하다고 확신했다. 그 행동의 대표적 예가 요인 암살이다.[18] 일본 천황의 암살을 기도한 흑기회(黑旗會)나 식민지 조선 총독의 암살을 모의한 의열단과 같은 행동대원들은 아나키즘으로 이론 무장을 갖추었다.[19]

스페인 아나키스트들의 본거지는 카탈루냐의 수도 바르셀로나였다. 스페인의 주요 산업은 카탈루냐에 집중되어 있었다. 플라타너스가 늘어선 널찍한 보행자 도로를 갖춘 바르셀로나의 람블라스 대로에서는 구시대의 상징인 신사 모자가 사라지고 뽀빠이 모자 일색이었다. 시인 로르카는 "결코 변하지 않는 세계 유일의 거리," 람블라스 대로에 대한 소망을 펼쳤다.[20] 그러나 시인의 소망은 오래 지속되지 못했다. 평등주의, 권력의 분산, 권위에 대한 맹렬한 저항과 공화국이 뿜어내는 그 모든 열기에도 불구하고 이들은 강력한 군대라는 초석을 만들어내지 못했다. 혁명에만 집착하는 무정부주의자와 나

---

17) 위의 책, p.80.
18) 위의 책, p.108.
19) 절대자율주의의 원뜻을 지닌 아나키즘을 '무정부주의'로 번역한 이유도 체제에 대한 위험을 극화시키기 위한 의도였다는 해석도 있다.
20) 위의 책, pp.91-114.

날이 세력이 증대되는 공산주의자 사이에 대립이 심화되면서 공화국의 장래 목표도 불분명해졌다.[21]

한마디로 인민전선은 패배할 운명이었다. 그러나 패배 속에 새로운 투쟁의 불씨는 남아 후세에 전승되었다.

"바르셀로나에 정신이 있다면 그것을 패자의 정신, 어둡고 위험하며 난생처음 번듯하게 살 수 있는 기회를 얻기 위해서라면 목숨이 다할 때까지, 돌멩이가 떨어질 때까지 싸울 의지를 지닌 무정부주의자의 정신뿐이에요. 고상하고 과묵하게 예민한 사람이 아닌, 노동자처럼 강인하고 투박한 사람의 정신 말입니다."[22]

1939년 3월 27일, 반란군은 마드리드에 입성하고 4월 1일 인민전선은 붕괴된다. 만일 전쟁이 공화군의 승리로 끝났더라면 어떻게 되었을까? 많은 우익 인사들은 만약 그랬더라면 십년 후에는 헝가리나 불가리아처럼 스페인도 소련의 위성국이 되었을 것이라고 주장한다. 일부는 당시 공화국의 비밀경찰과 군부에 미친 소련 장교들의 영향력으로 볼 때 공화국은 그때부터 사실상 소련의 위성국이었다고 단언한다.[23] 그러나 공화파 지지자들은 달리 생각한다. 23세의 청년으로 직접 참전했던 독일인 빌리 브란트(후일 서독 수상)도 공화군이 승리했더라면 히틀러와 무솔리니의 지위가 약화되어 제2차 세계대전도 미연에 방지할 수 있었을 것이라고 주장한다.[24]

---

21) 위의 책, p.270.
22) 위의 책, p.107.
23) 위의 책, p.502.
24) 위의 책, p.503.

보수의 양심 우나무노

바스크 출신의 철학자 미겔 데 우나무노는 20세기 스페인 문학과 사상에 지대한 영향을 미친 보수의 양심으로 칭송받는다.

1936년 10월 12일, 콜럼버스의 아메리카 발견기념식 행사가 살라망카 대학에서 열렸다. 식이 시작되자마자 프란시스 말도나도 교수가 카탈루냐와 바스크의 민족주의를 신랄하게 비난하는 연설을 토해 낸다. 지역 민족주의는 '국가의 암덩이'이기 때문에 파시즘이라는 메스로 도려내지 않으면 안 된다고 목청을 높였다. 한 청중이 "죽음 만세!"(viva la muerte!)라며 악을 썼다. 한쪽 팔과 한쪽 눈뿐인 전설의 장군 미얀 아스트라이가 일어서서 구호를 복창했다. 청중들은 일제히 무대 뒤에 걸려 있는 프랑코 장군의 초상을 향해 팔을 올리고 파시스트식 경례를 하면서 만세(vivas!)를 외쳤다.

이 대학의 총장 우나무노가 자리에서 천천히 일어났다. 그의 조용한 음성은 이전의 함성과 좋은 대조를 이루었다.

"여러분들은 제가 누구인지도 알고 있고, 제가 침묵한 채 가만히 앉아 있지 못하는 사람이라는 것도 알고 있습니다. 침묵은 때로 거짓이기도 합니다. 침묵은 묵인으로 해석될 수도 있기 때문입니다. 아스트라이 장군은 불구의 몸이십니다. 아무런 적의 없이 말씀드리건대 그분은 전쟁불구자입니다. 말하자면 세르반테스 같은 분입니다. 불행히도 지금 스페인에는 불구자가 너무나 많습니다. 세르반테스의 위대한 정신을 갖지 못한 불구자는 새로운 불구를 만들어내는 일에서 삶의 의미를 찾는 경향이 있습니다. 장군께서는 새로운 스페인을 창조하려고 하십니다. 그런데 그가 추구하고 있는 창조는 장군 자신의 이미지와 외관을 닮은 부정적인 창조입니다. 그래서 자신도 의식하지 못한 채 스페인을 불구로 만들고 있는 것입니다."[25]

이병주는 우나무노의 용기 있는 연설 장면을 이렇게 감동적인 필치로 중계한다.

"난무하는 욕설이 해변의 파도처럼 조용해졌다. 일어섰던 청중이 다시 자리에 앉았다. 우나무노의 모습이 단상에 보였다. 그는 직립하여 팔을 올리고 정면을 보고 있었다. 스토아학파의 입상(立像)처럼 보였다. 그의 음성이 다시 한번 강당을 지배했다. '이곳은 지성의 사원이며 나는 이곳의 고승입니다. 이 성역을 더럽히고 있는 것은 바로 당신들입니다. 잠언(箴言)이 뭐라고 하건 나는 내 자신의 영역에서 예언자였고, 지금도 마찬가지입니다. 당신들은 승리할 것입니다. 왜냐하면 당신들은 충분히 야만적인 폭력을 보유하고 있으니까요. 그러나 당신들에게는 조리(條理)가 결여되어 있습니다. 조리란 사람을 설득하고 사람의 신뢰를 획득하는 수단입니다. 당신들에게 결여된 것은 결코 결여되어서는 안 될, 이성과 정의입니다.'"[26]

우나무노는 국민진영의 지지자였음에도 불구하고 이 발언으로 인해 가택연금 당하고 이내 죽었다. 그 죽음으로 광기의 파쇼에 저항한 스페인 지성과 양심의 상징으로 부활했다.

피카소의 게르니카

전설에 의하면 스페인의 통합에 기여한 두 군주 페르디난트와 이사벨라가 1476년 게르니카를 방문하여 전통의 성수(聖樹)인 참나무 아래 서서 오래전부터 전승되어온 바스크의 특권을 존중하겠다는 서약을 했다.[27] 1936년 10월 1일, 발렌시아에서 열린 코르테스(의

25) 위의 책, pp.192-193.
26) 루이스 포스틸로, 『우나무노의 마지막 강연』; 김윤식·김종회 엮음, 『스페인 내전의 비극: 이병주 문학 기행』, 바이북스, 2013, p.13에서 인용.

회)는 바스크 지역의 자치를 인정하는 자치법을 승인했으며 그 법은 나흘 뒤에 효력을 발생했다. 10월 7일, 바스크 의회 의원들은 '바스크인들의 성스러운 도시' 게르니카 공회당에 집합했다. 지역 수장을 선출하여 예의 참나무 아래서 취임선서를 했다. 빌바오 동쪽에 있는 이 작은 시골도시는 평온하기 짝이 없었다.[28]

1937년 4월 26일 월요일 오후 4시 30분, 게르니카에서 가장 큰 교회의 종탑에서 공습을 알리는 종소리가 요란하게 울렸다. 마침 장날이라 많은 농민들이 소나 양을 몰고 시가지를 들락날락하고 있었다. 5시 15분경 둔탁한 엔진소리가 들렸다. 병사들은 즉각 그 소리가 육중한 융커 52기의 굉음이라는 것을 알 수 있었다. 부르고스를 출발한 3개 비행 대대는 두 시간 반에 걸쳐 20분 간격으로 매우 체계적인 융단 폭격을 퍼부었다.[29] 분노한 공화국 정부는 망명 중이던 피카소에게 파리박람회에 제출할 작품의 제작을 의뢰했다. 세기의 명화 「게르니카」가 이렇게 탄생한다.

이병주는 데뷔작 『소설 알렉산드리아』(1965)에 게르니카 사건을 중요한 삽화로 이용한다. 히틀러의 게르니카 폭격에 가족을 잃은 여주인공 사라 엔젤은 독일군 게슈타포에게 동생을 잃은 청년과 연인이 되어 복수의 살인을 감행한다.

시대의 스승 리영희

"보수는 부패로 망하고 진보는 분열로 망한다."

1980년대 이래 한국 정치의 현실을 풍자하는 말로 널리 쓰이는 경구다. 이 경구의 뿌리는 스페인 내전이라는 주장이 있다. 적어도 이병주와 직접 교류한 세대는 공감할 수 있는 진단이다. 진보주의자는

27) 엔터니 비버, 위의 책, pp.260-262.
28) 위의 책, p.398.
29) 위의 책, pp.411-412.

이상을 추구하고 보수주의자는 현실에 집착한다. 이상은 추상적이지만 현실은 구체적이다. 이상주의자는 최선을 추구할 뿐 차선을 좀체 수용하지 않는다. 그들에게는 '최악'뿐만 아니라 '차악'(次惡)조차도 용인할 도량이 없다. 그러기에 항상 분노하고 항상 좌절한다.

역사는 이상주의자의 좌절 속에 발전한다는 말이 있다. 스페인 인민전선이 실패한 것은 힘의 실패만이 아니었다. 인민전선을 구성한 다양한 부류의 이상주의자들이 제각기 신봉하는 이상 사이의 미세한 차이조차 조정하지 못했기 때문이었다. 그러나 인민전선의 붕괴는 후세인에게 진보의 속도 조절이라는 소중한 교훈을 남겼다. 21세기 세계화의 위기를 경고하는 나다브 이얄이라는 1979년생 저술가의 언명에서도 스페인 내전의 교훈이 되풀이된다.

"진보는 강한 척하지만 실상은 연약하기 짝이 없다. 공동체가 진보를 위해 기꺼이 싸울 준비를 갖추고, 지도자들이 어리석지 않게 행동하겠다는 의지를 다질 때만 비로소 세상은 진보할 수 있다."[30]

이병주는 여운형·송진우·장덕수·김구 등 제각기 다른 이념과 방법으로 새 나라의 건국을 도모하던 정치지도자들이 줄줄이 암살당하는 해방 직후 남한의 혼란상을 목도한 국제 테러리스트의 입을 빌려 "미학이 없는 테러"라며 한탄한다.[31] 이병주는 이때의 상황을 스페인 내전기의 혼란에 비유한다.

---

30) 나다브 이얄, 최이현 옮김 『리볼트: 세계화에 저항하는 세력들』, 까치, 2021, 서문, p.29.
31) "가령 안두희와 같은 놈이 혹시 풀려나와 대로를 활보한다고 가정해 보세요. 그런 자와 같은 하늘 밑에서 살 기분이 되겠어요? 요는 용기의 문제이지 선악의 문제는 아닙니다." 이병주, 『산하』 5권, 한길사, p.70.

"이동식은 멍청히 앞으로 전개될지 모르는 내란의 양상을 상상했다. 한 토막의 장면이나마 상상해볼 수가 없었다. 그 대신 조지 오웰의 『카탈로니아 찬가』 속의 몇 구절이 맥락도 없이 뇌리에 명멸했다. 이 나라에 스페인과 같은 운명이 불어닥칠 것인가. 그런데 그 싸움의 양상은 파시스트와 인민전선의 대립처럼 될 것일까!"[32]

이병주의 쟁우(爭友) 황용주는 스페인 내전의 역사적 의미를 이렇게 요약했다.

"제1차 세계대전 이후 구라파 각국의 공업화가 절정에 가까워짐에 따라 자본의 횡포가 대중의 기본권을 위협하게 되자 각국 인민들은 스스로의 방어를 위해 인민전선을 결성하게 된다."[33]

『광장』의 작가 최인훈은 스페인 내전이 세계정치사에 미친 영향을 이렇게 요약한다.

"소련은 스페인 내전에서 뜻을 이루지 못했기 때문에 제2차 세계대전이 끝날 때까지 유럽에 혁명을 전파하는 일에 실패했다. 만약 스페인에서 공화파가 승리하고 프랑코가 반역죄로 처단당해 버렸다면 히틀러의 이후 행동에도 당연히 영향을 미쳤을 터이고 이후 연쇄적으로 역사의 진행은 그 영향 에너지를 전달했으리라 추정한다. 그힘(공화파)은 러시아의 일본 정책도 좌우했을 것이고, 그것은 중국 정세에 대한 다른 변수로 작용했을 것이다. 장개석, 모택동, 주은래

---

32) 위의 책, p.289.
33) 황용주, 「자연전쟁」, 『부산일보』, 1977. 11. 11; 안경환, 『황용주: 그와 박정희의 시대』, 까치, 2013, p.98.

의 생애는 다른 사건들로 구성될 수도 있었다."[34]

1970-80년대에 『전환시대의 논리』 등 기존의 관념을 깨는 역작들로 대한민국 청년 지식인들의 개안을 이끌어 '시대의 스승'으로 추앙받던 리영희는 1960년대 후반의 베트남 전쟁을 제2의 스페인 내전으로 인식한 듯했다.[35]

이병주는 인민전선 사상이 당시 조선의 지식청년에게 미친 영향을 3·1 운동의 좌절과 결부시켜 이렇게 정리한다.

"프랑코는 악이고 인민전선은 선이다. 그런데 인민전선 정부는 붕괴한다. 결국 악이 선을 압도한 것이다. 독립을 외친 조선인은 선이고 이를 탄압한 일본 정부는 악이다. 중국을 침략하는 일본은 악이고 방어하는 중국은 선이다. 그런데 악이 연전연승하는 부조리는 어떻게 받아들일 것인가? 내란의 종결 후로는 스페인의 소식은 일본의 뉴스 프런트에서 사라졌다. 일본 스스로 전쟁에 나선 까닭이다. 다만 많은 사람들이 사형당하고 감옥에 죄수가 넘치고 있다는 사실이 가십으로 전해오고 있었다."

"우리에게 다가온 느낌은 세계사의 사조에는 좌우익의 흐름이 있구나. 그중에서도 좌익은 여러 각도의 흐름이 내재해 있다는 것을 알게 되었다. 스페인 인민전선의 구성을 보고 느끼게 되었다. 그때부터 우리 세대의 내부의식 속에 가치관의 혼란이 오게 되었다."[36]

---

34) 최인훈, 『화두』 1권, pp.1-48; 임헌영, 『한국문학, 정치를 통매하다』, 역사비평사, 2020, p.147에서 재인용.
35) 리영희·임헌영, 『대화』, 한길사, 2005, pp.343-354; 고병권 외, 『리영희를 함께 읽다』, 창비, 2017, p.171.
36) 이병주, 「회색군상의 논리」, 『세대』, 1974. 5, p.240.

시인 로르카의 죽음

1936년 8월 16일 국민군 진영의 지주 트레스 카스트로는 시인 페데리코 로르카를 처형장에 끌고 간다. "나는 언제나 가진 것이 없는 사람들 편에 설 것이다"라고 선언하고 농촌 마을들을 돌며 순회공연을 다닌 시인 겸 극작가는 자신의 고향 그라나다에서 총살당한 것이다. 불과 며칠 만에 황천길에 내몰린 5,000명 중 하나였다. 현지의 묘지기는 넘쳐나는 송장 더미에 압도되다 못해 신경쇠약에 걸려 정신병원에 들어갈 정도였다.[37] 로르카가 고안한 순회공연과 같은 많은 창의적인 프로젝트는 농촌 대중이 스스로 무지의 감옥에서 벗어나도록 도우려는 시도였다. 생텍쥐페리 같은 외국 방문객에게 진한 감동을 주었던 것은 무엇보다도 글을 모르는 의용군들이 참호 속에서 보여준 배움에 대한 열정이었다.[38]

로르카에게 방아쇠를 당긴 무뢰한은 이렇게 호언했다. "나는 그가 동성애자임을 고려하여 항문에다 총알 두 발을 쏴서 박았다." 로르카의 사망 소식을 들은 국제 펜클럽 회장 웰스(H.G. Wells)는 국민진영에 자세한 경위를 요청했으나 묵살당했다. 로르카의 죽음은 1975년 프랑코가 죽을 때까지 공개적인 거론이 금지된 주제로 남아 있었다.[39]

칠레의 청년외교관 파블로 네루다(1904-73)는 마드리드 대사관에 근무하고 있었다. 참혹한 전쟁과 로르카의 죽음을 목도한 네루다는 공화 진영에 가담하고 후일 자국의 반파쇼 운동을 주도한다. 노벨문학상을 수상한 열정적인 민중시인 네루다는 이렇듯 스페인 내전이 탄생시켰다. 폭격으로 자신의 집, '꽃들 가운데 하나'를 잃은 네루다는 물적 손실과는 전혀 무관한 분노의 감정을 이렇게 표출했다.

---

37) 애덤 호크실드, 위의 책, pp.66-67.
38) 엔소니 비버, 위의 책, pp.205-206.
39) 위의 책, p.178.

"이 거리에 흐르는 피를 와서 보라. 와서 보라. 이 거리들에 흐르는 피를. 와서 보라, 피를. 이 거리들에 흐르는 피를."[40]

이병주는 소설 『지리산』에서 극도의 비장감을 더하기 위해 박태영의 입으로 로르카의 시구절을 인용한다.

"어디에서 죽고 싶으냐고 물으면 별이 빛나는 밤에 카탈루냐에서 죽고 싶다고 말할 밖에 없다. 어느 때 죽고 싶으냐고 물으면 별들만 노래하고, 지상에 모든 음향이 일제히 정지했을 때라고 대답할 밖에 없다. 유언이 없느냐고 물으면 나의 무덤에 꽃을 심지 말라고 부탁할 밖에 없다."

"나는 죽을 수 없으니까 죽는다."

입산하기 전에 박태영이 하영근의 서재에서 읽은 로르카의 시 일절이다.[41]

"어떻게 그 깊은 망각 속에 묻혀 있던 이 시 일절이 지금 떠오르는 걸까. 박태영의 병적일 만큼 날카로운 기억력이 또 상기한 것은 로버트 페인의 문장이었다. 스페인 전쟁이 끝났을 때 이 지옥에서 살아남은 사람들은 자기들이 겪은 경험의 의미를 찾아내려고 했다. 그 싸움의 궁극적인 동기를 발견하려고 애썼다. 그러나 아무도 성공하지 못했다. 조각조각으로 파괴된 신념의 파편들을 주워 모았을 뿐이다."[42]

40) 위의 책, p.331.
41) 이병주, 『지리산』 6권, pp.35~36; 김윤식, 『이병주 연구』, 국학자료원, 2015, p.259.
42) 이병주, 위의 책, pp.136~138.

프랑코 사후의 스페인

진주농업학교 퇴교생 소년 이병주가 교토에서 전검 준비에 몰두하고 있던 시절이었다. 당시 일본의 진보성향 잡지,『가이조』(改造)와『주오코론』(中央公論)은 스페인 내전의 전 과정을 소상하게 보도했다. 직접 기사를 따라 읽어내기에 이병주는 너무 어린 나이였지만 대학생이 된 후로는 동료들과 나누는 모든 시국토론에서 스페인 내전은 중요한 의제가 되어 있었다.

1971년 3월, 이병주는 첫 번째 해외 나들이의 여정에 스페인을 끼워 넣는다. 두 번째 스페인 방문은 1975년 11월 프랑코가 죽은 지 1주일 뒤였다. 비엔나에서 열린 국제 펜대회를 끝내고 파리를 거쳐 마드리드에 들렀던 것이다. 청년 시절로 돌아간 '추체험'일 것이다. 헤밍웨이처럼 청년 시절에 직접 전투현장을 누볐다는 영국인 저널리스트 친구 프레더릭 조스가 전해준 이야기도 많았다.

1980년 6월 17일, 이병주는 세 번째 스페인 여행에 나선다. KBS 텔레비전 기획 팀과 함께하는 세계일주 취재여행이었다. 담당 피디 최종국과 사진기자 유영조가 동행한다. 간간이 텔레비전을 통해 전해오는 광주 소식에 심기가 편했을 리 없다. 이병주는 '전몰자의 계곡'에 조성된 프랑코의 '영묘'에 들른다. 마드리드 서북, 해발 1,000미터의 하얀 바위산 위에 150미터 대형 십자가 아래 구축된 축구장 크기의 지하 성당이 있다. 내전의 승자 프랑코가 국민군과 공화군 양쪽의 전사자 3만 3,000여 명을 한데 모아 '전몰자의 계곡'에 안장하면서 국민적 화합을 호소했다. 이병주는 이러한 프랑코의 화합의 제스처에 최소한의 점수를 주었다.[43]

1975년 11월 18일 종신총통으로 40년 철권통치 끝에 프랑코가 죽

---

43) 김윤식·김종회 엮음,『스페인 내전의 비극: 이병주 문학 기행』, 바이북스, 2013, pp.88-112.

었다. 그리고 자신도 이곳에 함께 묻혔다. 이틀 후, 후안 카를로스 황태자가 국가 원수의 지위에 올랐다. 국왕은 뜻밖에도 민주화의 길을 터놓았다. 1년 7개월 후인 1977년 6월 15일, 총선거가 시행되었다. 수아레스 수상이 이끄는 민주화의 여정은 비교적 순조롭게 진행되었다.

그러나 끝내 과거와의 화해는 이루어지지 않았다. 프랑코가 승자의 여유를 과시하며 화합의 전당으로 기대했던 성소는 대립의 광장으로 변했다. 거대한 건축공사는 공화군 정치범들의 강제노역으로 건설되었다는 이유를 들어 좌파 전사자 유족들이 프랑코의 안장을 반대했다. 이에 맞서 프랑코 지지자들은 정치집회의 장소로 애용했다. 2018년 사회당의 페드로 산체스 총리는 "국민을 갈라놓는 상징물을 용인할 수 없다"며 이곳을 파시즘 항전 기념당으로 바꾸겠다고 선언했다. 스페인 국민은 20여 년 전 전두환·노태우 두 전직 대통령을 처벌하는 한국에 놀랐다고 한다. 프랑코는커녕 그 후계자들조차 단죄하지 못한 자신들로서는 어림도 없는 일이라며 부러움을 드러냈다.

2019년 10월, '대릉원'에 모셔져 있던 프랑코의 관은 1988년 부인 카르멘 폴로가 안장된 마드리드 시내 밍고루비오 공동묘지로 이장되었다. "지체된 정의는 정의가 아니라지만, 정의는 더뎌도 결국은 실현된다."[44] 한국의 한 언론은 이렇게 환호했고 어떤 학자는 '역사 바로 세우기'의 예로 찬사를 보냈다.[45] 만약 이병주가 살아 있었더라면 선뜻 동의하지 않았을지도 모른다.

---

44) 『경향신문』, 2018. 6. 20.

45) [손호철의 피카소를 찾아서] 「스페인판 '역사 바로 세우기' 통해…피카소가 프랑코를 이겼다」, 『경향신문』, 2020. 2. 7.

제2부
학병 시절(1944-45):
누구를 위한 출정인가

7. 소주 60사단: 용병의 비애

이병주를 찬미하던 남재희가 후배 언론인에게 들려준 별난 윗세대 선배의 이야기다. 그는 신문사 편집국에서 이따금씩 일본도를 두 손으로 움켜쥔 자세를 취하고 내려치는 시범을 보이곤 했다는 것이다. 학병으로 나가 일본군 장교로 중국인 포로의 목을 친 경험을 자랑스럽게 말했다. 칼날의 일부분으로 내려쳐야 쉽게 떨어져나간다는 얘기까지 곁들이며 무용담을 늘어놓았다. 이 이야기를 전하면서 남재희는 참으로 부끄러움을 모르는 사람이라며 머리를 설레설레 흔들었다고 한다.[1]

이병주의 작품에 그려진 학병의 모습과는 판이하게 다른 인간상이다.

"유정은 천년 묵은 소주(蘇州)성 위에서 일본제의 총칼을 들고선 10년 전의 자기를 조각달 속에서 봤다. 4200 몇십 년으로 헤아리는 이 나라의 시간과 1900 몇십 년으로 헤아리는 시간이 교차되는 좌표처럼 그 조각달은 우주 세계의 극동반도의 그리고 남단의 항구에 그 하늘 위에 걸린 유성의 눈 안에 박치열의 눈, 안익수의 눈이 겹쳐 괴인의 눈 안에 걸린 달이었다."[2]

---

1) 김효순, 『나는 전쟁범죄자입니다: 일본인 전범을 개조한 푸순의 기적』, 서해문집, 2020, pp.9-10.
2) 이병주, 『내일 없는 그날』145회, 『부산일보』, 1958, 7. 15.

이병주의 작품에 최초로 소주가 등장하는 것은 1958년 『부산일보』에 연재된 소설 「내일 없는 그날」이다. 이 작품에서 철학교수 성유정은 일제 말 학병에 동원되어 '용병의 비애'를 겪은 '노예의 삶'을 반추한다.

"중·일전쟁은 만주사변과는 비교할 수 없을 만큼 본격적인 전쟁이었다. 일본은 1937년 12월 난징 점령 때의 제1단계 작전에 있어 육군 16개 사단을 중국전선에 보냈다. 해군은 제2, 제3 함대와 항공대를 주력부대로 사용했다. 전군을 합쳐 1만 8,000여 명의 전사자와 5만 2,000여 명의 부상자를 냈다. (1941년 말까지 중·일전쟁으로 인한 군인 군속 사망자는 18만 5,000명으로 늘어났다.) 그럼에도 불구하고 육군에선 현역사단을 대소련전에 대비하여 만주에 배치했기에 중국에는 주로 예비·후비·용병으로 새로 편성한 부대를 보냈다."[3]

요컨대 중국전선에 배치된 부대는 정예군과는 거리가 있었다. 이사실은 지역에 배치된 100여 명의 조선인 학병이 탈출에 성공한 사실과 관련이 있을지도 모른다.

조선인 학병의 탈출

이병주가 중국전선 중에서도 중부지역(中支) 소주에 배치된 것을 실로 천운이었다. 소주에 사령부를 둔 일본군 60사단은 단 한 차례도 본격적인 전투를 치르지 않았다. 중지는 일본군이 확실하게 장악한 가장 안전한 지역이었다. 실제 전투가 거의 없었기에 대부분 병력이

---

3) 도오야마 시게기 외, 『昭和史』, 岩波新書, 신판, p.158; 김윤식, 『이병주의 지리산』, 국학자료원, 2010, p.31에서 재인용.

살아 돌아왔다. 이병주가 배치된 60사단 치중대의 조선인 학병 60명 중에 단 3명만이 귀환하지 못했다. 전사한 것이 아니라 안전사고나 신병으로 인해 목숨을 잃었다.

이 지역에 배치된 장경순의 회고다.

"중지사령부의 가장 큰 목표는 중국 동부해안 상륙이 예상되는 미국 극동함대의 전력을 분쇄하기 위한 대공 대포화 전력을 강화하는 데 있었다. 간부후보생은 대미전투에 투입할 초급간부를 양성하는 데 주된 목적이 있었다."[4)]

소설『관부연락선』의 내용은 사실과 거의 다름없다는 것이 체험자들의 합의된 의견이었다.

"유태림이 소속된 부대는 방첩명을 '호코(矛) 2325부대'라고 했다. 정식 명칭은 제60사단 치중대. 원대는 근위사단 동부 제17연대다. 이 부대는 중지에서 인텔리 부대로 널리 알려져 있었다. 부대의 상층 간부는 직업군인이지만 중견장교, 하사관, 병정 가운데는 소설가, 대학교수, 동화작가, 만화가, 연극인, 중학교사 등 인텔리가 즐비했다. 평상시의 정원이 6,000명도 채 못 되는데 한국 출신의 학병이 600명이나 끼어 있다. 어떤 이유에서든지 지원병과 징병 출신의 한국인은 한 사람도 없었다. 육군참모총장을 지낸 사람(장도영)과 몇 사람의 장군도 이 부대 출신이었다."[5)]

이 부대에서 사소한 모욕도 견디지 못하는 거만한 청년 철학도 유

---

4) 장경순,『나는 아직도 멈출 수 없다』, 오늘, 2007, p.21.
5) 위의 책, p.74.

태림이 매일처럼 따귀를 얻어맞았다. 초년생 훈련을 견뎌내지 못해 꾀병을 부리곤 석 달 동안이나 병원에 드러누워 있었다고 한다.[6]

"일본 군대에서는 어떤 일이 있어도 병정들끼리 단결해서 반항하지 못하는 것은 병정들의 계급이 세분되어 있고, 각 계급의 이해관계가 판이하게 다른 까닭이다. 초년병 때 적개심은 2년병이 되어 새로 들어온 신병들에게 군림하는 맛으로 가셔지는 것이 그 예다."[7]

1980년 11월, 이병주는 자전적 단편 「8월의 사상」을 발표한다. 자신이 생애 처음이자 마지막으로 감투를 탐내어 얻고 스스로 종신직이라고 선언한다. 이름하여 '소주회' 회장직이다. 60사단 수송부대에 복무하던 학병 동료들의 모임이다.[8]

"내가 중국 소주에 있었을 때의, 그 2년간은 연령적으로 나의 청춘의 절정기였다. 그 절정기에 나의 청춘은 철저하게 이지러졌다. 일제 용병에게 어떤 청춘이 허용되었을까. 용병은 곧 노예나 마찬가지다. 노예에게 어떠한 청춘이 허용되었을까. 육체의 고통은 차라리 참을 수가 있다. 세월이 흐르면 흘러간 물처럼 흔적이 없어지기 때문이다. 그러나 정신이 받은 상흔은 아물지를 않는다. 우선 그런 환경을 받아들인 데 대해 스스로 용서할 수 없기 때문이다. 그런데 일제 용병의 나날엔 육체적·정신적 고통이 병행해서 작용하고 있었다. 일제 때 수인들은 고통 속에서도 스스로를 일제의 적으로서 정립할 수는 있었다. 그런 일제의 용병들은 일제의 적으로서도 동지로서도 어느 편으로도 정리할 수가 없었다. 강제의 성격을 띤 것이라곤 하지만 일제

6) 이병주, 『관부연락선』 1권, 한길사, 2006, p.77.
7) 위의 책, p.81.
8) 이병주, 「8월의 사상」, 『한국문학』, 1980. 11, p.113.

에게 팔렸다는 의식을 말쑥이 지워버릴 수 없었으니 말이다."[9]

"그런데 너는 도대체 뭐냐. 용병을 자원한 사나이. 제값도 모르고 스스로를 팔아버린 노예. … 먼 훗날 살아서 너의 집으로 돌아갈 수 있더라도 사람으로서 행세할 생각은 마라. 돼지를 배워 살을 찌우고 개를 배워 개처럼 짖어라. … 헌데 네겐 죽음조차도 없다는 것은 죽음은 사람에게만 있는 것이기 때문이다. 죽을 수 있는 것은 사람뿐이다. 그 밖의 모든 것, 동물과 식물, 그리고 너처럼 자기가 자기를 팔아먹은, 제값도 모르고 스스로를 팔아먹은, 노예 같지도 않은 노예들은 멸(滅)하여 썩어 없어질 뿐이다."[10]

『관부연락선』의 마지막 부분 E에게 보내는 유태림(이병주)의 편지 구절이다.

"병정은 그저 병정이지 어느 나라를 위해, 어느 주의를 위한 병정이란 것은 없다. 병정은 죽기 위해 있는 것이다. 도구가 되기 위해 있는 것이다. 수단이 되기 위해 있는 것이다. 영광을 위한 재료가 되기 위해 있는 것이다. 무엇을 위해 죽느냐고 묻지 마라. 무슨 도구냐고도 묻지 말 것이며, 죽은 보람이 뭐냐고도 묻지 말아야 한다. 병정은 물을 수 없는 것이다. 물을 수 없으니까 병정이 된 것이며 스스로의 뜻을 없앨 수 있으니까 병정이 되는 것이다."[11]

---

9) 손혜숙, 『이병주 소설의 역사인식 연구』, 중앙대학교 박사학위논문, 2011, pp.67-69.
10) 이병주, 「8월의 사상」에 삽입되어 있는 이병주의 자작시, pp.114-115.
11) 이병주, 『관부연락선』 2권, 한길사, 2006, pp.364-365.

고바야시 히데오, 점령지 소주를 방문하다

학도병들은 문자 그대로 지식청년들이었다. 구제고등학교에서 제국대학으로 이어지는 엘리트 코스를 밟았거나, 이 코스를 모델로 삼아 지적 연마를 쌓은 교양인들이었다. 후세인은 학도병의 지적 배경과 정신세계를 이렇게 그렸다.

"학도병이 읽은 책은 아리스토텔레스, 플라톤, 소크라테스, 스토아학파에 의한 고전부터 19세기, 20세기 일본과 서양의 문학이나 철학에 걸쳐 다양했다. 특히 학도병들이 애독하고 논의한 저자는 독일인으로는 칸트, 헤겔, 니체, 실러, 마르크스, 토마스 만, 프랑스인으로는 루소, 마르탱 뒤갈, 롤랑, 러시아인으로는 레닌, 도스토옙스키, 톨스토이, 베르자예프 등이었다. 이러한 저자의 작품을 원서로 읽는 사람도 많았다."[12]

"이렇듯 서양의 철학사상 및 미의식으로 무장한 학도들이기에 '예비된 죽음'을 상상 속에서 극복할 수 있었다. 그렇다면 일본신무사도 정신으로 악명 높은 '특공대'는 어쩌면 서양의 사상과 낭만적 미의식과 아주 무관하다고 할 수 없을지도 모른다."[13]

김윤식은 서양 지성을 일본 국내에 매개한 중간자로서 특히 고바야시 히데오(小林秀雄)와 미키 기요시(三木淸) 두 사람을 주목한다. 인민전선의 한계로 노출된 사상계의 독서경향은 불안의 사상과 함께 회의적 사색가 고바야시의 역설적 수사학이 엄청난 매력으로

---

12) 大貫惠美子, 『학도병의 精神誌』, 岩波書店, 2006, p.24; 김윤식, 『이병주와 지리산』, p.54에서 재인용.
13) 김윤식, 『이병주와 지리산』, pp.48-49.

다가왔다.[14)]

『관부연락선』에서 유태림은 고바야시와 미키의 사상을 비교하여 논하는 일본 학생의 대화를 관망한다.

"지금도 마르크스주의에 대한 신앙은 변함이 없나?"

"아니, 전향한 지 오래야."

"H(작가 후나바시 세이이치船橋誠一)의 대답은 결연했다. 너무나 결연한 대답 때문인지 E는 어리둥절한 표정이 되었다. H가 말을 이었다.

"검사 앞에서 한 전향은 정직하게 말하면 일종의 위장 전향이었어. 일종이란 단서를 붙이는 것은 전향을 해도 좋다는 감정은 있었는데, 이론적으로 스스로를 납득시킬 만한 전향의 근거가 되어 있지 않았거든. 그런데 이 학교에 와서 고바야시 히데오 선생의 강의를 받으면서부터는 완전히 전향을 했어."[15)]

둘 다 일본인 학생이다. E는 미키 기요시 편이고 H는 고바야시 히데오 편에 서서 토론하고 있는 것이다.

H: "그런 뜻에서 내겐 고바야시 선생이 중요한 거야. 선생의 강의로 공산주의를 극복하게 된 게 아니라 공산주의와 무관한 사상으로 되레 인생을 발랄하게 파악하고 날마다 새롭게 살 수 있다는 계시를 받은 게지."

E: "모래알 속에 빛나는 진주 같은 것, 그런 것이 고바야시 선생에겐 있지. 그러나 그러한 편편의 진실은 있을망정 고바야시 선생을 통

---

14) 위의 책, p.98.
15) 이병주, 『관부연락선』 1권, p.235.

해 진리에 이를 수 있을 것 같진 않은데…"[16]

　미키냐, 고바야시냐? 이병주에게 선택을 요구했다면? 김윤식의 자문자답이다.

　"미키는 메이지 이래 계몽적·교양주의적 선상에서 일하고 있었고 고바야시는 일약 문화적 국면 속에서 화려하게 활약하고 있다고 할 수 있다."[17]

　"그러나 고바야시의 활약은 교양적·계몽적 노력을 꾸준히 하고 있는 존재를 전제로 해야만 결실이 있다"고 본다면 어떠할까? 유태림은 어느 편도 택할 수가 없었다. 인민전선의 사상에서 이병주가 회색의 사상을 감지한 것도, 이를 『지리산』의 중심사상으로 삼은 것도 바로 이런 이유 때문이다."[18]

　메이지대학 교수가 된 고바야시는 1938년 3월, 일본군의 점령이 완성된 소주를 방문한다. 그의 가르침을 받은 학생 이병주가 소주에 배치되기 6년 전의 일이다.

　"소주는 전쟁 이전보다 인구가 불었다 한다. 황군(皇軍) 대환영의 장식물 색깔도 퇴색했고, 거리는 거의 평상을 회복한 듯 보였다. 은행으로 보이는 석조의 큰 건물에 단단한 철문이 열려 '위안소'라는 빈약한 글자가 쓰여 있다. 이층 돌로 된 손잡이의 발코니에서 새빨간 긴 일본옷에 겉옷을 걸친 오오시마다(大島田) 명주옷을 입은 일본

---

16) 위의 책, p.237.
17) 김윤식, 『이병주와 지리산』, p.218.
18) 위의 책, p.42.

인이 맨발에 슬리퍼를 끼고 담배를 피우면서 멍청히 먼지 낀 거리 왕래를 내려다보고 있다. 동행한 A군도 얼굴을 보이며 웃는다. 무엇이 가소로워 웃는 것일까? 무책임한 구경꾼의 심리란 묘한 것이다. 거리의 파괴는 거의 눈에 띄지 않는다. 부대의 숙사는 모두 성외에 있어 성내의 큰길에는 하사관 이하 통행금지의 표찰이 붙어 있고, 병사들의 모습은 보이지 않아 점령 직후의 거리라는 인상을 주지 않는다. 연극, 영화, 백화점, 기타 상점도 문을 열고 왕래하는 사람들의 얼굴도 밝았다."[19]

일제 용병의 변명

1972년 이병주는 단편 「변명」을 발표한다.[20] 적의 총탄을 맞고 죽어가면서도 역사를 변호하고 변명한 프랑스의 사학자 마르크 블로크와 자신과의 가상 대화로 작가는 이 작품을 마무리한다. 이병주 글쓰기의 원점은 변명, 역사와 그 역사를 위한 지식인의 변명이다. 블로크의 유작 『역사를 위한 변명』은 1944년 6월 16일 프랑스 레지스탕스 27명과 함께 나치에 의해 총살당한 예비역 대위이자 53세의 소르본 대학 경제사 교수의 미완성 저술이다. 총살된 희생자 중에는 16세 소년이 있었다. "죽으면 아프겠지요?"라고 소년이 묻자 교수는 소년의 손을 꼭 잡고 애정어린 목소리로 "그럴 턱이 없다. 아픔 같은 것은 없다네"라고 답한다. 블로크는 평생 공부해온 역사에 의해 무참하게 학살당하면서도 역사를 저주하거나 분격하지 않고 오히려 역사를 변명한다. 그의 결론은 이렇다.

"역사의 대상은 인간, 더욱 적절하게 말하면 인간들이다. 풍경의

---

19) 고바야시 히데오, 『小林秀雄全集』, 지쿠마쇼보; 김윤식, 위의 책, p.25 재인용.
20) 이병주, 「변명」, 『문학사상』, 1972. 12.

눈에 띄는 특징, 도구 또는 기계의 배후에 역사가 파악하고자 하는 것은 인간들이다. 그렇게 할 수 없는 사람은 고작 박식하나 미숙한 노동자에 지나지 않는다. 좋은 역사가란 전설 속에 나오는 식인귀(食人鬼)를 닮아 있다. 그가 인간의 살냄새를 알고자 하는 것, 거기에만 노획물이 있음을 그는 알고 있는 것이다. 나는 생애를 통해 표현과 사상의 성실성을 위해 최선을 다했다. 나는 선량한 프랑스인으로 살았으며 선량한 프랑스인으로 죽는다."[21]

이병주는 이 작품을 민족의 이름으로 죽은 젊은이를 위한 진혼곡으로 썼다고 고백했다. 1943년 도쿄 W대학 경제학부를 갓 졸업한 탁인수는 학병으로 중국전선에 투입된다. 그는 '노예의 삶'을 거부하고 탈출하여 상해에 잠복해 조국해방운동에 뛰어든다. 그러나 조선인 동포 장병중이 밀고하여 죽는다. 당연히 조국이 그의 죽음을 보상해주어야 할 것이다. 53세의 석학 블로크와는 달리 아직 역사와 자신의 변명을 쓸 능력도 없고 무기도 갖추지 않았다. 누가 그를 위해 변명을 대신 써줄 것인가? 이병주가 나선 것이다.

블로크의 조언이다.

"서둘지 말아라. 자네는 아직 젊다. 자네는 역사를 변명하기 위해서라도 소설을 써라. 역사가 생명을 얻자면 섭리의 힘을 빌릴 것이 아니라 소설의 힘, 문학의 힘을 빌려야 한다."[22]

「마술사」

「마술사」(1968)는 이병주가 보통학교 동창인 '송낙규'라는 실존

---

21) 마르크 블로크, 고봉만 옮김, 『역사를 위한 변명』 제1장, 한길사, 2007.
22) 이병주, 「변명」, 김윤식·김종회 엮음, 『문학을 위한 변명』, 바이북스, 2010, p.38.

인물을 모델로 쓴 단편소설이다. 송낙규는 포로수용소 감시요원 모집에 응해 버마에 배치되어 영국과 네덜란드 포로를 감시하는 임무를 맡았다가 종전 후에 전범으로 처형된다.

"송낙규의 집을 찾아가서 그의 아버지로부터 들은 이야기다. 1942년 5월 포로수용소 감시요원을 모집한다는 이야기가 있었다. 식사와 피복을 일체 제공하고 월급은 50원, 2년 계약이라고 했다. 당시 면서기 월급이 30원이었다. 집에 그냥 있을 수 없는 정세였다. 지원병으로 나가든지 노무자로 징용을 당하든지 해야 할 사정이었는데 그럴 바에야 포로수용소 감시요원이 되는 것이 유리하다고 생각한 끝에 낙규는 응모했다.

군청에서 간단한 테스트가 있었다. 그때 채용된 사람은 하동군에서 2명이었다. 6월 15일, 송낙규의 아버지는 아들을 따라 부산까지 갔다. 부산 서면에 '임시 군속교육대'가 있었다. 그곳에 모인 청년은 3,000명이었다. 2개월 동안 그곳에서 교육을 받고 그들은 남쪽으로 떠났다. 그 속에 끼인 송낙규는 영영 돌아올 수 없었다. 어떻게 해서 그가 전범이 되었는지, 어떤 재판을 받고 사형선고를 받았는지 처형의 광경이 어떠했는지 알 까닭이 없다. 그런데도 두고두고 송낙규는 내 가슴에 하나의 응어리가 되었다. '송인규'라는 등장인물을 허구하여 내가 「마술사」란 소설을 쓴 덴 송낙규 군에 대한 진혼의 뜻이 있다."[23]

이병주는 만약 그가 탈출했더라면 어떻게 되었을까 상상하면서 소설로 만들었다고 고백했다.

---

23) 이병주, 「잃어버린 시간을 위한 메모: 1944-45년: 蘇州·上海 (상)」, 『문학정신』, 1989. 4, pp.250-251. 『관부연락선』 2권 p. 131. 소설 『관부연락선』에도 화자 이 선생의 입으로 이 사실이 언급되어 있다(다만 친구의 이름을 '송낙구'로 표기했다).

일본군의 승인을 얻어 버마의 독립선언을 하는 날 송인규가 주둔하고 있던 만달레이에서도 축하 식전이 열린다. 식전 중 폭탄이 터지고 혐의자를 부대로 수송하면서 포로의 한 사람인 인도인 마술사 크란파니를 만난다. 송인규는 어느 날 포로 관리 수칙을 위반하여 물과 담배를 넣어주다 일본 육사를 나온 조선인 순찰 장교에게 적발되어 문초당한다.

"우리 인도 사람, 영국의 지배를 받은 지 100년이 넘었습니다. 그래도 민족사상 들끓고 있습니다. 코리아, 일본보다 역사가 깊은 나라입니다. 내 잘 압니다. 그런데도 저런 장교를 용납한단 말입니까. 우리 인도 사람 가운데도 영국의 지휘받은 군인, 관리 있습니다. 그러나 그 사람들 독립운동 하는 사람들에게는 머리 안 올라갑니다. 저런 자는 민족의 적입니다. 머지 않아 일본 망하면 저런 자 철저하게 처벌해야 합니다. 민족문제에 발언권 주어서는 안 됩니다. 그런 사람은 철저한 용병 근성의 소유자라 합니다. 용병은 개나 짐승이나 다름없습니다."[24]

독립운동가 크란파니는 자신의 민족성을 거부하고 철저한 일본인이 되기 위해 동족을 멸시하는 순찰장교의 용병 근성을 비판한다. 식민지 시대의 적극적인 부일세력에 대한 책망인 동시에 한평생 이병주에게 죄의식을 부여한 학병 체험에 대한 같은 세대의 반성이기도 하다. 이러한 작가의 의식은 일본의 노예인 용병으로 사느니 차라리 탈출하라는 크란파니의 언술에서 극대화된다.[25]

---

24) 이병주, 「마술사」, 『현대문학』, 1968. 8.
25) 손혜숙, 『이병주 소설의 역사인식 연구』, 중앙대학교, 2011. 2, p.71.

명소 한산사와 명시 「풍교야박」

"유태림 등이 일본군 육군 60사단 치중대의 영문을 하직한 것은 9월 1일. 제대 인원은 55명, 그중에서 20명은 북쪽으로 돌아 한시라도 바삐 고국으로 가겠다고 했다. 서둘 것 없이 소주에서 며칠 놀다 가라고 해도 듣지 않았다. 그날 오후 열차를 탄다며 소주역으로 나갔다."[26]

남은 일행은 소주 시내 명소를 관광한다.

"기상나팔 없이 잠을 깨고 취침나팔 없이 잠에 드는 생활. 참새처럼 쾌활하고 자유로웠다. 매일 짝을 지어 오왕 부차(夫差)가 서시(西施)와 더불어 놀았다는 호구(虎丘), 풍교야박 시비가 있는 한산사, 사자림 등 명소와 고적을 찾으며 놀았다."[27]

유태림은 중국인의 표정에는 일본군에 대한 적의가 없다고 썼다.

"의론이라도 한 것처럼 무표정한 얼굴, 무표정한 눈빛, 그러나 상점엔 표정이 있었다. 아직 겨울인데도 점두(店頭)까지 넘쳐 있는 갖가지 과일, 껍질을 벗긴 채 발톱을 아래로 하고 매달린 돼지들, 일본군이 가든 오든 어떻게 해서라도 살아야겠다는 의지를 사람에서가 아니라 상품에서 느꼈다."[28]

전쟁이 끝나고 나서도 마찬가지였다. 점령당했을 때나 마찬가지로 패전한 일본군에 대한 중국인의 보복은 전혀 없었다. 종전 소식이

---

26) 이병주, 『관부연락선』 1권, pp.124-125.
27) 위의 책, p.127.
28) 위의 책, p.76.

알려지고 처음 이삼 일 동안 부대를 향해 수박덩이를 던지며 욕지거리를 내뱉는 주민들이 더러 있었다. 그러나 며칠 후부터는 어떤 유형의 적대행위도 없었다. 알고 보니 장개석 국민당 총통이 발부한 포고문 때문이었다. 장 총통의 포고문은 "중국은 예로부터 관용의 나라다. 일본은 중국과 더불어 장차 동양을 이끌어 나갈 동반자다. 이곳 중국 땅에 나온 일본 군인들은 정부의 그릇된 결정으로 인해 전선으로 내몰린 희생자들이다. 그들에게 보복을 가하는 것은 중화민족의 수치다"라고 했다. 이병주는 이때의 감동을 1985년 겨울 텔레비전 방송에서 육성으로 전했다.[29]

'호구(虎丘)탑'으로 불리는 운암사의 벽돌탑은 고성 소주의 상징이다. 역사적으로 여러 차례 소실, 중건을 거듭한 50미터 높이의 벽돌탑은 8면에 모두 호문(虎門)을 만들었다. 이병주와 함께 60사단에 배치되었던 황용주가 훈련병 시절 이 탑을 배경으로 찍은 단체사진을 남겨주었다.[30]

달 지고 까마귀 울고 어두운 하늘엔 서리 가득한데
강가 단풍나무, 고깃배 등불 마주하고 시름 속에 졸고 있네.
고소성 밖 한산사 한밤중 종소리가 객선까지 들려온다.
月落烏啼霜滿天江楓漁火對愁眠
姑蘇城外寒山寺夜半鐘聲到客船

유태림이 읊조린 「풍교야박」(楓橋夜泊)은 중당(中唐)의 시인 장계(張繼)의 작품이다. 제목은 '풍교에서 밤에 배를 대다'라는 뜻이

---

29) KBS TV, 「11시에 만납시다」, 1985. 12. 17. 대담 김영호.
30) 안경환, 『황용주: 그와 박정희의 시대』, 까치, 2013, pp.256-257 사진.

다. 객지에서 바라본 늦가을 밤의 정경과 나그네의 심정을 빼어나게 묘사한 시로, 청나라 강희제(康熙帝)가 이 시에 끌려 풍교를 찾았다고 한다. 그런가 하면 과거에 낙방한 서생의 심경을 적은 것이라는 풀이가 덧붙여지면서 같은 처지에 내몰린 무수한 조선 서생들의 서정성을 자극하기도 했다.

장계의 풍교야박만이 아니다. 소주는 이웃 명승지 항주와 더불어 수많은 시인 묵객들의 발길을 끌었다.

> 호수는 넓디넓고 기러기 그림자 희미한데
> 첩첩이 솟은 산봉우리 옷처럼 둘러싼 구름
> 적막이 흐르는 긴 다리 스산한 봄밤
> 한 시인 있어 큰 배 타고 돌아오나니.
> 笠澤茫茫雁影微 玉峰重疊護雲衣
> 長橋寂寞春寒夜 只有詩人一舸歸
> ─除夜自石湖歸苕溪

남송의 애국 시인으로 알려진 석호거사(石湖居士) 강기(姜夔, 1155?-1221)의 절귀(絶句)다. 기울어지는 나라의 사신으로 새로 흥기하는 금나라의 부당한 요구에 굴하지 않고 소신을 관철하여 사가들의 찬양을 받았다. "오백 년 도읍지를 필마로 돌아드니 산천은 의구한데 인걸은 간 데 없네"라는 고려 말 유신 길재의 망국시의 원조라고도 한다.

소주 일본군 60사단

베이징이공대학의 양웬(楊文) 교수가 일본군 60사단에 관한 소주시 정부의 기록을 조사해주었다. 소주는 부유한 지역이라 향토사 연구도 착실하게 정리되어 있다고 했다. 양 교수의 조선족 부인 리후아 (李華) 교수가 번역해준 기록의 요지는 아래와 같다.

일본 중국파견군(日本中国派遣軍): 민국(民國) 26년(1937) 11월 9일, 선두로 입성한 일본 하이로(海劳) 부대는 루문(娄门)으로부터 입성하여 소주를 점거하고 곧이어 남경으로 진군함. 24일 후지이(富 土井) 부대를 선봉으로 일본군은 평문에서 입성식을 하고 소주에 주 둔함. 민국 27년(1938) 봄, 일본 경비대인 이시가와(石川) 부대, 화 중파견군 제9사단이 소주에 주둔하게 됨. 7월 중순, 여러 갈래의 일 본 부대는 소주에서 재편성을 거쳐 소주에 일본군 사령부를 설치함 (후일 일본군 소주 주둔 최고부대 사령부로 개칭됨). 동 사령부는 소 주에 주둔 중인 일본군을 파견 및 조정하는 역할을 담당함. 이외에도 소주 반문외유당교서토(盘门外裕棠桥西塊, 현재 소주 방직공장) 에 설립된 일본군 소주주둔 해군사령부와 창랑정(沧浪亭) 내에 설 치된 일본군 부상병 병원, 그리고 해군 사토(佐藤) 포병부대임. 민국 28년(1939) 7월 17일, 중국 침략 일본군은 소주 주둔 일본군 최고경 비사령부를 설립, 부대장은 후쿠다 진이치(福田仁一)임. 민국 30년 (1941) 3월-4월, 중국을 침략한 일본군이 있는데 동 일본군은 단독 으로 제11여단을 구성하고 근거지를 가흥(嘉兴)으로부터 소주(苏 州)로 조정함. 민국 31년(1942) 4월 20일, 동 주둔군은 제13군 60사 단으로 개편됨. 사단장은 코바야시 노부오(小林信男) 소장, 후일 중 장으로 진급. 그리고 부대의 별칭은 창(矛, 고모로)임. 참모장은 안 도(安藤过夫)이며, 히로노(广野)와 오사와(大泽) 두 부대를 관할 함. 민국 32년(1943) 3월-34년(1945) 9월, 사단장은 오치아이 소지 로(落合松二郎, 중장), 참모장은 안도 다다오(安藤忠雄). 민국 34년 (1945) 9월 29일, 중국 육군 제94군 제5사에 투항함.

일본헌병대(日本宪兵队): 민국 27년(1938) 12월 23일 중국 침략 일본군은 소주 일본헌병대를 설립함. 부대는 경덕로에 설치하고 오현(吳县), 상숙(常熟) 등 현(縣)에 헌병대 분대를 설립함. 민국 27년(1935) 12월-32년(1945) 8월 사이에 소주 헌병대 대장을 역임한 자로는 야마사키(山崎), 후지타(藤田), 세가와(瀬川), 호리노(堀野冈本), 야나기(柳瀬隆) 등임.

이상 전투부대에 관한 정보와 함께 정보기관에 관한 내용도 정리되어 있다.

일본 소주 특무기관(日本苏州特务机关): 민국 26년(1937) 11월, 일본군이 소주를 점거하고 선무반을 만들어 소주 지방의 행정, 경제, 문화 등 사항을 관장하도록 함. 반상은 이치카와 슈조(市川修三). 민국 27년(1938) 6월 8일, 일본군은 상해기관(특무기관)에 본부를 둔 분소를 소주 공원로에 설치하고 오현(吳县), 상숙(常熟) 등 현(縣)의 특무반을 관할하게 함. 민국 28년(1939), 조직을 개편하여 소주오현특무반(苏州吴县特务班)을 통합 설치함. 민국 28년(1939) 말까지 특무기관의 장을 역임한 자로는 오카다(冈田梅吉), 사쿠라(櫻庭), 나가시마(长岛勤), 야마모도(山本祝). 민국 29년(1940) 4월 4일, 소주오현특무반을 철폐하고 일본군 소주 주둔 부대에 소주연락관 사무소를 설립함. 민국 32년(1943) 3월 29일, 일본 소주 특무기관은 군 연락부로 개칭함. 이 기간 동안 연락부 부장을 역임한 자로는 오카다(冈田梅吉, 1940년 10월 부임), 요시노(吉野芳三), 가네코(金子浚治), 나카야마(中山)이며, 소주(오현) 연락관은 오쿠(奥和夫), 쓰게야(管治德门) 등임.

『학병사기』(學兵史記)에는 소주 60사단에서 함께 복무한 이영기·엄익순·장경순 등 많은 학병 동료들의 증언이 실려 있다.[31] 그러나 동료 이병주를 구체적으로 언급하는 회고는 발견되지 않는다. 황용주는 아내 이창희에게 46차례 군용엽서를 보냈다. 검열을 유념한 정제된 문구이지만 문학적 감성이 사병들의 일상을 가늠할 수 있는 중요한 참조 자료가 된다.[32] 엄익순의 증언이다.

"훈련 중 동지들과 함께 그 유명한 한산사의 경내를 오락가락한 것만이 기억에 생생하게 남아 있다. 예로부터 이름 높은 소주 미인 꾸냥(姑娘)과 연애 한 번 못 하고 밤이면 사타구니를 양손으로 거머잡고 환상만을 그리며 꿈나라로 가기 일쑤였으니 그때 나에게도 심적 여유가 좀 생겼는지 모르겠다. 동지들과 외출 시는 이 지방 명물인 찐만두(蒸籠包子)를 와리칸(割勘)하여 사먹기 일쑤였다."[33]

군인 사병들은 "꾸냥 나츠가시야, 소슈우노 요루"(아가씨는 상냥하고, 소주의 밤)라는 노래를 불렀다. 지배자의 군대의 수족이 된 용병 노예다. 그 노예 병사에게 위안을 제공하기 위해 온 여인들, 그들의 눈에 비친 사병은 지배자가 아니라 불쌍하기 짝이 없는 존재다.

"그때는 헤이타이(兵隊). 이등병. 오장. 소위. 중위. 가다가다 높은 사람들이 다 있었거든. 그때도 그 노래까지 있었잖아. 새벽되면 신참병들은 불쌍하기도 하지. 아직 이불 속에서 울고 있니. 신베이(新兵)상 가와이소우네. 마다 네(寢)떼 나쿠(泣)노까."
90살 넘은 '성노예' '위안부'가 기억하는 군졸의 일상이다.[34]

31) 안경환, 『황용주: 그와 박정희의 시대』, 까치, 2013, pp.165-178에 인용.
32) 위의 책, pp.180-189.
33) 엄익순, 「몸부림치던 그때」, 『학병사기』 1권, pp.761-767.
34) 배춘희 · 박유하, 『일본군 위안부, 또 하나의 목소리: 배춘희 말하고 박유하 정리하다』, 뿌리와이파리, 2020, p.195.

당시 일본군 제60사단이 중지파견군으로 소주에 사단본부를 두고 이를 중심으로 남경, 상해, 상주, 무석 등지에 분산 주둔하고 있었는데 학병들은 소주에 있는 초년병 교육대에서 본격적인 군사교육을 받기 시작했다.[35]

3개월 신병 훈련기간이 끝날 무렵 간부후보생 시험이 있었다. 제60사단 소속 학도병 전원과 일본인 초년병도 합격하면 성분 검사를 거쳐 갑간 또는 을간(오장, 군조, 조장 등 하사관)으로 분류된다. 갑간 후보생은 10개월간 남경 예비사관학교에서 교육을 받는다. 일본 본토에서 교육받는 것이 원칙이었으나 전시상황을 고려하여 주둔 부대에서 자체로 양성하도록 결정된 것이다. 간부후보생은 훈련 중에도 하사관 대우를 받아 내무반 생활도 상당한 자율성이 보장되었다. 주말은 물론 주중에서 일주일에 하루 정오부터 5시까지 영외 외출이 허가되어 병영을 벗어날 수 있다. 그런데 어느 날 대형사건이 터졌다. 교육을 받고 있던 조선인 학도병 출신 간부후보생 7명이 무장 탈영한 것이다. 주동자는 김영남이었다.[36]

학병에 '강제지원'된 이병주가 간부후보생이 되기를 지원하지 않았던 것은 사실인 듯하다. 학병 동료 그 누구의 회고에도 이병주가 장교에 임관되었거나 간부후보생을 지원했다는 언급은 없다. 1961년 12월, 혁명재판소의 판결문에 기재된 피고인 인적 사항에 '일본군 소위'의 전력이 적혀 있을 뿐이다. 그러나 문제의 판결문에 적시된 이병주의 인적 사항에는 무수한 오류가 포함되어 있다. 그러

---

35) 장경순, 『나는 지금도 멈출 수 없다』, 2007, pp.20-21.
36) 성동준, 박영, 김영남, 유재영, 김봉옥, 최용덕, 장병훈. 전남 완도 출신의 김영남은 중경 임시정부의 정보원으로 적극적인 활동을 한다. 장경순, 「풍운아 김영남에 대한 추억」, 『나는 지금도 멈출 수 없다』, pp.283-288.

기에 오직 '일본군 소위' 부분에만 확정적 공신력을 부여할 이유는 없다. 설령 그가 일본군 소위에 임관되었다고 하더라도 자발적인 의사에 의한 것이라고 보기 어려운 정황은 충분하다(15장 참조).

잃어버린 손가락

이병주는 시쳇말로 사지가 멀쩡하고 신수가 훤한 호남이다. 중년을 넘으면서 일찍 찾아온 은발이 지성의 권위를 더해주는 그런 풍모였다. 그러나 엄밀하게 말하자면 그는 '장애인'이었다. 오른쪽 가운데 손가락 끝부분이 잘려 나가서 손톱이 없고 검지의 끝부분도 꼬부라져 있었다. 가끔 술에 취하면 뭉뚱그려진 손가락을 내밀면서 주사에 가까운 위세를 부렸다는 한 여인의 증언도 있다.

『소설문학』 1981년 3월호에 실린 「작가 연구: 이병주론」의 한 구절이다.[37]

"이병주는 오른손의 가운데 손가락 한 토막이 잘려져 나간 손가락 병신(?)이다. 그 손가락이 언제 잘려져 나갔는지에 대해서는 이론이 분분하여 자세히는 알 수 없으나 그가 감옥에 있을 때라고 하는 설과 일제시대 때 저항의 한 표식이었다고 하는 설 등이 그중 가장 유력한 것으로 알려졌다. 그러나 누구도 본인에게 그 손가락에 대한 얘기를 확인한 바 없으니 그 어느 것도 정설이 아닐 수도 있다."

학고재 주간 손철주는 "쑤저우에서 군마(軍馬)와 지내다 걸린 동상 때문에 손가락을 자른 고통을 (선생에게) 들으며 「8월의 사상」을 곱씹기도 했다"[38]라고 쓴 적이 있다. 그러나 확실하고 확실하지 않

---

37) 「작가 연구: 이병주론」이라는 제목 아래 「이병주의 신화」라는 소제목이 커다랗게 적혀 있다.
38) 손철주, 『조선일보』, 2006. 4. 22.

고가 문제가 되는 것이 아니다. 정말 문제가 되는 것은 이병주, 바로 그가 신화가 없는 한 시대를 사는 우리에게 하나의 신화로 살아 있다는 것뿐이다."[39]

시시콜콜한 자신의 신변잡사를 내놓고 글로 썼던 이병주가 사라진 손가락에 대해서만은 언급을 삼갔다. 죽을 때까지 침묵을 지킨 데는 무언가 비장한 사연이 있을 것이라는 추측도 나무랄 수 없다. 탱천하는 분기를 표출하고 비장한 각오를 만천하에 천명할 목적으로 스스로 손가락을 자른 사람들이 적지 않았다. 3·1 독립만세 이후에 도처에서 독립운동에 투신할 것을 맹세하는 '단지(斷指)동맹'이 결속되었다. 안중근이 뤼순 감옥에서 쓴 글씨에 낙관으로 찍힌 손바닥 묵인(墨印)에 한 손가락 마디가 없는 것을 보는 후세인은 절로 숙연해진다. 중경 임시정부 각료 중에 유일한 무정부주의자였던 단주(旦洲) 유림(柳林, 1894-1961)도 17세에 손가락을 찔러 혈서를 쓰고 독립운동을 위해 중국으로 떠난다.[40]

1958년, 이승만의 정적 제거 공작 차원에서 조작되었다는 역사적 평가를 내린 세칭 진보당 사건으로 사형당한 조봉암도 일제 경찰의 고문과 신의주 감옥에서 얻은 동상의 후유증으로 손가락을 몇 개 잃었다. 1958년 6월 13일 1심 재판에서 변호인 한격만이 편 감동적인 변론 기록이 있다. 일제 고등문관 시험에 합격하여 판사로 일하다 대한민국 정부 수립 후에 대법관과 검찰총장을 역임한 그인지라 변론의 울림은 컸다.

"이 자리에 계신 죽산 조봉암 선생을 나는 재판한 일이 있습니다.

---

39) 정범준, 『작가의 탄생』, p.131에서 재인용.
40) 『단주 유림자료집 1』, 단주유림선생기념사업회, 1991, p.192.

죽산 선생이 농림장관으로 계실 때 예산을 관사 수리비로 유용했다는 혐의로 기소됐던 것입니다. 그때 판사석에서 나는 피고인 자리에 앉아 있는 죽산 선생의 손가락들이 떨어져나가 없는 것을 보고 마음속으로 울었습니다. 독립운동을 하다가 체포 투옥되어 모진 고문과 동상으로 손가락들이 썩어 떨어지는 고생을 겪은 분을 일제강점기에 그래도 편히 지내던 내가 감히 재판할 수 있을까 생각했습니다. 사실심리를 해나가는 도중 나는 이 사건이 정치적 모략이요 중상이라고 판단하고 단연 무죄를 선고했던 것입니다."[41]

역사학자와 언론인으로 한 시대를 호령한 천관우도 손가락 콤플렉스에 시달렸다. 어느 날 그가 주필로 재직하던 『동아일보』에 천관우의 오른손이 전면 노출된 사진이 실렸다. 천관우는 분노했다. 자신을 망신 주기 위해 의도적으로 실은 것으로 오해한 것이다. 그는 오른 손가락이 기형이라 수술을 받았다. 그래서 여자 있는 술집을 멀리했다. 그런데도 붓글씨는 뛰어났다. 신체적 콤플렉스가 감정으로 폭발한 것이 아닌가 여기는 사람들이 많았다.[42]

이병주 사후에 그가 빨치산 활동을 한 것으로 단정하는 기사를 쓴 잡지 『퀸』에는 「지리산에서 빨치산 활동했던 작가 이병주 행적」이라는 선정적인 제목 아래 김종수라는 '학병 동기'의 증언이 담겨 있다.

"이병주는 수송을 맡았는데 하루는 말여물을 준비하다 작두에 손

---

41) 이영석, 『조봉암, 누가 그를 죽였는가?』, 세상의창, 2000, p.248; 김학준, 『두산 이동화 평전: 한국에서 민주사회주의운동을 개척한 정치학자의 이념과 행동』, 단국대학교출판부, 1987, 개정증보판, 2012. 3, p.380에 재인용.

42) 남재희, 『남재희가 만난 통 큰 사람들』, 리더스하우스, 2014; 남재희, 『아주 사적인 정치 비망록』, 민음사, 2006, p.119.

가락이 잘려나가는 바람에 구두 수선공을 하게 됐지요. 이따금씩 그 앞을 지나가다 보면 자신의 신세가 처량한지 눈물을 훌쩍거리기도 했어요. 한번은 내가 물어봤죠. 총 잡기가 싫어서 손가락을 자른 것이 아니냐 했더니 대답을 안 해요."[43]

김종수가 이병주와 같은 부대에 근무한 것은 사실인 것 같다.『학병사기』에 실린 김종수의 수기는「사선을 뚫고: 일제 학병 탈출기」라는 제목이 달려 있다.

"우리 부대에도 학병이 많이 탈출한 것을 알았다. 衣(고로모)부대(자동차부대)에서 다수 탈출한 후에 남은 학병들은 우리 부대로 왔다. 그중 한 사람이 장도영 대장이었다."[44]

이병주도『관부연락선』에서 장도영이 유태림의 부대에 합류한 사실을 적었다. 장경순의 회고록에도 같은 내용이 있다.[45] 그러나 이병주의 망실된 손가락에 대한 아들 이권기의 증언은 무미건조하다. 그러기에 더욱 사실에 가까울 가능성이 높다. 아들이 들은 바에 의하면 아버지는 학병 시절에 손가락을 다쳐 파상풍으로 번질 우려가 있어 의사의 권유로 잘랐다고 했다. 열 손가락 모두 지문이 동그란 것은 행운을 타고났는데, 한 손가락을 잃고 나서 행운과 복의 일부가 날아간 것이라며 몹시 아쉬워했다는 것이다.[46]

---

43)『퀸』, 1992년 5월호, p.111.

44)『학병사기』1권, pp.534, 542, 556. 장도영은 1961년 5월 16일 박정희가 쿠데타를 일으킬 당시에 육군참모총장이었다. 쿠데타 직후에 국가재건최고회의 의장으로 옹립되었다가 이내 제거되었다.

45) 장경순은 장도영과 같은 대학(동양대)을 다녔기에 5·16 당시 박정희 편에 가담하여 장도영의 설득에 앞장서기도 한다.

46) 정범준,『작가의 탄생』, p.132.

장도영의 울분

이병주의 『그해 5월』에 이런 내용이 있다.

소주로 온 장도영이 소속된 곳이 일본군 제60사단의 치중대였고 그 치중대에 이 주필이 있었다. 그래서 장도영과 이 주필은 서로 알게 된 것인데, 혁명재판의 그 시점에 같이 감옥살이를 하는 처지가 된 것이다. 형무소에선 매일 10분가량의 운동 시간을 허용하고 있었는데 어느 날 이 주필과 장도영이 같은 시간에 운동을 하게 되었다. 이 주필이 먼저 말을 걸었다.

"장군 아닌가."

"아 이 군, 자네 여기에 어쩐 일인가."

"나보다 자네가 어찌 된 일인가."

"창피하네. 말하고 싶지 않네."

"대강의 얘기는 들어서 알고 있다만, 자네 이런 처지가 될 줄 몰랐나?"

"상식 밖의 일인데 추측이나 했겠나."

"나세르가 나기브를 추방한 사건을 몰랐나?"

"정말 나는 바보였어. 빨갱이가 나쁘다는 것을 새삼스럽게 알았고 빨갱이 수법이 어떻다는 것도 처음 안 것 같네. 여우야, 여우, 빨갱이는. 하루아침에 둔갑을 하는 거야, 여우는. 사람으로 알고 여우를 도왔다가 여우에게."[47]

이병주는 장도영의 입장이 되어 박정희를 이렇게 평가했다.

"'그 사람'은 항상 불안한 사람이었다. 그 불미한 경력의 어두운

---

47) 이병주, 『그해 5월』 2권, pp.69-70.

그림자가 그를 초조하게 했다. 언제 어떤 틈바구니를 타고 자기를 파멸시킬 회오리가 닥칠지 몰랐기 때문이다. 그러니까 '그 사람'의 모든 행동을 궁서(窮鼠)가 고양이에게 덤빈 꼴에 비유할 수 있을지 몰랐다. '그 사람'이 청렴하게 지냈다는 것도 따지고 보면 언제나 감시를 받고 있는 처지에서 부득이 그런 전설을 만들어내야 할 필요에 의한 것이 아니었을까.

장도영의 상념은 자꾸만 용렬한 방향으로 굳어져 갔다. '그 사람'에 의해 덜미를 잡힌 나라와 민족의 운명을 생각하게도 되었다."[48]

그러면서 작가는 소급하여 소주 시절의 장도영의 불안한 심리상태를 되짚어보았다.

"그는 철학도가 되길 희망하여 대학 철학과에 다니던 시절을 회상했다. 그런데 일제의 학병으로 나가기 위해 중단된 철학도로서의 짧은 기간에 익힌 지식으로 지금의 불안을 진정하기란 어림도 없는 노릇이다. 그가 학병으로 중국의 서주로 끌려갔을 때, 같이 간 친구들이 대부분 탈출해서 중경 또는 연안으로 달아났다. 김준엽, 장준하, 최덕휴 등의 이름이 기억 속에 되살아났다.

장도영도 탈출을 생각하지 않았던 바는 아니다. 우물쭈물하고 있는 동안에 소주에 있는 부대로 전속되어버렸다. 장도영은 소주서 초년병 생활을 끝내고 남경 예비사관학교에 입학했다. 예비사관학교를 졸업하고 견습사관이 되었을 때 해방이 되었다. 날짜를 소급시켜 일본군 소위로 발령이 났다."[49]

---

48) 위의 책, p.133.
49) 위의 책, pp.128-129. 해방이 되고 난 후 "날짜를 소급시켜 일본군 소위로 발령이 났다"는 부분은 주목할 필요가 있다. 장교 되기에 수동적이었던 후보들에게 일괄적으로 장교 발령을 낸 사실이다. 1945년 7월 26일, 일본의 항복을 전제로 전후처

목숨을 구해준 중국 소년

이승만 시대를 그린 이병주의 실록소설 『산하』의 도입부다.

"수백만 병사들은 '살아남았다'는 느낌으로 한숨을 쉬었다. 포성은 멎고 하늘은 본래의 빛깔을 찾았는데, 그 하늘 아래 중국의 상숙(常熟)에서 한국의 청년 이병주는 '전쟁에서는 이긴 나라도 진 나라도 없다. 이긴 사람이 있고 진 사람이 있을 뿐이다. 전쟁에서 살아남은 사람은 이긴 사람이며, 죽어 없어진 사람은 비록 그가 미국인이건 영국인이건 중국인이건 소련인이건 패배한 사람'이라는 사상을 익히고 있었다."[50]

상숙은 소주 64킬로미터 북쪽에 위치한 현청(縣廳) 소재지 중소도시다. 이병주는 『학병사기』 제3권에 「전지에서 만난 중국 소년」이라는 제목의 글을 실었다. 그리고 같은 내용을 되풀이해서 에세이로도 썼다. 1945년 7월 30일 상숙에서 자신의 부대가 크리크 보수작업을 하던 중 배수로에 빠져 허우적대는 위기를 보고 사동수라는 이름의 중국인 소년이 뛰어들어 구해준 사실을 감동적으로 회고했다.

"나는 지휘반 요원으로 작업에 나가지 않았고 야간의 당번병과 연락병과 함께 한가로이 막사를 지키고 있으면 되는 운수 좋은 '포지션'에 있었다."[51]

리의 원칙을 결정한 포츠담선언 후라는 사실에 주목하여 '포츠담 소위'라는 별칭도 나돌았다. 만약 이병주가 소위에 임관되었다면 이 경우에 해당됐을 가능성이 높다.

50) 이병주, 『산하』 1권, 한길사, 2006, pp.12-13.
51) 이병주, 「전지에서 만난 중국 소년」, 『학병사기』 3권, pp.697-705.

이 내용은 사실로 보인다. 함께 생활한 학병 동료들의 회고담이 같이 실린 것을 감안하면 터무니없는 내용을 쓸 수가 없었을 것이다. 이 구절은 은연중에 자신이 장교임을 암시하는 구절로 읽힐 수도 있다. 이 이야기는 단편소설 「겨울밤」(1974)에 삽입된 에피소드인데 이전에 쓴 에세이에 더욱 실감나게 묘사되어 있다.

이병주는 자신의 목숨을 구해준 보답으로 소년이 갖고 싶어 하는 권총 한 자루를 준다. 군 부대 주변을 수색하던 헌병에게 발견되어 출처가 문제된다. 소년은 고문을 받으면서도 끝내 이병주를 지목하지 않았고 이병주도 자신이 주었다는 말을 하지 못했다.

"헌병의 매질은 가혹했다. 얼굴은 이미 변형되어 버렸고 온몸은 피투성이가 되었다. 그래도 사동수는 입을 열지 않았다. 내가 준 거라고 나설 눈치를 채면 그 아픈 매질 밑에서 사동수는 말해선 안 된다고 눈짓을 하고 입을 다물어 보이고 고개를 흔들어 보이곤 하는 것이었다. 고문은 무려 3시간 동안 계속되었다. 그 시간을 견디는 나의 철면피한 심정, 감히 그의 신들메도 감당하지 못할 위인이란 자조와 자멸이 변명일 수 있을까. 나는 그 3시간 동안 30년을 늙은 것 같아 허탈했다. 헌병들은 시체처럼 되어버린 소년을 얌마선에다 싣고 떠나버렸다. 얌마선의 통통통하는 발동 소리가 멀어져 갔다. 어느덧 저녁 노을도 가시고 어둠이 짙어갔다. 그 어둠 속에서 나는 소리를 죽여가며 간장을 휘어잡고 통곡했다."[52]

헌병은 실신한 소년을 배에 태워 본부로 떠났고 이병주는 죄책감에 시달린다.

1979년, 이병주는 학병 시절에 일어난 또 다른 내밀한 고백을 한

52) 이병주, 「전지에서 만난 중국 소년」, 『신동아』, 1966년 2월호, p.290.

다. 자신의 비겁함 때문에 일본인 병사가 죽었다는 이야기다.

모두가 야간 훈련을 나가자 우연히 홀로 내무반에 남게 된 그는 밥을 지어먹기 위해 휘발유를 한 병 사용했다. 이 때문에 당번병이 하사관의 문책을 받게 된다.

"영문을 모르는 요코이는 언제부터인가 그 병이 없어져 있더란 답밖에 할 수 없었다. 그 답을 하사관이 용인할 까닭이 만무했다. 요코이는 개백정에게 걸린 미친개처럼 두들겨 맞았다. 나는 그의 비명을 들으면서도 나설 수가 없었다.

일이 이쯤으로 끝났으면 30여 년 전의 사건이 이처럼 고통스럽진 않았을 것이다. 그 사건이 동기가 되어 하사관은 사사건건 요코이의 행동에 트집을 잡아 학대했다. 그 학대에 견디다 못해 육군 이등병 요코이는 며칠인가 후에 야외연습을 나갔을 때 크리크에 투신자살하고 말았다. 부대에선 그의 죽음을 사고사로 처리하고 말았지만 그건 분명히 자살이었고, 그 원인은 바로 나였던 것이다. 그때의 순간적인 비겁이 지금도 나를 괴롭히고 있다."[53]

이병주와는 달리 적극적으로 장교의 길을 지원한 황용주는 해방 소식을 들었을 때의 심경을 이렇게 썼다.

"1945년 이날 중국 소주, 상숙(常熟) 교외 양자강 연안에서 일본군 견습사관으로 사병 80여 명을 거느리고 진지 구축공사를 하고 있었는데 당시의 소상한 기억은 모호하지만 무석(無錫)의 부대 동부에까지 크리크에 배를 타고 도달했을 때, 이미 어두운 밤인데 시내에 불이 훤히 켜져 있었고, 폭죽소리가 나고 부대 정문 앞에서 서류를

---

53) 이병주, 「나의 비열함이 사람을 죽였다」, 『샘터』, 1979년 8월호, p.37.

불태우고 있었다. 배가 안벽에 닿자 일본군 하나가 '종전이다, 종전이다' 하면서 내가 조선인인 줄 알고 있었는지 '조선은 독립했다'라고 한다. 이 순간의 감격은 당시 4천만 동포가 다 같이 느꼈던, 바로 그것이다."[54]

창수(상숙常熟)는 원대(元代)의 걸출한 화가 황공망(黃公望, 1269-1354)의 고향이다. 푸춘(富春)강을 낀 산수가 절경인 곳이다. 황공망이 그린 「푸춘산거도」(富春山居圖)는 푸춘산을 배경으로 그린 수묵 산수화다. 길이 7미터에 달하는 이 그림은 장엄한 스케일에 뛰어난 산수 묘사로 중국 10대 명화의 하나로 꼽혀왔다. 화가가 82세(1350)에 그린 대형 산수화다.[55] 이 명화는 청나라 때 화재를 당해 두 폭으로 쪼개진 상태에서 300여 년 전해진다. 중국이 둘로 쪼개지면서 분단의 상징이 되었다. 앞 그림인 길이 5.2미터인 '잉산도'(剩山圖)는 저장성 박물관에 남아 있었으나, 뒷부분인 6.4미터의 '무용사권'(無用師卷)은 장개석 망명정부를 따라 타이베이 고궁박물원에 피신했다. 2011년 6월 1일부터 9월 5일에 걸쳐 고궁박물원에서 '양산수 합벽(合璧): 황공망과 푸춘산거도 특별전'이 열렸다. 양안의 분단 62년 만의 이산 명화가족의 상봉이다.

20세기 현대 중국화의 비조 가운에 한 사람인 예첸위(葉淺了, 1907-95)도 이 지역 출신이다. 문화혁명으로 투옥되어 10년을 농장과 감옥을 전전하며 고향산천을 떠올린다. 1975년 출옥하여 고향 퉁루현(桐盧縣) 푸춘강을 찾는다. 그는 황공망의 그림과 함께 청대 시인 왕청삼(王淸參)의 시구절을 떠올린다.

---

54) 황용주, 1994. 8. 15 일기.
55)「양안 분단의 상징 부춘산거도 대만서 상봉전시」,『경향신문』, 2011. 5. 12.

"이제 황공망이 세상에 없으니 과연 누가 푸춘강을 그릴 수 있을까."

예첸위는 4년에 걸쳐 황공망 이후 역대 시인 묵객들이 남긴 1,000여 편의 시와 산문을 함께 담아 푸춘강변 33킬로미터 풍경을 세로 1미터 가로 33미터의 화폭에 담는다. 「신푸춘산신거도」(新富春山新居圖)다. 화가의 나이 87세였다. 이듬해 죽기 전에 그는 자신이 소장하고 있던 대가들의 그림 100여 점과 함께 이 그림을 고향에 기증한다.

"예술은 사회와 인민의 것이다. 나를 키워준 고향에 보답할 것이라곤 이것밖에 없다."[56]

이병주의 혼백이 다시 상숙을 찾는다면 황공망과 예첸위의 그림 앞에 서서 유장한 중국의 역사 속에 묻힌 작은 삽화를 반추할 것이다. 우주의 중심, 천자의 땅을 점령한 섬나라 일본의 군대, 그리고 그 방자한 침략군의 노예로 끌려왔던 동방 소중화국 용병 노예의 시리고도 쓴 추억을.

---

56) 김명호, 『중국인 이야기』 1권, 한길사, 2012, pp.323-344.

8. 1945년 상해: 혼란 속의 희망

주인 없는 국제도시, 상해

"이곳은 상해란다. 동양의 런던.
각개 인종 모여들어 제 힘 자랑해
금력으로 완력으로
그 다음 무력 물밀듯하도다
앵글로색슨은 앵글로색슨끼리
라틴과 슬라브 또한 저마다
제각기 제 종(奴)을 잡아 부린다.
이 노름판 주인은 분명 그대"[1]

1920년대 상해를 바라보는 조선인의 시선은 크게 세 가지로 나눌 수 있다. 첫째, 중국의 기형적인 국제도시. 둘째, 퇴폐와 향락의 도시, 셋째, 신흥 중국의 모태 도시. 이런 시선들이 서로 엇갈리는 것처럼 보이지만 근대성의 관점에서 보면 동일한 맥락으로 엮인다.

"나라와 고향을 잃은 한국인들이 찾아낸 첫 장소가 상해였다. 몇 해 전부터 미국·중국 혹은 러시아에서 망명생활을 하던 주요 인사들이 몰려왔다. 강철주먹을 지녔다는 그 유명한 이동휘도 있었고, 진

---

1) 이승원, 『세계로 떠난 조선의 지식인들』, 휴머니스트, 2009, p.105.

보정당의 첫 지도자였던 안창호, 위대한 한국의 연설가 옥계빈도 있었다. 한국인 지역은 점점 커져갔다. 사람들은 날마다 새로운 사람들과 옛 친구와 동지를 만나 밤낮으로 일했다."

"1913년 11월 초순 이광수는 생애 처음 압록강을 넘는다. 상해 불란서 조계 백이부로(白爾部路) 22번지, 문패도 없는 뒷골목 이층집, 홍명희를 찾아들어 더부살이를 한다. 아래층에는 호암 문일평이 혼자 살고, 위층에는 홍명희가 조소앙과 함께 기거하고 있었다. 홍명희는 밤이고 낮이고 오직 오스카 와일드의 『도리언 그레이의 초상』만 읽어댔다. 조소앙은 침대 위에 앉아서 코란을 읽거나 그렇지 아니하면 눈을 반쯤 감고 몸을 좌우로 흔들어댔다. 그는 장차 인류를 구제할 이른바 육성교(六聖敎)를 창시하겠노라 포부가 당당했다. 아래층의 문일평은? 그는 우리에 갇힌 호랑이처럼 마루를 삐걱거리며 입으로는 무엇을 중얼거리며 오락가락했다. 이층패들은 그런 문일평을 미친 사람으로 치부했는데, 이광수가 보기에 이층패라고 정신이 멀쩡해 보이지는 않았다. 좋게 말해서, 모두 나라 잃은 허전한 마음을 어디 둘지 몰라서 허둥지둥 헤매고 있었다."[2]

후일 위당 정인보(1893-1950)가 문일평(1888-1939)을 추모하는 시조를 썼다.

"나보다 다섯 해 위, 점잖기는 일찍부터
상해에서 처음 보긴 대신(大新)여관 위일러니
진영사(陳英士) 마주하던 날 같이 거나했겠다."[3]

---

2) 위의 책, p.38.
3) "상해 대신여관에서 처음 호암을 만났었다. 영사(英士)는 중국혁명가 천치메이(陳其美)의 자(字), 상해에서 한국인끼리 동제사(同濟社)라는 단체를 만들고 천치를

"날 보매 겁 있는 듯 불덩이 품으셔라
인경전 모퉁이서 '글' 어이 읽었던고
별 고생 다 하셨건만, 끝내 뻣뻣하시니
막다른 깊은 골목 날 보려고 아침저녁
비오는 어느 밤에 흠뻑 젖었겠다,
고깃 근, 청어 마리를 손소 들고 오시니."[4]
—문호암 애사(文湖岩 哀詞)

이광수가 첫 번째 상해 나들이를 한 지 6년 후인 1919년 도쿄에서
2·8 독립선언서를 쓰고 다시 상해를 향한다. 이광수는 임시정부 기
관지인 『독립신문』의 사장직을 맡아 필봉을 휘두른다. 그러나 불과
2년을 버티지 못하고 안창호 등 주위의 만류를 뿌리치고 애인 허영
숙이 기다리는 조선으로 돌아왔다. 10년 징역도 짧겠거니 예상했는
데 단 하루 만에 풀려났다. 그가 총독부의 개가 되었다는 분노가 도
처에서 터져나왔다. 상해에서 『백조』 동인들에게 보낸 현정건의 비
밀 편지 구절이다.

"조선의 꽃봉오리 같은 젊은 청년들이 발표하는 깨끗한 『백조』지
에 귀순장을 쓰고 항복해 들어간 이광수가 동인이 되었다니 놀랍기
그지없는 일이다. 빨리 동인에서 제거하라."[5]

1919년 11월 27일, 이미륵(의경)은 대한적십자사 대원으로 발탁
되어 임시정부 일을 돕기 시작했다. 의학도였던 그는 간호원을 양성

고문으로 추천하여 환영하는 연회가 있었는데 둘 다 취했었다."
4) 양주동, 『문주반생기』, 1959, 범우사, pp.117-118.
5) 이승원, 앞의 책, pp.185-186; 김윤식, 『이광수와 그의 시대』 2, 한길사, 1986,
   pp.633-670.

하는 일을 도왔다. 그리고 몇 달 후에 중국 여권을 만들어 독일 유학 길에 올랐다. 상해는 늘 떠나려는 사람들과 몰려드는 사람들로 뒤엉켜 북적댔다. 사연 많은 사람들은 스스로 침묵하는 지혜를 터득했고, 그 누구와도 담담하게 이별하는 일에도 익숙했다.

"상해! 대부분의 유럽인들이 살고 있는 중국의 도시다. 상해는 중국 땅에 유럽을 이식시켜 놓은 '모던'한 도시였다. 신해혁명(1911. 10. 10) 이후 신중국의 중심지가 된 상해에는 사회주의, 무정부주의 등등 온갖 서양사조들이 범람하고 있었다. 치외법권 지역 조계에는 여러 나라의 정치 망명자들이 대거 몰려들었다."[6]

후세의 한 문학도는 1세기 전 근대 초입에 섰던 선배 문인들의 운명을 이렇게 동정했다.

"태어나 보니 식민지였다. 그럴진대, 말도 없이 문법도 없이, 스승도 없이, 교과서도 없이, 총도 없이 칼도 없이, 어찌 그 곤경을 돌파해 나가리오. 그들은 허겁지겁 근대를 감당해 나갔다. 저마다 제 편한대로 쓰는 언문일치였느니, 저마다 자기 식대로 근대였던 셈이다. 나쓰메 소세키가 아니어도, 루쉰이 아니어도, 다니자키 준 이치로가 아니어도. 라오서가 아니어도, 어쨌든 거기 동아시아의 '변방'에도 근대를 감당할 작가들이 속속 출현하고 있었던 것이다."[7]

에트랑제 유맹(流氓)
상해에서는 누구나 일시 주인이 될 수도 있고 영원한 이방인으

---

6) 정규화·박균, 『이미륵 평전』, 범우사, 2010, pp.29–32.
7) 김남일, 『염치와 수치: 한국 근대 문학의 풍경』, 낮은산, 2019, p.12.

로 머무를 수도 있다. 유태림은 동경에서나 상해에서나 이방인, '에트랑제'였다. 상해를 떠난 이미륵(1899-1952)이 몸을 의탁한 뮌헨도 그를 이방인으로 대했다. 나라 잃은 '유맹'(流氓)의 에트랑제 우수는 청소년의 폐부와 뇌리 속에 뿌리내렸다. 잃었던 산하를 되찾은 10년이 지나도 엷어지지 않았다. 1955년 10월, 서울법대 3학년생 전혜린은 독일 땅 뮌헨에 내린다. 짙은 안개와 시들한 달빛에 젖어 있는 슈바빙, 그 우수의 거리를 한 세대 앞서 헤매돌았던 망명청년 이미륵의 유령을 더듬는다. 1959년 마침내 이미륵의 『압록강은 흐른다』(1946)를 어머니말로 옮겨준다.[8] 마치 그것으로 자신의 에트랑제의 삶을 완결했다는 듯 돌아온 고국 땅에서 그녀는 홀홀히 떠났다. '신비의 검은 스카프'의 여인 전혜린은 남은 사람들의 뇌리에 '실존적 고뇌'와 '회색 우수와 레몬 빛 동경'을 함께 심어주었다.[9] 이 세상 어디서도 그는 에트랑제였다.

　　1937년 그리스의 문인, 니코스 카잔차키스는 상해를 찾는다. 유럽 문명의 골간임을 자부하는 그리스인은 이 국제도시를 가차 없이 저주받은 도시, 소돔과 고모라로 규정했다.

　　"상하이의 공기는 명상과 사색과 순수함, 영적인 것과는 거리가 멀다. 이곳에서는 그저 타락할 뿐이다. 인간의 영혼보다 비열하고 편협한 세계로 떨어지면서 자신을 상실할 뿐이다. 저주받은 도시, 상하이의 유럽인 거주구역을 지나면 마치 정글 속을 지나는 것처럼 소름이 끼친다. 백인들의 얼굴은 긴장되어 있고, 침울하며 탐욕스러워 보인다. 그들의 눈은 하이에나처럼 살육과 약탈의 욕망으로 가득 차 있다. 그들은 늑대다. 밤이 되면 돼지가 된다. 굶주리고 발정한 짐승들,

---

8) 이미륵, 전혜린 옮김, 『압록강은 흐른다』, 여원사, 1965.
9) 정공채, 『전혜린: 불꽃처럼 살다간 여인』, 꿈과희망, 2002.

그들은 서두른다. 왜 그런지 아는가? 그런 자신들의 종말을 감지하기 때문이다.

그들 주위에, 그들 사이의 공간에 중국인들의 증오라는 거대한 벽이 높게 버티고 서 있다. 그리고 그 벽은 더 좁아지며, 그물처럼 그들에게 가까워진다. 셀 수 없이 많은, 꼬리가 치켜 올라간, 작고 이글거리는 눈이 백인들을 응시하며 기다린다. 조만간 위대한 순간이 도래할 것이다. 하지만 그런 백인종들과 그런 황인종들을 똑같이 혐오하는 편견 없고 공정한 재판관이, 역시 굶주린 독수리처럼 참기가 어려울 테지만, 위대한 순간에 찾아와 이 지상에서 우리의 부패한 형제들과 우리 자신을 청소하기까지 기다리는 수밖에 없다."[10]

상하이 블루스: 리코란

"눈물에 젖은 상하이
꿈같은 사마로(四馬路) 거리의 불빛
리라 꽃잎 지는 이 밤에도
생각나는 건 그대의 얼굴
아무 말 없이 헤어졌지요
그대와 나는 가든 브릿지에
누구와 볼까 저 푸른 달."[11]

상하이를 예찬하는 수많은 노래가 탄생했다. 그중에서도 1938년에 등장한「상하이 블루스」는 엄청난 인기를 누렸다. 상하이의 사교

10) 니코스 카잔차키스, 정영문 옮김, 『카잔차키스의 천상의 두 나라』, 2002, 예담, pp.125-126.
11) 김윤식, 『일제 말기 한국인 학병세대의 체험적 글쓰기론』, 서울대학교출판부, 2007, p.89.

장 환락가에 하루에도 수천 번 반복되었고, 귀국을 기다리던 이병주 일행도 하루에도 몇 차례나 부르고 들었던 노래다. 반듯한 몸가짐의 청년으로 정평 있던 김준엽도 이 노래를 기억한다.

"가든 브리지, 사마로 등 동경 유학 시절 일인들이 노래나 소설로 많이 묘사하던 장소다."[12]

당시 중국에 사는 일본인들 사이에 살아 있는 전설로 우뚝 군림한 여인이 있었다. 리코란(李香蘭)이란 이름의 가수이자 배우다. 그녀는 중국에서 태어나서 완벽한 중국어를 구사했기에 중국인으로 알려졌으나 실은 100퍼센트 일본인이었다(본명은 야마구치 요시코山口淑子, 1920-2014). 만주국의 정보기관이 만들어낸 아바타였다. 그녀의 선풍적인 인기는 미모와 노래 실력에 힘입었다. 그러나 그보다도 일본인의 심리를 파고드는 영화에서의 배역 덕분이었다. 그녀의 역할은 일본의 공격을 중국 여성이 기쁘게 받아들인다는 환상을 유도했다.[13] 그녀는 「소주야곡」(蘇州夜曲), 「중국의 밤」(支那の夜), 「야래향」(夜來香), 「만세유방」(萬歲流芳), 「백란의 노래」(白蘭の歌) 등 여러 영화에 출연하고 음반도 취입했다. 「소주야곡」(1942)은 일본 사내가 중국 여자의 사랑을 받는 스토리가 곁가지로 걸쳐 있다. 전쟁과 사랑, 애국심과 연민, 배신과 복수가 얽힌 전형적인 전쟁 멜로드라마다. 종전 후에 그녀는 귀국하여 일본 영화에 출연했고 할리우드에도 진출한다. 장년에는 정치가로 변신하여 참의원에 선출된다.[14]

---

12) 김준엽, 『장정』 하, 나남, 1989, p.572.
13) 사토오 다다오, 유현목 옮김, 『일본 영화 이야기』, 다보문화사, 1993, p.201.
14) 山口淑子, 『李香蘭: 私の半生』, 新潮社, 1986.

이병주는 마지막 미완성 소설 『별이 차가운 밤이면』[15]에서 양반집 첩의 자식으로 태어난 조선 청년 박달세가 도쿄제국대학을 졸업한 후 일본인 정보장교 엔도가 되어 상해에서 이채란(이향란)을 만나는 것으로 설정한다. 김윤식은 청년 이병주나 엔도를 현혹시키기에 충분한 여인의 향취를 이렇게 묘사했다.

"「만세유방」의 환각이나 「소주야곡」의 음향은 몸으로 느낀 것, 몸에 새겨진 지문과도 같은 것, 언제라도 분위기만 조성되면 되살아날 수 있는 감각적 측면이 있다. 아무리 용병이라도 청춘은 있는 법이다."[16]

이채란의 입을 통해 1944년 상해의 모습이 그려진다. 작가 스스로가 현장에서 생생하게 체험한 바이기도 하다.

"모든 도시가 다 그렇지만 특히 상해는 몇 꺼풀을 벗겨도 알맹이가 나타나지 않는 도시랍니다. 극단한 호사와 극단한 빈곤이 공존하고 있는 곳이고 도시가 가질 수 있는 죄악의 목록을 골고루 갖추고 있는 곳이랍니다. 그런데 상해의 진면목을 알기엔 학생이 한발 늦었어요."

"한발 늦었다는 뜻이 뭡니까?"

"상해는 각종 조계(租界)가 어울려 일대 심포니를 협연하고 있는 것 같은 곳인데 대동아전쟁이 시작한 이래 영국과 미국, 그 밖에 적성국 사람들이 다 떠나버려 조계의 특색이 없어졌다는 뜻이지요."[17]

---

15) 이병주, 『별이 차가운 밤이면』, 문학의숲, 2009.
16) 김윤식, 『일제 말기 한국인 학병세대의 체험적 글쓰기론』, p.201.
17) 이병주, 『별이 차가운 밤이면』, p.351.

이채란이 적성국가라고 했을 때는 자기를 대입(代入)하고자 한 말일 것이다. 중국인의 성명을 가지고 중국인적 미모를 가진 여인으로부터 그런 말을 듣는 덴 적잖이 위화감이 들었다.[18] 그렇다면 일본국 특무기관에 고용되어 괴뢰 노릇하기 위해 상해에 온 조선인 청년 박달세와 일본인이면서 만주인 행세를 함으로써 인기절정에 이른 이향란(이채란)은 같은 신세가 아닌가?[19] 김윤식의 비유가 그럴 듯하다.

상해는 여인과 춤이 명품으로 거래되는 국제도시다.

"댄스는 원래 중국인의 오락이 아니었다. 중국에 와 있던 서양인과 '매판'(買辦, 외국인 업체에 종사하는 중국인)들의 파티에나 가야 볼 수 있는 신종 오락이었다.

1920년대 초, 한 광동인이 '검은 고양이'(黑猫, Black Cat)라는 댄스홀을 상해에 개업했다. 장소는 홍구(虹口), 광동인과 일본인 밀집 지역이었다.

전통극이나 즐기고 집안에서 마작이나 하는 게 고작이었던 중국인들이 새로운 오락거리를 즐기기 위해 댄스홀로 몰려들기 시작했다.

댄서들이 출자하여 설립한 다두후이(大都會)는 상당한 세력을 구축했다. 전화 교환수나 은행원, 기자, 교사 같은 직종을 시시하다며 걷어치우는 여성들이 늘어났다. 후일 미국에서 출간된 전직 고관(행정원장)의 회고록을 보면 1948년 당시 상하이에는 약 8,000여 명의 직업 댄서들이 있었다는 기록이 있다. 월수입도 은행장을 능가했다

---

18) 위의 책, p.351.
19) 김윤식, 위의 책, p.179; 송희복, 『불안한 세상 불온한 청춘』, 글과마음, 2019, pp.404-412.

고 한다."[20]

북양대신 위안스카이(袁世凱)의 측근으로 황제에 취임한 그를 퇴위시켜 공화제의 부활에 기여한 차이어(蔡鍔)라는 청년장군이 있었다. 1916년 11월 8일, 그는 36세의 젊은 나이로 일본 후쿠오카에서 죽었다. 이듬해 봄 후난성 창사에 빈소가 차려지고 중화민국 최초의 국장이 거행되었다. 만약 그가 좀 더 살았더라만 중국 역사가 더욱 복잡하게 되었을 것이라고들 말한다. 국장이 거행되는 동안 저녁 6시 상하이의 화류계 여성들은 일제히 차이어를 기리는 노래를 불렀다.

"강산을 사랑했지만 미인을 더 사랑한 사람"(愛江山 更愛美人).[21]

이병주는 『산하』에서 해방 후 대학에서 벌어지는 사상 갈등에 지친 학병 출신 철학교수 이동식이 상해의 마지막 밤을 함께한 여인을 회상하여 의식의 망명을 도모하는 모습을 그렸다.

"이럴 때는 애인이 있으면 좋겠다. 여자의 나체가 환상으로 동식의 눈앞에 펼쳐졌다. 동식은 상해의 어느 거리에서 조심조심 안아본 여자의 육체를 회상했다. 그 여자의 이름은 임미방이라고 했다. 연필을 혀끝으로 적셔 꽤 얌전한 글씨로 화장지 위에 자기의 이름을 적어준 그 여자는 매춘부라고 하기엔 너무나 아까운 몸과 얼굴과 마음씨를 갖고 있었다. 내일이면 귀국선을 타야 할 밤에 상해에 대한 석별

---

20) 김명호, 「댄서들의 난동」, 『중국인 이야기』 1권, 한길사, 2012, pp.459-462.
21) 위의 책, '차이어'(蔡鍔), pp.493-504.

의 정을 곁들여 감행한 모험이 그 가련한 여자를 알게 한 것인데, 단한 번밖에 본 적이 없는 그 여자의 모습이 아직도 가슴 한구석에 선명하게 남아 있는 것을 보면 자기도 어지간히 고독한 사람이라는 감정을 동식은 되씹지 않을 수가 없었다."[22]

상해는 그런 곳이었다.

1945년 8월 상해: 혼돈의 도가니

1945년 8월 11일 미국 국무성에 의해 입안되어 14일에 발효된 일본군의 항복절차를 규정한 일반명령(General Order) 제1호는 "만주를 제외한 중국 본토와 타이완, 그리고 북위 16도 이북 프랑스령 인도차이나의 모든 일본군 선임 지휘관은 장개석 장군에게 항복한다"(1항)라고 규정한다. 장개석에게 항복한 100만여 명의 일본군 중 조선인은 10만 정도로 추산된다. 임시정부 수뇌부는 국민당 정부의 협조를 얻어 이 10만 병력을 넘겨 받아 광복군으로 편성하고 보무당당하게 귀국하고 싶었다. 그런 대조직을 몰고 들어가면 미군과 소련군도 무시하지 못하고, 국내의 어떤 반대세력도 감히 도전하지 못할 위세를 부릴 수 있을 것으로 판단했다. 그러나 이 시도는 한갓 몽상에 그치고 말았다.[23]

가장 큰 이유는 연합국의 전후 한반도 처리 방침에 따라 임시정부를 승인하지 않았고, 이 연장 선상에서 광복군 또한 인정하지 않았기 때문이다. 중국 국민당 측도 자국 영토 내에서 타국이 군사활동하는 것을 달가워하지 않았다.

종전 직후 중국 측은 한인교포와 한적사병 처리 문제에 관한 법률

---

22) 이병주, 『산하』 6권, p.113.
23) 김기협, 『해방일기』 1권, 너머북스, 2011, p.313.

(韓僑韓俘處理瓣法)을 제정한다. 이 법의 핵심은 첫째, 일본의 패망 이전에 중국의 승인을 받은 광복군에 한하여 승인한다. 둘째, 한국 교포와 한적사병은 모두 집중 관리해서 본국으로 송환한다. 셋째, 한 적사병의 편입 등을 통한 광복군의 확군(擴軍) 등은 금지한다는 것이었다.

중국 측이 이러한 조치를 내리게 된 주된 이유는 일본군의 무장해제와 본국송환이라는 연합군의 전쟁포로 처리 방침과 임정과 광복군의 불승인정책에 기인했고 부분적으로는 중국 내의 한인에 대한 적대의식이 작용한 것으로 보인다.[24] 그리하여 임정은 이청천·이범석 등 광복군 요원에게 포로 획득사업을 맡겨 중국에 남겨두고 귀국했다. 임정의 권위와 가치는 오로지 26년간 지키고 쌓아온 민족주의의 깃발로서의 상징뿐이었다.[25]

『산하』에 1945년 종전 후 상해에서 광복군 주호지대(駐扈支隊)의 한적병사들의 비참한 처지를 회고하는 부분이 있다. 광복군 주호지대란 호강(扈江)대학 캠퍼스에 임시 거처를 마련했던 부대를 지칭한다. 이병주는 작품 속에 로푸심이라는 이 대학 출신의 국제 테러리스트를 등장시킨다.

"이런저런 얘기가 나오는 가운데 동식은 그가 중국 상해의 호강대학 출신이라는 것을 알게 되었다. 동식은 해방 직후 일군에서 나온 동포 사병과 함께 황포강 기슭에 있는 호강대학 교사에 수용된 적이 있었다. 그래서 동식은 로푸심이 그려 보이는 교사의 위치와 구조를

---

24) 정범준, 「1945-48 대한민국 임시정부의 중국 내 조직과 활동」, 『사학연구』 제55, 56 합집호, pp.881-882; 김기협, 『해방일기』 1권, pp.313-314에서 재인용.
25) 김기협, 위의 책, 2권, p.49.

생생하게 기억 속에 되살릴 수가 있었다."[26]

이병주는 국제도시 상해의 성격을 부각시키면서 로푸심의 탄생과 삶에 지극히 낭만적인 요소를 부가한다.

"테러리스트와 인텔리와의 동재(同在), 잔인의 비정과 따뜻한 인간애의 병존, 암흑가의 두목이면서도 대학교수의 자상한 친구가 될 수 있는 인품, 도무지 풀 수 없는 수수께끼 같은 인간 로푸심. 그렇다. 그는 로롭신이란 필명을 가진 사빈코프 같은 모순인 것이다. 사빈코프는 붕괴 단계에 있는 제정 러시아가 만들어낸 괴물이었다. 그와 마찬가지로 무너져가는 중국 대륙을 어머니의 나라로 하고, 분단되어 항쟁하는 한반도를 아버지의 나라로 하여 이 시대에 태어난 괴물이 로푸심인 것이다."[27]

로푸심은 인천상륙작전의 선발대로 투입되어 1950년 9월 15일 월미도에서 전사한다.[28]

대한민국 임시정부

상해를 떠나 여러 곳을 전전하다 중경에 둥지를 튼 대한민국 임시정부는 1940년 9월, 광복군 총사령부를 탄생시키고 총사령관에 이청천(별명 지청천, 본명 지대형), 참모장에 이범석을 임명한다.[29] 그러나 창설된 지 1년이 넘도록 이렇다 할 가시적인 활동이 없었다. 자금을 지원할 중국 측에서 기존의 조선의용군과 통합하기를 원했던

---

26) 이병주, 『산하』 2권, p.187.
27) 이병주, 『산하』 6권, p.234.
28) 위의 책, p.313.
29) 김구, 『백범 김구의 자서전 백범일지』, 1947, 나남, 2005, pp.388-406.

것이다. 1941년 11월 15일 중국 측이 요구한 원칙과 기준에 따라 광복군은 중국군에 편입되었다.[30] 이어서 1942년 5월, 조선의용군을 광복군에 편입하면서 사령관 김원봉을 광복군 부사령관으로 영입한다. 그리하여 광복군은 제1지대장에 김원봉, 제2지대장에 이범석이 임명된다.[31]

'학병탈출자' 장준하와 김준엽의 기록은 김구의 입장을 충실하게 견지하는 반면 김원봉에 대한 철저한 불신을 기조로 하고 있다.[32] 반면 '학병잔류자' 황용주와 장경순의 기록은 다르다. 김원봉의 수족이었던 황용주는 그렇다 치고[33] 특정 지지자나 별도의 노선이 없었던 장경순도 김구의 지도력에 회의를 품었다.[34]

나라가 망한 뒤 중국 땅 여기저기로 망명해 나온 애국지사들이 처음에는 상해 임정을 중심으로 뭉쳐 활동했다. 그러나 상해를 떠난 후로는 뿔뿔이 흩어져 각자 독립운동 단체를 꾸려서 여기저기에서 개별 활동을 하는 형편이었다.

"김구의 한독당은 중국 국민당의 도움을 받고 있고 김원봉 일파는 중국 남의사(藍衣社)라는 특무기관의 원조를 받고 있는 처지였다. 중국 정부는 통합을 종용했고 그 결과 1943년 9월에 성립된 것이 임시정부였다."[35]

---

30) 김준엽, 『장정』 상, 나남, 1989, p.287.
31) 위의 책, p.295.
32) 장준하, 10주기 추모문집간행위원회 편, 『돌베개』, 사상사, 1985, 1985, pp.207-209.
33) 안경환, 『황용주: 그와 박정희의 시대』, 까치, 2013, pp.215-230.
34) 장경순, 『나는 아직도 멈출 수 없다』, 오늘, 2007, p.29 "잠편지대는 상해 호강대학에 주둔하고 있었는데, 한번은 김구 선생이 찾아오셨다. 나는 사열대장으로서 최대한의 존경과 극진한 예우로 모셨다. 그런데 솔직히 말해서 독립투사이자 혁명가이신 선생님으로부터 특별한 카리스마를 느끼지 못했다."
35) 장준하, 10주기 추모문집간행위원회 편, 위의 책, p.206.

장준하는 상해에서 김원봉의 지원 아래 황용주가 주도한 주호지대의 학도병 상황에 대해 날선 비판을 쏟아냈다.

"광복군도 제1, 2, 3지대로 나뉘어 대립을 보이고 있었다. 이들 세 지대가 서로 패권 다툼을 하여 광복군의 정신을 스스로 배반하고 있었다. 더욱이나 상하이, 난징을 무대로 활동하던 제1지대의 소위 학도병 출신 간부들의 방자 무도한 횡행은 말이 아니었다. 이들은 한국인 사병을 인수받아 상하이 호강대학(滬江大學)과 항저우(杭州)의 대사찰에 수용했는데 그 수가 엄청나게 많아 호강대학에만 5,000명, 항저우에는 2,000명이 되었다. 그런데 이런 상황을 재빨리 이용하는 자가 있었다. 그것은 일군 출신 부대로 하여금 임정이나 광복군에 대한 불신을 부채질하면서 그 어부지리를 노리는 김원봉의 계산이었다. 일군 출신 부대의 책임자 격으로 있던 황모는 일군 육군 소위 출신인데 이 자가 묘하게도 김원봉과 친척 관계가 되어 김원봉이 황에게 직접 이소민이라는 자를 파견, 광복군 제1지대로 끌어들일 공작을 펴, 손을 잡았던 것이다. 우리로서는 차마 그대로 보고 있을 수 없었다. 우리들은 목숨을 걸고 활동을 시작하지 않을 수 없었다."[36]

김준엽의 기록은 보다 중립적인 논조다. 김준엽은 "당시 한국인 사병은 6,000명이 호강대학(滬江大學)에 주둔했는데 그 대표로는 장경순·민충식·황용주 세 사람"이라고 밝혔다.[37]

"우리와 같이 학병 출신이었으나 파견된 광복군에 실망하고 단독

36) 위의 책, pp.266-267.
37) 김준엽, 『장정』하(나의 광복군 시절) 증보판, 나남, 1987, 1989, p.570.

행위를 취하고 있었다. 장 동지(장준하)와 나는 장경순·민충식 씨 등을 만나 모든 것을 성의껏 논의했더니 일이 쉽게 풀렸다. 다음으로 항저우에 있는 한적사병들도 무사히 사령하고 모두 광복군으로 수편했다. 어느 날, 북사천로(北四川路)에 있는 한국식당에서 두부찌개와 게장을 안주로 막걸리에 만취되어 함께 어깨동무를 하고 상해 거리를 활보하던 기억이 새롭다."[38]

김준엽이 '대표자 3인'의 한 사람으로 지목한 장경순(1922-)의 회고다.

"당시 우리는 정규 광복군과 처지가 달랐으며 부랑자 집단이나 다름없었다. 귀국 선편을 얻을 때까지 하루하루 끼니를 해결하는 것이 가장 큰 당면과제였고, 지대장 박시창 장군이 중국군 출신이어서 그 인연으로 중국군의 지원을 받아 겨우 입에 풀칠을 하는 형편이라 항상 배를 곯아야 했다. 그것이 잠편지대의 보태고 뺄 것도 없는 실상이었음이 내 솔직한 고백이다. 그런데도 훗날 당시의 기념사진 한두 장을 근거삼아 단체로 독립유공자 신청을 하자고 한 사람들이 있었다. 그래서 내가 '일본인들한테 힘없이 끌려가 일본군 행세한 주제에 독립운동이라니, 무슨 망발이야. 잠편지대도 밥 얻어먹으려고 조직화한 것이지 무슨 내세울 건더기가 있느냐'고 나무랐다. 그럼에도 불구하고 개별적으로 신청해 버젓이 독립유공자 행세를 하면서 연금까지 타먹고 있는 양심 불량자들을 본다. 그중의 누군가가 당시 일을 떠벌리며 자랑하기에 나도 모르게 울컥하여 질타한 적이 있다."[39]

38) 위의 책, p.571.
39) 장경순, 『나는 아직도 멈출 수 없다』, 오늘, 2007, p.30.

그는 이청천 광복군 총사령관의 지극히 비현실적인 정세 판단에 실망을 금치 못했다.

　"어느 날 광복군 총사령관 이청천 장군과 김학규 장군이 나를 비롯해 엄익순, 민충식, 황용주 등 잠편지대 간부들을 프랑스 조계안에 있는 중국 요정에 초대했다. 우리는 눈이 휘둥그레질 정도로 놀랐다. 상다리가 휘어질 정도로 산해진미가 그득했다. 항상 배를 쫄쫄 곯다시피 한 우리로서는 그만 목이 콱 멜 지경이었다. 식전에 이청천 장군이 일장연설을 했다. 지금 해방이 되어 국내 사정은 여러 정파로 쪼개져서 매우 혼란스럽다, 그렇기 때문에 우리 광복군이 완전무장하고 들어가서 질서를 잡아야 한다, 장개석 총통도 적극 지원해주기로 합의가 되었다, 그러니 잠편지대를 이끌고 있는 여러 동지들은 자체적으로 훈련을 열심히 하여 본관의 명령에 잘 따르도록 하라, 이런 요지의 말이었다.
　모두 꿀먹은 벙어리처럼 앉아 있을 때 내가 벌떡 일어났다.
　'각하 죄송하지만 그렇게 못 합니다. 그 말씀에 저희는 따를 수 없습니다.'
　방 안에는 갑자기 찬바람이 불고 아연실색한 이 장군은 나를 쏘아보며 질타했다.
　'너, 총사령관 앞에서 감히… 그래 거부하는 이유가 뭐야?'
　'여기서 들리는 정보를 종합해보면, 각하 말씀대로 지금 국내에서는 여운형 선생의 건준(건국준비위원회)이 있고, 이곳 임시정부를 지지하는 정파가 있으며, 무슨 단체 무슨 세력 하는 식으로 매우 혼란스러운 것 같습니다. 그런데 죄송하지만, 여기서도 김구 선생님을 비롯해 김규식·조소항·최동호·김원봉 선생 등 여러 지도자들의 말씀이 전부 다릅니다. 이처럼 국내외가 혼란스러운 마당에 우리가 무장을 하고 귀국한다면, 그래서 판단을 잘못하여 엉뚱한 방향으로 움직이기라도 한다면 사태수습은 고사하고 더욱 혼란을 가중시키는 결과가 되지 않겠습니까? 그래서 저는 광복군이 비무장으로 귀국하는 것이 좋다고 생각하고, 최소한 우리 잠편지대만이라도 그렇게 하려고 합니다.'

이 말을 들은 이청천은 노발대발한다. '이놈, 이 친일파 놈의 새끼!' 하며 펄펄 뛰었고, 나는 나대로 기분이 구겨져 동행들을 닦아세웠다.

'야, 우리는 이 어려운 시기에 잠편지대를 이끌어가는 명색이 간부들이 아니냐. 그런데 우리 동지들은 주먹밥도 하나 제대로 못 먹어 배를 곯고 있는데, 이 기름진 음식이 목구멍에 넘어가겠어? 일어나, 가자!'

내가 홍분을 삭이지 못하고 방을 나서자 동지들도 마지못해 어슬렁어슬렁 따라 나왔다.

제1대대장 황용주가 내 옆구리를 툭 치며 속삭였다.

'이 자식이 미쳤구나. 너 목숨이 몇 개나 된다고 큰소리냐, 큰소리가. 저 영감님 화를 참지 못해 네 뒤통수에다 꽝 해버리면 그걸로 끝이야. 여기선 아무도 널 못 도와.'

그 말을 듣고서야 아차 싶었다. 뒷골이 서늘했다. 성미가 괄괄한 분으로 알려진 이청천 장군이 그처럼 자기 자존심을 짓밟아 놓고 자리를 박차며 나가는 딱장대 같은 젊은 놈을 어찌 참고 그냥 살려 보냈는지, 지금 생각해도 의아스러울 뿐이다."[40]

이병주의 실록소설 『상해임시정부』

최인훈의 작품 「회색인」(1964)의 첫 장면이다. 동인지 『갇힌 세대』에 실린 학의 글을 준이 대신 읽어준다.

---

40) 위의 책, p.32.

"만일 상해 임시정부가 해방 후 초대내각이 되었더라면 사태는 훨씬 좋아졌을 것이다. 그들은 선거 없이 그대로 정권을 인수한다. 국가는 신화로 시작되는 것이기 때문에 그들은 우선 친일파를 철저히 단죄했을 것이다. 행정은 서툴지만 고지식해서 거짓말이 없으며 주석이 지방순시 때 허물이 있는 면장을 대통으로 때렸다는 보도가 신문에 나면 국민들은 가가대소했을 것이다. 광복군 장교들이 국방군의 창설자가 되어 황포군관학교의 약간 고색창연하나 틀림없이 애국적인 전통을 수립하여 광복군 전사(戰史)가 사관생도의 필수과목이 되었을 것이다. 일본에 대해서는 36년 후 국교를 재개토록 방침을 세우고 모든 행사 시 동쪽을 향해서 이빨을 세 번 가는 절차를 국민의례에 규정한다. 그럴 즈음 외국에 유학 갔던 친구들이 하나둘씩 돌아와서 영감들 시대는 이 정도로 하는 의견을 슬금슬금 비치면서 근대화니 국민경제니 실존주의니 하는 영감들이 자신 없는 시비를 걸어온다."[41]

1919년 4월 10일, 상해 프랑스 조계 김신부로에서 임시정부의 첫 의회가 개최되었다. 이동녕이 임시위원회의 의장을 맡았다. 그날 이후 26년 5개월 동안 중경에서 일본의 항복 소식을 접할 때까지 여러 곳을 떠돌며 남의 나라에서도 유랑을 계속했다. 그래도 장하다. 관념으로나마 기댈 수 있고 죽음을 무릅쓰고, 나라를 되찾으면 이끌어나갈 정부가 있다는 사실만으로도 국민은 희망의 끈을 놓지 않을 수 있었다. 1984년 이병주는 한 월간지에 『실록 상해임시정부』라는 중편소설 분량의 글을 기고한다.[42] 특정 인물이나 계파를 부각시키지 않은 다소 밋밋한 서술이다.

---

41) 임헌영, 『한국문학, 정치를 통매하다』, 소명출판, 2020, p.107.
42) 이병주, 『실록 상해임시정부』, 『월간조선』, 1984. 8, pp.460-497.

"대한민국 임시정부! 한때 상해 임시정부라고 불리기도 하고, 한 땐 중경 임시정부라고 불리기도 한 이 역사상의 존재는 그것이 현실 적으로 존재하고 있었던 당시 벌써 훼예포폄(毀譽褒貶)의 와중에 있었다. 그 이름이 슬픈 민족사 가운데도 특히 슬픈 이름임에 틀림 이 없다. 나라를 잃은 유맹(流氓)들이 나라 밖 남의 땅에 임시정부의 간판을 붙이지 않을 수 없게 된 사연이 슬프지 않을 까닭이 없는 것 이다.

동시에 자랑스런 이름이기도 했다. 굴복할 줄 모르는 민족의 정신 이 결집하여 내건 간판이기 때문이다. 많은 사람들이 정복자와 타협 하고, 더러는 체념에 사로잡혀 있을 때 끝끝내 타협을 거부하고 민족 의 앞날과 긍지를 저버릴 수 없었던 용감하고 굳건한 의지들이 그 이 름 아래 모여들었던 것이다."[43]

한 가지 특기할 사항은 1921년 총독부 경무국 자료를 이병주가 입 수하여 언급한 것이다.

"임시정부의 동태에 관해서 일본 정부가 상세하게 파악하고 있었 다. 기막힌 것은 임시정부의 역사를 임시정부가 남긴 기록보다 일본 정보기관의 보고에 의해 더욱 소상하게 알 수 있다는 사실이다."[44]

일반 대중은 「암살」 「밀정」 같은 영화나 텔레비전의 탐사 프로그 램에 의해 2010년대에 들어서야 비로소 존재를 알게 된 문서다.

이병주는 '에필로그'에 홍구공원의 어둠 속에서 들은 김구의 연설 장면을 전해 옮긴다. 고난의 역정 끝에 찾아올 것은 영광만이 아니

---

43) 위의 책, p.460.
44) 위의 책, pp.472-475; 朝鮮警務局 편, 『上海在住不逞鮮人狀況』, 1921.

라, 더욱 험난한 앞날이 예고되는 듯하여 비감에 젖는다.

"일본 항복 후 임시정부는 '해산하자' '그냥 그대로 유지해야 한다'는 등 갑론을박이 있었으나 미국의 요청대로 개인 자격으로 귀국하기로 했다. 1945년 11월 5일 임시정부는 중경 생활 7년을 청산하고 상해로 왔다. 상해 홍구공원에선 교포들의 환영 인파가 들끓고 있었다. 그 인파 속에 필자인 나도 섞여 김구 주석을 기다리고 있었다. 11월의 해는 짧다. 해가 지고 캄캄해졌는데도 일행은 나타나지 않았다. 그래도 군중은 기다리고 있었다. 꽤 밤이 이슥할 때 마이크 소리가 울렸다. 김구 주석이 도착했다는 것이다. 물을 뿌리듯 조용해졌다. 불빛이 어둠의 한곳을 응시하고 있는데 이윽고 '나 김구요' 하는 소리가 들렸다. 이어서 '이렇게 나를 기다리느라고 많이 오셨는데 어두워서 볼 수가 없으니 유감입니다. 감사합니다. 다시 기회를 만들 작정하고 나는 이대로 물러가겠소' 하는 말이 있곤 그만이었다.

허전했다. 김구 주석 일행은 20여 일 상해에서 머물러 있다가 11월 29일 고국으로 돌아갔다. 그동안 임시정부 요인과 나 개인 사이에 있었던 사연도 많다. 느낀 바도 많다. 같은 임시정부의 테두리 속에 있었는데도 각기 주장이 다르고 표현이 달랐다. 같은 당의 사람인데도 의견이 각기 달랐다. 한마디로 말해 일인일당이었다. 임시정부는 오월동주(吳越同舟)라는 표현으로 모자란다. 극좌 무정부주의 사상으로부터 울트라 국수주의에 이르기까지 뒤죽박죽한 목록이었다. 광복군만 해도 그랬다. 제1지대의 광복군이 달랐고 제2지대의 광복군이 다르고 제3지대의 광복군이 또 달랐다. 상해에서, 유랑의 도중에서, 특히 장사에서 총격전까지 벌일 정도로 대립하고 갈등하고 서로 으르렁대는 광경을 나는 쉽게 짐작할 수 있을 것 같았다.

나는 그후 스페인 내란을 공부하는 가운데 내란 전후의 이른바 인민전선의 내부가 우리 임시정부와 흡사했을 것이란 유추를 해보기도 했다. 그러했으니 임시정부가 그 단위, 그 규모로 정치세력이 될 수 없었다는 것은 미루어 알 만한 일이고 실제로 그들이 보여준 그대로다. 그러한 집단을 이동녕과 김구는 20수년 동안 끌어왔던 것이다. 위대하다고 아니할 수 없다. 아무튼 나는 1945년 11월 5일 밤 홍구공원에서 느꼈던 그 허전함을 임시정부에 대한 허전함으로써 아직껏 가슴속에서 느끼고 있는 것이다. 임시정부는 과연 실재했던 것일까. 환상이었던 것일까! 그래도 내 마음속에 있는 임시정부는 김구 선생의 이름과 더불어 슬프고, 김구 선생의 이름과 더불어 거룩하다."[45]

호협 부자, 채기엽과 채현국

『관부연락선』에는 상해의 기업인 채기엽이 등장한다. 소주에서 상해로 대책 없이 이동한 유태림 일행이 행여나 하는 마음으로 광복군 지대장 이소민 장군을 찾아갔다 만나지 못하고 망연자실해 있을 때 구세주로 나타난 것이다.

"그런데 기적이 나타났다. 운명이란 말은 이런 때를 위해서 준비된 말인 성싶은 일이 나타났다. 태림이 멍청히 거리를 바라보고 서 있는 길 저편에서 이편으로 건너려고 하고 있는 신사가 태림의 눈에 띄었다. 태림은 저분은 틀림없이 한국 사람이거니 했다. 그리고 자기에게 말을 걸어올 사람이거니 했다. 아니나 다를까 자동차의 흐름이 멎은 틈을 타서 그 사람은 태림을 향해 뛰어왔다.

'이곳에 계시는 분입니까?'

그 사람이 태림에게 건네온 첫 말이었다. 분명히 한국말이고 한국 사람이었다.

태림은 대답 대신 이렇게 물었다.

---

45) 이병주, 위의 책, p.497.

'무슨 용무로 오셨습니까?'

'이소민 장군을 만났으면 해서 왔습니다.'

'나도 이소민 장군을 만나러 소주에서 왔습니다만 아마 이곳에 없는가 봅니다. 헌데 선생님이 이소민 장군을 만나고자 하는 용무는 무엇입니까?'

'별다른 일이 아니고요. 이 장군이 한국 출신 장병을 모아 고생을 한다기에 도와드릴 수 없을까 해서 왔을 뿐입니다.'

'그럼 꼭 이소민 장군을 만나고서야 한국 출신 병정을 도울 수 있는 것입니까?'

'아뇨, 어떻게든 돕고 싶은데 그 방도를 의논하러 왔을 뿐이오.'

'그렇다면 우릴 도와주시오. 내가 소주에서 35명가량의 한국 출신 학도병을 데리고 왔습니다. 모두들 전문학교, 대학을 다닌 사람들이라서 염치없이 굴진 않을 것입니다.'

'좋소, 그럼 갑시다. 데리고 오시오. 내 집은 여기에서 가까운 자포로라는 데 있죠. 창고 2층에 사무실이 있으니 그걸 치우고 다다미를 깔면 35명쯤은 기거할 수 있을 겁니다.'

기적의 주인공은 채씨라고 하며 대구 출신이라고 했다. 37, 8세쯤 되어 보이는 믿음직한 인물이었다. 채씨는 큰 집과 창고를 가지고 있었다. 창고 2층의 사무실은 순식간에 치워지고 언제 준비해놓았던 것인지 다다미도 깔렸다. 자포로의 거리를 내려다볼 수 있는 넓은 창이 달린 밝은 방이었다. 이 방에서 유태림 등의 상해 생활이 시작되었다."[46]

이병주는 이례적으로 소설의 본문 한가운데 '주'를 삽입하여 독지가의 신원을 밝혀 감사의 마음을 표했다. 채기엽이 중국에서 다른 이

---

46) 이병주, 『관부연락선』 1권, 한길사, 2006, pp.130-131.

름 채종기(蔡琮基)로 살았다는 사실도 함께 밝힌다.[47]

채기엽은 서울에서도 이병주의 강력한 후원자였던 것으로 전해진
다. 감옥에서 나온 이병주가 작가의 길을 걸을 각오를 다짐하고 있는
모습을 본 채기엽은 기꺼이 후원자가 될 것을 자원한다.[48] 이병주의
옥살이가 파렴치한 행위가 아닌 세상의 계도를 도모하다 생긴 시대
의 불운이라는 것을 알고 의협심이 발동한 것이다. 상해 시절에 이미
익숙해진 탓인지 이병주도 아무런 대가 없는 채기엽의 후원을 편하
게 받아들였다.[49] 오로지 좋은 작품을 써서 세상을 계도하는 것만이
후원의 숨은 조건이라면 조건이었을 것이다.

이병주는 알아갈수록 채기엽을 존경하게 되었다. 투철한 민족의
식, 의리를 중시하는 호방한 심성, 동시에 여러 여인을 거느리면서도
의연한 사나이, 밖으로 드러내지 않으면서도 한없이 깊은 자식 하나
하나에 대한 사랑을 가꾸는 태산 같은 무게의 가부장, 이 모든 것이
이병주의 사상과 취향에 융합했을 것이다.

자신은 물론 그 누구도 기록으로 남기지 않았던 신비의 인물 채기
엽의 행장은 1998년 그가 외국 땅에서 작고한 지 17년 후에야 맏아
들 채현국에 의해 일부 재생되었다. 대장정 오디세이아의 지극히 미
세한 일부일 것이다.[50]

---

47) "이분은 현재 서울에 건재하시며 탄광업, 조선업 등을 경영하고 계신다. 상해에
    서 이분에게 신세를 진 한국인은 아마 백 수십 인이 넘지 않을까 한다. 그러나 아직
    도 그들이 당시의 은혜를 갚지 않은 것 같다. 뿐만 아니라 계속 누를 끼치고 있기까
    지 하다. '은혜가 다 뭐냐? 다들 건강하게 일 잘하고 있으면 그로써 만족한다'고 말
    씀하시지만 부끄럽기 한이 없다. 희귀한 인물임을 특기해두고 싶다." 이병주, 위의
    책, p.134.
48) 1968년 6월 15일 김수영이 죽던 날 이병주가 타고 다니던 볼보자동차도 채기엽이
    사준 것이라고 한다.
49) 이병주, 『그해 5월』 4권, p.257. "폴리에틸렌 공장을 차린 자금은 홍국탄광을 경영
    하고 있던 채기엽 씨가 댄 것이다."
50) 그의 도움을 받은 여러 사람 중에 박진목만이 채기엽에 관한 기록을 남겼다. 그는
    경북 달성군 공산면 출신으로 대구 교남학교를 나와 어린 시절부터 사업에 투신했

"나의 아버지 채기엽은 1907년 경북 달성군 공산면 출신으로 1988년 미국 로스엔젤레스(LA에는 내 이복형제들이 살고 있다)에서 별세했다. 호는 효암(曉巖). 효암학원의 이름은 아버지의 호에서 따온 것이다. 아버지는 흥국탄광회사를 설립, 강원도 삼척군 정선면 일대에 탄맥을 개발해 일약 굴지의 탄광업체 경영자로 떠올랐고, 이후 무역·목축·임산·조선·해운 등 다방면으로 사업을 전개했으며, 당시 이름도 없던 해인대학을 인수하여 오늘날 경남대학교의 기틀을 마련했다. 이밖에도 양산군 웅산면 소재 6학급 중학교를 인수하여 오늘날 개운중학교와 효암고등학교의 발판을 만들었으니 내가 이룬 것은 모두 아버지에게서 온 것과 다름없다."[51]

아들 또한 특별한 삶을 살았다. 읽는 독자가 당황스러울 정도로 파격적으로 솔직한 채현국의 회고는 새삼 지나간 시대의 낭만과 그 낭만의 이면에 숨은 가족적 비극을 예증하기에 충분하다. 채현국은 채기엽의 아들임을 포괄적인 운명으로 받아들인다.

"내 생애에서 아버지는 기댈 수 있는 언덕이라기보다는 오히려 짐 같은 존재였다. 하지만 그렇다 해도 아버지를 제외하고는 내 삶을 이야기하는 것은 불가능하다. 어떤 의미로든 아버지는 내 삶에 큰 영향을 미쳤다."[52]

다. 중년기에는 중국 대륙을 무대로 거상으로 성장했다. 상해 시절 윤봉길 의사 이후 조선인에 대한 대우가 달라졌다. "채기엽 씨의 결단은 돈 가진 사람에게 하나의 교훈이 되는 것이었다." 박진목, 『내 조국 내 산하』, 원제, 『지금은 먼 옛이야기 창운사』, 1976, 계몽사, 1994, p.524.

51) 채현국(蔡鉉國) 구술하고 정운현 기록하다, 『쓴맛이 사는 맛』, 비아북, 2015, pp.157–158.
52) 위의 책, p.157.

"신분제도가 사라진 지금이야 적서 차별이 없어졌지만 내 세대에게는 아직도 아물지 못한 상처처럼 드문드문 그 모습이 남아 있다. 내 생모는 경상도 일대에서 세습 무(巫)로 유명한 집안 딸이었다. 그러나 나는 날 낳아준 양반을 어머니라 부르지 않고 아버지의 본부인, 즉 큰어머니(여산 송씨)를 어머니로 불렀다. 당시에는 첩이 아이를 낳고 한 집에 사는 경우도 많았지만 더러 아이만 낳고 키우는 것은 본부인의 몫이었다. 그러다 보니 첩의 소생들도 어릴 때는 본부인을 자신의 친어머니로 알고 자라기 일쑤였다. 그러다가 생모가 따로 있다는 걸 알고 방황하는 경우가 생기는데 나 같은 경우엔 평생 나를 키워주신 분(큰어머니)이 배신감을 느낄까봐 사실을 알게 된 후에도 계속해서 어머니라고 불렀다."[53]

"사업을 하던 아버지는 밖으로 도는 때가 많았다. 그래서인지 만나는 인연도 많았다. 솔직히 아버지의 여자가 전부 몇 명이었는지 모른다. 확실한 것은 당시만 해도 그런 일이 흔했고 경제적 여유가 있었던 아버지는 여자들에게 집을 사주거나 가게를 얻어줘 먹고살 수 있도록 해줬다. 어릴 적엔 남자가 오입을 하면 으레 그렇게 해줘야 하는 줄로 알 정도였다. 아버지의 외도 행각은 내가 결혼한 후에도 이어졌다. 다시 말해 이복동생들 가운에 내 자녀들과 비슷한 연배도 있다는 말이다. 그래서 당시 나는 내 아이들이 자기 고모한테 장가들까 걱정이 되어 잠을 못 잘 정도였다. 오늘날 막장 드라마의 단골메뉴인 얽히고설킨 인연은 사실 그때만 해도 가능성을 배제할 수 없는, 있을 법한 일이었다."[54]

---

53) 위의 책, p.188.
54) 위의 책, pp.188-189.

장남은 아버지와 인연을 맺은 모든 여인과 자녀를 앞장서서 공적 기록에 등재했다.

"그래서 사실 우리 집안의 호적부는 제법 복잡하다. 마찬가지로 아버지가 돌아가시고 난 뒤 아버지의 묘비에도 그들을 전부 새겨 넣었다. 쉬운 일은 아니었지만 어쩌겠나. 아버지가 만들어놓은 현실이 그러하니. 난 그저 사실을 사실대로 인정하고 내가 할 수 있는 일을 할 뿐이었다."[55]

1934년생인 채현국은 서울대 문리대 철학과 학생 시절부터 '거리의 철학자'로 불리면서 파격적인 기행을 일삼았다. 아버지와 시대에 대한 무언의 저항이 몸에 밴 탓이기도 했을 것이다. 채현국은 문리대 학생 연극에 출연한다. "분노하라, 이승만!" 단 한마디를 무대에서 외치기 위해서였다.[56] 관용이 인색한 강자를 증오하고, 투쟁하지 않는 비겁한 약자도 경멸한다. "기운 있는 놈이 돌멩이 드는 것, 기운 없는 놈이 돌멩이 안 드는 것이 제일 싫다."[57]

채현국의 대담 전기를 쓴 정운현의 표현대로라면 그는 저마다 제 앞가림에 바빠 주위를 돌아볼 엄두조차 못내는 각박한 세상에서 점차 사라져가는 '어른에 대한 갈증이 풀리는' 그런 사람이었다.[58]

아들은 아버지의 삶을 물려받는다. 그 또한 아버지에 못지않은 베풂의 삶을 산다. 부친의 사업을 물려받은 그는 아버지의 기업가 정신도 함께 계승한다. 세상에서 번 재산은 세상을 위해 써야 하는 것이다.

---

55) 위의 책, p.189.
56) 위의 책, p.118.
57) 위의 책, p.118.
58) 위의 책, 「읽기 전에」(서문).

1985년 5월 23일, 대학생들의 미문화원 점거사건의 배후 인물로 수배 중이었던 김지하를 강원도 도계의 흥국탄광에 숨겨준다. 김지하는 현장 소장 박윤배와 형·아우 하는 사이가 되었다.[59] 박윤배는 경기고 출신으로는 드문 주먹쟁이다. 박정희 군사독재 시대에 저항한 청년 지식인의 상징이었던 '오적 시인' 김지하의 회고다.

"역사는 항용 드러난 것보다 감추어진 채 잊히는 것이 더 크고 많은 법이다. 우리의 민주화 운동도 마찬가지여서 너무나 많은 부분이 잊히고 묻혔다. 그 묻혀버린 민중의 큰 삶 속에 채현국 선배, 이종찬 선배와 함께 (박)윤배 형님의 생애가 포함되어 있다."[60]

기자 곽병찬은 방동규·박윤배 같은 채현국이 보살폈던 이들 '민주협객'들 사이의 진한 우정을 시대의 미담으로 기록했다.[61]

1966년 채기엽은 재정난에 봉착한 경남 양산의 개운중학교를 인수한다. 친구 이종률을 교장으로 유념하고 결정한 일이다. 1905년 경북 영덕 출신의 이종률은 일제 때 항일 민족운동에 투신했고 해방 후에는 혁신 계열의 정치권에서 활동했다. 이종률은 1950년대 후반 부산대학에 재직하면서 황용주·이병주 등 후배들에게도 지대한 영향을 미쳤다. 황용주는 자신이 박정희의 5·16 쿠데타를 정당화한 명분으로 내세웠던 '민족적 민주주의'라는 단어를 사용한 원조는 이종률이었다고 고백한 적이 있다.[62]

59) 채현국·정운현, 위의 책, pp.74-75.
60) 김지하, 『모로 누운 돌부처』, 나남, 1992, p.76.
61) 「곽병찬의 향원익청: 방배추, 주먹은 통쾌했고 구라는 시원했다」, 『한겨레』, 2016. 12. 20.
62) 안경환, 『황용주, 그와 박정희의 시대』, 까치, 2013, pp.366-372.

"그 무렵 아버지는 개운중학교와 응상학원을 사들이고 오랜 지인인 이종률을 떠올려 1968년 3월에 개운중학교 교장으로 초빙했으나 당국의 불허로 취임하지 못했다. 할 수 없이 대신 그의 부인(민숙례)이 학교장을 맡았다. 하지만 학생들 졸업장에는 이종률이란 이름이 박혀 있다."[63]

채기엽이 애당초 상해에 간 사연도 돈벌이 때문이 아니었다.

"내가 네 살이던 1938년 아버지는 중국 상하이로 도망 아닌 도망을 갔다. 당시 '대구경찰서 폭파미수 사건'에 연루되었기 때문이다. 거사의 주역까지는 아니더라도 어쨌든 독립운동 진영의 말석에 몸을 담았다는 것이고 그런 이유로 상하이로 망명을 가게 되었다. 아버지가 망명지를 상하이로 택한 것은 나름대로 이유가 있었다. 시인 이상화의 형 이상정 장군이 당시 그곳에서 활동하고 있었기 때문이다. 아버지는 이상정 장군이 운영한 교남학원 1회 졸업생이어서 그와 인연이 있던 터였다. 그런데 상하이에 도착하고 보니 정작 이 장군은 충칭으로 떠난 뒤였다. 1932년 4월 윤봉길 의사의 의거 후 임시정부가 피란길에 올랐기 때문이다. 당시 상하이에는 친일파가 득실거렸기 때문에 아버지는 한때 밀정으로 오해받아 곤욕을 치르기도 했다. 그러던 중 우연히 지인의 소개로 베이징에서 사업을 시작해 큰돈을 벌게 되었다. 당시는 전쟁통이라 교통 사정이 좋지 않았고 자칫하면 팔로군에 붙잡혀 죽을 수도 있는 판국이었다. 물자 보급이 잘 되지 않던 상황이다 보니 트럭으로 물건을 싣고 가면 그대로 그 대가로 기존 금액의 열 배, 스무 배도 받았다고 한다. 그러니 떼돈을 안 벌려야 안 벌 수가 없었다. 그렇게 번 돈을 상하이에서 견직공장, 비료공장

_____

63) 채현국·정운현, 위의 책, p.177.

등 회사를 여럿 운영했다. 이러한 상황은 아버지에게서 직접 들은 것이 아니라 훗날 학도병 출신으로 소설가가 된 이병주 선생에게 전해 들은 것이다."[64]

"아버지가 중국으로 망명한 지 7년 만에 마침내 조선은 해방이 됐다. 그러나 아버지는 곧바로 돌아오지 못했다. 거기에는 두 가지 이유가 있었다. 하나는 그 많던 재산을 중국군에게 빼앗겼기 때문인데, 그래도 남겨둔 재산이 있어 그것이나마 고국으로 가져올 궁리를 하던 중이었다. 다른 하나는 현지에서 만난 여자와 그 사이에서 낳은 아이들이 걸려 발길이 쉬이 떨어지지 않았던 것 같다. 아버지는 상하이에서 살던 큰 집은 이상정 장군의 부인이자 한국인 최초의 여성 전투기 조종사였던 권기옥 여사에게 넘겨주고 이듬해인 1946년에야 귀국길에 나섰다. 내가 초등학교 3학년이던 해 여름의 일이었다."[65]

유태림의 회고와 채현국의 이야기를 함께 엮어보면 유태림 일행이 기식하던 자포로 거리의 바로 그 저택일지도 모른다. 채기엽 또한 남은 재산을 정리하여 민족을 위해 어떻게 쓸 것인가 고심하고 있던 때였다.

2021년 4월 2일 채현국의 사망 소식을 접한 문재인 대통령은 SNS에 추모의 글을 남겼다. "그는 양산 지역에서 많은 인재를 배출한 개운중학교와 효암고등학교 운영에 모든 것을 쏟아붓고, 스스로는 무소유의 청빈한 삶을 사신 분"이라고 했다. 그러면서 "학교와 멀지 않은 제 양산 집에 오시기도 하면서 여러 번 뵐 기회가 있었는데, 연배를 뛰어넘어 막걸리 한잔의 대화가 언제나 즐거웠고, 늘 가르침이 되

---

64) 위의 책, p.159.
65) 위의 책, pp.157-160.

었다"고 밝혔다.[66)]

냉소적 관찰자

이병주는『관부연락선』에서 상해의 현장을 체험한 유태림의 냉소적인 관찰자의 변을 옮겼다. 필시 작가 자신의 심경이었을 것이다.

"무계획하게 소주를 떠난 것이 후회가 되었지만 때는 이미 늦었다. 인플레가 천장을 모르고 뛰어오르는 형편에 쌀과 보리쌀을 죄다 팔아버리고 떠난 소주엘 다시 돌아간다는 것도 가망 없는 일이었다. 당장 오늘 밤부터 35명의 숙소를 걱정해야 하는 판이다. 상해에 미리 파견한 친구들에게 책임을 추궁해봐야 별수 없는 노릇일 뿐이다. 그들은 광복군이란 명칭에 취하고 이소민 장군을 환영하는 상해 역두의 분위기에 취하고 한적사병은 내게로 오라는 그의 연설에 취하고 북사천로에 당당하게 걸린 광복군의 간판에 취해 내용을 알아볼 필요조차 느끼지 않고 소주로 되돌아와선 태림의 신중론을 뒤엎어버린 것이니 이제 와서 왈가왈부해봤자 친구들 사이의 의만 상하게 되는 것이다."[67)]

"상해라는 곳은 동양과 서양의 기묘한 혼합, 옛날과 지금의 병존, 각종 인종의 대립, 그 혼혈, 호사와 오욕과의 선명한 콘트라스트, 전 세계의 문제와 모순을 집약해놓은 도시. 특히 1945년 상해라고 내가 말하는 것은 이때까지나 앞으로나 상해에선 기생충과 같은 존재밖엔 안 되는 한국 사람들이 주인이 없는 틈을 타서 한동안이나마 주인 노릇, 아니 주인인 척 상해에서 설친 때라는 그런 의미에서였지. 8·15

---

66)『부산일보』, 2021. 4. 3.
67) 이병주,『관부연락선』1권, p.129.

직후 상해에서 한국 사람들이 우쭐대던 꼴은 꼭 기억해둘 만한 가치가 있어. 승리를 했다는 중국 사람이나 패배한 일본 사람이나 그밖의 각국 사람들이 어리둥절하고 있는 판인데 한국 사람들만은 내 세상을 만났다는 듯이 설쳐댔으니 가관이었지."[68]

그러나 혼돈만큼이나 중립의 세계다. 어떤 공인된 편견이나 기득권도 없이 활짝 열려 있는 무대였다. 모든 야심가와 몽상가가 새로운 한 판을 구상하는, 미래에 대한 불안보다는 오히려 사명감을 배가시켜주는 그런 곳이었다. 이보영의 말대로 "인간의 압착기, 카니발적 세계의식이 현란한 예증일지 모른다."[69] 유태림의 말처럼 "프리메이슨을 떠올리며 어떤 정당에도 가입하지 않고 상해에서 알게 된 그 많은 친구들을 순수한 우의로 엮어보고 싶다." "상해 6개월 반 동안 별의별 사람을 다 만났다. 누구에게 줄을 대라, 돈을 준다, 밀수, 아편, 일본군의 돈, 한간(漢奸)의 돈이라고."[70]

"유태림은 어느 군대에도 들지 않겠다는 태도를 취했다. 광복군은 일본의 항복 전에는 공적과 의미를 가지고 있었지만 해방된 마당에선 각 지대가 각각 어느 특정한 정당의 사병화할 경향을 보이고 있었기 때문이었다.

태림은 또한 어느 정당에도 가담하지 않겠다는 태도를 취했다. 정치에 관심이 없을 순 없었으나 정치를 하겠다는 생각은 없었고, 아무런 정치적 계루(係累)에 얽히지 않은 백지의 상태로서 고국으로 돌아가고 싶었기 때문이었다.

다만 태림은 중국에서 알게 된 그 많은 친구들을 순수한 우의의 유

---

68) 위의 책, pp.71-72.
69) 이보영, 「역사적 상황과 윤리: 이병주론」, 『현대문학』, 1977. 2.
70) 이병주, 위의 책, pp.119-120.

대로써 묶어보고 싶은 관심만은 가졌었다. 그래 태림은 상해의 책사를 돌아다니며 프리메이슨 조직에 관한 책을 구해서 읽고 연구도 해보았다. 그러나 그런 행동이 뜻 아닌 오해를 살 위험이 있었기 때문에 포기했다.

하루바삐 군복의 냄새를 지워버려야겠다는 생각으로 채씨의 도움을 얻어 태림은 자기와 행동을 같이하는 친구들에게 겨울에 대비하는 생각도 있고 해서 일률적으로 검은 잠바를 사입혔더니 정치적으로 과민 상태가 되어 있는 사람끼리엔 '흑잠바대'라는 물의가 일기조차 한 일도 있었다.

이러한 유태림의 태도에 동조하는 사람의 수는 날이 감에 따라 늘어만 가서 귀국할 당시에는 수백 명에 이르렀다. 그러나 어떤 군대에도 어떤 정당에도 어떤 조직에도 가담하지 않겠다는 태도로서 수백 명을 이끌고 일관한다는 것은 당시 상해의 사정으로선 결코 쉬운 일이 아니었다.

권총을 정면에서 겨누인 협박도 있었고, 폭행 직전에 위험을 모면한 국면도 있었다.

하여튼 당시 상해의 거리는 한국 사람으로 해서 더욱 소란했다. 일본도에 권총까지 찬 과잉 무장으로 설치는 일당이 있는가 하면, 숙소 옥상에 기관총을 걸어놓고 법석대는 부류도 있었다. 이런 소동을 계속하는 동안에 한때 영웅처럼 상해의 교포사회에 군림하던 이소민이 중국 관헌에게 체포되는 촌극도 있었다.

해방된 조국에의 귀환을 앞두고 이처럼 창피스러운 포섭 공작이 벌어진 것은 중국 군벌의 사고방식이 작용한 탓이기도 했다. 병정 1백 명을 모아가지고 가면 영관이 되고 1천 명 이상을 모으면 장관(將官)이 되는 군벌의 관행이 있었던 것이다. 말하자면 해방된 조국에 대한 인식의 착오가 이만저만이 아니었고 시대착오 역시 상식을 넘을 정도였다.

이러한 틈바구니 속에서 다소의 고통은 없지 않았으나 유태림의 상해 생활은 화려했다고 한다. 중국 각지에서 각양각색의 경험을 치른 사람들과 사귀어 그 경험을 배우기도 했고 전 일본군의 간첩이 애국자로 표변한 사례 등을 통해 인생을 배우기도 했다.

채씨를 비롯한 몇몇 후원자가 있었기 때문에 물질에 궁하지 않았고 비가담의 태도를 내세워 당 아닌 당, 조직 아닌 조직의 보스로서 사랑과 존경도 받았던 모양이다. 그러나 이 모두는 달리 쓰여질 이야기의 줄거리가 된다."[71]

상해에서 청년들을 도운 사람은 채기엽만이 아니었다. 대부분의 교포들이 기꺼이 동포 청년들을 도왔다. 장경순은 배재고보 동문 선배들로부터 받은 도움을 특기했다.

"어느 날 신사 몇 사람이 부대로 찾아와서 배재 출신을 찾았다. 상하이에 거주하는 배재 동문이었다. 그 많은 인원 중에 배재 출신은 유재영과 장경순 두 사람뿐이었다. 학교 선배가 후배를 찾아온 경우는 배재가 유일했다. 다짜고짜 밖으로 끌어내어 포식시키고 용돈도 넉넉히 주었다. 개업의사 손등명은 부대원 환자의 치료뿐만 아니라 부대의 운영에 필요한 금전 지원도 아끼지 않았다."[72]

유태림의 말대로 귀국을 앞둔 교포를 협박하다시피 하여 재물을 빼앗은 경우도 있었다. 장경순의 증언이다.

"큰일은 그 많은 인원을 굶기지 않고 먹여 살리는 일이었다. 임시

---

71) 위의 책, pp.131-133.
72) 장경순, 『나는 아직도 멈출 수 없다』, p.33.

266

정부나 광복군도 이들의 이용가치에만 눈독을 들였을 뿐, 호구지책에는 그다지 큰 관심을 가지지 않았고, 현실적으로 그럴 여력이 없었다.

백방으로 뛰어다녔다. 상해에는 일본군을 위한 군수품 공장을 경영해서 거부가 된 손창식이란 교민이 있었다. 장경순은 그를 찾아 협박한다. '그렇게 번 돈을 나누어 쓰자.' 기가 막혀 손이 돈이 없다고 하자 그러면 가지고 있는 금덩이를 달라고 요구했다. 얼마 전 손이 주변에 대고 휴지쪽이 될 화폐 대신 금으로 바꾸라고 조언한 정보를 가지고 있었던 것이다.

'지금 중국인들을 보세요. 일본인한테 붙어 호의호식하던 자들이 한간(漢奸)으로 몰려 곤욕을 치르고 있지 않습니까? 선생은 한국인이라 처지가 좀 다르지만 그렇다고 해서 끝까지 무사하리라고 장담할 수 있겠습니까? 선생이 가진 것을 고스란히 한국에 가지고 가도록 중국인이 가만 내버려둘 것 같습니까? 그러니까 기왕 뺏길 것, 곤경에 처한 동포들한테 베풀면 후일 한국에서 도움이 되지 않겠어요?'

내 말을 들은 손씨는 정말로 금덩어리를 가져와서 내밀었다. 속으로 깜짝 놀랄 만한 부피였다."[73]

무위도식에 가까운 여섯 달 상해 생활 중에 이병주는 실로 다양한 경험을 한다. 그중 한 가지, 채기엽이 마련해준 거소에서 이병주는 희곡을 쓴다. 용케 간직하고 있던 초고를 1959년 부산의 월간잡지 『문학』에 기고한다. 제목은 「유맹」(流氓), 즉 '나라를 잃은 사람들'이다.[74]

---

73) 위의 책, p.28.
74) 「희곡 「유맹」 일제강점기 중국 상하이가 배경」, 『국제신문』, 2017. 1. 25. 『문학』, 1959년 11월(상) 12월(중). 『문학』은 1960년 발행처를 서울로 옮기고 통권 3호로

"해방 직후 상해에서 쓴 작품인데 그대로 버리기엔 아깝다는 친구의 권에 의해 발표한다"라며 저자의 소회를 폈다. 1937년 상해 공공조계(公共租界)에 있는 백계 러시아인(1917년 볼셰비키 혁명에 반대하는 세력)이 경영하는 하숙집에서 며칠 동안 일어난 사건을 다룬다. 러시아인 가족과 하숙생들, 그리고 일본 헌병 사이에 벌어지는 이야기다. 사건의 축은 하숙집 주인의 손녀와 애인 사이의 사랑과 배반, 그리고 항일 중국인 안(安)을 중심으로 한 조국재건의 희망과 절망이다. 1937년은 노구교사건(7·7)이 일어나고 중국과 소련이 불가침조약을 체결하고(8·21), 중국 국민당과 공산당 사이에 제2차 국공합작(9·22)이 성립된 해다. 이 시기의 상해 공동조계는 중국인, 일본인, 러시아인, 스웨덴인, 미국인 등의 순서로 인구가 많았으며 아편과 도박을 중심으로 한 향락지였다.[75]

"상해 생활도 반년이 넘게 되자 수천 명에 달하는 한적사병을 감당할 도리가 없어졌다. 국공의 내전은 본격화하는 양상을 띠어 상해의 거리는 살벌해가기만 했다. 이와 더불어 전후 세계의 격동하는 물결을 제3의 지대에서 방관만 하고 있기엔 젊은 피가 잠잠하지 않았다. 망향의 심정도 거들었다. 터무니없는 주장의 대립으로 적과 동지로 나뉘어 혼란한 싸움을 일삼던 사람들도 닥쳐오는 현실을 어떻게든 처리하지 않을 수 없었다.

귀국 공작을 서둘러야만 했다. 귀국의 목적을 위해서는 모두의 행동이 일치하지 않을 수 없었다. 『상해 헤럴드』란 신문까지 캠페인에

폐간한다. '下'는 망실되었다. 문인으로 교육계에 몸담았던 발행인 정상구(1925-2005)는 4·19 이후에 정치에 입문한다.

75) 민병욱, 「이병주의 희곡 텍스트 「유맹」 연구」, 김종회 엮음, 『이병주』, 새미, 2017, pp.612-634; 민병욱, 「부산 희곡 문학의 재발견」, 해성, 2016, 「「유맹」의 텍스트 구조와 그 의미 구조」, pp.144-165; 민병욱, 「이병주의 희곡 텍스트 「유맹」 연구」, 『한국문학논총』 제70집, 2015. 10, pp.361-385.

참여시켰다. 드디어 1946년 2월 하순, 한국의 미군정청은 두 척의 LST를 상해로 보냈다."[76]

이병주 일행은 1946년 3월 6일, 상해를 출발하여 이튿날 아침 부산항에 도착한다. 귀국한 엄익순의 회고다.

"나는 광복군 주호지대 간부로 있던 장경순, 황용주 동지와 민충식, 정기영, 이중, 심상구 동지들과 환국 제1보를 부산 제1부두에 내디뎠다."

그때부터 부산에서 매년 1월 20일 어김없이 회합을 가졌다. 5·16 후 이 모임을 기반으로 하여 전국적 대규모 조직 '1·20 동지회'가 탄생했다.[77] 상해의 한적병사 중에 즉시 귀국을 원한 학병 생존자는 거의 예외없이 돌아왔다. 다른 길을 모색한 극소수의 잔존자도 있었을 것이다. 육로를 통해 북으로 간 사람도 몇몇 있었다는 뒷소문도 있다.

---

76) 이병주, 『관부연락선』 1권, p.133.
77) 엄익순, 『학병사기』 1권, p.767.

9. 학병은 친일부역자였나

엘리트 지식인 집단

2020년 11월 17일 순국선열의 날을 맞아 국가보훈처는 강경화 현직 외무부장관의 시아버지인 이기을 연세대 명예교수(1923-2020)를 독립유공자로 선정했다. 본인이 사망한 직후였다. 그는 일제 말기인 1940년 '중앙고보 5인독서회 사건'에 가담한 이유로 4개월 옥살이를 한 것으로 공적조서에 적혀 있다. 석방된 후에 중앙고보를 졸업하고 1943년 봄 연희전문 상과에 입학했으나 그해 말 학병에 동원되어 일본에서 근무하다 해방을 맞았다. 그는 여러 차례 독립유공자 선정에서 거부되었다. 학병을 지원한 것이 결정적인 장애 사유였을 것이다.[1]

2018년 1월 대한민국 행정안전부는 『일제의 조선인 학도지원병 및 동원부대 실태 조사 보고서』를 발표했다. 보고서는 일본군을 탈영해서 광복군에 투신했던 학도지원병을 독립유공자로 서훈 현창하는 한편, 이들의 학도병 지원을 독립운동으로 격상시킬 여지를 검토해야 한다고 밝혔다. 이러한 입장에 바탕하여 이기을 교수도 사후에 독립유공자로 선정된 것이다.

한국의 근현대사에서 학병은 어떤 의미를 가지는가? 이 문제는 역사는 단절과 새로운 시작인가, 아니면 연속적인 발전과정인가라는 물음과 직결되어 있다. 일제 말기 조선학생의 지원 입대를 일본의 역

---

1) 『한겨레』, 2020년 11월 12일; 『조선일보』, 2020년 6월 15일.

사로 치부하고 말 것인가, 아니면 대한민국 역사의 일부로 볼 것인가의 문제다. 우리나라의 현대사에 학병세대는 고아다. 오랫동안 누구도 진지하게 연구하지 않았고, 학병 응소자는 모두 치욕스런 일제 부역자로 간단히 규정하기도 했다.

　문학의 영역에서 이 문제를 파고든 선구자가 김윤식이다.[2] 김윤식은 학병세대의 글쓰기에 두 가지 특별한 의미를 주목한다. 첫째, 이들은 해방 후 나라의 사회적 중추 기능을 맡았고, 둘째, 이들 세대의 글쓰기(자기 표현) 현상은 대중적 기반을 구축한 사실이다. 이들은 대한민국의 탄생 이후에 각계각층에서 주도적인 역할을 맡았다.[3]

　김윤식의 연구에 의하면 학병 입대의 구체적 경로는 네 갈래로 분류된다. 첫째 중국전선 배치, 둘째 국내 배치, 셋째 일본 본토 배치, 넷째 버마전선 배치다.[4] 탈출자든 잔류자든 첫째 부류의 기록이 가장 풍부하다. 둘째 부류는 해방 직후에 잡지 『학병』(1946년 1월 창간)을 발간하여 정치운동을 편 부류로, 나남부대, 대구 제24부대 등 국내에 배치되었던 사람들이다.[5] 셋째 부류는 1961년 방송작가 한

---

2) 김윤식, 『일제 말기 한국인 학병세대의 체험적 글쓰기론』, 서울대학교출판부, 2007; 김윤식, 『한일 학병세대의 빛과 어둠』, 소명출판, 2012.

3) 1953년에 창간된 월간 잡지 『사상계』의 편집진과 중요한 필자 중에 학병 출신이 많았다. 『돌베개』(장준하, 1971), 『탈출』(신상초, 1964, 1975), 『장정』(김준엽, 1987) 등 생생한 체험을 바탕으로 역사의 단면을 기술했다. 이들의 글쓰기의 강점은 허구가 아니라, 역사라는 점이다. 순수한 문학적 글쓰기와는 별개로 역사적 글쓰기인 만큼 현실적 힘을 보유했다. 여기에 이병주라는 대형 소설가의 등장으로 학병세대의 체험은 문학적 공간을 확보한다. 김윤식, 『일제 말기 한국인 학병세대의 체험적 글쓰기론』, p.159. 북한에서도 초기에 상당한 기여를 했다는 기록이 있다. 한 예로 '주체사상'의 입안자 황장엽도 학병을 거부하여 징병에 동원되었다고 한다.

4) 김윤식, 위의 책, pp.376-378.

5) 국내에서 해방을 맞은 학병들은 1945년 9월 1일, 재빨리 학병동맹을 창설한다. 일찌감치 준비된 좌익들이 주동자였다. 그리하여 좌익 성향의 성명서가 발표된다. 『학병』 2호(1946. 2). 이들을 분쇄하고자 경찰이 나선다. 1946년 1월 9일, 무장 경찰대의 습격으로 학병동맹 3인이 살해된다.

운사의 작품이 대중의 사랑을 받으면서 부각되었다. 넷째 부류는 뒤늦게 몇 사람의 체험이 공표되면서 최소한 역사적 사실만은 인식하게 되었다.[6] 그러나 이밖에도 필리핀과 타이완에도 학병이 배치된 흔적이 있다.[7]

김윤식은 학병세대의 글쓰기의 '교양주의적 성격'을 강조한다. "대학, 학문, 예술 등과 분리될 수 없는 것, 즉 학문의 순수성 내지는 이념을 지칭한다."[8] 대부분이 지주의 자제들이었다. 지주들은 농토를 팔아 자식의 학비를 댔다. 아직 상공업에 눈 돌릴 안목이 모자랐던 전래의 지주들이 보유한 재산은 오로지 토지뿐이었다.[9] 지주 자녀들이기에 농민적 삶의 현상과 의미에 남다른 애착과 향수를 가진 한편 근대화의 이름으로 다가오는 상공업 중심의 도회적 삶에 대해 민감한 기대와 불안을 함께 키우고 있었다. 이들이 민족주의나 마르크스주의에 탐닉하게 된 것은 이러한 풍토적 배경에서였다. 겨레와 사직이 함께 어려웠던 시절, 그 난관을 뚫고 전문학교나 대학을 다닐 수 있는 학도들은 일제강점기 속에서 부유한 집안 또는 알게 모르게 권력과 결탁된 가문 출신이었다.[10]

---

6) 이가형, 『버마전선 패잔기』, 신동아 넌픽션, 1964. 11; 「분노의 강둑에서」, 『학병사기』 4권, pp.154-185; 『분노의 강』, 경운출판사, 1993.

7) (타이완) 최동준, 「1·20 한인학병 그리고 대만」, 『학병사기』 2권, pp.69-95. "장교는 자신을 위하여, 하사관은 도락을 위하여, 병사는 나라를 위하며"; (필리핀) 조연호, 「패주 끝에 찾은 태극기」, 『학병사기』 2권, pp.99-122; (러시아) 동완(董玩), 「시베리아 소련포로수용소」, 『학병사기』 2권, pp.123-132; (버마) 노재원, 「별은 살아 있다」, 『학병사기』 2권, p.406.

8) 김윤식, 『일제 말기 한국인 학병세대의 체험적 글쓰기론』, pp.43-44.

9) 유재영, 「내가 설 땅이 어디냐!」, 『학병사기』 1권, p.127. "그 당시 한국 출신 유학생의 대부분은 지주층의 자녀들로 학비조달의 수단은 소작료밖에 없었다. 그래서 자녀의 고등교육을 위해서는 가산의 탕진은 물론 학부모의 지극한 교육열이 있어야 했다."

10) 김윤식, 『일제 말기 한국인 학병세대의 체험적 글쓰기론』, pp.116-118.

지원을 가장한 강제동원

도쿄대 공학부 출신으로 한일관계를 연구하다가 한국에 정착해서 한국 국적까지 취득한 '일본계 한국인' 호사카 유지는 일제교육을 받은 세대의 머릿속에 각인된 일본 숭배의 정서에 놀랐다고 고백했다.[11] 재일교포 출신 한국근대사 연구가 강덕상(姜德相)은 학도지원병을 '지원을 가장한 강제동원'으로 규정했다.

그러나 후세대인 정안기는 학병은 강제동원보다는 자원의 요소가 많았을 뿐만 아니라, 학병지원은 개인적 영달을 위한 친일행위였다고 주장한다.[12]

"해방 이후 이들은 학병지원을 공동분모로 1·20 동지회를 결성했다. 대한민국의 발전을 주도했다는 자긍심으로 가득한 이른바 '1·20 사관'을 가공해냈다. 이들의 회고록은 학도지원에 깔린 입신출세의 명예욕, 보다 평안한 군대생활, 목숨부지의 적나라한 욕망을 은폐했다. 이들은 오로지 일본을 '공공의 적'으로 삼은 민족투사의 면모만을 강조하는 터무니없는 기억을 생산하고 널리 유포했다. 이들 학도지원병은 일제의 기만과 선동에 넘어간 바보천치도 아니었지만 '쇠사슬에 묶여 일본군에 끌려갔다'는 강제동원 피해자 또는 '조국의 광복을 위하여 헌신했던' 민족의 투사는 더욱 아니었다. 이들은 태어나면서부터 일본 국민이었고, 유년기부터 근대교육을 받으며 성장한

---

11) 호사카 유지, 「일제의 성공한 식민지 동화정책의 실제」, 『일본 뒤집기』, 북스코리아, 2019, pp.190-198.

12) 적격자로서 지원을 하지 않은 사람도 24%나 되었고, 지원을 하고서도 적성검사를 받지 않은 사람도 24%나 되었고, 지원을 하고도 적성검사를 회피한 사람도 있었고, 적성검사에 불합격한 사람도 많았다. 이런 사실을 감안하면 "학도지원병제는 단순히 '지원을 가장한 동원'으로만 단정하기 힘든, 지원자들의 분별력 있는 판단과 욕망이 개재된 복잡한 과정"이었다. 정안기, 「학도지원병, 기억과 망각의 정치사」, 이영훈 외, 『반일 종족주의』, 미래사, 2019, pp.107-109.

사실상 첫 세대였다. 그 점에서 학도지원병제는 조선인 엘리트의 근대성을 전시 총동원 체제로 내화하는 제도적 경로였다.

당초 그들의 적나라한 출세 욕망을 일본 제국주의에 대한 충성심으로 포장했다. 그들은 국가의 명령에 대한 복종, 충성, 희생 등 국가주의 정신세계로 얼룩진 황국신민이었다. 조선인 유력자와 자산가층의 출신으로 이 학도지원병은 친일 엘리트 세대를 대표했다.

해방 이후 이들이 구현한 기억과 망각한 정치는 하나의 커다란 허위의식이었다. 그들은 불과 몇 사람의 학도병에게서 관찰되는 반일지사로서의 행위를 그들의 집단 지향인 양 분식했다. 당초 학도지원 행위에 깔린 입신출세의 욕망을 그것으로 은폐했다."[13]

학병세대에 대한 실로 가혹한 평가가 아닐 수 없다. 반세기 전 4·19 세대가 학병세대에게 요구했던 세대 교체론이 의미를 잃은 지 오래인 2019년에 또다시 이렇듯 편향된 시각이 전면에 대두된 것은 실로 안타까운 일이 아닐 수 없다. 이렇듯 균형감을 잃은 평가에 결코 동의할 수 없는 후세인이 대다수일 것이다.

2017년, 이러한 극단적인 입장에 대조되는 김건우의 균형잡힌 연구서가 출간되었다. 그는 '학병세대'를 도매금으로 평가해서는 안되는 이유를 역설한다. 그는 '친일하지 않은 우익'이라는 키워드로 일부 예외도 있지만, '학병세대'와 '서북 지식인'을 시간적·공간적 축으로 한 '친일하지 않은 우익'이 오늘날 대한민국의 기본 틀을 짜고 밑그림을 그렸다는 보고서를 제출했다.[14]

김건우의 진단이 근거를 둔 한 예처럼 '학병'과 '이북 출신'들을

---

13) 위의 책, pp.107-113.
14) 김건우, 『대한민국의 설계자들: 학병세대와 한국 우익의 기원』, 느티나무책방, 2017; 김건우, 「내 책을 말한다」, 『한국현대사광장』 10호, pp.146-153; 박치현, 「한국 현대사를 다시 쓸 수 있을까?: '다른' 우익 찾기」, 『조선일보』, 2017.4.5.

함께 묶은 중심이 바로 월간 『사상계』였다. 실제로 『사상계』의 5대 편집 원칙은 '민족의 통일, 민주 사상, 경제 발전, 새로운 문화 창조, 민족적 자존심'이었다. 분단 극복과 식민 잔재 청산을 의미하는 '민족의 통일'과 '민족적 자존심'을 제외하면, 나머지 셋이 각각 정치적·경제적·문화적 조국 근대화를 추구하는 셈이다.[15]

『1·20 학병사기』: 집단 회고록

1987년 1·20 동지회의 이름으로 『학병사기』가 발간된다. 1946년 3월 6일, 미군 LST로 부산 부두에 내린 20여 명의 중지 1진 귀환자들이 동지회의 결성을 맹세한 날로부터 15년이 지난 1961년에야 비로소 정식으로 '1·20 동지회'가 결성되었음을 밝힌다. 5·16 직후의 일이다. 모임의 결성을 주도한 사람은 잔류학병, 그중에서도 생환율이 높은 지역에 배치된 사람들이었다. 주축이 된 중지 귀환병뿐만 아니라 국내 배치자, 일본 내지 근무자, 동남아 배속자 등 '모든' 동지들을 아우르는 작업을 추진한다. 무엇보다도 자신들의 체험을 역사의 기록으로 남겨야 한다는 공통의 사명감이 이루어졌다. 1987년 12월, 드디어 『학병사기』 제1권이 발간된다. '시련과 극복'이란 부제를 달았다. 동지회가 창설된 후 26년 만의 일이다. 서문을 쓴 회장 안동준은 이렇게 기록의 성격을 규정한다.

"1·20 학병사는 일제의 한국에 대한 침략 정치사의 한 단면이라고도 할 수 있다. 그것은 '경국(傾國)의 시초(始初)지사가 아니라 망국지후의 결과지사'였던 것이다."[16]

---

15) 김건우, 위의 책, p.103.
16) 『학병사기』 1권, iii-iv.

집단 회고록의 제목을 '사기'로 정한 것은 사마천의 『사기』처럼 학병세대의 역사를 기록한다는 자부심과 사명감의 발로일 것이다. 이병주가 비장한 간행사를 쓴다.

"우리는 그때 운명을 생각하고 역사를 생각했다. 아니 운명처럼 역사를 생각하고 역사처럼 운명을 생각했던 것이다. 반항적이었건, 도피적이었건, 타협적이었건, 그 학병생활을 통해 한시 반시인들 민족을 잊은 적이 있었던가. 수모를 느낄 때도 아슴푸레 미래에 대한 등불을 켤 때도 우리의 조국은 한반도이며 설혹 죽을지라도 우리의 영혼은 그곳으로 돌아가야 한다는 염원을 잊을 수가 없었던 것이다. 그런 까닭에 우리는 그곳에서 조국의 아름다움을 알았다. 조국에 대한 절실한 사랑을 가꾸었다. 우리에게 희망이 있다면 우리 스스로가 조국의 희망이어야 한다고 깨달았다. 일본은 본의 아니게 우리에게 교육의 터전을 마련해준 것이다. 이제 우리는 그 곤욕의 체험으로 하여 일본인을 원망하는 마음을 청산할 시기에 이르렀다. 비록 감사하진 못할망정 우리의 자각을 공고히 한 계기를 만든 역사적 사건을 두고 저주하는 심정으로부터 벗어나야 하겠다. 지금 엮어내는 학병사의 의미도 바로 여기에 있다. 굴욕의 시간을 회상하려는 노력이 아니라 영광의 씨앗을 찾기 위한 노력이다. 그 씨앗은 오로지 우리의 정신과 실천의 의지에 있다는 것을 확인하고자 하는 데 학병사 간행의 의미가 있는 것이다."[17]

이어 11년에 걸쳐 세 권을 추가 발행한다. 제2권, 『저항과 투쟁』(1988. 4), 제3권 『광복과 흥국』(1990. 1), 제4권 『통일과 번영』(1998. 4). 전 4권에 걸쳐 80여 명의 학병동지가 기고했다. 4권의 권

17) 이병주, 『학병사기』, 간행사.

말에(997-1221쪽) (추적한) 학병참전자 2,688명의 명단이 수록되어 있다.[18] 얼핏 보아도 대한민국의 인명사전이다. 대한민국의 출범에서 제3공화국까지 한국사회를 주도한 인물들이 즐비하다.

오염된 세대는 물러서라!: 4·19 세대의 학병세대 비판

학병 경력자들은 후세인들이 '친일파'로 분류해 외면, 비난, 질시, 저주의 대상이 되었다. 특히 1960년대 후반부터 이른바 '4·19 세대'는 학병세대를 혹독하게 비판했다. 도대체 왜 불의의 제도에 항거하지 않았던가? 일제의 주구 노릇을 하는 학병을 거부하고 민족을 위해 의로운 길을 택했어야 후세에 떳떳하지 않았는가?

1960년대 대학생이 정치적 담론과 문화적 소비시장의 확고한 주체세력으로 결정되면서 대한민국 지성사에 4·19는 거의 신성불가침의 지위를 향유하게 된다. 이들은 스스로 일본 군국주의에 오염되지 않은 진정한 자주국가의 주인들이라고 자부했다. "내 육체적 나이는 늙었지만, 내 정신의 나이는 언제나 1960년의 18세에 멈춰 있다. 나는 거의 언제나 4·19 세대로 사유하고 분석하고 해석한다. 내 나이는 1960년 이후 한 살도 더 먹지 않았다"[19]는 김현의 자만에 찬 선언이 한 시대의 문화적 권력의 소재를 단적으로 가르쳐준다.

『아세아』 창간호(1969. 2)에서 학병세대 선우휘는 「증언적 지식인」이란 제목의 글을 쓴다. "젊은 세대를 미숙한 어린 것들"로 보는 것이 선우휘의 논점이다. 4·19를 다룬 소설, 『무너진 극장』(1968)의 저자 박태순이 반론을 편다. 박태순은 "한국의 장래는 선우 선생의 몫보다는 젊은 세대의 몫이다"라고 단언한다.[20]

---

18) 정기영의 특별한 공로다. 그는 체계적이고도 집요한 노력 끝에 일본 정부에 보관된 이들의 명부를 찾아낸 것이다.
19) 김현, 『분석과 해석』, 서문, 문학과지성사, 1988.
20) 박태순, 「젊은이란 무엇인가?」, 『아세아』, 1969, pp.122-128.

4·19 세대는 4·19와 5·16을 상호 조화불능의 상극적 대척으로 규정함으로써 4·19 세대는 군부독재 속에서 서구적 자유 개념과 그 내면화를 통해 문학적 빛을 발하고 있었던 것이다.[21]

  이병주는 『학병사기』 간행사에 더하여 「청춘을 창조하자」라는 제목의 글을 싣는다.

  "우리는 역사의 고비마다 거센 바람을 맞았다. 3·1 운동의 소용돌이를 전후해서 이 세상에 태어나서 일제의 대륙침략의 회오리 속에서 소년기를 지나 황국신민의 서사(誓詞)를 외면서 청년기를 보냈다. 체제 내적인 노력에서도 위선을 배웠고 반체제적인 의욕을 가꾸면서도 위선을 배워야 했던 바로 그 사실에 우리 청춘의 불모성이 있었고, 누구를 위하고 누구를 적으로 할지도 모르는 용병이 될 수밖에 없었다."

  "일제강점기의 수모를 지금 어떻게 소화하고 있는가. 불가피했던 일이라고 치고 덮어버렸는가, 아니면 다시는 그런 수모를 받지 않기 위해 사회적으로나 개인적으로 노력한 적이 있는가?"

  "당신들 세대가 겪은 그 풍부하고 절실한 체험을 참된 지도층의 이념으로 승화하고 이를 헌신적으로 실천하고 있는가?"

  "일제강점기의 대학, 전문학생의 숫자는 동년배 가운데 1천 대 1의 비율이라고 했는데, 그런 사실에 따른 사명감이 있었던가. 사명감이 있었다면, 오늘날 어떤 실적, 어떤 증거로 나타나고 있는가?"

  "우리는 이러한 질문에 과연 구구한 변명을 섞지 않고 당당하게 대답할 수 있을 것인지, 바로 이것을 반성의 재료로 삼아야 한다고 믿는다. 이 반성에 보람이 있으려면 우리는 오늘부터 다시 청춘을 시작해야 한다. 우리는 우리의 과거를 회한할 필요 없이 청춘의 정열로

  ---

  21) 김윤식, 『일제 말기 한국인 학병세대의 체험적 글쓰기론』, p.69.

써 인생을 재창조함으로써 전진적으로 욕된 과거를 청산할 수밖에 없다. 그런데 우리 주변에서 단풍처럼 아름다운 노년을 찾기란 참으로 힘들다. 흔하게 보는 건 거의 노추(老醜)다. 우리의 노년이 단풍처럼 곱게 물들려면 불가불 우리의 청춘을 지금부터라도 시작해야 하는 것이다. 1·20 동지회가 청춘을 창조하는 모임이 되지 못하는 한 일제 용병의 잔당, 그 노추의 모임이란 명칭을 면하기 어렵다."[22]

김윤식은 본격적인 문학의 영역에서 공적을 남긴 학병세대는 이병주와 선우휘, 두 사람뿐이라고 평했다. "학병의 간접 체험자인 선우휘[23]는 자신의 좌표를 6·25에 둠으로써 두 세대 간의 공백을 메우고자 했다면, 직접 체험자 이병주는 군사혁명의 정치성 속에 좌표를 세워둠으로써 세대의식을 확실히 할 수 있었다. 두 거인의 글쓰기가 4·19 세대의 문화권 속에서 배제·배격되었지만 그 대신 일반 대중층의 지지 속에 일정한 문학적 소임을 이루어냈다. 체험 세대의 이병주가 도달한 '허망의 정열'론(『지리산』)과 '노'라고 외친 미체험 세대의 선우휘가 '문학 절대가치'에다 좌표를 둔 것은 이 나라의 문학사적 사실 이상의 의미를 갖는다고 볼 것이다."[24]

4·19 세대는 1966년에 창간된 『창작과비평』과 1970년에 창간된 『문학과지성』을 통해 1970년대 이후 90년대 초까지 한국 문단의 양대 축으로 커다란 영향력을 발휘했다.

"4·19 세대의 형성과 그들의 진취적 역사전개가 이 나라 지성계에 큰 충격을 던졌고, 문학 쪽에서는 그것이 이른바 화려한 1960년

---

22) 이병주, 「청춘을 창조하자」, 『학병사기』 1권; 이병주, 『1979년』, 세운출판사, 1979, pp.215-219.
23) 선우휘는 연령적으로는 학병세대이나 사범계 대학생이었기에 면제되었다.
24) 김윤식, 『일제 말기 한국인 학병세대의 체험적 글쓰기론』, p.70.

대 문학을 이룩했음은 지울 수 없는 사실이다. 순종 한글세대인 이른바 '4·19 세대'는 그들의 순수의식을 지나치게 강조한 나머지 제로 상태에서 출발했다고 자부하고, 문학도 그들이 새로 개척했다는 '화전민 세대'로 불리는 1950년대의 전후세대도 안중에 두지 않았다."[25]

학병세대와 4·19 세대의 단층이란 이처럼 뚜렷하게 나타났다. 김윤식은 이들 사이에 이른바 '전후세대'의 설정이 가능하다는 점을 고려하면 훨씬 풍요로운 문학적 논쟁이 가능했을 것이라고 한다.[26] 공산주의가 가진 장단점을 간파한 것이 학병세대의 강점인 데 비해, 관념만 왕성할 뿐 논리와 체험이 미숙한 4·19 세대의 조급함이 드러나는 대목이다.[27] 근래에 들어와서야 비로소 4·19와 5·16을 '2인 3각'으로 수용하는 지적 풍조의 맹아가 후속 세대에서도 발견되는 것은 지극히 다행스런 일이다.[28]

위대한 학병거부자

이공계와 사범계를 제외한 인문사회계 대학생 또는 전문학교 재학생이 학병의 대상이었다. 1944년 당시 고등교육을 받는 학병 대상 조선인 학생이 약 7,200명에 불과했으니 당대 최고 인재들이었던 셈이다. 1·20 학병동지회의 기록을 채택한 정부의 보고에 의하면 학

---

25) 위의 책, pp.67–68.
26) 1960년대 문학의 현란한 전개 바로 뒤에 전후세대가 있었다. 서기원의 '전후문학의 옹호'(『아세아』, 1969. 5) 대 김주연의 '새시대 문학의 성립'(『아세아』, 창간호) 및 김현의 세대 교체의 진정한 의미(『세대』, 1969. 3)가 이러한 사정을 말해준다.
27) 김윤식, 『일제 말기 한국인 학병세대의 체험적 글쓰기론』, p.374; 김윤식, 「신경숙론 1: 63세대와 공통의식」, 『작가와의 대화』, 1996, 문학동네, pp.264 이하.
28) 권보드래·천정환, 『1960년을 묻다: 박정희 시대의 문화정치와 지성』, 천년의상상, 2012.

도지원 적격자 6,203명 가운데 4,385명이 입대했다.[29] 입소를 거부한 사람은 2주간의 연성훈련을 거쳐 징용으로 끌어갔다.[30] 입소자 4,835명 중 15%인 657명은 사망 내지 실종되었고 3,728명은 생환했고, 그중 40%인 1,531명이 북한에 정착하고 나머지 2,297명 정도가 남한에 정착한 것으로 추정된다.[31]

그러나 모두가 강제지원을 순순히 받아들인 것은 아니다. 실제로 지원을 거부하고 산속으로 도피하여 후일을 도모한 극소수의 청년도 있었다. 경남 함양 출신의 하준수는 일본 주오대(中央大) 법과 재학 중에 학병을 거부하고 징병도 기피하면서 지리산에 은거했다. 단순히 기피하는 데 그치지 않고 동지를 규합하여 나름대로 새날을 대비하여 심신을 단련했다. 그를 두령으로 하는 73명의 청년이 조직한 보광당(普光黨)은 암울했던 시대에 당대의 신화가 될 수도 있었다.[32]

이병주가 소설 『지리산』에서 하준수를 특별하게 부각시킨 충분한 이유가 있었다.

경남 밀양에도 학병을 거부하고 입산 투쟁을 감행한 청년들이 적지 않았다는 안재구의 증언이다.

---

29) 그러나 정안기는 1944년 일본정부의 자료에 의하면 지원 적격자 6,101명 중 4,610명이 지원하고, 1,491명이 지원을 회피했다고 주장한다. 지원자 중에 실제로 적성검사를 받은 사람은 지원자의 91퍼센트인 4,217명이었다. 최종 합격자는 3,117명이었고 질병 기타 사유로 입영이 유예된 67명을 제외한 최종입영자는 3,050명이었다. 정안기, 「학도지원병, 기억과 망각의 정치사」, 이영훈 외, 『반일 종족주의』, 미래사, 2019, pp.107-113.
30) 「未志願者의 徴用」, 『매일신보』, 1943.12.4; 정운현 엮음, 『학도여 성전에 나서라』, 없어지지않는이야기, 1997, pp.133-156.
31) 정기영, 「1·20 학병들의 부대별 배치상황」, 『학병사기』 1권, 1987, p.317.
32) 하준수, 「신판 임격정: 학병거부자의 수기」, 『신천지』 1권, 1945, pp.4-6; 『신천지』 1권 4호, p.165.

"존경하던 선배 조우재 동지가 붙잡혔다는 소식이다. 밀양의 한 철공소 집에서 태어나 밀양농잠학교를 졸업하고 일본에 건너가 대학을 다니다 학병을 거부하고 청년을 이끌고 화악산으로 도망해 들어갔다. 화악산에는 징병, 학병, 징용, 보국대를 피해 또는 악덕 일본인을 패고 숨어사는 조선 청년들이 많았다. 나의 할아버지는 이 사실을 알고 1945년 4월 이들 청년들을 찾아 화악산으로 들어갔다. 이들을 무장훈련시켜 연합군이 조선에 상륙할 때 무장유격대를 만들어 우리 손으로 밀양고을을 해방시키려 했던 것이다."[33]

그러나 입소 거부는 예외였고, 지극히 비현실적인 선택이었다. 학병거부자의 집안은 풍비박산 났을 것이라는 짐작은 누구나 쉽게 할 수 있다. 무모하리만큼 용감한 길을 택했던 영웅을 숭배하는 것은 의미가 크다. 그러나 모든 사람에게 그 어려운 길을 택했어야 한다고 소급하여 주문하는 것은 억지에 가깝다. 한 개인에 대한 역사적 평가는 후세인의 관념이 아니라 당대의 현실을 기준으로 삼아야 한다. 친일 문제를 집요하게 파고드는 한 후대인은 학도병은 일본군에 '지원'한 것이 아니라 강제징집된 피해자라고 할 수 있다고 하면서도 김준엽 등의 '일본군 탈출'이나 학병기피 사례 등을 감안하면 이들을 '수동적 협력자' 정도로 보는 것은 무리가 없다고 규정한다.[34]

목숨을 건 탈출 학병

중국 전선에서 수많은 학병들이 탈출을 감행했다. 장준하(『돌베개』, 1971), 김준엽(『장정』, 1987), 신상초(『탈출』, 1975)의 널리 알

---

33) 안재구, 「찢어진 산하: 통일운동가 수학자 안재구의 어떤 현대사」, 『끝나지 않은 길』 2권, 내일을여는책, 2013, p.270.
34) 정운현, 『친일파는 살아 있다』, 책으로보는세상, 2011, pp.249-252.

려진 '3대 탈출기'[35)에 당시 상황이 잘 드러나 있다. "일본군이 중국 대륙을 점령했다는 것은 사실상 보도뿐이고, 실제적인 점령은 점(点)과 선(線)뿐이라는 말처럼 일본군의 점령 효과는 철도 연변과 주요 도시 지역에 한한 것이었다."[36) 한마디로 중국 대륙은 군사적으로 일본군, 국민당, 공산당, 왕정위(汪精衛) 세력의 4파전 무대였다.[37) 중국전선에 배치된 조선 병사는 일단 부대를 탈출하여 농촌지역으로 도피하면 일본군의 영향권을 벗어난다는 기대를 걸 수 있었다. 중경 임시정부라는 목적지가 없는 다른 지역에서도 탈출이 감행되었다.

약 200명의 학도병이 탈출에 성공했다.[38) 버마전선에서도 탈출한 기록이 있다. 국내 탈출자도 있다. 대구 일본군 24부대를 탈출한 6인의 증언도 생생하다.[39) 심지어는 일본 내지에서도 탈출했다는 개인적 회고가 있다.[40) 『학병사기』에는 중국전선에서 거행된 '3대 탈출기'를 포함하여 17인의 탈출기를 모아두었다.[41)

탈출학병 서사의 중심에는 자부심이 있고, 탈출하지 못한 잔류학

---

35) 김윤식은 '3대 탈출기'를 '역사형식으로서의 학병'으로 분류한다. 김윤식, 『일제 말기 한국작가의 일본어 글쓰기론』, 서울대학교출판부, 2003, pp.437-468. 이에 더하여 「민담형식으로서의 학병」(pp.417-436), 「소설형식으로서의 학병」(pp.469-484)이란 제목 아래 선우휘의 『불꽃』(1957)을 다룬다.

36) 장준하, 『돌베개』, p.36.

37) 김준엽, 『장정』 1권, pp.158-159.

38) 탈영자는 '광역한 분산배치'를 특징으로 하는 중국 관내에 주둔한 일본군에서 집중적으로 발생했다. 총 탈영자는 197명으로 입영자 3,050명의 약 6.5%에 달했다. 정안기, 『반일 종족주의』, p.111.

39) 6명 중 4명은 체포되어 5년 징역을 받고 고쿠라 형무소에서 해방을 맞았고 1명은 탄광 광부로 숨어 살았다. 그리고 김이현은 만주에 도피하여 중경 임시정부와 연결되어 독립운동에 투신했다. 김이현, 『길고도 먼 귀로: 어느 학병의 일제하의 회고기』, 베드로서원, 1991.

40) 『학병사기』 1권, p.251. 전남 화순 출신으로 일본대 법학과 재학 중 고등문관 시험 행정과에 합격한 임주석은 배치된 일본 동부 1902부대에서 탈출했다.

41) 『학병사기』 2권, 1988, pp.502-890.

병 서사의 중심에는 죄책감이 있다.[42] 정호웅은 이병주 문학이 지니고 있는 '동어반복성'을 지적하면서 그 원인으로 학병에 지원하여 일제에 협력했다는 사실에 대한 '(자기)부정의식'을 든다. "이병주가 자주 사용하는 '용병'이란 용어에 자기 처벌과 자기 연민이 함께 작용하고 있다. '운명'이란 용어도 자기 연민, 그 이상도 이하도 아니다."[43] 이렇듯 학병서사에 존재하는 '죄책감과 자부심'이라는 모순은 전후 한국문학을 주도한 4·19 세대에게는 매우 낯설었을 것이다.[44]

2019년, 정안기는 이들 일본 부대 탈출자를 '탈영자'라는 용어로 비하하고 이들의 탈출은 민족애라는 대의가 아니라 이기적인 생존본능의 발로였다고 치부한다. "탈영자의 대부분은 엄격한 내무반 생활, 격렬한 군사훈련, 빈번한 토벌작전에 시달렸던 이등병과 일등병 계급이었다. 탈영 원인은 가혹한 사적 제재가 횡행하는 병영생활의 부적응, 간부후보생 탈락의 비판, 참전에 따른 죽음의 공포 때문이었다. 그들의 정신세계는 충만한 민족의식이 아니라 적나라한 생존본능으로 채워져 있었다."[45]

도쿄제국대학 불문학과 재학 중에 입대한 이가형은 1964년 『버마전선 패잔기』(1964)라는 논픽션을 쓴다. 그것으로 미진하여 후일 자료를 축적하여 소설 『분노의 강』(1993)을 출판한다. 그는 프로이트의 트라우마 이론에 주목하여 일제의 전쟁에 강제 동원된 조선인 중에 가장 깊은 상처를 받는 부류를 위로하고자 글을 쓴다.

42) 조영일, 『학병서사 연구』, 서강대학교 박사학위논문, 2015. 8, p.214.
43) 정호웅, 「이병주 문학과 학병체험」, 『한중인문연구』 41집, 2013, p.72; 정호웅, 『대결의 문학사』, 역락, 2019, pp.181-202.
44) 조영일, 『학병서사 연구』, p.256.
45) 정안기·이영훈 외, 『반일 종족주의』, 미래사, 2019, pp.107-113.

" '병사들의 지옥'이라는 버마전선에서 조선 지원병이, 그리고 그들보다도 더욱 운이 나빴던 위안부들과 포로 감시병들이, 총독치하에서 가장 운이 나빴던 조선의 젊은이들이 받았던 '마음의 상처'라는 것을 생각하지 않을 수 없었다. 이 몇 십 년 동안 나를 괴롭힌 '전쟁의 악몽'은 바로 내가 받은 트라우마의 발동이 아니었던가?"[46]

그는 특히 조선인 위안부의 일상을 상세하게 그린다. 학병소설에서 의식적으로 무시되던 서사다. 이가형의 수기가 소설의 형식을 택한 것도 이 부분을 부각시키기 위한 장치라는 생각마저 든다.

박순동의 수기도 위안부의 존재를 언급했다. "버마에 와서 처음으로 조선삐를 보았을 때의 놀라움과 부끄러움은 그 후 광대한 버마전선에 걸쳐서 그것도 아주 숱하게 그들과의 만남에 따라서 사라진 지 오래다. 이 불쌍한 동포들은 어떻게 될 것인가. 그러나 그들의 운명을 걱정하기에는 우리의 갈 길이 너무 바빴다."[47]

근대적 인간: 학생이자 군인

학병세대에게 조선어는 생활어, 일본어는 문학어였다. 대부분의 학병들은 조선 서적이나 조선 문학에 무관심했다. 학병세대는 당대 조선의 최고 엘리트이자 일본식 교양교육의 최대 수혜자로서 어느 세대 엘리트보다도 문학과 사상에 정통했다. 하지만 그 교양은 역설적이게도 해방 후에는 도리어 독이 되었다고 할 수 있다. 그들은 기

---

46) 이가형, 『분노의 강』, 경운출판사, 1993, pp.21–22. 그는 데이비드 린 감독의 세계적인 명화, 『콰이강의 다리』(*The Bridge on the River Kwai*, 1957)의 원작을 읽고 충격에 빠진다. 원작자 피에르 불르(Pierre Boulle)는 작품 속에 자신의 체험을 담았다. 그는 일본군 포로가 되어 심한 학대를 받았는데, 포로 감시원이 "고릴라처럼 생긴 잔인한 조선인"(le Coreen a face de singe)이라고 썼다. 이가형은 이 구절에서 심한 충격을 받는다.
47) 박순동, 『모멸의 시대』, 『신동아』, 1965. 9, p.365.

록일기조차 일본어로 썼고(김수영) 조선어로 소설을 쓸 때는 엄청난 언어적 고통을 겪었고 혹 쓰더라도 선후배 작가들의 야유를 받았다(장용학).[48]

"일본을 고향으로 생각한다는 것, 그것은 탈출학병이든 잔류학병이든 무관하게 학병세대의 정체성을 규정하는 핵심요소인데 학병의 수기는 이들 억압의 대상이 되었다. 그러나 학병소설은 그 억압이 느슨한 상태로 존재하며, 바로 그 이유 때문에 학병세대의 진면목을 보다 다채롭고 사실적으로 그려내고 있다. 즉 학병수기가 해방 후 자신들의 분열적 정체성을 하나의 세대의식으로 통합해가는 서사였다고 하면, 학병소설은 그에 저항하여 불안정하고 복잡한 정체성을 있는 그대로 묘사하고 노력한 서사였다고 말할 수 있다."[49]

조영일은 학병세대에 존재하는 정반대되는 두 가지 정체성(학생+군인)을 추출해냈다. 매우 설득력 있는 관찰이다.

"일제 말기 조선을 대표하는 엘리트 집단이었지만 식민지 현실로부터 한 발 물러서 있던 예외적 존재였던 이들은 학도병 지원제도가 시행되자 학생으로서의 정체성을 지키고자 노력하는 한편, 병사되기를 정당화하는 논리까지 학생문화(교양주의)에서 구했다. 해방 후에는 대다수가 경멸해 마지않던 군인 되기를 선택했다. 그 선택으로 한국의 군부는 사실상 학병세대에 의해 장악되었다."[50]

"국가를 위한 총검은 그들이 마음속 깊은 곳으로부터 소망하고 있

---

48) 조영일, 「학병서사 연구」, p.248.
49) 위의 논문, p.251.
50) 위의 논문, p.253.

었던 자아 정체성의 한 상징일지 모른다. 그들이 습득한 국민-남성 아이덴티티는 식민지의 차별적인 사회가 그들에게 심어준 인정에 대한 깊은 욕망과 뒤엉켜 있었던 까닭에 쉽사리 그들을 놓아주지 않았다. 그것은 조선의 해방과 함께 고국으로 귀환한 그들에게 심오한 혼란의 원인이 되기도 했고, 신속한 적응의 기술이 되기도 했다."[51]

이들 중 일부는 군사정권을 부정하면서도 사관생도들의 늠연한 훈련 모습에 감동한다. 아무런 모순을 느끼지 아니한다. 학병세대에게 공통적으로 찾아볼 수 있는 태도다.[52] 이는 학병 체험이 낳은 근대적 제도장치로서의 군대에 대한 신념이다.

---

51) 황종연, 「조선 청년 엘리트의 황국신민 아이덴티티 수행」, 『한일연대』 21편, 『한일 역사인식 논쟁의 메타 히스토리』, 뿌리와이파리, 2008, p.268; 조영일, 위의 논문에서 재인용.
52) 조영일, 위의 논문, p.27.

제3부
되찾은 산하(1946-64):
두 개의 조국

10. 교사 시절: 좌익과 반동 사이

1939년 이병주가 퇴교당한 5년제 진주농업중학교는 전쟁 막바지인 1945년 3월, 4년제로 단축되어 해방을 맞는다. 1946년 3월 1일자로 진주공립농림학교로 교명이 바뀌었다가 8월 31일 진주농림중학교로 다시 개명한다. 같은 해 9월 1일자로 수업연한이 6년으로 확대된다. 초급부 3년, 고급부 3년 과정이다. 현재의 학제로 치면 중·고교 과정이 통합된 것이다. 『관부연락선』의 유태림의 입을 빌려 C학교에 초급부 1, 2, 3학년, 고급부 1, 2학년밖에 없다고 서술한 것은 당시의 사정을 옮긴 것이다.[1] 4년제 학제가 갑자기 6년으로 확대되면서 6년차 학생이 없었던 것이다.

1946년 봄, 상해에서 돌아온 이병주는 약간의 탐색기를 거쳐 그해 가을부터 진주농업중학교 교사로 근무한다. 당초에는 서울에서 일자리를 구할 요량이었다. 상해에서 구상한 삶의 원칙을 점검해 보았다. 특정 정당과는 연관을 맺지 않겠다는 한 가지 원칙만은 확고했다. 서울에서 병원을 연 외삼촌 집에 기거하면서 많은 사람을 만났다. 동국대학교에서 프랑스문학을 담당하던 김법린의 후임으로 내정받았다. 김법린은 본격적으로 나라 만들기에 투신할 각오를 다지고 있었다. 그러나 이 소식을 전해들은 아버지가 간곡한 사연의 편지를 보낸다. 잠시라도 부자가 함께 살고 싶다는 것이다. 그리고 보니 열 살 이래 부모 곁을 떠나 살았던 장남이 아닌가? 옛 법도대로 아

---

1) 이병주, 『관부연락선』 1권, 한길사, 2006, pp.166-167.

침저녁 '쇄소응대'(灑掃應對), '혼정신성'(昏定晨省)은 못할지언정 아버지와 너무나 거리를 두고 살았던 날들이 아니었나? 그동안 아버지 속을 무던히도 썩였던 자식이 아닌가? 그렇게나 펄펄하던 분이 어느새 기력이 쇠잔한 노인으로 변한 아버지의 모습을 보니 새삼 장남의 불효가 마음에 걸렸다. 이병주는 두말없이 고향으로 돌아와 7년 전에 퇴교당한 바로 그 학교의 교사가 되었다. 이 어찌 되찾은 내 나라, 조국 산하의 축복이 아니겠는가. 그러나 시대는 불안하고도 엄중했다.

"진주농고 교사 시절만은 그 회상에 언제나 쓴맛이 따라온다. 결론적으로 말해 청춘으로서도 불성실한 청춘이었고 교사로서도 불성실한 교사였었다. 해방 직후 좌익의 횡포가 심할 때, 그땐 좌익이 합법화되어 있어 경찰이 학원사태 같은 것을 돌볼 위력도 시간적 여유도 없었을 무렵이다. 나는 그 횡포에 맞서 싸워 우익 반동이란 낙인이 찍혔다. 대한민국이 수립되자 좌익 세력은 퇴조해가는데 그 대신 학원에 우익의 횡포가 시작되었다. 나는 그 횡포에 대항해서 좌익계의 학생들을 감싸주지 않으면 안 될 입장으로 몰려들었다. 그런 결과 '좌익에 매수된 자' 또는 '변절자'란 욕설을 뒷공론으로나마 듣게 되었다."[2]

이병주는 6년제로 새 출발하는 진주농림중학교의 교가를 작사한다.

"진양성 찬연(燦然)히 청사에 빛나고
보라 남강물 유구히 흐른다
아 성스런 전통을 이어

2) 이병주, 『잃어버린 시간을 위한 문학적 기행』, 서당, 1988, pp.22-23.

대지에 순철한 이천학도가
군세게 자라는 희망의 요람(搖籃)
부르자 그 이름 진주농림
빛내자 영원히 그 이름 진주농림"[3]

1946년 10월 20일, 진주농림중학교 교장 황운성의 주도 아래 진주농과대학(현 경상대학교)이 개교한다. 입학 정원 40명에 38명이 지원하여 전원 합격했다. 이병주의 회고에 의하면 실로 초라하기 짝이 없는 대학이었다.[4] 신설 대학은 진주농림중학교의 건물 일부를 빌려 강의실로 썼다.[4] 이병주는 이광학·정기영 등과 함께 10월 1일자로 임명장을 받는다. 이병주와 이광학은 진주농림중학교 교사직을 유지하면서 이 대학의 강사직을 겸한다.[5] 이병주는 진주농림중학교 상급반의 영어교사와 진주농과대학의 영어와 철학 강사를 겸직한다.

문을 여는 대학은 교가가 필요하다. 이병주가 가사를 짓는다.

"아세아의 풍물을 굽어보는
포부가 반만년 겨레의
눈물겨운 비원이 꽃피어간다.
찬란히 진양성 위에
진리를 지향하는 꽃이 피었다.
청춘의 정열이 타오르는
정열의 대학이여 영원히 빛나거라
오오 불멸의 고향 우리의 대학."

3) 김기원, 「나림 이병주 선생의 진주 발자취」, 『남강문학』 6호, 2014, pp.69-73.
4) 경상대학, 『경상대학 30년사』, 경상대학출판부, 1979, p.25.
5) 이병주, 「여러분 스스로가 행운이 되라」, 『개척자』 21집, 1984, p.27.

작가는 이 시절의 에피소드를 많은 글로 남겼다. 소설 속에서는 다소 은유적으로 표현하거나 세부사항을 변경했지만, 에세이에는 대체로 솔직하게 썼다. 한 예로 어느 날 갑자기 교정에 밀어닥친 미국 지프에서 내린 미군의 즉석 통역 일을 해낸 것이 영어 교수로 발탁된 배경이라며 유머러스하게 쓴 적이 있다.[6] 이 학교에서 그는 프랑스어와 철학도 담당한다. 프랑스어 교수는 "구할 수 없어" 하는 수 없이 맡게 되었고 철학은 "그럭저럭 감당할 수 있었다"고 한다.

체포와 반공가 작사

1947년 11월 20일, 여순 반란사건의 여파가 진주에도 밀어닥친다. 1948년 7월 대한민국이 출범하기 전에도 미군정에 의해 공산당이 불법으로 선언되자, 확실한 우익으로 공인받지 못한 교사들은 모두 경찰당국의 사상 검증을 받아야만 했다. 『관부연락선』에서 유태림은 1949년 정월, 좌익 혐의로 체포된다. 실제로 이병주가 체포된 것은 보다 이전의 일인 듯하다. 1948년 3월 진주경찰서의 요청으로 진주농림의 이병주와 이재호가 함께 사상 검증을 받는다. 이병주가 체포되어 조사를 받았다는 진주경찰서 사찰계 형사 배홍균의 증언이 있다.

"어느 날 내가 부산 출장을 다녀오니 이병주 씨가 진주경찰서 감옥에 들어와 있었다. 같이 사찰계에 근무하던 함조원 형사가 잡아넣은 것이었다.

해방 직후 어수선하던 시절, 건국준비위원회가 만들어지고, 여운형 씨를 중심으로 인민공화국이 만들어졌다. 그즈음 건준 경남지부의 한 간부가 친구 이병주 씨를 찾아 진주에 오자 함께 술자리를 나

---

6) 이병주, 『잃어버린 시간을 위한 문학적 기행』, pp.132–133.

누었다. 뒤늦게 이 사실을 안 경찰이 이병주를 체포한 것이다. 배홍균은 서장과 사찰주임에게 이병주는 좌익이 아니라고 해명했으나 서장은 일단 혐의가 주어진 사람은 '뚜렷한 이유가 있어야 석방할 수 있다'며 난색을 표했다. 배홍균은 석방 명문을 만들기 위해 이병주에게 반공가를 지으라고 권하고 이병주는 응한다. 이병주가 작사하고 이재호가 곡을 붙여 만든 진주 최초의 「반공가」가 탄생한다."[7]

둘의 합작품은 진주 시내의 초·중·고, 사범학교는 물론 서부 경남의 많은 학교 악대의 단골 메뉴가 되었다.

"보아라. 북한의 암담한 하늘을.
보아라. 전남의 참담한 산야를.
진리를 찬탈한 적구(赤狗)의 정체여
아, 거기에 자유 있느냐, 아 거기에 정의 있느냐
아니다 모략이다. 가면을 벗어라
태극기 아래서 용감히 싸워라."[8]

'북한'은 평양에 세워진 조선민주주의인민공화국을 지칭한다. 아직 '북괴'니 '원수'니 하는 적대적 명칭이 정립되기 전의 일이다. '전남'을 특정한 것은 물론 여순 반란사건을 불의의 악으로 규정한다는 의미일 것이다.

7) 『월간조선』, 1994. 7, p.379; 김기원, 「나림 이병주 선생의 진주의 발자취」, 『해동문학』 90호, 2015. 여름, pp.171-174. 이병주, 『그해 5월』 1권, 한길사, 2006, pp.158-159에는 이재호의 미망인 김정선이 허름한 살롱에서 출발하여 일류 요정의 마담으로 성공한 사실을 복잡한 마음으로 기록했다.
8) 정범준, 『작가의 탄생』, 실크캐슬, 2009, p.183; 최증수, 『최증수문학관장의 이병주문학관 이야기』, 삼홍, 2021, p.237.

이병주가 「반공가」를 썼다는 사실은 친구 정기영, 선배 문인 설창수, 제자 변노섭과 원용목 등 여러 사람이 증언했다. 당시 2학년생으로 학도호국단 연대장직을 맡았던 정상태도 같은 내용을 증언했다. 그러나 한국반탁·반공학생운동기념사업회에서 펴낸 『한국학생건국운동사』에는 이병주를 좌익교사로 분류한 반면 이병주와 친분이 깊은 이광학과 이병두를 우익의 맹장으로 기록한다.[9]

「반공가」를 지음으로써 일단 사상 검증의 관문을 통과한 이병주에게 신생 대학은 여러 가지 일을 맡긴다. 스스로 원해서 나선 일도 있고, 마땅한 사람이 달리 없다며 떠밀다시피 맡은 일도 많다. 교지를 만드는 일도 그의 몫이 되었다.

"창립한 지 반년을 좀 넘겼을까. 대학에 교지가 없을 수 없다는 의견이 나왔다. 의논한 결과 『개척자』란 이름의 교지를 발간하기로 했다. 그 편집을 내가 맡게 되었다. 교지라고 하면 허울 좋은 이름이지만 타블로이드 4면으로 된 빈약한 몰골의 것이었다. 그러나 희망과 포부에 벅차 있었다. 그 증거가 『개척자』 제호에 나타나 있다. 『개척자』란 뜻은 진주 칠암동을 개척한다는 그따위 미소한 것이 아니었다. 문화적으로 불모인 한국의 학문을 개척한다는 뜻이었고 낙후된 이 나라의 정치와 경제를 개척한다는 복합적인 뜻과 웅대한 이상을 내포하고 있었던 것이다. 유감스럽게도 그 창간호가 남아 있지 않다고 들었다. 6·25 동란 때문인 것으로 알고 있다. 다만 내가 기억하고 있는 것은 그 창간호에 내가 쓴 글은 김구 선생이 암살당한(1949. 6. 26) 사건에 대한 비분의 문장이었던 사실이다."[10]

9) 『한국학생건국운동사: 반탁·반공학생운동 중심』, 한국반탁·반공학생운동기념사업회 출판국, 1986.
10) 이병주, 「여러분 스스로가 행운이 되라」, 『개척자』 21집, 1984, p.27.

진주농림중학 교사와 진주농과대학 강사직을 겸임하고 있던 이병주는 1949년 12월 20일 교사직을 사임하고 이튿날 12월 21일 진주농과대학 조교수 발령을 받는다.[11] 6·25를 겪으면서 온갖 신고를 겪은 이병주는 1950년 9월 30일자로 교수직을 마감한다. 그러고는 새로 설립되는 해인대학의 교수로 취임한다(세부사항에 관해 석연치 않은 점이 남아 있다). 해인대학은 1955년 진주에서 마산으로 이전하면서 마산대학으로 개명한 후 현재의 경남대학이 되었다.

단편소설 「여사록」: 30년 후의 회고

이병주는 1976년 1월호 『현대문학』에 단편소설 「여사록」을 발표한다. 소설로 분류하기에 너무나 소설적 요소가 취약한 작은 회고록이다. 등장인물들은 모두 실제 인물로 대부분 생존해 있고 이름 석자 중 한 자씩만 바꾸었다. 정영석(정범석), 변형섭(변경섭), 김용달(김용관), 이정두(이병두) 등등.[12] 작품의 제목에 「서자여사부(逝者如斯夫) 불사주야(不舍晝夜)」라는 부제가 달려 있다. 『논어』 「자한」(子罕) 편에 나오는 구절이다. "공자께서 냇가에서 말씀하셨다. 흘러가는 것이 이와 같구나! 밤낮 없이 흘러가는구나!"[13]

문자 그대로 흘러간 이야기라고 할 수 있다. 해방공간과 6·25 전쟁 시기에 진주농림학교에 재직했던 교사들이 30년 후에 재회하는 이야기다. 그동안 죽은 사람도 있고, 소식이 끊긴 사람도 있다. 세월의 부침을 겪으면서 세속적으로 성공한 이도 있고, 밑바닥으로 가라앉은 이도 있다. 화자인 '나'는 이병주 자신이다. 좌도 우도 아닌 중도의 지식인임을 자처한 이병주는 좌익 교사들의 이념 공세에 맞서

---

11) 정범준, 『진농 80년사』, p.193에서 재인용.
12) 김윤식·김종회 엮음, 『여사록』, 고인환 작품해설, 「'기록이자 문학' 혹은 '문학이자 기록'에 이르는 길」, 바이북스, 2014, pp.180-197.
13) "자재천상왈(子在川上曰) 서자여사부(逝者如斯夫) 불사주야(不舍晝夜)".

기 위해 마르크스의 『자본론』을 읽는다. 아직 공산당이 불법단체로 규정되기 전이라 좌익 서적이 널리 유통되고 있었다.

"내가 『자본론』을 읽은 것은 1946년 9월부터 1947년 5월까지 약 10개월에 걸쳐서였다. 당시 내가 근무하고 있던 학교는 90퍼센트쯤 좌익 세력에 점거되어 있었다고 해도 과언이 아니었다.[14] 교사들 가운데 상당한 수준의 좌익 이론가도 있었다. 우선 나는 이론 투쟁에서 이겨야 할 필요를 느꼈다. 내가 맡은 과목이 철학이기 때문에 더욱 그 필요성은 절실했다. 그리고 대다수가 좌익에 감염되어 있는 학생들을 상대로 그들을 설복하려면 좌익 교사를 상대로 내가 『자본론』을 잘 알고 있다는 실력을 과시할 필요도 있었다. 뿐만 아니라 내가 맡고 있던 학급은 일제 때 경쟁률 10 대 1 이상의 시험을 거치고 들어온 이른바 수재들의 학급이어서, 교사들을 골탕 먹일 목적만으로 날카로운 질문을 던지는 사례가 있었기 때문에 그와 같은 공세에 대비하기 위해서라도 『자본론』의 연구는 긴급을 요하는 일이었다. 명색이 철학을 가르친다는 교사가 학생들의 질문에 효과적으로 대응하지 못한다면, 그들의 정치노선을 같이하지 않는 나 같은 경우, 당장 이튿날 반동교사에다 무능교사란 낙인이 찍혀 추방당해야 했던 것이다."[15]

1965년 감옥에서 나온 이병주는 중앙정보부 차장 이병두의 추천으로 정보부가 주도하는 『자본론』의 번역·해설 작업에 참여한다.[16]

---

14) 이병주는 교사 60명 중 50명은 사실상 공산당원이었고, 이병두·이광학 그리고 자신 세 사람만이 반공의 입장을 견지했다고 주장했다. 1985. 12. 17, KBS TV「11시에 만납시다」, 대담 김영호.

15) 이병주, 『현대를 살기 위한 사색』, 정음사, 1982, pp.316-317.

16) 이 책, 21장 참조.

소설 속의 유태림도 같은 취지로 말한다.

"나는 공산주의의 이론을 철저하게 연구해볼 작정이다. 그래서 그 주위의 생리와 병리에 통달해볼 참이다. 그들의 정체를 밝히기 위해, 그들이 내건 이상과 그들이 채용하고 있는 방법과의 사이에 있는 모순을 파 드러내볼 작정이다. 제정 러시아의 차르 정권에 반대하는 각 계각층의 반항력을 볼셰비키는 감쪽같이 횡령해선 차르 정권에 못 지않은 전제정권을 세웠다. 지금 공산당은 해방의 기쁨에 뒤이어 혼란하고 있는 민심을 횡령하려 하고 있다. 나는 횡령의 방법까지를 규명할 작정이다."[17)

좌·우익 교사의 화해

「여사록」의 하이라이트는 30년 전 사상적으로 앙숙이었던 이정두와 송치무가 화해하는 장면이다. 이정두는 중앙정보부 차장을 역임한 골수 우익인사 이병두를 지칭하고 송치무는 좌익에 깊이 경도되었던 실제 인물의 가명이다.

"이정두 씨가 나타났다. '딴 분들은 만나지 못해도 소식은 대강 들어 알고 있었는데 자네는 참 뜻밖이고나' 하고 이정두 씨는 제일 먼저 송치무 씨와 악수를 했다. '이럭저럭 하다가 본께 인사도 채리지 못하고…' 송치무 씨는 우물쭈물 웃음을 띠었다."[18)

바둑판이 벌어진다. 대국자는 서로 상대의 기를 제압하기 위해 진한 농담을 건넨다. 바둑 실력은 5급, 입심은 5단이다. 관전자들의 집

---

17) 이병주, 『관부연락선』 1권, p.332.
18) 김윤식·김종회 엮음, 『여사록』, p.32.

단 훈수가 이어진다. 왁자지껄하던 바둑판이 걷히고 술상이 들어온다. 젊은 여성들이 사이사이에 앉으면서 긴장을 해소한다. 중년 사내들의 술판에 빠질 수 없는 밑반찬 안주인 질펀한 농담을 곁들여 30년 동안 밀린 회고담이 벌어진다. 행방불명되어 시체도 못 찾은 친구, 야산대로 몰려 총살당한 친구, 월북한 친구, 탈옥하다가 총 맞은 친구, 교장이 된 친구 등등. 웬만큼 이야기가 정리되자 예정된 순서대로 밴드가 들어오고 막노래와 막춤이 벌어진다. 남자들은 어느 순간부터 술과 노래와 춤에 지쳐 말을 잊어갔다.

이런 난장판 속에서도 이정두와 송치무 사이의 어색한 긴장을 주목하고 있던 화자는 두 사람이 화해하는 순간을 이렇게 묘사한다.

"그때였다. 이정두가 건너 자리의 송치무를 부른다. 그러고는 다소 딱딱하게 '사람이라면 지조가 있어야 할 것 아닌가. 자넨 보아하니 변절한 모양이구만.' 그러고는 이내 부드러운 어조로 이어갔다. '언젠가 차를 타고 지나면서 자네 같은 사람을 본 기억이 있지. 하는 일은 잘 되나?' '그럭저럭 그래.' 송치무 씨의 대답은 주저주저했지만 그로써 긴장은 풀렸다."[19]

이병주는 이 장면에 해설을 붙여 작은 역사실록의 결론으로 삼았다.

"인간의 슬픔을 무마하는 것은 시간뿐이다. 시간이 무마하지 못하는 슬픔이란 없다. 무마한다기보다 매몰한다는 말이 적당할지 모른다. 시간은 슬픔도 슬퍼하는 사람도 함께 매몰해버리는 것이다."[20]

---

19) 위의 책, pp.56-57.
20) 위의 책, p.57.

연출가 이병주: 「살로메」 공연

1947년 10월, 이병주는 진주농과대학 창립 1주년 기념행사의 메인 이벤트로 연극 공연을 연출한다. 오스카 와일드의 단막극 「살로메」를 골랐다. 동성애 문제로 영국에서 추방당한 작가가 1896년 파리에서 처음 무대에 올린 작품이다. 종교와 관능이라는 이질적 두 요소의 결합을 시도한 문제작으로 평가받는다. 헤롯왕과 왕비 헤로디아, 그리고 그녀의 딸 살로메 사이의 3각관계가 숨은 주제다. 이에 더하여 세례요한에 대한 살로메의 애증이 교차되면서 요한의 피묻은 머리통이 쟁반 위에 오른다. 공포와 관능이 함께 물씬거리는 작품이다. 포스터를 본 진주농림중학교의 문학지망생 이형기가 이병주를 찾아와서 항의한다. 나라의 상황이 엄중한 시기에 이따위 퇴폐적인 작품을 학교에 끌어들이다니 도대체 말이 되느냐는 항변이었다. 후일 이형기는 어린 학생의 치기를 너그럽게 품어준 선생의 아량에 존경을 표했다.

"그런 레퍼토리에 이의를 단 것부터 문학청년의 치기였습니다. 그전에는 그분과 개인적인 친분이 없었습니다. 작가가 누구인지, 작품이 어떤 내용인지 읽어보지도 않고 떠도는 소문만 듣고 달려간 것입니다."[21]

「살로메」는 일제강점기에도 경성 연극계에 낯설지 않았다. 한일강제병합 직후에 조선총독부의 문화정책으로 동원되기도 한 작품이기도 했다. 1915년 '조선시정 5주년기념 공진회'가 열렸다. 식민정책의 성공적 정착을 자축하는 총독부의 행사였다. 공진회 연예관에서는 밤마다 기생가무가 이어졌고 일본의 쇼코쿠샤이 텐가츠(松

---

21) 이형기, 「투병, 새롭게 시를 버린다」, 『시인세계』, 2003년 봄, p.242.

旭齊天勝) 연예단이 「살로메」를 공연하고 마술을 선보였다. 불꽃놀이와 곡예비행이 이목을 끌었고 기생 수십 명에게서 명함을 받는 행사나 변장한 채 관람객 속에 섞여 있는 공연단 일행을 찾아내는 등 다채로운 여흥이 마련되어 있었다.[22)

1920년대 『백조』 동인들의 '데카당' 행각에도 「살로메」가 단골 레퍼토리였다. 3·1 운동 세대인 이들은 호화스런 요정의 찬란한 전등 밑에서 미녀와 속삭이며, 혹은 노래하고 취하고 웃고 울면서 나날을 보냈고, 문화사 간판을 붙인 낙원동 좁은 흑방(黑房)에 모여 앉았다가 인습타파, 노동신성, 연애지상, 유미주의 등 온갖 화제를 두고 몇 시간이고 격론을 벌이곤 했으며, 논쟁 끝에 만취해서는 "가자!" "순례다"라는 선창과 더불어 기생을 찾아 저잣거리를 헤매었다. 낮에도 기생방 경대 앞에서 낮잠에 생코를 골며 창작을 꿈꾸는 것이 그들의 방자한 일상이었다. 취흥이 도도해지면 벌거벗고 '살로메 춤'을 추거나 투르게네프의 「그 전날 밤」 공연에 나온 노래를 부르기도 했다.[23)

작품 「살로메」에 대한 이러한 인식이 해방 후에도 전승되었는지는 알 수 없는 일이다. 다만 『관부연락선』의 유태림의 입을 통해 이병주는 작품의 연출자로서 자부심을 한껏 드러냈다. 원작에도 없는 서곡을 붙이고, 서곡 사이에 작가에 대한 간략한 해설을 넣은 '계산이 적중'하여 대성공을 거둔 것이다.

관객석은 물을 뿌린 듯 조용해졌다. 그 조용해진 순간을 잡아 음악은 멎고 스피커를 통해 작가 오스카 와일드의 생애와 평가를 간단히 소개하는 말이 흘러나갔다. 그 가운데 '퇴폐를 통해 생의 엄숙함을

22) 권보드래, 『3월 1일의 밤』, 돌베개, 2019, pp.179-180.
23) 홍사용, 「백조시대에 남긴 여담」, 『조광』 2권 9호, 1936. 9, pp.134-136; 권보드래, 위의 책, pp.504-505에서 재인용.

제시한 오스카 와일드는 어떠한 사상가보다도 훌륭한 인류의 교사였으며, 스스로를 병들게 해서 인간의 건강을 가르친, 위대하다고는 할 수 없으나 친할 수 있는 예술가'란 설명이 있었다.

막이 열리자 관중들은 무대의 아름다움에 정신을 빼앗겼다. 앰버 블루의 광선에 비춰진 왕궁의 테라스, 그 위에 피를 머금은 것 같은 달이 걸렸다.

"르가르데 라 뤼느, 저 달을 봐."[24]

이 첫 대사에 프랑스의 원어 한 토막을 넣고 우리말로 시작하게 한 잔재주는 얄미울 정도로 효과적이었고, 그렇게 시작한 극의 진행엔 추호의 하자도 없었다. 요한의 음산한 목소리도 좋았고, 살로메의 현란한 대사는 관객을 매혹시켰다.

살로메의 대사 몇 구절은 그 뒤 술자리에서나 다방에서나 교실에서 젊은 여자들이 소리를 내어 외워볼 정도로 깊은 감동을 심었던 것이다. 이와 같이 「살로메」는 대성공을 거두었다. 그 이틀 밤의 공연이 C시의 문화적 색채를 일신케 했다고 해도 과언이 아니다. 살로메 역을 맡은 임예심이란 배우는 C시를 떠나면서 자기의 연극생활 10여 년에 이렇게 감격적인 연극을 해보기는 처음이며…[25]

남재희도 소설가로 입신하면서 숨은 재능을 제대로 펴지 못했던 연극연출가 이병주가 필생의 업적으로 내세우는 경력이 청년 시절에 「살로메」를 연출한 사실이라면서 자랑했다고 전한다.[26] 이병주 문학에서 살로메는 관능과 결기와 철학을 겸비한 여인의 원형이다. 「소설 알렉산드리아」의 여주인공 사라 엔젤의 원형이기도 하고 청

---

24) 살로메의 어머니 헤로디아스의 시녀 입을 통해 달빛 아래 살로메의 황홀한 미모를 찬탄하는 구절이다.

25) 이병주, 『관부연락선』 2권, 한길사, 2006, pp.311–312.

26) 남재희, 『언론·정치 풍속사』, 민음사, 2004, p.75.

년 시절 탐독했던 아나톨 프랑스의 「무희(舞姬) 타이스」의 현신이 기도 했다.

1947년 10월 진주농과대학의 「살로메」 공연은 당시 진주 연극문화의 한 단면을 보여주는 사례다. 8·15 해방과 더불어 진주에 문화건설대가 조직된다. 창립을 주도한 사람은 설창수(薛昌洙, 1912-98)였다. 창원 태생인 그는 일본 니혼대학(日本大學) 예술학부 창작과 재학 중이던 1942년, 불온사상범으로 검거되어 부산형무소에서 2년간 옥고를 치렀다. 광복 직후 설창수는 진주에서 『경남일보』를 창간하여 사장 겸 주필로 필봉을 휘두르면서 향토문화의 발전을 위해 여러 사업을 전개했다. 그의 시와 희곡, 소설은 역사와 현실에 대한 강한 비판과 풍자를 드러냈다. 그중에서도 특히 민족성이 강한 100여 편의 희곡을 남겼다.[27]

또한 설창수는 진주의 천전(川前)지구의 안전과 질서 유지를 위해 칠암청년대를 이끌면서 야학교를 운영하여 청소년 계몽에 앞장섰다. 그는 문예건설대 문예부장 자리에 앉으면서 첫 번째 사업으로 연극을 선택한다. 1945년 12월 자작극 「젊은 계승자」(전 3막)를 박오종 연출로 상재하고 자신이 주역을 맡았다. 진주에서 열린 해방 후 첫 연극 공연이었다. 등장인물 세 명의 동경 유학생 가운데 한 사람은 사상범으로 옥사하고 다른 한 사람은 학병에 출정하여 한 팔을 잃고 불구자로 귀환한다. 학도병을 피해 산중에 은거하던 제3의 청년은 두 학우에 대한 죄책감으로 세상에 나서기를 거부하고 입산 은둔하겠다고 고집을 부린다. 그러나 애인의 설득으로 마침내 옥사한 친구의 무덤 앞에서 그의 유지를 받드는 계승자로서 건국사업에 헌신할 것을 다짐한다는 내용이다. 설창수는 극중 인물의 이름을 따서 자신의 호를 파성(巴城)으로 정했다고 한다.[28]

---

27) 설창수, 『설창수전집』(1-6권), 시문학사, 1986.

이듬해인 1946년 해외유학파 젊은이들이 귀국하여 진주극문화연구회를 조직한다. 3월 초, 상해에서 귀국한 박두석·이병주·이병두도 참여한다. 이들에 더하여 신예균·이경순 등 청년단원들은 창립기념 공연으로 송영(宋影)의 단막극「황혼」을 진주극장 무대에 올린다. 이미 월북한 송영의 작품을 공연한 사실로 인해 이 모임은 좌익적 색채가 짙다는 평판을 얻기도 한다.[29] 연출을 맡은 사람이 다름아닌 이병주였다. 이경순은 이 작품에서 본명 대신 '동기'(東騎)라는 별칭으로 출연했고 이 이름을 자신의 필명으로 택했다고 회고했다.[30]

조웅대가 쓴『진주연극사』에는 이병주를 좌파 연극인으로 분류한다. 당시 진주의 연극계는 두 인맥으로 갈라졌다. 문화건설대를 주도했던 설창수의 민족진영과, 이병주·박두석으로 대표되는 좌파 성향의 진주극문학 연구회가 그것이다. 두 그룹은 서로 지향하는 바가 달랐기 때문에 언제나 대립되는 위치에 있었으나 매사에 비협조적이었을 뿐 큰 마찰이 있었다는 말은 들어보지 못했다. 해방 후부터 줄곧 진주농림학교와 진주농과대학, 해인대학 등에서 교편생활을 하던 이병주는 극예술연구회와 농과대학에서 독자적인 연극활동을 펼치면서도 한때 문학가동맹에 관여한 전력이 말해주듯이 문총과 예술제를 철저히 외면했다. 보도연맹사건으로 한동안 고향을 떠나 있다가 진주고등학교 교사로 부임한 박두석 또한 해마다 봄·가을 2회에 걸쳐 학생극을 발표하면서도 예술제에는 일절 관여하지 않았다. 단 한 차례 진주고등학교에서 그의 작품「동남풍」으로 제4회 영남예술제에 참가했으나 그나마 그가 진주를 떠난 후의 일이었다.[31]

---

28) 조웅대,『진주연극사』, 한국연극협회 진주지부, 2002, p.197.

29) 위의 책, p.198.

30) 이경순,『예총진주』10호, 1974, p.98; 조웅대, 위의 책, p.198에서 재인용.

31) 조웅대, 위의 책, p.225.

박두석은 진주를 떠나 부산으로 무대를 옮겨 교수·언론인·연극인으로 다채로운 활동을 한다. 1961년 5·16 군사쿠데타 이후 시련을 겪는다. 김정한·최종식과 함께 부산대학교에서 해직되고 1962년 황용주의 주선으로 『부산일보』에 영입되었으나 이듬해 7월 황용주가 사장직을 떠나자 함께 물러났다. 그러나 박두석은 한국예총 부산지부장과 한국연극협회 부산지부장을 맡으면서 소극장 운동을 주도하여 부산 연극계의 전성기를 이끌었다. 1950년대 초반에 「동남풍」「김시민」「진양성」에 이어서 「새벽」(1956), 「아! 동래성」(1973) 등 민족주의 색채가 짙은 희곡들을 썼다.

전국적으로도 이 무렵에는 아마추어 극작가들의 창작 희곡이 양산되던 시기였다. 많은 기성 극작가들이 월북한 탓이기도 했다. 일제강점기 때부터 활동해온 작가로는 김영수·김진수·오영진·유치진·윤백만·이광래·전창근 정도였다. 새로운 시대에 걸맞는 마땅한 희곡을 구할 수 없어 자연스럽게 새 창작극이 성행했다. 진주에서는 설창수가 창작 희곡을 주도했다. 1940-50년대에 진주 지역에서 발표된 창작 희곡에 기여한 청년들로는 손억·홍서해·박두석 등 10여 명의 이름이 적혀 있다. 그중에 이병주의 「유민」(流民)이 가장 먼저 공연된 것으로 기록되어 있다. 「유민」은 아마도 후일 상해 시절에 쓴 것으로 소개되는 「유맹」(流氓)일 가능성이 다분하다. 이들 창작 희곡들 중에 설창수의 작품만이 활자화될 수 있었고 나머지 작품들은 전해지지 않는다. 당시 희곡은 출판문학 작품으로서보다는 공연용 대본으로 인식했다는 지적도 납득이 된다.[32] 셰익스피어 시대 영국에서도 그랬으니 말이다. 번역극으로 이병주의 「살로메」가 기록으로 남아 있다.

이병주도 간접적으로 관여한 바 있는 진주 개천(開天)예술제는

---

32) 위의 책, p.227.

1949년에 정부 수립의 실질적인 자주독립 1주년을 기리고 예술문화의 발전을 위해서 제1회 영남예술제로 개최되었다. 1950년 한국전쟁과 1979년 10·26 때를 제외하고는 매년 개최되어 맥을 이어왔다. 1959년에는 개천예술제로 이름을 바꾸었고 1964년부터 1968년까지는 대통령이 개회식에 참석하는 최초의 예술제로 승격되었다. 제33회째인 1983년에는 경상남도 종합예술제로 지정되어 오늘날까지 이어져 오고 있다.[33]

진주의기(義妓) 논개

판소리 「춘향전」의 여러 판본에 남원의 신관 사또 변학도가 울분에 찬 질책을 퍼붓는 대목이 있다. 춘향의 수청을 겨냥한 기생 점고(點考)가 자신의 기대만큼 순조롭게 이루어지지 않자 신관 사또는 아전들에게 퍼붓는다. 내가 평안감사, 밀양부사도 마다하고 온 사람인데 이따위로 푸대접하느냐는 것이다. 진주목사도 변학도가 내세우는 요직의 리스트에 있다. 평양·진주·밀양 모두가 이름난 예향이다. 역대 모든 예향의 기생들 중에 진주기생 논개는 나라를 구한 이른바 의기(義妓)라는 독보적인 지위를 누린다. 논개만큼 현대 한국 시인이 즐겨 그린 기생은 없다.

수주 변영로(1897-1961)의 「논개」(1923)가 선두 주자다. 일찌감치 중고등학교용 국정교과서에 실리면서 장엄한 기조를 띤 애국시의 상징이 되었다.

"거룩한 분노는 종교보다도 깊고 불붙는 정열은 사랑보다도 강하다. 아! 강낭콩보다도 더 푸른 그 물결 위에 양귀비꽃보다도 더 붉은 그 마음 흘러라."

---

33) 진주(개천)예술제(1949), 경주의 신라문화제(1962), 밀양문화제(1956)는 영남 3대 문화예술 축제로 예술 애호가들의 각광을 받았다.

1991년, 진주문화원에서는 이 노래를 바위에 새겨 진주성 동문 앞에 세워 오가는 행인의 발길을 잠시 붙든다.[34] 논개는 진주성의 역사 홍보대사가 된 셈이다.

만해 한용운(1879-1944)의 시 또한 비장함이 뒤지지 않는다. 『관부연락선』에서 유태림의 친구 이 선생이 서경애에게 소개하는 시이기도 하다.[35]

"날과 밤으로 흐르고 흐르는 남강은 가지 않습니다.
바람과 비에 우두커니 섰는 촉석루는 살 같은 광음(光陰)을 따라서 달음질칩니다.
논개여, 나에게 울음과 웃음을 동시에 주는 사랑하는 논개여.
그대는 조선의 무덤 가운데 피었던 좋은 꽃의 하나이다.
그래서 그 향기는 썩지 않는다. 나는 시인으로 그대의 애인이 되었노라.
그대는 어디 있느뇨. 죽지 않은 그대가 이 세상에는 없구나."
―「논개의 애인이 되어서 그의 묘에」(1926)

『만인보』라는 전인미답의 집단 인물시를 쓴 고은(1933-)이 논개를 빠뜨릴 리가 없다.

"살보살에게도 나라 있나니/나라 앞에서 나라 보살이 되었나니/의병 3천의 일 해내었나니/남강 흘러."

논개 찬시의 저자 리스트는 후세인 임종성으로 이어진다.

---

34) 김수업 글, 김용철 사진, 『진주를 찾아서 1: 논개』, 지식산업사, 2001, pp.12-13.
35) 이병주, 『관부연락선』 1권, p.353.

"너는 새벽의 강을 건넜지. 어두운 일상의 울안을 뒤집고
흐르는 물줄기로 세상의 곤혹을 속 시원히 닦아내면서
달아나는 실뱀 같은 길을 따라
낯선 마을 앞을 홀로 지났지
옷고름같이 풀어져 내리는 붉은 설움 질끈 매어달고
봄이 와도 돌아올 수 없는 미루나무 가지 끝
먼 나라로 가면 질경이 풀꽃은
저무는 발길을 비춰줄까."
—「논개」

오랜 해외 망명생활 끝에 고국에 돌아온 이승만은 전국을 돌며 나라사랑 시를 남겼다. 1946년 늦봄, 반안(半眼)의 애국지사는 논개바위 위에 섰다.

"창열사 앞에는 강물이 푸르렀고
의암대 아래에는 지는 꽃이 향기롭다.
이끼 낀 비석 거북머리에 글자 아직 남아 있고
장사 가인 뒤라서 더욱 잘나고 못났던가."[36]
—「촉석루에 올라」

이승만이 총애한 모윤숙(1910-90)의 서사시 『논개』(1974)는 대한민국 정부의 탄생에 그녀가 바친 기여 때문에라도 특별한 주목을 끈다.

"오오! 이 마지막 밤이여! 어서 나를 몰아가다오

---

36) 최종고 편저, 『우남 이승만』, 청아출판사, 2011, p.73.

나의 성, 나의 사람, 시민 장군이시여!
이방(異邦)의 사나이를 껴안은 채
두 몸이 한 몸되어 최후의 길에 올랐습니다.

서투른 기교로 때로는 분노를 억제하며
지체 높은 이들의 시중을 들지만
그것은 참다운 나는 아니어라."(제4장)

"이 몸 미천한 여인일지나
근심 안에 도사린 그 등불을
어느 바람에도 꺼지지 않도록
이 머리카락들을 바람에 빼앗길지어나
저 외람된 왜병의 무리를 향하여
마디마디 맺힌 한을
자신으로부터 시작하여
풀어가리니."(제6장)

모윤숙 스스로 "이승만을 위해 메논 앞에 속옷을 벗어던지고 논개가 되었다"라고 자랑스럽게 술회했다는 이야기가 전해온다. '국부' 이승만의 신념은 강력한 반공국가의 건설이다. 유엔의 지지가 관건이다. 유엔한국위원회의 위원장, 문화적 식견이 높았던 인도의 인텔리 메논이 결정적인 인물이다. '구국의 여인전사부대'로 불리던 '낙랑회'의 리더, 모윤숙이 직접 나섰다. 실로 눈물겨운 이야기다.

모윤숙과 동향인 함경남도 원산 출신 소설가 이호철(1932-2016)은 회고록에서 이 여류명사와 관련된 에피소드를 기록했다. 모윤숙은 펜클럽 회장 시절, 대구·마산·부산 등 전국을 돌며 강연행사를 열었다(아마 진주도 포함되었을 것이다). 독문학자 곽복록(서강대 교수)이 보고할 사항이 있어 모윤숙의 침실을 들러야 할 판이다. 비록 할머니이지만 여자 혼자 있는 호텔방으로 들어가기 찜찜하다며 이호철에게 동행할 것을 요청한다. 할머니는 젊은이들에게 잠옷바람으로 누운 채로 있으니 양해하라고 말한다. 넉살 좋은 이호철이 "안마나 해드릴까요" 했더니 모윤숙은 "어디 고향 젊은이에게 안마 한번 받아보자꾸나" 하며 선뜻 응락했다. 이호철이 파자마 입은 엉덩이를 타고 등을 두드리고 주무르면서 능청 섞어 한 말이 "모 여사님 등허리를 이렇게 타고 앉기는, 하나, 둘, 셋, 그러니까 제가 네 번째 될까요?" 했다. 안호상·이광수·인도의 메논을 빗댄 이 말에 통 큰 모윤숙도 참지 못하고 "비켜라! 이놈 자식" 하며 와락 등을 흔들어 이호철을 떼놓았다. 물론 그런 일로 꽁할 모윤숙이 아니다.[37]

청년문화로서의 기방 출입

『관부연락선』에 지주계급의 자제인 유태림 일행이 기생들과 어울려 한시를 읊는 등 수준 높은 풍류를 즐기는 모습이 그려져 있다.[38] 1983년 이병주는 시대의 변화에 따라 진주의 기생 문화도 변했음을 은근히 아쉬워하며 이렇게 썼다.

"진주의 기생은 의기 논개의 전통을 잇고 있다는 점으로써 자부를 가지고 있었고 그런 만큼 진주의 특색이 되기도 했다. 그리고 그들은 그들 나름의 독특한 문화를 가지고 있기도 했다. 진주의 기생은 천시 당하지 않았다. 오히려 사랑을 받았다. 기생이 프라이드를 갖고 그들의 몸가짐을 정숙하게 하며 독특한 생활 분위기를 유지할 수 있었던

---

37) 임헌영, 『한국소설, 정치를 통매하다』, 소명출판, 2020, p.69.
38) 이병주, 『관부연락선』 1권, pp.327-328.

것은 주로 지주들 덕택이었다. 그랬던 것인데 지주들이 몰락하고 나서 주요한 고객들을 잃은 셈으로 되었다. 이제까지 지주를 상대로 호화롭게 논 기생들이 월급쟁이나 군소상인들을 상대하게 되었다. 주석에서나 매너에서도 변화가 왔다. 그런 때문에 기생들이 타락했다는 것은 지나친 얘기도 되겠으나 전날과 같은 몸가짐으로써 일관하기는 어렵게 되었다. 낭만적인 기생의 시대는 가고 산문적인 접대부의 시대로 바뀐 것이다."39)

그러나 그 시대의 보편적인 풍류도 21세기 여성평론가에게는 언급하기조차 곤혹스러운 일인지도 모른다.

"이병주의 소설에 몇 가지 특징 중 지방문화, 특히 향반(鄕班)의 문화적 특징이 잘 나타나 있다. 첫째 유교문화로서의 한시문화, 둘째 가문 중심의 사고, 셋째, 화류계 여성에 대한 긍정적 태도. 특히 세 번째는 기생을 동반한 놀이를 즐기던 지방의 풍습에서 기원하는 것으로 보인다. 이병주는 지식청년들이 기생집에서 회합을 갖는 모습이 적절치 않다는 비판을 의식했는지 청년들의 기생집 출입은 진주 양반의 풍류문화의 연장으로 그 지방에서는 전혀 이상할 것이 없다는 작가의 설명을 작품 속에 담기도 한다."40)

한때 이병주와 가까이 지내면서 국제정세에 관한 탁견을 나눈 리영희는 젊은 시절 한 진주기생에게서 커다란 감화를 받는다. 지리산 전투에 동원된 청년장교 리영희는 연대장의 주선으로 진주의 허름한 기생집에 앉는다. 그는 옆자리에 앉아 술시중 들던 여성에게 함께

---

39) 이병주, 「진주, 어제와 오늘」, 『도시문제』, 1983년 11월호, p.107.
40) 노현주, 『이병주 소설의 정치의식과 대중성 연구』, 경희대학교 박사학위논문, 2012. 8, p.194 주 281).

밤을 보내자고 통고한다. 그러나 그녀는 권총 찬 장교의 명령을 비웃기나 하듯이 말없이 사라진다. 화가 솟구친 리영희는 지프를 몰고 그녀의 집으로 쳐들어간다. 남강변 절벽 언저리의 보잘것없는 초가집이었다.

"서너 자 높이 돌축대 위 툇마루에 나와 선 여자는 아무 말도 하지 않고 나를 내려다보면서 미동도 하지 않고 있더라고. 마침 그때가 보름날이어서 중천에 뜬 달이 교교한 빛을 여자의 정면으로 내리비추고 있었어. 아무 말도 안 하면서 그 달빛을 정면으로 받고 서 있는 그 여인은 형용할 수 없이 고고한 모습이었지. 나는 차츰 그 여성에게 압도당하는 느낌이 들었어. 위엄에 싸인 존재의 기에 압도된 나는, 순간 허리에 찬 권총을 빼들고 마당 밖으로 한 발을 쏘았어. 제가 논개가 아닌 바에야 그까짓 기생이 버선발로 달려 내려와서 무릎 꿇고 살려달라고 빌 줄 알았지. 여자는 그런 판국에도 자세 하나 흐트러짐 없이 그대로 조용히 버티고 서서, 나를 내려다보면서 훈계하더라고. '그렇게 사람을 총으로 겁을 줘서 마음대로 할 수 있다고 생각하면 안 됩니다. 젊은 장교님은 나중에 큰 분이 되겠지만 사람은 그렇게 다루는 것이 아닙니다. 진주기생은 강요당해 아무 데나 따라가지 않습니다.'"[41]

22세 청년장교 리영희의 개안을 이끈 논개의 후예 진주기생의 위엄이다.

그런데 논개를 다룬 문학작품 중에 평판 높은 소설이 없다는 사실이 이상하게 느껴진다.[42] 생전에 이병주도 진지하게 구상해봤음직

41) 리영희·임헌영, 『대화』, 한길사, 2005, pp.135-136.
42) 이병주의 친척이 쓴 습작소설이 있다. 정찬원, 『소설: 다시 쓰는 논개』, 문, 2017.

하다. 적장의 나라, 일본의 학자, 가와무라 미나토(川村湊)는 학술저서 기생론을 쓰면서「의기와 논개」라는 별도의 장을 할애했다.[43] 저자는 1980년대에 유행하던 대중가요「논개」(가수 이동기)의 가사를 주목한다.

"꽃입술 입에 물고 바람으로 달려가
작은 손 고이 접어 기도하며 울었네.
샛별처럼 반짝이던 아름다운 눈동자
눈에 선한 아름다움 잊을 수가 없어라.
그 사랑 영원하리."

그는 이렇듯 서정적 낭만으로 포장된 노랫말 뒤에 숨은 의기의 비장한 애국심을 읽어낸다.

"마치 사랑하는 사람과 함께 몸을 던진 비운의 주인공이 부른 노래처럼 보이지만 노래 속의 '그 사랑'은 결코 무리신쥬(無理心中, 동반자살)의 왜장을 향한 것이 아닌, 조선이라는 나라에 대한 사랑, 혹은 그녀의 고향인 진주와 진주성에 대한 사랑일 것이다. 이와 같은 나라 사랑의 노래가, 그것도 1980년대에, 논개라는 역사적 인물을 주제로 여러 사람들에게 불려졌다는 사실에서 한국 민족주의가 가지는 기묘함을 짐작할 수 있다. 그러나 그것과는 별도로 논개가 증오스런 왜장을, 혹은 일본군을 혼쭐내준 사실만으로도 한국인들에게는 통쾌하고도 역사적인 사건인 것이다."[44]

---

43) 가와무라 미나토(川村湊), 유재순 옮김,『말하는 꽃 기생』, 소담출판사, 2002, pp.104-114.
44) 위의 책, p.106.

11. 아비규환: 6·25 전후의 진주

백지로 남은 향토사

지리산 자락의 한 지방자치단체가 펴낸 간추린 향토사는 한 시기를 통째로 공백으로 남길 수밖에 없었다.

"일제의 쇠사슬에서 해방되어 불멸의 민족임을 보여주었다. 그러나 조국광복의 기쁨이 가시기도 전에 국가가 혼란에 이르고 함양지방은 지리산과 덕유산 사이에서 더욱 고충을 감수해야 했다. 국토분단, 사상적 대립, 여순반란, 빨치산의 준동, 6·25 사변 등 혼란상태로 기로에 있었다. 따라서 서로의 이해관계가 얽혀 있기 때문에 해방 이후의 향토사는 생략하기로 한다."[1]

어느 고장이나 사정이 비슷했다. 특히 전쟁 중 인민군 치하에 들어갔던 지역은 더욱더 그러하다. 저마다 사정이 다르고 가슴에 맺혀 대물림된 사연도 다르기에 후세인이 당시 상황을 객관적으로 기록하는 것은 지난한 일이다. 설령 기록의 객관성이 확보되었다 하더라도 세월 속에 응어리진 아픈 사연을 새삼스레 들추어내는 일 자체가 당자들에게는 엄청난 고통일 것이다. 그러니 아예 백지 상태로 두는 고육지책을 택했을 것이다. 지리산 인근의 최대 도시인 진주의 사연은 더욱 복잡하고 가혹했을 것이다.

---

1) 김성진 편찬, 『간추린 함양역사』, 함양문화원, 2006, pp.152-153.

1950년 6월 25일 오후 6시, 진주경찰서의 사이렌이 길게 울렸다. 바로 전날 이병주의 학병 친구인 이진영의 결혼식이 있었다. 마산 출신인 이진영은 진주여고 교사로 재직하던 신부를 맞는 예식을 올리기 위해 진주에 왔다. 같은 마산 출신의 학병 동료 민충식도 동행했다. 신혼부부를 떠나 보낸 하객들은 같은 학병 친구 정기영의 집에서 뒤풀이를 했다. 이광학·추연백도 자리를 함께했다. 4년 전 1946년 3월, 상해에서 미군 LST선을 타고 부산 부두에 내려 헤어진 후 첫 회동이다.

사이렌 소리에 놀란 일행은 거리로 나갔다. 길가에 서성거리고 있던 청년단 단장이 짜증난 표정으로 지리산 빨치산들이 행동을 개시한 것 같다며 불평한다. 집에 돌아와 라디오를 틀었으나 잡음이 심해 정확한 정보를 알 수 없었다. 자정이 지나서야 북한 인민군이 3·8선을 넘어 침공했다는 소식을 확인했다. 그러나 유행가 가사처럼 서울에서 진주는 아득한 천릿길이다. 그런데 그 천릿길을 불과 한 달 남짓만에 인민군 부대가 밀고 들어온 것이다. 전쟁이 일어난 지 일주일 만에 이병주의 친구 박창락(『관부연락선』에서는 박창학)이 체포된다. 보도연맹 관련자의 예비검속에 걸린 것이다. 검거된 자들은 모두 한밤중에 야산에 끌려가서 총살당한다는 흉흉한 소문이 나돌았다.

"진주 시내는 공포의 도가니가 되었다. 보도연맹원만이 아니라 투서와 고발에 의해 체포되어 참살당하는 경우가 있다고 듣고 보니 제정신을 똑바로 가질 수가 없었다. 동족상잔의 비극은 전투행위에만 있는 것이 아니고 그러한 학살에 있다는 것을 뼈에 사무치게 느꼈다. (누가 이러한 나라를 조국이라고 부를 수 있을 것인가!)

이렇게 감상하고 있을 겨를도 없었다. 어느덧 진주는 국군과 미군이 붐비는 군사도시가 되더니 얼마 지나지 않아 육군참모총장 채병덕 장군이 하동 적량(赤良)에서 죽었다는 소식이 들렸다. 인민군이 진주와의 상거(相距) 40킬로미터 지점에 접근한 것이다. 피란을 가야 할 절박한 사정이 생겼다."[2]

후일 『친일문학론』[3]이라는 획기적인 저술로 일제 말기 지식인들의 행보를 가감없이 조명하여 역사의 심판대에 올린 21세 청년 임종국(1929-89)도 지리산 부근에서 갈팡질팡하고 있었다.

"전북 장수군에서 경남 함양군으로 넘어가는 경계에 육십령 고개가 있다. 나는 그곳에서 인민군에게 잡혀 안의로 가는 수십 리 내리막길을 그들의 짐을 진 채, 행렬을 따라 걸어 내려가고 있었다. 밤길을 걸을 때는 몰랐는데, 동이 트면서 드러난 눈앞의 광경은 처참했다. 7월의 푸른 벼 포기 사이로, 논물을 벌겋게 물들이면서 내 또래의 젊은이가 죽어 자빠져 있었다. 난생처음 보는 시체라 머리칼이 곤두서는 공포를 느끼면서 발을 옮기는데, 열 발자국을 못 가서 또 하나의 시체와 맞닥뜨렸다. 간밤 육십령 고개에서 저항하던 아군의 군경 부대원이었다. 지프차로 추격하면서 기총소사를 해댄 바람에 신작로를 따라 패주하던 엄청난 숫자의 아군들이 무청 잘리듯이 죽어 자빠졌다고 한다.
　열 걸음이 멀다 하고 늘어선 시체를 보고 심장이 얼어붙는 공포를 느꼈던 것도 처음의 몇 구에서였다. 그 수가 여남은에서 스물을 넘기자 공포는 어느새 이글거리는 분노로 바뀌어가고 있었다. 국방과 정치를 어떻게 다루었기에 전쟁이 시작된 지 한 달도 못 돼 이곳 경상도까지 밀린단 말인가? 점심을 평양, 저녁을 신의주에서 먹는다더니, 누가 무엇을 잘못했기에 죄 없는 청춘들만 저렇게 죽어 자빠져야

---

2) 이병주, 『잃어버린 시간을 위한 문학적 기행』, 서당, 1988, pp.152-153.
3) 임종국, 『친일문학론』, 평화출판사, 1966.

하는 것인가? 안의에 이르러 인민군 여전사의 시체를 무밭에 끌어묻어준 후 나는 인민군의 손에서 빠져나올 수 있었다.

낙동강을 넘으면 고향인 창녕 땅, 가도가도 황톳길, 숨 막히는 더위 속에서 나는 줄곧 분노로 가슴이 이글거리고 있었다. 나라꼴을 이 지경으로 만든 사람들을 찾아내서 간이라도 씹기 전에는 죽어도 눈이 안 감길 것 같은 분노였다."[4]

임종국은 조국의 부재 속에 내버려진 젊은 죽음의 원혼을 풀어주기 위해 한동안 고시공부에 매진한다. "고시에 합격하면 파사현정의 칼을 휘둘러 나라를 좀먹는 버러지들을 무청 자르듯이 처치해야겠다"고 마음을 다졌던 것이다.[5]

정치보위부 체포와 문화선전대 노역

7월 31일 진주가 인민군 수중에 떨어졌다. 8월 1일, 이병주는 식솔을 이끌고 처가가 있는 고성을 향해 걸었다. 아내 이점휘, 네 살 된 아들 권기, 두 살 된 딸 서영, 그리고 집안일을 돕던 소녀, 모두 다섯 명이다. 산모퉁이 서른 개도 넘는 구덩이에 시체가 잔뜩 쌓여 있었다. 도중에 만난 인민군의 정돈되고 예의바른 매너가 인상적이었다.

"따발총인가 하는 진귀한 무기를 걸머지고 마을에 나타난 인민군은 거개 16, 17세로 보이는 소년들이었다. 행동과 기조엔 질서가 있었다. 어른들을 공경할 줄 알았고 아이들에게는 친절했다. 난잡한 행동은 전혀 없었다. 물 한 사발 얻어먹는데도 깍듯이 예의를 차렸다. 이처럼 선발대로 온 인민군은 규율이 엄하고 민폐를 끼치지 않았다.

4) 임종국, 「술과 바꾼 법률책」, 『한국인』, 1989년 1월호; 정운현, 『임종국 평전』, 시대의창, 2006, pp.90~91에서 재인용.
5) 정운현, 위의 책, p.106.

일제 때 병정 노릇한 경험이 있는 나는 주의와 사상을 떠나서 그 어린 인민군들을 감탄의 눈으로 보았다. 일본 군대에서는 느껴보지 못한 그 무엇인가가 있었다. 조용히 들어왔다가 조용히 쉬고 조용히 떠나는 인민군대. 나는 일종의 경의를 느끼기조차 했는데 며칠이 안 가서 나는 그들을 환멸하게 되었다."[6]

이병주 가족은 고성 처가에 피신했지만 고성도 이미 인민군의 수중에 떨어졌다. 그는 하동군 북천면 고향에 계신 부모님의 안위가 걱정되어 왔던 길을 되돌아간다. 고성 덕선리를 출발하면서 인민위원회로부터 증명서를 발부받는다. 진주농과대학의 제자 이창수가 동행에 나섰다(『관부연락선』에는 같은 이름의 사촌 처남으로 등장한다).

둘은 도중에 인민군 1개 분대와 마주친다. 분대는 지나갔는데 뒤에 처진 분대원 한 명이 일행을 불러세운다. 인민군은 이창수를 위협하여 돌려보내고 이병주만 따라오라고 명령한다. 이병주가 차고 있던 시계가 탐났던 것이다. 이병주는 기지를 발휘하여 시계를 주고 위기를 모면한다. 이병주는 이 장면을 소설과 에세이에 박진감 있게 옮겼다.[7] 그러나 이튿날 이병주는 사천읍의 내무서 요원에게 연행되어 진주 천주교성당 부속건물 2층에 임시로 설치된 정치보위부 유치장에 구금된다.

"그러고 있는데 나를 데려오라는 전갈이 있었다. 얼굴이 검은 중년의 사나이가 무슨 보고서 같은 것을 읽고 있더니 억센 평안도 사투리로 '대학교수냐' '호국단 총무부장이란 것이 사실인가?' '학생연

6) 이병주, 『잃어버린 시간을 위한 문학적 기행』, 서당, 1988, p.170.
7) 위의 책, pp.173-175.

맹원을 고문했다는 것이 사실인가?' 「반공가」를 만들었다는 것이 사실인가?' 어느 사이에 저런 조사를 다했을까 싶을 정도로 소상한 질문이었다(물론 제보자가 있었을 것이다)."

이병주가 대체로 사실이라고 시인하자 "당신의 반동성은 용서할 여지가 없지만 진주시당의 특별한 요청으로 석방하니 앞으로 민주 사업에 잘 협력하라"면서 누군가를 불렀다. 그때 불려들어온 것이 권달현이었다.[8]

좌익사상가 권달현에게는 친구의 목숨을 구하는 일이 급선무였다. 사상보다 우정이 앞섰다. 권달현은 이병주의 체포 소식을 듣자마자 진주시 인민위원회로 달려가서 북에서 온 문화부장을 설득하기 시작했다. 지금 문화단체를 만들려고 해도 문화인이 없는데 이병주 같은 사람을 잡아 가두면 문화인을 얻기는 불가능하다. 만약 그를 풀어주기만 하면 나도 기꺼이 체육부장직을 맡겠다며 간곡하게 설득했다.

이 말이 먹힐 만한 사정이었다. 상부에서는 한시바삐 문화단체를 만들라고 성화같은 재촉이 이어졌지만 진주시에는 문화인이라고 부를 만한 사람은 모조리 피신해버렸던 것이다. 진주시 인민위원회는 뾰족한 수가 없어 고심하고 있던 참이었다. 이 사정을 권달현이 교묘하게 이용한 것이다.[9] (권달현은 『관부연락선』에는 '강달호'로 등장한다. 그는 인민군과 함께 북으로 퇴각했거나 도중에 죽었다는 설이 있다).

이렇게 풀려난 이병주는 권달현이 제공한 진주시 집현면의 피신처에서 20여 일 머물면서 연극동맹(문화선전대)을 조직하는 일에 투입된다. 연극동맹이 결성되자 이동연극을 준비하라는 지령이 떨

---

8) 이병주, 『생각을 가다듬고』, 정암, 1985, pp.225-226.
9) 위의 책, p.226; 이병주, 「당신은 친구가 있는가」, 김윤식·김종회 엮음, 『문학과 역사의 경계에 서다』, 바이북스, 2010, pp.69-73.

어진다. "유태림은 각본의 선택, 연습 등 시간을 끈다. 이렇게 2주일 동안 스탈린을 주제로 한 각본을 쓴다. 그러고는 마침내 순회공연에 나선다."

"유태림 일당이 H(하동) 방면으로 떠나게 된 것이 9월 26일, 그 익일 공연할 목적으로 D에 다다른 것이 27일, 이땐 벌써 단보따리 짐을 진 소위 공산정권의 요원이란 자들이 국군의 진격에 밀려 지리산으로 향해 도망치고 있는 중이었다. 태림은 그러나 그때까지 그것을 몰랐다. 누구에게 물어도 대답을 안 하는 것이었다. 그랬는데 괴뢰군 차 한 대가 황급히 지나가며 유태림의 단체를 보고 뭐냐고 묻기에 이동연극단이라고 했더니 머지않아 이곳이 전쟁터가 될 거니 빨리 후방으로 물러서서 연극을 하든지 말든지 하라는 것이었다.

유태림 일당은 황급히 짐을 꾸려 지리산 가까운 곳까지 갔다. 추석 명절이라 어느 동리에서 대접을 받고 M이라는 데까지 왔을 때 산 밑의 길로 태극기를 단 탱크가 지나가는 것이 보였고 탱크의 진로를 초계(哨戒)하는 비행기가 뜨고 있었다. 퇴각하는 괴뢰군은 숲속에 기어들어 있어 태림의 일당은 앞으로도 뒤로도 가지 못하게 되었다. 유태림은 엉겁결에 잊고 있었는데 이때까지 행동을 같이 해오던 지도위원이란 자가 없어졌음을 알았다."[10]

이병주와 한때 매우 가까이 지냈던 리영희는 이병주가 자신에게 털어놓았다며 보다 극적이고 낭만적인 스토리를 전한다.

"인민군이 총퇴각을 하게 되자 인공 치하에서 문화·예술 공작에 협력했던 사람들이 전부 지리산으로 모여들었대. 지리산의 깊은 어

---

10) 이병주, 『관부연락선』 2권, 한길사, 2006, pp.332~333.

느 골짜기, 햇볕이 따스하게 비치는 평퍼짐한 곳에 모여서 회의를 했다는 거지. 퇴각하는 인민군을 따라 북으로 갈 것이냐, 모두 하산해서 투항할 것이냐를 놓고 열띤 토론이 여러 시간 계속됐다더군. 이병주 말이, 그런 절체절명의 궁지에 몰린 상태에서 남자들보다는 여자들이 그 신념과 이념에서 월등히 강직하더래. 북조선에서 내려왔던 문화예술총동맹(문예총) 소속 여성들뿐 아니라 남쪽에서 활약하다 입산한 여성들까지도 한결같이 그랬다고 해요. '상황이 바뀌었다고 해서 투항한다는 것은 말이 되지 않는다. 끝까지 이념에 충실해야 한다.' 한편 남쪽 출신 남자 문예인들은 온갖 구실을 찾아서 하산하자고 주장했대요. 토론의 결말이 나지 않자, 위원장이었던 이병주가 타협안을 제시하여 각자의 선택에 맡기자는 데 합의가 이루어졌대. 다만 '동지의 누가 어떤 길을 택하든, 다른 동지의 결정과 행동에 대해서 일절 비판할 수 없다. 각자의 양심에 따라 자기에게 충실하게 행동하자'는 다짐을 모두가 하고 그 자리에서 뿔뿔이 헤어졌대. 그렇게 해서 하산한 이병주는 그 후 투옥되었지."[11]

가족과 친척의 증언은 세부사항은 조금씩 다르지만 비교적 일관된다. 이병주의 바로 아래 동생 이병협은 형이 하동군 횡천면 부근에서 연극단을 해산하고 가까운 고모집에 있다가 북천면 집으로 돌아왔다고 증언한다. 고종질 정찬원의 기록도 이 주장을 뒷받침해준다. 횡천면 출신인 그의 아버지(정두상)는 해인대학 진주 캠퍼스의 법률학과에 다닐 때 외사촌 형인 이병주의 집에 거처했다. 정찬원이 집안 어른들에게 들은 이야기다.

"그분(이병주)은 6·25 전쟁이 끝나갈 무렵, 여성 연극단 20여 명

11) 리영희·임헌영, 『대화』, 한길사, 2005, pp.386-387.

을 데리고 우리 집에 와서 2주일 동안 묵은 적이 있다. 어머니는 그때 많은 사람들의 음식을 장만하느라 고생을 했다고 하셨다."[12]

9월 28일, 진주가 수복되었다. 적 치하에서의 행적에 대한 대대적인 심문이 따랐다.

서울에서는 도강파와 잔류파 사이의 피비린내 나는 보복이 횡행했다. 원천적 책임은 서울을 사수하겠으니 흔들리지 말고 집에 머무르라고 당부했던 이승만 정부에 있다. 백성을 버리고 떠난 지도자는 조선시대에나 있었는 줄 알았다. 『관부연락선』에서 작가는 이 상황을 이렇게 적었다.

"국민에게만 의무가 있는 것이 아니라 정부에게도 의무가 있다고 생각한다. 그럼에도 불구하고 정부는 국민의 생명과 재산을 보전할 의무를 포기하고 도망쳐버렸다."[13]

민주국가에서 국민의 안전은 국민의 권리이고 국가의 의무다. 도대체 조국이란 어디에 있으며 국민을 위해 무엇을 하는 존재인가? 스무 살 청년 임종국과 갓 서른이 된 이병주가 함께 뼈저리게 절감했던 분노 어린 의문이었던, '조국의 부재'였다.

평생의 트라우마: 빨치산 부역 논쟁

1992년 4월, 이병주가 작고한 직후 그가 6·25 이후에 빨치산 활동을 한 것으로 단정하는 월간지 기사가 실렸다. 월간 『퀸』은 「지리산

---

12) 정찬원, 『할머니의 유산』, 보고사, 2011, pp.34-35. 정찬원은 단편소설로도 이병주와의 인연을 그렸다. 정찬원, 「외동아들」, 『한국소설』, 2018. 4(통권 225호), pp.198-212.
13) 이병주, 『관부연락선』 2권, p.339.

에서 빨치산 활동했던 작가 이병주 행적」이라는 선정적인 제목 아래 김종수라는 이병주의 '학병 동기'의 증언을 옮겼다. 이병주의 '술친구'를 자처한 유기수라는 사람의 증언도 함께 실었다. 유기수는 이병주와 김종수의 학병체험을 묶어 단편소설을 쓰기도 했다고 한다.[14] 그러나 『퀸』은 파급력이 미미한 매체였다. 굳이 별도의 대응이 필요 없었다. 그러나 그로부터 2년 후, 많은 독자를 확보하고 있는 『월간조선』이 나서면서 사태가 커졌다. 『월간조선』 1994년 6월호는 「『지리산』의 작가, 고 이병주의 끝끝내 못다 한 한 마디 "나는 빨치산이었다"」라는 제목의 기사를 실었다.

하동군 악양면 촌로의 증언을 토대로 작성했다는 취재기사는 한마디로 오류투성이로 잡지의 공신력에 큰 타격을 주었다. 이를테면 이병주가 김현옥 시장의 문서비서 노릇을 했고, 박정희 대통령의 밀사로 미국을 다녀왔으며, 빨치산 토벌대장이었던 김종문 대령이 이병주의 뒤를 봐주어 목숨을 건졌다라는 등등 너무나 황당한 내용들이었다.[15] 아들 이권기가 즉시 반박에 나섰고 명예훼손 소송의 위험을 감지한 잡지사는 정정기사를 낼 수밖에 없었다. 7월호에 '몇 가지 오보를 바로 잡는' 내용이 실렸다. 「검증: 지리산의 작가 이병주는 과연 빨치산이었는가」라는 소제목 아래 "그는 빨치산이 아니었다"라는 최종판단이 실렸다. "해방과 전쟁, 격심했던 이념 갈등의 소용돌이 속에 빨려 들어갈 수밖에 없었던 분단국가 지식인의 모습"으로 정리된 것이다. 학병시절의 추억, 해인대학 취직 경위, 해인사 빨치산 습격사건 등 제기된 모든 쟁점에 대해 이병주의 지음(知音) 정기영의 상세한 증언이 의혹을 해소하는 데 결정적인 도움이 되었다.[16]

14) 『퀸』, 1992년 5월호, p.111.
15) 『월간조선』, 1994년 6월호, pp.378-387.
16) 이정훈, 「그는 빨치산이 아니었다」, 『월간조선』, 1994년 7월호.

빨갱이, 빨치산 전력 시비는 평생 이병주를 괴롭혔던 해묵은 의제였다. 1978년 젊은 문학평론가 최광열이 「70년대 작가들의 허상과 실상」이란 부제가 달린 평론집 『장이들의 환상과 세계』를 펴내면서 이병주가 해방 후 남로당에 가입하여 활동한 일이 있으며 작품을 통해 이를 합리화했다고 주장했다. 이병주는 이내 "개인 감정 때문에 중대한 문제가 될 수 있는 거짓을 날조하여 인신공격을 했다"며 「추풍사」라는 실명소설로 반박했다.[17]

이병주 문학 찬미자의 한 사람인 장석주는 이병주가 평생 지니고 살았던 내면의 아픔에 동정을 금하지 못했다.

"1970년대 중반, 문인들이 모인 한 술자리, 한 젊은 소설가가 술기운을 빌려 이병주에게 대뜸 묻는다. '선생님, 빨치산하셨지요?' 적당히 술이 올라 기분이 좋았던 이병주의 얼굴이 순식간에 굳어진다. 좌중의 시선이 일제히 이병주에게 쏠린다. 짧은 침묵이 흐르는가 싶더니, 이병주가 벌떡 일어선다. '내가 빨치산 한 걸 네가 봤어? 증거 있으면 대보라구. 이 자식아!' 이병주가 들고 있던 술잔이 어느새 젊은 작가의 얼굴을 향해 날아갔다. 이어 말 한마디 잘못 꺼낸 죄로 뜻하지 않은 봉변을 당한 젊은 작가가 묵묵히 있자 이병주는 분이 덜 풀린 듯 후배 작가의 멱살을 움켜잡는다. 이병주는 자신에게 평생 따라다닌 좌익 혐의 때문에 필요 이상으로 예민하게 반응한 것이다. 그의 사상적 편향에 대한 의심 때문에 숱한 오해와 불이익을 당하며, 그의 내면에는 이에 대한 강박증적 피해의식이 깃들이게 된다."[18]

---

17) 이병주, 「추풍사」(秋風辭), 『월간 한국문학』, 1978년 11월호, p.137.
18) 장석주, 『나는 문학이다: 이광수에서 배수아까지 111』, 나무이야기, 2009, p.451.

환멸 속에 진주농대를 사직하다

1950년 9월 30일자로 진주농과대학에 이병주의 사직서가 접수되었다. 그리고 이병주는 진주를 떠났다. 이웃의 고향 하동으로 돌아온 것도 아니었다. 그가 택한 행선지는 사람들 속에 파묻혀 익명의 존재로 지낼 수 있는 대도시 부산이었다.

이병주는 당시의 심경을 직접 기록으로 남기지 않았다. 『관부연락선』에서 유태림의 부친의 말로 대신 전할 수 있을 것이다. "태림은 당분간 이곳에 돌아오지 않을 게다. 경찰에게 붙들릴 것이 무서워서가 아니라 C시의 친지들과 학생들을 대할 면목이 없다고 그러더라."[19]

이병주가 진주를 떠나자 뒷말이 무성했다. 그가 자진해서 부역했다는 소문, 마지못해 끌려 다녔다는 소문, 인민군 따라 지리산으로 갔다는 소문 등등. 부산에 머물던 그에게 진주경찰서의 형사 배홍균은 진주로 돌아올 것을 종용한다.

"저는 부산으로 피란가 있다가 진주가 수복되면서 사찰주임으로 승진해 돌아왔습니다. 저는 이병주 씨가 부역한 것 때문에 진주에 오지 못하고 있다는 것으로 알고 이병주 씨를 살리려면 자수시켜야겠다고 생각하고 당시 진주경찰서장이었던 이정용 씨와 상의했습니다(이정용은 1914년생으로 진주고보 출신이다). 이정용 서장은 '적치하에서 본의 아니게 부역한 사람들 중에 살인 등을 하지 않은 사람은 관대하게 처리할 테니 자수하라'는 내용의 포고문을 쓰게 했습니다. 이 포고문을 근거로 제가 이병주 씨를 설득해서 자수시킨 것입니다. 그리고 곧바로 석방되었습니다."[20]

---

19) 이병주, 『관부연락선』 2권, p.336.
20) 『월간조선』, 1994년 7월호, p.382.

이렇게 부역문제를 해결한 이병주는 부산으로 되돌아간다. 그리고 부산에 정착할 마음을 품는다. 그러나 상황은 말끔하게 정리되지 않았다. 『관부연락선』에 따르면 유태림은 그해 1950년 12월 미군 CIC 방첩대 요원에게 연행된다. 이병주에게 실제로 일어난 일이다.

"심문을 받은 결과 불기소로 나왔는데 그땐 내가 당당하게 굴어서 그런 결과가 된 줄만 알았지. 뒤에 알고 보니 그게 아니었어. 아버지의 피나는 노력이 있었고 C시 경찰서장의 호의가 있었던 탓이었어."[21]

'아버지의 피나는 노력'과 관련하여 아들 이권기 교수의 증언은 보다 선명하다. "조부는 논 몇 마지기를 팔아 담당검사의 아버지를 찾아갔다. 그리고 둘은 술친구가 되었다."[22] 예로부터 '관액'(官厄)에는 돈을 아끼지 않는 것이 우리의 전통이다. 정을병의 『육조지』(1966)와 이문열의 『어둠의 그늘』(1980)에는 우리나라 형사사법 절차에 만연한 여섯 가지 비리를 고발하는 '육조지'를 열거한다. 일제강점기부터 전해오는 경구라고 한다. '순사는 패 조지고'로 시작하는 6대 '조지' 중에 '집구석은 팔아 조지고'가 모든 형사범에게 공통된 절실한 문제였다.

심우 이광학의 죽음과 해인사 출가 시도

마침내 이병주는 고향에 돌아온다. 달리 뾰족한 수가 없기도 했다. 아버지는 생업인 양조장 일을 거들라고 한다. 심우 이광학(李光學)의 죽음이 준 상처가 너무나 컸다. 시체를 찾지 못해 슬픔이 배가되

---

21) 이병주, 『관부연락선』 2권, p.340.
22) 정범준, 『작가의 탄생』, p.216.

었다. 이병주는 평생 무수히 많은 친구의 죽음을 맞았다. 그중에서도 서른 즈음에 맞은 이광학의 죽음을 가장 애도했다. 이광학의 죽음은 동지의 상실이자 민족의 비극이다. 행여 자신을 구하려다 죽은 것이 아닐까 하는 자책감도 깊었다. 『관부연락선』에도 유태림이 깊은 자책감을 가지는 것으로 그려져 있다.

"유태림이 정치보위부에서 풀려나왔다는 소식을 듣고 이광열이 피신처에서 C시로 들어왔다가 학생동맹에게 붙들려 어디엔가 감금된 사건이었다. 태림은 이광열의 불행을 자신의 책임으로 알았다. 자기가 전력을 다하여 그들의 비위를 맞추기만 하면 혹시 이광열의 구출이 가능하지 않을까도 생각해봤다."[23]

"(배 형사는) 이어 강달호(권달현)와 N군은 적들과 함께 지리산으로 간 것 같고 납치당한 이광열은 산청군과 함양군의 경계쯤에서 사살당한 듯싶다고 덧붙였다. 나는 실신할 정도로 놀랐다."[24]

이병주는 동일한 상황에 처했음에도 자신은 살고 이광학은 죽게 된 결정적인 사유는 둘을 다룬 인민군 기관이 달랐기 때문이라고 한다. 이병주 자신은 정치보위부에 의해 체포되었기에 '정치적 처리'가 가능했다. 그러나 이광학은 내무서의 관할 아래 들었기에 학생동맹원들의 특별한 청원이 없이는 정치적 결정을 내릴 수가 없었다고 한다. 우익반동교사로 낙인 찍혔던 이광학의 구명을 위해 나설 학맹이 아니었다. 철수에 급급한 인민군은 당시까지 감금하고 있던 '반동분자'들을 일괄적으로 살해하고 떠난 것이다.[25]

---

23) 이병주, 『관부연락선』 2권, p.332.
24) 위의 책, p.336.
25) 1985년 12월 17일 KBS TV 「11시에 만납시다」, 대담자 김영호.

"좌우 투쟁에 있어서의 학살, 전시에 있어서의 참사가 새삼스럽게 문제될 수 없을 만큼 죽음이 범람 상태를 이루고 있었지만 이광학 같은 인물만은 그렇게 죽어선 안 되는 것이었다. 그의 죽음으로 미루어 많은 그와 같은 죽음을 상상할 수 있을 때 이광학 군의 운명은 개인적인 슬픔을 넘어 상징적인 의미를 띠게 되었다. 그의 좌절은 민족의 희망으로서의 좌절이었다. 그의 죽음과 더불어 나의 8·15에 대한 감격은 끝났다."[26]

"6·25 동란이 있었다. 이 동란에 나는 가장 외경하고 친애했던 친구 이광학 군을 잃었다. 1951년 5월 경남대학의 전신인 해인대학으로 옮겼다."[27]

"학자로서의 실력과 교육자로서의 결의를 가꾸려고 할 즈음 6·25 동란이 터졌다. 나의 꿈, 나의 희망은 산산조각이 났다. 뿐만 아니라 내게 있어서 가장 소중한 친구를 잃었다. 역사도 믿을 것이 못 되고 인생조차 믿을 것이 안 되며 이 세상은 기를 쓰고 살아볼 만한 곳이 못 된다고 느꼈다."[28]

심우 중의 심우가 원인도 모르고 명분도 없는 허무한 죽음을 당하는 것을 보고 이병주는 그 충격으로 출가를 진지하게 고려했노라고 고백하기도 했다. 1984년 3월 17일 『동아일보』에 기고한 글이다.

"1951년 5월 나는 가야산 해인사로 들어가 강고봉(姜高峰)이란 스님을 도사(導師)로 하여 출가할 의사를 밝혔다. 불법에 이르는 길

26) 이병주, 「불행에 물든 세월」, 『미(美)와 진실의 그림자』, 대광출판사, 1978, p.249.
27) 이병주, 『1979년』, 세운문화사, 1978, p.149.
28) 위의 글.

은 한 가지만이 아니다. 꼭 출가할 생각이면 1년만 더 기다려라 하고 고봉스님은 응낙하지 않았다. 고봉스님은 나의 제안이 친구를 잃은 충격에서 비롯된 일시적인 충동 탓이라고 언파(言破)한 것이다. 그래도 나는 해인사에서 살 작정을 했다. 상처입은 마음에 있어서 그이상의 환경을 상상할 수가 없었다."[29]

이병주가 해인사에서 정양하는 동안 지리산의 빨치산 부대가 보급투쟁을 위해 내습한 사건이 벌어졌다고 한다. 이병주가 소설과 에세이, 그리고 인터뷰에서 전한 빨치산의 해인사 습격사건의 세부적 내역은 당시의 언론기사와는 차이가 있다. 정범준이 이를 정교하게 추적했다.[30] 이병주는 『관부연락선』과 『지리산』에서 해인사 습격을 1951년 7월에 일어난 일로 기록한다. 에세이도 마찬가지다. 『생각을 가다듬고』(1978)에는 "1951년 7월 12일 빨치산들이 해인사를 습격하여 학생 60여 명을 납치하는 소동이 있었다"라고 썼고, 1984년 『동아일보』의 기고문에도 같은 내용을 되풀이했다. 이병주뿐만 아니라 실제로 빨치산 대원이었던 이태도 1951년 7월의 일로 기억한다.

"제가 남부군 승리사단에 있을 때 인민여단과 혁명부대가 1951년 7월 해인사를 기습했습니다. 이때 이병주 씨가 해인사에서 요양 중이었던 것으로 아는데 우리 부대가 기백산에서 합류하여 들은 이야기로는 쓸 만한 인재가 없었다고 하더군요."[31]

이태는 이 내용을 소설 『남부군』에서 되풀이한다.

---

29) 이병주, 「나의 30대」, 『동아일보』, 1984. 3. 17.
30) 정범준, 『작가의 탄생』, pp.222-230.
31) 이점석, 「지리산에서 빨치산 활동을 했던 작가 이병주 행적 추적」, 『퀸』, 1992년 5월.

"목욕을 하고 나서 저녁 식사 때까지는 민주지산 이후의 무용담들로 서로 교환하느라고 떠들썩했다. 남부군 간부들 중에는 문인·학자·예술인 등 소위 지식인이 많이 끼어 있었다. 이들이 그 얼마 전 (1951. 7. 12) 가야산 해인사를 습격했을 때의 이야기를 나누고 있었는데, 고려대장경판(소위 팔만대장경)의 보존상태가 어떠니, 그래가지고 불이라도 나면 어쩔 셈인지 모르겠다느니 하며 얘기를 하고 있는 것을 보고, 같은 문화유산을 아끼고 자랑으로 아는 사람들끼리 피를 흘리는 '동족상잔의 비극'을 새삼스레 실감하는 느낌이었다."[32] (이태는 1952년 3월 19일 토벌군에 의해 체포되었다.)

그러나 언론에 보도된 해인사 습격은 1952년 7월 13일에 일어났다. 7월 18일자 『동아일보』는 「공비(共匪) 해인사(海印寺)에 방화(放火): 학생 등 30여 명 납치」라는 제목의 (합천발) 기사를 실었다. "지난 13일 합천 해인사에 공비 수십여 명이 침입하여 중학교 및 해인대 학생 7명, 서울중동중학생 23명, 해인사에 주둔하고 있는 해군 헌병 1명과 경비원 1명을 각각 납치하는 동시에 천수백 년 역사를 가지고 불교문화를 자랑하던 해인사 사찰에 불을 질러 건물 3동이 전소되고 말았는데 동(同) 사찰에는 우리나라 최대 국보인 팔만대장경이 보관되어 있었다. 한편 작일(7월 17일) 오전 중 현재로 납치자 중 5명이 탈출귀환했다 하며 동시에 해인대학, 서울중동중학교에 폐쇄령이 내렸다 한다." 이어서 7월 21자 『조선일보』는 "해인사 피습사건을 계기로 문화재를 보호하자"는 취지의 사설을 실었다. (물론 언론에 보도되지 않은 빨치산의 납치사건도 있을 수는 있다. 그러나 빨치산 관련보도는 당국의 발표가 기준이 될 수밖에 없다. 결론적으로 이병주와 이태의 기억이 틀렸을 확률이 높다.)

---

32) 이태, 『남부군』 하권, 1988, p.39.

"그런데 그해(1951) 7월 12일 밤 공산 빨치산이 해인사를 습격했다. 당시 해인사는 경찰대와 의용경찰대에 의해 삼엄한 경호하에 있었다. 게다가 빨치산은 백수십 리 저편인 지리산과 덕유산에 있는 것으로 되어 있었다. 어떻게 해서 빨치산이 삼엄한 경계망과 정보망을 뚫고 감쪽같이 거기까지 들이닥칠 수 있었는지 그야말로 귀신이 통곡할 지경이었다. 그때 그들은 의용경찰대원 3명과 홍도여관에 투숙 중인 헌병장교를 사살하고 육십여 명을 납치해갔다. 해인사에 있던 식량과 개인들이 가지고 있던 돈과 의류 기타는 몽땅 강탈당했다. 어떻게 내가 납치를 모면했는지는 그것만으로도 콩트 한 편을 이룰 수 있다."[33]

같은 해 1984년 11월, 이병주는 콩트를 쓰는 대신 월간잡지 『마당』의 송우혜와 인터뷰를 한다.

"빨갱이들이 해인사를 습격하여 점령해버린 거라. 하마터면 그들에게 끌려갈 뻔했는데 빨치산 안에 와세다 다녔던 사람이 있었어. 그 사람이 명단을 보니 내 이름이 있는 거라. 그때 짐을 묶어 지우고 모두 출발시키려는 판인데, 그가 나를 찾아왔어. 내가 도저히 못 가겠다고 하니까, 그 사람이 인솔자보고 내가 이 사람과 이야기 좀 해야겠다면서 끌어내어 저 뒷모랑이까지 데리고 간다. 그러더니 여기 가만히 있으라고 하곤 가버려서 내가 살아남은 기라."[34]

이병주가 실제로 해인사 생활을 한 것은 1951년 5월로 최범술의 해인대학이 설립되기(1952. 3) 이전이다. 『관부연락선』에서는 해인

---

33) 이병주, 『동아일보』, 1984. 3. 17.
34) 이병주, 『마당』, 1984년 11월, p.59.

사에서 사라진 유태림의 그 후 소식은 아무도 모른다고 결말을 맺었다. 『지리산』에는 이나림(이병주)이 등장한다. '보급투쟁'에 동원된 박태영은 해인사에 머물던 2년 선배 이병주를 만나 함께 산으로 들어갈 것을 권유하나 이병주는 거절한다.

태영은 빨치산 동료들에게 이병주를 '심장병 환자'라며 뒤에 남겨두고 산으로 돌아간다.[35]

심기일전하여 해인대학 교수가 되다

"해인대학! 슬픈 이름이다. 왜 슬픈가. 내 청춘의 3, 4년 동안이 그 대학을 위해 소비되었기 때문이다. 동시에 아쉽기 짝이 없는 이름이기도 하다. 왜 아쉬운가. 나는 그곳에서가 아니었더라면 결단코 배울 수 없었던 것을 거기서 배웠다."[36]

"1951년 5월 경남대학의 전신인 해인대학으로 옮겼다. 통산 10년 남짓한 교원생활에서 나는 영어, 프랑스어, 철학을 가르쳤다. 가르쳤다고 하니 그럴싸하게 들리지만 짧은 영어, 모자라는 프랑스어, 자신도 뭐가 뭔지 모르는 철학을 가르친 순전히 엉터리 교사였다. 게다가 일제 용병이었다는 회한이 콤플렉스로 되어 한 번도 교사다운 위신을 떨쳐보지 못했다. 학생들이 못마땅한 짓을 거듭하고 있어도 기껏 해본다는 소리가 '너희들이 어찌 그럴 수가 있나'는 정도. 그런 주제에 10년 동안이나 교단을 더럽힐 수 있었다는 것은 해방 후 얼마나 인재가 모자랐던가의 증거가 된다."[37]

이병주가 회고하는 해인대학의 설립 과정이다.

---

35) 이병주, 『지리산』 6권, pp.331-334.
36) 이병주, 『생각을 가다듬고』, 정암, 1985, p.240.
37) 이병주, 『1979년』, 세운문화사, 1978, pp.147-148.

"해인대학의 전신은 국민대학이다. 해방 직후, 최범술이라는 승려가 해인사의 재산으로 재단을 만들고 거기다 해공 신익희의 명성을 곁들인 것이 곧 국민대학이다. 국민대학은 간판을 걸자마자 내분에 휘말렸다. 국민대학은 대학이기에 앞서 신익희파와 최범술파와의 각축장이 되었고 따라서 육판이 서로 불을 튀기는 수라장이 되었다. 그 싸움은 6·25 동란 직전까지 계속됐다. 우두머리끼리의 싸움은 피란 보따리와 함께 피란 수도 부산으로까지 옮겨졌다."[38]

"문교부로서도 방도가 없었던 모양이다. 해공은 국민대학의 간판을 가지고 가고 최범술은 해인사의 재단을 가지고 가라고 결정하고 그 재단 이름으로 해인대학을 인가했다. 그리고 해인대학의 소재는 가야산 해인사라야 한다고 못을 박았다."[39]

해인대학이 인가받을 당시의 문교부장관은 범산(梵山) 김법린(金法麟, 1899-1964)이었다. 이병주가 진주에 정착하기 전에 동국대학교 교수 자리를 제안했던 바로 그 인물이다. 경북 영천 태생인 김법린은 14세에 출가하여 3·1 독립만세운동에 참가했고 이듬해에 프랑스로 건너가서 1926년 파리대학 철학과를 졸업했다. 그러고는 일본 도쿄의 고마자와대학(駒澤大學)에서 불교를 연구했고 1931년 조선청년동맹을 조직하여 독립운동을 벌였다. 1933년부터는 다솔사·해인사·범어사 등 경남 일대의 사찰을 무대로 포교와 독립정신의 고취에 투신하면서 몇 차례 옥고를 치렀다. 해방 직후에 불교중앙총무위원직을 맡아 미군정청으로부터 일본 승려들이 거주하던 사찰들을 종단이 인수하는 공로를 세웠다. 1952년 문교부장관에 임명

38) 이병주, 『생각을 가다듬고』, pp.240-241.
39) 위의 책, p.241.

되었고, 1954년 제3대 민의원으로 선출되었다. 독립운동과 정치활동, 교육활동, 불교 정화운동에 헌신한 행정승·학자로도 평판이 높았다.

김법린은 최범술의 오랜 지기였다. 최범술은 경남 사천 출신으로 1915년 곤양보통학교를 졸업하고, 1916년 향리의 다솔사로 출가했다. 그 역시 3·1 운동 때 독립선언서를 영남지역에 배포하다가 일본 경찰에 붙잡혀 고초를 겪었고 1922년 일본에 건너가 1923년 박열·박흥곤·육홍균 등과 함께 불령선인사(不逞鮮人社)를 조직하여 『불령선인지』를 간행했다. 또한 박열의 일본천황암살계획을 돕고자 상해로 잠입해 폭탄을 운반한 일로 8개월 동안 옥고를 치렀다. 1932년에는 김법린과 함께 비밀결사인 만당(卍黨)을 조직하는 등 다양한 방법으로 은밀한 독립운동을 전개했다. 해방이 되자 1947년 미·소 공동위원회 대한불교단체대표에 피임되었고, 그 해에 해인사 주지가 되었으며 1948년 5·10 선거에서 사천·삼천포에서 출마하여 제헌국회의원에 당선되었다.

해인대학의 초기 역사를 요약하자면 '신익희의 국민대학'은 부산에 남아 있다가 환도 후에 서울로 돌아가고, '최범술의 국민대학'은 해인사 경내로 옮겨 해인대학으로 새 출발한 것이다. 해인대학은 마산대학으로 개명했다 경남대학을 거쳐 오늘날의 경남대학교가 된다. 『경남대 50년사』는 해인사 이전을 1952년 3월 25일, 교명이 바뀐 것은 같은 해 4월 23일로 기록한다.

이병주가 1951년 5월 해인대학 강사가 되었다는 서술은 정확하지 않다. 이때 국민대학은 부산에 있었고 해인대학은 정식으로 설립되기 전이다. 아마도 이병주의 착오이거나 정식 설립되기 이전에 강사로 내정되어 설립 준비 작업에 관여했거나, 대학에 앞서 1951년 설립허가를 받은 해인중고등학교의 교사로 학생들을 가르쳤는지도 모른다. 그런데 시인 고은이 이병주의 당시 행적에 관련해 실로 파격적인 증언을 자신 있게 남겼다.

"어떤 이미지와도 비교할 수 없는 위대한 벗 이광학이 합천에서 그(이병주)와 비슷한 운명에 처해서 혹은 좌익으로 혹은 우익으로 오인되어 지식인의 굴절을 겪고 있었다. 그런 이광학의 천재가 끝내 6·25와 함께 비참하게 죽었다. 이병주는 그 때문에 벗의 고향에 있는 해인사에 들어가서 삭발 입산하고 계율의 지범개차(持犯開遮)[40]를 떠나서 밤에는 산촌의 술로 목을 축였다. 학승 고봉의 상좌가 되고 근세의 고승 경허와 용산 선사의 영향을 받았다."[41]

붓끝이 거침없이 창공을 나는 시인 고은은 『만인보』에 '소설가 이병주'를 이렇게 그렸다.

"이데올로기를
이데올로기를 멜로드라마로 그리는 사람
이데올로기를
이데올로기 추억으로 노래하는 사람
소설가 이병주(李炳注)
그의 소설들은
언제나 과거
언제나 현실인 양
비현실적인 회한의 반동이었다.

그가 좋아하는 말은

---

40) 문자에 얽매이지 말고 개의 정신을 바로 세우고 자유롭게 살라.
41) 고은, 『1950년대』, 향연, 2005, p.352.

프랑스 영화
프랑스 영화에서
「외인부대」 따위에서
총알처럼 박혀오는 단어 한 개
운명!
그가 좋아하는 술은
60년대 초
『국제신보』 필화 사건 이래
비싼 술
비싼 연애
그리고 비싼 권력 언저리였다."[42]

---

42) 고은, 『만인보』 12, 창작과비평사, 1996, pp.122–123.

12. 마산, 나그네의 고향

개항도시 마산

1956년 4월 21일 진주의 해인대학이 마산시 완월동으로 이전한다. 교수 이병주도 거처를 진주에서 마산으로 옮긴다.

"나그네가 그냥 지나쳐버리기엔 아쉬운 그런 풍광이 있다. 그러한 고장이 있다. 메마른 마음속에 솔깃한 정감을 불러일으키고 핏발이 선 눈이 소년의 눈과 같은 무구(無垢)를 되찾는 시간을 한 폭의 그림자처럼 펼쳐 보이는 곳이, 인생에, 또는 지구 위에 더러는 있다. 예를 들면 마산이란 항구가 그런 곳이다. 험준한 산들을 등지고 남으로 호수 같은 고요한 바다를 안은 마산! 산촌의 기품을 고저로 하고 항구의 정서를 박자로 해서 다소곳이 엮어내는 우수의 빛깔과 그 일장(一章)의 멜로디를 닮은 마산은 나그네로 하여금 이곳에서 고향을 느끼게 하고 그곳의 사람에겐 여정을 느끼게 한다."[1]

흔히 마산은 향교나 서원 같은 유학기관이 없는, 뿌리 없는 신흥도시라고 알려져 있지만 따지고 보면 결코 연조가 일천한 것만은 아니다. 적어도 신라시대까지 기록이 소급하는 포구였다. 옛 이름은 골포(骨浦)였다가 경덕왕 때 합포(合浦)로 바뀌었다. 조선시대에는 중요한 조운의 기지로 사용되었다. 1663년(현종 4년) 대동법(大同法)

---

1) 이병주, 『인과의 화원』, 형성사, 1980, p.5.

이 시행됨에 따라 낙동강 일대 13개 군의 조공미를 한양으로 수송하기 위한 이곳에 조창을 설치하면서 마산포(馬山浦)로 개명했다. 1899년, 마산포는 개항장이 되고 일본 영사관이 설치된다. 정식으로 일본의 통치가 개시된 후인 1914년에는 마산부(馬山府)로 승격된다. 마산 땅에 이민족이 발굽을 내리찍은 것은 일본이 처음이 아니다. 대륙에서 내려온 원나라의 흔적이 선명하게 보존되어 있다.

1960년 3월 15일, 자유당의 부정선거에 항의해 시민과 학생이 데모에 나선다. 경찰의 발포로 많은 사상자가 생기고, 한 달여 만에 이승만 정권이 붕괴되었다. 그 위대한 시민항쟁을 기념하는 3·15 기념탑은 마산 시민의 자부심의 표상이다.

기념탑 바로 건너편에는 '몽고정'이라는 작은 우물이 있다. 오랜 시일에 걸쳐 국내 최대의 시장 점유율을 자랑하는 '몽고간장'이라는 상호도 이 우물에서 생겨났다. 우물 옆에는 당시 몽골군이 사용한 전차 수레바퀴로 전해지는 1.4미터 남짓 크기의 원형 석물이 남아 있다. 원나라가 고려와 합세하여 일본을 정벌하기 위해 설치한 정동행성(征東行省)의 유물이다. 우물의 원래 이름은 '고려정'(高麗井)이었으나 무슨 연유에서인지 1932년에 '몽고정'으로 이름이 바뀌었다.

일제가 주도한 개명 사유가 무엇이었을까? 자신들이 유일한 침략자가 아니었다는 변명일까? 아니면 만주국 건국을 기념하여 대륙을 향해 전진하겠다는 제국의 야심을 공개적으로 천명한 것일까?

김원일의 소설 『불의 제전』에 그려진 해방 전후의 마산 상황이다.

"해방 전에 한반도 전역의 공장은 9할 넘게 일본인이 운영했고, 특히 마산지방은 강제병합 초기부터 일본인이 많이 정착했다. 조선인이 세운 공장은 한 군데도 없었고 공장은 모두 저들(일본인)의 소유였다. 일본인은 구마산 어촌은 버려두고 항만 시설을 갖춘 신마산을 건설하여 화학, 수산가공업, 요업, 식품업을 육성했다. 북마산 쪽은 수질 좋은 연수를 이용하여 주류, 간장공장이 터를 잡자 섬유업·정미업·제지업이 번창했다. 해방과 더불어 일본 자본과 기술이 물러가자 공장은 모두 문을 닫았다. 공장은 귀속업체로 정부에 소유권이 넘어가고 유휴 상태가 한동안 계속되다 1947년부터 민영자본이 귀속업체를 하나둘씩 인수하자 소비재 물품부터 생산하기 시작했다."[2]

마산은 도시 자체가 일본의 전진기지였듯이 마산의 공립학교는 일본인을 만들어내는 연성훈련장이었다. 이병주의 소설 『지리산』에도 철저한 민족혼에 충만한 진주 출신 이상주의자 박태영과 친일 성향의 경박한 마산의 현실주의자를 대비시키는 장면이 등장한다.

"부산에서 진주로 이은 철도를 경전 남부선이라고 한다. 1943년 무렵 장차 전라도 순천으로 이을 작정으로 지은 이름이긴 했지만, 그 철로는 진주를 종착역으로 하고 있었다.

마산에서 탄 손님은 대부분 학생들이었다. 국방색 정복에 각반을 차고 배낭을 멘 그들은 우르르 쏟아져 들어오더니 재빠르게 빈자리를 찾아 앉았다. 태영의 앞자리에도 두 학생이 앉았다. 금장에 4자가 붙은 학생들이었다. 그들은 서슴없이 일본말로 이야기를 주고받았다. 분명히 조선인 학생들인데 서로 부르는 이름은 일본식이었다."[3]

마산중학생은 철두철미한 야마토 다마시(大和魂)로 무장하고 집

---

2) 김원일, 『불의 제전』 2권, 강, 2010, p.109. "이 장편소설은 1950년 1월부터 그해 10월까지의 기록으로, 분단과 전쟁의 격류에 휩쓸려 숨진 그 시대의 모든 영혼과 당대를 정면으로 관통한 아버지 김, 종, 표(金鍾杓) 님께 바칩니다."

3) 이병주, 『지리산』 2권, 한길사, 2006, pp.119-120, 122.

에서도 일본어만 사용하는 고쿠고 조요노 이에(國語常用之家)임을 자랑하는, 뼛속 깊이까지 일본인임을 자랑한다.[4] 이들은 신국일본 (神國日本)이 악귀인 미국·영국(鬼畜米英)을 상대로 한 전쟁에서 절대로 패할 수가 없다고 확신한다. 주인공 박태영이 이들과 충돌할 때, 철부지 마산중학생들을 야단치며 사태를 수습하는, 다소의 예의 와 균형감각을 갖춘 청년이 등장한다. 그는 인근 소읍인 함안 출신의 마산상업학교 학생이다.

이러한 배역 설정은 당시 마산의 학생 풍토에 상당히 근접한다. 마산중학은 개교 당시에 일본인 중심의 학교로 출발했고 정원의 3, 4퍼센트 정도만 조선인으로 채웠다. 마산상업학교에는 조선 학생 이 절반이 넘었다. 마산고녀는 사실상 일본인 학교나 진배없었다. 조 선 여자들에 대한 교육열이 극도로 낮았던 이유도 있었지만 도내 보 통학교마다 1인의 상한을 두었기에 조선인 학생은 전체 정원의 10퍼 센트를 넘지 않았다.[5]

1899년 5월 1일, 조선 정부는 마산포의 개항을 발표한다. 러시아 는 재빨리 마산에 영사관 부지 땅을 매입한다. 해군 기지를 확보할 야심을 품은 것이다. 러일전쟁의 숨은 원인 중의 하나가 된다.[6] 러시 아 영사관 건물과 부지는 후일 일본인 학교로, 마산고녀의 실습실로 변한다.[7]

마산에 철도가 부설된 것은 개항 6년 후인 1905년의 일이다. 경부 선과 함께 건설된 것이다. 러일전쟁에서 승리한 일본은 본격적인 조

---

4) 실제로 학교에서 국어상용운동을 엄격하게 감독하고 가정에서도 주도적으로 실 시하여 표창을 받은 김병운의 예가 있다. 김형윤, 『마산야화』, 태화출판사, 1973, p.109.
5) 고하수, 「꽃과 함께 걸어온 나의 길」, 『마산여자고등학교 100년사 1915-2015』, 마 산여자고등학교동창회, 2015, pp.335-337.
6) 와다 하루키, 이웅현 옮김, 『러일전쟁』 1권, 한길사, 2019, pp.389, 434-436.
7) 고하수, 위의 책, pp.372-373.

선 경략에 나선다. 철도의 개통은 마산의 도시화를 촉진시켰으며 마산을 일본열도와 한반도 내륙을 연결하는 교통 요충지로 만들었다. 경부선 삼랑진역에서 마산에 이르는 마산선(또는 삼마선)이 개통된 지 20여 년 뒤, 마산과 진주를 잇는 또 하나의 철도가 '경남선'이란 이름으로 개설되었다. 경남선은 1923년 12월 1일 마산과 (함안) 군북 간을 우선 개통했다가 2년 뒤인 1925년 6월 15일 진주까지 연결되었다.

마산의 문사들: 황용주·이제하·정미경

이병주의 학병동료 황용주(1917-2001)는 마산에서 보낸 유소년 시절의 환각을 섬세한 필치로 기록했다. 유년의 환각 중에 압권은 '묵고지비' 소년의 식탐에 관련된 일화들이었다.[8] 오래전부터 마산은 '맛의 고을'이었다. 마산 사람은 바다의 축복을 누렸다. 풍성한 어족 자원의 축복에 더하여 일본인이 정착하면서 다양한 생선 조리법이 전수되었다.[9] 마산 여인은 누구나 잠재적 일급 조리사다. 은퇴한 약사 김외련은 나이 들어 신병을 치료하다 스스로 요리사가 되었다. 어린 시절 혀끝에 돌던 맛을 되살려 자신의 레시피를 창안해낸 것이다.[10] 철 따라 양념 따라 미묘한 차이를 골라내는 멋있는 남편의 까다로운 입도 한몫했을 것이다. 맛으로 멋을 내는 사람들, 바로 마산 토박이들이다.

철도가 들어선 덕택에 신흥도시 마산에는 인근 고을의 유복한 집안 자녀들이 대거 유학왔다. 함안군 군북면의 토반(土班) 함안 조씨 자녀들도 신교육의 기회를 누렸다. 일제 말기에 마산고녀를 졸업한 패션 디자이너가 1972년에 쓴 짧은 에세이 속에 1930-40년대 마산

---

8) 안경환, 『황용주: 그와 박정희의 시대』, 까치, 2013, pp.29-50.
9) 김형윤, 『마산야화』, 태화출판사, 1973.
10) 김외련, 『평생 레시피 144』, MCN미디어, 2020.

의 삶을 가늠하는 많은 정보를 담겨 있다.

"태어난 곳을 고향으로 한다면 마산은 내 고향은 아니다. 하지만 기억 속에 남아 있는 가장 생생한 소녀기를 나는 마산에서 살았다. 한 마리 바닷고기처럼 인광(鱗光)이 반짝이는 내 소녀기가 그곳에서는 늘 살아 있다. 작고 멀리 떨어져 있으면서 그렇게도 도도한 도시. 그 같잖도록 오만함을 나는 사랑한다. 사랑받을 곳을 스스로 많이 지니고 있어서 그럴 자격이 있는 항구 마을이다. 북마산. 여기가 경상도 함안이란 시골에서 유학간 우리 여러 남매가 살던 동네다. 이를테면 우거인촌이다. 신마산. 남단의 이 작은 항구는 젊은 과부가 보쌈에 개가하듯 겁탈당한 부위를 지니고 있다. 소위 '사쿠라마찌'라 하는 앵촌(櫻村)이 있는 신마산의 일본인 촌이 바로 거기. 마산이 새침한 것은 이 거리 때문인지도 모른다.

오동동이 있는 구마산. 토박이들이 사는 곳이다. 경전남부선을 타면 이렇게 세 개의 역을 거쳐서 진주로 가게 된다. 팔딱팔딱 뛰노는 한 마리 물고기의 생명감을 아직도 느낄 수 있게 하는 내 소녀기가 이곳 어딘가에 지금도 묻혀 있는 것으로 생각된다.

앞바다 합포만 속에 누워 있는 돛섬은 그때는 모양이 고래처럼 생겨 '고래섬'이라고 불렀었다. 무학산 높은 봉우리 위의 비비추 방울꽃의 아름다움을 아는 것만으로도 나는 마산을 고향으로 삼을 수밖에 없다. (마산여고의 교화校花가 비비추다.)

가포해수욕장은 일정 때 이름이 '지바무라'(千葉村)였다. 일본 선생과 학생이 대부분이던 마산여고에서는 1학년 여름방학부터 이곳에서 수영을 가르쳤다. '펍슬립' 작은 소매가 달린 '스위밍·원피스' 보고 해괴함을 참을 수 없었던 어머니께서는 기어이 거기다 치마를 달아야 한다고 하셨다. 밤을 새워 '스프릴'처럼 달았던 오버커트는 '지리멩'이었지, 아마.

하얀 꼬시래기 고기가 모여드는 봉암. 낙동강 지류와 마산만의 분기점인 이곳은 독특하고 맛나는 꼬시래기 회가 일품이다. 그리고 어시장, 일제 때 이곳에서는 대구 생선을 한 사람당 한 마리씩만 팔았다. '마꼬' 담배 사듯 새벽이면 온 식구가 있는 대로 나가서 대구사기 줄을 서야 했다. 그 괘씸한 일도 지금은 추억이 됐다. 항구가 얕아 발전이 늦다지만, 그래서 새침한 맛이 나는 마산의 내 애틋한 추억을 나는 즐긴다."[11]

해방 후 한참 뒤에 마산여고를 졸업하고 이화여대 영문과에 진학한 전신애(1943-2013)는 대학 1학년 때 만난 청년과 사랑에 빠진다. 그러나 터무니없는 유습이 둘의 결합을 가로막는다. 뜻밖에도 둘은 동성동본임이 밝혀진 것이다. 당시의 법은 동성동본 남녀의 혼인을 금지하고 있었다. 법이 아니더라도 전통 관습의 벽 또한 높았다. 종가손인 아버지에게는 가당치 않은 일이었다. 둘은 결연하게 미국 땅으로 사랑의 망명을 감행한다. "왜 우리는 1,300년 전 조상이 같다는 이유만으로 맺어질 수 없는가?"라고 항의하던 그녀는 1991년부터 10년간 전통적으로 노동조합이 강성인 일리노이주의 노동부장관으로 탁월한 조정력을 보였다.[12] 그녀의 명성은 주의 경계를 넘어 수도 워싱턴에까지 닿았다. 마침내 2001년 미합중국 노동부의 여성국장으로 발탁되어 8년 동안 봉사했다. 1996년 겨울, 일리노이에서 필자와 만난 자리에서 그녀는 마산의 갯바람이 자신에게 진취적 사고와 고난을 감내하는 뚝심을 키워주었다고 말했다.

요절한 소설가 정미경(1960-2017)도 마산 갯바람이 키워냈다. 2018년 1월 18일 1주기를 맞아 그의 유작인 장편소설과 소설집이

---

11) 조세핀 조,『중앙일보』, 1972. 7. 22.
12) 전신애,『뚝심 좋은 마산색시 미국장관 10년 해보니』, 조선일보사, 1996.

나란히 출간되었다. 화가 남편 김병종이 진한 조사를 썼다. 『나의 피투성이 연인』, 아내의 소설집 제목 그대로다.

"『나의 피투성이 연인』에는 이런 문장이 나온다. '아아, 인생을 일천 번이라도 살아보고 싶다. 이처럼 세상이 아름다우니까.' 내 평생의 문학 동지이자 연인이었고 누이였고 어머니였고 아내였던 여자를 떠나보냄에는 눈물만 한 의식이 없다는 생각이 들었다."[13)

이웃 마을 진영 태생으로 마산에서 중고등학교 과정을 마친 김윤식(1936-2018)은 고향 후배 정미경의 단편소설 「소년처럼」[14)에 '현장비평'을 썼다. 잘 나가던 중년 사내가 금융 위기로 갈 곳도 설 곳도 없는 사면초가의 인생으로 전락한 이야기다. 치매에 걸린 노모는 요양원에 있다. 아내는 친정과 교회에, 딸은 '옵빠 아저씨' 꼬시기에 몰두한다.

"은희로부터 전화가 왔다. '옵빠, 서울 안 와?' 박은 바쁘다고 한다. 이는 거짓말. 그동안 박은 두 번 서울을 다녀왔다. 은희를 다시 만날 생각은 없다. 여기까지 읽고 나면 작가의 의도가 서서히 드러납니다. 소녀와 노모 사이에 낀 중년 사내 박의 내면 풍경이 그것. 제목이 어째서 「소년처럼」인지 짐작됩니다. 소녀는 정결한 것, 단 한 번 만나면 그것으로 족한 것. 정결의 이미지를 유지하기 위한 유일한 방도이니까. 그러나 "노모는 뱉을 수 없는 것. 노모는 안고 살아야 할 박의 내면 풍경이 소녀의 정결함과 대조적. 그것도 아주 가벼운 물감으로 그린 수채화처럼. 이 수채화가 아름다운 것은 어떤 메시지도 전달하

---

13) 김병종, 추모 산문 「나의 피투성이 연인」, 정미경, 『새벽까지 희미하게』, 창비, 2018, pp.208-227.
14) 정미경, 「소년처럼」, 『대산문화』, 2010년 봄호.

지 않았음에서 오는 것. 단편의 미학이라고나 할까요. 사람은 누구나 한 폭의 수채화가 그리울 때가 있습니다. 징검다리를 건너뛰는 2월의 소년처럼 말이외다."[15]

김윤식은 사석에서 필자에게 정미경은 세상살이를 아는 작가라며 "그에게서 마산 소녀의 여취(餘臭)가 나지"라고 말했다.

'징검다리 건너뛰는 2월의 소년'은 김윤식 자신의 유년의 환각이다. 병자년 윤삼월 초하루 정오에 사산리(舍山里)에서 태어난 시골 소년은 붕어도 속이고 메기도 속이고 포플러 길을 걸어 시집간 누나의 집을 찾아 도회지 마산에 이른다. 그 어린 시절에 받은 문화적 충격은 평생 황홀경의 환각 속에 가두어두었다.[16]

싱어송라이터, 화가, 소설가. 일찌감치 다재다능한 멀티플레이어로 주목받은 이제하(1937~)도 마산 사람이다. 작가 윤이형의 아버지로 소문난 '딸바보'다. 밀양 태생이나 초등학교 시절에 마산으로 이주한다. 그는 몽환적 소설『유자약전』(1969)의 주인공 여성 화가를 밀양 태생으로 설정하여 현실세계의 물신성에 맞닥뜨린 예술가의 짧은 생애를 그렸다. 그에게 밀양은 뒤돌아보기조차 역겨운 고장이다. 네 살 때 우는 아이를 개수통에 처박은 아버지의 폭력성에 반발하여 평생 '살부의식'을 품고 살았다고 한다. 그가 떠난 고향, 내륙 분지 밀양은 아버지의 폐쇄적 폭력의 상징이다. 반면 열린 바다가 감싸는 마산은 한없이 따스한 어머니와 그 어머니가 섬기는 예수님의 가슴이었다. 청년 시절부터 많은 여인과 쉽게 친해지면서도 결코 문란해지지 않는 '순결한' 노인으로 늙어갈 수 있었던 것은 마산의 갯바람이 실어다준 소금기 때문이었다고 한다. 이제하는 고등학교

15) 김윤식,『혼신의 글쓰기, 혼신의 읽기』, 강, 2011, pp.342-345.
16) 김윤식,『아비, 어미, 그림, 음악, 바다, 그리고 신』, 역락, 2015.

시절에 감화를 준 선생을 소재로 단편소설 「태평양」(1964)을 썼다. "태평양이지, 자 들어가서 헤엄들 쳐라!"[17]

결핵, 한국문학의 불꽃

김윤식은 결핵을 한국문학사에서 황홀경에 이르는 지름이라고 명명했다. 깃발처럼 휘황하게 휘날리는 병. 현실에서는 접할 수 없는 그 환각의 황홀경에 이르기 위해서는 반드시 감염되어야 하는 병, 문학의 절대경이 불치의 병이어야 한다는 퇴폐의 관념이 지식인들을 사로잡았다고 표현했다.[18] 박완서도 자전적 소설 『그 많던 싱아는 누가 다 먹었을까』(1993)에서 젊은 올케의 죽음이 가족사에 미친 영향을 담담히 소회하면서 스스로 언제고 결핵을 앓는 남자와 열렬한 사랑을 해보고 싶은 사춘기 애정의 예감을 느꼈다고 한다.

모든 유형의 죽음 중에서도 결핵으로 인한 죽음은 가장 문자와 가까운 죽음이다. 나도향, 권환, 이태준, 이상, 그리고 무수한 문학인들이 결핵으로 죽었다. 가장 지식인다운 죽음, 전쟁과 무관한 죽음, 남이 내찌르는 죽음이 아니라, 폭주와 담배와 아편의 도움으로 자기 스스로 몰아가는 죽음, 그것이 바로 결핵이었다.[19] '이코박테리움 튜버큐로시스'는 "남미의 무슨 대통령 이름 같은 결핵의 학명"이라고 이병주는 술자리에서 익살을 부렸다.[20]

일제강점기부터 마산은 결핵의 상징 도시였다. 온화한 기후, 신선한 공기, 청량한 물맛, 모든 입지적 조건을 갖춘 마산에 요양소가

---

17) 남재우 · 김영철, 『그곳에 마산이 있었다』, 글을읽다, 2016, pp.244-250.
18) 그러나 소설가 노희준은 일제강점기의 예술인의 '폐병신화'는 실제의 질병보다는 은유로서의 질병의 성격이 강하다고 진단한다. 노희준, 「이데올로기를 넘어서」, 김윤식 · 김종회 엮음, 『문학과 역사의 경계에 서다』, 바이북스, 2010, p.134.
19) 안경환, 「문학과 결핵, 서태지와 본드」, 『셰익스피어 섹스 어필』, 프레스21, 2000, pp.153-159.
20) 이병주, 『예낭풍물지』, 바이북스, 2013, p.13.

세워지는 것은 자연스러운 일이다. 결핵을 앓던 나도향, 권환, 김춘수, 이영도, 김상옥, 서정주, 함석헌, 계훈제, 구상 등 많은 문인과 학자·정치인들이 치료와 정양을 위해 마산을 거쳐간 흔적을 남겼다. 1970년대 '오적시인' 김지하도 연금되다시피 이곳에 머물렀다. 그러나 마산에서 폐를 다스린 무수한 역대 결핵환자 중에 가장 강력한 울림을 주는 사연은 오래전에 전설의 세계로 물러앉은 임화와 지하련(이현욱) 사이의 목숨과 사상을 건 사랑 이야기일 것이다.[21]

"아무도 날 찾는 이 없는 외로운 이 산장에
단풍잎만 차곡차곡 떨어져 쌓여 있네.
세상에 버림받고 사랑마저 물리친 몸
병들어 쓰라린 가슴을 부여안고
나 홀로 재생의 길 찾으며
외로이 살아가네."

1957년 권혜경(1931-2008)의 처연한 목소리에 실려 오래도록 대중의 사랑을 받았던 가요 「산장의 여인」의 가사다. 반야월 작사, 이재호 작곡이다. 이재호는 진주 출신으로 이병주의 지기다. 두 친구는 해방 공간에서 좌익으로 의심받아 진주경찰서에 함께 구금되었다가 「반공가」를 짓고 석방된 바 있다. 가수를 겸업한 작사가 반야월(본명 박창오)은 마산 토박이다. 그는 마산결핵요양소에서 위문공연을 하다 청중 중에 슬피 우는 한 여성에게서 영감을 얻어 노랫말을 지었다고 한다.[22]

1968년 이병주는 장편소설 『돌아보지 말라』를 쓰면서 적재적소

---

21) 남재우·김영철, 위의 책, pp.125-132.
22) 이병주, 「고승철 편집인 노트」, 『돌아보지 말라』, 나남, 2014, pp.8-9.

에 마산의 풍광과 생활을 맛깔나게 끼워 넣었다.[23] 스토리의 시작 시점은 1960년 3·15 부정선거 무렵이다. 마산결핵요양소를 주 무대로 하고, 부산과 진주를 보조무대로 설정했다. 신마산역에서 가포해수욕장 방면으로 2킬로미터 남짓한 지점에 결핵요양소가 서 있다. 아내와 남편을 각각 요양소에 입원시킨 두 남녀가 사랑에 빠진다. 죄책감을 느끼면서도 거부할 수 없는 욕정에서 빠져나오지 못한다.

"나는 욕정의 사이사이에 방근숙의 남편과 처량하게 병상에 붙들어 매인 내 아내의 모습을 상기했다. 그러나 그것이 양심에까지 미치지는 못하고 욕정에 대한 자극이 될 뿐이었다."[24]
"처음에는 서로 동정하는 사이에서 죄를 짓지 않는 공범의식으로 발전, 마침내 도적의 죄를 범하는 것이다."[25]
둘의 관계를 눈치 챈 배우자들은 자살로 생을 마감함으로써 탈선자들에게 새 길을 열어준다. 그러나 자책감에 빠진 연인들은 1년의 자숙기간을 가진 후에 장래를 결정하기로 합의한다. 그런데 1961년 5월 군사쿠데타가 발발하고 남자는 교원노조에 관여한 혐의로 체포되어 10년 징역을 선고받는다. 7년 후에 출옥하여 기다리던 여자와 재결합하면서 서로 다짐한다. 지난 일은 '돌아보지 말라!'
이 작품은 마산의 지역신문에 연재되면서 엄청난 인기를 얻었다. 당시 마산중학교 학생이던 고승철이 교무실에서 일어난 에피소드를 전한다. 1968년 7월 하순 어느 날, 학교에 배달되던 신문이 사라

23) 이 작품은 마산에서 발행된 『경남매일신문』에 1968년 7월 1일부터 1969년 1월 22일까지 연재되었다. 생전에 단행본으로 출간되지 못한 유일한 장편인데 사후에 고승철이 주선하여 펴낸다. 그러나 1980년에 출간된 『인과의 화원』(형성사)은 한 마디로 『돌아보지 말라』의 재판이다. 『돌아보지 말라』를 읽은 독자들은 진한 기시감을 느낀다.
24) 이병주, 『돌아보지 말라』, p.216.
25) 위의 책, p.176.

졌다. 매일 그날의 신문이 교장실에 배달되면 교장이 먼저 읽고 나서 교감, 교무주임, 평교사 순으로 내려가는 관행이 세워져 있었다. 교장의 불호령을 들었음인지 교감은 얼굴이 노래져서 교무실을 돌아다니면서 사라진 신문을 찾았다. 교무주임은 체면불구하고 자장면 배달 그릇을 덮은 신문지를 들추기도 했다. 30여 분의 소동 끝에 서무실에서 문제의 신문이 발견되었다. 교장실로 향하던 배달 소년을 어느 교사가 불러세워 자기가 대신 배달하겠다며 신문을 건네받은 것이다. 연재소설만 잠시 읽고 교장실에 갖다놓을 요량이었다. 그가 소설을 읽는 모습을 본 다른 교사들도 앞 다투어 돌아가며 읽었고, 사무실 직원은 교장·교감·교무주임은 이미 읽은 줄 알고 서무주임 책상 위에 올려놓았던 것이다. 너덜너덜해진 신문지를 받아드는 교장을 화를 내기는커녕 안도의 숨을 내쉬며 "아이고, 오늘 연재소설 못 읽는 줄 알았다 앙이가!"라며 소설이 실린 면을 활짝 펼쳤다.[26]

소설의 첫 대목이다.

"마산, 드디어 나는 마산으로 돌아왔다. 7년 동안이나 꿈속에서 외우고 가꾸어온 마산의 산과 바다는 초여름 오후 태양이 내리쪼이는 황홀한 시간 속에 고요히 펼쳐져 있다. 격동하는 시류 속에 잊혀진 도시마냥 예나 다름없는 마산의 차림이다. 나는 정지된 시간 속을 방황하다가 돌연 7년 전의 그 자리에 되돌아와 서 있는 착각에 사로잡힌다."[27]

1968년 여름, 갓 감옥에서 나온 주인공 화자의 감상이다. 그는 7년

---

26) 이병주, 위의 책, p.5.
27) 위의 책, p.13.

전에 마산의 매력을 이렇게 읊은 바 있다.

"마산이란 도시는 그 골목골목을 샅샅이 다녀보면 뜻밖의 매력을 가진 곳이다. 촌스럽다고 생각하고 걸으면 뜻하지 않은 곳에서 세련된 품위 같은 것을 느끼기도 하고, 자질구레한 집들에 끼여 제법 아담한 집이 나타나기도 한다. 비탈길을 기어오르다가 문득 뒤돌아보면 바다가 바로 눈앞에 깔려 있기도 하니 얼핏 보면 단조롭지만 변화가 많았다."[28]

여자는 음악교사, 남자는 사회교사로 설정한다. 여자는 부산에서, 남자는 진주에서 기차로 신마산역에 내린다. 여자는 일제 말기에 소학교를 다녔다. 가족은 여러 대에 걸쳐 독립운동에 투신하여 고초를 겪었고, 젊은 친척은 1946년 10월 폭동에 가담한 죄로 옥중에 있다. 남자는 일제 말기에 징용에 동원된 경험이 있다. 둘의 사랑이 익어가는 과정에 지성과 교양이 중요한 매개체가 된다. 장자, 마키아벨리의 소설 「벨파골」, 불교 교리에 더하여 「무도회의 수첩」이나 「나의 청춘 마리안느」와 같은 프랑스 영화, 드뷔시 음악 등 종횡무진이다. 이병주 스스로 자신을 '딜레탕트'로 불렀듯이 가벼운 교양적 지식이 두서없이 나열된다. 댄스홀이 없는 진주, 정치의식이 높은 마산, 일본인의 여취(餘臭)가 물씬거리는 부산, 경남의 3개 도시의 풍광과 문물이 스케치되어 있다.

이 신문소설은 다른 어떤 독자층보다 교사들에게 특히 인기가 높았을 것이다. 주인공을 교사로 설정했고, 교원노조와 3·15 부정선거와 4·19와 같은 사건들은 교사들이 비켜갈 수 없는 관심사였다. 남자 주인공의 입을 통해 3·15 부정선거와 관련하여 작가 자신이 쓴

---

28) 위의 책, p.227.

『국제신문』 논설이 거의 전문 인용되기도 한다.

　"그 무렵 나는 K라는 신문에 게재된 사설을 읽고 충격을 받았다. 제목은 '학생에게 데모할 자유를 주라'는 것이다. 삼엄한 정세, 급박한 상황 속에서 어떻게 이런 대담한 논설을 쓸 수 있을까 하고 나는 그 논설의 내용보다도 먼저 그 기백에 놀랐다."[29]

　"학생의 데모도 이렇게 볼 때 그다지 문제 삼을 것이 못 된다. 걱정할 것이 있다면 그러한 데모를 있게끔 조성한 사회현상 또는 정치환경이지 데모한 학생들이 아니다. 겁내야 할 것은 학생의 무기력이다. 우리 학생의 무기력함은 충분히 걱정해야 할 정도에 이르렀다고 생각한다. 3·1운동 당시의 기백, 광주학생사건 당시의 열정이란 지금 찾기 어렵다."[30]

신마산 외교구락부, 시대의 사교장

　작품 속에 그 시절 마산 사람이면 누구나 알던 신마산의 다방 '외교구락부'가 등장한다.

　"당당한 그 이름에 손색이 없을 정도로 육중하게 꾸며져 있다. 스테인드글라스에 그려진 그림에는 에그조티시즘이 있었고 갈색 커튼을 통한 간접 채광이 진한 빛깔의 값진 가구들과 어울려 일종의 클래식한 분위기를 이루고 있었다."[31]

　음악교사와 역사학도 사회교사, 두 지식인은 클래식 음악을 배경

---

29) 위의 책, p.284.
30) 위의 책, pp.285, 319.
31) 위의 책, pp.63-64.

으로, 그리고 교양적 지식을 매개체로 하여 사랑을 익혀간다. 외교구락부는 중국 상해에서 귀국한 '상하이 박'(박치덕)이 운영하던 다방이다. 세련된 장식과 양질의 음향이 뒷받침하는 서양 고전음악감상실로 인기가 높았다. 2층의 별실은 당시 마산의 각계 명사들의 사교장이자 토론장이었다.[32] 이 구락부에 마진(馬鎭)고개 너머 군항 진해에서도 인텔리 청장년이 몰려들었다. 6·25 전쟁 중에도 목요일에 마산에서 부부 동반으로 회동했다는 지식청년들의 모임 '목마회'의 신화도 한동안 전해지고 있었다.[33] 이 구락부에서 해인대학 교수 이병주는 철학·문학·역사 등 온갖 분야의 이야기를 풀어놓으며 좌중을 평정했다. 후일 쇠락한 전설의 현장을 찾은 젊은이에게 노(老)마담은 이병주 교수가 구락부의 최고 스타였다며 이미 전설이 된 옛 시절을 회상했다고 한다.[34]

이병주 시대를 산 사람은 누구에게나 그랬듯이 작가 자신에게도 결핵과 관련된 가슴 아픈 사연이 있었다. 지리산 산골아이에게 하모니카와 토마토를 건네주던 외삼촌은 그가 여덟 살 때 세상을 떠났다. 중학 시절 친구 강효섭도, 정박교라는 학병 전우도 이 병으로 요절했다. 무엇보다 갓 성인이 된 외아들이 병에 걸려 마산요양소 신세를 졌다.

---

32) 김주완, 『토호세력의 뿌리: 마산현대사를 통해 본 지역사회의 지배구조』, 불휘, 2005, p.190; 남재우·김영철, 『그곳에 마산이 있었다』, 글을읽다, 2016, pp.180-187. 박치덕은 1992년 4월 이병주의 빈소에 화려한 차림으로 문상을 와서 주위의 시선을 끌었다고 한다; 이광훈, 「풍류와 멋의 작가」, 김윤식·김종회 엮음, 『문학과 역사의 경계에 서다』, 바이북스, 2010, p.163.

33) 안경환, 「목마회와 숙녀다방」, 『그래도 희망을 버릴 수는 없다』, 철학과현실사, 1996, pp.15-21.

34) 이병주, 『돌아보지 말라』, p.7; 남재우·김영철, 위의 책, pp.180-187.

"이래저래 폐결핵이 얼마나 무서운 병인가를 실감하고 있었던 것인데 청천의 벽력같은 사건이 생겼다. 대학원에 다니고 있던 아들 녀석이 폐병 선고를 받았다. 20년 전의 일이다. 서울에서 치료를 시켰으나 별반 진척이 없었다. 나는 결단을 내렸다. 마산요양소로 보냈다. 요즘은 그다지 큰 병으로 칠 것이 아니란 주위의 말이 있었지만 워낙 결핵엔 공포감을 가지고 있었던 탓으로 모두 일시적인 위안으로만 들렸다. 그후 20년이 지난 이날까지도 아들 녀석은 이상이 없다. 뿐만 아니라 손자와 손녀를 내게 안겨주었다."[35]

다행스럽게도 아들은 건강을 회복했다. 아버지가 이 글을 쓴 것이 1988년, 아들은 1978년에 폐결핵을 앓았던 것이다.

5·16 직후의 마산: 혁신계의 수난

마산의 해인대학에 재직하는 동안 이병주는 진주 또는 부산에서 통근하거나 잠시 하숙 생활을 한 것으로 보인다. 1959년, 7월 『국제신문』 주필 겸 편집국장으로 발탁되어 부산으로 거주지를 옮기기 전까지[36] 2년 남짓한 짧은 기간이었지만 이 시기에 이병주는 많은 마산 사람과 교류했다. 그중 대표적인 인물이 노현섭(1921-91)이다. 일본 주오대 법학과 출신인 그는 이병주와 함께 학병에 동원되었다가 귀국 직후부터 마산 지역의 노조운동을 주도했다. 그는 와세다 대학을 졸업한 친형을 보도연맹 사건으로 잃었다. 1950년 8월 초, 2,000여 명의 양민이 보도연맹이란 이름으로 마산 앞바다에서 처참

---

35) 이병주, 『보건세계』, 1988년 10월.
36) 『국제신문』 연보에 따르면 이병주는 1955년 상임논설위원에 위촉되고, 1959년 1월에 기획위원, 7월 6일 주필, 9월 25일 편집국장을 겸임한 것으로 되어 있다. 『내일 없는 그날』을 『부산일보』에 연재할 당시(1957. 8. 1-1958. 2. 28)에 그는 『국제신보』의 상임논설위원이었다.

하게 학살되었다.[37) 노현섭 자신도 죽음의 트럭에 실려가던 중에 극적으로 탈출했다. 마산 출신의 점잖은 문사 김형국도 어린 시절에 감옥에 갇힌 아버지를 구출하기 위해 온가족이 안절부절못하던 모습을 기억한다. 백방으로 줄을 대기 위해 안달하다 백부가 당시 실력자 김종원의 내연녀와 연결되어 석방되었다는 흥미로운 사연이다.[38)

마산에 인접한 진영도 일본의 영향이 강했던 소읍이다.

"진영역은 배산임수하지 못해 예로부터 대촌이 생길 만한 지세가 아니었으나, 1906년 삼랑진에서 마산을 잇는 마산선 철도가 개통되고 역이 생기자 불쑥 생겨난 도시였다. 진영읍이란 개명된 마을 이름 자체가 읍으로 승격되면서 붙여졌던 것이다. 읍내 장터 주변의 직업 구조가 농업보다 상업이 우위에 서게 되었으니 토박이 농사꾼은 얼마 되지 않았고 인근 토호나 살림 반반한 자작농이 관청과 학교가 세워졌다는 이점에서 읍내 장터 주변으로 옮겨오거나 어물쩍 주저앉아 장사치가 된 경우가 대부분이었다."[39)

진영역을 중심으로 동쪽에 조선 학생을 위한 대창보통학교, 서쪽에는 일본 학생을 위한 대흥소학교가 설립되었다.[40)

보도연맹 관련하여 진영에서도 수백 명의 민간인이 학살되었다. 진영 출신 작가 김원일의 5권 분량의 장편 소설 『불의 제전』에 극화되어 있다.[41) 1950년 7, 8월 두 달에 걸쳐 일어난 진영 민간인 학살은

---

37) 홍중조, 『왜 마산이었는가?』 1권, 3 · 15의거기념사업회 편, 1995.

38) 김형국, 『모든 감정 가시는 길 짐 되오니, 어머니 진혼기』, 2011, 미출간, pp. 14-17.

39) 김원일, 『불의 제전』 1권, p. 362.

40) 대창초등학교는 김윤식 · 김원일 · 장기표 · 노무현 등 현대사에 커다란 족적을 남긴 수많은 인재를 배출했다. 진영대창초등학교 홈페이지. 1919년 4월 1일 진영공립보통학교로 개교, 2002년 12월 19일 노무현 선배(36회) 대통령 당선.

41) 김원일, 『불의 제전』, 『문학사상』 연재(1980-82), 문학과지성사, 1983, 강, 2010.

다른 지방의 경우와 성격이 달랐다. 진영은 인민군이 점령하지 않았고, 오로지 지역인들 사이의 감정과 반목으로 비롯된 주민학살이었다. 가해자는 김해경찰서에 사설군법회의를 설치하도록 주도했다. 진영지서장, 부읍장, 방위군 대장, 의용경찰 등으로 구성된 사설군법회의에 의해 주민 335명이 생명을 잃었다.[42]

소설의 주인공 심찬수는 역사학도로 좌우 "어디에도 속하지 않지만, 어디에나 속할 수 있는 인물," 남북문제에 관련하여 양쪽을 비판할 수 있는 중도인물로 설정되어 작가의 대변인으로 등장시켰다.[43] 이러한 관점에서 보면 김원일은 선배 소설가 이병주의 성향을 공유한다.

1960년 4·19가 일어나고 이승만 정권이 퇴진하면서 보도연맹 사건의 진실을 밝히려는 유족 운동이 일어났다. 마산의 노현섭이 앞장섰다. 1960년 5월 30일자 『마산일보』에 실린 광고 문구다.

"6·25 사변 당시 보도연맹 관계자로서 행방불명된 자의 행방과 그의 진상을 알고 관계당국에 진정코자 하오니 유가족께옵서는 좌기에 의하여 연락하여 주시옵기 자이경망하나이다. 임시 연락사무소: 마산시 중앙동 1가 1번지의 1 (마산 자유노조 사무실 내)

신고기간: 자(自) 단기 4293년 5월 25일, 지(至) 단기 4293년 5월 31일.

필히 인장을 지참하시옵기 바랍니다. 단기 4293년 5월 25일 노현섭 謹告 "[44]

---

42) 김원일, 『불의 제전』 1권, p.118.
43) 정호웅과 작가의 대담, 『불의 제전』 1권, pp.401-422, 416.
44) 김주완, 「보도연맹원 학살과 지역사회의 지배구조: 경남마산지역의 사례와 인물을 중심으로」, 『역사와 경계』, 경남사학회 56호 (2006. 10). 김주완, 『토호세력의 뿌리』에 재수록, pp.363-415.

노현섭은 정식으로 발족된 마산유족회, 전국유족회의 대표로 선임된다.[45] 이어서 1960년 7월 29일, 민의원 선거에서 혁신계 세력을 업고 출마하나 낙선한다.[46] 이 선거에서 고향 하동에서 출마한 이병주도 고배를 마신다.

이듬해 5월 16일 군사쿠데타가 발발하면서 노현섭의 진상규명운동은 무산된다. 1961년 6월 21일 국가재건최고회의는 혁명재판소 및 혁명검찰부 조직법을 제정하고 이튿날인 6월 22일 '특수범죄 처벌에 관한 특별법'을 공표한다. 군사정권은 유족운동을 남로당 재건운동의 일환으로 취급했다.

"정당, 사회단체의 주요 간부의 지위에 있는 자로서 국가보안법 제1조에 규정된 반국가단체의 이익이 된다는 점을 알면서 그 단체나 구성원의 활동을 찬양, 고무, 동조하거나 또는 기타의 방법으로 그 목적 수행을 위한 행위를 한 자는 사형, 무기징역 또는 10년 이상의 징역에 처한다."(제6조 특수반국가 행위)

이 무도한 법에 의해 노현섭은 1961년 12월 7일 징역 15년을 선고받는다. "비록 당시의 미결수를 재판 없이 살해한 것이 불법이라고 할지라도, 진상규명의 요구가 북한을 이롭게 할 수 있다"는 것이 혁명재판소의 논리였다. 노현섭은 11년간 복역한다.[47]

---

45) 김주완, 『토호세력의 뿌리: 마산현대사를 통해 본 지역사회의 지배구조』, 불휘, 2005, pp.268-274; 『마산시사』 인물편, 45; 이강훈 감수, 『대한민국 5000년 한국인물사』, 역사편찬회; 남재우·김영철, 『그곳에 마산이 있었다』, 글을읽다, 2016, pp.188-195.

46) "1960년 혁신세력은 7·29 총선에서 공천을 두고 분열양상을 보이다가 공천탈락자까지 출마하는 이전투구를 보인다. 마산에서만 윤시형(사회대중당), 조억제(사회대중당), 노현섭(무소속), 김성립(한국사회당) 등 4명의 혁신인사가 동시에 출마했다. 이들은 한결같이 '4월혁명의 완수' '부정축재 몰수' '독재타도' '빈곤에서의 해방' 등을 기치로 내걸었으며, 특히 노현섭은 '부정선거 원흉 및 양민학살 관련자를 철저히 처단하겠다'라는 공약을 내걸었다. 김주완, 위의 책, pp.165-166.

47) 2013년 11월 13일 노현섭의 사망 20주기 기념 제3회 기념강연에서 필자는 그의 생애와 활동을 주제로 강연하는 특전을 누렸다. 안경환, 「지식인의 사회적 책임: 소

평화운동가 김문갑(1909-2004)도 이병주와 정치적 입장을 공유하던 마산의 사상가다.

4·19 이후 민주화의 바람을 타고 그동안 공개적인 거론이 힘들었던 한반도 중립화의 논의가 되살아난다. '코리아영세중립화통일추진위원회'가 결성되어 김문갑이 대표로 추대된다. '코리아영세중립화 통일추진위원회 발기선언문' 구절이다.

"지난날 우리의 역사를 돌이켜 보면 우리는 주변 강대국 간의 역학관계에 변화가 있을 때마다 그 피해를 입어왔다. 이것을 방지하고 국토를 수호하고 민족을 보위, 나아가서는 이 지역의 평화안정을 기하는 길은 이 지역을 완충화하고, 주변 강대국들 간에 상호불가침 보장 체결, 코리아는 그 어떠한 외세권에도 군사블록에도 예속화하거나 편중하지 않는 민족영세중립통일만이 우리의 생존의 길이라는 것을 확신, 남북 동포와 세계에 산재해 있는 모든 코리아족에게 선언, 협력을 요청한다."[48]

"이북의 이남화가 최선의 통일 방식, 이남의 이북화가 최악의 통일 방식이라면 중립통일은 차선의 방법은 되는 것이다. 그런데 이것을 사악시하는 사고방식은 중립통일론 자체보다 위험하다."[49]

이병주는 「조국의 부재」 「중립의 이론」 두 논설이 빌미가 되어 10년 징역을 선고받는다. 김문갑도 '용공중립'을 주창한 혐의로 기

담 노현섭 선생(1921-91)의 경우」.

48) 김문갑, 『코리아의 영세중립과 민족통일』, 마산, 1997; 김주완, 『토호세력의 뿌리: 마산현대사를 통해 본 지역사회의 지배구조』, 불휘, 2005, pp.249-250, 252-255에서 재인용.

49) 이병주, 『소설 알렉산드리아』, 한길사, 2006, p.21.

소되어 10년 징역을 선고받는다.

마산 시절은 이병주가 교수로서 자리 잡아가던 시절이다. 『경남대 50년사』에 수록된 1957년 교직원 명단에는 그가 문과 주임교수와 서무과장을 맡았던 것으로 나와 있다. 철학개론, 프랑스어A, 문예사 조사, 현대철학이 담당과목이었다. 1958년 1월에는 교내신문 『해인대학보』의 주간으로 취임했다. 『경남대 50년사』에 이병주는 "학생 기자도 없이 사실상 주임교수 혼자서 신문 제작을 책임져야 하는 형편이었다"[50]라고 썼다.

이병주와 절친한 사이였던 송지영은 "대학교수로서의 그는 그 자신의 표현을 빌리면 '3류 대학'의 3류 교수, 그러니까 9류 교수였다고 한다며 '20대에 1류 교수가 나타날 리 없으니 당연한 자기평가라고 하겠으나 그의 제자 몇 사람의 이야기를 들어보면 교수로서도 출중했던 모양이라고 쓴 적이 있다.

마산에서 이병주는 진주농림학교 학생 시절에 풋내기 연서를 보낸 여자와 재회도 한다. 후일 그가 글로 남긴 회고는 당시의 속물 중년 사내들의 술자리 방담에서나 있음직한 이야기다.[51]

자유당 이용범과 『산하』의 이종문

마산은 일제강점기에는 대륙침략 정책에 희생되어 본래의 교역 항도로서의 역할을 다하지 못하고, 오직 군수물자의 중계수송을 위한 하나의 전략적 기지로 전락했다.[52]

---

50) 『경남대 50년사: 1946-96』, 경남대학교, 1996, p.82.
51) 이병주, 「잊을 수 없는 연인-러브 스토리」, 『여성동아』, 1974년 10월호 별책부록, p.139. "그런데 꼭 덧붙이고 싶은 것은 그 옛날 코스모스를 닮았다고 해도 좋을 만큼 청초했던 모습은 온데간데없고 M시 3대 드람깡(드럼통)의 하나라는 별명이 붙을 정도로 비대하고 당당한 체구로 변해 있었다. 그 소녀가 자라 지금의 눈앞에 있는 그 부인이 되었다고는 아무래도 생각할 수가 없었다."
52) 마산일보사 간, 『약진마산』, 1957, pp.1, 4.

한편 일찍이 조선국권회복단 마산지부가 결성되어 이들을 중심으로 3·1운동이 전개되었으며, 마산구락부의 조직을 필두로 한 노동야학운동 등 각계각층에서 다양한 형태의 민족해방운동이 전개된 곳이기도 했다.[53]

해방 직후 미군이 이 지역을 중요하게 여긴 이유는 진해의 해군기지 때문이었을 것이며, 부산 못지않게 전략적으로 중요한 지역으로 취급했을 것이다.[54] 따라서 미군정은 이 지역에서 그들의 정책을 일사불란하게 관철시키려 했을 것이기 때문에, 그들의 정책 방향은 당연하게 친미 우익세력의 급속한 양성이었을 것이다.[55]

이승만 시대를 그린 이병주의 대하소설 『산하』의 주인공 이종문의 실제 모델은 자유당 국회의원 이용범이라고 믿는 사람들이 많다.[56] 경상남도 사람들은 대부분 그리 알고 있다. 생전에 작가도 이런 질문을 받고 빙긋 웃음으로 넘겼다. 이용범은 소설의 이종문처럼 노름꾼 출신은 아니다. 그러나 축첩, 정경 유착, 권력 남용 등 소설에 그려진 이종문의 행각이 이용범의 실제와 유사하다는 중론이다. 후세 지역사가들은 이용범을 마산을 거점으로 한 경남 지역의 정경 유착의 원조로 규정한다.[57] 이병주는 소설 속에서 1954년 11월 27일

---

53) 일제강점기 마산지역의 사회운동에 대해서는 다음의 연구를 참고. 안윤봉, 『마산의 사회운동』(미발표); 박명윤, 『일제하 마산의 항일민족운동』, 『마산문화』 2, 청운, 1983; 오미일, 「1920년대 말-1930년대 부산·경남지역의 당재건 및 혁명적 노동운동의 전개와 파업투쟁」, 『한국근현대지역운동사 I·영남편』, 여강, 1993; 창원군, 『창원군지』 제2편 10장, 1994; 이귀원, 「1920년대 전반기 마산지역의 민족해방운동」, 『지역과 역사』 창간호, 부산·경남역사연구소, 1996; 김승, 「1920년대 경남지역 청년단체의 조직과 활동」, 『지역과 역사』 2, 부산·경남역사연구소, 1997.

54) 마산일보사 간, 『약진마산』, p.1; 진해의 군항 건설과정과 시가지 형성에 대해서는 진해시사편찬위원회, 『진해시사』, 1991 참고.

55) 박철규, 「해방직후 마산지역의 사회운동」, 『역사연구』 5집, 1996, pp.1-26.

56) 이병주의 고향 친구 중에 실제로 이종문이라는 토건업자가 있었다. 그래서 이병주는 그의 이름과 직업만 차용했을 뿐, 내용은 실제 인물과는 무관한 것이라고 변명한 적이 있다고 한다.

초대 대통령에 대한 3선 제한을 철폐하는 소위 '사사오입 개헌'의 표결에서 정족수에 한 표가 모자라서 부결된 사건을 이렇게 적었다.

"누구의 실수인가. 누구의 반란인가. 그러자 곧 소문이 나돌기 시작했다. 이종문이라는 무식한 국회의원이 가(可)표를 쓴다는 것이 글자를 잘못 적어 무효표가 되어버렸다는 것이다."[58]

이용범은 이승만과 자유당의 강력한 후원 아래 온갖 비리를 저질렀다. 심지어는 3·15 시위에서 시민에게 발포하도록 경찰에 명령했다는 소문도 파다하게 나돌았다. '오동동 경무대'로 불리던 그의 집은 데모대에 의해 박살나고 그가 소유하던 대동공업도 심한 피해를 입었다.

"흔히 마산을 일컬어 야당도시 또는 '민주성지'로 부른다. 1958년 자유당의 서슬이 시퍼렇던 시절 민주당의 허윤수가 자유당 현역 국회의원 김종신을 누르고 당선되어 '야당도시'라는 별칭이 붙었고, 1960년 3·15 의거와 1979년 부마항쟁으로 인해 '민주성지'의 타이틀을 얻었다.[59] 그런데 허윤수는 1960년 1월 6일 민주당을 탈당하고 자유당에 입당한다. "역적의 누명을 쓰는 한이 있어도 차라리 여당에 들어가 15만 마산 시민의 복리를 위해 헌신하겠다"는 명분이었다. 허윤수의 전향은 이용범의 매수공작이 주효한 덕분이라는 것이 정설이다.[60]

이용범은 이승만 정권의 몰락 후에 실시된 1960년 7월 29일 5대

57) 김주완, 『토호세력의 뿌리: 마산현대사를 통해 본 지역사회의 지배구조』, 불휘, 2005; 이용범, 『정경유착의 원조』, pp.137-148.
58) 이병주, 『산하』 7권, 한길사, 2006, p.134.
59) 김윤식, 「3·15를 아시는가: 4·19의 모체론」, 『문학을 걷다』, 그린비, 2013, pp.118-120.
60) 김주완, 위의 책, pp.185-187.

민의원 총선에 출마하지만 선거일 하루 전날 전격 구속되고 낙선한다. (그러나 당선자와 표 차이가 1,000표에 불과했다.) 5·16 이후 혁명검찰에 구속되어 재산을 헌납하고 풀려나지만 1962년 1월 다시 부정부패사범으로 구속된다. 이용범의 재판기록이다.

"본적: 김해군 진영읍 좌곤리 25번지. 직업: 무직(전 민의원 의원)

피고인 이용범은 조실부모하고 불우한 환경에서 취학함이 없이 성장하다가 20세부터 토건업에 종사하던 중 서기 1946년 6월경 경상남도 마산시에서 대동공업주식회사를 창설하고, 1955년 12월경에는 서울특별시 소재 극동연료주식회사를 인수하여 경제적 기반을 구축하는 한편 정계에 투신하여 1954년 1월경 당시의 집권당이던 자유당에 입당하고 동당 경상남도 위원장 및 동도 창원군당 위원장을 겸임하면서 동 창원 을구에서 동년 5월 30일 제3대, 동 1958년 5월 2일 제4대 민의원 의원으로 당선 재임하다가 동 1960년 4·19 혁명 이후의 전시 자유당 간부 및 의원직을 사임한 바이며, 자유당 각급 간부의 직위와 마산시 오동동 거주 피고인의 처 하말수의 지모를 이용하여 속칭 '이용범 왕국' 또는 '오동동 경무대'라는 세력권을 이룩해놓고…"[61]

집념의 사나이 이용범은 1963년 6대 국회의원 선거에도 출마했으나 당시 실력자 박종규의 회유와 압력으로 중도 포기한다. 포기 조건으로 약간의 돈을 받아 서울 사직공원 입구에 대원호텔과 인근의 목욕탕을 내연의 처와 함께 경영한다. 그리고 1967년 제7대 총선에도 자유당 후보로 출마한다. "이 당 저 당 바꿔봤자 소용없다, 자유당이 답이다." 영원한 이승만 숭배자로서의 면모를 잃지 않았다. 그러나

---

61) 위의 책, pp.146-148에서 재인용.

등록 무효로 처리되고 이듬해 7월 20일 깊은 한을 품고 생을 마감한다.[62)

3·15 마산의거와 1979년의 부마사태

"3·15 부정선거가 마산에서만 있었던 것도 아닌데, 하필 왜 마산에서 의거가 촉발된 것일까? 허윤수 의원의 변절, 자유당의 비리에 더하여 10년 전 1950년 8월 초, 2,000여 명의 양민이 보도연맹이란 이름으로 마산 앞바다에서 처참하게 학살된 데 대한 유가족의 한이 3·15 마산봉기의 주요 원인 중 하나다."[63)

홍증조는 "(3·15 의거의 주체는) 청년학생은 말할 것도 없고, 귀환동포와 보도연맹으로 희생된 유족을 비롯해 공원 및 노동자, 행상, 정당인, 언론인, 홍등가의 여인에 이르기까지 다양한 직종을 가진 서민대중에 의한 것이다"[64)라고 주장한다.

마산 출신의 역사학자 강만길은 이렇게 말한다. 항구 도시의 주민은 거칠고, 저항적·진취적·개방적이라는 지리적 기질론[65)에 더하여 정치적·사회적 여건에 의해 배양된 사회적 기질을 지닌다. 마산에도 토박이가 아닌, 외지에서 유입된 사람들이 많다. 일제강점기에는 일본인이 도시의 건설을 주도했던 마산은 1950년 이후에 급속하게 가속된 공업화 도시가 된 것이다.[66) 이런 관점에서 본다면

---

62) 김주완, 『토호세력의 뿌리: 마산 현대사를 통해 본 지역사회의 지배구조』, 불휘, 2005.

63) 홍증조, 「왜 마산이었는가?」, 『3·15 의거사』 1권, 3·15의거기념사업회 편, 1995.

64) 김주완, 위의 책, p.194.

65) 강만길, 「마산인의 기질론」, 『3·15 의거사』 1권, pp.189-190.

66) 강만길, 「마산 창원 지역의 대중운동과 항일 민족운동의 발전」, 『3·15 의거사』, pp.126-157.

1979년 10월, 광범하고도 격렬한 반정부 데모로 박정희 암살의 결정적 계기가 된 '부마사태'의 뿌리는 해방 직후부터 배양되었거나 적어도 1960년 봄, 3·15 의거 시까지 소급할 수 있다.

2010년 7월 마산·창원·진해 3개 도시가 통합하여 창원시로 확대되면서 마산은 창원시의 '마산 회원구'로 축소되었다. "마산이라는 아름다운 이름의 도시가 사라진 것이다."[67] "국제지정학 속에서 정체성을 늘려오던 도시가 국내지정학의 소용돌이 속에 휘말리고 말았다."[68] 졸지에 출향인에서 실향인으로 전락한 재경마산향우회는 회원들의 조사를 책으로 묶어냈다. 제목하여 『그곳에 마산이 있었다』. "내 고향 남쪽 바다. 그 파란 물이 눈에 보이네" 일제강점기 1933년, 가곡「가고파」의 노랫말을 지어 식민지 지식청년의 혼을 위로한 노산(鷺山), 이은상(1903-82)의 주도 아래 1977년에 설립된 (마산)합포문화동호회는 노산도 마산도 사라진 후에도 여전히 옛 추억 되새김 활동을 멈추지 않고 있다.[69] 여전히 마산은 살아 있다.

67) 남재우·김영철, 『그곳에 마산이 있었다』 서문, 글을읽다, 2016.
68) 김형국, 「마산야화: 모처럼 듣는 고향 이바구 저바구」, 위의 책, pp.390-397.
69) 「지금을 걸으며 미래를 생각하다」, 합포문화동인회 40년사(2021). 이병주는 1983년 12월 9일 이 동인회 초청으로 "이상적 인간상"이란 제목으로 '민족문화강좌'(79회) 강연을 한 기록이 있다(p.86). 김윤식은 100회(1985. 9. 20) "근대문학의 시각"이란 제목으로 강연했으며(pp.86-87) 안경환은 429회(2013. 10. 8) "지식인의 나라 만들기: 황용주의 경우(1918-2001)"와 468회(2017. 1. 18) "어려운 시절: 남자가 더 어려운 이유"를 강연했다(pp.318-320).

13. 실록소설 『산하』와 이승만 정권

이승만, 카리스마와 마키아벨리즘의 화신

『산하』는 이승만 시대를 그린 대하 실록소설이다. 작품의 주인공 이종문은 맹목적인 이승만 숭배자다. 경상도 김해 출신 노름꾼 이종문은 무작정 상경하여 도박 실력을 십분 발휘해 재산을 모으고 회사를 이승만에게 바치고 대통령의 양자가 되고 건설회사의 거부가 되고 국회의원으로 영화를 누리다 몰락한다. 소설의 도입부가 희학스럽다.

"삼각산이 춤을 추건 낙동강이 노랫가락을 불렀건 우리의 이종문이 알 바가 아니었다. 그날 이웃 마을의 구석진 방에 끼리끼리 모여 앉아 연신 흐르는 구슬땀을 걷어붙인 팔뚝으로 훔치면서 투전에 자신의 운명을 걸고 있었다."[1]

그의 황당한 인생 역정에 해방 이후 15년에 걸친 대한민국 현대사가 투영된다. 작중에 등장하는 철학 교수 이동식은 작가의 분신으로 보아도 무방할 것이다. "나는 우익도 아니고 좌익도 아니지만 그러니까 한 가지 신념만은 가꾸려고 했죠. 그건 휴머니스트로 일관하겠다는 거였습니다." 우익도 좌익도 휴머니스트의 입장에서 비판하겠다는 것이다.[2]

---

1) 이병주, 『산하』 1권, 한길사, 2006, p.14.

이승만에 대한 이병주의 평가는 매우 상식적이다. "착하고 훌륭한 사람은 나라를 바로잡으며 만년을 산다"(淑人君子 正是國人胡國 萬年). 중국 고전『시경』(詩經)의 한 구절이다(曺風).[3] 그럼에도 불구하고 이승만에게는 그런 행운이 주어지지 않았다는 요지로 해석할 수 있다. 이병주의 대통령론인『대통령들의 초상』의 이승만 편은 '카리스마와 마키아벨리즘의 화신'이란 부제를 달았다.[4] 본문의 첫구절이다.

"이승만은 이 나라의 대통령이 되기 위해 태어난 사람이다. 언제부턴가 그 자신이 그렇게 믿고, 그렇게 행동했다. 어떤 세위도 그의 의지를 꺾을 수 없었고 그의 권위를 침범할 수 없었다."

이 구절에 대한 해설이『관부연락선』의 유태림과 이 선생의 입을 통해 제시된다.

"정치는 양심의 작용이기 전에 야심의 발동이고 야심은 성공하지 못할 경우 패배자의 낙인이 될 뿐이다. 이승만 씨는 자기가 각본을 쓰고 자기가 연출을 하고 자기가 배우 역까지 맡았다. 이에 비해 우리나라의 다른 지도자들은 남이 쓴 각본을 남의 연출로 행세했다고 밖엔 생각할 수가 없다. 또 이렇게도 말할 수 있다. 이승만 씨는 문제를 자기 자신이 풀고 계산만은 측근자에게 시켰는데 다른 지도자들은 계산은 물론 문제를 푸는 것까지도 측근자에게 맡긴 느낌이 있다고. 다른 지도자들은 거의 붕당의 보스로서 군림하고 전근대적인 인적 유대에 사로잡히기가 일쑤였다. 이승만 씨의 경우는 이와 전연 다

2) 이병주,『산하』2권, 2006, p.308.
3) 이병주,『산하』7권, pp.30-31.
4) 이병주,『대통령들의 초상』, 서당, 1991, pp.25-78.

르다. 카리스마의 활용에는 전근대적 색채가 없지는 않았지만 측근을 다루는 방식은 현대적인 매니지먼트 방식을 닮았다. 정보원의 제약 때문에 여러 가지 과오가 있었지만 적재적소의 인재등용에는 구식의 인적 유대를 청산해버린 활달함이 있었다."[5]

마크 게인(Mark Gayn)의 『일본일기』(*Japan Diary*, 1948) 구절도 이승만이 카리스마 담긴 혜안의 지도자임을 확인해준다.

"김규식을 미군정청이 아무리 옹립하려고 서둘러도, 박헌영이 아무리 날뛰어도, 여운형이 뭐라고 해도, 김구가 어떤 지지 세력을 가졌어도 모두 문제가 안 된다. 나는 이승만을 만났을 때 첫눈으로 이 나라 장차의 운명은 이 반안(半眼)을 감고 있는 노인에게 있다고 직감했다."[6]

"천시(天時)와 지리(地理)와 인화(人和)가 깜쪽같은 협동을 이룰 때 비로소 대사는 성취된다. 이른바 『삼국지』의 사상이다. 해방 직후부터 그 몰락에 이르기까지 이승만의 행적을 살펴보면 그 고색창연한 사상이 박진적인 실감을 갖는다. 그러면 이승만에게 천시는 무엇이냐. 그것은 한마디로 말해 냉전시대다. 1945년 8월 15일부터 1948년 8월 15일까지 한반도 남쪽의 정치가 가운데 냉전의 의미와 그 전망을 가장 잘 파악하고 있던 사람은 이승만이다. 냉전이 곧 그에게는 천시였던 것이다. 반면에 김구, 김규식, 여운형, 박헌영 등에겐 천시가 없었다. 그들은 냉전을 이해하지 못했다. 냉전 상황에서의 소련, 냉전 태세에 있어서의 미국을 이해하지 못했다."[7]

---

5) 이병주, 『관부연락선』 2권, 한길사, 2006, p.219.
6) 위의 책, pp.220~221.
7) 이병주, 『대통령들의 초상』, p.56.

이승만은 미국에 건너가 시카고에서 기자회견을 청한 뒤 한국의 분단 상태는 미국이 책임져야 한다고 역설하고 38선을 설정하는 데 찬성한 루스벨트 전 대통령을 빨갱이라고 비난했다. 더없이 강력한 반공주의자로서의 면모를 과시한 것이다.[8]

"이승만의 지위를 높이는 데는 추종자들보다 적대자의 역할이 컸다."[9] 역설적으로 말하면 이승만 정권을 확립시키는 데 있어서 남로당의 역할이 결정적이었다. 물론 이승만의 마키아벨리즘이 공산당의 반대를 교묘하게 이용했다는 전제를 빼놓을 수는 없다. 오늘날 대한민국이 소중한 나라라면 이승만의 마키아벨리즘을 결코 비난할 대상이 아니다.[10]

이병주 자신도 뒤늦게 이승만의 공적과 정치가로서의 그의 진가를 인정한다.

"설혹 공산당과의 합작까지는 불가능하다고 해도 김구, 김규식을 포용한 채 여운형의 세력과 합작할 수 있지 않을까 하는 아쉬움이 미련처럼 뇌리에 도사리고 있었던 것이다. 그런데 그것이 설익은 정치 인식이 빚은 환상이었다는 것을 정세의 변화에 따라 나는 깨닫게 되었다. 이승만이 좌익과의 합작을 피한 것은 오랫동안 망명정부를 이끌어온 경험에서 얻은 지혜라고 할 수 있다. 권력이란 것의 실체를 알고 있기 때문에 결의한 것이라고도 할 수 있다. 전통이 굳지 못한 정치의 터전에 선 권력은 선명해야만 한다. 이승만은 좌우 합작으로 이룩한 정부가 문제를 해결하기는커녕 문제를 더욱 복잡하게 만드

8) 이병주, 『관부연락선』 2권, p.218.
9) 이병주, 『대통령들의 초상』, pp.25–26.
10) 위의 책, p.43.

는 혼란의 더미일 것을 누구보다도 잘 알고 있었던 것이다."[11]

"여순 반란사건(1948. 10. 20)은 천인이 공노할 민족의 비극이긴 했지만, 한편 생각하면 대한민국이란 어린 정부가 살아남기 위해서는 꼭 필요했던 시련이기도 했다. 여순 반란사건이 계기가 되어 철저한 숙군이 있었다. 그 때문에 6·25 동란 중에 국군 가운데서의 반란을 방지할 수 있지 않았을까 하는 견해가 성립되기도 한다."[12]

"정부 수립 직전까지의 나는 철저한 이승만주의자로서 학생들로부터 반동교사라는 낙인까지 찍혀 있었다. 그런데 검거 선풍이 불고부터는 좌익에 관계한 친구들과 학생들을 은닉 또는 피신시키는 일에 골몰하게 되었다. 이윽고 나는 용공분자라는 경찰의 주목을 받게 되었는데 먼 훗날에야 그 사실을 알고 끔찍스러웠다. 보도연맹이 결성되어 검거 선풍이 일단락되었을 때는 기뻤다. 6·25 사변이 터지자 보도연맹에 가입한 사람들을 모조리 구금해 참살한다는 소식을 듣고 나는 밥맛을 잃었다. 공산주의를 반대하는 것은 공산주의자가 쓰는 수단에 대한 반대일 것인데, 공산당이 쓰는 수단을 이편에서 쓰면 어떻게 되는가 하는 고민도 잇따랐다. 이어 정권을 둘러싼 추잡한 사건이 속출하게 되었다. 그럴 무렵에 나는 대학교수직을 그만두고 모 일간지의 주필이 되어 편집국장을 겸임했다.

나의 나날은 자유당 정부를 힐난하고 공격하는 것으로 지속되었다. 학생의 데모가 있으면 그 데모를 지지하는 논설을 쓰고 학생데모를 비난하는 듯한 정부의 포고나 담화문이 발표되면 '학생데모가 문제가 아니라 학생들의 데모를 있게끔 한 정부의 처사가 문제'라는 신

---

11) 위의 책, p.53.
12) 이병주, 『관부연락선』 2권, p.248.

랄한 기사를 쓰기도 하고 자유당 정부를 '비민주적 처사를 감행하는 집단'이라고 평하기도 했다. 그랬는데도 자유당 정부는 경찰을 통해 가끔 위협은 했었으나 그 밖의 탄압행위는 하지 않았다. 결국 그 보복을 당한 것은 5·16 군사정부에 의해서다. 군사정부에 남아 있던 자유당계 경찰이 집요하게 나를 노리고 있었던 것이다.

그런데 나 자신이 이상하다고 생각하는 것은 이승만에 대한 비판을 삼가지 않으면서도 이승만이 물러가야 한다는 생각을 해본 적이 없다는 사실이다. 한때 '못살겠다 갈아보자'는 표어를 걸고 이승만 정권 타도의 열기가 한창이었던 시절이 있었다. 그럴 때도 이승만을 갈아보자는 풍조에 휩쓸리지 않았다. 실례되는 이야기지만 신익희나 조병옥으로서 대통령의 자리를 채울 수 없다는 마음이었다. 무슨 논리적 근거가 있었던 것은 아니다. 골치 아픈 아버지이긴 하지만 아버지를 갈아치울 수는 없다는 발상에 가까운 심리 탓인지도 모른다.

3·15 마산 사건이 터졌을 때 경찰의 보도관제 종용이 있었지만 아랑곳없이 소상한 보도를 내었다. 4월 26일, 이승만의 하야성명이 있자 거리는 온통 축제의 도가니가 되었다. 군중이 신문사 앞을 지나가며 우리에게 환호성을 보냈다. 그때 나는 얼굴은 웃고 있었을지 몰라도 마음속으로는 울고 있었다. 우리 대통령의 몰락이 슬펐던 것이다. 내가 그를 몰락시킨 장본인의 하나가 아닐까 하는 자책도 있었다. 하여간 십수 년간 애증을 섞어가며 간직해왔던 우상의 붕괴는 슬펐다.

이승만은 살아생전 극단의 영욕 속에 있었다. 그를 욕하는 으뜸은 역시 공산주의자들인데 그들은 '권력욕에 눈이 어두운 미국의 앞잡이'라고 했다. 이처럼 황당한 욕설은 없다. 그는 한국을 위해 미국을 이용한 사람이지 미국을 위해 한국을 이용한 사람도 아니며, 한국의 이익을 위해선 미국에 대해 촌보의 양보도 없었던 사람이다. 우리는 그의 공(功)을 높이 평가하고 과(過)는 후세의 경각이 될 정도로 따지되 그에겐 책임을 묻지 말기로 하고 그를 위대한 지도자로서 영원히 역사 속에서 빛나게 해야 한다는 생각이다."[13)

이렇게 마감하면서 이병주는 이승만의 애국시를 인용한다.

서른에 고국을 떠나 일흔에 돌아오니
구라파 북미 땅이 꿈속에 멀리 아득하구나.
오늘 집에 돌아와 있건만
오히려 손님만 같네.
가는 곳마다 사람들은 만나지만
아는 얼굴은 드무네.
三十離鄕七十歸
歐西美北夢依依
在家今日還如客
到處逢迎舊面稀.
一歸國後 有感

『대통령들의 초상』에 담긴 이병주의 이승만론은 체계가 없는 단순한 에피소드 몇 개를 엮은 글에 불과하지만 인간 이승만에 대한 경모의 마음과 함께 반공정권을 세운 공로를 높게 평가한다.

2009년 중년의 초입에 선 한 지식인이 자신의 소년 시절을 소설 『산하』의 픽션과 팩트를 결합하여 회상했다.

"1950-60년대 서울 용산구 갈월동의 한 일본 적산가옥이 이웃의 특별한 주목을 받았다. 당시로는 매우 드물던 관용차와 자가용이 들락거리는 그 집의 주인은 자유당 국회의원이자 대동토건 사장인 이용범이었다. 그곳은 내가 태어난 동네다. 넓은 연못이 있고, 길게 이

---

13) 이병주, 『대통령들의 초상』, pp.77-78.

어진 낭하를 따라 뒤편에 자리 잡은 이용범 사장의 거처를 모친은 생생하게 기억하고 있었다. '이 집의 주부는 단정한 몸매에 기품이 서렸다. 동네 사람들을 마주치면 고관 부인답지 않게 먼저 정중하게 인사를 해서 칭찬이 자자했다. 만약 그 지역에서 출마하면 쉽게 당선될 분위기였다. 그녀는 3년 정도 국회의원과 함께 살다 어느 순간에 자취를 감추었다. 그녀가 사기결혼을 당했다는 말이 파다하게 퍼졌다.' 후일 청년으로 자라서 이병주의 『산하』를 읽은 그때 그 소년은 소설 속에서 이종문에게 사기결혼 당한 지식인 차진희 여사가 바로 그 여성이라고 믿고 행방을 매우 궁금해했다."[14]

이승만은 아시아 차원을 넘은 지도자

이승만은 결코 박정희와 같은 무자비한 독재자가 아니었다. 오히려 전쟁을 치른 나라, 강력한 영도적 리더십이 필요한 신생공화국의 수장으로는 감당하기 힘든 여러 가지 인내를 보였다는 주장도 있다. 행정학자 김광웅(1941-2020)은 이승만 행정부가 당시 미군정의 영향으로 권력 분립과 공유정부의 이상을 실천했다고 평가했다.[15] 그의 진단처럼 제1공화국은 제도상으로는 권력 분립을 강화했다. 전형적인 3권분립 원칙을 강화하여 5권분립(입법·사법·행정·감사·고시원)을 채택한 것이다. (이는 손문의 중화민국 헌법과 이를 승계한 장개석의 대만 헌법의 예에 따른 것이라는 해석도 있다.) 심지어는 김병로가 이끄는 사법부의 독립을 용인한 것도 이승만의 아량일 수 있다.[16]

---

14) 위택환, 『경복궁에서 세상을 바라보다』 1 (미출간), 2009. 8, pp.222-227.

15) 김광웅, 『이승만 정부 그리고 공유정부로 가는 길』, 기파랑, 2017. 김광웅의 주도 아래 서울대학교 행정대학원은 국가리더십연구총서를 발간했다. 그중에 진덕수·김병섭(편집), 정재훈·오항녕·정호훈·김광일 옮김, 『대학연의: 리더십을 말하다』(상·중·하), 서울대학교출판문화원, 2018은 특기할 가치가 있다.

16) 안경환, 『윌리엄 더글라스 평전』, 라이프맵, 2016, pp.365-380. 루스벨트 대통령

이병주는 이렇듯 이승만의 치적에 대해 전반적으로 호의적인 평가를 내렸다. 그럼에도 불구하고 몇 가지 사안에 대해서는 비판의 어조를 감추지 않았다. '반민특위' 문제와 친일경찰을 등용한 이승만의 결정에 대해 특별한 소회를 소설에 담았다.

반민특위의 기승전결을 지켜본 영국인 기자 프레드릭 조스의 입을 통해 자신의 소회를 피력한다.

"반민특위가 경찰에 의해 포위당한 광경을 보면서도 누구 한 사람 비난의 아우성을 치지 않았다. 나는 이 민족이 도덕적 불감증에 걸려 있지 않나 하는 의혹을 가지지 않을 수 없었다. 요는 염치심이 결여되어 있는 것이 아닌가도 했다. 그러나 나는 곧 이 민족을 그런 점으로 해서 책(責)해서는 안 된다고 생각했다. 그만큼 그들은 불행한 과거를 지니고 있었던 것이다. 반민족 행위자에게서 그들 자신의 모습을 본 것이다. 일반 대중은 그들과 공범이었다는 스스로의 모습을 발견한 것이다. 죄 없는 자, 이 여자를 치라고 예수가 외쳤을 때 그 모습을 지켜보는 유대인들의 심정을 이들은 닮아 있었던 게 분명하다."[17]

이승만이 친일경찰을 중용한 사실에 대해서는 1954년 제3대 국회의원 선거에서 자신이 직접 체험한 바를 옮겼다. 당시 경찰은 자유당 공천자를 당선시키기 위해 거의 광분상태에 있었다. 자신에 대한 선거방해가 도를 넘어서자 이병주는 연줄을 대어 치안국장 김장홍(金長興)을 만난다. 자신도 당선이 되면 나라에 유익한 일꾼이 되겠으

의 측근으로 미연방대법원 판사였던 윌리엄 더글러스는 1952년 9월, 한국을 방문하여 이승만을 만난다. 한국 국민의 강인한 생존본능과 독립된 사법부의 존재에서 한국의 장래가 밝다고 예언했다.

17) 이병주, 『산하』 5권, p.36.

니 해당 지구의 경찰서장에게 적당하게 할 것을 지시해달라고 부탁한다. 김장홍의 대답은 직선적이다.

"나는 일제 때 경찰을 한 놈입니다. 그런 나에게 무슨 재량권이 있겠습니까? 나는 우리 이 박사의 눈으로 귀로 입으로 행동할 뿐입니다. 자유당 공천자는 우리 이 박사께서 필요하다고 생각하시어 지명한 사람입니다. 그러니 그런 후보에 대항하는 사람의 편리를 봐줄 수 있겠습니까?" 하고 잘라 말한다. 이병주가 민주주의를 들먹이려고 하자 김장홍은 "나는 민주주의도 모르고 자유도 모릅니다. 이 박사의 눈과 귀, 팔다리가 되는 것이 민주주의라고 믿고 있는 사람입니다."[18]

"이승만에게 있어선 독립운동을 했대서 자존심이 강한 사람보다 친일을 했대서 움츠려 있는 자의 이용가치가 높았던 것이다. 사실 독립운동의 투사보다 친일을 한 사람의 수가 훨씬 많았던 것이니, 공산당이라고 하는 당면의 적을 앞에 두곤 친일파니 반역자니 하여 자기의 지지 세력을 약화시키는 어리석음을 이승만이 범할 까닭이 없었던 것이다."[19]

대통령 이승만의 이름으로 발표된 담화문 구절이다. "왜정 시대 무엇을 했던가, 그것을 가지고 친일이다 아니다 하는 것을 결정하는 것이 아니고, 그때 뭣을 했든 지금부터 무엇을 할 것인가가 그 사람의 의사와 행동으로 표시되고 안 되고를 보고서 친일이다 아니다를 판단하는 것이다."[20]

18) 이병주, 『대통령들의 초상』, pp.62-63.
19) 위의 책, p.63.
20) 공보처, 『대통령 이승만 박사 담화집』 2집, 1956: 최종고 편저, 『우남 이승만』, 청아

이병주는 이승만의 그 어떤 횡포보다도 정적 제거 차원에서 자행된 조봉암의 사형 재판에 대해 날선 비판을 퍼부었다. 그 비판의 수준은 후일 조봉암 추모사업회나 진보학자의 수준에 뒤지지 않을 정도로 신랄했다.[21)

이병주의 이승만론을 읽으면서 나는 캄보디아의 시하누크 국왕(1922-2012)의 이승만 평가를 떠올린다. 2000년대 초 나는 몇 차례 프놈펜 나들이를 하면서 국왕을 만날 기회가 있었다. 그의 막내아들 노르돔 시리부스 왕자의 주선이었다. 젊은 왕자의 멘토로 옴 라사디라는 중년 지식인이 있었다. 라사디는 내가 평생 만난 외국인들 중에 가장 깊은 인격적 감화를 주었다. 그는 열여섯 어린 나이에 프랑스에서 망명생활을 하면서 고국의 민주화 열망을 키워나갔다. 고등학교 선생 일을 접고 귀국하여 군사정부에 맞섰다. 잠시 반짝 하던 민주화의 물결을 타고 선거로 집권한 당의 국회 외교분과위원장을 맡았던 그의 초청으로 나는 2,000명 대학생을 상대로 깨어 있는 시민의 역할을 강조하는 연설을 하기도 했다. 그는 후일 백주의 프놈펜 거리에서 총알 세례를 받고 죽었다. 군사정부의 소행임을 누구도 의심하지 않았지만 경찰은 끝내 범인을 잡지 못하고 미제사건으로 종결했다.[22)

시하누크 국왕은 놀랍게도 이승만은 아시아 차원을 넘는 지도자였다며 극찬하여 일순간 나를 당혹하게 만들었다. 자신을 포함하여 버마의 아웅산, 인도네시아의 수카르노, 베트남의 호치민 등등 모두가 제국주의를 대상으로 민족의 독립을 쟁취하기 위해서는 무장투쟁만이 유일한 수단인 줄로 믿었다. 이에 반해 이승만은 시대의 흐름

출판사, 2011, p.356.

21) 조봉암, 『우리의 당면과업』, 혁신문예사, 1952; 『민중은 물이요 정부는 그 속에 사는 고기라』, 일월, 1995; 서중석, 『조봉암과 1950년대』 상·하, 역사비평사, 1999.

22) 안경환, 「친구여 미안하다」, 『안경환의 시대유감』, 라이프맵, 2012, pp.91-94.

을 읽고 맥을 짚는 몇 수 높은 국제적 정치가였다고 했다. 그는 일찌 감치 국제사회에서 미국이 담당할 주도적인 역할을 주목한 이승만의 박사논문도 읽었다고 했다.[23] 또한 박정희 시절 베트남전에 한국군을 파병한 것도 이승만의 선구적인 포석이 있었기 때문에 쉽게 결정된 것임을 강조했다. 그의 이야기인즉, 한국전이 종결되면서 이승만은 극동군 사령관 헐(John E. Hull) 앞으로 친서를 보내어 인도차이나에서 공산주의에 맞서 싸우는 프랑스를 지원하기 위해 한국군 2-3개 사단을 파견할 것을 제안했다.[24]

북한 김일성의 각별한 동지였던 국왕은 김일성의 사후에 아들 김정일의 극진한 배려를 받고 있었다. 기이하게도 국왕의 신변 경호는 북한 경호원들이 맡고 있었다. 소설가 유재현은 이 사실을 바탕으로 「조선민주주의 인민공화국에서 온 사나이」라는 제목의 단편소설을 썼다.[25]

생전에 '국부'로 불리던 이승만을 대한민국의 '건국대통령'으로 추앙하는 후세인도 많다. 그러나 대한민국 헌법은 1919년 3월 1일 만세사건 이후에 탄생한 임시정부의 법통을 계승한 것임을 명시적으로 천명했다. 그럼에도 불구하고 굳이 남한 단독정부가 수립된 1948년을 '건국'의 해로 내세우고 이승만을 '건국대통령'으로 추앙하는 정치세력이 있다. 이런 억지주장이 만만치 않은 세력을 확보할 수 있는 것은 대한민국의 역사에 있어서 이승만은 그만큼 특별한 존재이기 때문일 것이다.

필자의 어린 시절에 '국부 이승만'은 이 땅의 모든 소년의 뇌리

<hr>

23) 정인섭 해제, 『미국의 영향을 받은 중립』, 우남 이승만 전집 10, 연세대학교 대학출판문화원, 2020; 이승만, 정인섭 옮김, 『이승만의 전시 중립론』, 나남, 2000.
24) 이는 역사적 사실이었다. 헐의 보고를 접한 미국 측은 다각적인 검토 끝에 파병제안을 일단 거절하고 장기 과제로 유보했다는 것이다.
25) 유재현, 『시하눅빌 스토리』, 창비, 2004.

에 심어진 신성한 존재였다. 그래서 그런지 이승만이란 이름을 대할 때마다 초등학교 5학년 시절의 한 사건이 자동적으로 연상된다. 1959년 3월 26일, 5학년의 마지막 주간이었다. (당시 봄 학기는 4월 1일에 시작했다.) '리 대통령 탄신 XX주년 기념, 전국 어린이백일장'이 열렸다. 문교부가 주관하는 이 대회에 내가 다니던 작은 시골학교도 참여했다. 주어진 작문 제목은 「우리 대통령」이었다. 준비작업으로 두 주 전에 몇 권의 교본이 학교에 도착했다. 『소년 이승룡』이란 제목의 아동용 교본을 돌려 읽었고, 이에 더하여 나는 『민족의 거성』이라는 교사용 도서도 읽었다. 머리를 짜내어 온갖 찬사를 담은 글을 쓰고 큰 상을 받았다. 후일, 이웃 향읍 진영의 대창초등학교 6학년 노무현 소년은 선생이 내준 작문지를 찢어버리고 퇴장했다는, 실로 믿기 어려운 이야기를 듣고 나는 심한 열등감이 들었다.

두 차례의 낙선

자신의 생애에 일어난 어떤 경험이건 주제이건 피하지 않던 이병주도 끝까지 대화의 주제로 삼기 싫어했던 사건이 있었다. 가능하면 평생 숨기고 싶었던 사실이다. 남재희는 이병주가 이 과거 전력을 몹시 꺼려해서 어쩌다 이야기가 나오면 서둘러 화제를 바꾸곤 했다고 한다. 지인들도 이 문제만은 알아서 언급을 회피해야 했다. 그것은 이병주가 한때 정치 지망생이었다는 사실이다. 정치와 일정한 거리를 두고 일종의 냉소적인 관찰자로 살면서 정론을 펴는 지식인 작가의 이미지가 굳어진 그였다. 만년에는 굴러들어온 국회의원 자리를 단호하게 거절한 사실을 감안하면[26] 그가 두 차례나 국회의원 선거에 입후보했던 사실은 의외로 비친다.

---

26) 전두환 정권에서 국회의원직 제안이 있었다고 털어놓은 적이 있다. 만약 원했더라면 쉽게 자리를 얻었을 것이다.

이병주는 제3대(1954. 5), 제5대(1960. 7), 두 차례의 국회의원 선거에 출사표를 던진 것이다. 1954년 5월 20일 제3대 민의원 선거가 시행되었다. 경남 제27선거구(하동)에서는 이병주를 포함하여 12명이 입후보 등록을 마쳤다. 해인대학 교수 신분의 무소속 후보 이병주의 학력란에 메이지대학 졸, 와세다대학 중퇴로 기재되어 있었다. 선거 결과 자유당의 강봉옥이 9,544표를 얻어 당선되고 무소속 이병주는 또 다른 무소속 후보 김치헌(6,672표)에 이어 3위(5,836표)로 낙선했다.[27]

4·19 혁명으로 이승만 정부가 무너진 뒤 1960년 7월 29일에 실시된 제5대 국회의원(민의원) 선거에 이병주는 다시 나선다. 경남 제35선거구(하동군)에 등록한 후보는 모두 9명이었다. 이병주 후보의 주소는 부산 중구 대교로 2가 69번지, 『국제신보』 사옥이었다. 그러나 이번에도 이병주는 3등으로 낙선한다. 무소속 윤종수가 1만 2,935표, 차점자 문부식이 1만 1,759표, 이병주가 8,434표를 얻었다.

당시 유세 현장을 목격한 한 초등학교 선생의 증언이 있다. 소설가 지망생인 30대 강석호 교사는 학교에서 『국제신보』를 구독하고 있었다. 무엇보다 사설이 좋아서였다. 그가 애독하는 명사설의 필자가 후보로서 연설한다는 소식을 듣고 유세장으로 달려갔다. 다른 후보들은 농민 유권자들의 구미에 맞는 인기몰이 만담과 제스처로 일관하는 데 반해 이병주는 지식인답게 자유당의 독재와 부패상을 조목조목 열거하면서 비판했다. 게다가 자신의 정치적 소신을 동서양 명저와 명언을 인용하여 정당화시켰다. 한마디로 강석호의 눈에 이병주의 연설은 '차원이 다른' 명연설이었다. 그러나 순박하고 어리숙한 농민 유권자들에게 지식인을 겨냥한 그런 명연설이 통할 리 없

___

27) 이 선거에서 경남 밀양 선거구에서 무소속으로 출마한 교육감 신학상은 낙선한다. 중학생 아들 신영복은 일찌감치 선거는 결코 이성적인 행위가 아니라는 것을 체득하게 되었다고 했다.

었다.

같은 선거에서 전남 순창에서도 비상식적인 결과가 일어났다. 대한민국 초대 대법원장으로 재직하면서 이승만 정권의 전횡에 맞서 사법부의 독립을 수호하여 전 국민의 절대적인 존경을 받고 있던 가인 김병로가 고향인 전라북도 순창에서 낙선한 것이다. 이 선거에서 민주당은 전국적으로 총 233석 중 175석을 얻었다. 김병로는 군법무관 출신의 젊은 변호사 홍영기에게 2,000여 표 차이로 패배한다. 홍영기 측은 김병로를 자유당과 야합한 반혁명 세력이며 70세의 늙은이로 노망이 심하다고 몰아붙였다. 이에 더해 자유당에서 선거비용을 받았다고 흑색선전을 한다.[28]

강석호는 이병주의 명연설에 매료되어 낙선 후에도 그가 주필로 필봉을 휘두르는 『국제신보』를 애독했다.[29] 열렬한 이병주의 추종자가 된 강석호는 1978년 가을, 서울에서 이병주의 주도 아래 영남문학회가 발족하는 자리에 동석한다. 회장에 이병주, 사무국장에 정공채가 추대된다. 둘 다 하동 출신이다. 창립 회장의 취임사의 일환으로 이병주는 매년 상금 3,000만 원(당시 최고액)의 문학상을 제정할 것을 약속한다. 그러나 영남문학회는 창립총회로 판을 거두었고, 문학상은 끝내 실행되지 못했다.[30] 당선된 회장의 공약 또한 '패자의 변'으로 마감한 것이다.

단편소설 「패자의 관」

1971년 7월, 이병주는 두 차례 낙선한 경험을 단편소설로 썼다. 제목은 「패자의 관」. 이를테면 낙선에 대한 변명이다.[31] 주인공 노신호

28) 한인섭, 『가인 김병로』, 박영사, 2017, pp.798-799.
29) 강석호, 「해박한 지식의 낭만적 휴머니스트」, 김윤식·김종회 엮음, 『문학과 역사의 경계에 서다』, 바이북스, 2010, pp.198-205; 『남강문학』 6호, 2014, pp.62-68.
30) 강석호, 『남강문학』, pp.64-65.

는 33-34세가량의 현직 농과대학 교수다. 노신호는 자신이 국회의원이 되면 "가혹한 법률을 없앨 것과 부역했다는 죄목으로 중형을 받은 사람들의 구제"를 공약으로 내세운다.

"국민의 일부가 부역을 하도록 하는 상황을 만든 책임을 먼저 물어야 하지 않겠습니까? 만약 그 책임을 따질 수 없다면 부역하는 명목으로 국민을 벌할 수 없죠. 국민의 생명과 재산을 보전하는 책무를 다하고 나서야 범법자를 다룰 수 있는 명분이 서는 겁니다. 일제에 아부하고 편승한 사람들은 불문에 붙여놓고 참담한 전란 통에 부역했다는 명목으로 중형을 과한다는 건 아무래도 불합리합니다."

체험으로 얻은 이병주 자신의 신조일 것이다.
유세를 들은 '나'는 후보자의 매력에 빠진다.

"무엇보다도 내가 그에게 혹한 것은 그의 문학과 철학에 관한 깊은 소양이다. 서른 남짓한 사람이 언제 그렇게 많은 공부를 했을까 하고 놀랄 만큼 사회사상, 정치사상에 도통해 있었다."[32]

"더욱이 나이 많은 한학자와의 응수에 감탄했다. 어디까지나 겸손한 태도를 지니며 동양의 고전 토론을 전개시켜 가면 한학자들은 감격의 눈물을 흘렸다."[33]

한 평론가는 이 소설은 작가가 작품의 전면에 등장하지 않고 자신의 체험을 서사화한 작품의 대표적인 예로 들었다.[34] 그러나 누가 보

---

31) 이병주, 「패자(敗子)의 관(冠)」, 『정경연구』, 1971년 7월호, pp.142-160.
32) 위의 글, p.143.
33) 위의 글, p.145.

아도 주인공 노신호는 작가 이병주 자신이다.

노신호는 국회의원이 되면 어떻게 해서라도 남북통일을 서두르는 방향으로 노력하겠다며 정치적 포부를 편다. "다시는 이런 참화가 없게 하기 위해선 국민들도 통일에 성의를 가져야 하고 국회의원의 제일의적 의무가 통일의 성취라고 생각해요. 기어이 남북을 통일해야 하되 이 이상 한 사람의 희생도 내는 일이 없도록 하는 비법을 연구 안출하도록 정열과 성의를 다하겠습니다." 그는 특히 가혹한 법률을 없앨 것과 부역을 했다는 죄목으로 중형을 받은 사람들의 구제를 서두르겠노라고 했다. 그러나 선거 1주일 앞두고 공비와 내통한다는 소문이 돌았다. 지리산에 파르티잔이 남아 있는 시절이었다. "노신호 동무를 대한민국 국회로 보내자!" 전단이 나돌자 민심이 흔들렸다.[35]

이병주는 자신이 체험한 내용을 회고담으로도 남겼다. 1954년 선거에서 그는 지역 경찰의 터무니없는 괴롭힘과 선거 방해를 참다못해 힘겹게 선을 대어 치안국장을 면담하는 데 성공한다. 제발 선거에 중립을 지키라는 명령을 지역경찰에 내려달라고 애원하다시피 한다. 그러나 이 나라 치안책임자의 대답인즉 자유당 없이 치안도 없다는 것이었다.[36]

여전히 자유당의 지원 없이는 선거를 치를 수 없는 현실에 이병주

---

34) 노현주, 『이병주 소설의 정치의식과 대중성 연구』, 경희대학교, 2012. 8, p.75.

35) 이병주, 「패자의 관」, 『정경연구』, 1971년 7월호, p.151.

36) 송우혜 대담, 「이병주가 본 이후락: 해방 후 40년을 예사롭지 않게 경험한 작가와의 대화」, 『마당』 인터뷰 1984년 1월호, pp.50-63. "이번 선거로써 자유당은 경찰만 수중에 넣으면 선거를 어떻게라도 조작할 수 있다는 자신을 얻었다. 경찰에 의한 선거방해는 도시부를 빼곤 다소 강약의 차이는 있어도 전국적인 현상으로 나타났다. 내가 잘 알고 있는 친구 한 사람은 경상남도 H군에서 출마했는데 생명의 위협까지 곁들인 혹독한 방해를 받았다고 한다." 이병주, 『산하』 7권, p.124.

는 4대 선거(1958)에는 출마할 생각조차 못했다. 자유당 정권이 무너진 1960년 7월 29일에야 제5대 선거에 출마할 수 있었다. 그러나 직장을 버리고 나설 수는 없었다. 『국제신보』 주필 겸 편집국장의 자리를 지키면서 선거에 입후보한 것이다. 이번에도 흑색선전이 되살아났다.

이 선거에는 어린이도 나섰다. 북천면 화정리 소재 대야초등학교에 다니던 질녀 서기의 기억이다.[37] 2학년 여름 큰아버지가 국회의원에 출마하자 서기는 기호 X번 이병주를 쓴 도화지를 나무판자에 붙여 만든 선거 홍보물을 잠자리채처럼 흔들고 뛰어다녔다.

2009년 8월, 필자는 나림의 동갑내기 사촌 여동생 이금운 할머니에게서 당시의 정황을 청취했다. 노인의 기억은 정교했다. 독립지사의 딸로서 자부심도 넘쳤다. 자식들 공부도 못 시키고 고생만 시킨 아버지에 대한 원망은 전혀 품지 않았다. 사촌 병주에 대해서는 자부심과 함께 부러움과 시샘을 감추지 않았다. 그는 부친이 부유하여 일본 유학도 하고 두 차례나 국회의원에 출마도 했다. 한 번은 제자인 문부식과 경합하여 동반 낙선했다. 금운 할머니는 문부식이 배포한 '사상' 관련 유인물로 인해 결정적인 타격을 입었다면서 인간적 배신자인 문부식을 몹시도 괘씸하게 여겼다. 할머니는 당시 병주의 선거운동원들의 이름을 하나씩 거론했다. 진교면의 이위식, 일가 청년 윤기, 장일영 등등. 열 명 남짓 거침없이 줄줄 꿰다시피 했다. 두 번째 선거에 출마할 당시 병주는 부산에 거주했다. 노인의 기억 속에 괘씸한 인간으로 뿌리박은 '뱅주'의 제자 문부식은 후일 마침내 국회의원의 꿈을 이룬다(1973년 제9대).

이병주는 1954년 선거에서 자신이 사실상 당선된 것이나 마찬가

37) 이서기, 「큰 산 나의 백부님」, 김윤식 · 김종회 엮음, 『문학과 역사의 경계에 서다』, 바이북스, 2010, pp.249-254.

지라는 자위도 했다. 해인대학 교수 시절 주위 청년들의 권고로 정치 입문을 도모했던 것이다. 진짜 '민주적인 정당'을 하나 만들어보고 싶었다. H.G. 웰즈가 말하는 이 세상, 즉 부르주아의 것도 프롤레타리아의 것도 아닌 보다 나은 사람들의 세상을 지향하는 것이다. 페비언 소사이티(Fabian Society)의 이상을 담은 영국 노동당이 모델이다. 정치 방향은 제퍼슨과 링컨의 정신을 계승하고 경제정책으로는 새 건축법을 만들어 백토(고령토)를 이용하여 건축정책을 추진한다는 포부였다. 즉 모든 신규 건축물에는 내화(耐火) 벽돌을 사용해야 한다는 법을 제정할 것이었다. 하동의 천연자원인 고령토는 내화 벽돌을 만드는 핵심재료다. 내화연와(耐火煉瓦)는 일제 군수산업의 핵심이기도 했다.[38]

「패자의 관」에 묘사된 노신호는 평생 이병주가 추구한 중도주의자·균형론자의 모습이다. "한편에서는 노신호가 빨갱이라고 선전하고 다른 한편에서는 굉장한 애국자라고 선전했다. 노신호가 6·25 동란 때 많은 부역자를 당국에 넘겨주었고 보도연맹 관계자를 처리하는 데 큰 도움을 주었다는 것이다. 양쪽 다 터무니없는 거짓말이었다. 공비 때문에 시달린 지역에서 어느 쪽이든 확고한 입장을 밝히고 줄서기를 해야만 했다. 좌우 대립의 과정에서 무고한 양민의 희생이 따랐다."

"말은 안 했지만 노신호는 그러한 중상과 모략에 결정적인 충격을 느꼈고 그런 모략에 넘어가는 선거구민들의 민도에 환멸을 느꼈던 모양이다. 노신호는 나를 찾아와서 앞으로 정치를 단념하겠다고 하면서 쓸쓸히 웃었다."

경찰서장의 위세는 대단했다. 경찰서장은 대체로 그 지역 자유당 의원과 연계를 맺는 등 중앙권력과 연결되어 있었다. 지서주임만 되

---

38) 이병주, 『마당』, 1984년 11월호, pp.59-60.

어도 '산골 대통령'이라는 말을 들었다. 1950년대에는 겨울이면 나무가 양곡 못지않게 소중했으므로 중농 이하의 농민은 거의 다 산림보호관계법을 어기기 십상이고, 명절 때나 농번기에는 막걸리를 담그는 것이 습관화되어 있어 주류관계법 또한 상시로 어기는 형편이었다. 경찰은 무서운 존재였다. 다른 그 무엇보다도 빨갱이로 몰리는 것이 가장 두려웠다. 평소에도 경찰 눈에 어긋나면 빨갱이로 몰릴 위험도 있지만 각종 선거 때 야당을 찍으면 빨갱이로 몰릴 수 있다는 것이다.

이승만은 1956년 5·15 정·부통령 선거가 끝난 직후 내외신 기자회견에서 "이번 선거 결과를 보면 친일하는 사람과 용공주의자들을 지지하는 사람들이 많은 것 같다"고 말하여 고 신익희 후보에게 표를 준 180만 명과 조봉암 후보를 지지한 216만 명 이상을 친일파와 용공주의자 지지자로 몰았다. 중앙정부의 지침에 따라 '산골 대통령'도 같은 입장을 유지했다. 1954년 5·20 총선이 끝난 지 얼마 되지 않아 국회에서 유진산 의원은 이러한 경찰서장의 행태를 고발했다. 즉 서장은 반상회를 열어 여당과 야당의 성격에 대해 설명했다. 야당은 반정부당으로 공산당보다 더 나쁘다. 만약 야당에 투표하면 너희 마을은 공산당 소굴로 본다. 너희 마을 표가 120표인데 야당 한 표가 나오면 너희 부락에 공산당이 하나 있고, 열이 나오면 열이 있다는 것을 증명한다며 협박했다고 폭로했다.[39]

1956년 5·15 정·부통령 선거 후의 일이다. 진주 출신의 황남팔 의원은 모 당 입후보자, 다시 말하면 공산주의자인 아무개(조봉암을 지칭)에게 투표를 많이 한 너희 마을은 모두 빨갱이다. 그러므로 이번 지방자치 선거에서 경찰이 요구하는 사람에게 투표하지 않으면 너의 부락은 전부 처단하겠다고 협박했다며 고발했다.[40] (경북 예

---

39) 『국회속기록』, 제19회 25호, 1954. 7. 16 . 같은 날 박해식 의원 발언도 유사.

천의) 현석호 의원은 경찰이 보다 노골적으로 협박한 증거를 제출했다. "이 동네에서 만약 야당 쪽 표가 나온다면 이 동네는 몰살해버린다. 만약 우리가 북진할 때가 있으면 이 동네를 전부 죽이고 갈 것이다."[41] 좌우의 첨예한 이념 대립이 벌어지는 마당에서 어느 한쪽에도 속하지 않는 자유주의자는 빨갱이로 몰린다. 이병주 자신의 이야기이자, 이념 대립의 희생양이 된 자유주의자들에 대한 조사이기도 하다.

두 차례 낙방한 노신호는 교수직을 버리고 공사장 날품팔이를 전전하다 죽는다.

"패자의 관은 무형의 관이다. 패자의 관은 하늘이다. 바람이다. 흙이다. 풀이다. 다시 생각해본다. 이 세상에 패자가 아닌 사람은 없다. 어떻게 장식해도 죽음은 패배다. 대영웅도 대천재도 대정치가도 한번은 패자가 된다. 그리고 영원히 패자로 남는다."

단편 「패자의 관」은 이렇게 마감한다. 그러나 어디까지나 소설일 뿐이다. 두 차례 낙선하여 정치의 패자로 마감한 이병주는 변신하여 소설가로 찬란한 승리의 관을 쓴다. 그는 선거에서도 자신이 사실상 승리했다는 자부심을 끝내 버리지 않았다.

---

40) 『국회속기록』, 제22회 66호, 1956. 8. 17.
41) 『국회속기록』, 제22회 20호, 1956. 5. 29.

14. 부산, 주필 시대의 예낭

웬만큼 역사가 있고 일정한 규모를 갖춘 나라의 제2의 도시는 수도에 버금가는 힘과 문화가 있다. 그 도시가 항구인 경우는 더욱더 그러하다. 항구의 힘은 열린 소통에서 나온다.

"역사는 바다와 마찬가지로 자정 작용을 가진다. 터무니없는 우로에 빠져들기도 하면서 그러나 대강 그 궤도를 일탈하지 않는 것은 그러한 자정 작용 때문이라고 할 수 있다."[1]

항구도시 부산은 대한민국 제2의 대도시다. 그러나 '서울공화국'으로 불리는 대한민국의 제2도시는 초라하기 짝이 없다. 2021년 봄, 부산 앞바다의 작은 섬, 가덕도에 국제공항을 건설하기 위한 법률이 국회를 통과했다. 구구한 정치적 논쟁을 제쳐두고 인구 400만의 대도시에 그럴듯한 국제공항이 없다는 것은 치명적인 약점이 아닐 수 없었다. 이병주는 부산을 무대로 한 소설을 쓰면서 「작가의 말」에 이렇게 썼다.

"스페인의 항구 바르셀로나는 인구의 수로 보아선 우리 부산의 반쯤 되는 도시다. 그런데도 바르셀로나엔 피카소 박물관을 비롯하여 대소 30여 개의 미술관과 박물관이 있다. 영화관 말고도 오페라 극장

---

1) 이병주, 『산하』 5권, 한길사, 2006, p.7.

과 연극 극장이 덩실하게 다섯 개나 된다. 극장과 미술관이 부족해서만이 아니라 문화공간으로서의 부산은 너무 초라하다. 부산만의 현상이 아니라 전국적으로 우리나라의 문화공간은 빈곤하기 짝이 없다. 예술의 빈곤이 윤리감의 빈곤을 초래한다는 의견은 성급한 판단일진 모르나 작금 나타난 우리나라의 윤리적 파산은 문화공간의 빈약에 그 일반(一半)의 이유가 있지 않을까."[2]

비록 제2의 도시라고는 하나 서울시민의 눈으로 볼 때 부산은 시골이다. 짧은 기간이나마 부산이 엄연한 대한민국의 수도였던 시절이 있었다. 비록 전란으로 인한 사고였지만 부산이 곧바로 대한민국이던 그 천일(千日)의 역사에 향수어린 자부심을 품는 사람도 더러는 있었다.[3]

아는 사람은 거의 없어도 10월 5일은 부산시민의 날이다. 1592년 임진년 9월 1일, 부산포해전의 날을 양력으로 환산한 것이다.[4] 왜군을 상대로 거둔 전과로 보면 노량대첩, 한산도대첩을 훨씬 능가하지만 부산포해전은 그저 그런 '해전'의 하나로 머무르고 있을 뿐이다. 이 지역 '향판'(鄕判) 출신으로 헌법재판관의 지위에 올랐던 한 법률가가 필생의 작업으로 매달리는 '부산대첩기념사업회' 운동도 이렇듯 제2의 도시 푸대접에 대한 항변이기도 하다.[5] 충무공 이순신 전도사로 불리는 김종대는 부산의 언론인 이병주를 기억하는 마지막 독자 세대에 속한다.[6]

이병주가 정식으로 부산에 거주한 것은 6년 남짓에 불과하다. 그

2) 이병주, 『배신의 강』 상권, 범우사, 1979, pp.7-8.
3) 부산은 1950년 8월 18일-10월 27일까지 그리고 1951년 1월 4일-1953년 7월 27일까지 대한민국 정부의 임시 수도였다.
4) 서정의, 「부산포해전을 부산대첩으로 격상하자」, 『국제신문』, 2019. 8. 19.
5) 부산대첩기념사업회, "이순신 정신을 우리의 시대 정신으로."
6) 김종대, 『이순신, 신은 이미 준비를 마치었나이다』, 시루, 2014.

럼에도 불구하고 부산을 자신의 고향으로 불렀다. 태어난 곳인 하동도, 청장년 시절의 본거지였던 진주도 고향이다. 그러나 본격적인 사회활동을 시작한 부산을 자신의 문학의 본향으로 여겼다.

소남산(小南山)에서의 조망은 과야킬을 더욱 정답게 했다. 어둠 속으로 수평선을 묻은 태평양엔 어화(漁火)가 보였고, 남북으로 펼쳐진 전등의 바다는 고향 부산을 연상케 했다. 그리고 두상 아득히 찬란한 은하는 고향의 하늘에까지 뻗어 있을 것이었다. 나는 문득 '부산 삼경'이란 말을 연상했다. 배를 타고 밤에 부산으로 들어오는 사람은 광활한 규모의 전등 바다를 보고 그 아름다움에 놀라고, 낮에 상륙해선 거리의 추잡함에 놀라고, 다시 밤이 되면 값싸면서도 흥겨운 향락에 놀란다는 뜻인데, 과야킬도 그런 삼경의 항구라 할 수 있지 않을까 하여,[7] 에콰도르의 과야킬에서 여행자 이병주는 자신의 '고향' 부산을 회상한다.

이병주는 1964년 이래 줄곧 서울에 살면서도 부산을 안방 나들이 하듯 내왕한다.

"부산에 돌아왔다는 안심은 바다가 있기 때문이다. 공기 자체가 서울과는 다르다. 서울의 공기는 독처럼 내뿜는 입김, 숙취한 사람의 입김에 공리주의자와 사기꾼들의 입김이 섞여 구정물을 마시는 기분이다. 따지고 보면 사정은 부산도 마찬가지지만 바다와의 정화작용 때문에 구원이 있다."[8]

대륙의 관문, 부산
1931년 만주국의 건국으로 부산의 위상은 도약했다. 한일합병 당

---

7) 이병주,『바람소리 발소리 목소리: 이병주 세계기행문』, 한진출판사, 1979, p.133.
8) 이병주,『그해 5월』 1권, 한길사, 2006, p.301.

시에는 인천에 이어 제2의 항구였던 부산이 1930년대에는 대륙으로 향하는 거대한 관문으로 승격되었다. 1904년 창간된 『후산닛포』(釜山日報)는 조선어와 일본어 신문을 망라하여 영남 제일의 신문이었다. 1936년 3월 『후산닛포』는 지령 1만 호를 달성하고 조선과 일본 각지와 만주, 상해로 지사를 늘려가며 국제적인 신문사로 부상했다. 만주국이 건국한 이듬해인 1932년에 부산을 통과하는 만주행 화물은 전년보다 9배가 증가했다.[9] 만주의 관동군 사령관 출신인 새 총독 미나미 지로(南次郎)는 1937년 부산에 초도순시를 나와 '만선일여'(滿鮮一如)를 외치며 "눈을 들어 멀리 대륙을 주시하자"라고 연설했다. 미나미의 연설에 집약되어 있듯이 부산의 시선은 만주를 향했다.

북상객의 으뜸은 일본 군인들이었다. 만주로 파견되는 부대들이 상륙하여 부산 시내를 행진하면 수만 시민의 광기어린 환영이 따랐다. 부두와 역전은 학생들이 흔드는 일장기와 악대 소리에 휩싸였고, 미나미하마(南濱, 현재의 중앙동 광복동 일대)와 미도리마치(綠町, 현재의 완월동 일대) 유흥가의 예기와 여급들도 환영 인파를 이끌었다. 중일전쟁이 발발하고 남경(南京), 광동(廣東), 한구(漢口), 무한(武漢)이 차례차례 함락될 때마다 승리를 축하하는 성대한 기념행사가 열렸다. 남경이 함락될 때는 부청(府廳) 앞에 대형 기념탑이 세워졌고 용두산 신사에는 푸른 연기가 피어올랐다.[10]

그러나 만주는 성취의 땅만은 아니었다. 도리 없이 좌절도 따랐다. 봄철에 동경하던 만주에 갔다 환상이 깨져 겨울에 부산으로 내려와 보수정(寶水町, 보수동) 공동숙박소에서 새우잠을 자는 사람도 허다했다. 부산발 일본행의 주된 승객은 만주 전선에서 죽은 병사들

9) 이해주, 「식민지하의 부산경제」, 부산 상공회의소 부산경제연구소 엮음, 『부산경제사』, 1989, pp.686, 701.
10) 한석정, 『만주 모던: 60년대 한국 개발 체제의 기원』, 문학과지성사, 2016, p.84.

의 유골과 부상병들이었다. 부산역 앞에서 엄숙한 통과의식이 치러졌고 그중 '백의의 용사'(상의병)들은 흰색 마스크와 환자복을 입고 시내를 행진했다. 산 자와 죽은 자의 교차 통과, 출정과 퇴각으로 부산항에는 희열과 슬픔이 교차했다.

부산의 본격적인 확장은 만주국 건국의 결과다. 만주국이 세워지면서 부산은 일본과 대륙을 잇는 '동아의 관문'으로 부상하여 조선조 500년의 수도이자 총독부의 소재지인 경성을 제치고 곧바로 만주와 연결됐다. 부산에서 경성, 만주, 중국 대륙으로 향하는 북행선 기차를 하행(下り, 구다리)이라 부르고, 그 반대 방향의 여정을 상행(上り, 노보리)으로 불렀다. 천황이 정좌한 제국의 수도 도쿄가 기준점이었던 것이다.[11]

8·15 해방 당시 부산의 인구는 일본인까지 합쳐 30만 남짓했다. 그러나 일본인의 귀환에도 불구하고 몇 년 만에 80만으로 걷잡을 수 없이 늘어났다. 일제의 강제동원으로 일본으로, 중국으로 끌려가서 넓은 세상을 구경했던 농민들은 농촌의 '작은 세상'으로 돌아가는 대신 '대처'인 부산에 눌러앉았다.[12]

해방 후의 사상, 사회운동의 양상도 마찬가지다. 운동을 이끈 주역 지식인들 중 상당수는 부산 태생이거나 일제강점기에 부산을 근거지로 활동하던 인물이 아니라 8·15 후에 정착한 인물들이다. 특히 한국전쟁 기간 중 임시수도 시절에 정착한 인물도 많다. 이들 외래 지식인들은 1950년대 중반부터 1960년대 초에 이르기까지 사회운동을 주도한다. 대표적 인물이 부산대 교수로 재직했던 이종률이다. 그는 부산대·동아대 학생들을 결집하여 민족문화협의회를 만들었고[13] 『부산일보』의 논설위원으로도 참여했다. 그는 1961년 부산대

---

11) 위의 책, p.149.
12) 한홍구, 『장물바구니』, 돌아온산, 2012, p.37.
13) 김선미, 「부산의 4월 민주항쟁과 주도세력」, 사단법인 부산 민주항쟁 기념사업회

를 사직하고 조용수와 함께 『민족일보』 창간에 관여한다. 이종률은 1962년 혁명재판소에 의해 10년 징역을 선고받고 3년 6월을 복역한다.[14]

유서 깊은 야구도시 부산

1982년 프로야구가 탄생한 이래 부산의 연고 팀인 롯데자이언츠는 그다지 좋은 성적을 내지 못하고 있다. 그럼에도 불구하고 팬들의 열기는 상상을 초월한다. 80대 열성팬들도 많다. 1950년대에 이미 전파를 타고 바다를 건너오는 일본 프로야구의 수준 높은 경기를 관람하는 행운을 누린 그들이다. 부산시민은 일제강점기부터 야구에 익숙했다. 1930년경부터 부산에서는 매년 4-7월에는 전국 도시 대항전 등 많은 야구대회가 열렸다. 한국 최고의 야구 열기가 이글대는 '야도(野都) 부산'의 뿌리가 이 시기에 이미 형성되었던 것이다.[15] 1936년 6, 7월에만 『후산닛포』가 주최하는 일본 프로야구 팀 세니타즈 대 부산철도 경기, 규슈제국대학과 부산세관 실업야구 리그전, 경성의전 대 부산세관 경기가 열리자 경기를 관전하려는 사람들로 매표소 앞은 혼란의 도가니가 되었다.

1938년 4월에는 일본의 프로야구 명문인 교진(巨人, 자이언츠)과 오사카의 한큐(阪急)가 부산에서 시합을 벌여 모든 관중이 "황홀경에 빠졌다."[16] 태평양전쟁이 발발하여 경성에서는 전시 체제와 귀축미영(鬼畜米英) 성전(聖戰)을 소리 높여 외칠 때도 부산에서는 미

민주주의사회연구소 편, 『산수 이종률 민족혁명론의 역사적 재조명』, 민주주의사회연구소 연구총서 4, 선인, 2006, pp.349-369.

14) 한때 그는 아나키스트들이 세운 경남 함양군 안의고등학교 교사로 적을 둔 적이 있다. 채기엽은 사상가 친구 이종률을 존경하여 경제적 지원을 아끼지 않았다. 이 책, 8장 주 63)과 64) 참조.

15) 한석정, 위의 책, p.94.

16) 『후산닛포』, 1938. 4. 8.

국 스포츠인 야구대회가 꾸준히 열렸다. 1941년 봄『후산닛포』가 주최한 '봄의 야구 축제' 프로그램이었던 조선철도 대 부산철도의 경기는 대형 광고로 고지되어 부산시민의 마음을 설레게 했다.

매년 4월 초 야구대회와 함께 열렸던 서면경마장의 경마대회도 시민의 중요한 도락이었다. '부산 애마(愛馬)데이'에는 관민 합동의 승마 행진이 벌어지는 등 부산문화에서 말은 중요한 요소였다. 영도는 당초 목마장으로 조성된 곳이었다. 1920년대 군마개량과 준마사상이 보급되었고, 1930년대에 경마사업을 통해 군마 4만 필 보유를 목표로 하는 마정(馬政)계획이 수립되었다.[17]

미국을 상대로 한 전쟁이 진행 중이던 1940년대 초까지도 부산에서는 야구대회, 남선 권투선수권대회, 동래의 밤벚꽃놀이(夜櫻), 경부역전 마라톤대회, 유도대회, 부민 체육대회 등의 체육행사가 이어지면서 상대적인 평온을 유지했다.[18] 일본의 패전이 기정사실로 다가오면서 미국에 대한 적개심이 극도로 고조되었던 1945년에 들어서야 비로소 야구경기가 전면 중단되었다.

시종일관 부산은 식민정부의 충실한 동반자였다. 황실을 정점으로 하는 가족국가 이념이 신사를 통해 주입되어 식민행정과 거류민은 유기적인 조화를 이루고 있었다. 정신적 중심인 용두산 신사, 관리와 상공인들의 접점인 미나미하마와 미도리마치의 화류계, 유행의 입구이자 대륙과 일본을 잇는 자살의 명소 잔교, 경마꾼들의 집결지 서면 원두, 야구장인 대신동 공설운동장은 부산시민의 문화생활과 낭만의 거점이었다. 봄철에는 사쿠라놀이를 즐기고 여름이면 야구대회를 벌이던 부산의 일본 거류민들은 패전 후 돌아간 본국의 깡그리 파괴된 낯선 모습을 보고 충격에 빠지는 '컬처 쇼크'를 겪었

---

17) 안미정,「부산 미군 하야리아 부대의 공간적 변용과 의미」,『지방사와 지방문화』, 16권 1호, 2013, p.279.
18) 한석정, 위의 책, p.95.

다.[19)]

전쟁 중에도 부산은 제국에서 가장 평온한 공간이었다. 『후산닛포』는 조선이 낳은 세계적 무용가 최승희를 3차례나 초청했고 당시 동북아 남자들의 우상이었던 리코란(李香蘭)도 초청했다. 특별히 만주국 황제 푸이(溥儀)의 즉위, 만수절, 건국기념일, (일본의) 승인 기념일, 만주사변기념일, 징병제 실시 등 만주국의 주요 행사들과 만주에 관한 특집을 실으면서 부산의 만주 도약을 도왔다.

화류계도 식민행정의 후원자였다. 부산 예기들은 제국의 조력자였다. 완월동(玩月洞)이 미도리마치(綠町)로 이름도 기능도 바뀌었다. 고즈넉하게 달맞이를 즐기는 선비들의 정취어린 교류장이 노골적으로 질탕한 섹스 시장으로 전락한 것이다.[20)]

1937년 12월 난징이 함락되자 3일 동안 전승축제가 벌어졌다. 1939년까지 주요극장들은 음악, 연극, 가부키를 공연하며 부산이 별천지임을 과시했다. 미도리마치의 예기들은 우한(武漢) 함락을 자축하는 가두 행진과 국민총력연맹이 주관하는 궁성요배와 묵도 등에 단체로 참가하고 충령탑의 건설 등 각종 헌금을 위한 합동 무용대회를 열기도 했다. 한철에 번 수입 전액을 비행기 건조에 헌납하자 미도리마치 영업조합은 1932년부터 매년 봄가을 '예창기 위안대회'를 열었다. 대회는 『후산닛포』가 후원하고 개막식에 경찰서장이 참석하여 격려사를 읽었다.[21)]

부산 소설 『배신의 강』

1941년 기준으로 부산·경남지역의 부는 80퍼센트 이상이 일본

19) 최인배, 「일제 시기 부산 지역 일본인 사회의 생활사」, 『역사와 경계』 52집, 2004, p.130.

20) 가와무라 미나토, 유재순 옮김, 『말하는 꽃 기생』, 소담출판사, 2002, pp.18-30.

21) 『후산닛포』, 1932.11.6; 한석정, 위의 책, p.97에서 재인용.

인 소유였으나[22] 패전 후 보따리 차림으로 물러갔다. 일본인이 남기고 간 이른바 적산(敵産), 즉 '귀속재산'은 되찾은 나라 국민의 새 삶에 소중한 종잣돈이 되었다. 이 종잣돈의 배분을 두고 치열한 암투가 벌어진다.[23] 1970년 한 해 동안(1970. 1. 1−12. 30) 『부산일보』에 연재한 이병주의 장편소설 『배신의 강』은 이러한 시대의 혼란을 그린다.[24] 「작가의 말」이 저술 동기를 압축한다.

"물론 상하이처럼은 아니지만 우리 부산도 꽤나 침울한 역사와 복잡한 생리를 지니고 있는 항구도시다. 1945년 8월, 일본으로부터 해방이 되었을 당시에 부산의 부의 5분의 4가 일본인의 점유 하에 있었다. 그런 까닭에 해방 직후 일본인이 남기고 간 재산을 둘러싼 경제 전쟁이 양성적·음성적 양면에 걸쳐 치열하게 전개되었다. 승자는 재벌로 부상하고 패자는 낙오자가 되었다. 이 소설은 그러한 사정을 배경에 깔고 한때의 부산의 병리적 생태를 허구해본 작품이다. 그런데 그 의미는 부산에 국한되는 것이 아니라 전국적인 색채를 띠었다고 짐작할 수 있다. 특히 이 속에 전개된 풍속도는 그 시대 이 나라를 풍미한 병적인 풍경의 단면이다."[25]

한마디로 자본주의에 내재된 생리와 병리가 빚어낸 사회악과 인간성의 타락을 그린 소설이다.[26] 도명섭이라는 중심인물은 온갖 부

---

22) 김대래·배석만, 「귀속사업체의 연속과 단절(1945−60): 부산지역을 중심으로」, 『경제사학』 33호, 2002, p.64; 김우용, 「해방직후 노동자 공장관리위원회의 조직과 성격」, 『역사연구』 3호, 1994, pp.81−145.

23) 차철욱, 「해방직후 부산·경남지역 사업체관리위원회의 운영과 성격」, 『지역과 역사』 1호, 1996, pp.110−152.

24) 이병주, 『배신의 강』 상·하, 범우사, 1979, 서당, 1991.

25) 이병주, 『배신의 강』 상, pp.7−8.

26) 손혜숙, 『이병주 소설의 역사인식 연구』, 중앙대학교 박사학위논문, 2011, pp.182−183.

정한 방법으로 축재한다. 그의 수족 노릇을 하는 고석찬은 미군정 시대 '정의단'이란 간판을 내걸고 깡패를 모아 해방 직후 좌익가담자와 동조자를 공갈 협박하여 축재한다. 6·25 후에도 좌익 친구들에게 돈을 꾸어준 사람들조차도 동조자로 무고하여 갈취한다. 그러나 동업자이던 도명섭에게 배신당하고 가난 속에 허덕이면서 과거를 참회하고 도명섭의 단죄에 앞장선다.

청년 최용문은 도명섭 때문에 죽은 아버지의 복수를 하고 재산을 되찾기 위해 도명섭의 회사에 취업하여 기혼자인 그의 딸을 유혹하여 가정 파탄을 초래한다. 부에 대한 탐욕은 인간사의 모든 갈등의 원인이고 이 갈등은 윤리의 파괴로 이어진다. 탈선, 재산분쟁, 권력 유착, 조직 폭력, 마약 거래 등 각종 사회악과 윤리적 타락이 거침없이 횡행한다.

전체 플롯은 한 해의 여름에 시작하여 겨울에 마감한다. 관찰자 성유정 교수와 기록자인 정현상 기자가 등장한다. 서울-부산을 왕복하는 통일호 기차가 수도와 제2의 도시 부산과의 심리적 거리를 조절해준다. 「서곡」의 도입부다.

"무르익은 여름의 오후를 통일호는 서울에서 부산으로 달리고 있었다."

고등학교 3학년 아들을 대동한 교수 성유정이 식당 칸에서 아들의 생일파티를 연다. 겨울날의 '에필로그'에 관찰자와 기록자는 서울행 기차를 탄다. 서울로 귀환하는 성유정 일행과 몰락한 여자 도창숙이 함께 타고 있다. 그날 신문에는 쥐약을 먹고 창녀와 동반 자살한 청년의 기사가 실려 있다.

"어떤 사람에게는 허무로, 절망으로, 어떤 사람에게는 희망으로, 행복으로 달리고 있었다. 아직은 황량한 겨울 경색이지만 봄이 저만큼 와 있는 산하를 열차는 달리고 있었다."

모든 사람이 행복하거나 모든 사람이 불행한 세상은 없다. 이 작품은 1970년대, 80년대에 이병주의 다른 '기업소설'들의 원형으로 볼 수 있다. 문학적 기법에서 동일한 구조와 서사를 취한다. 즉 물질적 부를 획득하기 위한 인물들 간의 대립이 내부서사를 이루고, 이러한 내부서사를 객관적인 위치에서 해석 평가하는 중립적 인물이 외부서사를 이루고 있다.[27] 중립적 외부인물은 예외 없이 지식인으로 사건의 전개에 적극적으로 개입하지 않고 대립자를 통해 사회의 병리적 현상을 명료하게 정리해주고, 인간이 추구해야 할 도덕적 방향으로서 독자를 선도하는 역할을 맡는다.[28]

『예낭풍물지』

이병주 자신은 부산에서 활동하던 시절을 "내 인생 가운데 이 시기를 가장 아름답게 회상하는 버릇을 가지고 있다"라고 썼다.[29] 1975년 프랑스의 노르망디 지역을 여행하면서 부산시민이 자신의 부산 사랑을 알아주리라 기대를 드러냈다.

"플로베르는 프랑스 문학뿐만 아니라 세계문학에 지대한 영향을 미친 작가다. 그와 나를 비교하는 것 자체가 우스운 얘기지만『예낭풍물지』(1972)를 비롯해 부산을 무대로 많은 작품을 쓴, 그리고 앞으로도 쓸, 나의 조상(彫像)을 내가 죽은 뒤 부산의 시민들이 해안통 어디에 세워줄 수 있을까 하는 생각을 안 해볼 수 없다."[30]

---

27) 위의 논문, p.181.
28) 위의 논문, p.189.
29) 이병주,『실격교사에서 작가까지』(칼럼집), 1979, p.150. 이병주는 1985년 12월 17일 KBS TV「11시에 만납시다」(대담 김영호)에 출연하여 '예낭'은 부산이라고 굳이 밝혔다.
30) 이병주,『바람소리, 발소리, 목소리: 이병주세계기행문』, 한진출판사, 1979, p.280, 노르망디 기행(1975. 12).

이 작품은 '국가의 대죄'를 얻어 10년 형을 언도받고 5년 남짓 복역하고 옥문을 나서게 된 '나'와 예낭 빈민굴에 사는 주변 사람들의 이야기다. '나'의 아내는 '나'가 감옥에 있는 동안 돌연 편지 한 장을 남기고 부잣집 사내와 결혼한다. '나'는 떠나간 아내를 그리워하면서 그런 상황을 만든 자신을 자책한다. 유치원에 다니는 어린 딸은 아버지가 죄수라고 놀려대는 통에 외톨이로 지내다 폐렴에 걸려 죽는다. 소중한 가족을 잃게 된 나의 '대죄'가 무엇인지 구체적인 언급은 없지만 국가폭력의 희생자라는 것은 충분히 감지할 수 있다.

"하지만 아쉬움은 없다. 나는 죄인이었으니까. 죄인은 그만한 벌을 받아야 한다. 그런데 죄인이란 무엇일까. 범죄란 무엇일까. 대영백과사전은 '범죄: 형법 위반의 총칭'이라고 되어 있다는 것이고 제임스 스티븐은 '그것을 범하는 사람이 법에 의해서 처벌되어야 하는 행위 또는 부작위'라고 말하고 유식한 토마스 홉스는 '범죄는 법률이 금하는 짓을 하는 것'이라고 말하고 있다는데 나는 이것을 납득할 수가 없다. 형법 그 어느 페이지를 찾아보아도 나의 죄는 없다는 얘기였고 그 밖에 어떤 법률에도 나의 죄는 목록에조차 오르지 않고 있다는 변호사의 얘기였으니까. 그런데도 나는 십 년의 징역을 선고받았다. 법률이 아마 뒤쫓아온 모양이었다. 그러니까 대영백과사전도 스티븐도 홉스도 나를 납득시키지 못했다. 나는 스스로 나를 납득시키는 말을 만들어야 했다. '죄인이란 권력자가 너는 죄인이다라고 하면 그렇게 되어버리는 사람이다.'"[31]

"나는 예낭을 한없이 사랑한다. 그 가운데서도 내가 살고 있는 동

---

31) 이병주,『예낭풍물지』, 세대, 1972. 5. p.334. 이 소설은 1971년 서지문에 의해 영어로 번역되었다. *The Wind and Landscape of Yenang*, 바이북스, 2013.

리를 더욱 사랑한다. 이곳에선 가난의 부끄러움이란 게 없다. 거리마다에 골목마다에 가난의 호사(豪奢)가 있다. 보다도 한량없는 슬픔이 범람하고 있다. 사람들이 그 거친 슬픔의 파도를 헤치고 사는 걸 보는 건 장엄하다고 할 수 있는 광경이다. 사람들은 이곳을 빈민굴이라고 부르지만 정식 이름은 도원동이다."

한 평론가의 분석을 빌리면 작가는 과거의 상흔을 안고 있는 사람들은 그저 '풍경으로' '보여주기' 방식으로 그린다. 반면 과거의 상흔과는 무관한 지식인 '권철기'는 직접 말하게 하는 방식으로 그린다.[32]

권철기는 '나'의 초등학교 동창으로 전직 신문사 부장이다. 그는 조그마한 부정도 참아내지 못하는 인물로 직장과 세상에 대한 불평을 온몸에 담고 산다. 언론의 자유, 보도의 자유가 억압당한 사회에서 신문기자로서의 삶은 그를 냉소적 불평분자로 만들었고 마침내 실직자가 된다. 그는 '옳고 그릇된 것을 판단해서 그 판단대로 할 수 없는' 신문기자 대신 소설가의 길을 내딛고자 한다. 진실을 전하는 데는 소설이 유용한 수단이라고 그는 믿고 기대한다. 권철기는 작품 전체에서 단 두 차례 등장하여 사회비판적 목소리를 내고 사라진다. 이러한 설정은 후일 언론사를 떠나 소설가로 변신한 이병주 자신의 자아의 일부를 대변한 것이리라.

"나는 자네가 호색문학에 그처럼 관심을 가졌을 줄은 몰랐네. 사회문제에 더욱 관심이 있는 것 아냐?"

"사회문제? 말도 말게. 사회는 자꾸만 병들어가는데 그 병리의 임상기록을 쓰란 말인가? 병들어가는 사회 가운데서도 오직 건강하고

---

32) 손혜숙, 『이병주 소설의 역사인식 연구』, 중앙대학교 박사학위 논문, 2011, p.165.

정직하고 아름다운 건 섹스다. 나는 정치니 사회니 경제니 하는 것을 생각하면 골치가 아파 미칠 것 같아. 어찌된 일인지 내가 이렇게 되어야 한다는 방향으로 되지 않거든. 내가 나쁜지, 사회가 나쁜지 까닭을 모르겠어."

그래 놓고 철기는 서울에 도둑촌이 생겼다는 얘기, 고급 관리가 억대의 뇌물을 먹었다는 얘기, 구조적으로 부식해가는 사회현상에 대한 그의 울분을 털어놓았다. 내 속의 결핵균이 킬킬거리며 웃어대는 것 같았다. 그리고 말한다.

"너희들은 우리 결핵균을 원수 취급하고 있지만 너희들끼리 잡아 먹고 먹히고 하는 꼴이 더욱 추잡하고 그로테스크하지 않느냐."[33]

독자에 따라서는 이 작품에서 이병주가 후일 사회의 부조리와 비리를 파고들면서 이러한 사회악의 그늘에서 신음하는 대중의 아픔을 위무하는 대중작가의 길을 걷게 될 것을 예상할 수도 있을 것이다.

2009년 한 언론인은 37년 전에 출간된 이 작품의 스토리를 상세하게 인용하면서 언론인에 대한 공권력의 탄압이 되풀이되는 현실을 개탄했다.

"7월이었다. 비에 씻긴 햇살은 맑고 풀냄새를 머금은 아침 공기는 삽상했다. 아빠는 평소처럼 고교생 딸을 등교시켜 주고 돌아왔다. 슬리퍼를 신은 맨발에 운동복 차림이었다. 그때 경찰이 들이닥쳤다. 아내와 초등생 딸이 보는 앞에서 경찰은 아빠의 양팔을 꺾고 강제로 수갑을 채웠다. 옷을 갈아입고 나오겠다는 요구는 묵살됐다. 미디어법 반대 투쟁을 벌인 최상재 언론노조위원장의 긴급체포 장면이다. 소

---

33) 위의 논문, pp.165-166.

설 같은, 아니 소설보다 더 기막힌 2009년의 현실이다."[34]

박정희와의 악연의 시작

1960년 1월 박정희가 부산 군수기지 사령관으로 부임했다. 자연스럽게 대구사범학교 동기생들과의 회동이 이루어진다.『부산일보』주필 황용주의 주선으로『국제신보』주필 이병주도 이따금씩 자리를 함께 나눈다. 회동할 때마다 시국 토론이 벌어졌다. 세부적 내용에 대해서는 엇갈린 주장과 증언, 그리고 억측이 난무한다. 이병주는 이렇게 썼다.

"박 장군, 조증출, H, 그리고 내가 모인 자리에선 주로 H가 말을 많이 했다. H의 시국관은 날카롭고 그의 비전은 원대하고 한마디로 그는 일류에 속한다. 지식인이다. H의 태도는 되도록 박 장군을 계몽하려는 의도가 보였다. 군인의 틀을 벗어난 활달한 인간을 만들어보겠다는 정열이 H에겐 있었다. 가끔 도의에 관한 설교를 하기도 했는데 H의 역점은 한국군은 어느덧 타성의 늪에 빠져 무기력할 뿐만 아니라 부패현상이 심해 국민의 신뢰를 얻지 못하고 있으니 도의적으로 재건되어야 한다는 데 있었다. H는 또 드골 같은 사람을 예로 들어 군인이자 정치가인 탁월한 인간상을 그려 보이기도 하며 한국에 그런 인물이 나타나야 한다는 기대론을 펴기도 했다. 무슨 장군인가 군수품을 횡령한 죄로 군법재판을 받고 있다는 사건이 화제에 올랐을 때, H가 '직업군인의 장래는 없다'고 개탄했다.

그러자 박 장군이 어깨를 펴며 결연하게 말했다. '여기 도의적으로 말짱한 사람이 있어, 걱정하지 마.'"[35]

---

34) 김태관,「소설, 긴급체포」,『경향신문』, 2009.7.29.
35) 이병주,『대통령들의 초상』, 서당, 1991, pp.94-95.

"한번은 박 장군과 H 사이에 격론이 벌어졌다. 박 장군이 또 5·15, 2·26 사건을 일으킨 일본의 장교들을 들먹이며 찬사를 늘어놓자 H가 '너 무슨 소릴 하노. 놈들은 천왕 절대주의자들이고 따라서 일본 중심주의자들이고 케케묵은 국수주의자들이다. 그놈들이 일본을 망쳤다는 것을 모르고 하는 소리가, 알고 하는 소리가.'"[36]

이병주는 취중에 황용주가 쿠데타를 발설했고, 당황한 박정희가 정면으로 덮었다고 말한다.

"이승만의 하야 성명이 있은 무렵이었다고 기억한다. 송도 대송관 (덕승관의 오기로 보임)에서 박 장군과의 술판이 또 벌어졌다. H가 잔뜩 술에 취해 통일론을 시작했다. 얼마 동안 횡설수설하더니, 지금 통일의 유일한 방법은, 군인들이 궐기하여 정권을 잡고, 즉시 북쪽의 김일성을 판문점으로 불러 당장 휴전선을 틔어 한 나라를 만들어 버리는 데에 있다고 열을 올렸다. H의 이 말에 얼굴이 일순 핼쑥하게 되더니, 박 장군이 자리를 박차고 일어섰다. 그리곤 '너 무슨 말을 해? 위험천만한 놈이구나. 너 같은 놈하고 술자리를 같이 못하겠어' 하는 말을 뱉어놓고 방문을 걷어차 열고 돌아가 버렸다. 조증출도 나가버렸다. 그때야 정신이 든 모양으로 H는, '저 친구 왜 저러지?' 하고 방 안을 두리번거렸다.

내가 H에게 물었다.

'방금 자네가 한 말 기억하나?'

'내가 무슨 말을 했는데?'

'박 장군 보고 쿠데타하라고 권했어.'

'난 혁명을 하라고 했지, 쿠데타를 하라고 한 적은 없다.'

---

36) 위의 책, p.95.

'혁명이나 쿠데타는 마찬가지 아닌가?'

'아니지, 쿠데타는 정권을 찬탈하는 행위에 지나지 않지만, 혁명은 달라. 혁명은 대목적을 위한 정권의 탈취야. 이를테면 통일을 달성한다거나, 도의국가를 건설한다든가.'

'국민을 기망할 요량으로 목적은 그렇게 가정해놓고 정권만 찬탈한다면 어떻게 되나?'

'그럼 도둑놈들이지.'

'그러니까 그럴 위험이 다분히 있는 쿠데타 같은 짓을 권하지 말라는 말이다.'

'자네 말도 그럴듯해.'"[37]

황용주는 통일의 준비를 위한 도덕 '혁명'을 부추겼지만 박정희는 권력 장악을 위한 쿠데타를 감행했다. 후일 황용주가 제거되는 것은 처음부터 예정된 일이었다. 1964년 11월, 황용주가 「강력한 통일정부에의 의지」라는 논설을 썼다. 국회에서 야당이 이 문제를 박정희를 공격하는 빌미로 삼자 기다렸다는 듯이 황용주를 반공법 위반 혐의로 구속한 것이다.[38]

『내일 없는 그날』

『부산일보』는 1957년 8월 1일부터 이듬해 2월 28일까지 이병주의 『내일 없는 그날』(1959)을 연재한다. 마산 해인대학 교수로 재직하던 그는 정식으로 작품을 발표한 적이 없었다. 그런 무명인을 『부산일보』가 과감하게 데뷔시킨 것은 황용주의 주선 때문이었다. 당시 중앙 문단의 오만과 독점적 지배에 맞서 지역의 작가를 발굴한다는

---

37) 위의 책, pp.97-100.
38) 안경환, 『황용주: 그와 박정희의 시대』, 까치, 2013, pp.419-452.

사명감의 발로이기도 했다.

　작품은 만 2년의 형기를 마치고 출옥한 주인공 형수가 노모와 아들을 만나는 장면으로 시작된다. 작품이 『부산일보』에 연재되기 시작한 것은 1957년, 이병주가 투옥되어 10년 징역을 언도받은 것은 1961년이다. 마치 몇 년 후의 자신의 모습을 예견하는 듯한 설정이다. 자신이 설정한 허구가 현실이 되는 순간, 그 현실이 소설보다 더욱 가혹한 것을 깨달으면서 이병주에게는 현실과 허구의 경계가 허물어진다. 허구가 현실이 되고 현실이 허구처럼 여겨지는 것, 그것이 이병주가 겪었던 현실이었다.[39]

　이 작품에도 이병주 소설의 원형의 하나인 학병 체험자와 중립적 관찰자가 등장한다. 주인공 형수의 형 익수는 학병에 동원되었다가 해방 후 이데올로기 대립의 소용돌이 속에서 죽임을 당한다. 관찰자인 성유정은 익수의 친구로 학병에서 살아 돌아온 현직 교수다. 그러나 그는 학병의 죄의식과 트라우마를 온전히 극복하지 못한다.[40]

　감옥에서 나온 형수를 맞이하는 아버지의 모습에 민족과 역사의 비극이 새겨져 있다. "비스듬히 벽에 기댄 채 아버지는 문밖에서 절을 하는 아들을 보고도 눈만 껌뻑일 뿐이다. 거듭된 재앙에 병약한 노인은 중풍에 실어증까지 병발한 것이다."[41]

　중학교 음악선생이던 형수가 돌연 감옥에 간 이유는 명백히 연좌제 때문일 것이다. 형수의 처 경숙은 감옥에 간 남편을 구하기 위해 나섰다 경찰관에게 정조를 잃고 죄책감에 시달리다 자살한다. 작가는 이념적 갈등이 어떻게 이념과 무관한 사람과 가정을 파멸시키는

---

39) 추선진, 『이병주 소설연구: 사실과 허구의 관계를 중심으로』, 경희대학교 박사학위논문, 2012. 8, p.50.
40) 정미진, 『이병주 소설연구: 현실 인식과 소설적 재현 방법 중심으로』, 경상대학교 박사학위논문, 2017. 2, pp.19-20.
41) 이병주, 『내일 없는 그날』, 국제신보사출판부, 1959, p.6; 추선진, 위의 논문, p.51에서 재인용.

지를 고발한다.[42] 『부산일보』의 연재가 끝난 뒤 1959년 3월 『국제신보』가 작품을 묶어 단행본으로 출간한다.[43] 작품은 같은 해에 같은 제목으로 영화로도 제작되었다. 최도선 각본, 민경식 감독으로 제작된 이 영화는 당시 일류배우였던 이민·문정숙·도금봉을 캐스팅했다. 한국 영화 데이터베이스에 담긴 영화의 줄거리는 다음과 같다.

"그는 그의 부인을 탐하는 모사장의 모함으로 영어의 몸이 된다. 사장은 계략대로 그의 부인을 겁탈하고, 정조를 유린당한 부인은 자결로 생을 마친다. 출옥한 그는 이 사실을 알고 사장을 찾아가서 복수한 다음 경찰에 자수한다."[44] (원작에 약간의 각색이 첨가되었고 소설과는 결말을 달리했다.)

여고 교사 이종석은 연재를 따라 읽으면서 이병주의 팬이 된다. 그는 후일 이병주와 함께 옥고를 치르고 '나림사단'의 참모장이 된다. 나림사단은 주로 5·16 이후에 교원노조 사건으로 옥살이한 옥우들이 중심이 되었다.[45] 이들은 자신들을 '서대문 아카데미 동문'이라 부른다. (실제로 서대문형무소에서 미결수로 몇 달 지냈다.)[46]

『내일 없는 그날』은 1989년 재출간된다. 작가의 「머리말」이다.

---

42) 손혜숙, 위의 논문, pp.160-161.
43) 이때 이병주는 황용주의 후임으로 『국제신보』의 주필 겸 편집국장으로 재직하고 있었다. 당시 부산에서 발간되던 월간 『문학』 1959년 11월호에 이 책의 광고가 실려 있다. 이병주의 유일한 희곡 「유맹」(流氓)도 『문학』에 실렸다.
44) 한국영상자료원 참조.
45) 출옥한 직후에 부산을 떠나 서울에 정착한 뒤로도 이병주는 부산 나들이를 즐겼다. 그의 나들이에는 어김없이 나림사단 부산지부회가 소집된다. 수십 년 이어진 나림사단의 단합대회는 만년에는 부산에서 교수 생활을 하는 작가의 아들도 합류한다.
46) 이종석, 『국제신문』, 2006. 4. 30.

"이 소설이 발표된 지 10여 년 후에 비로소 나는 어쭙잖으나마 소설가로 입신하게 된 것이다. 그런데 그로부터 36년이 지난 지금 도서출판 문이당에서 어떻게 구했는지 벌써 망각의 먼지에 묻혀버린 이소설을 출간하자는 것이 아닌가. 당초 나는 아찔한 기분이었다. 아무튼 다시 한번 읽어본 후에 결정하자고 했다. 그 결과 6·25 직후의 생생한 세태가 그런대로 편편이 리얼하게 묘사되어 있다는 점과 치졸하나마 인생에 대한 관조가 슬픈 빛깔로 나타나 있다는 점, 그리고 작가 이전의 내 모습을 찾아볼 수 있다는 점 등을 참작하여 문이당의 호의에 편승하기로 한 것이다. 통속성과 신파성엔 얼굴을 붉히지 않을 수 없으나 '경숙'과 같은 비극이 있을 수 있었다는 시대의 비애를 지금에 와서 되새겨보는 것도 의미 없는 노릇이 아닐 것이라는 마음만은 진실이다. 좋게 보아주면 이것도 우리 현대사의 문학적 한 표현으로 될 수 있지 않을까?"[47]

'주필시대'의 신화

한때 부산·경남지역 지식인들 사이에 '주필시대'라는 말이 회자되었다. 부산에서 발간되는 두 일간지 『부산일보』와 『국제신보』가 서로 경쟁하면서 지역의 여론과 지성을 주도하던 시절을 일컬었다. 어림잡아 1958-61년이다. 일요일도 쉼 없이 조·석간으로 하루에 두 차례, 두 라이벌 신문이 쏟아낸 논설과 시평은 전란으로 피폐한 삶 속에서도 새로운 시대의 도래를 갈망하던 지식인 독자들에게 일상의 흥분과 희열을 선사했다. 황용주(『부산일보』)와 이병주(『국제신보』) 두 주필의 인도 아래 양대 신문은 이승만 정권의 날카로운 비판자로 필봉을 휘둘렀다. 한 예로 이승만의 정적 제거 차원에서 진행된 의혹이 짙은 조봉암의 재판과 사형 판결에 대해 강한 비판을 서슴

---

47) 이병주, 『내일 없는 그날』, 문이당, 1989, p.10.

지 않았다.[48] 1960년 4·19 혁명의 도화선이 된 3·15 부정선거에 항의하는 마산시민의 봉기를 방송과 연결하여 보도하면서 다른 신문사보다 앞서 취재하던 『국제신보』 특파기자 3명이 경찰에 붙잡혀 감금당하기도 했다. 이병주는 작품 『산하』에서 이 장면을 사실적으로 그린다. 마산으로 달려가는 『국제신보』 취재차량을 본 경상남도 경찰국장 최남규의 거친 발언이다.

"개새끼들, 그놈들이 내일 아침 또 무슨 소릴 써제낄지 모르겠구먼."[49]

"하여간 그 주필인가 편집국장인가 하는 녀석을 벌써 족쳐놨어야 하는 건데."[50]

『국제신보』 사장 김형두는 필자를 해임하라는 최남규의 협박성 요청을 일언지하에 거절한다.

『부산일보』는 국내적인 차원뿐만 아니라 일본 언론과 연결하여 국제적인 문제로 확대시킨다. 4월 13일 마산 앞바다에 떠오른 김주열의 부패한 시신 사진을 전국 언론에 동시 배포하여 효과를 극대화한다.[51] 1959년 4월 18일자 『국제신보』 사설은 최인규 내무부장관의 취임사를 비판한다.

"대뜸 취임사에서 공무원이 선거운동을 해도 좋다고 공언하고 그

---

48) 이병주의 「칸나 X 타나토스」는 1959년 7월 31일 하루에 일어난 일을 술회한 것이다. 신문독자가 보내온 칸나꽃, 조봉암의 사형집행 속보에 대한 편집과 논설 회의, 그 와중에 들여온 부친의 부고, 고향으로 달려가며 회상하는 조봉암과의 일화, 이에 더하여 자신에게 찍힌 진보당원이라는 오해에 대해 서술한다. 이 모두 작가 자신의 개인사와 일치한다. 회상 사이사이에 기술되는 화자의 내면 독백은 이병주 자신의 진실한 독백이다(노현주, 『이병주 소설의 역사인식 연구』, 중앙대학교 박사학위 논문, 2011, p.79).

49) 이병주, 『산하』 7권, p.262.

50) 위의 책, p.263.

51) 안경환, 『황용주: 그와 박정희의 시대』, pp.332~337.

전무후무한 솔직성으로써 국민을 아연케 한 최인규 내무부장관이 16일 또 기발한 착상을 발표했다. 총경급의 도태 방법으로 과거 5·15 정·부통령 선거 때 조봉암 표가 많이 나온 지구의 당시 경찰서장을 인책시킬 방침이란 언명이 그것이다. 조봉암 씨가 적색분자인지 아닌지는 지금 여기서 논의할 문제가 아니다. 다만 전향의 가능성 여부, 허용 여부가 문제로 될 수 있다. 남북통일이란 숙원은 대한민국의 입장으로선 이를 사상적 측면에서 보면 남한만이 아니라 북한에 살고 있는 공산당원까지 모조리 대한민국 국민으로 전향케 해야 한다는 희망으로 표현되는 것이다. 최 장관의 금번 발설은 사상 전향에 관한 문제, 경찰관의 신상 문제 등에 걸친 중대한 문제이니 이는 진지하게 논의 검토되어야 하며 국회는 그 책임을 추궁해야 할 것이다. 일선 경찰관도 일치단결해서 맹목적인 추종만 할 것이 아니라 감연히 스스로의 직위를 보장할 수 있는 방법을 강구해야 한다. 최 장관에게 바라는 바는 오직 '물러나라'는 일언(一言)이 있을 뿐이다."[52)]

최인규는 이듬해 3월 15일 부정선거를 주동하고 4·19 이후 재판을 받고 사형에 처해진다.

위기관리 능력이 돋보인 주필

1959년 7월 17일에 『국제신보』는 부산공설운동장에서 '시민 위안의 밤' 행사를 주관한다. 행사가 한창 진행 중에 폭우가 몰아닥쳐 우왕좌왕하던 시민 67명이 군중에 압사당하는 대참사가 발생한다. 『국제신보』는 연일 사죄와 용서를 구하는 사설과 칼럼을 실었다. 거의 한 달에 걸쳐 진지하게 반성하는 태도를 보이자 성난 유가족의 분노도 차츰 가라앉아 스스로 배상금 청구를 철회했다. 소식을 들은 독

---

52) 이병주, 위의 책, pp.263-266.

자들이 자발적으로 모금해 유족들의 아픔을 위무한다. 이 사건은 주필 겸 편집국장 이병주의 위기 수습 능력을 크게 돋보이게 했다.

1960년 3월 7일자 사설은 학생 데모를 민주주의 국가에서 보장된 의사표현의 자유로 보호해야 한다는 민주주의 강론에 가깝다. 당시로서는 파격적인 논조가 아닐 수 없다.

"학생들의 데모 사건이 당국의 신경을 상당히 날카롭게 하고 있는 모양이다. 3월 6일은 일요일임에도 불구하고 자유당 선거대책위원회는 내무장관과 치안국장을 불러 학생 문제에 관한 대책을 논의했다.

무릇 데모란 집단된 의사표시다. 환희의 표시일 수도 있고, 불만의 표시일 수도 있고, 항거의 표시일 수도 있다. 민주주의의 기본은 의사표시의 자유, 다시 말하면 데모할 수도 있다는 데 있다. 학생 데모의 경우, 이것을 소란으로 취급할 것이 아니라 젊음의 발동으로 보고 미소로써 대할 줄도 알아야 한다. 학생들의 데모는 세속적인 이해타산과는 거리가 멀다. 대의와 명분 없인 일어서지도 않고 일으켜 세울 수도 없다. 간혹 젊은 정열이 지나쳐 과오를 범할 수도 있다. 그러면 그때 그들을 보호할 수 있도록 아량 있는 대책을 세우면 그만이다. 그러니까 더욱 학생의 기백만은 살려야 한다. 거세개탁(擧世皆濁)이로되 아독청(我獨淸)하는 자부를 숭상하게끔 해야 한다. 거듭 말하거니와 학생의 데모가 문제인 것이 아니고 그런 데모를 있게끔 한 사회 상태가 문제인 것이다."[53]

이렇듯 이병주와 황용주는 자유당 시절 내내 경찰의 감시와 노골적인 협박을 버텨냈다. 5·16 쿠데타 직후에 즉시 두 사람이 구속된

---

53) 위의 책, pp.268-270.

것은 이렇듯 경찰과의 오랜 구원이 크게 작용했다.[54] 1996년에『부산일보』가 펴낸 50년사에는 황용주 주필의 시대를 서술하면서「민권투쟁의 선봉」이라는 제목을 달았다.[55]

정치·사회 일변도이다시피 했던 신문 기사는 이들의 주필시대 동안 예술 면이 한결 강화되었다. 두 주필은 청년시절부터 문학뿐만 아니라 공연예술·영상예술에 대해서도 깊은 관심을 가졌고, 보다 넓게는 교양으로서의 예술을 강조했다.[56]

『국제신보』의 주필 황용주가 1958년 10월, 파격적인 조건을 제시한 김지태의 스카우트에 응해『부산일보』로 옮긴다.[57] 황 주필의 빈자리는 너무 컸다. 천신만고 끝에 필적할 인재를 찾아냈다.[58] 다름아닌 황용주의 학병 전우 이병주였다. 마산의 해인대학에 적을 둔 이병주는 이미 황용주 주필의 추천으로 1958년부터 상임논설위원으로 위촉받아『국제신보』에 논설을 쓰고 있었다. 틈틈이 동아대학교에도 출강했다.

동아대학교는 1946년 11월 1일에 '남조선대학'이라는 교명으로 설립되었다. 1년 후인 1947년 12월 30일에는 문교부로부터 재단법인 동아학숙과 동아대학 설립을 인가받고 정식으로 교명을 동아대학으로 변경했다. 법학부(법률학과), 문리학부(문학과, 정치경제학

---

54) 안경환,「학병 출신 언론인의 글쓰기: 주필시대의 신화 —— 황용주와 이병주의 경우」,『이병주 기념사업회 국제학술대회 자료집』, 2011. 10.

55) 『부산일보』의 역사에서 황용주 주필이 가지는 의미에 대해서는「민권투쟁의 선봉: 황용주 주필과 새 편집체제」,『부산일보 오십년사 1946-96』, 1996, pp.214-283.

56) 이병주는 메이지대학에서 다수의 영화 관련 과목을 수강했고 진주의 교사 시절에 연극「살로메」를 연출하기도 했다. 황용주도 부산 영화평론가협회의 창립 멤버였으며 신문에 영화평을 쓰고 대중강연도 했다. 또한 그는 한국 최초의 영화상인 부일영화상을 제정하기도 했다. 안경환,『황용주: 그와 박정희의 시대』, pp.313-314.

57) 안경환, 위의 책, pp.301-304.

58) 1959년 7월 8일, 이병주의 주필 취임에 즈음하여『국제신보』사옥이 남포동에서 옛 부산시청 부근인 대교로 2가 69번지로 이전했다.

과, 수학과, 물리학과)의 2학부 5학과를 설치했고 1958년에는 대학원 과정을 개설한다. 이병주는 황용주의 소개로 프랑스어와 중세영문학을 가르치던 박희영과 교류한다. 헌법학자 문모 교수와도 교류가 생겼다. 경성제국대학을 졸업한 그는 후일 부산대학교로 옮겨 총장을 역임하고 문교부장관에 발탁되고 이어서 성균관대학 총장으로 출세가도를 달린다. 그는 헌법 교수의 자부심이 넘쳐 헌법학이야말로 학문 중의 학문이라고 내놓고 자랑한다. 『관부연락선』에 일본 호협이 친구인 헌법학자가 거드름을 피우자 아니꼬움을 참지 못해 그렇다면 세균학을 전공하는 생물학자는 벌레란 말이냐고 질타했다고 말하는 장면이 있다.[59] 두 사람의 관계를 아는 사람은 이 구절은 문 씨를 염두에 둔 것이라고 추측한다. 후일 그가 한국정신문화연구원 원장으로 재직할 때(1986–88) 강연 나온 이병주를 극진히 대접한다. 아마도 당시 전두환의 측근임을 유념한 듯했다는 이병주의 쓸쓸한 회고였다.

1961년 5·16 쿠데타와 뒤따른 주필들의 투옥으로 부산의 주필시대는 막을 내렸다. 두 주역은 제각기 다른 길을 걸었다. 이병주는 소설가로 입신하여 박정희에 대한 복수의 길에 나섰고 황용주는 그에게 버림받고 궁핍 속에 생을 마감했다. 둘이 부산을 떠난 지 반세기 후인 2013년 이병주와 동향인으로 황용주가 몸담았던 『부산일보』에서 근무한 차용범은 주필시대의 신화를 이렇게 후세에 옮겼다.

"부산언론의 황금기를 함께 주도했다. 4·19, 5·16 같은 현대사의 격동기마다, 진실을 밝히는 기개와 민주주의를 주창하는 용기로 사관(史官)·언관(言官)의 역할을 담당했다. 젊은 세대에겐 다소 생소할지라도, 자랑할 만한 부산사람으로 기억해야 할 두 이름이다."[60]

---

59) 이병주, 『관부연락선』 1권, 한길사, 2006, p.285.

피란 수도의 문학소녀들: 전혜린과 최문희

피란 수도 시절에 부산에서 학교를 다닌 문학소녀들은 감성의 촉수가 남달랐다. 1953년 8월 23일 처서날, 서울법대생 전혜린은 영도 가교사의 모서리 책상 위에서 동생 채린에게 낙서하듯이 편지를 쓴다.

"나는 부산이 좋아. 그렇게도 잘 변하는 하늘. 그렇게도 언제나 다른 표정의 억세고 질기고 끈기 있는 짙푸른 바다, 수박이 익어서 터지는 냄새와 바다와 소금 냄새를 뒤섞은 밤의 공기, 그렇게도 지긋지긋하고 시끄러운 부산사람들—땅에서는 생선 비린내가, 머리칼에서는 소금이, 눈에서는 바닷바람이 느껴지는 무지하고 미숙하고 단순한 부산사람이 내 마음에 꼭 든다. 반지르르 닦인 '서울내기'보다.

내가 빌고 싶은 것은 하루라도 오래 부산에 머무를 수 있도록 하는 것뿐이다. 자극과 흥분과 충동과 정열, 그리고 미침을 안겨주는 부산의 바다, 거리, 사람들, 항구, 그리고 그 외의 모든 것. 열일곱 살부터 스무 살까지의 내 마음속에 새겨진 모든 것과 헤어지기 싫다. 부산에는 그래도 꿈과 어리석음과 동화가 있지만 서울은 완전히 이성적인 어른의 나라 같다. 모두가 싸우고, 그리고 이기는 장소, 바쁜 곳, 이것이 아마 서울이겠지. 다른 어떤 나라의 수도나 다 그런 것처럼."[61]

'서울내기'에게는 서울 아닌 지방은 모두 '시골'이다. 부산의 안온함을 탐닉하던 서울내기 여대생은 그로부터 11년 반 후인 1965년 1월 10일, 만 30세 나이로 서울에서 세상을 작별한다.

전혜린과 같은 시기에 부산에서 고등학교를 다닌 산골 출신 소녀

---

60) 차용범, 「부산사람 황용주·이병주」, 2013. 5. 30.
61) 정공채, 『전혜린: 불꽃처럼 살다간 여인』, 꿈과희망, 2002, p.308에서 재인용.

는 생전 처음 만난 바다의 인상을 이렇게 적었다.

"바다는 멀었고 항구는 어수선했다. 부산 초량목장의 언덕배기 가교사에서 나는 시를 썼다. 열일곱 살 때 쓴 시였다. 흑산도의 작가, 전광용 선생이 내가 적어낸 시를 두 번이나 낭송했다. 어린애가 '폐허의 노래'를? 어떻게 그런 발상을 했는지 서울에서 쫓겨온 남루가 광복동에 둥둥 떠내려가고…. 아이한테 젖을 물린 팥죽장사 아줌마가 흰 사발에 퍼 담은 건 팥죽이 아니라 피란민들의 빈 창자가 만들어낸 아우성이다."[62]

『난설헌』,[63] 『정약용의 여인들』,[64] 후일 조선시대 여성의 한을 파고든 그녀의 문학적 자산은 바로 어린 시절의 체험에서 배양된 것이리라.

"부산은 내가 어린 날 존경했던 학생 고모가 관부연락선을 타고 일본으로 도망쳤던 그 항구이기도 하다. '탈출!' 고모가 일곱 살 조카애한테 남겨두고 간 말, '고모는 내일 탈출할 거야. 이 보따리를 개아범 집 감나무 아래 갖다둬. 살그머니. 알았어? 비밀이야.'
새끼손가락을 걸고 한 번 더 '비밀'이라고 되뇌었다. 새벽 녘, 고모가 나간 이불 속은 동굴처럼 뻥 뚫려 있었다. 나는 고모의 베개를 안고 그 동굴 속으로 들어가 몸을 웅성거렸다."[65]

내륙 소읍 조치원에서 태어났으나 부산에서 자라 지역문화의 창

---

62) 최문희, 『내 인생에 미안하지 않도록』, 다산책방, 2020, pp.250-251.
63) 최문희, 『난설헌』, 다산책방, 2011.
64) 최문희, 『정약용의 여인들』, 다산책방, 2017.
65) 위의 책, p.251.

달에 투신한 '성실한 시인 김성배'의 시에는 부산 먹거리의 본산 자갈치시장과 그곳 아낙네들의 생선 비린내가 어울리던 서민 대통령 노무현의 이미지가 한데 버물려 정겹다.

「회를 먹다」
부산에 맛있는 회가 있다지? 하고 가끔 외지 친구들이 찾아
오면 자갈치사장에 간다 단골 활어 전문 좌판 주인에게 꿈틀거
리는 횟감을 주문한 다음, 만선의 깃발이 찢겨 흔적조차 사라진
영진호가 꽃방석에 돛을 놓는다. 도마 위의 아가미 한 겹 걷어
낸 상추와 깻잎으로 감싼 비린내 칼끝을 구부리고 있다 고추장
얼버무림이 파도에 밀려왔다 다시 부딪치는 소주잔에 광어 지
느러미가 흔들린다 마주 선 노을이 포개진 겨자로부터 헤엄친
다 혓바닥 스민 몸뚱이 꼼짝없이 된장 따라 입속의 바다를 거닐
다 태풍을 씹고 있다.

뱃머리를 맞댄 갈매기들이 깜박깜박 꼬리를 친다 뼈만 남은
매운탕이 깜박이는 등대 위에서[66]

---

66) 김성배, 『오늘이 달린다』, 모악, 2017, p.72, 김경수 발문, pp.80-88.

15. 감옥과 작가의 탄생

"반공을 국시의 제1의로 삼고 지금까지 형식적이고 구호에만 그친 반공태세를 재정비 강화한다." '혁명공약' 제1조의 선언처럼 5·16 박정희 쿠데타 정권은 4월혁명기에 완화된 극우 반공체제를 재정비하고 강화하는 데 일차적 목표를 두었다. 4월혁명과 더불어 일상적 자유와 민주의식이 피어나면서 민족의 자주성 내지는 주체성의 문제가 제기되고 통일의 구호가 등장하고 노동운동이 되살아날 조짐이 보였다. 이와 동시에 이승만 정권 초기 혼란기에 일어난 각종 학살과 암살 사건의 진상을 조사하라는 요구가 일었다.

5·16 군사정권은 이 모든 요구를 차단했다. 쿠데타 권력은 경찰의 사찰 자료를 바탕으로 혁신계 인사와 노동·사회운동 세력, 그리고 진상규명 운동 관련자들을 일제히 검거한다. 1961년 5월 19일, 장도영 국가재건최고회의 의장은 '친공·용공분자'를 단호히 처단하겠다고 선언하면서 그날 아침까지 이미 930명을 구속했다고 발표했다. 숫자는 급격하게 늘어 5월 21일 현재 2,014명, 최종적으로 4,000명에 달했다.[1] 5·16 세력은 부정축재자와 3·15 부정선거 책임자, 자유당 간부들의 처단을 대중선전용으로 내걸었지만, 이들보다 민족주의·진보주의 세력의 척결에 더욱 강한 의지를 드러냈다. 6월 22일 '특수범죄의 처벌에 관한 특별법'을 공포한다.[2] 총

---

1) 최창규, 『해방 30년사 4: 제3공화국』, 성문각, 1976, p.52.
2) 한국혁명재판사편찬위원회, 『한국혁명재판사』 2권, 1962, pp.16-17.

4,000여 명 구금, 608명 혁명검찰부 회부, 216명 기소, 190명 유죄판결의 결산이었다. 자유당 시절에 사형판결을 받고 집행되지 않았던 100여 명이 일시에 처형되었다. 혁명재판부가 자화자찬한 성과다.

"혁신당, 사대당, 사회당, 통사당, 민자당 등 반국가행위단체의 중심인물들이었으며 그 밖에 민통학련, 교원노조,『민족일보』사건 등이 있는가 하면 4·19 이후 혼란한 정세를 틈타 과거 '빨갱이'의 유족들이 억울한 옥살이 운운하며 위령비 건설, 형사보상금 청구, 처형 군경 색출 등을 빙자하면서 합법적인 토대를 구축하여 괴뢰전선에 고무·동조한 소위 '유족회' 사건 등이 모두 혁명심판을 받은 것이다."[3]

신동문과 잡지『새벽』: 최인훈의『광장』과 이병주의 「조국의 부재」

눈앞에 새로운 시대의 도래가 어른거린다. 제대로 된 정당을 만들어 나라를 구해보겠노라. 꿈과 욕망은 하늘을 날았으나 땅 위의 사람들은 화답하지 않았다. 두 차례의 낙선은 이병주에게 체관(諦觀)의 철학을 가르쳤다. 1960년 7월 민의원 선거에서 낙선하고 이제『국제신보』주필 겸 편집국장 일에 전념하겠다고 작정했다. 새 세상의 꿈은 글을 통한 대중의 계도로 전기를 만들 수밖에 없었다.

1961년 1월 1일『국제신보』주필 이병주는 연두사를 집필한다. 제목은「통일에 민족의 역량을 총집결하자!」였다. 4·19 이래 봇물처럼 터진 통일 논의를 중립국가의 건설로 유도하자는 주장이었다.

"같은 국토를 갈라놓고 총과 총이 맞서 있다. 한풍설야 속에서 무

---

3) 위의 책, pp.64-65. 김삼웅은 이러한 과도한 '좌파 척결'은 박정희가 미국 측으로부터 사상적 의혹을 받은 것에 대한 반응이었다고 평했다.『민족일보』의 조용수를 처형한 것이 대표적인 예다. 김삼웅,『한국 현대사 바로잡기』, 가람기획, 1998, p.72.

장을 엄하게 한 장정이 한편은 북으로 한편은 남으로 경계의 눈을 부릅뜨고 있다.

누가 누구를 경계하는 것이냐? 어디로 향한 총부리냐? 무엇을 하자는 무장이냐? 혜산진에서 제주도에 이르기까지 이 아담한 강토가 판도(版圖)로서 스칸디나비아반도의 나라처럼 복된 민주주의를 키워 그 속에서 행복하게 살고 싶다. 이렇게 되기 위한 준비의 시간으로서 1961년의 해를 활용해야 한다. 통일을 위해 민족의 전 역량을 집결하자! 이 비원의 성취를 위해서 민족의 정열을 집결하자!"[4]

한 달 전에 서울에 있는 신동문의 요청으로 이병주는 『새벽』지에 「조국의 부재」를 기고한 바 있다. 두 글의 내용은 동일하게 이병주의 정치철학을 지향하면서도 서로 보완되는 내용이다. 시인 신동문은 월간 『새벽』의 주간을 맡고 있었다. 『새벽』은 1960년 1월에 창간되어 그해 12월에 폐간된 단명한 잡지였다. 발행인 주요한, 편집인 김재순의 진용을 갖춘 흥사단 계열의 자본으로 운영된 진보적 종합교양지를 표방하고 민주당 신파에 우호적인 성향을 보였다. 민주사회주의의 최고 이론가로 꼽히는 이동화는 이 잡지에 4회(1960.1-4)에 걸쳐 「서구의 사회주의는 어디로」라는 제목의 칼럼을 게재한다.[5]

짧은 주간 생활 중에 신동문은 이병주와 최인훈을 데뷔시킨다. 한국문학의 새 시대의 산파역을 맡은 것이다.[6] 1960년 9월, 무명에 가

---

4) 『국제신보』 1961년 1월 1일자 연두사. 이 글은 같은 해 4월 25일, 국제신문사가 발행한 『중립의 이론』이란 얇은 책자의 서문으로 엮어졌다. 이병주와 변노섭이 함께 엮어낸 정치평론집이다. 한반도의 중립화는 이병주의 평생지론이었다. 하동 출신 교육자 문인 강남주(1939-)는 수산대학 학보사 편집장 시절에 지도교수 이주홍의 소개로 만난 이병주가 『중립의 이론』 책자에 '강남주군'을 명기하여 건네준 감격을 60년 후에도 지니고 있다고 썼다. 강남주, 『이병주 탄생 100주년 그를 회고한다 (5)』 『국제신문』, 2021.9.26.

5) 김학준, 『두산 이동화 평전: 한국에서 민주사회주의운동을 개척한 정치학자의 이념과 실천』, 단국대학교출판부, 2012, p.390.

까운 신인작가 최인훈에게서 200자 원고지 600여 매 분량의 원고 뭉치를 건네받는다. 전쟁과 좌우 이념 대립이 남긴 후유증을 정면으로 다룬 작품이었다. 분단 이후 최초의 시도였다.

신동문은 이 작품의 전문을 11월호에 싣기로 작정한다. 게재 계획을 비밀에 부치고 있다가 편집 마감일 밤에 직접 원고를 들고 인쇄소로 간다. 비록 4·19 혁명의 봄기운이 정국을 비추고 있었지만 여전히 맹목적 반공으로 중무장한 반혁명 세력이 도처에 건재하고 있었다. 이렇듯 소설 『광장』은 5·16 쿠데타가 일어나기 전 약 7개월 전, 잠시 4·19 혁명의 봄기운을 빌려, 신동문의 안목과 재치와 용기에 의해 기습적으로 출판된 셈이다.[7]

"인간은 광장에 나서지 않고는 살지 못한다. 표범의 가죽으로 만든 징이 울리는 원시인의 광장으로부터 한 사회에 살면서 끝내 동료인 줄 모르고 생활하는 현대식 산업구도의 미궁에 이르기까지 시대와 공간을 달리하는 수많은 광장이 있다.

그러면서도 인간은 밀실로 물러서지 않고는 살지 못하는 동물이다. 혈거인의 동굴로부터 정신병원의 격리실에 이르기까지 시대와 공간을 달리하는 수많은 밀실이 있다.

어떤 경로로 광장에 이르렀건 그 경로는 문제될 것이 없다. 다만 그 길을 얼마나 열심히 보고 얼마나 열심히 사랑했느냐에 있다. 광장은 대중의 밀실이며 밀실은 개인의 광장이다.

이명준의 경우도 마찬가지다. 그는 어떻게 밀실을 버리고 광장에 나왔는가. 그는 어떻게 광장에서 패하고 밀실로 물러났는가. 나는 그를 두둔할 생각은 없으며 다만 그가 '열심히 살고 싶어 한' 사람이

6) 1965년 6월, 「소설 알렉산드리아」를 『세대』에 주선하기 5년 전에 신동문은 이병주에게 「조국의 부재」 기고를 주선한 것이다.

7) 신판수, 『시인 신동문 평전: 시대와의 대결』, 북스코프, 2011, pp.96-97.

란 것만은 말할 수 있다. 그가 풍문에 만족하지 않고 늘 현장에 있으려고 한 태도다. 바로 이 때문에 그의 이야기를 전하고 싶어진 것이다."[8]

이렇게 『광장』을 데뷔시킨 신동문은 연말 호에 '조국은 말한다'라는 특집 제목을 정해놓고 마땅한 필자를 구하지 못해 고심하고 있었다. 모험적이고 진취적인 신동문은 잡지 목차에 단골로 오르내리는 낯익은 이름들에 식상해 있었다.

논객이 모자란다. 새 필자를 발굴해야 한다. 부산의 이병주가 후보자로 떠올랐다. 신동문과는 일자면식이 없는 시골 사람 이병주를 기자 김재섭이 추천한다.[9] 시인으로 등단한 김재섭은 이병주가 진주농림중학교 교사로 재직하던 시절의 학생이었다. 신동문의 청탁을 받은 이병주는 「조국의 부재」라는 장문의 논설을 쓴다. 6·25를 체험하면서 싹튼 '조국 부재' 사상의 공개적 천명이다.

"조국이 없다. 산하가 있을 뿐이다. 이 산하는 삼천리강산이란 시적 표현을 가지고 있다. 삼천리강산이 삼천만의 생명이 혹자는 계산하면서 혹자는 계산할 겨를도 없이 스스로의 운명대로 살다가 죽는다.

조국은 또한 향수에도 없다. 기억 속의 조국은 일제의 지배 밑에 신음하는 산하와 민중, 해방과 이에 뒤이은 혼란을 고민하는 산하와 민중, 그리고는 형언하기도 벅찬 이 정권의 12년이다.

역사 속의 조국은 신라와 고려의 명장(名匠) 등의 업적으로 아직껏 빛나고 있지만 이건 전통으로서의 생명을 잇지 못하고 단절된 한

---

8) 최인훈, 「서문」, 『광장』, 정향사, 1961년; 임헌영, 『한국문학, 정치를 통매하다』, 역사비평사, 2020, p.91에서 재인용.
9) 강홍규, 『지금 그 사람 이름은 잊었지만』, 나들목, 2003, p.240.

때의 기적으로 안타까울 뿐이다. 진정 조국의 이름으로 부르고 싶을 때가 있었다. 8·15의 해방, 지난 4·19의 그날, 이를 기점으로 우리는 조국을 건설할 수 있었다. 그 이름 밑에서 흔연히 죽을 수 있는, 그러한 조국을 만들어나갈 수 있었다. 그러나 이조 이래의 추세는 참신한 의욕을 꺾었다. 예나 다름없는 무거운 공기, 회색 짙은 산하, 조국이 부재한 조국, 이것이 오늘날 우리들 조국의 그 정체다. 다시 말하면 조국은 언제나 미래에 있다. 희망 속에 있다. 그러면 어떠한 힘이 조국을 만들어낼 것인가. 이 회색의 대중 속에서 어떠한 부류가 조국 건설의 기사를 자처하고 벅찬 의욕과 실천력으로 등장할 것인가."[10]

임헌영은 이병주의 이 글을 일러 분단시대 최고의 명논설이라고 찬사를 아끼지 않는다.

"진정 조국의 이름을 부르고 싶을 때"는 8·15와 4·19였지만 그 꿈을 못 이룬 건 5,000년간 "지배자가 바뀐 일이 있어도 지배계급이 바뀌어본 일"이 없었기 때문이라고 이병주는 적시했다. 지배계급은 "38선을 이용"하여 정권을 유지한다. "민주주의의 성장 없이 공산주의를 막아낼 방법"이 없건만 보수정당은 자기들만 나라를 지킬 수 있다고 요란하다. "보수할 아무것도 없으면서 보수하려는 세력만 있는 것이 오늘날 이 나라 보수주의 정당의 상황이다." 그렇기에 옳은 보수정당을 세우려면 "혁신세력들이 주장하고 있는 정강과 정책을 선취적으로 파악하고 실천하는 길밖엔 없다."

국민이란 "세금을 내기 위한 수단"이고, "병역에 충용하기 위한 존재"이자, "부역하기에 알맞은 노동력일 뿐"으로, "관권의 비위에 거슬리면 때론 수백 명씩 학살당하기도 하는 어쭙잖은 중생"이다. "백성은 그저 무기력하게 이리 떼에 쫓기는 양 떼와도 같았다."

---

10) 이병주, 「조국의 부재」, 『새벽』, 1960년 12월호, p.32.

이런 조국에 젊은 세대가 갈망의 눈으로써, "그들의 정열이, 그들의 포부가 버림받은 민중의 틈에서 잡초처럼 강인하게 뿌리를 뻗을 때, 그때 비로소 조국에 아침이 온다. 그러나 멀고 먼 조국의 아침이여! 오호! 통절한 우리들 조국의 부재여!"라고 끝맺는 이 통쾌함.

'통일에 민족역량을 총집결하자'는 "국토의 양단을 이대로 두고 우리는 희망을 설계하지 못한다. 민족의 분열을 이대로 두고 어떠한 포부도 꽃피울 수 없다"면서, "누가 누구를 경계하는 것이냐? 어디로 향한 총부리냐? 무엇을 하자는 무장이냐?"고 절규한다.[11]

이 글을 매개체로 하여 이병주와 신동문은 서로 신뢰하는 필우(筆友)가 된다. 감격과 환희의 4·19와 분노와 절망의 5·16, 대조되는 두 역사적 사건을 바라보는 입장도 공유하게 된다.

신동문 자신도 몇 편의 강렬한 시를 남겼다. 4·19의 감격을 노래한 시, 「아! 신화(神話)같이 다비데군(群)들: 4·19의 한낮에」는 데모 현장 참여자의 관점에서 쓴 혁명의 노래다.[12]

서울도
해 솟는 곳
동쪽에서부터
이어서 서 남 북
거리거리 길마다
손아귀에
돌 벽돌알 부릅쥔 채

---

11) 임헌영, 「70주년 창간기획: 문학평론가 임헌영의 필화 70년(22), 분단 후 작가 구속 1호 이병주」, 『경향신문』, 2017. 3. 3.
12) 이 시가 수유리 4·19 민주화공원의 4·19 시를 모아 세운 비림(碑林) 속에 들어 있지 않은 것을 유감스럽게 여기는 사람이 많다.

떼지어 나온 젊은 대열
아! 신화(神話)같이
나타난 다비데군(群)들
……

빗살 치는
총알 총알
총알 총알 총알 앞에
돌 돌
돌 돌 돌
주먹 맨주먹 주먹으로
피비린 정오의
포도(鋪道)에 포복(匍匐)하며
아! 신화같이
육박하는 다비데군들
……

아! 다비데여 다비데들이여
승리하는 다비데여
싸우는 다비데여
쓰러진 다비데여
누가 우는가
너희들을 너희들을
누가 우는가
눈물 아닌 핏방울로
누가 우는가
역사(歷史)가 우는가
세계(世界)가 우는가
신(神)이 우는가

우리도

아! 신화같이

우리도

운다.[13)]

혁신 계열과 중립화 이론

1961년 8월, 이병주는 『새벽』과 『국제신보』에 실린 두 글로 인해 법정에 서게 된다. 대한민국 언론사를 장식한 수많은 필화사건의 한 단면이다. 분단 후, 작가 구속 제1호 사건이다. 반공을 국시의 제1의로 내세운 5·16 쿠데타 정권은 혁신계를 타도 대상으로 삼았다.

'혁신운동'이란 무엇인가? "혁신이란 4·19 혁명 이후 대체에 있어서는 공통적으로 '민주적 사회주의'를 지칭하는 개념으로 이해된다."[14)] 1960년 7월, 당시 지식인 세계를 주도한 잡지 『사상계』의 지상토론에서 합의를 본 결론이다.

그러나 한국정치사에서 혁신계란 강도의 차이는 있지만 대체로 남한사회의 기본적 사회경제 구조를 회의하는 사람들의 운동으로 이해한다. 구체적으로 말하면 첫째, 남한에 있어서의 자본주의와 현존의 사회경제 질서가 경제적 불평등을 야기할 뿐만 아니라 군힌다고 보았으며, 둘째, 경제적 불평등은 분단에 기인한다고 보았고, 셋째, 미국은 남한을 '식민지화'하고 있으며 따라서 통일의 장애라고 보았다. 따라서 이들은 남한사회의 기본적 '모순'을 해결하고 '불평등'을 제거하기 위해서 부드럽게 표현하여 남한이 '민주사회주의 체제'를 지향해야 하며, 북한과의 경제교류를 통해 남한의 '빈곤'을 해결해야 하고 민족경제를 수립하기 위해 미국과의 불평등한 경제관

---

13) 신동문, 월간 『사상』, 1960년 6월호.
14) 「사상계 토론: 민주사회주의를 말한다」, 『사상계』, 1960년 7월호, p.135.

계를 시정해야 한다고 주장했다.

이들 가운데 일부는 남한의 체제적 변화, 외세로부터의 '해방', 민족의 통일이 일거에 해결될 수 있는 방법으로 한반도의 '중립화'를 표방했다.[15] 그러나 원내의 극소수 혁신세력은 그들의 목표를 실현하기 위해 자연히 원외에서, 곧 정상적인 의회정치의 밖에서 아노미적이며 과격한 정치운동을 전개하기에 이르렀다. 이 때문에 혁신정당들은 대부분의 국민에게 "기본적으로 비건설적이며 신뢰하기 어렵고 공허"했다. 1970년대 초, 정치학자 한승주가 미국 버클리대학에서 수여한 박사논문의 구절이다.[16]

1960년 7월 29일 선거에서 혁신계는 참패한다. 한승주의 평가다.

"한국 유권자들의 반좌파적, 보수적 관념을 반영한다. 국민이 이승만 정부를 무너뜨린 까닭은 이승만 정부의 권위주의적이고 비민주적 통치를 거부했기 때문이지 이승만 정부의 반공주의와 보수주의를 거부한 것은 아니었다. 이때까지도 6·25 전쟁의 상처는 여전히 깊이 패어 있었기에 유권자들은 남북교류나 남북협상과 같은 주장에 대해 관심은 가졌을지언정 이를 적극적으로 수용할 심리적 자세까지는 갖지 못했다."[17]

15) 김학준, 『두산 이동화 평전: 한국에서 민주사회주의 운동을 개척한 정치학자의 이념과 실천』, 단국대학교출판부, 2012.

16) Sungjoo Han, *The Failure of Democracy in South Korea*, Berkeley, University of California Press, 1974; 김학준 위의 책, pp.414–415에서 재인용(basically unconstructive, untrustworthy and insubstantial). 한승주는 고려대학교 교수를 거쳐 김영삼 정부에서 외무부장관(1993–94)에 기용된다.

17) Sungjoo Han, "Political Dissent in South Korea, 1948–1961," in Sejin Kim and Changhyun Cho(eds.), *Government and Politics of Korea*(Silver Spring, MD): Research Institute on Korean Affairs, 1972, p.55; 김학준, 위의 책, p.426에서 재인용.

교원노조운동과 민자통 및 민족통일연맹

이병주는 교원노조의 고문으로 위촉되었다는 혐의를 받았다. 그를 따르던 젊은이들 중에 교원노조운동에 깊이 관여한 사람도 적지 않았기 때문일 것이다. 교원노조는 이념적으로 혁신계에 가깝게 비쳤다. 다양한 주장을 편 여러 혁신계 정당과 혁신들 가운데 가장 본질적인 문제를 제기한 단체는 민족자주통일중앙협의회(민자통)였다. 1961년 2월 민자통은 당시 기준으로 볼 때 가장 과격한 또는 근본적인 통일운동을 전개했다.

이 단체의 모체는 두 개의 청년단체들이었다. 하나는 통일민주청년동맹이고(통민청), 다른 하나는 민족민주청년동맹(민민청)으로 부산대 정치학과 이종률의 영향 아래 있었다. 통민청은 사회 민주주의 내지 민주사회주의를 노선으로 설정한 데 반해 민민청은 민족혁명을 노선으로 채택했다.[18] 두 조직에 참여했던 사람들 가운데 대부분은 1970년대 인민혁명당(인혁당) 사건 또는 남조선민족해방전선(남민전) 사건에 연루되어 처형되거나 장기형을 받게 된다. 두 단체는 약간의 노선의 차이는 있으나, 넓게 보아 남한을 미국의 '식민지'로 간주하면서, 남한이 '반제국주의·반매판의 민족혁명'을 통해 '해방'되어야 한다는 점에는 합의를 본다. 이들의 기둥이 된 민자통은 남한과 북한으로부터 각각 자주적이어야 하고 민족자결의 원칙 아래 평화통일을 추구해야 한다고 주장했다. 민자통은 2월 25일 결성대회에서 "외세의존의 배격"을 다짐하고 "민족 자주적이며 평화적인 국토통일을 지향할 것"을 제의했다.[19]

민자통과 흐름을 같이한 언론이 『민족일보』였다. 이 신문은 경남 진양군 출신의 31세 청년 조용수가 1961년 2월 13일 창간했다. 그는

---

18) 부산민주항쟁기념사업회 민주주의사회연구소 편, 『산수(山水) 이종률 민족혁명론의 역사적 재조명』, 선인, 2006, p.307.
19) 이수병 선생 기념사업회 편, 『암장』, 지리산, 1992, pp.76-79.

재일교포 거류민단 부단장을 역임했으며 7·29 총선에서 경북 청송군에서 사회대중당의 공천으로 입후보했으나 3위로 낙선했다. 이 신문은 민족자주의 원칙을 표방하면서 '반미'와 '반보수주의' 성향을 강하게 표출했다. 당시 장면 총리의 공보비서관이었던 송원영은 이 신문이 혁신계 정당들에게 힘을 실어주었다고 회고했다.[20]

서울대학교의 학생들이 발족시켜 각 대학에 확산된 민족통일연맹(민통)이 혁신세력과 공동전선을 갖추어 남북협상론을 전개했다. 1961년 5월 13일 "오라 남으로, 가자 북으로"라는 구호 아래 판문점에서 남북 학생회담을 개최할 것을 제의했다. 김일성 정권이 이 제의를 열렬히 지지하면서 북측 대표를 파견하겠다고 발표했다.[21] 사흘 후에 군사 쿠데타가 일어났다.

이들 혁신계 지도자들에게는 '특수범죄처벌에 관한 특별법' 위반의 죄명이 붙었다. 속칭 '특수 반국가행위' 사건으로 불렸다. '정당과 사회단체의 주요 간부의 지위에 있으면서 반국가단체나 구성원의 활동을 찬양·고무·동조하거나 기타의 방법으로 목적수행을 위한 행위를 한 자'를 처벌하는 이 법은 쿠데타로 집권한 군사정권이 국가재건최고회의가 이들 혁신운동가들을 처벌하기 위해 마련한 소급법이었다. 이 법의 적용대상 제1호로 7월 23일 조용수와 이종률 등 『민족일보』 관련자 13명이 기소되었고 혁신계 인사들이 차례차례 기소되었다. 사형을 선고받은 조용수는 3·15 부정선거 책임자로 단정된 최인규 등과 함께 12월 21일 처형되었다.[22]

지난날 우리 사회에서는 사회주의라는 이름만 붙으면 공산주의거나 적어도 형제쯤은 되는 것으로 여겼다. 그러나 공산주의와 민주

<hr />

20) 송원영, 『제2공화국』, 샘터, 1990, p.185.
21) 김학준, 위의 책, pp.434-435.
22) 조용수는 유족이 제기한 재심청구가 받아들여져, 2008년 무죄판결을 받아 신원되었다.

사회주의는 적대적인 존재다. 이러한 맥락에서 "공산주의와 사회주의가 만약 형제라고 한다면 그것은 죽이고 죽임을 당한 카인과 아벨과 같은 형제다"라고 말한 독일사회민주당의 지도자 쿠르트 슈마허(Kurt Schumacher)의 명언이 문제의 핵심을 찌른다."[23]

체포된 뒷이야기

5·16 군사정권이 반공을 전면에 내세우자 자유당 시절 반공을 앞세우던 경찰은 사기충천했다. 경찰의 공작반은 앞잡이를 시켜 남로당 재건운동을 탐색 중이었다. 이에 관련된 한 청년의 결혼식 주례를 맡은 이병주를 1961년 5월 22일 결혼식 날 체포하여 남로당 재건 공범으로 엮을 계획이었는데, 공작반의 내막을 모르는 다른 부서에서 하루 전인 21일 덜컥 체포해버렸다.[24]

공작이 수포로 돌아가자 이병주는 필화로 내몰렸다. 경찰에 연행된 논설위원 중 변노섭(1930-2005)은 사회당 경남도당 준비위원회 무임소 상임위원으로 날카로운 논설 필자였기에 이병주와 공범으로 엮였다.[25] 이병주 자신의 입으로 당시의 상황을 들어보자.

"계엄령이 선포되었다. 그때의 부산지구 계엄사무소장은 박현수 소장이고 참모장은 김용순이었다. 뒤에 쿠데타의 주체세력이라고 알려진 김용순 참모장이 H와 나에게 쿠데타를 지지하는 사설을 쓰라고 종용했다. 그때 H는 어떤 사설을 썼는지 모른다. 나는 암담한 심정을 억제하고 이왕 있어버린 일이니 이 불행한 사태를 더 이상

---

23) 안병영, 「혁신정당의 존립은 불가능한가?」, 『신동아』, 1995년 9월호, pp.287-288; 김학준, 위의 책, p.514.

24) 임헌영, 「70주년 창간기획: 문학평론가 임헌영의 필화 70년」(22), 「분단 후 작가 구속 1호 이병주」, 『경향신문』, 2017.3.3.

25) 이병주, 『그해 5월』 1권, pp.161-172.

불행하게 만들어서는 안 된다, 하루 빨리 헌정을 대도로 복귀할 수 있도록 노력해야 한다는 내용으로 썼던 것으로 기억한다. 나는 5월 20일 체포되어 영도경찰서에 구금되었다. 수일 후 경남도경 유치장으로 옮겨졌다. 거기서 H를 만났다. 그도 역시 구금되어 있었던 것이다.

그때 H가 내게 한 첫 말은 이랬다.

'이상하게 돌아간다. 그자? 우리는 도의혁명을 하자고 했는데 반공혁명이 뭐꼬?'

나는 아연할 수밖에 없었다. 송도 덕승관에서 '정권을 잡고' 운운한 H의 말을 듣고 자리를 박차고 나갔던 박정희와 H 사이에 쿠데타에 관한 말이 오간 적이 있다는 것을 암시하는 말이었다. '우리'라고 한 것은 나도 그 자리에 동참하고 있다고 착각한 때문이었다. 만일 H가 박정희에게 쿠데타를 권했다면 자기가 자기를 묶는 오랏줄을 꼬고 있었다는 얘기가 된다. 아연할 수밖에 없었다는 것은 그런 사실을 두고 한 말이었다.[26] 나와 H가 체포된 것은 경찰의 미움을 사고 있었기 때문이다. 자유당 때 우리는 얼마나 경찰을 공격했던가. 그때의 원한을 쿠데타에 편승하여 풀어보자고 그들은 서두르고 있었다.

유치장 세면장에서 만났을 때 나는 H를 보고 쏘아주었다.

'자네의 도의교육이 멋진 보람을 다하게 되었구나.'

'글쎄 그런 인간이 아닌데' 하고 우물거렸을 뿐 H는 말을 잇지 못했다.

6월 말께 H는 석방되었다."[27]

---

26) 이병주, 『대통령들의 초상』, pp.102-103. 그러나 황용주는 대체로 이병주의 기억에 신뢰를 주지 않았다. "란서 모가 경비실에서 『중앙일보』를 얻어오다 4·19 날 밤 송도에서 박정희·이병주와 함께 술을 마셨다고 하는데 그런 일은 없었다. 거기서 한 얘기를 이병주가 쓴 것을 본 적이 있는데 모두 그의 창작이었다. 아마 이는 그런 정도의 거짓말쯤은 내가 수용해주리라고 믿고 썼을지도 모른다"(황용주, 1987. 8. 25 일기).

황용주는 한 달 만에 풀려났으나, 이병주는 특수범죄처벌 특별법 제6조 위반으로 기소됐다.

동일한 죄명으로 함께 구속된 두 주필 중에 왜 황용주는 석방되고 이병주는 징역살이를 했는가? 후일 이병주가 황용주에 대해 유감을 가질 수 있는 심정적 바탕이 있다. 자신의 책임은 아니지만 이 일로 인해 평생토록 황용주는 이병주에 대해 미안한 마음을 가지고 있었다. 황용주는 이병주보다 3년 연상이지만 경력상으로는 그 이상으로 앞섰다. 이렇게 사회적 지위가 차이나는데도 황용주가 이병주에게 서로 '말을 트는' 친구로 허용한 것은 이러한 심리적 부담이 작용했다는 주변의 이야기다. 물론 황용주는 박정희의 측근이기에 구제될 수 있었다. 그러나 황용주 자신도 영어의 몸이 된 상황에서 이병주의 신변을 챙길 만한 여력이 없었을 것이다.

이병주, 징역 10년을 선고받다

이병주는 군인으로 구성된 혁명재판소에 회부된다. 1961년 11월 23일 혁명재판소의 재판에서 공소장에 기재된 이병주의 죄상은 아래와 같다.

① 피고인 이병주는 1960년 12월 잡지 『새벽』에 「조국의 부재」라는 제호로 "조국은 없다. 산하가 있을 뿐이다. 조국은 또한 향수에도 없다" 등의 내용으로 조국인 대한민국을 부인하고 어떠한 형태로든지 새로운 조국을 건설해야 되는데, 대한민국의 정치사에는 지배자가 바뀐 일은 있어도 지배계급이 바뀌어본 일이 없을 뿐만 아니라 이 나라의 주권은 노동자에게 있다는 등의 내용으로 일반 국민으로 하여금 은연중에 정부를 전복하고, 용공사상을 고취하고

② 1961년 4월 25일, 『중립의 이론』이란 책자 서문에 「통일에 민

---

27) 이병주, 『대통령들의 초상』, p.105.

족역량을 총집결하자」는 제호로써 대한민국과 북괴를 동등시하고 어떠한 형태로든 통일을 하는 전제로서 장면과 김일성이 38선 상에서 악수하여 통일방안을 모색하고 경제·문화·학생의 교류 등 어떻게 해서든지 판문점에 통일을 위한 창문을 열어 남북이 협상을 통한 평화통일을 하자고 선동하는 일방 등을 기재하여 국가의 안전과 간첩의 침투를 막는 일선장병에게는 무장해제를, 이로 인하여 순국한 영령들에게는 모멸을, 일반 국민에게는 신성한 납세의무의 불이행, 38선 때문에 국민의 민주적 권리마저 희생당하고 있다고 선동하면서 서상(敍上)한 통일문제에 관해서는 위정자에게 맡길 것이 아니라 민중의 정열을 더욱 팽배시켜 위정자가 민중의 의사에 따라오도록 세력화시켜야 한다고 주장하여 은연중 일반 국민으로 하여금 상기한 민중의 의사에 따라오지 않으면 폭동을 일으켜야만 통일이 되는 것같이 선동하여 용공사상을 고취하고…….

1961년 11월 30일자『조선일보』에 혁명검찰의 구형 사실이 보도되었다.

"혁명검찰부 선남식 검찰관은 29일 하오 2시 혁재 제2호 법정에서 열린 경남 중고등학교 교원노조 반국가행위사건 피고 이병주(40=『국제신보』사 주필)에게 징역 15년을, 그리고 변노섭(32=동 논설위원)에겐 징역 12년을 구형했다."[28]

12월 7일 선고공판이 열렸다.

"전『국제신보』사 주필 겸 편집국장 이병주, 동 상임논설위원 변노

28)『조선일보』, 1961. 11. 30.

섭 양씨는 반국가행위를 했다는 죄로 7일 상오 혁명재판소로부터 징역 10년을 선고받았다. 이날 2호 법정에서 열린 동(同) 공판에서 김정운 재판장은 이 피고인이 『중립의 이론』이라는 책자를 발행하여 "조국은 없다. 산하가 있을 뿐이다" 운운하여 평화통일 등을 주장했고 변 피고인은 강연회 등을 통하여 오지리(오스트리아)식 중립화를 주장함으로써 각각 반국가단체인 북한 괴뢰집단의 목적사항과 동일한 사항을 수행했다고 유죄 이유를 들고 특수범죄처벌에 관한 특별법 제6조를 적용하여 이와 같이 판결한 것이다."[29]

공소장에 적힌 피고인 이병주의 인적 사항이다.

"피고인 이병주는 15세에 본적지 소재 북천보통학교를 졸업하고 18세에 진주농업학교 제4년을 수료한 후 도일하여 서기 1932년 메이지대학 전문부 문예과를 졸업하고 동 1944년 와세다대학(早稻田大學) 재학 중 학도병으로 일본군에 지원 입대하여 동년 1945년 8월 1일 육군 소위로 임관되었다가 동년 10월경 제대, 귀국한 후 진주농림학교 교사 동 농과대학 조교수에 각 임명되어 재직 중 1950년 12월 31일 비상사태 하의 범죄처벌에관한특별조치령(부역행위) 위반 피의사건으로 부산지검에서 불기소처분을 받은 후 해인대학 부교수로 임명되어 재직하다가 동 1958년 10월에 부산 『국제신보』 논설위원으로 전직하여 동 1959년 7월에 동사의 주필, 동년 11월에 주필 겸 편집국장으로 재직하면서 동 1960년 5월 말경 부산시 중고등학교 교원노조운동조합(이하 교조가 약칭) 고문으로 추천되어 활약하여 오던 자."[30]

---

29) 『국제신보』, 1961. 12. 7.
30) 『한국혁명재판사』 3집, 한국혁명재판사편찬위원회, 1962, pp.269-270. 판결문에는 "서기 1932년 메이지대학 전문부 문예과를 졸업하고 1944년 와세다대학 문학

짧은 문장 속에 오류가 많다. 정확하게 말하면 이병주는 북천보통학교 4학년을 수료하고 양보보통학교를 졸업했다. 메이지대학 졸업 연도가 11세인 1932년일 수 없다. 너무나 엉뚱하다(이 부분은 편집자의 실수일 수도 있다). 문제는 '일본군 소위' 부분이다. 이병주의 학병소설을 『노예의 사상』 『용병의 비애』 등의 주제에 맞추어 연구해온 김윤식에게는 이병주가 일본군 장교였다는 기록을 접한 것은 엄청난 충격이었다.[31] 공소장에 적힌 여러 오기를 감안하면 '일본군 소위' 부분의 신빙성도 의심스럽다. 학병에 '강제지원'된 이병주가 간부후보생이 되기를 지원하지 않았던 것은 사실인 듯하다.[32]

판결문은 공소장의 내용을 전면적으로 인정하는 요지의 편집문에 불과했다.[33] 1962년 2월 2일, 항소기각 판결로 10년 징역의 원심이 확정된다. 이병주의 변론을 맡은 김종길은 지극히 상식적인 법리로 기소내용의 허구성을 비판했다. 김종길은 대구사범 4기생으로 박정희와 황용주의 동기생이다. 김종길 또한 학병으로 소주 60사단에 함께 복무했고 1964년 황용주 필화사건도 담당했다. 그는 박정희가 중심이 되는 4기생 모임에 어울리는 것을 피하고 묵묵히 '무익한' 변론을 이어갔다. 달리 돈 벌 곳이 있다며, 정부에 의한 탄압사건에서는 수임료를 한 푼도 받지 않은 것으로 알려졌다.

이병주는 상해 시절의 김종길을 이렇게 적었다.

"김 변호사는 이 주필과 일제강점기 학병 동기로서 한동안을 상해에서 같이 지낸 적이 있다. 당시 학병들 사이에 정치바람이 불어 어

부 불문학과 2학년에 재학 중" 학도병으로 지원입대한 것으로 추가 적시되어 있다. p.274.
31) 김윤식, 『한일 학병세대의 빛과 어두움』, 소명출판, 2012, pp.176-194.
32) 이 책, 제7장 참조.
33) 『한국혁명재판사』 3집, 혁명검찰 제177호.

떤 사람은 공산당에 동조하고 또 어떤 사람은 중경 임시정부를 지지하는 조직 속으로 들어갔다. 그런데 중경 임시정부의 내부는 사분오열로 갈라져 알게 모르게 그 대립이 심각했고, 임시정부를 지지하는 사람들 가운데서도 심한 파벌싸움이 생겼다. 김구 선생을 지지하는 독립당 계열이 생겼고, 김원봉을 지지하는 민혁당(민족혁명당) 계열이 생겼다. 같은 독립당 계열인데도 김학규가 이끄는 광복군 계통과 이범석이 이끄는 광복군 계통은 서로 달랐다. 이러한 상황 속에서 이 주필은 '우리가 본국으로 돌아가기 전엔 일체의 정치 운동을 보류하자. 우리는 그 정당, 어느 정파에도 물들지 않은 백지의 상태로서 귀국해야 한다'라는 주장으로 학병 출신자의 자중을 종용했다는 것이다."[34]

김종길은 후일 독재에 항거하는 학생들을 변론하면서 자신의 숨은 심경을 토로한 적이 있다.

"변호사란 직업은 비참한 인생에 익숙해 있는 직업이라서 센티멘털리즘을 졸업하게 되어 있는 건데 이번만은 도저히 센티멘털리즘을 졸업할 수가 없어요. 나도 자식을 키우고 있거든요. 저런 자식을 가졌으면 하고 부러워할 정도의 청년들입니다. 그 청년들이 저런 꼴을 당하는가 싶으니 잠이 오질 않습니다."[35]

1961년 12월 7일, 1심 선고에 이어 1962년 2월 2일, 항소 기각으로 이병주의 징역 10년형이 확정된다. 형의 선고가 내려진 기결수는 연고지 형무소에 보내는 내규에 따라 이병주 일행은 부산교도소에

---

34) 이병주, 『그해 5월』 2권, pp.172-73.
35) 위의 책, p.172.

감금된다.

후일 이병주 문학의 열광적 팬클럽인 '나림사단'의 주축 멤버는 군사정권의 핍박을 받은 『국제신보』 주변의 이병주의 옥우들과 후원자들이었다. 전두환 신군부정권이 들어서면서 언론통폐합조치가 실시되고 1지역 1신문의 원칙에 따라 『국제신보』는 폐간되어 『부산일보』에 흡수된다. 민주정부 수립 후에 복간운동이 일어났을 때 폐간될 당시의 노조위원장 이종호는 이병주의 도움을 요청하고 이병주는 적극 나섰다.

이병주는 부산교도소에서 변노섭, 이종석, 김용겸, 배일성, 유혁, 김재봉 등과 함께 같은 방을 썼다는 이종석의 증언이 있다. 감옥생활 중에 변노섭과 교우가 더욱 깊어진다.[36] 교도소는 '국립호텔'로 불린다. 이들은 독서와 토론으로 울분을 삭인다. 『그해 5월』에 작가 스스로 그린 옥중면회 장면이다.

"나는 지금 『사기』를 열심히 읽고 있습니다. 역사 속에 있으니까 역사적 존재라는 의식이 강조되어 육체적 존재로서의 고통을 잊을 수 있어요."

엉겁결에 내가 변노섭과 이종석의 안부를 물었다.

"그들은 싱그러워. 그들이야말로 옥고를 치르는 것이 아니라 옥고를 눌러 이곳을 아카데미로 만들고 있는 대재(大才)들이다."[37]

이병주는 소설에서는 '서대문형무소'로 그렸다. 이따금 언론 인터뷰에서도 서대문형무소에 감금된 것으로 그렸다. 대중의 뇌리에 박힌 '사상범=서대문형무소'라는 등식을 유념하고 쓴 설정이었을 것

---

36) 이종석, 『억압의 시대를 밝힌 휴머니즘의 불빛』, pp.166-172.
37) 이병주, 위의 책, p.188.

이다.

억울한 옥살이를 한 이병주는 2년 7개월 만에 마침내 자유의 몸이 된다. 1963년 12월 16일 특사로 부산교도소에서 출소했다. 황용주의 때늦은 노력이 적잖은 도움이 되었을 것이라는 주변 인물들의 증언이 있다.

이병주는 변노섭·이종석 등 12명과 함께 부산교도소 옥문을 나선다.『국제신보』의 기사다.

"10시 10분경 드디어 굳게 닫힌 철문이 삐걱하고 열렸다. 정치범 12명의 행렬이 풀려나왔다. 그중 징역 10년형을 받았던 전 본보 편집국장 이병주 씨와 논설위원 변노섭 씨도 끼어 있었다. '긴 여행에서 돌아온 기분이다. 아 이 넓은 대기' 하고 소감을 묻는 기자에게 깊은 숨을 몰아쉬며 이씨는 말했다. 우선 12명이 정문 앞을 나오자 '와' 하고 몰려든 가족들의 인파, 반가움에 부둥켜안고 눈물짓는 감회가 설렜다. '어머니 늙으셨군요. 이젠 괜찮습니다' 하고 70 노모의 등을 얼싸안고 울먹거리는 이병주 씨의 목소리는 가늘게 떨렸다."[38]

며칠 후 이병주는『국제신보』기자 둘을 광복동의 식당 '갓집'으로 불러낸다. 같이 온 두 기자 중 한 사람, 후일 시인이 된 김규태의 증언이다.

"나림은 예의 그 호방한 표정과 늠름한 팔자걸음새였다. 복역 전과 조금도 달라진 데가 없어 보였다. '주필님, 고생 많으셨습니다.' 우리 두 사람의 입에서 위로의 말문이 동시에 터져 나왔다. 그는 웃으면서 '얻은 것과 잃은 것을 굳이 가려내라고 한다면 전자야'라고

38)『국제신보』, 1963. 12. 16.

못을 박았다. 그는 갇혀 있는 동안 앞으로 자유의 몸이 된다면 자신이 할 수 있는 역할에 대해 '소설을 통해 우리 현대사의 전통과 역사가 기록하지 않은 또는 할 수 없는 그 함정들을 메우는 작업을 해야겠다는 일념을 가졌어'라고 말했다."[39]

이병주가 출옥한 지 오래지 않아 군사정부의 고위직 인사가 접근해 『서울신문』 편집국장 자리를 제안한다. 정부의 대변인이 되어 달라는 이야기나 마찬가지다. 가당찮은 제안을 거절하는 방편으로 수락 조건을 내건다. "좋소, 그 대신 30억을 현금으로 개인 구좌로 입금해주시오"라고 요구한다. 당황한 상대가 왜 그런 거액이 필요하냐고 반문한다. 나림은 "좋은 신문을 만들려면 좋은 원고를 받아야 한다. 다른 신문사의 고료 다섯 배를 지급하지 않으면 좋은 글을 얻을 수 없다"[40]고 대답한다.

며칠 후 이병주는 서울행 기차에 오른다. '주필시대'의 영광과 '감옥시대'의 치욕을 뒤에 두고 사랑하는 항구도시 예낭을 떠난다. 그의 앞에는 새로운 광대한 무대의 무변의 삶이 기다리고 있었다.

남재희는 이병주의 위대한 변신을 이렇게 풀이했다.

"술친구였던 박 대통령이 자기를 2년 7개월이나 감옥살이를 시키다니. 잡혔을 때는 그러려니 했지만 시일이 지날수록 원한이 사무치게 된 것이다. 그러나 참았다. 그러다가 박 대통령이 죽고 난 다음 이병주는 박정희를 역사의 심판대에 올렸다.

필화가 없었다면 언론이 본업이고 창작이 부업이었을 그는 총칼로 당한 억울함을 붓으로 톡톡히 갚고자 본업을 작가로 바꿨다. 소설

39) 『국제신문』, 2006. 4. 23; 김규태, 「이병주의 인생드라마」, 『남강문학』 6, 2014, pp.51~55.
40) 김규태, 위의 글, p.53.

『그해 5월』과『그를 버린 여인』은 '산바가라스'(三羽烏) 술친구 박정희에게 진 빚 갚음이다."[41]

대학으로서의 감옥: 이승만과 신영복

1899년, 한성감옥에 투옥되기 전의 이승만은 일벌례형 젊은이였다. 만약 투옥되지 않았더라면 직업에 매인 전문인으로 일생을 마쳤을지 모른다. 언론인, 관료 또는 정치가로 입신해 어느 정도 성공했을 것이다.

그러나 그는 20대 젊은 나이에 옥창에 갇힘으로써 차원이 다른 큰 인물이 되어 출옥했다. 감옥은 이승만에게 대학 이상의 대학이었다. 감옥 안에서 청년 정치범 이승만에게 호의를 베푼 옥리들이 많았다. 이들의 양해와 지원 아래 청년 이승만은 배재학당 시절의 교육을 연장하여 독서, 외국어 공부, 붓글씨 연습과 한시 쓰기로 지성을 절차하고 품성을 탁마했다. 번역서도 내고『나의 서예』(My Calligraphy)라는 제목의 영문 저술도 남겼다. "나의 손가락 셋이 문자 그대로 굳어져 영구히 불구화되었다. 나는 말할 수 없이 많은 시간과 정력을 붓글씨 연습에 쏟아 부었다."[42] 혼자 40명의 동료를 계도했다. 무엇보다도 그는 최초의 양반 출신 기독교 신자가 되었다.

옥중에서 아내를 그리는 시도 쓴다.

"세월아 아낙 위해 머물러 다오
외로운 새라 달밤에 자주 놀라고
짝 잃은 원앙을 어찌하자고.
고향 가을 가득 실은 먼 기러기

---

41) 남재희,『남재희가 만난 통 큰 사람들』, 리더스하우스, 2014, p.54.
42) 유영익,『젊은 날의 이승만: 한성감옥생활(1899-1904)과 옥중잡기』, 연세대학교 출판부, 2002, p.95.

그릴 제는 연꽃 따는 노래 부르고
버들 보고 시름한 적 몇 번이던고
타향살이 이다지도 초라할손가
이별이란 인간 치곤 못 할 일이어라."[43]
　—「회인」(懷人)

투옥되기 1년 전에 태어난 외아들 봉수(아명 태산, 1898-1906)[44] 가 몹시 그리웠을 것이다. 그러나 부모 앞에서 자식을 내놓고 그리워 해서는 안 되는 법, 부친에 대한 그리움 속에 아들에 대한 애정을 숨겨 담는다.

저녁에 앉아서(暮坐)
"석양이라 갈가마귀 울음을 멎고
내 어린 겨울 숲 산밑 마을에(남산 밑雩南)
해지자 은하수 가늘게 뵈고
눈 개니 하늘이 사뭇 맑구나
매화야 여기서 널 보다니
저 달은 나그네 넋을 당기네
기다리다 지치신 어버이께선
어린 손자 하나 있어 낯을 펴시라."
　—「개안응장일동손」(開顔應杖一童孫)

21세기 한국인에게 가장 친근한 옥중 수상은 신영복의 사연일 것이다. 사상범으로 무기징역을 선고받은 20대 혈기왕성했던 청년은

---

43) 이승만, 신호열 옮김, 『체역집 건곤』(替役集 乾坤), 동서문화사, 1961, pp.6-7.
44) 태산(Taisan)은 보육원에 위탁, 양육되었다가 디프테리아로 사망하여 필라델피아 교외의 한 공동묘지에 묻혀 있다.

감옥을 사색과 성찰의 수련장, 즉 소중한 인생의 대학으로 삼았다. 20년 후 육신의 자유가 주어졌을 때 그의 영혼은 한층 승화된 진인이 되어 있었다. 사색에 사색을 더하여 새로운 인간으로 재탄생한 그는 나랏일과 사회제도보다 인간과 인간 사이의 본질, 그 관계의 미학을 탐구하여 '더불어숲'의 철학세계를 건설하고 시대의 스승으로 살다 안온한 마음으로 떠났다.[45]

45) 신영복, 『감옥으로부터의 사색: 통혁당사건 무기수 신영복 편지』, 햇빛출판사, 1990; 최영묵·김창남, 『신영복 평전』, 돌베개, 2019.

제4부
위대한 변신(1965-79):
작가의 탄생

16. 이병주 문학의 원형 『소설 알렉산드리아』

월간 『세대』의 기여

『소설 알렉산드리아』는 이병주 문학의 원형이다. 이 소설을 철저히 분석하면 그의 문학세계의 윤곽이 드러난다. 그것은 이광수의 『무정』(1917)을 분석하면 『흙』(1932), 『유정』(1933), 『사랑』(1938) 등 이광수 문학의 핵심이 떠오르는 것과 마찬가지다.[1] 이병주의 공식 데뷔작으로 인식되는 이 작품에는 작가 이병주와 이병주 문학의 특성이 고스란히 투영되어 있다. 작가가 이 작품에서 한반도의 운명을 그리면서 드러낸 민족의식과 세계시민 의식은 『관부연락선』과 『지리산』에서 만개된다.[2]

1965년 6월, 한국문학사에 엄청난 사건이 일어났다. 월간잡지 『세대』가 45세의 '신인작가'를 발굴한 것이다. 밤하늘에 혜성처럼 돌연 등장한 중편 『소설 알렉산드리아』가 이병주의 시대를 열었다.

『세대』는 1963년 1월에 창간된 월간잡지다.[3] '세대'라는 제호와 「새 세대의 역사적 사명과 자각」이라는 제목의 창간사가 상징하듯

---

1) 김영화, 「이병주의 세계: 『소설 알렉산드리아』를 중심으로」, 김종회 엮음, 『이병주연구』, 새미, 2017, pp.383-406.

2) 이 작품은 일본어에 이어 영어와 중국어로도 번역되어 동북아시아 독자에게 한국 현대사의 문학적 안내서가 되고 있다. 『韓國文藝』, 1985. 봄; Lee Byeng-Ju, trans by Chenie Yoon & William Morley, *Alexandria*, 바이북스, 2009; 李華, 崔明杰 飜, 『小說亞歷山大』, 바이북스, 2011.

3) 초대 발행인은 『한국일보』 주필과 『서울신문』과 『국제신보』의 사장을 역임한 오종식이다.

한국 지성계의 세대 교체를 표방하는 듯 비쳤다.

1960년대를 연 두 역사적 계기인 4·19와 5·16은 한국 사회의 전 영역에 걸쳐 세대 교체의 바람을 몰고 왔다. 4·19의 주역은 젊은 학생과 노동자였고, 5·16을 주도한 세력은 30, 40대 군인이었다. 세대 투쟁의 주역이자 신세대의 주체를 자처했던 이들이었다. 흔히 세대 투쟁의 속성이 그러하듯 구세대는 기득권과 악의 화신으로 매도되었고, 신세대는 의(義)의 주체로 여기는 담론이 통용되기도 했다.[4] 1963년의 대표적인 시사 키워드는 세대 교체, 과잉충성, 체질 개선, 구악·신악, 무사주의, 재건 등이었다.[5]

이런 시대 분위기 속에 창간된 『세대』는 구체적인 세대론을 전개하지 않았다. 교체되어야 할 구세대나 시대의 담론을 주도해야 할 신세대를 특정하지 않고 상식적이고 당위론적인 역사관을 강조했다. 창간호는 「불꽃은 있어도 광장은 없다: 세계의 젊은이들」이라든가 '혁명' 또는 당시 유행어를 딴 '앙데빵당'과 같은 제목의 기획기사를 마련했다. '앙데빵당'은 독립적 자주를 의미하는 프랑스어다. '혁명하는 젊은 분위기'가 팽배한 시대 분위기를 대변하는 어휘다.

『세대』는 한마디로 중진과 신진을 필자로 아우르는 종합교양지였다. 종합교양을 표방하면서도 문학에 상당한 비중을 두어 지면을 넉넉히 할애했고, '세대신인문학상'이라는 신인등용문도 세웠다. 박태순, 신상웅, 조선작, 이외수, 김남, 유시춘 등이 『세대』를 통해 등단한 작가들이다. 최인훈의 『회색인』이 『세대』의 연재소설이었고 홍성원의 『육이오』, 이병주의 『지리산』 등이 뒤를 이었다. 또한 이 잡지는 당시로서는 흔치 않게 젊은 여성 지식인들에게 지면을 할애하기도

---

4) 안병욱, 「利의 世代와 義의 世代」, 『사상계』, 1960년 6월호; 천정환, 『시대의 말, 욕망의 문장: 123편 잡지 창간사로 읽는 한국 현대문학사』, 마음산책, 2014, pp.151-152에서 재인용.

5) 천정환, 위의 책, p.152.

했다.[6]

　잠시 이 잡지의 기자를 거쳐 후일『중앙일보』사장을 역임한 권영빈은『세대』를 일러 친여잡지라고 규정했다.[7] 그럴 만한 이유가 있었다. 역대 종합 월간지 시장을 1950년대는『사상계』가 지배했다면, 1960년대 중반부터 10년간은『세대』의 전성기였다. 1950년대 이래 전후 지식인들의 교양서였던『사상계』가 당국과의 불화로 시련을 겪으면서 내부갈등이 일어났고 끝내 문을 닫았다.[8]『세대』는『사상계』의 필자와 독자들을 유인했다. 1950년대『사상계』가 지식인들의 정신적 지주로서 권력과 자유당 비판의 선봉에 선 것처럼 5·16 군사정변의 주도세력이 지식인과 대학생 등 젊은 층에 접근하고 대화의 광장을 마련한다는 취지에서 창간한 것으로 알려졌다. 또한 쿠데타 세력에 비판적인 저명한 필자들을 대량 확보해 종국에는『사상계』 세력을 흡수하려는 의도도 있었을 것이다. 이런 연유로 한동안 학계와 언론계에서『세대』에 대해 회색의 시선을 보내기도 했다.[9]

　이 잡지는 사실상 이낙선(1927-89)의 주도와 재정적 지원 아래 창간된 것이다. 이낙선은 군사정권의 지적 대변인으로 인정받고 있었다.[10] 30대 중반의 육군중령 신분으로 5·16 쿠데타에 참여한 그

---

6) 천정환, 위의 책, p.152. 전혜린도 필자 중 한 사람이었다.

7) 권영빈,『나의 삶 나의 현대사』, 살림, 2019, p.40.

8)『사상계』가 폐간한 경위와 그 후의 사정에 대해서는 박충훈,『부완혁과 나』, 행림출판사, 1994 참조.『사상계』의 논조가 성에 차지 않았던 리영희는 이렇게 잡지의 성격을 평가했다. "이 월간잡지는 당시 남한의 평균적 지식인들에게 상당히 앞선 현실 분석이나 평가의 안목을 제공했다. 그럼에도 불구하고『사상계』가 제시하는 미국식 사상에 대해서 나는 그것이 우리가 지향해야 할 미래상이 아니라 우리가 마땅히 극복해야 할 이론이나 가치관으로 자부하고 있었다"(리영희·임헌영,『대화』, 한길사, 2005, p.202).

9) 이성춘,『이광훈 문집』3권, 민음사, 2012, pp.62-64.

10) "당시『세대』는 5·16 군사정변 이후에 빛을 본 종합잡지다. 대놓고 말은 하지 않았지만 혁명주체 가운데 한 사람이 그 잡지를 후원한다는 얘기가 있었다. 사실일 것이다." 최종률,『이광훈 문집』3권, p.90.

는 국가재건최고회의 공보비서를 거쳐 국세청장과 상공부장관을 역임한다. 5·16 후 여러 해 동안 이낙선은 열렬한 박정희 찬미자로 필력을 과시했다.[11) 이낙선은 자신이 만든 잡지의 편집장에 고려대학교 국문과 4학년에 재학 중이던 친척 이광훈을 배치한다.[12) 그리고 스스로 칼럼을 집필하기도 한다.[13)

1963년 이낙선은 군사정부의 최대 논적인 함석헌과 지상논쟁을 벌인다. 함석헌이 『동아일보』에 「정부당국에 들이대는 말」이라는 글을 발표한다. "묻노니 정부당국 여러분! 말 못하는 민중이라 업신여기지 마라! 민중이 내 말을 듣고 싶어 하는데 왜 내가 말하는 것을 방해하나 대답하라! 천하에 내놓고 대답하라! 대답이 나올 때까지 물을 것이다"라고 했다. 5·16을 강하게 비판하는 자신의 강연을 당국이 허가하지 않자 사뭇 격앙되어 쓴 글이다. 이에 대해 정부의 대변인 격인 이낙선은 「들이대는 말에 갖다 바치는 말씀」이라는 제목의 글로 반박한다. "작년과 금년의 재해로 정부나 국민이 온통 야단인데 선생님은 어디서 온 이방인이기에 초연히 앉아 불난 집에 부채질만 하십니까? 선생님이 해박한 지식을 과시할 때 우리는 주견(主見)있는 총명으로 답할 것입니다. 뇌조직의 발달을 뽐내신다면 우리는 건전한 심신으로 맞세울 것입니다. 5·16은 결코 인기를 위한 것이 아니었습니다."

이 논쟁은 장안의 화제가 되었다. 함석헌의 글이 당위성을 가지고 들이대는 칼이었다면 이낙선의 글은 현실성을 가지고 변호하는 방

---

11) 이낙선, 「박정희론: 청렴결백·강인불굴의 지도자」, 『신사조』 제1권 제4호, 1962년 5월, pp.56-69; 「박정희 장군: 내외혁명 지도자론」, 『최고회의보』 1, 1961, pp.150-161, 국가재건최고회의.
12) "『세대』지의 사장 오종식은 이낙선의 친구이고 이광훈은 같은 동네 출신인 친척이었다." 남재희, 「소설가 이병주와 얽힌 화제들: 동년배의 친구 같았던 이광훈 씨」, 『이광훈 문집』 3권, pp.30-37.
13) 이낙선, 「빗나간 화살들을 향하여」, 『세대』, 1963년 3월호.

패였다.[14]

　김현의 평가다.

　"함석헌 문체의 특징은 폭포처럼 떨어지는 단문들의 속도감에 있다. 그의 단문들은 접속사에 의해 연결되지 않으며, 주어 역시 되풀이되지 않는다. 되풀이된다면 술어들이다. 그의 단문은 그러나 최인훈의 그것과 다르다. 그의 단문들은 쏟아지고 압도한다. 성찰의 여지를 남기지 않는다. 몰고 가고 채찍질한다. 최인훈의 단문들은 느릿느릿 간다. 반성적이며, 지성적이다. 되풀이가 드물기 때문이다. 함석헌의 어휘들은 초기의 기독교적인 어휘들의 양에 비해 후기에는 노장의 색채를 깊이 띤다. 그러면서도 쏟아져 내린다. 반허!"[15]

　이런 대문필가 함석헌의 당당한 맞수로 떠오른 신진기예가 이낙선이었다. 1960년 이낙선은 소령 계급장을 달고 부산 군수기지 사령관 박정희를 지근에서 보좌하면서 박정희와 황용주 사이의 긴밀한 연락을 도맡았다. 황용주를 구속으로 몰고 간 1964년 11월의 글도 이낙선의 요청으로 『세대』지에 기고한 것이었다.[16]

　이병주도 이낙선을 높이 평가한다. 이병주는 5·16 거사가 진실한 동기에 의하여 선한 방향으로 나아가는 것이라 믿고 거사를 주동한 사람들에 대해 신앙에 가까운 존경심을 가진 순진한 사람의 대표적 예로 이낙선을 들었다.

　"이낙선 씨는 나폴레옹에 있어 라스 카스와 같은 역할을 박정희에

14) 김중위, 「이광훈과 함께한 젊은 날의 자화상」, 『이광훈 문집』 3권, pp.194-202.
15) 김현, 『행복한 책읽기: 김현의 일기 1986-89』, 문학과지성사, 1992, p.165.
16) 「강력한 통일정부에의 의지」, 안경환, 『황용주: 그와 박정희의 시대』, 까치, 2013, pp.422-445.

대해 자처하고 그의 일거수일투족을 기록하는 것을 사명으로 한 사람이다. 그도 마지막 무렵엔 박정희에게 환멸을 느꼈던 모양으로 우울한 심정으로 보냈던 것으로 안다. 그의 뜻밖의 조서(早逝)도 박정희에 대한 환멸에 원인이 있지 않았던가 싶다. 그는 돈을 모르고 살았다. 부패의 늪 속에서도 연꽃처럼 청정했다. 5·16 동조자 가운데 내가 진심으로 사귄 사람 중의 하나가 이낙선이다."[17]

알렉산드리아 상륙

1964년 가을, 부산교도소에서 출옥한 이병주는 자신의 무대였던 부산을 뒤로하고 서울에 진입한다. 서울에 정착하기 바쁘게 신동문을 찾는다. 신동문은 이병주에게 감옥 체험을 소설로 쓸 것을 권유한다.[18] 신동문의 격려에 자신을 얻은 이병주는 곧바로 만년필을 든다. 오래전에 구상이 잡혀 있던 자전 소설이다.

"1961년 5월, 나는 뜻하지 않은 일로 이 직업(언론인)을 그만두지 않으면 안 되었다. 천성 경박한 탓으로, 정치적으로 대죄를 짓고 10년이란 징역을 선고받았다. 그런데도 2년 7개월 만에 풀려 나온 것은 천행이었다. 이때의 옥중기를 나는 『알렉산드리아』라는 소설로서 꾸몄다. 대단한 인물도 못되는 인간의 옥중기가 그대로의 형태로서 독자에게 읽힐 까닭이 없으리라 생각한 나머지, 나의 절박한 감정을 허구로써 염색해보기로 한 것이다. 이것이 소설로서 어느 정도 성공했는지는 내 자신 알 길이 없으나, '픽션'이 사실 이상의 진실을

---

17) 이병주, 『대통령들의 초상』, 서당, 1991, pp.117-118.
18) 강홍규는 신동문과 이병주가 처음으로 직접 대면한 것은 1963년 겨울로, 신동문이 우연히 서울행 기차 속에서 이병주 부인이 헌병장교에게 희롱당하는 것을 구해준 인연이라고 극적으로 썼다. 강홍규, 『지금 그 사람 이름은 잊었지만』, 나들목, 2004, pp.232-243.

나타낼 수 없을까를 실험해본 것으로 내게는 애착이 있다."[19)

후일 작품을 단행본으로 내면서 작가는 이렇게 비장한 회상을 담았다.

"그때 나는 마포아파트에서 『알렉산드리아』를 썼다. 통분을 진정시키기 위한 작업이었다. 어떤 통분이었던가. 아무리 생각해도 죄가 없다고 자신하고 있는 사람이 징역 10년의 선고를 받았을 때 통분을 느끼지 않을 수 있을까? 요행스럽게도 2년 7개월 만에 풀려나왔지만 통분은 고슴도치의 형상으로 가슴속에 남았다. 그리곤 때때로 그 고슴도치가 바늘을 곤두세우면 심장이 저리도록 아팠다.

그런 까닭에 『알렉산드리아』는 잊으려야 잊을 수 없는 나의 인생의 기록이다. 나는 이것을 쓰고 통분의 반쯤은 풀었다. 그러나 그렇게 이 소설을 읽어주는 사람은 없으리라. 그러니까 이 소설은 어느 정도 성공한 것으로 된다. 가슴을 쥐어짜고 통곡을 해도 못다 할 통분을 픽션=허구의 오블라토로써 쌀 수 있었으니까. 인간으로서의 정의감과 정감을 갖고 살자고 하면 모조리 감옥으로 가야 하는 한때 이 나라의 풍토를 그렸다는 자부를 나는 가진다."[20)

16년 후, 이병주는 『알렉산드리아』가 『세대』지에 실리게 된 경위를 이렇게 밝혔다.

"청탁을 받은 일주일 만에 500매짜리 중편을 써가지고 신동문 씨를 지금의 아리랑 다방(그때는 아리스라고 했다)에서 만났다. 나의

19) 이병주, 『마술사』, 아폴로사, 1968, pp.299-300.
20) 이병주, 「작가의 말: 회상과 회한」, 『이병주 대표 중단편선집, 알렉산드리아』, 책세
    상, 1988, pp.10-11.

속셈으론 이만한 부피를 써놓았으니 안심하라고 하고, 다시 원고를 집으로 가지고 가서 충분한 퇴고를 할 작정이었는데 신동문 씨는 '다음에 교정을 볼 때 고칠 것이 있으면 고치시오' 하고 빼앗아가 버렸다."[21]

4년 반 전『새벽』지에 이병주의 논설, 「조국의 부재」를 싣고, 최인훈의『광장』을 데뷔시킨 신동문은 또다시『소설 알렉산드리아』의 산파역을 맡은 것이다. 제2의『광장』의 출현이다.

신동문은 이병주에게서 빼앗은 원고를『세대』의 편집장 이광훈에게 건넨다. 이광훈의 회고다.

"당시 300페이지 안팎의 잡지에 무려 550매에 이르는 중편을 한꺼번에 싣는다는 것은 처음부터 무리한 일이었다. 그러니까 게재 여부에 대한 내 대답도 시큰둥할 수밖에 없었다. 게다가 나는 그때까지 '이병주'라는 이름 석 자도 제대로 모르는 풋내기 편집장이었고 이병주 씨는 중앙문단에 정식으로 데뷔한 적이 없는 '무명작가'였다. 그 무명작가에게 지면의 거의 4분의 1을 할애해야 한다는 것은 그야말로 '결단'이 있어야 했다. 신동문 씨는 일단 한 번 읽어보기만 하라면서 원고를 맡기고 갔다. 낮에는 도저히 볼 시간이 없어서 결국 퇴근 뒤 집에 갖고 와서 읽기 시작했다. 한 번 읽기 시작하자 좀처럼 놓지 못한 채 550매를 한꺼번에 읽어버렸다. 지금도 나는 그 당시에 받았던 충격적인 감동을 잊지 못하고 있다. 우리나라에 이런 소설도 있었구나!"[22]

21) 이병주, 「습작시절」, 『소설문학』, 1981년 1월호, p.40.
22) 이광훈, 「우리 시대의 거인」, 『우리 시대의 한국문학』 13권, p.259.

이광훈은 작품을 돋보이게 하기 위해 세심한 배려를 한다. 관행이었던 8포인트 활자를 9포인트로 키우고, 목차의 제목 또한 크게 붙인다.[23] 이례적으로 작가 사진을 목차에 끼워넣는다. 또한 소설의 첫머리에 「편집자의 말」을 붙인다.

"어떤 사상이건 사상을 가진 사람은 한 번은 감옥엘 가야 한다고 생각한다. 사상엔 모가 있는 법인데 그 사상은 어느 때 한 번은 세상과 충돌을 일으키기 때문이다라고 작가는 말하고 있다. 이병주 씨는 직업적 작가가 아니다. 오랫동안 언론계에 종사하며 당하고 느낀 현대의 사상(事象)을 픽션으로 승화시킨 것이 『알렉산드리아』다. 화려하고 사치한 문장과 번뜩이는 사변(思辨)의 편린들은 침체한 한국문단에 커다란 자극제가 될 것이다."[24]

『소설 알렉산드리아』는 출간되자마자 언론의 폭발적인 반응을 얻는다. 최초의 반응은 『주간한국』이다. 『주간한국』은 6월 6일자에 특집을 발행한다.

"문단의 반향을 일으키고 있는 『소설 알렉산드리아』의 작가 이병주 씨는 현재 『국제신보』의 칼럼니스트, 그러면서 한편 사업을 경영하는 기업가이기도 하다. '조대'(早大, 와세다) 불문과를 거쳐서 그

---

23) 이병주의 원제는 『알렉산드리아』였으나 이광훈이 '소설'이란 단어를 추가했다고 한다. 여행기로 오해할 위험을 방지하는 동시에 행여나 당국의 검열이 있을 경우 한국의 현실에 대한 고발이 아니라는 변명을 위해 내린 임기응변이었다고 사석에서 털어놓았다. 그러나 출판된 글에서는 "이런 작품이 바로 소설"이라고 뻐기고 싶은 욕심에서였다고 썼다. 이광훈, 「풍류와 멋의 작가」, 김윤식·김종회 엮음, 『문학과 역사의 경계에 서다』, 바이북스, 2010, pp.155-165.

24) 『세대』, 1965년 6월호, p.334. 당시 『세대』지의 편집기자였던 문학평론가 이유식은 당시의 들뜬 상황을 회고하는 글을 남겼다. 이유식, 『내가 만난 그리고 아는 작가 이병주』, 『남강문학』 6호, 2014, pp.56-61.

런지 약간의 '프랑스'적 교양을 풍기려는데 그것이 과히 서투르지 않았다. 올해 나이 45세로 중년에 접어든 위치에서 소설을 발표하게 된 것은 잡지 편집자의 강권과 5·16 이후에 겪은 것을 카타르시스해 보려고 마음 먹었던 것이 주된 동기인 듯.

기성문단을 불신하는 태도는 작품상에도 나타나 있지만 또 그동 안 작품 발표에 별로 뜻을 두지 않은 데도 그것은 기인할 뿐만 아니 라 이 작품이 만들어진 원인이 되어주기도 한다. 몇 가지 질문에 대 해 작가는 이렇게 대답하고 있다.

－손에서 놓지 않는 애독서: 불어 콘사이스
－가장 좋아하는 작가: 외국은 도스토옙스키, 국내는 황순원
－가장 인상에 남는 영화: 워터 프론트
－가장 마음에 드는 음악: 드보르작의 「신세계」, 그렇지만 이미자 의 「동백아가씨」가 더욱 어필
－『소설 알렉산드리아』를 쓰게 된 동기: 5·16 후 2년 7개월의 감방 생활에서 풀려나와 옥중기라도 하나 남겨두고 싶었지만 그것은 약 간 쑥스러운 것 같아 '픽션'의 형식으로 정리해본 것이다.
－앞으로도 작품 집필을 계속할 심경인지?
제2작, 제3작을 내놓을 소재를 가지고 있다. 그러나 당분간 구상 의 시간을 거쳐야겠다. 『소설 알렉산드리아』보다 질적 저하를 가 져올 작품을 쓰게 되느니 차라리 소설에 손을 안 대는 것만 못하니 까."[25]

『조선일보』 문화부장 남재희의 눈에도 이 소설이 들어온다. 그는

25) 정범준, 『작가의 탄생』, pp.311-312; 김판수, 『시인 신동문 평전: 시대와의 대결』, 북스코프, 2011, pp.97-98.

작가의 높은 지적 수준에 감탄하고 리버럴한 감각에 공감했다고 썼다.[26] 남재희는 친분이 있는 공주사대 교수 유종호에게 작품평을 의뢰한다. 문화면 한 페이지 전체를 채운 유종호의 글은 「항의의 서(書)」라는 제목을 달았다.

"우리는 이 작품의 표면상의 '에그조티시즘'에 넘어가서는 안 된다. 이 작품은 어디까지나 우리의 오늘을 다루고 있으며 이 작품의 진정한 주인공은 사라도 한스도 아니고 수인(囚人)인 형이다. '그러나 시간의 실질은 줄지도 더하지도 않는다. 10분이 늦었다고 신경질을 내는 사람이, 한 시간의 공허를 메우지 못해서 안달하는 사람이 고스란히 앉아서 안아 넘겨야 하는 8만 7,600시간. 고마운 것은 시간이 흐른다는 사실이다. 죽을 수 있다는 것은 얼마나 좋은 일이냐. 만약 사람이 죽지 않는다면 간악한 인간들은 천년만년의 징역을 만들어낼 것이 아닌가.' 가령 이러한 지문(地文)에서 우리는 어떤 체험의 부피와 같은 것을 감지한다. 한 인간의 통렬한 체험과 의식만이 기록할 수 있는 육성의 호소가 있다. 우리가 귀 따갑게 들어온 사항들을 여러모로 다루고 있으면서도 그 유행가적 비속성을 탈피하고 있는 것은 바로 이러한 요소에서 오고 있다. 자칫 공소(空疎)하게 되어버릴 위험성이 많은 사변을 구제하고 있는 것도 매한가지다."[27]

비록 언론의 화려한 조명을 받았지만 정작 전문 평단의 반향은 미미했다. 오히려 냉소적인 평가가 따르기도 했다.

"『알렉산드리아』 같은 작품들이 우리 작단에 중편소설이라는 물

---

26) 남재희, 「한 독자로서의 작가 이병주론」, 『삐에로와 국화』, 태창문화사, 1982, p.312.
27) 유종호, 『조선일보』, 1965. 6. 8.

건을 처음으로 상륙시켰다는 공적은 인정할 수 있을지 모르지만 작품 그 자체의 됨됨이에서는 문제를 지니고 있었고 작가 자세 면에서도 부정적인 영향이 없지 않았다. 저런 것은 반언론성 중간소설이지 진짜배기 좋은 소설은 아니지 않은가 하고 그 당시부터 나는 생각했었다."[28]

신동문과 박정희의 선글라스

『세대』1965년 6월호에 이병주의 데뷔를 주선한 신동문은 11월호에는 자작시「모작조감도」(模作鳥瞰圖)를 기고한다. 이상의「오감도」를 패러디하여 박정희에 대한 냉소적 비판을 담은 것이다.

"선글라스쓴사람을무서워하는사람이무서워서선글라스를쓴사람은선글라스를못벗으니까안쓴사람은더욱무서워하니까쓴사람은더욱짙은선글라스를쓰게되고안쓴사람은더욱더무서워한다.안쓴사람이더욱무서워하면쓴사람도더욱무서워하면안쓴사람이더욱더무서워하면쓴사람도더욱더무서워하면영원히무서워하는천재만남는다."
　　—「모작조감도」제3호 부분

두 개의 문장은 띄어쓰기를 하고 선글라스를 쓴 사람을 박정희로, 안 쓴 사람을 국민으로 대치하면 쉽게 이해할 수 있다. 선글라스를 쓴 사람을 무서워하는 사람은 박정희를 무서워하는 사람, 즉 국민이다. 결국 박정희는 국민이 무서워서 선글라스를 못 벗고, 국민도 그를 더욱 무서워한다. 마지막 "영원히 무서워하는 천재"는 이상의 소설『날개』에 등장하는 "박제가 되어버린 천재"에서 끌어온 심상, 즉

---

28) 정범준,『작가의 탄생』, p.320.

불행한 사람이다.[29]

　5·16 군사 쿠데타에 관련된 사진 중에 가장 유명한 사진이 있다. 대한민국 국민 누구에게나 익숙한 사진이다. 군인 셋의 결연한 표정이 보는 사람의 마음을 긴장시킨다.

　가운데 서서 짙은 검은색 선글라스에 군용점퍼를 입고 뒷짐을 진 채 정면을 뚫어지게 주시하는 사나이, 작은 키의 단단한 체구에 무표정한 얼굴이 살짝 선글라스에 가려져 있고, 모자에는 별 두 개가 달려 있다. 그의 좌우로 두 사나이가 호위무사로 서 있다. 오른쪽 뒤편에는 소령 계급장을 단 육군 군복 차림의 사나이가 날카로운 표정으로 곧추서 있다. 그리고 왼편에는 수류탄 두 개를 양쪽 어깨에 나누어 걸머진 채 완전군장을 한 얼룩무늬 군복 사나이가 서 있다. 다이아몬드 셋이 촘촘히 달린 대위 계급장을 어깨에 얹은, 검붉은 얼굴에 인상이 험악한 해병대원이다. 전면의 세 사람 뒤에 배경으로 몇몇 군인이 서 있고, 그들 뒤로 서울시청 건물의 화강암 외벽이 희미하게 비친다.

　선글라스 사나이는 박정희, 소령 계급장의 사나이는 사격의 명수 '피스톨 박'으로 불린 박종규, 해병대 수류탄의 사나이는 훗날 1979년 10월 26일 박정희와 함께 김재규의 총탄에 숨진 차지철이다.

　사진의 주인공은 물론 선글라스. 그의 카리스마는 선글라스로 인해 더욱 빛난다. 박정희의 선글라스 정치는 한동안 트레이드마크가 되었다. 대통령이 되어 민생현장을 돌아볼 때도 착용했다. 1961년 11월 국가재건최고회의 의장 시절 미국 방문에서도 시종일관 선글라스를 벗지 않았다. 존 F. 케네디 대통령을 만날 때, 그리고 웨스트포인트 사관생도들을 만날 때도 선글라스를 꼈다. 일찍이 제2차 세

29) 김판수, 『시인 신동문 평전: 시대와의 대결』, p.132.

계대전과 한국전쟁의 영웅, 맥아더를 흉내 내고 싶었는지도 모른다. 국민의 눈에 비친 그의 선글라스는 당당한 자주외교의 상징이기도 했다.

　그러나 달리 보는 사람도 있다. 박정희의 미국 방문에 수행기자로 뽑힌 3명 중 한 사람이었던 리영희(『합동통신』)의 현장 증언이다.

　"종속적인 한·미 관계를 시각적으로 보여주는 인상적인 회담 장면이었다. 두 사람은 백악관 중앙의 천장이 높은 반구 모양을 한 대통령 집무실 '오벌 룸'(Oval room)에서 첫 대면을 했다. 케네디는 흔들의자에 두 다리를 쭉 뻗은 채 누운 듯이 앉아서 가끔 미소를 지어 보이며 박정희의 인물을 관찰하듯 지그시 바라보았다. 히죽히죽 웃기도 하면서 여유 있는 강자의 태도였다. 나는 아무리 작은 나라에서 왔다고 하더라도 한 나라의 지도 권력자인데 저렇게 깔보는 태도가 옳은 것일까 하고 의아하게 생각했다. 그만큼 오만했다. 자금성의 옥좌에 앉아서 조선에서 온 왕자나 그 대리자를 내려다보는 중국 역대 황제의 모습이 떠올랐다. 한편 박정희는 주한미군들이 애용하는 레이밴이라는 금색 도금 테두리의 짙은 색안경을 끼고, 빳빳한 등받이 의자에 앉아서 가끔 다리를 반듯이 모으기도 하고 꼬기도 했다. 마치 군주 앞에 불려나온 신하처럼 긴장했다."[30]

　박정희의 짙은 안경은 열등의식의 징표이고, 강자 앞에 선 약자의 정신적·심리적 동요를 감추기 위한 장치였다고 리영희는 보았다.

지리적 무대, 중립 코너: 세계민족주의 코즈모폴리터니즘

　"내 의식 속의 알렉산드리아는, 그 옛날 헬레니즘이 만발한 곳, 동

---

30) 리영희·임헌영, 『대화』, 2005, pp.278-279.

서양의 교점으로서 다양한 호사와 다양한 추악이 혼재하고 있는 곳, 미녀와 추녀와 성녀와 악녀가 각기 보람을 다하려고 경염하고 있는 곳, 최고의 성자와 최악의 사기꾼이 서로 어깨를 스치는 곳, 예수의 얼굴을 닮은 강도와 카포네의 얼굴을 한 선인이 이웃하여 술 마시는 곳.

나의 상상은 무한량으로 전개되어 어느덧 나는 알렉산드리아의 주민이 되었다. 때론 아라비아의 태수처럼 미희들과 호유(豪遊)하고, 때론 사흘 밤 사흘 낮을 굶어 초췌한 몰골로 쓰레기통을 뒤지기도 하고, 때론 신문기자가 되어 알렉산드리아에 존재하는 성병의 리스트를 만들기도 했다. 또 때론 시인이 되어 이슬비를 맞고 해안을 거닐며 베를레느풍의 시를 읊기도 하고, 보들레르를 닮아 '알렉산드리아'의 '악의 꽃'을 엮기도 하고, 때론 역사가가 되어 클레오파트라와 안토니오와의 사랑에 신설(新設)을 도입하기도 하고, 때론 피리의 명수가 되어 절세의 미녀를 만나 짝사랑하기도 하고."[31]

"사라 엔젤은 오랫동안 나의 꿈에서 가꾼 여자다. 사라 엔젤의 이미지를 살리기 위해 나는 『소설 알렉산드리아』를 썼다고 해도 과언이 아니다. 세상엔 가슴속 깊이 원한을 품고, 그 품은 원한이 생의 바탕이 되어 있는 그런 여자가 적지 않으리라 생각한다. 그러나 모두들 원한을 잊고 산다. 적당하게 타협하므로 드디어는 스스로의 개성을 죽인 채 시들어버리는 여자가 얼마나 많을까. 사라 안젤은 그런 뜻에서 예외의 여성이다. 내가 만든 소설 속의 여인들을 나는 가끔 생각할 때가 있다. 그리고 쓸쓸해하기도 하고, 흐뭇해하기도 한다. 내게 있어서 그들은 실재 이상의 실재인 것이다. 가끔 그들을 상대로 편지를 쓰고 싶은 충동을 느낄 때마저 있다."[32]

---

31) 이병주, 「내 정신의 승리: 알렉산드리아」, 『소설문학』, 1983년 9월, p.30.

작가는 실제로 작중인물 사라에게 신년 연하장을 쓴 일도 있다.

"사라 안젤! 나는 당신을 통해 인간이 곧 예술임을 알았고, 여심의 신성을 알았습니다. 당신은 영원히 나의 예술을 지도하는 운명의 여신입니다. 나의 피리는 사라와 같은 여신을 찬양하기 위해 비로소 그 존재 가치가 있는 것이라고 해도 과언이 아니겠지요. 1982년의 새해에 축복과 더불어 내 딸이 그린 그림을 보냅니다. 이것은 피카소의 「게르니카」를 졸렬하게 모사한 것에 불과합니다만 갖가지 이유가 담겨져 있기도 한 것입니다. 소람하소서!"[33]

"나는 어떤 작품을 쓴 경우에 있어서도 나의 억울함을 어떻게 호소할 수 있을까, 나의 무죄를 어떻게 증명할 수 있을까 하는 마음을 지워버릴 수가 없었다. 죄 없이 재판을 받고 징역을 산다는 것은 법률에 대해서도, 자신을 위해서도, 사회에 대해서도, 죄 자체에 대해서도 치욕이란 관념에서 벗어날 수가 없는 것이다."[34]

중립의 무대 알렉산드리아

작가는 이렇게 말한다.

"무대를 알렉산드리아로 택한 것은 그곳이 동서문명의 교류지이며, 식민 세력과 피식민 세력의 충돌로 빚은 혼돈의 땅이며, 뿌리 없는 인간들의 향수가 모이는 곳이라고 생각했기 때문이지, 공연히 이

---

32) 이병주, 『악녀를 위하여』, 창작문예사, 1985, pp.271, 274.
33) 이병주, 「『소설 알렉산드리아』의 사라 안젤에게」, 『소설문학』, 1982년 1월, p.41.
"어떤 의미로서든 사라 안젤은 나의 작중인물의 역할을 넘어서 나의 영원한 애인이라고 할 수밖에 없다." 이병주, 「내 작품 속의 여인상」, 김윤식·김종회 엮음, 『문학을 위한 변명』, 바이북스, 2010, p.198.
34) 이병주, 『허망과 진실: 나의 문학적 편력』 하, 기린원, 1979, p.71.

국 정서를 조작한 것은 아니다."[35]

클레오파트라의 알렉산드리아, 아나톨 프랑스, 헨리 밀러, 로렌스 더럴, 서머싯 몸의 작품에 나타난 알렉산드리아의 이미지를 교묘하게 혼합하여 창조했다고 고백한다.[36]

형을 서대문형무소에 두고 이 항구도시에 흘러온 동생 프린스 김의 감상이다.

"2년이란 세월이 흘렀다. 내가 이곳에 온 지가 어제 일 같은데 시간이 그처럼 분간 없이 가버렸다. 어제와 오늘과 내일이 뒤범벅이 되어 서로들 붐비면서 흘러간 것 같은 지난 2년 동안, 무슨 신기로운 꿈을 꾸다 깨어난 것처럼 새삼스럽게 주위를 두리번거려 보아야 할 심경이다. 알렉산드리아에 발을 들여놓자마자 나는 회오리바람이라고밖엔 표현할 수 없는 사건의 와중에 휘말렸다. 알렉산드리아에의 호기(好奇)의 정을 채우기도 전에, 알렉산드리아의 지리에 채 익숙하기도 전에, 이 도시의 연대기 사가(年代記史家)가 꼭 기록해두어야 할 대사건의 중심부에 뛰어들어 그 목격자가 된 것이다. 그 회오리바람도 이제는 끝났다. 그처럼 나의 생활 속에 깊숙이 자리 잡고 있던 사라 안젤도 한스 셀러도 이곳을 떠났다. 그것이 불러일으킨 회오리바람도 지금부터 전설화하는 과정을 밟게 될 것이다."[37]

춤추는 여주인공 사라 엔젤의 원형은 아나톨 프랑스의 『무희(舞

---

35) 이병주, 『마술사』, 아폴로사, 1968, p.300.
36) 이병주, 「내 정신의 승리: 알렉산드리아」, 『소설문학』, 1983년 9월, p.34. 실제로 알렉산드리아 시내 거리의 이름과 건물들의 위치가 정확하게 그려져 있다. 애욕과 진실의 드라마가 펼쳐지는 로렌스 더럴(Lawrence Durrell)의 4부작 『알렉산드리아 4중주』(*Alexandria Quartet*, 1960)를 크게 참조한 것으로 보인다.
37) 이병주, 『소설 알렉산드리아』, 한길사, 2006, pp.11-12.

姬) 타이스』(*Thais*, 1889)에서 구할 수 있다. 금욕적 구도의 공간인 사막과 대립되는 생동하는 타락적 관능의 여인이다. 서머싯 몸의 『달과 6펜스』(*The Moon and Six Pence*, 1919)에서 알렉산드리아는 주인공이 온갖 구속에서 벗어나 순간적 계시처럼 격렬한 해방감을 누리는 마음의 고향이다. 알렉산드리아의 모습은 작가의 머릿속에 남아 있는 1945년 상해와도 중첩된다. 『관부연락선』의 유태림의 냉소적 관찰이다.

"동양과 서양의 기묘한 혼합, 옛날과 지금의 병존, 각종 인종의 대립, 그 혼혈, 호사와 오욕과의 선명한 콘트라스트, 전 세계의 문제와 모순을 집약해놓은 도시. 특히 1945년의 상해라고 내가 말하는 것은 이때까지나 앞으로나 상해에선 기생충과 같은 존재밖엔 안 되는 한국 사람들이 주인 없는 틈을 타서 한동안이나마 주인 노릇, 아니 주인인 척 상해에서 설친 때라는 그런 의미에서였지. 허파가 뒤집힐 정도로 우스운 노릇이었는데 8·15 직후 상해에서 한국 사람들이 우쭐대던 꼴은 꼭 기억해둘 만한 가치가 있어. 승리를 했다는 중국 사람이나 패배한 일본 사람이나 그 밖의 각국 사람들이 어리둥절하고 있는 판인데 한국 사람들만 내 세상을 만났다는 듯이 설쳐댔으니."[38]

이보영의 말대로 인간의 압착기, 카니발적 세계의식의 현란한 예증일지 모른다.[39]

이병주의 청년 시절 실체 체험과 독서 지식이 녹아 있는 이국적 낭만의 세계 알렉산드리아는 서양과 동양, 성과 속, 관능과 지성 등 온갖 이질적이고 상반된 요소들이 뒤섞여 공존하는 전형적인 코즈모

---

38) 이병주, 『관부연락선』 1권, 한길사, 2006, pp.71-72.
39) 이보영, 「역사적 상황과 윤리: 이병주론」, 『현대문학』, 1977년 2월호.

폴리턴적 공간이다. 한국문학사에 기이하고도 낯선 서사공간이다. 왜 이렇게 비현실적인 공간이 필요했을까?[40]

노예의 운명을 강요하는 감옥 같은 한국의 현실, 전 국토가 동토, 전 산하가 감옥인 대한민국의 역사적 현실에 대한 대항공간으로서 상상적으로나마 시적 정의가 실현되는 알렉산드리아가 필요했던 것이다.[41] 알렉산드리아라는 공간이 존재함으로써 자연법과 실정법 사이의 딜레마가 해소되고, 합법이지만 부당한 행위가 응징받고, 위법이지만 정당한 행위가 시적 정의의 이름으로 사면받게 되는 것이다. 예술적 창의를 억압하는 법제에 시달리는 지식인에게 관념의 도피처가 필요하다. 알렉산드리아는 이를테면 홍길동의 율도국이다.

한국문학사에서 법이념이나 법적 정의와 같은 추상적 의미의 법에 대해 관심을 보인 작가가 더러 있었다. 그러나 이들에게 공통된 아쉬움은 법이념이나 법적 정의를 논하기에 앞서 갖추어야 할 현실의 법에 대한 객관적 지식과 이를 배우려는 노력이 부족했다는 것이다. 사실화의 기법을 배우지 않고 제대로 된 추상화를 그릴 수 없는 것이 법의 세계다. 사상 소설에서 대의를 논하려면 현실의 법제도에서 사상범의 재판에 적용되는 법리를 먼저 설파하지 않으면 안 된다. 한국문학의 수많은 작가들 중에 이병주만큼 관념의 법과 더불어 현실에서 작동하는 법의 메커니즘에 정통한 작가는 없었다.

이병주가 이 작품의 지리적 무대로 설정한 알렉산드리아는 법의 관점에서 중요한 의미를 지닌다. 그것은 법제도가 갖추어야 할 기본

---

40) 이정석, 「이병주 소설의 역사성과 탈역사성」, 김종회 엮음, 『이병주』, 새미, 2017, pp.437-460, 448-449.

41) 김치수, 「예술가와 사상가: 『소설 알렉산드리아』를 다시 읽고」, 김윤식·김종회 엮음, 『문학과 역사의 경계에 서다』, 바이북스, 2010, p.18. "군사정권의 법률적 제제를 피하고자 한 문학적 조작임이 분명하다."

적 속성인 중립적 시각을 보장하는 지리적 공간이다. 이 소설에서 알렉산드리아는 지리적 객관화와 동시에 의식의 역사적 객관화의 수단이 되고 있다. 알렉산드리아는 일종의 중립 코너. 알렉산드리아 법원은 가해자와 피해자가 모두 타국인인 범죄사건을 재판한다. 따라서 이 사안에서 재판 관할권을 행사할 절실한 이유가 없다. 물론 자국의 영토 내에서 발생한 살인 사건이기에 소위 형법의 '속지주의 원칙'에 따라 재판권을 행사할 수도 있다. 그러나 이러한 원칙은 범죄의 궁극적 피해자를 개인을 넘어 국가와 사회로 의제(擬制)하는 형사절차에는 재량의 여지가 넓다. 다시 말하자면 타국인 사이에 일어난 범죄에 대해 공적 처벌권을 행사하지 않더라도 자국민이나 자국의 주권 또는 근본적인 법질서에 손상을 입는 것은 아니다. 이런 관점에서 볼 때 알렉산드리아 법원은 공권력의 행사자이기보다는 운동경기의 공정한 심판과 유사한 입장에 서 있다.

그러나 히틀러 만행에 대한 역사적 응징이라는 관점에서는 역사적으로 코즈모폴리터니즘의 성격을 구비한 알렉산드리아는 적절한 심판정이다.[42] "이슬람 문명과 헤브라이 문명, 그리고 헬레니즘 문명을 종합·흡수해서 배양하고 유럽 정신·유럽 문명의 요람이 되었던 이곳(알렉산드리아)에서 병든 유럽 문명을 단죄하는 셈이 된다."[43]

이병주는 후일 실록 소설 『그해 5월』에 『소설 알렉산드리아』 뒷이야기를 남겼다. 재종형이 화자 이사마에게 경고한다.

"네 무슨 소설인가 썼더구나."
"썼지요."

---

42) 안경환, 「이병주의 소설 알렉산드리아」, 『소설과 사상』, '가장 감동적인 한국소설' 특집, 1993년 가을호: 안경환, 『법과 문학 사이』, 까치, 1995, pp.73-86.
43) 이병주, 『소설 알렉산드리아』, p.104.

464

"그 때문에 이낙선이가 난처한 입장이 되었다."

"뭐라구요?"

"네 소설을 세밀하게 분석한 사람이 있어."

"예?"

"아주 교묘한 수법으로 썼기 때문에 결정적인 꼬투리를 잡을 수는 없지만 현 정권에 대한 반감 있는 작품이라는 판단서가 나왔어. 그걸 김형욱이가 청와대에 올렸단 말이다. 그게 실린 잡지는 이낙선이 스폰서가 되어 있는 잡지야. 그런 잡지에 소설을 실었다고 하면 이낙선의 입장이 어떻게 되겠어. 그래서 그 서류를 받은 비서가 이낙선 씨에게 보이고 대통령에게 올라가기 전에 육 여사에게 호소한 거라. 육 여사께서 선처하는 바람에 일은 무사히 끝난 모양이더라만 자칫 넌 또다시 서대문을 갈 뻔했다."[44]

재종형이란 중앙정보부 차장 이병두이고, '무슨 소설'은 『소설 알렉산드리아』, 잡지는 『세대』지다.

---

44) 이병주, 『그해 5월』 3권, p.309.

17. 학병문학의 효시『관부연락선』

1965년 6월 22일, 굴욕적인 조건의 회담이라는 학생들의 거센 항의에도 불구하고 한국과 일본 두 나라 사이에 협정이 조인되었다. 이로써 20년 동안 막혀 있던 두 나라 사이에 국교정상화가 이루어진 것이다. 누군가가 문학적으로 과거사를 균형잡힌 시각으로 정리할 필요가 절실했다. 이병주가 그 작업을 지원했다.

『관부연락선』은 1968년 4월부터 1970년 3월까지 새로 창간된『월간중앙』에 연재된 후에 같은 해에 출간되었다. 이병주 최초의 장편소설이자 대표작으로 당시까지 한일 관계를 다룬 작품의 백미로 인정받는다. 그가 남긴 수많은 작품 중에 유독 이 작품만이 평단의 지속적인 관심과 주목을 받아왔다.[1] 이병주를 경원시한 문단도 이 작품만은 외면할 수가 없었다. 작가 자신도 유별난 애착을 보였다.[2]

"『관부연락선』은 이래저래 내게 있어선 기념해야 할 작품이다. 내가 중앙문단에 발표한 최초의 장편이라는 사실로서도 그러하다. 이

---

1) 이 작품을 집중적으로 다룬 박사학위 논문도 많다. 노현주,『이병주 소설의 정치의식과 대중성 연구』, 경희대학교, 2012. 8; 최영옥,『해방 이후 학병서사연구』, 연세대학교, 2009; 조영일,『학병서사연구』, 서강대학교, 2015. 8. 또한 이 작품은 해방공간의 혼란 속에서 사회변혁의 열정에 휩싸인 10대 후반의 학생 내면을 이만큼 설득력 있게 분석한 작품은 문학은 물론 사회과학에서도 찾아보기 어렵다. 정호웅,「해방 전후 지식인의 행로와 의미: 이병주의『관부연락선』」, 정호웅,『한국의 역사소설』, 역락, 2006, pp.117-137.

2) 조영일,『학병서사연구』, 서강대학교, 2015, pp.187-216.

작품은 나의 청춘의 애상을 기록한 뜻에서 절실하다. 구한말 이래 근 백년의 현대사를 배경에 깔고 이 소설이 취급한 시각의 스팬은 해방 전 5년, 해방 후 5년, 도합 10년이다. 이 스팬을 나의 나이로서 번역 하면 20세부터 30세에 이르는 기간이 된다.

일제 말기의 가장 암울했던 시기, 바꿔 말하면 한반도의 지식인들 이 친일을 강요당해 대부분이 친일로 경사(傾斜) 또는 타락한 시기 로부터 시작하여, 해방의 기쁨은 순식간이고 6·25의 참담한 상황에 빠져든 민족의 수난기까지를 시간의 무대로 삼았다. 이 시기를 어떻 게 방황하고, 고민하고, 한숨짓고 통곡했는가 하는 지식인의 몸부림 을 기록한 것이 바로 이 작품의 내용이다. 솔직한 이야기, 나는 이 작 품을 울면서 썼다. 그러면서도 눈물의 흔적을 보이지 않으려고 애썼 다."[3]

"우리는 너무나 바쁘게 지나쳐버린 것 같다. 바쁘게 가야 할 목적 지도 뚜렷하지 않은데 뭣 때문에 그렇게 바삐 서둘렀는지 알 수가 없 다. 해방 후 이 땅의 문학은 반드시 청산문학의 단계를 겪어야 했었 다. 자학할 정도로 반성하고 자조할 정도로 자각해야 했고 일제에의 예속을 문학자 개인의 책임으로 해부하고 분석해서 그러한 청산이 이루어진 끝에 새로운 문학이 시작되어야 했으나 저마다의 주장만 앞세우고 나섰다. 다시 말하면 우리가 해방을 맞이했을 때 '과연 우 리에게 해방의 기쁨을 감격할 수 있는 자격이 있느냐'고 물어보기도 전에 감격해버린 것이다. 이건 결코 문학자의 태도가 아니었다. 그랬 기 때문에 아직껏 이 나라의 문학은 나라의 정신을 주도하지 못하고 있는 것이다. 만시의 탄은 있지만 나는 이 작품에서 일제강점기와 더 불어 6·25 동란까지의 사이, 시대와 더불어 동요한 하나의 지식인을

---

3) 이병주, 「작가의 말」, 『관부연락선』, 중앙일보사, 1987.

그림으로써 한국의 근세의 의미를 알아보고자 한다.『관부연락선』
은 그런 뜻에서 역사적으로도, 상징적으로도 빼놓을 수 없는 교통수
단이며 무대다."[4]

　김외곤은 이 작품이 우리 소설사에 거의 공백기로 남아 있는 시대
를 다루었다는 것만으로도 충분히 문학사적 의의를 인정할 수 있다
고 했다. 그는 이 작품은 박경리의『시장과 전장』과 함께 공산주의자
를 인텔리로 설정함으로써 일방적이고도 편협한 이데올로기 비판
에서 벗어날 수 있는 계기를 마련했다고 했다.[5]

　작품이 다룬 시기는 후속 작품『지리산』과 유사하다.『지리산』은
『관부연락선』의 속편으로 인식된다.『관부연락선』이 학병 체험에 기
반을 둔 '허구적 사실'이라면,『지리산』은 '만약 그때 학병에 지원하
지 않았더라면'이라는 가정 하에 쓴 '사실적 허구'다.[6]

　이병주는 단순한 개인적 경험에만 의존하지 않고 '문학적 가정'
을 통해 학병세대의 경험 폭을 최대한 확대하여 작품화하려고 애썼
다.[7] 일제 식민지를, 특히 그 당시 한국 지식인들의 '나'의 문제를 역
사적 방법으로 취급한 희소한 작품이다. 일제하 지식인의 생활과 의
견을 소설화하려고 할 때 "그 배경은 한국뿐만 아니라 일본까지 포
함시키는 것이 타당하다." 이병주는 일본이라는 적지의 배경과 그
곳에서의 피아의 비교를 통해 감정적인 민족의식이나 민족적 편견

---

4) 손혜숙,「작가 부기」,『이병주 소설의 역사인식 연구』, 중앙대학교, 2011. 2, pp.63-
　64에서 재인용.
5) 김외곤,「격동기 지식인의 초상: 이병주의『관부연락선』」,『소설과 사상』, 1995. 가
　을; 노현주,『이병주 소설의 정치의식과 대중성 연구』, 경희대학교, 2012. 8, p.17에
　서 재인용.
6) 조영일, 위의 책, p.188.
7) 학병 체험자로 이병주보다 앞서 문학에 투신한 장용학은 자신의 학병체험에 큰 의
　미를 부여하지 않고 작품활동을 했다. 장용학은 학병으로는 특이하게도 제주도에
　배치되어 상대적으로 극적인 체험을 딜 했다.

에 사로잡히지 않고 근원적이고 종합적인 문제의 파악과 전망을 가능하게 했고, 이러한 방법으로 창작한『관부연락선』등의 작품은 일종의 청산문학이다."[8]

관부연락선, 시대의 기제

관부연락선이란 일본의 시모노세키(下關)와 부산(釜山)을 내왕하는 정기선의 이름이다. 내지의 작은 항구의 꼬리 글자 관(關)과 식민지 제1항구의 머리글자 부(釜)를 조합하여 만든 이름에서부터 종주국과 식민지의 관계가 선명하게 드러난다.

작품의 주인공 유태림은 1938년 10월 영국의 도버에서 프랑스의 칼레로 건너오는 배 위에서 글을 쓰기로 결심한다.[9]

시모노세키와 부산의 이미지는 대조적이다. 두 항구는 "이국이 아니라면서 이국일 수밖에 없는 나라를 향해 오가는 연락선의 발착지로서 그 감상은 갖가지 바리에이션으로 물들기도 한다."[10] 유태림은 유학길에 나설 때 처음 마주한 내지의 시모노세키와 식민지 부산으로 귀환했을 때의 심경을 이렇게 표현한다.

"시모노세키는 푸른 산을 등에 지고 뚜렷한 윤곽으로 꿈을 안은 항구와 같고 부산은 벌거벗은 산을 배경에 두고 이지러진 윤곽으로 그저 펼쳐져 있기만 한 멋없는 항구다. 시모노세키를 항구라고 말할 수 있다면 부산은 부피만 큰 어촌이다. 시모노세키의 부두엔 오가는 사람의 기분과 감정이 자연스럽게 교류하는 분위기가 있다. 그런데 부산의 부두는 항상 체증을 일으키고 있는 것 같은 느낌이 남는다. 그렇게 되는 이유의 하나는 부두의 한구석에 도항증 검사소가 있어

---

8) 이보영,「역사적 상황과 윤리: 이병주론」,『현대문학』, 1977. 2 · 3월.
9) 이병주,『관부연락선』1권, 한길사, 2006, p.146.
10) 위의 책, p.273.

그곳을 일반 반도인의 승객들은 학생과 특수인을 제외하곤 꼭 거쳐야 하는 데 있다. 내선일체가 절대로 통하지 않는 데가 이곳이다."[11]

그러나 이러한 식민지 청년의 낙수를 떠나 역사의 관점에서 본 관부연락선은 누구에게나 이방인의 공간이다. 일본 지식인 E의 말대로 일본인에게도 반드시 영광에의 길도 아니고 조선인에게도 굴욕에의 길만은 아닌 것이다. 그는 텐산마루(天山丸), 곤론마루(崑崙丸)와 같은 연락선의 이름이나 크기는 일본인의 과대망상을 드러낸 것이라고 적시한다.[12] 그러한 허장성세는 40년 후, 패전국 난민 신세로 몸뚱이만 겨우 건사하여 그 바다를 되건너갈 운명으로 이미 예정된 것이다.

"일로전쟁에 승리한 그해 일본은 관부연락선을 시항하고 제2차 세계대전에 패배한 해에 종항했다는 데 역사로서의 또 다른 의미가 있기도 하다. 마지막 관부연락선이 떠난 지도 벌써 25년이 지났다. 25년이 지난 이 시간 속에서 관부연락선을 회상하려는 노릇은 산산이 부서진 유리조각, 더러는 산실(散失)하고 없어진 것도 대부분인데 그것을 모아 그대로 병을 재구성하려는 노릇과 비슷하다. 하물며 이 배를 타고 가고, 타고 온 수백만 사람들의 감회를 집약하고 반영할 수 있는 어떠한 수단도 없다. 그리고 바다의 무상엔 육지의 무상이 겨눌 바가 못 된다. 육지 위의 건물엔 웬만하면 수백 년을 견딜 수가 있고 사람의 마음만 작용하면 폐허를 통해 수백 년의 기억을 간직할 수가 있다. 그러나 육지의 건물을 표준으로 하면 수십 층의 빌딩에 비교할 수 있는 호화선도 100년의 세월을 견디기가 어렵고, 그만

---

11) 이병주, 『관부연락선』 2권, 한길사, 2006, pp.9-10.
12) 이병주, 『관부연락선』 1권, p.265.

한 세월이 흐르고 나면 스크랩의 퇴적으로 변해서 드디어 증발하듯 없어지고 만다. 관부연락선으로서 취항했던 십수 척의 배들도 그 가운데 1, 2척을 제외하곤 이미 고철이 되었을 것이다. 그 배들에 대한 기억도 수백만 승객의 뇌리에 무산하고 세월과 더불어 무소(霧消)할 상황에 있다.

유태림의 비극은 6·25 동란에 휩쓸려 희생된 수많은 사람들의 비극과 통분(通分)되는 부분도 있지만 일본에서 일본인의 교육을 받은 식민지 청년의 하나의 유형을 그에게서 발견할 수 있는 그만큼 관부연락선 말기 시대에 속하는 그의 비극에 대한 책임을 나눠가져야 할 것이다.

학병으로 지원하겠다는 각오를 쓴 그의 편지를 지금의 의식으로 읽어볼 때 이것은 남의 일이 아니고 바로 나의 일이란 것을 알 수 있다.

가슴속에 억만의 말과 만곡(萬斛)의 감정이 있으면서도 그렇게 더듬지 않을 수 없었던, 그렇게 졸렬하게 표현할 수밖에 없었던 그 심정이 바로 지옥이었던 것이 아닐까. 그러나저러나 소설에서 볼 때 관부연락선은 다시, 달리 씌어져야 하는 것이다."[13]

1974년 남재희와의 대담에서 작가는 학병 세대의 어정쩡한 역사의식을 이렇게 표현했다.

"우리 세대는 3·1 운동을 전후해서 태어났고 그 후의 열띤 반동기 속에서 확연한 태도를 정하지 못하고 이를테면 어중간한 태도를 가

---

13) 『관부연락선』, 작가 부기 "달리 쓰고" 싶은 생각을 옮긴 작품이 『지리산』인지도 모른다. 『지리산』에서는 공산주의 사상에 빠져들었다가 깊은 회의를 품게 되고 마침내 그것을 근본적으로 부정하기에 이르는 지식인의 갈등을 파고든다. 손혜숙, 『이병주 소설의 역사인식 연구』, 중앙대학교, 2011. 2, pp.63-64.

지고 성장했어요. 우리보다 한 세대 앞의 사람들은 친일이면 친일, 반일이면 반일로 어떤 뚜렷한 체관(諦觀)을 가지고 있었는데 우리는 그러지 못했어요. 당시 사회의 분위기 자체가 불완전했으니까요. 교수들의 경우만 해도 한국인이나 일인이나를 막론하고 모두 태도가 일정하지 못했습니다. 그러니까 일본 민족과 일제 통치에 대한 감정의 폭이 굉장히 넓고 델리키트한 면이 많은데다…"[14]

서사의 구조: 소설 속의 기록

작품은 1960년대 후반으로 추정되는 시기에 '나'가 도쿄의 'E'로부터 '유태림'의 소재를 알려 달라는 편지를 받는 것으로 시작한다. 유태림의 원고는 소설도 논설도 기록도 아닌 '편편한 자료에다 감상을 섞은 정도의 것'에 불과하다. 그러나 표제 '관부연락선'은 한 시대를 상징하는 기제다. 한반도와 일본 열도를 연결하는 거의 유일한 수단이라는 점에서 의미심장하다. 이 작품의 특징은 당시까지 금기시되었던 해방 전후 10년간을 다루었다는 점과 소설 속에 '기록'이라는 독특한 작법을 구사했다. '기록'을 소설 속에 투입한 것이다. 그 기록에는 작은 오류도 더러 보인다.[15] 『지리산』에서도 마찬가지다. 1987년 김윤식은 한 평론에서 이 점을 비판한 적이 있다.

"주인공의 하나인 이규가 경도3고생으로 설정되어 있다. 이규가 문과 병류 입학 구두시험에 나아가자 시험관이 불문학자 구와바라 타케오(桑原武夫) 교수였다는 것이다. 나는 이 대목을 용납하기 어려웠다. 구와바라 교수는 당시 대판고등학교 교수였으며 경도3고

14) 남재희·이병주 대담, 『세대』, 1974, p.239.
15) 권선영, 「이병주, 『관부연락선』에 나타난 시모노세키와 도쿄」, 『비평문학』, 2017년 3월, 제63호, pp.7–34; 김재승, 「관부연락선 40년 1–7」, 『해양한국』, 1982.7–1983.1.

교수가 아니었다. 경박스럽게도 나는 어느 사석에서 작가에게 이 점은 어찌된 것인가 하고 물었다. 작가 이병주 씨의 대답은 여전히 무언의 미소였다."[16]

이러한 오류는 사소하다. 작품 전체의 시각에서 보면 그런 오류나 착오는 그냥 넘길 수 있는 일이다. 그보다 작품의 참된 의미는 실록적 성격과 허구적 성격을 동시에 바라보는 것이 『지리산』을 읽는 바른 독법일 것이다.[17]

해설자, 이중적 자아의 대변인

소설적 기법에서 『관부연락선』은 '이중의 1인칭'을 활용하는 독특한 서사다. 화자이자 필자인 '이 선생'은 주인공 유태림의 고향 후배다. 그는 어린 시절 유태림의 비범함에 질투와 반발심을 가진다. 작중의 유태림과 이 선생, 두 사람은 모두 작가의 이중적 자아를 대변한다. 둘은 동향 출신으로 유년 이래 일정한 거리에서 교류해온 지기다. 작가는 '나'라는 유태림의 분신을 통해 서사를 이중화하고, 학병 체험 전후 10년을 작품의 시대적 배경으로 설정하여 학병 체험 그 자체보다도 그 체험이 이들 세대에 끼친 정신적 외상을 총체적으로 다룬다.[18]

"나는 유태림을 만났기 때문에 나의 장래에 대한 꿈을 잃었다. 아무리 애를 써도 그의 앞에 가선 고개를 들 수 없을 것이라는 자각을 배운 경험처럼 가혹한 경험이 있을까."[19]

16) 김윤식, 「한 자유주의 지식인의 흐름」, 『역사의 그늘, 문학의 길』, 한길사, 1987, pp.86–87.
17) 위의 글, p.87.
18) 조영일, 위의 논문, p.192.

'나'와 일본인 동급생 사이에 유태림이라는 인물의 복원을 둘러싸고 묘한 신경전이 벌어진다. 나는 유태림의 고향 후배이자 대학동창이고 1944년 1월 20일에 입영해 중국에서 학병으로 복무한다. 학병 경험으로 친다면 둘은 쌍둥이다. 그러나 소설은 둘을 분리하여 한 학병으로 하여금 자신의 이야기(체험) 대신 다른 학병의 이야기를 쓰도록 추동한다. 나의 숨은 욕망은 유태림 신화를 파괴하는 것이다. 나는 E를 상대로 유태림의 수기를 번역에 개입하고 유태림의 전기를 쓰면서도 그의 수기에 절대적인 신뢰를 부여하지 않는다.[20]

 이병주 문학을 크게 개인적 작품과 사회적 작품으로 구분한다면 주로 전자에서 이런 기법이 동원된다.[21] 작가는 이 해설자에게 시대와 사회를 바라보고 판단하고 평가하는 자기 자신의 시각을 투영했으며 그런 만큼 해설자의 작중 지위는 작가의 전기적 행적과 상당히 일치한다. 만약에 그 해설자가 불학무식하거나 당대의 한반도 현실에 대해 사상적이며 철학적 사유를 할 수 없는 인물로 그려진다면, 작가는 심중에 맺혀 울혈이 되어 있는 이야기들을 풀어낼 수가 없었을 것이다.[22]

망국인의 한

 유태림은 관부연락선 선상에서 망국의 한을 가슴에 안고 현해탄에 몸을 던진 구한말의 인물 '원주신'(元周臣)의 정체를 밝히는 작업에 나선다. 망한 주나라의 신하라는 뜻의 항일의병 비밀결사대임

---

19) 이병주, 『관부연락선』1권, p.47.
20) 조영일, 위의 논문, pp.193-196.
21) 위의 논문, p.197.
22) 김종회, 「근대사의 격랑을 읽는 문학의 시각」, pp.665-673. 같은 작가의 작품이면서도 불학무식한 부역자를 주인공으로 한 조정래의 「불놀이」와 좌파 지식인을 주인공으로 한 『태백산맥』이, 역사와 현실을 읽는 시각의 수준을 현격하게 드러내는 것이 여기에 좋은 본보기가 된다.

을 밝혀낸다. 그 과정에서 병탄(竝呑)을 주도한 이완용과 이용구·송병준 등 '매국노'들의 죄상을 고발한다. 이용구와 이완용의 경우는 그들의 입장에서 일말의 변명거리를 발견한다. 그러나 송병준의 경우는 어떠한 변명의 여지도 없다며 단호한 판단을 내린다.[23] 또한 작가는 관부연락선의 부산검문소에서 민족의 탄압에 앞장서서 위세를 부리던 악질 수상경찰 이만갑의 만행을 고발한다. 해방 후에도 여전히 건재한 그의 모습에 경악하여 소설 속에 실명을 밝혀 단죄한다.[24]

조선이 나라를 잃은 원인에 대해 일본인 교사의 견해를 인용한다. 한일합방의 책임은 조선인에게 80퍼센트가 있으며 일본의 책임인 20퍼센트는 도의의 문제라고 규정한다. 조선 망국의 비극은 민족성보다 비현실적 정치적 구조에 기인했다고 평가한다. 일본의 근대화 과정을 연구하면서 비교하여 내린 결론일 것이다.

"당시의 교통수단, 통신수단으로 보아 조선은 봉건제후가 할거하기에는 너무나 좁긴 하지만 중앙집권제가 성공하기엔 너무나 넓었다. 만약 조선의 제지방을 세습에 의한 영주들이 지배하고 있었더라면, 공자의 교훈이 고루 퍼진 곳이기도 해서 봉건적 개념의 테두리 안에서 좋은 행정이 이루어진 곳도 많았을 것이다. 뒤떨어진 곳은 앞선 곳을 본따기도 해서, 영주들은 백성을 자기 재산으로 아끼기도 했을 것이다."[25]

---

23) 이병주, 『관부연락선』 1권, pp.138-141.
24) 이병주, 『관부연락선』 2권, p.77. 작가는 이만갑이 경남 창원군 진동면 출신이라고 밝힌다. 그러나 친일인사의 조사에 심혈을 기울였던 역사학자 강만길은 친일 경찰의 명단에서 이만갑이란 인물을 찾지 못했다고 토로했다.
25) 위의 책, p.23.

학병에서 돌아온 유태림은 자신 때문에 옥살이를 한 옛 애인 서경 애의 출현에 당황한다. 그는 서경애가 좌익이 된 사실에 경악한다. 유태림은 극단적인 좌도 우도 아닌 제3의 정치이념을 강론한다. 영 세중립국, 사회 민주주의에 대한 작가 자신의 신념이기도 하다.

"이 나라를 소비에트 같은 나라로 만드는 것이 쉽겠습니까, 스웨 덴 같은 나라로 만드는 것이 쉽겠습니까? 지금 스웨덴이나 노르웨이 나 덴마크 같은 나라에서 불합리한 제도 때문에 목숨을 잃는 사람이 있겠어요?"[26] "좌익도 아니고 우익도 아니라면 유태림 씨 독특한 제 3의 방향이 있다는 얘긴데 그 제3의 방향이 오늘날 어느 정도의 객 관성과 설득력과 실현성을 가진단 말입니까?" 공산주의 여전사가 된 서경애의 단호한 반론이다. "이미 이루어진 사랑도 사상 때문에 파탄하는데 하물며 지금부터 이루어지려는 사랑이 사상의 괴리 위 에 결합될 수 있겠어요?"[27] 대저 사랑이 없는 사상은 메마르고 사상 이 없는 사랑은 경박한 것인가?

또한 작가는 양자택일의 기로에서 공산주의자의 길로 내몰린 하 준수의 일생에 대해 안타까운 마음을 금하지 못한다. "(하준수는) 진 실한 자기가 아닌 또 하나의 자기가 되기 위해 안간힘을 쓰다가 죽은 사람이란 느낌이 짙다."[28] 그 아쉬운 마음에서 후속 작품 『지리산』 의 주인공으로 캐스팅한다.

---

26) 위의 책, p.296.
27) 이병주, 『관부연락선』 1권, p.365.
28) 이병주, 『관부연락선』 2권, pp.304-305, 307. 『관부연락선』과 『지리산』에서 당초 에는 하준규로 표기했다가 후일 본명인 하준수로 밝혔다.

18. 김수영의 죽음: 1968년 6월의 비극

비극으로 마감한 동갑내기 술자리

1968년 6월 15일은 한국문학사에 큰 재앙이 닥친 날이다. 그날 밤, 자유와 근대성의 화신이었던 시인 김수영이 근대의 괴물인 급행버스에 치여 세상을 떠났다. 불과 몇 시간 전까지 이병주와 함께 술을 마시다 폭언을 퍼붓고 자리를 박차고 나갔다고 한다. 때이른 죽음 뒤에 김수영은 한국문학의 성인으로 자리 잡았다. 그를 경모하던 후배들에 의해 창간된 잡지 『창작과비평』과 『문학과지성』, 결이 같기도 다르기도 한 두 문인 그룹은 김수영을 공동시조로 배향했다.

"풀이 눕는다. 바람보다도 더 빨리 눕는다."

묘비명의 역설처럼 김수영은 더 빨리 누웠다. 절대 궁핍에 가까운 일상, 절대적 자유에서 한 치의 에누리조차 거부하는 절대 지성, 가난과 궁핍으로 휘장두른 그의 삶이 공훈조서의 작성에 큰 도움이 되었을 것이다. 일제 말 후쿠오카 감옥에서 옥사한 청년 시인 윤동주를 민족문학의 순교자로 추앙한 그 원칙과 정서에 부합하여 김수영은 민주와 자유문학의 선구자로 추대된 것이다.[1]

김수영의 죽음을 기록한 문헌들은 사고 당일 술자리를 함께한 이병주에 대해 적지 않은 적대감을 품었다. 김수영의 아내 김현경의 회고는 이병주에 대한 노골적인 비난을 담았다.

---

1) 안경환, 「상해, 알렉산드리아」, 『문예운동』 81호, 2001년 가을; 안경환, 『사랑과 사상의 거리재기』, 철학과현실사, 2003, pp.75-84.

"이병주의 2차 제안을 단호히 거절했다고 한다. 악취나는 돈으로는 결코 술을 마시지 않겠다던 평소의 그다운 모습이다. 하지만 그 술을 마셨더라면 그리 일찍 가는 일이 없었을 텐데."[2]

문제의 술자리를 서울시장 김현옥이 주선했다는 터무니없는 주장도 담겨 있다.[3] 갖가지 억측이 난무하는 가운데 김수영의 전기를 쓴 최하림은 비교적 객관적인 기록을 남겼다.

1968년 6월 15일 토요일 오후, 신동문은 직장인 신구문화사에서 김수영의 전화를 받았다. 급전이 필요하니 번역 원고료를 선불해 달라는 부탁과 함께 직접 돈을 받으러 오겠다고 했다. 오후 3시, 황급하게 돈을 받으러 함께 온 아내 김현경에게 돈을 건네며 먼저 집으로 보낸다. 어느 틈엔가 아내 몰래 얼마를 비축한 김수영이 "신 형, 오늘은 내가 살 테니 나갑시다." 신동문은 가난한 시인의 술을 얻어먹어야 할 판이다. 그것도 방금 자신이 가불해준 돈으로. 신동문은 한참 이병주를 기다렸다 셋이 함께 나섰다. 『한국일보』의 문화부 기자 정달영도 합류했다. 김수영은 자신이 사는 술을 사양하고 이병주가 사는 술을 마시겠다는 신동문이 서운했다. 『소설 알렉산드리아』로 『세대』 잡지를 통해 늦깎이로 문단에 디딘 이병주는 최근 현대문학에 「마술사」를 발표하여 문단의 주목을 끌었다. 김수영도 「마술사」를 읽었다. 느지막이 등장해도 될 만큼 문화적 포즈에 있어서나 스케일에 있어서 색다른 면모를 지닌 것 같았다. 호감이 갔다. 하지만 김수영은 이병주의 웃음소리가 마음에 들지 않았다. 목소리도 걸음걸이도 마찬가지였다. 그곳에는 소화되지 않은 지적 자만 같은 것이 흐르

2) 김현경, 『김수영의 연인』, 책읽는오두막, 2013, p.232.
3) "당시 서울시장이던 김현옥이 마련한 자리였다." 위의 책, p.232.

고 있는 듯이 보였다. 그의 소설이 크기와 깊이에 비해 울림이 부족한 것도 자만으로 인한 감동의 결여에서 오는 듯했다. 그날도 이병주는 "신 선생, 오늘 반공일 아니오" 하고 떠들썩하게 외쳤다. 김수영은 마땅찮은 표정을 지으면서 옆에 앉아 있던 정달영과 함께 일어섰다.

그들은 청진동 곱창집에 들어갔다. 소주와 로스구이를 시켰다. 술이 몇 순배 돌자 김수영은 술기가 오른 듯 이병주에게 시비를 걸었다. 정치·경제·역사·문학·사상을 종횡무진으로 넘나들며 이야기를 꾸려나가는 이병주의 말을 가로막으며 "야, 이병주, 이 딜레탕트야" 하고 쏘아붙였다. 이병주는 "김 선생 취하셨구먼" 하면서 말을 피해 나갔다. 김수영은 그 뒤로도 몇 차례 공격했지만 이병주는 껄껄 웃으면서 빠져나갔다. 여유와 재기가 흘러넘쳤다.

한 차례 이야기의 폭풍이 휩쓸고 난 뒤, 이병주는 이만 입가심을 하고 2차로 가자고 했다. 신동문은 볼일이 있다면서 옆길로 빠져나가고, 세 사람은 이병주의 볼보를 타고 김수영의 제의로 며칠 전에 술을 마셨던 '발렌틴'으로 갔다. 마담이 반갑게 맞아주었다. 맥주가 빠르게 몇 차례 돌았다. 이병주가 또다시 화제를 이끌고 나갔다. 김수영도 곱창집에서와는 다르게 『고금소총』에다 『북회귀선』을 섞어가며 이야기의 꽃을 뿌렸다. 정달영은 소년처럼 단정히 앉아 입가에 미소를 띠며 두 사람을 바라보았다.

소주에 맥주를 탄 탓인지 김수영은 벌써 취해 있었다. 큰 눈이 더욱 커지고 말은 템포가 빨라져갔다. 그는 거칠게 말을 대여섯 마디 쏟아 붓더니 가겠다고 일어섰다. 걸음이 비틀거렸다. 이병주가 따라나가 자기 차를 타고 가라고 했다. 김수영이 차바퀴에 발길질을 했다. 그러고 나서 왼손 안에 바른손 주먹을 넣어 밀면서 "좆이나 먹어라" 했다. 그는 비틀거리며 을지로 입구 쪽으로 걸어갔다. 마포행 버스가 그곳에 있었다. 정달영이 마음이 놓이지 않아 마시던 술잔을 놓고 뒤따라 나섰다.

"선생님, 제가 모셔다 드릴게요."

"괜찮아, 괜찮아."

"취하셨어요."

"늘 취했지. 괜찮아… 나 혼자 갈 거야."

김수영이 버스에 올라 마포를 거쳐 서강 종점에 내린 것은 밤 11시 30분. 버스 두 대가 엇갈려 달리다가 한 대가 인도로 뛰어들면서 김수영의 뒤통수를 들이받았다. 이튿날 아침 6월 16일 8시 적십자병원 의사가 산소 호흡기를 벗겼다.[4]

김병익의 간략한 기록은 더욱 객관적이다. "이병주 씨와 술을 마셨고 김 시인은 상당한 취기 속에 한차례 더 하자는 이병주 선생의 청을 완강하게 거절하면서 성난 듯한 표정으로 뒤돌아서 혼자 걸음을 달리하여 표표히 멀어졌다."[5] "4·19와 5·16은 2인3각이다"[6] 라는 그의 시대 진단만큼 담담하고 명료하다.

김수영의 때 이른 죽음에 이병주가 관여되었다! 바로 이 사실만으로도 후세인들이 이병주를 미워할 또 하나의 구실이 생겼다. 김수영은 지식인으로서의 자부심이 강했고 그만큼 지식인의 사회적 사명감과 역할을 강조했다.

이병주의 핵심소설은 모두 지식인이 주인공이다. 당시까지 그의 독자는 지식청년이 대부분이었다. 이병주가 김수영의 죽음에 얽힘으로써 적잖은 지식청년들에게 정서적 거리감을 안겨준 것도 사실이다.

이병주는 괴로웠다. 갖가지 비난과 굽은 시선을 감내하면서도 침묵으로 일관하던 그는 3년 반 후에 비로소 공개적인 글로 김수영을

4) 최하림, 『김수영 평전』, 실천문학사, 2001, pp.374-375, 380.
5) 김병익, 『조용한 걸음으로』, 문학과지성사, 2013, p.134.
6) 위의 책, p.40.

추모한다.「학처럼 살다간 김수영에게」라는 제목을 달았다.

"'운명'이란 연출가가 바로 그날 밤 안으로 김 형의 카타스트로포를 준비하고 있는데, 당신과 나와 또 어떤 친구 셋은 그러한 연출가의 의도는 조금도 알 바가 없이 청진동 골목의 어느 대폿집에서 술잔을 나누었습니다. 그곳에서 얼큰하게 취한 우리들은 2차로 무교동에 있는 살롱 발렌틴으로 갔지요. 한 달 너머 칩거를 했다는 김 형은 오래간만에 마시는 술이라면서 술을 마시는 시간이 퍽 유쾌한 모양이었습니다.

'휴지통 같은 세상이다' '바람난 여자 같은 거리다' '갈보 같은 문인일수록 순수를 좋아한다.' 익살은 여전했지만 말하는 투는 경쾌했습니다. 그러나 일대(一代)의 시인이 속세의 무대를 하직하는 마지막 대사로서는 너무나 서운하다는 느낌을 금할 수가 없습니다. 마지막 무대에서의 상대역으로선 나라는 인간이 너무나 빈약했다는 느낌도 절실합니다.

그러나 유언이 되고 만 말이 꼭 한 가지 있었는데 그 뜻을 성취하지 못한 이 마당에 그 말을 공개할 용기가 내겐 없습니다. 그러고 보니 운명은 서툴기 짝이 없는 연출을 한 셈입니다. 서툴고 어쩌고 간에 그 결과는 뚜렷했습니다. 김 형은 저승으로 가고 나는 죄인으로 남았습니다.

김수영 형! 3년 하고 반이란 세월이 어느덧 지났습니다. 죄의식이 추억의 빛깔을 띠고 내 가슴속에 안개가 피었습니다. 나는 지금 이 글을 쓰면서 그때 내가 죽고 김 형이 살아남아 이런 글을 쓰는 입장이 되었더라면 어떤 글이 나올까 하고 다음과 같이 상상해봅니다. '이 모라는 속물과 술을 마셨다. 그런데 그날 밤 그는 죽어버렸다. 그와 나는 별반 친한 사이도 아닌데 운명이란 묘한 작용이 나를 난처하게 만들어버렸다. 그러나 그는 죽어 아까울 그런 존재도 인물도 아니다. 죽어 없어진 것이 이 세상의 오염을 덜어낸 그만큼 유익하다고 생각해도 무방하다는 견해도 성립할 수 있다. 하지만 그의 유족을 생각하니 인생이 가련하다는 느낌과 생이 허망하다는 느낌이 가슴을 친다.' 정직한 김 형은 속으로 이렇게 생각해도 글만은 그렇게 쓰지 않았을지도 모릅니다. 뭔가의 가능을 내게서 발견하고 그 가능의 좌절을 슬퍼해주었을지도 모를 일입니다.

그렇게 되질 않고 사태가 거꾸로 되었다는 사실이 나로 하여금 당황하게 합니다. 김 형에 대한 나의 견식은 김 형의 작품을 읽기 전에 신동문 형으로부터 주어진 의견으로 굳어 있었던 것입니다. 신동문 형은 김 형을 가리켜 '결벽이 있고 강단이 있고 기골이 있는 지력과 감성을 겸한 근래 드물게 보는 시인'이라 했습니다. 신동문 씨의 의견이면 내겐 그게 답니다. 뿐만 아니라 그 뒤에 김 형의 인품과 언동을 접하고 김 형의 작품을 읽게 됨에 따라 신 형의 개평이 정론이었다는 것을 확인하게 되었습니다.

김수영 형! 처음 김 형을 만났을 때 나는 김 형을 학과 같은 사람이란 인상을 가졌습니다. 학과 같은 사람이니 학처럼 오래오래 살 것이라는 징크스가 허망하게 깨어졌을 때 다시금 운명의 심연을 들여다본 느낌이었습니다.

김 형의 눈은 크고 검고 깊었습니다. 아무리 보아도 그것은 한국인의 눈이 아니었습니다. 그리고 어느 나라 사람의 눈 같지도 않았습니다. 바로 시인의 눈이었습니다. 시인의 눈이기에 그처럼 크고 검고 깊었던 것입니다. 그러나 김 형이 쓴 시는 하나같이 그 시인의 눈을 배신한 시였다는 것은 참으로 처절하다고 할 수 있는 일이 아닐 수 없습니다.

김 형은 자신의 시 「풀」에서 풀이 바람보다 빨리 눕는다고 썼는데 김 형의 눈은 바람보다 더 빨리 눕고 바람보다도 더 빨리 울고 바람보다 먼저 일어나는 풀 같은 인생이 저주스러워 배겨내지 못했을 것입니다. 고요한 눈을 분노하고 거친 손이 섬세한 릴리시즘을 꾸며야 할 때 김 형은 몇 번이고 시의 파산을 보고 '참여'라고 하는 장치를 꿈꾸어 보았지만 언제나 손의 거역에 부딪혀 몸부림쳤던 것입니다.

김 형에게 있어선 '참여'라는 의식이 눈과 손의 괴리에서 빚어진 비통한 알력의 표백(表白)이었던 것인데 김 형은 '참여'를 거부하는 측에 편리적 사회참여의 안이가 있고 참여를 부르짖는 측엔 순수한 백수(白手)의 한탄만이 있다는 현실을 발견하고는 '나는 이것을 쏟고 난 뒤에도 보통 때보다 완연히 한참 더 오래 끌다가 쏟았다. 한 번 더 고비를 넘을 수도 있는데 그만큼 지독하게 속이면 내가 곧 속고 만다'고 현실의 배(腹)에서 내려와버렸던 것입니다.

김수영 형! 김 형이 만일 이승에 체구 그대로 학처럼 오래오래 사셨더라면 이 모를 경멸하면서도 우린 더욱 친해졌을 것이고 나는 김 형을 존경하면서 더욱 친해졌을 것인데 그렇게 못된 것이 한없이 서럽기만 합니다.

역사는 지금 김 형이 살아계실 땐 상상도 못 했던 고빗길을 돌고 있습니다. 살아 계셔서 그 깊고 검고 큰 눈으로 이런 사상(事象)들을 보셨더라면 어떤 시가 생산되었을까 하고 생각하니 그 연출가의 서투른 연출이 그럴 수 없이 미워지기만 하는데 미워진다는 이 감정이 살아남은 자의 어리석음이 아니겠습니까.

살아 10년 죽어 억겁이라고 합니다. 나는 김 형을 생각할 때마다 절실히 저승의 존재를 믿고 싶습니다. 김 형 같은 희귀한 생명이 근근 반세기만으로 사라져 없어진다는 것은 너무나 참을 수 없는 일이기 때문입니다.

'한때 한국이란 땅에 김수영이란 시인이 살아 있었다'는 비문만으론 부족합니다. 그 크고 검고 깊은 눈이 억겁의 시간과 더불어 이 세상을 관조하고 있다는 염원을 신앙하겠습니다. 김 형의 일기를 통해서 김 형이 얼마나 착하게 고귀하게 살려고 애썼는지 비로소 알게 되었는데, 그 뜻을 배우는 게 김 형의 명복을 비는 보람이 아닐까 생각하고 여행(勵行)할 작정을 줄곧 세우고 있으나 언제나 작심삼일입니다. 웃어주소서."[7]

이병주가 끝내 밝히지 않은 '유언이 되고 만' 김수영의 말이 무엇이었을까? 배포 크고 느긋하기로 정평이 난 이병주가 무덤까지 안고 갈 정도로 무거운 짐이라도 된 일종의 비상이었을까.

가난과 궁핍: 시대의 미학

한국문학사에서 가난은 문인의 특권이었다. 가난은 정직의 대명사이기도 하다. 가난하고 정직한 시인, 그것은 문학인의 원형이었다. 전후 4·19 세대 곽광수는 "가난의 이미지에는 어떤 지성적 후광이 있었다"[8]고 했다. 곽광수가 문단 친구들 가운데 서슴지 않고 '의우'로 부르는 사람은 최하림과 염무웅이다. "두 사람 똑같이 철저히 정직한데, 정직성은 허명을 얻기에 조급해하는 문필가들에게는 별로 매력적이지 않은 미덕이지만, 글의 참된 가치, 따라서 필자의 덧없지 않은 미덕이지만, 진짜 영광을 보장하는 미덕임은 더할 나위 없는 사실이다."[9] 곽광수의 기준대로라면 최하림이 김수영의 평전을 쓴 가장 중요한 이유는 그가 정직했기 때문일 것이다. 정직한 사람이 자신처럼 정직한 사람의 생애를 기록한 것이다.

최하림의 관찰에 의하면 이즈음 김수영은 극도로 신경이 날카로워 많은 술자리를 파탄내곤 했다.

"술자리에서 김수영은 그 무렵이면 침이 튀고 눈동자가 커지고, 욕

---

7) 이병주, 「학처럼 살다간 김수영에게」, 『세대』, 1971년 12월호, pp.142-144.
8) 곽광수, 『가난과 사랑의 상실을 찾아서』, 작가, 2002, p.16.
9) 위의 책, p.223.

을 퍼붓고, 끝내는 술상을 뒤엎는 주사로 발전하게 되고 술상 위로 올라가… 그의 큰 키와, 술도 안주도 박살이 나버린다. 싫어하는 사람에 대해서는 선후배를 가리지 않고 개놈의 새끼라고 욕설을 퍼부었다."[10]

시인 성기조(1934-)의 회고도 비슷하다.

"한 번은 골목에 간판도 없이 전라도 아주머니가 장사하는 곳에 갔는데 그곳에 윤용하(작곡가)와 박화목이 거나하게 취해 있었다. 우리는 합석했고 네 사람은 고주망태가 될 때까지 마셨다(박화목 작사, 윤용하 작곡 「보리밭」이 이때 나왔다). 김수영은 신발을 신은 채로 술상 위에 올라가 '자유, 자유, 답답해 못 살겠다. 이 새끼들아!' 하고 소리쳤다."[11]

이처럼 절대자유를 외치던 칼날 같은 지성의 선병질 김수영은 동갑내기 이병주가 경작한 회색정원의 넓이와 무게를 감당할 수 없었을 것이다. 김수영에게 중립적 관찰자이자 역사의 잔존자임을 자처하는 이병주는 기껏해야 구악의 찌꺼기에 불과했다. 결코 유착 단계에는 이르지 않았지만 뭇 권력자와 끈끈한 교우관계를 잇고 살았던 이병주는 '잡혀간 시인을 위해 언론의 자유를 외치지는 못하나' 양심의 가책에 쓰린 김수영에게는 독재자의 밀정에 불과했을 것이다. 외제 자가용을 타고 다니는 이병주를 김수영은 '잘난 체하는 인간' '딜레탕트' '작품에 울림이 없는 작가' 등의 폭언을 퍼부었다. 어떤 언어의 도발도 유들유들 받아넘기는 이병주가 몹시도 고까웠다.[12]

---

10) 최하림, 『김수영 평전』, pp.245, 260-262.
11) 성기조, 「자유를 갈구하던 김수영 시인」, 『문단기행: 한국문단에서 남기고 싶은 뒷이야기』 3, 문예운동, 2020, p.92.
12) 김판수, 『시인 신동문 평전: 시대와의 대결』, 북스코프, 2011, p.152.

눈썹 한 올에까지 신경질과 궁핍의 냄새가 배어 있던 김수영에게 동시에 여러 여자를 거느리는 이병주의 유들유들한 정력과 재력을 의식하는 것만으로도 구토가 일기에 충분했을지 모른다. 그러나 함께 시작한 술자리를 도중에 파장내면 그것은 패배를 자인하는 것이나 진배없다. 고작해야 자리를 박차고 떠날 뿐, 그 자리에서 때려눕힐 완력이나 제압할 논리나 언변을 갖지 못하면 결국 지고 마는 것이다. 이병주의 술자리가 산문적 정치인의 연회석이라면 김수영의 술자리는 울분에 찬 시인의 난장이었다.

절대자유의 화신, 김수영

민주주의 사회에는 '사상의 공개시장'이 항시 열려 있어야 한다. 누구든지 자신이 믿는 바를 자유롭게 선전하고 내다 팔 수 있는 시장은 바로 자유언론의 광장이다. 때로는 시장에 나온 상품이 불량품이라 할지라도 그것을 감정하는 것은 소비자의 권리다. 사상의 자유는 종교의 자유나 마찬가지로 내심의 자유, 양심의 자유다. 대한민국이 조선민주주의인민공화국보다 우수한 사회라는 가장 확실한 증거는 사상의 공개시장이 존재하는 것이다. 언론의 자유는 인간의 가장 원초적 본능을 전달하는 수단으로 민주헌법의 대전제이자 핵심가치다. 그러나 김수영의 시대, 이병주의 시대의 대한민국 국민은 사상의 자유도, 언론의 자유도 제대로 누리지 못했다. 그래서 작가들은 항상 위축되어 있었다.

민주주의에 대한 소신에 있어서 이병주와 김수영은 큰 차이가 없다. 다만 그 생각과 믿음을 세상에 공표하고 외치는 방법과 자세가 달랐을 뿐이다. 절대적 사상과 언론의 자유 신봉자이면서도 용케도 감옥살이를 면한 김수영에게는 한 번 감옥을 다녀온 후로는 묘한 처세술로 세월의 파고를 타고 넘은 이병주의 정직하지 못한 붓놀림이 역겨웠을지도 모른다.

작고하기 6개월 전에 후배 평론가 이어령과 벌인 이른바 '참여시' 지상논쟁에서 김수영이 판정패했다는 것이 중론이었다. 패배의 원인은 선배의 넘치는 열정과 사명감이 후배의 냉정한 이성의 촉수를 끌어안지 못했기 때문일 것이다. 논쟁은 이어령이 쓴「에비가 지배하는 문화」(『조선일보』, 1967. 12. 28)라는 글을 김수영이『지식인의 사회참여』(『사상계』, 1968. 1)라는 글로 반박함으로써 시작되었다. 몇 차례 지상논쟁을 주고받았으나 1968년 3월 김수영이 붓을 꺾음으로써 중단되었다.

논쟁의 결과, 머리로는 이어령이 이겼으나 가슴으로는 김수영이 승리했다.[13] 이어령의 논지인즉, 문화에 대한 정치권력의 간섭이 점차 심해지고 있는 것은 사실이지만 그보다도 문화인들 자신의 소심증이 '문화의 침묵'의 주된 원인이라는 것이다. 그의 발언은 많은 문인들의 불만과 불쾌감을 유발했고, 불행하게도 이후에 3선개헌과 유신을 거치면서 정치권력의 폭압적 성격이 날로 강해지자 "문화인 자신에게 무슨 책임이 있단 말이냐?"라며 대드는 김수영에게 더욱 심정적으로 동조하는 결과가 된 것이다.[14]

이어령의 당당한 변론이다. "문학을 통해서 나는 수사학을 배웠고 논리의 칼날을 벼리는 솜씨를 익혔다. 그리고 언어는 총탄보다 무섭게 표적을 맞히기도 하고 때로는 능히 포탄을 막을 수 있는 단단한 성벽이 되기도 했다. 정말 그랬다. 독감처럼 유행하는 정치적 이념이

---

13) 김윤식,「김수영과 이어령: 불온시 논쟁에서 얻은 것과 잃은 것」,『문학사의 라이벌 의식』, 그린비, 2013, pp.57~97. 김윤식은 김수영 편에 가슴을 내주는 듯한 평가를 내렸다.

14) "이어령의 참여문학론은 1960년대 이래 착근되기 시작한 민족문학론이나 문학의 사회참여 노선과는 결부터 다르다. 그의 참여문학론은 개인의 실존에 초점을 맞춘 휴머니스트의 문학이다." 고종석,『책읽기 책일기』, 문학동네, 1997; 장석주,『나는 문학이다: 이광수에서 배수아까지 111』, 나무이야기, 2009, p.463에서 재인용.

나 플래카드와 싸구려 구호로부터 순수한 문학의 언어와 감동을 지키기 위해서 나는 많은 사람들과 싸우는 전사 역할을 감수했다."[15]
이동하의 관찰대로 지적으로 너무나 뛰어난 이어령은 김동리·조연현과 같이 한글에 서툴고 서구의 문학이론에 둔한 문단의 주도 세력을 가차 없이 공격하는가 하면, 이형기·정태용과 같은 후배도 지성의 이름으로 모질게 다그쳤다. 이러한 절대지성의 과시로 인해 그는 한국문단의 '고독한 아웃사이더'로 지내야만 했다.[16]

이병주는 이어령을 높게 평가했다. 이어령의 등장으로 비로소 한국의 문학평론이 '문학'으로 격상되었다며 극찬했다.[17] 이병주가 떠나고 14년 후 한길사가 30권 분량의 『이병주 선집』을 낼 때 이어령은 짧은 추천의 글을 썼다.

"우리는 대중화되고 세속화된 사회를 살아가고 있다. 문학이 점차 소외되고 있는 마당에 문인이야말로 문인의 평가를 제대로 해주어야 한다고 생각한다. 이병주라는 작가를 집중 조명하는 일은 우리 세대가 해야 했는데 후배들이 이 일을 맡아주어 무척 기쁘고 짐을 내려놓는 기분이다."[18]

도봉산 중턱에 선 두 개의 비석

1968년 6월 18일 오전 10시, 김수영의 장례식은 예총회관(현재의 세종문화회관 오른편) 광장에서 문인장으로 거행되었다. 장례위원장에 이헌구가 위촉되었고, 원로 시인 박두진이 조사를 낭독했다. 황

---

15) 이어령, 「김수영 씨와의 논쟁」, 『장미밭의 전쟁』, 문학사상사, 2003, pp.368-402.
16) 이동하, 「무지의 편견, 지성의 외로움」, 『한국현대비평연구』, 강, 1997, pp.294-371.
17) 이병주, 「우리의 자랑 이어령」, 『이어령 자전에세이』, 문학사상, 1994.
18) 이병주, 『지리산』 4권, 표4 추천사.

순원, 최정희, 유정, 박연희, 김중회, 백철, 신동문, 백낙청, 염무웅, 김영태 등이 검은 양복을 입고 어두운 얼굴로 말없이 서 있었다. 김수영의 시에 많은 영향을 받았던 젊은 시인들도 상당수 있었다. 그러나 이병주가 참석했다는 기록도 증언도 없다.

12시, 유해를 실은 영구차는 어머니가 양계를 하고 있는 도봉산 골짜기의 선산으로 향해 서서히 떠나갔다. 김수영의 육신을 땅에 묻으면서 아내 김현경은 생전에 남편이 즐겨 읽던 하이데거 전집을 관속에 함께 넣었다.[19]

1년 후 그 자리에 시비가 세워졌다. 비문으로 주인의 마지막 시 「풀」의 한 구절이 육필로 새겨져 있다.

"풀이 눕는다
바람보다 더 빨리 눕는다.
바람보다 더 빨리 울고 바람보다 먼저 일어난다."

비명횡사하기 불과 며칠 전에 남긴 글이 곧바로 자신의 비명(碑銘)이요, 후세인의 가슴에 새겨진 유언이 되었다.

이 비는 후일 도봉산 도봉서원 앞으로 옮겨졌다. 바로 지척에 이병주의 북한산 찬가를 담은 문학비가 서 있다. 김수영의 시비는 통행로에 인접해 있어 쉽게 눈에 띄는 반면, 이병주의 비는 길에서 10여 미터 안쪽으로 숨어 있어 신경을 쓰고 찾아야만 확인할 수 있다. 마치 이병주가 죽어서도 24년 먼저 떠난 김수영에게 상석을 내주어 미안한 마음을 표하는 듯하다. 역사는 후세인의 선택적 기억이다. 시비의 위치나 규모도 후세인의 선택이다. 이병주의 그릇을 감안하면 유택

---

19) 성기조, 위의 글, pp.91-92. "젊은 나는 그 뜻을 잘 이해하지 못했다. 그런데 뒷날 1980년대 소설가 손소희의 입관 때 남편 김동리 선생이 그녀의 『남풍』을 서재에서 찾아다 넣어주고 눈물을 흘리는 것을 보고 '아, 그렇구나'라고 생각했다."

(幽宅)이나마 절대고독, 절대궁핍에 찌들었던 친구에게 명당을 양보한 것 같은 느낌이다.

여러 사람들의 전언에 의하면 이병주는 김수영의 빈소에 사람을 보내어 대신 조문하고 김수영 시비의 건립에 상당한 금전적 기여를 했다고 한다. 이병주의 그릇과 성정을 아는 사람들은 너무나 당연한 처신이었다고 믿는다.

1921년생 동갑내기인 이병주와 김수영은 역사의 소용돌이 속에서 비슷한 인생 경험을 했다. 이병주가 학병에 끌려가 중국에서 용병의 비애를 곱씹을 때, 김수영은 불안한 도피자의 삶을 감내한다. 그는 서울의 고모집 다락방에 숨어 있다 어머니를 따라 만주 길림성으로 도피한다. 6·25 때는 진주농고 선생이던 이병주가 인민군과 대한민국 수사기관 양쪽에 의해 곤욕을 치르고 '조국의 부재'라는 허무감에 빠졌을 때, 김수영은 서울에 남아 있다가 월북했던 임화·김남천·안회남 등이 돌아와 세운 조선문학가동맹에 참여했고 9월에는 문화공작대의 이름으로 의용군에 강제 동원된다. 그러고는 미군의 포로가 되어 거제도 포로수용소에 감금된다. 이 비굴한 경험이 평생 김수영의 뇌리 속에 박혀 있었다.

「조국에 돌아오신 상병포로 동지들에게」(1953. 5. 2)는 김수영이 생전에 공식적으로 세상에 내놓지 않은 자전적 시다. 시인은 평생 수용소 트라우마에 시달렸을 것이다. 시로는 깊은 내상을 다스리기에 부족하여 소설을 시도하기도 했다. 수용소에서 나온 직후에 착수하여 죽을 때까지 완성하지 못한 소설『의용군』은 초고 상태로 남아 있다 사후에야 공개되었다.[20] 그의 절대자유 철학의 원천은 타고난 시인 기질 못지않게 포로로 감금되었던 경험의 소산이었을 것이다.

김수영은 항상 자유를 갈구하면서도 현실에서는 비겁하리만큼 소

---

20) 김수영,『김수영 전집』2권, pp.609-628;『의용군』.

492

심한 자신을 자조하는 시를 썼다. 「어느 날 고궁을 나오면서」(1965. 11. 4)는 그런 자신의 심경을 그대로 표현했다. 최하림에 따르면 "김수영은 철저한 자유주의자였다. 김수영에게 민족주의란, 진보적이든 아니든 '위험한' 것이었다. 1960년대에 정부에 비판적인 지식인들 대부분이 민족주의에 경도되었을 때, 김수영은 그 위험성을 경계했다. 이북의 노래도 식민지의 노래에 지나지 않으며, 그것은 너무나 '씩씩하고 건전한' 식민지의 노래다"[21]라고 결론내렸다. 그는 민족주의라는 굴레 안에 남과 북이 함께 갇혀 있다며 북한 문화에 대한 비판도 서슴지 않았다.

신동문의 사랑과 가책

김수영과 이병주에게 최후의 만남을 주선한 사람은 신동문이다. 그는 최인훈의 『광장』과 이병주의 『소설 알렉산드리아』가 세상에 나오는 데 결정적인 역할을 한 인물이다.

신동문은 1955년 신태양사(발행인 황준성)가 운영하던 잡지 『여상』(女像)에 『청춘의 병든 계단』을 연재하면서 문단에 데뷔한다.[22]

신동문은 김수영을 존경하고 아꼈다. 김수영의 죽음은 술자리를 주선한 신동문에게 평생 마음의 짐으로 남아 있었다.[23] 그는 서로 어색할 수 있는 김수영과 이병주 둘을 술자리에 합석시키고도 자신은 2차 회동에 빠졌던 치명적인 실수를 평생토록 후회했다.

신동문은 결핵을 앓던 청년 시절 이래 평생토록 죽음을 가까이에서 참아냈다. 젊은 시절 그가 수용되었던 결핵병원에서 죽은 환자를 동쪽 문으로 내보내는 사실에 착안하여 본명인 건호 대신 '동문'(東門)이라는 필명을 택했다. 6·25 전란 중에 짝사랑 애인을 찾아 인민

---

21) 최하림, 『김수영 평전』, 실천문학사, 2001, pp.374-376.
22) 김판수, 『시인 신동문 평전: 시대와의 대결』, 북스코프, 2011, p.102.
23) 김판수, 위의 책, p.151.

군이 점령 중인 한강을 헤엄쳐서 서울로 잠입하기도 했다. 그는 언제나 죽음 주위에 있었다. 그런 그에게도 김수영의 죽음은 돌연하고 낯선 것이었다.

문학의 길에 나선 신동문은 시대와 권력과의 불화로 인해 세 차례나 필화사건을 겪었다. 끝내 절필하고 시골 벽지를 개간하여 농사를 짓고 침술을 배워 지역 주민에게 무료 시술을 베풀다 죽었다. 신동문의 전기를 쓴 김판수는 신동문의 은거처를 "현실에 세운 알렉산드리아 광장"이라는 표현으로, 최인훈과 이병주, 한국문학사의 두 거인과 신동문의 관계를 엮어냈다. 『광장』이 주창한 것이 "자유롭고 평등한 소통"의 사회이고 『소설 알렉산드리아』는 소통이 원활한 이상적 사회였다. 권력과 탐욕으로 점철된 풍진 세상과 절연한 신동문이 단양 수양개 언덕에 세운 침술원은 "소설 속의 알렉산드리아와 같은 이상세계를 꿈꾸는 광장인 셈이다."[24]

---

24) 김판수, 위의 책, p.251.

19. 민족의 성산(聖山) 지리산

'지이산(智異山)이라 쓰고 지리산으로 읽는다.'

쓰는 사람과 읽는 사람의 생각이 다를 수 있다. 마찬가지로 직접 산에 오르는 사람과 바라보는 사람의 감흥은 다를 수 있다. 그러나 그 누구도 부정할 수 없는 사실은 지리산은 한국인 모두의 산이라는 공감이다.[1]

1472년 8월 14일부터 18일(음력)까지 함양부사 김종직은 지리산 천왕봉에 올랐다가 『유두류록』(遊頭流錄)이라는 기행문과 연작시 13수를 남긴다. 그로부터 550년, 김종직이 걸었던 13킬로미터 탐방로를 재생하는 작업이 진행되고 있다.[2]

김종직의 제자 김일손과 정창손도 스승의 뒤를 이어 지리산 산행에 나섰다.[3] 은일거사 조식(1501-72)은 지리산 아래 덕산 고을에 정주한 안분지족(安分知足)의 변을 산천재(山川齋) 네 기둥에 주련으로 달았다.

---

1) 2020년, 지리산 자락의 남원시 보절면에서 펴낸 면지의 구절은 천황봉이 육안으로 직접 보이지 않지만 일상적 삶의 정신적 뿌리임을 강조한다. "천황봉은 보절면의 젖줄이기도 합니다. 태어나자마자 우리는 천황봉에서 흘러내린 물로 몸의 탯줄을 자릅니다. 우리가 맨 처음 마신 물도 천황봉이 만들어낸 것이며 이 물로 농사지은 곡식을 먹습니다. 말하자면 천황봉을 통해서 우리는 섭생하며 살림을 꾸리고 터전을 가꿉니다." 안한수, 발간사, 보절면지 편찬위원회 지음, 제1장 「역사 속의 만행산과 천황봉」, 『보절면지: 보배와 절의가 숨어 있는 보절 이야기』, 논형, 2020.

2) 『서부경남신문』 54호, 2020. 11. 9.

3) 김성진 편찬, 『간추린 함양역사』, 함양문화원, 2006, pp.114, 119-120.

"봄산 어느 곳엔들 향기로운 풀 없으리오만

다만 하늘에 닿은 천왕봉 마음에 드는구나

맨손으로 돌아와 무얼 먹을 건가

십리에 뻗은 은하수 같은 물 먹고도 남겠네.

春山底處 無芳草

只愛天王近帝居

白手歸來何物食

銀河十里喫有餘

—『남명집』(南冥集) 권1, 15장「덕산복거」(德山卜居)[4]

1942년 6월 28일, 약관 27세의 하동군수 이항녕은 군청 산림계 직원을 대동하고 지리산에 오른다. 할당된 양곡 공출량을 채우지 못해 도청으로부터 책임을 추궁당한 울적한 날들이라 기분전환 삼아 산행에 나선 것이다. 규슈대학 연습림을 거쳐 문창대, 광덕사를 거쳐 천황봉 정상에 오른다. 정상에 한문으로 '天王峯'이라는 나뭇조각 표지가 세워져 있었다. 비바람에 바랜 목패와 먹물 글자가 번진 쇄락한 조선의 비애와 함께 '히노 마루'(日の丸)의 뜨는 해 대신 바닷속에 가라앉는 대일본제국의 허상을 보았다.

청소년 시절 문학 지망생이던 그는 자질도 모자라고 시절도 어려워 문학의 길을 포기했다고 한다. 복잡한 심사를 이렇게 읊었다.

"지리에 올랐노라 구름타고 삼천장

천상천하 억만 계가 안하에 누웠으니

이 몸이 우화등선하여 간 곳 몰라 하노라."[5]

---

4) 허권수, 『남명 조식: 진주문화를 찾아서』2, 지식산업사, 2001, p.73.
5) 이항녕, 『작은 언덕 큰 바람: 소고 이항녕 선생 유고집』(小皋長風), 나남, 2011, pp.355–362.

'관찬'(官撰)이 아닌 '민찬'(民撰) 한국사의 저자 이이화(1937- 2020)는[6] 1986년 지리산 답사단 앞에서 「지리산의 정신사와 저항사」를 발제했다. 그는 광해군 시절 남원부사를 지낸 유몽인(1559-1623)의 『어우집』(於于集)에 담긴 "금강산은 뼈다귀가 많으면서 고기가 적고, 지리산은 고기가 많으면서 뼈다귀가 적다"라는 기행문을 "금강산은 지자(知者)와 이지(理智)의 산이라면 지리산은 인자(仁者)와 덕성(德性)의 산이다"라고 풀이했다.

"긴 화엄사 골짜기와 노고단, 피아골의 깊은 계곡을 오르내리면서 나는 어머니를 연상했습니다. 나를 포근히 감싸주고 나에게 자양분을 날라다주시던 우리 어머니. 다육소골(多肉少骨), 이렇게 먹을 것이 많고 몸을 감싸주기에 지리산은 인간과 너무나 친밀한 산이었습니다. 이런 덕성 속에 비극이 흐르고 있었습니다. 천년만년 우리 겨레와 함께 숨 쉬면서 안식처가 되기는 했지만, 피가 튀고 살점이 찢기는 비극의 역사를 지리산은 알고 있을 것입니다. 지리산은 참으로 많은 이야기를 담고 있지요. 세상을 피해 들어온 화전민 같은 사람들, 세상에 맞서 약탈을 일삼는 산적들, 봉건체제와 일제 침략에 저항하는 변혁세력과 민족투쟁 세력들, 민족해방을 내걸고 인공(人共) 세상을 만들겠다는 빨치산들, 지리산은 이들의 생활터전이었고 거점이었고 안식처였습니다."[7]

조선조 후반에 들어 지리산은 반체제 불교도의 도피처이기도 했다. '당취'(黨聚, 땡추)는 조선 초 조정이 강력한 억불정책을 시행하자 반조선 세력으로 결집된 불교 단체의 이름이다. 고려 시대에 다양

---

6) 이이화, 『한국사 이야기』 전 22권, 한길사, 2004.
7) 김언호, 『그해 봄날: 출판인 김언호가 만난 우리 시대의 현인들』, 한길사, 2020, p.362.

한 종파로 나뉘었던 불교는 조선의 건국 후 7개 종파로 통합되었다 세종연간에 선(禪) 교(敎) 양종으로 정리된다. 7개 종파로 통폐합될 때 통합을 거부하고 금강산으로 들어간 종파가 땡추가 되었다고 한다. 그 땡추 중 일파가 독립하여 지리산으로 남하했다는 것이다. 김구의 『백범일지』에 조선의 군도 조직에 관한 김진사의 증언이 나온다. 김진사 자신의 지휘로 화개장터를 털어 쌍계사에서 재물을 분배했다고 한다.[8]

1970년대 이래 민주화운동의 숨은 기획자 역할을 한 김정남도 지리산의 의미를 이렇게 쓴다.

"지리산은 우리의 역사에서 민족 그 자체다. 산은 사회적 상황에서 자기를 실현시킨다. 산은 소극적으로 사회적 관계에서 사회를 벗어나는 곳이지만, 적극적으로는 저항의 거점이다. 목숨을 내걸고 자기가 추구하는 사회를 실현시키기 위해 싸우는 거점이 바로 산이다. 그중에서도 지리산만큼 역사를 변혁시키려는 젊은이들의 피와 살을 많이 안고 있는 산도 없다."[9]

항구도시 통영 태생으로 알려진 작곡가 윤이상이 실제로 태어난 곳은 지리산 언저리다. 산청군 덕산면, 남명 조식의 산천재 인근에서 출생한 윤이상의 회고다.

"용처럼 굽이치는 지리산의 능선을 마주 보는 곳에 제가 태어난 집이 있었습니다. 어머니는 저를 잉태할 때 용이 지리산 위를 날고 있는 꿈을 꾸었죠. 그러나 용은 몸부림만 칠 뿐 비상하지 못하고 있

8) 백범 김구 자서전, 도진순 주해, 『백범일지』, 돌베개, 2002, pp.259-260.
9) 김정남, 『이 사람을 보라: 어둠의 시대를 밝힌 사람들』, 두레, 2012, p.463.

었답니다. 용은 깊은 상처를 입고 있었습니다."[10]

어머니의 태몽은 그의 현실이 되었다. 훗날 그는 알 수 없는 이끌림에 청룡·백호·주작·현무 등 강서대묘 「사신도」를 애타게 찾았다. 1963년 북한당국의 호의로 「사신도」를 직접 볼 기회가 생기자 주저하지 않고 평양을 방문했다. 이로 인해 날개가 부러졌다. 1967년 군사정권은 '동백림 간첩단 사건'을 조작하여 발표했다. 그는 모진 고문 끝에 간첩단 수괴의 일원이 되었다. 검찰은 사형을 구형했고 법원은 무기징역을 선고했다. 용은 비상은커녕 옥에 갇혔다. 사형집행 소리가 들리는 옥사에서 그는 「사신도」에서 받은 영감을 음보로 옮겼다. 「이마주」였다.

용꿈을 꾼 어머니는 그의 나이 열여섯 살 때 출산 중에 돌아가셨다. 어머니의 운명 또한 상처투성이였다. 모자의 비운을 생각하며 지은 곡이 「암흑 속에서 노래하다」였다.[11]

윤이상의 오페라 「심청」은 1972년 뮌헨 올림픽 개막 축하곡으로 작곡한 것이다. 윤이상으로 인해 『심청전』은 조선의 것이자 세계의 것이 되었다. 서양인들은 이 작품을 한국판 셰익스피어의 「페리클레스」로 받아들였다.[12]

1962년 12월, 차범석(1924-2006)의 희곡 「산불」을 국립극단이 무대에 올렸다. "1951년 겨울에서 이듬해 봄, 소백산맥 줄기에 있는 산골"로 사건의 무대가 설정되어 있다. 등장인물들은 모두 전쟁과 이념 갈등에 아들과 남편을 빼앗긴 여성들이다. 국군과 빨치산 양쪽에 의해 번갈아 희생된 것이다. 산에서 탈출한 젊은 사내 규복을 두고 두 젊은 과부가 애욕의 쟁탈전을 벌인다. 토벌군이 대밭에 지른

---

10) 곽병찬,『향원익청 2: 화향, 정녕 돌아갈 그곳』, 길, 2018, p.276.
11) 위의 책, p.277.
12) 안경환,『문화, 셰익스피어를 말하다』, 2020, 지식의날개, pp.101-126.

불에 규복은 타서 죽는다. 1999년에 출간한 책의 「서문」에 작가는 이렇게 썼다.

"내가 살아온 시대의 커다란 소용돌이에서 얻은 작품이다. 그로부터 50여 년이라는 세월이 흘렀지만 똑같은 사태나 상황이 아직도 우리 주변에서 사라지지 않고 있다. 정치의 타락이나 인간성의 마멸이 그러하고 권력의 횡포와 무지의 비극이 아직도 우리 민족을 깊은 잠에서 깨어나지 못하게 하는 상황을 목격했을 때, 이 작품은 아직도 오늘의 문제로 남아 있고 어느 시대가 되어도 남게 될 미래의 장임을 실감케 해준다. 나는 독자들이 이 작품에서 아직도 우리가 살아나가야 하고, 그래서 이기지 않으면 안 된다는 점을 읽어주기 바란다. 과거의 사실이 아니라 영원히 남게 될 문제가 무엇인가에 대해서 눈 뜨는 젊은이들이 많으면 많을수록 우리의 앞날은 밝으리라고 믿기 때문이다."[13]

후세인 안치운이 해설을 달았다.

"이 희곡은 전쟁의 비극이 아니라 욕망의 비극과 같은 생각이 든다. 전쟁의 비극이 남성의 폭력 같다면 욕망의 비극은 여성들의 희생과 같았다. 욕정의 끝에서 '모든 것은 재로 돌아가버리는' 것처럼 욕정은 사람을 불태운다. 『산불』에서 불타버린 것은 대밭이 아니라 산골에 사는 여성들이었을 것이다. 『산불』을 읽고 배낭을 메고 지리산으로 갔다. 벽소령으로 가는 광대골에서 멈춰 규복과 점례 그리고 사월을 소리내어 불러본다. 길목에서 만난 할머니가 내게 꿀을 먹고 가라고 하면서 통째로 주었다. 하마터면 그 할머니를 점례 할머니, 사

---

13) 차범석, 『산불』, 범우사, 1999, pp.5-7.

월 할머니로 부를 뻔했다, '나는 아무것도 몰라!'라고 한 규복처럼 내가 아는 것은 무엇인가. 아! 아득하여라."[14]

짧게 쓰는 시의 대가로 알려진 서정춘의 압시(壓詩), 「봄, 파르티잔」이다.

"꽃 그려 새 울려 놓고
지리산 골짜기로 떠났다는
소식"

도시를 떠나 지리산으로 들어간 봄과 새 세상을 도모하여 입산한 파르티잔을 절묘하게 결합한 수작이다.[15] 이성부도 소녀 파르티잔 정순덕의 일생을 시로 풀었다. 정순덕(1933-2004)은 1950-63 기간에 지리산에서 빨치산으로 활동하다 생포되었다. 지리산 최후의 빨치산으로 알려져 있다. 이병주의 『지리산』에 등장하는 소녀전사 순이의 모델일 수도 있다.

"열여섯 어린 나이에 산에 들었다면
사상보다는 그리움의 키가 커져서
더 먼 데 하늘 바라보는
눈망울 착한 한 마리 짐승으로 쓸쓸할 뿐
그대 젊음 써리봉 기슭 철쭉이거나
드러난 나무뿌리로 뒤엉켜
지금 나를 자빠지게 하는 것은 아닌지

---

14) 안치운, 「모란보다 더 곱게 물들어가는 차범석의 『산불』」, 『산불』, pp.193-204.
15) 신경림, 『시인을 찾아서』 2권, 우리교육, 2002, p.282.

무르팍 생채기 피를 흘리면
마음도 돌아와 나를 가득 채우느니
아 우리나라 지리산 서러운 하늘
내 태어난 숨결이구나!"[16]

'불산'(火山)이란 자호를 즐겼던 빨치산 대장, 남부군 사령관 이현상(1905-53)의 지리산 찬가는 혁명가의 웅혼과 기개가 펄펄 넘친다.

지리산에 비바람 일어 기러기 떼 흩어지니
남쪽으로 천릿길 흉중에 칼을 품고 달려왔네
오직 한뜻 한시도 조국을 잊은 적 없고
가슴엔 철의 각오, 마음속엔 끓는 피 있네
智異風雲當鴻動
伏劍千里南走越
一念何時非祖國
胸有萬甲心有血

이현상은 1953년 9월 17일 빗점골에서 토벌대에 의해 사살되었다. 그의 죽음으로 지리산 공비는 궤멸되었다. 이현상의 시체도 오욕을 당했다. 20일간 서울 창경원 등지에서 순회 전시된 시신을 그나마 경찰토벌대장 차일혁이 인간애를 베풀어 하동 화개장터 근처에서 화장하여 섬진강에 유골을 뿌려주었다.[17] 새로운 세상을 건설한다는 사명감이 '허망한 정열'로 결말지어진 수많은 청장년의 혼령이

---

16) 이성부, 「정순덕에게 길을 묻다」, 『지리산』, 창작과비평, 2002, pp.24-25.
17) 안재성, 『이현상 평전』, 실천문학사, 2007, p.3.

지리산 자락을 유랑한다.

2019년 9월-11월 세종시의 숲속 한 식당 옆 갤러리에 전시회가 열렸다. 각종 글·그림·소품들이 체계 없이 진열되었다. 전시회는 「지리산이 되어버린 운명」이란 제목을 달았다. 얼핏 이병주의 어록을 연상시킨다.

"35살의 우체부 이제방은 1948년 3월 1일 파도리 만세사건이 있은 후 구례경찰서로 연행된 뒤 아무도 그를 보지 못했다. 그렇게 지리산이 되어버린 운명. 71년이 지나 손자는 할아버지를 찾아 나섰다."

기획자 이형용의 변이다.

"1948년 3월 1일 오전 9시. 전남 구례군 토지면 파도리 마을 옆 언덕으로 100여 명의 사람들이 모여 들었다. 조선에서 절대명당이란 토지면은 현실에 만족하지 못하고 이상을 추구하는 선조들이 많았다. 그래서 그런지, 토지면은 다른 지역에 비해 유독 지식인의 후손이 많았다.

일부는 하동 포구를 통해서 일본 유학을 다녀오기도 했다. 사회주의를 이상으로 추구하는 개화사조로 인식한 사람들이 많을 수밖에 없었다. 읍 소재지도 아닌 인근 면 단위의 작은 마을에서 열린 '사회주의해방만세대회'라는 집회명은 경찰들의 관심을 끌기에 충분했다."

조촐한 전시회 모습을 물끄러미 바라보던 한 중년사내가 자신의 지리산학에 작은 주석을 달았다. 지리산 골짜기 구석구석을 찾아다니며 사라진 사람들의 흔적을 더듬어 가다듬은 최정표의 「지리산 수상록」에 작은 방점이 하나 더해졌을 것이다.[18]

---

18) 하동 출신 경제학자 최정표 전 KDI 원장은 양보초등학교 졸업생으로 이병주의 31년 후배다.

소설 『지리산』: 다섯 유형의 등장인물

『관부연락선』으로 새로운 역사소설가로의 입지를 세운 이병주는 오래 구상하던 『지리산』의 집필에 착수한다. 1972년 7월 4일 '남북공동성명'이 발표된 직후다. 가까이 지내던 이후락이 박정희 대통령의 밀사를 자임하여 평양으로 가서 김일성을 만난다. 남북한이 서로 적대적인 행위를 금지하겠다는 선언에 많은 사람들이 환호했다. 이러한 시대 분위기에 자신감을 얻어 지리산 빨치산 이야기를 쓸 엄두를 낸 것이다. 작품이 연재되면서 관제 반공소설이라는 비판이 제기되는가 하면 빨치산을 긍정적으로 그렸다는 용공 시비 또한 거세게 일었다. 그리하여 1972년 10월 연재가 시작된 소설 『지리산』은 중단과 재집필을 반복한 끝에 1985년 11월에야 비로소 7권 분량으로 완간된다. 연재를 시작하면서 그는 이렇게 썼다.

"나는 『지리산』을 실패할 작정을 전제로 쓴다. 민족의 거창한 좌절을 실패 없이 묘사할 수 있으리라는 오만이 내게는 없다. 좌절의 기록이 좌절할 수 있을 법한 일이 아닌가. 최선을 다해 나의 문학적 신념을 『지리산』에 순교할 각오다."

이 구절에 감동받은 대학생 공지영이 지리산 자락을 배회한다.

"좌절하고 실패하기 위해 글을 쓰기 시작하는 용기는 어디에서 오는가. 오직 실패하기 위해 글을 쓰기 시작한다는 그 말에 홀린 듯 나는 역사 속에서 버림받고 실패한 그의 인물들을 따라 지리산 어귀와 섬진강 자락을 배회했다."

"이병주 그를 생각하면 하는 수 없이 나의 20대를 생각하고야 만다. 1980년대 초 전두환 군사독재 정권 아래서, 젊은 날이 하염없이 한심해지고 있을 때 도서관에 도피하듯 틀어박혀 읽는 것이 그의 소설들이었다. 그때 만난『지리산』은 하나의 충격이었다."[19]

　작품을 연재하던 중인 1974년 5월, 이병주는『서울신문』편집국 장 남재희와 지상 대담을 가진다.

　"소설이란 아주 다양한 하나의 표현방식으로서 말해질 수 있는데 (극단적인 표현입니다만) 비소설적으로 읽어서 읽을 만한 가치가 있다고 판단될 때 비로소 그 존재 가치가 있는 것으로 생각해요. 역 설 같습니다만 그렇지 못할 때는 19세기적 범주를 벗어나지 않는, 그 저 이야기로만 그치는 것이라고밖에 말할 수 없겠지요."[20]

　소설과 비소설, 사실과 허구, 역사와 신화를 함께 버무려 해방 전 후 10년의 상황을 그리겠다는 것이다.
　그로부터 11년 후 완간본의「작가 후기」에서 이병주는 말한다.

　"해방 직후부터 1955년까지 꽉 차게 10년 동안 지리산은 민족의 고민을 집중적으로 고민한 무대다. 많은 청년들이 공비를 토벌한다 면서 죽었고, 역시 많은 청년들이 공비라는 누명을 쓰고 죽었다. 그 들의 죽음이 의미하는 것이 무엇일까. 두고두고 민족사의 대과제가 될 것이다. 그러나저러나 이런 분자들의 선동과 조종을 받아 그 많은 청년들이 공비라는 누명을 쓰고 죽어야 했다고 생각하면 의분을 억 제할 수가 없다. 말하자면 소설『지리산』의 주제는 바로 이 '의분'이 다."[21]

---

19) 공지영,「산하가 된 그 이름」, 김윤식·김종회 엮음,『문학과 역사의 경계에 서다』, 바이북스, 2010, pp.28-29.
20) 남재희·이병주 대담,「회색군상의 논리」,『세대』, 1974. 5, p.244.
21) 이병주,『지리산』7권, 한길사, 2006, pp.377-378.

일간지 인터뷰에서 작품을 쓰면서 애로가 없었느냐는 질문에 작가는 이렇게 답한다.

"그때보다는 작품을 쓸 수 있는 여건이 좋아졌습니다. 또 이런 것도 생각할 수 있지 않겠습니까. 작품을 쓰는 작가의 무게 말입니다. 이병주가 썼기 때문에 괜찮다. 이런 것이 있겠지요. (이 씨는 허허 웃으면서 오해가 없도록 썼으면 좋겠다고 말했다.)"22)

이병주가 썼기 때문에 뒤탈이 없다. 작가는 자신의 '무게'를 확신하고 있었다. 함부로 다룰 수 없는 거물이다. 그에게는 믿는 구석이 있었다. 박정희 시절에는 극도로 조심해야 했다. 그러나 전두환 치하에서는 거칠 것이 없다. 서로가 신뢰하는 사이였으니.
3년 후에 작가는 이렇게 소회를 털어냈다.

"지리산에 있어서의 자연과 인생을 쓸 작정이었지만, 이 작품 속의 인생은 파르티잔이라고 하는, 인생 가운데서도 이례에 속하는 기이한 인생의 일부에 불과하고, 자연이라 해봤자 그 만분의 일에도 접근하지 못했다."23)

김윤식은 자신의 장기인 학병문학의 관점에서 『지리산』을 분석했다.

"『지리산』에는 민중이 단 한 사람도 등장하지 않는다. 이것이 학병세대의 좌표다. 자기가 제일 공부를 많이 했고 잘났다는 엘리트 의식

---

22) 『중앙일보』, 1985. 11. 19.
23) 이병주, 「지리산 단장(斷章)」, 『문학과비평』, 1988. 겨울, pp.270-274.

이야말로 노예사상의 근원이다. 적어도 학병 체험이 노예사상의 수용으로 받아들일 수 있는 자의식이다. 이들에게 회색의 사상이 무엇을 의미하는지 대학교양의 차원에서 이병주와 황용주의 예에서 보듯이 이들의 대학생 시절에는 한동안 풍미했던 마르크스 사상이 퇴색하고 이른바 인민전선 사상이 크게 영향을 미치고 있었다."[24]

김윤식은 이 작품은 이데올로기 비판소설도 빨치산 소설도 아닌 일종의 교육소설, 계몽소설이라고 역설한다.

"두 젊은 주인공, 이규와 박태영은 하영근의 제자들이다. 하영근은 서재에 수만 권의 원서를 갖춘, 만석군 지주이며 일본 외국어학교 출신의 인텔리다. 그의 사상은 넓은 의미에서 허무주의이지만 근대의 몸짓을 하고 있다. 이규와 박태영 둘은 모두 하영근이라는 한 뿌리에서 나온 쌍생아다. 하영근이 표상하고 있는 한 측면, 즉 제도적 성격으로서의 근대성을 보여주는 인물은 이규다. 진주 중학, 경도3고, 동경제대라는 근대의 교육과정을 거친 인물이다. 이에 비해 하영근의 또 다른 얼굴인 반제도적 성격을 상징하는 제자가 박태영이다. 그는 가난한 집 출신으로 머리와 체력이 뛰어나 고학으로 이규에 육박하며 마침내 하준규 노선에 서고 공산주의 운동에 뛰어들지만 끝내 당원이 되기를 거부한다. 제도적 성격이든 반제도적 성격이든 모두 일본 제국주의 근대화의 소산이다. 경도3고→동경제대 코스를 대표하는 이규와 『고리키 전집』→고학 코스를 대표하는 박태영이다. 이는 1930년대 일본 제국주의 정신과 일치한다. 소작인의 착취와 이에 대한 반역이 한몸에 들어 있는 정신구조다."[25]

---

24) 김윤식, 『한일학병세대의 빛과 어둠』, 소명출판, 2012, p.62.
25) 김윤식, 「지리산의 사상과 『지리산』의 사상」, 『지리산』 7권, 한길사, 2016, pp.381-390.

정호웅도 인성교육에 주안점을 둔 '부성'(父性)이라는 관점에서 작품을 분석했다.[26] 임헌영은 이병주의 문체는 규격화된 문단소설 과는 엄청난 차이가 있다고 지적했다. 게다가 소설에서 하준규와 박 태영이 당을 떠난 공산주의 투사였다는 점을 부각시킨 것은 도식적 인 반공소설의 벽을 허물어뜨린 업적인 동시에 역사를 좀더 근본적 으로 파헤치게 된 계기가 된다고 논했다.[27] 그는 소설 『지리산』의 등 장인물을 다섯 유형으로 분류한다.[28]

첫째, 전통적 지주계급 하영근은 철저한 방관자이지만 부르주아 계급의 아량 있는 소유자다. 한국 전통의 선비 기질과 근대적 지식인 의 현실인식 태도를 두루 포용하고, 당대의 숨은 실력자로 사상과 이 념에 무관하게 많은 추종자를 갖는다. 난세를 살아남아 현명한 처세 술로 이규를 자신의 사상과 철학, 처세술을 가장 잘 승계할 후계자로 키운다.[29]

둘째, 권창혁과 같은 전형적인 소자산계급 지식인이다. 그는 지리 산에 있으면서도 좌익사상의 비현실성의 전파에 앞장선다.

셋째 유형은 언제나 지지와 복종으로 시류에 영합하는 군상들이 다. 일제 아래서는 서슴지 않고 친일행위에 나서고, 해방 후에는 좌 익 타도에 앞장선다. 이규의 동창생 주영중으로 대표된다.

26) 정호웅, 「『지리산』론: 1970년대 역사소설의 문제점과 관련하여」, 『한국의 역사소 설』, 역락, 2006, pp.138-152.

27) 임헌영, 「현대소설과 이념 문제: 이병주의 『지리산』론」, 『민족의 상황과 문학사상』, 한길사, 1986. "지리산을 계기로 다시 출발해야 할 정도로 이념·투쟁 소설에서 그 핵심을 두드린다."

28) 임헌영, 「이병주의 역사소설과 이념문제」, 『이병주 문학의 역사와 사회인식』, 바이 북스, 2017, pp.82-101; 임헌영, 「이병주 문학의 역사 사회의식」, 2017, 이병주문 학 학술세미나자료집(기조발제), pp.21-32. 이 글들은 작품 『지리산』을 논한 여러 평론 중에 가장 치밀한 인물 분석을 담았다.

29) 실존인물인 하영진을 모델로 삼았다는 주장이 있다. 정범준, 『작가의 탄생: 나림 이 병주, 거인의 산하를 찾아서』, 실크캐슬, 2009, pp.50-52.

넷째 유형은 항일투쟁-좌경화-건준 또는 남로당 지하활동 또는 월북, 6·25 참전의 전 과정을 확신에 찬 투쟁 끝에 비극적 종말을 맞는 인간상이다. 작품에 나타난 대부분의 좌익 계통 인물은 이 유형에 속한다. 위로는 불행한 최후를 맞은 이현상에서 철없는 소녀 정순이에 이르기까지 '맹목적 신념에 찬' 인간들이다.

다섯째 인간상은 공산주의자이면서 그 도그마에 적응할 수 없는 체질적 회의주의자 내지는 자유주의 성향의 인물, 하준규와 박태영이다. 이데올로기에 맹목적인 확신을 가지기에는 너무 지식이 깊었고, 조직의 우두머리가 되기에는 너무나 이성적이고 인간적이었다.

박태영은 8·15 이후 짧은 당 생활에 실망하고 홀로 소영웅적 투쟁과 업적을 쌓지만 6·25 점령 하에 궁지에 몰려 빨치산이 된다. 입산 후에도 공적을 쌓지만 간부가 되지 못한다. 8명의 빨치산을 자수시켜 목숨을 구하나 자신은 지리산 최후의 빨치산이 되겠다는 소원대로 사살당한다. 하준규 역시 해방 직후부터 당과 불협화음을 일으켜 북한에 소환되나, 그동안 세운 공로를 인정받아 남파되어 무력투쟁을 전개한다. 그러나 끝내 버림받고 남한 정부에 체포되어 사형당한다.

이병주가 연민의 정을 보인 인간상은 바로 이러한 다섯 번째 유형이다.

작품 『지리산』은 격동기의 현장을 다루면서 역사적 사건에 대한 다양한 관점과 평가의 가능성을 열어둔다. 일제하의 창씨개명, 친일 유명인사의 행위에 대한 평가, 독일의 프랑스 침공, 스페인 내전, 일본 공산당의 움직임, 문학, 교육제도, 군국주의 철학, 천황제 등에 대한 논의가 담겨 있다. 해방 후에는 미군정, 농촌문제, 건준과 인공, 그리고 남북분단에 이르는 과정, 과격 폭동, 소시민적 부르주아 의식, 혁명적 인간상, 서대문형무소의 모습 등 시대적 삽화들이 만화경처럼 어우러져 있다. 이들 삽화는 궁극적으로 반공을 위한 기초자료 역할을 한다. 특히 여순 반란사건과 러시아혁명, 제주 반란사건의 분석은 탁월한 역사적 혜안을 느끼게 한다.

이런 역사적 비극의 뿌리를 다루면서도 작가는 극한적인 대립 상황에서도 인간은 인간일 수밖에 없으며, 그 어떤 상황에서도 극단적인 비극은 예방될 수 있다는 신념을 작품 전편에 투영한다. 이를테면 지리산 입산파 하준규가 중학 동창인 함양경찰서장과 단독회담을 한 사건이나, 지리산에서 갑자기 조우한 경찰 토벌대와 빨치산이 서로의 희생을 줄이기 위해 협상을 벌여 전투를 회피한 사건, 그리고 토벌대장 주영중이 빨치산에 내리는 관대한 조치 등 "동족끼리의 싸움이기 때문에 더욱 비참하고 동족끼리의 싸움이기 때문에 뜻밖의 정이 오갈 수도 있다"는 분단극복을 위한 민족동질성의 확인이라는 낙관론을 펴고 있다.[30]

김윤식이나 임헌영과 같은 연륜을 쌓은 대가들과는 달리 젊은이들의 반응은 극단적으로 흘렀다. 김복순은 이 작품이 금기와 억압적 소재였던 빨치산을 역사의 현장으로 불러내어 문학의 주제로 복원시킨 '지식인 빨치산 소설'로 평가했다. 또한 순이라는 민중 빨치산의 생성과정을 압축적으로 보여주는 남한 최초의 빨치산 소설이 되었다며 찬사를 보냈다.[31]

김복순과는 대조적으로 이동재는 이 작품이 해방 이후 '순수문학'을 주창해온 문협 정통파의 문학관과 맥락을 같이해 남과 북, 좌와 우의 문제를 객관적으로 보기 시작한 분단문학의 성과를 퇴보시켰다고 비판했다.[32] 임규찬의 비판이 가장 독성이 강하다.

30) 임헌영, 「이병주의 역사소설과 이념문제」, p.101.
31) 김복순, 「'지식인 빨치산'의 계보와 『지리산』」, 『인문과학 연구논집』 22, 명지대 인문과학연구소, 2000.
32) 이동재, 「분단시대의 휴머니즘과 문학론: 이병주의 『지리산』」, 한국현대소설학회, 『현대소설연구』 24, 2004.

"이병주의 소설은 거개가 지식인 소설의 범주를 벗어나지 못하고 있으며 역사관도 이 지식인에 의존하고 있다. 그것은 곧 민중의 지위와 역사적 역할에 대한 철저한 배타의식으로 나타난다. 문장은 그런대로 아름답지만 분명히 삶은 아니다. 아니 삶을 거꾸로 돌리는 참으로 아름다운 장미의 가시다. 우리 시대의 뛰어난 작가들은 그 아름다운 장미의 가시가 이미 우리의 정신을 옭아맸던 지난 시대의 유물임을 폭로하면서 역사의 흐름을 타고 거세게 내달리고 있다. 이런 점에서 우리는 『지리산』이 70년대와 80년대 초반 암흑기에 피워낸 겉만 번지레한 조화(造花)임을 알아야 할 것이다. 이미 옛 영광을 잃어버린 껍데기뿐인 『지리산』이여! 그대 역시 지난 시대의 이데올로기적 퇴적물이 되어 우리 앞에서 사라졌구나!"[33]

『지리산』없이는 『태백산맥』도 없다

연재와 중단을 거듭한 끝에 1985년 11월에야 비로소 완간이 가능했던 이병주의 『지리산』의 빛은 곧이어 등장한 조정래의 『태백산맥』으로 인해 크게 바랬고 1990년대 이후로는 완전히 『태백산맥』의 뒷전으로 물러나는 비운을 겪었다. 새로운 독서 세대는 『태백산맥』을 지리산 문학의 원조로 숭앙하면서 이병주의 『지리산』의 존재 자체마저 부정하는 경향을 띠기도 했다.

김윤식은 대가답게 이병주 편에 서서 『지리산』과 『태백산맥』 사이의 조화를 시도한다.

"『태백산맥』은 산맥이 아니라 그야말로 공간개념인 산 자체이며,

---

33) 임규찬, 「이병주의 이데올로기를 비판한다」, 『시사문화』, 1990. 9, pp.22-25. "그리고 이와 관련하여 전두환 씨가 백담사로 쫓겨가면서 발표한 「국민에게 드리는 말씀」을 작가 이병주가 기초했다는 사실을 주목할 필요가 있다. 이것은 『지리산』에 대한 그 자신의 사적 평가에 다름 아니기 때문이다."

이를 사회과학적 메타포로 말하면 소작쟁의일 터이다. 여순 반란사건을 한갓 이데올로기의 관념상 쟁투가 아니라 소작쟁의의 시각에서 파악한 사실이다."[34] "어찌 보면 벌교 출신의 지식인 그룹(김범준 형제, 손승호, 이학송, 정하섭 등)이란 『지리산』에 등장하는 하준규·이규 등에서도 출몰할 수 있는 것이며, 이현상·이해룡 등의 『지리산』 중심의 빨치산의 표정이란 '남부군'에서도 조금 엿볼 수 있다. 6·25와 남로당의 역사적 성격도 『태백산맥』에 잘 정리되어 있다."[35]

그러나 김윤식의 균형론과는 달리 1990년대 이후 독서시장에서 『태백산맥』은 『지리산』을 삼켜버렸다. 『지리산』이 『태백산맥』에 전면 흡수되고 만 것은 우리 사회의 비극이 아닐 수 없다. 설령 『지리산』이 교묘한 지성의 포장으로 우익 반공이데올로기를 강론하는 소설이라 하더라도 작품이 탄생한 시대적 상황을 감안하면 결코 쉽지 않은 업적이었다.

이병주의 『지리산』은 적어도 사상문학사에 필연적으로 통과해야 할 관문이거나 극복해야 할 대상일 것이다. 결코 단순히 외면하거나 폐기해야 할 구시대의 노폐물이 아니다. 『태백산맥』이 당시 한반도의 남반부에서 '공화국'이 지식인의 관념 속에서만 존재했던 것이 아니라 최소한의 민중적 기반을 갖추었다는 점을 부각시킨 공로는 혁혁하다. 그래서 출간과 동시에 민중의 주체성을 강조하는 1980년대 이후 학생세대의 책읽기에 불을 지폈고, 불행한 광주사건 이후에는 지리산의 전라도 쪽이 민족문학의 정통이라는 인식에도 편승하여 해방 이후 최대의 문제작이라는 타이틀도 거머쥐게 되

---

34) 김윤식, 「조정래론, 역사적 선택과 선택적 결정」, 『김윤식 평론집: 작가와의 대화-최인훈에서 윤대녕까지』, 문학동네, 1996, pp.78-102.
35) 위의 글, pp.89-94.

었다.

그러나『태백산맥』의 등극은『지리산』의 반정이었기 때문에 가능한 일이었는지도 모른다.[36] 역사는 창조가 아니라 연속적인 발전으로 보는 한『태백산맥』에 앞서『지리산』을 점령해야 할 것이다.[37]

소설『지리산』의「작가 후기」의 마지막 구절에 저자는 하준수(하준규)의 유족 근황을 애써 담담하게 전했다.

"최근 하준규의 자녀 삼 남매를 만났다. 큰딸은 하와이로 시집가서 살고, 남매는 서울에 있다. 딸들은 미인으로, 아들은 미장부로 자라 있었다. 부모 없이 건장하게 자란 그들을 보니 눈시울이 뜨거워졌다."[38]

『지리산』은『남부군』의 표절인가

1988년 6월, 이태라는 필명의 작가가 수기 형식으로『남부군』을 출판한다. '최초로 공개된 지리산 빨치산 수기'라는 부제만으로도 대중의 흥미와 관심을 끌기에 충분했다.

이태의 저자 서문「나는 왜 이 수기를 쓰는가?」가 커다란 파장을 일으켰다.

---

36) 홍용희,「지리산의 풍모」, 김윤식·김종회 엮음,『문학과 역사의 경계에 서다』, 바이북스, 2010, p.36. "특히 그(이병주)의『지리산』은 조정래의『태백산맥』, 김원일의『겨울 골짜기』, 이태의『남부군』과 같은 빨치산 문학의 물꼬를 트면서 우리 현대사의 그늘 깊은 골짜기를 온전히 복원하는 계기가 되었음은 주지의 사실이다."

37) 안경환,「상해, 알렉산드리아」,『문예운동』, 2001. 가을; 안경환,『안경환의 문화읽기: 사랑과 사상의 거리재기』, 철학과현실사, 2003, pp.75-84.

38) 하준수의 아들 하상영은 필자도 두어 차례 만난 적이 있다. 연좌제의 족쇄 때문에 자영업밖에 할 수가 없었다. 한때 국회의원 선거에도 출마했으나 당선을 기대한 것은 아니었고, 그렇게 해서라도 존재를 세상에 알리고 싶었노라고 했다. 깊은 한을 안고 연전에 작고했다. 함양군 병곡면의 하준수의 집은 폐가가 되어 찾을 때마다 스산함을 가중시킨다.

"어떤 경위로 한 문인에 의해 기록의 일부가 소설 속에 표절되기도 했고 그 때문에 가까스로 만난 보완의 기회를 놓치기도 했다. 이제 국가의 기밀도 공개하는 30년이라는 세월이 흘렀다. 모든 것이 역사적 사실로서 관조할 수 있는 시기가 되었다고 판단하고 나는 이 기록의 출판을 결심했다."[39]

박정희 정권 이래 용공작가로 공안당국의 낙인이 찍혀 있던 '월남 소설가' 이호철이 추천사를 썼다.

"이때까지 이 무렵을 다룬 적지 않은 본격소설들이라는 것들은 소설이라는 형식을 과신한 나머지 자의에 의한 역사 왜곡이나 상투화가 횡행하고 있었음을 익히 알고 있었기 때문이다."[40]

이태가 고발한 '한 문인'이란 다름 아닌 이병주, 그의 소설이란 다름 아닌 『지리산』, 당대 최고 인기작가의 최고 인기 소설이 아닌가! 그만큼 이태의 주장은 문단과 독자에게 충격적인 뉴스였다. 언론은 앞다투어 이 사실을 보도했고, 기사를 접하고 분노한 사람들이 많았다. 이병주에게는 파렴치한 표절자라는 낙인이 찍혔다. 평소 이병주를 선망하거나 질시한 문인들에게는 더없이 좋은 호재였다. 이병주와 이념적 성향을 달리하는 사람들은 은근히 신이 났다.

황석영이 이병주의 작품을 읽게 된 계기도 바로 이 표절 논란이었다. 황석영은 당시에 이태의 기록과 비교하기 위해 이병주의 『지리산』을 읽게 되었다고 말했다.

『남부군』은 단행본으로 출간되기 전에 김정남의 주선으로 가톨릭

---

39) 이태, 『남부군』 상, 두레, 1988, pp.16-17.
40) 이호철, 「이 수기를 읽고」, 『남부군』, p.25.

교단의 『평화신문』에 첫 2회분이 연재되었다. 김정남도 이병주가 무단으로 수기를 도용한 것으로 알고 있었다. "이병주 작가한테 이게 글이 되는지 한번 봐주세요"라고 보여주었는데 그가 무단으로 소설에 써버렸다는 것이었다.[41] 조정래의 대담집 『황홀한 글감옥』에도 이 사건이 언급되어 있다.[42]

평론가 김현은 『남부군』이 출간된 직후에 독후감을 일기장에 남겼다.

"1) 언제나 누군가가 기록을 하고 있다. 그 기록은 패한 사람의 기록일수록 희귀하고 호기심을 자아낸다. 이긴 사람의 기록은 너무나 많이 선전되고 홍보되기 때문에, 지식으로 들어오며, 지식이 된 이야기는 재미가 없다. 재미는 호기심에서 연유한다. 2) 패한 자의 기록은 증오를 낳지 않는다. 그것은 패한 사람에 대한 동정과 연민을 낳는다. 패한 사람이 갖는 역사적 가치는 패한 사람도 사람이라는 것을 보여주는 데 있다. 패한 사람도 사람이라는 것이 밝혀지면, 증오심은 어느 정도 사라진다."[43]

이태의 인생도 기구했다. 1922년 충북 제천 출생인 그는 6·25 전쟁에서 북한 인민군의 기관지 『해방일보』 기자로 전주에서 근무하다 인민군이 패퇴하자 빨치산부대에 합류해 순창 회문산을 거쳐 지리산에 입산하여 활동하다 토벌군에 체포되어 형을 살고 전향했다. 이러한 과거 경력에도 불구하고 그는 정치권 주변에서 살았다. 1963년 제6대 국회의원 선거에서 본명 이우태(李愚兌)로 당시 야당인 민정당의 전국구 후보 16번에 지명되었다. 선거 결과 14번까지만

---

41) 김정남·한인섭, 『그곳에 늘 그가 있었다』, 창비, 2020, pp.588-590.
42) 조정래, 『황홀한 글감옥』, 시사인북, 2009, pp.243-244.
43) 김현, 『행복한 책읽기: 김현의 일기(1986-89)』, 문학과지성사, 2002, p.173.

당선되었으나, 이듬해인 1964년, 박정희 정권의 한일굴욕 외교회담에 항의하여 윤보선과 정해영이 의원직을 사퇴하자 이를 승계하여 약 3년간 교통체신위원회에서 활동했다. 1971년 제8대 선거에서는 고향에서 출마하여 낙선한다. 그런가 하면 1981년 신군부의 5공 정권 아래 정치활동이 금지된 김영삼이 후일을 도모하여 민주산악회를 구성하자 부회장 겸 산악대장으로 선출되어 회가(會歌)를 작사했고 딸이 곡을 짓는 기여를 했다.[44]

표절 시비에 대해 이병주의 해명이 언론 인터뷰를 통해 공개되었다.

"이 씨의 수기를 원형대로 보전하고자 한 데에는 또 하나의 의도가 있었다. 빨치산으로 하여금 스스로를 말하게 하자는 것이다. 만약 그런 수법을 쓰지 않고 작가의 의견을 전면에 내세우게 되면 빨치산이 당한 참담한 측면과 아울러 빨치산이 저지른 범죄행위, 생포한 군경에 대한 잔학행위, 양민을 약탈하고 학살한 측면을 배제할 수 없게 될 것이었다. 나는 그 작품에서 이태라는 인물의 인간적 복권을 위해서 최선을 다했다고 자부한다."[45]

이태의 『남부군』에는 이병주 특유의 표현들이 자주 등장한다. '의심암귀'(疑心暗鬼)(『지리산』 7권, 『남부군』 상권, p.225), '일련탁생'(一蓮托生)(『남부군』 하권, p.227) 등. 물론 이런 용어들이 이병주의 전매특허일 수는 없지만 그의 작품을 체계적으로 연구한 사람들의 예민한 눈에 잡힌 단서일 수 있다. 이러한 사실들을 바탕으로 김윤식은 이태가 오히려 이병주를 모방한 것이라고까지 주장한다.[46]

---

44) 김정남·한인섭, 위의 책, p.458.
45) 이병주, 「소설 『지리산』은 『남부군』의 표절인가」, 『동아일보』, 1988. 8. 16.
46) "오히려 이태가 이병주의 『지리산』을 '참고'했을 가능성이 짙다." 김윤식, 「이태

이병주의 찬미자 강석호는 이태의 수기를 통해 『지리산』 후반부에 빨치산의 활동상이 본격적으로 부각됨으로써 작품의 박진감이 한결 더해진 것은 사실이라고 말한다.[47] 지식인 운동가들 사이의 관념적인 이념논쟁이 서사의 중심을 이루어 다소 무거운 소설의 분위기에서 이태가 등장함으로써 오랫동안 베일 속에 가려 있던 빨치산의 일상이 생생하게 재생되고, 그래서 소설의 생동감이 배가된 것은 사실이라는 것이다.

강석호는 이병주가 몇몇 젊은 문인들과 함께한 자리에서 단도직입적으로 진상을 캐물었다. 이병주의 대답인즉 "'인용했다고 할 수도 있고 안 했다고 할 수도 있지' 하고 본문과 후기에 모두 밝혔다"라는 것이다. 「작가 후기」에 "이 소설의 마지막 부분은 등장인물의 한 사람인 이태의 수기가 없었다면 가능하지 못했을 것이다. 그의 본명을 밝힐 수 없어 유감이지만 그는 현재 한국의 중요한 인물로 건재하다는 사실만은 밝혀둔다"라고 썼다. 또한 본문 중에도 "이태에 의하면"이라는 서술이 있다. 강석호는 "그러나 인용을 하려면 좀 더 선명하게 본격적으로 밝혔어야 했다는 것이 독자들의 의견이었다"라고 아쉬움을 나타냈다.[48]

소설 속의 이태는 따뜻한 인간애가 빛나고 상식과 이성을 겸비한 인격자로 그려진다. 여성에 대해 예의를 갖추고 배려하는 신사다. 애인 백인숙을 극진히 보살피는 장면은 절로 감동을 자아낸다. 소설의 캐릭터로 치더라도 비현실적인 느낌이 들 정도로 지나치게 미화시

의 『남부군』과 이병주의 『지리산』, 『이병주 문학의 역사와 사회인식』, 바이북스, 2017, pp.12-72; 김윤식, 「이태의 『남부군』과 이병주의 『지리산』, 『문학사의 라이벌 의식(2)』, 그린비, 2016, pp.155-219. 정범준도 유사한 생각이다. 정범준, 『작가의 탄생: 나림 이병주, 거인의 산하를 찾아서』, 실크캐슬, 2009, p.230.

47) 강석호, 「해박한 지식의 낭만적 휴머니스트」, 김윤식·김종회 엮음, 『문학과 역사의 경계에 서다』, 바이북스, 2010, pp.198-205.

48) 강석호, 위의 글, p.202.

킨 감마저 든다.

이태는 소설에 등장하면서부터 주인공 박태영과 가장 깊이 교감하는 캐릭터다. 둘은 1950년 7월 전주에서 『조선중앙통신』 전주지사의 보도과장과 신참기자 사이로 만난다. 그는 박태영과 김숙자의 약식 결혼식을 주례하고 함께 전북 순창의 여분산·회문산을 거쳐 지리산으로 들어간다.[49]

표절 시비의 진상과 관련하여 필자가 직접 경험한 바가 있다. 1988년 여름의 일로 기억한다. 바로 직전 해(1987년 7월)에 설립된 저작권심의조정위원(현 한국저작권위원회)에 이태의 대리인이라는 사람의 문의가 들어왔다. 정식으로 조정신청서를 제출하기에 앞서 탐문한 것이다. 저작권에 관한 분쟁의 조정은 법 규정에 의해 현직 부장판사를 장으로 하는 3인의 조정부가 맡는다. 당시 나는 서울신문사 논설위원이던 문학평론가 이중한(1938-2011) 씨와 같은 부에 배치되어 있었다. 부장은 공교롭게도 『지리산』의 주인공과 이름이 같은 박태영 서울지방법원 부장판사였다.

이중한 씨가 양측을 비공식적으로 접촉했다. 자초지종을 전하면서 이중한 씨는 양측 모두의 마케팅에 도움이 되었다며 씁쓸하게 웃었다. 표절 시비가 일어나자 호기심 때문에라도 두 작품을 모두 챙겨 읽는 독자가 늘어났다는 것이다. 이중한 씨와 내가 함께 내린 결론인즉 이병주는 이태의 수기를 넘겨받으면서 충분한 금전적 보상을 지급했다는 것이다. 평소 이병주의 성격을 아는 사람들은 그가 결코 돈 문제로 '치사하게' 굴지는 않았을 것이라고 확신한다.

이병주가 이태의 수기를 넘겨받았을 때는 이태 자신의 이름으로는 출판할 수가 없었다. 그런 수기를 어느 정도 신분이 보장된 이병주가 작품 속에 담음으로써 후일의 방패가 되었을 것이다. 이병주는

---

49) 이병주, 『지리산』 6권, 한길사, 2006, p.202.

『지리산』의 본문에 이 사실을 암시하고 있다.

"너무 앞지른 얘기가 되겠지만 이태의 앞날엔 신문, 재판, 징역 등 형극의 길이 연속되었다. 그러나 결국 그는 살아남아 자유의 몸이 되었다. 물론 박태영은 이태의 수기도, 그 후 전개된 이태의 운명도 알 길이 없었다."[50]

그러나 순순히 법리적 관점에서 보면 비록 출처를 명시했다고 하더라도 인용의 범위가 너무나 길고 광범하게 보이는 것은 사실이다.[51] 어쨌든 이태의 『남부군』은 출판과 동시에 장기 베스트셀러가 되었고 1990년에는 영화로도 만들어져 큰 인기를 얻었다. 그러나 『남부군』의 대성공이 소설 『지리산』의 판매에도 어느 정도 도움이 되었는지는 의문이다.

---

50) 이병주, 『지리산』 7권, 한길사, 2006, p.292.
51) 저작권에 관련된 법률·판례·학설에 따르면 비록 출처를 밝히더라도 인용은 '적정한 범위' 내의 '합리적 수준'에 그칠 것을 요구한다.

20. 실록소설 『남로당』

철저하게 실패한 허망한 정열

이병주는 남로당은 철저하게 실패한 '허망한 정열'이었다고 소설 『지리산』과 『산하』에서 분명하게 선언했다. 공산주의는 이념적으로도 우수하지 않을뿐더러 현실에서도 성공할 수 없다는 것이 그의 신념으로 보인다. 이러한 확신에 바탕하여 남로당의 궤멸과정을 소설로 추적한다. 박헌영을 추종하여 북으로 갔다 탈출한 고향 선배 박갑동의 증언을 토대로 하고 김남식의 저술들과 송남헌과 박진목의 증언을 받아 1987년 『남로당』을 출간한다.[1]

박갑동은 1919년 지리산 자락인 경남 산청군 신등면 단계리에서 지주 집안 출신으로 태어났다. 진주고보를 거쳐 중앙고보 재학 중에 일본 경찰을 구타한 사건에 연루되어 퇴학당한다. 이어 일본 와세다 대학 정경학부를 졸업하고 1945년 5월, 지리산 백무동 규슈제국대학 연습림에서 '독립동지회'를 결성해 반일운동에 나선다. 해방 후 조선공산당에 입당해 기관지인 『해방일보』의 정치부 기자로 활동하다 1946년 박헌영의 월북 후 남로당의 지하 총책으로 암약한다. 한국전쟁 발발 후 북한으로 넘어가 문화선전성 구라파 부장을 지냈으나 1953년 남로당계 대숙청으로 수용소에서 3년을 보낸다. 사형집행 대기 중인 1956년 흐루쇼프의 '스탈린 격하 운동'의 여파로 석방

---

[1] 1985년부터 『월간조선』에 연재하여 1987년 청계연구소 출판국에서 상·하 두 권으로 펴냈다. 2015년 3권(상·중·하)으로 기파랑에서 재출간했다.

되었고, 1957년 베이징·홍콩을 거쳐 일본 도쿄로 탈출했다. 도쿄에 정착한 그는 다양한 문필활동을 통해 반북한 운동에 투신했다.[2]

"박갑동은 공산주의자 14년 선배인 이우적(李友狄, 1905년생, 본명 이응규)을 찾아온다. 이우적에 관해선 필자도 기억하고 있는 것이 있다. 내 나이 8세쯤 되었을 때 엿장수가 우리 집을 찾아와 내 중부 이홍식을 찾았다. 그리고 한 해 여름을 우리 집 산정 뒷방에서 지내고 간 적이 있는데 뒤에 알고 보니 그 사람이 이우적이었다. 해방 직후 중국에서 돌아와 진주에서 이우적을 만나 장시간 얘기할 기회가 있었다."[3]

"그런데 그가 돌연 한국에 나타났다. 그야말로 '오디세이'의 귀환이었다. 게오르규의 『25시』를 몸소 체험한 그에게 나는 비상한 흥미를 느꼈다. 그의 정신적·육체적 편력이 능히 작품 하나를 이룰 수 있을 것이라는 생각도 들었다. 얘기를 나눠보니 그는 남로당의 살아 있는 증인이라고 할 만했다. 소설의 체제와 한계 때문에 부득이 픽션=허정(虛情)이 필요했고 생략 또한 불가피했다. 그러나 나는 이로써 남로당의 생리와 병리를 어느 정도 부각한 것이라고 자부한다."[4]

작품의 도입부에 이병주는 「어느 삽화(挿話)로 된 서장(序章)」을 배치한다.

---

2) 박갑동, 『갈수록 멀어지는 공화국』, 기린원, 1988; 박갑동, 『박헌영: 그 일대기를 통한 현대사의 재조명』, 인간사, 1985; 박갑동, 구윤서 옮김, 『한국전쟁과 김일성』, 바람과물결, 1990; 박갑동, 『통곡의 언덕에서: 남로당 총책 박갑동의 증언』, 서당, 1991; 이철승·박갑동, 『건국 50년 대한민국, 이렇게 세웠다: 이철승·박갑동 좌우 거목의 세기적 대담』, 계명사, 1998.

3) 이병주, 『남로당』 상권, 기파랑, 2015, pp.59-60.

4) 이병주, 『남로당』 하권, 기파랑, 2015, pp.354-355.

"1936년 12월, 지리산 자락의 부호 성진사는 중국의 서안사건(12. 12)을 보도한 신문기사를 읽으며 일본과 중국 사이에 큰 전쟁이 날 것을 예감한다. 동경 유학생인 아들이 공산당 조직에 가담하여 학교 내에 독서회를 조직한다. 일본 경찰이 추적한다. 아들은 아버지도 공산주의도 버릴 수 없다. 잡혀서 동료들의 이름을 팔 수는 없는 일이다. 마침내 자살로 생을 마감한다.

'만석꾼 아들이 뭐 답답해서 공산당을 했을까?'

'만석 재산보다 공산당이 좋은 걸까?'

'도대체 공산당은 어쩌자는 것일까?'

이런 말들이 지리산 언저리에 퍼지게 되면서부터 학교 다니는 아들딸을 가진 근처의 지주들은 어쩌다 그 아들딸들이 공산당 물이 들까봐 전전긍긍했다. 부형들의 걱정엔 아랑곳없이 많은 공산당원, 뒤엔 남로당원으로 불리는 사람들이 그곳에서 배출되어 지리산은 한동안 그들의 소굴이 되었다."[5]

미군정은 일본인 정보관리 사사사키(笹岐勉)에게서 조선공산당에 관련된 정보를 인계받는다.

"조선 공산주의 운동의 두드러진 특색은 무원칙적인 파벌투쟁에 있다. 이 파벌투쟁은 조선 민족의 성격에 기인한 것이다. 그들의 당파적 야망과 사리사욕을 위한 투쟁 결과 많은 청년들을 감옥에 보냈지만 정작 그들이 내거는 대중의 이익을 위해서는 한 일이 없다.

조선공산당은 인내성 있게 지켜만 보고 있으면 내분으로 자멸할 것이 분명하다. 그러면서 그는 덧붙인다. '대체로 그들은 금품에 지극히 약하다. 지나치게 가난한 생활을 했기 때문이다.'"[6]

---

5) 이병주, 『남로당』 상권, p.41.

일본이 군림하던 자리를 미군정이 이어받았다. 공산당을 적으로 규정하고, 그 적에 대처하는 방법도 인계받았다. "조선공산당은 내분으로 자멸할 것이다." 적어도 남로당의 운명에 대해서 일본 정보기관의 예언이 적중한 셈이다.

작가는 작품 속에 성진사의 친구 하영근을 등장시킨다. 이병주 자신의 분신일 것이다.

"박헌영의 죄를 조작한 김일성의 악랄함을 인정하면서도 박헌영이 민족에 끼친 범죄는 김일성이 조작한 것과는 전혀 달리, 역사의 심판을 받아야만 하는 것이다. 처참한 최후가 그 보상이 될까. 역사란 결코 만만한 것이 아니다. 하영근의 말을 다시 한번 인용한다. 역사상 정치집단의 빈번한 부침이 있었지만 남로당처럼 허망한 건 다시 없을 것이다. 박헌영이 미국의 스파이였다고 처단했는데 그것이 사실이었다면 남로당은 일종의 괴기한 만화에 불과하고, 그것이 사실이 아니라면 남로당이 치른 대가가 너무나 엄청나다. 남로당의 역사 10년 동안의 경과는 대한민국에 국한해선 공산주의가 철저하게 실패했다는 증거 자료가 된다. 세상에 그처럼 허망한 일이 있을 수 있는가?"[7]

소설의 마지막에 하영근의 말을 인용한 서장 결구가 되풀이된다.

1987년, 책이 출판되자 서평을 쓴 김선학은 "문학이 때로는 역사보다 진실할 수 있다는 아리스토텔레스의 입장을 상기하게 되며, 현대사 매듭의 소설화에 이병주의 상상력을 넘어야 할 깊은 계곡이 될 수도 있으리라는 파악을 가능케 해준다"라며 상찬한다.[8]

---

6) 위의 책, pp.90-91.
7) 손혜숙, 『이병주 소설의 역사인식 연구』, 중앙대학교, 2011, p.112; 이병주, 『남로당』 하권, p.353.

작가의 사후 22년이 지난 2015년 재출간된 책의 서평이 『조선일보』에 실린다.[9] "역사는 두 번 되풀이된다. 한 번은 비극으로, 그다음은 희극으로"라는 마르크스의 구절을 인용한다.

"그 허망한 일이 지금도 버젓이 벌어지고 있다. 현실을 무시한 채 외부의 '지령'을 받아 사고하고 움직이고 발언하는 사람들을 우리는 지금 목격하고 있다. 1987년에 나왔으니 30년이 다 되어가는 책을 다시 꺼내 읽는 이유다. 같이 읽어도 좋은 책은 박갑동이 김일성의 박해를 피해 북한을 탈출한 뒤에 쓴 『박헌영』과 같은 작가의 소설 『지리산』이다. 『태백산맥』과 같은 사기 역사소설에 대한 답변으로도 의미 있을 것이다."[10]

이병주의 『지리산』을 반공소설로, 조정래의 『태백산맥』을 '사기' 좌경소설로 규정한 것이다. 과연 그렇게 일도양단할 수 있는지 의문이다.

박갑동은 자신이 추종하던 박헌영의 일대기를 썼다.

"나는 1951년 5월 북한에서 박헌영의 초조한 듯한 마지막 모습을 본 일이 있다. 지금도 그 모습이 눈에 선하다. 그가 마지막 사형대에 올라섰을 때, 하나의 인간으로서 무엇을 생각했을까. 만일 형의 집행자가 총부리를 거두고 '마지막 소원이 무엇이냐'고 물었다면 그는 뭐라고 대답했을까. 박헌영의 일생을 생각할 때마다 그런 상상을 해본다."[11]

---

8) 김선학 서평, 『조선일보』, 1987. 11. 6; 이병주, 『남로당』 하권, pp. 367-368 재수록.
9) 김태익, 『조선일보』, 2015. 7. 11. 만물상.
10) 남정욱, 『왜, 지금, 또 남로당인가?』 하권, pp. 356-366.
11) 박갑동, 「서문」, 『박헌영: 그 일대기를 통한 현대사의 재조명』, 인간신서, 1983.

박갑동은 박헌영의 로맨스와 관련하여 주세죽 이외에 현앨리스의 이야기를 담았다. 현앨리스는 구한말 하와이 이민선을 타고 미국으로 이주했던 현순(1880-1968)의 딸로 가족 모두가 반일 독립운동에 투신했고, 제2차 세계대전 후에는 사회주의에 헌신했다. 상해 시절에 알게 된 현앨리스가 박헌영을 좋아해서 북한으로 가서 비서가 된다. 이것이 나중에 박헌영의 간첩혐의가 된다. 현앨리스가 진짜 미국정보기관에 관련되지 않았다는 것은 그녀가 기소되지 않았다는 사실로도 알 수 있다.[12]

이어서 박갑동은 우익의 맹장 이철승과 대담집을 내는 등 적극적인 반북운동을 벌였다.[13]

1988년, 박갑동의 또 다른 회고록 『서울, 평양, 북경, 동경』이 출간된다. 문자 그대로 남북한을 포함한 아시아 3국을 무대로 한 "한국현대사의 살아 있는 증언"이다.[14]

이병주가 발문을 쓴다.

"오디세이는 10년 동안 표랑과 방황 끝에 고향 이타카로 돌아갔다. 박갑동의 방황은 18년 동안이며 어머니와의 재회는 22년 만에 이루어졌다. 시간적 스팬으로 보아 오디세이 스토리의 2배가 넘는다. 그 고액(苦厄)과 모험의 내용에 있어선 오디세이 스토리의 몇 배가 될지 모르는데 부족한 것은 호머의 천재일 뿐이다."[15]

---

12) 박갑동, 위의 책, pp.24-25. 그러나 후일 정병준의 체계적인 연구에 의하면 현엘리스도 기소되었고, 박헌영과 현엘리스는 연인 관계가 아니라 오누이와 같은 사이였을 뿐이었다고 한다. 정병준, 『현엘리스와 그의 시대: 역사에 휩쓸려간 비극의 경계인』, 돌베개, 2015, pp.318-319. 정병준의 이 책은 해방공간에서 경계인의 운명적 비애를 체계적으로 추적한 보기드문 학술 수작이다.

13) 이철승·박갑동, 『대한민국, 이렇게 세웠다』, 계명사, 1998.

14) 박갑동, 『서울, 평양, 북경, 동경』, 기린원, 1988.

15) 박갑동 스토리에 비견할 수 있는 또 하나의 예는 게오르규의 『25시』다. 게오르규의 『25시』의 주인공은 무식하고 순박한 사람이다. 그 주인공이 역사의 톱니바

"박갑동은 내가 쓴 소설 『남로당』의 주인공 모델이다. 그런데 이 책은 『남로당』이 끝난 데서부터 시작되고 있다. 제3자가 묘사하여 미진한 부분을 주인공 스스로가 해명하고 있는 것이다."[16]

1991년, 이병주는 박갑동의 마지막 회고록을 이종호의 이름으로 자신이 경영하던 출판사에서 펴낸다.[17] 저자의 말이 새삼스럽다.

"공산주의만이 민족희망의 길이라고 굳게 믿고 청춘을 바쳐 공산주의 운동에 투신했던 나의 과거는 이제 환상으로 끝나버리고 북한의 1,500만 동포가 오히려 '해방'과는 정반대의 이단적인 공산주의 압제에 신음하는 현실을 바라보아야 하는 아픔을 마주하고 있을 뿐이다. 그 죗값으로 나는 지금 그토록 사랑했던 조국, 조상의 무덤과 옛집이 아직도 그대로 있는 고향 땅에 돌아가지 못하고 이국 땅에서 밤마다 베갯잇을 적시며 통한을 달래고 있다. 그러던 차에 『중앙일보』의 이건희 회장으로부터 회상기를 써달라는 부탁이 왔다. 다시는 돌이키고 싶지 않았던 내 실패한 삶을 이제 와서 쓰라린 기억을 더듬어가며 이 글을 쓰게 된 것은 내가 걸어온 과거를 숨김없이 털어내 보임으로써 대한민국의 젊은이들이 나와 같은 불행한 길을 걷지 않기를 바라는 간절한 마음에서다(1991년 4월 20일 도쿄에서 박갑동)."

그는 해방 직후 한반도의 정당 상황을 이렇게 묘사한다.

퀴에서 어쩌다 잘못 끼어들어 신산을 겪고 구사일생을 얻은 운명의 기록이 바로 『25시』의 스토리다.

16) 박갑동, 『서울, 평양, 북경, 동경』, pp.282-283.

17) 박갑동, 『통곡의 언덕에서: 남로당 총책 박갑동의 증언』, 서당, 1991.

"조선의 부르주아 정당은 일제 치하에서는 결성 기도조차 없었고 해방된 후에도 미군이 진주한 1주일 후에야 결성되었다. 식민지 아래의 부르주아 정치 단체는 대개 진보성과 대중성을 가지는 것이나 우리나라 부르주아 정당은 외군 진주 아래 겨우 결성되었으며 그것도 처음부터 진보 세력에 대항하기 위한 반동으로 나타났다."[18]

"진주를 중심으로 한 서부경남 출신의 해방 이전 파벌이었던 ML파는 거의 다 김일성 쪽으로 넘어갔고 10여 년 젊은 나는 원칙적으로 중앙위원회(박헌영)를 지지했다."[19]

그가 기술한 몇몇 에피소드나 루머는 당시까지는 공개적으로 거론되지 않았던 것이라 진위를 떠나 독자의 비상한 호기심을 끌었다.

"한설야는 남로당 학살뿐만 아니라 연안파, 소련파 숙청에도 가담한 공로로 교육상까지 출세하고 친구의 딸을 비서라는 명목으로 첩으로 삼는 등 온갖 비행을 저지르다 김일성에게 맞아 죽었다."[20]

"김구가 1945년 11월 13일 서울에 도착한 후 제일 먼저 착수하고 성공한 것은 신마적 김두한을 공산당에서 떼어내 자기의 손발로 만든 것이다."[21]

"송진우를 암살한 것은 김구라는 풍문이 돌았다."[22] "김일성은

---

18) 박갑동, 위의 책, p.122.
19) 위의 책, p.224.
20) 위의 책, p.141.
21) 위의 책, p.168.
22) 위의 책, p.179.

1955년 12월 박헌영을 죽이고 난 뒤 갑자기 주체라는 말을 쓰기 시작했다. 박헌영이 없으니 제가 주체라는 것이다."[23)

박갑동은 1977년 박정희 대통령을 단독으로 만났을 때 1949년 5월 5일 강태무(남로당원 강태열의 동생) 소령이 부대를 이끌고 월북한 사건에 대해 이야기를 나누었다.

"'강태무는 정식 남로당원도 아닌데 그리 됐어요' 하니 박 대통령도 고개를 끄덕거리며 '그때 강태무는 아직 어렸어요'라고 했다. 그 말은 정치적으로 어렸다는 의미 같았다. 박 대통령과 강태무는 육사 제2기 동기생이었다. 강태무의 월북사건이 있고 한 달 남짓 후 백범 김구가 암살되었다. 나는 정말 놀랐다. 민족의 대표자라고 할 만한 사람을 암살한 세력은 대체 누구인가."[24)

안영달, 『악령』의 화신

이병주는 자신의 양대 사상소설인 『관부연락선』과 『지리산』에는 물론, 독서 에세이에서조차도 안영달을 철저한 악한으로 그렸다.[25) 도스토옙스키의 『악령』의 현신이 바로 안영달이라고 매도했다. 아마도 안영달은 사람의 인간성에 대해서는 좀체로 극언을 하지 않는 이병주가 철저하게 매도한 거의 유일한 사람일 것이다.

"자전거 두 대가 모두 번쩍번쩍하는 새 자전거였다는 점이 눈을 끌었다기보다는 그 가운데의 한 사람이 안영달이었다는 사실을 확인하고 가슴에 동계를 느꼈다. 안영달은 동식과 같은 부대에 있었던

---

23) 위의 책, p.246.
24) 위의 책, p.288.
25) 이병주, 『동서양 고전탐사』 1권, 생각의나무, 2002, p.111.

학병인데 그때도 철저한 공산주의 사상을 가지고 있었다. 장난삼아 자전거를 타고 돌아다닐 사람은 아니니 필시 무슨 공작을 하기 위해 바쁘게 가는 길일 것이었다."[26]

"안영달은 밀양 안교리(安敎理)의 손자인데 1931년 만주사변이 일어나 대구에 주둔하고 있던 일본군 연대가 출동하기 위해 대구역 앞에 정렬해 있을 때 중학생인 그가 반전 삐라를 뿌렸다 하여 공산당 안에서는 용감하기로 소문이 나 있었다."[27]

안영달은 대구고보 재학 중 좌익서적을 탐독한 독서회 사건으로 퇴학당한 후에 공산주의 활동으로 투옥되었을 때 이승엽을 만나 그의 수족이 된다.[28] 해방 이후에 경찰에 체포된 후 매수되어 김삼용·이주하 등 남로당 거물의 체포에 공을 세운다.[29] 6·25 때 서울에 온 이승엽 일파는 안영달을 경기도 인민위원회 위원장으로 임명한다. 그러나 서대문형무소에서 출감한 좌익들의 입을 통해서 배신한 사실이 밝혀지자 안영달을 남진하는 파르티잔 '임종환 부대'의 정치위원으로 배치시키고 전선에서 살해한다.[30]

안영달의 흔적은 고향에서도 깡그리 사라졌다. 자연스런 멸문지화가 따른 것이다. 70년이 지난 이 시점에 안영달의 어떤 친척도 지인의 후예도 추적할 길이 없다. 오로지 소년 시절에 야산대의 '레포'(연락책)로 암약했던 안재구의 회고록에서나 그의 집안 내력을 짐작할 수 있다.

26) 이병주, 『산하』 2권, 한길사, 2006, p.135.
27) 이병주, 『남로당』 하권, pp.301-302.
28) 위의 책, p.180.
29) 위의 책, pp.301-302.
30) 위의 책, p.277.

"밀양 상동면 상도곡리 남가실에는 조선조 정조 시대에 우리 가문의 지손으로 갈라진 5형제 집안 중 끝에 집안의 한 갈래가 일가를 이루고 살고 있었다. 당시(1948) 연세가 환갑이 좀 넘은, 솔례 할아버지라고 부르는 우리 일가의 할아버지가 사셨다. 그 아들이 일제강점기 시대 한때 노동운동으로 이름을 떨쳤던 안영달이다. 안영달은 8·15 해방 이후 미제의 정보공작원 로빈슨에 고용돼 박헌영·이승엽과 더불어 공화국을 전복하려는 음모 활동을 벌이다가 공화국 당국에 붙잡혀 죽었다. 나는 당시 안영달이 우리 일가로서 유명한 사회주의자로만 알고 존경하고 있었다. 솔례 할아버지도 물론 존경하고 있었다. 나중에 어떤 기록에서 솔례 할아버지도 한때 의열단에 가담해 광복운동을 했다가 일제에 붙잡히자 곧 동지를 배반하고 일제에 전향했다는 사실도 알게 되었다. 하지만 그때는 이러한 사실을 몰랐다. 그래서 1948년 7월부터 8월 초까지 도곡리로 가기 위해 중간에 있는 남가실의 솔례 할아버지 댁을 지나갈 때마다 들러서 할머니의 인정스런 대접을 받았다. 솔례 할아버지, 할머니는 일제 말기에 알곡을 구하기 어려울 때 나의 할머니가 그 일갓집에서 양식을 구해오시기도 하여 지금도 그 고마움을 잊을 수 없다. 아무튼 이들 가족을 생각할 때마다 내 가슴에는 묘한 갈등이 넘실대기도 한다."[31]

해방공간 1945-49: 박진목·송남헌·오기영

박진목(1918-2010)은 경북 의성 출신이나 달성군 남로당 책임자로 일했다.[32] 박진목은 이영근과의 친분으로 이영근이 일본에서 발

---

31) 안재구, 『끝나지 않은 길 2: 찢어진 산하: 통일운동가·수학자 안재구의 어떤 현대사』, 내일을여는책, 2013, pp.255-256.

32) 안재구는 박진목이 달성군에서 자유당 경찰과도 밀접한 관계를 맺는 등 이중첩자 노릇을 한 것으로 의심한다. 안재구, 『끝나지 않은 길 1: 가짜 해방』, 내일을여는책, 2013, pp.449-451.

행하는 일어 일간지『통일일보』의 서울지사장을 맡았다. 인사동 옹색한 건물 2층 박진목의 사무실에 이병주가 진을 쳤다.[33] 이병주는 박진목의 파란 많은 경력을 취재의 보고로 삼아 끊임없이 기록했다가 소설에 적절하게 반영했다.[34]

1983년 박진목의 회고록『민초』의 추천사를 이병주가 쓴다. 그는 앞서『내 조국 내 산하』라는 두툼한 자서전을 냈고 이를 축소한『민초』를 펴낸 것이다.

"라틴어에 에케 호모(Ecce Homo)란 말은 '여기 이 사람을 보라'는 의미다(이병주가 탐독하던 니체의 책 제목이기도 하다). 동주 박진목 형을 볼 때마다 나는 이 말을 연상한다. 그는 어느 모로 보나 성공자도 아니고 승리자는 더구나 아니다. 그럼에도 이 사람을 보라고 하고 싶은 데는 절실한 심정이 있다. 그의 과오 또는 실수까지 합쳐 민족의 애환을 체현하고 있는 것 같은 인간으로서의 그릇과 체취가 그런 매력을 풍긴다. 그는 해방 전후, 6·25 동란 때 줄곧 역사의 현장에 있었다. 항일투쟁 중 옥사한 형(박시목)과 뜻을 같이한 탓으로 갇히는 몸이 되었다. 해방 후는 격동하는 조국의 산하와 더불어 역사의 한복판에 있었다. 동족상쟁에 눈물짓고, 단신 죽음의 땅에 들어가 평화를 모색할 때, 그는 역사의 최전선에 있었다.

그의 정열과 모험이 언제나 좌절로 끝난 것은 비극이지만 하나의 인간을 형성하는 데는 중요한 작용을 했다. 숱한 고난에도 정열과 의욕이 꺾이지 않았고, 거듭된 좌절도 그에게 훈훈한 인간성을 빼앗지

---

33) 이영근은 처음에는 이병주를 아끼다가 그의 방탕한 생활 때문에 절연했다고 한다. "국사(國師)급 인물이 일본에 와서 지도는 못할망정 그렇게 타락한 모습을 보일 수 있느냐"며 의절했다. 남재희,『남재희가 만난 통 큰 사람들』, 리더스하우스, 2014, p.168.

34) 남재희,「민간 통일운동가로 한평생」,『진보열전』, 메디치미디어, 2016, pp.38-55.

못했다. 과오를 뉘우치는 데 그처럼 철저했고 역경을 극복하는 데 그처럼 늠름한 인간은 드물다. 나는 이 글을 읽으며 비상한 감동을 받았다.

우리는 여기서 정열의 의미, 좌절의 의미, 애국의 의미, 정의의 의미와 함께 역사란 무엇인가에 관한 계시를 읽을 수 있다. 참으로 귀중한 것은 인간에 있어 승리란 무엇이냐 하는 문제다. 나는 이 문제에 관한 모색으로 이 글을 음미한다."[35]

박진목은 6·25 전란 중 평양에 가서 이승엽을 만나 정전협정을 논의했다. 일본의 저명한 추리소설가 마츠모도 세이조(松本淸張)가 쓴 『북의 시인』이라는 시인 임화를 대상으로 한 소설에 박진목도 등장한다.

이병주의 『남로당』 집필에 송남헌(1914-2001)도 중요한 도움을 주었다. 그가 쓴 『해방 3년사』는 당시의 정치상황을 가늠할 귀중한 증언이 담겨 있다.[36] 김규식을 수행하여 남북협상에 참여했던 송남헌의 정치적 이상은 사회 민주주의로 볼 수 있다.[37] '혁신' 계열로 지칭되는 사회 민주주의는 이승만의 반공정권이 들어서면서 입지가 위축되었고 박정희 군사정권의 등장과 더불어 모진 박해를 받았으나, 이동화·송남헌·고정훈으로 이어지는 동지의식은 견고했다.[38] 송남헌은 '송남수'란 이름으로 이병주의 소설에 등장한다. 단아한 용모와 훌륭한 인격의 지식인으로 그려져 있다. 남재희도 그를 일러 '깨끗한 선비'로 묘사했다.[39] 이병주의 소설, 『산하』의 구절이다.

35) 박진목, 『민초』, 원음, 1983.
36) 송남헌, 『해방 3년사(1945-48)』 1, 2권, 까치, 1985; 송남헌, 「송남헌이 겪은 해방 3년」, 『정경문화』, 1985. 12, pp.388-397.
37) 심지연, 『송남헌 회고록: 김규식과 함께한 길』, 우사연구회 편, 한울, 2000.
38) 고정훈, 『부르지 못한 노래: 토사』, 홍익출판사, 1966.
39) 송남헌, 「깨끗한 '선비' 혁신정객」, 남재희, 『진보열전』, pp.14-37.

"귀족형이란 이런 사람을 두고 말하는 것일 거란 인상을 받았다. 송남수는 자신의 슬픈 눈으로 주위 사람 모두를 슬프게 할 수 있고, 그 눈을 따뜻하게 뜨기만 하면 주위 사람 모두의 가슴에 훈훈함을 전달할 수 있는 마력을 지닌 사람이기도 했다. 누구나 그 곁에 있으면 마음을 허할 수 있는 부드러움이 서려 있었다."[40]

1954년 봄 제3대 국회의원 선거에서 송남수는 고향에서 출마하여 낙선한다(실제로 송남헌의 실화다).

"우선 송남수의 사진이었다. 넓지도 좁지도 않은 반반한 이마, 알맞게 짙은 눈썹, 서양사람을 닮아 움푹 꺼진 눈두덩과 맑고 슬프게 뜬 눈, 준수하게 솟아 뻗은 코, 의지적으로 다문 입, 뺨에서 턱으로 흐르고 있는 다부진 선. 한마디로 곧은 성격과 깊은 교양이 잘 조화를 이루고 있는 것 같은 귀족적인 얼굴이 초가집의 처마 밑에 붙어 있는 것이다. 그 포스터의 사진으로부터도 송남수의 깊은 고독감이 풍겨 나오고 있었다. 사진 아래엔 기호 셋을 가리키는 작대기 셋이 세로로 그어져 있고 아래엔 '나의 신념'이란 게 쓰여 있었다.

'지금 우리에게 가장 중요한 문제는 국토의 통일, 민족의 통일이다. 통일을 성취하기 위해서 나는 모든 노력을 쏟을 각오다.'

다른 사람은 정견이라고 한 것을 송남수는 신념이라고 했다. 아무튼 이동식은 송남수의 선거 포스터를 보면서 이런 자리에 낄 사람이 아니란 사실을 절실하게 느꼈다. 송남수는 대한민국의 국회의원이 되기엔 너무나 순수한 것이다."[41]

40) 이병주, 『산하』 2권, 한길사, 2006, p.81.
41) 이병주, 『산하』 7권, 한길사, 2006, p.101.

이병주는 자신이 존경하던 송남수(송남헌)가 무식쟁이 정치인 이종문이 사기로 결혼한 품위 있는 차진희와 플라토닉 러브를 나누는 것으로 설정했다.

오기영(1909-62?)의 기록을 보아도 송남헌의 입장이 해방 직후의 많은 중도 지식인 사이에 공유되고 있었음을 알 수 있다.

"우리에게 사상은 두 가지 있으나 조국은 하나뿐이다. 어떠한 사상이거나 그것은 이 하나의 조국을 위하여 건설된 조선인의, 조선 민족의 사상이어야 할 것을 요구한다. 미국을 위하여는 좋은 사상일지라도, 소련을 위하여는 좋은 사상일지라도, 곧장 조선 민족의 사상일 수는 없어야 마땅하다. 더구나 하나는 소련의 세계혁명 정책 이상으로 날뛰는 판이요, 하나는 미국식 이하의 고루한 견해를 고집함에 비극은 더욱 양성(釀成)되고 있다.

내 아버지는 우익에 속한 인물이요, 내 아우는 좌익에 속한 인물이다. 그러나 비통한 심정이거니와 나는 아버지의 가는 길, 아우의 가는 길이 모두 조국의 독립과 번영을 위하여 반드시 유일무이한 똑바른 길이 아닌 것을 알고 있다. 하물며 이 두 가지 길은 모두 조국독립에 통해 있기보다는 미국과 소련에 통해 있음을 간취할 때에 우리가 이 두 가지 사상의 조화에서만 독립과 번영의 가능을 믿는 한, 이들이 가는 길은 더욱더 독립과는 거리가 멀어가고 있음을 슬퍼하는 바이다."[42]

1948년 8월 15일, 해방 3년 후에 오기영이 쓴 「사슬이 풀린 뒤」라는 제목의 글이다.

---

42) 오기영, 「서문: 제2해방을 기다리며 세 번째 맞는 8월 15일에(1948. 8. 15)」, 『동전(東田) 오기영(吳基永) 전집』 2권, 모시는사람들, 2019.

"3년 전의 해방의 감격은 벌써 하나의 묵은 기억이 되어버렸다. 잘 살 수 있는 권리를 가진 사람이 따로 있고 인민은 여전히 호령 밑에서 불행과 무지와 빈곤에 울어야 한다면 이것은 인민의 처지에서 볼 때는 권력 잡은 지배세력이 바뀐 것뿐이지 인민 전체의 불행을 행복으로 바꾼 것은 아닌 것이다. 여기, 뒷날에 정말 해방이 오거든 또 한 번 「사슬이 풀린 뒤」를 써야 할 까닭이 있다."

이 글을 쓰고 난 뒤 그는 북행을 택했다. 그럴 수밖에 없었다. 소련도 미국도 아닌 민족, 골수 좌익도 우익도 아닌 제3의 길을 희구한 그는 남에서도 북에서도 뿌리내릴 공간이 없었다. 마산중학교 학생 강만길은 "뜻있는 교사의 권고로 오기영의 글을 읽고 크게 감동한 기억이 생생하다"라고 회고했다. 당시 중학생들에게는 거의 유일한 독립운동 교재였다.[43]

「삐에로와 국화」

이병주의 말대로 남로당은 현실에서 철저하게 실패한 허망한 열정에 불과했지만, 그 허망한 열정이 산하에 뿌린 검은 재는 오래도록 국민의 삶에 짙은 그림자를 드리웠다. 남로당은 남한에서 절멸했지만, 북로당은 정권을 세웠고 그 정권은 한때 남로당의 무대였던 남녘 땅과 사람을 노리고 있다는 위기의식이 국민의 일상을 지배하고 있었다. 자유 민주주의는 가치의 상대성을 전제로 하기에 이른바 비주류적 사상을 관용한다. 그러나 분단국가, 반공국가 대한민국이 표방하는 '한국적 민주주의'는 사상적 가치의 동질성을 고집한다. 1977년 9월, 작가는 단편 「삐에로와 국화」를 발표한다.[44] 이 작품은

---

43) 강만길 추천사, 「평화통일을 지향하는 민족의 소중한 기록」, 『동전 오기영 전집』 1권, pp.5-8.
44) 이병주, 「삐에로와 국화」, 『한국문학』, 1977년 9월호.

남·북한 어느 체제에서도 보호받지 못하는 비극적 인물들의 운명을 다룬 작품이다.

남파된 여간첩은 전향하여 자수하지만 그 과정에서 그녀에게 호의를 베풀어준 주변 인물들은 반공법상의 불고지죄로 목숨을 잃는다. 자신이 죽어야만 타인을 살릴 수 있는, '평범한 시민을 범죄자로 만드는' 비극적 상황이다.[45] 이런 상황은 '법률에 의한 타살'이라는 소설가의 풍자가 날카롭다.[46] 이병주가 이 작품을 쓴 동기는 그가 "남로당의 정치투쟁에 참여한 바 있고 자기 체험의 전향 논리를 소설을 통해 합리화하고 있다고 쓴 평자의 글로 일어난 일화를 재구성한 것이다"라는 후세인의 해석도 있다.[47] 작품을 읽은 문학 청년 박덕규는 이 작품이 그해 제정된 이상문학상의 후보작에 오르지 못한 사유를 납득하지 못했다고 소급하여 아쉬워했다.[48]

---

45) 김인환, 「천재들의 합창」, 이병주 『그 테러리스트를 위한 만사』, 한길사, 2006, p.335.

46) 음영철, 『이병주 소설의 주체성 연구』, 건국대학교, 2010. 5, p.194.

47) 노현주, 『이병주 소설의 정치의식과 대중성 연구』, 경희대학교, 2012. 8, p.140.

48) 박덕규, 「역사적 필연을 말하는 당당한 풍속: 이병주의 「삐에로와 국화」를 내가 다시 읽는 이유」. 김윤식·김종회 엮음, 『문학과 역사의 경계에 서다』, 바이북스, 2010, pp.20-27.

21. 박정희 정권, 『그해 5월』

'혁명공약'은 사기문서다

"쿠데타일 뿐 혁명이 아니다."

5·16 군사쿠데타로 정권을 잃은 장면(1899-1966)이 남긴 회고록의 핵심 구절이다. 쿠데타로 권력을 장악한 박정희가 『국가와 혁명과 나』(1963)에서 5·16을 '민족주의 혁명'으로 자칭한 데에 대한 때늦은 반론이기도 하다.[1] 장면은 「내가 당한 5·16」 부분에서 나세르의 이집트혁명이나 카스트로의 쿠바혁명과 5·16의 차이를 강조했다. 그러나 이는 궁색한 '패자의 변'일 뿐이다. 장면에 대한 이병주의 평가는 냉혹하다. "국민으로부터 수권받은 정권을 총칼 앞에 내놓을 수 없다고 버티고 칠레의 아옌데 대통령처럼 죽었어야 옳았다. 그러지 못한 것은 천주님의 뜻을 받들었기 때문인지도 모른다."[2]

이병주의 5권 분량의 소설 『그해 5월』은 한마디로 박정희 정권 18년에 대한 정치적 단죄를 위해 쓴 것이다. 역사 드라마 속에 자신에게 내린 부당한 재판의 판결문을 전제하는 등 시종일관 박정희에 대한 개인적 원한을 감추지 않았다. 몇몇 장면에서는 이병주의 정치적 소신과 함께, 그 소신을 지켜나가는 데 수반된 인간적 고뇌를 감지할 수 있다.

---

1) 장면, 『한알의 밀이 죽지 않고는: 장면 박사 회고록』, 운석기념회 편저, 가톨릭출판사, 1999; 이병주, 『대통령들의 초상』, 서당, 1991, pp.119-133.
2) 이병주, 위의 책, pp.162-167.

"5·16 혁명공약은 사기문서다."

이병주의 단언이다.

"반공을 국시의 제1의로 삼고 지금까지 형식적인 구호에만 그친 반공태세를 재정비 강화한다."

혁명공약 첫 구절의 논리적 허구성을 그는 이렇게 반박한다.

"국시란 그것 없이 존립할 수 없는 근본적인 바탕, 이에 따른 이념을 말한다. 반공 말고도 우리가 할 일이 많다. 세계에 으뜸가는 문화국가 또는 복지국가를 만들어보겠다는 의욕을 가질 수도 있다. 이 대목에서 공산주의에 대한 강박관념이 깔려 있음을 간파할 수 있다. 공산 침략에 시달린 것도 사실이고, 현재도 그 위협 때문에 골치를 앓고 있는 것도 사실이지만 반공을 국시로 해야 할 만큼 한국은 형편없는 나라가 아니다. 이승만 영도하의 자유당 체제는 철두철미한 반공체제였다. 지나칠 정도의 반공체제여서 민주주의의 맹아를 짓밟아버리는 폐단을 빚기까지 했다. 이 폐단을 감안하여 민주당 정부는 반공체제를 유지하되 민주주의의 육성과 궤를 같이하려고 노력한 흔적이 역력하다. 요컨대 종래의 반공이 형식적이고 구호에만 그친 것이 아니다. 한국의 지나칠 정도의 반공 때문에 국내외 여론이 그다지 좋지 못하다. 그런데도 5·16 쿠데타 당사자들은 그것이 부족한 것으로 보았다. 온전한 혁신사상을 가진 자까지도 모조리 공산당으로 몰아 히틀러의 나치식으로 처단해버리지 않으면 직성이 풀리지 않는다는 태도다."[3]

"사회주의를 신봉하는 혁신파 가운데 압도적으로 비공산주의자

---

3) 위의 책, pp.134-136.

가 많다. 스칸디나비아의 사회당을 비롯하여 영국의 노동당, 프랑스의 사회당, 독일 사회당의 주류는 반마르크스·반공산주의자다. 박정희의 뜻대로 이런 부류까지 '간첩 침략'이란 낙인을 찍어 처단해야 한다면 이 나라에 정치발전의 길을 폐쇄하는 것이고, 그렇게 하여 결국 공산주의자들을 이롭게 하는 결과를 초래할 뿐이다. 광신적 공산주의가 공산주의에 해독을 끼치듯 광신적 반공은 반공에 해롭다. 참된 의미의 반공은 공산주의 이론에 대한 반대와 병행해서 공산주의자가 쓰는 방법에 대한 반대라야 한다. 자기들과 사상을 같이하지 않는 사람이면 무조건 적으로 보고 수단 방법을 가리지 않고 체포 구금해선 혹독한 고문을 가하는 따위가 공산주의 수법이다. 이런 수법에 대한 반대가 곧 반공의 명분이 되어야 하는 것인데, 5·16 쿠데타 당사자들은 자신들이 반대하는 공산주의자 수법을 사용하는 자가당착을 범한다."[4]

이병주는 1985년 5월, 언론 기고문에서도 혁명공약은 처음부터 기만이었다고 선언하고 조목조목 짚어가며 논증한다.[5] 이렇게 기만으로 출발한 박정희 정권이기에 비극으로 종결될 수밖에 없는 운명이었다고 단언한다.

"박정희 정권은 인계될 수 없는 정권이다. 원래 쿠데타로 찬탈한 정권은 다른 쿠데타 또는 이와 유사한 사태의 압력이 없이는 인계되지 못할 성격을 갖고 있다. 권력을 이양하자마자 그 순간부터 국가변란을 일으킨 죄로 어느 때, 어느 곳, 어떤 세력으로부터 소추를 당할지 모르는 불안 속에 놓이게 될 것이기 때문이다. 이런 것을 모를 리

4) 위의 책, p.137.
5) 이병주, 「5·16 혁명공약(空約): 후세 사학가를 위한 메모」, 『월간 조선』, 1985. 5, pp.484-499.

없는 박정희는 당초부터 정권을 (평화롭게) 이양할 의사가 전혀 없었는지 모른다. 게다가 무리하게 시작한 일을 무리하게 보전하는 따위를 되풀이하여 정권을 이양할 수 없는 처지로 만들어나갔다."[6)

신비의 인물 프레드릭 조스

이병주는 한국의 정치상황을 객관적인 시각에서 진단하기 위해 프레드릭 조스라는 인물을 자주 등장시킨다. 4·19 직후부터 박정희 시대에 걸쳐 조스는 이병주가 위기에 처했을 때 위안을 건네곤 한다. 1985년의 글에서 이병주는 조스를 회상한다.

"내 친구 중에 프레드릭 조스라는 영국인 기자가 있었습니다. 수년 전 홍콩의 힐튼호텔에서 비극적 죽음을 맞은 이 친구를 나는 지금도 깊은 경애의 감정으로 추억하곤 합니다. 이 친구의 말인즉 '한국 여성은 훌륭하다. 거리에서 본 여성, 화류계 여성을 통해서밖에 관찰할 기회가 없었지만 한국 여성은 세계의 일류다. 그에 비하면 남성은 보잘것없다'고 했습니다."[7)

"1963년 11월 말, 내가 감옥에서 풀려났다는 소식을 듣고 런던에서 날아왔다는 영국인 기자 프레드릭 조스는 영역으로 된 '혁명공약'을 들여다보고 있더니 '한 조각 양심은커녕 최소한의 성실도 없는 자들이 꾸며낸 사기문서라는 판단을 내렸다. 조스는 4·19 직후 처음으로 한국에 와서 단시일에 한국의 정국을 마스터해서 우리를 놀라게 한 기막힌 신문기자다. 그는 한국의 정치인으로선 특히 서민호(1903-74) 씨를 좋아했다(2, 5, 6, 7대 국회의원, 민주사회당 최고

6) 이병주, 『대통령들의 초상』, p.140.
7) 이병주, 『생각을 가다듬고』, 정암, 1985, p.207.

위원). 민정당 국회의원을 지낸 박권흠(1932-) 씨[8]가 신문기자로 있을 때 두터운 교분을 나눈 사람이기도 하다. 그는 이미 고인이다. 요즘의 한국을 그가 보지 못하게 된 것이 한스럽다."[9]

1963년 10월 17일 대통령선거에서 박정희가 윤보선을 15만 표 차로 누르고 당선된다. 조스는 "한국민은 위대하다"라고 평가한다. 결국 쿠데타를 승인한 결과인데 뭣이 위대하냐는 반문에 대해 그는 이렇게 답한다.

"박정희 후보에 대한 반대표가 70만 표 더 많았다. 윤보선의 패배는 한국민의 패배가 아니다. 박정희의 당선은 한국을 위해 잘된 일이다. 만약 그가 낙선했더라면 부하들이 악착같이 무슨 수를 쓰더라도 혼란 상황을 만들어 집권했을 것이다. 박정희는 대통령으로서 실패해야 하고, 실패하게 되어 있다. 그렇게 해야만 한국에서 쿠데타의 악순환을 방지할 수 있다."[10]

---

8) 박권흠은 1960년 4·19 당시 『민주신보』 취재부장이었고, 1961년 5·16 군사쿠데타로 자진 폐간하면서 『국제신보』 정치부 차장으로 옮겨 1962년 12월 국가재건최고회의 출입기자로 서울로 옮겼다. 1964년 『국제신보』 정치부장이 되고 당시 야당 김영삼 의원의 스피치 라이터로 출발해서 정계에 입문해 3선의원을 지냈다. 10대(1978) 신민당으로 출발해 11대(1981), 12대(1985)는 민정당 후보로 당선되었다. 박권흠, 『YS와 나 그리고 차』, 이른아침, 2011; 『백세시대와 차: 우사 박권흠의 미수 기념문집』, 이른아침, 2019.

9) 이병주, 『생각을 가다듬고』, p.207. 필자는 2020년 5월 13일 오후, 서울 경운동 소재 '한국다인연합회'의 널찍한 사무실에서 박권흠의 이야기를 들었다. 고령에도 불구하고 정확한 기억력과 왕성한 건강을 과시하며 여러 사안에 대해 확신에 찬 증언을 해주었다. 그는 자신이 프레드릭 조스를 직접 만난 적은 없으나, 이병주에게서 여러 차례 이야기를 들었다고 했다. 아무튼 조스는 영국 정보기관과 연관된 것으로 추정되는 신비의 인물로 조스는 가명일 가능성도 있다.

10) 이병주, 『대통령들의 초상』, p.151.

이종호도 다음과 같이 증언했다. 1975년 7월 9일 사회안전법이 제정된 직후의 일이다. "무교동의 한 대폿집에서 영국 기자 프레드릭 조스와 함께 만난 일은 아직도 어제 일처럼 생생하게 기억하고 있다. 너무나 충격적인 일이어서 그런지도 모른다.[11]

이병주가 『그해 5월』에 쓴 대로라면 조스는 스페인 내전(1936-39) 때 인민전선의 국제여단에 직접 참여한 낭만성 짙은 인물이었다. "내가 프랑코군에 붙들려 정신이상을 일으킬 정도로 고문을 받게 된 원인이 달이다. 그래서 나는 달을 원망해."[12]

이병주는 조스가 제안한 '외국망명'을 거절하고 '국내망명'의 길을 선택한다.

"나는 이 나라를 떠날 수가 없다. 억울하면 억울한 대로 민족의 가슴팍에 무언가를 새겨놓지 못하고서야 어떻게 이 나라를 떠날 수 있겠는가. 이곳은 나의 조국이다. 나는 조국에서 동포와 같이 살면서 무언가 이 민족에 보탬이 되는 일을 해야만 하겠다. 그게 안 되면 민족의 가슴팍에 못이라도 박아야 하겠다."

"잊을 수 있는 데까진 잊어야지. 나는 1961년 5월 16일부터 1963년 12월 17일의 제3공화국 출범까지를 괄호 안에 묶어 캐비닛 속에 집어넣고 자물쇠를 채워버릴 작정이다. 내 인생이 형무소 안에서 괄호 속에 묶인 것처럼. 그러고는 먼 훗날 그 괄호를 풀어볼 참이

---

11) "한때 『더 타임스』지 기자였던 조스는 당시 프리랜서로 세계를 주름잡고 다니던 초로의 사나이다."이종호, 「선생님과 보낸 마지막 한 달」, 이병주, 『세우지 않은 비명』, 서당, 1992, pp.12-13. 이종호의 증언을 보면 실제 인물임에 틀림없다. 그러나 『더 타임스』의 역대 기자나 기고자 명단, 그리고 영국 언론인 대관에서 비슷한 스펠링의 이름을 검색해도 나타나지 않는다. 가명일 수도 있고, 어쩌면 세계를 무대로 삼는 이상주의자 프리랜서 언론인이라는 이병주 자신의 소망이 투영된 가상의 인물일지도 모른다는 생각마저 든다.

12) 이병주, 『그해 5월』 3권, 한길사, 2006, p.256.

다."[13]

"나는 한동안 철저하게 도피하고 싶어. 이를테면 국내에서 망명하는 거다. 그리고 열심히 자료를 수집해선 묶어두었던 괄호를 푸는 거다. 5·16의 의미를 철저하게 밝혀 민족의 가슴팍에 못 박는 거지. 다신 그런 불행이 있을 수 없도록 말이다."[14]

"소설을 쓰도록 하는 것이 좋을 거야. 소설은 깨어 있기 때문에도 필요하고 도피의 성을 만들기 위해서도 필요한 거야."[15]

이병주가 조스의 지기로 언급한 박권흠은 언론인 출신으로 김영삼의 대변인으로 활약했다. 그러던 그가 신군부가 집권한 후에 민정당 발기인 15인 중 1인이 된 사연을 털어놓았다. 1980년 5월, 가택연금 상태에서 정계은퇴를 결심한 YS가 권유한 것이라고 했다. "지금 이 판에 여야가 어디 따로 있나? 자네는 젊으니까 정치를 해야지. 가게나." 그리하여 민정당의 창당을 준비하던 권정달을 통해 '참신한 인물'로 영입되어 두 차례 국회의원을 역임했다. 그는 "전두환은 그릇이 큰 정치가다. 삼봉 정도전에 비유할 만한 인물이다. 그러니 이병주가 좋아할 충분한 이유가 있다"라고 힘주어 말했으며 윤길중·김정례(윤보선 추천) 등을 끌어안은 예를 들었다. 박권흠은 1965-67년경 『국제신보』 정치부장(서울 주재)으로 근무했다. 그 당시 중앙정보부가 이병주를 포섭하려 애썼다고 한다. 중앙정보부는 마르크스의 『자본론』을 번역했고, (이병두의 주선으로) 이병주는 타자수를 옆에 두고 책을 읽으면서 즉시 번역했다. 박권흠 자신이 직접 현장을 목격했다고 했다.[16]

---

13) 위의 책, pp.242-244.
14) 위의 책, p.244.
15) 위의 책, p.246.
16) 일본어판인지 영어판인지 기억이 분명하지 않으나 전자일 가능성이 높다. 마르크

레이몽 아롱

언론인 출신 인기작가라는 이점 때문인지, 이병주는 외국의 석학들과 자주 대담할 기회를 가진다. 1967년 6월 말, 이병주는 한국을 찾은 프랑스의 지식인 레이몽 아롱(Raymond Aron, 1905-83)을 만난다.[17] 전후 프랑스 지식인 사회에서 흔히 좌파의 대표는 사르트르, 중도 우파의 대표는 레이몽 아롱을 든다. 아롱은 끝내 전향을 거부한 마르크스주의자 장 폴 사르트르와 시몬 드 보부아르의 지적 적수로 유명하다. 후일 아롱은 미셸 푸코와 논쟁하기도 했다.

아롱은 1955년 『지식인의 아편』(L'Opium des Intellectuels)이라는 저작에서 공산주의를 '세속화된 종교'(religion éculière)로 정의했다. 책 제목은 마르크스의 '종교는 인민의 아편이다'라는 문구를 패러디한 것이다. 그는 공산주의는 지식인 중에서도 자격지심(mauvaise conscience)이 많은 사람을 잘 '유혹'(séduction)한다고 주장했다. 전후 프랑스 지식인들이 자본주의와 민주주의에 대해서는 심한 비판을 가하는 반면 마르크스주의자들이 저지른 억압·학살·비관용에 대해서는 방어에 급급하다며 강하게 비판하여 많은 동조자를 이끌어냈다.

"조선호텔 1실에서 프랑스의 세계적 석학 레이몽 아롱과 환담한 밤을 회상한다. 정확한 날짜는 모르나 모하메드 알리를 둘러싸고 여자 탤런트, 여자 가수들이 추태에 가까운 광적 환영을 벌이고 있는 텔레비전 화면을 레이몽 아롱과 같이 보고 있었던 것은 확실하다. 잡

스의 『자본론』이 일부나마 국내에 정식으로 번역 출판된 것은 1987년 이후이고 완역본이 출판된 것은 1989년의 일이다. 서울대 교수 김수행(1942-2015)이 역자다. 『자본론: 정치경제학 비판』, 비봉출판사, 1989-90. 2015년에 개역판이 역자가 타계하기 직전에 출간되었다. 이전에는 서울의 청계천이나 부산의 보수동 고서점에서 은밀하게 유통되던 일본어판이 '텍스트'였다.

17) 그러나 이를 보도한 언론기사는 보이지 않는다.

지『정경문화』의 주간 안인학 군이 동석해 있지 않았나 싶지만 기억이 희미하다. 탤런트들이 설치는 꼴이 아롱 보기에 민망해서 TV를 끄고 변명 비슷한 말을 했다. 아롱이 조용수 군의 얘기를 끄집어 냈다. 그 일을 어떻게 아느냐고 내가 묻자 10여 년 전에 자신도 석방청원서에 서명한 적이 있다고 했다.”[18]

아롱은 자신은 사르트르와 친하지만 다르다고 했다.

“사르트르는 천재요. 나는 반(反)천재이고. 천재는 독창적이오. 그런 만큼 건전한 사상의 소유자일 수가 없지. 천재의 사상을 약이 되게끔 복용하려면 물을 타야 하오. 그냥 마시면 독이 되니까.”[19] 이어 아롱은 사르트르와 드골의 관계를 설명하고 두 사람의 불화는 두 사람에게 모두 손해였다고 말한다. 그리고 역사의 심판에서 사르트르가 패자일 것이라고 단언한다. 이병주는 아롱의 드골 사랑에 질투심을 느낀다. “자기 나라 대통령을 사랑하고 자랑할 수 있는 것이 얼마나 행복한 일인가.”[20]

조용수의 사형

1961년 12월 21일『민족일보』사장 조용수가 강제로 세상과 작별당한다. 조용수는 이병주가 아끼는 젊은이였다. 그가 사형당하는 날, 이병주는 서대문형무소에 있었다고 한다. 그래서 그런지 이병주가 묘사한 조용수의 사형 장면은 “형장문학의 일품으로 우리 문학사에 보기 드문 감동 중 하나다.”[21]

---

18) 이병주,『대통령들의 초상』, pp.171.
19) 위의 책, p.171.
20) 위의 책, p.172.
21) 임헌영,『한국소설, 정치를 통매하다』, 역사비평사, 2020, p.289.

"보다 착하고, 보다 아름답고, 보다 슬기로운 것만을 추구하려고 훈련된 그 눈과 귀는 이제 침묵한 시간 속에 자기의 발자국 소리밖엔 들을 수가 없고 허허한 하늘에 순간을 보았을 뿐이다. 조용수는 벚나무가 있는 곳에 오자 형무관이 힘을 가하기에 앞서 방향을 소로 쪽으로 돌렸다. 그리고 순간 그 벚나무에 시선을 보냈다. 이 세상에서 하직할 수 있는 가장 가까운 것이 바로 너로구나, 하는 눈빛이었을지 모른다. 조용수는 자세를 바로 하고 푸른 문을 향해 침착하게 걸었다.

반쯤은 그늘이 덮은 형무소의 뜰이 있었다. 모든 창문이 닫혀버린 옥사가 무인(無人)의 집처럼 침묵하고 있었다. 조용수는 하늘을 보았다. 허허한 겨울 빛깔의 하늘, 저 하늘 아래 이루어지고 있는 이 참극은 쓸데없는 노릇이 아닐까. 그 쓸데없는 노릇에서 왜 나만이 그 주인공이 되어야 하는가. 그 대답을 얻기에 앞서 푸른 문이 열렸다. 페인트가 퇴색하여 군데군데 벗겨지기도 한, 초라하기 짝이 없으면서 결정적인 의미를 가지고 있는 문.

그 문 안으로 조용수는 들어섰다. 다시는 이 세상에서 볼 수도 없는 조용수의 등이 그 문 속으로 사라졌다. 문이 닫혔다. 다시 시간은 침묵하고 공간은 진공으로 변했다.

조용수의 사형이 끝난 것은 하오 4시 24분."[22]

도스토옙스키는 마지막 순간에 집행을 면제받았다고 한다. 그러나 조용수에게 기적은 나타나지 않았다. 향년 32세.

박정희, 반면교사의 인물

이병주는 박정희를 다음과 같이 평가했다.

---

22) 이병주, 『그해 5월』 2권, pp.60-65.

"그는 만군, 일군, 국군, 세 나라의 군인으로서 세 나라에 충성을 맹세한 셈이다. 그런데 그것도 모자라 공산당에 충성을 하다가 여순 반란사건에 휘말려 숙군의 대상이 되었다. 그러자 그는 국군 내의 좌익분자, 미국의 기록에 의하면 300여 명 이상을 밀고했다. 그 덕분에 처형을 모면하고 대한민국의 장군이 되었다."[23]

『그해 5월』에서 박정희에 관한 이사마의 메모를 읽고 성유정이 말한다.

"그는 결코 성공자가 아니다. 쿠데타를 일으킨 보상을 받지 못하고 죽었다. 그는 불쌍한 사람이다. 걸맞지 않은 야심에 사로잡혀 그릇도 아닌 사람이 그 자리를 지키려고 했으니 얼마나 고달팠겠는가. 추종자들은 오뉴월 얼음 녹듯 사라질 것이고. 500년 후쯤의 역사책에서 그는 어떻게 기록될까? 고려조의 정중부가 차지한 정도의 스페이스를 차지할 수 있을까?"[24]

"뭐니 뭐니 해도 박정희는 반면교사(反面敎師)적 의미를 가진 사람이다. 우리는 그를 통해 정치의 실상이란 것을 극채색적(極彩色的)으로 알았고 권력이란 것의 추악한 내면도 알게 되었다. 그러나 저러나 동시대인으로서 엎드러진 놈 뒤꼭지치는 짓은 말자. 시신에 매질하는 건 우리의 자존심을 상하게 하는 일이다. 살아 있을 땐 꿈쩍도 못 하다가 죽었다고 해서 덤벼드는 것은 군자의 체면이 아니지 않은가. 인생도 역사도 허망한 것이다."[25]

---

23) 이병주, 『대통령들의 초상』, p.175.
24) 이병주, 『그해 5월』, 6권, p.282.
25) 이병주, 『대통령들의 초상』, p.177.

그렇다. 허망하다.

"내가 우연히 볼 수 있었던 이낙선 씨의 기록에 따르면 박정희의 아버지 박성빈 씨는 의병 토벌에 앞장선 경력의 소유자라고 되어 있었다."[26] 한말에 의병을 토벌한 주력은 두말할 나위 없이 일본군이다. 박성빈 씨는 결코 범상한 농부가 아니었던 것이다.

이러한 사실에다 그의 참담한 최후를 활사(活寫)하면 스토리를 슬픈 빛깔로 물들일 수도 있다. 로마의 원로원과 궁정동의 밀실은 규모에 있어 비교될 수 없지만, 셰익스피어의 제자가 나타나면 박정희의 최후를 카이사르의 최후에 견줄 수가 있으리라. 브루터스의 배역까지 준비되어 있지 않은가. 어쩌면 김재규로 하여금 브루터스의 웅변을 모방시킬 수도 있을 것이다. "나는 박정희를 사랑했다. 그러나 보다 한국을 더 사랑한다."[27]

이병주는 "자유 민주주의의 회복을 위해, 야수의 심정으로 유신의 심장을 향해 총을 쏘았다"는 김재규의 최후진술에 대해 깊은 신뢰를 주는 듯했다. 그는 박정희 정부의 경제적 성과를 인정하면서도 과대평가를 거부한다.

"이와는 대조적으로 경제정책에 대한 집념은 있었다. 비록 성공의 결실은 전두환 치하 5년 후에 보았다고 하지만 이러한 세를 만든 근원은 박정희에게 있었다는 것은 인정해야 할 것 같다. 그러나 이러한 공이 그의 쿠데타를 정당화할 수 있는 계기가 되는 것일까."[28]

26) 이병주, 『대통령들의 초상』, p.117. 이낙선은 기록을 정식으로 출판하지 않고 1989년 세상을 떠났다. 이병주의 말대로 조서(早逝)했다. 이후락의 경우만큼 그의 침묵이 아쉽다.
27) 위의 책, p.86.
28) 위의 책, pp.160-161.

쿠데타로 집권하여 18년 동안 철권통치를 편 박정희에 대한 이병주의 최종평가는 철저한 단죄 그 자체였다.

"박정희는 공과 과로서 따질 문제의 대상이 아니다. 문제로 해야 할 것은 "박정희에 있어서의 죄(罪)와 벌(罰)이다."[29]

1975년 사회안전법

억울한 옥살이에서 가까스로 석방되어, 조심스럽게 나름대로 자유롭고 양심적인 지식인 소설가의 길을 걷고자 했던 이병주에게 엄청난 위기가 닥친다. 다시 감옥신세를 질지도 모른다는 공포감이 엄습했다. 박정희의 최측근이었다가 1964년 11월 뜻밖의 필화사건으로 반공법 전과자 신세로 전락한 황용주도 이때의 참담하게 불안한 심경을 일기장에 적었다.[30]

1975년 5월 13일 긴급조치 제9호가 선포되고 7월 16일 사회안전법이 제정된다. 특정범죄를 다시 범할 위험성을 예방하는 한편, 사회복귀의 전제로 교화가 필요한 인물에 대해 보안 처분을 부과함으로써 국법질서와 사회 안전을 도모한다는 명분이었다.[31] 근대형법의 대원칙인 죄형법정주의를 정면으로 위반하는 조치다. 법원의 판결이 아닌 '보안처분'은 검사의 청구에 의해 법무부장관이 보안처분 심의위원회의 의결을 거쳐 결정하며, 2년 단위로 무제한 경신할 수 있다.

이 법의 숨은 목적은 정권에 의해 사상범 또는 공안사범으로 규정

---

29) 위의 책, p.190.

30) 안경환, 『황용주: 박정희와 그의 시대』, 까치, 2013, pp.474-475; 안경환, 「격동기 지식인의 삶: 이병주와 황용주」, 김종회 외, 『하동이 사랑한 문인들』, 미디어줌, 2021, pp.140-142.

31) 이 법은 국가보안법과 함께 국제인권법률가들의 지속적인 비판을 받아왔던 것으로 1989년 3월 폐지되어 내용을 완화한 '보안관찰법'으로 대체되었다.

된 사람들이 형기를 마치고도 사회에 복귀하는 것을 원천적으로 봉쇄하는 데 있었다. 법의 적용 범위는 국가보안법과 반공법 위반자, 기타 유사 법률에 의해 형기를 마친 사람들이었는데, 즉 1961년 '특수범죄의 처벌에 관한 특별법 제6조' 바로 그 법조문에 의해 이병주가 혁명재판에 걸려든 것이다.[32]

1992년 4월 이병주가 세상을 떠난 직후에 그의 측근이었던 이종호가 회고하는 1975년 7월의 상황이다.

"그날따라 그분(이병주)의 안색이 좋지 못했다. 나와 조스는 처음엔 술병이 나서 며칠 못 나온 줄로만 알았다. 그러나 그게 아니었다. '잠이 오지 않는 날 밤엔 나 자신이 무서워지더군.'

나와 조스는 깜짝 놀랐다. '자신이 무서워진다'는 말을 자살 충동으로 들었기 때문이다. 그분이 피눈물을 흘리면서 대하소설 『그해 5월』을 구상하고 있을 때였다. 조스는 당장 영국으로 정치 망명하라고 권했다. 그러면서 그는 홍콩까지의 밀선이나 영국망명자협회의 일은 자기가 맡겠다고 나서기도 했다. 아마 그때 그분에게 『그해 5월』을 남기겠다는 사마천과 같은 집념이 없었더라면 조금도 망설이지 않고 떠났을 것이다."[33]

이병주 자신의 소회다.

"소급법인 특별법 6조에 걸린 애매한 사람들도 있다. 내가 잘 아는 사람 하나는 6·25 때 부역했다는 혐의를 받고 20년 징역살이를 하고 겨우 출감했는데 이 법 때문에 다시 수감되었다. 그는 하도 억울

---

32) 이병주, 『그해 5월』 6권, p.204.
33) 이병주, 『세우지 않은 비명』, 서당, 1992, pp.12-13; 이종호, 「선생님과 보낸 마지막 한 달」.

하게 고초를 당해 얼음장처럼 얼어붙었던 마음을 겨우 녹여 대한민국의 국민으로 적응하려던 찰나 그 꼴을 당한 것이다. 그런 사람들을 위해 소설을 썼다."[34]

그 소설이 바로 「내 마음은 돌이 아니다」이다. 황석영이 이병주의 대표적 단편으로 선정한 이유도 바로 여기에 있다.

이병주가 전향했다는 리영희의 탄식

한때 이병주와 돈독한 우의를 나누었던 리영희는 임헌영과 나눈 대담에서 이병주가 사회안전법을 계기로 박정희 정권의 비판자에서 조력자로 '전향'했다며 개탄했다.

"이병주는 애석하게도 1975년에 발동한 군사정권의 악법 중 하나인 '사회안전법'에 해당돼서 전향서를 공표하느냐, 안 하고 청송 감호소에 수감되느냐의 기로에 서게 됐어. 해방 후 좌익계와 혁신계 진보세력에 속했던 모든 인사들이 이 사회안전법에 적용되었지. 박정희 정권은 이들을 제거하기 위해서 사회안전법을 제정하여 사상 전향을 공개적으로 발표하든가, 아니면 청송에 새로 만든 감호소에서 평생을 썩거나 둘 중의 하나를 택하게 한 거예요. 물론 대부분이 전자를 택했지. 그래서 1975년과 이듬해쯤에 걸쳐서 국내 신문들은 '본인은 무지의 탓으로 남로당(또는 무슨 당 또는 무슨 단체)에 가입하여 국가와 사회에 해악을 끼쳤고, 경거망동했던 행위를 충심으로 반성하고 철저한 자기비판을 거쳐서 대한민국의 충실한 국민으로 탈바꿈하고자 그 뜻을 공표합니다'라는 따위의 글이 매일같이 게재되어 사람들의 시선을 끌었어요. 이병주는 그 집안에 중앙정보부 차

34) 이병주, 『대통령들의 초상』, 서당, 1991, p.160.

장이라는 유력인사가 있었고, 그 자신이 유명한 분이었기 때문에 이런 종류의 사상전향서를 신문에 공표하는 대신 『중앙일보』에 유럽 기행문을 쓰면서 그 속에 반공주의 사상을 담아냈지.

나는 그렇게 친하게 지냈고 많은 문화적 영향을 나에게 미쳤을 뿐만 아니라 현대적 시대정신에 앞장섰던 그가 그런 사상전향식 글을 계속 발표하는 것을 읽으면서 마음이 아프고 참으로 착잡해졌어요. 한 지식인의 양심과 신념이 포악한 권력에 의해서 유린되어야 하는 반문명적 · 반인간적 참상과 얼마 동안 계속될지 예측할 수 없는 반공 · 파쇼 체제의 감방생활을 감수하기도 어려운 기로에 선 한 지식인의 처지가 마치 나 자신의 일일 수도 있다는 생각 때문에 못 견디게 서러웠어. 이것이야말로 사르트르의 실존주의적 선택의 고통이지. 이런 권력의 폭압과 상황의 분기점에 직면했을 때, 자신의 사상적 자기 충실을 택해야 하는 것을 보고, 한때 내가 심취했던 사르트르의 이른바 '자유는 형벌이다'라는 명제가 처음으로 실감나게 와닿더구먼."[35]

그러나 조영일은 이병주가 전향했다는 리영희의 주장은 시기적으로 맞지 않고 주장의 근거도 취약하다고 평가한다.[36] 이병주가 그해 8월 『신동아』에 기고한 글에는 '전향'의 징표는 찾아볼 수 없고 오히려 정부가 주도하는 관제 반공의 허구를 지적하는 데 초점이 맞추어져 있었다.

"우리가 훌륭한 반공문학을 가질 수 없는 이유 가운데 하나는 이 나라에선 너무나 안이하게 반공투사가 될 수 있는 사정에 있기도 하

35) 리영희 · 임헌영, 『대화』, 한길사, 2005, pp.387-389.
36) 조영일, 「이병주는 그때 전향을 한 것일까: 리영희가 기억하는 이병주에 대하여」, 『황해문화』 80호, 2013 가을, pp.292-302.

다. 반공이 곧 직업이 될 수 있고 훈장을 받을 수 있는 나라의 사정이 참된 반공문학의 성립을 저해하고 있다는 점을 주목해야 한다."[37]

　박정희가 죽고, 긴급조치가 효력을 잃은 뒤 이병주는 이러한 자신의 소신을 더욱 분명하게 밝혔다.

"공산주의를 비판하려면 공산당을 용인하는 나라에서도 통용될 수 있는 이론적인 수준을 갖추어야 한다. 그렇지 못할 때 하나마나한 소리만 열거한 것일 경우, 관권에 아부하여 편승한 사이비 지식인 또는 부화뇌동하여 호신책에만 급급한 소인배의 잡설로 취급되고 말 것이기 때문이다. 그러니까 어설프게 공산주의를 비판했다간 설득력을 갖지 못한 채 지식인으로서의 또는 언론인으로서의 품위만 상하고 만다. 지식인이 곤혹을 느끼는 첫째 이유가 여기에 있다."[38]

　후일 이병주는 『그해 5월』에서 사회안전법이 시행될 즈음 자신이 취한 행동을 상세하게 기록하여 변명으로 삼았다.

"이사마는 사회안전법을 무시함으로써 나름대로 자세를 취할 각오를 다짐했다. 그리곤 이튿날부터 비슷한 처지에 놓인 친구들을 찾아다니며 동지들을 결속할 운동을 시작했다. 그런데 모두들 입을 합쳐, 그 감정과 취지엔 공감할 수 있으나 신고를 거부할 수 없다고 했다. 간디의 '소금행진'을 닮아보겠다고 한 이 주필의 의도는 좌절됐다."[39]

---

37) 이병주, 「관제반공문학의 청산」, 『신동아』, 1975년 8월호, p.168.
38) 이병주, 『공산주의의 허상과 실상』, 신기원사, 1982, pp.9~10.
39) 이병주, 『그해 5월』 6권, p.206.

"서명을 한다고 해서 효과가 없을 것은 뻔하다. 그런데 검찰이나 경찰, 아니면 기관에 불려갈 것은 명백하다. 그땐 아들이나 손주 같은 나이의 수사관 앞에 초라하게 앉아 각종 욕설을 섞은 신문을 받아야 한다. 그 광경을 상상해보라. 첫째, 미학적으로 불쾌하다. 요컨대 애매한 목적으로 구체적인 굴욕을 사고 싶지 않다. 나는 지사도 아니고 투사도 아니다. 그늘에 숨어 사실의 한 오라기라도 놓치지 않으려고 애쓰는 기록자로서 만족할 것이다."[40]

"신고기간이 되자 경찰이 직접 찾아와서 위협한다. 그러나 완강하게 버틴다. 그러던 어느 날 자신이 사회안전법 적용 면제라는 통지를 받는다. 법무부장관 직권으로 7명이 면제처분을 받았는데 그중 한 명이 그였다."[41]

박완서는 이즈음 자신의 눈에 비친 이병주의 선명하지 못한 행동을 이렇게 적었다.

"1970년대였으니까 저도 자유실천문인회 같은 진보적 문인단체에 이름을 올린 걸 은근히 으쓱하게 생각했고 유신정책에 반대하는 문인들의 서명에 열심히 참여했습니다."

박완서는 이런 일과는 거리를 두고 사는 이병주를 은근히 비꼬는 말을 던지지만 이병주는 덤덤하게 받아넘긴다. 다소 현학적인 표현으로 자신은 끌려가서 고문을 당하고도 무너지지 않을 만큼 강한 체력과 신념이 없노라고. 박완서는 속으로 '잘도 빠져나가시네'라며

---

40) 위의 책, p.193.
41) 위의 책, p.207.

냉소한다. 후일 그녀는 당시 이병주의 이유 있는 비겁함을 양해한다. "지금 생각해보니 그 이전에 그분은 충분히, 아니 과도하게 역사의 격랑 한가운데에 있지 않았나 싶다."[42]

리영희와 이병주의 관계에 대한 신용석의 증언은 주목할 가치가 있다. 그는 서울대학교 학생 시절에 『대학신문』의 학생 편집장 자격으로 리영희에게 원고를 청탁하면서 알게 되어 졸업 후에 『조선일보』에 입사한다. 그는 파리특파원 시절인 1979년 10월, 김형욱 실종사건 당시 김형욱의 납치에 관여한 혐의를 받은 '키 큰 동양인'으로 지목되어 한동안 고초를 치렀으나 끝내 무고함이 밝혀졌다.[43] 신용석은 야인이 된 리영희에게 국내에서 구하기 어려운 잡지와 서적을 정기적으로 공급한다. 또한 그는 외가 친척들과 절친인 이병주를 따르며 교류했다. 신용석의 생모는 진주 출신의 여류화가 이성자(1918-2009)다. 이병주는 "특파원 월급으로 부담이 되겠다"며 리영희를 위한 서적 구입비를 보전하고 했다. 신용석은 리영희와 이병주의 관계를 이렇게 정의했다. "공산주의와 자본주의를 뛰어넘은 지식인 이병주와 확고한 신념으로 고착된 우리의 사고방식과 세계를 보는 눈을 바로잡아 준 리영희 씨는 (조영일 씨의 판단같이) 차원 높은 동지 관계였다."[44]

법무부장관 황산덕

이병주는 『그해 5월』에서 사회안전법의 시행과 관련하여 당시 법무부장관 황산덕을 만나는 장면을 이렇게 기록했다.

---

42) 박완서, 「작가로서 출발 시기에」, 『문학과 역사의 경계에 서다』, 바이북스, 2010, p.145.
43) 김형욱 회고록, 『혁명과 우상』 5권, 인물과사상사, 2009, pp.93-95, pp.171-184.
44) 신용석, 「이병주와 리영희, 신용석의 지구촌」, 『인천일보』, 2014. 2. 11.

"이사마는 황산덕 법무부장관에게 면회 신청을 했다. 황 씨는 왕년에 서울대학에서 법철학을 강의한 학자다. 한때 정비석 씨의 소설 『자유부인』을 두고 지상토론을 한 적이 있었는데 그 무렵 이사마는 황 씨와 몇 번 만난 적이 있었다.[45] 리버럴하면서도 강직한 학자로 알려진 사람이다. 그런 사람이 법무부장관이 되어 '사회안전법' 같은 법률을 만드는 데 참여했다는 것은 야릇한 일이다. 황 장관은 이사마를 알아보고 반갑게 맞아주었다. 우선 이사마는 자기를 '사회안전법'의 대상에서 풀어준 조치에 대해 감사하다는 인사를 했다.

'이 선생이야 어쩌다 잘못 혁명재판에 걸려든 것일 뿐, 엄밀하게 말해 사회안전법의 대상이 될 사람입니까? 당연히 제외되어야죠.' 황 장관의 말은 이처럼 활달했다. 이어 그는 '장관이 직권으로 자동적으로 사회안전법의 대상에서 제외된 사람은 이 선생을 합쳐 불과 7, 8명입니다'라고 덧붙였다. 그 말투에 이사마는 황산덕답지 않다는 느낌을 받았다. 이사마가 아는 황산덕은 어떤 일이든 간에 생색을 내는 그런 사람이 아니었다. 이사마는 비로소 짐작할 수 있었다. 황 장관이 쉽게 면회 신청을 허락한 것은 그에게 베푼 은전 때문일 것이라는 사실을. 사람이란 자기가 베푼 은혜가 있으면 그만큼 그 상대자에게 관대해진다. 상대방의 반응을 보고 싶어지기도 한다.

'황 장관께서는 그런 법률이 필요하다고 생각하십니까?'

'필요하지요.'

'대학교수 시절의 황산덕 선생 같으면 그렇게 생각하지 않을 것 아니었을까요?'

'혹시 그랬을는지 모르지요. 순학문적, 즉 법철학적으로 보면 하

---

45) 『자유부인』 논쟁은 1954년 1월 1일부터 8월 6일까지 『서울신문』에 연재된 정비석의 소설을 황산덕이 대학교수의 사회적 이미지를 실추시킨다는 요지의 글을 써서 촉발된 논쟁으로 '예술의 자유'를 이해하지 못하는 법률가 황산덕이 판정패한 것으로 종결지었다. 작품은 이듬해 영화로 만들어져 큰 인기를 얻었다.

자가 있는 법률이지요. 그러나 국가를 운영하는 입장에서 보면, 더욱이 우리나라의 형편에서는 꼭 필요한 법률입니다.'"[46]

황산덕은 당초 5·16 군사정권과는 매우 불편한 사이였다. 서울법대 교수로 재직하면서 왕성한 대외 집필활동을 하던 그는 군사정변 후에 '정치교수'로 낙인찍혀 동료였던 김기선·양호민과 함께 교수직에서 파면된다. 5·16 후에 새 헌법의 제정을 둘러싸고 격론이 벌어졌다. 구헌법을 폐지하고 신헌법을 제정하느냐, 아니면 구헌법을 개정하는 절차를 취하느냐가 주요 쟁점이었다. 또한 국회가 해산된 상태이기에 헌법의 개정은 국민투표를 통할 수밖에 없지 않은지, 달리 무슨 방법이 있는지도 중요한 논제였다.

1962년 7월 11일 국가재건최고회의는 헌법심의위원회를 구성하고 헌법개정안을 마련하여 8월 23일 서울 시민회관에서 공청회를 실시했다. 경향신문사 논설위원 자격으로 참석한 이항녕은 서독기본법 제20조 제4항의 예에 따라 위법한 국가기관의 행위에 대한 국민의 저항권을 명문으로 규정할 것을 건의하기도 했다.[47]

그런데 공청회를 앞둔 8월 2일자 『동아일보』에 「국민투표는 능사 아니다」라는 제목의 사설이 실렸다. 황산덕이 집필한 것으로 군정 당국에 대한 격렬한 비판이 담겨 있었다. 사설은 우리나라가 유엔에 가입하지 못하고 있는 이유는 '국가'로서의 승인을 얻지 못했기 때문이라고 주장했다. 대한민국은 국가가 아닌 '정부'로서 승인을 받고 있을 뿐인데 그것도 우리 정부가 1948년 유엔 감시하의 총선거로 구성된 국회에 의하여 제정된 헌법을 유지하고 있기 때문이다. 그러므로 "만약 그 헌법을 일축하고 새 헌법을 만드는 경우에는, 비록 국

---

46) 이병주, 『그해 5월』 6권, pp.224-225.
47) 이항녕, 『소고장풍: 작은 언덕, 큰 바람』, p.208.

민투표에서 압도적 다수의 지지를 얻는다고 할지라도 유엔의 승인은 효력을 상실하고 유엔과의 관련 밑에서 지금까지 이 땅에서 이루어놓은 위대한 사업을 모두 백지로 환원한다는 무서운 이론적 결과를 가져온다는 것을 우리는 간과해서는 아니 되는 것이다"[48]라며 극단적 논리를 폈다. 즉시 '국시 위반' 혐의가 제기되었고 황산덕은 고재욱 주필과 함께 구속되어 한동안 고생하다 황용주 등이 구명운동에 나서서 박정희의 결정으로 석방된다.[49]

이렇듯 당당하던 논객 황산덕이 쿠데타로 집권한 박정희 정권의 법무부장관에 취임하여 자신이 그처럼 비판하던 반인권·반헌법적 조치를 주도하다니, 실로 아이러니가 아닐 수 없었다. 법학자의 입장과 법집행자의 입장이 다를 수밖에 없다는 사실을 참작한다고 하더라도 법률가의 정의관을 의심할 수밖에 없었다.

사회안전법 소설: 「겨울밤」 「내 마음은 돌이 아니다」

사회안전법의 두려움에 떨면서도 이에 항의하기 위해 이병주는 두 편의 단편소설을 쓴다. 「겨울밤」(1974)과 「내 마음은 돌이 아니다」(1975)가 그것이다. 황석영은 이병주의 대표적 단편으로 이 두 작품을 선정하고 이들은 두 얼굴을 가진 쌍생아라고 평가한다.[50] 「겨울밤」에는 '어느 황제의 회상'이라는 부제가 붙어 있다. 소설의 첫 대목은 신념 때문에 감옥에 유폐된 자라야만 스스로 황제임을 깨닫는다고 의미심장하게 시작한다.

'나'는 20년간 옥살이를 한 공산주의자 노정필과 정치토론을 벌여 공산주의의 과격성, 스탈린주의의 속성, 마르크스주의의 효능과 현실적 한계를 논한다. 토론의 핵심 내용은 정권의 전체주의적·폭력

---

48) 임헌영, 「임헌영의 필화 70년」 24화, 『경향신문』, 2017. 3. 17.
49) 안경환, 『황용주: 그와 박정희의 시대』, pp.374-376.
50) 황석영, 『한국명단편 101』 4권, 문학동네, 2015, p.201.

적 성격이다. 어떤 정권이든 폭력적 성격은 개혁의 대상이다. "폭력으로 어떤 개인, 어떤 집단의 일시적 야심을 이룰 수는 있으나 인류가 염원하는 궁극적 목적은 달성할 수 없다." "폭력으로 잡은 정권이기에 끝내 폭력으로 지킬 수밖에 없다." 나는 어떤 정치사상도 궁극적으로 간디의 사상과 결합되어야 한다고 주장한다. 간디에게 진정한 독립이란 '평균적 백성이 운명의 결정자 자신이며, 선출된 대표를 통해 자기 자신이 입법자라는 것을 자각하는 것'이기 때문이다.[51]

'나'는 노정필에게 마르크스주의가 아니어도 인생과 역사에 대한 올바른 인식을 가지고 가치 있는 문학이 가능함을 증명해 보이고 싶어 한다. 노정필은 '나'의 공산주의 비판에, 인간의 참된 자유는 대다수 사람이 물질로부터의 자유를 획득한 연후에 이루어지는 게 아니겠느냐고 대꾸한다.

「내 마음은 돌이 아니다」는 이십 년 복역 끝에 출소한 노정필과 '나'가 소통하려고 애쓰는 과정의 이야기다. 얼핏 보면 노정필의 방어적 침묵에 대한 '나'의 마르크스주의적 비판은 마치 장기수와 전향 담당자의 역할처럼 겉으로는 담담하지만 대결적이다. 노정필은 목공소에 나가 일하여 임금도 받고 맥주도 마시고 담배도 피우면서 백화점에서 소비도 하게 된다. '나'는 그가 자본주의 경제체제 안에서 생산과 소비를 체험하는 것을 보면서 더욱 열정적으로 사회주의 사상과 체제를 비판하고, 착각을 신념으로 오인하고 있는 폐인이라고 그를 몰아세우기도 한다. '나'의 이러한 열성도 결국은 노정필을 원하는 대로 이끌지 못하고 노정필은 사회안전법이 통과되고 난 후에 "살기 위해 떠난다"라는 말을 남기고 죽음을 선택한다. '나'는 그를 죽음으로 몰아세울 의도가 아니었고 자신의 사상의 우월성으로 그를 지배하거나 계몽하려는 데에서 나아가 그의 인간성을 회복시

---

51) 노현주, 『이병주 소설의 정치의식과 대중성 연구』, 경희대학교, 2012, pp.85-86.

켜주려고 했다고 고백한다. 그러나 사회안전법이 공표되면서 만인을 위한 법은 개인의 구구한 사정과는 관계가 없다는 식으로 끝나버린다.

이러한 설정에 대해 황석영은 "과연 그러한가? 내부에 품고 있는 생각을 형법적 처벌의 대상으로 삼은 일은 타당한가?"[52]라고 묻고는 최종 판단을 내린다.

"이 작품은 사상과 이념이 투철한 노정필과 그를 경화된 마르크스주의자로 보고 있는 '나'의 논쟁을 통하여, 결국 작가 자신의 '글쓰기'에 대한 옹호이자 변명을 하고 있는 것처럼 보인다."[53]

부마항쟁과 유신체제의 붕괴

1979년 10월 26일, 박정희 대통령의 서거로 '유신체제'로 불리던 18년에 걸친 철권통치가 종말을 고한다. 야당 지도자 김영삼은 유신체제의 붕괴에 자신이 결정적으로 기여했다고 자부했다. 『전두환 회고록』은 김영삼의 조바심이 최규하 과도정부를 어렵게 만들고 나라를 위기로 몰았다고 평가했다.[54] 1987년 직선제 대통령 후보단일화 운동에서도 자신이 1순위임을 고집했다. 당시 신민당총재 대변인으로 김영삼을 지근에서 보좌한 박권흠도 이러한 김영삼의 입장은 확고불변이었다고 증언한다.

1979년 8월, 선명야당을 기치로 내걸고 신민당 총재로 선출된 김영삼은 『뉴욕 타임스』(9월 16일)와의 인터뷰에서 유신정권을 맹렬하게 비판했다. 정부는 치밀한 공작을 벌여 법원으로 하여금 신민당 총재단의 직무를 정지하는 가처분 판결을 내렸다. 이 판결을 빌미로

---

52) 황석영, 앞의 책, p.204.
53) 위의 책, p.206.
54) 전두환, 『전두환 회고록』 1권, 자작나무숲, 2017, p.295.

공화당과 유정회 의원이 담합한 국회는 1979년 10월 4일 김영삼의 의원직을 박탈하는 제명을 결의했다.

10월 16일 부산대학교 학생들은 교내시위를 벌인 후 삼삼오오 무리지어 도심으로 나갔다. 이전에도 종종 있던 학생시위였지만 이날은 전혀 예상하지 못한 방향으로 상황이 전개되었다. 퇴근길 직장인과 시민이 대거 합류하면서 부산 광복동 도심이 거대한 시위장으로 변해버린 것이다. 김영삼의 정치적 고향인 부산의 민심이 끓어오른 것이다.

시위가 밤낮없이 이어지자 정부는 10월 18일 새벽 계엄령을 선포하고 공수특전단을 투입한다. 부산의 시위는 일단 진압되었지만 시위는 마산으로 번졌다. 경남대 학생들이 시작한 시위에 시민들이 합류하면서 사태가 위중해졌다. 창원의 보병 39사단을 투입했지만 10월 19일 밤에도 시위가 그치지 않았다. 강성부대인 제5공수여단이 투입되었다. 군과 경찰은 부산·마산 일대에서 무려 1,600여 명을 체포했다.

'부마사태'는 국지적인 시민봉기였다. 그러나 이를 계기로 집권세력에 내분이 일어났고 그 결과 유신체제가 붕괴된 것이다. 1979년 10월 26일, 궁정동사건이 일어났다. 김재규 중앙정보부장이 차지철 경호실장과 박정희 대통령을 권총으로 쏜 것이다. 김재규의 법정진술에 의하면 그날 저녁 박정희는 이렇게 말했다.

"'사태가 더 악화되면 내가 직접 발포 명령을 내리겠다. 자유당 때 최인규나 곽영주가 발포 명령을 했으니까 총살됐지. 내가 명령을 내리는데 누가 나를 총살하겠느냐.'
차지철이 맞장구쳤다.
'캄보디아에서는 300만 명이나 죽었는데 우리가 100만에서 200만쯤 희생시키는 것쯤이야 뭐가 문제겠습니까?'"[55]

김재규는 '각하'와 '자유 민주주의'가 양립할 수 없다고 판단하고 '야수의 심정으로 유신의 심장을 쐈다'고 주장했다. 그는 10·26은 민주혁명이며, 5·16이 정당하다면 10·26도 정당하다고 주장하면서 1980년 5월 24일 교수대에 올랐다.[56)]

유시민의 평가에 따르면 박정희는 '자기 성공의 희생자'다. 박정희의 생물학적 생명을 빼앗은 것은 총탄이지만 정치적 생명을 앗아간 것은 그 자신이 이룬 성공이었다. 그는 물질적 풍요를 바라는 대중의 욕망을 무제한 분출시키고 그 탁류에 기대어 권력을 유지했다. 그런데 산업화의 성공으로 절대빈곤의 수렁에서 빠져나온 대중은 다른 욕망에 끌리기 시작했다. 자유, 정의, 민주주의, 인간적 존엄성을 원했다. 박정희 대통령이 그 욕망을 존중하지 않자 많은 국민이 마음으로 그를 버렸다. 김재규 중앙정보부장으로 하여금 방아쇠를 당기게 한 것은 그와 같은 민심에 대한 두려움이었다.[57)]

2020년 5월, 5·18 민주화운동 40주년 기념 특별전이 서울 광화문 역사박물관에서 열렸다. 사상 처음으로 기념전시회가 광주 지역 밖에서 열린 것이다. 그 누구도 내놓고 언급하기조차 꺼리던 '광주사태'가 '5·18 민주화운동'이라는 공식명칭을 얻기까지 많은 곡절이 있었다. 오랜 시일에 걸쳐 시·소설·노래·연극 등 다양한 장르에 걸쳐 무수한 작품과 기록문건이 누적되었다. 『오월, 그날이 다시 오면』으로 제목 붙인 40주년 기념자료집에는 1980년 5월 광주민주화운동을 1979년 10월 '부마사태'의 연장으로 보는 시각이 감지된다. 자료집 첫 페이지에 1979년 10월 15일 '부산대학교 민주학생 일동'의 이름으로 발표된 '민주투쟁선언문'이 실려 있다.[58)]

---

55) 문영심, 『바람 없는 천지에 꽃이 피겠나: 김재규 평전』, 시사인북, 2013, p.171.
56) 김대곤, 『김재규 X 파일: 유신의 심장 박정희를 쏘다』, 산하, 2005, pp.112-117.
57) 유시민, 『나의 한국현대사: 1959-2014, 55년의 기록』, 돌베개, 2014, pp.221-222.
58) 『오월, 그날이 다시 오면: 5·18 민주화운동 40주년기념특별전 자료집』, 5·18기념

국가기록원에 보관되어 있는 정부의 공식기록도 공개되었다. "부마항쟁을 겪은 후 학생시위에 대응하는 군의 유의사항"을 적시한, 타이프로 친 문서가 재생되어 있다. "사소한 불안요소라 할지라도 이를 예의주시, 필요시에는 즉각 출동, 초동단계에 완전히 진압할 수 있는 대책을 강구." "데모 대원의 간담을 서늘하게 함으로써 군대만 보면 겁이 나서 데모의 의지를 상실토록 위력을 보여야 함."[59] 그동안 5·18을 부마사태와 분리하여 광주와 전라도의 사건으로 한정하려는 집권세력의 의도적인 조작이 있었음 직하다.

박정희, 파렴치한 인간의 전형

이병주의 행적에 관해 가장 잘못 알려진 낭설은 그가 박정희의 찬미자였다는 것이다. 한때 이병주와 친교가 깊었던 리영희는 박정희를 역사의 법정에 세우기 위해 뉘른베르크 전범재판 기록을 수집한 이병주가 만년에 전향하여 박정희를 예찬하는 전기를 쓴다며 분개했다.[60]

이병주가 박 대통령의 주변 인물들과 교분이 깊었던 것은 사실이다. 이후락·김현옥·서정귀 등 수많은 측근 인물과 친분을 과시했다. 부산『국제신보』시절에 박정희를 소개해준『부산일보』의 황용주와는 불가근 불가원한 사이로 지냈다. 박정희에게서 버림받은 후에도 여전히 박정희 신화에 함몰되어 사는 황용주가 이병주는 안쓰러웠다. 황용주와는 달리 이병주는 박정희와 거리를 두고 살았다. 박정희도 이병주를 특별히 눈에 두지 않았다.『국제신보』의 주필로서 이병주는 '5·16 군사혁명'에 환영의 뜻을 표한 것은 사실이다.[61] 쿠데타

재단 외, 2020, p.3.
59) 위의 책, pp.20~22.
60) 리영희·임헌영,『대화』, p.391.
61)『국제신보』, 1961.5.17.

의 성공으로 신문이 검열 아래로 들어간 후로는 어떤 이의도 제기할
수 있는 처지가 아니었다. 그리고 5월 20일 졸지에 체포되어 10년 징
역을 선고받았다. 5·16은 혁명이 아니라 쿠데타에 불과하다는 취지
의 글을 내놓고 쓰기 시작한 것은 박정희가 죽고 난 이후다. 그래서
더욱 비겁한 인간이라는 악평도 따른다.

그러나 이병주는 박정희의 5·16에 대해 처음부터 비판적인 시각
을 지녔다. 그리고 박정희 치세 18년 동안 아슬아슬한 줄타기로 결정
적인 위험을 모면해왔다. 이병주의 과소비, 딜레탕트, 허세, 이 모든
것이 박정희 정권 아래서의 불편한 일상을 위장하기 위한 연극배우
의 분장이었는지도 모른다. 박정희의 죽음으로 비로소 주박에서 풀
려났고, 전두환과의 관계가 깊어지면서 박정희에 대한 악감이 증폭
되었을 것이라는 심리 분석도 가능할지 모른다. 심지어는 박정희를
비판하기 위해 전두환을 치켜세웠다는 주변의 평가도 있다.

박정희 정권에 대한 정치적 평가를 『그해 5월』로 마감한 작가는
그것으로도 부족하여 인간 박정희에 대한 가차 없는 도리깨질을 퍼
붓는다. 「어느 낙일(落日)」(1986) 과 『그를 버린 여인』(1990)은 이
병주가 작심하고 쓴 인간 박정희에 대한 적나라한 고발장이다.

1986년 이병주는 단편소설 「어느 낙일」을 발표한다.[62] 이 단편은
4년 후에 탈고할 3권 분량의 장편소설 『그를 버린 여인』의 예고편에
해당한다. 단편소설의 구성으로는 매우 이례적으로 어떤 여인의 제
보를 받아서 작품을 쓴다고 「머리말」에 밝히고[63] 말미에 별도의 「작
가의 말」을 부기한다.

"어느 고아원을 경영하는 사람을 만나서 그분으로부터 이 소설에

---

62) 이병주, 『동서문학』, 1986. 4, pp.55~71.
63) 이병주가 타계한 직후인 1992년 5월호, 『월간오픈』에 관련 기사가 실린다.

적은 바와 같은 엄청난 이야기를 알게 되었다. 그 당시 느낀 것은 이것을 두고두고 큰 작품으로 만들 수 있는 소재라고 생각했는데『동서문학』을 위해서 그 아우트라인이나마 단편으로 소개해보고 싶은 충동을 느낀 것이다. 그 가운데는 한국의 현실을 이해하는 데 있어서 가장 큰 줄거리가 될 수 있는 병리적 현상의 일단이 숨겨져 있다고 나는 본다."[64]

플롯은 지극히 간단하다. 악행을 저지른 한 파렴치한 인간이 인과응보로 비참한 최후를 맞는다는 지극히 상식적인 이야기로 소설적 요소나 기법도 거의 찾아볼 수 없다.

곽희정은 파렴치한 인간이다. 그는 1947년 여순 반란사건에 관련되어 체포되었다가 동료들을 밀고한 대가로 살아남는다. 현역장교에서 문관으로 신분이 바뀐 곽희정은 친구의 사촌동생인 시골학교 여선생을 권총으로 위협하여 강간한다. 졸지에 횡액을 맞은 여선생의 약혼자는 복수를 다짐하며 평생 기회를 노리다가 노인이 되어 비로소 고아원을 찾아온다. 원장 글로리아는 곽희정의 밀고로 목숨을 잃은 장교의 딸이다. 노인은 전 재산을 고아원에 기증하고 죽으면서 유품을 남긴다. 그의 유품은 200자 원고지 1,000매의 기록이다. '소설가 이씨'에게 전달해달라는 메모가 있다. "어느 시기가 되기까지는 공표할 수 없는 내용이다."

중학교 동창의 입을 통해 곽희정의 과거 행적이 드러난다. "곽희정? 밥맛 떨어지는 놈이오. 일제 관동군 헌병보 한 놈이고 해방이 되자 광복군이라고 거드름을 피우더니 어느새 빨갱이가 되어 죽을 뻔하다가 동지들을 판 덕분에 살아나 군 문관 노릇을 하며 권력 남용을 하다가 지금은 뭐? 큰 회사의 상무 노릇 한다는데 아마 그 회사는

---

64) 이병주,『동서문학』, 1984. 4, p.71.

불원 그놈 차지가 될 거다. 워낙 술수가 능한 놈이니까" 하고 침을 탁 뱉었다.[65]

화자는 곽희정의 밀고로 목숨을 잃은 장교의 부인을 만난다. 강원도 탄광촌에 목로주점을 경영하고 있다. 그녀는 "억울하게 죽은 사람들의 아이들이 지금 자라고 있으니 그중에 복수하려 들 사람이 반드시 있을 것이다"라며 골수에 박힌 원한을 토로한다. 많은 사람의 저주대로 곽희정은 비참한 말로를 맞는다. 1980년 10월 27일 자 조간신문 기사다.

"곽희정 회장의 두상을 늙은 노무자가 망치로 박살을 낸다. 즉사시킨 범인은 세상에 나와 생전 처음으로 옳은 일을 했다면서 자랑스럽게 외치고선 법정에서 죽은 자의 죄상을 샅샅이 밝히겠다고 선언한다."[66]

박정희가 여순 반란사건의 주모자와 연관되었던 것은 널리 알려져 있는 공지의 사실이다. 곽희정이란 이름은 박정희를 연상시킨다. 그의 고향인 S군은 박정희의 출생지인 구미면이 속했던 '선산'군이 연상된다. 10월 26일은 박정희가 죽은 날이다. 실제로 궁정동사건이 일어난 1979년 대신 1980년으로 설정한 것이 차이라면 차이다.

작품의 마무리 문장이 비장하다. 『파랑새』의 작가 "메테르링크의 말 따라 타인의 불행을 준비하기 위해 이 세상에 태어난 곽희정 같은 인간이 있다. 1,000장이 넘는 그의 비행 기록을 언젠가는 공개할 날이 있을 것이다."

3권 분량의 장편소설 『그를 버린 여인』의 플롯은 「어느 낙일」에서 예고한 '1,000장이 넘는 그의 비행'을 고발한 내용이다. 즉 김재규가 박정희를 살해하게 된 결정적인 동기는 그로 인해 '억울하게' 희생

---

65) 위의 글, p.61.
66) 위의 글, p.70.

된 군인들의 자녀들이 조직한 결사대를 만났기 때문이다.

이 소설이 일간지에 연재되던 중에 박정희의 딸 박근혜가 작가를 찾아와서 연재를 중단해달라고 부탁한다.[67] 그러나 이병주는 거절한다. 불행한 죽음을 맞은 육친을 추모하는 애틋한 자식의 마음은 십분 이해하지만 공인의 삶에 대해 평가하고 기록하는 것은 작가의 권리이자 책무라고 말한다. 국민 누구나 자신의 생각을 말할 권리가 있고, 소설가는 개연성이 있는 허구를 창작할 권리가 있다며 달래서 보낸다.

「작가의 말」이다.

"이를테면 사람은 영묘하기 짝이 없는 존재다. 그런데 권총 한 발이면 순식간에 없애버릴 수가 있다. 사정이 이러할 때, 우리는 인생에 관해 무엇을 안다고 하겠는가. 그러나 알고 싶은 것이 인간이고 살피고 싶은 것이 인간의 운명이다.

이 소설도 그러한 충동의 소산일 수밖에 없다. 다만 욕심을 낸 것은 '그'가 없었더라면 세상이 이렇게 되지 않았을 것이 아닌가 하는, 그런 인물을 작품의 배경에 깔고 싶었던 사실에 있다. '그'는 권력에 굶주린 망자들이 주변에 모여 있다. 세상의 도의가 제대로 작동한다면 '그'는 평생을 뒤안길에서 살아야 할 사람이었다. 그런데도 '그'는 인생의 정면에서, 그것도 한 나라의 원수로서 집중적인 조명을 받고 살아야만 했다. '그'를 버린 여인은 도의가 무너진 세상에서의 도의를 상징하는 의미를 가진다. 최소한의 도의 의식을 가졌을 때 여자는 그런 남자와 같이 살 순 없다. '그'를 버린 여인은 '그'를 대신해서 평생을 뒤안길에서 살아야만 했다.

---

67) 작품은 1988년 3월 24일-1990년 3월 21일(622회) 『매일경제신문』에 연재가 끝나는 즉시 이종호의 서당출판사에서 3권으로 묶어냈다. 이병주, 『그를 버린 여인』(상·중·하), 서당, 1990.

이러한 배리의 모순이 그냥 묻혀질 순 없다. 여인은 뜻하지 않은 섭리의 힘에 이끌려 어느 인간을 테러리스트로 만들어버리는 교사자로 변신하게 된다. '그'를 버린 여인은 '그'를 구하려고 했을 뿐 '그'를 죽이려는 의도를 전혀 갖지 않았다. 그런데도 그 여인은 결국 '그'를 죽인 살인자와 일체가 되어버린다."

"내가 쓰고 싶었던 것은 바로 이것이다. 김재규가 박정희의 가슴팍과 머리에다 대고 탄환을 쏘아 넣은 사실은 결단코 김재규 개인 의사만으로 되는 것은 아니다. 갖가지 이유가 복합적으로 작용했을 것이 틀림이 없다. '그'를 버린 여인을 만나지 않았더라면 그런 결단에 이르지 않았을지 모른다."

"섭리를 분석한다는 것은 섭리의 모독일 수가 있다. 그러나 소설에 있어선 이런 모독이 허용된다는 신념이 곧 소설가의 신념이다. 나는 그 모독을 범하는 모험을 이 소설에서 감행하게 되었다. 허나, 이 소설의 주인공은 '그'도 아니고, '그'를 버린 여인도 아니고, '그'를 쏘아죽인 사나이도 아니다."

이렇게 말하면서도 굳이 작품 속에 비중이 높지 않은 캐릭터인 신문기자를 주인공으로 내세워 이 작품이 역사적 기록 문서임을 강조한다.

"이 소설의 주인공은 신문기자 신영길이다. 무릇 오늘의 시대를 사는 주역은 정치가도 아니고 사업가도 아니고, 기타 등등의 행동인이 아니다. 사회적인 현상을 관찰하고 기록하는 신문기자야말로 이 시대의 주역인 것이다. 결국 나는 신문기자를 주역으로 하는 한 편의 소설을 쓴 셈이다."[68]

---

68) 이병주, 「작가의 말」, 『그를 버린 여인』 하권.

언론인 출신 작가는 자신의 분신으로 추정되는 등장인물의 입을 빌려 저널리스트는 아카데미적 교양과 함께 역사적 사명감의 소유자라야만 한다고 주장한다.

"Y씨에 의하면 저널리즘이 오늘에 생긴 일의 의미를 정확하게 알기 위해서라도 아카데미한 교양의 바탕을 가져야 하는데 그렇지 못한 경우 저널리즘은 하루살이가 될 수밖에 없고 아카데믹이 저널리스트의 프레시한 감각을 가지지 못하면 동맥경화증에 걸린 강단철학이 되고 만다."[69]

작가는 1979년 10월, 부마사태의 직접적 원인이 된 김영삼 의원 제명절차가 국회에서 진행될 때의 모습을 전한다. 언론인 출신 남재희 의원의 입을 빌려 한국 정치의 현실을 진단한다.

"저편 구석에 N의원이 앉아 있는 것이 보였다. 짐작건대 신민당 의원의 동태를 지켜보고 있는 모양이다. N의원은 언론계 출신이다. 언론계에 있을 때는 리버럴한 인물로 소문이 나 있었고 드물게 보는 지성파로 알려진 사람이다. 공화당의 공천으로 국회에 진출했을 때 언론계 후배들은 적잖은 충격을 받았다. 일부에서는 구슬은 어디다 두어도 구슬이라고 그에 대한 호의를 잃지 않았고, 일부에서는 시궁창에 떨어진 구슬은 구슬이 아니라고 아쉬워했다."[70]

N의원은 심각한 얼굴이 되더니 담배를 비벼 끄고 나서 이런 말을 했다.

---

69) 위의 책, p.170.
70) 위의 책, p.204.

"신 기자는 우리나라가 민주국가라는 것처럼 생각하고 있는 것 같은데 그것도 착각이오. 우리나라는 지금 민주국가가 되려고 애를 쓰고 있는 과정이긴 해도 민주국가가 되어 있는 것은 아니오."[71]

'그'를 버린 이유는?

독립투사의 손녀 한수정이 '그'를 버려야만 했던 사유는 그가 친일파이며 민족배신자이자 동료를 밀고하여 죽게 만든 비열한 인간이기 때문이다. 만주에서 독립운동하다 죽은 한수정의 조부를 모시던 사람이 한수정의 집에 '하숙생'으로 있는 국방경비대 장교를 보고는 놀란다.

"내가 살던 열하성(熱河省)에 고목(高木) 대위라는 한국계 만군 장교가 있었는데 영판 그 사람을 닮았구먼."

"한국 이름은 뭡니까?"

"모르겠다. 모두 다카기하고 불렀으니 한국 이름을 챙길 생각도 안 했지. 개처럼 왜놈에게 붙어 앞잡이 노릇하는 놈 이름은 알아 뭐할 건가 싶어 물어볼 흥미도 없었고."

"그 다카기란 놈 뭐 했습니까 헌병이었나요?"

"헌병보다 더한 놈이었어. 그는 열하에 주둔하고 있는 만군 특별수사대의 대장이었는데 놈들의 주된 임무는 한국 독립군을 수색하고 체포하는 거였지."

"악질이구먼요."

"악질이다마다."

"해방되었을 때 그자는 어떠했습니까?"

"해방되었을 때 그자는 도망간 뒤였어. 북경으로 갔다는 말도 있

---

71) 위의 책, p.207.

고 한국으로 돌아갔다는 말도 있었는데 확인은 못 했어. 그자가 해방될 때까지 열하에 남아 있었더라면 아마 살아남지 못했을 것이야. 그자는 독립군 잔당만 붙든 것이 아니라 중국의 공작원도 붙들어 죽였으니까.”

이런 얘기를 주고받고 있는데 ‘그’는 군복으로 갈아입고 뜰을 걸어 나갔다.

“영판 고목인데? 키도 몸집도 걸음걸이도…”

“한번 알아봐. 저자가 고목이면 한 지붕 아래 둬둘 인간이 아니다.”[72]

문제의 하숙생은 정체를 추궁당하자 당당하게 자신의 정체와 소신을 밝힌다.

“그렇다. 나는 일제 때 다카기 대위다. 만주군관학교를 1등으로 졸업하고 일본 육사를 우등으로 졸업한 사람이야. 무식하고 무능한 독립군 출신과는 달라. 앞으로의 국군은 우리가 맡아야 해. 우리가 왜 만주군관학교에 가고 일본 육사에 간 줄 알기나 해? 장차 독립된 나라를 위해 봉사하기 위해서야. 우리야말로 선견지명을 가진 독립투사였다고 말할 수 있어.”[73]

김재규의 거사 동기는?

1979년 10월, 13명의 박정희 암살 모의단이 체포된다. 김재규의 조사에 의하면 이들은 모두 박정희의 밀고로 목숨을 잃은 ‘숙군대상자’의 아들들이다. 억울하게 좌익으로 몰려 총살당한 아버지들 때문

72) 이병주, 『그를 버린 여인』 상권, pp.321-323.
73) 이병주, 『그를 버린 여인』 중권, p.15.

에 인생이 막힌 청년들이다. 연좌제 때문에 군인도 공무원도 되지 못한 개인적 한이 쌓였다. 그들은 박정희의 죄악을 이렇게 요약한다.

"내가 노리는 자는 첫째 민족의 적입니다. 일본 제국주의의 용병이었으니까요. 둘째, 민주주의의 적입니다. 쿠데타로 합헌 민주정부를 전복한 자니까요. 셋째, 윤리의 적입니다. 자기 하나 목숨을 살리기 위해 자기의 친구를 모조리 밀고해서 사지에 보낸 자이니까요. 넷째, 국민의 적입니다. 자기가 장악하고 있는 정권을 유지하기 위해 언론과 비판활동을 봉쇄하고 자기에게 반대하는 사람이라고 보면 학생이건 지식인이건 경제인이건 인정사정없이 탄압하는 자이니까요. 게다가 그자는 나에겐 불구대천(不俱戴天)의 원수입니다. 나는 그자 하나를 없앰으로써 애국자가 되는 동시에 효도를 다하게 되는 거지요."[74]

김재규는 이들을 방면하고 10·26 거사를 감행한다. 임헌영은 "소설인지, 실록인지 알 수 없다"[75]라는 말로 소설의 내용이 단순한 허구에 그치지 않을 가능성을 비친다.

작가의 「에필로그」는 박정희의 죽음이 역사적 정의임을 강조한다.

"확실한 것은 김재규가 쏜 권총 소리가 수십만, 수백만이 외친 원성과 아우성 소리보다도 높았다는 사실이다. 십수 년에 걸쳐 거듭된 학생들과 군중의 데모가 해내지 못했던, 또한 무수한 야당 정치가와 반체제 인사들의 때론 극형을 초래하기도 한 항거와 책모로서도

---

74) 이병주, 『그를 버린 여인』 하권, pp.302-303.
75) 임헌영, 「임헌영의 필화 70년」 22화, 『경향신문』, 2017.3.3 ; 임헌영, 「운명 앞에 겸 허했던 한 여인의 소망: 『그를 버린 여인』에 나타난 인간 박정희」, 2019.4.6, 『이병 주 문학 학술세미나 자료집』, 이병주기념사업회.

이룰 수 없었던, 한 시대의 종지부를 찍는 획기적인 결과는 김재규의 권총이 마련했다는 뜻이다. 그 성질상 분명한 논리적 해명을 불가능한 것이라고 해도 테러리즘의 철학과 정치적 의미와 역사적 의미는 어두운 하늘에 번갯불과 같이 순간적인 황홀을 새긴다. 테러리즘의 미학이 성립하기도 한다. 그런 까닭에 제정 러시아의 테러리스트들은 자기들의 테러 행위를 '인류의 새벽에 명성(明星)을 주기 위한 것'이라며 뽐냈던 것이다."[76]

이병주가 습관처럼 찬미하던 미학을 갖춘 『그 테러리스트를 위한 만사(輓詞)』로 보아도 무방할 것이다.

이병주는 김재규가 '감히' 박정희를 쏠 수 있었던 심리적 배경과 관련하여 이름난 박정희 찬미자인 조갑제의 분석을 옮긴다.

"그가 그토록 존경하고 두려워했던 대통령에게 서슴없이 방아쇠를 당길 수 있었던 것은, 그가 최후까지 정의감을 지니고 있었기 때문이다. 굴욕감이나 증오심만으론 총알이 나갈 수 없었을 것이다. 여러 사람들의 증언을 종합하면 1979년에 들어서 김재규는 서서히 대통령에 대해 절망해가면서 모반의 마음을 키워갔고, 끝내는 개인의 정분을 끊을 수 있을 만한 폭발력까지 축적할 수도 있었던 것이다."[77]

한수정은 자신이 김재규의 결심을 촉발한 것이 아닌가 하는 복잡한 심경으로 박정희의 묘에 꽃을 들고 간다. 그러고는 육영수 여사의 묘 앞에 놓고 나온다.

---

76) 이병주, 『그를 버린 여인』 하권, p.311.
77) 위의 책, p.312.

"육 여사 무덤 앞에 그 꽃을 두고 왔어요. 불쌍한 여인! 내가 한 짓 치곤 잘한 일이란 생각이 들데요."[78]

김재규 재판: 놀라운 소수 의견

1979년 12월 18일 계엄사령부 보통군법회의는 김재규에게 내란 목적의 살인죄를 적용하여 사형을 선고한다. 1980년 1월 28일 고 등군법회의도 마찬가지로 사형을 확인한다. 1980년 5월 20일 대법 원은 김재규의 상고를 기각하여 사형을 확정짓는다. 나흘 후인 5월 24일 김재규는 처형된다.

김재규 재판의 대법원 판결문에는 놀라운 내용이 들어 있다. 14명 의 대법원 판사 중 6인의 소수 의견이 김재규의 행위에 일종의 법리 적 변호를 담았던 셈이다. "유신체제가 그대로 유지된다면 김재규의 행위는 내란이라고 볼 수도 있지만 지금 민주주의를 회복하겠다는 국민적 합의가 돼 있다. 그렇다면 변화된 상황에서 김재규를 보통살 인죄로 처벌하면 몰라도 내란죄를 씌울 수는 없다"는 논리도 보이고 저항권에 대한 변호인의 주장도 일부 반영되었다.[79]

변호사 강신옥(1936-2021)은 1980년 5월 20일 보안사에 체포되 어 광주사태가 종식된 후에야 석방되었다. 함세웅 신부는 10월 26일 밤 김재규가 전두환의 보안사 요원에 의해 체포되었을 때 중앙정보 부의 조사를 받고 있었다. 자신을 취조하던 직원이 김재규의 체포 소 식을 듣고서는 '우리 부장님이 육본이 아니라 이곳에 오셨더라면' 하고 한탄하는 모습을 보고 그가 부하들에게 절대적인 존재였음을 느꼈다고 한다. 함세웅과 강신옥은 김재규를 '제2의 안중근'으로 기 린다. 공교롭게도 10월 26일은 1909년 안중근이 하얼빈역에서 이토

---

78) 위의 책, p.318.
79) 문영심, 『바람 없는 천지에 꽃이 피겠나: 김재규 평전』, 시사인북, 2013, p.405.

히로부미를 저격한 날이다. 강신옥과 함께 김재규의 변호를 맡았던 안동일도 김재규가 개인적 권력욕이나 원한 때문에 총을 쏜 것이 아니라고 확신한다.[80]

강신옥은 2020년 5월 18일 MBC TV '권순표의 작심 마이크' 프로그램에 출연하여 김재규 자신은 죽음을 각오하고 암살을 결행했고, 어차피 자신은 죽을 것을 알고 있었다고 했다.

"저는 저 스스로의 생명을 구걸하기 위해 최후진술을 하는 것은 결코 아닙니다. 오히려 대장부로 태어나서 제가 죽을 수 있는 명분을 찾은 것으로 죽음의 복을 잘 타고난 사람이라고 생각합니다. 다시 말해서 저는 오늘 죽어서도 영생할 수 있다는 자부가 있기 때문에 조금도 생명을 구걸할 필요가 없습니다."[81]

강신옥은 김재규가 오로지 유신체제의 종식을 통해 나라의 민주주의를 세울 바람으로 박정희를 살해했다고 믿는다. 항간의 가설처럼 설령 거사 후에 육군본부 대신에 중앙정보부로 갔더라도 더 많은 사람이 다쳤을 뿐 결과는 마찬가지였을 것이라고 강신옥은 단언했다. 문제의 핵심은 당시 정국의 향방을 쥐고 있던 김영삼·김대중, 두 민주투사 중 누구도 김재규의 구명에 나서지 않고 오로지 제각기 대통령이 될 꿈에 도취해 있었다며 강한 유감을 표했다. 강신옥 자신이 두 사람을 설득하기 위해 나서기도 했다고 한다. 만약 그때 두 민주 지도자가 힘을 합쳐 김재규의 구명을 위해 나섰더라면 전두환의 등장을 막을 수 있었을 것이라는 것이 강신옥의 생각이었다.

---

80) 안동일, 『10·26은 아직 살아 있다』, 랜덤하우스코리아, 2005; 개정판, 『나는 김재규의 변호인이었다』, 김영사, 2017.
81) 문영심, 위의 책, p.405.

제5부
전두환 시대:
민족의 불행으로 탄생한 정권

22. 1980년 개헌: 이병주의 모순투성이 헌법관

"전두환 정권이 발족했을 무렵 솔직히 나는 조금 우울했다. 박정희 정권의 연속이라는 생각이 들었기 때문이다. 거의 2년 동안 소용돌이친 소란의 결과가 결국 이것이었나 싶어 쓸쓸하기도 했다.

그때 내 나이 59세였다. 평생 좋은 대통령을 만나보지 못하고 내생애도 끝장나는구나 하는 서글픔으로 레이몽 아롱의 말을 상기했다.

'나는 드골 장군이 대통령일 때 프랑스에 살 수 있었다는 것을 영광이라고 생각하오.'

아롱에게서 이 말을 들었을 때는 박 정권의 유신체제가 시작될 때즈음이었다. 이 말에 자극을 받아 유신체제의 타당성을 찾아보기로 했다. 아롱처럼 자기 나라 대통령을 자랑할 수는 없어도 마음속으로 화해해야겠다고 작정했다. 국민의 한 사람으로서 자기 나라 대통령을 미워하며 산다는 것은 불행한 일이기 때문이다.

유신체제의 타당성이 발견되기만 하면 마음속으로 박 대통령과 화해할 수 있을 것이다. 그러나 유신체제의 '불가피성'은 민족과 국가의 입장에서 본 불가피성이 아니라 박정희 정권의 입장에서 본 불가피성, 즉 누구에게도 이양할 수 없는 정권이 지닌 암(癌)성 불가피성이라는 것을 깨쳤다.

그 이상 유신체제의 타당성을 찾으려는 노력은 내 스스로를 비굴한 인간으로 만드는 노릇임을 깨달았다. 얄팍한 지식인이 현실과 타협할 때 꾸며내는 자기변명적 기만이 곧 비굴이다. 그래서 간디는 독재가 나쁜 것은 그 지배하에 사는 사람들을 비굴하게 만드는 결과를 만들기 때문이라고 말했다.

여하간 승복할 수 없는 지배체제 속에 반항도 못 하고 숨을 죽여 산다는 것처럼 따분한 일은 없다. 전두환 체제의 시작은 내게 있어서 그런 따분한 생활이 향후 7,8년 더 연장된다는 것을 뜻하는 것이기도 했다. 김지하나 고은처럼 용감할 수도, 젊지도 않은 내 처지로서는 개혁의지가 싱그러운 참여문학 같은 것은 아예 포기하고 차원이 다른 문학의 지평을 향해 물처럼 살리라는 각오를 할 수밖에 없었다. 문학은 정치보다 높은 차원에 서든가, 한 발 뒤로 물러서든지 하여 정치보다 깊은 곳에 있는 인간의 정신을 정화하기도 하고 이끌기도 하고 위로하기도 해야 하는 것이라는 신념은 벌써부터 있었다."[1]

"(1979년) 10월 28일경이다. 해운대에서 카지노 영업을 하고 있던 K가 앞으로의 천하는 전두환 장군의 것이 될 것 같다고 했다. '전두환 장군이 누군데?'

'보안사령관 전두환 장군을 몰라요?'

솔직한 얘기로 나는 그때 보안사령부가 있다는 것은 알고 있었지만 사령관이 전두환이라는 사실은 몰랐다.

'그의 주변에는 충직하고 유능한 부하들과 친구들이 많습니다. 두고 보세요. 10 중 8,9는 그 사람이 정권을 잡게 될 것입니다.'"[2]

이병주의 글들을 읽으면서 의문이 든다. 도대체 전두환과 이병주는 언제 어떻게 서로 처음 알게 되었는가? 이병주 자신은 신상초가 소개했다거나, 대통령에 취임한 후에 비로소 처음 대면했다거나 등

---

1) 이병주, 『대통령들의 초상』, 서당, 1991, pp.242–244.
2) 위의 책, p.213.

등 여러 버전으로 얼버무리곤 했다. 그러나 전후 상황을 살펴보면 최초의 대면은 전두환이 보안사령관으로 재직하던 시절이라는 정황이 강하다. 전두환의 측근이 만남을 주선했을 것이라는 추정이 가능하다. 생전에 허문도(1940-2016)는 구체적인 일자는 밝히지 않았지만 자신이 이병주와 전두환의 관계를 이어주는 데 상당한 역할을 했다고 인정했다.

『조선일보』일본 특파원과 도쿄대학 수학 경력을 갖춘 허문도는 한동안 허삼수·허화평과 함께 '3허'로 불리며 전두환의 측근 '5공 실세'로 행세했다. 그는 1979년 주일대사관 공보관으로 재직하다 신군부에 발탁된다. 고등학교 동기생인 허삼수가 천거했다는 설이 유력하다. 허문도는 1980년 중앙정보부장을 겸하게 된 전두환의 비서실장으로 시작하여 국가보위입법회의 문공분과위원회 위원에 임명된다. 전두환이 대통령으로 취임한 뒤에는 청와대 정무비서관과 문공부 차관을 역임하면서 5공정부의 언론·문화정책을 주도했다. 1980년 '언론 통폐합'을 주도하고 언론의 보도지침을 관장했다. 이어서 국토통일원장관으로 전 대통령의 임기 말 국정을 보좌했다.

부산 출신인 허문도는 일찌감치부터 이병주의 열성독자였다고 한다. 이병주의 작품『관부연락선』에 찬사를 보내면서도 작가가 그린 한일관계에 대해 나름대로의 불만을 표출하며 작가와 토론을 벌인 적도 있다고 했다. 허문도는 메이지유신의 열렬한 찬미자로 정평이 나 있었다. 만년에 야인으로 살면서 일본의 근대화 성지들을 방문하는 단체여행을 주도하기도 했다.

어쨌든 전두환은 처음부터 이병주를 극진히 모셨다. 정치나 역사관보다 우선 기질적으로 서로 통하는 바가 컸기 때문일 것이다. 이병주는 자신이 내놓고 썼듯이 '인간 전두환'을 사랑했다.

뜻밖의 출현: 헌법개정 특위

국회속기록의 부속 서류에서 뜻밖의 사실을 조우하게 된다. 1980년 1월 29일 이병주가 세종문화회관에서 열린 헌법개정심의 특별위원회(위원장 김택수)의 공청회에 패널의 일원으로 참석한 것이다.[3] 폐회 중인 제103회 국회 공개청문회다.

1979년 10월 26일, 박정희 대통령의 죽음과 더불어 유신헌법은 사실상 동반 사망선고를 받았다. 누구나 새 헌법이 탄생할 것임을 알고 있었다. 최규하 대통령은 정부가 개헌안을 제출하겠다고 선언한다. 헌법개정심의위원회를 설치하여 신헌법을 연구해오던 신현확 총리의 강경한 주장이 바탕이 된 것이다.[4] 국회에서도 새로운 개헌안을 마련하기 위해 1979년 11월 27일 여야 동수(공화 7, 유정 7, 신민 13, 통일 1 합계 28)로 국회개헌특별위원회를 구성했다(위원장 공화당 김택수).[5] 5회에 걸친 지방 순회 공청회 끝에 서울에서 제6회 공청회가 열린다. 첫 번째 발언자로 이병주가 나선다. 뜻밖의 출현에 놀란 사람들이 많았다.

"문학자의 한 사람으로서 지명을 받은 것을 대단한 영광으로 생각하며 한편 송구하게도 생각합니다. 그러나 헌법이 법률 차원의 문제를 넘어서 우리나라의 운명적 차원 또는 철학적 차원으로 뻗어나갈 때 문학자의 이러한 참여도 당연한 것이라고도 한편 생각합니다."

이렇게 서두를 연 이병주는 개헌에 관한 총론적 필요성을 피력

---

3) 김택수(위원장), 최치환(간사), 박해충(간사) 포함 출석의원 18명(공화당·신민당·유정회·통일당). 공술인: 학계 – 권영성, 김영모, 양승두, 이경숙. 법조계 – 문인구 변호사. 언론계 – 송진혁(『조선일보』). 상공계 – 양재권(전기공업협동조합이사장). 노동계: 김덕화(한국노총)(14시 1분 산회). 헌법개정심의특별위원회 회의록(제12호).

4) 한용원 회고록, 『한용원 회고록: 1980년 바보들의 행진』, 선인, 2012, p.52.

5) 1980년 2월 여야의 절충안이 마련되자 김택수 위원장은 국회안과 정부안의 단일화를 주장한다.

한다.

"나는 우리가 당면한 최대의 과제는 안전보장과 민주정치라고 생각합니다. 안전보장 없이 민주정치가 있을 수 없습니다. 그러나 민주주의적인 생활의 향유 없이 안보의 보람도 없다고 생각합니다. 감옥 속에서의 안보는 누구도 바라지 않을 것이기 때문입니다. 그러니 앞으로 만들어질 우리의 헌법은 안보에 대한 우리의 희구와 민주주의에 대한 우리의 염원을 동시에 만족하는 것이라야 하겠습니다. 오늘의 우리의 여러 가지 여건으로 볼 때 안보에 대한 우리 희구와 민주주의에 대한 우리의 염원이 상충하는 문제점이 적지 않게 있습니다. 그러나 아까 말씀드린 바와 같이 감옥 속의 안보가 우리의 살아갈 보람이 되지 못하는 만큼 우리 국민에게 최대의 자유를 보장할 수 있는 민주적 터전 위에 안보가 이루어질 수 있도록 결론부터 먼저 말씀드리면 국민에게 최대의 자유를 주고도 안보를 감당할 수 있는 그런 자신과 포부가 없는 정치가는 등장하지 말아야 하는 그런 뜻으로 이 헌법이 짜여야 한다고 생각합니다.

다음 우리는 애국의 실체로서의 헌법을 가져야 하겠습니다. 애국이란 말은 흔하게 쓰이고 있고 또 애국의 실적은 이곳저곳에 있습니다만 우리는 오늘날까지 그 애국의 실체를 제시할 수도 없고 가르칠 수도 없었습니다. 애국이란 곧 헌법을 사랑하는 것이다, 애국이란 곧 헌법을 존중하는 것이다, 이렇게 되도록 우리의 애국심을 헌법 속에 구체화시켜야 하겠다는 것입니다. 그러자면 냉엄하게 현실을 파악한 연후에 실효 있는 헌법을 만들어야 할 것입니다.

나는 우리나라 해방 이후의 역사를 헌법의 측면에서 볼 때 수난사라고 보고 있습니다. 통치자에 의한 헌법의 궤변과 날조는 국민의 헌법에 대한 존중의식을 완전히 짓밟고 말았습니다.

우리는 헌법이 무엇인지, 헌법을 존중히 여겨야 된다는 것을 알기에 앞서 헌법은 추락하고 말았던 것입니다. 그런 뜻으로 볼 때 이제 국민의 중지를 모아서 차분하게 우리의 헌법을 만들 수 있는 기회를 가지게 되었다는 것은 민족을 위해서, 조국을 위해서 다시없는 다행한 일이라고 생각합니다. 우리가 헌법을 만들어나가는 과정과 우리가 만든 헌법의 내용은 우리 국민의 품격과 위신에 관한 판단의 자료가 될 것이며 전 세계의 주목대상이 되리라고 믿습니다."

이렇듯 장황하게 서두를 풀어낸 이병주는 본론으로 들어간다.

"그런 뜻에서 이번의 헌법 개정은 대내·대외적으로 중요한 일이라고 하겠습니다. 이러한 마음을 바탕으로 몇 가지 의견을 말씀드리겠습니다.

첫째, 정체는 대통령책임제, 선출방법은 직접, 임기는 6년, 그리고 단임, 연임은 절대 불가하게 하고 그 대신 한 기를 쉬면 재출마할 수 있도록 하면 좋겠습니다.

무릇 정치의 극단은 선거에 나타나기 쉬운 것입니다. 그러니 자기를 선출하는 선거를 자기가 관리하지 않는다는 원칙이 확립될 수만 있으면 우리가 종전 선거에 보아온 바와 같은 병리적 원인을 제거할 수 있으리라고 믿습니다.

그 대신 대통령의 권한을 강하게 해야겠습니다. 철판 같은 이북의 체제에 대응하기 위해서도 그렇고 이제 겨우 시동기에 들어선 산업 부흥을 위해서도 그렇고, 민족의 활력을 집중적으로 효과적으로 이용하기 위해서도 그렇습니다.

대통령의 권한을 축소하는 것이 곧 민주주의라고 생각하는 것은 착각이라고 믿습니다. 그러나 계엄령의 선포, 긴급조치의 선포 등 처사는 국회의 결의에 의한다는 명문은 두어야 할 것 같습니다.

그리고 국회는 양원제로 했으면 합니다. 국민이 직접 선출한 하원과 정당 단체가 추천한 상원이 필요하다고 생각합니다.

상원이 필요하다는 것은 군·관·학계·언론계·사업계 또 근로자를 비롯해서 각계각층의 원로들의 지혜가 국정에 참여함으로써 과격한 사태에 대한 안전판(安全辦)으로 삼자는 데 있습니다.

교육의 자율, 인권의 보장, 언론의 자유는 이를 성역적인 것으로 명문 규정해야 할 줄 압니다.”

경찰 수사권·검찰 공소권 분리를 주장하다

“다음 제가 특히 주장하고 싶은 것은 경찰권의 보장입니다. 법치국가에 있어서 기초적이고 가장 중요한 것이 나는 경찰권이라고 생각합니다. 그런데 오늘날 우리나라의 상황은 경찰이 그 본연의 위신을 갖지 못했을 뿐 아니라 그 직능을 다하고 있는 것 같지도 않습니다.

그것은 주로 제도적인 결함에 있는 것으로 알고 또 한편 경찰 자체의 향상 의욕이라든가 자각이라든가 이런 것이 부족한 데에서 오는 대내·대외적 여건이 있다고 생각합니다.

간단히 말해 소속은 내무부로 되어 있고 수사지휘는 법무부로부터 받고 있는 그런 이상스러운 현상입니다. 지방행정을 맡고 있는 내무부에 국가 규모의 치안을 담당하고 있는 경찰이 소속되어 있는 것도 일제의 잔재를 그냥 답습한 것이라서 마땅하지 못하거니와 그 자체 충분한 능력을 가진 조직체인데도 불구하고 타부의 지휘를 받아야만 그 임무를 집행할 수 있다는 것은 이해할 수 없습니다.

이상적으로 말하면 경찰은 정당에 초월할 수 있는 그런 독립을 가져야 하고 동시에 마땅히 경찰이 수사권을 가져야 한다고 생각합니다. 그리고 검찰은 공소권만 가져도 충분히 그 기능을 다할 수 있으리라고 생각합니다.

공소권 발동을 위해서는 거기에 따른 수사가 필요할 때는 경찰의 협력을 구할 수도 있는 것입니다. 수사권과 공소권의 분리는 상호 견제한다는 뜻으로도 바람직하거니와 행정상의 모순을 없애는 뜻에서도 타당하다고 봅니다. 검찰이 수사지휘를 해야 한다는 데는 적지 않은 이유가 있을 것으로 압니다만 수사권과 공소권을 분리해야 한다는 이유보다는 강력하지 못할 것입니다. 쌍방의 이유가 꼭 같은 비중이더라도 우리가 자랑할 수 있는 헌법을 만드는 데에 있어서는 떳떳한 원칙을 좇는 방안이 현명하지 않을까 합니다.

다음은 지방자치제에 관한 의견입니다. 전국적으로 시행되는 것을 사정에 따라 얼마 동안 유보한다고 하더라도 서울·부산·대구 등 자체의 채산으로 행정할 수 있는 지역에서만은 당장 지방자치제를 시행해야 된다고 생각합니다. 예를 들어 수도 서울은 인구 800만을 가지고 있는 대도시입니다. 이 도시가 그 시민이 자기들의 시의원을 선출할 수 없대서야 말이 안 되는 것입니다. 대통령은 뽑을 수 있으면서 시장은 뽑을 수 없다면 이것도 말이 안 되는 일입니다. 우리 국민이 민주주의의 방향으로 진일보했다는 증거를 보이기 위해서라도 시장의 민선을 골자로 하는 지방자치는 조속히 실현되어야 하리라고 믿습니다.

그리고 노동권의 문제입니다. 민주주의가 이루어진다고 하는 것은 정치적 민주주의만을 말하는 것이 아닙니다. 경제적 민주주의가 이루어져야 한다는 뜻에서 우리 헌법에 경제조항과 더불어 노동권에 대한 명기가 있어야 될 줄 압니다."

군대의 특수한 지위를 주장하다

"마지막으로 말하고자 하는 것은 군의 정치적 위치에 관한 것입니다. 나는 이 문제를 두고 상당히 고민을 했습니다. 그러나 군의 문제를 제외하고 헌법을 논한다는 것은 현실을 망각한 망상주의밖에 될 것이 없다고 하는 그런 생각을 하게 되어 감히 이 문제를 상기해보는 것입니다.

어느 나라치고 안보가 중요하지 않을까마는 우리나라는 그 지정학적 조건으로 해서 안보와 국방과 정치는 직접 불가분한 관계에 놓여 있습니다. 우리의 군은 일본이나 미국이나 영국의 군과는 안보의 차원이나 정치적 비중에 있어서 확연히 다릅니다. 군이 정치에 관여해서는 안 된다는 것, 정치적으로는 중립을 지켜야 한다, 이것은 비록 다른 나라에서는 대원칙이라 하겠으나 우리나라에서는 이 원칙을 고집할 수가 없습니다. 5·16 후의 체험에서 우리는 배울 줄 알아야 하겠습니다. 만일 그 교훈을 등한히 한다면 현실을 직시하지 못하는 것으로 되고 그러한 헌법의 논의는 공론에 그치고 말 것이 아닌가 싶습니다. 지금 우리가 만들려고 하는 헌법이 우리의 현실에 알맞게 되고, 그럼으로써 권위가 있고 존중받으려면 군은 정치에 관여해서는 안 된다는 비현실적 발상에 만족할 것이 아니라 적극적으로 군의 정치적 위치를 명문화해주어야 한다고 생각합니다. 그 방법과 표현은 신중히 검토하기로 하고 군이 정치적 발언을 할 수 있는 장소가 있어야 한다는 필요만은 확인해두어야 한다고 생각합니다.

예컨대 대통령 산하에 국무회의를 보완하는 또는 이와 양립되는 군사위원회를 설치한다든가 또 상원에 현역 군인의 의석을 마련하는 것도 하나의 방법이겠습니다. 군에게 정치의 불간섭을 요구해서 불만을 키우는 것보다 정치적 발언의 기회를 주어 군의 능력도 정치에 반영시키자는 것입니다. 5·16 이후 우리 군은 정치적으로도 많은 훈련을 받았습니다. 그 훈련된 군의 애국적 정성을 국정에 반영시킨다거나 그것을 헌법의 테두리 안에서 조절하는 것은 나쁠 것이 없다고 나는 생각합니다. 엉뚱하게 들릴지 모르나 현실을 직시하자는 뜻에서 이런 제안을 해보는 것입니다.

자율과 자치를 원칙으로 하는 학교 교육에 군은 이미 배속장교라는 자격으로 참여하고 있는 것이 아닙니까! 아무튼 지금 만들려고 하는 헌법이 국민의 최대공약수적인 슬기의 발현이었으면 합니다. 이런 헌법을 만들다니 한국인은 참으로 훌륭한 민족이다 하는 칭찬을 받았으면 합니다. 이러한 헌법을 만들었을 때 우리는 마땅히 이 헌법에 규정된 절차 이외의 방법으로 이 헌법을 수정 변경 또는 유린하는 자에게 대해서는 영생토록 저주받을 민족의 반역자라고 하는 낙인을 붙일 수 있는 규정을 삽입할 수 있을 것이라고 생각합니다. 요컨대 그런 헌법을 만들자는 것입니다."[6]

전향적이고도 퇴행적인 헌법관

이병주의 헌법관은 당시 지식인의 보편적 기준에 비추어볼 때 전향적인 주장과 퇴행적인 주장을 함께 담고 있다. 대통령 직선제를 주장한 것은 매우 상식적이다. 대통령의 임기를 6년 단임으로 하고 연임을 절대 불가능하게 하자는 주장은 당시 국민의 보편적 정서를 대변한다고 볼 수 있다. 그러나 '한 번을 쉬면 재출마할 수 있게' 허용하는 것은 일종의 꼼수로 알려지고 있었다. 1969년 박정희의 3선을 가능하게 만든 제6차 개헌에 따라 헌법 제69조 제3항 "대통령의 계속 재임은 3기에 한한다"라는 문구를 두었다. 당시 헌법학계의 상식은 어떠한 경우에도 3선 이상은 불가능하다는 지극히 낙관적인 해석이었다. 그러나 헌법의 문구는 달리 해석될 여지가 농후했다. 삼선개헌의 보다 큰 의미는 박정희의 3선 이후에는 대통령 선거가 없어질 것이라는 암시나 다름없었다. 그 불온한 예조(豫兆)가 현실이 되었다. 1972년 이른바 '유신헌법'의 등장으로 국민이 대통령을 직접 뽑을 수 없게 되었고, 임기의 제한도 사라졌다. 헌법은 한 개인 권력자의 영구집권을 뒷받침해주는 신분 문서로 전락한 것이다.

또한 이러한 '한 번 건너뛰기' 편법은 후일 러시아의 푸틴이 교묘

---

6) 이병주, 『국회속기록』 103회, 1980. 1. 29.

하게 악용한 수단이기도 하다. 푸틴은 대통령을 두 차례 역임하고 나서 측근을 허수아비 대통령으로 세우는 대신 자신은 총리로 물러났다. 그러고는 다시 대통령에 복귀했다.[7]

분단국가의 특수한 사정을 감안하여 대통령의 권한을 강화해야 한다는 주장은 독재정권의 악몽에 시달리는 국민에게는 더없이 큰 위협이었다. 걸핏하면 국가안보, 법과 질서를 내세워 간첩을 조작하는 국민의 일상을 옥죄는 상황인데, 그것도 모자라 대통령의 권한을 강화해야 한다니! 통행금지를 해제할 것을 박정희에게 건의하다 핀잔맞은 이병주가 아니었던가.

국회에 상·하 양원제를 도입하고 상원에 적정한 권한을 주어야 한다는 주장은 나름대로 경청할 가치가 있다. 전통적 계층사회와 새롭게 발흥하는 평등사회 사이의 적절한 균형을 통해 사회적 통합을 도모한다는 정치이상이다. 영국과 미국, 그리고 일본의 선례가 있다. 1960년 4·19 혁명으로 탄생한 제3공화국에 잠시 시도했던 참의원제에 대한 미련이 남아 있을 수도 있다. 양원제를 도입하더라도 구체적인 선출 방법에 대해서는 세부적 논의가 필요할 것이다. 그러나 선거 대신 정당 사회단체의 추천으로 상원을 구성하겠다는 발상은 시대착오이자 민주헌법의 기본원리에도 맞지 않는다. 더더구나 군에 대해 특별한 배려를 부여한다는 것은 실로 시대착오적인 발상이 아닐 수 없다. 군이 독점한 대포에 권력이라는 포탄을 공급해주는 격이다.

'교육의 자율, 인권의 보장, 언론의 자유' 그리고 경제민주화 조항과 노동권에 대한 특별한 의미를 부여하는 것도 이해가 된다. 헌법이 보장하는 다양한 기본권 중에서도 여타의 기본권보다 '우선적 지위'에 서는 본질적 권리가 있고 국가는 이들 본질적 권리를 특별하게 보

---

7) 그나마 2020년 7월 국민투표를 통해 임기 제한을 철폐했다.

호할 의무를 진다.

경찰의 수사권 독립을 주장한 것은 매우 전향적인 발상이다. 이 주제는 그로부터 24년 후인 2004년 노무현 대통령의 참여정부에 들어서 처음으로 공론화되었고 2017년 문재인 정권의 탄생 이후 지속적인 노력 끝에 2020년 말에 비로소 입법을 통해 약간의 제도개선이 이루어진 의제다. 지방자치제의 도입을 주장하는 대목 또한 시대의 흐름을 반영한 것이다.

이병주가 주장한 내용의 일부는 1980년 9월 시행된 새 헌법에 반영되었다. 지방자치제도가 도입되었고 '행복추구권' 등 기본권 조항도 강화되었다. 그러나 대통령 직선제는 7년 후, 전 국민항쟁 성과로 제정된 1987년 현행 헌법에 의해 비로소 회복되었다. 대통령 직선제는 국민이 '되찾은 주권'의 상징으로 여겨지기도 했다.

이병주가 주장한 '경제민주화조항'도 이 헌법에서 비로소 구체화되었다. "대한민국의 경제질서는 개인과 기업의 경제상의 자유와 창의를 존중함을 기본으로 한다"(헌법 제119조 제1항). "국가는 균형 있는 국민경제의 성장 및 안정과 적정한 소득의 분배를 유지하고, 시장의 지배와 경제력의 남용을 방지하며, 경제주체 간의 조화를 통한 경제민주화를 위하여 경제에 관한 규제와 조정을 할 수 있다"(헌법 제119조 제2항). 이 규정은 국보위 위원으로 전두환 정권의 정착에 기여한 김종인의 공로로 인정되고 있다.[8] 제정 당시에는 의례적인 장식 문구로 치부하던 이 조항이 21세기에 들어와서 치열한 논쟁의 핵심이 되었다. 이 헌법의 해석으로는 제1항과 제2항의 상관관계의 문제다. 즉 제1항이 원칙이고 제2항은 단순한 보충조항이냐, 아니면 1항과 2항은 대등한 지위에 서느냐의 문제다. 사람에 따라서는 미국

---

8) 김종인, 「6공화국은 누가 만들었을까」, 『영원한 권력은 없다』, 시공사, 2020, pp.168–181.

식 자본주의냐 유럽식 자본주의냐의 차이로 논쟁의 성격을 규정하기도 한다. 일반적으로 기업의 입장에서는 전자를, 노동자는 후자의 입장을 지지할 것이다.

2012년 김종인은 『지금 왜 경제민주화인가』라는 대중용 계몽서를 펴냈다. "경제민주화는 절대로 시장경제를 부정하는 것이 아니다. 시장경제를 보완하기 위해서 필요한 것이다. 다시 말해 자본주의와 민주주의를 공존시키기 위해 경제민주화가 요구되는 것이다."[9]

많은 국민이 이 조항에 큰 의미를 부여하고 의지한다. 심지어는 이 조항이 퇴계 이황(1501-70)의 경세관을 구현한 것이라는 다소 생뚱맞은 주장도 있다.[10]

진보 법률가의 적이 되다

무엇보다 놀라운 이병주의 발상은 군대의 정치적 기득권을 인정하자는 주장이다. 군의 정치적 중립을 요구하는 것은 우리의 현실에 맞지 않는다. 그러니 군의 정치적 비중을 '현실'로 받아들여 헌법적 지위를 보장하자는 주장이다. 군사독재로 악명 높은 인도네시아나 미얀마 같은 나라에서 시행하는 제도다. 대통령 직속 기관으로 내각과 병렬적 지위에 서는 군사위원회를 설치하고, 상원에 군인의 몫을 주자는 발상이다. 속으로야 이런 생각을 하는 사람이 없지 않았겠지만 누구도 감히 공개적으로 드러내고 발언할 수 없는 내용이다.

이러한 이병주의 발언은 구구한 억측을 자아내기에 충분했다. 도대체 누구의 주선으로 이병주가 공청회에 참석했는가? 그가 주장한 내용은 한갓 문객의 소설적 발상에 불과한가? 행여나 이때부터 이미 이병주는 전두환 군부의 정치적 입장을 대변한 것은 아닐까?

---

9) 김종인, 『지금 왜 경제민주화인가』, 동화출판사, 2012, p.16.
10) 김호태, 『헌법의 눈으로 퇴계를 본다』, 미래를여는책, 2008, pp.355-359.

이병주는 문학인으로서는 이례적으로 법에 대한 관심과 이해가 깊었다. 일찌감치부터 『관부연락선』을 위시한 여러 작품에서 헌법의 의미에 대해 서술했다. 고등문관 시험을 통해 일본제국헌법의 질서 속으로 편입되기를 자원한 조선 청년들의 비루한 모습에 측은한 시선을 보이기도 했다. 일사부재리의 원칙, 소급법의 금지 등과 같은 형사적 인권의 관점에서 헌법의 의미를 되새기기도 했다. 자신에게 씌워질지도 모르는 사회안전법의 족쇄에 대해서도 남다른 비판의식을 작품에 담았던 그가 아니었던가.

공청회에 참석하기 위해 이병주가 어떤 법률 전문가의 자문을 구했는지는 알 수가 없다. 자신의 말대로 소박한 한 소설가 지식인의 자유로운 발상을 토로한 것인지도 모른다. 그러나 당시 이병주의 지명도와 사회적 비중에 비추어볼 때 한바탕 웃음으로 넘기기에는 뭔가 수상쩍은 데가 있다. 어쨌든 발언의 마지막 부분을 한국 사회에서 군대의 특별한 지위와 역할을 강조하며 이병주는 마이크를 내려놓았다.

이병주에게서 마이크를 넘겨받은 두 번째 연사는 헌법학자 한상범이었다. 한상범은 이병주의 황당한 주장에 노골적인 반감을 드러냈다.

"전문가가 아닌 '아마추어'라든지 일반의 소박한 뜻에서 여러 가지 구상을 다른 뜻 없이 선의적으로 막 제시할 수도 있습니다. 그러나 저는 역시 책임 있는 전문가로서의 책임을 질 몇 말씀을 요약해서 공술하겠습니다."

'아마추어' '일반인' '뜻 없이' '선의적' 등 헌법학자 한상범에게 원로소설가 이병주는 이미 군사독재의 독아에 물려 시대정신을 외면하고 건전한 이성이 마비된 한갓 늙은 글쟁이로 전락한 것이다.[11]

그 진의가 무엇이었든 이병주에게는 너무나 치명적인 발언이 되었다. 이 발언으로 인해, 그리고 그 이후에 전두환에게 보인 이례적으로 호의적인 언행으로 인해 이병주는 진보 성향 법률가들의 외면을 받게 되었다.

---

11) 한상범(1936-2017)은 후일 민족문제연구소 소장, 불교인권위원회 대표, 한국법학교수회 회장을 역임하며 일제 잔재 청산과 인권 개선에 앞장섰고, 1964년 한일협정 반대, 1969년 3선개헌 반대, 1972년 유신반대 운동에 참가하는 한편, 「수형자의 인권」 「세계의 인권」 등 인권 관련 논문을 발표하면서 글쓰기와 행동 양쪽에서 활발하게 현실 참여를 했다. 한상범, 『살아 있는 우리 헌법 이야기』, 삼인, 2005.

23. 유폐된 반영웅: 백담사의 전두환

전두환의 대국민성명 감수자

"바다를 떠나 산으로 갔네. 부서지는 파도 뒤로하고, 반짝이는 신록 속으로 들어갔네. 통곡은 털어버리고, 갖가지 새소리로 가슴 채웠네. 하늘은 투명하고 바람은 자유로웠네. 소원 하나 있었지. 백담사 무금천, 과거도 현재도 없는 물길 옆에 돌탑 하나 세우고 싶었네."

한동안 많은 독자의 심금을 울렸던 『한겨레』의 칼럼 「향원익청」에 실린 곽병찬의 시구다.[1]

1988년 11월 23일 10시, 전직 대통령 전두환은 유배지로 결정된 설악산 백담사로 떠나면서 연희동 자택 응접실에서 대국민 성명서를 낭독한다. 사상 최초로 평화적 정권교체를 이룬 전직 대통령이라는 자부심에 넘쳐 있던 그였다. 7년 동안 이룬 제5공화국의 치적을 자신이 지명한 후계자가 '청산'의 표적으로 삼을 줄은 꿈에도 몰랐었다. 정치란 참으로 비정한 것이다. 노태우가 압력을 가해오는 해외망명이나 낙향은둔의 제안을 전두환은 "비록 지옥 같은 생활을 할지언정 절대로 이 땅을 떠나지 않는다"라며 완강하게 거부한다. 밀고 당기고 하는 교섭 끝에 최종 낙착을 본 것이 산사 유배였다. 서의현 조계종 총무원장의 주선으로 유배지로 낙착된 곳이 강원도 내설악 오지의 작은 사찰 백담사였다.[2]

---

1) 곽병찬, 「백담사」, 『향원익청 2: 화향, 정녕 돌아갈 그곳』, 길, 2018, pp.268-273.
2) 상주 승려 10명 미만의 작은 절인 백담사의 당시 주지는 도후(度吼)스님이었다. 전두환, 『전두환 회고록』 3권, 자작나무숲, 2017, pp.160-163.

전두환은 절과는 인연이 없던 사람이었다. 평생을 통해 절에서 묵은 일은 단 한 번, 공수부대 시절에 훈련 나갔다 무주 덕유산의 한 사찰에서 하룻밤을 유숙했을 뿐이다. 후일 알게 된 백담사와의 기연(奇緣)이라면 1985년 어느 날 형수가 대통령의 이름으로 소액을 시주한 일이다.

"백담사 대웅전 어느 기둥의 주춧돌에 내 이름이 쓰여 있는 것이다."[3]

부인 이순자 씨의 비장한 회고다.

"그이는 국민들 앞에 서서 진심을 다해 사죄한 후, 내 땅, 내 조국에 남아 받는 벌이라면 어떤 벌도 달게 받겠다는 대국민 담화문을 낭독한 후 백담사를 향해 은둔의 길에 올랐던 것이다. 그이와 나는 연희동 대문을 나섰다. 집 앞에는 우리를 태우고 낯선 곳 백담사로 떠날 차 한 대가 서 있었다. 그이가 대통령직 퇴임으로 청와대를 떠난 지 만 9개월 만이었다."[4]

텔레비전 생방송으로 전 국민 앞에 중계된 28분짜리 사과문의 작성에 당대 최고의 인기작가 이병주가 관여했다는 사실이 비상한 관심을 불러일으켰다. 『동아일보』 석동율 기자가 당시 상황을 증언한다.

"(11월 22일) 오후 2시경, 곱슬 백발에 두꺼운 뿔테 안경을 쓴 낯

---

3) 위의 책, pp.175-178.
4) 이순자, 『당신은 외롭지 않다』, 자작나무숲, 2017, p.496.

익은 인사가 대문을 열고 나왔다. 망원렌즈를 낀 카메라로 보니 『지리산』의 작가 이병주 씨가 아닌가. 이어 경호원들이 2.5톤 트럭을 대문 앞에 세우고 짐을 싣는 장면도 눈에 들어왔다. 심상치 않다고 직감한 순간 카메라 모터드라이브가 연속음을 내고 있었다. 이날 밤, 지방판에 두 장면이 특종 보도되고 이병주 씨의 입을 통해 전 씨의 대국민 사과성명을 마지막으로 검토했음이 밝혀져 기사화됐다. 정치부 기자에게 전 씨 집에 갔던 사실조차 완강히 부인하던 이 씨는 '사진까지 찍었다'고 하자 비로소 인터뷰에 응했다고 한다."[5]

이병주의 아들 이권기 교수의 부연 설명이다. 당시 전 대통령의 집에 가려면 서교호텔에서 기다렸다가 사저에서 보낸 보안차로 이동하는 것이 상례였으나 이날 이병주는 공공연하게 택시를 타고 갔다고 한다.

전두환 자신의 회고다.

"사과문은 아홉 차례의 수정 보완을 거쳐 백담사로 떠나는 11월 23일 새벽녘이 되어서야 완성됐다. 그 하루 전인 11월 22일 저녁, 작가 이병주 씨가 찾아왔다. 부산에 있다가 내가 23일 연희동 집을 떠난다는 뉴스를 듣고는 급히 올라왔다는 것이다. 나는 사과문 원고를 건네주며 문안이 완성되기까지 진통이 있었다는 얘기와 함께 내용을 검토해달라고 부탁했다. 원고를 본 이병주 씨는 민 비서관이 했던 말과 똑같은 얘기를 했다. 무엇을 그렇게 잘못했다고 사과 일변도의 얘기만 하느냐, 내용이 너무 처연하다. 할 말은 해야 하는 것이 아니냐고 했다. 나는 민 비서관에게 했던 얘기를 반복할 수밖에 없었다. 이병주 씨는 민 비서관에게 20여 대목의 자구를 수정하면 좋겠다는

---

5) 「사진기자 석동율의 사진 이야기」, 2020.

메모를 남겼고, 그 과정을 거쳐 23일 아침 최종본이 나에게 보고되었다."[6]

유배된 전두환을 위로하기 위해 이병주는 백담사를 찾는다.

"백담사에 세 번 갔다. 2년 동안 세 번이니 나도 박정한 놈이다. 변명이 될 수 있는 건 그동안 나는 미국에 있었다는 사실이다. 지금도 나는 이 글을 미국에서 쓰고 있다."[7]

자신은 박정하다고 말했지만 듣는 사람은 놀랄 일이다. 교통수단도 변변치 않은 그 먼길을 하루에도 원고지 100장을 쓰고, 외국을 자신의 안방처럼 휘젓고 다니는, 극도로 분망한 일상을 이어가는 인기 절정의 문사가 그 외진 곳을 세 차례나 들렀다는 것은 쉽지 않은 정성이다.

"백담사에서도 많은 이야기를 하고 듣기도 했다. 그때마다 전 대통령의 인상이 달랐다. 존 F. 케네디 대통령의 책에 'grace under pressure'를 용기의 으뜸으로 치고 있는데 우리말로 번역하면 '압력 하에서의 품위' 또는 '역경 속에의 품위'가 될 것이다. 백담사에서의 전두환의 태도야말로 이런 표현이 적확하지 않을까 싶다.

첫 번째 방문 시의 그는 주변에 침울한 공기가 있었다. 두 번째 갔을 때는 청량함을 앞에 하고 '나는 만사를 인연으로 생각합니다. 전생에 몹쓸 짓을 많이 한 모양이지요. 그 벌을 지금 받고 있습니다. 내가 한 짓이 죄다 잘못한 거라고 말하니 내가 잘못했겠죠. 실수로나마

6) 전두환, 『전두환 회고록』 3권, 자작나무 숲, 2017, p.174.
7) 이병주, 『대통령들의 초상』, 서당, 1989, p.284.

어쩌다 잘한 일이 있기도 할 텐데 석연치 않은 게 있어요. 그게 뭉클하게 솟아오르면 잠이 안 와요. 그럴 때면 내자가 말하죠. 찬물 한 그릇 먹고 정신 차리고 잠을 자라구요.'"[8]

"그에게 잘못이 있었다면 '상황'에 밀려 항거하지 못했다는 사실이 잘못일지 몰랐다. 그러나 솔직한 얘기로 대통령이란 직위가 눈앞에 있었을 때 그 유혹에 항거할 수 있는 게 예삿일이겠는가.

그런 때문에 그는 8, 9년 동안을 하루도 편할 날이 없이 나라를 위해 뛰지 않았던가. 시행착오가 있었다면 좋다는 일은 다 하려고 지나친 욕심을 부린 탓일 것이고 최선을 다하려고 너무나 애쓴 때문인지 모른다.

아무튼 그를 위대한 대통령이었다고는 말할 수 없겠지만 훌륭하게 책무를 다한 대통령이었던 것만은 사실이다. 그러고 보면 그에겐 위대한 대통령으로서의 소지가 있었다고 보아야 할 것이 아닌가."[9]

1990년 12월 30일, 정확하게 769일 만에 전두환 내외는 연희동 자택으로 돌아온다. 떠날 때와 마찬가지로 이웃 주민과 열성 지지자들이 몰려들었다. 조직적으로 동원된 사람들도 더러는 있었을 것이다. 해동하기를 기다렸다가 이병주는 전두환을 찾는다.

"여러 사람에 관한 이야기가 나왔지만 그가 하는 말은 언제나 좋은 말이다. 남을 나쁘게 말하는 것을 아직 나는 그의 입으론 듣지 못했다. 그는 남의 욕을 할 줄 모르는 사람이다. 자기를 등진 사람들에 대해서도. '나는 그분들이 배신했다고 생각하지 않습니다. 사정이

---

8) 위의 책, p.285.
9) 위의 책, pp.296-297.

그렇게 된 거지요. 사람이 살다가 보면 그런 일도 있게 됩니다' 하고 대범하게 말한다."[10]

"11시쯤 되어 연희동을 하직하고 나는 혼자 동부이촌동에 있는 단골 스낵바에 들렀다. 아픔이 그냥 남아 있었던 것이다. 술을 마시는 데도 취기가 오르지 않고, 뇌리에 정치·역사·정의·우정·진실·신의·배신·애증·운명·인생 등 낱말이 난무하기만 하고 생각을 집중할 수 없었다. 겨우 하나의 문장을 이룰 수 있었던 생각이란, '인생은 참 어려운 것이다.'"[11]

"이제 나의 결론을 적는다. 전두환의 진실은, 평화적 정부 이양을 완수한 최초의 대통령이며 재임 시의 잘못으로 지적된 일에 대해서 진정하게 국민에게 사과한 최초의 대통령이다. 그는 권력 이전에 있어서도, 권력의 정상에 있어서도 일관하여 최선을 다한 우리의 대통령이다."[12]

1995년 12월 2일 아침 9시. 전두환은 다시 연희동 사저 앞에 서서 두 번째 '대국민성명'을 발표한다. 김영삼 대통령의 '역사 바로 세우기'의 부당성을 고발하는 항의서다. 본인으로서는 억울하기 짝이 없는 일이다. 언론은 이를 일러 '골목성명'으로 명명한다. 백담사의 유폐생활을 마치고 연희동 자택으로 돌아온 지 5년, 당초 대국민 사과 성명의 감수자 이병주가 세상을 떠난 후 3년 반이 지난 뒤였다. 집 앞 골목에 도열한 측근 중에 장세동·허문도의 모습이 두드러져 보였다.

---

10) 위의 책, p.288.
11) 위의 책, p.289.
12) 위의 책, p.290.

이순자의 자서전『당신은 외롭지 않다』는 사건의 정치적 배경을 이렇게 설명했다.

"검찰소환장이 날아들었다. 그해 6월 27일 실시된 지방자치단체 선거에서 김영삼 대통령이 이끄는 민자당이 참패했다. 정국은 다시 혼돈 속으로 빠져들었다. 그즈음 연희동을 방문한 주영복 전 장관이 그분에게 참 이상한 소식을 전해주었다. 선거에 참패한 후 기분이 영 좋지 않은 김 대통령에게 '국면돌파를 위한 보고서'란 것이 올라왔는데, 그것이 보통 내용이 아니라는 것이다. 그 내용은 이러했다.

소수의 민주계 의원들을 이끌고 3당 합당을 통해 민자당 후보로 당선에 성공한 김 대통령은 집권 후 민정계 출신이 우세한 당을 이끌어가는 데 많은 어려움을 겪고 있다. 현재와 같은 당내 역학구도를 더 이상 방치할 수 없다. 즉 지금의 구도 아래 총선을 치르게 되면 인지도나 재력 면에서 민주계 측 인사가 5, 6공 출신의 거물에게 밀릴 수밖에 없다. 4·27 지방선거의 참패가 바로 그것을 말해주는 증명이다. 따라서 15대 총선에서 반개혁적인 인물들이 다수 당선되어 김 대통령의 개혁정책이 원점으로 돌아가게 되는 것을 막기 위해서는 약간의 무리가 따르더라도 다음과 같은 조치가 불가피하다. 즉 12·12와 5·17, 5·18을 다시 문제 삼아 두 전직 대통령을 사법처리하고, 5, 6공 세력을 수구세력으로 몰아 총선에 출마하지 못하게 한 후 새로운 정계 개편을 통해 민주계 중심의 정권 재창출을 성공시킨다."[13]

전 대통령이 검찰의 소환에 불응하자 체포에 나선다. 전두환은 새벽에 고향 선산에 성묘한다는 명분을 내세워 경남 합천으로 향한다.

---

13) 이순자,『당신은 외롭지 않다』, pp.588-589.

체포조가 따라나선다. 그리고 구치소로 연행한다.

만약 이때 이병주가 살아 있었더라면 이번에도 성명서의 초안에 관여했을까? 아마도 그랬을 것이다. 이병주라면 정치가 아니라 인간을 택했을 것이기 때문이다.

전두환의 서예

생전에 이병주는 전두환이 서예에 정진한다는 이야기를 주위에 말한 적이 있다. 의외라는 반응에 "내 글씨보단 낫지"라고 평한 적이 있다. 이병주 자신은 정식으로 서예를 수련한 적이 없다. 어린 시절 백부에게서 배우다 만 수준이다. 이병주의 운필은 몽블랑 만년필 펜촉을 타고 미끄러지듯 달려가는 달필이다. 그런데 이후락의 강청에 의해 그가 구운 도자기에 글씨를 입혀준 적이 있다. 그런데 이병주가 실제로 붓을 잡고 글 쓰는 모습을 본 사람이 있다. 영화배우 김보애의 증언에 의하면 이병주의 글씨는 이름난 묵객 송지영에 버금가는 수준이었다고 한다(이 책, 27장 참조).

전두환의 글씨 수준을 공개적으로 평한 사람은 뜻밖에도 '어깨동무 서체'의 창시자 신영복이다.

"백담사에 가서 놀랐던 것이 '극락보전'(極樂寶殿) 현판이었습니다. 안진경 서법이 배어 있는 현판이었습니다. 잘 쓴 글씨여서 누구 글씨인가 유심히 바라보다가 깜짝 놀랐습니다. 전서(篆書)로 된 낙관만 찍혀 있어 얼른 알아보기 어려웠지만 아호가 일해(日海)였습니다. 전두환 전 대통령의 글씨였습니다. 아는 스님에게 전화했습니다. '극락보전' 현판이 전두환 전 대통령의 글씨가 맞느냐고 확인했습니다. 그걸 어떻게 알았느냐 반문합니다. … 나로서는 필자가 의심스러웠습니다. 極樂寶殿. 쉬운 글자가 아닙니다. 그 극락보전과 마주 보는 쪽에 만해 한용운 선생의 「나룻배와 행인」 시비가 서 있습니

다."[14]

> "나는 나룻배
> 당신은 행인
> 당신은 흙발로 나를 짓밟습니다.

이렇게 시작되는 만해의 시는 '그러나 당신이 언제든지 오실 줄만은 알아요'로 끝"[15]이 난다.

이순자의 자서전 『당신은 외롭지 않다』의 구절이다.

"1992년 11월 23일, 연희동으로 귀환한 지 두 해가 되던 날에 그분과 함께 백담사를 방문하던 때로 달려갔다. 그날 우리는 만감에 젖어 2년이 넘게 우리가 머물렀던 만해당도 둘러보고, 스님들의 청에 따라 그분이 직접 써드린 '극락보전' 현판 앞에 서서 지난날을 회상하며 깊은 감회에 잠겼었다."[16]

전두환의 서예는 결코 낯선 일이 아니다. 그가 처남 이창석 씨나 장남 재국에게 써준 글은 압류된 추징금의 징수를 위해 경매에 붙여져 비교적 고가에 판매되었다. 전두환은 김대중 대통령이 야당 대표 시절인 1992년 10월 전두환의 아들과 보좌관에게 써준 휘호가 2013년 추징금 환수절차에 따라 압류되어 경매에 넘어간 것을 매우 미안하게 여긴다고 썼다.[17]

---

14) 신영복, 『담론: 신영복의 마지막 강의』, 돌베개, 2015, p.380.
15) 신영복, 「백담사의 만해와 일해」, 『나무야 나무야』, 돌베개, 1996, p.41.
16) 이순자, 『당신은 외롭지 않다』, p.598.
17) 전두환, 『전두환 회고록』 2권, p.294.

김영삼 신민당 총재의 대변인 출신으로 1980년 민정당 창당에 참여했던 박권흠은 전두환의 글씨는 꾸준히 연마한 덕분이라고 했다. 박권흠도 서당 시절부터 붓글씨를 연마하여 여러 차례 서예전을 열었다. 웬만한 전국다인협회의 관련자치고 박권흠의 글씨를 한 편 소장하지 않은 사람이 없을 정도로 널리 퍼져 있다.

글씨에는 쓴 사람의 성품이 드러난다고 한다. 선비의 글에는 아취가, 무인의 글씨에는 용맹스러운 기상이 담기기 마련이다.

"작품과 인간이 강하게 연대되고 있는 서도가, 단지 작품만으로 평가되는 인간 부재의 다른 분야보다도 마음에 듭니다. 좋은 글씨를 남기기 위하여 결국 좋은 사람이 될 수밖에 없다는 평범한 상식이 마음 흐뭇합니다. 인간의 품성을 높이는 데 복무하는 '예술'과 예술적 가치로 전화되는 '인간의 품성'과의 통일이 서도에만 보존되고 있다고 한다면 아무래도 근묵자(近墨者)의 자위이겠습니까."[18]

서예는 삶이고 실천이라는 믿음은 신영복 혼자만의 것이 아니다.

전두환은 2017년에 펴낸 회고록에서 자신이 평소에 서예를 수련한다는 사실을 정식으로 밝혔다.

고려의 승려 탄연(坦然)이 수행한 곳으로 알려진 북한산 문수동굴의 입구에도 전두환의 글씨가 새겨져 있다. "三角山天然文殊洞窟 庚辰(2000, 삼각산 천연문수동굴 경진) 初夏 日海 全斗煥(초하 일해 전두환)." 백담사 편액, 극락보전(極樂寶殿)보다 10년 후에 쓴 것이다. 호기심에 몇몇 서예 전문가들의 의견을 구해보았더니 문수동굴 현판의 완성도가 한 단계 더 높다고 평했다. 중국 묵객들도 같은 의견이었다. 문수동굴은 30미터 깊이의 천연 암반 속에 자리하고 있

---

18) 신영복, 『감옥으로부터의 사색』, pp.18, 173.

다. 초대 대통령 이승만의 어머니가 이곳에서 백일기도를 드려 아들을 얻었다는 전설이 따른다. 대웅전의 문수보살상은 고종의 비 명성황후(明成皇后)가 조성했고, 석가모니불은 영친왕 이은(李垠)의 비인 이방자(李方子)가 조성했다.[19]

여의도 중소기업회관 앞에 대형 석비가 세워져 있다. "中小企業(중소기업)은 나라의 주춧돌 大統領 全斗煥(대통령 전두환)." 이렇다 할 특징 없는 글씨다. 서초동 예술의전당 건립 기념비도 비슷한 수준의 글씨다. 건립 당시에 군인 대통령의 이례적인 문화 사랑의 징표라는 평가도 있었다.

전북 장수군 장수면 대곡리 논개 생가 근처 정자의 현판 丹我亭(단아정)도 1989년 10월 전두환이 직접 썼다. 그러나 20년 만에 철거되고 2020년 2월 한글로 대체되었다. 대전현충원의 친필 현판도 '안중근체'로 바꾼다는 소식이다.[20] 전국 도처의 각종 기념물에 전두환의 수묵(手墨)은 차례차례 사라질 운명이다. 이병주가 살아 있었더라면 이러한 상황을 어떻게 받아들일까? 달관과 체념 섞인 허무주의자의 변을 다시 복창할 것인가? 역사는 믿을 것이 못 되는 것이라고.

백담사 주지 무산스님

전두환이 하산한 후 오랫동안 백담사 주지로 봉직한 무산(霧山) 조오현(1932-2018) 스님은 일화가 많은 승려다. 신영복이 극락보전 현판에서 '日海'(일해) 낙관을 보고 놀라서 전화를 걸었다는 '아는 스님'은 필시 무산일 것이다. 일제가 조선의 강토와 민중을 수탈하던 시절, 여섯 살에 소 머슴 살이를 팽개치고 입산하여 절간에서

---

19) 『중앙선데이』, 2009. 4. 12.
20) 『조선일보』, 2020. 5. 9.

잔뼈가 굵은 그다. 되찾은 나라에서 승려가 된 뒤에도 파란의 날들을 겪었다. 한때 군사정권에 의해 비리 폭력 승려로 낙인찍혀 해외로 도피한 경력도 있다.

경남 밀양 산골마을 태생인 그는 '설악산의 스님'으로 불린다. 스스로 택한 설악당(雪岳堂)이란 자호(自號)를 도반과 신도들이 추인한 것이다. '승려답지 않은 큰 스님' '시인답지 않은 큰 시인'으로 불리며 많은 사람의 기림을 받았다. 전두환이 백담사에 체류하게 된 데는 무산의 역할이 컸다. 또한 그는 백담사를 만해 한용운 추모사업의 본산으로 만든 장본인이기도 하다. 무산은 만해와 일해를 함께 품은 거인이다.

2016년 늦가을, 연이은 주말의 '촛불집회'로 박근혜 대통령이 탄핵의 위기에 몰렸을 때, '질서 있는 퇴진'을 권고한 재야 원로들이 은밀하게 사태의 조정에 나섰다. 대통령이 조용히 자리에서 물러나기만 하면 일신의 안전을 보장한다는 내용이었다. 그때 다시 백담사가 대통령의 국내 망명지 후보로 떠올랐고, 불교 종단에서도 수용할 의향을 비쳤다는 뒷얘기가 전해온다. 그러나 헌법재판소가 탄핵을 기각할 것이라고 확신한 대통령 측근이 일언지하에 거부하면서 '질서 있는 퇴진'은 실없는 해프닝으로 끝났다.

2007년 무산은 제19회 정지용문학상의 수상자로 선정된다. 심사위원 김남조·김윤식·이근배·고은·김재홍이 각각 심사평을 썼다. 심사위원장 김남조의 평이다. "그의 시 공부를 도와준 시의 스승은 없다. 그러나 삼라만상의 모든 것이 스승이고 동문임이 틀림없다."[21] 고려의 선사 나옹혜근(懶翁惠勤)의 임종게(臨終偈)를 연상시키는 명구다.

---

21) 조오현, 『아득한 성자』, 시학, 2007, p.146.

칠십팔 년 만에 고향으로 돌아가나니
천지산하와 온 우주가 내 고향이라네
삼라만상 모든 것은 내가 만들었으며
이 모든 것의 근본은 불성에 있나니
七十八年歸故鄕
天地山河盡十方
刹刹塵塵皆我造
頭頭物物本眞鄕

고은·김지하·김용옥, 당대의 말쟁이 셋이 수상작품『아득한 성자』에 휘호를 남겼다.
동료 시인들의 삶에 특별한 애착을 쏟은 신경림이 불교와 무산스님을 이렇게 묶어냈다.

"불교는 대중과 권력으로부터 매를 맞아온 종교다. 매를 맞는 가운데 철학이 있다. 그가 후원한 만해사상실천선양회가 주관하는 만해상 수상자에는 기독교 등 비불교신자가 더 많다."[22]

오현은 초년 승려 시절부터 많은 운동권 청년들의 도피처를 마련해주었다. 1974년 민청학련 사건의 배후자로 수배되어 조영래와 함께 산사로 도피한 경력이 있는 손학규도[23] 오현이 아끼던 사람이다. 오현은 손학규의 부인에게 바치는 헌시를 썼다.

"가을이 소나기처럼 지나간 그대 정원에

---

22) 『신경림의 시인을 찾아서』, 2 우리교육, 2002, pp.244-255.
23) 안경환, 『조영래평전』, 강, 2005; 「손학규에게 남겨진 일」, 『안경환의 시대유감』, 라이프맵, 2012, pp.109-111.

열매 하나가 세상의 맛을 한데 모아
똑 하고 떨어지는구나
다 쭈그러든 모과 하나."
　　—「떠오르는 수람(收攬) 손학규의 애처, 이윤영 여사에게」[24]

　그의 행보는 거침이 없다. 돈오점수, 끝없는 수도정진을 핑계로 시
대의 아픔을 외면하는 것은 진정한 불자의 자세가 아니라는 신념이
었다.

"지난날 무슨 일로 광주까지 갔다가
돌아오는 길에 망월동에 처음 가보았다
그 정말 하늘도 땅도 바라볼 수 없었다

죽을 일이 있을 때도 죽은 듯이 살아온 놈
목숨이 남았다 해서 살았다고 할 수 있나
내 지금 살아 있음이 욕으로만 보여
　　—「망월동에 갔다 와서」[25]

　그런가 하면 제도권의 거물들과도 곡차를 나누고 흉금을 털어놓
고 세상일을 토론한다. 한창 왕성하게 활동하던 시절에는 대권을 꿈
꾸는 정치인들은 그와 대면하여 경세철학을 곁들인 선문답을 주고
받기를 즐겼다. 행여나 오현의 신통력이라도 기대했을까.
　오현은 수련의 묵적(墨跡)이 옅은 자신의 글씨에 불만이 많았다.

---

24) 조오현, 위의 책, p.38.
25) 위의 책, p.81.

"지난날 내가 쓴 반흘림 서체를 보니
적당히 살아온 무슨 죄적만 같구나
붓대를 던져버리고 잠이나 잘 걸 그랬던가.
이날토록 아린 가슴을 갈아놓은 피의 먹물
만지(滿紙), 하늘 펼쳐놓자 역천(逆天)인가 온몸이 떨려
바로 쓴 생각조차 짓이기고 말다니!"
—「내가 쓴 서체를 보니」[26]

문득 의문이 든다. 일해는 자신의 서체를 어떻게 평가할까?

설악당 스님, 산사의 고승을 찾아온 수많은 사람들 가운데, 무산은 특히 고향 후배들을 반겼다. 고향이란 떠나서 이따금씩 찾는 산천이 아니라 숫제 가슴에 지니고 다니는 환영이려니.

이들과 만나 투박한 인정이 절절히 느껴지는, 이미 고어가 되어버린 어린 시절의 고향 사투리를 끄집어내어 말씀의 향연을 밝히는 촛대로 삼곤 했다. 불교신자인 전 대법원장 양승태도 오현과 가까운 사이였다. 양승태도 본적이 밀양이다.

2019년 5월 29일, 이른바 '사법농단' 혐의로 기소되어 재판을 받은 그는 1심재판의 1차공판에서 "모든 공소사실은 근거 없는 것이고 어떤 것은 정말 소설 픽션 같은 이야기"라면서 자신에 대한 검찰의 수사를 '사찰'로 규정했다. "통상적 수사가 아니라 취임 첫날부터 퇴임한 마지막 날까지 모든 직무행위를 샅샅이 뒤져 그중에 뭔가 법에 어긋나는 걸 찾아내기 위한 수사였다." "동서고금을 막론하고 삼권분립을 기초로 하는 이 민주정을 채택하고 시행하는 나라에서 법원에 대해 이토록 잔인한 수사를 시행하는 사례가 대한민국밖에 어디 더 있는지 제가 묻고 싶습니다."

---

26) 위의 책, p.90.

양승태는 오현의 시 『마음 하나』를 인용하며 "도를 넘은 공격에 대해 이런 마음 하나로 견뎌왔다"라는 말로 25분에 걸친 발언을 마무리했다.

"그 옛날 천하장사가
온 천하를 다 들었다 놓아도
모양도 빛깔도 향기도 무게도 없는
그 마음 하나는 끝내 들지도 놓지도 못했다."[27]

오현의 떠남은 거인시대의 종말을 상징한다. 남재희가 그처럼 향수를 담아 아쉬워하던 '통 큰 사람들의 시대'[28]가 물러간 또 하나의 사건이다. 만해와 일해를 함께 품었듯이 좌우, 성속, 여야, 남녀, 노소는 물론 동도 서도, 남녘·북녘 땅 사람, 그 누구도 가리지 않고 널리 품어안을 거인들이 차례차례 역사 속으로 사라졌다. 이제 세상은 더욱 가팔라졌고 사람들은 더더욱 좀스러워졌다.

2015년 8월 12일 예고된 죽음을 앞두고 마지막 투병 중이던 신영복은 백담사 아래 만해마을이 수여하는 만해문예대상을 수상한다.

"이번의 수상은 나로서는 기쁜 것이기보다는 상처가 되살아나는 아픔이었습니다. 행여 모순의 현장과 아픔의 유역을 비켜가지 않았을까 하는 반성을 안겨주었기 때문입니다. 그리고 개인적으로 나는 상을 받기보다 벌을 받는 것으로 떠나는 삶이 우리 시대의 수많은 비극의 사람들에게 그나마 덜 빚지는 것이 아닐까 생각하기 때문입니다. 더구나 이러한 반성과 아픔을 다스릴 만한 세월이 내게는 남아

---

27) 권석천, 『두 얼굴의 법원: 사법농단, 그 진실을 추적하다』, 창비, 2019, pp.290~291.
28) 남재희, 『남재희가 만난 통 큰 사람들: 그들의 꿈, 권력, 술 그리고 사랑이 얽힌 한국 현대사』, 리더스하우스, 2014.

있지 않습니다."[29]

이듬해 1월 15일 신영복은 영면했다.

이병주가 전두환의 멘토였다고 믿는 사람들 중 일부는 일해(日海)라는 전두환의 호를 이병주가 지어준 것이라고 믿었다. 그러나 이는 사실이 아닌 것으로 판명 났다. 전두환은 회고록에서 아호는 1982년에 탄허(吞虛)스님이 지어준 것이라고 밝혔다.[30] 이에 더하여 전두환의 장남 재국이 설립한 출판사의 상호 시공사(時空社)도 이병주가 작명했다는 소문이 자자했다. 2010년 9월, 시공사 창립 20주년을 맞아 언론사의 취재 인터뷰가 따랐다. 그동안 시공사는 600명이 넘는 직원에다 매출액이 2,000억 원을 넘는 대형 출판사로 성장했다.

기자는 예사롭지 않은 상호를 작명한 사람이 이병주가 아니냐고 단도직입적으로 물었다. 전재국 사장의 대답은 명쾌하지 않아 듣는 사람이 새겨 해석할 여지를 남겼다.

"이름은 내가 지었다. 1989년에 아버지와 함께 백담사에 있을 때 지었으니 불교와 관련이 있을 거다. 작고한 소설가 이병주 선생이 당시에 백담사에 자주 들렀는데 시공사라는 이름으로 출판사를 하겠다니까 말렸다. 같은 이름의 출판사가 옛날에 망했다면서. 그런데 며칠 뒤 전화를 하셔서 '전 군아, 곰곰 생각해보니까 벼락 맞은 대추나무가 두 번은 안 맞는다니까 시공사도 괜찮겠다'고 하시더라."[31]

어쨌든 그렇게 성공한 시공사는 2018년 5월, 또 한 차례의 전두환

---

29) 최영묵·김창남, 『신영복 평전: 더불어 숲으로 가는 길』, 돌베개, 2019, p.177.
30) 전두환, 「황야에 서다」, 『전두환 회고록』 3권, p.186.
31) 김종혁, 『중앙일보』, 2010.9.4.

미납 추징금 집행 소동을 비켜나지 못하고 'M&A의 신화를 쓰는 우먼'으로 알려진 박혜린에게로 넘어갔다.[32] 이제 백담사의 잔영은 허공에 흩어져 자취 없이 사라지고 말았다.

---

32)『매일경제』, 2018. 5. 8.

24.『전두환 회고록』: 운명적 선택이라는 모순

2017년 8월 전두환이 총 2,300쪽에 달하는 3권 분량의 회고록을 펴냈다. 석 달 전에 부인 이순자가 자서전『당신은 외롭지 않다』를 출간하자 즉시 거센 논란이 이어졌다.

2020년 11월 30일 광주지방법원은 전두환에게 징역 8개월에 집행유예 2년의 형을 선고했다. 전두환은 항소했고 지리한 공방 끝에 항소심의 결심을 앞둔 2021년 11월 23일 돌연히 사망했다. 그는 자신은 시민을 향한 계엄군의 발포에 대한 책임이 없다는 입장을 끝까지 견지했다.

회고록에서 전두환은 1980년 5월 '광주사태' 당시에 헬리콥터에서 시민을 향해 총을 내리쏘는 장면을 직접 자신의 눈으로 목격했다고 주장한 고 조비오 신부를 일러 "성직자란 말이 무색한 파렴치한 거짓말쟁이"라고 쓴 구절이 법의 심판을 받은 것이다. 법원은 이 구절은 허위의 사실을 공연히 적시함으로써 죽은 사람의 명예를 훼손했기에 형법 제308조가 규정한 사자(死者)명예훼손죄에 해당한다고 판시한 것이다. [1]

전두환은 언제부터 권력장악의 야심을 품었나?

"대권에 도전하는 정치인에게는 악마적인 힘, 즉 마성(魔性)이 느껴진다. 마성은 커다란 일을 이루는 인간의 근본적인 에너지이기도

---

1) 사자명예훼손죄는 외국의 입법례가 거의 없는, 지극히 한국적인 범죄다.

하다. 지성의 신 아폴론이 술의 신 디오니소스가 갖고 있는 충동적이고 도취적이며 때로는 파괴적인 모습이 대권을 향해 가는 주자에게서 느껴진다."[2]

남재희의 관찰이다. 그렇다면 노골적으로 마성을 드러낸 3김씨를 제치고 최종적으로 대권을 잡은 전두환은 언제부터 그 마성을 가꾸었으며, 언제부터 숨어 있던 마성을 공개적으로 드러냈는가?

"권력은 정보에서 나온다." 『사기』 애호가 이석연은 전두환이 권좌에 오른 것은 정보의 힘이었다고 말한다. 그는 사마천의 『사기』 「이사열전」에 등장하는 진시황 사후에 조고와 호해가 취한 행동을 예로 들어 전두환의 정권 장악 과정을 요약한다.

"1979년 10월 26일 밤, 박정희 대통령의 시해 사실을 외부에서 제일 먼저 안 사람은 보안사령관 전두환이었다. 그날 늦은 밤 전두환은 시신이 안치된 국군수도통합병원 원장에게 전화를 건다. '코드원인가?'(코드원은 대통령을 지칭하는 암호다). '그렇다.' 병원장은 겁에 질린 채 낮은 목소리로 답한다. 대통령의 사망 소식을 선점한 전두환은 상황을 주도면밀하게 파악하여 정국의 주도권을 잡고 마침내 정권까지 잡게 되었다. 전두환의 정보 선점에 의한 권력 획득은 진시황의 죽음을 감춘 조고의 정보독점의 한국 현대판이다."[3]

『김형욱 회고록』의 필자로 널리 알려진 김경재의 분석은 보다 치밀하다. 전두환에게는 신속한 사후정보에 더하여 치밀한 사전적 기대와 대비가 있었다는 주장이다.

---

2) 남재희, 『진보열전』, 메디치미디어, 2016, pp.254-255.
3) 이석연, 『사마천 사기 산책』, 범우사, 2020, pp.54-60.

"사령부로 간다. 비서실장, 보안처장, 대공처장, 모두 대기시켜라! 모든 역사의 기록은 야심가들이 권력을 장악하는 과정에서 항상 자신의 명령과 권위가 가장 잘 통하는 장소에서 일을 시작했음을 보여준다. 전두환이 자신의 시나리오를 시작하기 위해 황급히 보안사령부로 복귀한 것과는 대조적으로 김재규는 자신이 부장이던 중앙정보부로 복귀하지 않음으로써 초동작전에 결정적인 실수를 저질렀다.

전두환은 언젠가 그런 날이 오리라는 것을 알고 있었던 듯이 이미 1979년 여름 을지연습을 할 때에 세워놓은 권력장악 시나리오인 '충무계획 1200'을 진행하기 시작했다. 그러니까 전두환은 적어도 그해 여름 본인의 판단 아니면 누군가로부터 암시와 보증을 받고 박정희가 제거되는 비상사태에 어떻게 권력을 장악하는지를 준비해왔다는 판단이 된다."[4]

김경재는 대통령 '경호실 차장'이었던(이는 김경재의 착오였다. 전경환의 실제 직책은 대통령경호실 제5경호계장이었다) 친동생 전경환을 통해 신속한 정보를 얻었다는 것이다.[5] 전두환도 회고록에서 이 사실을 간접적으로 시인했다.

이병주가 죽은 지 1년 반이 지난 1993년 11월 『월간조선』은 1987년 4월 21일 저녁 6시 30분부터 8시 15분까지 대통령 전두환은 청와대 상춘재에 이병주를 만찬에 초청하여 대담하면서 12·12 사태에 대해 상세한 전말을 털어놓았다고 보도했다.[6]

4) 김경재, 『혁명과 우상: 김형욱 회고록』 5권, 인물과사상사, 2009, p.306.
5) 위의 책, p.305.
6) 최보식, 「전두환의 12·12 내막 실토: 고 이병주 작가에게 털어놓은 계엄사령관 연행의 비화기록」, 『월간조선』, 1993년 12월호, pp.402~410.

"당초 『월간조선』은 전두환 대통령의 '통치사료담당관' 김성익 비서관이 기록했던 내용을 1992년 1, 2월호에 게재했다. 그때 한 특정인의 사생활을 보호할 필요가 있어서 유보해두었다. '특정인'이란 이병주를 의미한다. 이제 그 걸림돌이 해소되었기에(1992년 4월 3일에 이병주 사망) 12·12 사태의 성격을 규명하는 데 사료적 가치가 있어 공개한다."

1979년 12월 12일, 계엄사령관 정승화는 합동수사본부장의 자격에서 전두환이 보낸 보안사령부 요원들에 의해 체포된다. 이 사건 이후 전두환의 신군부가 정국을 주도하기 시작한다.

12·12 사태의 성격을 보는 확연히 대립되는 두 시각이 존재했다. 박정희 대통령 시해 사건의 수사를 마무리하는 과정에서 발생한 우발적 사건이라는 시각과 처음부터 정권탈취를 위한 사전행동으로 계획된 쿠데타였다는 시각이다.

박 대통령이 사망한 바로 다음 날인 10월 27일, 합수부 수사관은 전두환에게 수사상황을 보고하는 자리에서 정승화의 조사가 필요하다는 의견을 피력했다고 한다. 그렇다면 시기적으로 보아 정권탈취를 염두에 둔 행위로 보기 어렵다. 설령 전두환 일당에게 숨은 정권욕이 있었다고 하더라도 박 대통령이 사망한 지 불과 몇 시간 후에 계획을 실행에 옮기기 위해 정승화를 연행한다는 것은 무리라는 것이다. 이 때문에 정승화의 체포를 '기습적 연행'으로 규정했다. 1989년 말, 국회의 5공 청문회에서도 전두환은 같은 내용을 증언한다. 이병주가 전두환에게서 들었다는 내용도 바로 이런 입장일 것이다.

전두환 회고록: '운명적 선택'

1980년 8월 27일, 통일주체국민회의는 전역한 지 5일 지난 4성장군을 제11대 대통령으로 선출한다.

전두환은 자신이 대통령에 취임한 것은 시대적 상황의 산물이었으며 사적 권력 의지의 성취가 아닌 운명적 선택이었다고 주장했다. 모든 위험과 어려움을 무릅쓰고 10·26 사건의 진실을 규명하겠다는 결의를 다진 것도 이러한 운명적 책임감 때문이었다고 강조했다. 그리고 당시의 대다수 국민들은 자신이 대통령 자리에 오른 사실을 '결국 그렇게 될 수밖에 없었으니까 그렇게 되는구나'라고 생각했을 것이라고 주장했다. '시대적 상황' '운명적 선택' 이병주가 『대통령들의 초상』(1991)에서 쓴 어휘들이 회고록 전체를 관통하는 핵심어로 전두환 자신의 입장을 전개하는 데 유용한 수단이 되고 있다.[7] 또한 "그렇게 될 수밖에 없었으니까 그렇게 되는 것이구나"라는 구절의 원전은 이병주임이 분명하다.[8] 이렇듯 『전두환 회고록』은 이병주의 글을 자신의 주장의 핵심적 전거로 사용한다. 자신이 대통령에 취임한 것도 '운명적 선택'이었으며, 퇴임 후에 겪는 불의로운 간난도 그 선택에 따른 운명적 짐이라는 것이다. 이병주 문학을 관통하는 운명론이 『전두환 회고록』을 관통하는 변명의 주조가 된 것이다.

전두환은 자신에게 씌어진 혐의를 대부분 부정했으나 정치자금 문제와 광주사건을 즉시 매듭짓지 못했던 일, 이 두 가지 사실에 대해서는 자신의 과오를 솔직하게 인정했다. 그러나 그는 12·12 사태를 쿠데타로 규정한 사법판단에 대해 강하게 반발했다. 이는 김영삼 대통령이 정치적 목적으로 제정한 위헌적 소급입법인 5·18 특별법

---

7) "1980년 9월 그 무렵엔 10·26 사건 이래 전개된 정치의 혼란, 학원의 혼란, 노동계의 혼란, 경제의 혼란에 시달린 대다수 국민들은 결국 그렇게 될 수밖에 없었으니 그렇게 되고 말았구나 하는 마음으로 전두환의 등장을 지켜보았지만 그 마음은 환멸의 빛깔에 젖어 있었다"(이병주, 『대통령들의 초상』, p.202).

8) "그가 대통령이 된 것은 운명에 의한 소명임에 틀림이 없다. 거듭된 일련의 상황이 그를 권좌로 밀어올린 것이다. 이를테면 그 자신이 상황의 작품이다"(이병주, 『대통령들의 초상』, p.204). 상황이 만들어낸 작품이라는 점에서 전두환은 나폴레옹을 상기시킨다.

에 따라 진행된 수사와 재판이 내린 견강부회였다는 것이다.

『전두환 회고록』은 이병주의 전두환론을 전범으로 삼은, 내용의 진위를 떠나서 잘 쓰인 변론서다. 3개월 먼저 선보인 이순자의 자서전 『당신은 외롭지 않다』와 함께 세밀하게 기획된 작품이다. 부부의 저술은 구성이나 문체로 보아 동일한 필진이 정리하고 배열한 것임을 짐작할 수 있다. 먼저 출간된 이순자의 한 권짜리 자서전 『당신은 외롭지 않다』에는 연애 시절의 이야기와 결혼 후 자녀들의 이야기 등 인간적인 소회가 주종을 이루는 감성적 호소에 곁들여, 적재적소에 대통령의 정치적 입장이 교묘하게 반영되어 있다.

"나의 애인이었고, 사랑하는 남편인 그분. 자식들의 아버지이고 손자·손녀들의 할아버지인 그분. 대한민국 제11대, 12대 대통령으로 나라를 위해 헌신한 그분에게 이 책을 바치고 싶다."[9]

대통령의 3권짜리 회고록보다 먼저 출간하여 대중의 반응을 엿보기 위한 예고편임을 짐작할 수 있다.

『한겨레』가 즉시 이순자의 자서전 『당신은 외롭지 않다』의 내용을 반박하는 기사를 썼다.[10] 12·12 사건은 박 대통령 시해 사건의 수사 과정에서 정승화의 신병을 확보하기 위해 일어난 우발적 충돌이었을 뿐, 전두환의 개인적·정치적 욕구가 없었다는 주장을 다른 자료들을 근거로 전면 반박했다. 즉, 12·12 군사반란은 전두환의 주장처럼 정당한 수사행위가 아니라 '권력추구'였다는 데 이견이 없다는 반박이었다.

---

9) 이순자, 『당신은 외롭지 않다』, 자작나무숲, 2017.
10) 「이순자 회고록 뜯어보니」, 『한겨레』, 2017. 4. 1.

『전두환 회고록』이 출간되기 무섭게『전두환 타서전』이 뒤따랐다. 『전두환 회고록』에 대응하기 위해 당시의 언론기사를 종합하여 묶어서 반박하는 내용이다.

"역사 선생인 우리는 사실 하나하나를 암기하고 기억하는 게 역사가 아니라고 학생들에게 말해왔다. 지금 와서 그 생각을 완전히 뒤집을 마음은 없지만, 사실을 기억하고 기록하는 게 역사의 최소한이라는 걸 다시 한번 확인한다.『전두환 회고록』을 보며 처참함을 느낄 이들에게 우리가 갖출 수 있는 최소한의 예의는 잊지 않는 것, 그것뿐이다."[11]

'경제대통령' 김재익

시장경제가 민주주의의 성패를 좌우한다.[12] 전두환 정부의 최대 치적은 경제를 안정시키고 도약의 발판을 마련했다는 데 많은 사람이 공감한다. 1980년 8월 21일, 전두환이 대통령에 취임하기 무섭게 정부는 제5차 경제개발 5개년계획을 발표한다. 이병주의 평가다.

"전문가의 도움을 받아가며 면밀하게 그 계획을 검토해볼 생각을 하게 된 것은 물론 작가적 의식도 있었지만 제5공화국의 진로에 내 나름대로 관심이 깊었기 때문이다. 그때 전문가의 코멘트를 지금도 생생하게 기억한다. 전두환 대통령은 운이 좋은 사람이다. 이만한 계획을 짤 수 있는 경제팀을 주변에 모을 수 있는 건 쉬운 일이 아니다. 제3공화국 시절의 경제계획을 타성적으로 그저 안이하게 답습한 정도일 것이라고 추측했는데 그게 아니다. 제3공화국 시절의 시행착

---

11) 정영일·황동하 엮음, 「머리말」,『전두환 타서전』, 그림씨, 2017, p.5.
12) KDI의 시대정신편찬위원회, 『KDI의 시대정신: 1980년대 한국경제와 KDI의 역할』, 2019, p.51.

오를 감안하여 옳은 궤도에 올려놓도록 만든 계획이다. 이 계획대로만 되면 한국경제는 반석 위에 설 수 있겠다. 기대해볼 만하다. 아닌 게 아니라 이 경제계획은 크게 히트했다."[13]

1971년 설립된 한국개발원(KDI)은 박정희 정부의 경제정책을 입안하는 데 결정적인 기여를 했다. 한국경제의 기적은 KDI 박사들의 머릿속에서 잉태된 것이라는 평가도 나돌았다. 2021년 3월, 설립 60주년 기념으로 발간된 '원로들의 증언'에는 초대 원장 김만제(1934-2019)의 특별한 기여를 상찬하는 내용으로 가득 차 있다.[14]

박정희에게 김만제가 있었다면 전두환에게는 김재익이 있었다는 비유가 가능할지 모른다. 1980년 5월 30일 광주사태가 진압된 후 3일 만에 발족된 국가보위비상대책위원회(국보위)의 경제과학분과 위원장으로 스탠퍼드 박사 김재익 경제기획원 경제기획국장이 발탁된다. 일개 국장이 중책에 발탁된 배경에는 여러 가지 추측이 있을 수 있으나 '워낙 출중하기 때문에'라는 것이 지인의 평가다.[15] 김재익은 1980년 9월 청와대 경제수석비서관에 임명되어 제4차, 제5차 경제개발계획 입안을 주도했다. 대통령의 전폭적인 신임 아래 소신껏 미국식 자유주의 경제 모델을 추구하면서 '경제대통령'이라는 별명을 얻기도 했다.[16] 그러나 1993년 10월 9일, 버마의 랑군에 대통령을 수행했다 북한이 저지른 '아웅산폭발테러' 사건에 희생되었다.

---

13) 이병주, 『대통령들의 초상』, p.290.

14) 송대희·홍은주 편, 『KDI, 경제정책 설계의 판테온: KDI 원로들의 증언, 1970년대』, 나남, 2020, pp.273-310.

15) 이장규, 『경제는 당신이 대통령이야: 전두환 시대 경제비사』, 올림, 2008, p.122; 고승철, 「전 대통령과 김재익」, 이순자 엮음, 『시대의 선각자 김재익』, 운송신문사, 1998, pp.120-164. 우연하게도 김재익 부인의 이름은 당시 퍼스트레이디와 같은 이순자였기에 지인의 농담을 듣기도 했다.

16) 위의 책, pp.63-120.

김재익의 지기로 그의 사후에 사돈이 된 정치학자 이상우의 평가다.

"'한강의 기적'이라는 한국경제건설의 신화는 지도자의 영도력과 김재익과 같은 참모들의 치밀한 기획 능력, 양측 상호 간의 신뢰가 결합되었기에 가능한 일이었다."[17]

"경제수석비서관에는 다른 데서 구할 필요도 없이 보안사령관 시절 나의 경제 개인교사였고 국보위에 참여했던 김재익 전 경제기획원 기획국장을 쉽게 결정했다. 대통령인 나를 대신해 지시하고 협의하는 것이니 김 수석이 대통령이나 마찬가지다. 그러니 앞으로 나의 지시나 의견을 관계부처에 전할 때는 직접 장·차관을 상대하고, 필요하면 장관을 직접 불러 협의하라고 일러뒀다. 아울러 경제수석이 배석하는 경제장관협의회에서 앞으로 경제문제에 대해서는 먼저 김재익 수석과 협의하고, 나에 대한 보고도 김재익 수석을 통해서 하도록 장관들에게 지시했다. 나는 그 뒤에도 몇 차례 같은 다짐을 보여주었다. 그것은 김재익 수석에 대한 나의 신뢰를 보여주려는 뜻도 있지만, 그보다는 김 수석을 통해 펼쳐나갈 새로운 경제시책이 지난 10여 년간의 정책기조와는 상반된 것이어서 내각의 일부 부처에서 반론이나 이의를 제기하여 저항하는 경우도 예상됐기 때문이었다."[18]

전두환이 보안사령관 시절에 김재익을 불러내어 국가경제에 관한 비공식 가정교사로 삼은 이유가 궁금하다. 역대 전임자 그 누구도 감히 그런 발상을 하지 않았다. 전두환은 이렇게 말한다.

---

17) 이상우, 「학처럼, 연꽃처럼 산 45년」, 위의 책, pp.276-280, p.277.
18) 전두환, 『전두환 회고록』 2권, pp.36-38.

"보안사령관 시절 내가 직무와 직접 관련이 없는 경제에 관해 따로 공부한 것은 대통령에 보고드리는 정보 가운에 경제에 관한 내용이 제법 많았기 때문이었다. 경제정보 가운데 물가, 금리, 환율, 저축률, 경기변동 등 거시경제지표에 관한 내용은 제대로 이해할 수가 없었기 때문이었다."[19]

그러나 한편으로는 이 시기에 이미 전두환은 보다 큰 꿈과 야심을 키우고 있었다는 의심이 드는 대목이기도 하다.

일상의 자유화·민주화 조치: 전두환의 치적

이병주는 전두환의 치적에 대해 후한 점수를 주었다.

"전두환은 민주주의에 대해서도 대단한 의욕을 가진 사람이다. 그 의욕은 야간 통행금지의 해제, 해외여행 자유화에서 나타나고 있기도 하지만, 혁신정당의 허용, 교복자율화, 종래 판매금지되었던 서적의 해금 등에서 두드러지게 보인다. 전두환이 한국의 지정학적·국방적 조건 내에서 국민에게 최대한의 자유를 부여하려고 노력한 것은 사실이다."[20]

그러면서도 이병주는 전두환의 민주의식이 국민의 자유는 '나라의 지정학적·국방적 조건 내에서' 허용된다는 군인의 정치관에 기초한 것임을 확인한다.

"그와의 대화 가운데 내가 발견한 것이 하나 있다. 사관생도적 사

---

19) 위의 책, p.40.
20) 이병주, 『대통령들의 초상』, p.271.

고방식과 대학생적 사고방식 사이에 뚜렷한 차이가 있다. 사관생도는 국토의 안전을 전제로 민주주의를 구상한다. 반면 대학생은 민주주의를 통해서 국가안보를 이룩해야 한다고 믿는다. 전두환의 민주의식은 사관생도적 사고가 우세하다. 그런 만큼 민주시책의 구상에는 한계가 있다."[21)

전두환은 회고록의 마무리 말로 전형적인 반공국가의 반공군인의 여망을 비장한 어조로 피력한다.

"문득 내 가슴속에 평생을 지녀온 염원과 작은 소망이 남아 있음을 느낀다. 반민족적·반역사적·반문명적 집단인 김일성 왕조가 무너지고 조국이 통일되는 감격을 맞이하는 일이다. 그날이 가까이 왔음을 느낀다. 건강한 눈으로, 맑은 정신으로 통일을 이룬 빛나는 조국의 모습을 보고 싶다. 그 전에 내 생이 끝난다면, 북녘 땅이 바라다보이는 전방 어느 고지에 백골로라도 남아 있으면서 기어이 통일의 그날을 맞고 싶다."[22)

이병주가 전두환을 내놓고 칭찬한 치적은 일상의 자유화·민주화조치의 과감한 실시였고 이러한 조치를 결단할 수 있도록 조언하고 격려한 사람이 다름 아닌 이병주 자신이었다는 자부심에 넘쳤다.
이병주는 박정희에게 통행금지 해제를 건의했다가 노골적으로 핀잔받은 불쾌한 기억이 생생했다.

"하룻밤, 우연히 서정귀의 건의로 청와대에 간 적이 있다. 서정귀

---

21) 위의 책, p.272.
22) 전두환, 『전두환 회고록』 3권, p.643.

는 박정희의 대구사범 동기로 호남정유 사장을 역임했다. 묵묵히 앉아 있는 나에게 박 대통령은 무엇이든 국정에 관해 한마디 하라고 했다. 문득 생각이 나서 한마디 했다. '통행금지를 해제할 수 없겠습니까?' '나라의 안전을 위한 조치인데 그까짓 네 시간 동안의 통행금지를 참을 수 없단 말이오?'

뜻밖으로 싸늘한 말이어서 '기껏 네 시간이라고 하지만 그 시간은 파괴된 우정을 수습할 수도 있고, 잃게 될 사랑을 되찾을 수도 있는 시간입니다. 술병 들고 실의의 친구를 찾아가 위로해서 자살을 미연에 방지할 수 있는 시간이기도 하구요.'

'그런 로맨틱한 이유 때문에 통행금지를 해제할 수가 있겠소?' 하고 그는 해제 못 할 사유를 열거하곤 '통일이 될 때까지 통행금지는 해제할 수 없다'고 못을 치듯 말했다."[23]

전두환의 결심에 따라 1981년 12월, 국회는 여야 만장일치의 결의로 야간 통행금지 해제 건의안을 채택했고, 1982년 1월 1일을 기해 해방 이래 수십 년간 국민의 일상을 옥죄고 있었던 야간 통행금지는 전면 해제되었다.

전두환이 박정희의 금기를 깬 것이다. 박정희가 경직된 군인의 사고를 벗어나지 못한 구식 군인임에 비해 전두환은 유연하게 시대의 변화를 수용할 줄 아는 신식 군인이었다. 이병주의 말을 빌려보자.

"1982년 당시 나라의 사정은 박 대통령의 그때와 별반 다름이 없었다. 박정희의 말대로라면 통행금지를 해제하지 못할 이유가 그대로 남아 있는 것이다. 통금이 해제된 그날을 기해 대한민국 국민은 시간적으로 백 퍼센트의 자유를 향유할 수 있게 되었다는 상징적 의

---

23) 이병주, 『대통령들의 초상』, p.156.

미가 크다. 우리는 비로소 시간적 자유의 향유라는 사실로 인해 기초적인 조건에서 선진국 국민과 같은 반열에 서게 되었다."[24]

전두환도 이 점에서 박정희와 자신의 차이를 부각했다.

"1980년대 초 안보상황과 치안상태는 박 대통령 시절과 별로 다를 것이 없었으나 시대적 환경과 과제는 변해 있었다. 통금해제는 국민에게 야간 생활을 돌려준다는 의미 외에도 기업과 국민의 경제활동에 활력을 줄 것이라 생각했다. 또한 1988년 서울올림픽과 1986년 아시안게임의 개최를 앞두고 늘어날 외국 관광객의 관광일정에 차질을 줄 뿐만 아니라, 후진국 이미지를 심어줄 우려가 있었다. 치안상태가 불안하다거나 자유스런 분위기가 보장되지 않는다는 인상을 줄 필요가 없었다."[25]

이듬해에는 해외여행 자유화 조치도 따랐다.

"정부의 무역수지의 안정적 균형이 가시화되자 1983년 1월부터 50세 이상 국민에 한하여 등의 조건을 붙이기는 했으나 관광여권을 발급하여 사상 처음으로 일반 국민의 관광목적의 해외여행을 자유화했다."[26]

연좌제 폐지, 특기할 공적

무엇보다도 연좌제가 정식으로 폐지된 것은 특기할 일임이 분명하다. 조선왕조는 1894년 갑오개혁을 단행하며 연좌제를 금지한다.

---

24) 전두환, 『전두환 회고록』 2권, p.103.
25) 위의 책, p.102.
26) 위의 책, p.107, p.291.

"죄인 이외에 연좌시키는 법은 일절 금지한다(罪人自己外緣坐之律一切勿施事)"고 규정했다. 그러나 연좌제는 남북한에 각각 이념적 기반을 달리하는 정권이 들어서면서부터 한반도의 정치에 군림하는 핵심적 기반이 되었다. 무수한 청년들이 조상을 원망하다 못해 저주하게끔 만든 악의 원천이었다.

그런 악의 제도임을 번연히 알면서도 마치 국가안보의 묘약이라도 되는 양 악용한 것은 정권이었다. 1980년 10월 27일, 헌법은 제12조 제3항에 "모든 국민은 자기의 행위가 아닌 친족의 행위로 인하여 불이익한 처우를 받지 아니한다"라고 규정했다. 이 조항은 1987년 6월항쟁의 결과로 같은 해 10월 29일 개정된 헌법 제13조 제3항에 똑같은 문구로 되풀이됐다. 이제 연좌제는 대한민국 헌정에서는 영원히 사라진 것이다.

"1980년 6월 30일 국가보위비상대책위원회가 발족하고 내가 상임위원장을 맡게 되자 평소 개선의 필요성을 느껴왔던 각종 통제조치를 풀어보자는 생각을 구체화시킬 수 있었다. 야간 통행금지의 경우는 그즈음 부마사태와 광주사태를 겪은 직후였고 사회가 극도의 혼란상태를 벗어나지 못하고 있어 해제하는 문제를 고려할 수밖에 없었다. 해외여행도 경상수지 적자와 외환부족 상태가 해소되지 않고 있어서 자유화를 검토할 여건이 아니었다. 그러나 연좌제를 금지하는 문제는 국보위에서 원칙적인 방침의 결정이 이루어졌다. 이 문제가 입법사항이어서 처리할 수는 없었지만 앞으로 국가적 주요정책 과제로서 가능한 빠른 시기에 시행하기로 한 것이었다.

입만 열면 민주와 인권을 논하던 정치인들과 재야인사들은 막상 유신체제가 붕괴되고 새로운 시대의 개막이 눈앞에 다가오자 자신들의 집권으로 가는 길에만 정신을 팔고 있었고, 국민의 일상을 옥죄고 있던 야간 통행금지나 심대한 인권침해 사례인 연좌제 같은 것은 안중에도 없는 듯했다."27)

　그러나 현실은 반드시 헌법 조문을 존중한 것은 아니었다. 특히 월북자의 직계자녀의 경우는 연좌제는 넘을 수 없는 거대한 장벽이었다. 그러던 것이 사회 전체의 정치적 민주화가 확대·정착되면서 역사의 뒷전으로 밀려나게 된 것이다. 이러한 시대의 물결을 전두환은 거스르지 않고 오히려 물꼬를 터준 것은 사실이다.

　서울법대 송상현 교수는 후일 국제형사재판소(International Criminal Court)를 역임하는 등 한국 법률가의 국제적 이미지를 제고하여 한국 법학계의 슈퍼스타로 자리 매김한 사람이다. 전두환이 집권할 때는 사법시험 3차시험에 학생데모의 전력이 있는 사람은 일괄적으로 불합격 처리한다는 정부의 방침이 확고하게 서 있었던 시기였다. 송상현은 제자들이 처한 상황을 듣고 청와대 민정수석 이학봉을 찾아간다.

　"예산조치가 필요한 것도 아닌데 우수한 인재를 부당하게 핍박하여 매년 필요 없이 정권의 부담을 누적할 필요가 없다. 정의를 내세우며 새로 들어선 전두환 대통령의 제5공화국은 이 같은 비겁하고도 부당한 꼼수를 일거에 폐지할 용의가 있어야 하지 않겠는가 하는 점을 강조했다. 그는 나의 논리를 듣더니 '제가 목이 뎅강 잘리는 일이 있더라도 각하께 말씀 드려보겠습니다'라고 시원스럽게 대답했다. 결과적으로 이들은(25명 대상자) 전원 합격한 것은 물론 그 후 데모 기록을 이유로 낙방시키는 제도도 없어졌다."28)

---

27) 위의 책, pp.99-101.
28) 송상현, 『고독한 도전. 정의의 길을 열다』, 나남, 2020, p.207. 고하 송진우의 손자이기도 한 송상현의 장인은 고려대 총장 김상협으로 전두환 정권의 국무총리로 차출되기도 했다.

혁신계 수용, 독립운동 경력자 우대

"박정희 체제는 독립운동 세력을 멀리했으나 친일논쟁과 관련이 없는 전두환 체제는 오히려 독립운동 세력을 전면에 내세웠다. 독립운동의 원로인 유현석 씨를 민정당 창당 준비위원장으로 내세우고, 항일의 상징처럼 되어 있는 최익현 선생의 현손인 최창규 서울대 교수를 지역구 국회의원 후보로 공천하고, 중국에서 독립운동을 한 송지영·조일문 등을 전국구 국회의원으로 내세웠다. 박정희 체제에서 수난당한 혁신계도 대폭 포용했다. 혁신계의 최고 거물인 윤길중을 국회부의장으로 삼았으며, 광의의 혁신계로 볼 수 있는 김정례(족청 출신)를 지역구 의원으로 내세웠다(송지영은 독립운동과 혁신계 양쪽에 걸친다). 또한 혁신계 김철을 입법회의에 영입했고 고정훈으로 하여금 민주사회당을 창당하고 국회에 진출할 수 있도록 도와주었다."[29]

이러한 포용정책이 정치공작의 차원에서 행해진 것도 사실이다.

보안사 요원 한용원은 항간에 파다하게 퍼졌던 소문대로 신군부가 통치의 편의를 위해 관제 야당을 만들었음을 솔직히 고백했다.

"중앙정보부는 보안사의 조종하에 야당인 민한당·국민당·민권당·신정당·민사당 등의 창당을 지원했다. 특히 민한당과 국민당에 대해서는 5개월여에 걸친 공작 끝에 친여 야당을 형성시켜 민정당의 창당 직후인 1981년 1월 17일 민한당(총재 유치송)이, 1981년 1월 23일 국민당(총재 김종철)이 각각 창당되었다. 이 외에도 김의택의 민권당, 김갑수의 신정당, 고정훈의 민사당이 창당되었다. 물론 민한당은 구야(舊野) 인사 중심으로 친여 야당을 만들었고 국민당은 구

---

29) 남재희, 『진보열전』, p.193.

여 인사 중심으로 친여 야당을 창당했다. 보안사와 정보부는 한편으로는 정치활동 규제자 선별이라는 채찍과 다른 한편으로는 당 운영 자금 지원이라는 당근을 병행 구사했다."[30]

이병주는 다음과 같이 기록했다.

"1981년 1월의 일이다. 고정훈이 민주사회당 창당을 준비하고 있다는 신문기사가 났다. 나는 처음에 무슨 장난이겠지 했다. 그의 돈키호테적 기질을 알고 있었기 때문이다. 저 친구 저러다가 또 호되게 얻어맞을 것이 아닌가 하는 두려움도 있었다."[31]

"얼마지 않아 전 혁신계 인사들을 주축으로 많은 당원을 포섭하여 민사당이 발족했다. 실로 놀라운 일이 아닐 수 없었다. 당수 고정훈이나 고문으로 추대된 이동화 선생은 5·16 때 혁신계열이란 죄목으로 10년 징역을 선고받고 5년의 징역살이를 한 사람들이다. 이처럼 박정희의 학대를 받은 사람들이 민주사회당을 만들어 행세할 수 있다는 것은 보통 일이 아니다. 그들이 표방하는 것은 사회주의조차도 아닌 민주사회주의이지만 어쨌든 사회주의란 말만 들먹여도 위험분자 취급을 받는 정치풍토에선 확실히 이변이 아닐 수 없다. 전두환의 통치 스타일이 박정희의 그것과 같지 않다는 사실이 분명해진 느낌이다."[32]

"3월 25일, 국회의원 선거가 실시되었다. 그 선거에서 민주사회당은 의석 두 개를 확보했다. 그중 하나가 고정훈의 것이었다. 이것 또

---

30) 한용원, 『한용원 회고록: 바보들의 행진』, p.77.
31) 이병주, 『대통령들의 초상』, p.244.
32) 위의 책, p.245.

한 놀랄 일인데 더욱 놀랄 일이 있었다. 송지영이 정부 여당인 민정당의 전국구 의원이 되고 윤길중이 서대문구에서 민정당 공천으로 출마하여 당선되었다. 송지영은 5·16 쿠데타 때 혁명재판에 걸려 사형선고를 받고 요행히 감형되어 7, 8년의 옥고를 치른 사람이다. 윤길중은 통사당 위원장으로 역시 혁명재판에 걸려 7, 8년의 징역살이를 한 사람이다. 이런 사람들을 포섭하여 정치무대에 세울 줄 안다면 전두환은 신상초와 선우휘의 말대로 박정희와는 비교도 될 수 없는 큰 그릇이라고 추측하지 않을 수 없었다."[33]

이런 고정훈이 선명하지 못한 인간이라는 한용원의 증언이다.

"1982년 고정훈 의원이 송학사(511보안부대)를 방문하여 유럽의 사회주의 인터내셔널(SI)의 주요 멤버들을 만나고 귀국하여 보고차(?) 왔다고 했다. 내가 정보처장 시에 처음 만났는데 이중성을 지닌 인물이라고 생각했다. 그는 1955년부터 진보당 선전 간사로 역할을 하다가 1960년 4·19 혁명이 일어나자 구국청년단을 조직하여 이를 모체로 사회혁신당을 창당했다가 장면 정권하에 6개월간 옥살이를 했다. 출옥하여 1961년 통일사회당 선전국장으로 활약하던 중에 5·16 쿠데타가 발발함으로써 재수감되어 만 4년 6개월간 옥살이를 하고 1965년에 출옥했다. 그러던 그가 안기부의 지원을 받아 1980년 11월 29일 코리아나호텔에서 민주사회당 발기 준비위원회를 열고 혁신정당을 창당했다. 그는 1980년 말에 나의 집무실을 방문하여 안기부의 지원으로는 창당 자금이 부족하니 별도의 지원을 강구해달라며 모 기업과 기업인들의 명단을 제시했다."[34]

---

33) 위의 책, p.249.
34) 한용원, 위의 책, p.77.

남재희도 같은 요지의 증언을 남겼다. 남재희는 고정훈을 '혁신계의 JP'라고 부른다.

자유당 정권 말기 고정훈은 『조선일보』 논설위원으로 있었는데 4·19 때 『조선일보』 사옥 2층 발코니에서 학생 데모대를 선동하는 연설을 하기도 했다. 『조선일보』를 나와 구국청년당을 만들어 정치에 뛰어들어 러시아혁명 때 선동가들을 연상시키는 현란한 성명전으로 화제가 됐다. 고정훈은 일본의 유명한 아오야마(靑山) 학원에서 어학을 공부했다. 해방 후 소련군 통역을 하다가 월남해 남한의 대북 공작부대 일을 했다.[35]

고정훈은 5·16 때 10년 징역을 선고받고 4년 옥고를 치렀다. 출옥하여 몹시 튀는 옥중일기를 펴냈다. 감옥생활을 '우주선 캡슐에 갇힌 우주인'에 비유하면서 다양한 수사와 비유를 동원하여 파란만장한 자신의 인생을 회고했다. 아내에게 바치는 책의 헌사는 파격적인 표현만으로도 주목받았다.

"몽정처럼 흘러내린 이 정신적 토사물의 꿈을 아내에게 바친다. 배설해놓은 마음의 정액은 너무나 적고, 아내가 나의 창자를 채우기 위해 애쓴 비명은 너무나 컸다. 그래서 영문 옥중 수기도 아울러 그녀에게 바친다."[36]

5·16 4주년을 기념하여 옥중에서 쓴 「대통령에게 부치는 편지」는 액면대로 읽으면 박정희의 청렴결백에 대한 확신이 담겨 있고, 사회민주주의에 대한 자신의 신념과 북한과의 공존을 주장하는 등 당시로서는 매우 진취적이고도 식견 높은 글이다.[37]

---

35) 남재희, 『진보열전』, pp.86-107.
36) 고정훈, 『토사: 부르지 못한 노래-정치와 감옥과 나』, 홍익출판사, 1966, p.96.
37) 위의 책, p.97.

88서울올림픽 유치: 개막식에 참석 못 하다

"내가 대통령에 취임하던 때 내 머릿속에는 1988년에 열리는 24회 하계올림픽대회의 서울 유치가 하나의 아이디어로 자리 잡고 있었다. 그 아이디어를 심어준 사람은 일본 이토추상사(伊藤忠商社)의 상담 역인 세지마류조(瀬島龍三) 씨였다. 한때 우리나라에서도 베스트셀러였던 『불모지대』(不毛地帶)의 주인공 모델이 된 인물이다. 일본 육사와 육군대학을 수석으로 졸업하고 제2차 세계대전 때 일본 대본영에서 활약하다 패전 후 포로가 되어 11년간 시베리아 수용소 생활을 했던 그는 특히 정보 분석과 판단이 빠르고 정확하다는 평판을 받고 있었다. 일본 육사를 나온 우리나라 원로 장성들과도 잘 알고 있고 박정희 대통령도 몇 차례 접견한 적이 있는 사이다."[38]

1988년 여름 서울에서 열린 올림픽은 국제사회에서 한국의 위상을 높이는 데 결정적으로 기여했다. 당시 지구상에는 코리아라는 나라가 존재한다는 사실 자체를 모르는 사람도 적지 않았다. 설령 안다고 해도 아직 전쟁의 참화에서 벗어나지 못하는 아시아의 작은 나라라는 정도가 국제사회의 일반적 통념이었을 것이다. 그런데 뜻밖에도 그 작은 나라가 올림픽이라는 인류 축제의 중앙 무대가 된 것이다. 실로 경이로운 충격이 아닐 수 없었을 것이다.

서울올림픽은 규모에서 사상 최대였다. 앞서 열린 1980년의 로스앤젤레스올림픽과 1984년의 모스크바올림픽은 미국과 소련 사이의 냉전 때문에 양 진영이 번갈아가며 참가를 거부한, 반쪽짜리 축제에 그치고 말았다. 이제 12년 만에 비로소 온전한 규모의 올림픽이 열리게 된 것이다. 그만큼 서울올림픽은 진정한 의미의 세계인의 축제

---

38) 전두환, 『전두환 회고록』 2권, pp.331-332.

로 부각되었다. 이순자 여사는 이 대목에서 야속한 서러움을 노골적으로 드러냈다.

"88올림픽이 한국의 위신을 얼마나 높였던가, 그로 인한 정신적·경제적 이득이 얼마나 컸던가는 새삼스럽게 말할 필요가 없다. 전엔 유럽을 여행하면서 조국의 지도를 그려야만 겨우 상대방에게 알릴 수 있었는데 이젠 아프리카 오지에서도 '서울코리아'라고 하면 '오우, 서울올림픽' 하고 환호성을 올리며 우리를 환영하게끔 되었다. 그런데 올림픽 유치를 위해 영단을 내리고 온갖 헌신적·거국적 지원을 인도한 전 대통령은 개회식에도 폐회식에도 참석하지 못했을 뿐 아니라 경기장 근처에도 가보지 못하고 텔레비전 앞에 쓸쓸하게 앉아 있었다. 도대체 이런 일이 있어도 좋은지 아직도 나는 석연할 수가 없다. 그런데도 전 대통령은 '내사 어떻건 올림픽이 유종의 미를 거두었으니 흐뭇하기만 하다'라며 웃는 것이 아닌가. '여보, 너무 그러지 말아요. 집에서 이렇게 TV로 보니 더 잘 보이고 아주 좋은데 뭘 그러시오.'"[39]

그러나 당시 지식인들과 운동권 학생들 사이에서는 88올림픽 자체에 대해 부정적인 정서가 강했다. 독재정권이 국민의 관심을 호도하기 위해 유치한 국제적 푸닥거리에 불과하다는 평가도 있었다.[40] 1988년 11월 10일자 『뉴욕타임스』에는 서울올림픽은 히틀러 나치정권이 주최한 1936년 베를린 올림픽과 같은 '푸닥거리올림픽'(Jingo Olympic)이라고 평가한 기고문이 실리기도 했다.

『전태일 평전』의 저자로, 1970-80년대 한국 민주화운동의 선봉장

---

39) 이순자, 『당신은 외롭지 않다』, pp.489-490.
40) 안경환, 『조영래 평전』, 강, 2006, pp.409-412.

으로 확고하게 좌정한 조영래(1947-1990)의 글이 88올림픽에 대해 석연찮은 생각을 품고 있던 많은 사람의 가슴에 와닿았다.

"서울올림픽 개회식이 있던 날, 아침부터 텔레비전 앞에 못 박힌 듯 앉아 있던 나의 가슴속에는 실로 억만 가지 감회가 엇갈려 지나갔다. 텔레비전에서는 '민족의 영광'을 말하는 아나운서의 감격에 들뜬 목소리가 흘러나오고 있었다. 그렇다. 외압과 침략, 분단과 폭압, 가난과 천대로 점철되었던 저 쓰라린 오욕의 역사를 딛고, 오늘 마침내 이 일을 보게 되다니, 어쩌면 하나의 꿈인 듯도 싶고 기적인 듯도 싶다. 12년 만에 동서 양 진영의 대다수 국가들이 참여하는 '화해'의 올림픽을 주관하게 된 우리 국민의 긍지에 어울리게, 동서 각국의 선수단이 입장할 때에 대체로 고른 박수소리가 터져 나온 것도 옛날을 생각해보면 우리 스스로 놀라지 않을 수 없는 일이었다. 그렇다. 이것은 분명 하나의 축제이며, 우리의 5,000년사에 기록될 하나의 엄청난 민족적 행사임이 틀림없다.

이 잔치 때문에 일터나 살림터에서 쫓겨난 철거민들과 노점상, 잔치에 혹 방해될까봐 더욱더 풀려나지 못하고 있는 양심수들, '평화구역' 속에 갇혀 삶의 고통을 호소하는 목소리조차 봉쇄당한 모든 소외된 사람들의 고뇌가 우리의 지척에 있기에, 우리는 감격에 열광하지 못한다. 그뿐만 아니라 아직도 버마의 일이 남의 일처럼 여겨지지 않을 정도로 민주화의 기반이 취약하다는 사실, '5공비리'와 광주의 상처가 아직껏 아물지 않고, 잔치가 파한 뒤의 불안이 여전히 말끔하게 가시지 않은 이 우울한 현실이 우리의 거리를 무겁게 한다. 그러나 이 모든 회한에도 불구하고, 우리는 새로운 미래를 향한 거대한 희망과 확신이 서서히 우리의 가슴속에 자리 잡아가고 있음을 느낀다.

이 잔치가 파한 뒤에 우리는 어떻게 되는 걸까 하는 걱정은 더 이상 하지 말자. 무엇을 할 것인가만 생각하자. 국가적 지원이 가장 미미했던 민족문화 행사가 전 세계의 이목을 압도한 사실, 개인적으로는 안 된 일이지만 전두환 씨가 끝내 개막식에 참석할 수 없었던 사실이 상징하듯 이것은 그들의 잔치가 아니라 '우리들의 잔치'였던 것이다."[41]

함석헌 선생이 서울올림픽평화상 심사위원장을 맡았다. '씨알의 소리'로 상징되는 함석헌은 1961년 5·16 쿠데타 직후부터 박정희 군사정권에 대한 강력한 비판자로 일관한 인물이었다.

그런 함석헌이 1989년 2월 4일 타계하기 직전에 사랑하는 조국에 마지막으로 봉사할 공적 기회를 서울올림픽으로 얻었던 것이다.[42] 함석헌에게도 서울올림픽은 '우리들의 잔치' '민족의 잔치'였던 것이다. 88올림픽의 유치는 분명히 전두환 정부의 빛나는 업적이었다.

노태우 대통령에 의해 문화부장관으로 발탁되어 시종일관 올림픽 행사를 주도한 이어령(1934-2022)의 회고는 남다르다. 개막식의 '굴렁쇠 소년' 장면부터 폐막식 노래 「손에 손잡고」에 이르기까지 섬세한 문화인의 감각이 빛났다. 그의 어휘대로 '글로컬리즘' (glocalism: 글로벌global과 로컬local의 합성어)의 승리는 따지고 보면 선조에게서 받은 가난이라는 무형의 유산이 이룬 망외(望外)의 소득이었다고 회고했다.[43]

전두환은 근본적으로 다른 인물

"항간에는 '박정희 없는 전두환은 없다'는 말들을 한다고 한다. 맞는 말이다. 그 말에 이어서 나는 '전두환 시대가 없었다면 박정희 시

---

41) 조영래, 「이 허전함의 정체는 무언가」, 『한겨레』, 1988. 9. 22.
42) 김성수, 『함석헌 평전』, 삼인, 2001, p.159.
43) 김민희, 『이어령: 80년 생각』, 위즈덤하우스, 2021, pp.156-184.

대도 없다'고 말하고 싶다."[44]

전두환의 자신에 찬 언명이다. 이 말의 정확한 의미가 무엇인지 분명치 않지만 박정희 시대의 긍정적 자산을 계승함과 동시에 부정적 유산을 청산하여 극복한다는 의미로 해석할 수 있을 것이다. 권위적 질서를 바탕으로 사회의 안정적 발전을 추구하되 자유의 시대에 상응하는 전향적인 정책을 시행한다. 나라의 경제적 발전과 시민의 일상적 자유가 병행하는 전두환 시대의 균형 잡힌 치적이라는 자부심이다. 오로지 국력신장과 경제성장 일변도로 매진하며 대중의 희생을 강요했던 박정희 시대의 어두움을 치유해줄 것이라는 자부심에 차 있었다. 이러한 전두환의 확신에 이병주도 어느 정도 동의했을 것이 분명하다.

이병주는 박정희에 대해서는 냉혹한 반면 전두환에 대해서는 너그럽기 짝이 없었다. 여느 사람에게는 다를 바 없는 두 군인 대통령이 이병주에게는 질적으로 다른 인물이었다.

『바보들의 행진』: 보안사 간부의 증언

12·12 사건 당시 보안사령부 정보1과장으로 재직했던 한용원은 중요한 증언을 책으로 남겼다. '바보들의 행진'이라는 부제가 내용을 선명하게 대변한다. 1938년 하동 태생으로 육군사관학교를 졸업한 그는 김재규 사건을 처리한 후에 정보처장으로 승진하여 12·12 사건의 후속작업을 마무리한다.[45]

---

44) 전두환, 『전두환 회고록』 3권, p.612.
45) 1980년 1월 23일, 보안사 직원가족 '위로의 밤' 행사가 성대하게 열린다. TBC 연예인들이 대거 파티에 동원되었다. 전두환 사령관이 '그동안의 노고'를 치하하며 「방랑시인 김삿갓」 노래를 부른다. 광주KBS가 보관하고 있던 영상이 유튜브에 올라 있다(2020.12.20).

"나는 전두환의 신군부가 집권을 위한 바보 행진을 할 때 합동수사본부(합수부)의 정보부국장으로서 행진에 동참했다."[46]

"나는 30여 년 전의 바보행진에서 내가 겪었던 참담한 삶을 회고록으로 남겨 한편으로는 나의 삶을 해명하면서 다른 한편으로는 그들에게 자중자애의 삶을 당부하려 한다. 그리고 군부통치에 봉사한 공인의 한 사람으로서 회고록을 통해 비공식적 연성자료를 남겨 군의 후진들에게 국민의 군대가 정치개입으로 인해 국민에게 주었던 고통을 언제나 자성(自省)케 하려는 또 다른 목적도 있다."[47]

한용원은 12·12 쿠데타의 본질은 "군부 소장층의 강경한 신직업주의자들이 노장층의 온건한 구직업주의자들을 몰아내는 성격이 강했다"라고 단언했다.[48]

그는 당시의 정치인들이 어떤 태도로 신군부의 등장을 바라보았는지, 자신에게 주어진 '특수업무'를 수행한 체험을 가감 없이 적었다.

"전두환 합수본부장이 정승화 계엄사령관의 지시라고 하면서 나에게 동교동 김대중 씨 자택을 방문하여 하고 싶은 말씀은 계엄이 해제된 이후에 하고 계엄기간에는 군의 계엄업무 수행에 적극 협조해달라는 계엄사령부의 경고문을 읽어주고 '협조서약을 의미하는 서명을 받아오라'고 주문했다. 그래서 나는 당일 저녁에 동교동으로 가서 김대중 씨에게 방문 목적을 앞서 기술한 것처럼 설명했더니 수고

---

46) 한용원, 『한용원 회고록: 1980년 바보들의 행진』, 선인, 2012, p.23.
47) 위의 책, p.29.
48) 위의 책, p.45.

가 많다고 하면서 서명부터 해주었다."[49]

한용원의 '특수임무'는 이어진다.

"며칠 후에는 계엄사령부가 윤보선 전 대통령에게도 경고서한을 보내기로 결정하고 그 임무수행을 합동수사본부에 배당했다. 전두환 합수본부장은 나를 불러 안국동 윤보선 대통령 댁을 방문하여 서명은 받지 못하더라도 경고서한은 읽어주고 오라는 지시를 했다. 나는 해위 선생을 뵙자 엎드려 큰절을 하고 '각하께서 소위로 임관시켜 주신 덕분에 지금 중령이 되었습니다'라고 서두를 꺼낸 후에 계엄기간 동안 민심을 자극할 발언을 자제해주십사 하고 말씀드렸다.

그리고 '경고서한을 받으셨다는 서명을 받아가야 하겠지만 국가원수를 지낸 각하께 이는 예의가 아니라고 생각되어 그만 돌아가겠습니다'라고 하자 서류를 달라고 하여 서명을 해주셨다. 그뿐만 아니라 해위 선생께서는 나의 접근방법이 밉지 않으셨는지 가끔 방문해서 계엄소식을 전해달라고 하셨다. 이런 연고로 나는 계엄기간 중 가끔 안국동을 방문, 해위 선생으로부터 고견을 청취하여 계엄업무 수행에 참조자료로 활용했을 뿐 아니라 전직 대통령의 예우 개선자료를 수집하여 제도적 개선추진에 참조자료로 활용했다. 계엄업무의 수행과 관련하여 해위 선생은 '광주사태의 확산저지 필요론'을 제기해주셨다.

1980년 5월 17일 신군부가 계엄확대조치를 취하자 광주에서는 5·18 민주항쟁이 발생했다. 5·17 계엄확대조치에 따라 계엄사령부가 92개 대학과 109개 국가 보안시설에 계엄군을 배치하자 전국적으로 학생시위가 중지되고 평정을 찾았으나 예외적으로 전남대 및

49) 위의 책, pp.48-49.

조선대 시위와 이에 합세한 광주시민의 저항은 오히려 확대 심화되어 갔다.

나는 해위 선생의 조언이라도 받으려고 안국동을 방문했다. 나의 이야기를 들으시던 해위 선생은 '이웃에 번지지 않아야 할 것인데' 하고 혼자서 중얼거리셨다. 선생의 서재를 나와서 조종호 비서실장과 선생의 중얼거림에 관해서 논의하게 되었는데, 조 실장의 말에 의하면 광주에서 민주항쟁이 발생했다는 소식을 국민회의 요원으로부터 들으신 선생께서는 '불난 집은 타서 재가 되기 마련이지만 이웃집에는 번지지 않아야 할 것인데' 하시며 걱정하셨다는 것이다. 나의 보고를 받은 사령관은 나에게 즉각 방배동 이철승 전 신민당 당수 자택을 방문하여 광주의 소요사태가 전라북도로 번지지 않도록 애써주십사 하는 부탁을 드리라는 지시를 했다. 나는 이철승 씨가 반탁·반공 학생운동의 지도자로서 역할을 해왔기 때문에 소요사태의 확산방지에 공감대를 형성할 수 있을 것으로 생각했고, 이철승 씨를 뵙자 '북한이 재침의 호기를 노리고 있는 이때 국가적으로 불행한 사태가 광주에서 발생하여 주변으로 확산될 우려가 큰 상황이 전개되고 있는데, 이러한 때에 당수님께서 나서주시기를 저의 사령관이 갈망합니다'라고 하면서 서두를 끄집어냈다. 그랬더니 그는 '그렇지 않아도 전주에 이미 비서실장(김태식)을 보냈네' 하고 즉답함으로써 나는 안도할 수 있었으며, 그 후에도 전북으로는 소요사태가 확산되지 않았다."[50]

한용원은 전두환이 비상계엄을 자신의 집권 수단으로 이용했다고 주장한다.

---

50) 한용원, 『한용원 회고록』, p.50.

"시해사건 발생으로 인해 1979년 10월 27일 선포했던 비상계엄령은 하나회의 전두환 장군이 5공의 개막을 위한 제12대 대통령 선거를 앞두고 1981년 1월 25일에 가서야 해제했다. 이는 비상계엄령이 1979년 11월 3일 고 박정희 대통령의 국장 거행으로 종료된 것이 아니라 절대권력의 붕괴에 따른 권력의 재편성을 위해 1년 이상 연장한 것을 의미하며, 따라서 5공의 개막에 봉사한 셈이다."[51]

정권창출에 관련된 주요 과제는 보안사 정보처가 중심이 되어 1980년 6월부터 추진했다. 그것은 "① 새 공화국의 헌법개정안 기초작업, ② 여당인 민정당의 창당 작업, ③ 언론의 정화 및 통폐합 작업, ④ 정치활동 규제자의 선별작업 등이었다. 헌법은 우병규 박사와 박철언 검사가 중심이 되어 연구하여 최 대통령 재임 중에 초안이 완료된 상태였으며 대통령의 임기를 7년 단임제로 한정시킨 것을 제외하고는 유신헌법과 그 골격이 유사했다. 이는 신군부의 정치 성향을 그대로 반영시켰기 때문이다."[52]

전두환을 위한 변론

1991년, 이병주는 이승만·박정희·전두환 세 대통령에 대한 자신의 생각을 담은 단행본 『대통령들의 초상』을 펴낸다.[53] 전두환 편의 제목은 「왜 그를 시궁창에서 끌어내야 하나」였다.

이병주 문학에 남다른 경의를 표한 임헌영은 전두환 정권에 대해 쓴 이 글에 대해 저주에 가까운 혹평을 서슴지 않는다.

"이병주의 모든 글 중에서 최하급의 졸문으로 전두환을 추켜대는

---

51) 위의 책, p.52.
52) 위의 책, p.76.
53) 이병주, 『대통령들의 초상』, 서당, 1991.

데, 너무나 사리도 논리도 안 맞는 억지 춘향이라 읽은 사람으로 하여금 도리어 얼굴이 뜨거워질 지경이다. 이병주의 명성은 전두환 예찬으로 곤두박질쳤다. 왜 그랬을까? 아들 이권기는 박정희를 비판하기 위해 전두환을 빗댄 것이라고 했지만 석연치 않다."[54]

임헌영의 평가는 과도하다. 이병주의 글은 소신에 차 있고 나름대로 논리를 갖추었다. 전두환 찬양자에게는 더없이 고무적인 내용이고, 중립적인 관찰자에게도 나름대로 설득력을 지닌다. 이병주의 전두환 대통령론은 「왜 이 글을 쓰는가」라는 제목의 머리말로 시작한다.

"어떤 사상(事象)에도 '진실'은 있게 마련이다. 그런데 그 진실을 파악하기 어려운 것은 우리들이 지닌 견식의 한계, 이해타산에 따른 왜곡된 시각, 그리고 감정적인 경사(傾斜) 때문이다. 전두환 대통령의 경우도 예외가 될 수 없다. 우리가 그의 '진실'을 쉽게 파악할 수 없는 것은 앞서 말한 바와 같은 복합된 이유도 있으려니와 그의 시대가 너무나 밀접되어 있어 시간의 여과 과정을 아직 겪지 못하고 있는 탓이다. 그런 까닭에 더욱 궁금한 것은 그의 진실, 바꿔 말해 그의 참모습이다. 그는 과연 규탄받아야 마땅한 존재일까. 아니면 변명되어야 할 존재일까. 변명되어야 한다면 어떻게 변명되어야만 하는가."[55]

1988년 전두환이 야인이 되고 노태우 정부가 정치적 국면 전환과 민심 무마의 목적으로 5공비리의 척결을 정치구호로 내세우자 이병

---

54) 임헌영, 『한국문학, 정치를 통매하다』, 2020, pp.214-215.
55) 이병주, 『대통령들의 초상』, pp.193-194.

주는 분노에 가까운 비판의 붓을 휘두른다.

"권력농단, 부정축재의 대표적인 사람이 교묘하게도 시류를 타고 등장해선 제5공화국의 비리를 캐겠다고 덤비는 판이니 대한민국은 세계 속의 웃음거리가 될지도 모른다. 단일화를 이루지 못해 집권의 기회를 놓친 자들이 통일과 민주주의를 부르짖고 나선 것도 꼴불견이거니와 꼭 같이 제5공화국의 비리를 캐겠다는 것도 우스운 이야기다. 제5공화국에 비리가 있었다면 그 연원은 제3공화국이다. 그렇게 못할 바엔 지난 일은 지나가게 해버리고 오늘의 문제를 진지하게 다루는 것이 마땅한 일이 아니겠는가."[56]

"물론 5공화국 7, 8년간의 역정에 비리적 부분이 없었을 리야 없다. 그 모든 것을 덮어두고 넘어가자는 것은 무리한 얘기일 것이다. 앞으로의 경각을 위해서도 따져야 할 것은 따져야 할 것이다. 문제는 방법이다. 선례가 있다. 제1공화국이 끝났을 때 제2공화국의 국회에서 제1공화국의 비리를 들먹여 국회에서 청문회를 연 적이 있다. 제2공화국 다음엔 5·16 쿠데타였으니 들먹일 필요가 없다. 제3공화국에 대해서도 그 후 국회에서 청문회를 개설한 적이 없다. 그렇다고 해서 기왕의 일들을 죄다 불문에 부친 것은 아니다. 범법 사실에 대해서는 적법적인 대처가 있었고 따질 것은 따졌다. '비리청문회'란 간판을 내걸고 머리칼에 홈을 파듯 설쳐 반년 넘게 국회를 소란의 도가니로 만든 쇼를 연출하지 않았어도 대강의 수습은 되었다.

어떤 나라의 예를 보아도 혁명, 또는 쿠데타가 아닌 바에야 정권의 교체에 따른 정리 작업은 대강의 수습으로 끝난다. 수습이 안 되는 부분은 두고두고 시간을 들여 후속정권이 시정해 나가면 되는 것이

---

56) 이병주, 『산을 생각한다』, 서당, 1988, p.283.

다. 정권의 평화적 이양의 터전을 더욱 굳게 하기 위해서라도 평화적이고 온당한 수습방안이 있어야 할 것이다."[57]

"이른바 '5공비리 청문회'에서 비방과 욕설에 관련된 한국어의 어휘는 모조리 동원되었다. 전두환을 비방하기만 하면 애국자연할 수 있고, 전두환의 증인으로 불러낸 사람들은 모욕하고 그들에게 욕설을 퍼붓기만 하면 민주주의의 선수가 되는 것처럼 으스댈 수가 있었다. 심지어 전두환에게 악담하기 위해선 국회의원의 품격 따위는 돌보지 않아도 된다는 지경에까지 이르렀다."[58]

"가장 크게 작용한 것은 야당의 의도일 것이지만 여당적인 의도가 합치지 않았던들 그런 결과가 되지 못했을 것이 아닌가 하는 추측 또한 배제할 수가 없다. 그런데 그 복합적인 의도의 어느 갈래에 전두환이 기왕에 자기의 심복으로 믿고 중용한 사람의 배신행위가 섞여 있었다면 사정은 더욱 복잡하다. 그러나 그런 오산까지도 책임져야 할 마당이 정치이고 보면 누굴 원망할 수도 없다. 정치란 실로 무서운 것이다.

청와대란 곳은 일단 들어가기만 하면 쫓겨 나오든지 끌려나오든지 지레 겁을 먹고 그만두고 나오든지 아니면 죽어서 나와야만 하는 곳이 아닌가 하는 생각마저 든다. 이승만과 박정희가 어째서 그 자리에 그처럼 집착했던가, 이유를 비로소 알 것만 같았다. 전두환도 죽어서 나왔어야만 했던 것인가.

정권의 평화적 이양을 이룩했다는 그 공로 하나만으로도 약간의 과오쯤은 불식할 수 있을 것이란 생각(이건 내 생각이지만)은 너무

---

57) 이병주, 『대통령들의 초상』, p.195.
58) 위의 책, p.196.

나 어리석은 것일까.

E.H. 카의 경구가 있다. '역사는 언제나 다시 쓰여야 한다.'

전두환을 평가하기 위해서는 오랜 시간을 두고 발굴과정과 여러 과정을 병행해야 하는데 줄잡아 제6공화국이 끝나고, 또 하나의 정권이 경과한 연후에야 기초적인 평가작업의 시작이 가능하지 않을까 하는 것이 나의 의견이다. 제3공화국, 제6공화국, 제7공화국의 대비에 있어서 제5공화국의 윤곽과 의미가 뚜렷해질 것이란 이유만이 아니라 지금 발표할 수 없는 자료를 그때쯤이면 공개할 수 있을 것이라는 짐작과 지금 묻혀 있는 사실이 그때쯤 발견될 수 있을 것이라는 추측이 가능하기 때문이다. 게다가 보다 중요한 것은 전두환에 대해 욕설과 비방을 서슴지 않았던 정치인, 언론인, 기타 사회인들의 소장(消長)을 지켜보는 눈이 전두환을 평가하기 위한 위력적 조명 수단일 것이라고 믿기 때문이다.

그런데도 지금 전두환 전 대통령에 대한 감상문만이라도 쓰고자 하는 것은 그와 동시대를 산 하나의 작가로서의 현장감을 꼭 이 시점에 남겨놓고 싶은 심정 탓이다. 비방과 비난의 말과 글이 범람하고 있는 상태에 이런 기록도 있다는 것을 제시함으로써 후세의 사가(史家)들로 하여금 통념적인 평가에 사로잡혀 있지 않도록 새로운 인식의 계기를 만들 수 있지 않을까 하는 마음이다."[59]

한마디로 말해, 이병주는 후세 사가의 정당한 평가자료로 제공하기 위해 전두환의 변론서를 쓰는 역사적 작업을 자임한다. 그는 당대에 부당한 평가를 받는 전두환이 후세에는 정당한 평가를 받을 것이라는 확신이 선 듯하다. 성삼문 등 사육신과 정여립의 예를 들어가면서 후세의 역사는 전두환을 이들과 같은 반열에 둘 것이라는 암시를

---

59) 위의 책, p.200.

함께 담았다.

"(조선) 성종 때의 문인 남효온의 『추강집』(秋江集)에는 일부 사실의 오기가 있지만 만일 그 기록이 없었던들 성삼문을 비롯한 단종의 사육신은 세조의 역신으로 몰린 채 그들의 충절을 천추에 현창케 될 기회를 영영 일실하고 말았을 것이다. 남효온의 『추강집』이란 씨앗이 이광수의 문포(文圃)에 심어져 『단종애사』가 되어 현대인의 가슴속에 단종과 그 사육신이 감동적인 부활을 성취하게 되었다. 동시대인의 기록이란 이처럼 소중하다.

흔히 후세의 사가들의 판단을 기다린다는 말이 있지만 사가들이란 대강의 경우 전대에서 넘어온 통념에 사로잡혀 그 통념을 넘어서지 못한다. 그 두드러진 예가 정여립이다. 정여립이 역적으로 몰린건 송 모의 모함을 반대세력이 이용하여 그들의 당파적 이익을 굳힌때문이었다. 내가 수집하고 있는 빈약한 자료로서도 정여립이 결단코 역적이 아니었다고 밝힐 수 있다. 그런데도 정여립 사건이 있은지 300여 년 동안 사가들은 정여립이 역적이라는 통념을 깨지 못했다. 동시대인의 반대의견이 전혀 없었기 때문이다. 정여립의 편지 한장만 가지고 있어도 역적의 동류로 몰렸던 당시의 사태로선 그를 두둔한 글을 쓴다는 건 어림도 없었던 일이다. 글을 쓰는 사람은 그 시대의 통념에 그릇된 점이 있다고 발견하면 어김없이 그 사실을 지적한 기록을 남겨야 한다. 그렇지 않으면 그릇된 통념이 정착되어 역사의 실상을 왜곡하는 불행한 결과를 초래하게 되는 것이다."[60]

이병주가 본 김영삼과 김대중

"1979년이 저물어 갈 무렵부터 1980년의 4, 5월까지만 해도 한국

60) 위의 책, pp.197-201.

국민의 거의 대부분은 대통령으로서 그 사람을 원하지 않았고, 그 사람이 대통령이 되리라고 기대하지도 않았다. 그 사람 본인 역시 자기가 대통령이 되리라고 원하지 않았다. 그런데도 그 자리에 앉게 되었다.

국민들은 애매하고 막연한 기대이긴 했지만 3김씨 가운데 한 사람이 대통령이 될 것이라고 알고 있었다. 그들의 지지자들은 지지의 열도에 따라 자기들의 보스가 대통령이 되길 열렬하게 원했다. 이런 국민적 기분이었는데 정작 대통령이 된 사람은 전두환이었다.

3김의 추종자들은 자신들의 보스가 정권을 잡기를 고집스럽게 원했지만 국민대중은 셋 중 누가 잡아도 유신체제 때보다야 숨통이 트이지 않겠느냐는 느슨한 기대 속에 있었다. 정당과는 관련이 없는 나 자신도 김영삼에게 기대를 걸고 있었지만 차선으로 김대중의 등장도 무방하다는 생각이었다. 보다도 나는 두 사람, 즉 김영삼과 김대중이 그야말로 격의 없는 합작을 기대했다. 두 사람 모두 박정희 치하에서 고통을 당한 처지라서 그 쓰라린 체험을 통해 소이(小異)를 버리고 대동(大同)을 취할 수 있는 마음먹이가 되어 있을 것으로 알았다. 그런데 김대중이 복권하여 정치의 전면에 나서게 되자 아연 야권은 난기류에 휘말리게 된다.

그 무렵 나는 전 국회의원 손세일 군의 주선으로 가끔 김영삼을 만날 기회를 가졌었다. 그런 기회마다 나는 자칫 잘못하면 천재일우의 찬스를 놓칠 염려가 있으니 빨리 신민당을 정비하여 야권을 죄다 포섭하고 국민의 여망에 부응하도록 시국에 대처해야 하는데 그러기 위해서는 대폭적인 양보도 불사해야 할 것으로 말했다. 내 말을 신중히 들으면서도 김영삼은 양보하는 데도 한계가 있지 않느냐며 우울한 표정을 지었다.

정치의 제1선에 있는 사람을 두고 정치의 문외한인 나는 그 이상의 말을 하지 못하고 군을 어떻게 생각하느냐며 화제를 바꾸었다. 그런데 뜻밖에도 김영삼은 '군은 별반 걱정하지 않아도 될 것입니다'라는 수월한 대답을 했다.

그런 낙관론이 어디에 근거를 둔 것인지 몰랐지만 나는 군에 대한 내 나름대로의 인식을 밝혔다. 앞으로의 정국은 군의 향배에 의해 결정이 될지 모른다고 하고, 지금 군이 정치에 초연한 태도를 취하고 있지만 혼란이 계속되면 북한의 동태에도 신경을 쓰지 않을 수 없게 되어 앞으로 어떤 변수가 나타날지 모른다고 역설했다. '그런 상황도 고려해야 하겠지요' 하면서도 김영삼은 군에 대한 낙관적 태도를 바꾸지 않았다. 도리가 없어 나는 이런 말까지 했다.

'군은 민주주의보다도 나라의 안전에 중점을 두는 조직입니다. 지금은 군도 애써 민주주의를 가꾸려고 하고 있는 태도입니다만 계속 지금과 같은 상태를 방치하여 나라의 안전이 위태롭다는 정세판단이 서기만 하면 군은 주저하지 않고 결정적인 단안을 내릴 겁니다. 12·12 사태를 겪어보지 않았습니까? 그건 군 내부의 일로 끝났지만 여차 하면 비상수단도 불사한다는 의지의 표명이라고 보아야 합니다. 그런 사태가 되지 않도록 3김씨가 안 되면 양 김씨만이라도 의견의 완전일치를 보아야 합니다.'

이에다 나는 현재의 최규하 정권이 무난하게 정치일정을 완수하여 유종의 미를 거둘 수 있도록 보호하는 배려가 있어야 할 것이라는 말까지 보탰다. 그런데도 김영삼은 현하 정세의 혼란을 유신 잔당의 집권에 대한 미련에 원인이 있는 것으로 판단한 모양으로 정치일정을 밝히라고 정부를 비난하길 그치지 않았다. 그런데다 신민당 내부 사정이 더욱 심각했다. 남원·고창·이리·금천 지구 등에서 신민당 지구당 개편대회는 각목과 투석이 난무하여 유혈극을 빚기조차 했다. 공화당은 공화당대로 정풍 문제를 둘러싸고 혼미상태에 있었다."[61]

---

61) 위의 책, pp.221-223.

김영삼과의 면담에 이어 이병주는 김대중을 만난다. 1980년 3월 말, KBS 텔레비전 취재반과 함께 외국여행 준비를 하고 있을 때, 김대중의 측근 김상현이 전화를 걸어온 것이다. 이데올로기나 정파 등에 무관하게 이병주는 김상현을 좋아했다. "선생님이 외국으로 가시기 전에 우리 김대중 선생과 식사 자리를 나눌 수 있을까요?"

이병주는 롯데호텔 지하 중국집에서 김대중을 단독으로 만난다. 서로 마주하기는 처음이다.

"나는 김대중의 겸손한 태도에 놀랐다. 억지로 꾸민 태도가 아니라 시종일관 상대의 말을 경청하고 자신의 말을 조심스럽게 하는, 흡사 스승을 대하는 정중함이어서 내심 감복을 금할 수가 없었다. 일본 정치가 우쓰노미야(宇都宮德馬)는 그를 일러 민주적 지도자의 풍격(風格)을 갖춘 사람이라고 했는데 과찬이 아니라는 기분이었다."[62]

이병주는 김영삼에게 했던 말을 김대중에게 되풀이한다. 무엇보다 양 김씨의 단합이 요체라고 강조하면서 공자 말을 인용했다. 군자화이부동 소인동이불화(君子和而不同 小人同而不和). 이보 전진을 위해 일보 후퇴도 할 수 있는 일이 아니겠는가. 김대중은 조용히 입을 열었다.

"제 마음 같아서는 전부라도 양보하고 싶습니다. 그러나 저는 너무 많은 동지들을 실망시켰고, 저를 지지한 많은 분들께 누를 끼쳤습니다. 그러다 보니 제 마음대로 결정을 내릴 수가 없습니다. 동지들의 의사를 따를 수밖에 없습니다. 그래서 고충이 큽니다."[63]

---

62) 위의 책, p.224.

이병주는 김대중의 말을 진지하게 들었다. 이해할 수도 있을 것 같았다. 그래서 '오늘 양보하고 후일을 기할 수 있는 여지를 남기는 것하고, 오늘의 나를 고집하여 타고 있는 배 전체를 파산시키는 것하고, 어느 편을 택하는 것이 현명한지를 심사숙고하여 지지자들을 설득할 수 있는 방안을 강구하셔야지요'라는 말만 보태고 군에 관한 얘기를 꺼냈다.[64]

"지금 우리 군은 자중하고 있습니다. 그러나 자중에도 한계가 있습니다. 군이 등장할 구실을 주어서는 안 됩니다. 라인홀트 니버의 『도덕적 개인과 비도덕적 사회』란 책을 읽어보셨겠지요. 가장 대표적인 예가 군대입니다. 군인은 개개인으로서는 인정이 있습니다. 그러나 조직으로서의 군대는 피도 눈물도 없습니다. 조직으로서 일단 결정해버리면 그것으로 끝납니다. 김 선생, 내 말을 귀담아들어 주시오. 김 선생에게는 정권이 문제가 아니라 생명이 문제입니다. 내 이런 소리 안 하려고 했지만 선생의 태도가 너무나 진지해서 노파심까지 털어놓는 겁니다."[65]

"바로 그렇습니다. 참으로 군이 문제입니다. 그런데 아까 말씀드린 그런 사정이라서"라며 김대중은 괴로운 빛을 감추지 않았다. 나는 거듭 군의 생리를 강조하고 "내가 보기에는 군이 문제이기보다 선생이 문제입니다. 누구보다도 김 선생은 군의 동향에 신경을 써야 할 것 같습니다. 정승화 장군이 한 말을 기억하고 계시겠지요?"[66]

---

63) 위의 책, p.224.
64) 위의 책, p.225.
65) 위의 책, p.225.
66) 위의 책, pp.224-225.

이병주는 양김 사이에 후보 단일화가 불가능하다는 느낌을 받았다. "김대중도 김영삼도 대통령에 출마할 의사를 보이자 그들에 대한 국민의 기대는 낡아졌다. 구정치인의 병리를 보았기 때문이다. 보다도 둘 다 고집을 부리면 정권을 잡을 가망이 없다는 것을, 측근이 아닌 국민 대중의 차가운 눈은 미리 간파한 것이다." "그들은 좀 더 신중하게 시국을 보고 '위기관리'를 표방하고 출발한 최규하 정부를 보호할 줄 알았어야만 했다."[67]

얼마 지나지 않아 이병주를 포함한 많은 사람이 걱정하던 사태가 발생했다. 김영삼은 가택연금되고 김대중은 법정에 서서 사형판결을 받는다. 신군부가 권력의 전면에 나섰다. 군인의 세대 교체가 일어났을 뿐, 군부 독재정치는 이어졌다.

"이러한 정황에서 전두환은 박정희 정권에 대한 미움까지 감당해야 했다. 국민대중은 전 정권을 박정희 정권의 연장으로 보았다. 그러나 박정희의 추종자들은 일률적으로 그렇게 본 것은 아니었다. 당연히 박 정권의 비판적 승계란 노선을 취할 수밖에 없었고 박 정권 추종세력을 무조건 추종할 수도 없었다. 이에 따른 소외현상이 일어날 수밖에 없었고 소외된 자들이 전두환을 좋아할 까닭이 없었다."[68]

'인간 전두환'을 사랑한 원로작가

"나는 전두환 대통령과 여러 차례 비교적 장시간 자리를 같이하는 행운을 가졌다. 경호실장과 김성익 비서관이 동석했을 뿐으로 독대나 마찬가지였다. 안현태 경호실장을 대하는 대통령의 태도는 형

---

67) 위의 책, pp.225-226.
68) 위의 책, pp.209-210.

이 아우를 대하는 것 같았고, 김성익 비서관에겐 아들을 대하는 듯했다. 안 실장이나 김 비서관은 둘 다 성실을 그림으로 그려놓은 것 같은 사람이다. 이권이나 인사 청탁 같은 것이 없는 나 자신이고, 대통령 역시 내게 아무것도 기대는 것이 없는 우리의 대화는 그야말로 격의라곤 없는 인간 대 인간의 교류라고 할 수 있었다."[69]

"대화를 통해 나는 그의 비범한 총명과 깊은 인간성을 알았다. 많은 것을 배우기도 했다. 그는 어떤 사상(事象)에 있어서 무엇이 가장 중요한 문제인가 정확하게 파악한다. 이어 그 문제의 본질을 캔다. 그 예의 하나가 취임 초, 나라에 있어서 가장 중요한 문제가 물가이며, 물가 문제의 본질이 어디에 있다는 것을 깨달은 사실이다."[70]

한 번 호감을 준 인물에 대해 이병주는 한없이 관대해진다. 전두환의 동생 전경환이 대통령 형을 팔아 저지른 온갖 전횡과 비리가 드러나면서 세상이 소란했다. 이병주는 이 사실을 이렇게 평가했다.

"나의 민주주의의 소양이 얕고 정의감이 부족하고 도의에 둔감한 까닭인지도 모른다. 전경환 등 친인척을 두고 비방하는 소리를 들으며 내가 생각하는 바는 이렇다.

가난한 소년이 커서 장군이 되고 대통령이 되었다. 다소 자기 체면이 깎이는 일이 있더라도 어렵게 같이 자란 형제를 위해 잘해주고 싶은 마음을 갖는 것은 당연한 일이 아닌가. 인류에 있어선 공사(公私)가 없는 법이다. 도를 지나칠망정 잘해줄수록 좋은 것이 효도이고 형제간의 우애다. 효도와 우애가 넘쳐 나라의 체통이 크게 상했다거나

---

69) 위의 책, p.270.
70) 위의 책, p.276.

국고를 비웠다거나 했을 지경이면 문제는 달라지겠지만 다소의 무리가 있었다고 해서 그것을 꼬투리로 잡아 나라의 수장이었던 사람을 비리로 몰아붙인다는 것은 있을 수 없는 일이다.

전두환이 얼마나 훌륭한 대통령이었다고 해도 만일 그가 자기의 체면을 생각한 나머지 형제들을 후하게 돌봐주지 않았다고 하면 나는 그 사람에게서 등을 돌렸을 것이다. 애착을 갖고 그를 위한 변명의 글을 쓸 생각도 하지 않았을 것이다. 굳이 그걸 비리라고 해도 좋다. 그렇다면 나는 비리를 범하지 않는 각박한 사람보다도 비리를 범할 만큼 훈훈한 정을 가진 사람의 편에 설 작정이다."[71]

이병주가 주장한 그 시대 권력층의 보편적 정서를 일반 국민이 상식으로 받아들였을까? 되돌아보면 지금과는 확연하게 다른 시대였음은 분명하다. 1960년대 말, 이병주는 하급 공무원인 친척 청년의 승진운동을 위해 서슴지 않고 정부 유력인사에게 청탁서를 쓰기도 했다.

"○○○선생님, 돌연 이런 글월을 올려 대단히 죄송합니다. ○○○군은 소생의 고모의 손자로서 평소 소생이 아들처럼 보살피고 있는 사람입니다. 금번 000부에서 승진하는 일이 있는 듯합니다. 이 아이의 승진이 성사되면 돌아가신 고모님께 만분의 일이라도 은혜를 갚는 것이 될 것 같습니다. 친배(親拜)치 못하고 글월로 올리는 무례함을 탓하지 마시고 소원 성취되도록 힘써주옵소서. 후일 한담의 기회가 있었으면 합니다. 4월 6일 이병주배."[72]

---

71) 위의 책, pp.282-283.
72) 정찬원, 『할머니의 유산』, pp.40-41.

전두환 전기 집필?

전두환이 대통령에 취임한 이듬해에 소설가 천금성(1941-2016)[73]이 쓴 전기가 출판되었다.[74] 『황강에서 북악까지』라는 제목을 단 300여 페이지의 전기에는 '인간 전두환의 창조와 초극의 길'이란 부제가 달려 있다. 전두환이 대통령으로 당선되던 1981년에 발간되어 각급 군부대의 필수 비치서가 되었다. 이듬해에는 재미교포 조화유가 영어로 번역하여 『Chun Doo Hwan: Man of Destiny』라는 제목으로 출판했다.

'황강'은 전두환의 고향 경상남도 합천군에 있는 작은 강이고, '북악'은 물론 청와대 뒷산 북악산을 가리킨다. 가난한 어린 시절을 보낸 전두환이 어떻게 군인으로 성공하고 정권을 잡았는지 노골적으로 미화하는 내용으로 가득 차 있다. 한 인터넷 사이트가 보안사령부 도서실에 비치된 책의 기증자가 전두환의 후임 사령관 노태우임을 알려준다.

"국군의 최고 통수권자인 전두환 대통령 각하의 구국이념과 폭넓은 인간성을 통하여 우리 장병들의 충성심을 제고하는 계기로 삼는 뜻에서 이 책자를 기증합니다. 보안사령관 육군중장 노태우 1981. 2. 11."[75]

이제 대통령 전두환의 치적을 포함한 본격적인 전기가 필요했다. 이병주가 필자로 위촉되었다. 최적의 선택이었다. 자료를 넘겨받았다. 여러 차례 직접 인터뷰도 하여 녹음기에 담았다.

---

73) 부산 태생으로 경남고, 서울농대 출신인 천금성을 전기의 필자로 주선한 사람은 보안사령관 전두환의 측근 중 부산 출신 참모라고 전해지고 있다.

74) 천금성, 『황강(黃江)에서 북악(北岳)까지』, 동서문화사, 1981.

75) 네이버 대표 역사카페 '부흥'.

이병주가 뉴욕에서 본격적인 전두환의 전기를 집필하고 있었다는 소문이 파다했고 두 차례 잡지사의 취재 보도가 있었다.[76] 제5공화국을 총정리하는 대하소설과 병행할 수 있는 작업이다. 그러나 전기도 소설도 완성하지 못한 채 세상을 떠났고, 초고도 흔적 없이 사라졌다. 하나의 가설은 정보기관의 손에 들어가서 폐기되었을 거라는 것이다. 1992년 4월 3일 이병주가 죽자 서울에서 이병주가 집필실로 사용하던 잠실의 작은 아파트를 정보기관이 뒤져 초고를 모두 거두어갔다는 것이다. 행여 당시 대통령 노태우에게 불리한 내용이 담겨 있지나 않을까 하는 우려에서였다는 것이다. 이병주의 한 지인은 이병주가 빌려간 자신의 책도 그때 함께 사라졌다는 말을 덧붙였다. 확증은 없지만 그럴 수도 있을 법한 이야기다. 그러나 애당초 원고가 없었을 수도 있다. 이병주는 『대통령들의 초상』에서 전두환에 대해 할 말을 다했다고 생각했을 수도 있다.

도대체 이병주가 집필의 대가로 얼마를 받았을까? 필자는 상당히 오랫동안 이 속악한 문제를 추적했다. 생전에 허문도는 자신이 이병주를 전두환에게 소개했고 중간중간 둘 사이의 연락을 맡기도 했다고 고백했다. 그러나 금전거래에 대해서는 전혀 아는 바가 없다고 강조했다. 전두환의 최측근도 결코 거액은 아니고 "서로에게 실례가 안 될 정도의 액수"였을 것이라고만 말했다. 어쨌든 따지고 보면 이는 문제의 본질과는 무관한 저급의 호기심일 뿐이다.

5·18에 대한 이병주의 침묵

이병주가 5·18에 대해 평생 침묵으로 일관한 것은 두고두고 약점이 되었다. 5·18 광주의 비극이 일어나던 당시 그는 외국 여행 중이

---

76) 임채준, 「미국에서 전두환 전기 집필 중 일시 귀국한 작가 이병주」, 『주부생활』, 1992; 전용종, 「뉴욕에서 전두환 전기 집필 중인 이병주」, 『우먼센스』, 1992.

었다. KBS TV 팀과 함께 유럽을 순방하면서 문화탐방 프로그램 제작에 참여하고 있었다. 이 과정에서 그는 프랑코 사후 스페인의 민주화 과정을 조명하는 글을 쓰기도 했다. 청년 시절 일본의 진보적 지식인을 열광시켰던 스페인 내전이 인민전선의 패배로 종결지어졌고, 집권한 프랑코의 철권통치가 물러간 뒤 뜻밖에도 새 시대정신에 눈뜬 한 개명군주에 의해 민주화의 길을 걷는 과정을 감개에 찬 필치로 기록했다.[77]

광주의 참상이 국제사회의 중요한 관심사로 부각되고, 신군부정권으로서도 은폐하거나 부정할 수 없게 된 시점에도 이병주는 애써 침묵을 지켰다. 언젠가 이 문제를 따지고 드는 젊은 학자에게 그는 광주의 비극은 전두환 자신의 책임이 아니다, 굳이 그의 죄라고 한다면 그것은 운명이 그에게 덮어씌운 '원죄'라는 말로 논쟁을 회피했다.

그가 자주 사용하는 운명이란 무슨 말인가? 개인에게 책임을 물을 수 없다는 뜻이었을까? 박정희의 5·16 쿠데타는 원천적인 악이라며 추상같은 역사적 책임을 추궁하던 그가 전두환과 5·18에 대해서는 '원죄' 내지는 '운명'이란 면죄부를 준 이유가 무엇일까? 유신체제의 붕괴를 그처럼 열망하던 그가, 어찌 유신체제의 수호에 나선 전두환 정권을 옹호할 수 있는지 도무지 납득할 수 없다.

정치가 박정희와 전두환을 구분한 기준은 무엇이었나? 오로지 개인적 친소관계인가? 부산의 언론인 시절부터 이병주는 박정희에게서는 여러 차례 편잔과 모욕을 당한 것으로 기록했다. 자신에게 훈계하는 듯한 태도가 몹시 자존심을 건드렸다. 많은 사람이 손쉽게 단정하듯이 박정희가 자신을 감옥에 보냈다는 사원(私怨) 때문일까?

그렇지는 않다. 이병주를 감옥에 보낸 것은 박정희가 아니라 박정

---

77) 김윤식·김종회 엮음,『스페인 내전의 비극: 이병주 문학기행』, 바이북스, 2013.

희가 쿠데타로 세운 정권이었다. '특수범죄에 관한 특별법'을 제정한 것은 5·16 직후에 구성된 국가재건최고회의이지만 실무 작업은 경찰이 주도했다. 박정희와 함께 쿠데타를 모의한 황용주도 5·16 직후에 구속되어 1개월 이상 경상남도 경찰서에 갇혀 있다 뒤늦게 상황을 전해들은 박정희의 개입으로 석방되었다.[78] 이병주가 10년 징역을 선고받고 2년 7개월 만에 석방된 것은 황용주의 개입으로 박정희가 내린 결단이었을 것이다.

5·16을 혁명이 아니라 군사 쿠데타일 뿐이라고 가차 없이 선언하던 이병주였다. 일상은 자유주의자, 정치의식은 사회 민주주의자였던 이병주에게 박정희가 구축한 종신집권, 일인독재 '유신'체제는 반민주·반인권·반인간적 제도였다. 이러한 유신체제를 해체하고 자유의 일상화를 향한 새 시대의 여정에 징검다리를 놓은 전두환은 이병주에게는 과히 손색없는 과도기적 지도자였다.

후세대의 전두환 평가

1980년 5월, 서울대 학생회의 간부로 활동하면서 '5월의 봄'을 직접 체험한 유시민은 전두환을 '절대악의 화신'으로 규정했다.

"1980년대 혁명운동가들에게 전두환 대통령은 절대악의 화신이었다. 광주 대학살과 난폭한 인권탄압을 겪은 만큼 그렇게 생각할 수밖에 없었다. 전두환 정권은 지식청년의 영혼을 흔들어놓았으며, 그들은 자신의 영혼을 구할 이념을 찾아 나섰다."[79]

후속세대에 엄청난 영향력을 보유한 유시민의 판정인 만큼 젊은

---

78) 안경환, 『황용주: 그와 박정희의 시대』, 까치, 2013, pp.354-361.
79) 유시민, 『나의 한국현대사: 1959-2014, 55년의 기록』, 돌베개, 2014, p.242.

세대에게 전두환의 위상은 악의 화신으로 굳어졌다. 절대악의 화신인 만큼 누구나 내놓고 비난할 수 있고, 행여 그의 긍정적 일면을 언급하기만 해도 악의 동조자로 낙인찍히는 위험을 감수해야만 한다.

2020년에 출간된 서울대학교 학생운동사[80]도 유시민의 진단을 전면적으로 수용했다. 1980년대를 '혁명의 시대'로 명명하고 전두환 신군부정권의 철권통치, 산업화에 따른 계급 간의 갈등의 심화, 광주민중항쟁 이후 미국에 대한 우호적 관념의 변화 등을 원인으로 들고 있다.

5·18 당시 법과대학 졸업반이었던 한인섭은 전두환 재판의 역사적·법리적 정당성을 옹호하는 논문을 썼다. 그의 치밀한 이론 뒤에는 감출 수 없는 분노의 감정이 이글거렸다.

"5·18은 화인(火印) 같은 선명한 기억으로 자리 잡고 있다. 어쩌면 대학 4학년의 그 젊은 감수성으로 맞은 1980년 계엄령하의 긴장된 나날, 덮쳐오는 어둠의 불길함 속에 개최된 민주화 집회의 안간힘, 언론 검열 속에 소문과 진실의 뒤섞임, 그것을 뚫고 나온 진실의 참혹함, 그에 대한 대응의 무력함 등 매시간의 흐름은 지금도 일기장에 옮길 수 있을 듯이 생생하다. 어쩌면 1995년 이후 5·18 재판에 대한 여러 글은 20대 초반 대학생의 기억 속에 아로새긴 그 사실로서의 기억을 30대 중반 이후 법적으로 재구성한 기록일지 모른다."[81]

그는 이제 정치적 주체세력이 된 당시 학생을 지칭하는 '386세대'

---

80) 유용태·정숭교·최갑수, 『학생들이 만든 한국 현대사 1: 시대사-서울대 학생운동 70년』, 한울, 2020, pp.187-280.

81) 한인섭, 『5·18 재판과 사회정의』, 경인문화사, 2006, vi-vii; In Sup Han, "Kwangju and Beyond: Coping with Past State Atrocities in South Korea," *Human Rights Quarterly* 27, 2005, pp.998-1045.

라는 어휘 대신 '5·18 세대'로 불러야 한다고 외쳤다.

"1990년대 후반에 지어진 이 말은 당시 '30대로, 80년대에 대학을 나온, 60년대 출신' 30과 60의 동어반복일 뿐이며, 80이란 말은 대학 안 나온 사람에 대한 차별적 어휘다. 1980년대는 정확히 5·18의 빛과 그림자 속에서 살았던 시기다. '어두운 죽음의 시대' '사랑도 명예도 이름도 남김없이' 나아가야 했던 그 세대는 '5·18 세대'라 불려야 마땅하다."[82]

5·18 세대에게 전두환은 철두철미한 악의 화신일 뿐이다. 행여 그에게서 인간의 면모를 찾으려는 사람 또한 악마로 간주한다. 실로 안타깝고 서글픈 일이다.

---

82) 한인섭, 위의 책, vii.

25. 이병주와 이문열, 황석영:
제도교육의 한계를 극복한 문인들

1980년 한국에 혜성처럼 등장하여 자신의 분야를 평정한 3대 스타가 있다. 이문열, 이주일, 그리고 전두환이다. 1980년 9월, 전두환이 대통령에 취임한 직후에 그 자녀들이 아버지에게 전한 시중의 블랙유머였다. 후일 회고록에서 전두환 스스로 고백했듯이 국민에게 거의 알려져 있지 않던 일개 육군 소장이 10개월 만에 대통령의 자리에 오르다니 그럴 법도 했다.[1]

"못생겨서 죄송합니다."

코미디언 이주일(1940-2002)의 트레이드마크 대사였다. 오랜 무명의 설움을 딛고 일약 스타덤에 오른 이주일은 1992년 제14대 국회의원 선거에서 당당하게 본명(정주일)을 내걸고 지역구 의원에 선출되기도 했다. 이문열은 1980년대 한국 문학계의 샛별이었다. 등단과 동시에 광범한 독자층을 매료시켰고 평단의 주목을 독차지했다. 당시 정상급 평론가로 필명을 날리던 김현의 유고집에는 여러 차례 이문열의 작품과 문체에 대한 언급이 담겨 있다.

"이문열의 『변경』1·2(문학과지성사, 1989)는 이중구조로 되어 있다. 밑은 가족소설의 구조다. 영희/어머니; 명훈/아버지의 관계가 특히 그러하다. 그 위는 연애소설, 투쟁소설, 이념소설의 혼합구조다. 두 구조는 이문열의 뛰어난 솜씨에 의해 거의 그 겹댄 부분을 찾

---

1) 전두환, 『전두환 회고록』 1권, 자작나무숲, 2017, p.603.

아내기 힘들 정도로 엉켜 있다. 이 두 구조를 얽는 틀은 인철의 회상이다. 그는 『영웅시대』의 지표들을 그대로 간직하고 있다. 그는 소설가로 경상도 양반 출신이며 박식가이고 미문가다. 그의 글은 민태원의 『청춘예찬』과 김내성의 『실락원의 별』의 웅변적 어조를 아름답고 정확한 문장으로 고쳐놓은 글이어서, 김화영의 지적 그대로, 국정 교과서를 잘 읽은 사람들이라면 누구나 빨려 들어가게 되어 있는 글이다. 그의 글은 개화기 이후의 열정이, 다시 말해 계몽주의적 열정이 만들어낸 웅변조의 감정을 미학적 교양으로 감싼, 계몽주의의 마지막 불꽃이다. 그의 글은 아무것도 주장하지 않는 것 같지만, 사실은 여러 가지 것을 강렬하게 주장하고 있다. 아름다운 것이 있다라든가, 변경에 사는 주변인들은 원숭이, 얼치기들에 가깝다든지, 타산이 결국 사랑을 이긴다(사랑/타산-순수/비순수의 기묘한 도식!)라는가 하는 것들이."[2]

"설악산 등산 팀의 해단식에서 홍성원에게 들은 말. 이문열의 이 천집을 지켜주는 녀석에게 들은 이야기인데, 이문열의 아버지가 교수직에서 정년퇴직해서 신의주에서 살고 있다대. 이문열의 우파적 발상은 그것과도 관계 있을 거야. 아마 거기 가보고 싶은 모양이던데. 모든 사유의 뒤에는 이데올로기가 숨어 있나보다. 여하튼 그 소리를 들으니, 그의 상당수 행위가 이해된다. 그도 얼마나 괴로울 것인가."[3]

김현의 촌평 속에 이문열 문학의 빛과 그 빛을 더욱 도드라지게 만드는 가족사의 그늘을 함께 엿볼 수 있다.

---

2) 김현, 『행복한 책읽기: 김현의 일기 1986-89』, 문학과지성사, 1992, pp.206-207.
3) 위의 책, p.271.

한국근대 문예비평이라는 전인미답의 영역을 개척한 김윤식 (1936-2018)은 이병주를 일러 이문열과 황석영을 함께 품을 수 있는 거인으로 불렀다. 단행본만 200권을 저술한, 가히 '글쓰기의 신'이었던 그는 의식을 잃고 쓰러지기 전 몇 달 동안 두 사람의 글에서 눈을 떼지 않았다. 일본의 평론가 고바야시 히데오(小林秀雄, 1902-83)의 평론과 이병주의 소설이었다. 남은 날이 모자람을 어렴풋이 인식하고 자신에게 가장 육화(肉化)된 글을 읽으면서 마음의 안정을 구하려 했는지도 모른다.

김윤식이 평론의 대상으로 삼지 않은 한국 소설가는 거의 없다. 김윤식의 평을 받지 못하면 작가가 아니라는 말이 있을 정도였다. 의식을 잃고 붓을 놓기 직전까지도 매달 신인작가들의 작품을 읽고 성의 있는 월평을 기고하던 그였다.

그는 역대 한국 소설가들의 작품을 줄줄이 꿰고 있었다. 이광수·김동인·김동리 등 자신이 직접 연구평전을 쓴 초기 작가들은 물론, 최인훈·이호철·박경리·박완서·윤대녕·신경숙 등 굵직한 밑줄을 긋고 싶은 작가 리스트를 머릿속에 지니고 다녔다. 언젠가 필자는 그에게 지극히 무식하고도 무례한 질문을 건넸다. 문학인이 아니기에 면책될 수 있으리라 믿고 던진 물음이다. 만약 역대 소설가 중에 단 한 사람만을 들라면 누구이겠느냐고 떼를 쓰다시피 물었다. 그는 이 한심한 질문을 던진 무식쟁이를 물끄러미 쳐다보며 한참 망설이다 마침내 '이병주'라고 말했다. 실로 뜻밖이었다. 이병주는 독자들의 작가이지 전문 평론가의 세계에서는 거의 외면당하다시피한 존재가 아닌가? 김윤식의 말인즉 이병주의 문학은 '대한민국 그 자체'라는 것이다. 이병주는 수작만큼 태작(駄作)도 많다. 그의 작품은 낱개로 볼 것이 아니라 총체적으로 보아야 한다는 것이다. 이병주는 대한민국 사람 어느 누구에게도 맹종하지 않았고, 어느 누구도 내치지 않았다. 왕후장상과 시정잡배, 요조숙녀와 술집 작부를 차별하지 않고 주인공으로 캐스팅했고, 대학교수와 일자무식의 노름꾼을 동일한 비중으로 다루었다는 것이다. 남의 글에 대해 까다롭다 할 정도로 엄정한 비평을 휘둘렀던 김윤식에게서 뜻밖의 거대한 포용력을 발견한 것은 일종의 충격이었다.

김윤식은 극히 비사교적인 인물이었다. 혼자서 읽고 쓰는 일에 골몰하면서 혼자만의 세계를 구축했을 뿐 남과 어울릴 줄 모르는 외톨이였다. 문인들 사이의 의례적인 명절인사도, 단체행사 후의 회식도 거부하던 그였다. 대학 안팎의 일체의 '자리'를 거부한 그가 기꺼이 맡았던 유일한 자리가 이병주기념사업회의 공동대표직이었다. 1999년 창립된 이래 죽을 때까지 이 작은 모임의 명목뿐인 자리를 지키면서도 매년 두 차례 열리는 학술대회의 기조강연을 도맡았다. 이문열도 이 모임의 운영위원으로 이름을 올렸고, 이따금 하동의 이병주문학관에서 열리는 행사에 참석하기도 했다. 언젠가 황석영을 연사로 초청하자는 제안도 있었지만 끝내 성사되지 못했다. 황석영 자신보다 그의 극성팬들이 용납하지 않았을지도 모른다. 황석영도 이문열도 김윤식 리스트의 최상위에 자리하고 있었음은 물론이다.

2015년, 황석영은 '문학동네'가 펴낸 10권짜리 '한국명단편'집의 편집을 주도한다. 한국의 역대 작가 101명을 선정하고 매 작가의 대표적 단편을 골라 해설을 덧붙였다. 젊은 평론가들이 함께 참여했다. 대체로 작가의 연령과 등단 시점을 기준으로 순서를 정한 것이다. 이 전집은 해외에 거주하고 있는 중년 인텔리 한국 여성들 사이에 인기가 높다. 프랑스 파리에만도 전질을 소장하고 있는 애호가가 여럿 있어 동호인 사이에 돌려가며 읽는다고 한다. 전집 제4권에 이병주가 수록되어 있다.[4] 황석영은 해제 글에서 "지난 3권에서 이병주를 빠

---

4) 황석영, 「조국은 없다, 산하가 있을 뿐이다」, 『한국명단편 101』 4권, 문학동네, 2015, pp.195-207.

뜨렸다는 사실을 발견하게 되었다"라고 말한다. 황석영이 3권에서 '실수로' 이병주를 빠뜨린 것이 아니라 의도적으로 배제했을 가능성이 크다. 황석영이 한국문학사에서 이병주의 지위를 매기면서 자신을 열렬하게 추종하는 진보진영 후배들의 정서를 대변하지 않을 수 없었을 것이다. 이들 대부분에게 이병주는 작품을 읽기도 전에 이념적으로나 정서적으로 무시해야 할 대상이었다.

이 글에서 황석영은 자신과 주변 인물들이 의심 없는 사실로 받아들이는 이병주의 행적을 열거한다. 진보의 스승 리영희의 증언이 권위 있게 인용된다.

"그는 박정희의 종신 대통령제의 법적 기틀을 닦은 유신헌법이 선포된 어느 날 박정희의 자서전을 쓰기로 했다고 나에게 말하더라고. 이때부터 나는 이병주를 멀리하게 되었고 그 후 완전히 결별했지요."[5]

리영희의 만년의 기억이다.

황석영은 리영희의 말을 근거로 삼아 이병주가 박정희를 찬양하는 내용의 자서전을 쓰려 했다고 믿는다. 명백한 오류다. 리영희의 주장과는 정반대로 이병주는 박정희를 비판하는 내용의 글을 썼고, 비록 세상에 공표한 것은 박정희의 사후이지만, 절치부심하며 자료를 모으고 칼을 갈고 있었다.

황석영이 이병주에게서 경직된 반공 이데올로기를 넘어선 통합적 지식인의 면모를 발견한 것은 뒤늦게 이병주의 작품 『지리산』을 읽고 난 후였다고 했다. 황석영이 이병주의 '인간적'인 모습을 확인한 것도 이병주가 죽고 난 후의 일이다. 그는 뉴욕 망명 중에 생전에 이

---

5) 리영희·임헌영, 『대화』, 한길사, 2005, p.391.

병주가 단골로 나들이하던 카페에 들른다. 마담이 이병주가 즐겨 앉던 자리를 가리키며 눈물을 글썽이는 모습을 보며 잠시 "시들어 지워버린 베란다의 화분"에 불과한 애상을 건넨다.[6]

2020년 5월, 만 77세의 황석영은 장편소설 『철도원 삼대』를 출간한다. 범상치 않은 일이다. 1989년 방북 시절에 만난 영등포 출신 기관사와 나눈 대화에서 모티브를 얻었다고 고백했다. 세상을 흔들었던 그의 방북기 『사람이 살고 있었네』[7]의 행간에 묻혀 있던 소재다. 표지와 본문 사이의 간지에 친필 메시지를 담는다.

'길고 긴 시간 속에 우리는 한 줌 먼지에 지나지 않지만 세상은 조금씩 나아질 것입니다.'

원숙한 작가의 여유가 빛나는 문구다.

"한국 근현대문학에서 장편에서 누락된 부분. 그중에서도 산업노동자의 삶을 반영한 작품은 드물다. 해방 이후 분단되면서 생존권 투쟁에 나선 노동자들은 '빨갱이'로 매도당했고, 한국전쟁이 터지고 세계가 냉전체제가 되면서 수십 년 동안 개발독재 시대에 모든 노동운동은 '빨갱이운동'으로 불온하게 여겨졌다. 통일이 되는 그날까지 남과 북의 정통성 논쟁은 자제해야 할지도 모른다."[8]

이쯤 되면 앞서 이병주가 그랬듯이, 황석영도 이병주와 이문열을 포용하는 큰 산이 되었다. 이 책이 출판된 직후에 사그라질 줄 모르는 작가의 정력과 필력에 감탄하는 필자에게 한 원로는 자신의 감상을 덧붙였다.

---

6) 위의 책, p.207.
7) 황석영, 『사람이 살고 있었네: 황석영 북한방문기』, 시와사회, 1993. 단행본으로 출판되기에 앞서 같은 제목으로 『신동아』와 『창작과비평』에 기고했다.
8) 황석영, 「작가의 말」, 『철도원 삼대』, 창비, 2020, pp.615~616.

"그 친구, 이병주보다 더한 사내야!"

황석영과 이문열: 난리 통에 헤어진 형제

1992년 겨울, 북한을 다녀온 후 국제미아가 된 황석영이 뉴욕에 머무르던 어느 날 현지에 온 이문열이 전화를 걸어온다.

"피차 술이 좀 취하고 나서 그가 문득 월북한 아버지 이야기를 꺼 냈다. 그도 당국을 통하여 여러 가지로 알아본 바를 말했고, 나에게 좀더 확실하게 알아볼 수 있겠느냐고 물었다.

예정대로 이문열이 일주일 뒤에 뉴욕에 들렀고 우리는 다시 만나 서 한참이 지나서 내가 팩스로 온 종이를 내밀었다. 나는 지금도 기 억한다. 그는 원산의 어느 공업대학인가에 적을 얻었고 재혼하여 오 남매를 두었다. 그의 아우들 이름과 직업과 나이가 길게 나열되어 있 었다. 그 종이를 들여다보고 있던 이문열이 고개를 돌리더니 갑자기 무너지듯이 허리를 굽히고는 입을 꼭 다물고 흐느끼기 시작했다. 나 는 그 처절한 장면을 차마 보지 못하고 고개를 돌려 눈시울을 닦았 다. 한참 뒤에 격정의 파도가 가라앉고 지나갔다. 그는 술 한 잔을 넘 기고는 애써 웃음을 지으며 말했다.

'영감쟁이, 우리 어머니는 진작 재혼한 줄 알고 있었습니다.'

나는 그 이후부터 이문열의 모든 상처와 '어둠의 그늘'을 내 것으 로 받아들였고 그를 내면적으로 내 아우라고 생각했다. 누가 의도적 으로 그를 어떻게 생각하느냐 물으면 나는 농담처럼 이렇게 돌려 말 한다. '그는 전쟁 때 폭격으로 불바다가 된 거리에서 손을 놓친 내 아 우 같다.'

나는 뉴욕에서 그와 헤어지기 전에 말했다. 이제는 당신 아버지를 용서하라고. 그때의 당신 아버지는 당신의 아들뻘이었고 훨씬 미숙 한 젊은이였다고. 그리고 돌아와 내가 구속되었을 때 어느 후배가 면회를 와서 그가 나의 석방촉구 성명서에 서명해주었을 뿐만 아니라 집회에 나와 연설하는 일에도 흔쾌히 나서주었다고 알렸다. 그가 이러한 성격의 일에 동참한 것은 이전에도 이후에도 없었던 일이었다고. 그래서 나는 그의 작품들을 읽었는데, 고전 번역물들은 물론이고 『사람의 아들』 『젊은 날의 초상』 『영웅시대』 등이었다. 그중에서 역시 내 취향이었던지 『젊은 날의 초상』이 가장 인상 깊었고 『영웅시대』는 그의 부친에 대한 날카로운 냉소와 거부가 가슴 아팠으며, 남쪽에 남겨진 홀어미와 자식들이 고난 속에서 살아가는 살림살이가 나도 전후에 겪은 바 있어 남의 일 같지 않았다.

내가 석방된 지 이삼 년쯤 되었을 무렵에 그는 논객이 되어 좌충우돌 논쟁을 벌이다가, 보수신문 반대운동을 벌이던 측에 대한 '홍위병' 발언으로 그의 책들이 화형 처리되는 데까지 이르렀을 적에는 나도 분노해서 반문화적 처사라고 분명히 입장을 밝힌 적이 있었다. 그렇기는 하여도 나는 가끔 그에게 전화를 걸어 정치적 칼럼을 쓰기는 그만두고 소설을 쓰자고 그랬을 것이다. 언제부터인가 언론에서는 진보, 보수 갈라서 말밥에 올리는 것이 선정적이고 상업주의에도 도움이 되었는지, 이 아무개하면 즉시 황 아무개를 나란히 올려서 상징화하는 것이 나는 못내 불편했다. 아닌 말로 나는 나이로 보나 문단 이력으로 보더라도 훨씬 선배여서 기질상 '맞먹기'가 유쾌하지 않은 일이기도 하였다. 나는 농담 삼아 당신 때문에 나는 언제나 좌파에 진보 맞수로 취급당하는 것이 싫다고 말한 적이 있다. 나는 그가 애초에 작정했던 대로 그놈의 물귀신 같은 덫에서 놓여나 자유롭게 휴머니즘의 대벽화를 완성하기를 바라는 마음이다. 우리는 나름대로 한 시대의 독자들의 사랑을 받았고, 우리가 누린 모든 영욕도 그들이 준 것이 아니었던가."[9]

---

9) 황석영, 「나를 길러준 사라진 것들」, 이문열, 『하구』 6권, pp.273-282, pp.275-281.

황석영은 대선배 이병주와 후배 이문열 사이에 상당한 사상적·정서적 유대관계가 있음을 충분히 짐작했다. 황석영은 때로는 사상적 맥락에서 이병주와 이문열을 동치시키기도 한다. 그렇게 볼 이유가 없는 것도 아니다.

이문열 자신의 증언이다. 1988년 11월 20일경, 이병주가 자신을 찾는다는 연락이 왔다. 아무래도 예감이 좋지 않았다. 전 대통령의 성명서와 관련하여 무슨 일을 시킬 것만 같아 몹시 부담스러웠다. 그래서 잠시 외국으로 떠남으로써 곤란한 자리를 모면했다. 이문열은 이 일로 인해 행여 이병주가 자신을 비겁한 놈으로 여길까봐 오래도록 마음이 편치 않았다고 한다.

이문열 가족은 연좌제의 폐지로 큰 혜택을 입었다. 작가의 형님들은 월북한 빨갱이 자식이라는 낙인 때문에 제대로 된 직장을 구할 수가 없었다. 한 형님은 한창 일던 태권도 붐을 타고 해외에 나가서 사범으로 진출하고 싶었다. 그러나 여권을 발급받을 수 없었다. 십여 년 동안 줄기차게 청원에 청원을 거듭했지만 번번이 거부당했다. 그러던 것이 1983년 1월을 시작으로 해외여행이 허가되면서 숨구멍이 트였다. 1980년 헌법으로는 연좌제가 영원히 폐지되었지만 삶의 현장은 그러하지 않았다. 반신반의하면서 여권을 신청했더니 뜻밖에도 발급된 것이다. 작가의 가족은 여권을 식탁 가운데에 신주처럼 모셔놓고 함께 감격의 눈물을 흘렸다고 한다. 연좌제라는 악의 고리가 영구히 끊긴 것은 당시 대통령 전두환의 '통 큰 결단'이었음을 많은 사람이 알고 있다. 전두환의 치적에 대한 역사적 평가와는 무관하게 이 조치의 혜택을 입은 당사자들은 감사하는 마음을 갖기 마련이다.[10]

---

10) 전두환 자신도 일련의 자유화 조치는 시대적 추세였고 이러한 시대적 추세를 잘 읽어낸 허화평 등 주변 인물들의 역할이 컸다고 썼다. 전두환, 『전두환 회고록』 2권, pp.99-118. 이러한 조치에 대해 검찰과 법무부의 반대가 심했다고 한다. p.100.

1960년대 서울법대 학생운동의 리더였던 이영희(1942-2016)는 한동안 몸담았던 노동현장을 뒤로하고 대학으로 피신한다. 후일 중앙노동위원장과 노동부장관을 맡게 되는 그는 정년퇴임에 즈음하여 인생을 되돌아보는 차분한 회고록을 썼다. 이영희는 새 시대의 문사 이문열에게 응분의 경의를 표한다.

"이문열의 『젊은 날의 초상』은 학문적 갈등도 아니고, 운동권 학생처럼 사상문제도 아니었다. 그는 더 절실한 다른 무엇을 추구하고 있었는데 그것을 학교에서 얻을 수가 없었던 것이다. 내가 평가하지 않을 수 없었던 것은 그가 실제로 학교를 떠났다는 사실이다. 그가 더 견딜 수 없었기 때문인지, 아니면 자신에게 더 철저하려고 했기 때문인지는 알 수 없으나 아무튼 현실을 박차고 떠난 그의 행동에 대해 나는 경이감을 가졌다. 그에 비하면 나는 별로 철저하지도 못했고 용기도 없었다."[11]

황석영과 이문열이 문학의 세계에서 대성할 수 있었던 것은 물론 천부의 재능과 함께 지속적인 탁마 때문이었다. 삶의 근원에 대한 끊임없는 탐구와 문학을 통해 시대의 등불을 밝히려는 소명의식이 뒷받침되었기에 가능한 일이었다. 문학은 문자의 습득과 문장의 연마로만 이룰 수 있는 것이 아니다. 지식의 축적에 상응하는 체험이 동반되지 않으면 결코 경지에 이르지 못하는 것이 문학이다. 생의 근원에 대한 끊임없는 성찰이 따르지 않은 문학은 고작해야 종이 위의 글자에 머무를 뿐이다. 무수한 동년배 작가들 중에 황석영과 이문열이 우뚝 설 수 있었던 가장 중요한 요인이 있었다면 그것은 청년 시절에 제도교육의 피해를 덜 받은 사실일지 모른다. 초등학교에서 대학에

---

11) 이영희, 『우리 시대의 삶과 나의 생각』, 백산서당, 1998, pp.19-20.

이르기까지 경쟁적 시험을 거치면서 배양한 획일적 사고와 축적한 단편적 지식을 무기로 '지식인'의 포장을 얻은 백면서생들이 이들에 대한 열등감을 가지지 않는다면 그것은 자기 성찰이 부족하거나 자신에 대한 기만이다.

이영희는 1980년 이후 한국의 정치적 상황과 노동운동에 대한 좌절감을 이렇게 회고했다.

"민주화에 대한 우리의 꿈은 신군부의 등장으로 여지없이 무너지고 말았다. 나는 기성 정치권이 아직 민주화도 이루어지지 않은 상태에서 서로 힘을 합치지 못하고 분열하여 군부 세력이 다시 나올 수 있는 틈새를 만들어준 것에 대해 도저히 용납할 수 없었고, 또한 이들에 대해 환멸을 느끼지 않을 수 없었다. 이것은 당시 민주화 투쟁을 선두에 서서 적극적으로 해온 재야세력에 대해서도 일부 해당되는 것이다. 나는 실패한 민주화를 보면서 다시 군부 세력의 지배 하에서 민주화 투쟁을 새롭게 적극적으로 전개할 의욕을 느끼지 못했다. 한편 나는 노동운동을 적극적으로 전개하고 싶은 생각도 들지 않았다. 그것은 특히 지식인들이 주도하는 노동운동을 위한 활동이 이념적으로 맞지 않았기 때문이다. 나는 (4년 반 독일과 일본에 체류한 후에) 귀국해서 우리의 지식사회와 노동운동이 그 사이에 사상적으로 매우 급진적으로 나가 있는 것을 보고 크게 놀랐다."[12]

이영희는 이른바 진보를 자처하는 책상물림들이 노동운동에 관심을 가지는 이유 중에는 장래 권력에 대한 투자의 동기도 있다고 비꼰 이문열의 진단을 경청하는 솔직함을 드러냈다.

---

12) 위의 책, p.69.

"언젠가 이문열 씨가 소위 진보적 지식인들이 노동자들에 관심을 갖고 그들 편에 서려고 하는 것은, 단순한 연민과 정의감 때문이 아니라 장래 노동자계급이 큰 힘을 갖게 될 것을 미리 알고 한발 앞서 기회주의적으로 행동하는 면도 있다고 쓴 글을 읽고는 그의 탁월한 작가적 통찰력에 놀라움을 느낀 적이 있다. 나도 그의 말을 자성(自省)적으로 받아들여야 한다고 보았다."[13]

---

13) 위의 책, p.178.

제6부
인간관계:
특별한 친구들

26. 청년의 목숨을 구해야 한다: 박희영과 강신옥

전쟁의 트라우마: 박희영의 기록

누구나 일생 동안 수많은 사람을 만나고 헤어지곤 한다. 모든 만남이 기쁘지만은 아니하듯이 모든 이별이 안타까운 것만은 아니다. 그러나 죽음으로 인한 이별은 다르다. 어떤 형태이든 회한의 찌꺼기가 남기 마련이다. 어떤 죽음이든 죽음 앞에서는 경건해지는 것이 인간의 도리이자 본질적 심성이 아닐까.

모든 죽음은 가슴에 묻고 살아야 한다. 진정으로 사랑한 사람의 무덤은 남은 사람의 가슴이라고 하지 않았던가. 때로는 가슴에 묻은 사람의 영혼을 끄집어내어 남모를 회억에 잠긴다. 작가 이병주는 일찍 떠난 두 친구의 이미지를 가슴에 간직하고 살았다. 6·25의 소용돌이 속에 죽은 고향 친구 이광학의 잔영은 평생토록 민족의 비극으로 각인되어 있었다. 이병주는 이광학(이광열)을 작품 속에 등장시키고 에세이에도 언급했다. 늦게 지음(知音)이 된 박희영의 죽음은 상처받은 인간의 영혼을 치유할 수단은 종교밖에 없다는 친구의 인생관을 부럽고도 안타까운 마음으로 지켜본 남은 자의 숙제였다.

박희영은 동년배 일본 유학생 사이에 '어학의 천재'로 소문난 인물이다. 부산2상을 졸업하고 도쿄외국어대학에 진학한 그는 영어와 프랑스어에 탁월한 재능을 보였다. 영문과 재학 중에 학병에 동원되어 일본군 중부 제8부대에 배속된다. 이병주가 작품 『지리산』의 권창혁과 하영근 등을 외국어대학 졸업생으로 설정하여 박희영의 이미지를 투영했다,

동년배인 이병주와 박희영은 서른이 넘어 직접 교류하기 시작했다. 해방 직후에 부산대학교에 재직한 박희영과 진주농대에 재직한 이병주는 서로의 존재를 익히 알고 있었으나 이병주가『국제신문』의 주필에 발탁된 후 황용주의 주선으로 비로소 첫 대면을 했고 이병주는 처음 만난 순간부터 박희영의 학식과 인품에 매료되었다고 회고했다. 4·19 직후에 두 사람은 함께 반민주행위자 심사위원직을 맡았다. 어느 날 회의실이 위치한 부산지방검찰청 청사를 나오며 박희영은 이병주에게 자신이 붙들려 징역살이를 할망정 남을 징역에 보내는 일은 못하겠다며 하소연했다.

　"박희영은 가끔 신문이나 잡지에 짤막한 글을 썼다. 특히『동아일보』에 게재된 '서금여화'(書金餘話)나『국제신보』에 한때 연재된 '투암기'(鬪癌記)는 명품이라고 할 수 있을 만큼 독자들 사이에 평판이 높았는데 번번이 튀어나오는 천주님이 옥에 티라고 할 수 있었다. 그래서 나는 '자네의 문장은 일품인데 그 천주님이 나타나는 게 옥에 티야'라고 빈정댔다. 이는 박희영이 나를 보기만 하면 '자넨 모든 것이 다 좋은데 천주님을 몰라보는 게 탈이다'라고 입버릇처럼 하는 데 대한 응수이기도 했다.[1]

　박희영에게 창작을 해보라고 권하면 '천주님의 은총을 밝히는 글 이외엔 흥미를 느끼지 않는다'고 말했다."

　1975년 7월, 이병주는「중랑교」라는 제목의 단편을 발표한다.[2] "서울의 동북에 중랑교란 이름의 다리가 있다. 망우리 공동묘지에 묻히기 위해서는 이 다리를 건너야 한다. 동구릉 근처에 있는 친구

1) 이병주,「중랑교」, 김윤식 · 김종회 엮음,『여사록』, 바이북스, 2014, pp.96~97.
2) 이병주,「중랑교」,『소설문예』, 1975. 7.

박희영 군의 무덤을 찾기 위해서도 이 다리를 건너야 한다."[3]

박희영의 사후에 그에 관한 추억을 사실적으로 회고한 글로 허구의 요소가 거의 없다. 박희영은 「겨울밤」(1974) 말미에 노정필과 대조되는 인간적인 인물로 제시된다.[4]

"일제 때는 병정에 끌려나가 생사의 고비를 헤맸다. 전범재판에서 하마터면 전범의 누명을 쓰고 처형될 뻔한 아슬아슬한 고비도 있었다. 6·25 동란 때는 친형을 잃었다. 그리고 2년 전에는 이십 수년을 애지중지해온 부인을 잃었다. 게다가 사형선고나 마찬가지인 병의 선고를 받고 한동안 사경을 방황하던 때도 있었다. 출중한 어학력을 가지고 있으면서 도리어 그것을 부끄러워하는 태도마저 있었다. 어학의 부족을 한탄하는 나를 보고 그는 '대인(大人)은 외국어를 잘 씨부릴 필요가 없다'는 말로써 위로했다. 보다도 가장 중요한 일은 철저한 천주교의 신도이면서도 친구들에게 자기의 천주를 강요하지 않았다."[5]

"나는 언젠가 박희영을 주제로 해서 '인간의 길'이란 제하의 장편소설을 쓸 작정으로 있다. 기왕 발표한 「중랑교」나 지금의 이 문장은 그 장편을 준비하기 위한 메모에 불과하다. 그에 관해선 한량없는 이야기가 있다. 제2차 세계대전 당시 일본군의 통역으로 일했던 시절의 이야기, 해방 후 극동전범재판에 증인으로 출두한 일, 미국의 버

---

3) 이병주, 『세우지 않은 비명』, 서당, 1992, pp.209-224.

4) "이 작품에서 서술되는 박희영에 대한 이야기와 겨울밤 말미에 제시되는 작가의 한 친구의 이야기가 텍스트의 자기반영적 차원에서 반복되어 사실성을 상호 보증한다"(노현주, 『이병주 소설의 정치의식과 대중성 연구』, 경희대학교 박사학위논문, 2012. 8, p.73).

5) 이병주, 「겨울밤」, 『소설 알렉산드리아』, 한길사, 2006, pp.292-293.

지니아대학에서 대작가 포크너와 논쟁을 벌였던 일,[6] 파리대학에서의 일화, 그리고 그의 투병 체험, 6·3 데모 때의 비화, 그의 유머러스하면서도 지적인 향기 높은 에피소드의 갖가지 등…"[7]

이병주가 말하는 '6·3 데모 때의 비화'란 1965년 한일회담 반대 데모 때의 일이다. 그때 외국어대학에 재직하던 박희영은 학생처장의 보직을 맡고 있었다. 서울 시내의 모든 대학이 굴욕적인 조건의 한일국교정상화를 반대하는 격렬한 데모를 벌였으나 외국어대학만은 비교적 평화롭게 넘어갔다. 무슨 사연인지 이병주가 묻자 박희영은 "내가 꼼수를 부렸지" 하며 답한다. 도대체 그 꼼수가 뭐냐고 따져 묻자 '인간적인 호소'라고 답한다. 박정희 대통령은 단군 이래 처음으로 박가 성을 가진 나라의 지도자가 되었으니 종씨인 자신의 처지를 보아서라도 눈 감아 달라고 설득했다는 것이다. 학생들의 폭넓은 존경을 받던 그인지라, 이 어처구니없는 호소가 뜻밖에도 먹혀들었다는 것이었다.[8] 이병주는 끝내 박희영을 소재로 '인간의 길'을 쓰지 못했다. 그러나 단편 「중랑교」만으로도 애잔한 우정을 기리기에 충분한 사우교(思友橋)를 세웠다.

세상에 가장 선량한 인간, 양심적인 사람. 박희영을 기린 친구는 이병주만이 아니다. 박희영의 동향 친구 황용주도 전쟁 트라우마에 시달리다 일찍 생을 마감한 우울한 천재를 추모하는 글을 두 차례나 발표했다.

---

6) 박희영, 「대하(大河) 미시시피의 정세: 포크너」, 『월간중앙』 39호, 1971. 6, pp.315-321. 또한 이병주는 박희영이 번역한 밀턴의 『실낙원』과 파스칼의 『팡세』를 곁에 두고 탐독했다. 밀턴, 박희영 옮김, 『실낙원』, 동화출판사, 1970; 블레에즈 파스칼, 박은수·박희영 공역, 『팡세: 抄』, 동화출판사, 1972. 이밖에도 박희영은 해방 직후에 연보 작성에 관여한다. 박희영 편, 『해방 이후 조선 내 주요일지』, 1946.

7) 이병주, 『잊을 수 없는 사람』, pp.121-137.

8) 김윤식·김종회 엮음, 『여사록』, 바이북스, 2014, pp.94-95.

"1948년 2·7 사건 당시, 고향에서 면장이었던 아버지와 빨치산이었던 형이 각각 다른 손에 의해 학살당하면서 비단 같던 박의 심성이 신을 찾게 만들었다. 그러나 신은 너무나 멀리 있고, 일상을 도와주지 않았다. 적산가옥에 있던 그는 제일 큰 방을 비워 온통 새장으로 채웠다. 천사들 속에 살아보겠다는 뜻이다. 박은 술과 담배를 애용했다. 40대에 아내를 잃고 서울 근교에 묘지를 장만하면서 아예 자신이 누울 자리도 나란히 만들어놓았다.

그는 새를 키웠다. 검은 앵무새를 특히 사랑했다. 그는 이 새에게 두 마디만 가르쳐주었다. 동네 아이들이 집 밖에서 '홍아 놀자'며 막내아들을 부르면 어김없이 '홍이 공부한다!'라고 답한다. 그리 많던 새장은 어디에 갔을까?"[9]

박희영의 자녀들은 일찌감치 한국 땅을 떠났다.[10]

"6·25 동란이 터지자 그는 부산에 옮겨온 미군 헌병대에 자진 근무한다. 미군을 통해 형과 아우의 생사를 확인하고 싶었기 때문이었다. 그 무렵 그와 나는 밤이면 자갈치시장에서 술을 마셨다. 내일을 알 수 없는 나날이었기에 술에 도취할 수밖에 없었다. 거나하게 취한 그는 바다와 하늘을 쳐다보면서 '나는 무언가를 믿어야겠다'며 중얼거렸다. 그로부터 20년간 박 교수의 일상은 술과 천주교가 지탱해주었다."[11]

---

9) 황용주, 「박모외전」(朴某外傳), 『부산일보』, 1979. 9. 4.
10) 최근에 박희영의 외종손녀가 어머니의 유품을 정리하다 박희영이 학병 출정에 앞서 남긴 육필 원고 「거국지사」(去國之辭)를 발견했다고 한다. 황수남, 「일본 학도병으로 떠나며 남긴 빛바랜 글을 읽고」, 『문예운동』 149호, 2021년 봄, pp.232-236.
11) 황용주, 「휴머니스트 박희영 교수」, 『한국경제신문』, 1984. 1. 24.

그 누구보다도 섬세한 정서의 소유자였던 박희영은 전쟁에서 깊은 마음의 상처를 입은 듯하다.

"추억 중에서도 가장 망해 먹을 것, 그것이 전쟁의 추억이다. 어떠한 의미에서도 전쟁에 참여해야 한다는 것은 처참한 경험이 아닐 수 없다. 전쟁이 자아내는 그 비정과 그 허탈의 상처를 메워주는 것이 그 어떤 눈부신 전쟁이란 말인가? 아아, 불의의 전쟁을 신성한 것으로, 영웅적인 대업으로 간주되던 야만의 과거여. 영원히 망각의 저편으로 소멸되거라!"[12]

1987년 『학병사기』에 실린 박희영의 글이다.

소문난 영어달인 박희영은 학병에 동원되어 중부 일본의 부대에서 통역병 보직을 얻는다. 이등병 신분에 중령의 옷을 입고 체포된 미군 11명의 심문과 재판, 그리고 참수의 형을 받는 자리에서 통역을 해야만 했다.

"나는 일본 중부군 전체에서 단 한 명의 통역이었다는 점과 잠정적으로나마 승리자의 편에 서서 항복해온 강대국의 장병들을 대해볼 수 있는 기이한 체험을 했다. B-29의 기장 셔먼(Sherman) 대위가 일본 군법재판소장 마츠시다(松下) 소령의 칼 일격으로 생목이 상어 토막처럼 잘라지는 것을 보고 실신했다. 나는 그들이 입에 부어넣어준 위스키로 간신히 의식을 회복했다. 깨어나 보니 이미 11명의 처형이 끝나고 있었다. '형편없는 자식이군 그래.' 코웃음 치면서 법무장교는 다시 한 잔의 위스키를 마시게 했다…"[13]

---

12) 박희영의 수기, 「내가 겪은 전쟁과 평화」, 『학병사기』 1권, p.537(이 글은 박희영이 생전에 써둔 글을 사후에 수록한 것이다).
13) 위의 책, p.548, p.546.

이른바 '기모다메시'(膽試ツ), 담력 테스트다.[14]

박희영은 해방 후 대한민국 정부가 수립되기 이전에 다시 현해탄을 건넌다. 이번에는 일본 전범을 단죄하는 재판의 증인으로 소환된 것이다.

"1947년, 다시는 넘어올 일이 없기를 염원했던 현해탄을 넘게 되었다. 승자인 연합군은 극동전범재판의 증인으로 나를 소환한 것이다. 입장이 달라지고 차원이 높아진 새로운 정의 아래 왕년의 중부군 사령관 나카야마(中山) 중장과 그 막료들이 푸른 수의를 입고 나를 쳐다보고 있었다. 나는 연 3일 증언대에 서서 진실 그대로 증언할 수밖에 없었다. 나의 증언은 자연히 구 일본 피고인들에게 불리한 것이었고, 또 나 자신을 전범으로 몰아넣는 불리한 대목도 한두 군데가 아니었다."[15]

박희영에게 전쟁은 운명이자 일상이었다.

"6·25 동란이 왔다. 나는 또다시 군복을 입고 서부전선(마산지구)으로 나가야만 했다. 프랑스의 문호 발자크는 이렇게 말했다. '발목 복사뼈까지 피에 잠겼던 발을 닦을 여가도 없이 구라파는 부단히 전쟁을 시작하지 않았던가?'"[16]

---

14) 위의 책, p.550. 신상초와 김준엽도 중국인 포로를 총검으로 찌르는 것을 주저하는 초년병을 질책하는 상관의 비인간적인 군인정신 교육의 현장을 기록했다. "거짓말 말아. 네가 포로를 죽이려 하지 않는 이유는 딴 데 있어. 인도니 정의니 국제법이니, 생각해 가지고는 도저히 전쟁을 치를 수 없어. 인텔리라는 족속은 바로 이 때문에 약하단 말이야"(신상초, 「사선을 넘은 분노」, 『학병사기』 1권, p.734); "중국인을 잡아 초년병들에게 착검하고 일렬로 찌르게 하는 황군(皇軍)에게 국제법이란 털끝만치도 머릿속에 없었다"(김준엽, 『장정』 1권, p.93).

15) 위의 책, pp.549-550.

16) 위의 책, p.551.

『소설 김대건』: 당신의 뜻대로 하시옵소서

박희영과의 교류를 계기로 이병주는 친구의 종교인 가톨릭에 눈을 돌린다. 어머니와 함께 독실한 불교신자였던 아내 이점휘(1923-2016) 여사가 테레사라는 세례명을 얻어도 개의치 않았다. 같은 학병 경력의 동갑내기 소설가 장용학이 가톨릭으로 귀의한 사연을 경청하기도 했다.

함경북도 부령군 출신인 장용학은 1942년 와세다대학 상과에서 수학하던 중 학병에 강제지원당했다. 대부분이 해외에 파송되었지만 장용학은 기이하게도 제주도에 배치된다. 해방을 맞아 짐을 가득 실은 일본군 트럭을 타고 귀향하기 위해 북상하다 교통사고로 3개월 입원했다가 12월에야 청진의 가족 품으로 돌아간다.

그의 첫 작품 『요한시집』은 전후문학 중 가장 난해한 작품이나 한마디로 포로수용소판 실존주의로 요약된다. 작가 자신의 고백에 의하면 사르트르를 위시한 실존주의 문학의 영향을 받고 쓴 작품이다. 그런 사르트르의 무신론적 실존주의를 벗어던지고 가톨릭에 입문한다. 아이들도 세례를 받게 했다. 왜 신앙을 가지느냐고 묻자 세상이 너무나 험악하여 자라나는 아이들조차 보낼 곳이 없다며 그나마 성당이 좀 낫지 않을까 싶어서였다고 답했다.[17]

박희영을 떠나보낸 지도 십여 년, 그리고 소설 「중랑교」 다리를 건설한 지 9년 후인 1984년 이병주는 한국 최초의 순교자 안드레아 김대건 신부(1821-46)의 일대기를 소설로 쓴다.[18] 대책 없이 방황하던 교토의 청소년 시절, 이병주는 정지용의 시 「승리자 김안드레아」를 읽은 기억이 있었다. 소설을 집필하는 시간 내내 이병주는 그 시절의 기억이 새롭고 시의 구절구절이 가슴에 저며드는 느낌이었다.

---

17) 임헌영, 『한국문학, 정치를 통매하다』, 2020, p.44.
18) 이병주, 『당신의 뜻대로 하옵소서: 소설 김대건』, 대학문화, 1984.

"새남터 욱어진 뽕닙압에 서서

넷어른이 실로 보고 일러주신 한 거룩한 니야기

압해 돌아가신 푸른 물굽이가 이 땅과 함께 영원하다면

이는 우리 겨레와 함께 영원히 빛날 기억이로다.

一千八百四十六年九月十六日.

오오 그들은 악한 권세로 죽인

그의 시체까지도 차지하지 못한 그날

거룩한 피가 이믜 이 나라의 흙을 조찰히 씨섯도다

외교의 거친 덤풀을 밟고 잘아나는

주의 포도ㅅ다래가

올해에 十三萬송이!

오오 승리자 안드레아는 이러타시 익이엇도다."

—『가톨릭 청년』(1934.9)

작가는 「머리말」에 '외우' 박희영이 창작의 동기를 제공했음을 밝힌다.

"25년의 그의 일생은 순일(純一)한 인간의 정신이 최대한의 광망(光芒)으로 화한 위적(偉蹟)이라고 할 수 있다. 그는 25년의 생애로서 범인이 250년을 살아도 못다 채울 인생을 살았다. 내가 그의 이름을 알게 된 것은 지금은 작고하고 없는 외우 박희영을 통해서였고."[19]

---

19) "비교적 소상하게는 샤를 달레의 『조선교회사서론』, 유홍열 교수의 『천주교회사』, 김구정의 『성웅 김대건전』을 통해서 알았다. 나는 이 인물은 천주교인 이외의 사람들도 널리 알아야 한다고 생각했다. 이런 말을 쓰긴 송구스럽지만 천주교 외(外)적으로 볼 때도 민족의 선수적(選手的) 인물로서의 의미도 역연하기 때문이다."

"흔히들 이상적인 인간상의 요소로서 의지와 총명과 행동을 든다. 이럴 경우 김대건의 의지는 반석의 의지이며, 김대건의 총명은 천재의 총명이며, 김대건의 행동은 영웅으로서의 행동으로 된다. 이런 뜻으로도 그는 하나의 이상적인 인간으로서 민족사의 화려한 성과 속의 가장 빛나는 별로 되는 것이다. 내 욕심 같아서는 이 인물을 핵으로 하여, 그 가능의 연장선과 내포(內包)를 자유분방하게 그림으로써, 좀 더 민족의 애환에 밀착될 수 있는 소설을 꾸며보고 싶었지만 성인품에 오른 인물을 함부로 다룰 수 없었던 것과 가톨릭교회의 금기가 두려운 것 등, 갖가지 이유로 소설다운 소설이 되지 못했다. 그러나 이 과제는 포기된 것이 아니고 내 자신에 있어서의 충분한 발효를 기다려 도약할 기회가 있을 것이다(1984년 4월 19일 이병주)."[20]

『당신 뜻대로 하옵소서: 소설 김대건』을 출판한 지 불과 몇 주 후인 1984년 5월 6일, 교황 요한 바오로 2세가 한국 땅을 찾아 103인 성인 선포식을 주재한다. 이날을 기하여 복자 김대건 안드레아는 정하상 바오로 등 101위 동료 순교자들과 함께 가톨릭 성인의 반열에 올랐다. 그날 이후 한국천주교의 의식에서 103은 신성한 숫자가 되었다. 신실한 신자의 선종 후에 추도하는 연미사 기간을 103일로 정하는 교우 가족도 적지 않다.

작품은 청년 김대건이 천주의 품에 안기는 과정에서 갈등하는 모습을 비중 있게 그린다. 그 갈등의 원인은 초월적 존재에 대한 본능적 두려움과 함께 중국의 신문물을 접하면서 깨친 과학적 지식과 가

---

20) 『당신의 뜻대로 하옵소서』 뒤표지에는 "미리내에 있는 김대건 신부 묘소 앞에서 상념에 젖어 있는 작가"의 뒷모습이 담겨 있다. "역사의 한 굽이에 섰던 김대건을 만나기 위해 지난겨울 살을 에는 바람을 맞으며 우리 시대의 노작가는 그의 발자취를 찾아 이 산하(山河)를 헤맸다. 이 백설이 덮인 김대건의 유적에서 작가는 무엇을 생각했을까"라는 사진 설명이 달려 있다.

톨릭 교리 사이의 괴리에서 유래한다. 어린 신자 김대건은 종교 수련을 위해 16세에 중국에 보내진다. 노중에 20년 전 해미박해를 피해 탈출한 서익삼이라는 조선인을 만난다. 그는 가톨릭 배교자(背敎者)는 아니지만 기교자(棄敎者)다. 비록 가톨릭 신앙을 버렸지만 교리에 어긋나는 일은 하지 않는다. 서익삼은 어린 김대건에게 자신이 접한 다윈의 진화론을 전한다.[21] 대건은 "아버지가 생명과 맞바꾼 교리," 그것은 과연 생명을 걸 만한 가치가 있는지 회의가 들어 번뇌의 날을 보낸다.[22] 서익삼은 "어떤 영국 선원이 말하기를 예수는 로마병정에 강간당한 여자에게서 태어났다는 말을 했소. 우리가 놀라고 있는 서양문물은 거의 천주님을 반대하는 사람들에 의해 만들어졌다는 사실을 알았소." "나는 언제부턴가 영혼이란 것이 없는 것이 아닌가 하는, 드 라 메트리라고 하는 프랑스 학자가 쓴 것을 스코트란 영국인이 번역한 책을 읽었는데, 인간의 육체란 물질의 기계적 구성에 따른 부대 현상이며, 육체가 죽으면 동시에 없어지는 것이오. 나무가 다 타면 불이 꺼지고 재가 남는 것과 같은 이치라는 것이오. 서양에서는 천주교의 교리가 성립하기 전에도 그런 유물사상이 나돌고 있었다는 것이오."[23]

그는 중국에서 만난 프랑스인 무신론자와의 대화를 옮긴다. "신은 죽었다고 들었다. 당신 나라에 필요한 것은 하나님의 은총이 아니라 과학이오, 신학이 아니라 과학이오."[24]

번민과 갈등을 극복하여 마침내 평정을 얻은 그는 부사제가 되어 귀국 길에 나선다. 작가는 귀국 직전 김대건의 심중소회를 이렇게 요약한다. "실패의 기억으로서의 과거 체험의 현재! 실패의 예기로

---

21) 이병주, 『당신의 뜻대로 하옵소서』, p.77.
22) 위의 책, pp.77-81.
23) 위의 책, p.80.
24) 위의 책, pp.119-121.

서의 미래 공포의 현재! 그 실패와 공포를 곁들인 지금의 긴박한 현재!"[25]

신영복의 구명, 박희영의 탄원서

1968년 7월 25일 새벽, 육군사관학교의 경제학 담당 교관 신영복 중위는 중앙정보부에 연행된다. 그러고는 20년 후인 1988년 8월 15일 감옥을 나온다. 감옥 문을 나설 때 신영복은 들어갈 때와는 전혀 다른 사람이 되어 있었다. 출소 후에는 일체의 정치적 주제와 거리를 두고 지성과 교양의 배양에 투신하여 2016년 타계할 때까지 한국사회의 지성의 판도를 바꾸는 데 결정적으로 기여했다. 신영복이 사형을 면하고 살아남은 것은 한국의 진보세력에게는 더없이 큰 축복이 되었다. "사형수일 때는 무기만 되어도 원이 없다고 생각했건만, 무기징역은 어떤 의미에서 사형보다 더 암담했다."[26] 그는 그 암담한 무기수의 체험을 새로운 삶의 자산으로 삼았다.

신영복은 이른바 통일혁명당(약칭 통혁당)사건으로 체포되었다. 정부의 발표에 의하면 대규모 대남 간첩단사건이다. 이 사건으로 물경 158명이 검거되었으며, 그중에는 문화인·종교인·학생 등이 다수 포함되어 있었다. 이들 중 73명이 기소되었고, 북한에 가서 노동당에 입당한 김종태 등 5명은 사형을 당했다. 1, 2심에서 사형선고를 받은 신영복은 대법원의 파기환송 판결에 이어 최종적으로 무기징역을 선고받았다.

신영복의 죄는 간첩행위와는 무관한, 오로지 책을 읽고 토론하는 학생독서회를 이끈 것이다. 4·19 직후 민주화의 바람을 타고 잠시 지식인 세계에는 사상의 백화난방 시대가 열렸다. "우리는 휴머니즘

---

25) 위의 책, p.181.
26) 한홍구, 「신영복의 60년을 사색한다」, 『한겨레 21』 제609호, 2016. 5. 11.

을 위해서 사회주의를 희생할 수도 없고, 사회주의를 위해서 휴머니즘을 희생할 수도 없다."[27] 당시 진보 성향의 학생들 사이에 널리 회자되던 모토였다. 일부 학생들 사이에서는 판문점에서 남북학생회담을 열자는 제의가 일어났다.

"가자 북으로! 오라 남으로!"

서울대 상대 대학원에는 칼 마르크스의 『자본론』 독일어 원서 강좌가 개설되었고 학생들은 『공산당선언』과 같은 문서를 번역하여 세미나를 열기도 했다. 서울대 상대 독서동아리 중에서 경우회, 경제복지회, 동학연구회 등의 모임은 진보 성향이 두드러졌다. 이들 독서동아리를 이끈 상급반 선배 중에 1959년 입학생인 신영복이 포함되어 있었다. 그러나 이듬해의 5·16 군사쿠데타는 겨우 싹트기 시작하던 통일운동·노동운동에 찬물을 끼얹었다. "반공을 제1의로"를 혁명공약의 첫 구절로 내세운 군사정부 아래서는 일체의 통일 논의는 불온한 사상운동이었다. 비슷한 연령대의 서울대 문리대 졸업생 김정남은 신영복이 이끄는 상대 경우회와 학사주점(청맥) 멤버들이 『수상전집』, 즉 『김일성전집』을 후배들에게 읽힌다는 소문을 듣고서는 의도적으로 거리를 두려 했다고 술회했다.[28] 마르크스의 『자본론』도 금서가 되었지만 『김일성전집』은 『자본론』에 비유할 정도가 아닌 특급 위험 폭발물이었다.

당국은 통혁당사건을 임자도 간첩단사건 및 서귀포 간첩선사건과 더불어 남한에 대규모 지하당 조직을 구축하려는 북한의 대남전략의 일환으로 규정했다. 군 검찰은 국가보안법상의 반국가단체구성음모죄, 반공법상의 고무찬양, 불온서적 은닉 반포, 불고지죄 등

---

27) "Nous ne voulons pas sacrifier socialisme pour humanite, Nous ne voulons pas sacrifier humanite pour socialisme." 김정남·한인섭, 『그곳에 늘 그가 있었다』, 창비, 2020, p.24.

28) 위의 책, pp.91-92.

으로 관련자들을 기소한다. 주범 김종태 등에게는 간첩죄가 적용되었다. 신영복은 심문과정에서 북한에 다녀온 사실을 인정하라며 협박과 고문을 받았으나 끝내 거부했다. 군검찰은 사형을 구형하고 수도경비사령부 보통군법회는 즉시 사형을 선고한다. 변호사 강신옥(1936-2021)과 박한상(1922-2001)은 적용된 죄명이 부당하다고 항변했다. 두 변호인은 일본의 경우 학생서클 활동에 대해서는 기껏해야 '소요죄'를 적용하는데, 반국가단체구성음모죄는 너무나 가혹하다며 항변한다. 그러나 1969년 1월 육군본부 고등군사법원에서 열린 항소심도 사형을 선고한다.

1969년 11월 11일 11시 대법원의 심리가 열린다. 경제학과의 스승 박희범 교수와 후일 서울대 총장과 국무총리를 역임하는 이현재 교수가 증인으로 출석하여 제자를 변론한다. 변호인들은 군검찰이 반국가단체구성 음모죄로 기소했는데도 1심 재판부가 반국가단체구성죄를 적용한 것은 형사소송법을 위반한 법리의 오해라고 항변한다. 변론이 주효했다. '뜻밖에도' 파기환송 판결이 내려졌다.

"원심이 유지한 제1심 판결 중 나(2)다(1)의 각 판시 반국가단체구성 음모 사실은 검찰관이 이를 국가보안법 제1조의 반국가단체구성죄로 공소하였음이 명백한바, 공소장 변경의 절차를 밟음이 없이 그 음모죄로 판단한 원판결은 공소원인으로 되어 있지 아니한 사실을 심판한 것이라고 보아야 할 것임이 본원 종래의 견해(대법원 1968. 7. 30. 선고 68도 739, 1968. 9. 30. 선고 68도 1031 판결 참조)에 비추어 명백한 바이므로 이 점에 관한 상고 논지는 이유 있고 기타 상고 이유에 판단을 기다릴 것 없이 피고인 1에 대한 원판결은 파기를 면치 못할 것이다."(대법원 1969. 11. 11 선고 69도 1517판결)

1970년 5월 5일, 파기환송심이 열린다. 군 검찰은 대법원의 환송 요지에 따라 공소장을 변경하고도 여전히 사형을 구형한다. 그러나 재판부는 정상을 참작하여 무기징역으로 감형한다. 신영복은 변호인 강신옥의 조언을 받아 대법원에 재차 상고하는 것을 포기한다.[29] 그로부터 1년 9개월이 지난 1970년 4월 무기징역으로 확정된다.

해방 이후 북한과 연계된 최대 규모의 조직범죄와 연루된 사건에서 사형을 면한 것은 당시 정치적 정황으로 보아 매우 이례적인 일이었다. 더더구나 신영복은 현역 장교, 그중에서도 군의 간성을 육성해낼 사관학교의 교관이 아닌가! 1심 재판부가 형사소송법의 위반을 간과한 것은 사실이다. 그렇다고 해도 박정희 군사정권 아래 육군참모총장과 국방부장관이 확인하고 날인한 군법회의 판결을 대법원이 파기한 사례는 전무하다.[30] 군사법원의 판결을 과감하게 번복한 권순영 대법관은 이러한 조치로 인해 별다른 불이익을 받지 않았다. 여러 정황을 보아 많은 사람의 탄원이 주효했고, 최종적으로는 최고권력자의 양해가 있었다고 추정할 수 있다.

이병주는 신영복이 사형을 면할 수 있었던 데는 박희영의 탄원서가 결정적으로 주효했다고 믿었다. 박희영은 밀양시 초동면 신월리 출신이다. 신영복의 외가 쪽 친척이기도 했다. 이병주는 자신도 박희영에게 감동하여 중앙정보부 차장 이병두를 소개한다. 세 사람은 학병의 운명과 추억을 공유한 사이다. 이병주는 『그해 5월』에 기록을 남겼다.

"이사마는 박희영을 L씨에게 소개했다. 박희영을 존경하고 있는 L씨는 그 얘기를 신중하게 들었다. 신영복의 사형집행 시일에 관해 문의한 서류를 L씨는 무한정 책상 서랍 속에 처넣어버렸다. 그 서류가 올라가기만 하면 그날로 결재가 나게 돼 있는 것인데 그 서류는

---

29) 학생서클을 반국가단체로 규정하는 나쁜 선례를 대법원 판결에 남기는 것은 바람직하지 않다는 것이 강신옥의 의견이었다.

30) 최영묵·김창남, 『신영복 평전: 더불어 숲으로 가는 길』, 돌베개, 2019, pp.105-106.

김계원이 그 기관의 책임자로 올 때까지 L씨의 책상 서랍 속에 있었다. 그렇게 해서 신영복은 구사일생의 생을 찾게 된 것이다. 한 마디로 운명이라고 말해버리면 그만인 것일까. 사람과 사람과의 인연은 이렇게 사를 생으로 바꾸고 또한 그 반대의 작용도 한다. 기록자는 이래저래 복잡한 것이다."[31]

박희영의 이름과 평판은 동년배 사이에 널리 퍼져 있었기에 그가 쓴 탄원서는 아무리 목석같은 인간이라도 감동받지 않은 사람이 없을 정도의 명문장이었다고 한다. 천하의 냉혈한도 그의 글 앞에 마음이 흔들릴 수밖에 없었다. 친히 손으로 쓴 10여 통의 편지 중 한 부가 요로에 전달되었다.

영구집권을 꿈꾸던 박정희는 제2인자 김종필을 강제퇴진시키고, 국회는 1969년 10월 17일 삼선개헌안을 통과시킨다. 박정희는 야당을 달래고 민심을 수습하기 위해 10월 20일 이후락 비서실장과 김형욱 중앙정보부장을 동시에 해임한다. 통혁당 사건을 부풀리며 진두지휘하던 김형욱 중앙정보부장의 후임에 육군참모총장 출신의 김계원을 임명한다. 김계원도 학병 출신이다. 신영복은 후일 한 언론 인터뷰에서 은사들의 구명운동 덕분에 사형을 면했다고 말했다.[32] 그러나 결코 그런 차원에서 성사될 수 있었던 시절이 아니었다. 신영복 청년의 생명을 구하기 위해 제도권 안팎에서 실로 많은 사람의 숨은 노력이 결집되었던 것이다.

법정구속된 변호사 강신옥
무기수로 복역하는 중에도 신영복의 가족은 탄원서를 품속에 지

31) 이병주, 『그해 5월』 5권, p.268.
32) 신영복, 『손잡고 더불어: 신영복과의 대화』, 돌베개, 2017, p.98.

니고 다니면서 도움이 될 만한 사람에게 건네곤 했다. 1984년 어느 날 김정남은 강신옥 변호사의 사무실에서 신영복의 형 영대 씨를 만난다. 사무실에는 신영복의 글씨로 쓴 충무공의 한시가 걸려 있었다. 아버지 신학상 선생은 아들의 석방을 위하여 손수 쓴 호소문과 경상남도 유림 명의의 탄원서를 품에 지니고 다녔다. '좌익사범'을 구명하기 위해 유림이 탄원서를 낸 것은 유례없는 일이었다. 북한 간첩으로 규정되지 않은 것이 그나마 일말의 동정을 얻을 여지는 있었다. 무엇보다도 아버지의 인품과 유림에서의 지위가 크게 작용했을 것이다. 신 선생은 김종직의 도학사상에 관한 저술을 낼 정도로 한학에 조예가 깊었다.[33] 형 영대 씨는 "한 달에 한 번 동생 면회를 한 차례도 거르지 않고 챙겼고 동생의 구명을 위해서라면 어떤 수모도 마다 않고 땅끝까지라도 찾아다녔다. 이 모습은 세상에서 가장 아름다운 형제의 모습이고 가족의 우애와 화목은 곤궁과 간난 속에서 더욱 빛났다"고 김정남은 회고했다.[34]

신영복의 변론을 맡은 것을 계기로 강신옥은 본격적인 인권변호사의 길에 나선다. 1973년 서울대 학생이었던 손학규와 신금호의 반공법 위반사건을 맡아 이례적으로 무죄판결을 얻어내기도 했다. 그는 1974년 7월 9일 민청학련사건의 변호인으로 군법회의에서 변론하면서 "본 변호인은 기성세대이기 때문에, 그리고 직업상 이 자리에서 변호를 하고 있으나, 그렇지 않다면 차라리 피고인들과 뜻을 같이하여 피고인석에 같이 앉아 있겠다"라며 변론하다 법정에서 구속되어 실형을 선고받는다.[35] 감옥에 끌려가면서도 소리 높여 외쳤다.

---

33) 신학상, 『김종직 도학사상』, 영, 1990. 그뿐만 아니라 신학상은 최초로 승려 사명당 유정의 전기를 썼다. 신학상, 『사명당의 생애와 사상』, 너른 마당, 1994; 안경환, 「나라를 구하러 나선 유승 사명당」, 김동길 외, 『이 나라에 이런 사람들이』, 기파랑, 2017, pp.78-103.
34) 김정남, 『신영복 함께 읽기』, 돌베개, 2006, p.342.

"유신체제에는 끝까지 반대할 것이다. 그 자체가 반민주·반민족적인 것이다. 반유신을 이유로 빨갱이로 몰지 마라. 나는 떳떳이 죽겠다."

강신옥 변호사의 구속 사실은 국내 언론에 단 한 줄도 보도되지 않았다. 그의 죄목은 긴급조치 4호 위반과 법정모욕죄였다. 사상 유례없는 변호사 구속사건은 1974년 7월 『뉴욕타임스』가 1면 기사로 보도하면서 국내에 알려졌다.[36] 강신옥이 구속되자 변호사 99명이 합동 변호인단을 구성하여 변론에 나선다. 군법회의법 제28조에 따르면 "변호인은 재판에 관한 직무상의 행위로 인하여 어떠한 처분도 받지 않는다"라고 명시되어 있었다. 하지만 이를 근거로 변호인단이 제출한 공소기각 신청은 받아들여지지 않았고 재판은 일사천리로 진행되었다. 강신옥은 징역형을 선고받고 구금된다. 강신옥이 옥중에서 쓴 항소이유서는 훗날 법학도가 반드시 읽어봐야 할 명문으로 꼽힌다. 그는 해박한 지식으로 대통령 긴급조치의 위헌성, 변호사의 사명과 윤리, 법률상의 저항권 등 법이론을 다양한 예를 들어가며 설명했다.

"저항권이나 자연법이 실정법보다 우선한다는 이론은 일찍이 그리스의 비극 소포클레스의 『안티고네』라는 작품에서 인정된 바 있다. 크레온이란 왕이 테베를 침략하다가 죽은 포리나케의 시체를 누구든지 묻어서는 안 된다고 명령을 내렸는바, 당시의 그리스 종교에

---

35) 강신옥은 검사의 공소장에 적힌 이 말은 실제 발언과 취지는 같으나 문구는 달랐다고 썼다. 강신옥, 「옥중에서 쓴 항소이유서」, 『낙산의 노래: 서울대 법대 입학 50주년 기념문집』, 삶과꿈, 2007, pp.22-42.

36) 김형국, 「가까이서 지켜본 '인간 강신옥'」, 『철학과 현실』 131권, 2021. 겨울, pp.232-245.

의하면 죽은 자의 가족은 죽은 자를 위하여 장례를 치러주어야 할 절대적인 의무가 있고, 이 의무에 반하면 후세에 재앙을 당하는 것으로 되어 있었다. 이 비극의 주인공 안티고네는 죽은 자의 누님으로서 왕의 법에 고의로 복종하지 않고, 하느님의 법을 지켰다. 왕이 말하기를 '왕의 명령은 적든 크든, 옳든 그르든 복종되어야 한다'고 했고, 안티고네는 '왕의 명령이라고 하더라도 불문으로 되어 있지만 언제나 인간이 지켜야 하는 하느님의 법을 이길 힘을 가진 것으로 믿지를 않는다'고 했다. 이 비극은 안티고네가 인간의 법에 저항한 것이 옳았다고 자신 있게 규정하면서 끝을 맺고 있다."[37]

강신옥은 『삐에로와 국화』(1977) 등 이병주의 소설에 '강신중'이란 이름으로 몇 차례 등장한다. 강신중은 민사사건을 담당하지 않는 것을 신조로 하는 독특한 법률가다. 이유인즉 이 사람 주머니에서 저 사람 주머니로 돈을 옮겨주는 대가로 구전을 몇 푼 줍는 일은 사회정의나 인간의 본질적 고뇌와는 무관하다는 믿음이었다.

---

37) 안경환, 『법과 문학 사이』, 까치, 1995, pp.190-193.

27. 침묵 속에 떠난 이후락: 박정희의 제갈조조

박정희 시대를 산 사람은 누구나 이후락을 안다. 그러나 그 누구도 그의 실체를 모른다. 그만큼 이후락은 미스터리, 신비의 인물로 살다 전설 속으로 사라져 역사를 비켜갔다.

이후락은 1924년 경상남도 울산군(현 울산광역시)에서 태어나 1942년 울산농업고등학교(현 울산공업고등학교)를 졸업한 뒤 이듬 해 일본 규슈(九州)의 다치아라이비행학교(大刀洗飛行學校)에서 6개월간 교육을 받았으며, 광복 후에 귀국했다. 1945년 12월 군사 영어학교 1기생으로 입교하여 이듬해 3월 소위로 임관했고, 1951년 육군본부 정보국 차장, 1954년 육군본부 병참감, 1957년 주미대사 관 무관, 1959년 국방부 기관장 등을 지낸 뒤 1961년 소장으로 예편 했다.

5·16 군사정변 직후 민간인 신분으로 쿠데타 세력에 가담하여 제 갈량과 조조를 합친 '제갈조조'(諸葛曹操)라는 별명으로 불릴 만큼 뛰어난 지략으로 박정희 정권의 책사 역할을 했다. 국가재건최고회 의 공보실장을 거쳐 1963년 박정희가 제5대 대통령에 당선되자 비 서실장이 되었고, 1969년 10월 주일대사에 임명되었으며, 1970년 12월에는 제6대 중앙정보부 부장으로 취임하여 유신정권의 2인자 로서 막강한 권력을 휘둘렀다.

그러나 1973년 박정희의 후계 문제를 거론한 이른바 '윤필용 사 건'과 1973년 김대중 납치사건으로 여론이 악화되자 그해 12월 중 앙정보부장에서 해임되었다. 이후 정계에서 물러났다가 1979년 3월

경상남도 울산-울주 선거구에서 무소속으로 출마하여 제10대 국회의원에 당선되었으나 10·26 사건 이후 신군부 세력에 의하여 권력형 부정축재자로 지목되어 재산을 환수당하고 정치활동을 규제받았다.

중앙정보부장 재임 중인 1972년 5월 대통령의 밀사로 북한을 방문하여 김일성 주석과의 비밀회담 끝에 7·4 남북공동성명을 이끌어냈다. 1998년에 공개된 미국 외교문서에 따르면 김대중납치사건은 이후락이 주도한 것이었다. '윤필용 사건'으로 이후락이 박정희의 후계자가 될 야심을 품은 것으로 의심받게 되자 박정희에 대한 충성심을 입증하기 위해 감행한 것으로 적혀 있다. 2007년 국가정보원의 과거사진상조사보고서도 최소한 박정희의 묵시적 승인 아래 중앙정보부가 저지른 일로 규정했다. 이후락은 1980년 신군부에 의해 부정축재자로 몰렸을 때는 정치자금을 떡에 비유하여 '떡을 만지다 보면 손에 떡고물이 묻게 마련'이라며 재산 형성 과정을 합리화하여 이른바 '떡고물'이란 유행어를 만들어내기도 했다. 1985년, 정치활동 규제에서 풀려난 후 철저한 은둔생활 끝에 2009년 10월 31일 사망하여 국립대전현충원에 안장되었다.

이상은 대한민국 국민에게 이후락의 생애를 축약하여 알리는 표준 문구다. 그런데 박정희 시대를 적나라하게 그린 이병주의 7권짜리 대하실록소설 『그해 5월』에는 이후락이 전혀 등장하지 않는다. 1984년 1월 월간잡지 『마당』의 기자 송우혜는 이병주를 인터뷰하고 이 문제를 집중적으로 파고들었다.[1]

이후락 없는 박정희 이야기는 '거품 없는 맥주'라는 송우혜의 날카로운 질문에 이병주는 이후락은 5·16 쿠데타와는 무관한 사람이

---

1) 송우혜 대담, 「이병주가 본 이후락: 해방 후 40년을 예사롭지 않게 경험한 작가와의 대화」, 『마당』, 1984년 1월호, pp.50-63. 송우혜의 인터뷰는 이병주가 평생 치른 그 어떤 인터뷰보다 핵심적 쟁점이 담겨 있다.

라서 뺐다며 변명 같지 않은 변명을 내놓았다. 이병주의 입장에서 이후락은 객관적으로 쓸 수 없는 사람이었을 것이다. 아니면 이미 둘 사이에 모종의 묵계가 있었는지도 모른다. 자타가 공인하듯이 이병주와 이후락은 매우 가까운 사이였다. 이후락의 정치적 활동에 대해서는 조언할 입장은 아니었을지라도 사적으로는 서로 아끼는 사이였다. 세 살 연하인 이후락은 이병주를 형으로 모셨다. 이병주는 이후락을 다정한 '친구'로 불렀다. 이병주가 타계하기 불과 4개월 전인 1991년 12월, 한 잡지에 인터뷰 기사가 실려 있다.

"박 대통령에 대해선 가혹한 비판자의 입장에 서면서도 그의 철저한 신봉자라고 할 수 있는 이후락 전 중앙정보부장과는 20여 년 가까이 우정을 나눠온 사이로 알고 있습니다. 서로의 사상이 벽이 된 적은 없습니까?

적어도 내 쪽에서는 없습니다. 친구는 친구고 소신은 소신이지요. 소신이 틀린 사람과 친구가 될 수 없다면 세상에 누가 친구를 둘 수 있겠습니까. 사람이 각기 다르듯이 소신도 꼭 같을 수 없는 것 아니겠어요. 그쪽에선 '어떻게 그런 사람과 만나느냐'는 얘기를 듣기도 했다지만 그런 얘기에 크게 귀 기울일 사람은 아니지요. 바탕에 흐르는 정서적 면에서 서로가 교감할 수 있는 사이입니다."[2]

두 사람은 누구보다도 배포와 성정이 맞았다. 이병주의 해외 나들이에 이후락이 두둑한 여비를 주었고 이병주의 단골 요정에 이후락의 비서가 주기적으로 비용을 지불하곤 했다는 증언도 있다.

1984년 『마당』지 인터뷰에서 이병주는 이후락을 이렇게 평가했다.

---

2) 『주부생활』, 1991년 12월호, p.267.

"이후락은 두말할 것 없이 심한 훼예포폄(毁譽褒貶)의 와중에 있는 인물이다. 그러나 그의 박정희에 대한 성실과 명석한 분석력, 예민한 판단력에 관해선 이미 뚜렷한 정평이 이루어져 있다. 그런 뜻에서 박정희의 치적이 크면 그 공의 반은 차지해야 할 사람이고, 박정희의 과오가 있다면 역시 얼만가의 책임을 나눠져야 할 사람이다."[3]

이후락이 주일대사로 나가 있던 시절, 이병주는 서정귀의 주선으로 청와대에서 박 대통령을 만난다. 대통령은 이후락의 치부 문제를 거론한다. 이병주는 다음과 같이 대답한다.

" '아아, 그 말씀입니까. 그런 말을 듣기는 했습니다만, 만약 그랬다면 각하를 위해서 한 일이라고만 생각했습니다. 앞으로 어떤 일이 닥칠지 모르니 그때를 위한 준비일 것이라고 짐작했을 뿐입니다. 만일 치부했다면 말입니다.'

박정희는 이병주의 대답에 흡족해한다.

'이 주필, 좋은 말씀 하셨소. 나도 그리 알고 있소. 그런데 한 사람도 그렇게 말하지 않으니' 하며 얼굴을 폈다.

그런 일이 있고 얼마 지나지 않아 이후락은 서울로 돌아왔다. 이어 제7대 대통령 선거를 치렀다. 유신체제가 개막하고 점차 시국이 경색되어갈 무렵, 이후락은 중앙정보부장직에서 떠났다. 그것이 박 대통령과의 영원한 이별이 아니었던가 한다."[4]

박정희에게 있어서 이후락은 루스벨트에게 있어서 해리 홉킨스 같은 사람이었다고 이병주는 평가한다.[5] 해리 홉킨스(Harry Llyod

---

3) 위의 기사.
4) 이병주, 『대통령들의 초상』, 서당, 1991, pp.183-184.
5) 위의 책, pp.184-185.

Hopkins, 1890-1946)는 프랭클린 루스벨트 내각의 상무장관을 역임한 대통령의 최측근이었다. 국내 정치에서는 뉴딜 정책의 주된 입안자였고, 특히 노동자구호기금(Works Progress Administration, WPA)의 창설을 주도했다. 제2차 세계대전을 전후하여 외교문제에도 깊이 개입하여 윈스턴 처칠과 이시오프 스탈린과의 관계 조정에 기여했고 500억 달러에 달하는 연합군의 전비지원(Lend Lease) 프로그램을 관장하기도 했다. 무엇보다도 한국 국민에게는 1943년 11월 26일, "한국은 '적절한 절차를 밟아'(in due course) 독립한다"라는 카이로선언의 초안에 관여한 인물이라는 점에서 의미가 특별하다. 회담 초기에는 '적당한 시기에'(at the proper moment)라는 문구로 논의를 시작했었지만, 홉킨스가 루스벨트의 뜻을 받들어 '가능한 최단 시간에'(at the earliest possible moment)로 초안했으나 처칠의 강력한 반대로 최종문구가 바뀐 것이라는 박보균의 추적 보고가 있다.[6]

　　그만큼 이병주는 이후락을 높게 평가한 것이다. 이병주는 박정희가 비극적 최후를 맞은 것은 이후락을 내친 데서 비롯되었다는 주장을 편다.

　　"권좌에 익숙하다가 보니 이젠 이후락 같은 사람을 굳이 필요로 하지 않아도 되겠다는 마음이 생겼을지 모르나, 갈수록 첩첩태산인 유신체제를 유연하게 꾸려나가, 그 비상상태를 정상상태로 전환할 수 있게 전기를 잡으려면 이후락 같은 순발력 있고 치밀한 두뇌를 가진 인물이 꼭 있어야만 하는 것이다. 박정희에게 이후락은 놓쳐선 안 될 존재가 아니었던가. 박정희와 이후락의 결별은 양자에게 같이 손

---

6) 박보균, 『결정적 순간들: 리더십은 역사를 연출한다』, 중앙books, 2019, pp.259-271.

해가 아니었을까. 이후락이 떠남으로써 박정희에게 망조가 들기 시작했다는 사람이 있는데 그건 지나친 표현이라고 하더라도 우연한 암합(暗合)일지 모르나 만년의 박정희에겐 확실히 둔화현상이 두드러지게 나타났다. 무슨 까닭으로 그들의 사이가 멀어졌는가에 대해서는 이후락은 입을 연 적이 없다. 하나의 기록자의 입장에서 가장 관심이 가는 문제라서 갖가지의 유도를 해보았지만 매양 허사로 끝났다. 이후락은 그런 사유엔 일절 함구한 채 박정희에 대해 공손한 태도로서 시종일관했을 뿐이다."[7]

이병주는 1973년 12월호 일본의 인기 교양잡지 월간 『문예춘추』(文藝春秋)에 일본 작가 야스오카 쇼타로(安岡章太郎)와 한국의 정치상황에 관해 대담했다. 김대중 납치사건으로 두 나라의 관계가 매우 불편하고 민심도 흉흉하던 시절이었다. 이병주의 대담자 야스오카는 "정치가라기보다는 문화인"이다. 그래서 더욱 독자들의 동감을 얻어내기 쉬웠다. 이병주는 한국 정치계의 실세들에 관해 가감없는 인물평을 쏟아냈다. 이후락과 김현옥은 호의적으로 평한 반면, 당시 국무총리이던 김종필은 정치감각이 뒤진 사람, 모든 대화를 자신이 주도해야만 만족하는 사람으로 폄하했다. 송우혜는 이 인터뷰에 대해서도 질문을 놓치지 않았다. 이병주는 송우혜에게 "이후락에 대한 평가는 박 대통령을 어떻게 평가하느냐에 따라 달라질 것이지만, 1972년 남북회담을 위해 평양까지 간 것은 높이 평가해야 한다"라는 말로 대담을 마무리했다.[8]

---

7) 이병주, 『대통령들의 초상』, pp.185-186.
8) 『마당』, p.63.

봉선사, 독립운동의 요람

경기도 남양주에 봉선사라는 아담한 절이 있다. 일제강점기에 이 절은 민족정신의 요람으로 일컬어졌다. 운암(雲巖) 김성숙(金星淑, 1898-1969)의 신화가 깃든 곳이기도 하다. 김성숙은 불교계에서는 태허(泰虛)스님으로 알려져 있고, 승려 출신으로 유일하게 대한민국 임시정부의 국무위원을 역임했다.[9]

평안북도 철산군 태생인 운암은 10대에 경기도 용문사에서 출가한다. 이후 1918년부터 봉선사로 옮겨와 월초스님 문하에서 수학한다. 그곳에서 손병희·한용운 등 민족지도자들과 인연을 맺어 독립운동에 가담하게 된다. 봉선사 승려 신분으로 1919년 3·1 만세운동에 참여하여 서대문형무소에서 2년간 옥고를 치른다. 출옥 후에 본격적인 사회주의 운동에 가담하여 조선노동공제회와 조선무산자동맹회 등에 참여한다. 일제의 감시가 강화되자 1923년 베이징으로 망명한다. 대학에 적을 두고 정치경제학을 공부하면서 사회주의 계열의 불교유학생회를 조직하고 1927년 광둥코뮌 투쟁에 직접 참여한다. 중국의 혁명이 조선의 독립으로 이어질 것이라는 희망으로 중국의 사회주의 건설에 앞장섰지만 좌절한 후에 칩거에 들어간다. 1929년 중국인 두준훼이(杜君慧)와 결혼하여 문학 창작 및 비평 활동을 전개했다.

그가 항일민족운동 진영으로 돌아온 것은 1935년의 일이다. 상해에서 조선민족해방동맹을 조직하고 대한민국임시정부에 합류한 그는 1944년 임시정부 국무위원으로 선임된다. 운암은 조국 광복과 더불어 가족을 뒤에 두고 귀국하여 임시정부를 대표하여 비상국민대표회의에 참석한다. 신탁통치 찬반을 두고 좌우의 대립이 극심해지면서 이유 여하를 막론하고 분단을 피하고 통일을 이뤄야 한다는

---

9) 김삼웅,『운암 김성숙: 의열단에서 임시정부·민주화 운동까지』, 선인, 2020.

그의 주장은 설 땅을 잃었다. '혁신계 인사'로 분류된 그는 5·16 쿠데타와 함께 다시 구속되어 형을 살았다. 출옥한 지 얼마 되지 않은 1969년 4월 12일 서울 구의동 소재의 11평짜리 누거 피우정(避雨亭)에서 별세했다. 생전에 독립유공자의 공훈을 인정받지 못하다 사후 13년 만인 1982년에 건국훈장 독립장을 받았고 유해는 2004년에 국립묘지에 안장됐다.

님 웨일즈(헬렌 포스터 스노)와 김산(장지락)의 공동 저작인『아리랑』에 금강산 출신 승려들이 등장한다.[10) 김성숙도 그들 중 하나일 것이다.

"금강산 승려 중에 상당수가 후일 마르크스주의자가 되었다. 1927년 광동코뮌에서 2명이 죽었다. 그중 한 명은 중상을 입고 죽으면서 한탄했다. '내 나이 스물여덟. 아직 아무런 공도 세우지 못했고 아가씨에게 키스 한 번 하지 못했다. 이렇게 허무하게 죽어야 하는가!' 조선인 친구가 자신의 아내를 불러다가 키스를 시키려 했으나 이미 때가 늦었다."[11)

사랑과 혁명 사이를 방황하는 환속한 청년 승려 김성숙의 열정은 혁명 동지들 사이에 널리 알려져 있다. 마치 "사랑이 없는 사상은 메마르고 사상이 빠진 사랑은 경박하다"는 문학청년의 화두를 연상시킨다.[12)

---

10) 님 웨일즈, 김산·송영인 옮김,『아리랑: 조선인 혁명가 김산의 불꽃 같은 삶』, 동녘, 2005.
11) 위의 책, p.52.
12) 이원규,『김산 평전』, 실천문학사, 2006, pp.209-210, pp.232-327; 안경환,『안경환의 문화읽기: 사랑과 사상의 거리재기』, 철학과현실, 2000.

두 개의 탑: 이광수와 이후락

봉선사는 또 한 사람의 독립운동가 승려의 터전이기도 하다. 평북 정주 출신인 운허(耘虛)스님(1892-1980)이다. 봉선사 본전에는 대웅전(大雄殿)이란 전형적인 한문 현판 대신에 '큰 법당'이란 한글 현판이 걸려 있다. 운허의 결정이었다. 그는 젊은 날 만주에서 독립운동을 했다. 승려가 된 뒤에도 조선혁명당 당원으로 활동했다. 해방 후 봉선사에 둥지를 틀고 광동중학교를 세우고 불경의 한글화에도 진력했다. 운허의 속명은 이학수, 그의 동갑내기 팔촌 형이 다름 아닌 춘원 이광수다.

봉선사 일주문을 들어서면 오른편에 부도밭이 나온다. 고승들의 부도들과 함께 문제의 인물, 두 사람의 기념비를 만난다. 춘원 이광수와 월파거사 이후락의 비석이다.

광복을 앞두고 이광수는 봉선사 인근 사릉 천변에 작은 집을 짓고 살았다. 이광수는 1945년 8월 16일 천변을 산책하다 광복 소식을 듣는다. 그 소식을 알려준 사람이 운허였다. 조선이 일본과 하나가 되어야 한다고 주장하고, 해방되던 해까지 갖가지 친일 행각을 벌이던 춘원이었다. 갈 곳이 사라져버린 이 변절한 천재에게 운허는 봉선사 경내에 다경향실(茶經香室)이라는 집을 내준다. 머리는 비상하되 마음은 유약한 동갑내기 형을 위해 독립투사 승려가 공간을 내준 것이다. 그 집에서 수필집 『돌베개』와 『나의 고백』이 탄생했다.[13]

1975년 이 독립투사는 친일파로 낙인찍힌 천재 문인을 위해 '춘원 이광수 선생 기념비'를 세웠다. 나라 안에 유일한 춘원 기념비다. 소설가 주요한이 글을 짓고 서예가 김기승이 글을 새겼다.

"젊어서는 인간 본위의 자유사상을 남 먼저 도입했고 이어서 나라

---

13) 김윤식, 『이광수와 그의 시대』 3권, 한길사, 1986, pp.1037-1104.

와 겨레 섬김의 정신을 닦았다. 도산 안창호의 인격혁신운동에 고취했으며 만년에는 종교적 신앙과 구원의 길을 모색했으니 그런 연유로 1944년 양주군 사릉 땅에 마을 집을 장만하여 4년 남짓 돌베개 생활을 하는 동안 한 해 겨울을 가까이 있는 봉선사로 입산수도한 일이 있으니 곧 그의 팔촌 아우 운허 승림이 주관하는 절이다."

글을 쓴 주요한은 이광수와 함께 친일인명사전에 수록된 문인 40인 중의 한 사람이다.[14]

춘원에 대한 후세인의 평가는 다양하다. 재미학자 신기욱은 이광수의 일생을 민족주의자의 관점에서 반추했다.

"1920년대 조선의 문화민족주의자들은 자신들의 전통과 문화를 존중하지 않았다. 반대로 역사적 유산, 특히 유교 유산을 퇴행적이라고 비판했고 서양의 근대 자유주의적 사상을 바탕으로 민족성을 개건하고자 시도했다. 대표적인 예가 이광수의『민족개조론』(1922)이다. 당시로서는 이러한 민족개조가 현실적으로 가망이 거의 없는 독립보다 더욱 중요한 것으로 인식되었던 것이다. 한마디로 민족주의보다는 세계주의적 성향을 보였다."[15]

"그러나 10년 후인 1930년대에 들어서는 서양의 개인주의적 성향을 벗어나 확고한 민족주의자의 입장을 천명한다. 1931년 5월, 민족영웅 이순신의 묘소가 부채 때문에 경매에 올랐을 때 이광수는『동아일보』에 그의 영웅적 업적에 초점을 맞춘 글 14편을 발표한다. 이어서 6월에는 연재소설『이순신』을 게재하면서 '역사적 장소'를 지

---

14) 김남일,『염치와 수치: 한국 근대문학의 풍경』, 낮은산, 2019, p.342.

15) Gi-Wook Shin, *Ethnic Nationalism in Korea: Geneology, Politics and Legacy*(2006); 신기욱, 이진준 옮김,『한국 민족주의의 계보와 정치』, 창비, 2009, p.85.

키자며 모금 캠페인을 벌여 성공한다. 『동아일보』는 뒤이어 단군과 임진왜란의 또 하나의 영웅 권율의 묘소를 단장하기 위한 캠페인도 벌인다."[16]

신기욱은 이광수의 민족이론은 당시에는 물론 1945년 이후 한반도의 남북 양쪽에서 민족개념의 방향을 제시했다고 주장한다.

"해방 이후의 민족주의는 북한에서는 반제국주의(반미주의와 반일주의) 이데올로기로서, 남한에서는 반공이데올로기로서 계속 작용했다. 북한에서는 일본의 식민주의와 미국의 (신)제국주의에 대한 분노를 바탕으로 형성된 민족주의가 호전적인 주체 민족주의로 진화했다."[17]

이렇듯 강고한 민족주의자의 면모를 과시했던 이광수가 후일 "뼛속까지 일본인이 되어야 한다"는 주장으로 나섰던 엄연한 배신을 어떻게 받아들일 것인가? 당시는 물론 후세인에게도 크나큰 숙제가 아닐 수 없다.

춘원보다 16세 연하의 역사학자 김성식(1906-86)은 1963년의 글에서 한 문장으로 답을 내린다. "춘원은 의지의 인간이기보다는 정념(情念)의 인간이었다." 김성식은 박정희 군사독재 시절 해직과 감시의 위협에 굴하지 않고 칼날 같은 정론을 편 '마지막 선비'로 칭송받았다.[18] 김성식은 몸도 약하고 마음도 여린 선배 춘원의 변절을 아쉬워하면서도 민족주의자 이광수의 모습을 영원히 간직하고 기렸다.

---

16) 위의 책, p.88.
17) 위의 책, p.132.
18) 김성식, 『쓴소리 곧은소리』, 동아일보사, 1986.

"6·25 후 서울을 점령한 인민군이 그에게 글을 쓰라고 했을 때 붓대를 꺾어버렸다. 그는 이북으로 납치되었다. 그는 만감을 안고 끌려갔을 것이다. 그에게는 무거운 시련이 겹쳐서 과거의 모든 잘못을 후회하고 명예 회복을 하기에는 너무나 시간적 여유가 없었다. 좀더 생존했더라면, 그리고 자유스럽게 글을 쓸 수 있는 기회가 주어져 있었더라면 하는 아쉬움도 있다. 이제 인간 춘원은 영영 돌아오지 않는 다리를 건너고 말았다. 그러나 민족주의 사상으로 저류를 이룬 그의 작품은 오래도록 남아 있을 것이다. 민족사상을 빼놓고는 춘원을 완전히 이해할 수 없다고 본다. 일제 36년간의 수난기를 경험하지 못하고 따라서 수난의 흔적이 의식 속에 없는 사람들은 춘원을 바르게 이해할 수 있다고 보기 힘들다. 하물며, 철없는 청소년 시절의 일기장이나 한두 장 들추어 춘원의 전 생애를 함부로 비판한다는 것은 철없는 노릇이다. 위의 글은 젊은 시절에 춘원으로부터 처음으로 민족주의 사상을 배웠고, 늙어서 춘원에 대한 아쉬움을 토로한 나의 독백이다."[19]

일본이 전쟁에 나섰을 때 김성식은 이미 장년이 되어 있었다. 그렇기에 직접 전장에 내몰릴 처지에 있던 후배, 특히 학병세대의 절박한 반(反)춘원 정서와는 일정한 거리를 유지할 수 있었을 것이다.

"그러나 나는 연하 동료 교수들과 이야기하는 중에서, 그들에게는 춘원이 씻을 수 없는 친일파의 오명을 얻고 있음을 발견했다. 그들은 대개 춘원이 친일행위를 저지르던 기간에 학생이었던 사람이다. 춘원의 학병 권유 강연에 깊은 충격을 받았던 모양이다."[20]

19) 김성식, 『대학, 현실 그리고 사색』, 범양사, 1984, pp.274-287.
20) 위의 책, pp.274-287.

이후락: 잊혀질 때와 그 방법을 안 완전범죄자

봉선사에는 춘원 이광수 기념비 옆에 자리한 또 하나의 비석이 있다. 중창대시주공덕비(重創大施主功德碑)다. 시주자는 이월파(李月波), 이후락의 법명이다. 월파거사 이후락과 그 가족이 봉선사의 중건에 크게 기여한 사실을 기린 것이다. '大'자가 붙은 만큼 거액이었을 것이다.[21] 도대체 얼마인지, 그 돈이 어떻게 자신의 손에 묻은 '떡고물'인지, 무수한 비밀을 홀로 가슴에 품고 떠났다. 행여 그가 생전에 입을 열었더라면 한국사회에 일대 폭풍이 일고 많은 사람의 인생이 크게 흔들렸을 것이다.

이병주는 언젠가는 이후락의 전기를 쓸 생각이었다. 둘 사이에서도 그런 약속이 있었다고 1984년의 대담에서 털어놓았다. 그러나 당시로는 "아직은 때가 아니다"라고 말했다. 그렇게 말한 이병주는 8년 후에 세상을 떠났다. 이후락은 이병주보다 17년이나 더 살았다. '이 순간에 충실하라'(carpe diem), '지금이 때다'(It's now, or never). 둘 다 애초부터 영원한 침묵을 약속했는지 모른다. 햇빛 앞에 드러내어 역사에 바래지기보다는 달빛에 물들어 신화로 남기를 이후락은 바랐을 것이다.

이후락은 한마디로 잊혀질 때와 방법을 아는 사람이었다. 죽을 때까지 침묵으로 일관했다. 모든 비밀을 혼자 안고 떠난 사람이었다. 겸손해서도 아니고 오만해서도 아니다. 완전범죄가 무엇인지를 아는, 더없이 치밀한 범죄자의 지략이었을 것이다. 제갈조조로 불리던 이후락, 제갈량보다는 조조의 면모가 더욱 빛났다.

이후락의 입으로부터 국민이 듣고 싶은 이야기 중 하나가 박정희의 '통치자금' 문제다. 과연 박정희에게 비밀자금이 있었는가? 있었다면 무슨 목적으로 자금을 조성했는가? 그 시대의 많은 후진국 권

---

21) 박종인, 「봉선사 부도밭의 비밀과 남양주 사릉」, 『조선일보』, 2017. 2. 22.

력자들이 스위스 은행에 비밀계좌를 보유하고 있었다. 스위스 은행은 고객의 비밀을 철저하게 지키는 것으로 유명하다. 돈은 신성하다. 신성 그 자체다. 어떤 고객의 돈이든 신성한 것이다. '검은 돈'이라는 도덕적·윤리적 판단에는 절대로 개입하지 않는다. 스위스 은행의 비밀준수 업무지침은 정밀기계공업의 상징인 스위스 시계만큼이나 정확하다. 여태껏 단 한 건의 사고도 없었다.

이후락의 아들이 1978년 미 하원의 프레이저 청문회에 출석하여 아버지가 박 대통령의 돈을 관리했다는 요지의 증언을 했다고 한다. 김형욱도 동일한 요지의 증언을 했다. 청문회의 조사관이었던 에드워드 베이커가 후일 이 사실을 JTBC 기자에게 증언하기도 했다. '코리아게이트'의 주인공 박동선의 증언도 있다. 미국산 쌀을 수입하고 받은 커미션은 한국 정부의 로비를 위해 쓰라고 이후락이 말했다고 했다. 이후락이 박정희의 돈을 관리하기 위해 스위스 은행에 구좌를 개설했고 그 과정을 이후락의 사돈인 서정귀가 주선했다는 주장도 있다. 충분한 개연성이 있는 가설이다.

그러나 다른 주장도 있다. 박정희는 권력은 극도로 탐했을지언정 금전적으로는 더없이 청렴했다는 일종의 민간신앙이 있었다. 독재자 박정희를 극도로 혐오한 이른바 '민주인사'들의 상당수도 그렇게 믿고 있었다. 주변 인물들은 부패했을지라도 박정희만은 달랐다고 믿고 싶은 국민은 더욱 많았다. 진흙 속에서 연꽃이 피듯이, 부패의 소굴에서도 홀로 청렴한 정치독재자가 과연 가능한 일일까? 이런 신화에 큰 걸림돌이 된 것이 박정희의 스위스 은행 비밀계좌설이었다. 이 설을 믿는 사람도, 믿지 않는 사람도 있다.

그런데 실제로 한국인이 스위스 은행에 비자금을 예치한 사실이 드러났다. 한진그룹의 창업자 조중훈(1920-2002)의 유산처리와 상속세 납부를 둘러싸고 벌어진 논쟁이 대중에게 공개되었다. 조중훈이 사망하기 4개월 전에 자신의 비밀계좌에서 5,000만 달러(약

580억 원)를 인출한 사실을 유족들이 알고 있었다는 것을 전제로 국세청이 상속세를 부과했다. 한진그룹은 2018년 5월 보도자료를 내고 "범한진가 5남매는 2016년 4월 그동안 인지하지 못했던 해외 상속분이 추가 존재한다는 사실을 확인했다"고 밝혔다.

조중훈의 실례로 보아 박정희도 분명히 스위스 은행에 비밀계좌가 있었을 것이라고 믿는 사람이 늘어났다. 그렇다면 그 돈은 누가 관리했으며 어떻게 처분되었을까? 아니면 아직도 은행에서 처분을 기다리고 있을까? 갖가지 추측이 난무했다. 숨겨둔 비자금은 박정희의 딸 박근혜를 거쳐 최태민-최순실로 이어졌다는 소문마저 나돌았다. 그러나 소문만 무성했지 실체가 밝혀진 바는 전혀 없다. 이후락이 환생하여 입을 열지 않는 이상 영원한 비밀로 남을 것이다. 이 또한 역사가 아닌 전설과 신화의 영역으로 넘어갔다. 2020년 1월 개봉된 영화 「남산의 부장들」(감독 우민호)도 이 문제를 비켜가지 않았다. 영화는 전두환이 박정희 비자금의 최종 수혜자로 횡재를 거두는 것으로 설정했다.

이후락은 만년에 경기도 한촌에 칩거하면서 도요(陶窯)를 운영하기도 했다. 이후락이 손수 도자기를 구워 지인들에게 선물할 때 이병주가 가끔 글씨를 썼다. 이병주의 글씨는 결코 전문 서예가의 수준에 이르지 못했지만 친구의 요청에 기꺼이 붓을 들었다. 친구가 좋아할 만한 문구를 골라내느라 나름 고심한다. 주로 중국 고전의 구절들이다. 필자가 눈으로 본 글은 노자과 공자의 구절들이었다. '대변약눌'(大辯若訥, 가장 잘하는 말은 마치 더듬는 듯하다, 『도덕경』, 45장), '구이경지'(久而敬之, 서로 존중하며 오래 사귄 친구, 『논어』 「공야장」)로서 노자의 구절은 이후락의 품성을, 공자의 구절은 자신과 이후락의 우정을 묘사하는 듯하다. 더없이 어울리는 구절이 아니겠는가.

한국영화사 초기의 톱스타 김진규(1923-98)의 부인 김보애

(1939-2017)가 연전에 펴낸 회고록에 당대 주객들의 일화가 실려 있다. '풍류묵객 송지영과 이병주'라는 소제목을 단 주사(酒肆) 일화는 이병주에 관련된 지인들의 회고담 중에 가장 품격 있는 내용이다. 김보애가 경영하던 한정식집 '세보'(世寶)에 어느 날 『조선일보』의 선우휘가 원로 소설가 송지영(1916-89)을 대동하고 온다. 일제강점기에 독립운동을 했던 우인(雨人) 송지영은 『수호지』의 주역 송강(宋江)을 연상케 하는 선비다. 일본 나가사키 형무소에서 김학철(1916-2001)[22]과 함께 복역하다 해방과 동시에 풀려났다. 송지영은 김학철이 북의 집으로 떠날 때까지 경북 풍기의 자신의 집 사랑채에서 함께 기거했다.

원로를 정중하게 모시는 안주인의 품격이 마음에 들어 송지영은 세보의 단골이 되었다. 1970년 가을 어느 날 송지영은 붓글씨를 배우고 있던 안주인을 기특하게 여기고 제언을 한다. 고급 문객 손님들을 맞으려면 실내장식도 품위가 있어야 한다며 지필묵을 가져오라고 명한다. 김보애가 정성 들여 먹을 갈고 붓을 건네자 송지영은 까치발을 하고 벽에 일필휘지로 내려쓴다. 이태백의 시 「우인회숙」(友人會宿) 구절이다.

滌蕩千古愁 留連百壺飲 良宵宜淸談 皓月未能寢.
"만고의 시름을 씻어버리려 백 잔의 술을 연거푸 마시네. 이런 밤에 맑은 정담을 나누느라 달빛 밝아 밤늦도록 잠들지 못하네."

---

22) 김학철은 6·25 전에 월북했다가 북한을 탈출하여 중국 옌벤에서 소설가로 활동했다. 필자는 김학철과 상당한 교분을 쌓아 몇 차례 대담했고 2001년 작고하기 직전 최후의 인터뷰를 했다. 안경환, 「최후의 분대장, 김학철」, 『참여사회』, 1996년 12월; 안경환, 『셰익스피어, 섹스어필』, 프레스21, 2000, pp.31-34에 재수록; 「최후의 분대장 1: 민족이라는 괴물」, 『참여사회』, 1998년 6월; 「최후의 분대장 2」, 『참여사회』, 2001년 10월; 안경환, 『사랑과 사상의 거리재기: 안경환의 문화 읽기』, 철학과현실사, 2002, pp.258-265, pp.266-276에 재수록.

여기까지 쓰고 나서 송지영은 붓을 멈춘다. 그러고는 자리에 앉아 술잔을 비운 뒤에 이렇게 말한다.

"내가 오늘은 이 시를 여기까지만 써놓고 가겠네. 훗날 어떤 눈 밝은 놈이 들어오면 나머지를 채워넣게."

그리하여 식당 세보의 안방 벽에는 끝자락 없는 이백의 시가 적혀 있었다. 대개의 손님들을 "글씨 잘 썼다. 달필이구먼" 하며 의례적인 찬사를 보낼 뿐이었다. 한시를 제법 안다는 문인들도 「우인회숙」의 구절이란 것만 알지 마지막 두 구를 채워넣지 못했다. 그러기를 1년 여, 1971년 겨울 이병주가 그 방에 앉았다. 독한 위스키를 연거푸 몇 잔 들이켜더니 벽에 그윽한 눈길을 주었다.

"아니, 이거 이백의 「우인회숙」 아냐? 그런데 왜 마지막 대구를 놓쳤나?"

그러고는 이병주는 나머지를 채워 넣었다.

醉來臥空山 天地卽衾枕.

"술에 취해 인적 끊긴 산중에 누웠더니 천지가 곧 이부자리라."

송지영이 기대했던 '어떤 눈 밝은 놈'이 다름 아닌 이병주가 되었다. 김보애의 회고는 정겹고 정중하다.

"「우인회숙」은 만 1년을 넘긴 후 당대의 풍류객인 이병주 선생을 만나 비로소 완성되었다."[23]

이병주가 교류하던 묵객들 중 이름난 서예의 고수는 청곡 윤길중 (1916-2001)이었다. 일제 때 고등문관 시험에 합격하여 여러 고을 의 군수를 지냈다. 해방 후 진보당 등 혁신계열에 몸담아 옥고를 치른 윤길중은 전두환의 민정당에 합류하여 국회 부의장을 역임했다. 이병주도 이후락도 윤길중을 존경했다. 윤길중이 떠난 후 20년이 지

23) 김보애, 『내 운명의 별, 김진규』, 21세기북스, 2009, pp.195-199.

난 현재도 인사동 한정식집 '향정'(鄕庭)에 그의 글씨가 액자 속에 걸려 있다.

"流香到人世 飮者壽萬年. 향기가 흘러 인간 세상에 도달하고 술 마시는 사람은 만년을 산다"로 시작하여 "各持一瓢束 總得全月去. 저마다 표주박 쥐고 모여드니 달을 퍼담을 수밖에"의 대련으로 끝나는 권주시다. 초의선사의 문장이라고도 한다.

28. 진주 친구들: 김현옥과 이병두

불도저 시장 김현옥

2016년 겨울 서초동 예술의전당에서 스위스 출신 건축가 르 코르 뷔지에(Le Corbusier, 1887-1965)의 건축전이 열렸다. 제1차 세계 대전 후 유럽 도시의 주택난을 해결하기 위한 묘책으로 도시 아파트를 착안한 선구자였다는 사실을 상기하는 관람객도 많았을 것이다. 세계의 대도시가 대부분 그러하듯이 서울도 이름난 아파트 공화국이다. 아파트 이전의 서울을 기억하는 나이 지긋한 관객은 답답한 아파트 생활을 생각하며 옛 시절의 향수에 젖는다.

1960년대 후반, 대학 시절에 필자가 만난 한 미군 장성에게서 들은 이야기다. 그는 중견 장교 시절에 6·25에 참전했다. 전쟁터임을 감안해도 한국은 불결하기 짝이 없었고 인성이 야비한 한국인이 너무 많았다. 그래서 장교 체면에 어울리지 않게 '구욱'(Gook)이란 욕을 입에 달고 다니다시피 했다고 고백했다.

그가 본국으로 돌아갈 때 전쟁의 참화가 휩쓸고 간 서울은 문자 그대로 잿더미에 가까웠다. 그런 서울이었는데 15년 후에 다시 와보니 그야말로 상전벽해의 변화가 있었다. 사람들도 밝고 정직해졌다. 그는 희망에 벅찬 새 한국을 이끌고 있는 인물 셋을 들었다. '프레지던트 박' '메이어 김', 그리고 '미스터 홀'로 박정희 대통령과 김현옥 시장, 그리고 코미디언 후라이보이(곽규석)였다. 박정희는 새 나라를 세우고, 김현옥은 폐허가 된 수도 서울을 근대도시로 만들었으며, 후라이보이는 국민의 일상에 밝은 웃음을 선사하는 공로가 크다는 것이다. 특히 그는 '돌격'이라는 글자가 새겨진 철모를 쓰고 공사장에 나타나는 '불도저 시장' 김현옥을 칭찬하며 엄지를 세웠다. 주한미군 사이에 새 주거타운이 형성된 여의도를 일러 '김의 섬'(Kim's Island)으로 부른다고도 했다. 보잘것없는 작은 군사비행장에 대규모 주택 단지 뉴타운을 건설해내는 불도저 시장의 추진력에서 새로운 한국의 미래를 보았던 것이다.

김현옥(1926-97)은 이병주와 가까웠다. 1984년 『마당』지와 인터뷰에서 이병주는 자신의 좋은 술친구로 세 사람을 거명했다. 이후락·김현옥, 그리고 이종호 『조선일보』 기자였다.[1] 이종호는 부산 『국제신보』 시절부터 이병주를 추종하여 속칭 '나림사단'으로 불리는 이병주 팬클럽의 총무 역을 맡아 작가가 타계할 때까지 지극정성으로 섬겼다. 신임 서울시장 김현옥이 새로운 도시계획으로 내걸었던 '도시는 선이다'라는 모토를 이병주가 만들어주었다는 소문이 나돌았다. 소문의 진위를 확인하려는 대담자에게 이병주는 자신과 이야기하는 과정에서 김현옥이 아이디어를 구체화했다고 답했다.

이병주가 김현옥 시장에게서 큰 이권을 따내었다는 소문이 파다했다. 내용인즉 용산역 앞의 하천부지 복개권을 얻어 거액을 챙겼고, 복개된 자리에 세워진 상가 안에 넓은 생활공간을 마련했다는 것이었다. 남재희의 회고다.

"그 아파트 비슷한 넓은 집을 방문해보니 벽면은 온통 책으로 가득 차 있었다. 프랑스어책, 영어책도 있지만 주로 일본어책들이다. 장서가 2만 권 정도라고 소문이 났다. 그 밖에도 특수 소재로 짓는 주택사업을 하여 시청 앞 광장에 시범주택을 전시하기도 했다."[2]

---

1) 송우혜 대담, 「이병주가 본 이후락: 해방 후 40년을 예사롭지 않게 경험한 작가와의 대화」, 『마당』 인터뷰, 1984년 1월호, pp.50-63.
2) 남재희, 『남재희가 만난 통 큰 사람들』, 리더스하우스, 2014, pp.59-60.

그러나 가족들은 이러한 소문을 극구 부인한다. 매우 과장된 것임이 틀림없다. 이병주가 자신의 명의로 몇 차례 사업체를 설립한 것은 사실이다. 그러나 전업 작가와 겸업할 수 있는 사업이 아니어서 전문가들을 고용할 수밖에 없었고 그들의 간계에 휘둘려 실패에 실패를 거듭했다. 용산구 신계동의 집 한 채만은 겨우 갈무리할 수 있었다.[3]

1978년 이병주는 건축 전문 잡지에 김현옥을 칭찬하는 칼럼을 쓰면서 자신과의 사업적 관계에 대해 해명 내지는 변명을 덧붙인다.

"우리나라에서 주택문제에 있어 행정적으로 열의를 보인 사람은 7, 8년 전 시장을 지낸 K씨가 아닌가 한다. K씨는 이른바 '경영행정'이란 아이디어를 우리나라 시정(市政)에 처음 도입한 사람이기도 하다. 버려진 시유지를 개발하면 그만큼 지가가 오르니 그 오른 돈으로 신사업을 하되 우선적으로 무주택자 판자촌민을 위해 주택을 마련해주자는 것이었다. 나는 한때 그의 주택사업의 의욕에 편승하여 이른바 조립식 주택을 줄잡아 수만 채 지어볼 작정으로 기업을 시작한 일이 있었다. 아이디어도 좋았고 대강의 준비도 되어 있기도 했는데 몇 가지 이유 때문에 실패하고 말았지만 그때의 사정은 언젠가 쓸 기회가 있을 것이다.

다만 여기에서 말해두고 싶은 것은 내 사업의 실패로 K씨의 주택 행정 시행에 얼마간의 좌절을 끼쳐 미안했다는 사실이다. 그러나 K씨는 조립식 주택 건설 계획이 좌절되자 곧 시민아파트를 건설하는 방향으로 정책전환을 했다. 그의 꿈은 위대했다. 조밀한 무허가 주택 지역을 개발하여 주택을 고층화함으로써 통풍이 잘 되는 공간을 마련할 뿐만 아니라 무주택자가 골고루 자기의 집을 갖도록 하겠다는

---

3) 이 집은 이병주 사후에 잠시 '대나무집' 간판을 달고 유족이 음식점을 열었다가 이내 처분했다.

것이었다. 그는 생득(生得)적인 정력으로 시민아파트를 수만 채 짓기 시작했고 그 성과에 쓸 만한 것도 있었는데 와우아파트 사건으로 꿈을 실현하지 못하고 물러서지 않을 수 없었다."[4]

한때 이병주와 친분이 깊었던 리영희는 만년에 임헌영과의 대담에서 이병주와 김현옥 사이를 비리의 권력유착 관계로 규정했다.

"임헌영: 이병주 씨는 용산시장에 있다가 김현옥 서울시장이 와우아파트 사건으로 물러났을 때 무슨 피해를 입은 것 같더군요. 권력이 무너지면 당장 손해를 입히는 우리 사회 풍조를 그대로 반영한 것이지요.

리영희: 우리나라 속담에 '사람 팔자 알 수 없다'는 말이 있는데, 이것이 바로 그런 경우예요. 부산시장을 거쳐 수도 서울의 왕자로 군림했던 왕년의 사환 김현옥은 종치기 때부터 존경했던 이병주에게 온갖 경제적 특혜를 베풀었어. 이병주 씨는 그 덕분에 서울 시내 여러 군데에 활동 근거지를 갖고 있었어요. 특히 용산 청과시장을 건설할 때 특권을 받아 그 안에 자기의 큰 저택을 꾸렸어."[5]

두 사람의 인연은 1946년 후반 내지 1947년 초로 소급된다. 이병주는 진주농고의 교사였고 김현옥은 진주중학교의 '소사'(小使, 사환)였다. 하루는 청년 김현옥이 문서를 전하기 위해 자전거를 타고 진주농고 교정에 들어왔다. 농고 학생 몇 명이 거칠게 대하여 시비가 벌어졌고 학생들이 집단폭행을 가하려는 찰나였다. 학생 사이에도 좌·우익의 갈등이 고조되어 있던 시절이었다.[6] 우연히 이 광경

---

4) 이병주, 「주택행정과 K시장」, 『건설』, 1978. 1, pp.24-25.
5) 리영희·임헌영, 『대화』, 한길사, 2005, pp.389-390.
6) 정찬원, 『할머니의 유산』, 보고사, 2011, pp.36-38.

을 본 교사 이병주가 개입하여 학생들을 준엄하게 꾸짖는다. "배우는 학생들이 집단으로 자신보다 형편이 못한 사람에게 폭력을 가하려 하다니 부끄럽지도 않은가!" 이병주에게 깊은 감화를 받은 김현옥은 평생 이병주를 존경의 염으로 기억했다. 김현옥은 1947년 4월, 갓 설립된 국방경비대에 입대하여 육사 3기생으로 군인의 길에 나선다.

리영희는 "그 당시 남한의 못 배우고 돈 없고 빽 없는 젊은이들이 모두 출셋길을 찾아 국방경비대(육군)에 입대하던 예에 따라 김현옥도 군대에 들어간 거야"라고 해설을 덧붙였다.[7]

그날로부터 10년 남짓 지난 어느 날 부산의 『국제신보』 주필실에 육군 중령 한 사람이 찾아온다.

"선생님, 절 기억 못 하시겠습니까?"

김현옥이었다. 이렇게 시작된 둘의 교류는 끈끈하게 이어진다. 5·16 직후에 김현옥은 육군 준장의 신분으로 경상남도 부산시장에 임명되고 예편한 후에도 자리를 지킨다. 1963년 1월 1일 자로 부산이 직할시로 승격되고 난 후에도 계속 시장직을 유지한다. 군사정권의 대두와 함께 이병주가 옥살이할 때도 시장 김현옥은 매달 이병주의 집으로 쌀을 보냈다고 이병주의 친척 정찬원은 전한다.[8]

군인 냄새를 전혀 풍기지 않는, 부드럽고 서민적인 이미지의 김현옥은 부산시민의 신망을 얻고 시정도 안정시켰다는 평판을 얻었다. 무엇보다도 군 출신으로 드물게 청렴하다는 평판이 따랐기에 김현옥이 1980년 신군부에 의해 부정축재자로 조사받자 그를 아는 많은 사람들이 의아해했다.

7) 리영희·임헌영, 『대화』, p.389.
8) 정찬원, 위의 책, p.36.

와우아파트 붕괴

1966년 4월, 김현옥은 윤치영의 후임으로 서울특별시장으로 발탁된다. 시민아파트 10만 호 건설, 서울역 고가도로, 청계고가도로, 남산 1, 2호 터널 등 과감한 도시 건설을 주도하여 '불도저 시장'이라는 별명을 얻었다. 이병주는 전두환을 칭찬하는 글에서 김현옥이 전두환과 비슷한 장점의 소유자였다고 썼다.

"내가 접촉한 범위에서 비슷한 인물을 군·관계에서 꼭 한 사람 알고 있다. 부산시장, 서울시장, 내무부장관을 역임한 김현옥이다. 같은 고향 출신이라 그가 서울시장 시절 자주 상종할 기회가 있었는데 김현옥의 문제 파악 능력, 문제 설정 능력은 비상했다. 서울시가 당면한 문제를 정확하게 파악해선 '불도저'란 별명이 생길 만큼 돌진하는 것이다."[9]

1970년 4월 8일 오전 8시경, 마포구 창천동에 위치한 와우아파트 15동이 붕괴하여 33명이 사망하고 39명이 중경상을 입었다. 와우아파트는 서울시의 고민이었던 무허가 건물을 줄이고, 그 대신 서민아파트를 건설하겠다는 취지하에 건립된 아파트였다. 이 계획의 일환으로 와우아파트는 1969년 6월에 착공하여 불과 6개월 만인 12월에 완공되었다. 그리고 4개월 후인 1970년 4월에 붕괴된 것이다. 사건 경위 조사보고서에 의하면, 시공사는 서울시가 책정한 건축 비용의 절반도 투자하지 않았다. 심지어는 70개의 철근을 세울 곳에 단 5개만 세웠고 시멘트 사용량은 턱없이 부족했다. 이 사건은 신흥 한국의 졸속행정과 부실감사, 건설사의 부실공사, 관급공사에 얽힌 부정부패의 결합으로 인한 대형 사고의 상징이 되었고, 이러한 건설업계의

---

9) 이병주, 『대통령들의 초상』, 1989, p.270.

고질적인 병폐는 사반세기 후인 1994년 성수대교 붕괴, 1995년 삼풍백화점 붕괴로 이어졌다.

서울시장 자리에서 물러나면서 김현옥은 사과문을 발표한다. 신문에 실린 "서울의 하늘은 푸르다"는 희망의 메시지로 마감하는 문안은 이병주의 작품이라고 남재희는 썼다.[10] 2016년 7월 1일, 서울 역사박물관에서 김현옥의 일생을 조망할 수 있는 전시회가 열렸다.[11] 전시된 문제의 사과문은 다소 건조하고 밋밋했다. '서울의 하늘'과 같은 낭만적인 문구는 없었다.

"머리 숙여 500만 시민에게 사과를 드립니다. 8일 새벽 와우지구의 참사가 귀중한 생명을 앗아가고 시민의 마음을 앗아간 데 대해서 본인은 가눌 수 없는 슬픔 속에서 거듭거듭 사과를 올립니다. 그런 끔찍스런 재화를 이 서울에서 발생케 했다는 데 대한 책임을 통감하며 앞으로 어떻게 이를 보상할까 하는 마음 절실합니다.

이미 사망하신 분의 영(靈)을 달래기 위해서, 유족의 슬픔을 위로하기 위해서, 부상자의 보다 빠른 쾌유를 위해서, 이재민의 보다 신속한 구호와 안전한 타 아파트에의 입주를 위해서, 어떻게 하면 최선을 다할 수 있을까 하는 마음으로 본인의 가슴은 꽉 차 있습니다.

사망하신 분의 명복을 빌면서 유가족과 이재민, 상처를 입은 시민들에게 거듭 사과를 올리며 시민 여러분의 단죄를 기다리는 심정 간절합니다.

죄송합니다. 피와 눈물이 어린 충정으로 사과를 올립니다.

---

10) 남재희, 『남재희가 만난 통 큰 사람들』, 2015, p.60.
11) 서울시장에서 물러난 이듬해인 1971년 10월 김현옥은 내무부장관에 임명되어 1년 반 정도 재직하면서 새마을운동의 조기정착과 치산녹화 5개년계획의 성공을 위하여 노력했다. 1973년 2월에 내무부장관에서 물러나 청소년 복지사업과 교육계에 투신했다. 그러나 시장직에 미련을 버리지 못하고 1995년 부산광역시장 후보로 출마하여 낙선했다.

1970년 4월 8일 서울특별시장 김현옥"[12]

몇 년 후 가수 조영남은 서울시민회관(세종문화회관 전신) 공연에서 「신고산 타령」을 부르다 즉석 '노가바' 후렴을 외친다. '와우아파트가 와르르르.' 이 일로 당국에 밉보인 조영남은 한동안 출연 금지조치를 받기도 했다.

김현옥 시장 재임 중 서울시청에 근무하던 이병주의 친척 청년은 이 시절의 에피소드를 하나 전한다.

"서울시청 시민과에 근무하던 1969년, 하루는 이권기가 아버지의 자동차 번호판을 받기 위해 왔다. 1516이란 번호를 주었더니 아버지가 가장 싫어하는 숫자가 516이라며 거절했다."[13]

이병주가 이후락·김현옥 등 박정희 정권의 핵심인사들과 막역한 친교를 유지하고 있었지만 5·16 쿠데타와 박정희를 극도로 싫어했다는 하나의 작은 징표가 될 법도 하다.

영화배우 최지희는 이병주와 김현옥의 특별한 교분에 대해 글을 쓰기도 했고 상당히 상세한 증언도 했다. 그녀가 기억하는 에피소드의 하나다. 어느 날 두 사람은 함께 남산에 올랐다. 팔각정에서 종로쪽을 가리키며 시장이 말했다. 현대식 상가를 세울 계획이라고. 이병주가 즉시 이의를 제기했다. 그렇게 되면 창덕궁과 종묘의 경관을 크게 해칠 것이 뻔하다며 문화재의 중요성을 역설했다. 그러나 느긋한 이병주의 조언은 채택되지 않았고 세운상가가 서둘러 건설되었

<hr>

12) 『그린포스트코리아』, 2019. 12. 10.
13) 정찬원, 위의 책, p.99. 그러면서 그는 "남이 외우기 어려운 숫자를 선호한다고 했다"라고 덧붙였다.

다.[14] 또한 남재희의 말에 따르면 이병주가 김현옥에게 강북의 명문고를 강남으로 이전할 것을 건의했다고 한다. 아직 강남 개발이 본격화되기 전의 일이다.

신변 보호자 이병두

이병주와 가까이 지낸 또 한 명의 진주 출신 명사는 이병두다. 이병주의 소설과 에세이에 L씨, 이정두, 이병기 등 여러 이름으로 등장하는 그는 박정희 정권 초기에 권력기관 고위직에 있었다. 어떤 작품에서는 작가의 6촌 형으로 설정되어 있다. 이병주보다 두 살 연상이다. 실제로 합천이씨 동성동본이지만 가까운 친척은 아니다. 둘은 친구이자 형제처럼 지냈다. 한때 두 가족은 진주에서 같은 집의 안채, 사랑채에 살기도 했다. 이병두는 이병주에 관련한 여러 일에 방패가 되고 각종 편의를 제공했다. 작품의 내용이 위험선을 오락가락할 때는 적정한 선을 지킬 것을 주문하기도 했고, 박정희 측근이나 공안기관이 작가의 사상을 문제 삼을 때 신원보증인이 되어주기도 했다. 1975년 사회안전법 시행에 즈음하여 이병주가 안절부절못할 때도, 이병두는 이미 현직에서 물러난 후였지만 이병주를 적용대상에서 제외하기 위해 적극적으로 나섰을 것이다.

이병두는 일본 주오대(中央大) 법과 재학 중에 학병에 동원되었고, 귀환 후에 이병주와 함께 진주농고 교사로 재직했다. 이어서 군에 입대하여 법무관 생활을 한다. 대령 시절에 박정희 군수기지사령관을 보좌한 인연으로 5·16 이후에 발탁되어 김형욱 중앙정보부장 아래서 차장으로 근무한다. 『김형욱 회고록』에는 이병두가 국제공작에 능한 것으로 적혀 있다. 그는 내부인으로는 드물게 3선개헌에

---

14) 최지희, 「내 삶의 버팀목」, 김윤식·김종회 엮음, 『문학과 역사의 경계에 서다』, 바이북스, 2010, pp. 224-230.

반대한 것으로 알려졌고, 적기에 현역에서 은퇴하여 만년을 여유롭게 보내다 1977년 뇌출혈로 타계했다. 매우 안타까운 조서(早逝)였지만[15] 그는 떠나면서 사위를 술친구로 이병주에게 남겨주었다. 이병두의 사위가 된 박종렬은 1973년 초임검사 시절부터 상급자였던 정구영과 함께 장인의 친구와 어울리게 된 것이다. 이병주는 젊은이를 사로잡는 매력이 넘쳤다. 노란색이나 빨간색, 지극히 속스런 색상의 양말을 즐겨 신는, 튀는 중년 작가의 모습에서 범생 청년 법률가는 압도하는 파격의 위엄을 느꼈다. 관철동의 '사슴' '낭만' 등 이병주의 아지트에서 말석을 차지하던 그는 노인이 되어서도 종로 2가 언저리를 지날 때면 흔적 없이 사라진 그 옛날 아지트 자리를 가늠하며 아련한 추억에 눈시울을 붉히곤 한다.

장인이 작고한 후에도 박종렬은 이병주를 처가의 어른으로 모시고 지냈다. 이병두의 미망인도 이병주를 시가댁 인척으로 챙겼다. 행여 수중에 술병이라도 들어오면 그중 가장 고급주인 타이완 금문도산 대곡주를 이병주에게 즐겨 공급했다. 신혼 시절 남편을 학병에 보내면서 진주역에서 벌인 젊은 부인의 현란한 환송장면은 함께 전선행 기차에 오른 김동춘의 수기에 그려져 있다. "손에 쥐고 있던 깃발을 힘차게 흔들며 남편의 무운장구를 기원하던 '모던 걸'은 알고 보니 이병두(후일 중정차장)의 처였다."[16]

박종렬이 법무부의 공안 담당부서(법무3과)에 근무할 때의 일이다. 대구 출신 과장과 동료 검사들과 함께 청주교도소에 수감 중이던 김대중이 쓴 편지 사본을 돌려 읽으면서 필자의 진솔한 인간미에 진한 감동을 나누었다고 한다(1987년 양 김씨 간의 대통령 후보단일

15) 1947년생인 아들은 서울의 명문 사립대학의 경제학과 교수로 정년퇴직했다. 1976년, 진주농고 동료교사들이 30년 후에 회동하는 모습을 그린 『여사록』에는 실제 상황대로 미국 스탠퍼드대학 유학 중인 것으로 나온다.
16) 『학병사기』1권, p.487.

화 운동이 실패한 뒤 문제의 편지들을 폐기했다고 한다).

1987년 12월 대선에서 노태우 후보가 당선된다. 호남 일각에서는 컴퓨터 부정 시비가 일었다. 낙선한 김대중 후보의 평민당은 진상조사를 요구하고 나섰다. 선거 후 얼마 지나지 않아 검찰 인사에서 박종렬은 전남 장흥지청장으로 발령 난다. 장흥지청은 검찰 인사에서 대표적인 오지로 알려져 있다. 좌천성 인사의 전형으로 받아들일 수밖에 없다. 상심했을지 모르는 박종렬을 위로하고 격려하기 위해 이병주가 장흥을 방문한다.

당시 관할지 경찰은 유명인사가 방문하면 동향 보고서를 작성해야 했다. '×월 ×일부터 ××일, 모모 씨가 일주일 동안 머무르며 뱀탕을 먹고 갔다' 등등. 검찰의 협력자인 인근 고을인 강진의 서장이 횟감을 준비했다. 광주의 방송국에 근무하는 지성미 넘치는 젊은 여인이 합석했다. 박종렬은 이병주의 취향을 맞추기 위한 장흥판 '사슴' '낭만'을 열어 담소한 것이다.

이병주는 박종렬에게 위로를 건넨다.

"자넨 잘 웃잖아. 웃으며 넘기게나."

숙소에 돌아와서 이병주는 전두환에 대한 칭찬을 아끼지 않았다.

"솔직하고 순박한 사람이다!"

그러고는 당자에게서 직접 들은 극빈 가정에서 자란 어린 시절의 일화를 옮겼다. 전두환이 초등학교 6학년 시절의 일이다. 수학여행이 가고 싶어 어머니에게 거짓말을 했다. 만약 20원을 안 내면 6학년을 한 해 더 다녀야 한다고. 선량한 촌여인은 무리를 해서 돈을 만들어주었다. 대통령은 어머니를 속였던 그때의 거짓말이 평생 가슴에 맺혀 시시로 울컥한다고 했다. 이병주는 박종렬의 관사에서 하룻밤 묵고 이튿날 아침 회고록 집필용 녹음기를 들고 연희동을 향해 서둘러 떠났다.

광주 태생인 박종렬은 1997년 김대중 대통령 시절에 청와대 민정비서관으로 근무한다. 어느 날 대통령 내외가 주재하는 회식이 열렸다. 모두가 아부성 발언으로 일관할 때, 그는 어려운 시절의 기억을 회상하는 뜻에서 옥중서신 일화를 꺼냈다. 순간 좌중이 숙연해졌고, 이희호 여사가 감사의 말을 건넸다. 그날로부터 2019년 6월 이 여사가 타계할 때까지 박종렬은 여사의 생일에 초청받는 몇 안 되는 남성 하객이었다.

29. 이병주의 여인들

사실과 신화

"여인의 사랑을 모르는 사내는 문학할 자격이 없다."

생전 강연장에서나 후배 문인들 앞에서 이병주가 내놓고 하던 말이다. 작가와 함께 여행한 한 기자의 증언이다. 작가는 "풍경보다는 여자에게 더 많이 끌려. 그래서 나는 소설가다"라며 스스럼없이 고백한다.

"연전에 그랜드캐니언에 가는 길에 미인을 알게 되어 행선지를 바꾸어 그녀를 따라 라스베이거스로 갔다. 그랜드캐니언은 언제나 그 자리에 있을 테지만 미인은 한철의 꽃과 같은 것, 한 번 놓치면 그만인 것이다."

이병주가 도스토옙스키를 좋아한다고 말한 것을 함께 여행하던 기자가 도스토옙스키에 비견할 대작가라고 여인에게 소개한 것이다.[1]

세계문학사에 바람둥이 올림픽이 열린다면 금메달은 영국의 바이런과 프랑스의 빅토르 위고에게 공동으로 수여하고, 톨스토이에게는 은메달, 소문만 무성했던 괴테는 동메달감이라고 우스개를 편 평론가가 있다.[2] 이병주도 이들에 못지않은 바람둥이라는 것이 그를 위시한 동시대인들의 세평이다. '바람'은 제도의 틀을 벗어난 사랑

---

1) 이병주, 『바람소리 발소리 목소리: 이병주 세계기행문』, 한진출판사, 1979, pp.169-170.
2) 임헌영, 『유럽문학기행』, 역사비평사, 2019, p.219.

이고 열정이다. 사랑과 열정 없이는 문학이 탄생할 수 없다. 문학은
제도를 벗어난 사랑을 미화한다. 문학의 가장 중요한 소재와 원동력
이 제도에 옥죄지 않는 사랑을 갈구하는 것이다. 역대 많은 사내들이
문학인임을 내세워 제도를 벗어난 사랑의 아름다움과 정당함을 소
리 높여 외치곤 했다.

"아테네의 소녀여
우리 헤어지기 전에
돌려다오, 네가 가진 내 심장을
내 심장은 이미 내 육신을 떠났으니
이제 그대가 지니고, 나머지도 가져라.
길 떠나는 사나이의 맹세나 받아주오."[3]

가는 곳마다 새 여인을 만나고, 떠날 때마다 그녀의 가슴에 저며드
는 시구를 남기는 사내, 그런 바이런에게 금메달을 준대도 그 누가
시비를 걸랴! 단순히 몽롱한 언어를 희롱하는 시인 나부랭이에 그
치지 않고 서양정신의 회복과 '인간의 해방'을 기치로 내걸고 그리
스 독립전쟁에 총을 들고 나가서 끝내 목숨까지 내다 바친 사상가였
으니.

바이런에 견주기는 다소 머쓱하지만 이병주도 비제도적 사랑의
신화가 많은 사내다. 그러나 무릇 모든 신화가 그러하듯이 사실보다
허구가 많다.

"사실과 전설이 경합하면 언론은 전설을 택한다." 장엄했던 아메
리카 서부의 신화에 종언을 고한 명화 「리버티 발란스를 쏜 사나이」
(1962)의 명대사다.[4]

---

3) Lord Byron, Maid of Athens, Ere We Part, 1810.

나름 일정한 책임의식을 자처하는 제도언론도 그러하거늘 이렇다 할 책임이 없는 개인은 남의 인생에 대해 무책임한 이야기를 쉽게 내뱉는다.

"태양에 바래지면 역사가 되고, 월광에 물들면 신화가 된다."

이병주의 바람기는 그의 문학의 양대 축의 하나인 달빛론에 해당한다. 그는 스스로 자신의 신화를 만들어내는 데 앞장서기도 했다. 이병주의 신화 중에 대중의 관심을 극도로 끌었던 신화는 그의 여성 편력이었다.

10여 년 전 교보문고의 홈페이지에 작가 소개가 실린 적이 있었다. 이병주를 검색했더니 지식인과 대중의 사랑을 받은 문제작을 여럿 남겼으나 문란한 여성 관계로 인해 파멸한 작가로 소개되어 있었다. 내용을 본 이병주의 딸이 속상해하며 주위에 하소연한 적이 있다.

그의 전성기에 독자의 주된 관심이 작품 못지않게 작가의 여자관계에 있다는 것을 의식한 출판사도 이병주의 여성론을 즐겨 소재로 삼았다. 대표적인 예가 1965년에 출간된 『이병주의 여성 에로티시즘』이다.[5]

"여자는 전지전능하신 신이 악마의 꾐을 받아 자연의 시문첩에 써넣은 한 편의 시"라는 (하이네의 시구절을 인용한) 책의 서문이다. "얼마 되지 않는 동안이지만 내 기왕을 돌이켜보면 가장 짙은 회한의 빛으로 조명되는 곳이 여성과 관계되는 국면이다. 정직하게 말해 꿈도 좌절도 여성을 통해 비롯된 것 같다. 여성에 대한 불성실이 내가 지금 행복하지 못한 최대의 원인이 아닌가 한다"라며 진솔한 자

---

4) 안경환, 『이카루스의 날개로 태양을 향해 날다』, 효형출판사, 2001, pp.133-142; 안경환·김성곤, 『폭력과 정의』, 비채, 2019, pp.84-94.

5) 이병주, 『악녀를 위하여: 이병주의 여성 에로티시즘』, 창작예술사, 1985. 12.

백을 털어놓는다. "여성은 남성에게 있어 아프리카 대륙처럼 벅찬 문제의 덩어리이며, 태양처럼 넓고 깊은 신비다."

작가는 수없이 많은 여인을 만나고 수없이 많은 여인을 작품 속에 등장시켰다. 이병주와 가까이 지낸 여인들은 저마다 행여 작품 속에 자신이 등장하지나 않을지 기대하거나 불안해했을지 모른다. 그러나 작가는 단호하게 부정한다.

"나의 여주인공은 하나도 실제 인물을 모델로 한 것은 없다. 이루지 못한 나의 사랑의 대상을 내 나름대로 꾸며 본 것이 전부다. 그 가운데 하나의 예외는 『관부연락선』의 서경애다. 애인으로서도, 지식인으로서도 존경할 만하고, 사랑할 만한 이 여인은 작중에선 행방불명이 된 것으로 되어 있으나, 행복한 결혼생활을 하고 지금 대구에서 살고 있다. 청춘 시절의 그 방황과 고민과 좌절이 지금 초로가 되어 있을 그 여인의 두뇌와 가슴속에 어떠한 슬기로서 결정되어 있을 것인지 궁금하기 짝이 없다. 그렇지만 서경애의 지금의 평온을 깨뜨리지 않기 위해서 찾지도 말고 묻지도 말아야 할 것이다."[6]

한 번은 친분이 있는 출판인에게 서경애를 추적할 수 있는 단서를 주고 관심이 있으면 취재해보라고 권했다고 한다.[7] 이병주의 여성 편력을 내놓고 글로 쓴 사람은 없다. 오로지 남재희만이 거침없이 썼다. 그는 이병주를 한마디로 '잡놈'이라고 평한 적이 있다. 걸쭉한 술 냄새가 물씬 풍기는 어휘다.

---

6) 이병주, 「내 작품 속의 여인상」, 『여성론을 끼운 이병주 에세이: 미와 진실의 그림자』, 명문당, 1988, pp.129-132.
7) 손철주, 「청년이여, 이병주를 읽어라」, 『조선일보』, 2006. 4. 22.

"결코 나쁜 뜻이 아니다. 도덕, 무도덕, 비도덕, 부도덕의 모든 차원을 넘나들며 만물상과 같은 모습을 갖고 살아온 인물이기에 친밀감 가는 뜻으로 '잡놈'이라 명명하는 것이다."[8]

남재희는 자신이 만난 '통 큰 사람들'에 실린 이병주론에 "보았노라, 만났노라, 끝났노라: 부인만 넷"이란 소제목을 달았다.[9] 그만큼 남재희는 이병주를 사랑했다. 이병주도 남재희를 아껴 자신의 작품 속에 누구나 알 수 있는 실명에 가까운 가명이나 약칭으로 담은 적이 많다. 남재희는 선망과 시샘이 함께 담긴 회고담으로 선배를 추억했다. 남재희의 추억은 이병주 개인에 대한 회상이자 그와 같은 '통 큰 사내들'이 누렸던 낭만의 시대에 대한 향수이기도 하다.

"내가 국회의원일 때 유네스코 파리 총회에 참석하기 위해 열흘쯤 파리에 머물 때 팡테옹 뒤편 프랑스 음식점에 점심을 먹으러 자주 갔었다. 그러다가 한번은 근처 중국집에 들렀더니 나림이 어느 여인과 함께 식사를 하고 있는 게 아닌가. 그는 몹시 당황했던 모양이다. 내가 먼저 자리를 떠 나오려 하니 쫓아나오며 '서울 가서는 절대 나를 여기서 만났다는 말을 하지 말라'고 당부한다."[10]

『한겨레』 부사장을 지낸 임재경 씨는 이병주에게 '이나시스'라는 별명을 붙였다. 이나시스는 오나시스의 패러디다. 그리스의 거부 선박왕 오나시스는 결혼 중에도 당대 최고의 소프라노 가수 마리아 칼

---

8) 남재희, 『남재희가 만난 통 큰 사람들: 그들의 꿈 권력 술 그리고 사랑이 얽힌 한국 현대사』, 리더스하우스, 2014, p.55; 남재희, 『아주 사적인 정치 비망록』, 민음사, 2006; 남재희, 『언론 정치 풍속사: 문주 40년』, 민음사, 2004.
9) 신문사 주필 시절에도 그에게 부인용 선물을 전하려면 같은 선물을 세 개 준비해야 한다는 말이 나돌기도 했다.
10) 남재희, 「이병주 탄생 100주년 그를 회고한다(1)」, 『국제신문』, 2021. 8. 31.

라스와 공공연한 염문을 뿌리고 있었다. 1963년 11월 22일, 인기 절정에 있던 미국의 현직 대통령 존 F. 케네디가 텍사스주 댈러스를 방문했다 괴한의 총에 맞아 죽는다. 이 사건은 '댈러스의 비극'이라는 별칭을 얻었다. 3년 후 형에 이어 동생 로버트 케네디도 암살당한다. 법무장관을 역임하고 대통령에 도전하는 과정에서 일어난 흉사다. 이렇듯 '케네디가의 비극'은 거의 60년이 지난 오늘날까지도 세계의 언론이 놓치지 않고 달려드는 호재다. 케네디 대통령의 부인 재클린 또한 남편에 못지않은 미국 국민의 우상이었다.

'오, 노!'

총에 맞은 남편을 끌어안고 외마디 탄식을 토하던 34세의 우아한 미인의 모습은 전 세계인의 머리와 가슴속에 깊이 새겨졌다. 슬픔 속에서도 의연하게 어린 두 아이를 키우던 젊은 미망인 영부인, 미국 국민의 극진한 사랑을 받던 그녀를 유럽의 작은 나라 그리스의 부호 오나시스가 엄청난 값을 치르고 '사 간' 것이다. 연인의 배신에 절망한 칼라스는 한동안 무대에도 서지 못했다. 미국인의 자존심을 송두리째 앗아간 오나시스는 일순간에 세계 제일의 바람둥이로 떠오르게 된 것이다. 1994년, 그녀는 '재클린 케네디 오나시스'로 세상을 하직했다. 이런 오나시스에 견주어 이병주를 이나시스로 부르는 것이 과연 합당할지 의문이다. 임헌영은 재력이 핵심이었던 '이나시스'보다는 성적 매력이 요체인(카사노바의 재림으로) '이사노바'가 이병주의 별명으로 더욱 적격이라고 평한다.[11]

"그 임재경 씨가 파리에서 이병주를 만났더니 아주 비싼 술집으로 데려가더란다. '여기는 파리에서도 비싸기로 유명한 술집인데요' 하

---

11) 임헌영, 「운명 앞에 겸허했던 한 여인의 소망: 『그를 버린 여인』에 나타난 인간 박정희」, 『2019 이병주문학 학술세미나 자료집』, pp.9-10.

니까 이나시스가 주머니에서 100달러짜리 뭉치를 꺼내 보이며 '내가 파리 여행 간다니까 이후락 정보부장이 100달러 뭉치를 몇 개 주지 않았겠어' 하더란다."[12]

이병주와 동년배인 조덕송도 여자 문제에는 달인으로 정평이 나 있었다. 남재희의 증언을 다시 옮긴다.

"조덕송 씨는 나보다 열 살 가까이 위지만 같은 『조선일보』 논설위원으로 계속 함께 몰려다니던 술친구다. 그 조덕송, 별명이 조대감인데, 그 조대감이 3·1빌딩 뒤 인삼 찻집으로 나를 안내한다. 세금 때문에 찻집이라 하지만 밤에는 어엿한 양주집이다. 중년 마담이 미모나 품위에 수준급이어서 나는 조대감을 격려했다. 그랬더니 얼마 후 조대감은 맥주를 기울이며 '이병주, 그럴 수가 있어?' 하고 원망을 한다. 사연인즉, 조대감, 천려의 일실로 그 찻집에 이병주를 데리고 술을 마시러 갔다는 것이다. 그다음 날 이병주, 빨간 장미꽃 한 송이와 함께 홀로 나타났고 그가 익살로 말했던 대로 '도덕 재무장'이 아니고 '도덕 무장해제'다. 콧수염을 기른 그럴듯한 용모의 소설가 이병주, 붉은 장미 한 송이, 코냑, 그의 뛰어난 화술, 끝이다. 천하의 조대감도 그 유명한 이나시스에게 완패한 것이다."[13]

어쨌든 동년배 사내들에게 이병주는 요즘 시쳇말로 '넘사벽'이었을 것이다.

남재희는 이병주와 가끔 따로따로 여행하면서 같은 호텔에 투숙한 적이 있다. 남재희는 도쿄에서의 일화도 나누었다. 이병주는 여비

---

12) 남재희, 『남재희가 만난 통 큰 사람들』, p.58.
13) 남재희, 『진보열전』, 메디치미디어, 2016, pp.195-207.

가 넉넉하지 않을 것 같은 남재희에게 테이고쿠(帝國)호텔에 정한 자신의 스위트 룸을 함께 쓸 것을 제안한다. 남재희는 선배의 제의를 고맙게 받아들인다.

"그렇게 4일쯤 한 방을 같이 썼다. 그 밖에는 각각의 볼일인데 교포 지인들이 전하는 바에 따르면 그는 주로 여인들(일본 여인 포함)과 보낸다고 했다. 술도 같이 마시면서. 서울로 떠나던 날이다. 냉장고에 술 마신 후 좋다는 우롱차를 계속 갖다 놓았다는, 궁금하기만 했던 일본 여인이 짐 싸는 것을 돕겠다며 나타났다. 중년의 여인은 눈에 띄는 미인은 아니고 수수했다. 그런데 정숙하게 무릎을 꿇고 앉아 이 씨의 짐을 트렁크 둘에 모두 단정히 정리해주는 게 아닌가! 그는 침대에 비스듬히 기대어 신문만 뒤적이고 있으니 꼭 옛날 한국의 주부들이 짐 싸는 장면 같다. 이 선생과도 친하고 일본 사정에도 정통한 전옥숙 여사의 말에 의하면 일본의 저명한 여류작가였을 것이라 한다. 이름은 예의상 비밀로 한다."[14]

어찌 파리와 도쿄에서만 여인이 동행했을까. 뉴욕, 샌프란시스코엔들 왜 없었을까. 런던과 마드리드, 리스본, 심지어는 남미의 외진 도시 과야킬에도 여인이 동행했다는 증거가 여러 입을 통해 전해온다. 이병주의 해외 나들이에 출발부터 여인이 동행한 경우는 거의 없다. 평생토록 부인을 해외여행에 동반한 경우는 단 한 차례도 없다. 마지막 여인을 뉴욕에 정착시킬 의도로 어린아이와 동반한 것이 유일하다면 유일하다. 그는 대체로 현지에서 여인을 만났다. 예외 없이 미모의 젊은 한국 여인이다. 현지에서 만난 외국 여성과 즉석 데이트에 성공한 경우도 거의 없었다. 그는 언제나 적정한 '프로세스'를 거

---

14) 남재희, 『남재희가 만난 통 큰 사람들』, pp.47-48.

치는 신사였다. 이병주 자신이 쓴 일화는 이나시스의 전형적 이미지에 걸맞지 않은 실망스러운(?) 이야기다. 1980년 5월, 언론사 취재팀과 동행한 이병주는 오스트리아의 수도 빈에 들른다.[15] 일행은 빈외곽의 유명한 유락지, 그린칭에서 슈니첼을 안주 삼아 와인을 마시고 있었다. 마침 노르웨이 여성합창단이 유럽대회에서 우승한 것을 자축하여 뒤풀이를 열고 있었다. 일행은 함께 어울려 환담한다. 그는 "박수도 음곡의 요소다"라며 열광적인 박수갈채로 미녀 가수들의 사기를 한껏 돋운다. 도스토옙스키에 비견할 대문호라고 동행한 기자가 추임새를 넣었을 것이다. 그는 「솔베이지의 노래」를 청해 듣는 등 미희들의 재롱을 만끽한다. 그는 후일 북한산 옹달샘 앞에서 그때의 아련한 아쉬움을 회고한다.

"깊은 산속 옹달샘, 누가 와서 먹나요." 이 노래가 노르웨이 곡인 줄 처음 알게 되었다며 친근감을 표현한다. 노르웨이 동요 「뻐꾹새」와 「솔베이지의 노래」를 청해 듣는다. 감동한 미녀들은 헤어지면서 전화번호를 적어주면서 "노르웨이에 오면 꼭 연락해달라"고 말했다.

"그들의 서명이 적힌 수첩을 소중하게 간직하고 있지만, 아직껏 찾아보지 않았다. 않았다가 아니고 못했다. 그 이듬해에 오슬로 호텔에서 그 수첩을 꺼내놓고 전화기 옆에 앉아 한참을 망설이다가 그만 두어버린 것이다. 산행은 과거와 현재와 미래의 시간을 한꺼번에 걷는 노릇이라지만 옹달샘가에 앉든지, 그 옆을 지나든지 할 때 노르웨이의 미녀들을 향해 '잃어버린 시간'을 찾아 나서는 애수를 느끼는 것이다."[16]

---

15) 1980년 5월 KBS 텔레비전의 최종국 피디와 카메라맨 유영조와 함께 나선 세계일주 취재여행이었다.

16) 이병주, 『바람소리 발소리 목소리: 이병주 세계기행문』, 한진출판사, 1979, pp.56-60.

당시 한국 사내들의 허세대로 이병주가 '국위 선양' 차원에서라도 서양 여성과 잠자리를 나누었을 것이라는 추측이 난무했다. 백인 여성에게 저절로 위축되는 민춤한 한국 사내들의 열등의식이 '이병주 라면' 하는 기대가 있었을지 모른다. 작가는 덕수궁에서 찍은 사진을 들고 다니면서 자신이 왕족의 후예라고 자랑하며 여인을 후렸다는 이야기가 나돌았다. 그러나 '덕수궁 사진' 이야기는 그 시대의 보편적 신화였다. 후진국 한국 사내들의 열등감이 만들어낸 보편적 신화가 이병주 개인의 신화로 탈바꿈한 것이다.

1972년, 이병주의 작품 『예낭풍물지』가 대산재단의 지원으로 영어로 번역되었다. 참신한 영어 칼럼니스트로 명성을 쌓아가던 서지문에게 번역의 기회가 주어진 것이다.[17] 외국 여행길에 나설 때면 이병주는 이 작은 책자를 여러 권 들고 다니면서 기회를 보아 문학에 관심을 가질 만한 여성에게 건네주곤 했다. 그러나 문학을 매개체로 단기 성과를 얻은 증거는 없다.

1962년 이병주가 주필로 있던 『국제신보』에 등단하여 직접 호를 받은 한 시인은 부산 시절에 이미 여러 명의 여인이 있었다고 주장한다.[18] 이병주의 여자 관계는 항상 그가 먼저 시동을 건 것은 아니다. 오히려 여성 쪽에서 먼저 접근한 경우가 더 많았을 것이다. 그 시대에 소설가는 엄청난 인기 직업이었다. 독서 인구가 넘쳤고 여자 대학생은 물론 다방 레지들도 책을 곁에 두고 살았다. 당시의 소설가는 요즘의 영화배우, 탤런트, 가수에 뒤지지 않는 대중적 인기를 누렸다. 이병주와 같은 인기작가는 모든 여인이 선망하는 타깃이 될 수 있었다. 중년 지식인의 카리스마에 더하여 누구에게나 친절한 품성

---

17) 후일 개정판이 단행본으로 출간되었다. Lee Byeng-ju, *The Wind and Landscape of Yenang*, translated by Suh Ji-Moon, 바이북스, 2013.
18) 여해룡, 『여해룡의 우표여행, 우취 칼럼』, 한누리미디어, 2011, 2013년 11월 1일 필자와의 인터뷰에서.

과 뛰어난 화술의 소유자인 그다. 무엇보다 주머니를 쉽게 여는 풍요의 매력이 넘친다. 그런 지성인이며 유명 인사를 가까이하면 문학에 한 걸음 더 다가서고 사회적 신분도 동반상승할 것 같은 착각에 빠지기 쉽다. 그러다 보면 자연스럽게 로맨틱한 사이로 발전할 수 있었을 것이다.

무덤까지 나눈 부인

역사는 사실과 신화의 착종이다. 풍성하다 못해 난삽하기 짝이 없는 이병주 신화의 곁가지를 전지하는 차원에서 먼저 역사적 사실을 확인해보자. 첫째, 이병주는 평생 단 한 차례도 이혼하지 않았다. 고성 출신의 함안 이씨 점휘(1924-2016) 여사와 평생 법적 부부로 살았고 무덤까지 나누고 있다. 그는 아내를 학대하지도 유기하지도 않았다. 비록 오래도록 침식을 함께하지는 않았지만 평생 성의껏 생계를 보살폈고, 그리고 무엇보다 극진하게 대우했다. 부인 또한 잘나고 별난 사내를 남편으로 맞은 것을 운명으로 받아들였다. 결코 속이 편할 리 없지만 묵묵히 그 운명을 감내해냈다. 어떤 모멸감을 겪더라도 결코 정처 자리를 내놓지 않겠다는 각오였다.

그녀에게는 천명이었다. 남편은 여러 여인에게서 자식을 얻었다. 그래도 부인은 의연했다. 옛말로 '시앗'에게서 난 남편의 자식도 품는 것이 정처의 그릇이다. 제 어미가 돌볼 사정이 못 되는 어린아이를 직접 거두어 키우기도 했다. 젊은 시절 진주 호국사에서 부부가 함께 찍은 사진을 보면 성성한 기품이 물씬하다. 이병주를 사랑했던 많은 여인 그 누구도 이런 태산과도 같은 무게의 여인을 상대로 감히 이혼을 요구하고 나설 수 없었다. 그리고 이병주도 아내에게 감히 이혼을 요구할 수 없었다. 그녀는 평생을 엄연한 이병주의 부인으로 살았고 24년 먼저 좌정한 남편의 무덤에 함께 묻혀 있다. 아들과 며느리 또한 극진하게 시어머니를 섬겼고, 다른 여인에게서 난 자녀들도

'큰어머니'의 존재를 무겁게 받아들였다. 이병주 부부가 합장된 묘소의 묘비에는 다른 여인 소생의 자녀들의 이름이 함께 새겨져 있다.

부인에 대한 이병주의 마음을 억지로 추측하면 『관부연락선』에서 학병에서 살아 돌아온 유태림의 입을 통해 간접적으로 표출되었다고나 할까.

"줄잡아 한 세대 위의 어른들이 살아 계시는 동안은 철벽을 뚫는 일이었다. 우리나라의 결혼은 개인과 개인과의 결합이 아니고 집안과 집안의 결합이다. 수천 년을 헤아려 족보라는 것을 간직하고 있는 집안이란 하나의 유기체다.""고향에 돌아와서 중문에 서서 내 가방을 받으며 울음을 터뜨린 여자가 있었다. 아내였다. 나는 아내가 친정에 있지 않고 우리 집에 와 있는 줄은 꿈에도 예상하지 않았었다. 나를 남편이라고 해서 수년이란 세월을 기다린 아내라는 생각이 일자, 그 순간 내 결심은 무너졌다."[19]

유태림의 친구 이 선생의 관찰 또한 사실에 가까울 수 있다.

"나는 또한 유태림의 부인을 염두에 떠올려 봤다. 양반집에서 자라 예의범절은 의젓하며 유순하고 근면하겠지만 서경애와 같이 아기자기하고 훈훈한 분위기를 만들어내는 센스와 재질에는 미치지 못할 것이 아닌가 싶었다."[20]

여러 여인에게서 자녀를 얻은 것도 사실이다. 엄격한 호주제와 일부일처제를 견지하는 법제 아래서 엄연한 탈선이요, 불륜일 것이다.

19) 이병주, 『관부연락선』 1권, 한길사, 2006, p.303.
20) 이병주, 『관부연락선』 2권, 한길사, 2006, p.269.

그러나 그는 법의 제약이 주는 이 모든 불편함을 감내하면서 모든 자녀를 사랑하고 정을 주었다. 나이가 어릴수록 더욱 애틋한 부정을 표했다.

자녀마다 사춘기를 겪으면서 반항과 방황이 수반되었다. 그때마다 아버지는 아프게 마음을 열었다. 일찌감치 떨어져 산 맏아들에게는 특별한 사랑과 함께 죄책감을 지니고 산 것이 틀림없다. 그 아들이 중학생이라는 결정적인 시기에 자신은 감옥에 갇혀 있었던 사실을 두고두고 아파했다.

소설이나 에세이 속에서 일본 여인에게서 태어난 아들 이야기가 여러 차례 등장한다. 일본 유학 시절에 일본 여인에게서 아이가 있었던 것은 분명하고 이병주 자신도 작품 속에 드러냈다.[21] 식민지 청년과 내지의 여인, 청춘 남녀의 애정 문제가 나라의 문제와 결합되어 때로는 미화되기도 하고 때로는 왜곡되기도 했다. 그 일본 여인은 『관부연락선』에서는 유태림의 아들을 '일본 제일의 사생아'로 키워낼 결심을 하는 여의사로 그려지기도 했고,[22] 『그해 5월』에서는 히로시라는 젊은이가 친모 가즈에(一枝)가 이사마(이병주)의 신변을 우려하는 모습을 전하는 것으로도 나타난다.[23]

자신의 예고된 죽음을 앞두고 일생을 회고하는 소설 『세우지 않은 비명』에서 작가 이사마는 학병에 입대하기 전에 만나 임신시키고 유기한 어린 소녀에 대한 죄책감을 털어내기 위해 수십 년 전 로맨스의 현장을 찾는다.[24] 실제이든 픽션이든 평생 작가의 의식 깊이 내재했던 청년 시절 로맨스와 상처가 한데 엉킨 응어리였다. 어쨌든 한국 사내 이병주가 일본 여인에게서 얻은 혈육은 아버지의 조국과는 현

---

21) 이병주의 아들 이권기 교수도 그렇게 알고 있다.
22) 위의 책, p.355.
23) 이병주, 『그해 5월』 5권, p.79.
24) 이병주, 『세우지 않은 비명』, 1980.

실적 연결고리가 아주 끊어진 것이다.

은막의 여제, 최은희

이병주에게 여자친구가 아니라 '친구인 여성'들은 여럿 있었다. 이들은 때때로 뭉뚱거려 도맷금으로 '이병주의 여인'으로 불리기도 하나 결코 로맨틱한 관계가 아니었고, 그래서 오래도록 교류할 수 있었다. 이병주와의 교류는 남녀간의 로맨스가 아니라 사상과 교양, 그리고 인간적 신의를 주고받은 사이였다. 그중에서 최은희·홍숙자·최지희·전옥숙 네 사람은 특기할 필요가 있다.

오랫동안 한국 영화계의 여제로 군림한 배우 최은희(1926-2018)는 이병주가 매우 소중하게 여긴 문화인이었다. 이병주와 최은희가 함께 회동하는 모습을 본 사람이 많았다. 북한산 산책길에 동행한 모습을 본 사람이 있는가 하면, 함께 술을 마시는 장면을 목격한 사람도 적지 않다. 남재희도 그중 하나다.

"언젠가 관철동의 민음사 빌딩 1층에 있던 당시의 명소, '사슴'에 갔더니 이병주가 명배우 최은희 씨와 둘이서 코냑 한 병을 시켜놓고 마시고 있었다. 그 후 만나니 그의 작품 「낙엽」을 영화화하는 문제를 합의했다고 한다. 얼마 후 최은희 씨는 홍콩에서 북한으로 납치되고 이병주는 놓칠세라 그것을 영화화했다."[25]

최은희의 납치사건이 일어난 것은 1978년 1월의 일이다. 적어도 1975년 이전에는 이병주와 최은희가 그다지 친밀한 사이가 아니었던 것 같다. 1975년 5월, 이병주는 「최은희 여사와 로마의 휴일」이라는 제목의 짧은 에세이를 쓴다. 비서 격인 '한 여사'와 함께 여행하는

---

25) 남재희, 『남재희가 만난 통 큰 사람들』, p.56.

최은희를 로마에서 우연히 조우하여 저녁 시간에 고급 식사를 대접받는다. 이병주는 "염려함과 반가움이 어울린 최 여사는 춘풍이 스쳐간 장미꽃처럼 화려한 웃음을 웃었다"라며 최대의 찬사를 글로 남겼다.[26)]

그로부터 몇 년 후에 펴낸 여행기에는 이렇게 썼다.

"최은희 씨는 나를 어떻게 생각했는지 모른다. 어쩌다 알게 된 무수한 사람 가운데 하나쯤으로 치고 있었을 것이다. 그러나 나는 그렇지 않다. 나는 그녀에게서 희귀한 품성을 발견했다. 솔직한 얘기로 나는 그녀가 출연한 영화라곤 한 편도 본 적이 없다. 유명한『성춘향』(1961)까지도 볼 기회를 갖지 못했다. 그런 기회를 갖지 못했다고 하기보다 그런 걸 볼 흥미를 도시 갖지 않고 있었다. 그러니 나는 그녀에게서 영화배우로서의 재능을 본 것도 예술가의 매력을 느낀 것도 아니다. 내 앞에 나타난 그녀는, 아니 내 눈에 비친 그녀는 마냥 겸손하고, 보다 착하게 행동하려고 애쓰고, 보다 많은 것을 배우려고 하는 학생이었다. 피차 바쁘기 때문에 자주 만날 수는 없었으나, 짬을 내기만 하면 보다 좋은 곳을 찾고 보다 보람 있는 일을 하려고 했다. 여주 신륵사를 찾은 것은 그 때문이고, 근처의 요(窯)를 찾아 도예(陶藝)의 흉내를 낸 것도 그 때문이다."[27)]

1978년 1월 14일, 최은희는 홍콩의 퓨라마호텔에서 실종된다. 북한 공작원에 의해 강제 납북된 것이다. 최은희의 전 남편 신상옥도

---

26) 이병주,『바람소리, 발소리, 목소리: 이병주세계기행문』,한진출판사, 1979년 9월, pp.56-61. 또한 이병주는 로마기행을 소재로 한 연작소설에 최은희를 실명으로 등장시키기도 했다. 김윤식·김종회 엮음,『잃어버린 시간을 위한 문학 기행』, 바이북스, 2012, pp.29-31, 51-53.

27) 위의 책, p.288.

최은희의 실종 소식을 듣고 출국해 미국·일본·동남아시아 등을 오가며 그녀의 행방을 수소문하던 끝에 7월 14일 홍콩에 입국했다가 5일 만인 19일 북한 공작원에 의해 역시 강제 납북되었다.[28] 이들은 납북 후 영화광으로 알려진 김정일(金正一)의 환대를 받으며 여러 편의 영화를 제작했다. 이들이 만든 영화는 예술적 완성도보다도 북한의 대외 선전용이자 김일성(金日成) 부자의 영도력을 미화하여 결과적으로 남한의 정치체제와 지도자를 비방하는 데 이용되었을 것으로 정부 당국은 판단했다. 북한에서 머무른 지 8년 후인 1986년 3월 두 사람은 극적으로 탈출한다.

납치된 최은희가 북한에 체류하고 있던 1982년, 이병주는 『미완의 극』이란 제목의 2권 분량의 추리소설을 쓴다. 뉴욕, 이스라엘, 서울, 홍콩 등지를 무대로 배우로서의 꿈, 남편과의 무심한 부부관계, 예술학교 설립의 꿈 등에 얽힌 여인의 복잡한 삶에 더하여 국제차관 브로커가 등장하는 등 지극히 난삽한 플롯이 전개되나 추리소설로서의 긴장감은 한참 떨어진다. 어쨌든 이 작품은 어느 날 흔적 없이 사라진 여주인공이 어딘가에 살아 있다는 기대를 남긴 채 미완의 극으로 마감한다.[29]

실종된 최은희가 북한에 있다는 사실이 보도되자 언론사에서 이병주를 접촉한다. 이병주는 "그 소설을 최은희의 실종을 계기로, 그러나 그와 무관하게, 하지만 대강의 사연을 빌려 하나의 허구를 꾸며본 것에 불과하다. 북한에서 무슨 말을 꾸며낼지 모르고." "나는 최은희 씨를 그대로 모델로 한 것은 아니었지만, 친구로서 안타까운 심정으로 『미완의 극』이란 소설을 쓴 적이 있는데, 그 미완의 극을 완성된 극으로 마무리할 수 있게 되었다. 이것 또한 기쁘지 않을 수 없

28) 신상옥의 경우는 납북된 것이 아니라 스스로 월북했다는 주장도 있었다.
29) 이병주, 『미완의 극』 상·하, 소설문학사, 1982. 『중앙일보』 연재(1981. 3. 2-1982. 3. 31) 후에 단행본으로 묶어냈다.

다"[30]고 말한다.

1986년 5월, 최은희가 무사히 북한을 탈출한 소식을 접하고 나서야 비로소 이병주는 최은희에 관한 마지막 글을 남긴다.

"1978년 1월 10일 상오 나는 최은희의 전화를 받았다. 내일 홍콩으로 떠나는데 꼭 할 말이 있으니 오늘 저녁 시간을 내라는 것이다. 선약이 있는 한전 사장 민충식과 함께 셋이서 이태원 민 씨 집에서 3인이 회동했다. 최은희의 실종이 확실시되자 나는 사건의 중심 인물은 신상옥이라고 생각했다. 지금 알려진 경위를 보면 그것이 나의 터무니없는 오해라고밖에 할 수 없으나 그땐 그렇게밖에 추측할 수 없었다. 미안한 일이다.

그런 까닭도 있어 나는 최은희의 납북설엔 끝까지 수긍하지 않았다. 그러면서도 최은희가 어디엔가 살아 있을 것이란 믿음을 버릴 수도 없었다. 그 당착한 기분을 내 나름대로 써본 것이『미완의 극』이란 소설이었는데 그것을 두고 이 모의 통찰력이 무섭다는 평을 듣는 것은 천만뜻밖의 일이다. 최은희는 얼굴이 잘나고 몸매가 곱다는 그 이전에 기막히게 마음이 아름다운 여자다. 스타이기에 앞서 인간으로서 훌륭한 여인이다. 이러한 인물이, 그러한 여인이 호락호락 죽어 없어질 수 없다는 것이 나의 믿음이었던 것이다. 최은희가 북한에서 한 짓이 있다면 그건 전혀 본의가 아닐 것이다. 그렇다고 치면 그녀는 무대에 있어서나 인생에 있어서나 비극의 여우일 수밖에 없다는 얘기로 된다. 운명! 실로 가혹한 것이 운명이다."[31]

그러고는 두 사람은 다시 만나지 못했다. 이병주는『그를 버린 여

---

30) 이병주, 「최은희의 탈출에 부쳐」, 『정경문화』, 1986. 4, pp.287-291.
31) 이병주, 위의 글, pp.287-291; 「최은희와의 마지막 만남(홍콩 다녀와선 후진 양성에 온 정열 쏟겠다더니)」, 『생각을 가다듬고』, 1985, pp.178-181.

인』에서도 홍콩으로 떠나기 전에 함께 저녁식사를 나눈 이야기를 썼다.[32]

대통령 후보 홍숙자

문재인 정부의 대외적 이미지를 제고하는 데 강경화 전 외교부 장관의 기여가 매우 컸다. 2020년 초봄부터 세계를 강타한 코로나19에 어떻게 대처하느냐가 한 나라의 국정 수준을 가늠하는 하나의 지표가 되었다. 코로나 대처 모범국의 평가를 얻은 대한민국의 외무부장관 강경화는 2020년 3월 20일 영국 BBC와 인터뷰를 한다. 침착한 표정, 그윽하고 깊은 눈, 성성한 은발, 정교한 논리가 받쳐주는 세련된 영어가 시청자를 사로잡았다. 일찍이 제네바와 뉴욕의 유엔 무대에서 그녀는 '코리언 재키'(한국의 재클린 케네디)라는 별명을 얻었었다(인상도 비슷하다). 인터뷰 장면을 지켜본 많은 나라의 시청자가 "우리도 저런 외교부 수장을 가졌으면 좋겠다"라며 찬사를 보냈다. 대한민국 최초의 여성 외교부장관 강경화의 활약을 보면서 떠오르는 인물이 있다. 나림 이병주가 아끼던 여인 홍숙자(1933-)다. 홍숙자는 한국여성운동의 선구자다. 그는 민주사회주의의 신봉자로 생전의 이병주와 사상적 동지였다. 그녀는 이병주의 생전이나 사후에도 주변 인물로 거론된 적이 없는 것 같다. 그녀는 2006년에 출간한 자서전에서 간략하게 이병주의 이름을 기록했다.[33]

홍숙자는 1933년 7월, 서울에서 출생했다. 딸을 낳은 어머니는 다음에는 반드시 아들을 낳아야 한다는 심리적 압박감에 시달린다. 성급한 친척들은 남편으로 하여금 소실을 들이라는 제안까지 한다. 어

---

32) 이병주, 『그를 버린 여인』 하, pp.63-65.

33) 홍숙자, 『저 높은 곳을 향하여』, 여백미디어, 2006, p.212. "모임을 통해 많은 분은 만났다"라며 이태영·모윤숙·전숙희·조경희 등 여성 명사들과 함께 정일권·강원용·이병주·윤길중·송남헌·고정훈·김동길을 명기한다.

린 숙자는 가족제도 아래 불평등한 여성의 지위를 절감했고, 후일 여성운동에 투신한 각성의 계기가 되었다고 회고했다. 경기여고 재학 중에 영어와 기독교를 접한다. 부산 피란 시절에 동국대학 정치학과에 입학하여 수복 후에 졸업한다. 이어서 이화여자대학교에서 정치학 석사학위를 받는다. 기독교 재단의 주선으로 보스턴대학교에서 국제정치학 석사학위를 얻는다. 1957년, 유학 중에 주위의 주선으로 전 모 청년과 결혼한다. 그녀가 내건 결혼 조건은 단 한 가지 "부엌일을 하지 않겠다"는 요구였다. 여성의 지위가 엄청나게 높다는 미국에서도 '부엌 천직 탈피'는 매우 파격적인 요구였다.

신랑은 순순히 지식여성의 조건을 받아들인다. 이듬해 서울에서 아들을 낳는다. 그러나 서울의 삶은 신랑이 당초의 약속을 지켜내기에 무리가 컸다. 결국 부부는 이혼하고 아들에 이어 태어난 딸, 남매를 시집에 넘겨주고 떠난다. 부엌 대신 세상에 나선 것이다. 1958년 외교관에 임명되어 외무부 의전관을 시작으로 1965년 뉴욕 총영사관 부영사, 1967년 유엔대표부 3등 서기관을 끝으로 1969년 퇴직했다.

그로부터 반세기 후인 2017년 5월, 새로 출범하는 대한민국 정부는 국제사회에 신선한 주목거리를 선사했다. 국제사회는 새로 탄생한 문재인 최초 내각의 외무부장관으로 여성을 발탁한 사실을 높게 평가했다. 까마득한 후배 강경화의 입각소식을 접한 홍숙자도 남다른 감회를 느꼈을 것이다. 보스턴 유학생활 3년, 유엔과 총영사관 뉴욕 생활 6년에 이어 홍숙자는 유럽 진보지식의 상징인 뉴욕의 뉴스쿨(New School for Social Research) 박사과정에 적을 둔다.

최초의 여성 외교관 홍숙자에 대한 조직의 반응은 싸늘했다. 매 순간 긴장과 시련이 따랐다. 경쟁적인 자리는 모두 남자의 몫이고, 여성에게는 장식품 이상의 역할을 주지 않았다. 그러나 홍숙자는 용감히 맞섰다. 부당한 차별을 감내하는 대신 건건마다 이의를 제기하고 새로운 선례를 만들어냈다. 외교관에서 물러난 홍숙자는 대학에 적을 둔다. 동국대는 모교 출신 재원을 환영했다. 그녀는 대학을 거점으로 보다 큰 새 삶을 개척해나간다. 한국여성단체협의회장과 세계여성단체협의회장(International Council of Women)으로 재임하면서 여성운동의 국제간 유대 정립과 여성의 사회적 지위 향상을 위해 노력한다.

마침내 정치가 홍숙자를 초청했다. 1982년 홍숙자는 새로 창립하는 민주사회당의 부당수로 입당한다. 고정훈·윤길중·송남헌 등 '혁신계' 인사들과 이병주의 권유가 있었다.[34]

1987년 11월 11일, 민주사회당은 임시전당대회를 열어 제13대 대통령 선거에 참여하기로 결정하고 홍숙자를 대통령 후보로 선출한다. 홍숙자는 대한민국 헌정사에 최초의 대통령 후보로 기록된 여성이다. 후보 수락연설에서 홍숙자는 "여성 대통령을 창출하는 정치기적을 이루게 될 것"이라고 힘주어 말했다. 국민의 여망에 따라 대통령은 국민의 직접선거로 선출하되 정부는 의원내각제 요소를 도입하여 대통령의 권력을 견제하는 제도가 마련되어야 한다. 무엇보다도 대한민국은 영세중립화 통일방안을 추구해야 한다고 밝혔다. 또한 여성 각료를 기용하고 과감한 여성해방정책을 추진하겠다고 포부를 밝혔다.

미국의 시사 주간지 『타임』지가 이 사실을 보도한다. 미국 여성운동의 선구자인 글로리아 스타이넘이 축하 메시지를 보내왔다. 홍숙자의 후보 지명을 세계 여성사의 크나큰 경사로 부르며 스타이넘은 자신을 일러 '미국의 홍숙자'로 불리기를 기꺼워했다. 그러나 홍숙자 후보는 완주하지 못했다. 비록 승산 없는 선거였지만 비용을 감당

---

34) 전두환 정권이 혁신계의 활동을 합법으로 용인했다는 사실에 대한 평가는 다양하다. 그러나 전두환이 최종 결심을 내리게 된 배경에는 이병주 자신이 상당한 역할을 했다는 자부심을 가졌다.

할 수가 없었다. 민주사회당은 회의를 거쳐 홍숙자의 후보 사퇴를 결정하고 당 차원에서 김영삼 후보의 지지를 선언했다. 문민정부를 갈구하던 그녀는 군 출신 노태우가 대통령이 된 후로는 일체의 공적 활동을 접었다. 군인인 아들의 입신에 걸림돌이 될지도 모르는 일이었다. 1988년 이후 오늘 이날에 이르기까지 홍숙자는 모든 사회활동을 접고 입마저 봉한 어머니와 할머니의 삶을 살고 있다.[35]

지식여성 홍숙자는 니체를 탐독했다. 10대 때부터 니체의 구절을 인생의 좌우명으로 삼았다고 한다. "선구자가 되는 것은 저주다. 그러나 운명이다. 내 운명은 개척의 길이었다. 내가 가야 할 그 길을 나는 걸었다"(To be pioneer is a curse, but destiny). 니체의 구절을 자서전의 제사(題詞)로 삼았다. 니체를 가히 마스터하고 있던 이병주가 홍숙자의 니체 사랑을 대견스럽게 여겼을 것이 분명하다.[36]

홍숙자는 이병주의 만년의 뉴욕 생활에 결정적인 도움을 준다. 이병주는 마지막 여인으로 알려진 젊은 여인과 그녀에게서 얻은 어린 딸을 미국에 정착시키기 위해 안달했다. 홍숙자는 미국 대사관의 인맥을 활용하여 모녀의 미국행 비자를 주선해준다.[37] 언젠가 이병주는 홍숙자에게 행여 애인이 필요하게 되면 자신에게 제일 먼저 알려달라며 은근한 프러포즈(?)를 했다고 한다. 홍숙자는 정겨운 농으

---

35) 홍숙자의 아들은 육사 37기생으로 육군특전사 사령관을 역임한 후에 중장으로 전역한 전인범이다. 전인범은 박정희 대통령의 아들이자 박근혜 대통령의 남동생인 박지만의 육사 동기생이라는 이유로 특별한 주목을 받았다. 뛰어난 영어 실력과 탄탄한 미국 인맥으로 한때 군의 대들보로 인정받았다. 2016년 8월, 그의 전역식은 성대한 축제였다. 역대 어느 3성 장군의 전역식에도 그처럼 많은 하객이 운집한 예가 없었다. 전인범은 2017년 대통령 선거에서 문재인 후보를 공개적으로 지지하여 언론의 주목을 받았다.

36) 홍숙자, 『저 높은 곳을 향하여』, p.154.

37) 홍숙자는 이병주가 타계한 후에도 남은 가족의 안부를 챙기며 이따금 격려 방문도 했다. 더 이상 방문자의 정체를 기억하지 못하는 노부인의 손을 잡고 얼굴을 쓰다듬으며 안타까움을 전하기도 했다.

로 받아넘기고 마지막 순간까지 신의를 지켰다. 독실한 기독교 신앙의 여성에 대해서는 본능적인 거리감을 두었던 이병주도 홍숙자만은 미모와 지성, 세상에 대해 바른 생각을 하는 동지로 여겼다. 홍숙자는 이병주의 사상을 한마디로 '민주사회주의자'라고 단언한다. 이병주를 일러 여성을 사랑할 줄도, 존중할 줄도 아는 신사였다고 평한다. 결코 의도적으로 여자를 울리지 못하는 마음 따뜻한 휴머니스트였다고 힘주어 말한다.

통 큰 여인 최지희

한동안 배우 최지희(1940-2021)도 하동에서 열리는 이병주문학제에 부지런히 참석했다. 그럴 때면 고향에 조성한 부모의 묘소에도 성묘한다. 최지희는 그릇이 큰 인물이다. 큰 키에 풍만한 육체, 검고 둥글고 큰 눈에 시원스런 마스크로 국민의 사랑을 받았다. 한 후세 언론이 압축한 최지희의 프로필, 즉 인터넷 인명사전에 실린 촌평이다.

"최지희는 1950-60년대에 서구적이고 도회적인 이미지와 관능미로 한 시대를 풍미했던 여배우로 「아름다운 악녀」 「김약국의 딸들」 등이 대표작이다."

그녀의 육신만큼 삶의 스케일도 광대했다. 그만큼 굴곡진 인생이기도 했다. 이병주의 표현을 빌리면 그녀의 삶은 산맥도 높고 골짜기도 깊다. 1940년 본명 김경자로 오사카에서 출생했다. 해방이 된 여섯 살 때 부모를 따라 귀국하여 아버지의 고향인 하동에 정착한다. 이병주의 어머니와 최지희의 할머니는 이웃으로 지냈다. 여장부였던 이병주의 모친 김수조 여사는 귀환동포들의 애환을 따뜻하게 안아주었다.

경남여고를 졸업한 최지희가 영화에 데뷔한 것은 1958년의 일이다. 이병주가 『국제신보』의 주필로 재직하던 시절이다. 1958년 3월

개봉된 이강천 감독의 「아름다운 악녀」는 남자 주연 세 명(조항·최남현·허장강)에 단독 여주인공으로 캐스팅한 신인 최지희의 비중을 특히 높게 두었다.[38] 최지희는 '악녀', 즉 '창녀' 역을 맡는다. 데뷔 이래 개성 있는 마스크와 연기로 인기를 누리던 최지희는 1962년 유현목 감독의 「김약국의 딸들」로 스타덤에 오른다. 이 영화는 같은 해에 출간된 박경리의 장편소설을 각색한 것으로 '문예영화'의 붐을 일으키는 데 크게 기여한다.[39] 남해안의 소도시 통영에서 한약방을 경영하는 김성수와 그의 아내 한실댁(황정순) 그리고 다섯 딸의 운명을 그렸다. 작품은 욕망의 엇갈림과 시대와 사회의 변화에 따른 부의 이동과 이에 수반되는 여성의 운명을 형상화하면서 한 집안의 비극적 몰락을 사실적으로 조명한다. 후일 대하소설 『토지』로 명실공히 국민작가로 좌정할 잠재력을 보인 작품이었다. 원작에서는 딸이 다섯이지만 영화는 넷으로 줄였다.

영화에서는 당대 최고의 여배우들이 연기 경합을 벌인다. 과부가 된 이기적인 첫째 딸(이민자), 서울에서 공부하고 돌아온 똑똑한 둘째 딸(엄앵란), 남자 관계가 복잡한 미모의 셋째 딸(최지희), 얌전하고 성실한 넷째 딸(강미애)이다. 그중에서 셋째 딸 용란 역을 맡은 최지희의 연기가 압권이었다. 개성이 돋보이는 광기와 결합한 투박한 경상도 사투리가 관객의 혼을 빼앗았다. 연출자의 세심한 구도와 신선한 화면 처리, 연기진의 두드러진 호연으로 이 영화는 당시 '가장 볼 만한 영화'(『조선일보』, 1963. 5. 3)로 평가되었고 대종상·청룡상

---

38) 한국영화 관련 인터넷 사이트에 영화 줄거리가 요약되어 있다. "화가 조항은 창녀 지희를 모델로 그림을 그린다. 그림이 완성되어감에 따라 두 사람 사이에는 어느덧 사랑이 싹트기 시작한다. 화가 조항은 어떻게 해서든지 그녀를 창녀 소굴에서 구출해내려고 노력한다. 그러나 그녀는 자신에게 화가를 사랑할 자격이 없음을 알고 오히려 빗나가기만 한다. 두 사람의 사랑은 끝내 이루어지지 않는다"(「악녀」는 후일 『이병주 에로티시즘』 칼럼집의 제목으로 캐스팅되기도 한다).
39) 필자는 1963년 가을 부산고등학교 도서관에서 이 작품을 읽었다.

등 국내 영화상을 휩쓸었다. 나아가 아시아영화제에 출품되어 최우수 비극상을 받았다. 한국영상자료원은 이 영화를 '한국영화 100선' 작품의 하나로 선정했다.

1990년 4월 부산 하얏트호텔에서 이병주의 고희연이 열렸다. 최지희의 기억으로 정구영, 김현옥 등 '전직 거물'들이 대거 참석했다. 전체 프로그램을 최지희가 기획했다. 가수 조영남과 동생인 성악가 조용수가 자니윤(한국명 윤종승)과 함께 진행을 맡았다.[40] 자니윤은 당시 최지희의 남자친구로 알려져 있었다. 1988년 8월 15일, 올림픽 개막을 앞두고 세종문화회관에서 자니윤 웰컴쇼가 열렸다. 모든 텔레비전 채널이 중계한 이 쇼에 주한 외교사절들이 대거 참석했고 세계적 영화스타 브룩 실즈가 노래를 불렀다. 실즈는 앙드레 김 패션쇼에 모델로 출연했다. 자니윤은 쇼의 마지막에 '36년 동안의 친구' 최지희를 공개적으로 거명했다.

이병주의 고희연을 마무리하는 피날레이자 하이라이트다. 좌중의 요청으로 이병주가 애창곡 「추풍령」을 특유의 그렁그렁한 목소리로 뽑았다. 이어 조영남과 최지희와 이병주, 셋이 함께 어깨를 감싸 안고 춤을 추면서 여러 곡을 합창했다. 사회 마이크를 잡고 있던 자니윤이 하객을 모두 무대로 이끌어냈다. 일대 아수라장 축제가 되었다. 행사가 끝나자 이병주는 소년처럼 만족해하면서 최지희를 포옹했다. 이어서 조영남과 자니윤의 어깨를 두들겨주었다.

1989년경의 일이다. 이병주는 최지희에게 신문사를 하나 설립하자고 제안한다. 가칭 '한중신문'(韓中新聞)이다. 한국과 중국 사이의 수교 가능성이 점쳐지던 시점이라 시의적절한 착안이었다. 이병

---

40) 자니윤은 2014년 박근혜 정부 때 한국관광공사 감사로 활동하다 뇌출혈로 입원했고 이후 다시 미국에 건너가 치료와 요양 생활을 하다 2020년 3월 10일 타계했다.

주로서는 학병 시절 소주와 상해의 추억이 새삼스러웠을 것이다. 조만간에 중국 땅을 다시 찾을 기회가 있으리라 기대하고 있었다. 그러나 '한중신문'은 정부 당국의 허가를 얻지 못했다. 이병주가 타계하고 난 지 4개월 후인 1992년 8월 24일, 두 나라 사이에 정식으로 국교가 수립되었다.

이병주의 소설에 도쿄 아카사카의 한국요리집(살롱) '지희의 집'이 여러 차례 등장한다. 이병주는 최지희와 세 차례나 일본을 함께 여행하면서 최지희가 도쿄에서 이루었던 한국타운을 둘러보기도 했다. 최지희는 이병주가 논픽션 전기를 쓸 충분한 가치가 있는 인생을 살았다. 화려한 은막을 뒤로 하고 단신으로 일본으로 건너가서 도쿄 한복판에 '지희의 집'을 중심으로 한국타운을 건설한 사연에 감동했다. "지희를 보면 한국 여인의 역사가 보여. 한국의 문화, 경제, 인생철학, 모든 것이 지희에게서 나온다." "45년 동안 배우 생활을 한 지희를 보면 한국 영화사가 보여. 100년, 200년을 기록해야 하는데 지희 너를 보고 기록하고 싶다." "지희의 한을 풀어주고 싶다." 이병주는 수시로 다짐했다. "지희는 임진왜란 이후 일본을 점령한 최초의 여인이다." 역사소설가의 포부이기도 했다.

당초 그녀의 삶의 무대는 좁디좁은 한반도에 국한되지 않았다. 그녀는 한국의 여배우로는 처음으로 미국 유학의 경험을 갖추었다. 실제로 미국에서 정규대학을 다닌 것이다. 조지 워싱턴대학의 철학과를 수료하여 학사 학위를 가지고 있다. 후일 '코리아 게이트'로 세상을 뒤흔든 로비스트 박동선(1935-)의 부인이었기 때문이다. 최지희가 박동선의 첫 부인이었다는 사실을 아는 후세인은 적다. 한창 인기절정에 서 있던 여배우가 누구나 탐낼 만한 최고의 신랑감에게 선택되어 많은 사람이 선망하던 꿈의 나라로 이주한 것이다.

필자는 최지희 자신의 입으로 박동선과의 결혼생활에 대해 말하는 것을 들었다. 박동선과의 결혼생활은 최지희에게 만족과 불만족을 동시에 선사했다. 그녀는 자신의 첫 남자를 멋있고 유능한 신사였다고 칭찬한다. 돌이켜 생각하면 그와 함께한 시간은 매우 유익했다. 젊은 남편의 사랑을 듬뿍 받았고 넓은 무대에서 견문과 식견을 넓힐 기회를 얻었다. 시골 출신 여배우로서는 감히 꿈도 꿀 수 없었던 미국 유학을 했고, 세계정치의 수도에서 상류층 엘리트들의 자신에 찬 삶을 곁눈질할 수 있었다. 그러나 뭔가 공허했다. 그 화려한 세계에서 자신의 역할은 없었다. 최지희는 독자적인 삶과 함께 자신의 돈이 필요했다. 그녀는 어린 나이에 이미 소녀 가장이 되어 있었다. 남편이 넉넉하게 주는 용돈만으로는 성에 차지 않았다. 그녀는 재벌집에 '팔려 간' 후배들의 허무한 삶에 동정을 금하지 못했다. 마침내 박동선과 미국을 떠나 한국으로 되돌아온다. 영화계는 여전히 그녀를 환영했다. 몇 편의 영화에 출연했다. 그러나 전형적인 여배우의 삶도 성에 차지 않았다. 보다 큰 물, 넓은 무대가 눈앞에 어른거렸다.

최지희는 일본으로 진출한다. 입에 익은 일본어, 몸에 밴 일본식 매너, 미모의 한국 배우, 최지희는 기적적인 성공을 이룬다. 이룬 성공만큼 숨은 애환과 비밀도 많았을 것이다. '지희의 집'은 한동안 도쿄를 나들이하는 한국 정계와 재계 실력자들의 은밀한 만남처가 되었다. 최지희는 이후락만큼 입이 무거운 사람이다. 자신도 입이 무겁고 종업원의 입단속도 철저하게 했다. 한 번은 무심결에 입을 잘못 연 종업원을 가차 없이 파면시킴으로써 기강을 잡았다는 이야기가 전해온다.

"선생님의 영정 앞에 가장 슬프게 통곡한 사람은 나였다. 문상객들이 의아한 눈으로 오열하는 나를 주시하고 혹은 빈정대거나 수군댔을지도 모른다. 솔직히 나는 선생님의 죽음이 못 견디게 서러워서 울었던 것만은 아니다. 나의 꿈을 이루어주지 못하고 가신 선생님이 서러워서 울었다."[41]

이병주의 때 이른 죽음은 최지희에게는 커다란 상실감을 주었다. 최지희의 일생은 여러 관점에서 대한민국 역사의 일부를 구성한다. 필자는 몇 차례 그녀의 소회를 들었다. 마지막으로 대면한 것은 수년 전의 일이다. 어느 틈엔가 일상적 건강을 유념해야 할 노배우가 된 여장부 최지희도 이병주 이야기만 나오면 저절로 눈시울을 적신다. 한 시절 뭇 장부의 가슴과 세인의 뇌를 현혹했던 관능의 후광이 뒤로 물러난 뒤에도 그녀의 깊고 큰 눈이 내뿜는 우수의 빛만은 여전히 찬연했다.[42]

뮤즈의 여왕 전옥숙

2014년 남재희가 연재하던 글을 묶어 단행본으로 냈다. 이름하여 『남재희가 만난 통 큰 사람들』.[43] 이 책은 독자가 많았다. 사라진 '야인시대'의 향수를 자극하는 일화가 풍성하다. 날로 각박해지고 좀스러운 인간들이 득세하는 세태에 식상한 중년 독자들은 이 책을 통해 여유 있던 흘러간 세월을 반추한다. 남재희가 선정한 11명의 '통 큰 사람' 중 이병주는 두 번째로 뽑혔다.[44] 11명의 '대인' 중에 여성도 두 사람 포함되어 있었다. 그중 한 사람이 전옥숙(1929-2015)이다.[45]

---

41) 최지희, 「내 삶의 버팀목」, 김윤식·김종회 엮음, 『문학과 역사의 경계에 서다』, 바이북스, 2010, p.224.

42) 최지희는 필자에게 "언제든지 연락하라"고 말했다. 전기의 초고를 보여주고 더 깊은 이야기를 듣고자 2019년 6월 19일, 메시지를 보냈으나 회신을 받지 못한 채 2021년 10월 17일, 그녀가 타계한 소식을 들었다. 만년에 알츠하이머병으로 고생했다는 뒷이야기였다. 삼가 고인의 명복을 빈다.

43) 남재희, 『남재희가 만난 통 큰 사람들』, 리더스하우스, 2014.

44) 위의 책, pp.46-66; 남재희, 「내가 만난 현대의 여걸-시베리아 유키코 별명의 전옥숙 씨: 재야, 언론계, 방송계 휘어잡아」, 『강서문학』 제25호, 2013, pp.152-165.

45) 다른 한 사람은 해방 후 이범석의 족청계열로 전두환 정부에서 보사부장관을 역임한 김정례(1927-2020)다.

남재희의 기억에 의하면 이병주는 소설 『남로당』에 김옥숙이란 이름으로 전옥숙을 등장시켰다.

"이 씨는 나에게 빙긋이 웃으면서 '전 여사, 여장부 아닌가베, 그래서 이름에 불알 두 개를 집어넣어 전(全)을 金(김)으로 바꾸었지.'"[46]

남재희의 관찰에 의하면 "한때 마르크스주의를 갖고 고민했던, 그리고 거기서 벗어났던 사람들은 인간의 깊이가 있고 인생의 멋이 있다." 창정 이영근[47]과 이병주가 그렇다.

여성으로 그런 사람은 단연 전옥숙 여사다. 그는 일본어로 계간 『한국문예』(韓國文藝)를 발행한다. 1985년 잡지에 실린 윤흥길의 『장마』가 젊은 일본인 소설가 나카가미 겐지(中上健次, 1946-92)를 매혹시켰다. 두 작가는 서로 호의를 품은 쟁우(爭友)가 되어 두 나라 문학에 관한 담론을 풍성하게 만들었다.[48] 1985년 봄호에는 이병주의 『소설 알렉산드리아』, 1987년 봄호에는 「삐에로와 국화」의 번역문이 실려 있다.

일본 후지TV 한국지사장을 지낸 전옥숙은 일본 지성계와 굵은 파이프라인을 대고 살았다. 이와나미(岩波)출판사가 운영하는 월간지

---

46) 남재희, 『남재희가 만난 통 큰 사람들』, p.95(전옥숙 편). 남재희, 「내가 만난 현대의 여걸: 시베리아 유키코 별명의 전옥숙 씨」, 『강서문학』 25호, 2013, pp.152-165. 그러나 이 부분은 남재희의 착각이다. 출판된 『남로당』에는 김옥숙이 아니라 '전옥희'로 나와 있다. 단행본으로 출간되기 이전에 연재하면서 '김옥숙'으로 나간 경우가 있을지도 모르는 일이다. 어쨌든 핵심은 전옥숙이란 여성의 비상함이다.

47) 이영근은 해방 무렵 여운형을 따랐고 이후 조봉암 초대 농림장관의 비서실장을 했다. 일본으로 망명해 『통일일보』를 중심으로 통일운동을 전개하다 죽었다. 이병주도 실록소설 속에 이영근을 등장시켰다.

48) 「윤흥길과 나카가미 겐지: 한일문학의 새로운 관련양상」, 『김윤식의 예술기행 1: 지상의 빵, 천상의 빵』, 솔, 1995, pp.276-319.

『세카이』(世界)의 편집장 야스에 료스케(安江良介, 1937-98)는 탁월한 한국인으로 전옥숙을 첫 번째로 꼽았다. 『세카이』는 한국의 인권문제를 집중적으로 다루었다. 1973-88년 'TK생'이라는 필명으로 「한국으로부터의 통신」을 연재하며 엄혹한 군사통치와 민주화투쟁을 전 세계에 알리는 한편, 일본을 거점으로 국제적인 연대운동에도 힘썼다.[49]

전옥숙은 한국인으로는 처음 '킬링필드'로 악명 높은 캄보디아에 입국해 총리를 직접 인터뷰하기도 했다.[50] 전옥숙은 '문화계 여걸' '운동권 대모' '여왕봉' '뮤즈의 여왕' 등 다양한 별명으로 불렸다. 일본인들 사이에는 '시베리아 유키코'(雪子)로 불리기도 했다. 1960년대에 대한연합영화사와 답십리촬영소를 만들었고, 1970년대에는 외주제작사의 효시 격인 '시네텔서울'을 만들어 '베스트셀러극장' 등 TV프로그램을 제작했다. 유일한 여성 영화제작자로 1968년 만든 영화 「휴일」(감독 이만희)을 당국이 검열 '가위질'하려 들자 "그러면 극장에 안 건다"라고 선언하고 필름을 창고에 처박아 버렸다고 한다. 영화의 줄거리는 김승옥의 단편소설 『서울, 1964년 겨울』에 등장하는 세 남자 중에 자살한 남자의 이야기에 착안한 것으로 보인다.[51] 이 영화는 2005년 발굴되어 부산국제영화제 '이만희 회고전'에 선을 보였다. 주연배우 신성일은 이렇게 회고했다.

"(주인공) 허욱에게 죽지 않고는 살아갈 수 없는 세상인 것이다. 「휴일」은 우리 사회의 모순을 보여주면서도 다 보고 나면 가슴을 뻥 뚫게 하는 매력이 있었다. 「휴일」의 운명은 뻔했다. 이 영화는 주인

---

49) 필명 'TK생'의 정체는 1974-93년 동안 일본 도쿄여자대학교 교수로 재직했던 지명관(1924-2022) 교수로 후일 밝혀졌다.
50) 남재희, 『남재희가 만난 통 큰 사람들』, pp.97-98.
51) 송희복, 『불안한 세상, 불온한 청춘』, 글과마음, 2019, pp.66-71.

공의 자살을 암시했다. 당국은 '주인공이 취직하거나 군에 가는 결말을 내라'고 요구했지만 전 여사는 이를 거부하고 '상영포기'를 선언했다. 영화「휴일」의 장렬한 최후였다."[52]

한 일간지의 칼럼 기사는 전옥숙의 생애를 이렇게 요약했다.

"현대사의 격랑을 온몸으로 겪으며 문화를 키워드 삼아 남녀·좌우와 국경을 뛰어넘으려 했다는 점에서 비범한 일생이었다."[53]

낭만과 사슴의 시대

술자리에서 이병주는 "뽄도 없다"는 말을 자주 했다. 진주 사투리로 기본적인 품위를 지키라는 뜻이다. 이병주가 품격 있는 주당으로 찬양한 선배 중에 송지영이 있다. 송지영은 종업원 아가씨들을 몹시 귀여워했다. 영화배우 윤정희와도 어울려 자주 맥주를 마셨다. 종업원들이 돈을 모으면 술집을 따로 차린다. 그럴 때면 송지영에게 상호를 지어줄 것을 부탁했다. 농협 서울지부 건너편 뒷골목(서린동)에서 '낭만'이 번창할 땐 언론인·문인·정치인·예술인 교수들이 가득했다. 근처에 출판사 민음사가 있어 박맹호 사장을 위시하여 고은·신경림·유종호·이어령 등 문인들이 매일같이 진을 쳤다. 김채윤·이수성·최종길·이시윤 등 서울법대와 문리대 교수들도 자주 나들이했다.[54] '낭만'의 종업원 공주 미스 리는 이어령과 같은 충남 아산이 고향이다. '낭만'에는 미스 리를 선두로 미스 최, 미스 고의 트리

---

52) 신성일, 『청춘은 맨발이다』, 문학세계사, 2011, pp.79-81.
53) 김태익 논설위원, 「뮤즈 전옥숙」, 『조선일보』, 2015.7.11.
54) 최종길 교수를 추모하는 사람들의 모임 엮음, 『아직 끝나지 않은 죽음, 아 최종길 교수!』, 공동선, 2002, 김채윤, 「그토록 쾌활하고 낙천적인 최교수였는데…」, pp.227-231; 이시윤, 「최종길 교수님에 대한 추억의 한 토막」, pp.251-254.

오가 있었는데 이 트리오가 딴 가게를 차렸다. 박맹호 사장의 호의로 그의 건물 1층에 '사슴'을 분가받았다. 옥호는 당연 송지영의 작명이다. 미스 리가 '낭만'에서 빠지자 다들 시들해지고 '사슴'으로 몰렸다. '사슴'의 단골 1호는 서울대 이수성 교수다. 미스 리와 동성동본이라고 오빠 동생 하면서 거의 개근하다시피 했다. 미스 리(이인숙)는 남편의 사업 실패로 15년 만에 막을 내렸다. 김학준 교수, 이만익화가, 박현채 교수와 추종자들 등이 '낭만'과 '사슴'에 머물렀다.[55]

검찰의 중견 간부 정구영이 이병주의 전화를 받고 청년검사 박종렬을 대동하여 나타난 곳도 '사슴'이었다. 작가의 소설『무지개연구』에 청년실업가 위한림이란 이름을 얻은 제세(制世)산업의 이창우가 이병주를 만나 세상을 다스릴 돈을 모을 야심을 편 곳도 '낭만' 아니면 '사슴'이었을 것이다.[56]

소설가 이병주의 하루
이광훈의 회고도 비슷하다.

"짙은 감색(紺色) 또는 순모 정장에 자색 넥타이와 자색 양말, 한쪽 손에는 일본이나 프랑스 원전 문고판을 들고 있는 경우가 많다. 서울 광화문이나 청진동 근처에서 자주 볼 수 있는 이병주의 모습이다. 그의 하루는 그런 정장 패션과 함께 오후 서너 시부터 시작된다. 다방에서 담소하다 해가 기웃하면 역시 같은 골목에 있는 일식집 '신원'으로 자리를 옮겼다. 30년 넘는 단골이다 보니 뉴욕에 장기 체류할 때도 서울에 오면 반드시 이 집을 들렀다. 물론 관철동·청진

---

55) 남재희, 『언론 정치 풍속사』, p.146.
56) 이창우, 『옛날옛날 한옛날』, 제세그룹: 제세산업주식회사, 1981, 장편소설『무지개연구』, 『동아일보』 연재, 『무지개사냥』 『타인의 숲』(1부, 2부 각 권)으로 사후 출간, 지성과사상사, 1993.

동·무교동 등으로 옮겨 다니며 자리를 가리지 않았지만 출발점은 대체로 광화문의 '신원'이었다. 술집 순례의 베이스캠프로 삼아주는 고마움의 표시로 '신원'은 해마다 연말이면 일본에서 수입한 '기꼬만 간장' 한 병을 따로 준비했다가 슬며시 건네주곤 했다."[57]

이병주의 작품을 거의 읽지 않은 세대의 소설가 황영미는 청계천 천변 풍경을 그린 구보 박태원의 『소설가 구보씨의 하루』를 제임스 조이스의 『율리시스』와 연결하여 단편작품을 구상했다. 더블린을 산책하는 구보의 의식의 흐름의 단면을 붙들어 맨 것이다. 재미있는 발상이다.[58]

어린 시절부터 이병주의 신화를 듣고 자란, 글도 맛깔나게 쓰는 화가 황주리가 『산책주의자의 사생활』[59]이란 제목의 문집을 펴냈다. 누군가가 1960년대 말에서 1980년대 말 서울 광화문·종로2가 통을 무대로 '소설가 이병주의 하루'를 쓸 만도 하다. 문우와 술과 미희, 세상과의 고리를 단단히 거머쥐고 사는 사람이나 일정한 거리를 둔 채 유유자적하여 세상을 웃어넘기던 사람도 이병주가 세운 회색의 정원과 열린 살롱에 초대받았다. 그 정원을 일상적으로 가꾼 정원사나 살롱을 단골로 출입한 사람들 중에는 여인도 많았다.

---

57) 이광훈, 「풍류와 멋의 작가」, 김윤식·김종회 엮음, 『문학과 역사의 경계에 서다』, 바이북스, 2010, pp.155-156. "'신원시대'가 본격적으로 열리기 전에 '사슴'과 '낭만'의 시대가 있었다. 필자는 청년 시절 딱 한 차례씩 '낭만'과 '사슴'을 구경한 적이 있다. 그러나 '신원'에는 어른이 되어서도 가끔 들렀다. 2006-2009년 동안 인근에 위치한 국가기관에 근무하면서 몇 차례 점심 장소로 이용했다. 술과 여인이 없는 지극히 건조한 업무 오찬이었다. 자유인이 되어서도 가끔 들렀다. 마지막 나들이는 2017년 가을, 미국에서 온 신예선과 이병주의 딸과 함께 저녁에 들렀다. 주인은 수십 년 쌓인 이병주 신화를 고스란히 지니고 있었다. 얼마 후, '신원'은 문을 닫고 전설 속으로 사라졌다. 이제는 이미 오래전에 사라진 '낭만' '사슴'과 함께 이병주의 달빛에 물들여 신화로 재생해낼 수밖에 없다.

58) 황영미, 『구보씨의 더블린 산책』, 솔, 2018.

59) 황주리, 『산책주의자의 사생활』, 파람북, 2018.

한국문학사의 이단아로 거인의 지위에 올랐던 이병주가 떠난 뒤 남은 사람들은 그의 삶을 어떻게 요약했을까? "산하(山河)를 사랑한 사람, 그러나 미녀를 더욱 사랑한 사람"이라고 불렀음 직도 하다.

제7부
작품과 작가론

30. 독서 대가 이병주

"수천 년간 중국의 지도자들은 거의가 독서광이었다. 쑨원(孫文)도 마찬가지였다. 간암으로 세상을 떠나기 직전에도 통증을 참으며 손에서 책을 놓지 않았다. 일본 망명 시절 대정객 이누카이 쓰요시(犬養毅)와 나눈 대화가 여러 문헌에 남아 있다. 하루는 이누카이가 '가장 좋아하는 것이 무엇이냐'고 쑨원에게 물었다. 질문이 떨어지기가 무섭게

'레볼루션!'(Revolution)이라는 답이 돌아왔다. 이누카이는 뭔가 만족스럽지 못한 표정을 지었다.

'그건 세상 사람이 다 아는 일이다. 혁명 말고 정말 좋아하는 게 무엇이냐'고 되물었다.

쑨원의 입에서 '우먼'(Woman)이 튀어나오자 이누카이는 손뼉을 쳤다. '하오'(好)를 연발하면서 하나를 더 대보라고 했다.

'책!'(Book)."[1]

쑨원의 3대 기호품에 이누카이는 만족했다. 임종 직전까지 극심한 통증에 시달리던 마오쩌둥(毛澤東)에게도 독서만큼 몸에 듣는 진통제는 없었다고 한다. 손아귀에 힘이 빠지면 의사와 간호사가 대신 들고 책장을 넘겼다. 눈이 피곤하면 간호사에게 읽으라고 손짓했다. 눈에 피로가 풀리면 다시 책을 읽었다. 마지막 숨을 내쉬는 순간까지

---

1) 김명호, 『중국인 이야기』 2권, 한길사, 2013, pp.195-196.

그럴 기세였다.[2]

　20세기 후반 한국의 소설가 나림 이병주도 그러했다. 1992년 이른 봄, 71세의 이병주는 폐암 말기 진단을 받고 죽음의 그림자가 엄습해오는 상태에서도 새 책을 주문하고, 새 소설을 구상하고, 구술을 받아 적을 속기사를 구하고 있었다.[3]

　20세기의 책읽기는 정치가나 사상가, 학자, 작가만의 기호가 아니었다. 거대한 독자군(群)이 책을 통해 세상을 배우고 깨쳤다. 다양한 분야와 장르의 저술 중에서도 소설은 지성과 대중을 상대로 통합 인간학을 강론하는 가장 유용한 수단이었다. 나림 이병주는 20세기 통합 인간학의 특권을 극대로 누린 20세기 후반 한국 독서세대를 대표하는 작가였다.

　이병주는 광대무변(廣大無邊)의 독서가로 불렸다. 그와 교류한 많은 사람이 그의 독서량과 주제의 다양성에 경탄한다. 리영희·남재희 등 당대의 독서가들도 내놓고 이병주를 극찬했다. 그의 독서는 때로는 중심과 주변, 높낮이가 없어 보였다. 생각하기에 따라서는 '체계'가 없는 딜레탕트로 비치기도 했다.

　남재희의 평가다. "그의 소설을 읽으면 좋은 문장을 자주 만난다. 일상의 대화에서도 서구적인 세련미가 있는 말솜씨를 접하게 된다." "책을 쓰는 것은 독자만을 위해서가 아니라 자신을 정리하는 뜻에서 자기 자신을 위한 것이기도 하다."[4] 리영희도 이병주의 거대한 서재를 부러워하고 그의 박식함에 찬사를 보냈다.

　"나는 그 후 10년 가까이 그와 친밀한 관계를 이루었고, 그에게서

---

2) 김명호, 『중국인 이야기』 3권, pp.189-190.
3) 이종호, 「선생님과 보낸 마지막 한 달」, 『세우지 않은 비명』, 서당, 1992.
4) 남재희, 『남재희가 만난 통 큰 사람들: 그들의 꿈, 권력, 술 그리고 사랑이 얽힌 한국 현대사』, 리더스하우스, 2014, pp.46-66.

많은 것도 배우고 한국사회의 고급 사교장(술집 내지는 주점)을 탐방하는 기회도 누렸어요. 하여간 비상한 머리의 소유자이고, 그 지식의 해박함이 놀라울 정도였지."⁵⁾

이병주는 자신의 독서비법을 밝힌 적이 있다. 젊은 시절부터의 습관으로, 먼저 통독하고 요점을 정리한 독서노트를 만든다고 했다. 전성기에는 한 달에 40여 권의 책을 읽고 전부 독서노트를 만든 적이 있다고 했다.⁶⁾ 그는 젊은이에게 건네는 독서법의 충고로 좋아하는 한 작가의 작품을 모두 읽으라고 권한다. 그렇게 함으로써 '천재의 궤적'을 자기 나름대로 추적하여 자신의 세계관을 형성할 수 있다고 했다.⁷⁾ 어쨌든 그의 독서력은 엄청난 속도와 함께 내용을 기억하고, 기억한 내용을 토해내는 능력, 이 모든 면에서 출중했다. 그가 생전에 소장하고 있던 장서 1만 4,000여 권은 사후에 경상대학교에 기증되었다(보다 많은 숫자의 장서가 유실되었다는 증언이다). 한때 이병주는 동거하고 있던 여인의 집을 떠났으나 그 여인은 이병주의 서가를 소중하게 지키고 있었다. 책만 지키고 있으면 반드시 책 주인이 돌아올 것이라는 확신이 있었다는 뒷이야기가 있다. 이병주는 1970년대 후반 한 주간지에 연재한 자신의 독서편력을 두 권의 단행본으로 묶어냈다.⁸⁾ 2002년, 뒤늦게 이 책을 읽은『중앙일보』논설위원 정운영이 서평을 썼다. 제목은 '나를 야코죽인 고전'이었다.⁹⁾

---

5) 리영희 · 임헌영,『대화』, 한길사, 2005, p.386.

6) 이병주,「나의 독서노트」,『나 모두 용서하리라』, 1982, 집현전, p.245. 청년 시절의 독서노트는 6 · 25 전란에 소실되었다고 한다.

7) 위의 책, pp.241-242.

8) 이병주는 1977년 4월 17일부터 1979년 2월 4일까지 총 85회에 걸쳐「허망과 진실-나의 문학적 편력」이라는 글을『주간조선』에 연재했다. 연재가 끝나자 단행본 두 권으로 묶어냈다.『허망과 진실』상 · 하, 1979. 1983년에는 이 책의 절반을 추려『이병주의 고백록』을 펴냈다. 사후 10년이 지난 2002년『허망과 진실』은『이병주의 동서양 고전탐사』1 · 2권이란 새 제목으로 바뀌어 출간되었다.

3대 경전: 니체, 도스토옙스키, 사마천

이병주의 문학사상을 형성하는 데 중심이 된 대가들이 여럿 있다. 그중에서 대표적 3대 거인으로 니체, 도스토옙스키, 사마천을 들 수 있다. 이들은 이병주 세대의 보편적인 고전에 속하기도 하지만 이병주는 특히 이들 세 사람의 작품을 자신의 중요한 문학적 자산으로 배양했다. 도스토옙스키와 니체의 작품은 일본 유학 시절 처음 접한 이래로 지속적인 탐구 작업을 계속했고, 『사기』는 억울하게 감옥에 갇힌 1961년, 일종의 발분의식으로 출발하여 권력지향의 인간 사회의 본질적 상황을 탐구하는 중요한 참고서로 삼았다. 이병주와 교류한 사람들은 그가 『사기』의 내용을 소상하게 꿰고 있었다고 말한다. 마찬가지로 니체와 도스토옙스키에 대해서도 체계적인 이해를 갖추었다. 이들 세 작가는 이병주 자신의 작품들 속에 적절하게 인용되어 있다.[10]

이병주는 1940년 메이지대학 입학시험을 전후하여 니체를 처음 접한 이후 평생토록 니체의 저술과 사상을 체계적으로 탐구했고 자신의 불교신앙과 니체사상을 결합하여 생활의 지혜로 삼기도 했다.[11] 여러 작품에 니체를 인용했다. 한 예로 1976-82년 『문학사상』에 연재된 소설 『행복어사전』에 니체의 『차라투스트라는 이렇게 말했다』의 유명한 인간정신 발달의 3단계론이 등장한다. 주인공 서재필과 조숙한 대학생 조카와의 대화를 통해서다.[12]

니체는 인간을 초극하여 위버멘시에 이르는 정신의 발전 단계를 낙타의 시기, 사자의 시기, 어린아이의 시기 세 단계로 구분한다. 첫

---

9) 『중앙일보』, 2002. 4. 27.
10) 안경환, 「니체, 도스토옙스키, 사마천: 나림 이병주의 지적 스승들」, 『2019 이병주 국제문학제 자료집』, 2019, pp.20-60.
11) 위의 글.
12) 이병주, 『행복어사전』 5권, 한길사, 2006, pp.226-228.

번째 단계인 낙타의 시기는 자신에게 주어진 의무를 기계적으로 수행하는 수동적인 단계다. 낙타는 자유를 쟁취하여 사막의 주인인 사자가 된다. 사자의 시기는 그 의무를 부정하고 새로운 창조를 목표로 하여 진정한 자유의지에 따라 행동하는 시기다. 그런데 사자 역시 긴장된 상황 속에서 공격적으로 살아가는 한계에 부딪힌다. 그래서 니체는 천진난만하게 뛰어놀고, 기존의 질서에 구속되지 않고 새로운 가치를 실험하고 창조하는 어린아이의 시기가 최상의 시기라고 여긴다.

어린아이는 낙타와 사자의 단계를 확실하게 거쳐서 창조성이 넘치는 정신의 단계를 지향하게 된다. 어린아이는 자기 욕망에 충실하다. 도덕이나 법률, 제도는 아이의 행동을 심판할 수 없다. 아이는 웃기만 할 뿐이다. 아이는 양심의 가책이 없다. 그는 비도덕적인 존재다. 악하다는 의미가 아니라 도덕을 갖고 있지 않고 필요로 하지도 않는다는 의미에서 그렇다.

『차라투스트라는 이렇게 말했다』 마지막에 사자가 등장한다. 사자를 보고 차라투스트라가 말한다. "내 어린아이들이 가까이 있구나. 내 어린아이들이. 차라투스트라는 성숙해졌다. 나의 때가 왔노라. 이제야말로 나의 아침인 것이다. 이제야 낮이 시작되는 것이다. 솟아올라라. 솟아올라라. 그대. 위대한 정오여."[13] '어린아이'는 '춤추는 자' '깨어난 자'와 함께 '위버멘시'의 성격을 지칭하는 개념이다. 춤은 중력에 대한 저항이다.[14] 몸을 고정하는 정적 질서의 거부다. "어린아이는 천진난만이요 망각이며 새로운 시작, 놀이, 스스로의 힘에 의해 돌아가는 바퀴, 최초의 운동, 거룩한 긍정이다."[15]

---

13) 프리드리히 니체, 강두식 옮김,『차라투스트라는 이렇게 말했다』, 누멘, 2018, p.397.
14) 니체, 2부「무도곡」,『차라투스트라는 이렇게 말했다』.
15) 니체, 1부「세 가지 변화에 대하여」,『차라투스트라는 이렇게 말했다』.

도스토옙스키

1965년 6월, 이병주의 데뷔작『소설 알렉산드리아』가 선풍적인 인기를 얻자 한 주간지가 '신인 작가' 특집기사를 낸다. 이병주는 '가장 좋아하는 작가'로 도스토옙스키를 들었다.[16] 일본에서 톨스토이와 도스토옙스키 이전의 러시아 문학의 지위는 미미했다. 프랑스나 영국 문학에 비해 심지어는 독일 문학에 비해서도 뒤처진 것으로 인식했다. 메이지대학 시절 이병주의 선생인 고바야시 히데오(小林秀雄, 1902-83)는 일본이 러시아 문학을 홀대하는 그릇된 태도를 비판한다.[17] 고바야시의 저서『도스토옙스키의 생활』(1935)은 학생 이병주에게 친절한 길잡이가 되었다. 고바야시는 도스토옙스키는 조국 러시아 민족을 세계무대에 등장시켰고 러시아의 영혼을 세계 영혼의 일부분으로 만들었다고 극찬했다. 그 이전의 러시아는 세계지성사에 하나의 황량한 점에 불과했다. 그는 처음으로 황량함 속에서 미래의 힘을 보여주었다. 그 덕분에 세계는 러시아를 새로운 종교의 가능성으로, 인간의 위대함을 표현하는 미래의 언어로 삼게 되었다. 도스토옙스키에 의해 비로소 러시아는 세계문학 회전무대의 중심축이 될 수 있었다.[18]

1940년 고바야시는 다음과 같이 자신의 생각을 밝힌다.

"지금 일본이 주의상(主義上)으로 러시아를 적시(敵視)하지만 우리의 가슴속에는 러시아 소설들을 통해 친숙해진 러시아인이 얼마나 뿌리 깊이 박혀 있느냐, 하루빈만 가더라도 마차에 앉아 가는 마부만 보아도 어느 소설에서 익숙해진 인물 같아서 쫓아가서 등을

---

16) 『주간한국』, 1965. 6. 6.

16) 『주간한국』, 1965. 6. 6.
17) 小林秀雄, 「感想」, 『歷史와 文學』, 創元社, 1941, pp.177-178, pp.63-64; 김윤식, 『낯선 신을 찾아서: 김윤식 예술기행』, 일지사, 1988, p.224, p.235에서 재인용.
18) 슈테판 츠바이크, 원당희·이기식·장영은 옮김, 『천재와 광기』, 예하, 1994, p.150.

두드리고 싶은 충동을 받는 것은 사실이요, 묘령의 여성을 보면 카추샤 같고 청년을 보면 바사로프나 라스콜리니코프 생각이 번쩍 나는 것이 아주 자연스러운 일이다. 이것은 얼마나 우리가 러시아인의 생활·사상·감정에 친해진 징표인가? 이다지 남의 민족을 깊이 알게 해준 것은 무엇인가? 그것은 문학이요, 그 이외 아무것도 아니었다. 과거 러시아 자연주의 문학이 일본 신문학의 요람이 되었을 뿐 아니라 러시아와 민족, 그들의 문화를 천백(千百)의 외교관 이상으로 세계에 이해시킨 것을 배워 일본도 그런 문학을 준비하지 않으면 안 되리라는 것이었다."[19]

도스토옙스키, 병사의 용모

도스토옙스키의 문학의 모든 논쟁은 신의 사상 문제로 귀결된다. 신은 대립의 근원이자 긍정인 동시에 부정이다. 신을 필요로 하지만 발견하지 못한다. 이따금 신의 소리를 듣는다고 생각하며 희열에 사로잡히나 이내 신을 부정하는 욕구 앞에 수포가 된다. 또한 도스토옙스키는 인간 심리의 무의식의 세계를 파고든 대가다. 후일 학문이 실험을 통해 검증해낸 인간 내면의 갈등을 선지자적 문학으로 묘사했다. 그는 광기에 가까울 정도로 영혼의 미개지를 탐색해냈다. 옛 학문은 도스토옙스키의 등장으로 마지막 책장을 넘기고, 도스토옙스키는 예술 속에서 새로운 심리학을 개척한다.[20]

"일본군의 군복은 묘한 작용을 한다. 장교복은 아무리 못난 놈이라도 그것을 입기만 하면 잘나 뵈도록 하기 위해서 고안된 것임에 틀림이 없다. 이와는 반대로 병정이 입는 군복은 아무리 잘난 놈이라도

---

19) 「文藝銃後運動 半島各道에서 盛況」, 『文章』, 1940. 9, p.99; 김윤식, 『낯선 신을 찾아서』, pp.205–206에서 재인용.
20) 슈테판 츠바이크, 『천재와 광기』, p.151.

되도록이면 못나 뵈도록 하기 위해서 고안된 것이다."[21]

사병 생활의 고달픔은 필설로 다하기 어렵다.

"'보들레르에게 이 일본 졸병의 모자를 씌워 총을 들고 이 성벽 위에 세운다면?' 상상할 수가 없다. '괴테에게 이 일본 졸병의 모자를 씌운다면?' 그것도 상상할 수가 없다. '칸트에겐? 베토벤에겐? 톨스토이에겐? 니체에겐?' 역시 상상조차 할 수 없다. '그러나 도스토옙스키에겐?' 그에게만은 어울릴 것 같다."[22]

'용병' '노예의 사상' 등으로 표현한 이병주의 학병사상의 핵심이다.
'졸병복이 어울리는 도스토옙스키'의 용모는 이병주만의 관찰이 아니다. 슈테판 츠바이크의 묘사는 더욱 실감난다.

"도스토옙스키에 대한 우리의 첫인상은 늘 공포, 그것이었다. 그다음에야 비로소 그의 위대성을 꼽는다. 그의 운명도 언뜻 보면 농부답고 평범했던 그의 얼굴마냥 무섭고 비천하기 짝이 없다. 흙, 바위, 그리고 숲이 그려내는 비극의 원시풍경, 바로 이것이 도스토옙스키 얼굴이 지닌 깊이다. 모든 것이 어둡고 현세적이다. 러시아의 소택지 한 부분이 바위에 부딪혀 산산이 흩어지는 격이다. 눈을 감으면 곧 죽음이 이 얼굴 위로 밀려온다."[23]

츠바이크의 평가대로 "그는 예술에서 새로운 심리학을 개척했다.

---

21) 이병주, 『관부연락선』 1권, 한길사, 2006, p.73.
22) 위의 책, p.109.
23) 슈테판 츠바이크, 『천재와 광기』, pp.73-175.

영혼의 분석이다." "문학의 한계초월자, 그는 가장 위대한 한계초월자다. 영혼이라는 넓은 미개지를 개척한 작가다." "나는 어느 곳에서든 한계를 넘기 위해, 실제로 야망을 이루었다." 작가 자신의 말대로 그에게는 무한함과 무궁함은 대지만큼이나 절대적이었다.[24]

『죄와 벌』은 인류 최대의 법률문학이다. 이 작품은 살인사건이 중요한 구성요소를 이루면서 특별한 심리적 상황에서 일어나는 인간 행위의 본질을 파고든다. 행위의 이면에 담긴 심리적 상황이 핵심이고, 시간·공간·적용법률 등은 기껏해야 부차적 의미를 지닐 뿐이다.[25]

이병주는 대학 시절 법대생들이 『죄와 벌』을 읽고 토론을 벌이는 장면을 본다. 주인공 라스콜리니코프의 죄상을 두고 검사·변호사·판사 역을 맡은 학생들이 제각기 격론을 벌이다 감정을 자제하지 못하고 인신공격 끝에 난투극으로 번진다.[26]

이 사건을 계기로 청년 이병주는 도스토옙스키의 전 작품을 섭렵하게 된다.

"라스콜리니코프는 풀리지 않은 문제로서 내 가슴속에 아직도 남아 있다. 나는 내 나름대로 이 문제를 문학적으로 해결해보고 싶은 의도를 가지고 있지만 언제 실현할 수 있을 것인지 막연하다. 라스콜리니코프의 드라마가 그의 작품으로선 끝났지만 인생의 문제로서 또는 사회의 문제로선 끝날 수가 없다는 의미로서 나는 그 사실을 받아들인다."[27]

24) 위의 책, p.153.
25) 안경환, 『법과 문학 사이』, 까치, 1995, pp.200-203.
26) 이병주, 『동서양의 고전탐사』 1권, pp.49-50.
27) 이병주, 『자아와 세계의 만남』, 기린원, 1979, p.77.

『죄와 벌』과『백치』로 도스토옙스키는 충분히 천재였다. 그런데 『악령』에 이르러 신이 되었다.[28] 이병주는『악령』을 읽은 덕분에 학병 시절에 공산주의자 안영달의 접근을 뿌리칠 수 있었다고 말한다.[29] 만년까지도 이병주는 도스토옙스키 작품들이 자신에게 미친 영향이 너무나 커서 평생 그의 주박(呪縛)에서 벗어나지 못한다고 고백했다.[30]

도스토옙스키, 이병주, 루카치, 김윤식

김윤식은 한국 독서세대의 마지막 거장이었다. 필경(筆耕) 60년 동안 단행본만 200여 권 펴낸 글쓰기의 신이었다.[31] 생의 마지막 순간까지 책을 손에서 놓지 않았던 그는 이병주 문학에 대한 경의와 집착이 남달랐다. 초년 평론가 시절에 본격적인 이병주론을 써보라는 농담에 가까운 권고를 받은 그는 '학병세대 문학'이라는 관념을 만들고 이병주를 그 중심에 놓는다. 김윤식은 루카치의『소설의 이론』(1916)을 번역해 펴낸다.[32] 루카치는 국민국가와 자본재 생산양식의 두 요소를 구비해야만 소설이 된다는 지론을 폈다. 김윤식을 매개체로 하여 도스토옙스키와 이병주 그리고 루카치가 연결된다.

"도스토옙스키의 인물들은 마치 플랫폼에 서 있는 듯하다." 루카치의 도스토옙스키론(1935)의 핵심 구절이다. 1962년『소설의 이론』의 독일어판 서문에서 77세 노인 루카치는 당초 이 책을 쓸 당시의 시대적 배경을 회고한다. 즉 그가 제1차 세계대전과 부르주아 시

---

28) 이병주,『동서양의 고전탐사』1권, pp.107-108.

29) 위의 책, p.111.

30) 이병주,「나의 독서 노트」,『나 모두 용서하리라』, 집현전, 1982, p.241.

31) 안경환,「한국문학사의 라이벌론 3부작: 독서세대 지식인의 자서전」, 김윤식,『문학사의 라이벌 의식』2권, 그린비, 2016, pp.300-320.

32) 게오르그 루카치, 김윤식 옮김,『소설의 이론』; 후일 김경식에 의해 다시 번역되었다. 김경식 옮김, 문예출판사, 2007.

민사회를 거부한 것은 순수한 유토피아적인 발상이었다고 고백했다.[33]

도스토옙스키가 『악령』의 중심 캐릭터로 창조한 스타브로긴은 혁명가 네차예프와 함께 테러 단체를 만들어 살인을 저지른다. 실존 인물 바쿠닌을 모델로 삼은 것이다. 즉 바쿠닌이나 네차예프의 빛나는 활동도 그 본질은 핵심도 목적도 없는 허황된 것임에 불과하다. 세계의 혁명을 꿈꾸는 이들은 기실 자책감에 빠져 있는 승려나 조국에 설 땅이 없는 뿌리 뽑힌 풀로 유럽을 방황하는 패배자에 불과하다.[34]

이병주가 '학병소설 3부작'(김윤식 명명)의 완결편으로 집필하다 미완성인 상태로 작고한 소설, 『별이 차가운 밤이면』에도 니체와 도스토옙스키가 등장한다. 냉소와 관조로 난세를 살아 넘기는 지성인 중국인 통역 임시청의 입에서 나온 말이다.

"열렬한 공산주의자가 전향하여 불교대학에 들어가 승려가 된 사람이 있어. 그 사람 말이오. 공산주의자는 성공을 해도 인간으로서 실패자가 될 뿐이고, 실패하면 인간으로서 타락자가 될 뿐이다. 도스토옙스키와 니체를 열심히 읽기를 권하오."[35]

유토피아의 황홀경: 위대한 망집

"시대는 복되도다. 우리가 갈 수 있고 가야 할 길을 하늘의 별이 지도 몫을 하고, 그 별빛이 우리의 갈 길을 훤히 비추어주던 그 시대는 복되도다."

루카치의 문제작 『소설의 이론』 첫 구절이다. 지상의 인간이 천

---

33) 김윤식, 『낯선 신을 찾아서』, p.107.
34) 위의 책, pp.79-80.
35) 이병주, 『별이 차가운 밤이면』, 문학의숲, 2009, p.209.

상의 질서에 들어가기 위해서는 환각이 필요하다. '위대한 망집(妄執)'의 '황금시대', 인류는 그 때문에 온갖 희생을 다 바쳤다. 1943년 세계사적 격동기에 시대의 반항자이자 이상주의자 루카치가 도달한 것이 로랭적 황홀경이었다.[36]

1943년 루카치는 도스토옙스키의 작품이 제시한 새로운 세계가 러시아혁명이 성공한 36년이 지난 시점까지도 아직 구현되지 않았고 그럴 가망도 없는 세상을 비판한다. 도스토옙스키의 작품에는 심연 속에 뛰어드는 영혼의 실험자들이 우글거린다. 스타브로긴은 자살에까지 나아가는 철저한 실험을 감행한다. 이 철저성(악이든 선이든)이야말로 이미 이룩된 세계의 허위성을 파괴할 수 있는 힘이다. 살인행위를 통한 자기 철저화를 감행한 라스콜리니코프만이 소냐를 이해할 수 있는 이치도 여기에 있다. 철저한 희생정신으로 가족의 생계를 위해 창녀가 된 소냐의 현실 초극의 철저성과 전당포 노파를 죽임으로써 현실 초극의 철저성에 이른 라스콜리니코프가 화해할 수 있는 이치도 여기에 있다. 루카치는 이를 일러 '황금부분'이라고 명명하며 도스토옙스키론을 끝맺는다.[37]

도스토옙스키의 예술세계는 그의 정치적 이상과 혼돈 속에 용해된다. 그러나 이 혼돈이야말로 '황금시대'로 불리는 유토피아적 세계에 대한 동경이다. 도스토옙스키의 인물들은 이 황금시대가 그들 시대에는 한갓 꿈에 불과함을 알고 있지만 그 꿈에 집착한다.

도스토옙스키는 1871년 5월 1일, 드레스덴의 미술관에서 클로드 로랭(1600-82)의 작품 「아시스와 갈라데아」를 보고 황금시대의 환각을 체험한다.[38] 그의 소설 속에 종종 그때의 체험을 회상한다. 『악령』의 스타브로긴은 꿈에 본 이 그림을 실제로 화랑에서 만난다.

---

36) 김윤식, 「황홀경의 체험 2: 스타브로긴의 고백」, 『낯선 신을 찾아서』, pp.63-82.

37) 김윤식, 『지상의 빵과 천상의 빵』, 솔, 1995, pp.95-108.

38) 김윤식, 『내가 읽고 만난 일본』, 그린비, 2013, pp.41-50.

"이곳에서 신화의 최초의 정경이 이루어졌고, 이곳에 지상의 낙원이 존재했던 것이다. 태양은 아름다운 자기 아이를 바라보면서 섬이나 바다에 빛을 내리쏟고 있었다. 이것은 인류의 멋진 꿈이며 위대한 망집이다. 황금시대, 이것이야말로 이 지상에 존재한 공상 중에서 가장 황당무계한 것이지만 전 인류는 그 때문에 예언자로서 십자가 위에서 죽거나 죽임을 당했다. 모든 민족은 이것 없이 살기를 원치 않을뿐더러 이것 없이 죽는 것조차 불가능하다."

이런 환상적인 정경에서 도스토옙스키는 영감을 얻어 스타브로긴의 고백과 같은 걸작을 창작했다. 이런 의미에서 「아시스와 갈라데아」는 단순한 그림이 아니라 충족된 방랑자의 마음속에 황금시대가 아니겠는가?[39)]

니체도 로랭의 찬미자였다.

"어제 저녁녘에 나는 클로드 로랭적인 황홀한 감격에 빠져 마침내 오래도록 울고야 말았다. 내 몸에서도 이런 일이 체험되었다는 것, 지상에 이런 풍경이 있다는 것을 체험한 나로서도 미처 알지 못하였다. 이제야 나도 영웅적 목가적인 것을 찾아냈다."[40)]

김윤식도 그랬다. 1990년 베를린 장벽이 무너지고 과거 동독 지역의 여행이 풀리자 김윤식은 서둘러 드레스덴 여행을 감행한다. 오로지 이 그림을 직접 눈으로 보기 위해서였다.[41)]

---

39) 김윤식, 『낯선 신을 찾아서』, p.73.
40) 위의 책, p.61에서 재인용.
41) 김윤식, 『설렘과 황홀의 순간』, 1994. 작가 박완서는 "무슨 그림을 보느라 일행을 아랑곳하지 않고 혼자서 사라졌다"면서 김윤식의 고집과 기행에 은근한 핀잔을 건넸다.

21세기에 진입한 지 한참 지난 시점에 이 그림 앞에 선 한 한국인 네티즌의 여행 감상문이다.

  "회화관 안은 피렌체의 우피치 같았다. 기라성 같은 고전 거장들의 대작의 숲. 거대한 숲속의 작은 동굴 같은 전시실 한구석에 로랭의 「아시스와 갈라테아」가 있었다….

  그림의 소재인 오비디우스의 「변신 이야기」에 의하면, 그것은 폭풍전야의 고요함이며 파멸 직전의 아름다움이다. 그림은 서사적 시간의 흐름을 움직이지 않는 화면의 공간에 가둠으로써 '순간이여 멈추어라'는 파우스트의 주문을 실현하듯, 아름다운 순간의 서정성을 영원화한다.

  그것이야말로 『악령』의 스타브로긴이 꿈속에서 보았다는 인간의 끈질긴 망집이다. 계선적인 시간의 흐름으로 이어지는 현실 속에선 결코 이루어질 수 없는 '멈추어진 순간'에 대한 '망령된 집착.' 가공할 폭력의 시선을 한 장의 허술한 천막으로 막아놓은 비폭력과 무저항의 표상, '세 친구와 두 연인과 한 어린이'로 축약된 평화로운 인간 세상의 형상, 하늘에서 바다를 지나 지상으로 이어지는 은은한 햇살로 전면의 사랑의 무대 위를 환상의 조명처럼 비춰주는 대자연. 그것은, 덧없는 인간의 꿈을 탈시간적으로 공간화하는 미술의 마술이었다. 도스토옙스키의 소설 속 인물을 미치게 한 건 그와 달리 쏜살처럼 내달리는 현실의 비극적 시간성에 대한 뼈아픈 인식 때문이었으리라."[42]

  도스토옙스키와 김윤식의 열성 독자임이 분명하다.

---

42) 어진재, 「아시스와 갈라테아」, 네이버 블로그, '인문주의의 푸른 꽃을 찾아서', 2011.8.21..

사마천의 『사기』

『사기』「열전」의 마지막 「태사공 자서」에 사마천은 저술의 동기를 밝힌다. 한마디로 발분(發憤)의식의 발로다. 억울하게 누명을 쓴 사마천이 자신에게 주어진 3가지 선택, 즉 즉시 사형, 속전(贖錢), 궁형(宮刑) 셋 중에 가장 치욕적인 궁형을 선택한다. 속전의 능력이 없는 그는 사내의 상징을 제거당하는 치욕을 감수하면서 글을 쓰기 위해 목숨을 부지한다. 글을 통해 변명하고 후세에 이름을 남기는 작업에 나선 것이다.

"대체로 '시'(詩)와 '서'(書)의 뜻이 은미하고 말이 간략한 것은 가슴속에 품은 바를 드러내보이려 했기 때문이다. 시 300편(『시경』)은 대체로 현안과 성인이 발분하여 지은 것이다."[43]

조정이 나서 조직적으로 채집한 민요, 민중의 노래(國風)인, 시 300수를 공자가 한마디로 '사무사'(思無邪)라고 요약했던 것을[44] 사마천은 '발분의 노래'라고 평한다.

이병주도 자신이 『사기』를 깊이 읽게 된 사연을 발분의식의 발로였음을 밝혔다.

"억울하게 궁형까지 받은 운명의 인간이 쓴 책을 억울하게 10년형을 받은 인간이 읽고 있다는 상황엔 천년의 세월을 넘어 공감하는 바탕이 마련된다. 동시에 기록자란 것의 중요성, 기록자로서의 각오가 얼마나 엄격한지도 배웠다. 문학도 또한 자기의 기록이라고 생각할 때 나는 사마천의 '분'(憤)을 배워야 한다고 생각했고 그 기록

---

43) 사마천, 김원중 옮김, 『개정판 사기열전』 2권, 민음사, 2015, p.844.
44) 공자, 『논어』(論語), 「위정」(爲政) 편.

자의 정신을 우리의 정신으로 해야 한다고 생각했다. 사마천은 역사를 움직이는 것은 정치적 인간이라고 파악하고, 그러나 그 인간이 결국 심리적 인간이란 것에 마음을 썼을 것이다. 정치적 인간으로 화함으로써 인간은 피도 눈물도 없는 비정의 존재로 되는 것이다. 사마천은 이러한 사정까지 포함한 인간의 역사를 쓰려고 한 것이 분명하다."[45]

『토지』의 작가 박경리는 짧은 시로 이병주의 발분의식을 지원해준다.

"그대는 사랑의 기억도 없을 것이다.
긴 낮 긴 밤을
멀미같이 시간을 앓았을 것이다
천형 때문에 홀로 앉아
글을 썼던 사람
육체를 거세당하고 인생을 거세당하고
엉덩이 하나 놓을 자리 의지하며
그대는 진실을 기록하려 했는가."
—박경리,「사마천」[46]

이병주의 동년배 일본 작가 중에 시바 료타로(司馬遼太郎, 본명 福田定一, 1923-96)가 있다. 그가 필명으로 '시바'(司馬)를 택한 것

45) 이병주,「실격교사에서 작가까지」,『이병주 칼럼』, 세운문화사, 1978, pp.135-136. 이병주는 청년 시절에 만난 자신의 처외숙 성환혁(成煥赫)에게서『사기』의 무게를 처음으로 깨치게 되었다고 술회한다. 이병주,『동서양 고전탐사』2권, pp.130-134.
46) 박경리,『우리들의 시간』, 나남, 2000, p.139.

은 역사소설가로서의 사명감을 다지기 위한 것임은 물론이다.[47] 일본의 '국민작가'로 불리는 그의 대표작 『료마가 간다』(竜馬がゆく)와 『언덕 위의 구름』(坂の上の雲)은 일본제국의 부활을 열망하는 전후 일본인에 대한 강한 격려사다. 그의 역사관은 메이지-청일-러일전쟁 당시의 일본에 뿌리를 둔다. 즉 이 시기 일본과 일본군은 '문명개화'에 성공하고 '만국공법'을 준수하는 세계의 모범국가로 정착했다는 '메이지 영광론'이다.[48]

이병주는 많은 작품 속에 '이사마'(李司馬)라는 이름으로 자신을 등장시킨다. 대표적으로 제3공화국의 정치사를 기록한 작품 『그해 5월』에서 노골적으로 이 사실을 밝힌다.

"사마라고 하면 누구이건 연상하는 사람이 있을 것이다. 사마천이란 사람. 한나라의 사관, 『사기』의 저자. 이사마는 사마천의 성을 따서 스스로 그렇게 명명했다. 명명했을 뿐만 아니라 사마천의 집념을 배우려고 했다. 사마천과 같은 기록자가 되려고 했다. 그리하여 그의 일체의 다른 가능을 봉해버리고 20세기 한국의 사마천으로 되려고 스스로 맹세한 것이다."[49]

임헌영에 따르면 『그해 5월』은 제3공화국의 상징체계를 담론의 형식으로 풀어낸 소설이다. 다시 말해 작중 주도 인물인 이사마를 통해 5·16 쿠데타와 박정희 시대가 갖는 의미를 기전체(紀傳體) 수법으로 쓴 실록 대하소설이다.

---

47) 한·일 두 인기작가 사이에 약간의 친분도 생겼고, 정식으로 대담을 주선한 중간자도 있었다고 하나 출판된 대담기록은 보이지 않는다.
48) 나카츠카 아키라(中塚明), 박현옥 옮김, 『시바 료타로의 역사관』(司馬遼太郎の歷史觀), 모시는사람들, 2014.
49) 이병주, 『그해 5월』 1권, pp.17-18.

"소설의 첫 장면에서 10·26 사건을 부각한 뒤 1961년으로 거슬러 올라가 기록자 이사마가 『사기』처럼 '기전체'로 박정희 장기집권 18년 동안 각종 사료와 논평을 곁들여 엮는 형식으로 쓴 소설이다."[50]

『사기』의 정전성(正典性)은 이병주와 같은 세대에 속하는 부완혁(1919-84)의 입을 통해서도 확인된다. 그는 잡지 『사상계』의 발행인을 역임하면서 탁월한 외국어 능력을 갖춘 당대의 준재로 명성을 쌓았던 인물이다. 일류 법대를 나온 조카가 일자 무식꾼인 집 장수에게 사기를 당한다. 부완혁은 "네가 책을 읽지 않아서 사기를 당했다"고 말한다. 그러면서 『사기』를 읽으라고 권한다.

"사람들이 권력을 잡으려고 어떻게 음모하고 속이고 배신하며 때로는 죽이기를 파리 잡듯이 하는데, 사건마다 서너 줄씩밖에 기록이 없지만 사건의 원인, 과정, 결과를 자세히 풀어쓰면 한 줄이 한 권씩은 될 것이다. 요새는 권력으로부터 돈이 분리되어 권력과 돈, 둘 다에서 그런 일이 벌어진다."[51]

진주농고 교사 시절 이병주의 제자였던 시인 이형기(1933-2005)도 이병주의 영향으로 『사기』를 탐독하고 나름대로 해설서를 저술했다.[52]

'자수성가' 법조인으로 명성을 쌓은 이석연도 『사기』의 찬양자다.

50) 임헌영, 「기전체 수법으로 접근한 박정희 정권 18년사」, 김윤식·임헌영·김종회 편, 『역사의 그늘, 문학의 길』, 한길사, 2008, p.450.
51) 김영환, 「늘 독서하시던 외숙」, 『부완혁과 나』, 행림출판사, 1994, p.147.
52) 이형기, 『현대인이 읽는 史記』, 서당, 1991.

"『사기』에 담긴 사상의 원칙을 한 글자로 요약하라면 직(直)이다. 열 십(十)과 눈 목(目), 그리고 숨을 은(ㄴ)의 합(合)자로 열 개의 눈으로 숨어 있는 것을 바르게 본다는 뜻이다. 어느 한쪽에 고착된 편벽한 시선이 아닌, 만물의 변화와 이치를 꿰뚫어볼 수 있는 폭넓은 시선에 대한 은유다."[53]

　문재인 정권 초대 검찰총장을 지낸 문무일은 나이 들어가면서 후배와 자녀들에게 『삼국지』 대신에 『사기』를 읽을 것을 권한다고 한다. 세상살이와 인간관계에 작용하는 동인은 로맨틱한 우정과 신의만은 아닐 것이니.
　『사기』에 실린 열전 130편 가운데 인물 전기가 112편이다. 이 중 57편이 비극적 인물의 이름을 편명으로 택했다. 20여 편도 표제로 삼지는 않았지만 비극이다. 나머지 70여 편도 비운의 인물이 등장한다. 사마천에게 시대의 표상은 비극이었던 셈이다.[54]
　사마천이 그린 다양한 성격과 인물들 중 자객(刺客)과 유협(遊俠)편은 대중의 사랑을 가장 많이 받는다. 유협이 불의의 권력의 탄압에 신음하는 민초의 대변인인가, 아니면 통치계급의 폭정에 조력하는 건달인가는 논쟁거리로 남아 있다. 사마천은 유협의 존재를 긍정적으로 받아들이는 데서 유가와 묵가의 차이를 보인다. 유협편의 첫 구절이다.

53) 이석연, 「사마천 한국사회를 꾸짖다」, 『함께 길을 걷다』, 논형, 2020, p.7, 서문; 이석연, 『사마천 한국견문록: 『사기』의 시각에서 본 한국사회 자화상』, 까만양, 2015; 이석연, 『사마천 사기 산책』, 범우사, 2020. 이석연은 사단법인 '한국사마천학회'를 설립하여 이사장직을 맡고 있다.
54) 사마천, 김원중 옮김, 『개정판 사기열전』 1권, p.34.

"지금 유협의 경우는 그 행위가 비록 정의에 부합되지 않아도 그들의 말에 믿음이 있고 행동이 과감하며, 한번 약속한 일은 반드시 성의를 다해 실천하고 자기 몸을 아끼지 않고 남에게 닥친 고난에 뛰어들 때는 생사와 존망을 돌아보지 않으면서도 자신의 능력을 뽐내지 않고 그 덕을 자랑하는 것을 수치로 여겼다."[55]

『조선일보』에 연재되면서(1977-80) 독자의 인기를 흡입한 이병주의 『바람과 구름과 비(碑)』를 읽으면서 흡사 동방의 소설가로 환생한 사마천의 필치를 대하는 듯한 환각에 빠져든 독자도 적지 않았다.

사마천이 열전을 기록한 인물 112명 중에 나림 이병주를 가장 닮은 사람을 고르라면 필자는 사마상여(司馬相如)를 선택할 것이다. 긴 생애 동안 나림 이병주가 주변 인물과 독자에게 강하게 각인시킨 이미지는 한마디로 지극히 '인간적'이다. 이병주는 수많은 강점과 약점을 함께 구비한 인물이었다. 사마상여는 정치적 출세를 도모하면서도 미인을 탐하여 위해를 각오하고 사랑의 도주를 감행한다. 황제(한무제)는 사마상여의 필력을 찬양하여 각종 비행에 상당한 면죄부를 준다.

사마천은 「태사공 자서」에서 "사마상여의 저술인 『자허부』(子虛賦)와 『대인부』(大人賦)의 말은 지나치게 아름답고 과장된 부분이 많지만 가리키는 바는 풍간을 통해 무위로 돌아가게 하는 것이다"라고 특기한다.[56] 여인의 미색을 그린 사마상여의 문장을 읽으면 나림 이병주의 문체를 연상하게 된다.

---

55) 위의 책, 2권, pp.679-680.
56) 위의 책, pp.868-869.

"그러면 정나라의 아름다운 여인들은 부드러운 비단을 몸에 휘감고 가는 삼베와 비단으로 만든 치맛자락을 끌면서 각양각색의 비단을 몸에 걸치고 안개처럼 엷은 비단을 늘어뜨립니다. 그녀들의 주름 잡힌 옷은 마치 나무가 우거진 깊은 골짜기처럼 겹쳐져서 구불구불하지만 긴 소맷자락은 정연하여 가지런하고, 섬(纖)은 날리고 소(髾)는 드리워졌습니다. 수레를 붙들고 공손히 따라갈 때마다 옷에서 사각사각 하는 소리가 납니다. 옷자락 아래로는 난초와 혜초를 스치고 위로는 깃털로 장식한 수레 위의 비단 덮개를 쓸고, 비취새 털로 만든 목걸이에 구슬로 장식한 수레의 끈이 걸리며, 가볍게 솟아올랐다가 다시 내려지는 것이 신선의 모습을 방불케 합니다."[57]

다른 스승들: 발자크, 도데, 정약용, 루쉰

니체, 도스토옙스키, 그리고 사마천이 이병주의 문학사상을 지배했던 3대 거인이지만 이들 이외에도 작가에게 영향을 미친 수많은 스승이 있다. 그중에서 적어도 발자크, 알퐁스 도데, 앙드레 지드, 사르트르, 루쉰, 그리고 다산 정약용에 대해서는 체계적인 연구가 필요하다는 생각이 든다.

"나폴레옹 앞에 알프스가 있었다면 나의 앞에는 발자크가 있다."[58] 프랑스 문학 전공자로 자처한 이병주는 나폴레옹이 검으로 이룬 업적을 자신은 펜으로 이루겠다던 발자크처럼 자신은 '한국의 발자크'가 되겠다는 야심을 키웠다고 한다. 이병주와 발자크의 생애는 서로 닮은 점이 많다고 한다.[59]

---

57) 위의 책, pp.493-495.
58) 이병주, 『그 테러리스트를 위한 만사』, 한길사, 2006, p.227.
59) 임헌영, 「운명 앞에 겸허했던 한 여인의 소망」, 『이병주 문학 학술세미나 자료집』, 2019. 4, pp.9-11. 발자크 문학이 이병주 문학을 어떻게 풍요롭게 했는지 보다 체계적인 연구가 필요할 것이다.

이병주는 양보보통학교 시절에 일본인 교장 부인이 선물로 준 알퐁스 도데(1840-97)의 『마지막 수업』에 감명을 받고 "조선도 언젠가는 독립할 날이 있겠지요?"라고 물었다는 일화를 기록했다.[60] 프랑스 문학에서 도데의 비중은 그리 높지 않지만 식민지 소년의 민족의식을 고취하고 장래 작가로서의 꿈을 키우는 촉매제가 되었다는 점에서 이병주와 그의 독자들에게는 중요한 작가다.

다산 정약용은 근대 한국인이 꼭 알아야 하는 인물이다. 메이지대학 재학 중에 이병주는 도쿄의 미도요마치(美土代町)에 있는 이상백의 연구실로 찾아간다. 당시 이상백은 와세다대학 강사이자 일본농구협회 부회장직을 맡고 있었다. 세계에 내놓을 만한 조선 학자가 없다는 학생의 불평을 들은 이상백은 원효와 정약용을 거론한다. 이병주가 정약용의 존재를 처음 알게 된 계기다.

"나는 다산을 통해 한국인의 자부와 한을 알았다. 이것을 빼놓고 나의 문학이 있을 까닭이 없다. 그런 뜻으로 가장 가까운 혈연적인 스승이라고 할 수 있다."[61]

"머릿속엔 방법이 있고 가슴속엔 정열이 불타고 있으면서 부패해 가는 조국의 참상을 방관하고만 있어야 했던 다산의 분노를 능히 짐작할 수 있다. 그래서 『목민심서』를 나는 '분노의 책'이라고 고쳐 부르는 것이다."

"임상기록으로 병자의 생명을 추측할 수 있듯이 나는 그 기록을 읽고 조선은 망하게 되어 있었다고 깨달았다. 조선이 망하고 새로운

---

60) 이병주, 『동서양 고전탐사』 1권, pp.17-18.
61) 위의 책, p.68.

생명력이 나라의 운명을 잡아야 했던 것인데, 우리의 경우는 그러질 못했다. 일본에 행운이었다는 것은 도쿠가와 막부 체제가 무너져도 그것을 이어받을 신흥 세력이 성장하고 있어 그 배턴 터치가 순조로 웠다는 점이다. 그런데 우리나라는 그러질 못했고 썩어빠진 왕조와 그 운명을 같이하는 슬픈 역정을 밟았다. 다산을 생각할 때마다 나는 꽃피지 못한 우리 민족의 가능을 슬퍼하는 마음이 된다."[62]

루쉰(魯迅, 1881-1936)은 근대 중국의 선구적 사상가인 동시에 문학의 아버지다. 1941년 12월 일본은 진주만을 공격한 후에 정식으로 선전포고를 했다. 바로 그날 이병주는 도쿄 간다(神田)의 한 책방에서 문고판 루쉰 전집을 구입한다. 200페이지 남짓한 얇은 책자였다. 두 시간도 못 되어 독파했다.

"당시 나는 랭보, 말라르메 등 프랑스 상징주의 문학에 미쳐 있었는데 루쉰은 그러한 나를 부끄럽게 했다."[63]

이병주는 해방 후 다시 루쉰을 읽는다.

"진주에 살고 있을 때 나는 술을 마시지 않으면 루쉰에 빠져 있고, 한다는 말이 주로 루쉰에 관한 것이었고,[64] '루쉰 연구가 내 평생의 주요 과업이 될지 모른다'고 했다.[65] 해방 후의 혼란은 루쉰과 같은 스승을 가장 필요로 하는 시기이기도 했다. 나는 그의 눈을 통해 이른바 우익을 보았다. 인습과 사감에 사로잡힌 반동들의 무리도 보았

---

62) 위의 책, pp.104-105.
63) 위의 책, p.12.
64) 위의 책, p.12.
65) 위의 책, p.35.

다. 민주주의에 대한 지향이 없다고는 할 수 없었으나 불순한 권모술수가 너무나 두드러지게 나타나 있었다.

나는 또한 루쉰의 눈을 통해 좌익을 보았다. 그것은 인민의 이익을 빙자해선 인민을 노예화하려는 인면수심의 집단으로 보였다. 그곳에서의 권모술수는 우익을 훨씬 상회하는 것이었다. 인민을 선도하는 데 목적이 있는 것이 아니고 모스크바의 상전에 보이기 위한 연극에 열중해 있는 꼬락서니였다. 이러한 관찰을 익히고 보니 나는 어느덧 우익으로부턴 용공분자로 몰리고 좌익으로부턴 악질적인 반동분자로 몰렸다. 가장 너그러운 평가란 것이 회색분자라는 낙인이었다."[66]

사르트르

사르트르(Jean-Paul Sartre, 1905-80)는 학병세대가 장년이 된 후에 비로소 본격적으로 접한 인물일 것이다. 학병세대의 주도적 인물의 하나인 황용주는 1950년대에 한국 민속자료를 수집하러 내한한 프랑스인에게서 선물로 받은 일본판 사르트르 전집을 소중한 가보로 간직하다 도둑맞은 일을 못내 아쉬워했다(도둑이 책도 훔치던 시절이었다!).[67] 이병주에게 사르트르는 실천하는 지식인의 표상이었다.[68]

"펜은 검이 아니다"는 사르트르의 자서전 『말』(Les Mots, 1963)의 부제다.

"'오랫동안 나는 펜이 검이라고 생각해왔다. 그런데 오늘날 문필생활을 하는 우리들은 무력하기 짝이 없다는 사실을 알았다'라는 말

---

66) 위의 책, p.15.
67) 안경환, 『황용주: 그와 박정희의 시대』, 까치, 2013, p.227.
68) 이병주는 1980년 사르트르에게 면담을 제안하여 거절당했다는 이야기를 남겼다. 이 책, 36장 참조.

로 끝을 맺는다. 호오(好惡)를 떠나서 최선의 의미든 최악의 의미든 사르트르는 유럽지성의 상징이다. 최선의 의미란 그의 분명 솔직하고 진지한 학구적 태도에 더하여 최선의 방향을 택하려는 노력을 말하고, 최악의 의미란 그가 구원이 없는 절망의 철학자라는 데 있다."

"그런 사르트르가 인생의 황혼에 펜의 무력함을 절감했다는 사실은 인생의 절망을 보았다는 말과 똑같다. 그는 후세에 남아 생명력을 가지는 작품보다 현실을 변개(變改)하는 데 효과가 있는 문필활동에 중심을 둔 사람이다. 그러니 사르트르의 절망은 현실참여를 목표로 한 문필활동의 한계를 상징적으로 표명한 것이기도 하다."

"그런데 우리들은 언제 펜은 검이란 소박한 신앙에라도 충실한 적이 있었던가? 숨 가쁘게 그를 극복하려고만 말고 '쓴다는 것은 어쩌자는 노릇인가' '누구를 위해 쓰는가' '무엇을 써야 하는가'를 사르트르와 더불어 진지하고 치밀하게 생각해볼 필요가 있다."[69]

김윤식을 비롯한 '전후세대' 한국 청년들에게 사르트르는 가히 절대적인 존재가 되었다. "아! 50년대"라는 감탄사 없이는 우리의 전후세대와 그 문학을 말할 수 없다. 고은의 말이다. 전쟁을 체험하며 자란 전후세대 젊은이에게 사르트르와 카뮈는 시대의 부호였다.

새 시대의 총아로 떠오른 이어령은 시적 산문을 사르트르처럼 썼다.

"우리의 언어는 죽음의 늪에 괴어 빛을 잃었고 어둠의 골목 속에서 폐물처럼 녹이 슬었다. 그렇다면 오늘의 작가들은 그들의 세대에

69) 이병주, 「사르트르 단상(斷想)」, 『미와 진실의 그림자』, 명문당, 1988, pp.184-186.

대하여 하나의 기수가 될 수 있을 것인가. 군중 위에서 퍼덕이는 기의 의미를, 그 현실에 대한 기의 의미를 알고 있는 것일까. 오늘의 인간들이 어떻게 죽어가고 있는가를, 어떻게 사랑을 잃어가고 있는가를, 그 공포를 과연 그들은 목격하고 있는 것일까."

"전후세대는 일제 말기의 가장 고압적인 군국주의 식민지 교육을 철날 적에 받았고, 해방 뒤엔 미국식 교육에 물들면서 추상적이나마 민주주의 교육을 받았다. 자기 나라 전통문화엔 교육의 레벨에서는 거의 접한 바 없었다. 문학의 경우, 그들에겐 전통이 없었다. 그 텅 빈 자리에 사르트르가 군림하고 있는 형국이었다. (사르트르 숭배는) 우리 문화를 지배하던 일본이 남긴 유산에 연결될지도 모른다. 프랑스 문학에 일방적으로 기울었고 또 민감했던 일본 문학의 감도가 은연중에 작용한 것이다. 그러나 무엇보다 결정적인 이유는 6·25 전쟁이었다. 사르트르의『실존주의는 휴머니즘이다』가 번역되었다. 살육과 온갖 비인간적인 행위가 일상의 전쟁의 참화가 쓸고 간 초토의 땅에서 기댈 수 있는 유일한 관념상의 지주가 실존주의였다."[70]

미완의 작품: 정직한 열정

"단지 한 계명만이 나를 두고 이름이다: 순결하여라."파시오 누오바(passio nuova) 혹은 '정직한 열정', 이는 일찍이 니체가 집필을 계획했던 책의 제목이었다고 한다. 그러나 끝내 집필을 마치지 못했지만 제목처럼 살다 갔다. 열정적인 정직함, 광신적 강직, 그리고 고통으로까지 상승되어 자극하는 진실됨이 바로 니체를 성장시키고 변화시킨, 창조의 원세포였기 때문이다."[71]

---

70) 김윤식,「사르트르와 우리 세대: 사르트르의 무덤을 찾아서」,『낯선 신을 찾아서』, pp.340-383.
71) 위의 책, p.370.

"니체의 비극은 모노 드라마다. 그의 생을 그린 이 짧은 비극무대에는 니체 이외에 다른 인물은 등장하지 않는다. 눈사태처럼 파국으로 치닫는 연극의 전막을 통해, 홀로 서서 투쟁하는 유일한 사람이 바로 니체다.

배우, 상대역의 공연자는 물론이고 청중 한 사람도 없는 이 연극은 다름 아닌 프리드리히 니체의 영웅 비극이다. 작가 자신 이외에 그 누구도 인정하지 않고 알아주지 않는, 그런 행보를 말이다. 그가 대도시의 그늘에서 조악하기 이를 데 없는 월세방, 보잘것없는 음식의 여인숙, 지저분한 열차 칸과 많은 병실을 거치는 동안 밖에서는 시간의 표면 위에 예술과 학문이 거래되는 다채로운 큰 장이 서고, 목이 쉬도록 부르짖는 외침으로 가득했다. 오직 니체와 때를 같이하여 동일한 가난과 망각 속으로 몸을 숨긴 도스토옙스키만이 이같이 어둡고 창백한 유령의 빛을 지니고 있었다."[72]

니체는 『반시대적 고찰』에서 "현존재가 얻을 수 있는 가장 큰 쾌락을 말하자면 위험한 삶이다"라고 말했다.

니체의 제자 이병주의 삶은 어떠했는가. 스승과는 달리 심신이 강건한 지식인이었다. 생의 마지막까지 붓을 잡다 끝내 대미를 완결하지 못했던 『별이 차가운 밤이면』에도 지식인의 자부심과 품위가 담겨 있다. "라틴어를 할 줄 아는 시체와 할 줄 모르는 시체는 아무래도 다를 것 같아"[73]라는 표현이나 교토의 불교성지인 고야산(高野山) 나들이를 하는 장면에서 일본 고등학생의 지식의 폭과 감성의 깊이를 부러운 시선으로 바라본다.[74]

무소속, 자유지성, 방관자, 예외자, 고독자, 관조자, 이런 관념들은

---

72) 슈테판 츠바이크, 『천재와 광기』, pp.350-351.
73) 이병주, 『별이 차가운 밤이면』, p.226.
74) 위의 책, pp.227-236.

이병주의 전 생애와 문학을 관통하는 핵심어들이다. 친일과 반일, 좌우의 이념 대립, 그리고 흑백논리가 일상을 지배하는 사회에서, 흑도 백도 아닌 회색의 지식인 정원을 가꾸기에 평생 진력한 이병주의 행장이었다. 『인간적인, 너무나 인간적인』의 경구들 중에 가장 엄청나고도 무서운 경구는 "진리의 적: 모든 신념은 거짓말보다도 위험한 진리의 적"이다.[75] 이병주가 엄선한 스승 니체의 경구다.

그리 길지는 않지만, 그렇다고 아주 짧지도 않은 71년 생애 동안 남다른 건강과 정력을 무기 삼아 펄펄 나는 필치로 무수히 많은 읽을거리를 남긴 이병주였지만 자신이 진정으로 다음 세대가 기억하기를 소망하는 작품을 썼을까. 마지막 남은 정직한 열정을 모아 화려하고도 위험했던 삶을 총체적으로 결산하는 작품, 산맥과 골짜기, 햇빛과 달빛을 아울러 빚은 작품,[76] 니체와 도스토옙스키, 사마천을 아울러 그들만큼이나 오랜 세월 두고두고 곱씹힐 그런 대작 말이다. 그가 떠난 지 30년, 아직도 적정한 예고가 없었던 그의 죽음을 못내 아쉬워하는 이유가 바로 여기에 있다.

---

75) 이병주, 『동서양 고전탐사』 2권, p.125.
76) 임헌영, 「운명 앞에 겸허했던 한 여인의 소망」, 『2019 이병주 문학 학술세미나 자료집』, 2019. 4, pp.9-11.

31. 역사소설

『포은 정몽주』

종묘제례 아악 27곡 가사 중에 정몽주에 대한 대사가 있다.

"고려의 한 어리석은 신하가 천하대세를 제대로 판단 못 하기에 선조께서 이를 바로잡았느니."

조선 왕조의 입장에서 볼 때는 태조 이성계가 무너뜨린 나라에 충성한 정몽주는 만고의 역신으로 남아 있어야 한다. 그러나 기이하게도 그는 복권되어 충절의 신하로도 추앙받는다. 나라가 바뀌어도 충신은 필요한 법이다. 백 몇십 년 후 세월 속에 산일되었던 그의 글이 묶여 햇빛을 본다. 우암 송시열이 서문을 쓴다.

"아깝게도 선생의 아름다운 말과 지극한 논의가 죄다 세상에 전해지지 못하고 다만 이 쓸쓸한 몇 편이 다행히 남아 있으니, 목은이 이른바 횡설수설(橫說竪說)이라 한 것이 어떤 의미였는지 모르지만, 아까운 생각을 견딜 수 있으랴. 그러나 이 문집에 실린 것으로 상상하여 헤아려 보면 참으로 이른바 호걸의 재질이고 성현의 학문이다. 아아! 세도(世道)가 이미 쇠퇴하여 풍속이 더욱 낮아져가니, 전철(前哲)이 더욱 멀어져 감을 개탄하고 유학이 장차 쇠망할 것을 슬퍼하여, 문득 이 말을 써서 네 편의 머리에 붙여서 우리나라 사람들이 선생의 끝없는 은혜를 받았음을 알게 하고, 또 유학의 흥망에 실로 관계되는 바가 있음을 알게 하는 것이다."[1]

조선조의 역신으로 낙인찍힌 허균의 평가다. "정포은은 이학과 절의가 일시의 으뜸이었을 뿐만 아니라 그 문장 역시 호방하고 걸출하다."[2] 아는 사람은 아는 법이다.

1989년 이병주는 『포은 정몽주』를 펴낸다. 전형적인 전기소설이다. '감수자'가 명시되어 있는 것이 매우 이례적이다.[3] 정몽주는 공민왕 21년(36세) 3월 정사 홍사범의 서장관으로 중국 남경 사행길에 오른다. 8월 귀국 길에 풍랑을 만나 정사는 익사하고 그는 구사일생으로 생환한다. 그때 지은 시다.

"만 리 밖 고국을 하직하고 사명받고 서(西)로 와 대궐에 조회했네
봉천문 앞에서 천자를 배알하고
금릉 땅 저자에서 가인과 취했노라."
我從萬里辭古國
奉使西來紫宸
奉天門前 謁天子金陵市上醉佳人[4]

이 작품에서는 이병주의 장기인 상열지사의 묘사도 지극히 은유

---

1) 『송시열의 포은 선생집』 중간사, 숭정 기해년 납월(臘月 : 12월 10일) 후학 은진인 송시열 서. 『圃隱先生文集』.

2) 송재소, 『한시의 미학과 역사적 진실』, 창작과비평사, 2001, p.11; 「포은 정몽주의 시와 호기」(원제 「포은의 시세계」, 『포은사상연구논총』 1집), 1992, pp.11-51.

3) 이병주, 『포은(圃隱) 정몽주』, 서당, 1989. 이 책은 포은사상 연구원 이사장 정해영(鄭海永, 1915-2005)이 감수자로 명시되어 있다. 정해영은 울산 출신으로 국회부의장을 지낸 정치인이며 영일 정씨 종친회의 회장이기도 했다. 이 사실로 미루어보아 의뢰를 받아 쓴 작품으로 추정된다. 그만큼 필자는 자유로운 창작에 제약을 받았을 수도 있다. 작가가 밝힌 참조문헌으로 『고려사』, 『고려사절요』, 『치평요람』, 이병도·이상벽의 『명사이십사사중』(明史二十四史中), 『정포은 선생 문집』이 열거되어 있다. 2014년 나남에서 재간행되면서 제목이 바뀌었다. 『정몽주: 구름은 용을 따르는가』, 나남, 2014.

4) 누구나 즐겨 인용하는 이 시가 이병주의 작품에는 빠졌다.

적이다. 오로지 초련(楚蓮)이라는 가상의 기녀와 정신적인 사랑을 나누는 것으로 만족한다.

　"마음이 없어 하고 싶지 않은 것이지 못할 일이 아니라고 소녀는 생각하옵니다. 어른께선 너무 무정하셔. 초련이 이처럼 보챌 수가 있고, 끝내 아버지란 말을 쓰지 않은 것으로 보아 부녀 사이로 지내고자 한 정몽주의 의도는 어느새 운우의 정으로 흐려져 버린 것이 아닌가 하는 의심을 갖게 되지만 짐작으로 속단하는 건 외람된 노릇이 아닐까 하여 삼간다. 설혹 37세의 장년이 외로운 처지에서 미희를 육체적으로 사랑하게 되었대서 욕될 것이 아니란 생각도 들지만. 허균의 말을 빌리면, 성애는 하늘이 시키는 노릇인 것이다."[5]

　젊은 시절 중국사행은 희망과 영광의 노정이다. 그러나 나이 들어 오른 일본 봉사(奉使)는 치욕의 길이다. 정몽주는 당시 권력의 찬탈자 이인임의 명에 의해 일본에 간다. 사실상 유배당한 것이다.

　"반평생을 덧없는 공명에 얽매어
　만 리 밖에 풍속 다른 나라에 와 있네
　시절에 사무쳐 쉽게 눈물이 나고
　나라에 몸 바쳐 원유가 잦네."
　半生苦被浮名縛 萬里還同異俗居
　眼爲感時垂泣易 身因許國遠遊頻[6]

　권력의 핵심에서 밀려난 포은은 고향의 농포(農圃)로 돌아가 은

---

5) 이병주, 『포은 정몽주』, pp.97-104.
6) 『포은문집』, 1-25 a 其 五六, 洪武丁巳 奉使日本作 11首.

일(隱逸)한 만년을 보내고자 했으나 그의 염원은 이루어질 수 없었다. 그의 유해마저 영천으로 돌아가지 못했다.[7]

후세인 학자 송재소는 이렇게 비유했다. 포은은 둔촌(遁村) 이집(李集, 1327-87)과 삼봉 정도전의 중간에 위치한 인물이다. 둔촌은 10년 연상으로 포은이 존경하던 인물이다. 포은은 학문적으로는 목은 이색을 따르고 추앙했지만 정신적으로는 둔촌을 공경했다. 둔촌은 공민왕 17년 신돈을 탄핵하려다 실패한 후 가족을 이끌고 경상도 영천에 피신했다. 3년 후 신돈이 죽고 개경에 복귀했으나 이내 사직하고 초야에 묻혀 일생을 마쳤다.[8]

현실지향적이라는 측면에서 본다면 삼봉 정도전도 포은과 같은 입장이다. 둘 다 결코 현실에서 은거할 인물이 아니다. 그러나 삼봉은 포은보다 더욱 현실적인 인물이다. 현실과 대결하는 자세에서 포은이 소극적이라면 삼봉은 적극적이다. 이런 저돌적이고 적극적인 자세 때문에 삼봉은 포은보다 더 잦은 유배생활을 해야만 했다. 우왕 즉위년에 이인임이 원나라 사신을 받아들이려 할 때 신진관료들 중에 가장 극렬하게 반대한 사람도 삼봉이었다. 불교 문제에서도 삼봉은 불교를 근본적으로 부정하는 철저한 배불론자였다. 이에 비하면 포은은 덜 철저했다.

둘은 이념이나 사상을 공유하는 동지이면서도 끝내는 적으로 갈라섰다. 이는 정치적 감각의 차이에서 유래하는 것이었다. 목적을 달성하기 위해서 군사력이라는 비상수단을 동원할 수도 있고 임금을 제거하는 역성혁명도 불사하겠다는 것이 삼봉의 의지인 반면, 때로는 타협하고 때로는 설득하면서 모든 사람을 감싸려는 것이 포은의 생각이다.

---

7) 이병주, 『포은 정몽주』, p.13.
8) 『포은문집』, 2-13a 遁村卷子詩. 송재소, 위의 글, pp.33-39.

이렇듯 서로 기질과 정치적 감각의 차이가 있음에도 불구하고 공양왕 때의 정쟁 이전에 두 사람은 목표와 뜻을 공유하는 동지였다.

"삼봉은 사람에게 마음 주는 일 드물고
진가를 분명히 가리는 눈 있네."
三峯於人少許可
有眼分明辨眞假[9]

둔촌이나 삼봉처럼 외골수로 인생을 살면 포은과 같은 갈등을 느끼지 않을지 모른다. 삼봉은 너무나 여유가 없고 둔촌은 지나치게 여유롭다. 양극단을 피하고 중간에 조화를 이루자니 포은과 같은 갈등이 일어난다. 사신으로 일본에 가서 겪는 포은의 갈등도 이런 성격의 것이다. 둔촌처럼 과감하게 은퇴하지도 못하고 그렇다고 해서 이인임에게 정면으로 대들지도 못한 입장에서 떠밀려 일본으로 유배되다시피 한 것이다. 만년에 그가 절감한 바와 같이 서생으로서의 한계 때문에 끝내 웅비의 날개를 펴지 못하고 말았다. 군사력을 거머쥔 이성계 일파와의 정치적 대결에서 패배했을 때 그는 국가를 위해 죽을 수 있는 명분을 찾았다고 생각했을 것이다.[10]

정도전은 스승 목은 이색을 탄핵한다. (왕씨가 아닌 신돈의 자식이라는 소문을 내세워) 우왕의 세자 창을 후계자로 지정하는 데 찬성했다는 이유였다. 그런 정도전을 정몽주는 이렇게 책망했다.

"(스승의) 잘못을 발견했다면 조용히 찾아가서 간언할 것이지 대뜸 탄핵부터 시작한다는 것은 윤리를 파괴하는 노릇이다. 명색이 유

---

9)『포은문집』, 2-1 4a 題柏庭詩卷.
10) 송재소, 위의 글, p.51.

가로서 윤리를 깨면서까지 해야 할 것이 무엇인가. 대역을 다스리기 위해선 사제의 윤리를 깨뜨릴 수 있을 것이다. 불충을 따지기 위해선 윤리를 깨뜨릴 수 있을 것이다. 그러나 이색이 대역을 범했단 말인가. 불충을 범했단 말인가."[11]

작품의 마지막 구절은 "그의 가산은 모조리 적몰되었다. 이때 정몽주의 학구적인 논설은 파기되거나 산일되고 말았다. 오늘에 남아 있는 문집은 그의 시부(詩賦) 가운데 일부와 선배, 친구, 문하생들이 소장하고 있었던 소(疏)류와 서한 같은 것을 수록하고 있을 뿐이다" 라고 기록되어 있다.

이율곡이 "여말의 정몽주는 유자(儒者)의 기상은 있었으나 미처 그 학(學)을 성취시키지는 못했다"고 한 것은 그가 정몽주의 학론을 접해보지 못하고 낸 성급한 판단이 아니었을까 한다. 아무튼 정몽주의 죽음은 바로 고려의 종언을 뜻한다. 그가 비참한 최후를 맞은 지 3개월을 채 넘기지 못하여 공양왕이 추방되고 고려는 475년 동안 지탱한 왕조의 막을 내리게 되는 것이다.

"고려는 망해도 정몽주의 광휘는 영원토록 청사에 빛난다. 그를 죽인 이방원, 태종마저도 최고의 벼슬을 증직하고 문충공의 시호로서 받들어 정몽주를 헌창하는 데 성의를 다하지 않을 수가 없었다. 이조의 문묘는 포은 정몽주의 이름으로 하여 더욱 찬란하게 된 것이다. 일리 나는 포은을 청사의 비광(秘光)이라고 한다. 그런데 이 비광이 춘추를 거듭하는 동안 민족을 광피(光被)하는 영특한 빛으로 되는 것이니 역사의 오묘함이 역연하다고 할 것이다."[12]

---

11) 이병주, 『포은 정몽주』, p.281.
12) 위의 책, p.432.

이병주가 쓴 「저자 후기」는 후세인 그 누구도 토를 달지 못할 객관적인 내용을 담은 포은 정몽주의 표준 추모문으로 무리가 없을 터이나, 인간의 고뇌를 제대로 그리지 못한 문인의 자책감만으로도 의미가 있다.

"포은 선생 56년의 생애는 성(誠)과 충(忠)과 정(情)과 지(智)와 근(勤), 그야말로 간연(間然)할 수 없는 밀도로서 짜인 시간의 연속이었다. 그런데 그 생애를 재구성하기에는 사료가 너무 부족하다. 범거(範據)로 할 만한 고려사(高麗史)는 그의 정적의 후예라고 할 수 있는 이조의 중신들이 편찬한 것이어서 어느 정도 진실을 믿어야 할지 모르게 되어 있다. 그를 숭앙하는 사람들의 그에게 바친 찬사는 능히 한우충동(汗牛充棟)할 정도이지만, 옛글이 대개 그러하듯이 지나치게 관념적이고 추상적이어서 구체성이 결여되어 있다. 그런 까닭에 모처럼의 의욕이었지만 충실한 내면적인 인간기록이 되지 못하고 단편적인 사건의 기록이 되고 말았다. 포은 선생에게 있어서 중요한 것은 인간으로서 충신으로서 내면적인 갈등과 고민이다. 그것을 빼버리면 불우한 정치인으로서의 고독한 모습만 남는다. 그러나 원래 위인의 진면목은 범상한 능력으로선 파악하지 못한다. 보람은 없을망정 최선을 다한 것으로 자위할 수밖에 없다."

『소설 정도전』

이병주가 타계한 이듬해인 1993년 『소설 정도전』이 출간된다.[13] 원고를 탈고하고도 미처 책으로 내지 못하고 떠난 이병주의 유작이다. 당연하게 저자 서문이 없다. 편집자의 변이 저자의 생각을 어느 정도 대변하리라.

---

13) 이병주, 『소설 정도전』, 큰산, 1993, p.288.

"세 차례에 걸친 유배와 감옥살이, 지나친 숭유억불 정책과 고려의 충신을 탄압한 나머지 생사존망의 위협도 여러 차례 겪은 그가, 오히려 개국공신으로까지 추켜세웠던 조선 왕조로부터 반역자의 원흉으로 몰려 불의에 타살되었다는 사실은 실로 권력의 무상과 비정함을 실감케 하고도 남는 데가 있다. 오늘의 정치현실 또한 이에서 크게 벗어나지 않으리라."[14)]

정몽주에 이어 정도전을 쓰는 것은 역사의 균형을 유지하는 의미도 있다. 두 거유(巨儒)의 인간적인 면모를 살피는 것도 역사의 기록자를 자처하는 작가에게는 뺄 수 없는 일일 것이다. 두 사람은 고려 말 목은 이색의 문하생으로 배원 친명파로 각별한 동료의식을 지녔다고 한다. 삼봉의 유배 시에 포은이 『맹자』를 보내주었다는 기록도 있다. 둘 사이에 선의의 라이벌 의식이 지배했고 젊은 시절에 둘다 불온한 사상의 소유자로 낙인찍혀 귀양길에 내몰렸다. 불서를 탐독한 포은과는 달리 스승 이색을 단호하게 비난한 삼봉은 조선조의 통치이념인 숭유억불 정책의 입안자다. 이렇듯 경직된 삼봉보다 상대적으로 유연한 포은이 먼저 해배되었다. 끝내 둘은 서로 죽임을 도모하는 정적으로 변했다. 예나 지금이나 정치란 그런 것이다.

이병주는 『소설 정도전』을 『포은 정몽주』의 경우와는 달리 일체의 구속이나 심리적 부담 없이 그야말로 자유로운 필치로 쓴 것으로 짐작된다. 상상이 넘치는 소설적 요소도 강하고, 정사 밖의 많은 캐릭터를 만들어냈다. 여성 캐릭터는 모두 작가의 창작으로 보아도 무

---

14) 권경미, 「비정한 정치현실 속의 풍객(風客)」, pp.6-7. "이처럼 파란만장한 생애를 살아온 역사인물이 우리의 대하소설가 이병주 선생에 의해 재조명되었다는 건 너무나 당연하다 하겠다. 날카로운 역사의식과 해박한 지식, 물 흐르듯 거침없는 문장으로 소설화된 것을 뒤늦게 발굴하여 독자 앞에 선보이는 축복 또한 그에 못지않게 크고 깊다. 이를 기꺼이 출판케 해주신 유족 여러분께 새삼 감사드린다."

방할 것이다. 자신이 속량해준 종의 딸로 대찰 승려의 비첩이 된 소윤은 삼봉을 하늘처럼 받들고, 비구니가 된 지화는 이성계의 계비 강씨(신덕왕후)와 친교를 맺는다. 삼봉은 억불숭유 정책을 실천하기 위해 불자가 된 애인을 포기한다. 사랑과 사상의 거리 두기다. 정도전의 출생 배경에 대해서도 그럴듯한 허구를 가미한다. 그의 어머니가 노비의 딸이었으나 양녀로 입적되었다는 소문을 가설로 받아들이기도 한다. 여느 역사소설과는 달리 인용된 한문 문장이 거의 없다는 점이 이 작품의 특성이기도 하다. 소설의 마지막 장면이 처절하다.

"그의 몸이 옆으로 기우뚱하다간 썩은 고목처럼 쓰러졌다. 모여 있던 반도들이 그의 시체를 밟고 뭉개며 이를 갈았다. 그러고는 시체를 소나무 위에다 내동댕이쳤다.

삼봉의 위난을 전해들은 두 형제 유(游)와 영(泳)이 허겁지겁 달려왔다.

'넌 누구냐?'

'정유, 정영 형제올시다.'

'정도전의 새끼들이구나. 뭣 때문에 왔느냐?'

'가친이 위기에 몰렸다기에…'

'효자로구나.'

숱한 창과 칼 그리고 몽둥이가 두 형제의 몸뚱이에 집중으로 가해졌다. 그들의 시체는 개처럼 끌려 삼봉의 시체 위에 포개졌다."

'개처럼 끌려'라는 표현에 대해 봉화 정씨 후손의 격렬한 항의가 따랐다.

2017년 5월 문재인 정부가 출범하면서 초대 내각의 노동부장관으로 지명받은 학자가 시평집을 펴내면서 제목으로 정도전을 소환했다.[15] 『심천의 꿈』. 정도전의 '심문천답'(心問天答)에서 따온 것이다. 1375년 12월, 삼봉이 유배지에서 쓴 저술이다. 현실에 대한 불안과 불만으로 가득한 '마음'과 '상제'로 묘사된 하늘의 대화로 구성되어 있다. 마음이 하늘에게 부당하고도 모순된 현실에 대해 따지는 것이 '심문편'이고 상제가 마음을 꾸짖어 답하는 것이 '천답편'이다.[16] 새 정권을 창조하여 개혁의 이상을 펴려는 야심을 품었으나 야당의 정치공세, 대중 정서와 언론의 장벽을 넘지 못하고 좌절한 지식인의 야속한 마음을 드러낸 것이리라.

이병주는 '역사 에세이'에서도 정도전의 공적 삶을 조선조의 골간으로 평가했다.

"조선조의 건국이 불가피했고 조선조가 민족사에 영광된 부분이 있다면 당연히 정도전은 민족사에 가장 빛나는 이름이 되어야 한다. 한편 조선조가 민족의 치욕을 나타낸 것이라면 정도전은 여타의 공적이 있었을망정 치욕을 만든 장본의 일인으로서 역사에 그 의미를 뚜렷하게 해야만 한다."[17]

서울이 대한민국의 수도인 것은 굳이 법 규정이 없어도 너무나 명백한 '관습헌법'이다. 2004년 10월 21일, 헌법재판소의 선언이었다. 이 판결의 지혜와 정당성에 대해서는 구구한 논쟁이 있을 수 있다. 수도의 이전을 시도하는 법률을 헌법 위반이라 무효라고 선언하면서 재판관들은 필시 정도전의 위업을 생각했을 것이다. 그는 학자인 동시에 정치가, 군사전문가, 아울러 건축 예술가, 도시 전문가이기도 하다. 한마디로 정도전은 한양의 건설자였다. 그가 지은 『신도팔

15) 조대엽, 『심천의 꿈: 대한민국 백년의 시민살이에 관한 사색』, 나남, 2018, p.10.
16) 위의 책, pp.22-38.
17) 김윤식 · 김종회 엮음, 『이병주 역사 기행』, 바이북스, 2014, pp.70-81.

경시』(新都八景詩)에는[18] 산이, 강이, 궁궐이, 관서가, 시장이, 그리고 백성의 삶이 투영되어 있다. 작가의 말이다. "나는 정도전을 생각하면 태종을 생각하고 이어 한무제와 사마천의 관계를 연상하게 된다." 한무제는 이미 이름만 남아 있는 위패뿐으로, 특히 들먹여 본다고 해도 만화 이상으로 더 될 것이 없지만 사마천은 아직도가 아니라 어쩌면 감동의 원천으로 길이 살아 있을 것이다. 태종의 경우도 마찬가지다. 그의 생애는 피로써 물들여진 억센 드라마였을망정, 기껏 한폭의 만화를 벗어나지 못한다. 그러나 정도전은 그렇지 아니하다. 그의 억울한 죽음까지를 합쳐 아직도 그 존재의 의미를 탐색해야 하는 문제의 인물이며 감동적인 문제다.

개국공신 1등으로서 그는 문무에 걸쳐 인신이 차지할 수 있는 최고의 자리를 역임 또는 겸직하는 동안에 많은 치적을 쌓았다. 그 첫째가 『조선경국전』을 비롯한 새 왕조의 기초를 문서로 밝힌 지적 활동이고, 둘째는 수도의 이전이다. 당초 수도를 계룡산 신도안으로 하자는 주장이 있었고, 이에 맞서 인왕산 아래로 하자는 주장이 있었는데, 정도전의 의견이 승리하여 현재의 자리로 낙착되었다. 셋째의 치적은 군사제도의 개혁이다.

그러나저러나 명백하게 말할 수 있는 것은 건국하자마자 노정된 골육상쟁이 조선조 역사의 방향을 크게 바꾸었다는 사실이다. 정도전 같은 공신이 역적으로 몰려 멸문지화를 당할 수 있었다는 사례가 조선사에 심각한 그늘을 드리웠다는 사실이다. 정도전은 스스로의 운명을 미리 알기라도 한 듯 그의 사세시(辭世詩)라고 해도 좋을 오언절구가 있다.

"예부터 사람은 한 번 죽는 것이니

---

18) 기전산하, 도성궁원, 열서성공, 제방기포, 동문교장, 서강조박, 남도행인, 북교목마.

살기를 탐내는 것은 편안한 일이 아니다
아득히 천년 세월 후에도
영웅의 큰 공덕, 가을 하늘 비켜가나니."
自古有一死
儒生非所安
寥寥千載下
英烈橫秋天

　"아닌 게 아니라 그의 뜻은 천년 세월을 감당하고도 남음이 있을
지 모른다. 그러나 만일 그가 세인트헬레나의 나폴레옹처럼 술회할
수 있는 기회를 가졌더라면 그도 역시 '내게 있어서 최대의 적은 나
자신이었다'라고 말했을지 모른다."[19]

　정도전의 수많은 글 중에 이병주가 미처 인용하지 못한 매화 찬가
가 있다. 어쩌면 스스로의 일생에 자부심을 담아 축약한 인생 결산서
였을지도 모른다.

　"옥을 쪼아 옷을 만들고
　얼음 마셔 정신을 길렀다.
　해마다 눈서리 띠를 매어도
　봄날의 영화를 알지 못하니."
　鏤玉製衣裳 啜氷養性靈
　年年帶霜雪 不識韶光榮[20]
　　—「영매」(詠梅)

---

19) 김윤식·김종회 엮음, 『이병주 역사 기행』, 바이북스, 2014, p.81.
20) 이 시는 『東文選』 19권에도 실려 있다.

『허균』

　조선 역사를 통틀어 나림 이병주가 절실하게 닮고 싶었던 인물이 있었다면 그는 누구일까. 교산(蛟山) 허균(許筠)이 아닐까 싶다. 그는 문장가, 정치가, 사상가, 유·불·선을 통합한 지식체계의 소유자였다. 무엇보다도 그는 개혁사상가이자 예술가였다. 그래서 이병주는 소설의 형식으로 허균의 모습을 대중에게 알리고 싶었다. 생을 마감하기 3년 전에 비로소 그 욕망을 이룬다.

　'천부의 재능으로 짐승의 성정을 키웠다'(天賦之才 養獸性).『조선왕조실록』에 적힌 만고역적 허균의 정죄문이다. 이 준엄한 선고문의 서슬에 눌려 후세 선비들은 허균의 이름조차 거론하기를 꺼렸고 그가 쓴 불승 사명당 유정의 석장비 비문도 깎아버렸다. 사명당의 시호(諡號) '자통홍제존자'(慈通弘濟尊者)는 국왕 대신 허균이 내린 사시(私諡)다(조선조를 통틀어 불승에게 왕이 시호를 내린 예는 단 한 건도 없었다). 특정 교파에 치우치지 않게 '불법에 통달하고 널리 백성을 구했다'는 의미다.[21]

　작가는 '프롤로그를 대신하여'라는 머리말을 쓴다. 첫 구절이다. 화자인 작가와 소설의 주인공이 가상적 대화를 한다. 세계사에서 한국문학의 좌표를 가늠하는 문구다.

　"내가 생각하기론 허균 당신은 500년쯤 일찍 세상에 태어난 것 같소. 말하자면 21세기에나 태어나야 마땅한 사람이 16세기 봉건시대에 태어났단 말이오.

---

21) 안경환,「나라를 구하러 나선 유승, 사명당」, 김동길 외,『이 나라에 이런 사람이』, 기파랑, pp.77 - 104; 사명 유정,『사명대사집』상, 한국불교연구원, 2012, p.23.

셰익스피어와 당신은 동시대인이었소. 그는 당신보다 5년 먼저 태어나 당신보다 2년 먼저 죽었소. 그는 수십 편의 명작을 써서 영국이 한때 지배하던 인도 대륙을 놓치는 한이 있더라도 그를 놓치지 않겠다고 했소. 당신의 『홍길동전』은 우리 국문학사에 빼놓을 수 없는 가치를 가지는 것은 사실이지만, 셰익스피어의 작품에 비하면 너무나 초라하게 보여요. 하기야 당신이 즐겨 쓰는 가정법을 이용하여 당신이 만약 영국 같은 나라에 태어났더라면 사정이 달라졌겠지만."[22]

작가가 내린 최종 평가다.

"그에겐 벼슬은 방편이었고, 왕이란 것은 방편의 대상이었을 뿐이다. 결국 허균은 지금 20세기도 모자라 21세기쯤 태어났어야 할 인물인 것이다."[23]

"모사(謀事)는 재인(在人)이고, 성패(成敗)는 재천(在天)이라, 성이면 생(生)이고 패이면 사(死)다. 암우교격(暗愚矯激)한 왕의 일존으로 쓰레기처럼, 먼지처럼 꺼져 없어져버리는 생명이 무엇이 그처럼 아깝다는 것인가. 성사가 되면 삼천리 근역(槿域)에 복락이 가득해질 것을."[24]

허균의 『홍길동』은 세계 서자문학의 압권으로 자부해도 무방하다. 작가 자신처럼 소설의 주인공은 썩은 나라를 무너뜨리고 새 나라를 세울 혁명을 꿈꾸었고 현실혁명에 좌절하자 율도국이라는 대안의 망명정부를 세운다.

---

22) 이병주, 『허균』, 나남, 2014, p.18.
23) 위의 책, p.397.
24) 위의 책, pp.398-400.

"나의 육신은 반듯하고 마음은 고상하고 용모는 준수하지 않으냐? 왜 그들이 우리에게 서자라는 낙인을 찍는가? 왜 사생아냐? 무료하고 맥빠진 침상에서 비몽사몽간에 만들어진 바보무리들보다 남의 이목을 피해가며 자연의 욕망을 분출하여 태어난 우리들이 더 많은 생명의 요소와 더 왕성한 자질을 흡수했을 것이 아닌가?"[25]

셰익스피어의 『리어왕』에서 귀족의 서자 에드가가 토해낸 항변이 '아비를 아비로 부르지 못하는' 홍길동의 한과 맥이 상통한다.

유학자 허균은 불교도이기도 하고 동시에 노장학도이기도 하다. 작품 속에 공자가 노자를 찾는 장면이 삽입되어 있다. 허균이 노장사상의 신봉자라는 것을 암시하는 설정이다.

노자는 공자의 학문은 대상과 방법론에서 문제가 있다고 진단한다.

"대저 육례(六藝)라고 하는 것은 선왕의 과거 사적(事蹟)이지 선왕의 술작(述作)이 아니다. 자네가 익힌 것은 모두 과거의 사적에 바탕을 둔 것이다. 사적이란 실천으로서 만들어지는 것이지 말만으로 되는 것이 아니다."[26]

조정은 장자와 노자의 인용을 금지하는 조칙을 내린다. 허균을 특정하여 겨냥한 전교다.[27] 허균 일당은 춘천 여강 근처에 굴을 파서 근거지를 만들고 강가에 무륜정(無倫停)이란 이름의 정자를 짓는다. 유교를 숭상한다고 내세우며 기실 위선의 늪에서 허우적이는 놈

25) 셰익스피어, 『리어왕』, 1막 2장, 6–10행; 안경환, 『법, 셰익스피어를 입다』, 서울대학교 출판문화원, 2012, pp.217–237.
26) 이병주, 『허균』, pp.208–209.
27) 위의 책, p.408.

들을 무시한다는 뜻으로 지은 이름이다. 지금으로 치면 무정부주의
자들의 결사라고나 할까.[28)

유교와 불교는 서로 보완하는 것이다. 그런 까닭에 재가(在家)의
불법이 있을 수 있는 것이다. 인성을 활용하려면 유교와 불교를 상치
하여 싸울 것이 아니라 상보상조하여 사람의 그릇을 키워야만 한다.
이것이 허균의 불도에 대한 기본적인 태도라고 하겠다.[29)

어떤 사상이나 학파를 신봉하건 인간의 가장 원초적이고도 본질
적 속성인 성적 욕망을 백안시할 수는 없다.

"질문: '불교는 첫째 금색인데 당신은 여색을 끊고는 못 살았을 것
이다. 어찌 불교에 귀의할 수 있겠소?'

답: '그건 모르는 소리다. 금색이 불교의 절대적 교리가 되는 건 아
니다. 금색은 방편이다. 그런 방편 없이 대각에 이를 수도 있다는 것
이 불교다. 그래서 불교는 광대무변이라고 하지 않는가.'

질문: '남녀 사이의 정욕(情欲)은 천(天)이요, 예법은 성인이 정한
것이다. 나는 천을 따르지 성인을 따르지 않겠다고 했다는데 사실인
가요?'

답: '사실이다. 남녀간의 정욕은 하늘이 만든 인간, 아니 만물의 생
명원리가 아닌가. 나는 만물의 실상을 그대로 갈파했을 뿐이다.'"[30)

작가가 그린 허균의 모습에서 독자는 작가 자신의 이미지를 느낀
다. 역사구에서도 에로티시즘이 강한 것이 이병주 문학의 특장 중 하
나다. 이 작품에서도 상당한 수준의 성애 담론과 묘사가 따른다.[31)

---

28) 위의 책, p.387.
29) 위의 책, p.378.
30) 위의 책, p.13.
31) 위의 책, pp.281-283. 역사적 사실로 전해오는 부안 기생 이매창과의 교류는 지

허균은 동궁전에 몰래 들어 공규(空閨)의 설움 속에 사는 궁녀를 품는다.

"불을 켤 수는 없었다. 이름을 물을 수도 밝힐 수도 없는 안타까움 속에서 허균은 오합(五合)의 운우를 치렀다. 밤이 5경에 들 즈음에 허균은 몸을 일으켰다. 여자는 이미 생사를 초월한 여체로 숨 쉴 뿐이었다. 허균은 정중히 여자의 치장을 거들어 어둠 속으로 내보내놓고 다시 자리에 누웠다. 엉뚱한 공상이 일기도 했다. 어쩌다 그 여인이 잉태하여 내일이나 모레쯤 동궁의 눈에 드는 일이 있으면 앞으로 그 아이가 왕이 될지도 모른다. 그렇게 되면 진시황의 친부인 여불위처럼 되는 것일까."[32]

허균은 그 밤의 일자를 마음속에 새겨두었다. 갑오년 10월 기사(25일 밤 4경). 『바람과 구름과 비』의 최천중의 재현이다.

"새벽의 명성이 동쪽 하늘에 있었다. 허균은 새삼스럽게 하늘을 보고 주위를 둘러보는 기분으로 있었다. 환락극혜 애정다(歡樂極兮愛情多)란 심정은 정녕 이러할진대. 그는 인생의 허무를 느꼈다."[33]

"(인생의) 구원은 오직 예술에만 있다. 허무주의에서 꽃필 수 있는 것은 오직 예술뿐이다. 허망한 인생이 영원한 세월 속에 보탤 것이 있다면 그것은 예술이다.

적·영적 교환에 한정한 것으로 그렸다. "허균은 매창을 좋아했음에도 그녀와 육체적 관계는 없었던 것으로 알려졌다."

32) 위의 책, pp.342–344.

33) 위의 책, p.283; 이병주, 『관부연락선』 1권, pp.190–193. 기생놀이에서도 등장하는 한무제의 시구다.

나는 누가 뭐라고 해도 예술가다. 내 몸뚱이는 능지처참을 당했을 망정 내 예술은 티끌만치도 상하지 않았다. 그러니까 나를 소설로 쓰려거든 예술가인 그 사실에 중점을 두고 쓰란 말이야."[34]

현대적 용어로 표현하자면 허균은 허무주의자였고 그 허무는 예술을 통해서만 극복할 수 있다는 메시지다.

작가는 허균과 누이 난설헌 남매 사이의 가상적 대화 장면을 삽입한다.

"'어리석은 임금을 상대로 머리칼에 홈을 파는 것 같은 시비를 다투어 상소를 올리는 따위의 글을 쓰지 않을 작정입니다. 나는 임금에게 상소하고 천하의 자칭고사(自稱高士)들을 상대로 하는 글이 아니고 전리(田里)와 여항(閭巷)에 사는 시민들에게 호소하는 글을 쓰고 싶은 것입니다.'

'시(詩)로? 부(賦)로?'

'아닙니다. 소설을 쓸 겁니다. 얘기책을 꾸미는 겁니다.'"[35]

남매 사이의 생시 대화로 부족하여 작가는 먼저 죽은 누이를 불러내어 역적으로 죽어 황천길을 따라간 동생에 대해 질문하고서는 그녀의 답을 짐작해서 옮긴다.

"난설헌 씨, 그때까지 살아 있어 아우의 그런 꼴을 보았더라면 당신은 무슨 생각을 했겠소?"

"그래도 나는 교산을 미워할 수 없소. 그의 포부는 너무나 원대했던 것이오. 그는 높은 벼슬을 하고자 했던 것이 아니고, 적서와 귀천

---

34) 이병주, 『허균』, pp.19-21.
35) 위의 책, p.67.

의 차별 없이 만백성을 잘 살리려 했던 것이오."

이렇게 난설헌의 대답을 꾸며보았지만 석연할 수가 없었다. 혁명을 하기 위해선 수단 방법을 가리지 않는다고 하지만, 그가 쓴 수단은 너무나 비루했다. 죄 없는 영창대군, 역시 죄 없는 김제남, 그리고 불쌍한 인목대비를 괴롭히는 편에 서서는 안 되는 것이다. 그 결과 스스로를 불결하고 추악하게 만들어버리면, 혹시 어떤 거사에 성공했다고 하더라도 백성이 심복하지 않으리란 것은 『성소부부고』를 쓴 자신이 더욱 잘 알고 있었을 것이다.

그는 또한 스승 이달이 천생이라고 해서 입신양명 못 하는 제도에 분격해서 스스로 불우한 친구의 벗이 될 줄도 알았던 사람이며, 유교는 정법(政法)과 인륜을 위한 가르침이고, 불교는 인간의 정념을 위한 가르침이라고 일찍이 갈파했던 사람이 아니었던가.

나는 다시 난설헌에게 묻고 싶은 마음이었다.

"허균 같은 천재가 그런 과오를 범한다면 인간이란 결국 우물(愚物)이랄 수밖에 없는 것이 아니겠소."

역시 난설헌의 대답은 들을 수가 없었다.

작품 속에 홍길동의 실제 모델로 작가가 상정하는 홍계남에 대한 구체적 언급이 담겨 있다. "그들(서자)을 분격하게 한 사건은 홍계남 장군에 대한 조정의 처우였다. 홍계남 장군은 임진란에 혁혁한 공을 세운 것이다. 난 중에 영천군수의 직위에 임명되기도 했는데 그가 장렬한 전사를 했는데도 공신의 서열에 끼지 못했다."[36]

허균과 허난설헌의 무덤

허균의 묘는 경기도 용인시 처인구 원삼면 맹리 산61 허씨 묘역에 있다. 후일 조성한 것일 터이다. 이병주가 직접 들렀다는 기록은 없

36) 위의 책, p.383.

다. 이병주는 물어물어 경기도 광주군 초월면 야산의 허난설헌 묘를 찾는다. 만당의 시인 육구상의 말을 빌려 망자의 한을 위무한다.

"시인의 궁액은 그들이 천기를 폭로하고, 조화의 비밀을 발설한 죄에 대한 벌이다. 그런 까닭에 이하는 요절하고 맹교는 궁박했다. '규원'(閨怨)과 '추한'(追恨)을 수놓은 섬세한 여심은 실로 천의무봉한 서정을 이루었고, 그녀도 천의무봉한 재주 때문에 27세에 요절한 것이다."[37]

이병주의 발길이 닿은 후 30년, 난설헌을 주인공으로 소설을 쓴 최문희가 나선다. 이병주가 그랬던 것처럼 여전히 물어물어 찾았다.

"난설헌의 묘를 제하고는 모두 합장묘다. 남편 김성립이 전처의 무덤을 지척에 두고 후처와 합장되어 있는 것은 난설헌과 사이에 후사가 없고 남양 홍씨와의 사이에 후사가 있었던 까닭이었는지 모른다. 그곳에 있는 무덤은 대개 정동향인데, 김성립의 무덤만은 동북간 방으로, 난설헌의 무덤에서 볼 땐 약간 고개를 돌린 느낌이다. 외면한 자세라고 보는 것은 내 마음의 탓일 것이다."[38]

경기도 남양주시 와부읍 송촌리의 운길산도 이병주의 발길이 직접 닿았던 곳이다. 1982년 신년 아침, 소설 『허균』을 집필하던 이병주는 MBC 텔레비전의 해돋이 장면 촬영에 참여한다. 한강을 아래로 내려다보며 새해 소망을 내레이션하는 장면이다. 이병주는 촬영팀과 함께 운길산 수종사에서 하룻밤 유숙한다. 운길산을 택한 것은

---

37) 김윤식 · 김종회 엮음, 『이병주 역사 기행』, 바이북스, 2014, p.9.
38) 최문희, 『난설헌』, 다산책방, 2011, pp.12-13.

이병주의 제언에 따른 것이다.

"내가 쓰고 있는 소설『허균』의 주인공 허균이 임진왜란 당시 자기 형 허성(筬)의 식솔과 자신의 식솔을 운길산 수종사에 피란시켰을 뿐만 아니라 허균 본인도 일시 운길산에 머문 사실이 있다."[39]

이병주는 작품을 마무리하는 구절로 "그의 시문에 대한 나의 감상은 한 줄로써 족하다"고 적었다.

"文章何處哭秋風(가을바람의 스산함을 슬퍼하는 따위의 문장이 무슨 소용이란 말인가)! 허균은 패자(敗者)조차도 아니다."[40]

혁명가 허균의 무게는 죽어서도 가볍지 않았던 것 같다.

광해군 10년(1618년) 허균은 능지처참의 처형을 받는다. 광해군 12년(경신년, 1620년)『수연등록』(壽宴謄錄)의 기록이다.[41] 허균을 토평(討平)한 일을 축하하기 위해 국왕에게 다섯 번째 존호를 바치는 의식이 거행된다. 몇 차례나 연기된 끝에 4월 13일 마침내 중전수연을 열었다. 참석 대상자들 중 핑계를 대고 빠진 신료가 많았다.[42] 4월 10일자 비망기(備忘記) 구절이다.

"내일 수연에 여러 공신은 비록 2품이 아니더라도 모두 입참하도록 하라(明日壽宴時 諸功臣雖非二品 並令入參事察爲)." 인기도 권위도 곤두박질한 국왕의 고육지책이었다. 1623년, 인조반정으로 광해군은 폐위되고 그에 의해 역적으로 단죄된 사람들은 대부분 복권되었다. 그러나 유독 허균만은 예외로 남았다.

---

39) 이병주,『산을 생각한다』, 서당, 1988, p.126.

40) 이병주,『허균』, p.424.

41)『국역 수연등록』, 한국예술종합학교 전통예술원, 2003, pp.114-124.

42)『광해군일기』133권 12a7-b1 광해군 10년 정묘; 134권 18a7-15 광해군 10년 11월 임자; 145권 11a4-7 광해군 11년 10월 병인; 151권 4a7-9 광해군 12년 4월 병진; 151.4b 5-8, 광해군 12년 4월 무오 광해군 12년 4월 신유.

『유성의 부』: 『홍길동』의 모델, 홍계남

조선 왕조 역대 국왕의 치적을 골라 수록한 『국조보감』(國朝寶鑑)에 홍계남에 관한 소략한 기록이 있다.

"서인 홍계남은 중의의 언수(자수)의 첩자(妾子)로서 담력이 강하고 용맹이 있으며 말을 타고 활을 쏘는 무술에 능했다. 통신사로 일본에 갔을 때 왜인들이 그 기사를 보고 이름을 알게 되어 기록한다."

이 소략한 문구에서 이병주는 장편소설 『유성의 부』를 빚어냈다. 이병주의 역사소설 『허균』과 『유성의 부』는 쌍둥이 작품이다. 시대를 앞서 태어난 허균, 그런 허균이 창조한 시대의 반항아 홍길동의 현실적 존재가 홍계남이다. 작가는 홍계남을 하늘에 정좌하지 못하고 사라진 유성으로 형상화했다. 제목을 풀면 홍계남의 사연이 된다.[43] 작가는 홍계남이 허균의 작품 『홍길동』의 모델이 된 실제 인물이라는 믿음을 천명한다.

"홍길동을 쓴 허균은 선조 2년 갑자생이니 홍계남보다 5년 연하다. 그도 임란을 겪고 1618년에 죽었으니 홍계남 장군의 무용은 물론 듣기도 하고 알기도 했을 것이다. 어쩌면 두 사람 사이에 친교가 있었을지도 모르는 일이다. 『홍길동전』의 황당한 내용은 홍계남 장군의 시적과는 전혀 다르다. 그러나 서출의 아들이 어렸을 적에 겪어야 했던 대목은 홍계남 장군의 소싯적 얘기와 물론 내용이 일치된 것은 아니나 촉발된 것이 아닐까 한다. 『홍길동전』을 쓰게 한 충동의

---

43) 『한국일보』에 연재(1981. 2. 10 - 1982. 2. 10)되었고, 2016년 제목을 바꾸어 『천명: 영웅 홍계남을 위하여』1 - 2권, 나남, 2016으로 재출간되었다.

원천이 홍계남 장군에 있었던 것이라고 추측할 수 있다. 서출의 아들, 뛰어난 재질, 비범한 무용, 그러나 웅지 도중에 산화한 일생을 음미할 즈음에 허균은 홀연 『홍길동전』의 상(像)을 얻은 것이 아닐까 하는 추측은 결코 무리가 아닐 것이다. 비범한 인물을 두고 이렇게라도 되었더라면 하고 상상력에 자극을 준 인물은 바로 그와 동시대인인 홍계남이 아니었을까."[44]

『이병주의 역사 기행』에서도 이러한 추측을 되풀이한다.

"홍길동의 모델이 홍계남일지 모른다. 홍계남과 홍길동은 서출이다. 그로 인해 받은 박해도 비슷하다. 허균은 서출들의 불만에 동조해 난을 꾸미기로 한 사람이다. 그의 형 허성은 서장관으로 홍계남과 같이 일본에까지 갔다 온 사람이니 그로부터 홍계남의 무술에 대해 얘기를 들었을 것이고, 홍계남이 임진·정유 전란에서 세운 무공도 들어 알고 있었을 것이다.

이런 사정을 살펴볼 때 허균의 『홍길동전』의 모델을 홍계남이라고 단정할 수는 없어도, 허균으로 하여금 『홍길동전』을 쓰게 한 촉발적 동기는 되지 않았을까. 나는 34세에 그 꿈을 펼쳐보지도 못하고 죽은 삽상한 청년 장군의 모습을 하늘의 일방에 그려보며 나의 추측이 그다지 빗나가지 않았으리라고 믿고 좌성산에서 내려왔다."[45]

작가는 허균에서와 마찬가지로 홍계남이 셰익스피어와 동시대 인물임을 강조한다.

44) 이병주, 『천명』 1권, 나남, 2016, p.92.
45) 김윤식·김종회 엮음, 『이병주 역사 기행』, 바이북스, 2014, pp.102–103.

"홍계남 장군이 이 지상에 생을 받은 것은 조선 명종 19년(1564년) 갑자년이다. 이 해에 '미켈란젤로 앞에 미켈란젤로가 없고 미켈란젤로 후에 미켈란젤로도 없다'는 칭송을 받은 위대한 미술가 미켈란젤로가 죽었다. 그리고 이 해는 '인도 대륙과도 바꿀 수 없다'고 영국인이 자랑하는 불세출의 천재 셰익스피어가 탄생한 해다. 말하자면 우리 홍계남 장군과 셰익스피어는 양의 동서를 각각 달리하고 이 하늘 아래, 같은 해에 탄생한 동갑이다."[46]

이어서 작가는 단편적으로나마 영국과 조선의 정치 풍토를 비교한다.

"쿠데타에 의한 정권은 그 명분과 실적이 어떠하건 끝내 안정을 기하지 못하고 혼미를 거듭한다. 조선의 역사가 그 증명이다. 영국 같은 데도 당쟁이 있긴 했다. 그러나 영국에서의 싸움은 충분히 명분이 있었다. 이를테면 귀족의 횡포에 대한 평민의 저항, 교회와 정부의 대립 등이다. 그런 만큼 하나의 싸움이 지나면 문제가 하나씩 풀려나가 진전의 방향을 취했다. 조선의 경우는 그렇지 못했다. 감투와 자리를 두고 하는 싸움이어서 근본 문제는 해결되지 않은 채 언제나 제자리걸음만 쳤다."[47]

소설의 맺음 구절이 조선의 적서 차별제도의 부조리한 단면을 부각시킨다.

"고래로 무후(無後)한 사람에겐 양자를 세워 후사를 잇게 하는 것

---

46) 이병주, 『천명』 1권, p.17.
47) 위의 책, p.31.

이 대강의 경우인데 족보에 홍계남의 뒤는 공백으로 남아 있을 뿐이다. 혁혁한 충신이자 불세출의 영웅이 죽은 후에도 천출의 냉대를 받았다."[48)]

홍계남의 무덤은 고향에 없다. (아마도 본인도 원치 않았을 것이다.) 휴전선 이북 평산 땅에 조성되었다고 한다. 족보에도 아버지 홍자수와 정처에서 난 자식들 넷(진, 제, 전, 뇌)이 올라 있다. 모두가 외자 이름을 얻었다. 홍계남은 이들보다 나이가 위임에도 불구하고 첩의 소생이라 맨 마지막에 적혀 있다. 계남(季男), 즉 막내아들이란 뜻이다. 사후 140년, 정조 대에 들어 고향 땅(현재의 안성시 미양면 구수리)에 백성들의 청원으로 고루비(古壘碑)가 세워졌고 1977년에야 제대로 된 비각이 건축되었다.[49)]

2014년, 『천명』으로 개명한 이 작품의 출판을 주선한 고승철의 편집인 노트가 이병주의 공적을 적확하게 전한다. "골짜기에서 숨져간 비(非)주류 영웅에 대한 작가의 치열한 탐구가 없었더라면 홍계남의 무용은 아스라한 야담으로 그칠 뻔했다." 월광에 물든 신화도 기록으로 만들면 후세에는 역사의 차원으로 올라갈 수도 있는 법이 아니겠는가.[50)]

『바람과 구름과 비』: 이병주 역사소설의 백미

이병주의 역사소설을 대표하는 작품은 『바람과 구름과 비』다.

---

48) 위의 책, 2권, p.440.
49) 조선 후기의 개혁군주인 영조와 정조가 홍계남의 후손이라는 주장도 제기되었다. 영조의 생모 숙빈 최씨의 외할아버지가 홍계남(洪繼南)인데 홍수남(洪季男) 장군과는 글자가 다르다. 구파발역 이말산 기슭에 영조의 외조부 최효원의 묘역에 묘도 함께 있다. 고승철 편집인 노트, 「임진왜란의 고독한 영웅 홍계남의 치열한 삶」, 『천명』 1권, p.10.
50) 고승철, 『천명』 1권, pp.5-11.

10권으로 묶은 이 작품은 1977년 2월 12일부터 1980년 12월 31일까지 약 4년간(총 1,194회)『조선일보』에 연재되었다. 연재가 시작된 직후에 송지영·김열규·이병주, 세 사람의 지상 좌담이 열렸다. 평론가 김열규는 역사소설은 '로망 시대'를 청산하고 '리얼리티 시대'로 접어들었다면서 역사소설의 리얼리즘을 강조한다. 원로소설가 송지영은 역사소설은 역사의식을 담아야 한다고 강조한다.[51] 작가는 "역사는 과거와 현재의 대화"라는 E.H. 카의 언명에 기대어 역사소설의 리얼리티라는 대전제에 동의하면서도 그 전달 방법은 묘사가 아닌 구성에 있다고 강조한다.[52]

"역사소설은 역사인 동시에 소설, 즉 의미 있는 허구여야 한다. 1970-80년대 한국문학의 세계에서는 민중을 중심에 둔 허구를 통해 근현대사를 재구성하는 작업이 시도되었다.『토지』(박경리),『객주』(김주영),『장길산』(황석영),『태백산맥』(조정래) 등의 역사소설들은 엄청난 대중적 인기를 누리면서 한국현대사의 전사이자, 한국사회의 구조적 모순을 보여주는 알레고리이자, 민중적 삶의 현장을 중계하는 박물지이자, 삶의 윤리와 이데올로기에 관한 지침서가 되었다."[53]

이병주는「작가의 말」에서 다음과 같이 말한다.

51)「역사소설에 새 전기를」,『조선일보』, 1977. 2. 16, 5면.
52) 이 소설은 텔레비전 드라마로도 크게 성공했다. 1989년 KBS 50회짜리 드라마로 방영되었고, TV조선 2020년 5월 17일부터 주말 드라마 24회로 편성되었다. 작품이 탄생한 지 40년, 작가가 타계한 지 38년 후에도 여전한 인기를 누리는 셈이다.
53) 박유희,「역사허구물 열풍과 연구의 필요성」, 대중서사장르연구회,『대중서사장르의 모든 것 2, 역사허구물』, 이론과실천, 2009, p.33; 강은모,『이병주 대하소설의 대중성 연구』, 경희대학교, 2017, p.63에서 재인용. "따라서 이 시기는 '역사'이면서 '의미 있는 허구'여야 한다는 루카치식 역사소설에 대한 비평적 기대와 재미있는 계몽적 역사소설을 원하는 대중의 기대가 화해롭게 조우한 시대였다."

"한말의 역사는 우리의 회한이다. 그런 만큼 해석도 다양할 수밖에 없다. 나는 시민의 눈으로 시민의 애욕을 통해 그 회한을 풀어보고자 하는 것이다. 그런 가운데서도 안타까운 것은 의병활동이다. 국권을 수호하기 위해 나섰던 그 거룩한 저항의 용사들은 오늘날 국사에서 정당한 자리를 차지하지 못하고 있을 뿐만 아니라 일제사관에 억눌려 억울한 대접을 받고 망각의 먼지 속에 파묻혀 있는 것이다. 내가 의도하는 바는 그런 것까지 포함하여 3 · 1 운동까지의 회한사를 적으려고 하는 것이다."[54]

작품은 철종 14년부터 동학농민봉기의 선봉장 전봉준이 처형되는 고종 32년까지를 시대적 배경으로 삼는다. 정치의 실종과 관리들의 부패, 도탄에 빠진 백성의 삶, 민란과 의적들의 봉기, 어딜 보아도 구제 가망이 없는 조선을 대신하여 새 나라를 세울 꿈을 품는 최천중의 나라 세우기 과정을 줄거리로 한다. 동학봉기가 일본의 개입으로 실패하고 조선 내의 일본 세력이 강해지자 입헌군주제를 구상하며 막을 내린다. 결과적으로 새 나라를 꿈꾸던 중심인물들이 비운의 혁명가로 남을 수밖에 없다.[55] 소설의 특징은 역사 속의 실제 인물들과 실제 사건 사이에 허구의 인물 최천중과 동지들을 등장시켜 이들로 하여금 역사적 사건을 배후에서 연결한다.[56]

철종 14년, 훗날 대원군이 될 이하응이 야심을 품은 채 장동김문 일가 문전을 전전하며 유랑걸식할 시기다. 관상사 최천중은 곧 망하게 될 조선의 왕권을 이어, 시대의 모순을 혁파하고 새 왕국을 세울 자식을 가질 야심을 품고 여주 신륵사에 불공드리러 온 사대부의 부

---

54) 이병주, 「작가의 말」, 『바람과 구름과 비』 1권.
55) 노현주, 『이병주 소설의 정치의식과 대중성 연구』, 경희대학교, 2012, p.215.
56) 위의 논문, p.205.

인에게 접근한다.

그는 화려한 언사로 권문세족의 재산을 훑어내고 천하를 도모하고자 '삼전도장'이라는 근거지를 마련하여 전국의 각양각색 인재를 모은다. 그 첫걸음으로 자신의 사주를 바탕으로 절호의 상대를 만나 왕재를 만든다.

이 작품에는 무협지의 요소가 짙게 투영되어 있다. 1960년 『경향신문』은 역사소설란에 중국 무협소설을 번안한 김광주의 『정협지』를 연재하면서 무협소설 열풍을 주도했다.[57) 소설 속에서 뛰어난 무술로 종횡무진하는 영웅들의 활약은 주로 힘없는 백성이 법의 보호를 받지 못할 시기에 빛이 난다. 대중은 정치적 암흑기에 현실의 절망을 가상의 영웅을 통해 위안받고자 역사소설의 무협적인 요소에 열광한다.

대중이 열광하는 또 다른 영웅의 전형은 의적이다. 의적은 엄연한 도적임에도 불구하고 그 행위가 개인적 욕망을 위한 것이 아니라 민중의 울분을 대신 해소해주는 점에서 윤리적 정당성을 획득한다.[58)

이병주는 자신의 소신인 한반도 영세중립국의 꿈을 한 세기 앞선 시대에 투사한다.

"왕문이 왕기의 사주를 타고났다면 영세중립국이 될 이 나라의 원수가 되는 것이 가장 합당하다는 결론이다. 근본사상은 경천애민, 나라의 체면은 영세중립국, 한 줄기의 길이 트인 것이다."[59) "최천중의 신중에 거사 계획이 착착 구축되어갔다. (핵심 사상온) 단일언이, 딘

57) 정동보, 「무협소설 개관」, 대중문화연구회 편, 『무협소설이란 무엇인가』, 예림기획, 2001.
58) 김종수, 「역사소설의 발흥과 그 문법의 탄생: 1930년대 신문연재 역사소설을 중심으로」, 『한국어문학연구』 51, 2008, 한국어문학연구학회, p.302.
59) 이병주, 『바람과 구름과 비』 9권, 그림같은세상, 2020, p.258.

일민족의 민족주의 이상에 기초한 정신적 통일체로서의 국가, 재산을 균등히 하고, 기회를 균등히 하고 계급을 타파한 민본적 체제로서의 국가, 그러고는 상부상조하여 가난하면 같이 가난하고 부하면 같이 부하는 경제적 화합체로서의 국가, 외교는 선린과 개방을 원칙으로 하되 어느 나라에도 불편부당하는 영세중립의 노선, 학문은 동서의 학풍을 골고루 도입하여 백화난만한 문화의 꽃밭을 만들고"[60] "드디어 최천중은 영세중립 이론과 동학의 교리를 합쳐 건국의 이념적 경략(經略)을 만들라고 강원수에 명령했다."[61]

"이제, 나라도 망하고 동학도 망했다. 우리는 망국의 백성으로 살아야 할 것인가? 아니다. 망국의 백성으로 살 수는 없다. 나라는 망했다. 그러나 우리는 망하지 않았다. 새 나라를 세워야 한다. 국호를 신(晨)이라 한다. 새벽이란 뜻이다. 나라 안에 망명 정부를 만든다는 의미다.[62] 군주의 나라란 이미 시대에 뒤진 것이라는 정치체제라는 인식이 공유된 것이다. 신국의 국왕이 화제에 오르지 않은 것은, 이미 자명한 사실로서 그들의 의중에 자리 잡고 있었기 때문이다."[63]

장석주는 이 작품을 일러 이병주가 가장 공들여 쓴 소설 중 한 편이라며 극찬한다.

"훌륭한 역사소설가라면 사실(史實)에 충실한 엄정한 사관(史官)이면서, 동시에 역사가 누락하는 패자의 눈물과 한숨의 사연을 생생하게 담아내는 영혼의 사관이 되어야 한다. 이병주는 바로 그런

60) 위의 책, pp.282-283.
61) 위의 책, p.287.
62) 위의 책, p.375.
63) 이병주, 『바람과 구름과 비』 10권, p.380, 소설의 마지막 구절.

작가다. 명성왕후나 대원군과 같이 실명으로 등장하는 당대 권력층과 김옥균·박영효·홍영식·서재필 등 개화파들이 사실에 입각한 인물들이라면 최천중·연치성·하준호·구철용·강원수·박종태·최팔용·유만석 등 작품의 실제 주인공들은 사실의 역사가 누락하고 있는 '당대 영혼의 역사'를 드러내 보여줄 허구의 인물들이다. 역사소설은 사실의 재현에 바탕을 두면서도 역사의 진실을 드러내기 위해 가상과 허구라는 효모를 버무려 발효시킨다. 이병주는 이 작품을 쓰게 된 동기로 '당대 지식인들과 일부 지배층이 동학당과 합세하여 청국과 일본의 개입을 막고 혁명의 과정을 밟았으면 어떻게 되었을까? 나는 이러한 가상 아래 있을 수 있었던 찬란한 왕국, 기막힌 공화국에의 꿈을 곁들여 민족사의 의미를 생각해보고 싶었던 것이다'라고 밝힌 바 있다."[64]

작품의 중심인물들은 하나같이 박복한 사람들로 혁명가의 기질을 운명적으로 타고난 사람들이다. 최천중은 입신출세의 길이 막힌 천출이다. 자신의 처지를 비관만 하지 않고 오히려 이상국가를 세우고자 하는 큰 뜻을 품는다. 재물을 모으고 인재를 구하기 위해 전국을 유랑하고, 호학(好學)하는 사람을 만나면 시문을 나누고 가르침을 전할 만한 이들에게는 인간의 도리를 훈육하는 이상주의자 혁명가다.

최천중과 연을 맺어 그의 가장 중요한 조력자가 되는 점술가 황봉련 또한 노비의 딸로 태어난다. 어렵게 들이민 혼인의 문덕에서 남편이 죽는다. 그녀와 몸을 나누는 사내는 모두 비명횡사할 운명이나 최천중의 연인이 되어 운명에 저항하는 예지를 깨친다.

연치성 또한 양반과 노비 사이에서 태어난 인물이다. 총명하고 글

---

64) 장석주,『나는 문학이다: 이광수에서 배수아까지 111』, 나무이야기, 2005, p.456.

공부에도 출중한 재주를 보이지만 정실 형제들의 질시를 받아 견제의 대상이 되자 학문의 뜻을 접는다. 아들이 무예에 천재적 재능을 타고난 것을 안 아버지는 중국에 보내어 훈련한다. 10년 만에 귀국하여 무과에 응시하나 함께 응시했던 적출의 밀고로 감옥에 갇힌다. 최천중의 도움으로 석방되어 그의 오른팔이 되어 이상국가를 세우는 일에 중추적 역할을 한다.

이렇듯 세상과 시대에서 소외된 주변부의 비천과 비루함을 제 운명으로 타고난 인물들이 세상을 뒤바꿀 한마음으로 작당하여 결사에 이르는 것이 『바람과 구름과 비』의 중심서사다.

이들은 부패하고 타락한 당대 권력집단을 해체하고 새로운 국가를 세우려는 야망을 품은 젊은이들의 혁명사며, 혈기 넘치는 사내들의 박람강기와 기개와 의리, 여인들과의 애정편력이 한데 얽히고설킨 채 흘러가는 구한말 남성 중심의 생활사요 사회사상사이고, 천하절경을 유람하며 시가(詩歌)를 짓고 기방 가희(佳姬)들과 더불어 음풍농월할 줄 아는 호남아들의 풍류사다.[65]

이병주 '겹쳐 읽기'의 달인인 한 독자는 이 작품에 등장하는 한림학사 하준호는 『지리산』의 하준수의 조선 시대 버전임을 감지했다.[66] 하준호는 밤에는 화적 두령 장삼성으로 변신하는 독특한 캐릭터다. 영남 토호의 아들로서 명리에 초월하고 사는 하준호는 명문 귀족의 아들과 어울린 자리에서도 단연 출중한 풍채며 재질이었다. 장안 기생들 사이에서도 그 인기는 대단했다. 하준호가 자란 곳이 두류산(지리산)이며[67] 나이 또한 33세로 하준수가 지리산에서 활동하던 때의 나이다. 하준호도 하준수처럼 철저한 허무주의자로 그려져 있다.

---

65) 위의 책, pp.458–460.
66) 위택환, 『경복궁에서 세상을 바라보다』 1권, 2009(미발간), p.220.
67) 이병주, 『바람과 구름과 비』 4권, 제3장 新家三田渡, pp.212–232.

"세상을 뒤흔들 대로 뒤흔들어 빨리 조정이 망하는 것을 목표로 했다. 그것이 나라를 위하는 목하의 길일 뿐 뒷일은 조정이 망하고 난 후에 생각할 일이라며 앞날에 대해선 전망을 갖지 않았다. 이 하준호에 비유할 사람을 찾으려면 20세기 초두, 러시아 제정 말기에 혁명-반혁명 사이로 격심하게 요동했던 마노프당을 상기해야 할 것이다."[68]

"하준호는 광대가 줄을 타고 있는 것처럼 살고 있는 스스로를 새삼스럽게 반성하는 기분으로 되며, 앞으로는 더욱더 빈틈없이 행동해야겠다고 마음먹었다. 동시에 인생과 세사에 허무를 느꼈다. 뜻이 있어도 펼 수가 없고 마음이 있어도 베풀 수가 없고, 악은 한없이 부풀어나가도 정도는 이를 찾을 수가 없으니 모든 것이 허망한 것이다."[69]

최천중과 하준호는 관상을 매개체로 이어진다. 하준호가 최천중에게 자신의 관상을 봐달라고 요청한다. 최천중은 불혹 이전에 출장입상(出將立相)인데 불성불취(不成不就)라고 밝힌다. 장군의 재목이로되 그 장재(將材)를 쓸 주인이 없고 재상의 그릇이로되 상기(相器)를 쓸 윗사람(上)이 없다는 아쉬운 풀이다. 그렇다면 스스로 주인과 윗사람이 될 수 있느냐고 하준호가 다그쳐 묻는다. "친구들 모두의 보전에 마음이 쓰여서 물어보는 것"이라고 물음의 동기를 덧붙인다. 이 대목은 『지리산』에서 보광당 두령 하준수가 부하들의 안위를 걱정하는 대목과 상통한다. 이병주가 작품의 곳곳에 하준수를 등장시킨 것은 짧은 미완의 생을 남기고 떠난 고향 선배를 픽션의 세계

68) 이병주, 『바람과 구름과 비』 7권, 제2장 乾坤一擲, p.105; 위택환, 위의 책, p.230.
69) 이병주, 『바람과 구름과 비』 4권, 제2장 因果靑山流, p.139.

에서나마 시공을 자유롭게 날아다니도록 배려한 긴 만사다.[70)]

한 가지 아쉬움이 남는다. 주인공 최천중이 여행길에서 동행한 연치성에게 들려주는 호랑이 이야기(제8장 桂樹冬榮)는 일본의 작가 나카지마 아쓰시(中島敦, 1905~42)의 『산월기』(山月記)를 옮긴 것이다.[71)] 한 이병주 마니아가 일찌감치 그 아쉬움을 글로 남겼다. 『산월기』는 전후 일본의 많은 고등학교 교과서에 실릴 정도로 교훈적인 내용을 담은 명문으로 알려져 왔다.[72)]

---

70) 위택환, 위의 책, p.231.

71) 소년 시절 조선에서 자란 나카지마는 추억을 담아 조선에 관한 단편을 3편 남겼다. 나카지마 아쓰시 단편선, 『산월기』, 김영식 옮김, 문예출판사, 2016.

72) 1977년 봄, 고등학교 2학년 때다. 『조선일보』를 읽다 『바람과 구름과 비』라는 연재 소설을 만났다. 잠시 윤동주의 「하늘과 바람과 별과 시」와 헷갈렸는데 그것은 아닌 듯했다. 책을 사서 대조해보니 등장인물의 이름과 시대가 바뀌었을 뿐 완전한 전재였다. 저자와 출전을 밝히지 않은 채 통째로 전재된 '소설 속의 소설'이었다. 작가가 기왕이면 출전을 밝혔으면 더 좋았을 텐데 하는 아쉬움이 들었다. 아무튼 이병주가 소개한 지 15년 후에야 번역되어 나왔으니 그의 안목이 남달랐음은 분명하다. 위택환, 위의 책, p.220.

32. 이병주의 대중소설[1]

한국사회는 1960년대 후반에 들어 대중문화가 급격하게 확산되었다. 경제발전으로 인한 생활수준의 향상과 더불어 문화적 욕구가 상승한 것이다. 교육 수준의 향상이 대중문화의 수요를 자극했다. 대중을 겨냥한 많은 주간지가 창간되고, 상업방송이 전국망을 형성했다. 1970년대에 들어서면서 출판산업도 크게 성장했다. 전국 차원에서 출판사와 서점이 급격하게 증가하고 대중 독자층을 유념한 문고판 도서가 양산되었다. 급격히 늘어난 독서인구로 인해 몇몇 작가는 대중적 스타가 되었고 '베스트셀러'라는 말이 일상용어가 되었다.[2]

1965년 중앙문단에 데뷔한 후 한동안 사상성이 짙은 소설들로 지식인 독자의 주목을 얻은 이병주는 점차 대중을 유념한 작품을 썼다. 자신의 말대로 '주문생산' 작가로서 산 그는 어떤 원고 청탁도 뿌리치지 않고 받아들였다. 정통문예지는 물론 시사교양지, 일간신문, 여성잡지, 오락잡지 할 것 없이 옥석을 가리지 않고 모든 매체에 글을 내주었다. 한때는 동시에 다섯 개 일간신문과 잡지에 연재소설을 싣기도 했다. 이런 이병주에게는 어느 틈엔가 '대중작가'라는 레테르가 붙어버렸다.

---

1) 강은모, 『이병주 대하소설의 대중성 연구』, 경희대학교 박사학위 논문, 2017; 김종회, 「우리 문학의 대중성, 그 빛과 그늘: 이병주 소설 깊이 읽기를 위한 시론」, 『이병주 문학 학술세미나자료집』, 2019. 4, pp.25-32; 음영철, 『이병주 소설의 주체성 연구』, 건국대학교, 2010. 5, pp.12-13; 김윤식 · 김종회, 『이병주 문학의 역사와 사회 인식』, 바이북스, 2017, pp.420-472.

2) 정덕준, 『한국의 대중문학』, 소화, 2001, p.42; 강은모, 위의 글, p.25에서 재인용.

시인 성기조는 이병주가 이 레테르를 떼기 위해 몹시 신경을 썼다고 했다. 한 예로 1980년대 초반, 성기조가 주관해서 타이완에서 열린 한중작가대회에서 이병주가 발제하겠노라고 강청하다시피 했다고 한다. 긴 글을 발표하고 돌아와서는 이를 요약하여 문인들과 언론에 배포했다.[3] 그러나 반응은 싸늘했다. 일부 문인들은 이병주를 일러 권력과 대중, 두 개의 악마에 체포되어 영혼을 잃은 작가라며 냉소하기도 했다.

이병주는 소설과 에세이집을 합쳐 어림잡아 단행본 200권 이상의 작품을 출간했다. 이중에는 여러 권짜리 '대하소설'을 포함하여 장편소설만도 80여 편에 이른다.[4] 작품이 다룬 주제도 정치, 사상, 사회, 시정풍물, 기업행태 등 다양하기 짝이 없다. 이처럼 방대한 분량의 이병주 문학을 세부 장르로 나누는 작업은 쉽지 않다. 너무나도 다양한 주제를 다양한 기법으로 서술했기에 일정한 체계로 분류해 내는 것은 무익한 작업일지도 모른다. 그럼에도 불구하고 독자의 취향과 편의를 고려하여 크게 사상소설, 역사소설, 대중소설 세 가지 카테고리로 나눌 수 있을 것이다. 사상소설은 학병소설과 박정희 시대의 관제반공에 대한 비판을 제기하는 반독재소설로 다시 나눌 수 있을 것이다. 일제 말기의 인물들이 박정희 시대에도 주도적 지위에 있었기에 두 유형의 작품은 상호 연관성이 있다. 학병소설로는 『관

---

3) 2017년 11월 20일 성기조의 증언이다. 1981년 11월 2일 타이베이에서 열린 제1회 한중작가대회에 이병주는 이문열과 함께 참석하여 발제한다. 이듬해인 1982년 9월 13-14일 서울에서 열린 제2회 대회에서 이병주는 「한국문학 중심으로: 우줘류(吳濁流) 중심으로」라는 글을 통해 "타이완 작가 고 우줘류의 『후타이밍(胡太明)』을 소개하고 그 속에 내재한 타이완 문학과 대륙 문학의 이중성을 찬양했는데 이에 대한 중국 측의 질문과 해명이 있었다. 이문열도 「한·중 문학의 교류와 과제」라는 제목의 발제를 한다. 김귀희 외, 『말하는 소나무 시인 청하 성기조 교수의 삶과 문학』, 논산문화원, 2020, pp.63-66.

4) 같은 내용이 다른 제목으로 출간된 경우를 포함하여 아직 정확한 서지목록이 작성되어 있지 않은 것 같다. 원고 상태로 남아 있는 미발표작도 더러 있을 것이다.

부연락선』과 『지리산』 그리고 미완성 유작인 『별이 차가운 밤이면』
의 이른바 '학병 3부작'을 위시하여 여러 단편소설이 있다. 역사소
설은 근대 이전의 역사적 인물을 다룬 작품과 해방 이후 시대를 다
룬 작품으로 나눌 수 있다. 전자는 전형적인 소설 형식에 근접했으나
후자는 '실록 역사소설'의 형식을 취했다. 전자의 예로는 『포은 정몽
주』 『소설 정도전』 『허균』 『천명』(『홍계남』) 『당신의 뜻대로 하옵소
서』(『김대건』) 그리고 『바람과 구름과 비』를 들 수 있다. 소설 『남로
당』, 이승만 정권을 다룬 『산하』와 박정희 시대를 다룬 『그해 5월』 등
이 후자에 속한다. 이병주의 대중소설도 다양한 세부 장르로 나눌 수
있다. 그중 하나로 '기업소설'을 설정할 수도 있을 것이다.

대한민국은 1950년대 이승만 시대와 4·19 직후의 정치과잉 시대
에서 1961년 이후 정치부재의 시대로 바뀌었다.[5] 특히 유신체제가
들어선 1970년대에는 문학은 현실정치를 정면으로 다루기 힘들었
다. 이병주는 지식인의 좌절과 정치적 항변을 소설에 담았다. 이병주
문학은 사회의식의 소설적 반영이었다.[6] 김윤식의 관찰대로 이병
주의 글은 동서고금의 고전과 철학사상의 인용 없이는 한 줄도 나아
가지 못한다. 김윤식은 이런 행위는 돈키호테를 연상시킨다고 했다.
"시골 라 만차의 구석방에서 자기 수입의 4분의 3을 식비로 쓰면서
밤낮없이 중세 기사 이야기를 읽고 그 이야기를 진실로 믿고 이를 모
방하여 현실화시키기 위해 기사 편력에 나서는 향사(鄕士)와 유사
하다."[7] 이병주의 소설에 거의 예외 없이 비판자 지식인이 등장하는
이유이기도 할 것이다.[8] 송재영은 『관부연락선』을 일러 한민족의

5) 노현주, 『이병주 소설의 정치의식과 대중성 연구』, 경희대학교, 2012, pp.28-29.
6) 송하섭, 「사회의식의 소설적 반영: 이병주론」, 『허구의 양상』, 단국대학교출판부,
   2001.
7) 김윤식, 『이병주와 지리산』, 국학자료원, 2010, p.122.
8) 노현주, 위의 글, p.48.

정치적 병리현상의 진단을 시도한 작품으로서 "한 사회의 역사적 기록"으로 평가했다. 또한 그는 이병주 소설은 "역사의 배려와 인간 양심의 문제를 테마로 설정하여 정치소설에는 정치에 예속된 개인을 다루었다"라고 평했다.[9] 이병주 소설은 시대의 거울인 동시에 고전 강독서이기도 하다. 한 비평가는 이병주 작품을 고전 텍스트와 '겹쳐' 읽을 것을 제안하기도 했다.[10]

1985년 12월 17일, 소설 『지리산』의 완간 기념으로 이병주는 텔레비전 심야 프로그램에 출연하여 사회자와 청중 독자의 질문을 받는다. 사전에 잘 조율된 것으로 보이는 두 가지 질문에 작가가 내놓은 답이 이병주 문학론의 핵심요소다.

첫째 문학의 역할에 대한 작가의 소신이다. 이병주는 앞서 몇 차례 자신의 문학론을 글로 쓴 바 있다.[11] 그는 무엇보다 문학은 특정 이데올로기의 종속물이 아니라고 강조하며 다니엘 벨의 『이데올로기의 종언』을 읽으라고 권한다.[12] 이데올로기의 노예가 되지 마라. 자신이 이데올로기의 주인이 돼라. 어떤 이데올로기도 완벽하지 않다. 자신에 맞추어 수정 변화시켜야만 한다. 스스로 주인이 되지 않는 이데올로기는 가지지 않느니만 못하다.

이병주는 특히 청년 독자들에게 당부한다. "불의 논리와 함께 물

9) 송재영, 「이병주론: 시대증언의 문학」, 『현대문학의 옹호』, 문학과지성사, 1979.

10) 황호덕, 『끝나지 않는 전쟁의 산하, 끝낼 수 없는 겹쳐 읽기』, 『사이』 10, 국제한국문학문화학회, 2001; 노현주, 위의 글, p.18에서 재인용.

11) 이병주, 『나 모두 용서하리라』, 집현전, 1982, pp.161-169(문학적 에세이), pp.165-172(문학이란 무엇인가). 흑백논리의 거부, 문학적 진실의 추구, 사랑과 행복을 주축으로 하는 비판적 인식 등 문학의 기능과 사명을 강조한 바 있다.

12) Daniel Bell, *The End of Ideology*, 1960년에 출간된 이 책은 비소설 부문에서 제2차 세계대전 이후 가장 영향력 있는 저술이다. 작가는 자신을 일러 경제는 사회주의자, 정치는 자유주의자, 문화는 보수주의자로 자처하면서 19세기와 20세기 전반의 경직된 이데올로기의 시대가 종언을 고하고 탈이데올로기 시대가 도래했다고 주장했다.

의 논리를 익혀라. 불의 논리는 저항의 논리다. 불은 대상을 태우려 든다. 그러면 그 불을 끄려는 사람들이 있기 마련이고 따라서 대립과 충돌이 불가피하다. 이와 대조적으로 물은 지형에 따라 유연하게 변하면서도 끝내 강을 이루고 바다에 이른다. 이를테면 물의 논리는 체제 안에서 변혁을 도모하는 것이다. 본질은 변하지 않으나 변혁의 의지는 살리는 것이다. 모름지기 청년은 물과 불을 함께 수용하는 지혜를 연마해야 한다."

둘째, 만약 자신을 통속소설 작가로 규정한다면 이를 단호하게 거부할 것이다. "통속소설이 아니라 대중소설이다. 전하고자 하는 메시지의 대상에 따라 형식과 기법이 다를 수밖에 없다. 독자의 저급한 취향에 아부하기 위해 쓰는 것이 통속소설이다."[13] 지극히 상식적이고도 모범적인 강론이다. 이 답은 이병주 자신의 변명이자 문학관이기도 하다.

어쨌든 1970년대 이병주의 대중소설 내지는 '통속소설'은 동시대의 다른 작가들의 작품과는 현격한 차이가 있다. 그도 당대 작가들과 마찬가지로 성적 방종, 에로티시즘, 속고 속이는 속물인간들의 애환을 그린 점은 마찬가지다. 결정적인 차이는 이병주의 대중소설에는 어김없이 시대현실에 비판적인 지식인이 등장한다는 점이다. 이들 지식인 주인공 내지는 주역의 입을 통해 사회적 자의식과 세태비평이 빠짐없이 등장하며, 광범위한 범주의 지식인 딜레탕트가 개입

---

13) 1985년 12월 17일 KBS TV 「11시에 만납시다」 50분 인터뷰(대담 김영호). '통속소설'이 소설의 한 하위 양식으로 사용된 것은 1919년 김동인의 글에서 비롯된 것 같다. 김강호, 『1930년대 한국통속소설연구』, 부산대학교 박사학위논문, 1994, pp.22-23. 김동인은 '참문학적 소설'과 대비되는 '비저(卑低)한 통속소설'로 부르고 이광수의 소설을 통속소설로 비판했다. 후일 자신도 경제적 이유로 신문에 대중소설을 연재하면서 이런 자신을 '훼절'했다며 자괴감을 감추지 않았다. 김동인, 「소설에 대한 조선 사람의 사상을…」, 『학지광』 18, 1919. 8, 강은모, 위의 논문, p.41에서 재인용.

한다. 특히 정치의식을 드러내는 소설들은 저널리즘적 대중성을 짙게 드러내면서, 대중의 교양 욕망, 사회와 정치현실에 대한 비평적 시각과 욕망을 유도하고, 텍스트를 통해 대리만족을 구하는 대중독자의 기호를 충족해주었다.[14)]

이병주가 쓴 수많은 대중소설 중에 몇몇은 당대 독자들의 큰 사랑을 받았고, 후세 문학도들도 이론적 탐구 대상으로 삼았다. 단편 「매화나무의 인과」[15)]는 비교적 일찍이 선보인 작품이다. 데뷔작 『소설 알렉산드리아』가 선풍적인 인기를 얻었지만 정작 작가에게 새 작품의 의뢰가 들어오지 않았다. 한참 후에 비로소 청탁을 받아 쓴 작품이라 이병주는 비교적 정통 문학기법을 활용하는 시도를 보인다. 그러나 모처럼의 기회는 실패로 끝났다고 보아야 할 것이다. 후세인은 이병주의 작품에서 직접 체험적 기반이 없는 순수한 소설이 성공하지 못하는 예로 이 작품을 든다.[16)]

세 중년 사내가 술자리에서 방담한다. 지옥은 있다, 없다는 존재론에 더하여 '있어야 한다'라는 당위론이 가세한다. "일제 애국지사를 탄압한 악질 친일파 놈들은 지옥에 가야 한다. 지옥이 없으니 일체의 행위가 용납되는 게 아니냐." 술자리에 어울리지 않게 단테의 『신곡』과 버나드 쇼의 어록이 동원된다. 건너편 자리에서 혼자 심각한 얼굴로 술을 마시던 청년이 대화에 끼어들면서 지옥은 있다고 단언한다. 자신이 직접 지옥을 경험했다는 젊은이가 이야기를 풀어낸다. 매우 생뚱맞은 작품의 도입부다.

청년이 선하는 지옥의 모습이다. 악덕지주 고리대업자 성 참봉은

---

14) 노현주, 위의 글, p.48; 손혜숙, 『이병주 소설의 역사인식 연구』, 중앙대학교, 2011, pp.210-213.

15) 1966년 3월 『신동아』에 발표된 이 작품은 『천망』(天網)이라는 제목으로 텔레비전 드라마로도 제작되었다. KBS TV문학관 121회, 1984. 2. 18.

16) 노현주, 위의 글, p.7.

곤경에 처한 이웃의 논 10마지기를 빼앗는다. 화병으로 죽은 농부의 아들은 일본에서 돈을 벌어 아버지가 날린 땅을 되찾기 위해 나타난다. 돈이 탐난 성 참봉은 청년을 죽여 마당에 파묻고 그 자리에 매화나무를 옮겨 심는다. 비밀을 알게 된 머슴 돌쇠가 성 참봉을 협박하고 방자하게도 딸을 자신에게 시집보내라고 협박한다. 아귀다툼의 과정에서 성 참봉 내외와 아들은 비명횡사하고 집은 폐가가 된다. 매화꽃이 유난히 아름답고 열매가 크다. 시체 거름에서 영양분을 빨아들인 것이다. 세상도 마찬가지다. 만연한 부패의 결실이 더욱 번창하는 부조리와 아이러니, 그것이 금전과 물질의 세계다.

『비창』: 문학상 수상작

『비창』은 대중소설로는 드물게 문학상을 수상한 작품이다(한국펜문학상, 1984).[17] 경북 대구 지역의 대표적 일간지 『대구매일신문』에 「화(和)의 의미」라는 제목으로 연재한 소설이다. 연재를 시작하면서 작가는 "인류의 오랜 염원인 화를 탐구하겠다"라며 포부를 밝힌다.[18] 연재가 끝난 뒤에 『비창』(悲愴)으로 제목을 바꾸어 단행본을 출간하면서 「작가의 말」을 통해 "역경 속에서도 구슬같이 영롱한 영혼을 지니며 살아가는 남녀를 그리고 싶었다"고 작품의 메시지를 정리했다.[19]

여주인공 명국희는 출생과 성장 전 과정 스토리가 복잡한 여자다. 아버지는 판소리 명창이자 고수, 어머니는 소리하는 기생이다. 아버지가 죽자 어머니는 연하의 남자와 결혼하고 국희는 의붓아버지의

---

17) 이병주의 다른 수상작으로 장편 『낙엽』은 1977년 한국문학작가상을 받았고 중편 『망명의 늪』은 1977년에 한국창작문학상을 받았다.

18) 『대구매일신문』, 1984. 1. 1.

19) 이병주, 『비창』, 문예출판사, 1984; 나남, 2017년 재발행. 「和의 의미」라는 제목으로 1983년 1월부터 12월까지 『대구매일신문』에 연재되었고 1987에는 영화로 만들어졌다(감독 유영진, 주연 이영하·이미숙·김교순).

호적에 입적한다. 어머니가 죽자 의붓아버지는 재산을 뺏고 국희를 강간하려 든다. 국희는 정당방위로 그를 살해한다. 서울에서 회사에 입사하여 늙은 회장의 비서로 일하다 그가 죽으면서 남긴 재산으로 고향 대구에 돌아와 살롱을 경영하는 그녀는 완숙한 미모의 여자다. 명문대 역사철학 교수 구인상 역시 출생의 미스터리를 지니고 산다. 생부인 한문수는 일제 말기에 학병을 거부하고 반일 독립운동에 투신하다 체포되어 감옥생활을 한다. 해방과 동시에 좌익활동에 투신했고 1946년 10월 1일 대구폭동의 주모자로 체포되어 총살당한다. 구인상의 어머니 서창희도 한문수의 동지였으나 살아남기 위해 남편을 밀고한 사내와 결혼한다. 구인상은 아내의 불륜을 계기로 자신의 출생 비밀을 캐기 위해 대구로 향한다. 곡절 끝에 아버지의 존재와 자신의 본래 성을 되찾는다. 이러한 플롯에서 이병주의 고질적인 학병·좌익 콤플렉스가 감지된다.

"불행하게도 젊은 나이에 죽은 한문수와 그가 죽은 후에도 변함없는 사랑을 간직한 방화의 스토리는 해방 후의 혼란, 6·25의 참변으로 병든 우리 주변에 어쩌다 기적처럼 남아 있을지 모르는 비화를 모방해본 것이다."

이병주는 달성공원 등 대구 시내 명소와 영천·의성·영주·봉화 등 경북의 몇 고을을 작중 무대로 삼았다. 지역 독자를 유념한 설정이다. 대구 권번 출신 기생(방화)의 플라토닉 러브가 양념으로 부가되었다.
이병주는 한 지인에게 『관부연락선』의 여주인공 '서경애'가 대구 출신의 실존인물이라고 주장한 적이 있었다.[20] 만약 그게 사실이라

20) 손철주, 「방황하는 청춘아, 이병주를 읽어라」, 『조선일보』, 2006. 4. 22.

면 이병주는 이 작품의 서창회에게 유태림과 헤어진 후의 서경애의 삶을 투영시켰을 수도 있다는 상상이 들게 한다.

장편소설 『비창』의 출판에 맞추어 이병주는 텔레비전 대담 프로그램에 출연한다. 젊은 평론가 김윤식이 사회를 맡았다. 방송이 끝난 뒤 방담하는 자리에서 김윤식은 작가 이병주에게 작품에 대한 불만을 털어놓았다. 가령 주인공인 중년 술집마담의 일관성 없고 변덕스러운 성격이 문학적으로 실패한 증거가 아니냐는 등 주인공의 성격과 작품 구성의 문제를 파고들었다. 조용히 미소 짓고 있던 이병주가 반문한다.

"김 교수, 나이 60이 된 사나이들도 갈팡질팡하는 것이 인생인데 한갓 아녀자가, 그것도 40대 여인이 변덕스럽지 않고 어떠해야 한단 말인가?"[21]

이러한 관점을 이병주는 작품의 「서문」에 밝힌 바 있다.

"인류의 교사라고 할 수 있는 남자도 초년의 실의로 인해 일시적인 타락을 할 수 있는데 하물며 감수성이 예민한 여자가 자기 재능에 환멸한 탓으로 타락했기로서니 그것으로서 어떻게 비난할 수 있느냐고 한 구인상의 말은 바로 나 자신의 생각이다."

"소설이 어떤 교훈적 계산적으로 쓰여서는 안 되는 것이지만 어떤 소설에서건 작가는 뭔가의 소망을 담게 된다. 나는 이 소설에서 특히 운명을 감당하여 사람으로서의 품위를 잃지 않는 의지를 강조하고

---

21) 김윤식, 「한 자유주의 지식인의 사상적 흐름」, 김종회 엮음, 『이병주론』, 세미나 자료집, 2017.

싫었다. 구인상을 경제적으로 비교적 부유하게 설정한 것은 그 가혹한 운명의 부담을 되도록이면 덜어주기 위해서였다. 자기 반생을, 자기 아버지를 죽였다고 해도 과언이 아닌 사나이의 성을 쓰고 지내온 것이라고 하면 누구이건 견딜 수 없는 고민과 갈등을 겪기 마련이다. 평생의 과업으로 생각해오던 대학교수직을 그 마음의 부담으로 해서 포기해야만 했을 때 그 슬픔은 오죽하겠는가?"

이병주 시대의 사내에게 세상에서 가장 굴욕적인 일은 성을 바꾸도록 강요받는 일이다. 일제의 '창씨개명'이라는 민족적 비애를 겪은 그들이 아니었나! 작품에서 남녀 주인공 모두 의붓아버지의 호적에 입적되었으나 남자는 곡절 끝에 본래의 성을 되찾는다. 다분히 가부장적 윤리가 투영되어 있다. 자신의 정체성을 되찾아 한결 여유가 생긴 구인상은 아내의 불륜을 용서하고 새로운 인생을 시작한다. 작가는 이러한 정서를 소설의 결말에 사족으로 달았다.

"이제 그가 독자들 사이에 혼자 걸어가야 하는 마당에 작가로서의 감상이 없을 수 없다."

『여인의 백야』[22]

이 작품은 '중국 대륙'에 이른바 '정신대'란 이름으로 끌려간 여성의 애환을 다룬 장편소설이다. 일본군 위안부, 성노예 문제가 국민적 관심사로 떠오르기 한참 전에 문학의 이름으로 시대적 과제를 탐구한 셈이다. 작가의 말대로 악덕상인의 농간으로 팔려온 무수한 여성이 윤락의 구렁텅이에서 헤매고 있는 사례에 착안한 것이다. 한국 여

---

22) 이 소설은 1972년 11월 1일부터 1973년 10월 31일까지 『부산일보』에 연재된 작품으로 1979년 문지사에서 동명소설로 출간되었고, 후일 『꽃이 핀 그늘에서』라는 제목으로 서당에서 재출간되었다.

성의 비애와 미덕을 부각하기 위해 작가는 '윤락의 구렁텅이에 빠진 여인을 주인공으로 하는 대신, 그런 운명의 직전까지 갔다가 밑바닥부터 인생을 시작하여 인생에 승리하는 여인'을 그린다.

어린 나이에 조실부모한 17세의 산청 소녀 성필녀는 만주 봉천에 팔려 온다. 이웃 고을 하동(북천면 옥정리) 출신 중년 사내 조용범이 구해준다.[23] 선량한 일본 경찰의 도움으로 한 식구로 살다 일본의 패망으로 생사가 불투명해진 일본 경찰의 갓난 딸을 맡게 된다. 천신만고 끝에 부산에 정착하기까지 여러 차례 인신매매의 대상이 된다. 간난과 곡절 끝에 '처녀모'로 일본 아이를 훌륭하게 키워내고 14년 후에 성공한 조용범과 재회하여 결합한다. 성필녀의 주변 여성들, 유영숙이나 '자매집 아가씨'들도 한국전쟁으로 인해 가족의 붕괴를 겪으면서도 재활에 성공한다.[24]

농촌소설 『망향』

"도시 물질문명의 병폐와 그 병폐에 따른 사랑의 갈등으로 마침내 낙향하여 새로운 삶을 시작하게 되는 한 지식인을 통해, 현대인의 잃어버린 고향을, 그 소재를 리얼하게 그려 보이는 이병주 문학의 새로운 지평, 그의 유일한 농촌문학!"[25]

『새농민』에 연재된 이병주 소설의 광고 문구다. '도시-환멸-농촌 희망'이라는 '새마을소설'의 전형적인 논리 구조다.[26] 그러나 정작

---

23) 북천면 옥정리는 이병주의 고향 마을이다.
24) 손혜숙, 『이병주 소설의 역사인식 연구』, pp.169-170.
25) 이 작품은 『새농민』에 1970년 5월호부터 1971년 12월호까지 연재되었는데, 그 후 1978년에 경미문화사에서 단행본으로 출간된다. 이 단행본의 뒤쪽 날개에는 이런 광고 문구가 적혀 있다.
26) 정홍섭, 「'새마을소설'에 나타난 근대화 담론의 자기 모순성」, 『민족문학사연구』 29호, 2005년 12월호 참조.

작품의 내용은 '농촌문학'이라는 타이틀이 무색해 보인다. 작가 자신도 이 사실을 의식한 듯 당초의 의도와는 달리 주인공의 성격 탓으로 도시소설이 되고 말았다는 변명과 함께 연재를 마감했다.[27] 한 독자는 농촌 실정과는 다소 거리가 있지만 주인공의 이성에 깊은 감명을 받았다는 요지의 독후감을 기고했다.[28] 농민 독자에게 감명을 준 '주인공의 이성'이란 (딜레탕트적 성격이 강한) 지식인적 교양이다. 작품 속에는 세계적인 문인 및 예술가들과 그들의 작품이 자주 언급된다. 예컨대 미국 유학에서 돌아와 사장이 된 회장의 아들이 전 사원들에게 입사 이래 자신이 집행하고 관여한 업무 내용을 간추려 보고하라는 지시가 내려지자, 장연희와 안현상은 각각 마르셀 프루스트의 소설 『잃어버린 시간을 찾아서』의 문학적 형식과 사마천의 『사기』의 역사서술 형식을 빌려 보고서를 작성하겠다는 생각을 서로에게 피력한다.[29]

농촌의 현실은 결코 이상향이 아니다. 귀향한 주인공 안현상에게 고향 친구는 돈을 벌려면 농사를 짓지 말고 농토를 팔아 대도시의 변두리 땅을 사두는 것이 더욱 유익하다고 충고한다.[30] 이렇듯 '반농민적·반농업적' 조언이 '독농가' 친구로부터 나왔다는 것은 아이러니다. 등장인물 모두가 흙과 자연에 대한 애착보다는 도회의 지성에 대한 동경을 북돋운다. 그러나 이 작품은 단편적으로나마 지식인적 교양에 목말라 하는 농민들에게 흥미를 불러일으켰을 가능성은 충분하다.[31]

27) 이병주, 「작가의 말」, 『새농민』, 1971년 12월호, p.92.
28) 「편집자에게」, 『새농민』, 1972년 1월호.
29) 『새농민』 1971년 6월호, p.95.
30) 위의 책, pp.139-140.
31) 정홍섭, 「1970년대 초 농촌근대화 담론과 그 소설적 굴절: 이병주와 이문구를 중심으로」, 『민족문학사 연구』 42, 민족문학회, 2010, p.393.

기업소설들: 『무지개연구』『황백의 문』『그들의 향연』

1970년 『부산일보』에 『배신의 강』[32]을 연재하면서 시작된 이병주의 기업소설 쓰기는 한동안 이어진다. 주로 일간지에 연재된 이들 기업소설의 주된 독자는 회사원들이었다. 1960년대에 새마을 노래가 농촌의 새벽을 깨웠듯이 1970년대에는 '수출입국'의 캠페인이 도시의 일상을 지배하고 있었다. 이런 시대 분위기에서 기업소설이라는 세부 장르가 탄생하는 것은 지극히 자연스러운 일이다.

이병주의 많은 기업소설 중 『무지개연구』(1982)는 특히 많은 독자의 사랑을 받았다. 이병주는 작중인물 K의 입을 통해 '기업소설'의 필요성을 역설한다.

"지금 우리나라에 있어서 주목할 만한 존재가 경제인 아닙니까? 그런데 경제인이 경제인으로 등장하는 소설이 없지 않습니까? 그들의 포부와 야심, 그리고 생리와 병리, 애욕의 문제 등이 소상하게 취급되어 있는 소설이 없단 말입니다. 정치소설, 대담한 기업소설이 정정당당하게 문학으로서 메리트를 갖추고 등장해야죠. 그럴 때 비로소 문학이 사회에서 정당한 발언권을 주장하게 될 게 아닙니까?"[33]

이병주는 「작가의 말」에서 기업의 풍토를 밝힌다.

"위한림과 그를 둘러싼 군상을 통해 한 시대, 즉 1970년대 한국의 기업 풍토는 돈을 번다는 것이 범죄 비슷한 사례가 있을 만큼 치열하기 짝이 없었다."[34]

---

32) 이 책, 14장 참조.
33) 이병주, 『무지개연구』, 『동아일보』, 1982. 4. 26.
34) 손혜숙, 앞의 글, p.181.

작품의 주인공 위한림은 서울대 출신으로 외국계 기업에서 근무하다 스스로 창업한 청년실업가다. 그의 눈에 비친 세상은 물신의 난장판이다.

"병리적인 틈서리만 노리고 있는 눈에 서울은 사건 더미가 되고 그 더미를 이용하여 먹고사는 사람의 수가 부지기수다."[35]

작품은 외국상사, 차관 도입, 도박꾼, 현지처, 해결사 등 수출한국, 무역입국의 열망에 한껏 부푼 서울의 어두운 뒷무대 풍경을 그린다. 이란, 이라크, 사우디아라비아, 중동을 무대로 국내 상사들 사이에 벌어지는 경쟁과 질시, 교민 사이의 반목 등 당시의 상황을 적나라하게 그렸다.

위한림의 실제 모델은 제세산업의 창업자 이창우로 알려져 있다. 제세산업은 율산실업, 대봉과 함께 1970년대 후반에 기성 재벌의 독과점 체제에 도전한, 이를테면 한국기업계의 '독수리 3형제'였다. 세 기업의 창업자들은 모두 명문 고교와 대학을 졸업한 젊은이들이었다.[36] 그러나 이들 신데렐라 기업들은 무리한 확장, 구조적 한계, 대기업의 견제 등의 장애물을 극복하지 못하고 단 몇 년 만에 신기루처럼 사라지고 말았다. 사업이 망하고 옥살이까지 한 이창우는 자신의 체험을 자전적 소설로 펴낸다.[37] 그는 옥중에서 이병주를 읽는다.

35) 이병주, 『무지개 연구』, 『동아일보』, 1982. 9. 2.
36) 경기고와 서울대 상대를 졸업한 신선호(율산실업), 경복고와 서울대 법대를 졸업한 김병만(대봉), 그리고 경기고와 서울대 공대 출신의 이창우 세 사람이다. 세 기업 중에 선두주자였던 율산실업은 몇 차례 위기 끝에 강남고속터미널 자리에 취득한 토지를 바탕으로 명맥을 잇고 있다. 제세와 대봉은 붕괴된 후 흔적 없이 사라졌다.
37) 이창우, 『옛날 옛날 한옛날』, 두레, 1981. 그는 명문 경기고(1965년 졸업)생으로는 드물게 해병대에 복무한다. 서울대 공대(1967년 입학, 1971년 졸업)를 졸업하고 스위스계 회사에 근무하다 퇴직한 후에 제세산업을 창업한다. 여담으로 이창우의

"며칠 전 읽은 소설 첫머리에 인용된 국가불행시인행(國家不幸詩人幸)³⁸⁾이라든지 두보의 국파산하재(國破山河在)"³⁹⁾ 구절은 당시 널리 유행하던 '정신일도 하사불성'(精神一到何事不成)의 역설적 해석이다.

『황백의 문』(1983)에서 작가는 1970년대 부의 축적과정에서 기업과 기업인에 체질화된 비리와 비윤리적 행태를 적나라하게 고발한다. 갑산실업 회장 모철주는 22년 시차로 공범과 함께 저지른 두 차례 살인행위로 재산을 빼앗고 피살자의 처와 혼인하여 기업의 소유와 경영권을 장악한다. 그러고는 적절한 시기에 공모자를 제거한다. 피해자의 가족이 진상을 밝히고 복수하러 나선다. 재물을 두고 벌이는 쟁투는 관련 인물들의 도덕적·윤리적 갈등을 파생시킨다. 여기에 부수적인 삽화가 삽입된다. 즉, 복수에 동참한 백창순의 동기는 다르다. 그는 모철주가 6·25 전쟁 중 북한군 치하에서 자신의 형을 정치보위부에 밀고하여 죽게 만들었다. 가족을 위한 복수의 방법으로 모철주의 아내를 유혹하는 것이다.

『그들의 향연』(1984)은 임계순이라는 미모의 젊은 여성과 그녀에게 구애하는 사내들의 이야기로 시작한다. 그러나 스토리가 전개되면서 작품은 사회 부조리에 대한 고발서로서의 성격을 드러낸다. 박정희 정부는 수출진흥 정책의 일환으로 외국인을 상대로 한 속칭 '기생관광'을 장려하는 시책을 실시한다. 1972년 10월유신 직후에 관광진흥법에 근거를 두어 설립한 국제관광협회에 '요정과'를 설치하고 관광기생의 양성에 착수한다. 사실상 매매춘을 국가가 장려한 것이다. 5·16 직후에 매춘방지법이 제정된 지(1961. 11. 9) 10년 만

경기고 동창생으로 학생운동에 투신한 손학규를 공장에 위장취업하도록 주선했다는 뒷이야기도 들린다.

38) 청나라 시인 조익의 시, 「나라가 불행하면 시인이 행복하다」.

39) 두보(杜甫)의 「춘망」(春望), "나라는 망하고 산하만 남아 있다."

의 일이다. 요정과의 주요 업무는 사실상의 매춘허가증인 '접객원증명서'를 발부하고 이들의 교양교육을 주관하는 것이다.[40] 교육의 내용은 일제강점기에 정신대를 독려했던 독려사와 흡사하여 '신판 정신대 결단식'과 같았다는 후세인의 냉정한 평가가 따른다.[41] 한 후세인은 작가 이병주는 박정희 정권의 경제 성장 신화의 이면에 가려진, 역사에서 탈각된 부분을 복원하여 역사를 재구축하는 작업에 나섰다는 평가를 내렸다.[42] 이병주는 이 작품에서 '현대사조연구소'라는 사설기관을 등장시켜 기생관광을 포함하여 일본인의 현지처, 다방, 아동보호소, 재벌그룹의 문제 등 사회를 동태적으로 연구하면서, 이 모든 부조리의 근본 원인은 정당성을 결여하고, 부패하고 부도덕한 정치권력에 있다는 메시지를 던진다.[43]

시대의 아픔: 『허상과 장미』『그 테러리스트를 위한 만사(輓詞)』『칠부채』

『허상과 장미』[44]는 4·19의 상처를 안고 1970년대를 살아가는 젊은이의 이야기다. 전호는 10년 전 4월 19일 경무대 앞에서 경찰이 쏜 총에 허벅지를 맞고 위험에 처했으나 친구 덕기가 수술 순서를 양보하는 덕에 살아남는다. 그러나 양보한 친구가 생명을 잃자 전호는 죽은 친구의 몫까지 살아야 한다는 부담감을 안고 산다. 이승만 정권이 물러갔을 때 잠시 승리의 환호를 느꼈으나 10년이 지난 지금 승리는 간 곳 없고 생명이 지닌 슬픔만 남아 있다. 마음이 울적할 때마다 찾

---

40) 심송무, 「르포·100만 명 돌파의 관광한국」, 『신동아』, 1979. 2, p.246.
41) 박종성, 「한국의 매춘: 매춘의 정치사회학」, 『인간사랑』, 1994, p.117.
42) 손혜숙, 앞의 글, p.177.
43) 이병주, 『그들의 향연』, 기린원, 1988, pp.132 이하.
44) 이 작품은 1970년 5월 1일부터 1971년 2월 27일까지 『경향신문』에 연재되었고 1990년 『그대 위한 종소리』라는 제목으로 서당에서 상·하 2권으로 출간되었다. 2021년 바이북스에서 원제목으로 재출간되었다.

아오는 허벅지 통증이 그날의 아픈 기억을 떠올린다. "고통이 기억술의 가장 강력한 보조 수단이다"라는 니체의 말처럼 정신의 기억보다 더욱 강력한 몸의 기억이다.[45]

"4·19를 잊고는 살 수가 없다. 4·19의 의미가 어떤 것인지 아직 아무도 몰라. 그러니까 4·19에 참여한 우리들이 앞으로 만들어 내야 하는 거다. 우리가 타락하면 4·19도 타락해."[46]

전호에게 4·19는 치유되지 않은 과거의 상처인 동시에 현재의 삶을 지탱해주는 원동력이다. 그는 덕기의 조부인 독립투사 형산의 고결한 삶에서 사표를 얻는다. 형산은 박정희 대통령 시절 독립유공자의 서훈 문제가 거론되자 서훈을 사양하고 연금도 거절한다. 박 대통령의 친일 전력을 들어 서훈을 거부한 사람도 있지만 형산은 단지 자신이 독립에 기여한 실적이 없다며 사양한다.[47] 작가는 '4·19의 만사(輓詞)를 써서 그때 희생된 젊은이들의 진혼을 다하기 위해' 이 소설을 썼다고 말한다.[48]

『그 테러리스트를 위한 만사(輓詞)』[49]

1982년의 한 글에서 이병주는 그때까지 자신이 쓴 작품 중에 가장 자부심을 느끼는 작품이 바로 『그 테러리스트를 위한 만사』라고 말했다.[50] 실재의 인물을 1.5배가량 확대하여 약간의 픽션으로 꾸민 것이라고 덧붙였다. 작품의 화자인 소설가 '이'씨가 민족사의 일부

---

45) 손혜숙, 위의 글, pp.195-202.
46) 이병주, 『허망과 진실』, 『경향신문』, 1970. 6. 27.
47) 이병주, 『그대 위한 종소리』 상, 서당, p.223.
48) 손혜숙, 위의 글, p.199.
49) 이병주, 『그 테러리스트를 위한 만사』, 『한국문학』, 1983. 1.
50) 이병주, 「끊임없는 동경」, 『나 모두 용서하리라』, pp.89-91.

인 자신의 과거사를 안고 사는 인물들을 만나면서 벌어지는 서사다. 항일투사 경산선생을 통해 정람을 소개받는다. 정람은 역사의 희생자이면서 과거의 기억으로 현재의 삶을 견디어낸다. 그의 일생은 출생부터 극적이다. 하얼빈의 거리에 강보에 싸여 버려진 아이를 러시아인이 주워서 키운다. 조국에게서 받은 것이라고는 아무것도 없는 기아(棄兒)가 자라서 조국의 독립운동에 투신한다. 그는 일제강점기 만주 관동군 밀정을 단죄하는 것을 필생의 과업으로 삼는다. 그리하여 그는 과거 경산의 부인을 능욕하여 자살로 몰아간 임두생을 추적한다. 임두생은 수많은 독립지사를 일본 헌병대에 밀고해 바쳤고 해방 후에는 반공정권에 기생하여 영일을 누린다. 자신은 "빨갱이를 잡기 위해 일본군과 협력했을 뿐이기에 대한민국의 적이 공산당이면 나는 대한민국을 위한 공로자"라고 으스대며 살고 있다. 그러나 정람은 뜻밖에도 임두생이 고아 소녀를 입양하여 양육하는 사실을 알고는 복수를 포기하고 과거의 죄를 용서한다.[51]

"테러리즘이 갖는 미학은 사랑이다. 청람은 언어도(言語道)가 끝나고 심행처(心行處)가 멸하면, 칼이나 총을 잡고 누군가와 싸워야 하는데 그러한 인물이 테러리스트다. 테러리스트는 살생하지 않고 살사할 뿐이다. 즉 이미 죽은 자를 죽이는 것이다.

테러리스트는 시인이다. 우주의 권한을 스스로의 가슴속 용광로에 집어넣어 섭리의 영롱한 구슬을 주조해내는 언어 없는 시인, 영혼의 시인이다."[52]

이병주의 작품을 프랑스의 철학자 자크 라캉의 이론으로 분석한 젊

---

51) 손혜숙, 위의 글, pp.214-216; 음영철, 『이병주 소설의 주체성 연구』, 건국대학교, 2010. 5, pp.181-197.
52) 이병주, 『그 테러리스트를 위한 만사』, pp.109-110.

은 학자는 이 작품에서 무정부주의자 정람과 허무주의자 경산이 임두생을 용서한 것은 라캉의 말대로 상징계(象徵界)를 살아가는 사람들에게 윤리적 삶이 어떤 것인지를 보여준다는 해석을 끌어냈다.[53]

『쥘부채』

이병주는 사상소설 중편 『쥘부채』에 실제로 일어난 설악산 조난 사고를 삽화로 끼워 넣는다. 작가 자신은 단순한 삽화가 아니라 작품의 주제의 하나라고 주장한다. 사상범으로 사형당한 청년과 옥사한 여인 사이의 순애보가 주된 플롯이고, 화자인 청년 자신의 연애사와 시대적 상황이 오버랩된다. 화자인 대학생 동식은 설악산에 겨울등반에 나섰다가 조난당한 청년들의 소식을 접한다. 자신의 평범한 일상과 '신화처럼' 죽은 청년들의 삶을 대비하며 의식의 방황을 한다. 그가 성숙한 인간으로 변모해 나가는 과정에 결정적인 사건은 굴곡진 분단 역사에서 희생자가 된 남녀의 애절한 사랑 이야기다. 화자는 충성을 바친 당의 버림을 받은 장기수 신명숙과 강덕기의 비극적 로맨스를 알아내고 쥘부채의 비밀을 푼다. 이런 관점에서 보면 이 작품은 일종의 성장소설이다.

작품에 등장하는 프랑스 문학자 유 선생은 이병주 자신이다. 유 선생은 학생들과 정치 이야기를 하면서 매우 우회적이고 단편적인 언급으로 일관한다. 학생들은 유 선생의 미지근한 태도를 두고 설전을 벌인다.

"헌데 유 선생, 생각하기보담 속물인데."
"난 그 부드러운 눈빛 저편에 적어도 무시무시한 아나키즘쯤 깃들고 있지 않나 하고 기대했거든."

---

53) 음영철, 위의 글, p.192.

"네가 이놈아 속물이야. 유 선생은 아무리 낮추어 봐도 드물게 보는 딜레탕트야. 우리나라에 아쉬운 건 바로 유 선생 같은 봉 상스 있는 딜레탕트란 말이다."

"유 선생 얘기는 그만둬. 아까 스웨텐 얘기하다 혼났다고 하지 않았더냐. 그 도피주의를 우리들만은 긍정해줘야 할 게 아닌가. 사십년이 넘는 세월 속에서 배운 그 도피주의의 지혜를 우린 건강한 식욕으로써 소화해야 할 게 아냐?"[54]

소설의 말미에 화자는 서대문형무소 뒤 안산(鞍山)에 올라 서울의 전경을 내려다본다.

"청명한 날, 동식은 단신 안산에 올랐다. 강덕기가 처형을 당하고 신명숙이 17년의 청춘을 묻은 서대문교도소가 장난감처럼 눈 아래 보였다. 그러나 그날의 감상으로선 서울의 시가가 그 장난감 같은 서대문교도소를 주축으로 짜여 있는 것이었다."[55]

어쩌면 서울, 나아가 대한민국 전체가 감옥이라는 생각을 이렇게 표현했을지도 모른다.

비루한 일상: 『행복어사전』「낙엽」「철학적 살인」

1976년 4월부터 1982년 9월까지 『문학사상』에 연재된 『행복어사전』은 높은 인기를 얻었다. 민주주의로 포장된 반공독재의 허상을 우회적으로 비판한 작품이다.[56] 한국현대사에서 가장 암울한 시대에 발표된 작품이다. "모두들 그곳을 사막이라고 하고 자기들은 불

---

54) 이병주, 「쥘부채」, 『소설 알렉산드리아』, 한길사, 2006, pp.201-202.
55) 이병주, 위의 책, p.221.
56) 음영철, 앞의 글, pp.145, 167-168; 손혜숙, 앞의 글, pp.202-210.

시착한 사람들이라고 했다." 주인공 서재필은 비범성과 속악성을 겸비한 인물이다. 궁핍하지는 않으나 가난한 삶을 지향하는 청년으로 여섯 여자와의 무분별한 로맨스를 즐긴다.[57]

작가는 주인공에게 서재필이라는 특별한 이름을 부여한다. 구한말 개화기에 갑신정변을 주도하고 독립협회를 설립하는 등 근대사에 큰 족적을 남긴 서재필(徐載弼)을 끌어들여 나라 걱정은커녕 자신의 앞가림도 못하고 무위도식하는 1970년대 대한민국 청년의 삶을 비추는 거울로 삼는다. 개화기 서재필이 모순된 현실에 저항하면서 잔인하리만큼 비참한 개인사를 겪는 비운의 지도자라면 1970년대 서재필(徐在弼)은 일류대학 출신이라는 간판과 알량한 지식을 무기로 동시에 여러 여자를 가리지 않고 관계하면서 무위도식하는 비루한 인간이다.

그는 "필립 제이슨이 (개인과 사회) 이자택일의 기로에 섰을 때 버렸던 길, 가지 않았던 길"을 택하기로 작정한다. 영웅의 고독한 삶보다는 무명 지식인의 비루한 일상을 택한다.

"그 길은 안일의 길이고, 무의지의 길이고, 사건이 없는 무풍의 길이고, 나 때문에 부모 형제가 절대로 학살당할 염려가 없는 길이고, 감옥으로 가는 길과는 반대쪽으로 향하는 길이고, 민족과 국가를 위한 대도를 피해 초가삼간으로 이끄는 오솔길이다."[58]

높은 이상의 세계와 저급한 윤리가 지배하는 현실을 대조함으로써 버러지 같은 삶을 택할 수밖에 없는 대한민국의 아류지식인의 현실을 풍자하고자 하는 작가의 의도가 읽힌다. 그는 신문사 교정부 직

---

57) 노현주, 「이병주 소설의 정치와 대중성 연구」, pp. 199, 217.
58) 이병주, 『문학사상』, 1981. 11, p. 260.

원이면서도 틀린 것을 고칠 수 없는 언론계의 현실에 무력감을 느끼고 신문사를 그만두고 소설쓰기를 시도한다.

"소설을 찾는 데 있어서 두 가지의 길을 선정해놓은 때문이었다. 하나는 바깥으로 소설을 찾아 나가는 방향이었다. 그 방향엔 서울역이 있었고, 절두산이 있었고, 정약전이 죽은 흑산도가 있었고, 지리산이 있었다. 다른 하나는 내 마음의 미로를 찾아가는 안으로의 방향이었다. 그 방향으로 켜진 네온사인엔 마르셀 프루스트가 있었고, 제임스 조이스가 있었고 카프카가 있었다."[59]

"소설은 흥미와 동시에 그 흥미의 의미를 제공해야 하는 것이다. 사람 가운덴 자기의 인생만으론 부족을 느끼는 그런 사람이 있다. 사람에겐 남의 인생까지도 살아보고 싶어 하는 불령한 욕망이란 것이 있다. 이런 불가능한 욕망을 대행하는 것이 소설 이외를 두곤 없다."[60]

"저항보다 더 소중한 것이 인생엔 있다고 믿는 소설가가 되고 싶다." "정치가가 안 되고 혁명가가 안 된 패배한 인간군 속에 나의 문학의 원칙이 있을 것입니다." 작가 자신의 소설론일까? "철저한 패배자로서 자신을 소설로 증명해 보이겠다는 것, 모순된 세상을 개혁하지 못하고 그것에 마음 놓고 저항도 못하는 이 현실을, 자신의 비루함을 그대로 펼쳐 보임으로써 고발하겠다는 무용의 철학이, 언론인 이병주를 소설가로 변모시킨 것"이라는 주장도 가능할 것이다.[61]

---

59) 이병주,『행복어사전』3권, 한길사, 2006, p.318.
60) 위의 책, p.332.
61) 최혜실,「한국지식인 소설의 계보와 행복어사전」,『행복어사전』5권, 한길사, 2006, pp.357-369.

「낙엽」

대중소설 「낙엽」은 그냥 쓸어버리기에는 아까운 작품이다. 이 소설은 전쟁의 상흔이 채 아물기 전 한국사회의 밑바닥에 내몰린 다양한 소시민 군상의 삶을 그린 작품이다. '옹덕동 18번지'[62]에 사는 남자는 모두 실직자로서 가장의 역할을 해내지 못하는 무력한 존재들이다. 이들의 무능력은 나라의 과거사와 연관되어 있다. 한국전쟁이라는 과거사가 미군기지를 만들었고 옹덕동은 양공주의 소굴로 변했다. 독립운동의 경력이 있는 경산은 밑바닥 인물들의 인간 회복에 앞장선다.

"문학은 기록이어야 한다."

이광훈의 발문이다.[63] 빈민촌 옹덕동 18번지는 낙엽 같은 인생들이 모여 산다. 이들의 강퍅한 삶을 지탱시켜주는 자양분은 일상에 서려 있는 훈훈한 정이다. 이들 꼬방동네 사람들의 삶의 기록은 고시 낭인의 존재로 인해 한층 페이소스가 가미되고 사실감이 더해진다.

"고시를 미끼로 여편네에게 평생 공짜 밥을 먹을 텐데 왜 집어치우"냐며 고시 낭인 생활을 청산하고 뭔가 달리 사는 방법을 강구해야겠다는 사내에게 동료 백수건달이 건네는 농담이다.

"고시 공부를 해서 얻은 지식은 고시에 합격하지 않으면 아무짝에도 쓸데가 없는 지식이오. 고시 공부는 사람을 만드는 수양도 못 되고 교양도 못 된다. 육법전서는 아무리 뒤져봐도 아무것도 나오지 않아. 사기꾼이라면 법망을 뚫는 꾀나 배울까. 도대체 법률 공부는 학

---

62) 이 작품은 후일 『화원의 사상』과 『달빛서울』로 제목을 바꾸어 재출간되었다. 작품을 집필할 당시 이병주는 서울 마포구 공덕동 18번지에 거주하고 있었다. 이병주가 책장을 그냥 둔 채 여인을 떠나자 책이 있는 한 그가 돌아올 것이라고 믿고 지키고 있었다는 흥미로운 증언이 있다.

63) 이병주, 『낙엽』, 동문선, 1978, 이광훈 발문.

문이 아니니까 사람의 생활과 행동을 얽어매는 법률 조문을 외우고 해석해보는 게 그게 뭐란 말인가. 기껏 그따위를 익혀 고시에 합격했다고 해서 사람의 생명과 운명을 다루는 직책을 맡긴다는 제도 자체가 모순이여. 사람을 다루고 재판하는 직책을 가지려면 인생의 기미(機微)에 통달한 지혜와 철리(哲理)를 가져야 하는 건데 고시를 위한 공부는 그런 것을 가꾸기는커녕 인간으로서의 정마저 메마르게 만들어버리거든. 그런 뜻에서 경학(經學)과 시문(詩文)에 중점을 두고 인재를 등용하는 과거가 훨씬 합리적인 제도인지 몰라."[64]

작품의 핵심 메시지는 경산의 입을 통해 제시된다.

"보아라 이게 화원이다. 옹덕동 골짜기 구멍가게의 비좁은 뜰이 사람들의 호의로 인해 황홀한 화원이 된 것이다. 우리는 뜻만 가지면 어느 때 어느 곳에라도 화원을 만들 수 있다. 인생도 또한 꽃이다. 호박꽃으로 피건 진달래로 피건 보잘것없는 잡초의 꽃으로 피건 사람은 저마다 꽃으로 피고 꽃으로 진다."[65]

경산은 "낙엽이 모여 썩기만 기다리던 사람들이 아름다운 꽃밭을 만들어놓은 것"처럼 아무리 헐벗고 나약한 민족이라도 뜻만 모으면 언제 어디서나 화원을 건설할 수 있다며 이것이 희망을 버릴 수 없는 까닭이라고 말한다. "고목에 꽃이 피는 기적"의 마지막 구절처럼, "낙엽이 꽃잎으로 화(化)하는 기적"처럼 소설 "『낙엽』이 썩지 않고 다시 생명을 얻는" 기적이 필요한 당대의 모습과 그에 대한 바람이 소설의 제목 속에 응축되어 있다.[66]

---

64) 위의 책, pp.282-283.
65) 위의 책, p.268.
66) 손혜숙, 앞의 글, p.174.

「철학적 살인」

단편 「철학적 살인」은 남자의 무의식에 잠재한 성적·사회적 경쟁의식을 다룬다. 민태기와 고광식은 대학의 동기동창으로 줄곧 라이벌 관계에 있었다. 고광식은 부잣집 아들이었고 민태기는 가난한 농부의 아들이었다. 고광식과 그 일파는 호사스러운 대학생활을 했고 민태기는 어두운 음지에서 공부에만 열중했다. 고광식이 민태기를 보는 눈엔 언제나 시골의 천민을 보는 경멸감이 있었다. "저놈에게 질 수는 없다"는 결의가 민태기의 청춘을 지탱한 원동력이었고, "그것이 민태기의 오늘을 만든 조건이라고 해도 과언이 아니다."[67]

아내가 그런 고광식과 불륜 관계에 있다고 오해한 민태기는 질투 끝에 우발적 살인을 저지른다. 자신이 진정으로 사랑하는 아내를 '장난으로 유린한' 사실이 결정적인 동기였다. 나는 '감정이 아니라 철학에 의해 살인했다고 합리화한다. 판사·검사·변호사가 외국의 판례까지 동원해가며 비교적 가벼운 형을 선고한다.[68] 『그 테러리스트를 위한 만사』에 나타나 있듯이 "온전한 테러는 산 사람을 죽이는 살생(殺生)이 아니라 정신이 죽은 자를 죽이는 살사(殺死)라는 논리를 동원하는 것이다."[69]

해학문학의 진수: 「빈영출」「박사상회」「바둑이」

1980년대 신군부 군사정권의 등장과 함께 문학의 세계에는 풍자와 해학이 더욱 절실하게 요청되었다. 이 시기에 나온 「빈영출」과 「박사상회」는 이병주 해학문학의 진수다. 「빈영출」[70]은 1982년, 「박

---

67) 이병주, 「철학적 살인」, 『한국문학』, 1976. 5, pp.107-108.

68) 안광, 「사랑의 법적 책임: 이병주의 철학적 살인을 중심으로」, 김윤식·김종회 외, 『이병주 문학의 역사와 사회인식』, 바이북스, 2017, pp.288-300.

69) 김윤식·김종회 엮음, 「이병주 소설과 문학의 대중성」, 『망명의 늪』, 바이북스, 2015, p.175.

70) 이병주, 「빈영출」, 『월간 현대문학』, 1982. 2; 김윤식·김종회 엮음, 『박사상회/빈영

사상회」는 1983년 작품이다. 김종회의 해제가 돋보인다.[71]

"설화에서 소설까지의 서사 장르 변화를 함께 담고 있는 듯, 그 속에 친일야화를 닮은 몇 가지 기발한 삽화가 잠복해 있다. 지리산이 남쪽으로 뻗은 자리의 고향, 학도병 출신의 관찰자 성유정, 독립운동가였던 숙부, '조금 색다른 방식'의 친일했던 빈영출."[72]

거대한 기물과 절륜한 정력의 소유자 빈영출은 일본 주재소의 대서소를 허가받아 상시 관청 출입을 한다. 부임하는 주재소의 일본인 순사부장 마누라를 차례차례 관계한 덕이다. 그 친일의 행적으로 조선인에게도 많은 도움을 준다. 해방 후에 면장이 되어서도 엽색 행각은 계속된다.

"장마당에 가게 차려놓은 여자치고 그놈과 붙지 않은 년은 한 년도 없을걸요."

결국 주위의 시샘 때문에 자리에서 쫓겨나고 과거 그의 '친일 행적'에 대한 여론재판이 벌어진다. 그러나 '좀 색다른 방식의 친일 행적'에 대한 평가는 엇갈린다. 사내들의 숨은 성적 열등감이 작용했을지도 모른다.

1983년[73]에 선보인 「박사상회」는 무한정 확대일로를 거듭하는 거대한 공룡도시 대서울에 대한 풍자다. '불로동'은 15년 전에 서울시에 편입된 변두리 빈민촌이다. 어느 가을 석양을 등지고 못생긴 사

출』, 바이북스, 2009.

71) 김종회, 「세속적 몰락의 두 경우와 해학: 「박사상회」와 「빈영출」의 저잣거리」, 『박사상회/빈영출』, pp.83-93.

72) 성유정은 이병주 자신의 분신으로, 독립운동가 숙부는 중부 이홍식으로 규정해도 무리가 없을 것이다. 그러나 빈영출은 가상의 인물로 보인다.

73) 이병주, 「박사상회」, 『월간 현대문학』, 1983.9; 김윤식·김종회 엮음, 『박사상회/빈영출』, 바이북스, 2009.

내 조진개가 나타난다.

"키는 150센티미터가 될까 말까 한 땅딸보, 얼굴빛은 해를 등진 탓도 있었겠지만 아프리카인만큼이나 검었고, 눈은 족제비를 닮아 가느다랗고 길게 째어져 있었다. 국방색 점퍼에 검은 바지, 등산모 같은 것을 쓰고 있었는데 최소한도 재료로써 못난 사내를 만들어 보았다는 표본 같은 인상이었다."[74]

이 사내는 '박사상회'라는 가게 간판을 달고 학력 콤플렉스에 시달리는 어수룩한 동네 사람들을 현혹한다. 갖가지 재주를 부려 기막힌 아이디어와 실천 전략을 동원하여 일약 부를 축적한다. 천박한 욕망을 이루면서 나락의 길로 추락한다. 투박한 정의감에 넘치는 지리산 언저리 출신 여인 천금순이 조진개의 몰락에 결정적인 타격을 가한다. 조진개의 영악한 위선이 세태의 표면에 떠오른 장면을 두고 "봄이 왔는데도 제비가 불로동에 돌아오지 않았다"는 문장으로 작품은 마감한다. 도회지의 확대가 불러들인 인간성의 상실과 공동체의 붕괴를 경고한 것이다. 김인환의 친절한 해설에 절로 공감하게된다.

"이익이 있으면 남에게도 잘하고 이익이 없으면 부모도 내쫓는다는 명암의 극명한 대조를 통하여 이병주는 근대적 악마성이 예외적인 것이 아니라 자본주의의 폐허에 적응하는 전형적인 것을 보여준다. 이 폐허에 작가는 고독한 산책자가 될 수밖에 없다."[75]

---

74) 김윤식·김종회 엮음, 『박사상회/빈영출』, pp.10-11.
75) 김인환, 「천재들의 합창」, 『그 테러리스트를 위한 만사』, 한길사, 2006, p.343.

단편소설 「바둑이」(1986)에는 한 영민한 개가 자아내는 한 집안의 해프닝을 그린다.[76] 벌이가 신통찮은 소설가는 아내에게서 푸대접을 받는다. 강아지 망망이는 여러 식구 중에 바깥주인을 특히나 좋아하여 그의 일거수일투족에 신경을 곤두세우고 있다. 산보를 데리고 나가도 주인 주위를 맴돌 뿐이다. 목욕탕에 가면 들어가는 것을 확인하고 나올 때까지 기다린다. 그런 망망이가 혼자 집에 돌아온 것이다. 아내는 "우리 집의 너절한 가장은 어디 갔느냐"고 심문한다. 아내는 망망이를 앞장 세워 남편의 데이트 현장을 덮친다. 포복절도할 기발한 발상이다. 반려견을 키우는 가정이 많지 않았던 그 시절에도 이병주는 여러 마리의 개를 키우고 보내면서 깊은 정을 주고받았다고 한다.

---

76) 이병주, 「바둑이」, 『그 테러리스트를 위한 만사』, pp.315-332.

33. 이병주, 법과 문학의 선구자

이병주를 일러 이 땅의 '법과 문학'의 선구자라고 불러도 좋다. 근래에 들어와서 이병주의 작품을 법의 측면에서 분석하는 학술적 연구가 늘어나는 것은 바람직하다.[1)]

데뷔작 『소설 알렉산드리아』(1965)는 국가보안법 위반이라는 사상소설의 형식을 띤다. 이 작품은 이념 대립이 첨예한 분단국가에서 이성적·제도적 균형을 꿈꾸는 지식인이 겪는 시련과 갈등이라는 주제를 다룬다. 소설의 핵심적 전개와 결말이 모두 기록된 문서를 통해 이루어진다. 형이 옥중에서 보낸 십여 통의 서신에 의해 소설의 플롯이 전개되고 공소장, 변론서, 신문 사설, 탄원서, 그리고 최종 판결문을 통해 소설이 마감된다.

일찍이 미국 법률문학의 수작으로 평가받는 멜빌의 중편 『베니토 세리노』(1856)가 선보인 수법이다. 소설에서 기록을 중용하는 이병주의 기법은 언론인 시절에 배양된 것이라고 술회하지만 보다 근본적으로는 그의 실증적 역사관에 기인한다고 볼 수 있다. 역사적 존재로서의 인간의 행장은 기록으로 남아야만 역사의 승자가 된다. 당대에 패배한 자도 후세의 승자가 되려면 기록을 남겨야 한다. "태양

---

1) 김경민, 「이병주 소설의 법의식 연구」, 『현대문학이론연구』 58집, 2014. 9, 한국현대문학이론학회, pp.75~93; 김경수, 「이병주 소설의 문학법리학적 연구」, 『한국현대문학과 법』, 『한국현대문학회 제1차 전국학술발표대회 자료집』, 한국현대문학회, 2014; 김경수, 「대항적 법률 이데올로기로서의 이병주 소설」, 『한국현대소설의 문학법리적 연구』, 일조각, 2019, pp.229~249; 추선진, 「이병주 소설에 나타난 법에 대한 성찰 연구」, 『한민족문학연구』 43호, 2013.

에 바래면 역사가 되고, 월광에 물들면 신화가 된다"(褪於日光爲歷史 染於月色爲神話). 이병주의 전매특허가 되다시피 한 화려한 수사 뒤에 담긴 관조가 돋보인다. 러시아의 대문호 도스토옙스키도 비슷한 이야기를 한 적이 있다.

"법정의 기록이야말로 생의 긴장이 충만한 것이며 예술이 손대기를 회피하거나, 기껏해야 스쳐버리기 쉬운 인간 영혼의 암실을 비춰주는 빛이 담겨 있다."

제3공화국의 역사를 그린 작품 『그해 5월』에서 자신에 대한 판결문을 그대로 전제함으로써 이병주는 후세인의 재심을 기대하며 변론서를 제출한 것이다. 대표작 『관부연락선』과 『지리산』에 반영된 충실한 기록은 자신의 말대로 성찰적 균형을 미덕으로 삼는 '회색의 군상', 지식인을 위한 역사의 변명이었다.

도스토옙스키와 마찬가지로 이병주도 체험의 작가다. 특히 사상범으로 자신이 겪었던 옥중 체험이 법제도의 본질에 대한 성찰에 깊이와 폭을 더해주었음은 물론이다. 그는 자신과 동시대인의 체험을 '못 믿을 세월 속에 날려 보내'는 대신 촘촘히 적고 가다듬었다. 대한민국의 성숙과 함께 언어와 생활 양쪽에서 스스로 소외되어 '무국적자'가 되어버린 일본어 세대, 반도지식인의 전형적인 모습과는 달리 그는 균형감각과 관조를 미덕으로 삼아 새로운 세대의 회색 군상을 이끌었던 것이다.

이병주에게 법은 단순한 경찰·검찰·판사·재판이 아니었다. 이 땅의 대다수 문인이 법에 대한 원성에 찬 고발과 편견 어린 냉소로 일관할 때, 이병주만은 따뜻한 시선을 거두지 않았다. 공권력의 이름으로 자행된 인간성의 유린이라는 표피적인 현상을 넘어 인간의 본성에 대한 성찰을 게을리 하지 않았다. 법에 대한 이병주의 깊은 성찰은 여러 차원에서 나타난다. 일제 이래 '제도법학'의 굴레를 벗어나지 못하는 한국의 법학과 법률가에 대한 애정 어린 충고는 작품 도처에 나타난다.

"사람을 다루고 재판하는 직책을 가지려면 인생의 기미(機微)에 통달한 지혜와 철리를 가져야 해."[2]

법은 천재의 영역이 아니라 어른의 영역이라는 논리적 당위와 축적된 경험의 소산이다. 일찍이 관부연락선 선상에서 만난 '고문'(高文) 합격자 청년의 편협한 자만에 대해 유태림이 건넨 안쓰러운 동정의 눈길은 독립국가의 사법역군에게도 연면히 이어진다. 한 사람의 주머니에서 다른 사람의 주머니로 돈을 옮겨주는 대가로 몇 푼의 구전을 얻는 것에 불과한 민사사건을 수임하지 않는 변호사를 등장시켜 법의 본질이 무엇인가를 생각하게 하는 강한 메시지를 전한다.[3]

만고의 영웅 나폴레옹이 후세에 남긴 불멸의 기여는 황제의 지위에서 직접 심혈을 기울여 제정을 주도한 민법전(나폴레옹 법전)임을 강론한다.

"나의 영광은 내가 승리를 거둔 마흔 몇 차례의 전투에 있는 것이 아니다. 워털루의 패배로 그 많은 승리의 기억을 한꺼번에 파괴해 버렸기 때문이다. 진정한 나의 영광은 나의 민법전에 있다. 어떠한 힘도 그 영광만은 파괴할 수 없을 것이다. 세인트헬레나에서의 이 술회는 감동적이다."[4]

---

2) 이병주, 『관부연락선』 1권, 한길사, 2006, pp.285-286.
3) 이병주는 소설 속에 강신중(강신옥)과 김종길, 두 '정의로운' 변호사에 대한 존경을 표했다.
4) 이병주, 「나폴레옹 법전」, 『바람소리 발소리 목소리: 이병주 세계기행문』, 한진출판사, 1979, pp.185-188.

"나는 학생 시절에 우연히 일본 민법 제1조의 '사권(私權)의 향유는 출생에서 비롯된다'라는 함축성 있는 표현을 읽고 놀랐다. 사권이란 표현에 인간의 생존권과 더불어 인간의 품위를 존경하는 사상을 발견하고 법률의 철학적 의미를 생각하게 된 것인데, 그런 슬기로운 조문들이 일본 법학자의 연찬(硏鑽)에서 나온 것이 아니고 모두 나폴레옹 법전을 모방한 사실을 알고 전쟁자 나폴레옹을 재평가하게 되었다.

나폴레옹 법전(1803)은 근대민법의 전범이다. 이 법률을 통해 비로소 사유재산권과 시민의 사권이 보장되었다. 프랑스 대혁명은 동(動)과 반동(反動) 사이에 격심하게 동요하다 이 법으로 비로소 부르주아 혁명을 완성한다. 그리고 문장이 간결하면서도 아름답고 정확하여 스탕달은 문장궤범(文章軌範)으로 삼았다."[5]

운동권 법학도

법에 대한 이병주의 관심은 제도법의 운용을 담당하는 인적 자원에 대한 관심으로도 나타난다. '잃어버린 청춘의 노래'로 부제를 단 단편소설 「거년(去年)의 곡(曲)」(1981)에서 이병주는 반공 이데올로기를 무기로 군사정권이 정의를 유린하던 시절에 법학을 공부하는 학생들의 갈등을 그린다. 작가는 법학도의 유형으로 세 가지 상을 제시한다.

재학 중 사법고시에 합격한 철두철미한 현실주의자이자 법률 만능주의자(현실재), 마르크스의 어록에 따라 법을 계급지배의 수단으로 규정하고 이러한 법을 부정해야만 사회발전이 이루어진다고 주장하는 설익은 '운동권' 이상주의자(이상형), 그리고 이들 둘 사이에서 사상과 애정의 갈등을 일으키는 우수한 여학생(진옥희)이

---

5) 안경환, 『법과 문학 사이』, 까치, 1995, pp.193-196.

그들이다. 그러나 이들 셋 모두가 법의 본질에 대해서는 성찰이 부족하다고 작가는 품위 있게 꾸짖는다. 이러한 제자들을 교육한 법학 교수와 정권의 시녀가 된 담당 검사에게도 따끔한 충고를 건넨다. 작중에 동원된 '부작위에 의한 살인'의 법리는 선택의 이데올로기가 아니라 명백한 불의를 관조라는 미명 아래 방관하는 '지식상인'을 고발하기 위한 장치였다.

장편 『지오콘다의 미소』(기원사, 1985)는 학생운동을 정면으로 다룬 소설이다. 구체적으로 1979년 10월 부마사태에서 시작하여 1980년 5월 신군부의 등장에 이르는 과정에서 학생운동의 성격을 규명하려는 시도이기도 하다. 문학적 완성도는 차치하고서라도 학생에 대한 작가의 사랑만으로도 진한 감동을 얻을 수 있다. 작품에 담긴 심화된 법학강론은 빛을 발한다.

주인공 서형식을 법대생으로 상정하고 작가 자신의 법학적 분신으로 추정할 수 있는 이한림 교수의 입을 통해 제러미 벤담, J.S. 밀, 맥킬웨인, 몽테스키외, 해럴드 래스키, 알프레드 데닝 판사 등 근대 자유주의 법사상가들이 총동원되는가 하면, 오르테가, 브레피트, 블피트, 폴니하이머, 프라스티에 등 일부 과격 학생들의 팸플릿에나 등장하는 주변부 이론가들도 성의 있게 언급된다. 이병주는 「서문」에서 다음과 같이 밝힌다.

"학생은 시대의 선두에 서는 양심이어야 한다는 의미와 장래의 역군으로서의 보류된 신분이라는 사실이 상충한다. 그러나 어느 한 면을 결여해도 학생으로서의 본분이 성립될 수 없다."

"인식한다는 것도 항의하는 뜻이 된다"면서 '보류된 신분'의 '기다릴 줄 아는 세대'를 위한 이한림 교수의 강의는 "교육은 속박을 가르치면서도 해방을 가르쳐야 한다"는 게오르그 짐멜의 교육관의 법학적 해설이기도 하다.[6] 현실정치에서 학생들의 조급함이 신군부의 등장에 일부 정당성을 제공했다는 것이 작가의 진단인 듯하다.

사형제 폐지, 소급법 금지

이병주가 즐겨 인용하는 고전 중에 벡카리아의 『범죄와 형벌』 (1764)이 있다. 이 명저는 사형 폐지론의 원조로, 절대적인 인간성과 상대적인 법제도 사이의 충돌과 갈등 문제를 깊이 파고들었다.[7] 두 세대 후 공지영의 『우리들의 행복한 시간』(2005)에 의해 비로소 공론의 장에 떠오르는 사형 폐지의 문제가 이병주에 의해 이미 사회적 의제로 제시되었다.[8]

이런 관점에서도 이병주는 철저하게 사형 반대론자였던 빅토르 위고와 도스토엡스키의 반열에 설 수 있다. 『소설 알렉산드리아』에서 이병주는 작중 인물의 입을 빌려 사형은 '이론의 문제'가 아니라 '신념의 문제'라고 한다. 모든 사형은 원시적 보복심의 제도적 승인인 동시에 잔인하고도 비정상적인 형벌이다. 그중에서도 사상범의 사형은 자유 민주주의의 본질과 관련하여 특수한 문제를 내포하고 있다. 사상은 옳고 그름의 문제가 아니라 신념과 선택의 문제다. 제도의 박해를 받은 사상은 그 시대에 제도화되지 못한 소수의 가치관이다.

자유 민주주의의 사상적 기초가 된 존 스튜어트 밀의 『자유론』 (1859)에 예리하게 지적되어 있듯이 한 시대의 소수 의견이 후세에 다수의 승인을 얻어 현실제도로 구현되는 것을 우리는 역사의 발전이라고 부른다. 사상범을 사형에 처하는 것은 비인도성의 문제는 차

---

6) 이병주, 『지오콘다의 미소』, 기원사, 1985, pp.264-275.

7) 체사레 벡카리아, 한인섭 옮김, 『범죄와 형벌』, 박영사, 2010.

8) 또한 2015년에야 비로소 실현된 간통제의 폐지를 반세기 전에 과감하게 주장하기도 했다.

치하고라도 이러한 역사의 발전 가능성을 원천적으로 봉쇄하는 반역사적 행위다. 사형의 전면적 폐지에 앞서 사상범에 대한 사형만이라도 폐지해야 한다는 것이 작가 이병주의 주장일 것이다.

소급법의 금지는 근대 형사법의 대원칙이다. 그러나 무도한 정치권력은 법 위에 군림한다.

"토마스 홉스는 '범죄란 법률이 금하는 것을 하는 것'이라고 말하고 있다는데, 나는 이것을 납득할 수 없다. 형법 어느 페이지를 찾아보아도 나의 죄는 없다는 얘기였고 그 밖에도 나의 죄는 목록에조차 오르지 않고 있다는 변호사의 얘기였으니까. 그런데도 나는 십 년의 징역을 선고받았다. 법률이 아마 뒤쫓아온 모양이었다."[9]

1961년 소급법에 의해 10년 징역을 선고받고 옥살이를 한 이병주의 체험적 울분이다.

고시 낭인

이병주의 세태소설 군데군데 고시 낭인들이 등장한다. 행태도 가지가지다. 고시 준비생, 낙방생, 합격생, 고시를 빙자한 사기행각 등이 모든 비이성적이고도 비상식적인 행태가 이 땅의 법학교육과 법률가 양성제도의 파행성에서 기인한다는 것을 작가는 간파하고 있었다.

『니르바나의 꽃』(1987)에서 한동진은 착수 3년 만에 고시공부를 단념하고 비상한 머리를 작동하여 '세계정부' '이신(理神)과 신비의 조화' 등 거창한 구호로 순진한 대중을 현혹해 사교 집단의 수괴가 된다. 마치 시험에 낙방한 심리적 보상을 엉뚱한 곳에서 찾으려는

---

9) 이병주, 『예낭풍물지』, 바이북스, 2013, p.40.

듯이 성적 희열에 탐닉한다.[10] 『황혼』(1984)에는 '고시 준비생'으로 행세하면서 순진한 시골 처녀를 유린하는 청년의 이야기가 들어 있다. 지극히 보편적인 세태의 단면을 담은 것이다.[11]

문학상 수상작인 『비창』(1984)에도 시험에 합격할 때까지 물심양면 뒷바라지하고도 버림받는 착한 처녀의 이야기가 에피소드로 등장한다.

"고등고시에 합격했어요. 대학 졸업하고 군대에 다녀오고 세 번 낙방한 후에 합격했어요. 문제 될 것 없어요. 제가 좋아서 한 일이니까요. 배신이라고 할 것도 없어요. 저보다 더 좋은 상대가 나타났으니 마음이 그 편으로 쏠린 것인데 그게 세상이지 않아요?"[12]

작가는 「서문」에서 이렇게 말한다.

"작품의 첫머리에 나타나는 고진숙은 스스로를 희생해가면서 남자의 출세를 돕고 나서 배신을 발견한 여자다. 고진숙의 자살미수는 너무나 순수한 감정은 병들기 쉽다는 예화(例話)가 될 것이다."

『그를 버린 여인』에는 1979년 10월 부마사태 때 거리로 뛰쳐나가는 후배들을 바라보는 제대군인 복학생 법대 4년생이 현실적 고민을 토로한다.

"사회정의를 위해 발끈하기에 앞서 내겐 부양해야 할 대가족이 있습니다. 노부모가 있고 형수의 가족이 있습니다. 내 장형은 지난

---

10) 이병주, 『니르바나의 꽃』, 행림출판, 1987.
11) 이병주, 『황혼』, 기린원, 1984.
12) 이병주, 『비창』, 나남, 2017, p.19.

4·19 때 경찰의 총탄을 맞고 죽었습니다. 지금 요량으로는 명년쯤 고등고시를 볼 작정입니다. 딱 한 번만 볼 작정이지요. 그게 안 되면 신문기자 시험을 볼 작정입니다."[13]

많은 사람이 충분히 용서할 수 있는 비겁함이다.

소설가 조성기도 법대 졸업생이다. 그러나 일찌감치 법률가의 길을 단념하고 문학에 투신했다. 법대 재학 중인 1971년 1월 『동아일보』 신춘문예에 당선되면서 작가의 길을 밟았다. 그가 당초 법대에 진학한 것은 아버지의 강권 때문이었다. 아버지도 한국판 유림외사의 배역이었다. 아버지는 일제강점기에 상업학교를 나와 물경 48세에 이르기까지 고등문관과 (해방 후의) 고등고시에 매달렸다. 그리고는 자신이 끝내 이루지 못한 과업을 자식에게 맡겨 법대에 등떠밀었던 것이다.

조성기의 중편소설 『우리 시대의 법정』은 1986년 '부천서 성 고문 사건'의 문학적 재구성이다. 뒤늦게 이 재판의 후속편인 성고문 가해자 문귀동 재판을 방청한 감상을 소설로 구성한 것이다.

"검은 법복을 입은 판사들 세 사람이 무심한 물체들처럼 놓여 있었다. 솔직히 말해서 그 법정에 가장 어울리지 않는 자들이 바로 그 판사들이라고 할 수 있었다. 사실 판사들이 없으면 재판이 더욱 잘 진행될 것 같은 희한한 생각이 들기도 했다."[14]

어찌 소설가 조성기만의 느낌이랴. '무심한 물체', 바로 그것이 일반 국민의 눈에 비친 판사들의 표상이었다. 독재정권의 하수인이 아

---

13) 이병주, 『그를 버린 여인』 하권, pp.246-247.
14) 조성기, 『통도사 가는 길』, 민음사, 1992, p.229.

니면 '피도 눈물도 없는' 법 기계, 그것이 방청객 눈에 비친 그들의 모습이었다.[15)]

고시 낭인의 원조, 과거 낙방생

20세기 후반 한국의 '고시 낭인'은 고려와 조선 시대의 과거 낙방생과 비유된다. 그러나 과거로 뽑던 사대부 관료는 현대의 판검사와는 차원이 다르다. 그들은 단순한 법기술자가 아니었고 경학과 시문은 육법전서가 아니다. 북송의 구법파 거두 소식(蘇軾)이 아우 소철(蘇轍)에게 농담조로 쓴 시는 법의 단기적 효용과 장기적 무용성을 동시에 설파한다. 진시황의 분서 조치에서 법률 책은 뺀 역사적 사실을 자신의 당대 라이벌 왕안석의 신법론의 법률 만능주의에 비유하여 비판한 글이다.[16)]

"비록 만 권의 책을 읽지 않았으니 천자를 요순 같은 성군으로 만들 방법을 모른다.

비록 고개는 숙일지라도 기개만은 꺾지 않는다."

讀書萬卷不讀律 致君堯舜知無術,

頭雖長低氣不屈

―소식(蘇軾),「희자유」(戲子由)

『동문선』에는 고려시대 과거에 낙방한 서생이 친구의 등과를 축하하는 시가 실려 있다. 자신도 다음번에는 합격할 것이라는 다짐으로 분루를 삼킨다.

---

15) 안경환,『조영래 평전』, 강, 2006, p.325.
16) 김원중,『송시감상대관』, 까치, 1995, pp.204-206.

"장하네 그대 이름 찬란도 하네
초가 위에 구름 푸르러
난 괜찮네, 달나라 광한전에
아직도 계수나무 한 가지 남았으니"
白日明金榜 靑雲起草廬
那知廣寒桂 尙有一枝餘
―이공수(李公邃),「하제증등제자」(下第贈登第者)

『유림외사』, 과거 낙방생의 집단 자전 소설

과거제의 원조국인 중국에도 낙방생들의 애환을 기록한 문헌들이 풍부하다. 명말청초의 문인 포송령(蒲松齡, 1640-1715)의 단편 소설 「요재지이」(聊齋志異)는 과거 실패자의 일생을 풍자한 소설이다. 주인공은 현(縣), 부(府), 원(院) 차원의 시험에는 수석으로 합격하나 본시험에는 72세까지 연속 낙방을 거듭할 뿐이다. 끝내는 자신의 낙방은 실력이 모자라서가 아니라 초인간적인 운명, 구체적으로 요괴(妖怪)나 유괴(幽鬼)의 농간 때문이라고 믿게 된다. 작품은 수험생의 비루한 행태를 거지, 죄인, 벌, 새, 원숭이, 파리, 비둘기 등에 비유하는 구절로 가득 차 있다.

18세기 청나라 오경재(吳敬梓, 1701-54)가 쓴 『유림외사』(儒林外史)는 과거 낙방생들의 집단 자전 소설이다. 끝내 관직의 뜻을 이루지 못하고 평생 곤궁에 내몰린 수많은 인생 스토리가 엮여 있다.

"이 세상에 『수호지』나 『금병매』를 쓸 만한 재사가 있다는 것은 해롭지 않으나 인심과 풍속에 끼치는 해독이 크다. 그러니 그런 책보다는 차라리 이 책을 읽어라."[17]

---

17) 오경재, 진기환 옮김,『유림외사』, 지만지, 2008, 原序 15.

중국문학사에서 소설은 문학적 정통성을 인정받지 못했다. 그러다가 명대에 들어『삼국지』등 '4대 기서(奇書)'가 널리 읽히면서 소설은 문학의 한 형식으로 인정받게 된다. 청대에 들어와서 조설근의 『홍루몽』과 오경재의 『유림외사』가 주목을 받고 청대 말기에 와서는 사회개조의 수단으로 인식하게 되었다.

중국 근대문학의 아버지 후스(胡適)는『유림외사』를 백화문학의 최고 걸작으로 꼽았다.『수호지』가 '방언(方言)의 문학'이라면『유림외사』는 '국어(國語)의 문학'이라고 평했다. 소설의 대중화에 절대적으로 기여한 이 작품의 특징은 풍자성에 있다. 객관적이고도 사실적인 묘사에 담긴 풍부한 해학은 사회비판에 유용한 수단이 되었다. 한마디로 '시대와의 불화'를 그린 것이다.[18]

"『유림외사』의 골자는 부귀공명이다. 이를 얻기 위해 높은 사람들에게 아부하며 설설 기는 자가 있고, 이를 성취했다며 뽐내는 오만한 자가 있다. 그런가 하면 출세에는 뜻이 없는 척하며 고사(高士)를 자처하다가 사람들의 웃음거리가 되는 이도 있다."[19]

이 작품에는 특별한 주인공이 없다. 55개의 짧은 삽화에는 다양한 계층의 인물들이 차례차례 등장하여 자신의 역할을 마치고 사라진다. 위로는 청렴강직한 고관에서부터 아래로는 부패무능한 관리, 도덕군자와 학자, 사기꾼, 가짜 도사, 농민 염상(鹽商), 서적 출판업자, 건달과 협객, 노비, 광대, 기녀 등 각계각층의 인물들이 등장한다.

첫 번째 삽화는 원나라 말기의 시인 왕면(王冕)의 일생을 다룬다. 이어서 많은 역대 과거 지망생들이 등장한다. 31회부터 작가 자신이

18) 조관희,『『유림외사』연구: 시대와의 불화』, 보고사, 2014.
19) 오경재, 진기환 옮김,『유림외사』, p.15.

두소경(杜少卿)이라는 이름으로 등장한다. 시종일관 과거제의 불합리한 여러 측면을 고발하면서 과거시험의 모범답안이 요구하는 팔고문(八股文)체를 강하게 비판한다. 한마디로 법률 문장이란 형식 때문에 창의성을 죽이는 죽음의 글에 불과하다는 것이다.

34. 불교도의 산 사랑

니체의 제자, 불교도 이병주

이병주가 즐겨 쓰는 호 나림(那林)은 불교의 냄새를 짙게 풍긴다. 무한한 시간을 의미하는 나술(那術)이란 어휘에서 유추하면 가없이 광대한 숲이란 의미로 해석될 수도 있으리라.

이병주는 여러 차례 자신이 불교도라고 밝힌 적이 있다. 불교는 사랑하는 어머니의 평생 신앙이라는 이유만으로도 애착을 가질 만도 했다. 어머니 김수조 여사의 법명은 선덕화(善德華)였다. 아들은 기회 닿는 대로 어머니를 모시고 전국의 명산대찰을 순례했다. 어머니의 칠순, 팔순 잔치도 대찰에서 성대하게 치렀다.

이병주가 1952년 해인대학의 설립과 동시에 교수로 채용된 사실이나, 6·25의 소용돌이 속에서 둘도 없는 친구의 죽음에 충격을 받아 출가할 생각을 품었다는 고백도 불교가 지근에 있었음을 확인시킨다. 『관부연락선』에서 유태림의 실종을 해인사와 연결 지은 점도 자전적 요소가 강하다. 그는 또한 '나의 문학과 불교'라는 주제로 여러 차례 강연도 하고 불교 잡지에 기고도 했다.[1] 이런 사실들을 종합하면 이병주가 당당하게 불교도임을 내세워도 부족함이 없다.

그런데 '불교도'라는 말은 전형적 의미의 종교가 없는 것이나 마찬가지라는 이야기도 있다. 불교를 종교보다는 전통문화의 일부로

---

1) 이병주, 「나의 문학, 나의 불교」, 『불광』, 1981. 12; 「문학의 이념과 방향」, 『불광』, 1983. 2.

수용하는 무신론자 지식인이 의외로 많다. 이런 관점에서 보면 '신을 죽인' 니체의 열렬한 숭배자 이병주가 동시에 불교도라는 것을 납득하지 못할 바도 아니다.

"정신적 자살을 경계하라." 불교의 선은 본질적으로 자신을 소멸시키려는 시도다. 해탈은 권력에의 의지가 원치 않은 자아의 완전한 소멸이다. 쇼펜하우어의 해석에 영향을 받은 니체의 불교관은 매우 피상적이다. 세상에 보탬이 되는 삶을 위해 이기적인 욕구를 자제하라는 불교의 가르침은 언급하지 않는다.[2] 신의 죽음이야말로 인간에게 전할 수 있는 최고의 복음이다. 신은 죽었지만 신앙은 남아 있다. 남아 있는 신앙은 계속 경배의 대상을 찾는다. 니체는 교회를 신의 무덤이라고 매도한다. 그가 보기에 교회는 그리스도가 그토록 깨부수려 했던 여러 율법으로 무장하고 있으며, 새로운 실천이 아닌 신앙으로 (각종 허례허식과 돈까지 결합하여) 천국을 찾으려 했기 때문이다.

이병주는 소설 속에서 남녀 교사의 연애 대화에 불교를 끌어들인다.

"불교란 종교이기에 앞서 철학이다. 불교의 순수한 교리는 성불하는 데 있다. 성불이란 각자(覺者), 즉 깨달은 사람이 된다는 뜻이다. 기독교에서는 신앙이 핵심을 이루지만 불교에서는 대오일번(大悟一番)하기 위한 수도 또는 수행이 핵심이다.

불교의 공은 천상천하 시방세계(十方世界)의 삼라만상이 각기의 실상대로, 가치 그대로 존재하기 위한 객관적인 자리이며 주관적인 마음의 바탕이다."[3]

---

2) 프리드리히 니체, 한성간 옮김, 『차라투스트라는 이렇게 말했다』, 다락원, 2009, p.66; 고병권, 『니체의 위험한 책, 차라투스트라는 이렇게 말했다』, 그린비, 2003.
3) 이병주, 『돌아보지 말라』, 나남, 2014, pp.131-132, p.137.

866

불교와 문학

불교 잡지에 기고한 글에서 이병주는 불교와 문학의 관계를 이렇게 설명했다.

"서양 사람들은 불교를 '행복의 철학' 또는 행복의 대수학으로 이해한다. 그러나 부처님의 가르침은 어떤 카테고리 속에 넣어 생각할 수 없이 큰 것이다. 모든 사상과 철학을 초월하여 그것들을 포용하는, 이 세상에서 제일 크다는 그 우주조차도 포용하고 있는 큰 진리다."[4]

그는 불교 경전을 문학 텍스트로 파악한다.

"부처님의 가르침, 팔만대장경은 최고의 문학이다. 불교의 설법이 곧 문학인 셈이다. 그러나 이를 문학으로 부르지 않는 이유는 속세적인 언어로 표현되는 그 이상의 것, 즉 중생 구제, 영혼 구제라는 큰 목적을 지향하는 큰 가르침이기 때문이다. 부처님께서 말씀하신 진리는 반야지(般若智)다. 순수한 것, 잡스러움이 없는 것, 오로지 진여(眞如)에 통하는 지혜인데, 문학은 그 반대라 할 수 있는 세간지(世間智)에 집착한다. 그리하여 세상이 악하면 악한 그대로, 사랑의 집착은 집착 그대로 표현한다. 사랑이 깊어서 동반자살한 사람의 이야기, 돈이 탐나서 사람을 죽인 이야기 등을 문학은 아무런 첨언 없이, '죽지 말라' '초월하라' '죽이지 말라'는 말없이 이것이 우리의 실상 그대로라고 드러내어 보여준다. 반야지는 세간지를 통하지 않고서는 이루지 못한다. 세간지에 뛰어들어 함께 맞고 때리며 단련됨에서 반야지가 생성될 수 있다. 동시에 이 세간지에 뛰어들어 함께 부대끼

---

4) 이병주, 「나의 문학, 나의 불교」, 『불광』, 1981. 12, p.94.

는 문학도 반야지에 대한 부단한 열망과 노력 없이는 이루어질 수 없다. 나는 문학을 가능하면 부처님의 말씀을 빌리지 않고 불심을 표현하려고 노력한다. 부처님의 위대한 자비로 인간 마음속의 자비를 이끌어내는 데 필력을 쏟고자 한다."[5]

"현대의 보살은 어떠한 문학을 지향해야 할 것인가? 세간지를 섣불리 극복하려 들지 말고 세간지의 양상과 내용에 집착하여 그 극한에서 묘체를 얻도록 하는 미적인 공락(共樂)이 있을 뿐이다. 그런 뜻에서 나는 불교적 입장에서의 문명비평을 제안한다. 그 문명비평의 첫째는 철학비평이다. 서구의 철학이 오늘날 세계관으로서는 파산지경에 있다는 것은 그들 자신도 고백하고 있는 그대로다. 유심론은 과학의 발달로 빈혈 상태에 빠져 있고, 유물론은 유심론적 원료가 없으면 그 결론을 감당 못 할 처지에 놓여 있다. 이러한 철학의 생리적 병리를 조명하는 역할이 불교의 철학이 되어야 할 것이며 그러한 능력을 충분히 갖추고 있는 것이 또한 불교다.

불교적 문명비평의 다음은 과학비판이다. 인류의 행복과는 동떨어진 걸로 독주하고 있는 과학을 어디까지나 인간의 행복을 중핵으로 해서 비판적으로 그 궤도를 수정해야 할 책무가 불교에 있다."[6]

이병주는 불교의 포용성·통합성에 자신의 사상과 철학을 기댈 수 있었다고 고백한다.

"물질이 우선이냐, 정신이 우선이냐, 즉 유물론이냐, 유심론이냐는 내게 있어서 큰 문제였던 시기가 있었다. 누구나 지성이 싹틀 무

---

5) 이병주, 위의 글, p.99. 1981년 10월 22일 『불광』 창간 7주년 기념으로 대각사에서 행한 강연 요지다.
6) 이병주, 「문학의 이념과 방향」, 『불광』, 1983. 2, pp.238-239.

렵이면 형이상학적으로 되는 것인가 보았다. 앙드레 지드의 충고가 있었다. '하나의 견해를 선택하지 말라. 나는 마르크스를 택하기 위해 니체를 버릴 수 없었고, 도스토옙스키를 반동이라고 하는 공산당식 사고방식에 승복할 수 없었다. 이런 고민의 시간에 만난 것이 색심불이(色心不二)라는 문자다. 나는 색을 현상으로 보고 싶은 본질이라고 이해했다. 그래서 색심불이는 현상과 본질은 두 개가 아니라는 뜻으로 풀이했다. 이렇게 되면 유물론과 유심론은 두 개가 아닌 것이다. 아무튼 동일한 것은 아니되 불이하다는 인식! 나는 여기서 깊은 지혜를 느꼈다. 이렇게 서툴게 읽은, 아니 불교 외적으로 읽었을지도 모르는 색심불이가 내 생애, 내 문학에 있어서 결정적인 의미를 갖게 된 것이다."[7]

신영복의 주장도 비슷하다. 불교의 연기설은 인(因)과 과(果)는 불일불이의 관계에 있다. '하나가 아니면서도 둘도 아닌' 관계에 선다. 이것은 장자의 제물(齊物)과 물화(物化)의 관계다.[8] 신영복은 불교의 모든 생명에 대한 존중 사상에는 공감하지만 모든 존재가 무상하다는 선언에는 동의하지 못한다.

"모든 존재를 연기(緣起)로 파악하면서도 동시에 모든 존재를 연기(煙氣)처럼 무상한 것으로 보고 있다는 사실입니다. 불교사상은 모든 생명과 금수초목은 물론이며, 흙 한 줌, 돌멩이에 이르기까지 최대의 의미를 부여하는 화엄학이면서 동시에 모든 생명의 무상함을 선언하고 있습니다. 화엄과 무상이라는 이율배반적 모순이 불교속에 있는 것이지요. 모든 사회적 실천과 사회적 업적에 대해 일말의

---

7) 이병주, 『나 모두 용서하리라』, 집현전, 1982, p.65.
8) 신영복, 『강의: 나의 동양고전 독법』, 돌베개, 2004, p.347.

의미도 부여하지 않는 무정부적 해체주의로 나타날 수 있는 것이지요."[9]

사실과 신화: 효봉스님의 경우

고래로 불교 승려의 행적에 관한 일화가 풍성하다.[10] 때로는 일화 속에 신비적 요소가 더하여 가히 신화의 단계에 이른다. 효봉(曉峯, 1888-1966)스님 경우도 이에 속한다. 경남 밀양 표충사 서래각 앞에 이곳에서 입적한 효봉스님의 부도탑이 서 있다. 바위에는 "조계종 초대 종정, 79세 법랍. 1966. 10. 15 오전 10시 입적"이라는 문구가 새겨져 있다. 전남 순천의 송광사에도 효봉을 기리는 전각 효봉영각(曉峯影閣)과 사리탑이 있다. 효봉의 「열반송」도 널리 인용된다.

"내가 말한 모든 법,
그거 다 군더더기
누가 오늘 일을 묻는가
달이 일천강(一千江)에 비치리"

한때 효봉이 출가 전에 판사였다는 이야기가 널리 퍼져 있었다. 입에서 입으로 전해지던 이야기는 어느 틈엔가 정설이 되어 많은 문헌에 확산되었다.

"일본 와세다대학을 나와 조선인 최초의 판사가 되어 함흥지방법원을 거쳐 평양복심법원(고등법원)에서 판사 생활을 하던 36세의 이찬형은 처음으로 사형선고를 내리고 난 뒤 몇 날 며칠을 뜬눈으로

---

9) 위의 책, p.478.
10) 박기영 엮음, 『해우소에서 만난 큰스님』, 고요아침, 2003. 최인호의 소설, 『길 없는 길』은 경허(鏡虛, 1849-1912)스님의 삶을 극화했다.

고민한다. 2남 1녀의 가장은 어느 날 출근하던 길로 집을 떠나 엿판을 메고 3년간 전국을 떠돈다."[11]

'판사 이찬형'에서 '떠돌이 엿장수'를 거쳐 '승려 효봉'이 된 대변신 스토리는 세속 법의 허무함과 불법의 고매함을 대비하는 데 매우 효과적인 구상이다. 그러나 이는 전혀 문헌적 근거가 없는 낭설이다. 일제강점기의 조선인 법률가의 생애와 활동을 실증적으로 연구한 한인섭이 밝혀낸 바에 의하면 일제강점기를 통틀어 조선인 판사 중에 이찬형이란 인물은 없다. 또한 그 어떤 판사도 출가하여 승려가 된 사실도 없다.[12] 사형 판결 후의 출가, 대선사로 변신한 엿장수, 이 극적인 플롯은 누군가가 만들어낸 신화에 불과했다. 한인섭은 동료 법학자들에게 사실과 신화를 구분하라는 계도서한을 보내기도 했다.

이병주의 불교관을 감옥 체험과 연관시킨 임헌영의 촌평이 날카롭다.

"이병주는 유폐된 황제의 사상으로 무장한 채 '타고 남은 재가 다시 기름이 됩니다'라는 만해 선사의 불교적 변증법에 취해 징역살이의 고통을 감내한다."[13]

김현은 한국문학사에서 가장 지적인 작가로 평가되는 최인훈의 철학적 갈등과 불교관을 이렇게 평가한다.

---

11) 이정범, 『붓다가 된 엿장수: 효봉 큰스님 전기소설』, 동쪽나라, 2016; 진관, 『효봉 선사의 불교 사상 연구』, 한강, 2015.
12) 한인섭, 『식민지 법정에서 독립을 변론하다: 허헌 김병로 이인과 항일 재판투쟁』, 경인문화사, 2012; 한인섭, 『가인 김병로』, 박영사, 2017.
13) 임헌영, 『한국소설, 정치를 통매하다』, 소명출판사, 2020, p.205.

"좌우를 결합시키려는 태도는 기독교적인 것이며, 그런 의미에서 비동양적이다. 한국은 기독교적 이념을 육화할 수 있는 국가가 아니다. 그렇다면? 최인훈은 항상 주저한다. 그가 가설로 조심성스럽게 내세우는 것은 불교적 이념을 통한 좌우의 지양인데 그것 역시 뚜렷한 것이 아니다. 불교적 이념은 '새로운 인연을 만들기 위해서 낡은 인연의 끈을 푼다'는 선에서 그치고 있다. 불교에서 이 정도의 정치학밖에 이끌어내지 못하는 것은 그가 본질적으로 변증법에 심취해 있는 헤겔주의자이기 때문이 아닐까? 그가 좌파인가, 우파인가? 불교적 이념의 정치학이 불가능하다면 좌우를 밝히는 것이 그의 앞날의 과제가 아닐까?"[14]

이병주·최인훈·신영복, 대부분의 이성적 지식인에게 불교는 일체의 도그마나 배타적 선택을 강요하는 종교가 아니라 변증법적 포용과 관용을 특장으로 하는 광대한 철학이다.

중편소설 『백로선생』

이병주는 1983년 11월 원고지 400매 분량의 중편소설 『백로선생』(白鷺先生)을 발표한다.[15] 이 작품은 이병주의 정치사상과 종교관을 적확하게 대변한 작품으로 보아도 무방하다.

1944년 1월에서 1951년 2월, 즉 일제 말 학병과 해방에 이어 발발한 6·25 전쟁 기간이다. 도쿄의 불문학도는 학병을 기피한다. 그는 독립 운동에 헌신하지도 않고 특별히 불온한 사상의 소유자도 아니지만 일제 경찰의 감시를 받는다. 민족적 자부심이나 긍지도 없고 오

---

14) 김현, 「헤겔주의자의 고백」, 김병익·김현 편, 『최인훈』, 도서출판 은애, 1979, p.81.
15) 『한국문학』 창간 10주년 기념호에 실린 작품으로 「어느 여정(旅程)에서」라는 다소 낭만적인 부제가 달려 있다. 작품은 1984년 2월 11일 「KBS TV문학관」에 1시간 37분짜리 영화로 만들어져 방영되었다.

로지 애인과 헤어지는 것이 가장 큰 고통인 예술 지망생이다. 그는 신통력의 보유자로 알려진 도인을 찾아 원주 치악산에 잠입한다. 치악산은 고려의 유신 원천석(元天錫, 1330-?)이 은거하던 곳으로 알려져 있다.

등장인물들의 대화 속에 도스토옙스키, 엘리엇, 앙드레 지드의 『소비에트 기행』과 그 수정기행, 에드거 스노의 『중국의 붉은 별』, 마르크스의 『자본론』, 폴 발레리의 『바리에테』 등 명저들이 인용되면서 이병주의 전매특허인 딜레탕트적 지식이 난무한다.[16]

금강산 '지장암스님'으로 알려진 도인 백로선생은 20대에 중국에서 항일운동을 하다 유럽 유학길에 나서 프랑스, 독일, 러시아에서 공부한 박사학위 소지자이기도 하다. 그가 청년에게 은신처로 주선한 동굴에는 이미 두 젊은이가 기숙하고 있다. 마르크스주의자와 기독교 신자다. 도인은 세 청년을 합거시키면서 제각기 자신을 지키려는 의지를 연마하라고 당부한다. 마르크스주의자와 기독교 신자는 사사건건 충돌한다. 마르크스주의자는 분배의 원칙을 무시하고 음식을 독식한다. 기독교 신자는 예수의 가르침이 무색할 정도로 털끝만큼의 사랑이나 관용도 없다.

한 달 후에 백로가 출현하여 이들 사이에 누적된 갈등을 조정한다. 동굴 속에 숨어 사는 이유는 도피가 아니라 오늘을 충실하게 사는 지혜를 연마하기 위해서다. 그는 청년들에게 기독교와 마르크스주의를 이성적 자아와 민족적 자주라는 변증법을 통해 결합할 것을 제안한다. 불교가 그 방안을 제공할 수 있다는 뜻을 비친다. 그는 공산주의도 기독교도 민족의 독립에 묘약이 될 수 없다고 단언한다. 하나님이 조선을 독립시켜줄 것이라는 염원은 할 수 있지만 결코 단기적으로 기대할 수는 없다. 소련이 조선 인민을 해방시켜줄 것이라는 믿음

---

16) https://blog.naver.com/ohgn/70007050305.

또한 허황한 것이다. 발트3국을 합병한 사실을 보라. 마르크스의 『자본론』에 따르면 '생산수단'은 노동자가 소유한다. 그런데 현실은 어떤가? 당이 소유하지 않는가? 일본이 패배하면 연합군이 조선을 독립시켜줄 것인가? 카이로 선언을 믿는 예술가에게 백로는 밸푸어 선언을 헌신짝처럼 버리고 유대인을 외면한 영국의 예를 환기시킨다. 어찌 강대국을 믿을 것인가?

여체를 안아 구원을 얻고 싶다는 예술학도에게 그는 관능을 부정도 격려도 하지 않는다. 동굴 속에서 성적 욕망을 어떻게 다스려야 하나? 금욕의 고통을 호소하는 예술가에게 금욕은 고통만이 아니라 섹스로부터의 해방이기도 하다고 강론한다.

광복 소식을 듣고 동굴을 나서는 기독교 신자 청년에게 백로는 처음이자 마지막으로 충고를 건넨다. '날 죽인 자는 나의 짐을 가볍게 해준' 은인이기도 하다. 부처님의 말씀이다. 부처님의 자비는 예수님의 사랑과 다르지 않다. 청년들과 함께 술과 토끼 고기를 나누어 먹는 '작은 파계'를 범한 자신이지만 부처님 제자로서 떳떳하다.

"형식이 본질을 채울 수 있다." 공산당도 성공하기 위해 경건한 의식이 필요하다. 그러니 식사에 앞서 묵념하라. 예수에 대해서든, 인민에 대해서든, 아니면 도스토옙스키에 대해서든. 하해(河海)의 물이 넘쳐도 담을 그릇이 없으면 의미가 없다. 그 그릇은 다름 아닌 인간이다. 모든 인간에게 불성이 있다. 인간의 그릇 크기는 얼마나 깊숙이 부처님 품에 안기는지에 따라 결정되는 것이다.

이병주의 산 사랑

이병주는 소설 『지리산』에서 산에 대한 정의를 내린다.

"산은 살아 있다. 어떤 생명체보다 민감하게 거창하게 풍성한 생명력과 섬세한 심미감과 마를 줄 모르는 정열을 지니고 살아 있는 것이 산이다. 산에 봄이 오면 봄의 산이 된다기보다 봄 그 자체가 된다. 여름이 오면 여름 그 자체가 되고, 가을이 오면 가을 그 자체가 되고, 겨울이 오면 겨울 그 자체가 된다. 계절이 산을 스쳐가는 것이 아니라, 산이 그 의지와 정열로써 계절을 만들어내는 것이다."[17)

판소리『춘향가』에도 산에 대한 대목이 나온다.

"경상도 산세는 산이 웅장하기로 사람이 나면 정직하고, 전라도 산세는 산이 촉(矗)하기로 사람이 나면 재주 있고, 충청도 산세는 산이 순순(順順)하기로 사람이 나면 인정 있고, 경기도 올라가 한양 터보면 자른 목이 높고 백운대 섰다. 삼각산 떨어져 북주(北主)되고 인왕산이 주산이오 종남산이 안산(案山)이라. 왕십리 청룡이요 말리현(萬里峴) 백호로다. 사람이 나면 선할 때 선하고 악하기로 들면 벼락지상이오."[18)

서양인에게도 산은 자연의 상징이었던 모양이다. 근대 이후 유럽 대륙인들의 산 사랑은 낭만주의 조류와 관련이 있다. 18세기 말 10년에서 19세기 전반, 약 60년간에 걸쳐 유럽에는 낭만주의 사조가 흐르고 있었다. 자연을 사랑하는 감정과 역사를 존중하는 마음은 하나가 된다. 루소의『에밀』에 나오는 청산유수 같은 신앙 고백은 신의 존재와 속성을 입증하는 증거로서 신이 빚어낸 자연을 제시한다. 자연의 구체적 아름다움은 감응력을 가진 마음에 직접 말을 건넨다. 자연을 종교처럼 숭배하는 의식, 이를테면 나무와 꽃을 사랑하거나 정

---

17) 이병주,『지리산』2권, 한길사, 2006, p.223.
18) 이혜구·성경린·이창배,『국악대전집』, 신세기레코드, 1968, p.310; 한명희,「땅과 우리 음악」, 김형국 편,『땅과 한국인의 삶』, 나남, 1999, pp.627-639, p.632에서 재인용.

원을 가꾸거나 새를 관찰하거나 야영을 하면서 이따금 삭막한 도시를 떠나 시골에서 지내면서 일상의 활력소를 되찾는 생각도 모두 한 뿌리에서 나왔다. 자연은 인간에게 부담 없는 감동을 선사한다. 영국의 낭만시인 바이런은 여행하면서 '산은 느끼는 것'이라는 명언을 남겼다.[19]

한국의 산천을 부러워하는 외국인이 많다. 국토 어딜 가도 마음 놓고 오를 수 있는 산이 지천으로 깔려 있다. 사방에 산들이 거대한 병풍을 치고 있는 수도 서울은 물과 조화를 이룬다. 광대한 강폭과 깊은 수심에 안긴 엄청난 수량을 품은 한강이 도시 한가운데를 관통하면서 수도의 위용을 한층 돋보이게 한다. 서울을 둘러싼 크고 작은 무수한 산 중에 으뜸 되는 주산은 북한산이다.

한때 유행하던 말이다. 서울에는 두 종류 사람이 산다. 북한산을 오른 사람과 아래에서 쳐다만 본 사람이다. 이병주의 허풍이다.

"인류는 두 종류로 나눈다. 산이 있으니까 산에 오르는 사람들과 산이 거기 있으니까 오르지 않는 사람들과의 두 종류다. 마찬가지로 서울 시민을 두 종류로 나눌 수 있다. 북한산이 있으니까 오르는 사람과 북한산이 있는데도 오르지 않는 사람으로."[20]

이렇듯 북한산은 기개와 품격을 기리는 서울 시민의 자부심의 원천이었다. 핍진한 도시의 삶에 지친 육신과 찌든 정신에 맑고 푸른 대기의 축복을 공급하는 영양제였다. 서울의 진산, 북한산에서 민족의 역사를 반추하고 정기를 흡입한다.

1960-70년대, 박정희 군사정부를 겨냥하여 칼날 같은 필봉을 휘

19) 자크 바전, 김희재 옮김, 『새벽에서 황혼까지 1500-2000: 서양문화사 500년』 2권, 민음사, 2006, p.23.
20) 이병주, 『산을 생각한다』, 서당, 1988, p.75.

둘렀던 역사학자 김성식(1908-86)은 산천은 현실과 유리된 것이 아니라고 썼다.

"현실은 마치 백운대 같다. 과거의 역사를 연구해 내려오면서 우리는 지금 어디까지 왔는가 하고 자문하게 되는 시점이 현실인 것이다. 도봉산 계곡, 우이동 계곡, 진관사 계곡, 정릉 계곡, 성북동 계곡 등을 두루 살피고 백운대에 올라서야 북한산맥이 어디서 시작해서 어디로 뻗어 있는지 알 수 있다. 역사가는 모름지기 여러 계곡과 백운대 어간을 오르내리는 일을 해야 된다. 백운대에서 산맥 전모를 알 수 있듯이 현실에 대한 역사적 감각을 가져야 우리의 역사를 알고 또 전망할 수 있다."[21]

역사의 수레바퀴에 치인 신영복의 고백이다.

"북한산에 오르면 백두대간이 달려오는 소리가 들립니다. 그 발소리에 귀 기울이고 있노라면 600년 전의 한양이 눈앞에 펼쳐집니다. 이것이 내가 북한산에 오르는 이유입니다.

그러나 오늘 북한산에서 느끼는 생각은 참으로 우울합니다. 산천이 '몸'이고 그 위에 이룩된 문명이 '정신'이라는 당신의 말을 생각하면 지금의 서울은 참으로 참담한 모습이 아닐 수 없습니다. 상처 난 몸이 거대한 머리를 주체하지 못하고 있는 형국입니다. 오늘은 평일임에도 불구하고 백두대간이 달려오는 소리도 들리지 않고 600년 전의 서울의 모습도 보이지 않습니다. 작은 가슴 위에 축조된 거대한 콘크리트 빌딩만이 시야에 가득 다가옵니다. 북한산은 이제 두 팔을 한껏 벌려도 아름이 벅찬 서울을 껴안고 아파하고 있습니다. 나는 앞

<hr>

21) 김성식, 「역사가와 역사의식」, 『월간중앙』, 1979. 8.

으로 더 이상 북한산을 오르지 못하리라는 것을 알고 있습니다."[22]

"1990년대에 수배생활을 할 때 나는 산을 자주 찾았습니다. 산길을 걷는 건 묘미가 있습니다. 자신의 두 발로 걸어야만 하고, 땀 흘린 만큼 앞으로 갑니다. 대단히 정직하다고 생각했지요. 우리의 삶도 산행과 비슷합니다. 북한산과 도봉산에는 거대한 바위들이 많습니다. 사람을 압도하는 위용을 보이는 화강암 덩어리를 보면서 나는 그 바위보다 더 단단한 것이 인간의 신념이라고 생각했습니다."[23]

2020년, 9년 8개월 징역형을 선고받고 6년째 감옥에 갇혀 있는 젊은이의 사색이다. 자신의 말대로라면 '생각이 불온하다는 이유로 옥에 갇힌,' 달리 말하면 신념 때문에 영어의 몸이 된 것이다. 청년의 단단한 신념에 비하면 60년 전 이병주는 물러터진 사상의 여유 때문에 옥살이를 한 것이다. 그래서 더욱더 억울한 심사였을 것이다.

이병주는 한 소설에서 '미스 산'이라는 별명의 젊은 여성을 등장시켰다. 당국의 수배를 피하여 도피 중인 운동권 여학생이다. 그녀는 중년 사내들의 말동무가 되면서도 간간이 세상에 대한 불만을 논리와 품위를 함께 갖춘 언어로 드러내곤 했다.[24] 이병주의 단골 산행 도반 한 사람이 "도대체 산에 운동권 여학생을 등장시키는 생뚱맞은 발상은 어디에서 온 것인가?"라며 핀잔을 주었다. 작가의 준비된 대답인즉 '서경애한테 너무 데여서'였다고 한다. 『관부연락선』에서 지

22) 신영복, 『나무야 나무야』, 돌베개, 1996, pp.60-62.
23) 이석기, 『새로운 백년의 문턱에 서서』, 민중의소리, 2020, p.34. 통합진보당 소속 제19대 국회의원이던 이석기는 2013년 8월 내란선동죄로 구속되어 유죄판결을 받았다. 그의 소속 정당도 2014년 12월 19일 헌법재판소의 '위헌정당'이라는 해산 판결을 받았다. 이 판결에 대해 국제인권법사회는 강한 비판을 쏟아냈다. 이석기는 9년 8개월 형기를 거의 다 복역한 2021년 12월 24일에 가석방 처분을 받았다.
24) 이병주, 「미스 山이 등장해야 하는 까닭」, 『황혼』, 기린원, 1984.

식인 유태림이 마르크스 전사가 되어버린 서경애를 제압하지 못하고 자탄한다. "여자는 약해야 해! 남자를 사랑할 줄 알아야 해. 그 여자는 사랑할 줄을 몰라. 의지만 있고 애정은 없는 여자야."[25] 사상에 짓눌려 사랑을 포기한 여성, 짙푸른 '나무 냄새'가 풀풀거리는 젊음을 사상이라는 허망한 관념의 제물로 바치다니.

이병주의 북한산

『바람과 구름과 비』의 후반에 쉰이 넘은 최천중은 구철용을 데리고 도봉산을 걸으면서 시구를 전한다.

"야보(野步)에 지인생(知人生)이고 등고(登高)에 구인생(究人生)이다(들길을 걸으면 인생의 뭔가를 알 듯한 기분이 되고 높은 산을 오르고 있으면 인생의 뜻을 음미하는 기분이 된다)."[26]

이십여 년 가꾸어왔던, 새 세상을 만들겠다는 꿈을 반쯤 접고 난 혁명가의 체관이 엿보이는 구절이다. 나림 이병주 자신의 심경인지도 모른다. 그가 즐겨 인용한 나쓰메 소세키의 글이다.

"산에 오르면서 이런 생각을 했다. 지적으로만 살려고 하면 모(角)가 나고, 정에 치우치다 보면 빠져버릴 염려가 있다."[27]

만년에 이병주는 북한산을 즐겨 올랐다. 산을 탄 것이 아니라 어루만졌다. 환갑 즈음에야 비로소 산을 찾기 시작한 것은 건강 때문이 아니라 '심경의 경사(傾斜)' 때문이라고 주장했다.[28]

25) 이병주, 『관부연락선』 1권, p.316.
26) 이병주, 『바람과 구름과 비』 8권, p.185.
27) 이병주, 『산을 생각한다』, 서당, 1988, p.40.

그는 북한산을 만보하면서 김시습·서거정 등 역사적 인물의 자취를 더듬기도 하고, 니체의 '고소의 사상'을 음미하는가 하면 여인들과의 정담을 즐기기도 했다.

"눈이 오나 비가 오나 혹서이건 혹한이건 나는 산에 간다. 건강상의 이유로서가 아니라 심정적인 경사(傾斜)다. 나는 산에 오름으로 해서 비로소 인생을 안 것 같은 기분이 되었고 조국애를 실감하게 되었다. 산에 오르지 않을 때라고 해서 나름대로의 조국애가 없었던 것은 아니다. 그러나 그것은 관념적인 것에 불과했다. 관념적으로 여체를 안는 것과 실제로 여체를 안는 것과 다른 만큼 관념적인 조국애와 구체적인 조국애는 다르다. 조국에 대한 원초적인 사랑은 바로 산하(山河)에 대한 사랑인 것이다."29)

조국을 여체에 비유하는 수사는 지나치지만 이병주만의 배포이기도 하다. 이병주는 외국 땅에서 북한산을 그리는 서울 사람의 이야기도 소설에 담았다.30)

"원시림을 방불케 하는 5월의 숲속을 둘러보며 한국의 5월, 특히 우이동의 계곡을 향수 속에 찾았다. 지금쯤 등산객이 한창 붐비고 있을 우이동의 5월! 향수 속에 인수봉을 향해 걸어가고 있는 자신의 뒷모습을 쫓았다."31)

---

28) 위의 책, p.12. 이후락의 권고로 북한산 등산을 시작했다는 이야기도 있다.

29) 위의 책, p.12.

30) 이병주 뉴욕 소설, 『허드슨강이 말하는 강변 이야기』, 1982, 국문; 1985년에 심지에서 「강물이 내 가슴을 쳐도」로 재출간.

31) 이병주, 『허드슨강이 말하는 강변 이야기』, p.44.

"평창동에서 대남문으로 가는 길, 도봉산에서 만장봉으로 오르는 길, 도선사에서 백운대로 오르는 길, 그리고 북한산의 능선, 지금쯤 은 차례로 억새풀이 무성히 자라 있겠지. 그 맑은 새소리! 그곳으로 돌아갈 수 없는 형편이란 도대체 운명이란 말인가?"[32]

이병주가 즐겨 내세우던 산의 최대 효용은 자신이 탐구하던 니체 의 '고소의 사상'을 수련하기에 적합한 도장이라는 것이다.

"무엇보다 산이 고마운 것은 그곳에서 초월의 철학을 배우고 자연 에 귀일하는 신앙을 가꾸고, 꽃과 새들의 천진을 닮아 예술의 극의에 도달할 수 있기 때문이다. 고소의 사상은 초월의 사상이다."[33]

"'고소의 사상'을 익히는 데 가장 알맞은 곳이 다름 아닌 북한산 이다. (니체가 이 사상의 영감을 받은 곳도 그다지 높은 곳이 아니다. 물리적 지리의 문제가 아니라 인식의 문제다.) 최고 높이 836미터는 인간적 사고를 방해할 만큼 산소가 결핍되어 있지 않다. 원근법적 사 고 작용을 거절할 만큼 하계(下界) 풍경이 멀지도 않다. 세간(世間) 이 바로 눈 아래에 있고 높은 곳엔 구름이 있다. 자기의 존재를 고절 한 장소에 두지 않고 적당한 원근법을 이용할 수 있기 때문에 그 고 소의 사상은 가장 인간적인 것이다."[34]

"진정한 철학은 산행자에게만 있을 수 있다는 건 인간에 있어서 절실한 사상은 정신을 이끄는 육체와 육체를 이끄는 정신의 교차에 서만 스파크하는 것이기 때문이다."[35]

---

32) 위의 책, p.121.
33) 이병주, 『산을 생각한다』, p.48.
34) 위의 책, pp.79-80.

"그러나 뭐니 뭐니 해도 북한산 산행은 '호모 루덴스'(유희하는 인간)에 대한 축복이다. 우리는 주말마다 한무제가 부러워할 잔치를 베푼다. 그런데다 2, 3명의 미희가 끼기도 하고 보면 북한산은 '에덴의 동산'이 된다. 에덴의 동산에는 천하를 논하는 것은 또한 별격의 아취가 있다. 역사 이래의 인물들을 골고루 불러내어 증언대에 세워선 역사의 의미를 묻기도 하고, 미운 놈들을 재판정에 끌어내선 재심하여 준엄한 판결을 내리기도 한다.

이젠 유명을 달리한 친구들이 다시 등장하는 것도 북한산의 잔치 자리에서고, 못다 한 한을 우리가 대신 풀어주는 것이다. 그런 까닭에 북한산, 그 자리에선 스캔들이 없다. 북한산 그 잔치에 화제가 되면 일체의 얘기가 모두 로맨스로 화한다."[36]

이병주가 북한산 산행에 미희들을 동반하던 모습을 부러운 눈으로 바라보던 그때 그 젊은이들도 차례차례 떠났다. 산은 그 산이로되 찾는 사람은 달라졌다. 그게 세월이란 것이다.

「도봉정화」

도봉산은 북한산의 아우다. 이병주는 「도봉정화」(道峯情話)라는 제목의 짧은 에세이로 학병 입소 직전의 에피소드를 남겼다.

"망월사 방향의 길을 가다가 큰 바위가 나타나 있는 곳. 건너편에 아담한 3개 동으로 된 한옥집이 있었다. 의정부 갑부 양 씨의 별장이다. 왕유의 별장 망천장을 모방하여 조부가 지은 집이다. 방에는 왕유(王維)의 『망천집』(輞川集)이 병풍이 되어 둘러져 있다."

35) 이병주, 「쥘부채」, 『소설 알렉산드리아』, 한길사, 2006, pp.201-202.
36) 이병주, 『산을 생각한다』, pp.80-81.

남화(南畫)의 비조로 불리는 왕유(701-706)는 이태백·두보·맹호연과 함께 당의 4대 시인으로 불리는 문사였다. 그는 망천(輞川)이라는 산수경개가 빼어난 곳에 산장을 짓고 시와 그림을 결합했다. 남화는 현실 너머의 보다 유원한 세계를 담아내려는 탈현실의 화풍이다. 여기에 시적 상상력이 가세한다.[37]

> "맹성 입구에 새집 지으니,
> 늙은 수양버들 몇 그루가 축 늘어져 있다.
> 내 죽은 후에 이 집 소유할 자 누구라서.
> 옛 주인 안타깝게 회억해줄까나."
> 新家孟城口 古木餘衰柳
> 來者復爲誰 空悲昔人有

『망천집』의 짧은 서문 구절이다.

1943년 12월 중순, 학병에 입소하기 위해 연성훈련을 받고 있던 이병주에게 한 소년이 쪽지를 들고 찾아온다. 교토 시절의 친구 양홍근의 편지다. 헤어진 지 5년 만의 소식이다. 이병주는 쪽지에 그려진 약도를 들고 도봉산 아래 그의 집을 찾는다. 양홍근은 신병으로 학병 신체검사에 불합격했다. 양은 이병주에게 학병을 도피할 것을 권유한다. 2년만 버티면 일본은 반드시 패할 것이니 만약 숨을 곳이 마땅치 않으면 자신이 은신처를 마련해주겠다고 한다. 그러나 이병주가 입소를 고집하자 설득을 포기하고 큰돈을 주며 금으로 바꾸어 소지하고 있으면 탈출할 때 도움이 될 것이라고 조언한다.

---

37) 김병종, 「산수화, 땅의 그림」, 김형국 편, 『땅과 한국인의 삶』, 나남, 1999, pp.595-609.

1946년 3월, 중국에서 돌아온 이병주는 별장을 찾는다. 그동안 주인이 바뀌었고 친구의 행적을 수소문했으나 찾지 못하고 단념한다. 십수 년 후에 그가 자살했다는 소식을 전해 듣는다. 양홍근이 하인의 딸과 사랑에 빠져 결혼하겠다고 나서자 부친이 반대한다. 하인이 딸을 강제로 다른 곳으로 시집보내려 하자 딸은 망월사 근처 나무에 목을 매달고 자살한다. 실성한 양도 며칠 후에 같은 나무에 목을 매어 애인을 뒤따른다. 신파조가 농후한 순애보 스토리다.

"양홍근의 별장은 자동차 길이 나는 동시에 요정으로 변했다. 2, 3차 그 요정에서 논 일이 있다. 그 사실을 작품 『행복어사전』에 수록하면서 '간통하기 좋은 장소'라고 썼다가 어떤 사람으로부터 호된 야유를 받은 적이 있다. 나의 심정으로는 염세자살한 철학청년이 호젓하게 살던 집이 요정으로 변한 세월의 비정함을 깨닫는다는 뜻이었는데 읽는 사람의 생각은 달랐던 모양이다."[38]

"그렇다. 나는 도봉산을 오르내리고 있으며 양홍근으로 인하여 한없는 시름에 젖는다. 언젠가 '도봉정화'란 제목으로 양홍근과 그 하인의 딸의 비련을 쓸 참이었는데, 이로써 내게 스스로 과한 숙제를 다한 것으로 하겠다."[39]

"북한산이 역사의 산이라면 도봉산은 시의 산이다. 산행은 곧 시행이다."[40]

도봉산에 들면 이병주는 서거정과 이색의 글 자취를 더듬는다. 그

---

38) 이병주, 『산을 생각한다』, p.102.
39) 위의 책, p.104.
40) 위의 책, p.96.

리고 '서툰' 자작시 하나를 적어둔다며 멋쩍어했다.

"우리 은밀한 얘기를 하려면 도봉산으로 가자.
우리 청량한 침묵을 지키려면 도봉산으로 가자.
도봉산에서의 이야기는 도봉산의 향기로서 꽃처럼 피고
도봉산에서의 침묵은 웅변 이상의 뜻을 가지게 된다.
잠자코 있어도 새가 우리의 노래를 대신하고
이야기를 할지면 도봉산이 귀를 기울여준다.
어디보다도 포근한 곳이 도봉산의 품속이다.
그 품속에서 우리는 다시 어린애가 되어 천사처럼 꿈꿀 수가 있다.
우리 사랑을 하려면 도봉산으로 가자.
이제 도봉산에 가을이 든다." [41]

북한산 찬미자 이병주는 자신이 오르고 싶은 산으로 백두산, 곤륜산, 그리고 에콰도르의 침보라소를 들었다. 모두 신화의 산이다. 곤륜산은 어린 시절 할머니에게서 들은 신비의 산이다. "산지조종(山之祖宗)은 곤륜산(崑崙山)이요, 수지조종(水之祖宗)은 황하수(黃河水)라." 할머니의 가락에 손자가 장단을 맞춘다. "곤륜산에 가서 불사의 물을 떠와 할머니께 드렸으면 좋겠다." 할머니는 "그래야 내 손주지" 하고 내 머리를 쓰다듬어 주셨다. 할머니는 내가 열두 살 때 돌아가셨다.[42] 그러나 그 자신이 타계할 때까지 백두산도 곤륜산도 오르지도 멀리서 처다보지도 못했다.

적도의 나라 에콰도르의 침보라소는 인디오 원주민의 성산이다.

---

41) 위의 책, p.113. 문외한의 눈에도 매우 '서툰' 시다. 이 자작 '시'처럼 서툴고 성의 없는 이병주의 소설도 많다. 다분히 허구의 냄새가 짙은 에세이 「도봉정화」도 진실 여부를 떠나 태작(駄作)에 가깝다.

42) 위의 책, p.245.

해발 6,310미터의 설산은 범인의 입산이 금지된 신의 영역이었다. 더더구나 이방인 여행객이 오를 수 있는 산이 아니었다. 그런데 무슨 숨겨둔 사연인지 이병주는 1971년 이래 무려 다섯 차례나 에콰도르 땅을 찾는다. 누구와 동행했고 그곳에서 누구를 만났는지, 베일과 눈 속에 묻어두었다. 뭇 사내들이 시샘했던 북한산에 동행했던 미희들 중 누구였을지도 모를 일이다. 동반자가 누구든 침보라소 설봉을 향해 경건한 망배(望拜)를 함께 드렸을 것이다.

북한산 찬가

"북한산의 절 옆을 걷고 있으면 나는 언제나 어머니 생각을 한다. 내 어머니는 절에 가느라 북한산을 자주 찾으셨다. 북한산 전체를 경내로 알고 애착을 가지셨다."[43]

어머니와 할머니, 그리고 어머니도 할머니도 아닌 여인, 이병주에게 산은 여인을 빼고 생각할 수 없는 존재였다.

"방황 끝에 북한산을 만날 수 있었던 것은 커다란 은총이었다. 축복이었다. 그 후론 북한산은 나의 대학이 되었다. 나는 북한산에서 우정이 무엇인가를 알았고 사랑의 진실을 알았다. 보다도 북한산상의 바람에 바라졌을 때 지식이 실상으로 나타나고 감정 또는 정념의 무늬가 선명해졌다고 말하는 것이 옳을는지 모른다.

나는 북한산과의 만남을 계기로 인생 이전과 인생 이후로 나눈다. 내가 겪은 모든 굴욕은 내 스스로 사서 당한 굴욕이라는 것을 알았다. 나의 좌절, 나의 실패는 오로지 그 원인이 나 자신에게 있다는 것을 알았다. 친구의 배신은 내가 먼저 배신했기 때문의 결과이고 애인

43) 위의 책, p.74.

의 변심은 내가 그렇게 만들었기 때문의 결과라는 것을 안 것도 북한
산상에서다.”[44]

이병주의 「북한산 찬가」다. 마지막 구절은 도봉서원 앞 김수영 시
비와 지척에 선 이병주 문학비에 새겨져 있다. 이 또한 북한산에서
품은 ‘바람과 구름과 비’의 한 단면이리라.

지리산 아래에서 태어나 북한산 아래에서 마감한 이병주의 71년
생애는 산하의 삶, 산천의 죽음이었다. 이병주처럼 산자락에서 태어
나 산에서 생의 만년을 보내는 사람이 적지 않다. 지리산 자락, 경남
산청군 남사리에서 힘든 소녀시절을 보낸 작가 최문희(1935-)는
여든다섯 나이에 지극히 사적인 회고록 에세이집을 펴냈다.

“북한산 산자락에 엎드려 있는 아파트 군락은 소박한 별장촌 같
다. 나는 내 인생의 마지막 주거지로 정착한 북한산 북벽, 이곳 일상
의 날들을 축복으로 여긴다. 계절에 따라 화려하게 변주되는 북한산
의 치장은 인간에게 주어진 자연의 위대한 선물이다. 눈 뜨는 아침마
다 창문을 열면 마주하는 능청스런 능선머리, 그 장대한 푸름에 날
섰던 어깨가 절로 수그러든다. 세상의 어느 산이 아름답지 않을까마
는 산이라고 다 같은 산은 아니라는 생각이 든다.”[45]

그를 기렸든 피했든 이병주를 진하게 기억하는 여러 문사들이 북
한산 자락에서 은퇴자의 삶을 누리고 있다. 평생 남이 쓴 소설을 읽
고 옮기고 하던 번역의 달인 전경자도 아침저녁 북한산의 숨소리를
들이키고 나이 일흔에 첫 소설을 썼다.[46] 김형국·김효순·곽병찬 등

---

44) 위의 책, p.280.
45) 최문희, 『내 인생에 미안하지 않도록』, 다산책방, 2020, p.67.
46) 전경자, 『바이폴라 할머니』, 알렙, 2017.

올곧은 글쟁이들이 대형 충견과 함께 북한산 자락을 산보하는 장면은 상상만 해도 정겹다. 매일 새벽 산행에 나섰다 하산하기 무섭게 한 편의 시화를 뚝딱 만들어내는 '도시의 낙타'[47]나 황주리의 글·그림처럼 이들 '산책주의자들'의 필경사업은 이어진다.[48]

고소의 사상도, 호모 루덴스의 환희도 거두어 접고, 역사와 인간의 비애도 품어 안고, 이병주가 그처럼 사랑하던 북한산을 떠난 지 30년, 생전에 그가 즐겨 걷던 산행길 아래 작은 기념관이 하나 서 있다. 구기동, 이북5도청 뒤 계곡 따라 비봉(碑峰)을 향해 터진 오르막 길가에 아담한 카페가 있다. 장사가 되든 말든 이십여 년을 의연하게 버티고 있는 고마운 쉼터다. 카페의 주인은 세월 따라 우아하게 나이 들어갈 줄 아는 중년 여성이다. 이병주가 틀림없이 좋아했을 그런 타입이다.

카페 안의 목조 선반에는 이병주의 작품이 여러 권 진열되어 있다. 오가는 등산객들이 유달리 맛난 커피를 들며 담론풍발을 나눈다. 아주 드물게 작가를 기억하는 나이가 지긋한 손님들은 뜻밖에 조우한 작가의 흔적에 반색한다. 짓궂은 손님은 그녀가 행여 이병주의 마지막 애인이라도 되는지 궁금함을 감추지 않는다. 주인은 흐릿한 웃음에 얹어 알 듯 말 듯 묘한 답을 건넨다. 모든 게 북한산이 일으킨 '바람과 구름과 비'였노라고.

47) 황우상, 『도시의 낙타: 하림의 새벽산책 그림 시 모음』, 새로운사람들, 2021.
48) 황주리, 『산책주의자의 사생활』, 파람북, 2018.

35. 『소설 장자』, 동양 고전의 종합 평가서

"중국 사람은 행복하다. 승자에게는 유교가, 패자에게는 도교가, 그리고 망자(亡子)에게는 불교가 있다." 중국인의 종교와 생활철학을 요약하는 세속 경구다. 외래 종교에 해당하는 불교를 제외하면 중국의 전통사상에는 종교적 색채가 약하다.

"동양사상은 가치를 인간의 외부에 두지 않는다는 점에서 비종교적이고, 개인의 내부에 두는 것이 아니라는 점에서 개인주의적이 아닙니다. 인간을 우주의 중심에 두는 인본주의가 아님은 물론입니다. 인간은 어디까지나 천지인(天地人) 삼재(三才)의 하나이며 그 자체가 어떤 질서의 장의 일부분이면서 동시에 전체입니다. 그리고 인성의 고양을 궁극적 가치로 인식하는 경우에도 인간을 관계론의 맥락에서 파악함으로써 개인주의의 좁은 틀을 벗어나고 있습니다."[1]

새로운 '동양고전 독법'을 제시한 신영복의 해설이다.

1960년대 중반 이래 반독재 학생운동과 지식인의 노동민주화 운동에 몸담았던 이영희의 관조도 같은 맥락이다. 격렬한 현장의 삶을 떠나 성찰적 지식인으로 물러나 살다 떠난 노동법학자 이영희(1943-2016)는 대학의 서생 생활을 마감하면서 자서전을 썼다.[2]

---

1) 신영복, 『강의: 나의 동양고전 독법』, 돌베개, 2004, pp.42-43.
2) 이영희, 『우리 시대의 삶과 나의 생각: 시대가 던지는 질문 속에서』, 백산서당, 1998.

그러고도 못다 한 이야기를 굳이 『비종교적 삶의 길』이라는 제목으로 남겼다.[3] 그러고서야 편안한 마음으로 눈을 감았다.

이영희는 도가를 종교가 아닌 철학사상으로 규정하고 노자의 도 및 무위론은 서양의 자연법 사상과 매우 유사하다고 평가했다. 즉 자연법 사상은 신의 질서라는 관념에 기초한 것이지만 여기의 신은 이신론(理神論)적 의미다.[4] 유가의 '성취적 삶'을 비판하는 도가가 추구하는 삶은 향외적이 아니라 향내적이다. 유가가 사회참여적 삶이라면 도가는 사회 인퇴(引退)적 삶이다. 그래서 노년기의 삶은 노장철학의 인퇴의 삶, 관조의 삶, 성찰적 삶이 되어야만 한다고 역설했다.[5]

노자와 장자는 객관적 실존의 '도'보다는 도를 체득한 후에 인간이 이르는 경지, 그리고 그러한 주관적 경지(도)에 이르는 방법에 관심을 쏟았다. 장자의 철학세계는 "운명적인 현실에서 출발하여 정신적 자유에 대한 추구로 귀결된다." '소요유'로 상징되는 '정신적 자유'가 장자 철학의 결론이다.[6]

이성적 사고를 인식의 출발점으로 삼는 근대 지식인은 어떤 형태이든 도그마를 거부한다. 그래야만 자유로운 이성을 꽃피울 수 있다. 이영희도 신영복도 자신이 이해할 수 없는 것은 믿을 수 없기에 종교인이 될 수 없었다. 불교도임을 자처한 이병주도 비슷한 성향을 보였다. 이들에게 중국 고전은 서양의 종교 경전보다 더욱 친숙한 일상의 자양분이 되었을 것이다.

중국 고전이 현대 한국인의 일상적 독서 목록에 오른 것은 그리 오랜 일이 아니다. 경제 성장과 정치적 민주화가 정착되면서 전통문화

---

3) 이영희, 『비종교적 삶의 길』, 백산서당, 2011, p.115.
4) 위의 책, pp.129-131.
5) 위의 책, pp.275-281.
6) 위의 책, pp.132, 144.

에 대한 자부심이 한껏 고양되었고 국학과 전래의 중국 고전에 대한 관심이 늘어났다. 늦게나마 시동이 걸린 정부의 국학진흥 정책에 힘입어 『왕조실록』을 비롯한 국가의 공적 기록이 한글로 번역되었다. 이전까지는 『사서삼경』으로 통칭되던 중국 고전은 유학이 조선의 망국에 결정적 요인을 제공했다는 냉소적 정서 때문에라도 청년층에게 외면당했다. '공자왈 맹자왈'은 케케묵은 봉건윤리의 상징으로 희학적 냉소의 대상이었다. 기껏해야 『삼국지연의』 『수호지』 『서유기』 『금병매』의 '4대기서' 정도가 파한(破閑)용으로 통용되었을 뿐, 중국의 정통 윤리 철학서적은 외면당했다. 1980년대 이후에 김용옥과 같은 현란한 고전 전도사의 활약과 1990년대에 들어 신영복과 같은 조용한 성찰적 지식인의 선도에 힘입어 중국 고전은 대중의 동반자가 된 셈이다.

김용옥과 신영복이 등장하기 전에는 독서 대중이 중국 고전에 접근하기 위해서는 이병주와 같은 스타 소설가의 인도가 필요했다. 이병주는 동년배 작가들에 비해 동양고전에 대한 지식이 해박했다. 만년의 이병주는 장자를 소설의 소재로 택하여 제자백가들의 사상에 대한 종합 평가를 시도한다. [7]

이병주는 일찌감치부터 작품 속에 장자의 사상과 에피소드를 등장시킨 바 있다. 『돌아보지 말라』(1968-69)에서 연애하는 남녀 교사의 대화 중에 한시바삐 재혼하고 싶어서 죽은 남편의 무덤을 부채질하는 여자의 이야기를 등장시켰다. [8] 사악하고 비열한 인간 박정희를 고발하는 『그를 버린 여인』(1992)에서는 한 지식인의 입을 빌려 모순투성이인 세상을 살아넘기는 지혜를 장자를 통해 제시한다.

---

7) 이병주는 일본 전문가들이 정리한 장자의 연보에 몇몇 작은 주석과 교정을 덧붙이기도 했다.

8) 이병주, 『돌아보지 말라』, 나남, 2014, pp.47-59. 이 이야기는 『소설 장자』에 자구까지 거의 동일하게 되풀이된다.

"사회라고 하는 복합적인 현상은 법률적·도덕적 방법만으론 해명할 수 없다는 사실도 알게 될 것입니다. 선량한 악인이 있듯이 악독한 선인도 있어요. 선악의 피안에 있는 것이지요. 그런 점에서 장자는 훌륭해요. 도덕군자들이 선을 권장하는 바람에 악이 창궐하게 되었다는 탁견입니다."[9]

『소설 장자』

1987년에 이병주가 출간한 『소설 장자』(小說 莊子)는 작가 자신의 사상과 개인적 성향을 투영한 작품이다.[10] 67세 원로작가의 통달한 인생관이 여과 없이 반영되어 있다. 일부 호사가들이 입방아를 찧어댔고 작가 자신도 부정하지 않았을뿐더러 은근히 즐기기도 했던 딜레탕트적 잡학지식이 총동원되었다. 「인간 장자를 찾는 재미」로 제목을 단 저자 후기가 '요점 정리'로 읽힌다.[11]

"요컨대 우리 앞엔 그의 사상만 있다. 그런데 사상만으로 그 인간을 상상할 수 없다. 사상이란 언제나 그 인간의 실재보다 크든지 작든지 하는 것이 보통이다. 불교의 문자에 언어도단(言語道斷)하고 심행처멸(心行處滅)이라는 말이 있다. 언어로 표현하지 못하는 곳까지 마음은 간다는 뜻이 암시되어 있다.

장자의 사상, 그 첫째 특징은 중국 사상의 전개에 있어서 처음으로 부정(否定)의 논리를 수립한 데 있다. 공자에서 비롯된 유가나 묵자에서 비롯된 묵가는 인의·겸애 등 적극적인 교리를 내걸고 이상적인 사회를 건설하려고 했다. 요컨대 긍정적 사회를 추구한 것이다.

---

9) 이병주, 『그를 버린 여인』 상, p.99.
10) 이 책은 2009년 『장자에게 길을 묻다』로 제목을 바꾸어 동아일보사에서 출간되었다.
11) 이병주, 『소설 장자』, 문학사상사, 1987, pp.275-296.

이와는 반대로 장자는 무욕(無欲), 무아, 무위, 허정(虛精) 등 부정적 사고의 전개로서 '무'의 세계를 개척하고 무와 도를 일치시키는 데 진실이 있다고 보았다.

장자 사상의 두 번째 특징은 인생의 진실을 추구하여 개인의 존엄이란 성역을 발견한 데 있다. 세 번째로는 현실생활에 대한 근본적인 비판을 전제하고 있다는 점이다. 유가·묵가·법가 등은 어떤 목적을 세워 현실을 개혁하려고 하고 그 개혁을 방해하는 것을 부정(不正)이라고 비판하는 데 반해 장자는 인간의 작위로서 성립된 정치와 문화 자체가 인간 본래의 자연에 역행하는 것이며 인간의 소박함을 은폐하는 허위라고 비판했다. 장자의 네 번째 특징은 우화의 표현 방식을 안출한 데 있다. 맹자도 묵자도 순자도 한비자도 각기의 문체를 가지고 사상사에 등장한 사람들이지만 장자의 우화는 그 가운데서도 가장 참신한 표현방식이다."[12]

"중국인은 이론보다도 생명 그 자체를 좋아한다. 생명 없는 질서보다도 생명 있는 무질서를 사랑한다. 그들에게 소중한 것은 이론이 아니고 현실이며, 법칙이 아니고 사는 것이다. 장자의 철학은 이러한 중국인의 사고를 잘 대표하고 있다."[13]

"중국 예술사상사엔 추(醜)의 미학이라고 할 수 있는 특이한 산맥이 있다. 상식적인 미의식이 추악하다고 보는 것, 그로테스크하다고 보는 것 가운데 진실한 미를 발굴하려는, 이를테면 반속(反俗)의 미학이라고 할 수 있는데 그 원류가 장자의 사상 속에 있다."[14]

---

12) 위의 책, pp.277-278.
13) 위의 책, p.291.
14) 위의 책, p.293.

"광대무변한 천지도 영겁의 세월도 인간의 마음속에 송두리째 포섭될 수 있다는 이치는 대단하다. 기록에 의하면 당신이 탄생했다고 되어 있는 B.C. 369년에 그리스의 아리스토텔레스가 아테네로 가서 플라톤의 아카데미아에 입학했다고 되어 있다. 아리스토텔레스는 잠깐 논외로 하고 장주(莊周) 당신이 플라톤의 제자가 될 수 있었더라면 세계의 철학이 어떻게 바뀌었을까? 플라톤의 철학은 심오하고 아름답지만 몇천 리 크기의 곤도 붕도 등장하지 않는다."[15]

이병주가 제자백가 중에 보다 정통적인 유가 대신 장자를 선택한 이유가 분명하게 제시되어 있다. 시대를 초월하여 자신이 접한 동서양 여러 사상가와 예술가들을 함께 등장시키기에 가장 적합한 인물이기 때문이다. 소설에는 제자백가 시대의 여러 사상가들이 교차하여 등장한다. 이병주가 페다시피 한 사마천의 『사기』에 등장하는 인물들의 각종 에피소드가 동반된다. 이에 더하여 역대 서양의 사상가들이 필자의 인도 아래 등장한다. 「제물론」「내편」「외편」 등 장자의 저술 내용이 적재적소에 등장하고 유가에 대한 비판이 따른다.

노자·묵자·순자 등 공맹의 유가가 이단으로 배척한 사상가들이 전면에 부각된다. 제6장에 실은 맹자와의 가상적 대화에서 보듯이 유가 비판이 작품의 핵심 메시지를 이룬다. 이러한 철학적 담론에 이병주 작품에서 빠질 수 없는 육체에 대한 예찬이 여인의 관능을 동반하여 논의에 등장한다.

나비 꿈

소설의 서사를 이끄는 1인칭 화자는 작가 자신이다.

---

15) 위의 책, p.17.

"우연한 기회에 나는 40여 년 당신의 고향을 지나친 적이 있다. 하남성(河南省) 상구(商丘)라는 곳엘 갔는데 그곳이 옛날 전국시대 소국 송나라의 도읍인 수양(雎陽)이란 사실을 알았다. 당신의 고향인 몽택(夢澤)은 휴양, 즉 상구의 동북 십리허(十里許)에 있었다."[16]

이 서술을 사실로 받아들이자면 작가의 학병 시절 이야기일 것이다. 이병주는 1946년 2월 상해에서 귀국한 후 중국을 다시 방문할 기회를 얻지 못한 채 세상을 떠났다. 하남성 상구는 이병주의 부대가 주둔하던 강소성 소주에서 매우 먼 거리다. 작가가 일본 군대에 복무하면서 실제로 현장을 방문했을 리 없다. 몽택 방문은 작가의 나비 꿈이 만들어낸 소요유일 것이다. "지금도 당신은 중공 치하에서 몽택(고향)의 흐름에 낚시를 드리우고 있는 것이다."[17] 무수한 후세 시인 묵객이 장자를 기리는 시문을 남겼다. 그중에서도 북송의 황정견(黃庭堅, 1045-1105)의 시구가 장자의 사상을 절묘하게 압축했다.

"보게나, 장자가 시들고 마르더니
나비로 변신해 사뿐히 날아가네.
사람들은 꽃이나 버드나무 속으로 들어가는 것만 보지만
그 누가 알랴, 몸은 있되 마음은 없는 것을."
看著莊周枯槁 化爲胡蝶飛輕
人見穿花入柳 誰知有體無情

"'제기랄, 이상한 꿈도 다 있군.' 우리들 같으면 이렇게 중얼거리

---

16) 위의 책, p.14.
17) 위의 책, p.24.

곤 그만일 것인데 역시 소질이란 있는 것인가 보았다. 당신은 그러지 않았다. 그때부터 당신은 햄릿처럼 되어버린 것이다. 물론 '투비 오어 낫 투비…'는 아니고 '내가 나비인가, 사람인가, 이것이 문제로다.'"[18]

동양고전을 '관계'를 통한 실천적 이성의 관점에서 파악하는 독자적인 해석을 시도하여 수많은 추종자를 생산해낸 신영복의 해설이다.

"장자의 '나비 꿈'은 인생의 허무함을 노래한 것이 아니다. '나비 꿈'에는 두 개의 사실과 두 개의 꿈이 중첩되어 있다. 장자가 꾸는 꿈과 나비가 꾸는 꿈, 두 개의 꿈은 나비와 장자의 실재(實在)가 서로 침투하고 있을 수 있다는 사실을 제시하는 것이다. 구만리 창공을 나는 붕새의 눈으로 보면 장주와 나비는 하나라는 것이다. 우리가 인식하는 개별적 사물은 우주 전체의 미미한 조각에 불과하다. 개별적 사물과 그 개별적 상(相)을 하나로 아우르는 깨달음이 바로 제물론이다. 그러니 모든 존재의 상대성을 인정하고 한 면만을 보는 폐단에서 벗어나야 한다는 것이다."[19]

장자는 유가를 조롱하지만, 묵가에 대해서도 일침을 가한다. 이론과 실천을 겸비한 최초의 좌파 조직으로 평가되는 묵가의 비타협적 태도를 비판하는 것이다.

"노래하고 싶을 때 노래하지 말고, 울고 싶을 때 울지 말고, 즐거

---

18) 위의 책, p.26.
19) 신영복, 『강의』, p.346.

울 때 즐거워하지 말아야 한다면 이런 묵가적 절제는 과연 인간의 본성과 맞는 것인가? 묵가의 원칙은 너무나 각박하다. 세상을 다스리는 왕도와는 너무나 거리가 멀다. 세상을 어지럽히기에는 최상이요, 다스리기에는 최하다. 묵자는 천하에 참 좋은 인물이다. 이런 사람을 얻으려 해도 얻을 수 없다. 자기 생활이 아무리 마른 나무처럼 되어도 자기의 주장을 버리지 않으니 이는 정말 구세의 제사라 하겠다."[20]

본능적 애욕

"(장자) 인간의 욕망 가운데 가장 기본적인 것이 식욕과 성욕입니다. 가난하여 물과 겨(糠)로 연명하는 밑바닥의 생활로부터 수십 개의 쟁반에 산해진미를 쌓아야만 직성이 풀리는 호사로운 생활에 이르기까지 음식에 대한 인간의 욕망은 천차만별입니다. 또한 필부필부가 때문은 이불을 둘러쓰고 초라한 방에서 하는 교접(交接)으로부터 기라(綺羅)의 비단과 지분(脂粉)의 향기 가득한 홍루청방(紅樓青房)의 정사에 이르기까지 성애의 단계도 천차만별입니다. 식욕과 성욕의 다음을 차지하는 것이 재물에 대한 욕망이고 명성에 대한 욕망이고 권세에 대한 욕망입니다."[21]

"맹자는 수양에 지장이 된다고 해서 아내를 내쫓은 경력의 소유자다. 그런데 곽말약(郭沫若)은 달리 그렸다. 현명한 아내가 스스로 남편의 수행을 위해 자리에서 물러난 것으로 그렸다. 물고기(여색)와 웅장(熊掌, 성현), 둘을 함께 먹을 수 없다면 여색을 버리고 성현을 취하겠다."[22]

---

20) 위의 책, p.399.
21) 이병주, 『소설 장자』, p.113.
22) 맹자, 「고자장구」(告子章句) 상, 『맹자』, "魚 我所欲也 熊掌 亦我所欲也 二者不可

역사적 사실과 무관하게 체면을 중시하는 유가의 위선과 허세를 비판하는 태도로 보았다.

"남녀 사이란 이상한 것이다. 뭇 사내를 겪은 창녀는 데리고 살 수가 있고, 남의 아내를 빼앗아 살 수는 있어도 마음으로든 육체로든 배신한 여자완 살 수가 없다. 믿음을 만들지 못하기 때문이다. 질투는 현재의 사단(事端)으로만 일어나는 것이 아니라, 과거를 두고도 미래에 대한 짐작으로도 일어나는 것이다. 당신은 20세기 소설가들이 깜짝 놀랄 만한 통찰력을 구비하여, 그런 점에서 비범한 심리가다. 16세기 프랑스의 에세이스트 몽테뉴와 비견할 수 있다."[23]

사상과 철학, 그리고 윤리를 핑계로 인간의 원초적 심정을 백안시할 수는 없는 일이다.

"대철학자라고 해서 실수가 없으란 법은 없다. 쇼펜하우어 같은 사람은 제법 유명한 철학자이지만 신경질이 심해 하녀를 계단 아래로 차 던져 병신을 만들기도 하고, 자살을 권하는 책을 내서 많은 청년을 자살하게 하곤, 자기는 그 책을 팔아 얻은 인세 수입으로 편안하게 살면서 자살하기는커녕 만년에 피리 불기를 배우기까지 하면서 천수를 누리는 과오를 범한 예도 있다."[24]

장자의 생사관: 촉루(髑髏)

초나라 여행 중 장자는 길바닥에 뒹굴고 있는 해골을 말채찍으로 때리며 해골에게 묻는다.

得兼 舍魚而取熊掌者也."
23) 이병주, 『소설 장자』, p.173.
24) 위의 책, p.49.

"그대는 탐욕스럽게 살다가 절제를 지키지 못해 이 꼴이 되었는가? 또는 나라가 망하는 바람에 전진(戰陣)에서 주목을 받아 이 꼴이 되었는가? 아니면 불미스러운 행동이 있어 부모처자를 대면할 수 없어서 자살한 것인가? 기한(飢寒)을 못 이겨 행려병사했는가? 그도 저도 아니면 명대로 다 살고 이런 꼴이 되었는가?"

이 장면은 셰익스피어의 햄릿이 법률가의 해골을 두드리며 장광설을 퍼붓는 장면을 연상시킨다.[25]
꿈속에 해골이 나타나서 죽은 자의 세계를 설명한다.

"사자의 세계엔 임금도 없고 신하도 없다. 사자의 세계는 춘하추동의 사시도 없다. 유구한 천지를 그대로 춘추로 한다. 제왕과 군주의 기쁨도 죽은 자의 그것을 능가할 수는 없다."

장자는 이 말을 믿지 않고 다시 묻는다.

"'어때, 사명(司命)에 부탁해서 자네를 도로 사람으로 만들어줄까? 골육과 피부를 본래대로 만들어 부모와 처자, 고향 친구들을 만날 수 있도록 해주겠다면 자네는 그것을 원할 것인가?'
그러자 해골은 얼굴을 찌푸리고 말했다.
'죽은 자의 세계에 있으면 임금의 기쁨보다도 나은 기쁨 속에 있을 수 있는데 무슨 까닭으로 다시 인간의 고통을 원하겠는가?'"

20세기 중국 문학의 비조 루쉰은『죽은 자 살리기』(起死, 1935)로 장자를 풍자한다. 장자의『지락』(至樂)에서 소재를 얻어 그의 상대

---

25) 안경환,『법, 셰익스피어를 입다』, 서울대학교 출판문화원, 2012, pp.105-130.

주의 철학을 풍자한 희곡 형식의 작품이다. 사명대신(司命大神)의 힘을 빌려 죽은 해골을 살려놓았더니 그 해골 때문에 장자가 혼난다는 이야기다.[26]

500년 전에 친척을 찾아가다 도중에 옷을 모두 빼앗기고 피살된 사람이 부활하여 장자와 대화를 나눈다. 간절하게 옷을 원하는 그 사람에게 장자는 고답적인 철학을 펼친다.

"옷이란 있을 수도 있고 없을 수도 있는 법, 옷이 있다면 그 역시 옳지만 옷이 없어도 그 역시 옳은 것입니다. 새는 날개가 있고, 짐승은 털이 있습니다. 그러나 오이와 가지는 맨몸뚱이입니다. 이를 일러 '저 역시 옳기도 하고 그르기도 하며, 이 역시 옳기도 하고 그르기도 하다'는 것입니다."

위급해진 장자는 급히 호루라기를 꺼내 불어 순경을 부른다. 순경은 장자에게 옷을 벗어 벌거숭이 사내의 치부만이라도 가리게 하라고 제안한다. 그러나 장자는 거부한다.

이 이야기는 '빨가벗은' 사람에게 절실한 '옷'이라는 현실과 장자의 고답적인 사상인 무시비관(無是非觀)을 극적으로 대비함으로써 장자 철학의 관념성을 부각시킨다. 장자가 호루라기로 순경을 부르는 장면에서 장자 철학의 허구성이 드러난다. 그의 철학은 통치자에게 수동적으로 복속하는 패배의 철학일 뿐이다. 장자의 무시비론도 결국 통치자에게 유리한 논리에 불과하다. 따라서 장자의 해방이란 관념의 해방, 주관적인 해방일 뿐이라는 것이다.[27]

---

26) 이병주, 『소설 장자』, p.63(루쉰은 이 작품에서 장자의 현실 초월주의를 해학적으로 묘사하여 풍자한다). 루쉰, 김시준 옮김, 『루쉰전집』, 서울대학교 출판부, 1995. 이 작품은 『호루라기를 부는 장자』라는 제목으로 번역되기도 한다.
27) 신영복, 『강의』, pp.315-316.

이병주는 소설 속에서 장자의 죽음을 공자의 경우와 비교하여 이렇게 묘사한다.

"중국 산동 곡부에 가면 2천 수백 년 전에 쓴 공자의 무덤이 묘각과 더불어 덩실하게 있는데 그보다 200년 후에 죽은 당신의 무덤은 찾을 길이 없다. 하기야 천지를 관으로 본 당신의 무덤을 새삼 찾을 필요가 없다. 당신에게 산다는 것은 곧 죽는 것이고 죽는 것이 곧 사는 것이었으니."[28]

신영복의 해설이다.

"죽음을 슬퍼하는 것은 자연을 피하려는 둔천(遁天)의 형벌이다. 천인합일의 도를 얻음으로써 천제(天帝)의 속박을 벗어나는 것만 못하다.

아내가 죽었을 때 장자는 술독을 안고 노래했다는 일화가 수긍이 간다. 인간의 상대적인 행복은 본성의 자유로운 발휘로 얻을 수 있지만 절대적인 행복은 사물의 필연성을 이해하여 그 영향으로부터 벗어남으로써 추구할 수밖에 없는 일이다. 그러나 장자에게 있어서 가장 중요한 것은 사물의 필연성을 깨닫는 것이 아니라 그것과의 합일이다. 이것이 바로 장자의 이리정화(以理情化)다. 도의 이치를 머리로 이해하는 것이 아니라 도와 합일하여 소요할 수 있어야 한다. 도를 깨치는 것은 이론적 차원의 문제가 아니라 정서적 공감이 따라야만 한다. 도는 머리가 아니라 가슴으로 느껴야 한다."[29]

---

28) 이병주, 『소설 장자』, p.273(方生方死 方死方生).
29) 신영복, 『강의』, p.328.

이병주의 장자론에 대해 신영복도 최소한의 공감을 표시한 셈이다.

대토론: 장자 대 맹자

중국 개화기의 작가 곽말약은 장자가 먼 길 찾아 재상인 옛 친구 혜시를 찾아가서 냉대당하자 표표히 떠나는 장면을 재생했다. 중공 치하에서 인정사정없는 생존경쟁을 빗대어 그린 것이다.[30)]

이병주의 소설 속에 장자는 친구 혜시의 주선으로 양혜왕과 학자들의 환시 속에 맹자와 공개 토론을 벌인다(맹자를 장자보다 10여 세 연상으로 설정했다). 공자·맹자로 이어지는 유가와 노자·장자로 전승된 도가의 대결이기도 하다. 장자는 공자를 어느 정도 인정하나 맹자는 일개 변사(辯士)에 불과하다고 폄하한다. 맹자는 노자와 장자를 함께 묶어 경멸에 가까운 비판을 가한다. 또한 맹자는 양주(楊朱)의 위아(爲我)사상과 묵적(墨翟, 묵자)의 겸애사상도 비판한다.[31)] 장자는 묵자를 옹호한다. 그의 겸애교리 사상과 귀족계급의 정치독점을 부정하는 민중적 사상에 동조하고 침략전쟁을 부인하는 비공론을 찬미한다. 그리고 하늘의 뜻에 따라 이상사회를 만들어야 한다는 상동(尙同)사상에 동조한다.[32)]

"장자: 맹 선생이 말하는 도덕도 인의도 자유를 바탕으로 해야만 가능한 것이오. 사람이 자유롭지 못할 땐 도덕도 인의도 강제가 되는 것이오. 나는 일체의 강제에 반대하는 사람이오.

맹자: 공자님 말씀에 군자는 세 가지 두려움을 가져야 한다고 했

---

30) 이병주, 『소설 장자』, pp.75-77, pp.159-165.
31) 이병주, 위의 책, pp.116-117.
32) 이병주, 위의 책, pp.137-139. 서구식으로 표현하면 소박한 사회계약설이라고 할 수 있다.

소. 천명(天命)을 두려워하고 대인을 두려워하고 성인의 말씀을 두려워해야 한다는 것이오. 그러니 자유도 이 세 가지 두려움 속에서 허용되는 것이 아니겠소?

장자: 나는 완전한 자유를 말하고 있는 것입니다. 나는 군자를 지향하지 않고 진인(眞人)을 지향하는 사람입니다. 진인이란 도(道), 즉 세계의 실재에 대한 근원적인 자각을 가진 사람을 말합니다. 진인은 사는 것을 기뻐하지 않고, 죽는 것을 싫어하지 않습니다. 자기의 삶이 자연에서 온 것을 잊지 않고 죽은 다음의 일에 마음 쓰지 않습니다. 가을을 닮아 처연하기도 하고 봄을 닮아 따스하고 희로의 정은 사시를 통해 자연 그대로 움직입니다. 마음은 외부의 사물과 조화를 이루어 끝 간 데를 모릅니다."[33]

"내 생각으로는 인간성을 선 또는 악으로 일방적으로 규정하는 데 무리가 있다. 인간성은 선으로도 악으로도 칠 수가 없다. 그것은 하나의 자연과 같은 것이다. 나는 성선설·성악설의 대립은 무의미한 것으로 본다."

"맹자: 쓸데없는 충고가 되겠지만 당신의 인생을 허망되게 하지 마시오."

"장자: 나는 원래 허망의 실존을 인식하고 있는 사람이니 허망해도 그만이지만 맹 선생 당신이야말로 평생을 허망되게 하지 마시오."[34]

작품 속에 춘추전국 시대 제자백가들의 학문의 교류장인 제나라 직하학궁에서 벌어지는 토론 장면이 등장한다. 만물을 생성하고 이

---

33) 위의 책, p.145.
34) 위의 책, p.147.

를 통제하는 주재자(主宰者)가 있느냐 없느냐가 논쟁의 핵심이다. 학궁의 관장 격인 순우곤이 여러 학자의 주장을 요령 있게 정리한다. 이 모습을 본 장자의 일갈이다.

"쓸데없는 주장들이군. 주재자는 곧 도(道)라고 할 수도 있는데 도는 있다고 할 수도 없고, 없다고 할 수도 없는 것이요, 도라는 말 자체가 편의적으로 쓰이고 있는 것이 아닌가. 그러니 만물을 주재하는 자가 있느니 없느니 하는 것은 각기 사물의 일면만을 보고 하는 소리요. 진실은 어떻게 해서 이런 양론이 있을 수 있는가를 따지는 데 있소."

"나는 이 말에서 18세기 독일 철학자 임마누엘 칸트의 순수이성의 이율배반에 관한 논의를 상기했다. 칸트는 시간에 시종이 있는가 없는가, 공간은 무한한 것인가 유한한 것인가 하고 설문하곤, 논리적으로 똑같이 정당한 증명을 해보이고선, 진리는 이율배반이 되지 않을 수 없는가의 해명에 있다고 했다."[35]

"참고로 직하학궁이 세워진 바로 이 해에 그리스의 알렉산드리아에서 기하학의 체계를 구성했다. 당신의 자유에 관한 교설을 읽으면 연상되는 것이 있다. 당신이 탄생하기 30년 전에 죽은 그리스의 철학 정치가 페리클레스의 말이다. 사람이 행복하려면 자유가 있어야 하고 자유를 갖게 되려면 용기가 있어야 한다."[36]

---

35) 위의 책, p.216.
36) 위의 책, pp.230-231.

장자, 니체, 사르트르

"모든 신은 죽었다. 이제 우리는 초인으로 살기를 원한다"고 니체는 외쳤다. 신을 부정하고 그 자리에 초인을 앉히려는 데서 현대 유럽정신의 고민이 시작한다.

"인간의 고독이란 신이 존재하지 않는다는 뜻이다."

"인간은 어느 누구의 도움을 청할 것도 없고, 어떤 무엇에 의뢰할 것도 아니고 모든 순간에 있어 자기가 자기를 선택해야 한다."

사르트르의 이 말이야말로 현대의 고민을 대변한다. '무'니 '허무'니 하는 말들이 유럽 철학의 중요한 화두가 된 것도 이러한 사실과 밀접하게 연관되어 있다.

장자는 이렇게 말할 것이다.

"너희들은 신이 죽었다고 떠들어대고 있지만 우리들은 애당초부터 신을 가지지 않았다. 인간의 고독이 신의 죽음을 의미하는 것이라면, 우리는 당초부터 고독했고, 절망이 신의 부존재를 의미하는 것이라면 우리는 처음부터 절망 속에 있었다."[37]

"그의 사고는 인간 존재를 상한으로 파악하는 것이 아니라 하한에서 파악하려는 특색을 가진다. 인간이란 형여(刑餘)의 불구자, 추한 자, 가난한 자, 짓밟힌 자들이다. 그는 세상의 현자들이 설정한 갖가지 가치의 체계에 대하여 그 편견을 의심하고 독단성을 반문한다. 인간이 생쥐보다 나은 가치가 있다고 생각하는 근거는 무엇인가, 미는 어째서 가치가 있는 것이며 추는 왜 반가치인가 하고. 그는 또한 인간의 합리를 인간에 한정하지 않고 천지만물을 함께 아울러 파악하려 한다. 즉 인간의 존재를 전 우주적인 규모에서 파악하려는 데 장

---

37) 위의 책, pp.286-287.

자 철학의 특징이 있다."[38]

"생명과 마찬가지로 인간성이 선악의 피안에 있다는 당신의 사상은 당신보다 2천 수백 년 후에 나타난 독일의 철학자 니체의 사상을 방불케 한다. 당신의 진인(眞人)사상, 지인(至人)사상도 니체의 초인사상과 통하는 것이 있다."[39]

"장자의 철학은 현대 유럽의 실존주의를 상기하게 된다. 실존주의란 한마디로 자기의 현실존재에 최대의 관심을 두는 철학적 입장이다. 객관적·대상적인 추상적·체계적 진리에 대해 인간의 구체적·주체적 진리를 우선 문제로 하는 철학이다. 이러한 철학이 20세기에 들어 두 차례나 발생한 세계대전에 의한 인류 파멸의 위기감과 현대의 경이적인 기술문명에 의한 인간의 메커니즘에의 예속에 따른 비극적 발상에 뿌리를 가졌다는 것은 두말할 나위가 없다. 이런 관점에서 장자의 철학과 시대적 여건에서 유사성을 주목할 수 있다."[40]

"우리의 정신은 선인들의 사상을 골고루 시식함으로써 스스로의 주체성을 확립한다. 장자의 사상은 그 선인들의 사상 가운데서도 가장 매력 있는 사상이다. 내가 나의 주인이 되기 위해 필요불가결한 자유는 내 스스로가 창출해야 하는 것이지 어느 누구로부터 주어지는 것이 아니다. 장자는 바로 그것을 가르치는 것이다. '너의 자유는 너 자신이 창출하라!' 그런 뜻에서 장자는 우리 마음의 가장 가까운 곳에 모시고 있어야 할 교사 가운데 하나다. 언젠가 짬이 있으면 나는 장자를 도스토옙스키와 마르크스와 사르트르를 청한 자리에 같

---

38) 위의 책, p.290.
39) 위의 책, p.151.
40) 위의 책, p.294.

이 초대해놓고 플라톤의 향연을 닮은 향연을 베풀어볼 작정이다."[41]

　작가 자신의 단골 메뉴인 니체, 사르트르, 도스토옙스키에다 조심스럽게 마르크스를 더했다. 이 땅에서 약간이나마 사회주의 담론의 숨통이 트일 기미가 보이던 1987년이다. 그러나 습관처럼 호언한 본격적인 대화의 향연을 열지 못하고 이병주는 역사 속으로 물러났다. 이병주가 『소설 장자』를 내놓고 세상을 하직한 지 20년 후, 그가 목숨을 살리기 위해 애썼던 청년 신영복은 이병주를 위시한 앞선 세대의 장자 읽기에 대해 이렇게 총평을 내렸다.

　"한국인의 장자 읽기는 주로 '소요유'와 자유의 측면에 과도하게 치우쳐 있었다. 이러한 경향은 우리 현대사에 드리워진 어두운 과거에서 비롯된 것이다. 우리 현대사에는 기인열전에 들 만한 사람이 적지 않다. 음주를 동반한 기상천외의 기행이나 주사까지도 호연지기로 치부되거나 불우한 예술가란 이름으로 면죄부가 주어진 경우도 허다하다. 일제하에서부터 해방 전후의 격동기와 한국전쟁, 그리고 폭압적인 군사정권에 이르기까지 우리의 현대사에 드리워진 절망의 그림자는 엄청난 무게를 지녔다. 그 절망의 그림자 속에 장자는 많은 사람들에게 일탈의 논리로, 때로는 패배의 미학으로 읽혀진 것도 사실이다."[42]

---

41) 위의 책, p.296.
42) 신영복, 『강의』, pp.309-357, p.312.

36. 두 도시 이야기: 파리, 뉴욕

파리: 불문학도 이병주의 고향

"서울을 알기 전에 나는 파리를 알았다. 덕수궁, 창덕궁을 알기 전에 나는 베르사유와 퐁텐블로를 알았다. 빅토르 위고를 통해 하수도를 구경했고, 아나톨 프랑스와 더불어 센 강변의 헌 책방을 뒤졌고, 발자크의 등장인물과 어울려 파리의 거리를 헤맸다."[1]

불문학도 이병주의 당당한 고백이다. 메이지대학 불문학도 출신의 이병주에게 파리는 '가보지 않아도 알 수 있는 곳'이었다. 그러나 한국의 원로 소설가 이병주에게 파리는 죽을 때까지 '가보아도 알 수 없는 곳'으로 남아 있었다.[2]

"사람들은 저마다 짝사랑을 품고 파리에 모여든다. 그러나 파리는 거만한 여자를 닮았다. 자기에게의 짝사랑을 당연한 것으로 알고 나 그네에게 쌀쌀하다… 파리엘 가야만 진짜의 허망을 배운다."[3]

이병주의 의식은 평생 파리 주위를 맴돌았다. 유럽 여행에 나설 때면 언제나 파리를 중심축으로 여정을 잡았다. 초기에는 발자크, 위고, 지드, 모파상 등 문호들의 발자취를 더듬는 일에 열정을 쏟았지

---

1) 이병주, 『잃어버린 시간을 위한 문학적 기행』, 서당, 1988, pp.102-107.
2) 이병주, 『바람소리 발소리 목소리: 이병주 세계기행문』, 한진출판사, 1979, p.268.
3) 이병주, 『잃어버린 시간을 위한 문학적 기행』, pp.103-107.

만, 이력이 쌓이면서 딱히 정해진 일정 없이 파리 거리를 배회하는 것만으로도 행복감에 충만했다. 아마도 족히 수십 차례 파리 나들이를 했을 것이다. 몽마르트 언덕에서 초상화를 그리는 아마추어 화가에게 실없는 수작을 붙여보기도 했다. 오페라 뒷골목의 살롱에서 묘령의 여인과 함께 있는 장면이 호사가들의 눈에 띄기도 했다. 남재희·임재경 등 지인들이 파리에서 있었던 이병주의 풍성한 일화들을 전한다. 『조선일보』 특파원 신용석은 주머니 사정이 여의치 않은 논객 리영희의 책을 사서 부치는 것이 낙이었다. 이 사실을 알고 넉넉하지 못한 특파원 주머니를 아끼라며 이병주가 책값을 댄 적도 있다며 아름다운 시절의 이야기를 털어놓았다.[4]

이병주는 자신과 문학과의 첫 만남을 1930년대 초, 향리의 보통학교 시절이라고 되풀이하여 전했다. 일본인 교장 부인이 여름방학 때 고향을 다녀오면서 가져다준 알퐁스 도데의 『마지막 수업』에 깊은 감명을 받았다고 한다. 그 작품을 읽고 "조선도 언젠가 독립할 날이 있겠지요?"라며 부인에게 물어 그녀를 곤혹스럽게 만들었다는 일화를 고백했다. 후일 프랑스 문학을 전공할 생각을 품게 된 단초가 이때 마련되었다고 술회한다.[5] 『관부연락선』에서 식민지 중학을 중퇴한 유태림이 일본의 대학에 들기 전에 이미 파리를 유람한 것으로 설정한다.

그는 소설 『지리산』에서 당시 일부 청년이 프랑스에 대해 품고 있던 막연한 동경의 정체가 일본의 세계로부터 탈출하는 수단으로 삼을 수 있었기 때문이라는 고백을 한다.

"프랑스어를 해서 무엇을 하실 작정입니까?"

"글쎄요."

---

4) 신용석, 「이병주와 리영희」, 『인천일보』, 2014. 2. 11.
5) 이병주, 『허망과 진실: 동서양 고전탐사』 1권, 생각의나무, 2002, pp.14-17.

사실 그는 막연히 프랑스 문화에 동경을 느끼고 학문하는 수단으로서의 일본말로부터 빨리 해방되었으면 하는 것 이외에는 별다른 생각을 가지지 못하고 있었다.[6)]

제2차 세계대전에서 독일·이탈리아와 함께 동맹국이 된 일본에 프랑스는 적국이다. 독일이 프랑스를 굴복시킨 것은 동맹국의 승리인 동시에 일본의 승리이기도 했다. 프랑스가 독일에 항복한 소식을 듣고 더 이상 적국, 패전국의 문학을 공부할 필요가 무엇이냐는 한 학생의 질문에 교수는 이렇게 답한다.

"프랑스가 독일에 항복한 것이 아니다. 프랑스 군대가, 그것도 일부의 군대가 독일에 항복한 것일 뿐이다. 프랑스가 항복했다고 해서 몽테뉴가, 발자크가, 빅토르 위고가 항복한 것은 아니다. 이 세상에서 항복을 모르는 것은 위대한 사상이고 위대한 예술이다. 위대한 사상은 그 자체가 승리이고 위대한 예술은 그 자체가 축복이다. 위대한 문화는 정권의 흥망, 역사의 우여곡절을 넘어 영원하다. 그리스는 망해도 그리스 문화는 남았다. 로마는 망해도 로마의 문화는 남았다. 중요한 건 문화다. 문화로서 승리해야 하며 문화로서 번영해야 한다."[7)]

대학생 이규는 담대한 일본 처녀의 주도 아래 첫 번째 성 경험을 한다. 이 사건을 마치 프랑스가 독일에 항복한 사실에 비유하듯 이중적 의미를 부여한다.

"프랑스가 항복한 그 무렵, 나의 동정(童貞)은 기노시다 세츠코에

---

6) 이병주, 『지리산』 1권, 한길사, 2006, pp.249-250.
7) 위의 책, p.302.

게 항복하고 말았다."[8]

"욕망의 주박에서 해방된 것 같은 일종의 자유를 실감했다. 다신 망상에 사로잡히는 일이 없을 것 같다. 활달하게 학문을 하고 구김살 없이 행동도 할 것 같았다. 뭔지 모르게 육체와 정신을 억누르던 그 욕정의 정체를 알았다는 것은 잃은 동정의 값 이상일지 몰랐다."[9]

'이와나미 문화인', 조숙한 일본 처녀는 행위 후에 한결 여유를 부린다.

"여자는 옷을 벗을 때는 알몸을 보여도 좋지만 옷을 입으려는 찰나에는 보여선 안 된다."[10]

레이몽 라디게라는 작가의 『육체의 악마』에 그렇게 써 있다고 했다.

『르몽드』인터뷰

1985년에 펴낸 수상집에 적힌 대로 이병주는 1980년 6월, 프랑스 여행 중에 고향 마을 공동묘지에 세워진 드골 대통령의 무덤을 참배한다. 드골은 이병주가 청년 시절부터 존경하던 인물이다. 이병주는 파리에서 드골이 설립한 『르몽드』지와 인터뷰한 내용을 기록으로 남겼다. 즉 이 신문의 국내담당 편집자 바리옹(M. Barrion)과 대담한 내용이 1980년 6월 29일자에 게재된 것으로 적었다.[11] 정치와

---

8) 위의 책, p.305.
9) 위의 책, p.280.
10) 위의 책, p.281.
11) 이병주, 『생각을 가다듬고』, 정암, 1985, pp.260-276.

역사와 문화 등 다양한 주제를 다룬 대담 중에 2개월 전에 죽은 (4월 15일) 사르트르의 비중이 크다.[12] 사르트르 생전에 이병주는 한국에 대한 사르트르의 그릇된 인식을 바로잡아 주고 싶어 인터뷰를 요청했지만 거절당했다고 했다.[13]

두 대담자가 내린 결론인즉 "사르트르는 사회참여와 문학, 양원 (兩元)을 만족시키지 못한 사람이었다. 요컨대 사르트르는 문학적·철학적 업적은 찬란하지만 앙가주망 문학은 실패했다는 것이다.[14] "무신론적 사상을 전제로 해야만 비로소 사상 문제가 본격적으로 제기된다." 한때 이병주의 강한 신념이기도 했지만 나이 들면서 차츰 엷어져 단순한 심정적 경향으로 남아 있는 명제다.[15]

"자본주의는 분명 인간을 중심으로 하지 않는다. 중심에 서 있는 것은 자본이다. 처음부터 그런 것은 아니지만 자본은 점차 인간을 지배하게 되었다. 자본주의는 욕망을 부추긴다. 자본주의가 불러일으킨 '욕망혁명'은 자본주의에 의해 자제되지 못하고 계속 부추겨지고 있다."[16]

유럽의 지성세계에서는 지극히 상식적인 관찰일 것이다. 그런데 이 『르몽드』 '기사'에 뭔가 석연치 않은 점이 있다. 우선 기사 분량이 매우 길다. 필자는 현지의 불문학도에게 부탁하여 『르몽드』사를 직접 방문하여 마이크로필름을 검색할 것을 부탁했다. 1980년 6월 29일, 『르몽드』지에는 이런 기사가 없고, 해당 신문의 전현직 기자

---

12) 여러 가지 의미에서 작위적인 설정으로 보인다.
13) 위의 책, pp.272-273. 당시 프랑스의 언론에 보도된 한국 관련 기사는 주로 광주사건에 집중되어 있었을 것이다.
14) 위의 책, p.274.
15) 위의 책, p.125.
16) 위의 책, p.136.

리스트에도 'M. Barrion'이라는 사람이 없었다는 회신이었다. 그러나 기고자 중에 마르셀 바리옹(Marcel Barion, 1895. 11. 21-1984. 10. 24)이라는 인물을 확인할 수 있었다. 변호사 출신으로 전업하여 소설가, 에세이스트, 문학평론가, 예술역사학자로 활동하여 1964년 프랑스 학술원 회원으로 선정된 인물로『르몽드』지에 '외국문학'(Littérature étrangère)을 주제로 자주 기고했다. 이병주가 만났다는 그 시기에 바리옹은 85세였다. 아마도 둘은 사적 대화를 나누었고 이병주는 그 내용을 기록으로 남겼을 가능성은 남아 있다.

김형욱 실종사건 추적

1985년 2월, 이병주는 1979년 10월 파리에서 실종된 김형욱의 최후 행적을 추측하는 소설 형식의 글을 발표한다.[17] 김형욱은 1963년부터 1969년까지 중앙정보부장으로 재직했다. 1973년 4월 15일 김형욱은 자신의 중앙정보부장 시절 비서실장이었던 문학림과 함께 타이완으로 출국했고, 이어서 미국 뉴욕으로 건너간다. 박정희는 여러 차례 정일권·김종필 등 고위급 인사들을 밀사로 보내 김형욱의 귀국을 종용하나 김형욱은 완강하게 거부한다. 그리고 1977년 6월 2일에는『뉴욕 타임스』와 회견을 갖고, 자신이 기획한 동베를린 간첩단 사건과 이후락이 꾸민 것으로 알려진 1973년의 김대중 납치사건을 비롯한 박정희 정권의 내부비리를 폭로했다.

이어서 1977년 6월 코리아게이트 사건이 터지자 김형욱은 미국 연방 하원의 프레이저 청문회에 나가 박정희 정권의 비밀스러운 사생활을 거침없이 폭로했고 이어 일본으로 가서 김경재가 집필한 회고록의 출판기념회를 했다(이 책은 1980년대의 스테디 밀리언셀러

---

17) 이병주,「김형욱 최후의 날: 파리 현지취재 소설 구상」,『신동아』, 1985. 2, pp.238-253.

가 된다).

김형욱은 1979년 9월, 중앙정보부 해외담당 차장인 윤일균을 만나 프랑스 파리로 가라는 말을 듣고 10월 1일에 파리에 도착했다. 7일 한국대사관의 정치공사 이상열을 잠시 만났다. 그 이후의 구체적 행적은 지금까지도 오리무중이다. 김형욱의 실종 상태가 오래 이어지자 1984년 10월 8일, 가족들은 정식으로 사망신고를 했다. 미국 뉴저지에 그의 이름이 새겨진 비석과 허묘(虛墓)가 있다. 이병주가 소설로 재구성한 사건의 전모는 아래와 같다.

미국에 망명 중인 김형욱에게 한 한국 청년이 조심스럽게 접근한다. 마침내 김형욱의 신뢰를 얻은 청년은 김형욱의 자서전을 영어와 프랑스어로 출판하자며 파리로 유인한다. 회고록이 출판되면 박정희의 국제적 위신은 추락하고 정치적 몰락을 재촉할 것이다. 그렇게 되면 김형욱을 새 지도자로 추대하려는 움직임이 일어날 것이다. 이제 금의환향할 날도 멀지 않았다며 부추긴다. 한국 정부와는 전연 무관하고 박 대통령에 대한 충성이 나라에 대한 충성이라고 믿고 있던 애국 청년들의 자발적인 행동이었다. 이들 중 전직 기관원도 있었지만 공직을 사퇴한 후다.

이들은 4인조 전문 국제암살단을 고용한다. 암살자들은 대상 인물을 확인한다. 식사를 하는 김형욱의 모습을 훔쳐보고 "되게 못생겼다"고 냉소한다. 그가 코리언이라는 이야기를 듣고 한반도의 정치 상황에 대해 나름대로 소견을 편다.

"스탈린보다 더 지독한 놈이 보스 노릇 하고 있다는 나라 아냐?"

"그건 북쪽이고. 내가 말하는 코리아는 남쪽이야. 그런데 그 나라에 혁명이 있었다는구먼. 문제의 인물은 그 혁명에 한몫 낀 덕택으로 굉장히 높은 지위에 있었대. 한데 그자는 그 높은 지위의 직권을 이용해서 많은 사람을 엉뚱한 죄를 조작해서 죽이기도 하고, 닥치는 대로 공금을 착복하기도 하고, 국민들로부터 갈취하기도 해서 수억 프랑의 돈을 축재한 놈이래. 그런 죄상이 드러나서 미국에 망명해서는 기왕 보스로 모시고 혁명을 했던, 현재 대통령으로 있는 사람을 자기의 죄는 선반에 얹어놓고 헐뜯고 욕을 한다누면. 말하자면 배신자이고 배반자인 거라. 그리고 간혹 파리에 나타나선 카지노에서 노름을 하고 창녀들과 놀아나고 있어. 애국적인 청년들이 그를 가만둘 수 없다고 분개한 거라."

"그런 나쁜 놈이면 백 번 죽여도 양심의 가책도 없겠다."

김형욱의 실종 소식을 들은 창녀 자니느가 반나절 동안 운다. 파리의 고급 창녀, 김형욱의 단골이다. 자니느는 김형욱을 일러 "좋은 분"이었다고 애도한다.

암살 행위의 구체적인 실행 과정은 파리 지도를 들여다보면 박진감이 넘친다.

미국에서부터 동행한 청년은 일급호텔 리츠에 투숙하던 김형욱을 사람들의 이목이 덜 집중된 중급의 웨스트엔드 호텔로 옮기자며 유혹한다. 팡테옹을 바라보고 비탈길로 올라가 에콜 드 노르말 뒤켠의 호젓한 골목에서 한밤중에 뒤통수를 쇠망치로 때려죽인다. 그러고는 개선문 서북 40킬로미터 지점 오와츠강에 내다 버린다. 호주머니에 철편을 가득 채워 시체가 쉽게 가라앉게 한다.

사건의 진상을 밝히기 위해 추문폭로 전문 잡지 기자와 프랑스 비밀정보기관 스테세(SDECE)가 동원된다. "동베를린 사건의 진상" "여배우 최은희의 홍콩 실종 사건" 등을 추적한 '전문가'에게서 전말을 듣고 작가는 '철학적인' 결론을 내린다.

"김형욱을 죽인 진범은 김형욱 자신이다. 자기의 행동이 자기의 묘혈을 파고 있다는 사실을 누구보다도 잘 알고 있었어야 할 사람이 그 자신이 아닌가. 그러고도 그는 소행을 삼가지 않았으니 자기가 자신의 죽음을 자초한 거나 다를 바 있는가. 나폴레옹이, 나의 최대의 적은 나 자신이라고 했다고 하지만 김형욱의 최대의 적은 김형욱이었어."[18)]

화자는 김형욱 사건의 취재에 나선 소설가에게 왜 이 일에 돈과 정력을 낭비하느냐고 묻는다. 반문 형식으로 던진 그의 답은 다분히 공허하다.

"당신은 무슨 다른 생색을 바라고 산에 오르는가. 거기에 산이 있으니까 오르는 게 아닌가. 나의 탐정 취미도 그래. 사건이 있으니까 진상을 알아보고 싶은 것뿐이야."

그의 표정이 일순 암울하게 변했다. 지옥을 보아버린 사람의 표정 같다는 생각이 얼핏 들었다.

이병주는 이 글을 "어디까지나 소설로 읽어달라"는 부기를 달았다. 그가 소설로 구성한 줄거리는 22년 후에 발표된 국가정보원의 보고서와는 세부적 차이가 많다. 2007년의 공식 보고서에는 당시의 중앙정보부장 김재규의 주도 아래 행해진 것이라는 결론을 내렸다. 박사월이란 이름으로 김형욱 회고록을 집필했던 김경재는 보고서의 내용을 불신하고 자신이 검증한 사건의 전모를 공개했다. 2009년 『혁명과 우상: 김형욱 회고록 5』에서는 김형욱 실종 사건은 사건 당시 주 프랑스대사관에 근무하던 이상열 공사(중앙정보부 소속)의 실무 공작 아래 실행된 것으로 대통령 경호실장 차지철이 박정희 대통령의 뜻을 받아 김재규 정보부장을 제치고 주도했다는 결론을 내렸다.[19)]

---

18) 위의 글, p.253.
19) 김경재, 『혁명과 우상: 박정희 시대의 마지막 20일』, 김형욱 회고록 5권, 인물과사상사, 2009, pp.113-211.

김형욱의 실종 사실이 언론에 보도된 직후부터 영화배우 최지희가 김형욱의 애인이었다는 소문이 나돌았다. 최지희는 이병주와 막역한 사이였다. 최지희는 2005년 4월 26일, 주간 잡지 『시사저널』을 명예훼손으로 고소한다. 잡지는 김형욱이 파리에서 실종되기 전에 최지희가 그를 만났다는 취지의 기사를 낸 것이다. 최지희가 김형욱의 애인이었거나, 아니면 그를 파리로 불러낼 정도로 친근한 사이라는 암시가 들어 있었다.

"왕년의 영화배우 최지희(본명 김경자)가 김형욱 전 중앙정보부장의 파리 암살설에 대한 『시사저널』 보도와 관련, 26일 오후 해당 잡지사 기자를 검찰에 고소했다. 최 씨는 이날 오후 서울중앙지검에 기사를 작성한 기자 및 김경재 전 국회의원, 김형욱 씨를 살해했다고 기사에서 증언한 성명 불상자 등 3명을 출판물에 의한 명예훼손 혐의로 고소했다. 최 씨는 고소장에서 '(피고소인들이) 악의적인 허위의 사실을 유포, (고소인이) 마치 김형욱 암살에 깊이 관여하고 김 씨와 부적절한 관계를 맺고 있었던 것처럼 매도당했다'며 자신은 '김형욱 암살 사건과 전혀 무관하다'고 주장했다.
지난 4월 11일 발행된 『시사저널』은 '파리에서 최 씨를 만나러 간 김 전 부장을 납치해 시 외곽의 양계장에서 그를 암살했다'는 이모 씨의 증언 및 김경재 전 의원의 관련 인터뷰를 단독 보도한 바 있다. 후일 김경재는 최지희는 김형욱과 아는 사이지만 이 사건과는 무관하다고 확인했다."[20]

과연 최지희가 김형욱의 부름에 응했는가? 최지희는 완강하게 부인했다. 그녀가 아니라면 망명 중의 김형욱을 파리로 불러낼 수 있을

20) 위의 책, pp.196-198.

만한 다른 여인이 있었을까? 만약 그런 여인이 있을 수 있었다면 그가 누구였을지, 최지희는 그녀를 알고 있는 듯했다. 그러나 끝내 입을 다물었다.

당대 최고의 인기작가 이병주의 글은 언제나 펜을 놓기가 무섭게 활자로 변했다. 그 자신의 말대로 평생 그의 작품은 '주문생산품'이었기 때문이다. 그런데 뜻밖에도 출판되지 않은 채 육필 원고의 상태로 남은 번역 작품이 우연히 필자의 손에 입수되었다. 배우 겸 작가로 활동했던 프랑스의 장 사르망(Jean Sarment, 1897‐1976)의 희곡 「환상(幻像)의 비늘」(Le pêcheur d'ombre, 1921)이다. 같은 해에 코미디 영화로도 제작되어 상연한 기록이 있다(Le Pêcheur d'ombres, comedy, Théâtre de l'Œuvre, directed by Lugné‐Poe, 1921. 4. 15, 파리). 파리 교외 시골을 무대로 한 단막극으로 청소년의 풋사랑과 인간적 성장을 다룬 소품이다. 정확하게 언제 이병주가 몽블랑 만년필을 움직였는지 모르지만 프랑스어를 한글로 옮기는 시간 내내 그의 의식은 파리의 교외를 소요하고 있었을 것이다. 이병주는 주변 인물들에게도 파리행을 적극 권장했다. 남재희의 증언이다.

"나림의 말솜씨가 유감없이 발휘된 적이 있다. 나림은 상바르(Roger Chambard) 주한 프랑스 대사에게 1년 국비 유학의 기회를 줄 것을 부탁했다. 대사가 왜 프랑스에 유학하고 싶은지 묻자 이병주는 '유명한 센강에 오줌을 한 번 갈기는 쾌감을 맛보기 위해'라고 답한다. 유머를 좋아하는 프랑스 대사는 자신이 들어본 이유 중에 가장 그럴듯한 이유라며 즉각 승낙한다. 그렇게 따낸 유학의 기회를 나림은 당초의 속셈대로 『조선일보』의 이종호 부장에게 넘긴다."[21]

---

21) 남재희, 『남재희가 만난 통 큰 사람들』, 리더스하우스, 2014, p.149.

이 이야기를 액면대로 받아들이기에는 뭔가 석연치 않다. 그러나 힘들여 따낸 유학의 기회를 자신의 주변 인물에게 주선했다는 사실만은 그럴듯하게 들린다.

뉴욕, 인간 곤충들의 서식처

1906년 3월 기선으로 뉴욕에 도착한 러시아의 소설가 막심 고리키의 환영대회가 열렸다. 미국 문학의 거목 마크 트웨인도 참석했다. 미국 지식인 사회에 러시아 혁명을 지지하는 열기가 고조되었다. 러시아 정보 당국은 고리키 열풍을 차단하기 위해 음해공작을 편다. 고리키는 혁명세력이 아니고 여배우를 달고 다니며 공공연한 불륜 행각을 저지르는 무정부주의자일 따름이라고.

분위기가 표변했다. 호텔 투숙조차 거절당한 고리키는 뉴욕을 일러 '황금의 마귀도시'라고 풍자했다.

"큰 금 덩어리는 도시 중심을 돌면서 그 부스러기를 온 거리에 뿌리고 있는데 사람들은 온종일 그것을 찾으며 또 그것을 서로 빼앗느라 싸우는 것 같았다. 이 황금 덩어리는 곧 이 거리의 심장이다. 이 간악한 요술은 인간들의 마음을 미혹시키고 있으며 온순한 도구가 되게 한다."[22]

사람마다 뉴욕을 보는 관점이 다르고 즐겨 인용하는 일화도 다르다. 뉴욕에 사는 사람, 이른바 '뉴요커'들도 천차만별이다. 19세기 중반, 허드슨강 세관의 하급관리였던 무명작가 허먼 멜빌은 거대한 고래를 창조했다. 그가 고안한 『백경』이라는 괴물의 정체를 두고 오랜

---

22) 임헌영, 『유럽문학기행』, 역사비평사, 2019, p.141; 정판룡, 『민중의 벗 고리끼』, 공동체, 1989, p.166; 막심 고리키, 장지연 옮김, 『세 사람: 막심 고리키 장편소설』, 공동체, p.149.

시일에 걸쳐 구구한 논쟁이 이어졌다. 또한 멜빌은 뉴욕의 심장 월스 트리트에서 거대한 장벽을 보았다. 인간과 인간 사이의 소통을 막는 거대한 장벽을 확인한 것이다. 그는 바틀비라는 선량하나 기괴한 인간상을 제시하면서 자본주의 사회에서 과연 인간성이란 덕목이 존재하는 것인지 강한 회의를 제기한다.[23] 20세기 후반에 들어 뉴욕은 세계금융자본주의의 심장이 되었다. 이를테면 뉴욕은 자본주의 동물농장의 세계본부가 된 것이다.[24] 월스트리트의 로펌들은 지구촌 심장의 태엽을 거머쥐고 있는 셈이다.

뉴욕은 거대한 도시, 도시 중의 도시다. 뉴욕의 별칭은 '큰 사과' (Big Apple)다. 아무리 아래턱이 큰 거인이라도 한 입에 베어 물 수 없는 초대형 선악과라고나 할까. 이병주는 1971년을 시발점으로 하여 열 차례 이상 뉴욕 나들이를 한다. 짧게는 며칠에서 길게는 몇 달, 그리고 마지막 체류에서는 1년 반을 지상 최대의 도시 뉴욕에서 보냈다. 이병주는 이렇게 소감을 남겼다.

"비참한 인간일수록 가봐야 할 곳이라고. 어떠한 귀현 공자도 뉴욕의 거리에 세워놓으면 한없이 작은 존재가 된다. 그러나 회수를 거듭할수록 매력이 더해지는 도시다. 뉴욕은 미국의 도시가 아니라 세계의 수도란 인식을 동시에 가졌다. 나는 거기서 리버사이드 스토리란 소설을 구상했다."[25]

그것은 한마디로 백경 앞에 숨도 못 쉬고 생존에 급급해야 할 곤충

23) 안경환, 『법과 문학 사이』, 까치, 1995, pp.70-72; 허먼 멜빌, 안경환 옮김, 『바틀비/베니토 세레노/수병, 빌리 버드』, 홍익, 2015.
24) 조지 오웰, 안경환 옮김, 『동물 농장』, 홍익, 2013.
25) 이병주, 『바람소리 발소리 목소리: 이병주 세계기행문』, 한진출판사, 1979, pp.66-71, 66-67.

의 스토리일 것이다.

1975년 이병주는 뉴욕을 무대로 한 단편 「제4막」(ACT IV)을 발표한다.[26]

브로드웨이 극장가에 ACT4라는 간판이 달린 허름한 술집에서 일어나는 경계인들의 이야기다. 브로드웨이의 연극은 대체로 3막으로 끝난다. 그러나 진짜 연극은 4막부터 시작한다. 3막까지는 배우들이 주역이지만 4막에서는 조명이나 효과음을 맡은 사람이나, 대도구와 소도구를 챙기는 사람들이 주역이다. 이를테면 인간 곤충들이다. 청년의 말이다.

'나'는 이 주점에서 에스토니아 출신 화가를 만난다. 러시아의 강제 합병에 나라를 잃고 망명객 신세가 된 그는 뉴욕에서도 모국어만 사용하고 고국의 풍경만 그린다. 나와 그는 각각 한국어와 에스토니아어로 지껄이며 새벽까지 마시고 헤어진다. 그리고 다음 날 '핀란드' 식당에서 다시 만난다. "말로써가 아니라 마음으로 소통했다." 함께 나온 부인의 말이다. 핀란드는 이웃한 대국 러시아에 저항하여 독립을 지켜낸 영세중립국으로, 사회 민주주의 이상이 현실로 정착한 이상의 땅이다. 그는 "망명정부가 아니라 바깥의 정부다"라는 수사를 고집한다.

"조국은 없다. 산하가 있을 뿐이다." 이병주의 전매특허 구호가 연상된다. 두 나그네 예술가는 3년 후에 다시 만나 인생 제4막 이야기를 나누자는 약속을 주고받는다.[27]

---

26) 이병주, 『주간조선』, 1975, 『허드슨강이 말하는 강변이야기/제4막』, 바이북스, 2019, p.346. 작품 초입에 시사성·보고성·객관성을 함께 구사하는 '뉴저널리즘'이라는 새로운 문학기법을 시도하여 소설 영역의 확장을 도모하겠다는 「작가의 말」이 부기되어 있다.

27) 이병주, 『허드슨강이 말하는 강변 이야기/제4막』, 바이북스, 2019, pp.364-366.

1982년, 이병주는 본격적으로 뉴욕에 서식하는 뜨내기 '곤충'들의 삶을 조명한다.[28] 『허드슨강이 말하는 강변 이야기』의 플롯은 '한국인이 낀 허드슨 스토리'라는 표지 광고 문구 그대로다. "결국 나는 뉴욕에서 죽을 것이다." 소설의 첫 구절이다. 실제로 그렇게 된다. 196×년 5월 16일, 전직 신문기자 신상일은 자신을 파멸로 몰아넣은 재미교포 사기꾼을 찾아 뉴욕에 도착한다. 그러나 잠적한 범인을 찾지 못한 채 불법 체류자 신세가 된다. 빈민가의 여인숙에서 새우잠을 자고 미술관들을 전전하다 흑인 창녀(헬렌)와 미술 애호가인 한국인 여성(낸시 성)을 만난다. 파리 유학 경력을 갖춘 낸시는 동구 출신 천재화가 알렉스 페트콕의 예술세계에 매혹되어 화려한 패션 디자이너의 삶을 접고 화가의 도반정려(道伴情侶)가 된다. 신상일은 불법 체류자 신세를 면할 방편으로 헬렌과 낸시와 연달아 결혼한다. 화가·낸시·상일·헬렌 네 사람은 차례차례 결핵에 걸리고 한국인 남녀와 화가는 죽는다. 최후까지 살아남은 헬렌이 상일의 유언을 받아 한국의 소설가 이나림과 교신한다.

"이 도시에서 절망하지 않고 살려면 섹스로서의 자기 확인이 필요할지도 모른다."[29] 작가 L 씨의 진단이다. 작품은 기계로 자위하다 죽는 70대 백인 여자 노인, 닭을 잡아 피를 뿌리고 온몸에 칠해가면서 질탕한 섹스 파티를 벌이는 사교도들, 일체의 체제를 부정하고 오로지 생리적 질서만을 신봉하는 색광들로 넘치는 아비규환의 도시를 그린다. 기괴한 섹스와 결핵이 결합하여 '파괴의 예술'(Destruction Art)이 절정을 이룬다.[30] 어떤 도색잡지에도 뒤지지 않

28) 이병주, 『허드슨강이 말하는 강변 이야기』, 도서출판 국문, 1982. 이 작품은 3년 후에 『강물이 내 가슴에 쳐도』(심지, 1985)라는 제목으로 재출간된다. 최근 판본으로는 이병주, 『허드슨강이 말하는 강변 이야기/제4막』, 바이북스, 2019.
29) 이병주, 『허드슨강이 말하는 강변 이야기/제4막』, p.76.
30) 위의 책, p.322.

을 노골적인 성의 묘사다. 컬럼비아대학 한국인 여학생을 두고 흑백 사내가 혈투를 벌인다. 코리아 여자는 섹스가 강하다는 뉴욕 난봉쟁이들의 속설 때문이다.[31]

작가가 왜 이런 설정을 했는지 의도를 도무지 가늠할 수 없다. 곤충들의 집합소인 미국 사회의 뿌리박힌 인종적 편견에 대해 침묵할 수가 없다. 백인 사내는 연적이 불법 체류자임을 경찰에 신고한다. 그러나 뉴욕 경찰은 '오리엔탈'이나 푸에르토리코 사람은 어디서 죽어 나오든 관심이 없다. "미국에는 흑인 문제는 없다. 백인 문제만 있을 뿐이다."[32] 흑인 작가 리처드 라이트의 유명한 냉소적 고발이 인용되어 있다.

범인의 삶, 예술가의 삶

작품의 말미에 이나림(작가 자신)이 등장한다. 뉴욕에 온 그는 죽은 천재화가의 작품을 경의에 찬 눈으로 분석한다. 마치 일급 미술평론가의 해설을 듣는 듯한 기분이다.

"아파트의 동쪽 벽과 서쪽 벽에 각각 30호 크기로 된 알렉스의 그림이 걸려 있었는데 이나림은 매일매일 새로운 의미와 감동을 발견해 나갔다. 동쪽 벽에 걸린 그림은 대양(大洋)을 그린 풍경이었다. 좌하(左下)에 독수리의 머리를 하고 하반신이 남성 나체인 동물이 날카로운 주둥이를 옆으로 보이고 사람 눈을 닮은 눈으로 아득한 수평선을 보고 있는 구도였다. 마음은 창공을 날아 수평선 저편으로 갔는데 인체로서의 육체는 해안에 결박되어 있는 뜻인지 몰랐다. 그러나 중요한 건 그런 우의(寓意)에 있는 것이 아니라 섬세하고 웅장한

---

31) 위의 책, pp.136-137.
32) 위의 책, p.339; 안경환, 『법과 문학 사이』, 까치, 1995, pp.144-148.

바다의 묘사가 기막힌 것이다. 파악하기 어려운 그 신비로운 빛깔의 정황, 굽이치면서 쭉 바로 뻗는 파도의 쉴 새 없는 율동, 그 무궁무진한 변화, 명암이 묘하게 엮어지는 폼므(形), 그 오팔을 닮은 유백색의 분위기, 다이아몬드가 산란하는 것같이 빛나는 파두(波頭), 사파이어를 깔아놓은 듯한 해면, 거친 양상의 파도 저편에 지평선의 부드러운 빛깔로 수렴되는 마술 같은 원근법.

서쪽 벽에 걸린 그림은 알렉스의 예술적 의식이 공간과 시간의 테두리에 일체 구애받지 않는 분방한 상상력이란 사실을 보여주는 독특한 작품이다. 자물쇠의 금구(金具)가 싸늘하고, 결연한 방문인 도어가 어느덧 타원형으로 도려져 나가 옥외의 풍경이 거기 완연히 나타나 있다. 해변으로 기울어진 언덕의 사면에 한 그루 나무가 무성한 잎을 드리운 채 서 있고, 그 곁엔 엷은 복숭아 빛깔의 2층집, 그 인기척 없는 건물의 지붕엔 보일까 말까 놓여 있는 구체를 닮은 물체가 두 대우(對偶)를 이루고 있다. 그런데 나무는 수목인 동시에 전체가 하나의 잎인 양 도안화되어 있다. 도어 이편의 마룻바닥에 스며든 음영의 일광이 왼편에서 비치고 있는 것을 암시하고 있는데, 집 밖에 있는 나무의 그늘은 다른 각도에서 비치고 있는 태양을 암시하고 있다.

말하자면 채택된 화제(畵題)는 모두 다 비현실적인데도 그 비현실적 요소가 일체화하여 유니크한 리얼리티를 형성하고 있는 것이다. 그것은 마력이라고 할 밖에 달리 표현할 도리가 없는 알렉스 페트콕의 세계였다."[33]

이나림은 범인의 삶과 예술가의 삶은 차원이 다른 것임을 선언한다.

---

33) 위의 책, pp.340-341.

"신상일의 생애는 슬프긴 하지만 한 토막의 에피소드에 불과하다. 그러나 알렉스 페트콕의 생애는 인류의 역사에 합류된다. 알렉스 없는 리버사이드 스토리는 에피소드의 집합이 될 뿐이다. 알렉스가 중심으로 되었을 때 비로소 리버사이드 스토리는 한 편의 서사시가 될 것이다."[34]

"천재는 곧 역사이며 천재는 존중되어야 한다. 허드슨이 부르는 노래는 결코 허무의 노래가 아니다. 허무의 가락과 리듬을 타고 부르는, 천재에 대한 송가인 것이다."[35]

이병주의 이 작품은 마치 서머싯 몸의 『달과 6펜스』(*The Moon and Six Pence*)와 『요양소』(*Sanatorium*)를 함께 읽는 기분이 든다. 몸은 영국소설의 지리적 공간을 넓힌 작가다. 동료 시대인 중에 가장 여행을 많이 한 작가다. 이국을 무대로 한 장편이 10편이나 되고 단편은 아프리카를 제외한 전 세계가 무대였다. 베이징을 거쳐 일제 서울의 헌책방에도 들른 경험을 작품으로 남기기도 했다.[36] 몸은 젊은 시절에 결핵으로 요양원에서 정양한 경험이 있다. 그러고도 장수하여 제2차 세계대전 기간에는 정보원 노릇을 한 생애가 다채롭다.[37]

폴 고갱의 생애를 그린 『달과 6펜스』는 일상의 세계와 완전히 절연한 예술의 세계를 찬미하는 작품으로 읽힌다. 주인공은 파리 보헤미안들의 초라한 삶에 염증을 느낀다. 돈은 제6감과도 같은 것, 이것이 없으면 다른 5감도 즐길 수 없다. 남양군도나 결핵 요양소와 같은

---

34) 위의 책, pp.343-344.

35) 위의 책, 마지막 구절, 1982. 1. 25일 밤.

36) 서머싯 몸, 『신사의 초상』(*A Portrait of a Gentleman*), 제7단편집 『코스모폴리턴』(*Cosmopolitans*, 1936)에 실려 있다.

37) 이병주도 그러하다. 동년배 한국 작가들 중에 가장 다채로운 경력을 살았고 가장 널리 여행했으며 작품의 무대를 가장 넓힌 문인이다.

고립된 장소는 이들의 비뚤어진 성격을 드러내기에 최적의 세팅이다.[38] 결핵 환자끼리의 결혼, 번연히 죽음이 앞당겨질 것을 알면서도 결혼을 감행하는 그들은 신혼여행을 떠났다. 사랑과 죽음을 향해 가쁜 걸음을 내딛는 것이다. 섹스는 금물, 자식을 가지는 것은 범죄다. 한 색광을 그린 모습이 처절하다.

"그는 삶의 유일한 목표가 가능한 한 많은 여인과 사랑을 나누는 데 있는 것처럼 보였다. 그러나 어떤 경우에도 자신의 자유를 희생할 용의가 없었다. 그는 여자를 좋아했다. 상대가 성적 매력을 넘긴 늙은 여자라도 애무의 눈으로 바라보았고 목소리가 부드러워졌다."

뉴욕의 마지막 날들

1989년 12월, 이병주는 최지희가 발행인으로 등록한 『신경남일보』의 명예주필 겸 뉴욕지사장에 취임한다.[39] 그리고 12월 28일부터 『신경남일보』 지면에는 『관부연락선』이 『아아, 그들의 청춘!』으로 제목을 바꿔 달고 연재된다(연재는 1991년 2월 18일로 종료된다). 인생의 마지막을 이 도시에서 마무리할 생각도 했다. 그러던 그는 1992년 3월, 예기치 않은 발병으로 서울로 돌아온다. 그게 뉴욕과의 영원한 작별이 되었다. 그리고 한 달 후 눈을 감는다. 이병주는 뉴욕을 뒤로하고 영원불귀의 객이 되었다.

---

38) Hyo-Yung Chung, "W. Somerset Maugham: Selected Short Stories Shina-Sa" (1977), Critical Introduction, pp.5-37.

39) 정범준, 『작가의 탄생』, 실크캐슬, 2009, p.107.

제8부
아듀, 조국이여, 산하여

37. 떠나보내기

아버지와 아들

한국 근대문학의 특징 중 하나가 '아비의 부재'라고 한다. 자식에게 아비는 일상적인 존재가 아니다. 배운 아비는 나라 걱정을 하고 독립을 도모하다 감옥에 갇히거나, 이국 땅에서 갖은 고생을 무릅쓰고 나라를 되찾는 꿈을 키운다. 이렇듯 대의를 찾아나선 거룩한 길이 아니라도 배운 아비는 집안의 인물이 아니다. 바깥으로 도는 것이 가장이다. 그다지 지체가 높지 않아도 가욋돈이 생기면 기방을 사교장으로 삼아 나들이한다. 어머니가 아닌 다른 여인의 집에 머무르기도 한다. 결코 자랑은 아닐지언정 그다지 큰 흠이 되지 않는 세태였다.

한국사회에서 장남의 멍에는 너무나 무겁다. 한때는 장남이 아비 생전의 모든 공과를 고스란히 이어받았던 시절이 있었다. 장남은 재산 상속에서 우선적 지위를 누렸다. 이는 호주 상속, 제사 상속 등 법과 관습에 따른 정신적 부채를 짊어진 것에 대한 보상이기도 했다. 그러나 세월이 달라졌다. 이제 새 법은 장남과 차남 사이의 차등은 물론, 아들딸의 차별도 금지한다. 법 규정뿐만 아니라 사회 관념도 달라졌다. 남계혈족의 확대 공동체인 종중도 재산 분배에 있어 여자 구성원을 차별할 수 없다. 혼인으로 남의 집 식구가 된 경우도 마찬가지다. 이제 '출가외인'이란 관념 자체가 사라졌다.

그러나 법이 바뀌었다고 해서 장남의 멍에가 헐거워진 것은 아니다. 물질적 유산은 나누어 가지나 정신적 부채는 고스란히 장남의 몫이다. 천년 세월 줄기차게 전승되어온 인습이 씌워준 의식의 굴레는 하루아침에 풀리지 않는다. 과도기 세대의 사내들에게는 여전히 장남은 연좌제의 사슬에 묶인 포로 신세다. 왜 딸 가진 부모들이 장남에게 시집보내기를 꺼려했는지 충분한 이유가 있었다. 인습의 굴레를 벗어던지려면 과감한 '가출'이 필요하다. 그러나 가문을 버린 장남은 한마디로 배신자다. 신경숙의 신작소설 『아버지에게 갔었어』(2021)에는 어린 나이에 가장이 된 소년의 신세를 코뚜레 뚫린 송아지에 비유하는 장면이 등장한다.[1]

명망가의 장남은 더욱 부담이 가중된다. 어느 나라에서나 사회명사의 아들은 조용히 살기 힘들다. 아버지와 동일한 직업 분야에 진출하면 더욱더 그렇다. 언제나 아비의 무게에 짓눌려 살아야 한다. 자신의 노력으로 이룬 업적도 아비의 후광으로 치부당하기 십상이고, 행여 아비의 업적과 명성에 미치지 못하면 열등감에 시달려야 한다. 유명인사의 자식됨은 일종의 천형(天刑)이다. 아들은 아비를 극복하거나 죽여야만 한다. 모든 자식이 '오이디푸스 콤플렉스'나 '살부의식'을 반드시 거쳐야 할 통과의식이라고 하는지, 충분한 이유가 있다.

천하의 호걸 문인 이병주를 아버지로 둔 아들의 삶은 힘들다. 너무나 많은 글을 쓴 아버지, 그 글이 자아낸 파장을 맨몸으로 고스란히 받아내야만 한다. 문학교수 자리를 업으로 얻게 된 아들은 언제부턴가 시론이든 에세이든 일체의 '잡문'을 쓰지 않겠다고 결심한다. 세상일에 대한 관심도, 자신의 신변에 대한 성찰과 감상도 활자로 남기지 않겠다고 다짐한다. 오로지 규격과 형식에 맞추어 쓴 엄정한 글만으로 자신의 필업(筆業)을 마감하겠다고 결심한다. 아버지의 글이 쌓은 업보에 자신의 업을 더하지 않겠다는 각오이기도 하다.

---

1) 신경숙, 『아버지에게 갔었어』, 창비, 2021, pp.98-100. "이 집의 운명에 자신이 따를 수밖에 없듯이… 자신의 처지가 송아지와 같아 보였다." 또한 이 작품에는 6남매의 장남이 짊어진 특별한 책임의식이 자연스럽게 드러난다.

1961년 5월 16일, 군사 쿠데타가 일어났다. 그리고 불과 며칠 후에 아버지가 경찰에 체포된다. 당시 아들은 중학교 2학년생이었다. 한창 사춘기가 진행되고 있었다. 하루아침에 아버지가 집에서 사라진 것이다. 매일 아침저녁, 신문 사설을 통해 지역의 여론을 좌지우지하는 아버지였다. 아버지의 필명은 높았고 모두가 주목했다. 그 아버지의 아들이라는 것이 한없이 자랑스러웠다. 한껏 우쭐대고 싶은 마음도 넘쳤다. 학교 선생들도 이병주의 아들을 특별히 주목했다.

1년 전 1960년, 중학에 입학하자마자 4·19 혁명이 일어났다. 시민과 학생이 나라를 구했다며 아버지는 활기가 넘쳤다. 세상이 한껏 밝아 보였다. 연일 계속되는 데모와 혼란에도 불구하고 세상은 꿈과 기대로 충만했다. 새 세상을 만난 아버지는 스스로 정치에 나설 꿈을 품기도 했다. 신문사 일을 내려놓지 않은 채 고향 하동에서 국회의원에 출마했다.

이 환희의 소용돌이 속에 아들은 경남중학교에 입학했다. 아버지는 활짝 웃었다. 외아들에게 이병주는 더없이 자상한 아버지였다. 경남중학교는 부산·경남지역에서 명문 중의 명문학교다. 이 학교의 졸업생은 대부분 같은 캠퍼스의 경남고등학교에 진학한다. 경남고는 매년 100명을 훨씬 넘는 졸업생을 서울대학교에 입학시킨다. 경남고 학생에게는 굳이 서울대가 아니더라도 서울과 지방의 명문대 진학은 사실상 보장되는 것이었다. 경남중학에 입학함으로써 아들에게는 어느 정도 예상할 수 있는 제도권에 진입할 앞길이 열린 것이다. 나라 잃은 아버지 세대가 갈 곳 몰라 헤매던 시절에 비하면 얼마나 축복받은 일인가. 아버지는 아들에 한껏 기대를 걸었다.

그런데 불과 1년 후에 '혁명'을 참칭한 군인들이 정권을 장악했다. 전국의 중학교는 수업에 앞서 전교생 조회에서 '혁명공약'을 제창했다. "반공을 국시의 제1의로 삼고 지금까지 형식적이고도 구호에만 그친 반공태세를 재정비 강화한다"로 시작하는 혁명공약 전문을 복창한 연후에 비로소 수업이 시작되었다. 하교 시와 체육시간에는 각종 행진곡이 마이크를 탔다. 비장한 곡조의 다양한 행진곡이 학생들의 발길을 이끌었다. 학교 분위기가 달라졌다. 사람들의 얼굴은 굳어졌고, 어디를 가나 '반공' '국가재건' '사회정화' 등의 구호가 일상의 긴장을 고조시켰다.

혁명재판소는 아버지에게 10년 징역을 선고했다. 아버지가 무엇을 어떻게 잘못했는지 알 수가 없었다. 다만, 도저히 수용할 수 없는 억울한 옥살이인 것만은 분명히 알았다. 10년의 감옥살이! 지나고 보면 긴 시간이 아니었을지 모른다. 그러나 열다섯 살 소년에게 10년은 여태껏 자신이 살아온 생애 길이에 맞먹는 장구한 세월이다. 아버지가 감옥에서 나올 때면 소년은 스물다섯이 되어 있을 것이다. 그때 소년은 어떤 모습으로 아버지를 맞을 것인가? 아니 그보다도 당장 아버지 대신 소년이 가장의 역할을 맡아야 하지 않는가! 막중한 책임감과 강박감이 짓누른다. 아, 어떻게 살아야 할 것인가?

이병주의 구속은 집안 전체의 재앙이었다. 집안의 장남인 이병주는 직장을 가지면서부터 동생들의 삶도 챙겨야만 했다.[2] 집안의 대들보가 무너지면서 동생들과 조카들의 삶도 함께 무너졌다. 그 누구도 장남의 유일한 아들, 집안 종손의 학업을 챙길 만한 정신이 없었다. 이런 망연한 혼돈 가운데 학업과 관련된 아들의 후견은 외가의 몫이 되었다. 감옥에 갇힌 아버지 대신 후견인이 된 외삼촌은 어린 생질에게 상업학교에 진학할 것을 권고한다. 학비가 싸고 3년 과정을 마치면 안정된 직장을 구할 수 있으며 무엇보다 세상을 착실하게

---

[2] "나의 아버지(이병순)는 평생 무소유로 살았다. 젊었을 때 영어 선생을 했다. 자식 교육에는 무관심했다. 내가 아주 어릴 때 양조장을 하는 할아버지·할머니와 함께 살았다. 큰아버지는 동생들에게 여러 차례 집을 사주시기도 생활비를 대주시기도 했다." 이서기, 「큰 산, 나의 백부」, 김윤식·김종회 엮음, 『문학과 역사의 경계에 서다』, 바이북스, 2010, p.251.

살아가는 자세를 길러야 한다는 이유였다.

　연좌제가 시퍼렇게 살아 있는 마당에 아비의 그림자는 아들의 일상을 옥죈다. 내놓고 말하지는 않았지만 상업학교는 아비의 '사상성'을 희석시킬 수 있다는 기대가 있었을 것이다. 인문학교는 허황된 이상에 들뜬 나머지 눈앞에 닥친 구체적인 삶을 경시하는 경향을 부추길 수 있다. 설령 인문학교를 나와 대학까지 마친다고 하더라도 확실한 직장이 보장되는 것이 아니다. 사상적인 일로 10년 감옥을 살고 난 후 아버지의 인생이 평탄할 리 없다. 더 이상 제대로 된 가장 역할을 할 수 없을지도 모른다. 그런 무력한 아비에게 기댈 수 없다. 그러니 스스로 일어서야 한다. 그러기 위해서는 인문학교 대신 상업학교를 가야만 한다. 주위를 보라. 지천으로 깔린 것이 논 팔고 소 팔아 학사증을 거머쥔 대졸 룸펜이다. 인문학교는 성공의 확률이 매우 낮다. 그러니 착실하게 사는 법을 배워야 한다. 그러면 상업학교가 최적의 선택이다.

　나름대로 논리가 있고 현실적 설득력이 있는 충고다. 일제강점기, 할아버지가 진주고보에 진학하겠다던 아버지의 소망을 끝내 들어주지 않고 농업학교를 고집하던 이유를 이해할 만도 하다. 비록 해방을 얻어 빼앗겼던 산하를 되찾은 독립된 나라이지만 여전히 난세가 아닌가. 동족 간의 치열한 전쟁을 치른 두 나라 사이에 증오와 긴장이 깊어지면서 사상은 그 모든 시민의 자유를 앗아가지 않는가? 아버지가 감옥에 간 이유도 바로 이런 난세에 살고 있기 때문이다. 난세를 살아남는 지혜는 생활의 중심을 잡는 데서 시작한다. 두 발을 땅에 굳건하게 딛고 나서야 비로소 머리를 하늘로 향해 쳐들 수 있는 법이다.

　외삼촌의 조언은 야속하고 서러웠지만 소년에게는 달리 맞설 명분과 현실적인 힘이 없었다.

　아들은 상고가 싫었다. 교실 대신 무작정 거리를 떠돌고, 산과 들과 강을 헤매고 다녔다. 범냇골, 낙동강 하구, 태종대… 부산 천지를 걷고 돌았다. 하늘과 바다가 맞닿은 청정미도(淸淨美都) 부산의 풍광이 외려 서글픔을 더해주었다. 아버지의 자취를 더듬어 광복동, 중앙동 거리와 용두산공원을 배회했다. 어딜 가나 마음속에는 온통 잿빛 우울이 가득했다. 소년에게 절실하게 필요한 때에 아버지는 곁에 없었다. 일상의 공허함이 엄청난 좌절로 이어졌다. 가출과 방황, 반항과 공상의 시기가 이어졌다.

끝내 상업학교를 작파한 그는 둘러둘러 결국 인문학교로 되돌아왔다. 만약 그가 끝내 학교로 되돌아오지 않았더라면, 순수와 낭만과 탈선, 반항과 유랑의 체험을 바탕으로 글을 썼다면, 아들도 아버지처럼 작가가 되었을지도 모를 일이다. 비슷한 연령대의 황석영과 이문열이 작가로 대성할 수 있었던 바탕에는 무엇보다도 청소년 시절의 남다른 체험이 깔려 있었을 것이다. 무엇보다도 제도교육의 폐해를 적게 받았던 축복이었는지도 모른다.

10년 징역을 선고받은 아버지는 2년 7개월 만에 옥문을 나왔다. 그러나 아버지와 아들은 더 이상 일상을 함께할 수가 없었다. 각자에게 주어진 삶을 개척해 나가야만 했다. 이렇듯 부자는 가깝지도 멀지도 않은 거리에서 평생을 살았다.

이병주의 아들로 산 것은 천형이다. 그 천형을 은전으로 받아들이기까지는 적지 않은 시간이 걸렸을 것이다. 아들이 아버지를 극복하기 위해서는 아버지보다 강자가 되어야만 한다. 죽는 순간까지 아들보다 강자로 살았던 아버지 앞에 아들의 존재는 한없이 무력했다. 사춘기가 긴 사내의 행태를 약간 떨어져서 지켜보는 사람은 즐겁다. 그러나 당자에게는 끝이 보이지 않는 동굴 속의 삶이다.

아들 권기가 두세 살 젖먹이 시절의 일이다. 아버지는 글을 쓰면서도 아이를 곁에 두었다. 아이는 아버지의 서재 방바닥을 기어 다니며 눈에 닥치는 대로 물건을 만지고 깨물고 부순다. 그런데 신기하게도 아이는 아버지의 책만은 찢지 않았다. 아버지는 당시로서는 귀한 미제 파카 만년필을 소중하게 여겼다. 만년필로 아들의 성장 과정을 원고지에 기록했다. 저 애가 자라서 읽게 되면 이 아비의 심경을 알아주리라.

작가는 책상 위에 매달아놓은 대바구니 속에 수북하게 필기구를 담아두곤 했다. 그런데 잠시 방을 비운 사이에 책상 위에 둔 만년필이 사라졌다. 돌아와 방문을 열자 독기 서린 매캐한 냄새가 코를 찌른다. 아이가 만년필을 화로 속에 집어넣은 것이다. 화장당한 필기구의 남은 잔해는 가늘고 여윈 펜촉뿐이었다.

작품 속의 아들

작가 이병주의 만년필 애착은 남다르다. 언젠가 취재 나온 기자에게 몽블랑 만년필을 들어 올리며 수십 명의 식구를 먹여 살리는 보배라고 흐뭇한 표정을 지었다고 한다.

출판인 김언호는 자신의 주선으로 잡지에 연재된 최명희의 『혼불』 출간을 축하하며 이탈리아 여행 중에 구입한 만년필을 선물한다.

"무엇보다 나를 황홀하게 사로잡는 것은 만년필의 촉 끝이다. 글씨를 쓰면서 그 파랗게 번뜩이는 인광에 한숨을 죽이게 하는 촉끝은 한밤중에도 눈뜨고 새파란 불을 밝힌다. 나는 때때로 내가 본 이 세상의 모든 것 가운데 가장 아름다운 것이 이 만년필이 아닌가 찬탄을 금하지 못한다."[3]

---

3) 김언호, 『그해 봄날: 출판인 김언호가 만난 우리 시대의 현인들』, 한길사, 2020, p.510.

만년필의 시대가 가고 볼펜의 시대가 왔다. 이문열의 『오디세이아 서울』(1992)의 화자는 볼펜이다. 작가는 기만과 허세가 판치는 산업 사회를 고발하고 이데올로기의 난장판으로 타락한 얼치기 지식인 사회를 풍자하는 대변인으로 새로운 필기도구를 채용한다.

" '나는 몸통이 좀 굵고 우툴두툴한 은장(銀裝) 몽블랑 볼펜이다. 이제부터 고려 왕조 후기에 한때 번성했던 '가전체(假傳體) 소설'의 표현양식을 빌려 나의 항해 일지를 써나가련다.' 이렇게 기록한 서울 여행을 마치면서 간절한 기도를 바친다. '안녕, 서울이여, 1992년이여, 광기와 깨어남, 파탄과 질서의 바다여.' "

아버지는 아들의 모습을 작품 속에 즐겨 담았다. 첫 번째 장편소설 『내일 없는 그날』(1954)의 한 장면이다. 어머니가 친정에 간 사이에 아버지와 어린 아들 둘이 시골집을 지킨다. 바깥에는 개구리 울음소리가 요란하다. 아이를 재우고 나서 아버지는 책상에 앉아 글을 쓴다. 그러나 잠이 든 줄 알았던 아이가 갑자기 눈을 뜨고 아비에게 묻는다.
"아부지, 개구리는 왜 자꾸 울어 쌓을고?"
아비가 되묻는다.
"네가 한번 맞혀봐라."
아이의 즉답이다.
"저거(자기) 엄마가 보고 싶어 우나?"
아버지는 즉시 간파한다.
"네가 엄마가 보고 싶은 게로구나."
속내를 읽혀 무안한 아이는 아비의 등을 마구 두드린다. 부자 사이의 따뜻하고 정겨운 풍경이다. 소설에서는 개구리 대신 귀뚜라미가 우는 것으로 설정했다. 도회지를 배경으로 한 소설이었기에 불가피한 변용이었다. 1953년 초여름 실제로 하동에서 일어난 일이었다.

　1950년 8월, 6·25 직후의 혼란 중에 아들의 모습이 여러 작품과 에세이 속에 재생되었다.

　"이건 뭐꼬?"

　연신 질문을 해대는 호기심 많은 네 살짜리 아들은 '국군'과 '인민군'을 바꿔 말해 주위를 당혹스럽게 만들었다.

　"형수는 6·25 사변 때 피란 간다고 영근이를 안고 우왕좌왕하던 때가 생각났다. 당시 영근이는 겨우 말을 배울 때였다. 처음으로 인민군을 보았을 때 아이는 그들을 가리키며 '국군' '국군' 했었다. 그 뒤 국군이 들어오니까 이제는 국군을 보고 '인민군' '인민군' 하는 바람에 경숙이 질겁했었는데."[4]

　아들이 고등학생 시절에 부자는 경부선 통일호를 타고 서울에서 부산으로 간다. 마침 그날이 아들 권기의 음력 생일(7월 17일)이다. 식당차에서 생일 파티를 연다.

　"다른 식구들은 몰라도 네 생일은 잘 기억하지."

　"그날이 소동파(蘇東坡)가『적벽부』(赤壁賦)를 쓴 날이기도 하지."

　이 이야기는『배신의 강』(1970)에 등장한다.

　대학을 졸업하고 군 복무를 마칠 즈음 권기는 폐결핵에 걸린다. 치료를 소홀히 한다. 좌절의 핑계도 생겼다. 아버지는 내심 애가 탔으나 아들을 내놓고 책하지 않았다. 안달이 난 할머니가 아비를 책한다. 왜 그런 아들을 가만 내버려두느냐며 닦달한다. 아비의 대답인즉 "저놈이 제 병을 고칠 의지가 없는 걸 어쩌겠어요. 그냥 내버려두

---

4) 이병주,『내일 없는 그날』, 문이당, 1989, p.109: 이권기,「그리운 나의 아버지」,『남강문학』6호, 2014, p.83.

세요."

 겉으로는 태연한 척하지만 상심한 아비의 마음이 소설 속에 투영된다. 아버지의 제사 장면이다.

 "어머니는 책상 앞에 꿇어앉더니 향을 피우고 정성스럽게 잔에 술을 따랐다. 그러더니 들릴 듯 말 듯 울먹이며 중얼거렸다. '당신도 참 너무해요. 당신에게 영혼이 있고 마음이 있거들랑 당신이 애지중지하던 당신 손자 병 낫도록 하소. 나는 그 애 병이 낫지 않으면 당신 곁으로 갈 수가 없소.' 나는 뭉클한 슬픔이 주먹처럼 가슴에서 솟아올라 목구멍을 틀어막는 것 같은 충격을 느꼈다. 어머니·아버지의 장손은 심한 편은 아니지만 지금 병에 걸려 있는 것이다. 아버지는 생전 그 애를 무척이나 사랑했다. 들판을 채운 논을 가리키며 등말을 태운 그 애에게 '저게 전부 네 논이다' 하고 자랑삼아 말한 적도 있다. 그러나 아버지가 돌아가신 뒤 그 전답은 남의 손으로 들어가고 말았다."[5]

 아버지는 아들에게 엽서를 보낸다. 아들이 평생 기억하는 문구다.

 "너를 사랑하라. 네가 네 스스로를 사랑하지 않는데, 누가 너를 사랑하겠는가? 부디 자중자애하기 바란다(너의 아버지가 종로에서)."

 스물여섯 살 나이 차이가 나는 부자는 45년을 함께 나눈다. 길기도 하고 짧기도 한 세월이다.

 "물론 아버지와 함께한 세월 속에 즐거웠던 추억만 있는 것은 아

5) 이병주, 「칸나×타나도스」, 『문학사상』, 1974. 10.

니다. 복잡한 여성 문제로 어머니에게 큰 슬픔을 주셨으며 나 역시 어린 나이에 상처를 입었다. 섭섭한 감정을 느꼈던 때도 물론 있었다. 그럼에도 지금까지 아버지를 사랑하고 존경하는 것은 격동의 세월 속에서 살아오시면서 당신의 가슴속 깊이 묻어둔 고뇌와 고통, 슬픔을 드러내지 않고 구김살 없이 여유로운 모습으로 최선을 다해 삶을 살아낸 분임을 너무나 잘 알고 있기 때문이다."[6)]

아버지가 즐겨 읽던 장 폴 사르트르는 자서전 『말』(Les Mots)에서 아버지의 죽음은 자기에게 무한한 자유를 주었다고 한다.

"아버지는 생전이나 사후에나 이병주의 아들이라는 '아름다운 구속'을 나에게 주셨다. 아버지가 있는 한 아들은 언제나 젊기에, 아버지의 이름이 영원할수록 아들인 나는 언제나 젊게 살 수 있을 것이다."[7)]

이병주가 작고한 지 18년 후에 아들이 쓴 글이다. 이 글을 쓸 당시 아들은 대학에서 정년퇴임한 후였다. 아버지의 생전에도 아들에게 자유와 구속을 주었지만 죽고 나서는 더욱 큰 구속과 자유를 함께 남겼다. "아버지가 죽고 나서 최소한 3년 동안은 아버지의 방법을 고치지 말아야 한다."『논어』의 한 구절이다(學而 11, 里仁 20). 떠난 지 30년이 흐른 시점이니 아버지의 주박에서 벗어날 때도 되었다.

나이 들어갈수록 아버지의 어투와 외모를 닮아가는 아들이다. 누구든 한눈에 이병주의 아들임을 알 수 있는 초로의 신사, 그러나 아버지보다 단아하고 정제된 선골(仙骨)의 외모에서 세월은 그냥 흐

---

6) 이권기, 「그리운 나의 아버지」, 『남강문학』 6호, 2014, p.86.
7) 이권기, 같은 곳.

르는 것이 아니라, 포개지면서 정화되는 것이라는 느낌조차 든다.

아들처럼 아버지에 대한 소회를 글로 세상에 내놓지 않은 딸들도 마음속으로 제각기 아버지를 회억하는 글을 쓰고 있을 것이다. 자신들의 자식들에게 들려줄 할아버지의 이야기를 준비하고 있을 것이다. 여러 차례 글 속에서만 흔적을 남긴 일본 여인의 몸을 빌려 태어났다는 자식도 어머니를 통해 아버지의 이미지를 전해 받았을 것이다. 이웃 나라의 대문호, 이병주의 피를 받은 것이 그의 인생에 결정적인 변수가 되었을지도, 전혀 아닐 수도 있다. 하지만 『관부연락선』의 유태림의 아들처럼 '일본 제일의 사생아'로 키워낼 각오를 다짐했던 그 일본 여인의 마음만은 한국의 독자로서 기억해둘 필요와 가치가 있을 것이다.

마지막 순간

1990년 10월 8일, 이병주는 조용히 미국 뉴욕으로 출국한다. 한인 교포들의 집단 거주지인 플러싱에 주거를 두었다. 서울에서의 습관대로 원고 집필과 바깥나들이로 비교적 정돈된 일상을 보낸다. 서울에서처럼 친구가 많지 않지만 어딜 가나 누구와도 쉽게 친구가 되는 그이기에 결코 외롭지 않았다. 즐기는 미술관에도 들르고 단골 식당도 생겼다. 그의 마지막 뉴욕행에 동행한 여인과 어린 여아도 있었다. 이병주와 연을 맺었던 마지막 가족이다.

1991년 11월 일시 귀국했다 이내 뉴욕으로 되돌아간다. 그 짧은 시간에도 그가 전두환의 전기를 집필하고 있다는 사실을 감지한 언론의 추적이 따랐다.[8] 뉴욕에서 작가가 집필하고 있던 작품의 주제에 대해서는 구구한 추측이 난무한다. '카리브해'로 제목을 정한 장

---

8) 「뉴욕에서 전두환 자서전 쓰고 있는 작가 이병주」, 미국 현지 인터뷰, 『우먼센스』, 1991. 9, pp.184-189; 「내가 쓰는 전두환 전기」, 일시귀국 중 인터뷰, 『주부생활』, 1991. 12.

편일 수도 있다. 이종호의 말대로 솔제니친이 러시아혁명의 진실을 후세에 남기기 위해 집필한 『붉은 수레바퀴』와 같은 대하드라마일 수 있다. 그 드라마는 제5공화국 전체를 관통하는 실명 대작일 수도 있다. 그 드라마의 주인공은 물론 전두환일 것이다. 『세우지 않은 비명』을 장편으로 만들어 어머니에게 바칠 준비를 했을지도 모른다. 이 모든 것일 수도 있다. 불의에 병만 얻지 않았더라면 이병주의 필력과 집중력을 감안했을 때 충분히 가능한 일이다.

나림 이병주의 외아들 이권기 교수는 1992년 초, 연구년을 얻어 문교부 해외 파견교수로 도쿄에 간다. 2월 말, 뉴욕의 아버지에게 전화를 건다. 뜻밖에도 아버지가 도쿄로 온다는 소식이다. 부자는 도쿄에서 상봉한다. 이병주의 단골 숙소는 데이코쿠(帝國)호텔 구관이다. 1880년대에 치요다(千代田) 우치사와이초(內幸町)에 건축된 유서 깊은 건축물이다. 현대식 신관이 들어섰지만 옛 손님들은 오랜 정이 든 구관을 더 선호했다. 그야말로 제국의 위용과 품위가 넘치는 건물이다. 이병주는 놀랍게도 휠체어에 앉은 채로 호텔 로비에 나타난다. 아들을 보자 "나쁜 놈" "뿐대가리 없는 놈"이라며 악의 없는 투정을 부렸다. 아무리 바빠도 애비가 오는데 공항에 마중을 나오지 않다니. 아들은 당황스러웠다. 응당 공항에 마중 나갈 작정이었으나 구체적인 도착 일정을 몰랐던 것이다.

"후회의 깊이만큼 뉴욕의 아버지 곁에 있었던 여성에 대한 마음의 앙금도 진하게 남아 있다."

아버지의 오해는 풀렸다. 부자는 함께 일주일을 한 방에서 보냈다. 일흔둘 초로의 아버지와 마흔다섯 장년의 아들 사이의 대화는 여느 때와는 달랐다. 아버지는 유일한 사내자식에게 마지막 인생 고백을 털어놓는다. 아들이 이미 알고 있는 사실이지만 그 사실에 대한 아버지의 해명과 변명이 따랐다.

"갑자기 이제까지 한 번도 말씀이 없으셨던, 당신이 관계한 여성들과 이복동생들에 대해서 말씀하셨다. '그 문제는 내가 다 처리했다. 그 애들의 어미가 알아서 할 일이니 너는 걱정할 필요가 없다.' 그 외에 여러 가지 처리를 부탁하시고는 '너의 어미에 대한 나의 죄가 크다. 그러나 그것도 다 운명인 것을 어찌하겠냐. 나 대신에 너 어미를 잘 모셔라. 남겨주는 것도 없는 네게 부탁이 너무 많구나' 하셨다.

아버지와 함께 지낸 일주일 동안의 도쿄 생활을 돌이켜보면, 아버지는 직감적으로 당신의 죽음을 예감하셨던 것 같다. 나에게 잊지 못할 추억과 함께 걱정과 부담을 주지 않으려고 고통 속에서도 세심하게 배려해주신 것이다."[9]

이병주는 자주 피를 토했다. 그러면서도 호텔 근처 책방과 유명 식당으로 아들을 데리고 다녔다. 식사를 제대로 못하자 아들도 덩달아 식욕이 나지 않았다. 아버지는 한껏 자상하게 건넨다.

"내게 신경 쓰지 말고 많이 먹어라."

"네 월급으로 쉽게 갈 수 없는 집들을 데려가줄 테니까 애비가 사줄 때 실컷 먹어라."

낮에는 식당이나 책방, 밤에는 술집으로 부자의 데이트는 계속됐다. 한 작은 술집에서 아버지는 아들에게 농담을 건넨다.

"저기 접시를 닦고 있는 아가씨 있지. 저 아가씨가 이 집 주인마담의 딸인데 시카고대학 철학박사야. 그러니 너 대학교수라고 젠체하다가는 큰코다쳐, 조심해라."

아버지는 학창 시절의 단골집에 아들을 데리고 간다. 겨우 7~8명 정도 끼어 앉을 수 있는 긴자의 허름한 술집이었다. 호호백발 주인 할머니가 아버지를 반갑게 맞는다.

---

9) 이권기, 「그리운 나의 아버지」, 『남강문학』 6호, 2014, pp.78-79.

"저 여자도 젊은 시절엔 꽤나 미인이었지. 이 집은 일본 문단사에 나오는 유명한 집이야."

아들이 조사해본즉 탐미주의 작가 다니자키 준이치로(谷崎潤一郎, 1886-1965)가 1930년에 친구인 시인 사토 하루오(佐藤春夫, 1892-1964)에게 자기 부인을 양도한 바로 그 술집이었고 그 장면을 현장에서 목격한 증인이 그 술집 주인 할머니였다.

관 속에 보부아르 책 넣은 아들

서울로 출발하면서 이병주는 소지하고 있던 일본 화폐를 전부 아들에게 주면서 모처럼 일본까지 와서 너무 궁색하게 지내지 말라고 격려한다. 3월 9일, 나리타 공항, 비행기에 오르면서 아들의 어깨를 툭 치며 "나중에 또 보자" 했다. 그것이 부자의 마지막 대면이었다.

4월 3일 이병주가 타계하기 전에 병원에서 보낸 27일 동안 세부 정황은 이종호가 「선생님과 보낸 마지막 한 달」이라는 글로 기록을 남겼다.[10]

"3월 9일의 일이다. 쾌청한 날씨였다. 김포공항 대합실은 여느 때 와는 달리 그다지 붐비지 않았다. 오후 3시쯤일까. 입국 수속을 마치고 나오는 여객들 틈에 끼어 선생님이 걸어 나왔다. 그 모습을 보는 순간 나는 그 자리에서 까무러칠 뻔했다. 거의 다 죽어가는 안색을 하고 눈앞에 나타났기 때문이다. '이럴 수가' 하면서 나는 선생님의 두 손을 덥석 잡았다. 한동안 뼈만 앙상한 그 손을 놓을 수가 없었다."

---

10) 이 글은 『세우지 않은 비명』(서당, 1992)이란 제목의 이병주 유작선집 서문으로 실려 있다. 이종호는 이병주와 함께 『국제신보』에서 근무했고 이병주가 상경하자 서울로 따라와 『조선일보』 기자로 활동했다. 이른바 '나림사단'의 참모장격 인물이다.

서울대학교 병원 입원 5일째부터는 병세가 호전될 기미를 보였다. 6일째는 머리맡에 원고지와 펜을 갖다놓았다. 입원 일주일 후, 아들이 국제전화를 건다. 아버지는 병세가 호전되었다면서 시몬 드 보부아르의 『사람은 모두 죽는다』(Tous les hommes sont mortels)의 이와나미(岩波) 문고판을 사보내라고 주문한다. 아들은 아버지가 책을 읽을 정도가 되었다는 안도감과 함께 하필이면 죽음 이야기를 찾을까 하는 불안감을 지울 수가 없었다. 3월 31일경 아들은 다시 전화를 건다. 아버지는 곧 퇴원하여 뉴욕으로 되돌아갈 테니 귀환 길에 도쿄에서 만나자며 안심시킨다. 부자간의 마지막 대화였다.

4월 1일, 이병주는 이종호에게 "이제 퇴원해도 좋다고 하니 롯데호텔에 방이나 하나 얻어 좀 쉬었다가 뉴욕으로 갈까 해"라면서 "뉴욕으로 동행할 속기사 한 사람을 빨리 구했으면 좋겠다"고 부탁한다. 이종호가 급히 대졸 여성 속기사를 데리고 이병주를 찾은 것은 4월 3일 오전 11시경, 면접에 통과된 여성은 이튿날 오전에 속기 준비를 하고 다시 병실을 방문하기로 약속했다. 그리고 오후 3시 각혈 끝에 이병주는 숨을 멈춘다.

이종호의 기록이다.

"선생님은 아주 편안한 모습으로 그 자리에 잠들고 있었다. 내가 처음 병실에 들렀을 때 링거주사 바늘을 꽂은 채 깊은 잠에 빠져 있던 모습 그대로였다."

"대각혈입니다. 지병으로 사망했다고 하시지요."

한용철 교수의 말이다. 실은 입원한 지 일주일이 채 못 되어 폐암 선고를 받았었다. 이병주는 이 사실을 누구에게도 알리지 못하게 했다.[11)]

도쿄의 아들은 조바심이 났다. 일본 문부성 장학금의 수혜 조건은

---

11) 이종호, 「선생님과 보낸 마지막 한 달」, 『세우지 않은 비명』, 서당, 1992, p.15.

장학금을 수령하는 전 기간에 걸쳐 일본 국내에 체류해야 한다는 것이었다. 가족의 사망과 같은 부득이한 사정이라도 반드시 사전에 당국의 허가를 얻어야만 했다. 아들의 귀국 지연으로 장례는 5일장으로 결정되었다. 이병주가 입원한 이래 거의 매일 병실에 출근하다시피 했던 영화배우 최지희가 안달이 났다. 고인의 명성에 걸맞은 추도가 따라야 할 것이다. 최지희는 소식을 듣고 달려온 현직 검찰총장 정구영을 채근하고 정구영은 방송국에 전화를 건다. 그리하여 4월 3일 KBS 텔레비전 저녁 9시 뉴스가 인기작가의 죽음을 비중 있게 보도한다. 전 국민을 대상으로 한 부고에도 불구하고 빈소는 그다지 붐비지 않았다. 고인의 생전 명성에 비하면 오히려 적적한 편이었다. 몇몇 학병동지들과 함께 나타난 황용주가 소리 내어 오열한다.

"네가 내 절 받으려고 먼저 죽었나!"

일부러 빈소에 나타나지 않았거나, 나타나지 못할 사연을 가진 사람, 저마다 숨은 사연이 있었을 것이다. 그러나 모두가 그의 죽음으로 한 시대가 저물어간다는 느낌만은 강하게 공유했다.

4월 6일 밤 10시경, 일반 문상객이 떠난 뒤에 전두환 전 대통령이 친히 빈소를 찾았다. 이규호 전 교육부장관 등 10여 명의 수행원이 동행했다. 정중한 조문을 마치고 떠나면서 그가 남기고 간 하얀 봉투 속에는 붓으로 정성껏 쓴 그의 수묵(手墨)이 정연하게 누워 있었다.

'일해(日海)가 웁니다.'

무겁게 처연했다.

장례를 치르고 난 뒤 한참 후에 연희동 사저를 찾은 상주에게 전 대통령은 고인의 덕담을 건넨다. 아버지 주변 문제는 아버지가 스스로 처리하고 떠났을 것이다. 미처 처리하지 못한 일이 있다면 그것은 그대로 받아들이는 것이 자식된 도리일 것이다. 대인다운 충고를 건넨다.

『세우지 않은 비명』

1990년 10월 장기 체류를 예정하고 뉴욕으로 떠나기에 앞서 이병주는 이종호에게 10년 전에 쓴 중편소설 『세우지 않은 비명』을 건넨다. 그러고는 중편으로 남기기에는 아까운 이 글을 장편으로 만들어 오겠노라고 말한다.[12]

그러나 그 다짐은 결실을 보지 못했다. 이종호는 이병주가 사망한 직후에 이 작품을 몇몇 단편과 함께 묶어 단행본으로 엮어냈다. '역성(歷城)의 풍(風), 화산(華山)의 월(月)'이라는 작품의 원제목[13]을 부제로 살리고, '자신의 죽음을 예고한 문제작'이란 홍보 문구를 달았다.[14]

작품의 주인공은 화자와 성유정, 둘 다 작가 자신의 분신이다. 위암에 걸린 어머니의 수명이 경각에 달려 있다. 병간호 중에 성유정은 자신도 간암에 걸린 사실을 알게 된다. 의사의 진단은 어머니보다도 자신의 남은 날이 짧다는 것이다. 나의 죽음과 어머니의 죽음은 서로 뗄 수 없는 연기(緣起)체다. 죽음을 현실로 받아들이고 지난 생애를 진지하게 반추한다. 재산은 별로 없다. 호학심에 모은 책 만 권이 애틋하다.

"어느 한 권 내 손으로 만져보지 않은 책은 없지만 읽지 못한 책이 적잖이 있다. 읽지 못한 책을 두고 세상을 떠난다는 것도 슬픈 일이다."[15]

---

12) 이병주, 『세우지 않은 비명』, 신기운, 1980.

13) 청나라의 시인 왕사정(王士禎, 1634-1711)의 글귀에서 제목을 땄다(何處故鄕思 風傷歷城水 /何處故鄕思 月倚華山樹, 어디 간들 고향을 잊으랴. 역성의 물과 화산의 달을 어찌 잊으랴).

14) 이병주, 『세우지 않은 비명』, 서당, 1992, 이종호의 서문 출간 내역을 밝힌다. 「선생님과 보낸 마지막 한 달: 이 작품집을 간행하며」.

15) 이병주, 『세우지 않은 비명』, p.66.

이 순간에 죽음을 앞두고 의연했던 '기막힌 인간' 박희영을 생각한다.

"암에 걸렸다는 선고를 받고, 기적적으로 되살아나선 그 후 박 군은 초상이 난 친구들 집을 찾아다니며 시체의 염을 도맡아 하다시피 한다. 이제야 그 까닭을 알았다. 죽음과 친해지려고 한 거야. 죽음을 일상생활 속에 집어넣어 평범한 작업의 대상으로 만들어버리려고 했던 것이다. 독실한 가톨릭 신앙으로도 넘어설 수 없었던 죽음이란 사실을 그런 작업을 통해 극복하려 했던 것이다."[16]

나도 되살아나면 그렇게 할 수 있을까? 그보다 먼저 생의 회한사(悔恨事)를 처리해야 한다. 37년 전에 흩뿌린 씨앗을 거두기 위해 도쿄행 비행기를 탄다. 청년 시절 짓밟고 버린 옛 여인의 사망 소식에 깊은 자책감을 느낀다. 고향 진주와 도쿄 두 도시에 걸쳐 회상이 교차한다. 회고록을 쓰는 1979년 말, 한 해 동안 권력자가 권좌에서 쫓겨나는 세계의 정변들이 머릿속을 떠나지 않는다. 캄보디아 폴포트 정권의 붕괴, 이란 팔레비 정권의 붕괴, 우간다 이디 아민의 실각에 더하여, 니카라과의 소모사, 중앙아프리카의 보카사, 엘살바도르의 로무론, 그리고 마침내 한국의 10·26 사건 등등. 같은 죽음이라도 권력자의 죽음은 더욱 허무하다. "프루스트처럼 치밀하게 슬퍼하거나 한시처럼 풍월적으로 인생을 슬퍼하다." "비극은 선과 선의 갈등에서 생긴다." 아리스토텔레스의 경구가 머릿속에 윙윙거린다.

37년 전, 그는 기차 속에서 시가 나오야(志賀直哉)[17]의 소설 『구

---

16) 위의 책, p.78.
17) 시가 나오야(志賀直哉, 1883-1971)는 객관적인 사실과 예리한 대상 파악, 엄격한 문체로 독자적인 사실주의를 형성했다. 대표작으로는 『암야행로』(暗夜行路)가

니코』(邦子)를 읽고 있는 문학소녀를 유혹하여 처녀성을 빼앗는다. 죽음이 기다리는 군대에 나간다며 극도의 감상적 동정심을 유발한 것이다. 그는 입대 전에 그녀가 임신한 소식을 듣고도 무시한다. 어린 소녀는 낙태를 거부하고 자신에게 주어진 생명을 운명으로 받아들여 미혼모의 삶을 택한다.

평생 가슴 깊이 응어리져 있던 죄책감을 털어내기 위해 성유정은 그녀의 고향을 찾아 흔적을 더듬는다. 그러나 37년의 세월이 모든 것을 가로막았다. 심지어는 그녀의 고향 후쿠오카현 미즈마는 오가와(大川)로 향명이 바뀌었다.[18] 끝내 추적에 실패한 성유정은 삶과 죽음의 혼화를 느끼며 행여나 일본 소녀를 거쳐 퍼졌을지도 모르는 어머니의 유전자 찾기를 포기하고 어머니와 자신의 죽음의 문제로 생애 마지막 과업을 압축한다.

어머니가 떠난 지 일주일 후에 성유정도 따라 죽는다. 모자의 무덤은 나란히 서 있다.

"성유정은 재(才)도 있고 능(能)도 있는 인물이었다. 그러나 그는 충전한 의미에 있어서의 문학자가 되지 못하고 일개 딜레탕트로 끝났다. 그 딜레탕트의 늪 속에서 혹시나 연꽃이 피어날 수도 있지 않을까 하는 것이 나의 기대였고, 그를 아는 모든 사람들의 기대였지만 그 기대는 그의 운명과 더불어 무로 돌아가고 말았다."[19]

"그래도 나는 후일 그의 묘비명을 청해오는 일이 있으면 다음과

있다. 실업가의 아들로 1883년 2월 20일 미야기현(宮城縣)에서 태어났다. 도쿄대학 국문과 중퇴 후로는 창작에 몰두했다. 염상섭이 찾아가서 소설 지도를 받았다.
18) 실제로 1954년에 창설되었다. 오가와는 공교롭게 일제강점기에 이병주가 창씨개명한 성이다.
19) 이병주, 『세우지 않은 비명』, 서당, 1992, p.133.

같이 쓸 생각이다. 그의 호학(好學)은 가히 본받을 만했는데 다정과 다감이 이 준수(俊秀)의 역정(歷程)에 흠이 되었노라고."

이병주를 가까이에서 알던 사람은 이 문구는 이병주가 자신에게 건네는 위로이자 질책임을 안다.

작품의 마지막에 성유정은 자신이 죽어서 묻힐 땅을 지정한다. "사람은 모름지기 양주 땅에서 죽어야 하거늘"(人生只合揚州死). 당의 시인 장호(張祜)의 「종유회남」(縱遊淮南) 한 구절이다.[20] 수려한 풍광의 회남 지역을 맘껏 유람한 후에 그곳 양주 땅에 명당 묏자리를 구해서 묻히고 싶은 심경을 노래한 것이다.[21]

이병주가 대한민국의 수도 서울에서 죽은 것은 행운이었다. 그에게 서울은 딱히 양주는 아니다. 세계를 유람하며 사랑하던 북한산이 지척에 있다. 만세 성군 세종대왕의 능이 자리 잡은 여주 땅에 유택을 마련한 나림(那林) 이병주가 양주(揚州)를 부러워할 이유가 나변(那邊)에도 없다.

어머니의 아들

작가의 어머니 김수조 여사는 1980년 1월 11일(음력) 별세했다. 시기적으로 볼 때 이 작품은 어머니가 작고한 직후에 쓴 것으로 보인다. 생전에 어머니를 함께 모시지 못한 여한도 드러냈다.

---

20) "十里長街市井連 月明橋上看神仙 人生只合揚州死 禪智山光好暮田"(십 리 너른 대로변 연이어 시장이 섰고 달 밝은 다리 위 선녀는 바라보네. 사람은 모름지기 양주에서 죽어야. 선지산 풍광은 좋은 묏자리라).
21) 현재의 장쑤성 양저우(揚州)에는 당나라 신라 유학생 최치원 기념관을 세워 한국 여행객을 맞고 있다.

"내가 살고 있는 집은 보일러 장치가 되어 있어 겨울은 따뜻하고, 에어컨도 있어 여름에는 시원한데 어머니의 손자, 내 아들이 사는 집은 좁고 연탄 아궁이여서 하나부터 열까지 불편한데도 어머니는 그 집을 떠나려고 하지 않으셨다. 가끔 나한테 와 있다간 사흘을 넘기지 못하고 '우리 집에 가야지' 하시며 떠나곤 했다. 내가 찾아가지 않으니 어머니가 오실 수밖에 없다. 그럴 때마다 '네가 보고 싶어 왔다'고 하시곤 몇 마디 보태려고 하다간 '널 보지 않을 땐 할 말이 많을 것 같더니 네가 옆에 있으니 할 말이 하나도 없다'며 입을 다무셨다. 그런데도 나는 어머니 옆에 오래 앉아 있기가 거북했다. 만일 어머니가 말씀을 시작하신다면 감당 못 할 일이 한두 가지가 아닌 것이다."[22]

행간에 담긴 특별한 가족사가 처연하게 다가온다.

어머니를 모시고 전국 명산대찰을 유람하던 추억이 새삼스럽다. 1982년 정월 초하루, 이병주는 경기도 양주의 운길산 수종사에서 일어난 에피소드를 유머러스하게 기록했다.[23]

"그 풍광 속에 서서 제일 먼저 생각한 것은 어머니였다. 어머니가 살아계셨으면 모시고 올 것인데 싶은 생각이 일자, 나는 주지스님을 찾아가서 10만 원을 내어놓고 어머니를 위한 불공을 부탁했다. 쑥스러운 얘기지만 나는 MBC가 10만 원쯤 줄 것이라 짐작하고 그 돈 전액을 낸 셈이었는데 하산한 후 MBC가 건네준 돈은 뜻밖에도 5만 원이었다. 그렇다고 해서 섭섭한 것도 아니고 후회할 일도 아닌데, 이렇게 적어보는 것은 어머니에 대한 나의 어리광이다. 어머니가 만일 살아계셨다면 나는 틀림없이 그 경위를 알리곤 '어머니 때문에 난

---

22) 이병주, 『세우지 않은 비명』, pp.37-38.
23) 위의 책, p.126.

5만 원 손해봤다'며 투덜대 보였을 것이기 때문이다."[24]

나림 이병주가 이 세상에서 가장 사랑한 여인은 어머니다. 남재희는 이병주를 황천길로 끌고 간 폐암의 원흉은 담배였다고 진단한다. 어느 날 이병주는 즐겨 피우던 윈스턴 담배를 떠올리면서 미국 담배 산업의 부도덕성에 대해 장황하게 강론한 적이 있다. 그중 노스캐롤라이나주의 윈스턴 담배회사가 가장 덜 사악하다고 말한다.[25] 나림 이병주도 그리 믿었을 수 있다. 이 신비의 풀 담바고는 영원한 여성성, 독실한 불교도 청신녀(淸信女)인 어머니와 그 청신녀를 품어 안은 부처님의 너른 가슴이기도 했다. 작품 속의 성유정과는 달리 이병주는 죽어서 어머니 곁에 함께 묻히지 못했다. 그러나 전체 시방세계가 부처님 품속이고 보면, 몇 줌의 백골이야 어디에 묻힌들 무슨 대수랴.

조객 없는 문인의 영결식

4월 7일, 나림 이병주의 영결식에 참석한 문인들은 거의 없었다. 독서 대중에게 이병주는 당대 제1의 인기 작가였지만 주류 문학계에서 철저하게 외면당한 존재였다. 학병동지를 대표해 전직 경찰간부 문학동이 조사를 낭독했다. 얼마 전(3월 24일)에 치른 14대 국회의원 선거에서 낙선한 남재희가 현장에서 징발되어 원고도 없이 영정을 향해 추모사를 했다.[26]

꿈에도 자신이 죽으리라는 생각을 하지 않았다. 묻힐 선산도 없고 따로 묘지를 장만해두지도 않았다. 친교가 각별했던 황용주와 전 삼

24) 위의 책, pp.125-133.
25) 안대희, 『담바고 문화사』, 문학동네, 2015, p.18.
26) 남재희, 「소설가 이병주 씨와 나」, 『한강』, 1992년 가을호; 『나림 이병주 선생 10주년 기념 추모선집』, 나림이병주선생기념사업회, 2001, pp.64-69.

성물산 사장 안동선의 주선으로 경기도 여주군 남한강 공원묘지에 유택이 마련된다. 아들은 아버지가 저승에서도 그렇게 좋아하던 독서를 하시라고 아버지 안경과 시몬 드 보부아르의 책을 관 속에 넣었다.[27]

이병주가 작고한 지 1년 후인 1993년 4월 3일 도봉산 도봉서원 앞자락에 그의 어록비가 세워졌다. 제막식에는 송남헌, 박진목, 학병동지인 작가 한운사 그리고 동향의 여배우 최지희 씨가 참석하여 술을 따랐다.[28]

2020년 7월, 이병주의 역사소설 『바람과 구름과 비』가 텔레비전 드라마로 방영되고 있었다. 이 시점에 이병주의 묘소를 찾은 독문학 박사이자 풍수전문가인 김두규의 감정에 따르면 이병주의 유택은 비산비야(非山非野)의 안온한 곳에 자리 잡은 길지다.[29]

죽음의 미학

"죽음은 역사적 사실이 아니라 심리적 여건이다. 그것은 시간의 정지가 아니라, 공포·불안·초조 등의 심리적 반응이다. 죽음이 많은 사람을 그것에 대한 사유로 이끌어들이는 것은 그것 때문이다. 죽음이 도둑처럼 갑작스레 온다면 두려워할 사람이 어디 있겠는가. 그러나 죽음은 순간순간 온다. 그것은 사람의 인내심을 시험하는 하나의 도구와도 같다."[30]

김현의 종생기 구절이다.

---

27) 이권기, 「그리운 나의 아버지」, 『남강문학』 6호, 2014, pp.74-86; 이종호, 「선생님과 보낸 마지막 한 달: 이 작품집을 간행하며」, 『세우지 않은 비명』, 서당, 1992.

28) 남재희, 『언론·정치 풍속사: 나의 문주 40년』, 민음사, 2004, pp.66-68.

29) 「김두규의 國運風水, 사주·풍수·관상 드라마는 왜 실패하는가」, 『조선일보』, 2020. 7. 11.

30) 김현, 『행복한 책읽기: 김현의 일기 1986-89』, 문학과지성사, 1999, p.255.

"새벽에 형광등 밑에서 거울을 본다. 수척하다. 나는 놀란다.
얼른 침대로 되돌아와 다시 눕는다.
거울 속의 얼굴이 점점 더 커진다.
두 배, 세 배, 방이 얼굴로 가득하다.
나갈 길이 없다.
일어날 수도 없고, 누워 있을 수도 없다.
결사적으로 소리 지른다. 겨우 깨난다.
아, 살아 있다."[31]

마지막 순간까지 자신이 살아 있음을 확인하고 안도하는 것, 그것이 보통 사람의 본능적 성정일 것이다. 이병주보다 스무한 살이나 젊은 나이에, 예고된 죽음의 과정을 거쳤던 그는 최후의 순간까지 이렇게 삶과 죽음의 경계선 위에 서서 양쪽을 번갈아 내다보았다. 4·19세대의 기수, 학병세대는 한시바삐 물러가라고 외치던 그는 서둘러 학병세대보다 앞서 떠났다. 순서를 뒤집어 선배보다 먼저 백옥루(白玉樓)에 좌정했다. 뒤늦게 합류한 선배에게 그는 생전에 폈던 세대론의 허망함을 토로할지도 모른다.

이종호의 의문대로 이병주는 마지막 순간까지 자신이 죽는다는 사실을 몰랐던가. 번연히 알면서도 내색하지 않은 것인가. 속기사의 손을 빌려 남기고자 했던 최후의 유언은 무엇이었을까. 영원히 풀지 못할 수수께끼를 남기고 작가 이병주는 떠났다.

이병주가 애용하던 죽음의 문구다.

"사람은 모두 죽는다.
내가 죽거든 눈물을 흘리지 말라

---

31) 위의 책, p.282.

눈물을 흘리는 척만 하라!

내가 죽거든 슬퍼하지 말라.

슬퍼하는 척만 하라!

예술가란 원래 죽을 수 없는 것이다.

이것은 장 콕토의 유언입니다.

이에 나는 기왕 다음과 같이 덧붙인 일이 있습니다.

어찌 예술가뿐이랴. 사람이란 원래 죽을 수가 없는 것이다.

죽은 척만 할 뿐이다.

그러고 보니 인생엔 죽음이란 게 없는 것입니다.

따지고 말하면 자의에 의한 죽음이란 없고

타의에 의해 죽은 척만 하고 있는 것이지."

뜻을 알 듯 말 듯한 이 당부를 이병주 자신의 유언으로 받아들여야 할 것이다. 그는 예술가였고 그가 남긴 작품들은 모두 예술품이었으니.

떠난 사람 기억하기

나림 이병주가 타계한 지 17년 후인 2009년, 이병주와 직접 교류가 전혀 없었던 후세인이 그의 전기를 써냈다. 『작가의 탄생』이라고 제목 붙인 이병주의 전기는 1921년 출생하여 『소설 알렉산드리아』로 중앙 문단에 데뷔하는 1965년까지의 자취를 정리해냈다. 이 약식 전기가 출판되었을 때 이미 이병주는 청년층에게는 낯선 인물이 되었다.

"20대 이하에겐 선생에 대한 새로운 인식을, 30대 이상에겐 선생이 있어 행복했던 추억을 일깨우고 싶었다. 상상하기도 싫은 것은 20대 이하로부턴, '이병주? 누구신지'라는 반응이, 30대 이상으로부턴 '그 양반이 갑자기 왜? 그래서?'라는 반응이 나오는 것이다."[32]

2002년 4월 타계한 지 10주기를 맞아 출간된 추모선집에는 나림의 대표 단편 몇 편과 함께 동향인 정공채(1934-2008)의 추도시가 실렸다.[33]

"아, 나림 선생이시여!
우리 한국의 대표적인 한 지성에
그 아름다운 비감(悲感)도 찬란하게 빛내셨던
우리 하동이 낳은 나림 이병주 선생이시여
널찍한 앉은뱅이 책상 앞에 앉으셔
세상만사에 사람 살아가는 이야기 자연 오고 가는 이야기
오묘한 진실의 아름다움 깊고 환히 창출한
그 명문 역작들 쓰고 또 쓰시다가
서고방(書庫房) 들어오는
방문객 일일이 다 반기셨던 나림 선생님"(2002. 3. 12)[34]

초기에 작가의 추모사업을 주도한 사람은 최증수다.[35] 최증수는 1999년 9월 1일, 나림의 모교인 북천초등학교의 교장으로 부임한다. 최증수 자신의 모교이기도 하다. 그는 교육자로서 벽촌 학생들에게 꿈을 심어주고 싶었다. 소설가로 대성한 이병주 선배는 책 읽기를 좋아했기에 큰 인물이 되었다. 그러니 여러분도 책을 읽어야 한다. 그

---

32) 정범준, 『작가의 탄생: 나림 이병주 거인의 산하를 찾아서』, 실크캐슬, 2009, p.9.
　　'정범준'은 단일 인물이 아니라 체험과 뜻을 함께하는 세 사람의 동년배 문사를 합친 필명이라고 한다.
33) 『나림 이병주 선생 10주기 기념 추모선집』, 나림이병주선생기념사업회, 2002, 『최증수문학관장의 이병주문학관 이야기』, 삼홍, 2021, pp.191-192.
34) 경상남도 하동군 고전면 성평리에 정공채·정두수 형제 시인의 아담한 기념관이 세워졌다.
35) 최증수, 『최증수문학관장의 이병주문학관 이야기』, 삼홍, 2021.

세대의 전형적인 권학사(勸學詞)다.

"책을 읽자. 책 안 읽으면 운동하자. 운동 안 하면 책 읽자."

밀양 산내면 동강중학교 교문 앞 바위에 새겨진 설립자 황의중의 격문이다.

최증수는 부지런히 이병주의 작품과 자료를 수집하여 학교도서관과 북천면 내 각 기관에 전시한다. 홍보사업은 면 단위에서 군 차원으로 확대한다. 틈나는 대로 지역 신문과 잡지에 홍보·기고하여 정식으로 이병주기념사업회를 발족할 것을 제안한다. 2002년 1월 정식으로 기념사업회가 발족되면서 작가와 친교가 깊었던 이 지역 출신 법조인 정구영(전 검찰총장)과 문학평론가 김윤식이 공동대표로 선임되었다. 경희대학교 김종회 교수가 사무총장으로 탁월한 친화적 조직력을 발휘하여 학술대회를 이끌었다.

2008년, 하동군의 사업으로 북천면 직전리 23번지(이명골길 14-28) 이명산 자락에 이병주문학관이 건립되었다. 초대관장으로 교장직에서 은퇴한 최증수가 선임되었다. 지극히 합당한 인선이다.[36) 최증수는 1-4회 이병주문학제를 이끌었고 5회부터는 재경하동향우회와 경희대학교가 주관하여 전국 규모의 대회를 연다. 2002년 10주기를 계기로 추모집이 발간된다. 소설가 이문열이 참여하여 큰 힘을 보탰다. "살아계실 때 일세를 풍미한 어른인데 사후 10년간 아무도 거론하지 않는" 현실이 안타까웠다며 "내가 본 나림 선생님의 삶과 문학"이란 제목으로 강연을 맡았다.[37) 2002년 4월, 하동읍 읍내리 섬진강변에 이병주 문학비가 건립되었다.

매년 이병주의 대표작 단편을 단행본으로 출간한다. 『예낭풍물지』와 『소설 알렉산드리아』는 영어 번역본이 탄생했다. 2006년 한

---

36) 최증수, 『돌탑을 쌓으며: 하남 최증수선생 문집』, 삼흥, 2007, pp.196-248.
37) 최증수, 「이병주 선생님과의 인연」, 『남강문학』 6호, 2014, pp.43-55.

길사는 이병주문학선집 30권을 발간했다. 이병주문학제는 1년에 두 차례 열린다. 봄, 가을, 이른바 꽃피는 계절에 맞추어 잡은 것이다. 벚꽃이 만개하는 4월과 코스모스가 천지를 뒤덮는 10월에 맞추어 일정을 잡는다. 매번 개회식에는 하동군수가 직접 참여하여 개회 축사를 한다. 정구용·조유행·윤상기 등 역대 군수들은 매번 축사에 이병주의 작품 구절을 인용하여 이 행사가 단지 통과의례에 그치지 않음을 확인한다.

그동안 적지 않은 사람들이 고인을 기리는 글을 썼다.
이병주문학관을 다녀간 김윤숭이 한시를 남겼다.

"連載朝鮮讀始終 那林小說 起雲風
波斯菊節蕎花美 新館巍然覽外中
東奔西走夕陽鮮 一日行如 乘鶴仙
閑讀那林諸小說 胸藏宇宙泰平然
『조선일보』 연재소설 시종 읽으니
나림의 소설 바람과 구름을 일으켰네
코스모스 축제에 메밀꽃도 아름답고
새 문학관 우뚝하여 안팎을 살펴보네
동분서주해도 저녁노을은 곱고
하루 행적이 학을 탄 신선 같네
한가로이 나림의 소설들을 읽는다면
가슴에 우주를 품어 태평하리."[38]

박경리의『토지』의 무대에 건립된 평사리문학관과 이병주문학관

---

38) 김윤숭, 『지리산 문학관 33』, 그림과책, 2009, pp.40-41.

의 관장을 겸임하고 있는 하동 태생 시인 최영욱은 이렇게 '나림 생각'을 적었다. 작가의 일생을 향리의 풍광 그리고 무한의 시간(那術) 동안 한없이 번창할 숲(那林)의 이미지를 형상화한다.

"오름 십 리 내림 십 리
황토재 굽잇길 오르고 내리다가
안개등을 켰다가 상향등을 켜 봐도
안개는 늘 숲이었다.

그 안개 헤치려 안간힘을 쏟아도
햇발 들면 스스로 물러나는 저 얄궂은 숲
아
이제야 안겨오는
나림, 그 곤혹스럽던

켜다 끄다 가는 길에 숲은 짙었다가 옅었다가
다가왔다가 물러나길 반복하는데
나림은 늘 찰나였던가
영원이었던가
드는 물음 어쩔 수 없어 황토재 중턱쯤에서
그만 생각을 접고 말았다.
햇발 들면 물러나고 그러다가 다가서는
오롯한 순응

내 어떻게 숲을 이룰까 숲 이뤄
무엇을 무성케 할까
나림의 숲은 길고도 아득했다."[39]

—「나림(那林) 생각」

청소년 시절 이래 이병주를 사숙하던 고승철은 이병주의 궤적을
따라 언론인에서 소설가로 변신했다.

"청년 시절에 이병주 선생의 소설을 읽고 압도당한 적이 있다. 장
대한 스케일, 웅혼한 문장, 흥미진진한 스토리에 매료됐다. 언론인으
로도 필명을 날린 선생을 사숙(私淑)했다. '이병주문학관'을 방문했
을 때 묘한 체험을 했다. '어디 멋진 소설 없소?'라는 선생의 우렁찬
목소리가 들렸다. 환청이었겠지만. 선생의 질문에 화답하고 싶었다.
'멋지지 않을 수도 있는' 소설『은빛 까마귀』는 선생에 대한 나의 작
은 오마주다."[40]

첫 소설을 내면서 담은 고백이다. 고승철이 얻은 새 직장, 출판사
나남의 창업자 조상호도 이병주의 열렬한 독자였다. 고승철은 나남
의 대표로 일하면서 이병주의 여러 작품을 정성 들여 재간행했다.[41]
　이병주 문학을 탐구하는 학술논문이 이어지고 있다. 지난 10년 동
안 이병주의 작품을 체계적으로 분석한 박사학위 논문이 적어도 여
덟 편 생산되었다. 사상성과 대중성, 정치의식, 학병소설 등 다양한
관점에서 심도 있는 탐구가 이어지는 것이다.[42] 많은 숫자는 아니지

39) 최영욱, 「나림(那林) 생각」, 『다시, 평사리』, 애지, 2017, pp.30-31.
40) 고승철, 『은빛 까마귀』, 나남, 2010, p.315.
41) 『정도전』『정몽주』『허균』『돌아보지 마라』『천명』(유성의 부)『비창』.
42) 최영욱, 『해방 이후 학병서사연구』, 연세대학교, 2009; 음영철, 『이병주 소설의 주
　체성 연구』, 건국대학교, 2010; 손혜숙, 『이병주 소설의 역사인식 연구』, 중앙대학
　교, 2011; 추선진, 『이병주 소설 연구: 사실과 허구의 관계를 중심으로』, 경희대학
　교, 2012; 노현주, 『이병주 소설의 정치의식과 대중성 연구』, 경희대학교, 2012, 『뉴
　저널리즘, 메타픽션』, 7; 조영일, 『학병서사 연구』, 서강대학교, 2015; 강은모, 『이병
　주 대하소설의 대중성 연구』, 경희대학교, 2017; 정미진, 『이병주 소설 연구: 현실

만 그렇다고 해서 결코 적은 숫자도 아니다.

그러나 전국 차원의 문학단체나 문인그룹에서 나림을 추모하는 글은 거의 없다. 나림이 떠난 지 한참 후인 2009년, 그 세대의 스케일 큰 작가 장석주가 나섰다.

"그는 '격동의 현대사에 대한 소설적 복원'에 주력한 대형작가, 투철한 직업정신으로 일관한 프로페셔널리즘이 철저하게 몸에 배어 있던 작가다. 생전에 그는 '나는 프로작가다. 따라서 작품을 많이 써야 하며 어떠한 것도 쓸 수 있어야 한다'고 입버릇처럼 말했다. 한편으로 그는 자신의 냉정한 평가대로 혼돈과 미제의 시대를 살면서 '양지쪽으로만 걷는 인간, 위난이 저편에서 피해가는 사람'이었지만 그의 삶은 격동의 현대사 속에 어쩔 수 없이 시대의 부하를 온몸으로 감당해야만 했고, 그 삶의 안쪽에 고난과 비극의 무늬가 아로새겨질 수밖에 없었다. 타고난 체력과 열정, 박람강기로 무장한 작가였던 그의 죽음은 한국 문학의 부피를 늘려온 보기 드문 대형작가의 상실이라는 점에서 큰 아쉬움을 남긴다."[43]

2007년부터 가을 축제는 이병주국제문학제로 명명했고 해마다 문학상 수상자도 낸다. 제1회 국제문학제에는 베트남, 일본, 중국, 인도네시아, 일본, 타이완 등 아시아 지역의 문인들이 참여했다. 필리핀 민족문학의 거성 시오닐 호제(Sionil Jose)가 참석하여 발제했다.[44] 2008년 제1회 국제문학상 수상자로 베트남의 레 민 퀘(Le

인식과 소설 재현방법을 중심으로」, 경상대학교, 2017.

43) 장석주, 『나는 문학이다: 이광수에서 배수아까지 111』, 나무이야기, 2009, pp.460-461.

44) 시오닐 호제, 「우리는 왜 가난한가?」, 『안경환의 시대유감』, 라이프맵, 2012, pp.270-278.

Minh Khue)를 효시로 하여 몇 차례 아시아 지역의 작가들에게 상이 수여되었다.

그런데 매년 가을, 어김없이 태평양을 날아 하동을 찾는 여인이 있다. 스스로 이병주의 연인이었다고 주장하는 유일한 사람이다. 경기도 여주에 있는 작가의 묘소도 참배하고 고인의 딸들을 만나 정담을 나눈다. 모두가 따뜻하게 환영한다. 고인의 '연인'임을 주장해도 누구도 불편해하지 않는다. 나림보다 15년 연하인 신예선은 청주 출신으로 여고 졸업과 동시에 미국 유학을 떠난다. 작지만 날렵하고 균형 잡힌 몸매에 짙은 눈썹 아래 검고 깊은 눈동자, 전형적인 한국 여성이라기보다 스페인 여인을 연상시킨다. 젊은 시절 그녀의 사진을 보면서 『소설 알렉산드리아』를 영상으로 만들면 사라 엔젤 역으로 캐스팅함 직하다는 생각이 든다. 당당하고 세련된 원색이 어울리는 의상에 나이를 가늠할 수 없는 열정의 화신이다. 그녀는 나이를 불문하고 '최일류'가 아니면 상종하지 않는다는 오만함에 산다.

1965년 신예선은 『에트랑제여, 그대의 고향은』이란 제목의 소설을 당시의 유명 출판사인 신태양사(발행인 황준성)에서 출간한다. 당시로서는 드물게 '외국물 먹은' 현대 여성이 문단에 등장한 것이다. 화가 황주리는 여섯 살 때 해운대 백사장에서 이 책을 겨드랑이에 끼고 으스대며 아버지 발걸음을 따라잡았다고 회고한다. 아버지 회사가 낸 책 중에 가장 제목이 멋있어 보여서라고 했다. 아버지도 딸의 조숙한 총기와 응석을 몹시 기꺼워했다.

2014년 이병주국제문학상이 신예선에게 주어졌다. 수상작 『심포니를 타는 허밍버드』(2016)에는 이병주를 노골적으로 상찬하는 구절이 담겨 있다. 상의 이름과 성격을 감안하면 다소 낯 간지러운 일이기도 하다. 2018년 10월 5일, 제12회 해외동포의 날에 신예선은 대통령 표창을 받았다. 샌프란시스코에 정착한 지 40여 년, 그동안 한국 문학을 미국의 주류사회에 알린 공로를 인정받은 것이다.

이병주기념관에 신예선이 보낸 엽서가 진열되어 있다. 그 어느 여인도 누리지 못한 특전이다. 여든을 바라보는 영원한 문학소녀 신예선은 이병주가 꿈속에 나타나 자신에게 메시지를 보냈다고 했다.

"내 땅을 밟아라! 이 아름다운 나의 땅을. 나의 친지들과 함께 밟아라."

그래서 해마다 이병주의 혼령을 만나러 하동을 찾는다고 한다.

"선생의 목소리가 4월의 벚꽃이 되어 배꽃이 되어 하동 땅을 덮는다. 꽃으로 카펫을 이룬 땅을 밟으며 나는 선생과 함께 있다."[45]

소설 『지리산』에는 보급투쟁에 나선 박태영이 틈입한 옥종면 북방리의 한 민가에서 톨스토이의 『안나 카레니나』 영어판을 읽는 청년과 맞닥뜨리는 장면이 나온다. 책갈피 속에서 이규의 사진을 발견하고 감회에 젖는 박태영에게 청년은 자수를 권한다. 청년은 다름 아닌 이규의 이종사촌 동생이다. 북천면을 북쪽에서 맞는 옥종면은 부촌이라 물자가 풍부했다. 이 동네 출신 한창규(1935-)도 청년 시절부터 이병주 신화를 접해왔다. 옥종초등학교를 마치고 진주중·고등학교를 거치면서 이병주의 족적을 의식했다. 법무보호공단이사장과 서울시 명예시장을 역임한 그는 박원순 서울시장에게 밑바닥인심을 전하고 정책을 건의하던 드러나지 않은 원로였다. 그는 박원순이 죽기 전에 마지막으로 문자 메시지를 주고받은 사실 때문에 경찰의 조사를 받기도 했다. 한창규는 진보 성향의 박원순이 조정래의 『태백산맥』에 과도하게 심취한 것을 보고 이병주의 『지리산』도 함께 읽으라고 권했다고 한다. '내다보기'와 '돌아보기'의 균형, 그것은 생전 이병주가 강조하던 지식계급의 미덕이자 책무였다.

---

45) 위의 책, p.183.

일찌감치 인터넷 블로그를 열어 이병주에 관한 정보를 전파한 마니아들이 있었다. 오홍근과 위택환이 선구자다. '빌리'라는 애칭을 쓰는 오홍근은 평생 수집한 수백 권의 희귀본 이병주 작품을 이병주문학관에 기증했다. 근래 들어 단편적으로나마 이병주의 작품과 일화를 전하는 유튜버들도 더러 보인다.

이병주기념사업회는 정구영의 은퇴와 김윤식의 타계로 전환점을 맞고 있다. 2021년부터 하동 출신 법학자 이기수 교수가 정구영의 자리를 이어받고 창립 이래 사무총장으로 학술 부문 책임자로 기념사업회를 이끌어온 김종회 교수가 공동대표로 선임되었다. 이기수-김종회 제2기 투톱 체제는 후세인에게 점점 낯설어져 가는 작가 이병주를 현재의 인물로 유지하는 지난한 과업을 감당해야 한다. 2021년 4월 15일 하동군민의 날을 기념하여, 탄생 100주년을 맞는 이병주를 한다사(韓多沙) 대상 수상자로 결정한 일은 의미 깊다. 2021년 하동 군청과 이병주기념사업회가 계획하던 이병주 탄생 100주년 기념행사는 코로나 팬데믹으로 인해 크게 위축되었다. 봄·가을 학술대회는 온라인 모임으로 대체되었다. 고인이 재직하던 『국제신문』이 남재희·임헌영 등 10명[46]의 릴레이 글로 추모 특집을 장식했다. 하동 출신 언론인 차용범은 이병주를 주역으로 삼아 단행본 『하동이 사랑한 문인들』을 엮어냈다.[47] 남재희는 이병주문학관 앞마당에 우뚝 선 큰 나무를 심었다. "큰 작가 나림 이병주를 기리며, 대한민국 국회의원(10-13대), 대한민국 노동부장관(11대)"이라는 문구가 새겨져 있다.

---

46) 두 사람에 더하여 김종회, 김언종, 정호웅, 강남주, 김주성, 하태영, 임규찬, 안경환이 필자로 참여했다.

47) 김종회 외 지음, 『하동이 사랑한 문인들』, 미디어줌, 2021. 이 책에는 이병주에 더하여 박경리, 정공채, 강남주, 최영욱, 황용주가 포함되어 있다.

작가가 죽으면 작품도 따라 죽는다고 한다. 적어도 독서시장에서는 그럴지 모른다. 도리 없는 일이다. 나라의 문화권력의 기지인 대학과 문단에 입지가 없고, 속말로 똘마니도 키우지 않고 패거리도 만들지 않고, 모든 영욕을 홀로 누리고 감당했던 이병주이기에 더욱더 그러하다.

속절없는 것이 세월이다. 한 시대, 세상을 호령했던 호걸 문인 이병주도 깡그리 잊혔고, 그를 기억하던 사람들도 차례차례 세상을 떠나거나 잊힌 존재로 연명할 뿐이다. 그러나 작가는 떠나도 그가 추구했던 문학의 혼불만은 시대를 넘어 전승된다.

어차피 사람은 모두 잊히는 법이다. 그러나 이병주의 주장대로 작가는 결코 죽지 않는다. 진정으로 사랑하던 사람의 무덤은 남은 사람의 머리와 가슴이라고 했다. 사상소설의 저자 이병주는 이데올로기 공동체 문제를 과감하게 맞닥뜨린 선구적 사상가로 후세 지식인의 머릿속에 살아남을 것이다. "사랑이 없는 사상은 메마르고, 사상이 빠진 사랑은 경박하다"라고 믿었던 그 시대 사랑과 사상의 만화경으로서 이병주의 작품들은 중요한 문화유산으로 남은 것이다. 그런가 하면 대중작가로서의 이병주도 대중의 가슴속에 머무를 자리를 마련할 것이다. 비록 그가 작품으로 받아낸 시대의 사상과 대중의 기호는 더 이상 현세 독자의 몫은 아닐지라도 되돌아볼 시대의 거울로서는 더없이 소중한 자료다.

그는 역사를 불신했다, 그리고 현실에 분노했다
• 책 끝에 붙이는 말

"역사는 산맥을 기록하고 나의 문학은 골짜기를 기록한다.""태양에 바래지면 역사가 되고 월광에 물들면 신화가 된다." 단순한 수사가 아니라 소설가 이병주의 사상과 문학의 진수를 대변하는 잠언이다. 역사는 기록과 기억을 두고 벌이는 후세인의 싸움이다. 공식 역사는 승자의 기록이다. 태양 볕 아래에 환히 드러난 승자의 위용을 후세인이 기릴 때, 달빛에 시들은 패자의 한숨은 전설과 신화의 세계로 침잠한다. 역사의 수레바퀴에 짓밟혀, '행간에 깔린 가냘픈 잡초' '역사에 기록되지 않은 작은 생명들의 서러운 이야기'를 쓰기 위해 그는 작가가 되었다고 했다.

다산 정약용의 『목민심서』(牧民心書)를 『구약성경』보다 더욱 슬픈 책으로 부른 이병주는 다산의 붓에 그려진 백성들의 고초에 분노하여 조선이란 어차피 망할 나라였다고 주장했다. 왜 우리의 선조들은 썩은 나라를 무너뜨리고 새 나라, 대안 정부를 도모하지 못했는가. 그 아쉬움이 만년에 『바람과 구름과 비』를 쓴 이유일 것이다.

우리의 근대문학은 국가 상실과 더불어 시작되었다. 초기의 근대문학 담당자는 고아 신세로 현해탄을 건넜고 아비를 죽인 일본 제국주의를 신주 모시듯이 신봉하며 제도적 차원에서 몸에 익혔기에 끝내 오이디푸스 운명에서 벗어날 수 없었다.

"나에게 조국은 없다. 산하가 있을 뿐이다." 대안의 꿈도 없이 멸망한 나라, 이민족의 압제에 내몰렸던 산하였다. 천우신조로 되찾은 그 산하에 두 개의 조국이 들어서는 것을 순순히 받아들일 수 없었다.

더더구나 이데올로기라는 불청객이 산하의 주인을 자처하여 서로 죽이고 날뛰는 난장판에서 진정한 조국의 부재를 통감한 청년이 어찌 그 하나뿐이었으랴.

"어떤 주의를 가지는 것도 좋고 어떤 사상을 가지는 것도 좋다. 그러나 그 주의 그 사상이 남을 강요하고 남의 행복을 짓밟는 것이 되어서는 안 된다. 자기 자신을 보다 인간답게 하는 힘이 되는 것이라야 한다."

산천을 사랑하는 양민이 전쟁의 두려움 없이 일상의 평화를 누릴수 있는 영세중립국을 염원하고, 자유와 평등이 조화를 이루는 사회민주주의를 신봉하여 스웨덴과 같은 복지국가를 꿈꾸던 그였다. 다양한 독서로 키운 열린 사고의 소유자, 박람강기의 지식을 널리 나누면서 '봉상스 있는 딜레탕트'임을 자처하던 그였다.

그는 지식인의 사명감을 스스로 다졌고 배움이 적은 선량한 필부의 인간애를 한껏 기렸다. 김윤식의 말대로 지식인이란 본시 뿌리 없는 부평초, 우연히 주워들은 지식을 자신의 것인 양 착각하는 부류에 지나지 않는다.[1] 참된 지식인의 색깔은 흑도 백도 아닌 회색이다. 회색은 포용의 색이다. 작가는 자신만의 회색의 정원을 가꾸었다. 그 정원은 현란한 이름의 기화요초(琪花瑤草)와 조율이시(棗栗李枾), 유실수와 더불어 뭇 이름 없는 풀과 나무가 무성한 훈유(薰蕕)공생의 장이었다. "무지개를 찾는 것은 코르시카 소년만의 특권이 아니다." 수많은 무명지초(無名之草) 백성에게 편안한 밤, 무지개 꿈을 꾸도록 조력한 그였다.

이병주는 역사를 불신했다. 그리고 현실에 분노했다. 한 작가가 역

---

1) 김윤식, 『설렘과 황홀의 순간』, 솔, 1994, p. 54.

사에 대해 격렬하게 분노한다는 것은 나라가 불행하기 때문이다.

"진정한 작가는 언제나 패배자라야만 한다. 패배자는 언제나 자신에게 가혹한 법. 그래서 타인에게도 가혹하고 도전적인 법이다."[2]

흔히 후진국에서 걸작이 탄생한다고 한다. 사상과 실생활의 구별이 뚜렷하고 그 각각이 독립된 영역을 지키며 견제와 균형을 이루는 사회를 선진국이라고 부른다. 사상과 실생활이 미분화 상태에서나마 나름 균형을 유지하는 곳이 중진국이라면 양자가 엄연히 구분되고 사상이 환각과 같은 수준에서 현실을 올라타고 괴물처럼 지배하는 곳이 후진국이다.[3]

이병주는 후진국 작가로 출발하여 중진국 작가로 떠났다. 그가 떠난 지 30년, 경제적 수치로는 이미 선진국 반열에 정좌한 대한민국은 여전히 국민소득 100달러 시대의 정치의식을 벗어나지 못하고 있다.[4]

"우리 사회에는 아직도 전쟁과 분단의 샤머니즘이 횡행하고 있다. 개개 인격체를 공동체에 일치시키는 기술을 일러 샤머니즘이라 부른다. 이는 공동체 내부의 모순을 해소하기 위해 만들어낸 마술이다. 따라서 그 마술은 바깥세상에서는 한낱 웃음거리에 불과하다."[5]

일곱 차례 성형수술을 거친 국가보안법이 여전히 엄연한 현실규범으로 독아(毒牙)를 드러내고 있는 나라다. 6·25 전쟁은 아직도 끝

---

2) 위의 책, p.373.
3) 김윤식, 『지상의 빵과 천상의 빵』, 솔, 1995, p.92.
4) 임헌영, 『사월혁명회보』 134호(2021.7), pp.39~56.
5) 김윤식, 『천지 가는 길』, 솔, 1997, p.160.

나지 않았고 휴전상태에 머물러 있을 뿐이다. "그 속에서 우파는 산업화로 땀을 흘렸고, 좌파는 민주화로 피를 흘렸고, 그 사이에 낀 젊음들은 눈물을 흘렸다." 창조적 감성과 지성의 상징인 이어령의 명징한 진단에 누가 토를 달 수 있으랴.[6] 이병주나 이어령과 같은 분단체험세대와 필자와 같은 분단 세뇌세대가 사라지고 나면 한낱 우스개로나 남을 일이다. 마찬가지로 86세대, 광주세대의 민주 샤머니즘도 낡은 시대의 신화로 역사의 골짜기에 묻힐 운명이다.

나를 내세우는 것만으로 성에 차지 않아 남을 미워하는 것을 자신의 미덕으로 삼는 세태 또한 영락없는 후진국의 모습이다. 내거는 대의는 허울 좋은 명분일 뿐, 목전의 잇속 따라 움직이는 시속이 안타깝다.

그러나 세상은 진보하기 마련이다. X세대, MZ세대 등 끝없는 분절에도 불구하고 세대를 이어 연면하게 전승되어야 하는 미덕은 인간 자체에 대한 사랑과 포용이다. "세상에서 제일 빛나는 것은 약한 사람의 아픔에 동참하여 흘리는 연민의 눈물이다." 엄혹한 시절, 붓한 자루도 군사독재에 저항했던 '마지막 선비' 약전 김성식(1908-86)의 생애 마지막 시론 구절이다.[7]

사람은 시대의 상황이 만드는 것, 인간은 운명의 이름 아래서만 죽을 수 있다는 그의 수사처럼 작가 이병주도 한국의 상황이 만들어내고 죽인 작가다. 문학이야말로 개인적이자 세대적 경험의 산물이다. 문학이 세대를 넘어 전승되려면 상상의 고리가 이어져야만 한다. 상상이란 간접화된 현실이기 때문이다.[8] 2021년 5월, 탄생 100주년을 맞아 김수영·이병주 등 8명의 동갑내기 문인의 삶을 조명하는 행사가 열렸다. 이병주론에는 '시민의 탄생, 사랑의 언어'라는 부제를 달

---

6) 김민희, 『이어령, 80년 생각』, 위즈덤하우스, 2021, p.87
7) 김성식, 「세상에서 제일 빛나는 것」, 『동아일보』, 1986. 1. 20.
8) 김윤식, 『문학을 걷다』, 그린비, 2014. pp.142-144.

았다.[9] 작가는 초인도, 성인도 아니지만 위인일 수는 있다. 위인이란 많은 크고 작은 약점에도 불구하고 자신의 강점을 극대화하여 인류의 삶에 큰 방점을 남긴 역사적 인물이다. 작가는 작품으로 세상에 기여하는 것이다. 이병주는 이른바 주류문학의 기준으로 볼 때 흠이 많은 작가였다. 그를 기릴 이유만큼이나 미워할 이유도 많았다. 그러나 무수한 작은 흠에도 불구하고 작가로서 한국문학사에 기여한 공로는 결코 가볍지 않다. 그는 평론가나 동료문인의 작가가 아니라 오로지 독자만을 섬긴 작가였다. 그를 미워하든 사랑하든 새겨 기억하는 것은 역사에 대한 한국 독자의 책무이기도 하다.

이 책은 필자 생애 마지막 인물 평전이다. 글을 쓰는 전 과정을 통해 적정한 거리두기와 평정심을 유지하기 위해 애썼다.

반세기 넘게 농축된 작가와 작품에 대한 애정, 그리고 작가 세대의 애환에 대해 연민과 경모의 염은 감출 수 없지만, 드러난 흠과 아쉬움을 굳이 감추려 하지 않았다. 그러나 한 가지, 무릇 작가는 광범한 면책특권을 누려야 한다는 소신만은 거듭 외치고 싶다. 문자와 이성의 시대에 작가는 지상의 스승이었고, 나아가 신의 세계로 이르는 길을 인도하는 사제였기 때문이다. 작가의 특권과 특전을 최대한으로 존중하는 사회, 그런 사회야말로 인간이 참주인이 되는 세상이다.

춘원 이광수의 소회가 중첩된다.

"붓 한 자루 나와 일생을 가치 하련다…
망연해두, 쓰린 가슴을 부듬고 가는 나그네 무리

---

9) 정호웅, 「이병주 문학론, 탄생 100주년을 맞아: 시민의 탄생. 사랑의 언어」, 2021 『탄생 100주년 문학인 기념 문학제 심포지엄』, 2021. 5. 13(김관식·김수영·김종삼·류주현·박태진·이병주·장용학·조병화);『한겨레』, 2021. 5. 24 "거대한 100년 김수영 지금. 그를 다시 읽는 이유."

쉬어나 가게. 내 하는 이야기를 듣고나 가게."

　몽블랑 만년필 한 자루에 71년의 정과 한의 삶과 수백 년 통분의 나라 역사를 실었던 대한민국의 작가 이병주, 그의 굴곡진 생애와 시대를 담은 이야기, 운명이라는 이름 아래 펼쳐진 사랑과 사상의 역정도 시대의 작은 삽화로 남을 수 있다면 글쓴이의 보람과 축복이 아닐 수 없다.

　이 책을 훗날의 독자도 읽기를 바란다. 세상을 내다볼 혜안이 모자란 한 얼치기 서생의 돌아보기에 불과하겠지만, 그래도 역사는 파괴와 새로운 창조가 아니고 연속적인 발전 과정이라는 믿음만은 귀 기울여주기를 간절히 소망한다.

이병주 연보*

* 소설, 에세이, 대담 등 작가의 활동에 대한 상세한 연보는 정범준, 『작가의 탄생』, 실크캐슬, 2009, pp.340-356 참조.

1921년 3월 16일	경남 하동군 북천면 옥정리 안남골 출생, 아버지 이세식(李世植), 어머니 김수조(金守祚)
1927년 4월	북천공립보통학교 입학
1931년 3월	북천공립보통학교 4년 과정 수료
4월	하동군 양보면 양보공립보통학교 편입(5학년)
1933년 3월	양보공립보통학교 6년 과정 졸업
	이후 3년 동안 독학
1936년 4월	진주공립농업학교(5년제) 입학
1940년 3월 31일	진주공립농업학교 퇴학(4년)
	미상-교토에서 전검(專檢)시험 합격
1941년 4월	메이지대학 전문부 문예과 입학
1943년 8월 20일	고성군 이용호(李龍浩)의 장녀 점휘(點輝)와 결혼
9월 25일	메이지대학 전문부 졸업
10월 20일	조선인학도지원병 제도 실시
1944년 1월 20일	대구 소재의 일본 제20사단 제80연대 입대
	중국 소주 일본군 60사단 치중대 배치
1945년 1월경	파상풍으로 오른쪽 중지 한 마디 절단한 것으로 추정
8월 15일	일본 패망
9월 1일	현지 제대 이후 상하이에 체류
	(광복군 주호駐扈부대 소속 추정)
1946년 3월 3일(또는 7일)	부산으로 귀국
9월 15일	모교인 진주농림고등학교 교사 발령
1947년 9월 30일	장남 권기(權基) 출생
1948년 10월 1일	진주농과대학(현 경상대학교) 강사 발령(진주농림중학교 교사 겸직)
10월 20일	진주농과대학 정식 개교
1949년 10월	개교 1주년 기념 연극으로 오스카 와일드의 「살로메」 연출

	11월 21일	진주농과대학 조교수 임용
	12월 20일	진주농림고등학교 교사직 사임
1950년	6월 25일	6·25 전쟁 발발
	7월 31일	진주 함락
	8월 1일	고성군 고성읍 덕성리의 처가로 피신(아내·아들·딸)
	8월 13–14일	인민군 고성 점령
	8월 20일	가족 남겨둔 채 하동 부모님 댁으로 이동
	8월 21일	정치보위부에 의해 체포. 친구 권달현의 도움으로 정치보위부에서 석방. 이후 20여 일 진주시 집현면에서 인민군 감시 아래 문예선전대 조직
	9월 26일(추석)	문예선전대 이동극단 이끌고 전선으로 이동
	9월 28일	진주 수복
	9월 29일	
	(음력 8월 18일)	인민군 퇴각으로 이동극단 해산
	9월 30일	진주농과대학 조교수직 사임
		잠시 부산으로 도피했다 지인의 권유로 진주에 돌아와서 자수. 부역문제 조사받은 후에 불기소 처분 받고 다시 부산으로 돌아감. 12월에 다시 미군 방첩대(CIC)에 체포되어 12월 31일 불기소처분 받음
1951년		하동, 해인사 등지에서 독서로 소일
1952년		해인대학 (예비)교수로 임용된 것으로 추정
	8월	해인대학 진주 강남동 이전
1954년	5월 20일	하동군에서 제3대 민의원 선거에 무소속으로 출마, 3위로 낙선
1956년	4월	해인대학, 마산시 완월동으로 이전, 이병주도 마산에 거소를 둠
1957년	8월 1일	『내일 없는 그날』 연재 시작(『부산일보』, 1958. 2. 25

976

종료)

1958년 11월		『국제신보』 상임논설위원 임용, 이듬해 주필 겸 편집국장
1959년 3월		『내일 없는 그날』 출간(국제신보사)
	7월 1일	『국제신보』 주필
	7월 17일	『국제신보』가 주관한 '시민 위안의 밤' 행사 중 수십 명의 사상자가 발생함. 사과문과 관련 사설을 여러 차례 게재하여 위기를 타개함
	7월 31일	부친 이세식 타계
	9월 25일	『국제신보』 편집국장 겸직
	11월	희곡 「유맹」(상) 발표(월간 『문학』)
	12월	희곡 「유맹」(중) 발표(월간 『문학』, 잡지 폐간으로 하권은 미발표)
1960년 1월 21일		박정희 부산군수기지사령관 부임. 황용주의 주선으로 자주 회동함
		『국제신보』 『부산일보』 3·15 이후 마산 부정선거 항의 사태 적극적으로 보도
	4월 26일	이승만 대통령 하야
	7월 29일	제5대 국회의원 선거에 무소속으로 입후보, 3위로 낙선
	12월 19일	박정희 대구 제2군 부사령관으로 보직 변경
	12월	논설 「조국의 부재」 발표(월간 『새벽』)
1961년 1월 1일		『국제신보』에 「통일에 민족역량을 총집결하자」라는 제목의 연두사 게재
	5월 16일	군사쿠데타 발발
	5월 20일	경찰에 의해 체포됨
	7월 2일	『국제신보』 석간부터 '주필 겸 편집국장 이병주' 문안 사라짐

	11월 29일	혁명검찰부, 이병주에게 징역 15년 구형
	12월 7일	혁명재판부, 이병주에게 징역 10년 선고
1962년	2월 2일	대법원의 상고 기각, 징역 10년 확정되어 부산교도소로 이감
1963년	12월 16일	특별사면으로 부산교도소 출감
1964년	1월경	상경하여 새 삶을 모색
1965년	6월	중편 『소설 알렉산드리아』 발표(월간 『세대』)
1966년	3월	단편 「매화나무의 인과」 발표(『신동아』)
		*후일 「천망」으로 개제
	3월 31일	김현옥 서울시장 취임. 이즈음 신한건재 설립(조립식 주택) 12월 폐업
1968년	1월 1일	『국제신보』 서울 주재 논설위원 취임
	4월	『관부연락선』 연재 시작(『월간중앙』, 1970. 3 종료)
	6월 15일	김수영과 마지막 술자리 나눔
	7월 7일	『돌아보지 말라』 연재 시작(『경남매일신문』, 1969. 1. 22 종료)
	7월 30일	『국제신보』 서울 주재 논설위원 사퇴
	8월	단편 「마술사」 발표(『현대문학』)
1969년	12월	단편 「쥘부채」 발표(『세대』)
1970년	1월	『배신의 강』 연재 시작(『부산일보』, 1970. 1. 1-1970. 12. 30, 307회)
		*동명소설 출간
	5월	『망향』 연재 시작(『새농민』, 1971. 12 종료)
		『허상과 장미』 연재 시작(『경향신문』, 1970. 5. 1-1971. 2. 28, 257회)
		*동명소설 출간
1971년	6월	『화원의 사상』 연재 시작(『국제신보』, 1971. 6. 2-1971. 12. 30, 182회)

	7월	단편 「패자의 관」 발표(『정경연구』)
		『낙엽』 발표
		*『달빛 서울』로 개제 출간
1972년	5월	「예낭풍물지」 연재 시작(『세대』)
	9월	장편 『지리산』 연재 시작(『세대』)
	11월	『여인의 백야』 연재 시작(『부산일보』, 1972. 11. 1 – 1973. 10. 31, 309회)
	12월	단편 「변명」 발표(『문학사상』)
1973년		『미스산(山)』
1974년	1월	장편 『낙엽』 연재 시작(『한국문학』, 1975. 12 종료)
		장편 『산하』 연재 시작(『신동아』, 1979. 8, 68회)
	2월	단편 「겨울밤 – 어느 황제의 회상」 발표(『문학사상』)
	10월	단편 「칸나 X 타나토스」 발표(『문학사상』)
1975년		「제4막」 발표(『주간조선』)
	6월	『그림 속의 승자』 연재 시작(『서울신문』, 1975. 6. 2-1976. 7. 31, 358회)
		*『서울 버마재비』로 개제 출간
	7월	「중랑교」 발표(『소설문예』)
	10월	「내 마음은 돌이 아니다」 발표(『한국문학』)
1976년	1월	「여사록」 발표(『현대문학』)
	4월	『행복어사전』 연재 시작(『문학사상』, 1982. 9 종료)
		*후일 동명소설 출간
	5월	「철학적 살인」 발표(『한국문학』)
	9월	「망명의 늪」 발표(『한국문학』)
1977년	2월	『바람과 구름과 비』 연재 시작(『조선일보』, 1980. 12. 31, 1194회)
		*후일 동명소설 출간
	9월	「삐에로와 국화」 발표(『한국문학』)

	장편『낙엽』과 중편「망명의 늪」으로 한국문학작가상
	과 한국창작문학상 수상
1978년 11월	「추풍사」 발표(『한국문학』)
1979년	『별과 꽃과의 향연』 연재 시작(『영남일보』, 1979. 1.
	1-1979. 12. 31, 294회)
	『대전일보』 연재(1979. 1. 16-1980. 1. 10, 294회)
	『제주신문』 연재(1979. 5. 7-1980. 4. 18, 294회)
	*『풍설』과『운명의 덫』으로 개제 출판
9월	장편『황백의 문』 연재 시작(『신동아』, 1982. 8, 34회)
1980년 1월 11일(음력)	어머니 김수조 여사 별세
6월	「세우지 않은 비명」 발표(『한국문학』)
11월	「8월의 사상」 발표(『한국문학』)
1981년 2월	『유성의 부』 연재 시작(『한국일보』, 1981. 2. 10-
	1982. 7. 2, 424회)
	*동명소설 출간
3월	『미완의 극』 연재 시작(『중앙일보』, 1981. 3. 2-1982.
	3. 31, 329회)
	*동명소설 출간
11월	「거년의 곡」 발표(『월간조선』)
	「허망의 정열」 발표(『한국문학』)
1982년 2월	「빈영출」 발표(『현대문학』)
4월	『무지개연구』 연재 시작(『동아일보』, 1982. 4.
	1-1983. 7. 30, 410회)
	*동명소설 출간 후『무지개 사냥』『타인의 숲』으로 개
	제 출간
9월	『그해 5월』 연재 시작(『신동아』, 1982. 9-1988. 8, 69
	회)
1983년 1월	『和의 의미』 연재 시작(『매일신문』, 1983. 1. 1-1983.

	12. 30, 308회)
	*『비창』으로 개제 출간
	「그 테러리스트를 위한 만사」 발표(『한국문학』)
9월	「박사상회」 발표(『현대문학』)
11월	「백로선생」 발표(『한국문학』)
1984년	장편 『비창』으로 한국 펜문학상 수상
1월	『서울 1984년』 연재 시작(『경향신문』, 1984. 1. 1-
	1984. 7. 31, 179회)
	*『한국문학』에 『그들의 향연』이란 제목으로 개제되어
	연재. 후일 『그들의 향연』 단행본 출간
12월	소설 『남로당』 연재 시작(『월간조선』, 1987. 8, 33회)
1985년	「니르바나의 꽃」 발표(『문학사상』)
	『지리산』(전 7권) 완간(기린원)
1986년 4월	「어느 낙일」 발표(『동서문학』)
	소설 『허균』 연재 시작(『사담』, 1986. 4-1988. 2 종료)
6월	『행복어사전』 완간
11월	중편 『소설 장자』(『월간경향』, 1986. 11-1987. 2 종
	료)
	*단행본 장편 『소설 장자』와는 다른 내용
1987년	『소설 장자』
	『소설 일본제국』 1, 2 출간
1988년 3월	『그를 버린 여인』 연재 시작(『매일경제』, 1988. 3. 24-
	1990. 3. 21, 622회)
	*동명소설 출간
	『유성의 부』 1, 2, 3 출간
10월	전두환 대국민성명 감수
1989년	『정몽주』 연재 시작(『서울신문』, 1989. 1. 1-1989. 3.
	31, 74회)

*『포은 정몽주』로 개제, 개작 출간

『별이 차가운 밤이면』 연재 시작(『민족과 문학』, 1989 겨울호 - 1992 봄호)

*타계로 인해 미완성 중단

『대통령들의 초상』『허균』『포은 정몽주』 출간

1990년   『그를 버린 여인』 상, 중, 하 출간

뉴욕으로 거주지를 옮김

1991년   여러 작품을 구상, 집필

1992년   뉴욕에서 발병하여 급거 귀국. 4월 3일 타계. 여주 남 한강공원묘지에 안장

1993년   『정도전』 사후 출간

2002년   이병주기념사업회 결성

2006년   이병주 선집 30권 출간(한길사)

2008년   이병주문학관 건립(하동군 북천면 직전리)

2021년   탄생 100주년 기념 이병주 선집 12권 출간(바이북스)

"태양에 바래면 역사가 되고
월광에 물들면 신화가 된다"

이병주평전

지은이 안경환
펴낸이 김언호

펴낸곳 (주)도서출판 한길사
등록 1976년 12월 24일 제74호
주소 10881 경기도 파주시 광인사길 37
홈페이지 www.hangilsa.co.kr
전자우편 hangilsa@hangilsa.co.kr
전화 031-955-2000~3 **팩스** 031-955-2005

부사장 박관순 **총괄이사** 김서영 **관리이사** 곽명호
영업이사 이경호 **경영이사** 김관영 **편집주간** 백은숙
편집 강성욱 박희진 노유연 최현경 이한민 김영길
디자인 창포 031-955-2097
관리 이주환 문주상 이희문 원선아 이진아 **마케팅** 정아린
CTP출력·인쇄 예림인쇄 **제책** 경일제책사

제1판 제1쇄 2022년 5월 13일
제1판 제2쇄 2022년 6월 20일

값 40,000원
ISBN 978-89-356-7651-4 03800